DANIELLE STEEL
COLLECTION

M

W0063743

*Jenseits des Horizonts*

Die junge Vollwaise Audrey Driscoll wächst – zusammen mit ihrer kleinen Schwester – in der ersten Hälfte dieses Jahrhunderts bei einem vermögenden Onkel in San Franzisko auf. Schon früh ist sie gezwungen, die Pflichten einer Erwachsenen zu übernehmen, und so kann sie sich erst nach langen, entbehrungsreichen Jahren ihren Lebenswunsch erfüllen: einmal die Welt kennenzulernen.
Auf ihrer ersten großen Reise lernt sie den faszinierenden Reiseschriftsteller Charles Parker-Scott kennen – und verliebt sich in ihn. Doch dann wird Charles nach Europa zurückgerufen, und die Wege der beiden Liebenden trennen sich. Für immer?

*Der Preis des Glücks*

Das Schicksal hat Bernard Fine alles geschenkt, was er sich je erträumt hat: eine glanzvolle Karriere in der Modebranche, eine wunderbare Frau und eine reizende Tochter, die er abgöttisch liebt. Doch dann droht Bernard Fine plötzlich fast alles zu verlieren. Verzweifelt ringt er um das Leben seiner Frau, um das Sorgerecht für seine Tochter, um sein verlorenes Paradies ...

*Autorin*

Danielle Steel wurde als Tochter eines deutschstämmigen Vaters in New York geboren. Sie studierte französische und italienische Literatur an der Universität von New York und schrieb danach zahlreiche Romane, die sie in wenigen Jahren zu einer der bekanntesten Autorinnen Amerikas gemacht haben.

# Danielle Steel

# Jenseits
des Horizonts

---

# Der Preis
des Glücks

*Zwei Romane in einem Band*

Goldmann Verlag

*Umwelthinweis:*
Alle bedruckten Materialien dieses Buches
sind chlorfrei und umweltschonend.


Der Goldmann Verlag
ist ein Unternehmen der Verlagsgruppe Bertelsmann

Neuausgabe August 97
*Jenseits des Horizonts*
Titel der Originalausgabe: Wanderlust
Originalverlag: Delacorte Press, New York
Copyright © 1985 der Originalausgabe by Danielle Steel.

*Der Preis des Glücks*
Titel der Originalausgabe: Fine Things
Originalverlag: Delacorte Press, New York
Copyright © 1987 der Originalausgabe by Danielle Steel

Copyright © dieser Ausgabe 1997
by Wilhelm Goldmann Verlag, München
Umschlaggestaltung: Design Team München
Satz: IBV Satz- und Datentechnik GmbH, Berlin
Druck: Graphischer Großbetrieb Pößneck
Verlagsnummer: 41624
AA · Herstellung: Sebastian Strohmaier
Made in Germany
ISBN 3-442-41624-8

1 3 5 7 9 10 8 6 4 2

# Jenseits des Horizonts

Aus dem Amerikanischen
von Dr. Ingrid Rothmann

Meinen zwei über alles geliebten Wanderern,
die den Amazonas oder die Mandschurei und ganz gewiß
den Orientexpreß
einem Spaziergang im Central Park vorziehen ...
die in meinem Leben,
jeder auf seine Weise einen Anfang setzten ...
jenem, dem der Beginn meines Lebens gehört ...
und dem, dem ich alles andere schenkte
meinem Vater John
        und meinem Mann John ...
Und einem ganz besonderen kleinen Mädchen.
Victoria, teures Kind.
Mögest du dich auf deinen Wanderungen nicht zu weit von mir
entfernen, wenn die Zeit verstreicht,
sondern immer nur so weit, daß deine Seele Befriedigung findet.

> Mit all meiner Liebe
> d. s.

Wanderlust

Wandern, wandern
wandern,
in Meandern,
der Drang zu streifen,
zu tanzen,
zu schweifen,
zu sein.
Nach Freiheit suchen,
sehen wollen,
gehen,
finden,
forschen,
tun.
Mein Verlangen,
rasch gestillt,
unweit der Heimat,
und deines so groß,
so nobel,
so wundersam.
Gipfel stürmen,
jagen
Tiger und Elefanten,
tanzende Bären,
nach fernen Sternen streben,
den Mars erreichen.
Und alles
so wild,
so unendlich,
so frei.

Und wenn du gewandert,
            gewandert,
                  gewandert,
      das Allerschönste –
befriedigt,
erschöpft
            und beglückt –
ziehst du heimwärts
und wanderst zu mir.

# I

Im Haus schimmerte alles in den Sonnenstrahlen, die durch
die hohen französischen Fenster einfielen. Der Kaminsims aus
kunstvoll geschnitztem Mahagoniholz in einem der zwei vorderen Salons war poliert worden, bis die Rosetten und weiblichen
Büsten in ihrer makellosen Vollendung glänzten. Der lange, nicht
weniger schöne Tisch mit den Einlegearbeiten in der Mitte des
Raumes war ebenso gepflegt worden, obwohl er unter den ordentlich gestapelten Schätzen, die sich schon seit Wochen dort
häuften, kaum mehr zu sehen war. Gegenstände aus Jade, riesige Silberplatten, Spitzentischtücher, zwei Dutzend herrliche
Kristallschalen und mindestens drei Dutzend silberne Salz- und
Pfefferstreuer, dazu vierzehn Silberleuchter – die Hochzeitsgeschenke waren auf dem Tisch aufgereiht, als warteten sie darauf,
inspiziert zu werden. An einem Ende des Tisches lagen eine Liste
und ein schwarzer Füller. Der Name des Schenkenden und das
Geschenk mußten notiert werden, damit die Braut sich bedanken konnte, sobald sie Zeit dazu hatte. Eines der Hausmädchen
staubte täglich die Geschenke ab, und der Butler sorgte dafür,
daß das Silber so sorgfältig geputzt wurde wie alles im Hause
Driscoll.

Es herrschte eine Atmosphäre von dezentem Luxus, von
Wohlhabenheit, die deutlich sichtbar war, aber nie protzig zur
Schau gestellt wurde. Schwere Samtportieren und Spitzengar-
dinen im vorderen Salon hielten neugierige Blicke ab, ebenso
wie der Zaun, die säuberlich geschnittenen Hecken und schließlich die Bäume dahinter. Das Haus Driscoll war einer Festung
nicht unähnlich.

Von der geschwungenen Treppe in der großen Eingangshalle
her war eine Frauenstimme zu hören. Es war keine laute, jedoch eine deutlich vernehmbare Stimme. Eine hochgewachsene

junge Frau, in einen rosa Satinmorgenmantel gehüllt, schmalhüftig, langbeinig, mit schön geformten Schultern, betrat den vorderen Salon. Das rötliche Haar trug sie zu einem Knoten geschlungen. Dem Aussehen nach konnte sie nicht älter als Anfang Zwanzig sein. Der Satin ihres Morgenrockes umspielte weich ihre Formen, doch an ihr selbst war nichts Weiches. Aufrecht stand sie da und überblickte den mit Geschenken beladenen Tisch. Langsam ließ sie den Blick über die Schätze gleiten, nickte, trat sodann näher, um die Namen zu lesen, die sie notiert hatte ... Astor ... Tudor ... Van Camp ... Sterling ... Flood ... Watson ... Crocker ... Tobin ... Freunde aus San Franzisko, ja aus ganz Kalifornien, ... aus dem ganzen Land. Vornehme Namen, vornehme Menschen, schöne Geschenke. Und doch wirkte sie völlig unbeteiligt, als sie rasch ans Fenster trat und hinaussah in den Garten, der so tadellos instand gehalten wurde wie schon seit ihren Kindertagen. Sie hatte immer die Tulpen so geliebt, die ihre Großmutter alljährlich im Frühling gesetzt hatte, eine wahre Farbsymphonie und so ganz anders als die Blumen in Honolulu ... immer schon hatte sie diesen Garten geliebt. Bei dem Gedanken, was sie an diesem Tag noch zu tun hatte, stieß sie einen tiefen Seufzer aus, vollführte eine Drehung auf dem rosa Satinabsatz und warf aus kritisch zusammengekniffenen dunkelblauen Augen einen letzten Blick auf den reich beladenen Tisch. Ja, die Geschenke waren sehr schön ... auch die Braut würde sehr schön sein ... wenn sie sich jemals entschließen würde, zur Anprobe zu gehen. Audrey Driscoll warf einen Blick auf ihr schmales Handgelenk mit der zierlichen diamantenbesetzten, mit einem rubinverzierten Armband festgehaltenen Uhr ihrer Mutter. Sie liebte diese Uhr sehr.

Im Erdgeschoß waren zwei Hausmädchen und ein Butler beschäftigt. Im ersten Stock ein Zimmermädchen, das sich um die Schlafräume kümmerte, und unten in der Küche eine Köchin mit einer Küchenhilfe und noch einem Mädchen ... zwei Gärtner ... ein Chauffeur ... alles in allem gab es zehn Hausangestellte, die Audrey ziemlich in Trab hielten. Doch war sie das alles gewohnt. Sie führte das Haus jetzt seit vierzehn Jahren, seitdem sie von Hawaii hierhergekommen war. Damals, nach dem Tod ihrer Eltern, war sie elf gewesen und Annabelle sieben. Sie hatten nirgendwo sonst hingehen können. Ihre Gedanken wanderten zurück zu dem nebligen Morgen am Tag ihrer Ankunft, als Annabelle, heftig Audreys Hand umklammernd, laut und angsterfüllt geweint hatte. Ihr Großvater hatte seine Haushälterin nach Hawaii geschickt, um die Mädchen abzuholen. Sie und Annabelle waren die ganze Zeit über seekrank gewesen, nicht aber Audrey. Audrey niemals. Sie war es auch, die Mrs. Miller, die Haushälterin, pflegte, als sie vier Jahre später nach einer Grippe starb. Aber Mrs. Miller hatte Audrey unterdessen alles beigebracht, was man von der Führung eines so vornehmen alten Hauses wissen mußte. Ebenso hatte sie ihr genau beigebracht, was ihr Großvater erwartete. Und Audrey hatte ihre Lektionen brav gelernt. Sie führte den Haushalt tadellos.

Das leise Rascheln ihres Morgenmantels war das einzige Geräusch im Raum, als sie ins Speisezimmer lief, sich an den leeren Tisch setzte und auf den diskreten Klingelknopf aus Rubin und Jade neben ihrem Stuhl drückte. Sie nahm ihr Frühstück immer hier ein, anders als ihre Schwester, die oben aß und sich das Frühstück stets auf einem mit einer gestärkten Serviette zugedeckten Tablett bringen ließ.

Ein Mädchen in grauem Kleid mit gestärkter weißer Schürze und ebensolchen Manschetten und Häubchen erschien. Sie begegnete unruhig dem Blick der jungen Frau, die wie immer am Ende der Tafel aufrecht auf dem Queen-Anne-Stuhl saß.

»Ja, Miß Driscoll?«

»Für mich heute nur Kaffee, Mary.«

»Ja, Miß Driscoll.« Mit Augen, die aussahen wie blaues Glas, sah Audrey Mary an, ohne zu lächeln. Die Dienstboten fürchteten sie, die meisten jedenfalls, mit Ausnahme derjenigen, die sie gut kannten und die sie als kleines Mädchen auf dem Rasen herumtollen gesehen hatten ... die Kinderspiele ... das Fahrrad ... ihren Sturz von der australischen Pinie.

Aber davon wußte Mary nichts. Sie kannte nur die strenge Frau mit den festen Ansichten und einem köstlichen Sinn für Humor, der im verborgenen blühte. Er war versteckt in den dunkelblauen Augen ... wartete dort, daß jemand es verstand, ihn aufzuspüren.

Aber darauf verstanden sich nur wenige. Für die meisten war sie nur Miß Driscoll, das alte Mädchen.

Man nannte sie die altjüngferliche ältere Schwester. Annabelle war die ätherische Schönheit, die in den dreißiger Jahren so gefragt war ... und in den Zwanzigern ... und Jahrzehnte und Jahrhunderte davor ... Annabelle, das Prinzeßchen, das Baby ... Audrey wußte noch, wie sie die Kleine in den Armen gehalten und sie beruhigt hatte, nachdem ihre Eltern auf der Rückfahrt von Bora-Bora umgekommen waren. Ihr Vater hatte einem Abenteuer nie widerstehen können, und ihre Mutter war ihm überallhin gefolgt, aus Angst, er würde sie verlassen, wenn sie es nicht täte. Schließlich war sie ihm bis auf den Grund des Ozeans gefolgt. Das Wrack war nie gefunden worden. Zwei Tage vor der Ankunft auf Papeete war das Schiff in einem Sturm untergegangen, und die Mädchen waren auf der Welt allein zurückgeblieben. Die arme Annabelle war zutiefst erschrocken, als sie den alten Herrn sah. Audrey hatte sie so fest gehalten, daß ihre Finger steif wurden, während er sie musterte ... Die Erinnerung zauberte ein Lächeln auf Audreys Züge. Schon damals hatte er ihnen Angst eingejagt. Er hatte es zumindest versucht ... besonders bei der kleinen Annie.

Der Kaffee wurde aus einer Silberkanne mit Elfenbeingriff eingegossen. Die Kanne war mit den Kindern aus Honolulu gekommen, zusammen mit anderen Kostbarkeiten, die ihren Eltern gehört hatten. Ihr Vater hatte nur wenig für diese Dinge übrig gehabt. Was ihre Mutter vom Festland mitgebracht hatte, war zum größten Teil in Kisten verpackt geblieben. Er war ein Weltenbummler gewesen, den in erster Linie seine Reisen interessierten. Seine Liebe galt den Fotoalben, die er jeweils nach der Rückkehr anlegte. Audrey bewahrte sie auf Bücherborden in ihrem Zimmer auf. Ihr Großvater konnte die Alben nicht ausstehen, da sie ihn nur an seinen Verlust erinnerten ... an seinen einzigen Sohn ... den Narren, wie er ihn stets nannte. Ein vergeudetes Leben, eigentlich zwei vergeudete Leben ... und zwei kleine Mädchen, die er seither am Hals hatte. Damals hatte er so getan, als bedeuteten sie für ihn eine Last, und er hatte immer darauf bestanden, daß sie sich nützlich machten. Annabelle hatte sticken und nähen lernen müssen, und sie hatte sich gefügt, doch bei Audrey waren sämtliche Versuche fruchtlos geblieben: Ihr lagen weder Nähen noch Zeichnen, auch nicht Gartenarbeiten oder Backen. Sie war hoffnungslos im Umgang mit Wasserfarben, konnte keine Gedichte schreiben, haßte Museen, Konzerte noch mehr ... statt dessen fotografierte sie gern, liebte Abenteuergeschichten und Beschreibungen ferner Länder. Sie besuchte Vorträge von weltfernen Gelehrten, und sie stand oft auf den Klippen über dem Meer. Mit geschlossenen Augen sog sie den Seegeruch ein und stellte sich die fernen Strände vor, die der Pazifik mit seinen Fingerspitzen berührte. Daneben führte sie das Haus, bewies eine gute Hand im Umgang mit Dienstboten, erledigte die wöchentlichen Abrechnungen, sorgte für Nachschub bei den Vorräten und gab acht, daß der Großvater auch nicht um einen einzigen Penny betrogen wurde. Audrey hätte eine ideale Geschäftsführerin abgegeben, doch gab es keine Firma für sie – nur das Haus Edward Driscolls.

»Ist der Tee fertig, Mary?« Ohne auf die Uhr zu sehen, wußte sie, daß es Viertel nach acht war, ebenso wußte sie, daß ihr Großvater jeden Augenblick herunterkommen würde wie jeden Morgen, gekleidet, als müßte er ins Büro gehen. Er würde verdrossen sein, Audrey wie immer verärgert mustern, sich in Schweigen hüllen, ihr nur einige Male einen finsteren Blick zuwerfen, seinen Tee schlürfen, die Zeitung lesen, zwei weichgekochte Eier essen, dazu eine Scheibe Toast, eine zweite Tasse englischen Tee trinken und ihr dann guten Morgen wünschen. Sein morgendliches Ritual konnte Audrey, die seine Anwesenheit kaum zur Kenntnis zu nehmen schien, nicht aus der Ruhe bringen. Schon mit zwölf hatte sie angefangen, seine Zeitung zu lesen und ernsthaft mit ihm das Gelesene zu diskutieren, wann immer sich eine Gelegenheit bot. Zuerst hatte es ihn belustigt, mit der Zeit aber hatte er gemerkt, wieviel sie verstanden hatte und wie ausgewogen ihre Ansichten waren. An Audreys dreizehntem Geburtstag war es zu ihrer ersten größeren politischen Meinungsverschiedenheit gekommen. Eine Woche lang hatte sie zu seinem Entzücken nicht mit ihm gesprochen. Damals war er sehr stolz auf sie gewesen, und er war es noch immer. Als sie kurz danach an ihrem Frühstücksplatz eine eigene Ausgabe der Zeitung vorgefunden hatte, war das für sie eine freudige Überraschung. Seither las sie allmorgendlich die Zeitung, und wenn er mit ihr zu sprechen wünschte, war sie überglücklich, mit ihm alle Punkte zu erörtern, die sein Interesse geweckt hatten. Sie pflegten dann meist im weiteren Verlauf über vieles hitzig zu debattieren, von der Weltpolitik angefangen über Lokalnachrichten bis zu den Tratschgeschichten über die von Bekannten veranstalteten Dinnerpartys. Es gab kaum ein Thema, in dem sie übereinstimmten, ein Grund, warum Annabelle so ungern mit ihnen frühstückte.

»Ja, Miß. Der Tee ist bereit.« Das Mädchen in dem grauen Kleid sagte es, als knirsche es mit den Zähnen und müsse sich gegen eine feindliche Attacke wappnen, und gleich darauf kam diese auch. Großvaters achtsame Schritte in der Halle wurden hörbar, als seine makellos polierten Schuhe einen Augenblick den Perserteppich verließen, ehe sie im Speisezimmer auf den nächsten trafen. Er räusperte sich grollend, als er seinen Stuhl zurückzog, sich setzte und nur den Bruchteil eines Augenblicks zu Audrey hinsah, um dann sorgfältig die Zeitung zu entfalten. Das Mädchen goß unter seinem finsteren Blick Tee ein, den er vorsichtig schlürfte. Unterdessen hatte Audrey sich in die Nachrichten vertieft, ohne sich der Wirkung der Sommersonne auf ihrem Kupferhaar und ihren schmalen Händen bewußt zu sein. Einen Augenblick beobachtete er sie, gefangengenommen von ihrer Schönheit wie so oft, ohne daß sie es merkte. Der Umstand, daß sie keinen Gedanken daran verschwendete, machte sie um so reizvoller – anders als ihre Schwester, die außer ihrer Schönheit nichts im Kopf hatte.

»Guten Morgen.« Es mußten volle dreißig Minuten vergehen, ehe er diese Worte äußerte. Sein gepflegter weißer Bart bewegte sich beim Sprechen unmerklich, seine blauen Augen straften seine achtzig Jahre Lügen. Wie jeden Morgen machte das Mädchen fast einen Satz, als er sprach. Sie haßte es, ihm das Frühstück servieren zu müssen, so wie Annabelle es haßte, mit ihm an einem Tisch sitzen zu müssen. Nur Audrey schien seine barsche Art nicht zu stören. Sie benahm sich nicht anders, als wenn er gelächelt, ihr die Hand geküßt und sie jeden Morgen mit Kosenamen überschüttet hätte.

Edward Driscoll brachte keine Kosenamen über die Lippen. Das war nie anders gewesen. Eine Ausnahme hatte er bei seiner Frau gemacht, doch die war schon seit vielen Jahren tot. Seither tat er so, als wäre er verhärtet, was in vielfacher Hinsicht auch stimmte. Er war ein gutaussehender, tadellos gepflegter Mann, einst hochgewachsen und jetzt noch immer aufrecht, mit schneeweißem Haar, vollem Bart und stattlichen breiten Schultern. Er bewegte sich mit vorsichtigem, entschlossenem Schritt, einen Ebenholzstock mit Silberknauf in einer Hand, während er mit der anderen kraftvoll gestikulierte. So wie jetzt, während er Audrey ansah.

»Ich nehme an, du hast es gelesen. Er wurde nominiert, dieser Narr. Verdammte Narren, alle miteinander.« Seine Stimme dröhnte durch das getäfelte Speisezimmer, das junge Hausmädchen bebte, und Audrey unterdrückte nicht sehr erfolgreich ein Lächeln. Sie hielt seinem Blick mit ihren blauen Augen stand, in denen man einen Hauch von Ähnlichkeit mit den seinen erkannte.

»Ich dachte mir, daß es dich interessieren wird.«

»Interessieren!« rief er. »Gottlob hat er nicht die geringste Chance! Hoover wird wiedergewählt. Man hätte Smith anstelle dieses Idioten aufstellen sollen.« Er hatte in Lippmanns Kolumne von der Nominierung Franklin Roosevelts auf dem Parteikonvent der Demokraten in Chikago gelesen. Und Audrey hatte seine Reaktion vorausgesehen. Er war ein unbeirrbarer Anhänger Herbert Hoovers, ungeachtet der Tatsache, daß hinter ihnen das bislang schlimmste Jahr der Depression lag. Doch ihr Großvater weigerte sich, dies zur Kenntnis zu nehmen. Er hielt Hoover trotz der Massenarbeitslosigkeit noch immer für einen fähigen Mann. Die Depression hatte den Driscolls nichts anhaben können, und deshalb war ihr Großvater nicht imstande, zu erfassen, in welchem Umfang andere davon betroffen waren.

Aber Hoovers Politik war es, die Audreys ›Verrat‹, wie Edward Driscoll es nannte, verursacht hatte. Sie wollte diesmal ihre Stimme den Demokraten geben und fand Roosevelts Ernennung sehr erfreulich.

»Er wird es nicht schaffen, deswegen kannst du es dir ersparen, dich für ihn zu freuen.« Edward Driscoll legte aufgebracht die Zeitung beiseite.

»Er schafft es doch. Er sollte es schaffen.« Audreys Miene wurde ernst, als sie an die wirtschaftliche Lage des Landes dachte. Sie hätte gar nicht schlimmer sein können und lieferte ihr immer Grund zur Aufregung. Ihr Großvater wich diesem Thema aus, da er zu dem Eingeständnis gezwungen gewesen wäre, daß die Misere Hoovers Schuld war. Annabelle war das alles gleichgültig, aber Audrey war ganz, ganz anders. »Großvater«, setzte sie an und sah ihn aufmerksam an, wobei sie sich bewußt war, was sie tat und welche Reaktion von ihm zu erwarten war, »wie kannst du nur so tun, als würde sich da draußen nichts tun? Wir schreiben das Jahr 1932, in Chikago hat es kurz vor dem Parteikonvent eine Reihe von Bankzusammenbrüchen gegeben, das ganze Land ist arbeitslos, die Menschen verhungern auf den Straßen. Wie kannst du darüber hinwegsehen?«

»Das ist nicht Hoovers Schuld!« Er hieb mit der Faust auf den Tisch, in seinem Blick loderte es.

»Zum Teufel, das ist es doch!« Audrey stieß diese Worte hitzig und mit einem Unterton ironischer Offenheit hervor.

»Audrey! Deine Sprache!«

Sie hatte nicht das Gefühl, sich entschuldigen zu müssen. Er kannte sie gut, und sie kannte ihn. Und sie liebte ihn innig, ungeachtet seiner politischen Ansichten.

Als er sie unheildrohend anfunkelte, lächelte sie. »Ich wette jetzt schon mit dir, daß Roosevelt es schafft.«

»Unsinn!« Er tat die Behauptung mit einer Bewegung seiner Hand ab, die ein Leben lang republikanisch gewählt hatte.

»Fünf Dollar, daß er es schafft!«

Er kniff die Augen zusammen. »Weißt du, daß du trotz aller meiner Bemühungen wie ein Lastwagenfahrer sprichst?«

Lachend stand Audrey Driscoll vom Tisch auf, alles andere als vulgär wirkend in ihrem rosa Morgenmantel aus Satin mit passenden Pantöffelchen, an den Ohren Diamantklips. Wie die Uhr, so hatten auch die Ohrklips, die sie ständig trug, ihrer Mutter gehört.

»Was hast du heute vor, Großvater?« Viel war es nicht, was

er tun wollte. Er traf sich mit Bekannten, aß in seinem Klub, dem Pacific Union, und gönnte sich dann zu Hause wie jeden Nachmittag ein Nickerchen – mit seinen achtzig Jahren sein gutes Recht. Früher hatte er zu den einflußreichsten Bankiers von San Franzisko gehört. Als er sich vor zehn Jahren ins Privatleben zurückgezogen hatte, wäre es in seinem Leben ganz still geworden, hätte er nicht seine zwei Enkeltöchter bei sich gehabt, von denen ihn eine nun bald verlassen würde. Da es aber Annabelle war, würde er sie nicht vermissen, wie er einem Freund anvertraut hatte. Sie war die anerkannte Schönheit, während Audrey über Haltung und Verstand verfügte. Audrey brauchte er, während er und Annabelle einander nie nähergekommen waren. Immer hatte Audrey zwischen ihnen gestanden, um ihre kleine Schwester zu beschützen. Annie war das Baby, das sie von ihrer Mutter geerbt hatte. Sie hatte Annabelle nie im Stich gelassen. Die Hochzeit, die sie für Annabelle plante, würde großartig sein.

Edward Driscoll begegnete Audreys Blick. »Ich bin im Klub, während du mit deiner Schwester vermutlich zu Ranshoff gehst und mein Geld mit vollen Händen ausgibst.« Er gab sich besorgt, brauchte es aber trotz der Depression nicht zu sein. Sein gesamtes Vermögen war so geschickt angelegt, daß die schlechten Zeiten auf seinen privaten Gewässern kaum mehr als ein Wellengekräusel verursacht hatten.

»Wir werden unser Bestes tun.« Audrey bedachte ihn mit einem nüchternen Lächeln. Für sich selbst kaufte sie seit jeher sehr sparsam ein, aber Annabelle fehlten noch ein paar Sachen zur kompletten Ausstattung. Bei der Hochzeit würde es sieben Brautjungfern geben, und Audrey sollte als Ehrendame fungieren. Das Brautkleid stammte aus dem Salon J. Magrien – alte französische Spitze mit feinster Perlstickerei, ganz hochgeschlossen, der ideale Rahmen für Annabelles zartes Gesicht, dazu ein Schleier aus derselben alten Spitze und aus französischem Tüll auf dem Haar, das wie gesponnenes Gold schimmerte. Audrey war entzückt von der Wirkung von Schleier und Kleid, und Annie ebenso. Das einzige Problem waren die Anproben. Die Trauung sollte in drei Wochen in der St. Lukas Episkopalkirche stattfinden, und es gab noch tausend Einzelheiten, um die man sich kümmern mußte.

»Ach übrigens, Harcourt kommt heute zum Dinner.« Wie so oft erinnerte sie Großvater am Morgen daran. Hin und wieder vergaß er aber trotzdem, daß sie einen Gast erwarteten, und war dann wütend, ein fremdes oder auch ein vertrautes Gesicht ohne Vorwarnung bei Tisch anzutreffen. Jetzt starrte er sie an wie immer bei der Erwähnung von Annies künftigem Mann. Er war noch immer nicht ganz überzeugt, daß Audrey nicht eifersüchtig war. Man konnte sich schwer vorstellen, daß Annabelles Heirat nicht ihren Neid weckte. Annabelle war erst zwanzig, und Audrey war schließlich schon vierundzwanzig und in den Augen ihrer Umgebung nicht eben die Familienschönheit. Dazu kam, daß sie meist nichts aus sich machte, ihr Haar straff zurückkämmte, kein Rouge auf die Elfenbeinwangen auftrug, keine Wimperntusche, um ihre braunen Wimpern zu betonen, keinen Lippenstift, um die vollen Lippen nachzuzeichnen, die sinnlich gewirkt hätten, wenn sie es darauf angelegt hätte. Doch auf dies alles legte sie keinen Wert. Sie hatte keinen ernsthaften Verehrer. Im Laufe der Jahre hatte es ein paar Anwärter gegeben, doch ihr Großvater hatte alle vergrault. Und Audrey schien sich darum nicht zu kümmern. In ihren Augen waren alle zu bieder und langweilig. Manchmal träumte sie von einem Mann wie ihrem Vater, mit Abenteurerblut in den Adern und einer Leidenschaft für Exotik, doch nie war sie jemandem begegnet, der ihm auch nur annähernd ähnlich gewesen wäre. Und Harcourt entsprach diesem Idealbild schon gar nicht, wenngleich er für ihre Schwester ideal war.

»Ein hübscher Kerl, nicht?« Der Blick ihres Großvaters musterte sie, wie immer in Erwartung, etwas zu sehen, was nicht vorhanden war und das es nie gegeben hatte, auch wenn sie es war, die Harcourt eigentlich kennengelernt hatte und die einige Male mit ihm tanzen gegangen war. Audrey hatte ihn mit Freuden an ihre Schwester abgetreten. Trotz allem, was die Leute denken mochten, verzehrte sie sich nicht nach ihm und bedauerte es nicht, daß er sich für Annabelle entschieden hatte. Niemals wäre er imstande gewesen, die Sehnsucht in Audreys Seele zu stillen, und sie bezweifelte, ob jemals jemand dazu imstande sein würde. Die Erfüllung ihrer Träume fand sie in den Fotos, die sie machte, und in den abgegriffenen Alben ihres Vaters. Tief in ihrem Inneren lag etwas, das ihm sehr ähnlich war. Sogar ihre Fotografien waren ähnlich, der Blick, die Auffassung, die Sehnsucht nach dem Seltenen und Fernen ... »Harcourt wird Annabelle ein guter Ehemann sein.« Das sagte ihr Großvater immer, als wolle er sie auf die Probe stellen oder ihre Reaktion beobachten. Er war immer noch der Meinung, es sei ein Fehler gewesen, daß sie zugunsten ihrer jüngeren Schwester auf Harcourt verzichtet hatte. Er begriff noch immer nicht, was in ihr steckte. Das wußten nur wenige. Eigentlich niemand. Aber ihr machte das nichts aus. Über Jahre hinweg hatte Audrey es sich zur Gewohnheit gemacht, ihre persönlichen Träume für sich zu behalten. Sie konnte sie sich ohnehin nicht erfüllen. Ihr Platz war hier, bei ihrem Großvater. Sie mußte ihm das Haus führen und für ihn dasein.

Sie lächelte ihrem Großvater zu. Es war ein langsames, aufblühendes Lächeln, das in ihren Augen seinen Ausgang nahm, sich behutsam zu ihren Lippen stahl und sie aussehen ließ, als müsse sie wahre Lachstürme zurückhalten. Man fragte sich, was der Rest des Scherzes sein mochte, als wüßte sie etwas, das man selbst nicht wußte ... als gäbe es noch mehr, und es gab mehr, viel mehr um Audrey Driscoll, doch das ahnte niemand. Nicht einmal ihr Großvater konnte sich vorstellen, wie weit ihre Träume reichten und wie groß ihr Verlangen war, in die Fußstapfen ihres Vaters zu treten. Sie war nicht geschaffen für das Leben, das Frauen ihrer Zeit bestimmt war, das wußte sie nur zu gut. Lieber wäre sie gestorben, als Harcourts Frau zu werden und sich häuslich niederzulassen.

»Was veranlaßt dich zu der Meinung, daß er einen guten Ehemann abgeben wird?« Sie lächelte spitzbübisch. »Nur weil er wie du Republikaner ist?« neckte sie ihren Großvater, und er ging ihr auf den Leim.

Edward Driscolls Blick verfinsterte sich, und er war im Begriff, eine gebührende Antwort zu geben, als sie hinter sich einen Seufzer hörten. Es war Annabelle in einer Wolke aus blauer Seide und cremefarbener Spitze. Das Haar fiel ihr in gelockten Kaskaden über die Schultern. Verzweifelt sah sie Audrey an. Sie war fast einen Kopf kleiner als ihre ältere Schwester und schien überaus nervös zu sein. Das verrieten ihre Hände, die wie Vögelchen flatterten. Annabelle wirkte auf Audrey stets wie die personifizierte Anmut. Sie war in so vielerlei Hinsicht anders als Audrey und verließ sich voll und ganz auf ihre stille und tüchtige ältere Schwester.

»Sprecht ihr beide jetzt schon über Politik?« Sie strich sich gequält über die Augen, und Audrey lachte. Sie sprachen meist über Politik, in erster Linie, weil es ihnen Spaß machte. Sie genossen sogar ihre Streitgespräche, die sie belebten und Annabelle entsetzten, die politische Themen langweilig und ihre Debatten völlig enervierend fand.

»Franklin D. Roosevelt wurde gestern beim Parteikonvent der Demokraten zum Präsidentschaftskandidaten nominiert. Vielleicht interessiert es dich.« Audrey hielt es für wichtig, ihre Schwester auf dem laufenden zu halten, obwohl Annabelle, die sie nun verständnislos ansah, sich nicht dafür interessierte.

»Warum?«

»Weil er Al Smith und John Garner schlug.« Audrey sagte es ganz nüchtern, und Annabelle schüttelte den Kopf. Sie sah schmollend und verärgert, aber sehr hübsch aus.

»Nein ... aber warum sollte ich das wissen?«

»Weil es wichtig ist!« Audrey warf ihr einen ungewohnt finsteren Blick zu. Sie wollte diese Dummheit nicht dulden, obwohl sie schon seit Jahren wußte, daß es hoffnungslos war. Annabelle hatte für nichts Interesse außer für ihr Gesicht und ihre Kleider. »Annie, er wird vielleicht unser nächster Präsident. Du mußt dich für diese Dinge interessieren.« Sie versuchte es mit Freundlichkeit, konnte aber dennoch nicht verhindern, daß aus ihrem Ton eine gewisse Schärfe sprach. Immer hatte sie sich gewünscht, daß Annabelle mehr an den Vorgängen in der Welt Anteil nahm, vergeblich, wie es sich zeigte. Es war erstaunlich, wie stark sie sich voneinander unterschieden, und unglaublich, daß sie dieselben Eltern hatten. Das hatte sogar ihr Großvater einmal feststellen müssen.

»Harcourt sagt, bei Frauen sei Interesse für Politik vulgär.« Sie schüttelte ihre blonden Locken. In ihrem Blick lag Trotz. Edward Driscoll starrte sie fasziniert an. Ein erstaunliches Geschöpf –

und sehr hübsch dazu. Sie war ihrer Mutter sehr ähnlich ... aber Audrey ... Audrey ähnelte dem Sohn, den er so geliebt hatte ... wenn dieser nur nicht ... aber es hatte keinen Sinn, jetzt daran zu denken ... dieses verdammte Fernweh ... er war im Laufe der Jahre überall gewesen, von Samoa bis in die Mandschurei, und was hatte es ihm genützt?

»Außerdem«, fuhr Annabelle fort, »ist es nicht bekömmlich, wenn man beim Frühstück über Politik spricht. Es ist schlecht für die Verdauung.«

Edward Driscoll machte ein verblüfftes Gesicht, und Audrey mußte sich abwenden, um ihre belustigte Miene zu verbergen. Und als sie sich wieder umdrehte, begegneten sich ihre Blicke über Annies Kopf. In seinen Augen lag eine verborgene Liebkosung für sie, ohne daß er vermocht hätte, sie in Worte zu kleiden.

»Ich sehe euch beide heute zum Dinner. Mit Harcourt.« Er flüchtete in seine Bibliothek. Audrey sah ihm nach. Er ging etwas gebeugter als in den Jahren zuvor, aber nur andeutungsweise. Er war ein stolzer, starker Mensch, und Audrey hatte das Gefühl, daß sie ihm viel schuldig war, solange sie lebte, oder wenigstens den Rest seines Lebens. Er brauchte sie zur Führung des Hauses. Als sie daran dachte, sah sie ihre jüngere Schwester an. Annabelle mußte noch viel über Haushaltsführung lernen, doch hatte sie sich standhaft geweigert, sich von ihrer älteren Schwester unterweisen zu lassen. Sie hatte beharrlich behauptet, Harcourt hätte gesagt, sie brauche nur hübsch auszusehen und sich zu amüsieren, alles andere würde er für sie erledigen. Harcourt hielt es für vulgär, wenn eine Frau zu viel Verantwortung trug, sagte Annie bei jeder Gelegenheit, ohne sich der Stichelei bewußt zu sein, die gegen ihre Schwester gerichtet war. Diese zeigte sich von Harcourts Ansichten unberührt und ging lächelnd darüber hinweg.

»Vergiß nicht, daß du heute eine Anprobe für dein Brautkleid hast«, erinnerte sie Annabelle, als sie den Raum verließen. Gleichzeitig wurde die Tür zur Bibliothek zugeschlagen. Audrey wußte, daß ihr Großvater sich zu einer Zigarre zurückgezogen hatte, ehe er sich in den Pacific Union Club bringen ließ. Dabei pflegte er dazusitzen und vor sich hin zu starren, von alten Zeiten zu träumen, Briefe von Freunden zu lesen und im Kopf

die Antworten zu entwerfen, ehe er sie am Nachmittag nieder-
schrieb. Es blieb für ihn wenig zu tun, anders als für Audrey,
die mit der Planung einer Hochzeit mit fünfhundert Gästen befaßt war und eine Schwester hatte, die sich in allem völlig auf
sie verließ.

»Ich möchte heute nicht in die Stadt. Gestern war es so heiß,
daß ich noch heute Kopfschmerzen habe.«

»Ach, du Ärmste! Nimm ein Aspirin, bevor du gehst. Bis zur
Hochzeit sind es nur mehr drei Wochen. Hast du die Geschenke
angesehen, die gestern gekommen sind?« Sie nahm Annabelle
fest am Arm und schob sie sanft in den vorderen Salon. Der lange
Tisch wurde stündlich voller mit Geschenken von ihren und Harcourts Freunden.

»O Gott . . .«, begann sie in dem leidenden Ton, der in Audrey
stets den Wunsch weckte, sie zu schütteln, ». . . wie viele Dank-
briefe ich schreiben muß!«

»Sieh dir lieber die schönen Geschenke an, die du bekommen
hast. Sei dankbar und jammere nicht.« Audrey war für Annabelle
eher eine Mutter als eine ältere Schwester. Seit vierzehn Jahren
galt ihr Audreys ungeteilte Aufmerksamkeit in größerem Maße,
als ihr die einer Mutter gegolten hätte. Audrey hatte sogar nicht
weit von Mills studiert, damit sie in der Nähe ihrer Schwester
sein konnte, die nach Miß Hamlins Institut kein College besucht
hatte. Aber das hatte keiner erwartet, da es immer schon hieß,
Audrey besäße den Verstand und Annabelle die Schönheit.

»Muß ich heute wirklich in die Stadt?« Flehend sah sie zu Audrey auf, die sie energisch nach oben dirigierte, dafür sorgte, daß
sie sich anzog, und darauf bestand, daß sie sich hinsetzte und ein
halbes Dutzend Dankschreiben verfaßte, während sie selbst sich
anzog. Um halb elf waren sie fertig, als der Chauffeur in dem
dunkelblauen Packard vorfuhr, den ihr Großvater für sie hielt. Es
war ein schöner Sommertag, die erste Juliwoche, und der Himmel war blau wie einst in Hawaii.

»Weißt du noch, Annie?« fragte Audrey sie unterwegs, doch
das hübsche blonde Mädchen im weißen Leinenkleid schüttelte
den Kopf unter dem breitkrempigen Hut. Die Erinnerungen waren schon verblaßt, als sie noch klein war, anders als die Fotos

in den wie Schätze gehüteten Alben ihres Vaters. Sie waren das einzige aus der Vergangenheit, an dem Audrey hing, aber Annabelle machte sich nichts aus ihnen. Für sie waren sie immer uninteressant gewesen, sonderbar, schrecklich ausländisch und ziemlich angsteinflößend. Genau aus diesem Grund liebte Audrey diese Bilder so sehr. Fast konnte man die fernen Orte riechen, wenn man die Fotografien der chinesischen Gebirge und japanischen Flüsse ansah ... Menschen in exotischen Gewändern, sonderbare kleine Karren schiebend, an Flußufern angelnd und den Betrachter anstarrend, als wollten sie ihn in ihrer Sprache anreden ... Als Kind war Audrey manchmal mit den Alben auf dem Schoß eingeschlafen und hatte geträumt, sie befinde sich an einem dieser fremden Orte ... und jetzt schienen ihre eigenen Fotos etwas Ungewöhnliches und Fernes einzufangen, auch wenn sie ganz alltägliche Motive fotografierte.

»Aud?« Annabelle starrte sie an, während der Wagen sie zum Salon J. Magrien brachte. Audrey fuhr zusammen und lächelte ihr zu. Sie hatte ihren Gedanken freien Lauf gelassen, das war für sie sehr ungewöhnlich. Sie war immer so beschäftigt und hatte eben jetzt sehr viele Vorbereitungen zu treffen. »Woran hast du eben gedacht?«

»Ich weiß nicht.« Audrey wandte den Blick ab. Sie hatte an ein vor zwanzig Jahren in China aufgenommenes Foto ihres Vaters gedacht. Es war ein Bild, dem Audreys Liebe immer speziell gegolten hatte. Es zeigte ihren lachenden Vater auf einem Eselchen reitend.

»Du hast so glücklich ausgesehen.« Annabelle war ganz Unschuld, und Audrey sah lächelnd aus dem Fenster. Dann sah sie ihre Schwester an.

»Ich muß wohl dabei an dich ... und die Hochzeit gedacht haben ...« Sie stieg hinter Annabelle aus dem Wagen, und ein paar Leute auf dem Gehsteig starrten sie an. Ein Packard war in Zeiten wie diesen ein seltener Anblick. Die meisten Leute, die einen besessen hatten, waren längst gezwungen gewesen, ihn zu verkaufen. Annabelle schien nichts wahrzunehmen, als sie das Warenhaus betraten. Audrey folgte ihr und kam sich plötzlich sonderbar vor, als wäre sie aus großer Entfernung zurückgeholt worden – aus dem Foto, an das sie im Auto gedacht hatte, an diesen schrecklichen, weltlichen, hemmungslosen Ort. Der Übergang erschien ihr um so sonderbarer, als eine Symphonie französischer Parfumdüfte die Luft durchwehte und Hüte, Seidenblusen und Handschuhe vor ihren Augen zu tanzen schienen, alles sehr hübsch und sehr teuer. Audrey ertappte sich bei dem Gedanken, wie töricht das alles war, wie sinnlos ... wie falsch. Es gab anderes im Leben, das mehr zählte ... andere Menschen, die sich weder Essen noch warme Kleidung für ihre Kinder im Winter leisten konnten ... das Land war übersät mit desolaten Notunterkünften, in denen Menschen hausten, die kein Heim mehr hatten, und doch war sie mit ihrer jüngeren Schwester hier und kaufte teure Kleider und ein Brautkleid, das mehr kostete als eine ganze Collegeausbildung.

»Alles in Ordnung mit dir?« Annabelle sah sie im Ankleideraum, in dem sie ihr Brautkleid anzog, flüchtig an. Einen Augenblick hatte sie den Eindruck gehabt, Audrey sei grün im Gesicht, was auch stimmte. Ihr war übel geworden von dem Kontrast, den sie in Gedanken gesehen hatte.

»Mir geht es wunderbar. Ich finde es hier drinnen nur etwas stickig, das ist alles.« Zwei Verkäuferinnen beeilten sich, ihr ein Glas Wasser zu bringen, und als sie vor der Wasserleitung standen, flüsterten sie einander zu, was alle Welt dachte.

»Armes Ding ... sie ist vor Neid ganz grün ... die Ärmste ... die alte Jungfer.«

Audrey vernahm diese Worte nicht, doch hatte sie sie schon oft genug zu hören bekommen. Sie hatte sich daran gewöhnt, und es kümmerte sie nicht mehr, nicht einmal, als sie abends im Salon saß und mit Harcourt Westerbrook IV Konversation machte, während sie darauf wartete, daß Annabelle herunterkam und ihr Großvater aus dem Klub zurückkehrte. Er hatte sich wie Annabelle verspätet, für ihn sehr ungewöhnlich, für Annabelle jedoch normal. Immer kam sie zu spät und war aufgeregt, außer wenn Audrey sich an ihrer Stelle ruhig und gelassen um alles kümmerte.

»Ist die Hochzeitsreise schon geplant?« Außer über die Hochzeit konnte Audrey mit ihm über nichts reden. Mit jedem anderen Mann hätte sie über die Nominierung des demokratischen Kandidaten diskutiert, doch kannte sie Harcourts Ansichten über Frauen, die Interesse an Politik zeigten. Audrey fragte sich, worüber sie sich unterhalten hatten, als sie zusammen tanzen gingen. Vielleicht über die Musik, oder war er der Meinung, daß auch diese Gespräche vulgär waren? Dieser Gedanke reizte ihre Lachmuskeln, so daß sie sich sehr zusammennehmen mußte. Harcourt beschrieb ihr eben eingehend die Pläne für die Flitterwochen. Sie wollten mit der Bahn nach New York fahren, dann mit der *Ile de France* nach Le Havre, per Bahn weiter nach Paris, von dort für einige Tage nach Cannes und dann an die italienische Riviera, schließlich nach Rom, dann nach London und wieder mit dem Schiff nach Hause. Sie wollten zwei Monate unterwegs sein, und es hörte sich sehr hübsch an, obwohl es nicht ganz das war, was Audrey geplant hätte. Sie wäre nach Venedig gefahren und hätte dann den Orient-Expreß bis Istanbul genommen ... allein der Gedanke brachte ihre Augen zum Leuchten, doch Harcourts Stimme tönte weiter. Er sprach von einem Londoner Vetter, der versprochen hatte, eine Audienz beim König zu arrangieren. Audrey tat, als wäre sie ungemein beeindruckt, als ihr Großvater eintrat und Harcourt wild anstarrte. Er wollte schon sagen, daß niemand ihn vorgewarnt hätte, als Audrey zu ihm ging, seinen Arm drückte und ihn mit verbindlichem Lächeln zu Harcourt führte.

»Weißt du noch, daß ich sagte, Harcourt würde kommen?«

Er starrte sie böse an und kniff die Augen zusammen, dann fiel ihm ein, daß sie ihm am Morgen tatsächlich etwas gesagt hatte. »War das vor oder nach deinen dummen Bemerkungen über Roosevelt?« Er schien verärgert, aber nicht völlig mißgestimmt. Sie lachte, während Harcourt ein schockiertes Gesicht machte.

»Ein Pech, nicht wahr, Sir?«

»Ach was, spielt keine Rolle. Hoover wird wiedergewählt.«

»Das hoffe ich auch.« Noch ein glühender Republikaner! Audrey sah die beiden angewidert an.

»Wenn das geschieht, wird er das Land endgültig zugrunde richten.«

»Fang bloß nicht mit deinen Theorien an!« herrschte der Großvater sie an, verlor aber sofort seine Zuhörer, als Annabelle erschien, in einem Kleid aus hellblauer Seide, in dem sie aussah wie aus einem Gemälde entstiegen. Mit ihren großen blauen Augen, den engelhaften Zügen und dem blonden Haar, das wie ein Heiligenschein ihren Kopf umgab, sah sie umwerfend aus. Verständlich, daß Harcourt total hingerissen war und den Blick nicht von ihr wenden konnte. Er ließ sie erst aus den Augen, als er Audrey auf dem Weg ins Speisezimmer einen mißbilligenden Blick zuwarf.

»Hoffentlich war es dir nicht ernst mit Roosevelt.«

»Und ob! Die Nation erlebt das schlimmste Jahr ihrer Geschichte, und das haben wir mit Sicherheit Hoover zu verdanken.« Das sagte sie ganz ruhig und mit einer Gewißheit, der man nichts entgegensetzen konnte. Annabelle warf ihr einen bittenden Blick zu, während sie sich bei Harcourt unterhakte.

»Ihr werdet euch doch heute nicht über Politik unterhalten?« Die großen blauen Augen blickten vertrauensvoll und fast kindlich. Harcourt tätschelte beruhigend ihre Hand.

»Natürlich nicht.«

Audrey lachte, und ihr Großvater blinzelte ihr zu. Sie starb fast vor Neugierde, weil sie hören wollte, wie man in seinem Klub über die Neuigkeit dachte, obwohl die meisten Mitglieder natürlich Republikaner waren. Immer schon war sie der Meinung gewesen, Gespräche mit Männern seien viel interessanter als die mit Damen – ausgenommen mit Männern wie Harcourt, die es ablehnten, ernsthafte Themen mit Frauen zu diskutieren. Sie fand es ermüdend, den ganzen Abend oberflächlich zu plaudern und zu plappern und zu lächeln wie Annabelle. Sie war erschöpft, als Harcourt sich verabschiedete, Annabelle wie ein kleiner Engel glückselig die Treppe hinaufschwebte und sie selbst ihr langsamer am Arm des Großvaters folgte, der sich mit einer Hand auf seinen Stock stützte. Wie immer sah er stattlich und würdig aus. Fast wünschte sie, sie würde eines Tages einen Mann finden, der ihm ähnlich war. Bilder aus früheren Jahren zeigten ihn als eleganten, noblen Mann mit Stil. Dazu besaß er einen scharfen Verstand und feste Ansichten. Mit einem Mann wie ihm hätte sie sich das Leben gut vorstellen können. Und wenn es schon nicht leicht sein würde, dann wenigstens glücklich. Audrey stand mit dem alten Herrn, der auf sie herunterblickte, allein in der Halle. Er überragte sie um einen halben Kopf, obwohl ihn das Alter gebeugt hatte.

»Audrey, es tut dir doch nicht leid, oder?« Aus seinem Mund klang diese Frage komisch, die er noch dazu mit sehr ernsthaftem Ton äußerte. Seine Schroffheit und Verdrossenheit waren wie weggeblasen. Er wollte wissen, wie es um ihr Herz bestellt war. Er wollte um seines eigenen Seelenfriedens willen wissen, ob es ihr um Harcourt nicht leid täte.

»Was soll mir leid tun, Opa?« So hatte sie ihn seit ihrer Kinderzeit nicht mehr genannt, doch ging ihr das Kosewort zwanglos über die Lippen.

»Ach, die Sache ... mit dem jungen Westerbrook. Du hättest ihn selbst haben können.« Das sagte er ganz leise, aus Angst, jemand könnte es hören. »Du warst seine erste Wahl. Und du bist die Ältere ... du wirst einmal die bessere Ehefrau abgeben ... nicht, daß Annabelle schlecht wäre ... sie ist nur so jung ...« Und er konnte mit Annabelle nicht viel anfangen.

Audrey lächelte liebevoll, gerührt von seiner Besorgnis.

»Ich bin für eine Ehe noch nicht bereit. Und außerdem war er für mich ohnehin nicht der Richtige.« Lächelnd sah sie ihn an.

»Warum bist du noch nicht bereit?« Er stützte sich schwer auf den Stock. Sie waren allein in der dunklen Halle. Trotz seiner Müdigkeit drängte er auf eine Antwort, weil es wichtig für ihn war. Seufzend überlegte Audrey.

»Ich weiß nicht ... doch ich weiß, daß es andere Dinge gibt, die ich vorher machen möchte.« Aber wie konnte sie ihm das erklären? Sie wollte reisen ... Fotos machen ... wundervolle eigene Alben anlegen ... wie die ihres Vaters ...

»Zum Beispiel?« Ihre Worte schienen ihn zu beunruhigen. Sie ließen eine alte Erinnerung anklingen, eine Erinnerung, die ihn seinen Sohn gekostet hatte ... »Du hast doch wohl nichts Verrücktes im Sinn, oder?«

»Nein, Opa.« Sie wollte ihn um jeden Preis beruhigen. Das war sie ihm schuldig. Schließlich war er ein alter Mann.

»Ich weiß nicht mal, was ich will. Ich weiß nur, daß es Harcourt Westerbrook nicht ist. Da bin ich mir ganz sicher.«

Befriedigt nickte er und sah ihr tief in die Augen. »Dann ist es ja gut.« Und wenn nicht? Wenn sie Harcourt gern für sich gehabt hätte, was wäre dann anders? Das fragte sich Audrey, als sie ihrem Großvater einen Gutenachtkuß gab und sich dann umdrehte. Gleich darauf hörte sie, wie seine Tür geschlossen wurde. Sie blieb vor ihrem Zimmer stehen und dachte an das, was sie gesagt hatte. Sie wußte gar nicht, warum sie es gesagt hatte, wußte nur, daß es die Wahrheit war. Es gab etwas, was sie tun wollte, Orte, die sie sehen wollte ... Menschen, denen sie begegnen wollte ... Berge und Flüsse ... Gerüche ... Parfums ... exotische Speisen ... Als sie geräuschlos die Tür schloß, wußte sie, daß sie sich nie mit Harcourt abgefunden hätte, mit niemandem. Es gab etwas viel Größeres, nach dem ihre Seele verlangte. Vielleicht würde sie sehr bald gehen ... in die Fußstapfen ihres Vaters treten und Bilder von ihren Reisen mitbringen, seine geheimnisumwitterten Reisen nachvollziehen, in Zügen, denen ein Zauber anhaftete, eine Reise in die Vergangenheit unternehmen, in die Alpen ... mit ihm.

## 2

Am Morgen des einundzwanzigsten Juli stand Audrey unten in der Eingangshalle, sah auf ihre Uhr und wartete instinktiv darauf, daß die Uhr im Speisezimmer zu schlagen begann und die Zeit anzeigte. Der Wagen war vorgefahren, und die Gäste hatten sich bereits in der Kirche versammelt. Audrey spürte die Blicke der Dienstboten von überall im Haus, die begierig waren, Annabelle im Brautkleid die Treppe herunterschreiten zu sehen. Das Warten hatte sich gelohnt. Annabelle kam wie ein Traumbild in einer weißen Wolke langsam heruntergeschwebt, einer Märchenprinzessin ähnlich oder einer blutjungen Königin, die über dem Boden dahinzugleiten schien. Ihre Füße steckten in cremefarbenen Satinschuhen, das Haar schimmerte golden unter dem Kopfschmuck aus alter Spitze und winzigen Perlchen, die schmale Taille schien wie aus einem Stück Elfenbein gemeißelt, und ihre Augen tanzten vor Entzücken. Sie war das schönste Mädchen, das Audrey je gesehen hatte. In ihrem Lächeln lag Zärtlichkeit und Stolz, als sie ihre Schwester ansah.

»Annie, du siehst zauberhaft aus.« Die Worte wurden dem Eindruck nicht gerecht, doch etwas anderes wollte Audrey nicht einfallen. Die endlosen Anproben hatten sich gelohnt, das Kleid paßte perfekt. Audrey trug pfirsichfarbene Seide unter alter, heller Spitze, die Kleider der Brautjungfern waren in denselben Farben gehalten, nur eine Spur heller. Der warme Pfirsichton machte Audrey mit ihrem kupferfarbenen Haar zu einer auffallenden Schönheit. Die Farbe brachte ihren hellen Teint zur Geltung, und ihre blauen Augen strahlten, als Annabelle das Lächeln ihrer Schwester erwiderte.

»Du siehst wunderbar aus, Aud ...« So schön war Annabelle die ältere Schwester noch nie erschienen. Es war ein Eindruck, der sie in Erstaunen setzte. Es kam nicht oft vor, daß sie überhaupt einen Gedanken an Audrey verschwendete. Diese war stets zur Stelle, das war immer schon so gewesen.

Audrey sah sie beglückt an, befriedigt von dem Ergebnis monatelanger Bemühungen und vieler Jahre der Liebe. Annabelle hatte sich wunschgemäß entwickelt. Sie würde jetzt Harcourts Frau werden und in Burlingame glücklich und zufrieden leben. Es war das, wofür sie geschaffen war und was sie wollte. Sie würde eine hübsche, kleine Frau abgeben, häuslich sein ... häuslich ... das Wort hallte in Audreys Kopf wider. Beinahe überlief sie ein Schauer. Sie hatte dieses Wort immer gehaßt ... Häuslich ... Für sie klang es wie tot und begraben.

»Bist du glücklich, Annie?« Sie suchte den Blick ihrer jüngeren Schwester. So viele Jahre hatte sie sich um sie gekümmert, darauf geachtet, daß sie sich warm anzog, daß sie abends beim Schlafengehen ihre Lieblingspuppe hatte, nicht mehr an Alpträumen litt, daß sie nie allein war, daß ihre Freundinnen immer nett zu ihr waren, daß sie eine Schule besuchte, auf der sie sich wohl fühlte.

Audrey hatte darum mit Großvater heftig gekämpft. Annabelle hatte nicht auf der anderen Seite der Bucht auf das Internat von Katherine Branson gehen wollen, sie hatte den Wunsch, auf Miß Hamlins Institut zu gehen, und Audrey hatte es durchgesetzt. Audrey hatte für alles gesorgt bis zum heutigen Tag, bis zum winzigsten Detail des zauberhaften Brautkleides. Und sie wollte, daß Annabelle glücklich wurde. Das hatte sie sich immer für sie gewünscht ... zu heftig vielleicht ... sie hatte sie im Laufe der Jahre verwöhnt, mehr wahrscheinlich, als ihre Eltern es getan hätten, doch war Annie ihr immer als das kleine Mädchen erschienen. Das war auch jetzt noch so. Audreys Blick tastete Annabelles Gesicht ab, als wollte sie sich vergewissern, daß Annie das Gefühl hatte, das Richtige zu tun. »Du liebst ihn doch?«

Annabelles Lachen klang in der großen Halle wie ein Silberglöckchen, als sie, umflossen von ihrem weißen Schleier, dastand und einen Blick in den Spiegel warf. Ein faszinierender Anblick ... noch nie hatte sie etwas so Schönes gesehen wie ihr Kleid, doch ihr Ton war vage, als sie ihrer Schwester antwortete: »Natürlich liebe ich ihn, Aud ... mehr als alles ...«

»Bist du sicher?« Audrey erschien eine Heirat wie ein gewaltiger Schritt, und das war es auch. Annie aber schien überhaupt nicht ängstlich, sie war nur aufgeregt.

»Hmmm? ...« Sie zupfte ihren Schleier zurecht, als ihr Großvater am Arm des Butlers die Treppe heruntergeschritten kam.

»Annie? ...« Audrey verspürte ein nervöses Flattern in der Magengrube. Was ... wenn sie nicht das Richtige tat? Hatte sie am Ende Annabelle zu etwas gezwungen? Hatte jemand anderer sie gedrängt, allein durch die Behauptung, Harcourt wäre für sie der Richtige? Und welche Rolle spielte das schon? Sie selbst hätte sich von Behauptungen dieser Art nie beeinflussen lassen, aber Annabelle ...?

Mit strahlendem Lächeln wandte ihre jüngere Schwester sich ihr zu, und einen Augenblick lang empfand Audrey Erleichterung. »Aud, du machst dir zu viel Gedanken ... heute ist der glücklichste Tag meines Lebens.« Ihre Blicke trafen sich. Annabelle wirkte tatsächlich sehr glücklich, wie Audrey sich eingestehen mußte. Aber war das genug? Plötzlich erhellte ein Lächeln Audreys Gesicht. Annabelle hatte recht. Sie machte sich zu viele Sorgen. Das kam nur daher, weil eine Heirat für sie selbst eine ganz andere Bedeutung hatte. Audrey konnte sich nicht genug darüber wundern, daß ihre Schwester keine Angst hatte, spürte, daß sie sich nicht fürchtete, als Annabelle nach ihrer Hand faßte, sie mit ihrer eigenen, in einem hellen Glacéhandschuh steckenden Hand festhielt und sie ganz ernst ansah. »Aud, du wirst mir fehlen ...« Daran hatte Audrey selbst gedacht. Es würde merkwürdig sein, sie nicht mehr um sich zu haben. Vierzehn Jahre hatte sie sich um Annabelle wie um ein eigenes Kind gekümmert, und von nun an würde sie nicht mehr im Haus sein. Sie fühlte sich eher wie die Brautmutter als die Ehrendame unter den Brautjungfern, als sie einen letzten Augenblick in der Halle standen und die Straßenbahn draußen vorbeirumpeln hörten.

»Burlingame ist nicht sehr weit.« Dennoch wurden ihre Augen feucht, und sie drückte Annabelle sanft an sich, ganz behutsam, um den Schleier nicht zu zerdrücken. »Annie, ich hab' dich lieb ... hoffentlich wirst du mit Harcourt glücklich.«

Annabelle lächelte nur, als sie sich losmachte und durch die Tür hinausschritt, nicht ohne ihr über die Schulter hinweg zuzuflüstern: »Natürlich werde ich das.«

Die Hupe des Rolls-Royce ertönte, und ihr Großvater war schon ungehalten, als Annabelle ihr voluminöses Brautkleid im Wagen um sich herum drapierte. Die Stoffmassen waren so umfangreich, daß für die anderen kaum genügend Platz blieb.

»Sollen die Gäste den ganzen Tag in der Kirche warten?« knurrte ihr Großvater sie an, den Knauf seines Stockes mit den Händen umklammernd. Aus seinem Blick sprach jedoch die Rührung, die ihr Liebreiz in ihm erweckte. Sie erinnerte ihn so deutlich an eine Braut, die er vor sechsundzwanzig Jahren gesehen hatte. Sie war noch hübscher gewesen als dieses Kind ... das Mädchen, das sein Sohn Roland geheiratet hatte ... unheimlich, wie Annabelle ihr ähnelte. Und er hatte das Gefühl, eine Reise in die Vergangenheit unternommen zu haben, als er in der Kirche neben Audrey stand und miterlebte, wie Annabelle ihr Ehegelübde sprach und dabei selig zu Harcourt aufblickte.

Audrey liefen während der Zeremonie die Tränen über die Wangen, und später, als sie zusah, wie ihr Großvater Annabelle beim Empfang in einem langsamen, anmutigen Walzer zum Tanz führte, waren ihre Augen wieder feucht. Kaum vorstellbar, daß er sonst am Stock ging. Auch er schien es vergessen zu haben, während er sich elegant auf der Tanzfläche drehte und die junge Frau dann ihrem Mann überließ. Nur einen Augenblick stand er da und sah verloren aus, dann entfernte er sich langsam und sah plötzlich wieder sehr alt aus, als Audrey seinen Arm berührte.

»Darf ich um diesen Tanz bitten, Mr. Driscoll?« Ihre Blicke begegneten einander, und er lächelte. Die Liebe, die sie füreinander empfanden, fand Ausdruck in dem Blick, den sie wechselten. Diesem Tag haftete ein sonderbar schmerzliches Gefühl an, so als feßle Annabelles Weggehen sie enger aneinander in einer fast eheähnlichen Bindung, und das spürten beide.

Nach ein paar Drehungen auf der Tanzfläche führte sie ihn liebevoll zu einem Sessel, ohne daß sie ihm damit das Gefühl vermittelt hätte, gebrechlich zu sein. Sie bestand darauf, daß sie sich um ein paar Dinge hinter den Kulissen zu kümmern hätte, und wie immer leistete sie ganze Arbeit. Alle lobten den festlichen Empfang in höchsten Tönen, und nachdem Annabelle in einem weißen Kostüm mit Harcourt unter einem Regen von Blüten und Reis das Haus verlassen hatte, konnte Audrey mit dem Verlauf der Feier sehr zufrieden sein. Sie verabschiedete sich von den Gästen und fuhr mit ihrem Großvater im Rolls nach Hause.

Jahre schienen vergangen zu sein, seitdem sie das Haus am Morgen verlassen hatte. Erschöpft ließ sie sich vor dem Kamin in der Bibliothek nieder, während der Nebel unerbittlich heranwallte und sie aus der Ferne die Nebelhörner hörte.

»Hübsch war es, nicht wahr, Großvater?« Nur mit Mühe unterdrückte sie ein Gähnen, als sie einen Schluck von dem Gläschen Sherry trank, das er ihr eingeschenkt hatte. Die Gäste hatten Unmengen von Champagner aus seinen privaten Beständen, die man diskret ins Hotel geschafft hatte, genossen, doch Audrey hatte kaum etwas getrunken. Der Sherry brachte ihr jetzt Entspannung, als sie ins Leere vor sich hin starrte und an die Hochzeit ihrer Schwester dachte, die Hochzeit des kleinen Mädchens, um das sie sich gekümmert hatte, jahrelang, und das jetzt aus dem Haus gegangen war. Annie würde die Nacht mit Harcourt in einer Suite im Mark Hopkins Hotel verbringen. Am Morgen wollten sie den Zug nach New York nehmen, wo sie an Bord der *Ile de France* gehen und nach Europa fahren würden. Audrey hatte versprochen, vor der Abfahrt des Zuges dazusein, und als sie daran dachte, spürte sie einen Stich von Neid. Sie neidete ihnen nicht das, was sie heute nacht miteinander teilen würden, sondern die bevorstehende Reise. Es war zwar keine Reise, wie sie selbst sie geplant hätte, doch wurde ihr plötzlich klar, daß sie sie um das Entkommen beneidete. Von einem plötzlichen Schuldgefühl erfaßt, warf sie ihrem Großvater einen Blick zu, als fürchtete sie, er könne ihre Gedanken lesen. Ihr Fernweh erschien ihr wie ein Unrecht, und doch wurde manchmal das Verlangen, etwas Neues zu sehen, so heftig, daß sie es kaum ertrug. Dann genügte es ihr nicht mehr, die Alben ihres Vaters durchzublättern ... sie wollte mehr ... sie wollte zu den Menschen auf den verblaßten Bildern gehören.

»Wir sollten demnächst zusammen verreisen.« Die Worte waren ausgesprochen, ehe sie sie zurückhalten konnte, und ihr Großvater sah sie erschrocken an.

»Verreisen? Wohin denn?« Sie hatten für den August einen Aufenthalt am Lake Tahoe geplant. Wie immer. Doch er argwöhnte sofort, da müsse mehr dahinterstecken, und so wie sie es sagte, erinnerte es ihn zu stark an Roland.

»Nach Europa vielleicht, wie 1929, oder wieder nach Hawaii ...« Und von dort in den Orient, hätte sie gern hinzugefügt, wagte es aber nicht.

»Warum sollten wir das tun?« Er wirkte verärgert, doch war es nicht Ärger, den er empfand, sondern Angst. Daß er Annabelle verloren hatte, machte ihm nichts aus, doch entsetzte ihn der Gedanke, Audrey zu verlieren. Ohne sie wäre das Leben nicht mehr dasselbe gewesen, ohne ihre fähige Hand, den scharfen Verstand, ihre Auffassungsgabe und die wundervollen Debatten, die sie jetzt seit so langen Jahren führten. »Ich bin schon zu alt für eine Reise um die halbe Welt.«

»Dann laß uns doch nach New York fahren.« Ihre Augen glänzten, und momentan tat sie ihm fast leid. Es gab nicht viel, was sie allein unternehmen konnte, und die meisten ihrer Schulfreundinnen waren längst verheiratet, hatten schon zwei oder drei Kinder und Ehemänner, die sie begleiteten, wohin sie wollten. Audrey wartete noch immer auf einen Mann, der überhaupt nie zu kommen schien. In gewisser Weise fühlte Edward Driscoll sich schuldig. Kein Wunder, daß sie keinen Mann gefunden hatte. Sie war zu beschäftigt gewesen mit dem Haushalt und ihrer Schwester. Jetzt war wenigstens Annabelle nicht mehr da ... deswegen verspürte er kein Bedauern, als er Audreys hübsches Gesicht ansah, den hellen Hut, den sie abgelegt hatte, das dichte Haar im Brandy-Ton, das ihr auf die Schultern fiel. Ein verdammt hübsches Mädchen ... eine gutaussehende Frau, setzte er stillschweigend hinzu. »Ja, warum nicht?« Sie sah ihn erwartungsvoll an, und er hatte ganz vergessen, was sie gesagt hatte, doch sie schien eine Antwort zu erwarten. »Warum nicht was?« Er war jetzt verwirrt und verärgert, und Audrey merkte, daß der lange Tag ihn ermüdet hatte. Wahrscheinlich hatte er auch dem Champagner zuviel zugesprochen – und jetzt trank er einen Kognak. Aber betrunken war er keinesfalls, als sie ihn hoffnungsvoll ansah.

»Warum fahren wir nicht nach New York, Großvater? Im September, wenn wir vom See zurückkommmen.«

»Warum sollten wir?« Und doch wußte er, warum. Auch er war einmal jung gewesen und hatte eine Frau gehabt, aber die hatte mit dem Herumzigeunern nichts im Sinn. Roland war es gewesen, der diesen Tick gehabt hatte, ihr einziger Sohn, der seine Reise- und Abenteuerlust von Gott weiß wo mitbekommen hatte. Wahrscheinlich liegt es auch Audrey im Blut, vermutete Edward Driscoll insgeheim bekümmert. Das Fernweh hatte seinen Sohn getötet, und er würde nicht zulassen, daß Audrey diesem Verlangen nachgab. »New York ist höchst ungesund, viel zu bevölkert und zu weit weg. Am See wirst du dich besser fühlen. Wie immer.« Edward Driscoll sah auf die Uhr und stand mit wackligen Knien auf. Für ihn war es ein großer Tag gewesen, wenngleich er es nie eingestehen würde. »Ich gehe zu Bett, und für dich ist es am besten, wenn du es mir nachmachst, meine Liebe. Für dich war es auch ein langer Tag, aber jetzt ist das Kind unter die Haube gebracht.«

Er tätschelte ihren Arm, als sie auf der Treppe waren, für ihn eine ungewöhnliche Geste. Später stand er an seinem Schlafzimmerfenster, sah das Licht hinter Audreys Fenstern und fragte sich, was sie noch machte und was sie dachte. Er wäre erschrocken, hätte er sie vor ihrem Toilettentisch vor dem Spiegel sitzen gesehen, ins Nichts starrend, ihre Perlen in der Hand, in Gedanken bei der Reise um die halbe Welt und bei den Bildern, die sie überall machen wollte. Ihr Großvater, das Haus, ihre Schwester, die Hochzeit, das alles war vergessen, als Audrey dasaß, ihren Träumen hingegeben. Schließlich schüttelte sie den Kopf, um sich in die Gegenwart zurückzubringen, stand auf, streckte sich und ging in ihr Ankleidezimmer, um sich auszuziehen. Nach wenigen Minuten schlüpfte sie zwischen die kühlen Laken, schloß die Augen und versuchte, nicht an die vielen Dinge zu denken, die sie zu erledigen hatte. Sie hatte versprochen, sich während Annabelles Abwesenheit um alles zu kümmern und im neuen Haus nach dem Rechten zu sehen. Die Malerarbeiten und die Lieferung der Möbel mußten überwacht werden, außerdem galt es, die Hochzeitsgeschenke unterzubringen. Wie immer wurde sie alles erledigen ... wie immer ... die treue Audrey. Sie schlief ein und träumte von Annabelle und Harcourt ... und einem Haus auf einer tropischen Insel, während die Stimme ihres Großvaters aus dem Hintergrund ertönte: »Komm zurück ... komm zurück ...« Aber sie kam nicht wieder.

## 3

Es war typisch für Audrey, daß sie trotz der drei am Lake Tahoe verbrachten Ferienwochen bis zu Annabelles und Harcourts Ankunft im September alles geschafft hatte. In dem hübschen, kleinen gemauerten Haus, das Harcourt gekauft hatte, stand ein kleines, aber ausreichendes Team von Dienstboten bereit. Die Räume waren in den Farben gestrichen, die Annabelle sich gewünscht hatte, die Möbel standen an Ort und Stelle, der Wagen war beim Service gewesen, und Audrey hatte selbst dafür gesorgt, daß er in regelmäßigen Abständen gestartet wurde, damit die Batterie betriebsfähig blieb.

»Deine Schwester versteht es wirklich, ein Haus zu führen«, bemerkte Harcourt beim Frühstück nach der ersten Nacht im neuen Haus, und Annabelle lächelte ihm zu. Sie freute sich, daß es ihm gefiel. Sie hatte schon befürchtet, er würde verärgert sein, weil sie Audrey diese Dinge überließ. Warum aber nicht, wenn sie alles so perfekt machte? Harcourt schien es in Ordnung zu finden.

In der California Street pries allerdings in diesem Augenblick niemand Audreys hausfrauliche Fähigkeiten. Ihr Großvater nörgelte, weil die Eier zu hart und sein Tee nicht wie gewohnt waren. Und was das Schlimmste war, er hatte seit Wochen kein anständiges Frühstück bekommen. Er machte seinem Groll Luft. Eine neue Köchin war eingestellt worden, und jetzt quälte er Audrey damit, das sie nicht so gut war wie die letzte.

»Kannst du denn keine anständige Köchin für dieses Haus auftreiben? Soll ich für den Rest meiner Tage dieses Zeug essen, oder versuchst du mich ins Grab zu bringen?«

Audrey unterdrückte auf diese Tirade hin ein Lächeln. Das alles war schon seit Tagen Gegenstand seiner Kritik, und sie suchte bereits nach einem Ersatz für die neue Köchin, die er nicht ausstehen konnte. Sie selbst war seine Schrullen gewöhnt, und an diesem Morgen war sie mehr damit beschäftigt, was in der Zeitung gestanden hatte. Der durchschnittliche Wochenlohn war von achtundzwanzig Dollar vor drei Jahren auf weniger als siebzehn Dollar gesunken, und überall sah man die Menschen um Gratisessen Schlange stehen. Über fünftausend Banken waren zusammengebrochen, über achtzigtausend Firmen waren bankrott, und die Selbstmordrate war in die Höhe geschnellt. Die Lage der Nation wurde immer bedrohlicher. Und die Statistiken in der Morgenzeitungsausgabe waren erschreckend. Das Bruttosozialprodukt war auf die Hälfte des Standes von vor drei Jahren gefallen. Die Lage war ganz unmöglich, und diese Vorstellung bewirkte, daß sie beim Kaffeetrinken besorgt die Stirn runzelte.

»Großpapa, ich begreife nicht, wie du immer noch ignorieren kannst, was vor sich geht.« So nannte sie ihn nur, wenn sie auf ihn wütend war, und sie war wütend, wegen der Vorgänge im Land und weil er noch immer Herbert Hoover verteidigte.

»Würdest du mehr Zeit auf die Probleme in diesem Haus verwenden und weniger auf die der Welt, dann hätten wir eine bessere Köchin, und ich hätte ein anständiges Frühstück.«

»Die meisten haben überhaupt kein Frühstück. Hast du daran schon gedacht?« Er wußte, daß sie sich hineinsteigern würde. Es störte ihn nicht. Insgeheim genoß er diese Ausbrüche.

»Das ganze Land wird zum Teufel gehen.«

»Es steuert seit Jahren darauf zu, Audrey. Das ist nichts Neues. Und diese Situation ist nicht auf unser Land beschränkt.« Er deutete mit dem Finger auf die Zeitung. »Da drinnen steht, daß es in Deutschland von Arbeitslosen wimmelt, in England desgleichen. Die leiden also auch darunter. Na und? Soll ich zu Hause sitzen und Tränen darüber vergießen?«

Daß man dagegen nichts unternehmen konnte, war das Frustrierende daran. »Du könntest zumindest deine Wahlstimme vernünftig einsetzen.«

»Mir gefällt nicht, was du vernünftig nennst.« Er funkelte sie an, doch als die Wahlresultate bekanntgegeben wurden, Roosevelt Hoover geschlagen und sechzig Prozent der Stimmen bekommen hatte, da tobte er. Audrey war begeistert, und es gab wieder eine hitzige Auseinandersetzung. Sie stritten noch immer, als Annabelle und Harcourt an jenem Abend zum Essen kamen und dann sehr früh gingen. Annabelle sagte, die politische Debatte wäre schuld an ihren Kopfschmerzen, doch sie vertraute Audrey trotzdem ihr Geheimnis an. Sie erwartete ein Kind, und Audrey war entzückt. Sie würde Tante werden. Eine sonderbare Vorstellung, dachte sie, als sie mit ihrem Großvater hinaufging, der noch immer wegen Hoovers Niederlage grollte. Doch sie hörte nicht mehr hin, weil sie an Annabelle und das Baby dachte. Annie würde bei der Geburt im Mai einundzwanzig sein ... einundzwanzig ... und hatte alles, was sie sich immer gewünscht hatte. Audrey war fünfundzwanzig und hatte überhaupt nichts erreicht. Dieser Gedanke fing an, sie zu bedrücken, als die Regenzeit einsetzte. Sogar die Bücher, die sie las, kamen ihr düster vor. Doch mit dem Fortschreiten von Annabelles Schwangerschaft hatte sie immer weniger Zeit, sich bedrückenden Gedanken hinzugeben. Es gab so schrecklich viel zu erledigen. Sie mußte das Kinderbettchen kaufen, das Kinderzimmer einrichten, Kindermädchen suchen, denn Annie war zu erschöpft, um viel selbst machen zu können. Wie gewöhnlich organisierte Audrey alles für sie. Und kurz nach dem einundachtzigsten Geburtstag ihres Großvaters kam das Kind zur Welt, ein großer, gesunder Junge, der seine Mutter nicht allzuviel Schmerzen kostete. Audrey war die erste, die beide besuchte, nach Harcourt natürlich, und sie sorgte dafür, daß zu Hause alles in tadelloser Ordnung war, als Annie und der Kleine zwei Wochen später entlassen wurden.

Audrey stand im Kinderzimmer, faltete einen Stapel blauer Laken zusammen und machte Inventur in Klein-Winstons neuer Welt, als Harcourt in der Tür erschien. »Dachte ich mir's doch, daß ich dich hier finden würde.« Sein Blick bohrte sich in sie, als hätte er ihr eine wichtige Eröffnung zu machen, und Audrey drehte sich erstaunt um. Sie hatten einander nur wenig zu sagen. Meist hatte sie nur mit ihrer Schwester zu tun.

»Hast du es denn nicht schon satt, alles für sie zu erledigen?« Langsam trat er näher, und Audrey legte ein kleines blaues Laken aus der Hand. Lächelnd schüttelte sie den Kopf.

»Nein, eigentlich nicht. Ich mach' das alles schon so lange.«

»Und du hast die Absicht, es immer zu tun?« Eine sonderbare Frage in einem sonderbaren Ton geäußert, während er auf sie zuging. Audrey fragte sich, ob Harcourt getrunken hatte.

»Ach, darüber habe ich mir nie den Kopf zerbrochen. Ich organisiere diese Dinge für Annie sehr gern.«

»Ja?« Er hob eine Braue und stand so dicht vor ihr in dem sonnigen, kleinen Raum, daß sie fast seinen Atem auf ihrem Gesicht fühlen konnte. Plötzlich streckte er die Hand aus und berührte sie. Seine Hand lag sanft auf ihrer Wange, als er den Finger langsam zu ihren Lippen gleiten ließ und dann versuchte, sie an sich zu ziehen. Sie war zunächst so schockiert, daß sie keinen Widerstand leistete, dann aber rückte sie jäh von ihm ab und wich seinen Lippen aus, die über ihr weiches Haar strichen. Da umfaßte er ihre Taille mit kräftigem Griff, als sie ihm zu entwischen drohte.

»Harcourt, laß das!«

»Sei nicht so prüde ... du bist fünfundzwanzig, willst du ewig die Jungfrau spielen?« Das war sehr rüde, und seine Worte schmerzten mehr als seine Hände, als er an ihrem Haar zog, so daß sie den Kopf zurücklegen mußte und ihre Lippen ihm zugewandt waren. Ihr Protest wurde erstickt. Sie wehrte sich nun heftiger, und ihr Zorn wuchs.

»Harcourt, verdammt, laß das!« Atemlos entwand sie sich ihm und zog sich instinktiv auf die andere Seite des Raumes zurück, so daß das Kinderbett zwischen ihnen stand.

»Ist es Wahnsinn, wenn ich dich begehre? Ich hätte dich heiraten können, das weißt du.« Und genau das hätte ich tun sollen, dachte er bei sich, obwohl sie schwierig war mit ihren verdammten politischen Ansichten und den vielen Büchern, die sie las, und all ihrer Bildung. Doch hätte er ihr einigen Stoff zum Nachdenken gegeben, und sie verfügte wenigstens über mehr Verstand als seine Frau. Er hatte Annabelles Hilflosigkeit und ihr ununterbrochenes kindisches Gejammer satt. Harcourt wollte eine Frau. Eine richtige Frau. Eine Frau wie Audrey.

»Du scheinst mir ziemlich durcheinander.« Audrey sah ihn scharf an. »Du bist mit meiner Schwester verheiratet. Mich hättest du nie heiraten können.«

»Warum nicht? Glaubst du, du wärest zu gut für mich, Miß Arroganz? Zu klug?« Dieser Gedanke steigerte seine Wut. Tatsächlich war sie gescheiter als der Großteil ihres Bekanntenkreises, und das gefiel ihm nicht. »Du bist wie ein heißes kleines Mädchen, das auf den Richtigen wartet, und du hast einen großen Fehler gemacht, als du mir einen Korb gabst, Audrey Driscoll.«

»Vielleicht.« Sie unterdrückte ein Lächeln. Harcourt war lächerlich und zweifellos harmlos. Annie tat ihr leid, und plötzlich drängte sich ihr die Frage auf, ob er sämtliche Freundinnen Annies in letzter Zeit belästigt hatte. Sie hoffte inständig, daß es nicht der Fall war, weil es sich herumsprechen würde. »Harcourt, du bist mit Annabelle verheiratet und hast einen prächtigen Sohn. Ich schlage vor, du benimmst dich wie ein Familienoberhaupt und nicht wie ein verdammter Narr oder Schürzenjäger.«

In seinen Augen flammte es auf, als er ihr, nur durch das Bettchen getrennt, gegenüberstand und nach ihrem Arm faßte.

»Du bist die Närrin ...« Und dann setzte er ganz ruhig hinzu: »Weißt du, daß wir allein im Haus sind? Vom Personal ist niemand da.«

Audrey spürte ein Aufflackern von Furcht. Doch sie ließ nicht zu, daß sie sich vor ihm ängstigte. Er war ein Tor und ein verzogener Junge dazu. Er würde sie nicht verletzen oder etwas tun, was er später bereute. Das wollte sie nicht zulassen. Und das alles sagte sie ihm in einem heftigen Ausbruch, der bewirkte, daß er sie losließ. Sie zog die Jacke ihres dunkelblauen Kostüms zurecht und nahm Handtasche und Handschuhe vom Wickeltisch.

»Harcourt, versuch das niemals wieder. Bei niemandem. Bei mir am allerwenigsten.« Sie kniff die Augen zusammen. »Wenn du es tust, werden deine Frau und dein Sohn so rasch in meinem Haus sein, daß du ihren Auszug nicht einmal bemerkst. Wenn du dich so benimmst, verdienst du es nicht, daß sie bei dir bleiben. Reiß dich zusammen, und zwar rasch.« Unheildrohend sah sie ihn von der Tür aus an. Sie war noch immer wütend, weil er sich so dumm benommen hatte.

Mit leerem Blick sah er sie an. Jetzt bemerkte sie, daß er ein wenig angetrunken war. Aber nicht genug, daß man damit sein rüpelhaftes Benehmen hätte entschuldigen können. »Sie kann niemanden lieben«, stieß er hervor. In Wahrheit war er auch nicht sicher, ob er es konnte, doch hatte er instinktiv gespürt, daß diese Frau sehr wohl dazu imstande war und daß mehr in der älteren Schwester seiner Frau steckte, als man ahnte. Und das alles war vergeudet und völlig unzugänglich und würde es wahrscheinlich bleiben.

»Annabelle ist verwöhnt, egoistisch und hilflos, und das weißt du genau. Es ist deine Schuld, weil du sie ihr Leben lang wie ein Baby verhätschelt hast.«

Audrey schüttelte den Kopf, loyal bis zum Schluß. »Wenn du netter zu ihr wärst, würde sie jetzt erwachsen werden.«

Achselzuckend lehnte er sich an die Kommode und starrte seine Schwägerin an. Würde sie seiner Frau sagen, was er getan hatte? Er war nicht mal sicher, ob es ihm etwas ausmachen würde. Irgend jemand würde ihr am Ende doch von seinen Eskapaden erzählen, es hatte nämlich schon einige andere Abenteuer gegeben. Er spielte dieses Spiel schon eine ganze Weile. Seit Monaten schon hatte er Annie satt. Sie konnte von nichts anderem reden als von dem Kind. Sie war sogar in ihr eigenes Zimmer umgezogen, um das Baby besser beaufsichtigen zu können ... vielleicht würde nun alles anders werden ... doch hatte er an der Abwechslung der vergangenen Monate Gefallen gefunden. Dazu kam der Reiz, kleine Affären mit Bekannten zu haben oder mit den Ehefrauen seiner Freunde. Das Leben wurde dadurch viel interessanter. Er sah Audrey an, und plötzlich kam er zu einer Einsicht, die ihr gewiß nicht angenehm war. »Weißt du, warum Annabelle so kindisch ist? Weil du sie so erzogen hast. Du hast ihr alles abgenommen. Alles. Und du tust es noch immer. Sie kann sich nicht mal selbst die Nase putzen. Sie sitzt da und erwartet, daß ein anderer alles für sie macht. Sie möchte, daß man sich ununterbrochen mit ihr befaßt und sich um sie kümmert, weil du das ihr Leben lang getan hast. Jetzt erwartet sie, daß ich deine Stelle einnehme, aber kein Mensch ist imstande, das zu tun, was du getan hast. Du bist ja nicht mal menschlich. Du bist eine Maschine, die den Haushalt führt, Gardinen aussucht und Dienstboten einstellt.« Das waren sehr lieblose Worte, aber nicht ganz unwahr. Seit dem Tod ihrer Eltern hatte sie Annabelle verhätschelt. Gut möglich, daß sie dabei zu viel des Guten getan hatte. Sie hatte sich selbst mehr als einmal darüber Gedanken gemacht. Aber wie sonst hätte sie ihre Schwester behandeln sollen? Annabelle zur Selbständigkeit erziehen? Sie wäre dazu nicht imstande gewesen ... das arme, hilflose kleine Ding ... Audreys Augen füllten sich mit Tränen bei dem Gedanken. Die Erinnerung an die kleine Annabelle, an ihr Schluchzen nach dem Tod der Eltern, quälte sie noch immer ... es war so schrecklich gewesen, für sie beide ...

»Sie war noch klein, als unsere Mutter starb.« Audrey nahm Haltung an und kämpfte gegen die Tränen an, als könne sie dadurch ihre Handlungsweise vor ihm rechtfertigen, als müsse sie es tun. Was aber, wenn Harcourt recht hatte? Wenn sie Annie für das ganze Leben verdorben hatte? Und er hatte Audrey eine Maschine genannt ... eine Maschine, die Vorhänge aussuchte und Personal einstellte ... stimmte das? Besaß sie keine menschlichen Eigenschaften? Sahen alle in ihrer Umgebung sie so? In ihrer Verzweiflung vergaß sie, wie er sie nur einige Augenblicke zuvor beurteilt hatte. Wie menschlich und begehrenswert. Das Wort Maschine hatte Audrey bis ins Innerste getroffen.

»Eure Mutter ist schon über vierzehn Jahre tot, und du erledigst noch immer alles für Annie. Sieh doch« – er deutete auf den sauberen Wäschestapel, auf die Schühchen und Jäckchen, »du tust es noch immer. Sie selbst sorgt nicht für mich oder sich, auch nicht für das Baby. Du machst alles. Ebensogut hätte ich dich heiraten können.« Wieder lächelte er begehrlich, und sie ging rasch den Gang entlang, ehe er wieder zudringlich werden konnte. Sie hatte nicht die Absicht, wieder mit ihm zu ringen, noch wollte sie ihm antworten, als sie die Treppe hinunter weiter zur Tür lief. Er rief ihr nach, doch er blieb oben auf dem Treppenabsatz und blickte auf sie hinunter, als sie die Haustür aufriß. »Eines schönen Tages wirst du zur Besinnung kommen, Audrey. Eines Tages wirst du es satt haben, sie zu bemuttern, dich um deinen Großvater zu kümmern und Haushalte zu führen, die nicht deine eigenen sind. Und wenn es soweit ist, dann ruf mich an. Ich werde warten.« Die Antwort auf seine Worte war das Zuschlagen der Tür. Auf dem Weg zum Auto steckte ihr ein Schluchzen in der Kehle, das sich Bahn brach, als sie startete und in Richtung El Camino Real fuhr.

Wenn er nun recht hatte? Wenn ihr Leben tatsächlich nur daraus bestand, sich immer um Großvater und Annabelle zu kümmern? Sie lebte tatsächlich nicht ihr eigenes Leben. Doch im Grunde genommen störte es sie nicht. Sie war immer so beschäftigt ... und doch spürte sie eine nagende Verzweiflung, als sie wieder an seine Worte dachte ... sie täte nichts, als Vorhänge aussuchen und Personal einstellen ... und Babysachen für jemand anderen ordnen ... sie hätte kein richtiges Eigenleben. In letzter Zeit war das Fotografieren aus Zeitmangel bei ihr zu kurz gekommen. Seit Monaten hatte sie ihre Kamera nicht mehr in der Hand gehabt, und sämtliche Träume von Abenteuern und Reisen, die sie einst hegte, hatten warten müssen.

44

Aber worauf? Worauf wartete sie? Daß Großvater starb? Und wenn er noch fünfzehn oder gar zwanzig Jahre lebte? Er konnte ohne weiteres hundert Jahre alt werden. Sein eigener Großvater war hundertzwei geworden, und seine Eltern waren hoch in den Neunzigern gestorben ... und was dann? Wie alt würde sie dann sein? Eine Vierzigerin, die ihr Leben vertan hatte. Der kleine Winston würde längst erwachsen sein ... Zum erstenmal im Leben hatte sie das Gefühl, das Leben hätte sie übergangen. Dieses Gefühl, mit einer immer heftiger werdenden Panik gepaart, verließ sie auf dem ganzen Heimweg nicht mehr und explodierte beinahe in ihr, als sie das Haus betrat und ihren Großvater, der seinen Stock vor zwei Mädchen und dem Butler hin und her schwang, wutentbrannt antraf. Der Chauffeur hatte den Wagen zu Schanden gefahren, als er um die Ecke bog und gegen die Straßenbahn stieß. Er war auf der Stelle gefeuert worden und hatte aussteigen müssen. Ihr Großvater hatte den Rolls, der nun etwas willkürlich draußen geparkt war, selbst nach Hause gefahren. Zornrot richtete er seinen Stock nun bedrohlich gegen Audrey.

»Und was ist mit dir? Kannst du nicht einmal einen anständigen Fahrer für mich auftreiben?!« Er hatte den Mann sieben Jahre lang gehabt und war überaus zufrieden mit ihm gewesen. Plötzlich starrte Audrey alle wild an und lief, in stoßweises Schluchzen ausbrechend, die Treppe hinauf, zwei Stufen auf einmal nehmend und von dem Gedanken erfüllt, daß Harcourt recht gehabt hatte. Dafür war sie gut ... schlimmer noch, es war das, was die anderen in ihr sahen ... eine Person, die Dienstboten einstellte und feuerte und den Haushalt führte ... Ihre Träume waren vergessen. Schluchzend lag sie auf ihrem Bett. Daß ihr Großvater nach einer Weile an die Tür klopfte, war für sie ein Grund zur Verwunderung. Es mußte ihr etwas zugestoßen sein, und das war es auch, doch war es nichts, was sie ihm erklären konnte. Sie hatte nicht die Absicht, Harcourt zu verraten. Und das war ja auch nicht der wichtigste Punkt. Wichtig waren allein ihre Gefühle und die Erkenntnis, die ihr plötzlich gekommen war. Und ebenso gewiß wußte sie, daß sie etwas unternehmen mußte. Jetzt, bevor es zu spät war.

»Audrey? … Audrey … mein Liebes …« Behutsam trat ihr Großvater ein, und sie setzte sich mit gerötetem und tränenüberströmtem Gesicht wie ein Kind auf. Ihr dunkelblaues Kostüm war völlig verrutscht. Ihre Füße steckten noch immer in den weiß-blauen Pumps.

»Was ist denn?« Sie schüttelte den Kopf, noch immer weinend, und versuchte ihre Fassung wiederzufinden. Wie sollte sie ihm ihre Verfassung erklären? Wie sollte sie je von hier wegkommen? Und doch wußte sie, daß sie jetzt etwas ändern mußte. Sie konnte nicht länger warten. Es war Zeit, daß sie sich mit etwas anderem befaßte als mit Hausmädchen, dem Butler, den weichgekochten Frühstückseiern, dem täglichen Einerlei und Annabelle und dem Baby. Sie mußte fort von allem, ehe es zu spät sein würde.

»Großvater …« Ihre Augen suchten seinen Blick, und aus irgendeiner verborgenen Quelle strömte ihr eine kleine Aufwallung von Mut zu. Vorsichtig ließ er sich auf der Bettkante nieder, da er spürte, daß es etwas Bedeutsames war, was sie ihm zu sagen hatte. Vielleicht stand sie im Begriff, sich zu verheiraten, obwohl ihm nicht klar war, wen sie zum Mann nehmen wollte. Sie war ständig zu Hause mit ihm, von den seltenen Gelegenheiten abgesehen, wenn sie mit einer ihrer Freundinnen aus Miß Hamlins Institut auswärts speiste oder wenn sie nach Burlingame fuhr, um mit Harcourt und Annabelle zu essen. »Großvater …« Fast erstickte sie an den Worten, doch sie mußten heraus. Kopfüber stürzte sie sich in den Satz, voller Angst vor dem Schmerz, den sie ihm damit bereiten würde. Aber er hatte ganz andere Dinge überlebt … den Verlust des Sohnes … und den seiner Frau. »Großvater, ich gehe fort«, sagte sie.

Zunächst schien er nicht zu begreifen, als ihre Blicke ineinandertauchten. Doch dann sprach er in ruhigem Ton. Er hatte sie verstanden. Vor langer, langer Zeit war in diesem Raum ein ähnliches Gespräch geführt worden – mit Roland.

»Wohin gehst du?«

»Ich weiß noch nicht … das muß ich mir erst überlegen. Ich weiß nur, daß ich fort muß, nach Europa, nur für einige Monate.« Sie sagte es im Flüsterton, und er schloß kurz die Augen. Nur einen Moment, nur ganz flüchtig glaubte er, daß ihre Worte ihm das Herz brachen. Aber das würde er nicht zulassen. Er hatte zu lange gelebt, und am Ende taten einem alle dasselbe an. Sie taten einem weh, bis man es nicht mehr aushalten konnte. Es lohnte sich gar nicht, jemanden so ins Herz zu schließen, wie er Audrey ins Herz geschlossen hatte. Nein ... und doch liebte er sie über alles, er konnte nichts dafür. Mit einem schmerzlichen Aufstöhnen reichte er ihr die Hand, und sie warf sich in seine Arme und ließ sich festhalten, er wünschte, er könnte sie immer so festhalten. Doch sie wünschte sich ebenso verzweifelt, ihn zu verlassen.

»Es tut mir ja so leid, Großvater. Ich weiß, wie du dich fühlen mußt. Aber ich verspreche dir, daß ich zurückkomme, das schwöre ich dir. Es wird nicht so sein wie bei Vater.« Sie wußte, was er dachte. Edward Driscoll nickte nur, während zwei Tränen über seine Wangen liefen.

# 4

Der Zug nach Chikago fuhr von Oakland ab. Annabelle, Harcourt und ihr Großvater hatten es sich nicht nehmen lassen, Audrey zum Bahnhof zu bringen. Sie hatte sich gegen einen Flug entschieden, um jeden Augenblick der Fahrt in den Osten genießen zu können, während sie im Zug saß. Unterwegs auf der Fähre plapperte Annabelle ununterbrochen, während Harcourt unterdessen über ihren Kopf hinweg Audrey vielsagend in die Augen sah, als stünde er im Begriff, sie vor den Augen seiner Frau in die Arme zu nehmen und ihr einen langen Abschiedskuß zu geben. Audrey hätte am liebsten laut über seinen Blick gelacht, wäre da nicht die Sorge um ihren Großvater gewesen, der seit Tagen schwieg und sie an diesem letzten Morgen noch keines Wortes gewürdigt hatte. Beim Frühstück hatte er nichts gesagt, hatte sein Ei nicht angerührt trotz der ausgezeichneten Köchin, die Audrey für ihn eingestellt hatte, und seine Zeitung war unberührt geblieben. Es war ihm anzusehen, wie schwer ihm ums Herz war, und Audrey machte sich große Sorgen, während sie die letzte Reisetasche zuklappte und sich dann ein letztes Mal in ihrem Zimmer umsah. Sie fürchtete, daß ihr Abschied einen Herz- oder Schlaganfall herbeiführen könnte, oder schlimmer noch, daß er einfach aufhören würde zu leben, sobald sie fort war. Aber zum erstenmal würden alle auf eigenen Füßen stehen müssen, ohne sie. Nur ein paar Monate ... doch lange genug, daß sie selbst sich ein Stück von der Welt ansehen und ihre Reiselust befriedigen konnte. Tausendmal hatte sie ihm versprochen, daß sie bald wieder nach Hause kommen würde. Doch er schien ihr nicht zu glauben. »Wahrscheinlich werde ich im September zurück sein, spätestens im Oktober, Opa ... das schwöre ich.« Er hatte sie ausdruckslos angesehen, den Kopf geschüttelt und wiederholt, daß er diese Worte schon vor langer Zeit gehört hätte, und dann sei Roland eines Tages doch nicht mehr von seinen Streifzügen zurückgekehrt.

»Das ist anders, Großvater ...«

»Ach? Warum ist es anders? Was wird dich wieder nach Hause führen, Audrey? Das Gefühl der Verpflichtung mir gegenüber? Pflichtgefühl also? Wird dich das zurückbringen?« Das hatte er fast verbittert geäußert, und als sie schließlich anbot, zu Hause zu bleiben, hatte er doch darauf bestanden, daß sie ihre Reisepläne einhielt. Er wußte, wieviel ihr das alles bedeutete, und er wußte auch, daß er sie um ihretwillen weglassen mußte, mochte es für ihn auch noch so schmerzlich sein. Und schmerzlich war es. Er fühlte sich uralt, als hätte ihn plötzlich etwas, das er jahrelang im Zaum gehalten hatte, getroffen. Immer schon hatte er befürchtet, daß sie ihn verlassen und eines Tages in die Fußstapfen ihres Vaters treten würde. Sie war Roland so ähnlich, und sie hatte an diesen verdammten Fotoalben immer schon einen Narren gefressen. Sie ließ die Bände in ihrem Zimmer zurück, während sie auszog, die Abenteuer ihres Vaters zu neuem Leben zu erwecken, mit der eigenen Kamera, einer Leica, die sie wie einen Schatz hütete.

Auf dem Bahnhof klammerte sie sich an ihren Großvater, weil er ihr plötzlich sehr gebrechlich vorkam. Sie hielt ihn an sich gedrückt von Reue über ihre plötzliche Flucht, gleichzeitig aber auch von Haß auf Harcourt erfüllt, weil er ihr ganzes Leben in Frage gestellt hatte. Welches Recht hatte er dazu? Nur war es leider richtig gewesen, ihr diesen Schubs zu versetzen. Sie mußte tun, was sie jetzt tat. Sie mußte ... mußte einfach ... sich selbst zuliebe. Ich muß jetzt etwas für mich tun, nicht für Großvater oder Annie. Das rief sie sich ins Gedächtnis, als sie die Hände ihres Großvaters festhielt. Und als sie ihn umarmte, konnte sie die Tränen nicht zurückhalten. Die anderen standen ergriffen daneben. Audrey sah dem Großvater in die Augen, während ihr die Tränen über die Wangen rannen. Sie fühlte sich wie ein Kind, das zum erstenmal aus dem Haus geht, und plötzlich fiel ihr der Schmerz ein, den sie empfunden hatte, als sie Hawaii nach dem Tod der Eltern verlassen mußte.

»Großvater, ich hab' dich lieb ... ich komme bald zurück. Das verspreche ich dir.« Zärtlich umfaßte er ihr Gesicht mit beiden Händen und küßte wortlos ihre feuchten Wangen. Seine Schroffheit war wie weggeblasen, und die rauhe Oberfläche war nun seiner Liebe zu ihr und dem Abschiedsschmerz ausgesetzt.

»Gib gut acht auf dich, Kind. Und komm zurück, wenn du dafür bereit bist. Wir erwarten dich alle.« Das sagte er ganz leise. Es hätte mehr seiner Art entsprochen, wenn er ihr gesagt hätte, daß er ohne sie zurechtkommen würde, aber er war nicht überzeugt davon. Er spürte, daß er Audrey ihre Freiheit lassen mußte. Sie hatte ihm in den vergangenen Jahren so viel gegeben, jetzt war sie an der Reihe, obwohl ihm nicht behagte, daß sie allein reiste. Audrey hingegen hörte nicht auf, beharrlich zu wiederholen, daß man das Jahr 1933 schreibe, daß es in der modernen Zeit keinen Grund gäbe, nicht allein zu reisen. Und sie führe ja nur nach Europa. Sie wollte Freunde ihres Vaters in Paris und London, in Mailand und Genf besuchen, falls sie dort hinkäme. Überall gab es Menschen, an die sie sich wenden konnte, doch im Moment hatte sie nur Augen für ihren Großvater, als er langsam aus dem Waggon stieg, den Stock in der Hand, den Hut auf dem Kopf, hochgewachsen und hager. Er blieb in aufrechter Haltung auf dem Bahnsteig stehen und sah sie mit durchdringendem Blick an. Und dann, ganz plötzlich, als der Zug sich in Bewegung setzte, lächelte er ihr zu. Es war sein Abschiedsgeschenk für sie, die Erlaubnis, daß sie auf Abenteuer ziehen durfte ... Harcourt hatte sie beim Abschiedskuß zu fest umfangen, und Annabelle hatte nicht aufgehört zu plappern, verschreckt von dem Gedanken, was sie tun sollte, falls das Kindermädchen des kleinen Winston kündigte oder falls das Hausmädchen ging. Harcourt hatte recht gehabt, Audrey hatte für alle viel zuviel getan. Jetzt war sie selbst an der Reihe ... Sie winkte, solange sie die Gestalten auf dem Bahnsteig sehen konnte, dann fuhr der Zug um eine Biegung, und sie waren verschwunden wie Trugbilder.

Die Fahrt nach Chikago dauerte zwei Tage und zwei Nächte. Audrey verbrachte die Zeit mit der Lektüre der mitgebrachten Bücher in ihrem Abteil, einem Salon mit einer Schlafnische. Am ersten Tag las sie ›Tod am Nachmittag‹ von Ernest Hemingway und war voll Bewunderung für seinen Abenteuergeist und beeindruckt von den geschilderten Stierkämpfen, die ihm so viel bedeuteten. Anschließend begann sie sofort mit ›Schöne neue Welt‹ von Huxley. Jedes dieser Bücher erschien ihrer entdeckungs- und abenteuerlustigen Stimmung angepaßt. Auf der Fahrt durch den Kontinent sprach sie kaum ein Wort mit einem Menschen. Von Zeit zu Zeit stieg Audrey aus, vertrat sich die Beine oder verzehrte eine ungenießbare Mahlzeit auf einer der Stationen. Sie las sogar beim Essen, und nachher naschte sie von den Süßigkeiten, die sie sich besorgt hatte. Sie verbrachte eine herrliche, selbstsüchtige Zeit, zum erstenmal seit Jahren nur mit sich selbst und ihren eigenen Wünschen befaßt. Sie brauchte sich nicht den Kopf über Speisenfolgen zu zerbrechen, sie brauchte kein Menü abzusegnen, kein Hausmädchen auszuschelten oder sich rechtzeitig fürs Dinner umzuziehen. Audrey trug auf der ganzen Fahrt einen grauen Flanellrock, zu dem sie sich einige Blusen gekauft hatte. Begonnen hatte sie mit einer züchtig hochgeschlossenen rosa Crêpe-de-Chine-Bluse mit Schleife am Hals. Dazu trug sie eine Perlenkette, das Geschenk ihres Großvaters zu ihrem einundzwanzigsten Geburtstag. Am zweiten Tag wählte sie graue Seide und am letzten Abend weißes Crêpe de Chine. Als der Zug in Denver hielt, legte sie gegen die Kälte eine Fuchsjacke um, auf der Weiterfahrt wurde es aber immer wärmer, je weiter sie nach Osten gelangten. In Chikago erschien Audrey in einem weißen Leinenkostüm, an den Füßen weiße Schuhe mit blauen Absätzen und blauer Ristspange. Dies war der letzte Schrei, und sie kam sich sehr schick vor, als sie, einen großen Hut schräg auf dem Kopf, das kupferne Haar in Kaskaden um ihr Gesicht, dem Zug entsteigend, einen Träger herbeiwinkte. Sie ließ ihr Gepäck ins La Salle Hotel schaffen, wo sie die Nacht verbrachte, ehe sie für die kurze Fahrt nach New York am nächsten Morgen wieder den Zug bestieg. Und plötzlich überwältigte Audrey die Erregung über das, was sie getan hatte. Sie war mit sich selbst so zufrieden, daß sie am liebsten laut gelacht hätte. Sogar der Trennungsschmerz verblaßte allmählich.

Erst als sie mit ihrem Großvater telefonierte, erwachte der Schmerz wieder zum Leben, aber nur ganz kurz. Großvaters Stimme klang barsch, als Audrey anrief, doch vermochte seine Schroffheit nur unzulänglich die Einsamkeit zu verdecken, die sein Ton andeutete.

»Wer ist dort?« hatte er geschnarrt. Audrey sah lächelnd aus dem Fenster ihres Hotelzimmers, ohne etwas wahrzunehmen, während sie den Hörer in der Hand hielt.

»Ich bin's, Großvater, Audrey«, wiederholte sie. »Du kannst mich unmöglich schon vergessen haben.«

»Ich hörte mir eben Walter Winchell an.« Rasch berechnete sie die Zeitdifferenz und wußte sofort, daß er schwindelte. Sie sollte nicht wissen, daß er neben dem Telefon gesessen und gebetet hatte, sie möge anrufen. »Wo, zum Teufel, steckst du?«

»In Chikago, im La Salle.« Vor der Abreise hatte sie ihm ihren Reiseplan gegeben, zumindest das wenige, das sie vorausgeplant hatte. Das La Salle stand in der Aufstellung.

»Was ist das? Irgendeine billige Absteige?«

»Wo denkst du hin!« Sie lachte und stellte fest, daß er ihr schrecklich fehlte. Sie kam sich weit, ganz weit entfernt von der Heimat vor und hatte Heimweh nach ihm. »Es liegt unweit vom Loop. Du hast hier selbst schon gewohnt, hast du gesagt.«

»Kann mich nicht entsinnen.« Sie wußte, daß er sich sehr wohl erinnern konnte. Er gab sich schwierig, um die Einsamkeit zu lindern, an der er litt. »Wann geht es weiter nach New York?«

»Morgen früh.«

»Na, dann achte darauf, daß du in deinem Abteil bleibst. Wer weiß, was für Pöbel mit im Zug fährt. Du hast doch ein Abteil für dich, oder?« Das klang sehr besorgt, und sie war gerührt.

51

»Natürlich, Großvater.«

»Gut. Dann bewege dich nicht heraus.« Seine nächsten Worte klangen ganz sanft, fast demütig und für ihn so uncharakteristisch, daß ihr die Tränen kamen. »Wirst du mich von New York aus anrufen?«

»Sofort nach meiner Ankunft.« Ihre Stimme klang liebevoll in seinen Ohren, und er nickte. Er wollte sich bedanken und wußte nicht, wie. Er war sogar für den Anruf aus Chikago dankbar.

»Wo wirst du in New York wohnen?«

»Im Plaza.«

»Ach, richtig.« Dann trat Stille ein. »Audrey, gib acht auf dich«, ermahnte er sie schließlich.

»Mach' ich, Großvater, das verspreche ich. Aber du bist auch vorsichtig. Bleib heute nicht zu lange auf.«

»Sei im Zug auf der Hut!« Wieder war Besorgnis herauszuhören. »Bleib im Abteil.«

Natürlich hielt sie sich nicht an ihr Versprechen. Der Salonwagen mit der überfüllten Bar voller fröhlicher, plaudernder Menschen war zu verlockend. Der Speisewagen war ebenso luxuriös, und das Essen, das von einem Ober im Frack serviert wurde, erwies sich als superb. An Audreys Tisch saß ein junges Paar, das sich auf Hochzeitsreise befand, und ein sehr respektabel wirkender Anwalt aus Cleveland, der zu Hause Frau und vier Kinder hatte. Trotzdem bat er sie um ein Wiedersehen in New York und bot ihr sogar an, sie in seinem Taxi von der Penn-Station in ihr Hotel zu fahren, ein Angebot, das sie ablehnte. Sie nahm selbst ein Taxi und fing schon auf der Fahrt mit dem Fotografieren an. In dem geräumigen Wagen vorgebeugt, stützte sie sich auf die Lehne des Vordersitzes und fing an zu knipsen, Bilder von Wolkenkratzern und von Passanten. Dabei erwischte sie außergewöhnliche Blickwinkel, komische Hüte und Gesichter. Sie hatte ein echtes Gespür für das, was sich mit der Kamera gut einfangen ließ, und war völlig in ihre Tätigkeit versunken, als das Taxi vor dem Hotel vorfuhr, vor welchem einige Pferdedroschken standen. Der Fahrer sah sie neugierig an, als sie bezahlte.

»Sind Sie Touristin oder Profi?« Er wurde nicht klug aus ihr. Sie sah gut aus, war attraktiv und gut angezogen und machte den

Eindruck, als verstünde sie wirklich etwas vom Umgang mit der Kamera.

Sie schenkte ihm ein Lächeln, während der Türsteher ihr Gepäck übernahm. »Ein wenig von beidem.«

»Möchten Sie eine Stadtrundfahrt machen?« fragte er hoffnungsvoll.

»Ja, sicher.« Sie warf einen Blick auf ihre Uhr. »Lassen Sie mir eine Stunde Zeit. Wir treffen uns hier unten.« Es war ein schöner, sonniger Nachmittag. Audrey hatte massenhaft Zeit zur Verfügung, und es galt, eine Stadt auf eigene Faust zu entdecken.

Der Fahrer versprach wiederzukommen, und er hielt Wort. Eine Stunde später saß sie wieder im Taxi und fuhr an Sehenswürdigkeiten vorüber, die sie während ihrer früheren Aufenthalte in New York nicht besichtigt hatte, das Empire State Building und Saint John the Divine. Sie brachte den Mann sogar dazu, sie durch Harlem zu fahren, wo ihre Kamera nicht zur Ruhe kam und sie Eistüten für zwei kleine Mädchen erstand, nachdem sie die beiden auf den Film gebannt hatte.

Es war ein himmlischer Tag, eine himmlische Fahrt, himmlische Augenblicke in einem Leben. Und wieder im Hotel, hatte sie das Gefühl, alles gesehen zu haben. Sechs Filme hatte sie verschossen – Gebäude, Menschen, Straßen, den Central Park, East River, den Hudson, die George Washington Bridge, Wall Street und St. Patrick's Cathedral. Als sie an diesem Abend ihren Großvater anrief, sprudelte sie über vor Begeisterung und war noch immer in Hochstimmung, als sie sich selbst zum Dinner ins ›21‹ einlud, in die bekannteste Flüsterkneipe New Yorks, eine der wenigen, in die man sie ohne Begleiter einließ. Sie trug ihr schickes schwarzes Cocktailkleid, und zwei Männer näherten sich ihr, kaum daß sie Platz genommen hatte. Doch der Ober ersuchte die beiden sehr rasch, wieder an die Bar zurückzukehren, von der sie gekommen waren. Audrey kehrte ohne Begleiter, wie sie gekommen war, ins Plaza zurück.

Sie hatte in New York drei Tage zur Verfügung, ehe sie sich einschiffte, und sie nützte die Zeit gut. Sie besichtigte alles, was sie sehen wollte, und ging sogar ins Kino, um Filme mit Joan Crawford zu sehen, die sie liebte. ›Menschen im Hotel‹, in dem auch Greta Garbo spielte, und ›Regen‹ mit der Crawford und Walter Huston. Beide Filme waren im Jahr zuvor herausgekommen, doch Audrey hatte bis jetzt keine Zeit gehabt, sie anzusehen. Nach der Vorstellung fühlte sie sich ein wenig dekadent und sehr glücklich, so sehr, daß sie am nächsten Tag in einer Matineevorstellung einen Film mit Katherine Hepburn ansah.

Sie war ständig unterwegs, unternahm Schaufensterbummel und bedauerte nur, daß ihr der Nachtklub ›El Morocco‹, der vor eineinhalb Jahren eröffnet worden war, verschlossen blieb. Annie, die auf der Hochzeitsreise dort gewesen war, hatte ihr begeistert davon vorgeschwärmt. Das Innendekor war in Zebrastreifen gehalten, und die gesamte Caféhaus-Society gab sich dort regelmäßig ein Stelldichein, durchtanzte und durchtrank die Nächte – schöne Frauen in sagenhaften Kleidern und gutaussehende Männer mit einer Ausstrahlung, die sexy und romantisch war. Das war eine Szenerie, die Audrey sich zu gern angesehen hätte, obwohl es für sie keine annehmbare Möglichkeit gab, hineinzukommen. Sie kannte in New York keine Seele, und ihr wäre nicht im Traum eingefallen, allein hinzugehen, auch für den unwahrscheinlichen Fall, daß man sie eingelassen hätte.

Fasziniert bummelte sie die von schicken Frauen und gut angezogenen Männern bevölkerten Straßen entlang. Im Vergleich mit New York erschien ihr San Franzisko reichlich verschlafen, und das versuchte sie Annabelle zu beschreiben, als sie diese anrief.

»Aud, du bist zu beneiden ... was gäbe ich darum, wenn ich bei dir sein könnte.«

»Alles trägt diese ausgefallenen kleinen Hüte und todschicke Kleider.« Beide wußten, daß ›ausgefallene kleine Hüte‹ der Modehit des Jahres waren, doch wenn man plötzlich Dutzende um sich herum sah, erwachte ein bloßer Modegag plötzlich zum Leben. Alles war so viel größer, schöner und erregender als in Kalifornien. San Franzisko kam ihr nun gesetzt und bieder vor, was tatsächlich zutraf. Audrey war außer sich, daß sie dem allem entflohen war, wenn auch nur für kurze Zeit.

»Warst du im ›El Morocco‹?«

Audrey lachte und schüttelte den Kopf, den Blick aus dem Hotelfenster gerichtet, während sie mit ihrer Schwester telefonierte.

»Natürlich nicht. Wie könnte ich? Ich kenne hier niemanden, der mich ausführen könnte.«

»Angeblich läßt man dort jeden ein, der gut aussieht und elegant ist ...« In Annabelles Worten schwang ein hoffnungsvoller Unterton mit, und Audrey mußte wieder lachen. Sie hatte dasselbe gehört. Es war die einzige Möglichkeit, das Lokal während der Zeit der Depression zu füllen und ihm die Aura des Erfolges zu verleihen. Man ließ gepflegte, amüsante Menschen ein, damit es aussah, als wäre das Lokal gut besucht, und wenn dann auch die Stammgäste kamen, blieb der kleine Schwindel unentdeckt.

»Ich glaube, ohne Begleitung würde ich nicht weit kommen.« Das sagte sie ohne Bedauern, und Annabelle zog die Schultern hoch. Wie dumm von Audrey, allein auf Reisen zu gehen wie ein altes Weib. Dann aber sagte sie mit einem Seufzer:

»Vielleicht bist du so besser dran, Aud.« Mehr wollte sie nicht sagen. In ihrem Ton schwang etwas mit, und Audrey fragte sich sofort, was Harcourt wohl angestellt haben mochte.

»Ist alles in Ordnung?« Dabei flog ihr Herz ihrer jüngeren Schwester zu, die in ihren Augen noch ein Baby war. »Ist etwas passiert?« Sie fragte das wie eine Tigerin, die sich anschickt, ihr Junges zu verteidigen, doch Annabelle beteuerte, daß alles in Ordnung sei, und Audrey wollte ihr glauben.

»Alles ist bestens. Es ist nur ... ohne dich ist es so schwierig. Ich weiß gar nicht, wie du alles schaffst und ...« Zum Glück konnte Audrey die Tränen in ihren Augen nicht sehen.

»Ach, du machst alles wunderbar. Du mußt Geduld haben. Man kann nicht über Nacht alles lernen.«

»Harcourt glaubt aber, ich könnte es.« Ihr jämmerlicher Tonfall entlockte Audrey ein Lächeln.

»Männer verstehen das nicht. Denk an Großvater.« Annabelle lächelte unter Tränen. »Du machst alles wunderbar.« Es war dieselbe Ermutigung, die sie ihr schon ihr Leben lang angedeihen ließ. »Mit dem kleinen Winston gehst du genau richtig um.« Annabelle war wie ein kleines Mädchen, das mit der Puppe spielte.

»Ich habe solche Angst, daß ich etwas verkehrt mache ...«, versuchte sie ihren Ängsten Luft zu machen, doch Audrey schnitt ihr das Wort ab.

»Du wirst nichts verkehrt machen. Du bist die Mutter. Du weißt, was für den Kleinen am besten ist.« Plötzlich mußte sie daran denken, wie teuer dieser Anruf war. Sie hatte nur fünftausend Dollar von dem Geld, das ihre Eltern ihr hinterlassen hatten, mitgenommen, und das mußte für die gesamte Reise reichen. »Ich muß jetzt Schluß machen, Liebes. Ich rufe dich noch einmal an, bevor ich mich einschiffe.«

»Wann wird das sein?«

»In zwei Tagen.« Sie wußte, daß Annabelle sie um die Seereise nicht beneidete. Auf den Fahrten von und nach Hawaii hatte sie immer schrecklich unter Seekrankheit gelitten, und daran hatte sich nichts geändert. Harcourt hatte berichtet, daß sie ihre Kabine auf der *Ile de France* in den Flitterwochen während der gesamten Überfahrt nicht verlassen hätte. In Paris hatte sie sich jedoch sehr rasch wieder erholt. Chanel, Patou, Vionnet. Sie hatte die Runde in den Salons gemacht und ein Vermögen dort ausgegeben. »Gib auf dich acht, und grüß Großvater von mir.«

»Er ruft mich nie an«, jammerte Annabelle.

»Dann ruf doch du ihn an, um Himmels willen!« Das klang verärgert. Annie dachte nie daran, von sich aus mit jemandem Kontakt aufzunehmen. Immer wartete sie, daß der andere den ersten Schritt tat. »Er braucht dich jetzt.«

»Na schön … ich werde ihn anrufen. Und du rufst mich an, wenn du im ›El Morocco‹ warst!« Audrey mußte lachen, als sie auflegte. Wie verschieden sie doch waren! Manchmal erschien es ihr richtig komisch. Annabelle wäre die Reise zuwider gewesen, die Audrey für sich in Europa geplant hatte. Besuche bei Chanel und Patou waren dabei gar nicht eingeplant. Sie hatte ganz andere Ziele.

Kaum war sie an Bord des Schiffes, spürte sie, wie ihr Herz höher schlug. Sie stand da und blickte zu den vier Rauchfängen der *Mauretania* hoch, und plötzlich hatte sie das Gefühl, ein Traum sei wahr geworden. Sogar die Alben ihres Vaters verblaßten in der Erinnerung. Ihre Gedanken galten einzig und allein den eigenen Reisen, ihren eigenen Abenteuern, den eigenen Plänen, als sie ihre Kabine auf dem A-Deck bezog. Natürlich war niemand da, der ihr zum Abschied zuwinkte, doch sie ging an

Deck, als das Schiff auslief, und sah zu, wie es sich langsam vom Dock löste und die Passagiere Papierschlangen und Konfetti warfen und ihren zurückbleibenden Freunden Grußworte zuriefen. Die Schiffssirene heulte und übertönte alle anderen Geräusche. Audrey bemerkte neben sich ein junges Paar Arm in Arm, sie in einem extravaganten rosa Seidenkostüm mit einem der exquisiten kleine Hüte, die Annabelle in Begeisterung versetzt hätten. Sie hatte rabenschwarzes Haar, große blaue Augen und einen hellen Teint. Die Riemchen der rosa Sandalen waren mit Gold abgesetzt, und als sie jemandem am Ufer zuwinkte, fiel Audrey ein breites Diamantarmband auf. Die Schiffssirene war verstummt, und man hörte nun Lachen. Audrey sah, wie die junge Dame den Mann an ihrer Seite küßte. In seiner weißen Leinenhose mit dem marineblauen Blazer, den Hut tief in der Stirn, sah er ebenso lässig-elegant aus wie seine Begleiterin. Als sie davonschlenderten, noch immer lachend, wirkten sie wie das ideale Paar. Immer wieder blieben sie stehen und küßten sich. Audrey vermutete, daß sie Hochzeitsreisende waren, und dieser Eindruck verstärkte sich, als sie die beiden vor dem Dinner in der Lounge Champagner trinken sah. Da bemerkte sie, daß die beiden zu ihr herüberblickten. Den ganzen Abend beobachtete sie über die Weite des Speisesaals hinweg das auffallende Paar. Die Frau trug ein hinreißendes weißes Abendkleid mit tiefem Ausschnitt, ihr Mann war in schwarzem Abendanzug erschienen. Audrey kam ihr eigenes graues Satinabendkleid nun viel weniger elegant vor als vor einigen Monaten in San Franzisko. Doch das trübte ihre Hochstimmung nicht.

Da sie es genoß, die Menschen zu beobachten, begab sie sich nach dem Dinner, ihre Silberfuchsjacke um die Schultern gelegt, an Deck. Dort sah sie die beiden wieder. Sie standen Hand in Hand im Mondschein. Audrey setzte sich in einen Liegestuhl, betrachtete den Mond und lächelte, als das Paar wieder an ihr vorüberging. Doch sie schrak zusammen, denn die Dame blieb stehen und lächelte ihr auch zu.

»Reisen Sie allein?« Die junge Frau sprach Audrey ohne Umschweife an, und Audrey sah, daß sie noch schöner war, wenn man in ihre saphirblauen Augen blickte.

»Ja, ich bin allein.« Plötzlich war sie befangen. Von Abenteuern zu träumen war eine Sache, eine ganz andere aber war es, allein auf Reisen zu gehen, neue Menschen kennenzulernen und ihnen alles erklären zu müssen. Plötzlich war sie verlegen und fühlte sich ganz jung, als die elegante junge Frau näher kam.

»Mein Name ist Violet Hawthorne, und das ist James, mein Mann.« Sie vollführte eine beiläufige Bewegung mit der Hand, die vorhin ein Diamantarmband geschmückt hatte. Jetzt trug sie einen sehr großen Smaragdring mit dem passenden Armband, und was sie zu erwähnen vergessen hatte, war der Umstand, daß ›James‹ eigentlich Lord James Hawthorne war und sie Lady Violet, eine Gräfin von Geburt. Ihr Blick war frei von Hochmut und Snobismus, als sie Audrey zulächelte, und auch ihr Mann trat nun näher und schüttelte Audrey die Hand, schalt aber seine Frau für ihre Aufdringlichkeit. Doch lag dabei Lachen in seinem Ton, und es sah aus, als könne er seinen Arm nicht wieder von der bildschönen Violet lösen, als er ihn um ihre Schultern legte.

»Sind Sie auf Hochzeitsreise?« Audrey konnte sich die Frage nicht verkneifen, was beide mit Lachen quittierten.

»Sehen wir so aus?« Violet hörte nicht auf zu lachen. »Wie schockierend ... dieser schrecklich begehrliche Blick, der allen anzeigt, daß man es kaum erwarten kann, ins Bett zu kommen. Liebling, wie schrecklich ...«

Audrey errötete auf diese offenen Worte hin, doch nun lachten alle drei, und Violet korrigierte Audrey hastig. »Nein, wir sind schon seit sechs Jahren verheiratet und werden zu Hause von zwei Kindern erwartet. Wir kommen aus den Ferien. James hat einen Vetter in Boston, und ich wollte New York sehen. Um diese Jahreszeit ist es wirklich wunderbar. Sind Sie New Yorkerin?« Sie fragte es mit einem Lächeln, ohne sich des ausnehmend hübschen Bildes bewußt zu sein, das sie in ihrem weißen Abendkleid mit der lässig getragenen Hermelin-Stola und den in der Schiffsbeleuchtung blitzenden Smaragden abgab. Audrey war überwältigt und kam sich daneben wie ein Aschenputtel vor.

»Nein, ich bin aus San Franzisko.« Lady Violet hob interessiert die Brauen. Sie hatte ein überaus ausdrucksvolles Gesicht und schien kaum älter als Audrey.

»Ach? Sind Sie dort geboren?« Sie liebte es, Fragen zu stellen, und ihr Mann beeilte sich einzugreifen und schalt sie lachend.

»Vi, wirst du wohl aufhören, Menschen auszufragen. Wirklich, das mußt du dir abgewöhnen!« Doch die Amerikaner hatten sich in diesem Punkt sehr, sehr tolerant gezeigt, und nur wenige, wenn überhaupt jemand, hatten etwas einzuwenden.

»Ich habe nichts dagegen«, warf Audrey rasch ein, und Lady Violet beeilte sich zu sagen:

»Entschuldigen Sie, James hat recht. Ich habe die schreckliche Angewohnheit, zu viele Fragen zu stellen. In England hält man mich deswegen für ungehobelt. Amerikaner sind diesbezüglich lockerer.« Ihr Lächeln kam von Herzen, und Audrey lachte mit.

»Mich stört es nicht. Also, ich wurde in Hawaii geboren und kam mit elf Jahren nach San Franzisko. Meine Eltern stammten von dort.«

»Wie interessant.« Sie schien wirklich fasziniert, und Audrey lachte. Erst jetzt fiel ihr ein, daß sie sich noch nicht vorgestellt hatte. Sie streckte die Hand aus, und die förmliche Vorstellung wurde zu einem Ende gebracht. Dann lud James sie zu Champagner ein. Er war ein unglaublich gut aussehender Mann mit schimmerndem schwarzen Haar, breiten Schultern und schmalen aristokratischen Händen. Audrey mußte sich ermahnen, ihn nicht anzustarren. Er war so faszinierend, daß man ihm wie elektrisiert zuhörte, wenn er sprach. Es war wie in einem Film, wenn man die beiden zusammen sah. Sie stellte die Verkörperung von Glamour und Eleganz dar. Sie besaßen alles, waren schön, elegant, besaßen sagenhaften Schmuck und dazu ein selbstsicheres Auftreten, um das sie jeder beneiden mußte.

»Kommen Sie oft nach Europa?« Wieder war es Violet, die Fragen stellte, doch diesmal versuchte James nicht mehr, sie daran zu hindern.

»Erst einmal war ich drüben«, gestand Audrey. »Mit achtzehn. Ich fuhr damals mit meinem Großvater hin. Wir besuchten London und Paris und verbrachten dann eine Woche in einem Kurort am Genfer See. Dann fuhren wir wieder nach San Franzisko.«

»Wahrscheinlich waren Sie in Evian. Schrecklich langweilig,

nicht?« Violet und Audrey lachten, James lehnte sich zurück und beobachtete seine Frau. Es war ihm anzusehen, daß er verrückt nach ihr war, und als Audrey sie anblickte, empfand sie Mitleid mit ihrer Schwester. So sollte eine Ehe sein, eine Verbindung zweier Menschen, die etwas füreinander empfanden, die sich an denselben Dingen erfreuten, keine Fremden, die nur daran interessiert waren, wie sie für andere aussahen. Lieber würde sie ihr Leben lang allein bleiben oder warten, bis sie einen Mann genau wie diesen fand. Trotzdem stellte Audrey fest, daß sie Violet nicht im mindesten beneidete. Sie genoß es, die beiden zu beobachten, und Violet plauderte weiter. »Meine Großmutter besaß ein komisches altes Haus in Bath. Dorthin pflegte sie immer zur Kur zu fahren, und jedes Jahr wurde ich mitgeschickt. Ich kann gar nicht schildern, wie verhaßt mir das war ... bis auf einen Sommer, der nicht so schrecklich war«, wie sie mit strahlendem Lächeln hinzusetzte.

James berichtete weiter: »Nach einem Beinbruch, der mir auf der Jagd in Schottland passierte, mußte ich gegen meinen Willen Station bei meiner Großtante machen, jedoch ... es gab auch ein paar Pluspunkte in Bath, die kleine Lady Vi gehörte dazu ...« Er ließ den Satz vieldeutig in der Luft hängen, und sie griff den Hinweis gutgelaunt auf.

»Es gab also auch andere?«

»Ach, ein niedliches kleines Ding in der Bäckerei, wenn ich mich recht erinnere ...«

»James, wie konntest du nur!«

Er wollte sie nur necken, wie sie sehr wohl wußte – ein Spiel, das sie liebte. Audrey verbrachte einen wundervollen Abend mit den Hawthornes. Sie lachten und scherzten und sprachen von den Orten, die Audrey in Europa sehen wollte.

»Audrey, wie lange wollen Sie bleiben?« fragte James sie in bester Laune, als er den Rest aus der zweiten Champagnerflasche einschenkte.

»Mehr oder weniger den ganzen Sommer. Ich habe meinem Großvater versprochen, dann wieder zurück zu sein. Sehen Sie, das alles ist leider ziemlich kompliziert. Ich lebe bei ihm, und er ist schon einundachtzig.«

»Das muß für Sie schrecklich trübselig sein, meine Liebe . . .«, ließ sich James voller Mitgefühl vernehmen, doch Audrey verneinte hastig mit einem Kopfschütteln, das ihrer Liebe und Loyalität entsprang. Sie hatte immer gern mit ihm zusammengelebt. Es war nur so, daß sie jetzt ein bißchen Abwechslung brauchte.

»Er ist ein wunderbarer Mensch, und wir kommen sehr gut miteinander aus.« Sie lächelte. »Zwar würde man das nicht meinen, wenn man uns zusammen sieht. Wir liegen uns ständig wegen der Politik in den Haaren.«

»Das ist gut für die Gesundheit. Ich zanke mich deswegen immer mit Violets Vater. Wir beide genießen das immer sehr.« Sie alle lächelten. An diesem Abend waren sie Freunde geworden. »So, und nun berichten Sie uns von Ihren Plänen.«

»Tja, erst London, dann Paris und anschließend könnte ich nach Südfrankreich fahren, dachte ich mir . . .«

»Fahren?« Er schien erstaunt, und sie nickte. »Allein oder mit Chauffeur?«

Sie lächelte. »Sie reden wie mein Großvater. Aber Sie würden sich wundern, ich bin eine gute Fahrerin.«

»Trotzdem . . .« James billigte dies sichtlich nicht, was Violet zu einer abschätzigen Bewegung ihrer smaragdringgeschmückten Hand bewog.

»Sei doch nicht so altmodisch. Ich bin sicher, Audrey schafft das. Und dann wohin?« Ihr interessierter Blick ruhte unverwandt auf Audrey.

»Ich bin mir nicht sicher. Ich dachte, ich könnte kurz an der Riviera bleiben und dann mit dem Wagen oder per Bahn nach Italien fahren. Ich möchte Rom sehen . . . Florenz . . . Mailand . . .« Als sie für den Bruchteil einer Sekunde zögerte, fiel es keinem auf, ». . . und wenn ich noch Zeit habe, könnte ich ein paar Tage in Venedig verbringen. Anschließend nehme ich den Zug nach Paris und trete die Rückreise an.«

»Und das alles bis September?«

»Na ja, was ich schaffe . . . es gibt noch anderes, was ich gern unternehmen würde, dazu fehlt mir aber wirklich die Zeit. Sehr gern wurde ich Spanien kennenlernen, vielleicht auch die

Schweiz ... Österreich ... Deutschland ...« Und Indien, Japan ... China ... dachte sie im stillen und hätte sich fast selbst ausgelacht. Die ganze Welt lockte wie ein riesiger Apfel, in den sie hineinbeißen wollte, immer wieder, bis sie den ganzen Apfel aufgegessen hatte, mit Stumpf und Stiel.

»Sie werden nicht mal die Hälfte schaffen, wenn Sie mich fragen.« James' Miene drückte seine Zweifel aus, und Violet machte ein skeptisches Gesicht.

»Das alles wollen Sie allein machen?« fragte sie, um auf Audreys Nicken hin zu sagen: »Sie haben viel Mut.«

»Nein, das habe ich nicht, glaube ich. Es ist nur ...« Sie sah die beiden offen an und wirkte dabei sehr jung. »... immer schon wollte ich so etwas unternehmen ... mein Vater war auch so veranlagt. Er hat die ganze Welt bereist und landete schließlich in Hawaii. Von dort aus war er auf den Fidschi-Inseln, Samoa und Bora-Bora ... ich glaube, mir liegt die Reiselust auch im Blut. Mein Leben lang träumte ich davon, auf diese Art zu reisen, ganz allein – um Menschen kennenzulernen, Dinge zu tun – und jetzt, urplötzlich, bin ich da ...« Sie sah aus, als wolle sie vor Freude zerspringen. Lady Violet umarmte sie.

»Audrey, Sie sind ein komisches Mädchen und ein sehr tapferes dazu. Ich weiß nicht, ob ich den Mut hätte, ohne James so etwas zu unternehmen.« Er lächelte ihr liebevoll zu. Langsam regte sich in ihm das Verlangen, mit ihr zu Bett zu gehen, und in einer Weile würden Audrey und ihre Abenteuer nicht mehr interessant für ihn sein. Er hatte jetzt nur noch Augen für seine Frau.

»Haben Sie sich bis jetzt gut unterhalten?« Wie immer war Violet die Neugierige.

»Ja, und wie.« Audrey lächelte. Sie spürte das gesteigerte Interesse, das James seiner Frau plötzlich entgegenbrachte. Außerdem war es schon spät, und sie alle hatten einen langen Tag hinter sich. Sie stand auf und wechselte mit beiden einen Händedruck. »Es war ein wundervoller Abend. Danke, Ihnen beiden. Und vielen Dank auch für den Champagner.«

»Sollten wir nicht morgen etwas Hübsches unternehmen? Wie wär's, wenn wir uns zum Lunch wieder treffen?« fragte Violet, und Audrey nickte.

»Sehr gern. Also dann, bis morgen.« Sie verließ die beiden, die sofort ein angeregtes Gespräch miteinander begannen, und begab sich in ihre Kabine auf dem A-Deck. Es war ein herrlicher Abend gewesen, und ihre neuen Bekannten waren so ganz anders als die üblichen Reisebekanntschaften. Von Violet hatte sie im Laufe des Abends erfahren, daß sie achtundzwanzig war und James zweiunddreißig, daß sie einen fünfjährigen Sohn hatten, der ebenfalls James hieß, und ein dreijähriges Töchterchen namens Alexandra. Den größten Teil des Jahres lebten sie in London, besaßen aber auch ein Haus auf dem Lande, und den Sommer verbrachten sie in Cap d'Antibes. Sie führten ein lässiges Luxusleben, und doch waren sie weder Langweiler noch Snobs. Sie waren vielmehr wundervoll amüsante Menschen, so daß Audrey es kaum erwarten konnte, sich mit ihnen am nächsten Tag zum Lunch zu treffen.

Es sollte sich ergeben, daß sie den größten Teil der Überfahrt in der Gesellschaft der Hawthornes verbrachte. Sie wurden ein unzertrennliches Dreiergespann, scherzten und tanzten zusammen, erzählten Geschichten und tranken Champagner, bis sie aus dem Lachen nicht mehr herauskamen. Auch machten sie sich über andere Passagiere lustig und luden diese gelegentlich ein mitzumachen. Insgesamt erwies sich das gutgelaunte Trio als großer Erfolg, und Audrey und die Hawthornes schlossen ungezwungen Freundschaft, die so herzlich war, daß der Abend vor ihrer Ankunft in England von wehmütiger Abschiedsstimmung geprägt wurde.

»Kommst du mit uns nach Cap d'Antibes?« Der Vorschlag kam von Violet, doch James leistete ihr sofort Schützenhilfe. »Du würdest dich gut amüsieren. Wir verbringen dort immer herrliche Ferien, weil wir mit wundervollen Menschen zusammenkommen.« Ihre liebsten Freunde waren die Murphys, Gerald und Sara, mit ihren endlosen Partys und interessanten Bekannten. Einmal war Hemingway dagewesen, Fitzgerald war ständiger Gast, ebenso Picasso und Dos Passos ... aber vor allem waren die Murphys selbst ungeheuer amüsant. Die Hawthornes waren ganz verrückt nach ihnen und schätzten sich glücklich, zu ihrem Freundeskreis zu gehören. »Bitte, komm auch nach Antibes.« Violets blaue Augen sahen sie bittend an, und Audrey war schon versucht zuzusagen. »Du willst ohnehin nach Südfrankreich. Plane einfach etwas mehr Zeit dafür ein.«

»Ja«, sagte James lachend. »Zwei Monate etwa. Violets Bruder blieb letztes Jahr sieben Wochen bei uns, so gut hat er sich amüsiert.« Er sah seine Frau mit gespieltem Stirnrunzeln an. »Er kommt doch heuer auch, oder, Vi?«

»Jetzt fang nicht wieder damit an, James. Du weißt, er war schon zwei Wochen da. Und dieses Jahr kann er nur ein paar Tage bleiben.« Sie wandte ihre Aufmerksamkeit wieder Audrey zu. »Wir rechnen mit dir. Ab dem zweiten oder dritten Juli sind wir da, und du kommst einfach.«

»Mach' ich«, versprach sie, und plötzlich sah der Sommer noch aufregender aus.

Es galt, eine ganz neue Welt zu entdecken, mit den Menschen, welche die Hawthornes in Antibes kannten, und all den Abenteuern, die sie erleben würden. Sie hielten ihr diese erregenden Aussichten wie eine Handvoll Juwelen hin, und ihre Versprechungen tanzten koboldgleich in ihrem Kopf herum, als sie in jener Nacht in ihrer Kabine lag und sich alles noch einmal überlegte ... ein Wochenende in St. Tropez ... das Spielcasino in ›Monte Carl‹, wie Vi es in tadellosem, aber respektlosem Französisch nannte ... Cannes ... Nizza ... Villefranche ... die Namen allein erfüllten sie mit Erregung. Ihr Herz klopfte erwartungsvoll, während sie bis spät in die Nacht wach dalag und ihrem Glücksstern dankte, daß sie den beiden begegnet war.

# 5

Die Tage in London verflogen viel zu rasch. Audrey wurde von James und Vi ins Claridge gefahren und dem Manager ausdrücklich ans Herz gelegt. Sie hatte zwar im Connaught ein Zimmer reservieren lassen, doch James hatte auf dem Wechsel bestanden, weil er das Claridge vorzog. Einen triftigen Grund gab es nicht, und Audrey hätte sich überall wohl gefühlt, nur garantierte die Einführung durch James ihr eine Behandlung, die sie nie zuvor irgendwo erlebt hatte. Das versuchte sie Annabelle in einem Brief zu schildern, zerriß das Schreiben dann aber, weil sie befürchtete, ihre jüngere Schwester würde allzuviel Neid empfinden. Champagner in Strömen, immer wieder Körbe mit frischen Früchten, kleine Silbertabletts mit köstlichen Näschereien und Nachmittage mit Lady Vi beim Einkaufsbummel. Partys und Theaterstücke. Vi und James ließen es sich nicht nehmen, eine Party für Audrey zu geben und sie mit ihren besten Freunden bekannt zu machen. Audrey verliebte sich in ihre Kinder und war ungeheuer beeindruckt von ihrem Haus. Es war so groß und prunkvoll – elegant wie ein Palais. Auch in San Franzisko mit seinen Prachthäusern hatte sie dergleichen nicht gesehen.

Als sie Ende der Woche nach Paris weiterfuhr, war sie fast unglücklich. Einziger Trost war der Umstand, daß sie ihre neuen Freunde in wenigen Wochen in Antibes treffen würde. Sie konnte es kaum erwarten.

Ohne Violet und James erschien ihr Paris fast langweilig. Audrey kaufte bei Patou einen zauberhaften kleinen Hut für Violet und einen noch zauberhafteren für Annabelle, den sie nach Hause schickte. Fast alles, was sie an Modischem in Paris sah, schien ein Dschungelmuster zu tragen. Sie kaufte ein wildes Abendkleid mit Zebrastreifen, das sie in Antibes anziehen wollte, wenn sie bei Violet und James war, vielleicht sogar auf einer der tollen Partys, die die Murphys gaben, falls sie eingeladen wurde. Zum erstenmal im Leben fühlte sie sich völlig unabhängig und erwachsen. Sie mußte auf niemanden eingehen, für nichts die Verantwortung tragen. Es spielte keine Rolle, wann sie aß und wann sie aufstand. Sie durchstreifte den Montmartre bei Nacht und trank zu Mittag Rotwein. Sie wanderte das linke Seineufer entlang, und nach zwei Wochen herrlicher Freiheit nahm sie den Zug nach Südfrankreich.

Sie hatte sich schließlich doch entschieden, nicht mit dem Auto zu fahren – nicht etwa, weil sie Angst davor hätte, wie James darüber dachte, sondern vielmehr, weil sie faul geworden und eine Bahnfahrt nicht so anstrengend war. Als sie in Nizza ausstieg, trug sie einen langen, schmalen Rock in Hellblau und ein Paar Espadrillos, die sie sich gekauft hatte, und dazu einen breitkrempigen Hut. Violet und James erwarteten sie ähnlich gekleidet. Violet hatte ein weißes Sonnenkleid gewählt, dazu einen großen Strohhut mit roter Rose. Auch ihre Schuhe waren rot. James hatte wie Audrey Espadrillos an den Füßen. Die beiden waren schon sonnengebräunt. Ihre Kinder warteten mit dem Mädchen im Auto. Audrey nahm Alexandra unterwegs auf die Knie, und James und Violet stimmten ein französisches Lied an. Alle lachten, als sie – viel zu schnell – mit offenem Verdeck dahinfuhren. Es war ein Sommer, geschaffen für Glück und Fröhlichkeit, und ihr ganzes Leben war bar jeglicher Angst und Sorgen.

Audrey verliebte sich sofort in das Haus und in die Menschen, die abends zu Besuch kamen. Es waren Künstler und Aristokraten, international gemischt. Franzosen, Römerinnen, ein halbes Dutzend Amerikaner, und das schönste Mädchen, das Audrey je zu Gesicht bekommen hatte und das darauf bestand, nackt im Pool zu schwimmen. Hemingway hätte auch kommen sollen, war jedoch zu einer anstrengenden Angelexpedition in die Karibik aufgebrochen. Es war zauberhaft und genauso, wie sie es sich erträumt hatte. Sie konnte kaum glauben, daß sie noch vor einem Monat brav zu Hause gesessen und dafür gesorgt hatte, daß die Frühstückseier für ihren Großvater nicht zu hart gerieten.

Jetzt begriff sie sogar, warum sie von den Weltneuigkeiten so besessen war. Es war ein Weg, sich an etwas Größeres anzuschließen, an eine Welt draußen, ein Leben, das jenseits ihres begrenzten Daseins lag. Und nun war sie ein Teil davon, Tag und Nacht, mit diesen Menschen, die sie erst seit kurzem kannte und nie wiedersehen würde, und mit deren außergewöhnlichen Freunden, von denen sie täglich mehr kennenlernte. Diese Leute nahmen das alles ganz selbstverständlich hin, weil sie es so gewohnt waren. Jeder hatte entweder ein Buch oder ein Theaterstück geschrieben, ein berühmtes Kunstwerk geschaffen, oder aber sie waren in eine adelige Familie hineingeboren worden. Es waren nicht einfach nur Leute, sie waren mehr, die Schöpfer einer geradezu magischen Epoche, und Audrey glaubte zu spüren, wie die Augenblicke gemeißelt wurden, spürte den Goldstaub in ihrem Haar, während sie ihnen zusah.

Jeden Tag hatte sie beim Erwachen das Gefühl, etwas Bemerkenswertes würde passieren, und es geschah wirklich. Jetzt begriff sie, wofür ihr Vater gelebt hatte und gestorben war, für die erregenden Augenblicke, ohne die er nicht hätte leben können. Die Fotoalben waren für sie zum Leben erwacht, nur war das hier alles viel schöner. Es war ihr Leben und nicht seines, und das waren ihre Freunde ... und wie ihr Vater machte sie ununterbrochen Aufnahmen.

»Audrey, woran dachtest du eben?« Violet hatte sie beobachtet, während sie auf dem kleinen Sandstrand von Antibes saßen. »Du hast eben gelächelt und vor dich hin gestarrt. Woran dachtest du?«

»Wie glücklich ich bin. Und wie weit weg von zu Hause.« Noch immer lächelnd, sah sie ihre Freundin an. Sie spürte schon jetzt, wie ungern sie im Herbst zurückfahren würde. Sie mochte gar nicht daran denken. Am liebsten wäre sie für immer hiergeblieben, von dem Wunsch beseelt, daß der Zauber nie endete, doch das war natürlich unmöglich. Alle würden schließlich nach Hause fahren müssen. Dennoch war ihr der Gedanke zuwider.

»Es gefällt dir hier, nicht wahr?«

»Ja, sehr.« Audrey legte sich zurück in den Sand. Ihr schwarzer französischer Badeanzug schmiegte sich an ihre vollendete Figur. Violet neben ihr trug Weiß zu ihrem schwarzen Haar. Zusammen gaben sie ein auffallendes Gespann ab. Es war ein Bild, das Audrey zu gern aufgenommen hätte. Sie war ohnehin ständig am Knipsen. Sie ließ die Filme in einem Labor in Nizza entwickeln, und alle lobten ihre Bilder. Sogar Picasso äußerte sich eines Tages sehr anerkennend, als er einen Blick auf die Abzüge warf, die sie durchsah. Er hatte die Fotos mit Interesse betrachtet und Audrey sodann durchdringend angesehen. »Sie haben Talent. Sie sollten es nicht vergeuden.« Das sagte er mit einer gewissen, fast angsteinflößenden Strenge. Das Fotografieren war für sie ein Vergnügen. Nie hatte sie es als eine Gabe angesehen, die man ›vergeuden‹ konnte. Doch sein Ton hatte sie beeindruckt. Alles, was um sie herum geschah, beeindruckte sie, und das gefiel ihr.

»Warum bleibst du nicht?« fragte Violet. Sie lagen noch immer nebeneinander am Strand.

»In Antibes?«

»In Europa, meine ich. Es scheint mir für dich der richtige Kontinent zu sein.« Sie beobachtete Audreys Augen, aus denen Bedauern sprach, wenn sie an die Heimkehr dachte.

»Violet, nichts lieber als das. Aber es wäre nicht fair.«

»Wem gegenüber?«

»In der Hauptsache meinem Großvater gegenüber... er braucht mich. Vielleicht eines Tages...« Wann, das wollte sie nicht aussprechen, vielleicht, wenn er nicht mehr war. Diese Reise hatte ihr einen Geschmack von ihrem Lebenstraum vermittelt. Sie konnte immer wiederkehren. Eines Tages...

»Mir erscheint es unfair, daß du dein Leben so opfern mußt.« Audrey sah sie ruhig an. »Ich habe ihn gern, Vi. Deswegen ist es ganz in Ordnung.«

»Aber was wird aus dir? Du kannst doch nicht immer so leben.« Und dann wurde ihr Blick neugierig. »Möchtest du nicht eines Tages heiraten?« Ihr erschien Audreys Leben sonderbar. Sie liebte James schon so lange. Ein Dasein ohne ihn konnte sie sich nicht annähernd vorstellen.

»Vielleicht. Aber eigentlich verschwende ich nicht viel Gedanken daran. Ich lebe nicht schlecht. Vielleicht ist es mir nicht bestimmt zu heiraten... vielleicht ist es im Großen Plan für mich nicht vorgesehen.« Sie wechselten ein Lächeln und legten sich wieder zurück in den Sand. Zum erstenmal hatte Audrey das Gefühl, daß es gar kein so übles Schicksal wäre, wenn sie nie heiratete. Es war angenehm, frei zu sein, besonders hier, im Sommer 1933 in Cap d'Antibes an der Riviera.

Am Abend besuchten sie eine Party, wieder bei den Murphys, eine Kostümparty diesmal, und wie immer war Gerald Murphy äußerst beeindruckend. Er sah gut aus und war sehr gepflegt, doch er war noch mehr als das. Er war elegant wie nur wenige Männer, elegant und phantasievoll, und in allen Einzelheiten so perfekt, daß man sich am liebsten in eine Ecke gesetzt und ihn den ganzen Abend nur angesehen hätte. Er gehörte zu jenen ganz, ganz seltenen Wesen, deren Gefieder so fein, so kostbar ist, daß alle Welt sie bewundert. 1912 war er in Yale von seinem Jahrgang zum ›bestangezogenen Mann‹ gewählt worden, und das war erst der Anfang gewesen. Zwanzig Jahre später war er noch viel, viel wunderbarer, und seine Frau Sara geradezu göttlich. Sie pflegte ihre Perlen auch am Strand von Antibes zu tragen und behauptete, es ›täte ihnen gut‹. Oft saß sie mit Picasso da, der ständig seinen schwarzen Hut aufhatte, und plauderte mit ihm.

Es war für alle ein herrlicher Sommer, wenn auch für die Murphys selbst weniger als in den Jahren zuvor. Sie kämpften noch immer gegen die Tuberkulose ihres Sohnes Patrick an, aber wenigstens waren alle da, und jeder Tag hatte etwas Besonderes und Goldenes an sich. Auch Audrey spürte den magischen Zauber, wenn sie mit Violet Tag für Tag den Strand entlangschlenderte oder den Kindern zusah, in die Sonne blinzelte und den Sand zwischen den Füßen spürte – oder wenn sie sich faul ausstreckten und ihr Leben voller Geschichten, Lachen und Vertraulichkeiten voreinander ausbreiteten. Lady Vi war die Schwester, die Audrey nie besessen hatte, die vernünftige, die gute Freundin, nur zwei Jahre älter, eine Seelenverwandte. Sie gefunden zu haben war fast wie eine Heimkehr. Zwischen ihnen entstand etwas Warmes und Beständiges, wie Audrey es noch nie zuvor erlebt hatte. Und sie schätzte es mit jedem Tag mehr. Auch James war glücklich, sie da zu haben, sie waren ein unbekümmertes, zwangloses Trio, aber er zeigte nie ein unziemliches Interesse an der Freundin seiner Frau. Er war ein Gentleman – wie ein Bruder, und das war alles.

»Was wirst du wirklich machen, wenn du zu Hause bist, Aud?« Violet sah das große, feingliedrige Mädchen mit dem kupferroten Haar an. Manchmal machte sie sich Sorgen um sie. Sie wußte, was für ein unausgefülltes Leben Audrey zu Hause führte, und hätte es gern gesehen, wenn sie mit ihnen in London geblieben wäre, trotz Audreys fortgesetzter Beteuerungen, daß das unmöglich sei. Sie mußte nach Kalifornien zurück.

»Ich weiß nicht. Vermutlich dasselbe wie vorher.« Sie warf Violet über die Schulter einen Blick zu. »Das ist gar nicht so übel.« Diese Worte sollten sie selbst mehr überzeugen als die Freundin. »Ich habe es zuvor schon gemacht ... Großvater den Haushalt geführt ...« Aber nichts würde mehr so sein wie ehedem. Niemals. Nicht nach diesen goldenen Tagen mit Menschen, von denen man nur träumte, an einem Ort, der diesen verzauberten Auserwählten vorbehalten war. Und jetzt war sie eine der ihren. Aber für wie lange? Früher oder später würde alles enden müssen. Das verlor Audrey nie aus den Augen. Es diente nur dazu, für sie alles um so kostbarer zu machen.

»Ich wünsche mir so sehr, du könntest noch eine Weile bleiben ...«

Bedauernd schüttelte Audrey den Kopf. »Eigentlich sollte ich schon nächste Woche fahren, falls ich meine Reisepläne einhalten möchte.« Seufzend blinzelte sie in die Sonne. »Ich wollte an die italienische Riviera und dann weiter.«

»Möchtest du das wirklich?« Audrey mußte über Violets niedergeschlagene Miene lachen.

»Ehrlich gesagt möchte ich für den Rest meines Lebens hierbleiben. Aber das ist vermutlich nicht sehr realistisch. Deswegen ist es besser, wenn ich allmählich in die wirkliche Welt zurückkehre. Ich werde erst Gott weiß wann wieder nach Europa kommen.«

Ihr Großvater wurde nicht jünger, und sie würde sich vielleicht erst in vielen Jahren wieder loseisen können. Annabelle hatte ihr von ihrer Befürchtung, wieder schwanger zu sein, geschrieben. So rasch hatte sie ein zweites Kind nicht gewollt, Harcourt war angeblich wütend auf sie. Offenbar hatte sie keine Vorsichtsmaßnahmen ergriffen. Und der einzige Brief ihres Großvaters war sehr typisch für ihn gewesen. Fast konnte man ihn beim Schreiben vor sich hin grollen hören. Er beklagte sich über Roosevelt und einige Ereignisse, die sich in Amerika zutrugen. Er behauptete, Roosevelt täte nichts, um der Wirtschaft auf die Beine zu helfen trotz seiner Versprechungen eines ›New Deal‹. Und er nannte ihn in seinen Briefen an Audrey stets ›deinen Freund FDR‹, und unterstrich das Wort ›deinen‹, was sie zum Lachen reizte. Doch der nächste Gedanke an ihn entlockte ihr wieder einen Seufzer. Wie weit entfernt ihr das alles nun erschien! Sie blickte den Strand entlang, James entgegen, als sie an zu Hause dachte. Er kam langsam auf sie zu in Begleitung eines großen, schlanken Mannes, dessen Haar noch dunkler war als das von James. Sein Begleiter gestikulierte lebhaft, während James lachte und auf sie deutete. Violet winkte und sah Audrey mit strahlendem Lächeln und sichtlich erfreut an.

»Weißt du, wer das ist?« Audrey schüttelte den Kopf, belustigt über die Begeisterung ihrer Freundin. Es war ein sehr attraktiver junger Mann, aber nicht attraktiver als zahllose andere. Violet hatte angefangen, lebhaft zu winken, und schwang ihren großen, weichen Hut, während Audrey lachte. »Das ist Charles Parker-Scott, der Reiseschriftsteller und Entdecker. Kennst du ihn nicht? Er veröffentlicht viel in den Staaten. Seine Mutter war Amerikanerin.«

Audrey erschrak beinahe. Natürlich war ihr der Name ein Begriff. Der Mann war ein berühmter Autor, sie hatte nur immer angenommen, er sei viel älter als dieser hübsche junge Mann, der mit James den Strand entlangschlenderte. Für weitere Überlegungen war keine Zeit, da Vi sich ihm in die Arme warf.

»Benimm dich, altes Mädchen. Das ist keine Art für eine verheiratete Frau, einen Mann zu begrüßen.« James schalt sie mit einem Klaps auf die Kehrseite aus, schien aber nicht im mindesten ungehalten. Und Charles war sichtlich bezaubert von der Begrüßung.

»Ach, zum Teufel mit dir, James.« Vi strahlte, als der Neuankömmling sie in die Arme nahm und hochhob. »Charlie ist doch kein Mann!« Auf diese Worte reagierte dieser mit gespieltem Unmut, ließ sie einfach in den Sand fallen und starrte scheinbar wütend auf sie hinunter.

»Was soll das heißen, ich sei ›kein Mann‹?« Sein Akzent war eher amerikanisch als britisch, und Audrey fiel ein, daß sie gelesen hatte, er hätte in Yale studiert. Später sollte er ihr erklären, daß er alle Sommer seiner Kindheit in Maine verbracht hatte, in Bar Harbor bei der Familie seiner Mutter. Deswegen hatte er sich eine große Zuneigung für alles Amerikanische bewahrt.

»Damit habe ich gemeint, Charles Parker-Scott, daß du praktisch zur Familie gehörst.« Vi lag genüßlich im Sand und sah zu dem lachenden Charles auf, der sich dann neben ihr niederließ und sie herzlich umarmte, während sein Blick immer wieder zu Audrey wanderte. Sie las aufrichtiges Interesse darin, doch er zwang sich, aufmerksam Violet gegenüber zu sein.

»Na, wie geht's immer, Lady Vi?«

»Ausgezeichnet, Charlie. Doch der Sommer gewinnt ungemein durch deine Anwesenheit. Wie lange kannst du bleiben?«

»Ein paar Tage ... eine Woche ...« Charles kannte den sommerlichen Trubel, weil er schon einige Male bei ihnen zu Besuch gewesen war und seinen Aufenthalt immer sehr genossen hatte. Ein gutaussehender Mann, dachte Audrey, die auf ihn hinuntersah. Warum sie ihn stets für einen älteren Herrn gehalten hatte, war ihr plötzlich schleierhaft. Vielleicht weil er so viel erreicht hatte ... vielleicht weil seine ausgedehnten Reisen und seine vielen Erfahrungen sie irgendwie an ihren Vater erinnerten.

Er hatte schimmerndes schwarzes Haar, doch so dunkel, daß es fast einen Blaustich hatte, dazu einen glatten olivgetönten Teint, große dunkelbraune Augen und ein Lächeln, das sein Gesicht auf geradezu unglaubliche Weise erhellte. Er war lang, schlaksig und aristokratisch, wirkte aber gar nicht englisch. Eher spanisch oder französisch, italienisch womöglich ... ja, wie ein italienischer Prinz. Sein dunkelblauer Badeanzug ließ seine langen, kraftvollen Beine frei, wohlgeformte Arme und Schultern, die noch breiter waren als die von James. Vor Jahren waren die beiden gemeinsam in Eton zur Schule gegangen und in ihrer Jugend wie zwei Brüder gewesen. Sie waren es noch immer. James war es, der nun die Schultern seines Freundes umfing und ihn schüttelte.

»Wenn meine Frau endlich einmal den Mund halten würde, könnte ich dich unserer Freundin vorstellen. Das ist Audrey Driscoll aus Kalifornien.« Charles blickte mit seinen großen Augen zu ihr auf. Sein Lächeln hätte jede Frau dahinschmelzen lassen, und auch Audrey spürte seine Wirkung, als sie einen Händedruck mit ihm wechselte. Von seinem Aussehen unbeeindruckt zu bleiben war fast unmöglich, doch waren es vor allem seine Bücher, die sie interessierten, und sie hoffte, sich später mit ihm darüber unterhalten zu können ... Nachmittags sprachen sie lange miteinander, ehe er eine Autofahrt mit James unternahm und Audrey und Violet wieder allein ließ.

»Unglaublich hübsch, findest du nicht?« meinte Vi lächelnd. Sie war sehr stolz auf ihren Freund.

»Ja, das kann man wohl sagen.« Audrey mußte lachen. Verzweifelt hatte sie den ganzen Nachmittag in seiner Nähe gegen ein Gefühl der Verlegenheit angekämpft, doch war Charles so wenig eingebildet und so zwanglos, daß man sein fabelhaftes Aussehen schließlich vergaß. Aber am Anfang war es nicht einfach. Er war wirklich auffallend.

»Weißt du, er ist sich seines Aussehens überhaupt nicht bewußt«, vertraute Violet ihr beim Champagner an, den sie auf der Veranda tranken, während sie auf James warteten. Beide trugen weiße Seidenkleider, die zu ihrer tiefbraunen Haut einen hübschen Kontrast bildeten. Audreys Haar war von der Sonne zu einem leuchtenden Rot gebleicht worden. »Einmal unterhielt ich mich mit ihm darüber, und ich sage dir, er hat keine Ahnung, wie er auf die Menschen wirkt. Überhaupt keine. Tatsächlich...« Sie steckte sich ein paar gefüllte Pilze in den Mund und lächelte wie ein kleines Mädchen, während sie kaute. »Erstaunlich, nicht? Man mochte meinen, er ist es gewohnt, daß die Frauen bei seinem Anblick reihenweise in Ohnmacht fallen. Aber er ist von seinen Büchern so sehr in Anspruch genommen, daß es ihn überhaupt nicht kümmert.«

Das gefiel Audrey an ihm. Mehr noch, ihr gefiel sein ganzes Wesen. Sie hatte vor einiger Zeit zwei seiner Bücher gelesen und war völlig hingerissen gewesen. Es gab noch einen Autor auf diesem Gebiet, den sie mochte. Das war Nicol Smith, der Entdecker und Schriftsteller, von dem auch Charles sagte, daß er begeistert von ihm sei. Sie hatten am Nachmittag ein langes Gespräch über ihn geführt. Audrey hatte Charles faszinierend gefunden, als sie von Java, Nepal und Indien sprachen. »Lauter Gegenden, die du nie kennenlernen möchtest«, zog Audrey Vi auf, als diese gelangweilt stöhnte.

»Ich kann mir nicht vorstellen, was ihr an diesen Ländern so reizvoll findet. In meinen Ohren klingt das alles richtig schrecklich.« In Audreys Augen tanzten Lachfünkchen, als sie ihre Freundin anblickte. James erschien nun auf der Szene, bekleidet mit einem weißen Leinenanzug, in dem er mit seiner Sonnenbräune, dem dunklen Haar und den grünen Augen sehr exotisch wirkte.

»Hat sie wieder etwas Ungehöriges gesagt, Aud?« Er goß sich Champagner ein, bediente sich mit Horsd'œuvres und sah seine Frau voller Bewunderung an. »Hübsch siehst du aus, Lady Vi. Du solltest immer Weiß tragen, meine Liebe.« Er gab ihr einen leichten Kuß auf die Lippen, genehmigte sich einen gefüllten Pilz und lächelte dann wieder Audrey zu. Es war hübsch, sie hier zu haben, und jetzt ist auch Charles da, und sie würden sich sehr amüsieren. In den späteren Stunden dieses Abends wurde diese Möglichkeit immer wahrscheinlicher. Zu viert dinierten sie in einem winzigen Restaurant in Cannes. Sie sprachen dem Wein zuviel zu und kamen den ganzen Weg nach Juan-les-Pins aus dem Lachen nicht mehr heraus. Dort gingen sie auf eine Party, von der James zufällig erfahren hatte, und blieben bis zwei Uhr. Dann zogen sie weiter und machten auf einer anderen Party in Cap d'Antibes Station, bis sie schließlich um vier zu Hause ankamen, weniger betrunken, als sie es vorher gewesen waren, entschlossen, aufzubleiben und das Heraufdämmern des Tages abzuwarten. James entkorkte noch eine Flasche Champagner und trank das meiste selbst. Lady Vi war auf der Couch eingeschlafen, und James trug sie schließlich unter dem Absingen eines Liedes ins Schlafzimmer. Zwei Stunden später saßen Audrey und Charles noch immer allein auf der Veranda, während die Sonne langsam über dem Horizont aufging und höher stieg. Charles sah Audrey mit einem ernsten Blick unverwandt an.

»Was führt Sie wirklich hierher?« Beide hatten die letzten zwei Stunden mit müßigem Geplauder verbracht, die gegenseitige Gesellschaft genossen und jene Themen berührt, die ihnen beiden am Herzen lagen, Reisen in die entfernten Winkel der Welt, den Sommer in Cap d'Antibes, ihre Freunde Vi und James. Aber jetzt sah Charles sie eindringlich an und fragte sich, wer sie in Wirklichkeit war, während sie von ähnlichen Fragen über ihn bedrängt wurde. Es war sonderbar, daß eine Laune des Schicksals sie beide gleichzeitig hierhergeführt hatte.

Sie entschloß sich, ganz offen zu sein. So aufrichtig wie nur möglich. »Ich mußte fort.«

»Fort wovon?« Seine Stimme klang im Licht der aufgehenden Sonne wie eine Liebkosung. Er glaubte, daß sie vor einem Mann davongelaufen war. Nach den Maßstäben der Zeit war sie schon zu alt, um noch unverheiratet zu sein. »Oder sollte ich lieber sagen, vor wem?« Er lächelte, in ihren Augen lag Offenheit, als sie den Kopf schüttelte.

»Nein, nicht das ... oder vielleicht wollte ich nur vor mir und der Verantwortung, die ich mir aufgebürdet habe, fliehen?«

»Das klingt aber sehr ernst.« Er ließ sie nicht aus den Augen, erfüllt von dem unwiderstehlichen Verlangen, ihre Lippen mit den seinen zu berühren, mit den Fingerspitzen ihren langen anmutigen Nacken entlangzugleiten, doch er zwang sich, ihr zuzuhören und sein Begehren zu unterdrücken, zumindest vorläufig.

»Manchmal ist es ernst.« Seufzend lehnte sie sich zurück. »Ich habe einen Großvater, den ich von ganzem Herzen liebe ... und eine Schwester, die mich verzweifelt braucht.«

»Ist sie krank?« Er zog die Brauen zusammen, und Audrey sah ihn erstaunt an.

»Nein ... warum fragen Sie?«

»Ach, Sie betonten das Wort ›verzweifelt‹ so sonderbar.«

Den Blick aufs Meer gerichtet, schüttelte sie den Kopf. Sie dachte an Annabelle und ließ in Gedanken all das Revue passieren, was Harcourt gesagt hatte. »Sie ist noch sehr jung ...« Audrey suchte Charles' Blick. »Ich glaube, ich habe sie zu sehr verwöhnt, doch das war fast unvermeidlich. Wir verloren unsere Eltern, als wir noch klein waren, und ich habe Annie großgezogen.«

»Wie sonderbar.« In Charles' Miene lag etwas, das seine Betroffenheit zeigte.

»Warum sagen Sie das?«

»Wie alt waren Sie, als Ihre Eltern starben? Fanden beide gleichzeitig den Tod?«

Sie nickte, verwundert über seinen eindringlichen Blick. »Ich war damals elf, meine Schwester erst sieben ... in Hawaii ... ja, sie kamen bei einer Schiffskatastrophe um ...« Es schmerzte noch immer, davon zu sprechen. »Anschließend gingen wir nach Kalifornien und lebten fortan bei unserem Großvater. Seit damals führe ich das Haus und bemuttere meine Schwester ... zu intensiv vielleicht ... zumindest sagt das ihr Mann.« Sie sah

Charles offen an. »Er ist der Ansicht, ich hätte sie fürs Leben untauglich gemacht, so daß sie ohne meine Hilfe nichts zustande bringt. Vielleicht hat er sogar recht. Er sagte« – sie versuchte ein belustigtes Gesicht zu machen, was ihr nicht gelang – »ich täte nichts anderes als Gardinen bestellen und Hausmädchen feuern. Und je länger ich darüber nachdachte«, fuhr sie fort, und ihre Augen füllten sich zu ihrem Entsetzen mit Tränen, »desto weniger konnte ich ihm widersprechen, deshalb habe ich mich zu einer Reise entschlossen ... und jetzt bin ich da.« Sie wandte den Blick ab. Charles faßte nach ihrer Hand.

»Ich verstehe.«

»So?« Wieder trafen ihre Blicke aufeinander. Audreys Wimpern waren feucht. »Wie können Sie das verstehen?«

»Weil mein Leben ähnlich verlaufen ist, nur hatte ich keinen Großvater. Statt dessen Onkel und Tante, aber die sind inzwischen längst gestorben. Mit siebzehn verlor ich meine Eltern bei einem Unfall. Mein Bruder war damals zwölf. Ein Jahr lang blieben wir bei Tante und Onkel in Amerika. Jeder einzelne Augenblick war uns verhaßt.« Er seufzte, und sein Griff um Audreys Hand wurde unmerklich fester. »So gut sie es meinten, sie verstanden keinen von uns. Ich war ihnen für mein Alter viel zu abenteuerlustig, zu unabhängig und in dieser Hinsicht auch viel zu offen, mein Bruder war für sie wieder nicht unabhängig genug. Der Tod der Eltern war für ihn ein schreckliches Trauma gewesen, und seine Gesundheit war ohnehin nie sehr stabil.

Als ich achtzehn wurde, gingen wir. Wir kehrten nach England zurück, und ich tat für ihn, was ich konnte ...« Seine Kehle wurde eng, und Audrey strömte über vor Mitgefühl. »Er hatte nur mehr ein Jahr zu leben. Mit vierzehn starb er an Tuberkulose.« Aus seinem Blick sprach nie überwundener Schmerz. »Seither quält mich die Frage, ob das auch passiert wäre, wenn wir in Amerika geblieben wären ... er wäre vielleicht nicht ... er könnte jetzt vielleicht hier sein ... wenn ...«

»Charles, sagen Sie das nicht.« Spontan berührte sie seine Wange. »Auf diese Dinge hat man keinen Einfluß. Immer schon fühlte ich mich schuldig am Tod meiner Eltern, doch das ist nutzlos. Wir können das Leben nicht nach Belieben steuern.«

Er nickte. Es war das erste Mal, daß er zu jemandem so offen sprach, noch dazu zu jemandem, den er kaum kannte. Audreys Warmherzigkeit und offenkundiges Mitgefühl hatten ihn dazu verleitet. Vom ersten Augenblick des Kennenlernens hatte er sich zu ihr hingezogen gefühlt und empfand dies jetzt noch viel stärker. Plötzlich hatte er das Bedürfnis, ihr alles zu sagen, über sich, sein Leben, über Sean, den verlorenen Bruder ...

»Anschließend ging ich auf Reisen. Ich versuchte es mit der Universität, konnte mich aber nach Seans Tod auf nichts richtig konzentrieren. Alles erinnerte mich an ihn ... jeder hatte einen jüngeren Bruder in seinem Alter ... oder ich sah auf der Straße Jungen, die ihm sehr ähnlich waren ... ich wollte irgendwohin, wo ich nicht ständig an ihn erinnert würde ... deshalb ging ich nach Nepal ... und nachher nach Indien, dann für ein Jahr nach Japan. Und mit einundzwanzig schrieb ich mein erstes Buch.« Er lächelte, zum erstenmal seit einer Stunde. »Und dann wurde das alles zu einer Lebensweise, in die ich mich verliebte.«

Audrey sah ihm lächelnd in die Augen.

»Ihre Arbeit ist faszinierend.« Sie war bewegt, weil er sich ihr anvertraut hatte, und sie konnte ihm seinen Schmerz nachfühlen. Sie mußte daran denken, was es für sie bedeutet hätte, wenn sie Annabelle verloren hätte. Der Gedanke war so unerträglich, daß ihr die Tränen kamen.

»Reisen füllt mein Leben nun aus«, gestand er fast schuldbewußt und sah dabei sehr jungenhaft aus.

»Das ist keine Sünde. Ehrlich gesagt, beneide ich Sie.« Sie seufzte und blickte in die Frühmorgensonne. »Mein Vater hat die ganze Welt bereist, und ich wünschte mir immer schon, es ihm gleichzutun.«

»Warum tun Sie es dann nicht?«

»Und Annabelle ... und Großvater? Was wird aus ihnen?«

»Vermutlich kommen die beiden ganz gut ohne Sie aus.«

»Hm, das wird sich zeigen. Um diesen Punkt geht es eigentlich bei meiner Reise.«

»Antibes kann man aber kaum als exotisch bezeichnen, liebe Audrey.«

»Ich weiß.« Beide lachten. »Wenn die beiden aber meinen Aufenthalt hier überleben, dann kann ich mir vielleicht eines Tages ein abenteuerlicheres Ziel aussuchen.«

»Sie sollten jetzt reisen. Eines Tages werden Sie verheiratet sein und keine Möglichkeit mehr dazu haben.«

Sie lächelte. Das war nicht sehr wahrscheinlich. »Ich glaube nicht, daß diese Gefahr sehr groß ist.«

»Ach so? Gibt es etwas, das ich noch nicht weiß? Ein Familienfluch? Einen Charakterzug, den Sie verschwiegen haben?«

Seine Neckerei reizte Audrey zum Lachen. Sie schüttelte den Kopf, daß ihre kupferfarbige Mähne nur so flog. »Nein. Ich glaube nur, daß ich nicht der Typ zum Heiraten bin.«

»Eben erzählten Sie mir, daß Sie seit fünfzehn Jahren Ihrem Großvater das Haus führen. Reicht das nicht als Vorübung?«

»Tja, mit Großvater bin ich aber nicht verheiratet. Aber um ehrlich zu sein, die meisten Männer, die ich kennenlernte, erschienen mir nicht sehr anziehend.«

»Warum nicht?« Er war fasziniert von ihr, fasziniert von allem, was sie tat, was sie sagte und dachte. Noch nie war ihm eine Frau wie Audrey begegnet.

»Sie langweilen mich zu Tode. Wie mein Schwager beispielsweise. Alle haben sie vorgefaßte Meinungen über das, was Frauen sollten und nicht sollten. Frauen sollen nicht über Politik sprechen oder überhaupt an solche Dinge denken. Sie sollten Tee servieren können, für das Rote Kreuz arbeiten, sich mit Freundinnen zum Lunch treffen. Die Dinge, die mich wirklich interessieren, sind absolut tabu. Politik, Reisen, die Welt durchstreifen, vorzugsweise mit meiner Kamera.«

»Sie fotografieren?« Auf Audreys begeistertes Nicken setzte er hinzu: »Ich wette, daß Ihre Fotos gut sind.« Aus seinen Worten war so viel Vertrauen in sie herauszuhören, daß sie erstaunt war.

»Warum sagen Sie das?«

»Sie sind empfindsam, haben ein gutes Auffassungsvermögen ... ein guter Fotograf muß eine ganz bestimmte Wesensart mitbringen ... dazu ein scharfes Auge, einen geordneten Verstand.«

»Und ich bin all dessen für schuldig befunden?« Seine Analyse ihrer Persönlichkeit brachte sie zum Lachen. »Zu Hause nennt man mich eine alte Jungfer.«

Es tat Charles weh, diese Bezeichnung auch nur zu hören, und er sah sie zornig an.

»Wie unaussprechlich dumm. Das Schwierige im Leben ist, daß man auf Unverständnis stößt, wenn man sich nicht anpaßt. In mancher Hinsicht habe ich ähnliche Probleme. Ich möchte mich nicht einfach an irgend jemanden binden ... das wollte ich nie ... nicht nachdem ...« Sie wußte, daß er an Sean dachte. »Das Leben ist zu kurz, zu flüchtig. Ich möchte es nicht vertun, indem ich mich anders gebe, als ich bin.«

»Und was sind Sie nicht?« Jetzt war es an Audrey, Fragen zu stellen. Sie war ebenso neugierig auf ihn wie er auf sie.

»Ich bin nicht der Mann, der sich so ohne weiteres irgendwo häuslich niederläßt. Das Abenteuer liegt mir im Blut. Ich liebe meine Lebensweise. Und es gibt nicht viele Frauen, die dafür Verständnis aufbringen. Erst tun sie so als ob, und dann möchten sie seßhaft werden. Das ist, als sperrte man einen Löwen in einen Käfig. Ich wurde für das Leben in freier Wildbahn geboren, und es gefällt mir. Ich fürchte, daß ich mich nicht mehr so leicht domestizieren lasse.« Charles' Lächeln war so voller Charme, daß ihr Herz einen kleinen Sprung machte. Er war ein ungemein liebenswerter Mensch, und was er da sagte, verstand sie nur zu gut, weil es auch sie berührte. »Ich weiß auch nicht, ob ich jemals Kinder möchte ... Auch das ist ein Handikap«, fuhr er fort. »Die meisten Frauen wünschen sich Kinder.« Sie wagte nicht, ihn zu fragen, warum er Kinder ablehnte, doch er gestand es ihr ungefragt: »Nach Sean ... ich hatte das Gefühl, ich würde niemals wieder jemanden so lieben wollen. Er war für mich eher wie ein eigenes Kind und nicht so sehr wie mein Bruder gewesen. Es war ein sehr schlimmer Verlust.« Charles' Augen füllten sich mit Tränen, doch er fuhr ohne Verlegenheit fort, sein Herz auszuschütten. »Ich könnte es nicht ertragen, meine eigenen Kinder so zu lieben und dann womöglich eines zu verlieren. Da erscheint es mir sicherer, allein zu bleiben. Und ich muß sagen, daß ich vollkommen glücklich bin.« Sich eine Träne von der Wange wischend, lächelte er ihr zu, und in seinem Lächeln lagen Bitterkeit und Süße zugleich. »Natürlich treibt das den Freundeskreis zur Raserei. Violet kann dem Drang nicht widerstehen, mich jeder Frau, die sie kennt, vorzustellen. Na, wenigstens sorge ich für ein wenig Verwirrung, wenn ich mich auf dieser Erdhälfte aufhalte.« Er zögerte und strich dann sanft über ihre Hand, die in der seinen ruhte. »Und Sie, liebe Audrey? Glauben Sie nicht, daß Sie eines Tages seßhaft werden?« Diesen Gedanken hatte sie fast aufgegeben. Es war für sie unwichtig geworden.

»Man muß so viel aufgeben ... was ich mir wünsche, paßt nicht zu einer Ehe, zu keiner konventionellen jedenfalls.«

»Und Kinder?«

Audrey holte tief Luft und sah ihn an. »Ich habe Annabelle.« Es entsprach der Wahrheit. Sie hatte ein Kind, auch wenn sie es nicht selbst geboren hatte. »Und jetzt ihren Sohn ... und außerdem noch Großvater. Ich brauche keine eigenen Kinder.«

»Ein solches Leben können Sie nicht auf Dauer führen. Um ständig nur für andere Menschen dazusein, sind Sie zu schade. Sie haben Besseres verdient.«

»Woher wollen Sie das wissen?« Er schien instinktiv ihr Wesen zu spüren, und bislang hatte er sich nicht getäuscht. »Sie sind glücklich. Warum kann ich es nicht auch sein?« Audrey sah ihn fragend an.

»Weil ich genau das mache, was ich möchte. Und Sie nicht, oder?« Seine Stimme war sanft, obwohl er mit festem Griff ihre Hand hielt. Und sie konnte seiner Behauptung nichts entgegensetzen. Langsam schüttelte sie den Kopf. Sie tat das, was sie mußte und tun sollte für Menschen, die sie liebte, doch das war nicht das, was sie wirklich wollte.

In Audreys Lächeln lag philosophische Weisheit. Sie wußte, daß sie einen Freund gewonnen hatte, den sie sehr lange haben würde. »Sie haben recht, doch kann ich es nicht ändern, im Moment jedenfalls nicht. Mir bleibt nichts übrig, als diesen Sommer als Geschenk anzusehen und zurückzukehren, wenn es Zeit ist.«

»Und dann? Was kommt nachher? Wieviel von Ihren Wünschen sind Sie gewillt aufzugeben?«

Fast verschluckte sie sich an den Worten, als sie sagte: »Vermutlich alles. Etwas Halbes kann man nicht geben.« Das war es, was Charles angst machte, wieder ein Stück von sich zu verlieren ... jemanden zu lieben *à tout jamais,* wie die Franzosen sagen, bis zum Grunde der Seele. Er hatte es fünfzehn Jahre lang nicht gekonnt, und plötzlich war sie da, eine Frau, die sein Innerstes zu verstehen schien, so wie er ihres verstand. Sonderbar, ihr ausgerechnet jetzt zu begegnen. Er hatte sie nicht gesucht, und er war auch nicht sicher, ob er sie finden wollte. Doch sie war da, und ihr Haar schoß kupferne Blitze auf ihn ab, als die Sonne am Himmel höherstieg. Charles saß da und starrte sie an.

»Ich weiß nicht, warum wir uns begegnet sind, aber ich glaube, ich bin dabei, mich in Sie zu verlieben.«

Auf diese Eröffnung war Audrey nicht vorbereitet. Ihr Herz schien abzusacken und ihm zu Füßen zu fallen.

»Ich ... ich kann nicht ...« Da Audrey die Worte fehlten, begnügte sie sich mit einem Nicken.

Er verstand alles ... Harcourt ... Annabelle ... Großvater ... ihr Verlangen, die Welt zu sehen ... zu leben ... frei zu sein ... zu fotografieren ... und den fernen Traum, den sie längst schon aufgegeben hatte, nämlich das alles mit jemandem zu teilen, jemanden zu finden, der alles mit ihr gemeinsam erleben würde ... und plötzlich war er da, und ihre Wege kreuzten sich für Stunden oder Tage ...

»Ich auch, glaube ich«, brachte Audrey heraus. Sie sah ihn benommen an. Zum erstenmal in ihrem Leben kam sie sich hilflos vor. Und als sie ihm die Arme entgegenstreckte, umfing er sie und hielt sie so fest, daß ihr der Atem stockte. Sie zweifelte nicht daran, daß derselbe Pfeil auch sie getroffen hatte. Charles' Lippen streiften zärtlich über ihr Haar, während er sie in den Armen hielt.

Audrey blickte zu ihm auf. Dann küßte er sie, sanft, so wie er keine andere Frau zuvor geküßt hatte. Sie spürte, wie ihr Herz himmelwärts flog, als sie seine Lippen auf ihrem Mund spürte.

Es war der reinste Wahnsinn. Noch gestern waren sie Fremde gewesen. Und jetzt, ganz plötzlich, wußte Audrey, daß sie in ihn verliebt war. Und als sie langsam ins Haus gingen, legte er den Arm um sie, und sie spürte, wie seine Finger über ihren Nacken strichen. Sie hatte das Gefühl, in dieser Nacht an einem Wendepunkt ihres Lebens angelangt zu sein, das nie wieder so sein konnte wie früher.

»Audrey ...« Er sah ihr direkt ins Gesicht, als sie vor der Tür zu ihrem Zimmer stehenblieben. »Du und ich, wir sind uns sehr ähnlich.« Nie hätte er gedacht, jemandem wie ihr zu begegnen. »Erstaunlich, nicht?« Es erschien ihr wunderbar und gleichzeitig unfair. Alles, was sie sich wünschte, sah sie in ihm verkörpert, und in wenigen Tagen würde sie für immer von ihm Abschied nehmen müssen. »Wie lange bleibst du in Antibes?« Fast wagte sie nicht, diese geflüsterten Worte zu äußern: »So lange ich kann.«

Ihre Blicke trafen sich innig, und mit einem wortlosen Nicken schlüpfte Audrey in ihr Zimmer.

6

Eine weitere idyllische Woche war verflogen, und Charles war noch immer bei Vi und James zu Gast. Noch immer tollten sie wie Kinder in Antibes herum und unternahmen vieles zu viert. Dennoch schafften Audrey und Charles es täglich, auch allein zu sein. Für gewöhnlich machte sie sich irgendwohin auf den Weg, um zu fotografieren, und Charles sorgte dafür, daß er sie begleitete. Es war, als hätten sie seit seiner Ankunft nichts anderes getan, als das Leben des anderen zu erkunden, und es war kaum vorstellbar, daß sie sich zuvor nicht gekannt hatten.

Eben hatte sie das Objektiv ihrer Kamera auf ein altes Haus in dem kleinen Bergstädtchen Eze gerichtet, als sie bemerkte, daß Charles sie bewundernd ansah. Er hatte inzwischen unzählige ihrer Fotos begutachtet und wußte, wie gut sie mit der kleinen Leica umzugehen verstand, die sie so häufig benutzte.

»Aud, eines schönen Tages würde ich gern ein Buch mit Fotos von dir herausgeben. Was sagst du dazu?« Sie schoß zwei weitere Aufnahmen und drehte sich lächelnd zu ihm um, nur um ein Bild von ihm zu machen, das seine verblüffte Miene festhielt.

»Im Ernst, Charles?« Seit seiner Ankunft war sie geradezu aufgeblüht. Sie wirkte viel weiblicher und lockerer, und in ihren Augen lag ein anderer Ausdruck. Vi sprach zu James ständig davon, wenn sie allein waren. Sie hoffte inständig, es würde sich etwas daraus entwickeln, während James behauptete, das sei wenig wahrscheinlich. Charles war nicht der Typ eines Ehemannes. Das hatte er selbst seit Jahren schon von sich behauptet und auch, daß eine Ehe mit seinem Beruf nicht vereinbar sei. Doch sah auch James ganz klar, daß Charles für Audrey entflammt war, oder ›bis über beide Ohren verliebt‹, wie Violet sagte.

»Natürlich meine ich es ernst«, sagte Charles. »Deine Fotos sind verdammt gut. Besser als das, was ich schreibe.«

»Wohl kaum.« Audrey lachte über seine Bescheidenheit und trat ganz nahe neben ihn hin. »Na, hast du Lust auf den Lunch?« Sie hatten den riesigen Picknickkorb der Hawthornes ins Auto gepackt und öffneten ihn nun am Berghang, umgeben von blühenden Wiesenblumen, die Mauern von Eze im Rücken, das Mittelmeer zu Füßen. Es war ein so malerischer Ausblick, daß Audrey bezweifelte, ob ihre treue Leica imstande war, die Schönheit einzufangen. Sie streckte sich im Gras auf einen Ellbogen gestützt aus und sah zu Charles auf, einen Apfel in der Hand, ein Lächeln im Blick. »Ich bin hier so glücklich.«

»Ja, wirklich?« Er freute sich. »Und warum wohl, rate mal?« fuhr sie fort.

Er beugte sich über sie und hauchte einen Kuß auf ihr Haar. »Kannst du dir nicht denken, daß auch ich glücklich bin? Glücklicher als je im Leben?«

Sie strahlte, als er sich tiefer über sie beugte und sie voll auf die Lippen küßte. »Was machen wir, wenn es Zeit zur Heimkehr wird?« Langsam begann sie sich deswegen Sorgen zu machen. Früher oder später mußte die Idylle ein Ende finden, und sie hatte Angst davor. Beide hatten Angst.

»Wer kann das entscheiden, Aschenputtel? Woher sollen wir wissen, wann es Zeit zur Heimkehr ist?«

»Ich trete am vierzehnten September die Überfahrt an.« Den ganzen Weg zurück, den sie gekommen war ... zurück in die Verantwortung und Pflicht ... und zu Annabelle, die bereits mit den Unpäßlichkeiten der zweiten Schwangerschaft kämpfte. Im letzten Brief hatten ihre Tränen die Schrift fast vollständig verschmiert, und Audrey kämpfte mit Schuldgefühlen, weil sie so lange wie geplant ausbleiben wollte.

»Ist das in Stein gemeißelt?«

»Nein.« Sie seufzte. »Aber du weißt, daß ich zurück muß.«

»Warum?«

»Du weißt, warum.«

»Nein, das weiß ich nicht.« Er sagte es neckend, wollte Audrey aber prüfen, wie ernst es ihr war. Seit Tagen schon verfolgte ihn eine Idee. Er scheute sich aber, mit ihr darüber zu sprechen, weil er ihre Antwort fürchtete. Dabei wußte er, daß ihr Leben nie wieder dasselbe sein würde, wenn es ihm gelänge, sie dazu zu überreden ... und seines auch nicht.

»Charles ...« Sie sah ihn beschwörend an, und in ihrem Blick lag ein Kummer, den er noch nie gesehen hatte. Die meiste Zeit hatten sie damit verbracht, zu lachen, Champagner zu trinken und mit Violet und James Partys zu besuchen, doch auf diesen Ausflügen bot sich ihnen Gelegenheit, einander die Herzen zu öffnen.

»Warum machst du ein so trauriges Gesicht, meine Liebe?« Er ließ sich neben ihr im Gras nieder, und seine Körperwärme, die sie ganz nahe neben sich spürte, machte sie fast wahnsinnig. Für Charles empfand sie etwas, was sie nie für möglich gehalten hätte, und doch übte er auf sie keinen Druck aus, denn das hätte sie in Verlegenheit bringen können. Jetzt sah er sie zärtlich an und kitzelte ihr Ohr mit einer hellroten Blume.

»... bitte, bedränge mich nicht wegen meiner Heimfahrt. Ich kann meine Rückkehr nicht verschieben.«

»Warum nicht?«

»Es wäre nicht fair.«

»Nicht fair? Wem gegenüber?« Er fragte es mit Nachdruck, und die Antwort fiel ihr schwer.

»Großvater gegenüber. Ich weiß, was er bei meiner Abreise dachte, und ich möchte ihm beweisen, daß er sich irrte.«

»In welchem Punkt?« Charles stand vor einem Rätsel, bis sie es ihm erklärte.

»Ich glaube, er hatte bei meiner Abreise so etwas wie ein ›Déjà-vu‹-Erlebnis und litt unter der Angst, ich könnte tun, was mein Vater getan hat. Ich versprach ihm, daß ich wiederkomme. Nein, ich kann es ihm nicht antun, ihn länger allein zu lassen.«

»Das verstehe ich nicht.« Er streifte ihre Lippen mit seinem Mund, und Audrey konnte sich nur schwer auf das konzentrieren, was sie sagen wollte.

»Mein Vater ging fort und kam nie wieder. Jedenfalls nicht für länger. Er hatte es Großvater versprochen, aber seine Abenteuerlust war stärker als er … er konnte nicht zurück. Seine Leidenschaft galt den Orten, die er besuchte, den Menschen, denen er begegnete, den Abenteuern, die er erlebte …« Die Erinnerung färbte ihre Worte mit Nachdenklichkeit. Ihr Vater mußte ein sehr romantischer Mensch gewesen sein. Das war ein Gedanke, der bewirkte, daß sie wieder zu Charles aufblickte. Die beiden waren so ähnlich, so sehr, daß sie es manchmal mit der Angst zu tun bekam.

»Ist das so schrecklich?« Charles hatte Verständnis dafür. Genauso hatte er die vergangenen fünfzehn Jahre verbracht. Der einzige Unterschied lag darin, daß ihn niemand erwartete. Es gab niemanden, den es interessierte, wo er wann war, von Freunden wie James und Violet abgesehen. Wenn er aufbrach, weinte ihm niemand eine Träne nach, und niemand zählte die Stunden bis zu seiner Wiederkehr. In gewisser Weise beneidete er Audrey darum. Es war der einzige Aspekt, der ihm an einer Ehe zugesagt hätte.

»Ich kann Großvater das nicht antun.« Ihre Stimme war sanft wie die Brise, welche die Luft bewegte.

»Und du selbst? Kannst du deine Träume aufgeben, Aud?«

»Das hier ist jetzt mein Traum.« Sie lächelte. »Eigentlich mehr als mein Traum.«

»Als wir uns kennenlernten, hast du mir etwas anderes gesagt.«

»Nein!« Sie errötete und fragte sich, was sie damals wohl gesagt hatte, an jenem ersten Abend, als sie bis zum Sonnenaufgang wach blieben, von ihren Träumen und ihrem Leben sprachen und einander gestanden, wer sie eigentlich waren.

»Du sagtest, du wolltest fremde Orte sehen …«

Sie breitete die Arme aus, als wollte sie die grandiose Schönheit der Berglandschaft mitten in den See-Alpen umfassen. »Na, ist das nichts?«

»Das ist wohl kaum das, was du dir vorstelltest ... ich dachte, wir hätten damals von Nepal gesprochen?« Wieder neckte er sie, so daß sie ein bißchen verlegen wurde, ohne daß es besonderen Nachdrucks bedurft hätte. Er war darin sehr geschickt, doch Audrey war ihm gewachsen.

»Das reicht fürs erste.«

Plötzlich verdüsterte sich seine Miene. »Ich muß in ein paar Tagen fort.« Es war das erste Mal, daß sie davon hörte, und sie spürte, wie ihr Herz einen Satz machte. Sie saß da und starrte ihn mit aufgerissenen Augen an. Das Ende war nahe. Sie hatte gewußt, daß es kommen würde, doch hatte sie nicht geahnt, daß es so bald käme. »Ich muß für die Londoner *Times* eine Story schreiben.«

»Jetzt?« Es war ein kleines verängstigtes Wörtchen.

»Bald.«

»Wo?«

»Über Nanking, Schanghai, Peking ...«

»Mein Gott ...« Sie war schockiert, versuchte aber Haltung zu bewahren und lächelte, obwohl sie das Gefühl hatte, ihr Atem und das Glück schienen sie gleichzeitig zu verlassen. »Exotischer geht's wohl nicht mehr.«

Er nickte. »Ich wünschte, du könntest mitkommen.«

»Ich auch.« Das war aufrichtig gemeint. Die Namen dieser Städte klangen ihr wie Zauberworte in den Ohren. Es waren außergewöhnliche Namen, nicht bestimmt, in ihrem Leben eine Rolle zu spielen. Wenigstens jetzt nicht.

»Eine Reise, auf der du phantastische Aufnahmen machen könntest.« Er wandte alle Lockmittel an, und sie lachte bedauernd.

»Unter anderem.«

»Wann fährst du?« Instinktiv streckte Audrey die Hand nach ihm aus, und sie saßen wortlos Hand in Hand unter dem Sommerhimmel, erfüllt von der Vertrautheit, die zwischen ihnen in der kurzen Zeit ihrer Bekanntschaft entstanden war.

»Ich weiß nicht. Als erstes habe ich in Italien etwas zu erledigen, und danach wollte ich von Venedig aus mit dem Orient-Expreß weiterfahren.«

Sie hörte es und schloß die Augen. Charles beobachtete ihren Gesichtsausdruck und sah, daß zwei Tränen über ihre Wangen liefen, als sie ihn wieder ansah. »Du Glücklicher.«

Er schüttelte den Kopf und fühlte sich sehr unglücklich. »Nein, ich bin nicht glücklich. Die Frau, die ich liebe, wird durch die halbe Welt von mir getrennt sein ... oder nicht?« Er drückte ihre Hand, und sie setzte sich auf. Sie mußte sich wie ein erwachsener Mensch benehmen. Es hatte keinen Zweck, dem nachzuweinen, was sie nicht haben konnte, und Charles konnte sie nicht haben. Jedenfalls nicht für lange. Es hatte keinen Sinn, sich etwas vorzumachen.

»Warum kommst du anschließend nicht nach San Franzisko?« Sie fragte es lächelnd, und er lachte auf.

»Einfach so? So wie du es sagst, klingt es sehr unkompliziert.«

»Ist es denn kompliziert?« Jetzt neckte sie ihn, und er küßte sie von neuem.

»Vielleicht komme ich. Und vielleicht entführe ich dich auf einem Schimmel, und du hältst eine Rose zwischen den Zähnen.«

»Das hört sich wunderbar an, Charles.«

»Ja, nicht wahr ...« Wieder zog er sie neben sich ins Gras, und sie lagen eine Weile fest umschlungen da, bis ihre Umarmung zu leidenschaftlich wurde, ihre Zurückhaltung immer schwächer, und Audrey sich klugerweise losmachte, während er sie bedauernd ansah. Er respektierte sie, aber noch nie hatte er eine Frau so heftig begehrt, und sie hatten so wenig Zeit.

Der drohende Abschiedsschmerz verlieh nun der mit Vi und James gemeinsam verbrachten Zeit eine gezwungene Fröhlichkeit. Die Nächte wurden mit jedem Mal länger, der Champagner floß immer reichlicher. Und es fiel Audrey immer schwerer, sich in der Nacht von Charles loszureißen und auf ihr eigenes Zimmer zu gehen, doch sie wollte keine Dummheit begehen, ehe sie nach Hause fuhr. Mit den Konsequenzen wäre sie ein ganzes Leben lang konfrontiert gewesen. Und Charles wollte bei ihr kein Risiko eingehen, mochte sein Verlangen auch noch so groß sein. Dazu liebte er sie zu sehr.

»Ich glaube, ich werde mit kalten Duschen anfangen oder mit mitternächtlichen Bädern im Mittelmeer, das eigentlich gar nicht kalt genug ist. Leider wird es nichts nützen«, scherzte Charles eines Nachts, als sie von einer Party die Küste entlang heimschlenderten. »Du machst mich noch wahnsinnig, weißt du das?«

Audrey fühlte sich schuldig, denn es war nicht ihre Absicht, ihn zu reizen. »Es tut mir so leid, Charles...« Bewundernd blickte sie zu ihm auf, und er legte einen Arm um sie und zog sie an sich.

»Das ist nicht nötig. Es waren die schönsten Wochen meines Lebens, dank dir. Die Erinnerung daran werde ich bis ans Ende der Welt tragen.« Er lächelte ihr zu und küßte die Locken, die ihr Gesicht umrahmten. Er wußte es noch nicht, daß sie eine Überraschung für ihn hatte, ein Album über die gemeinsamen Tage in Antibes, von ihr zusammengestellt, nachdem die Fotos vervielfältigt worden waren. Sie wollte alles fertig haben, ehe er Abschied nahm. Auf dem Weg nach Nanking konnte Charles dann darin blättern. Im Moment mochte sie noch gar nicht daran denken. Und doch konnte sie die bevorstehende Trennung nicht verdrängen. Er wollte in wenigen Tagen abreisen.

An ihrem letzten Abend saßen sie da und sahen die Sonne aufgehen wie am Tag ihres Kennenlernens vor wenigen Wochen. »Kaum zu glauben, nicht?« Er machte ein ernstes Gesicht, als er dasaß und ihre Hände hielt. Vi und James waren längst zu Bett gegangen, aber Charles und Audrey hatten es nicht eilig, einander zu verlassen. »Mir scheint, als hätte ich dich schon ein Leben lang gekannt.«

»Es wird sonderbar sein, wenn du wieder fort bist... so leer...« Sie war ganz aufrichtig. Mit Charles konnte sie über alles sprechen, und das tat sie auch. Er sah ihr in die Augen, unfähig, den Traum aufzugeben, sie könne bei ihm bleiben.

»Audrey, ich möchte dich etwas fragen. Und ich möchte, daß du dir die Antwort gut überlegst.« Er hielt inne und holte tief Luft, ehe er fortfuhr: »Möchtest du mit mir kommen?« Ihr Herz drohte auszusetzen, und das mußte in ihrem Blick gestanden haben. »Nur bis Istanbul. Du kannst dann noch rechtzeitig in London sein. Ich muß am dritten September von Venedig losfahren. Du erreichst noch dein Schiff am vierzehnten.« In seinen Augen loderte es, als er sie ansah. »Audrey...«

Sie schüttelte den Kopf. »Das kann ich nicht, Charles.«

»Warum nicht? Wann wir uns wiedersehen, steht in den Sternen. Bist du wirklich imstande, unser Beisammensein so abrupt abzubrechen, alles Gemeinsame zu verschwenden?« Erregt sprang er auf und fing an, auf der Terrasse auf und ab zu gehen. »Wie kannst du einfach so ablehnen? Verdammt, Audrey, nur dieses eine Mal ... denk an dich selbst ... denk an uns, bitte!« Sein Blick zerriß ihr das Herz. »Überleg es dir noch einmal.« Das versprach sie, doch diesmal waren es nicht ihre Verpflichtungen, die sie abhielten. Es war etwas anderes. Sie hatte Bedenken, mit ihm nach Venedig zu fahren. Sie wußte, was dort geschehen würde, wußte, was sie tun würde, wenn sie ganz allein mit ihm war. Sie würde alle Konventionen über Bord werfen. Sie war dazu schon in Antibes fast bereit, wollte es aber nicht. Fuhr sie mit ihm nach Venedig, dann würde es wie ein Sturz von der Klippe sein. Immer wieder suchte sie seinen Blick und dachte daran, um was er sie gebeten hatte, und als die Sonne aufging, wollte sie ihm sagen, daß sie nicht mit ihm gehen könnte, doch er brachte sie mit einem Kuß zum Schweigen. Plötzlich fing er an, von Sean zu sprechen, wie kurz das Leben doch sei, wie unendlich kostbar, wie teuer, und ihr wurde klar, was für ein Leben er eigentlich führte. Er ging nach China, um ein Interview mit Tschiang Kai-schek zu machen und um einen Artikel über das von den Japanern bedrohte Schanghai zu verfassen. Wenn er dort getötet würde und sie ihn nie wiedersah? Ein schrecklicher Gedanke, und als er sie wieder küßte und sie spürte, wie seine Hände über ihre Schenkel strichen, hielt sie den Atem an und unterdrückte ein Aufstöhnen.

»Bitte, Audrey, komm mit mir nach Italien ...« Ein Blick in seine Augen zeigte ihr, wie verzweifelt er es sich wünschte. Sie konnte nicht nein sagen, auch sich selbst zuliebe nicht. Jetzt nicht mehr.

Als er ihren Nacken küßte und ihre Brüste streichelte, flüsterte sie: »Ich werde mich vor deiner Abfahrt mit dir in Venedig treffen.« Sie war schockiert von ihren eigenen Worten, doch als er sie wieder in die Arme nahm und sie festhielt, bereute sie ihr Versprechen nicht.

Es war das, was auch sie wollte. Sie würde vernünftig sein müssen und nichts Verrücktes tun ... und was konnte schließlich passieren? Es war ja nur für zwei Tage, dann stieg er in den Orient-Expreß.

Sie waren sich einig, Vi und James nichts zu sagen, und als er sich am nächsten Tag verabschiedete, tat er es mit einem langen Kuß, damit alle es sehen konnten, und sie winkte ihm nach, bis der Wagen außer Sicht war. Lady Vi zeigte sich sehr mitfühlend.

»Alles in Ordnung, Aud?« Sie brachte ihr einen steifen Drink mit einer Miene, die andeutete, daß sie erwartete, Audrey in einem Weinkrampf zusammenbrechen zu sehen. Doch als Audrey einen Schluck trank und sich dann still in ihr Zimmer zurückzog, um sich hinzulegen, gab sie sich zufrieden. Auf dem Bett liegend, dachte Audrey an Charles und an das Versprechen, das sie ihm gegeben hatte ... sie war total verrückt, und doch bedauerte sie nichts. Auf dem Markusplatz, am ersten September um sechs. Und danach mochte Gott weiß was passieren. Doch eines wußte Audrey mit Sicherheit: sie mußte Charles in Venedig treffen.

# 7

Die nächste Woche verging wie im Flug. Charles war abgereist, James' Bruder traf ein, und einige Tage darauf auch Vis Bruder. Schließlich kam auch das Gefühl, daß alles sehr rasch zu Ende sein würde. Audrey entschloß sich zur Abreise. Violet und James gegenüber ließ sie von Charles' Vorschlag nichts verlauten. Sie schwankte noch immer, ob sie wirklich ihr Versprechen halten sollte, ob sie nicht im Begriff stand, eine Torheit zu begehen, doch war Audrey der Gedanke unerträglich, zurück in die Staaten zu gehen, ohne Charles wiederzusehen. Sie mußte sich mit ihm in Venedig treffen, und sei es nur, um ihm noch einmal Lebwohl zu sagen und ihm das Album zu geben, das sie für ihn zusammengestellt hatte.

Schließlich kam es wieder zu einem tränenreichen Abschied, diesmal von Violet und James, und der Abschied von den Kindern war noch viel schlimmer. Für Alexandra hatte sie eine riesige, wunderschöne Puppe in Cannes bei La Rêve d'Enfant gekauft und für den kleinen James einen hübschen Matrosenanzug und ein Modellsegelboot, das er zu Hause im Park schwimmen lassen konnte. Violet bekam eine hübsche Kristall- und Onyxbrosche und James eine Kiste Dom Pérignon. Das schönste Geschenk aber war der Stapel Fotos, die sie von ihnen geknipst hatte. Es waren wunderschöne Bilder von Violet in verschiedenen Kleidern und mit tollen Hüten, James übermütig am Strand und bei stillen Spaziergängen mit Charles, und eine Aufnahme, die James zeigte, wie er bei Sonnenuntergang Lady Vi mit einer Zärtlichkeit in den Augen ansah, die Audreys Augen feucht werden ließ, als sie das Bild vergrößerte. Das waren herrliche Souvenirs eines Sommers, den keiner von ihnen je vergessen würde. Audrey versuchte dies in Worte zu fassen, als sie neben dem Auto stand, das sie gemietet hatte, doch war es ihr unmöglich, ihre Gefühle auszudrücken. Sie empfand zu viel. Für alle.

»Ein Wort des Dankes erscheint so lächerlich wenig für so viel...« Sie umarmte Vi, und beide weinten, als Violet zurücktrat.

»Schreib bald! Du hast es versprochen!«

»Mach' ich, verlaß dich drauf...« Und dann umarmte sie James. Die Hawthornes würden noch nicht in London sein, wenn sie die Überfahrt auf der *Mauretania* antrat. James war für sie wie ein älterer Bruder, als er sie zärtlich auf beide Wangen küßte. Und sie ertappte sich bei dem Wunsch, Annabelle hätte einen Mann wie ihn geheiratet und nicht Harcourt. Nach einem letzten Kuß, mit dem sie von den Kindern Abschied nahm, umarmte sie Violet noch einmal.

Unter Tränen stieg sie in den Wagen und setzte sich ans Steuer, während Violet sich mit einem Spitzentaschentuch über die Augen fuhr, unter Tränen lächelnd. »So schrecklich habe ich mich seit Tante Hatties Tod letztes Jahr nicht mehr gefühlt.« Violet lachte und putzte sich die Nase. Audrey machte es ihr nach, während Vi sie ausschalt. »Du solltest nicht selbst am Steuer sitzen. Es ist zu gefährlich.«

»Ach was, das schaffe ich schon.«

»Du bist viel zu selbständig!« Violet bedauerte, daß sich die

Beziehung zu Charles nicht weiter entwickelt hatte. Wäre es nach ihr gegangen, so hätte er bleiben und Audrey nach Italien fahren sollen, doch er hatte es sehr eilig gehabt, fortzukommen und mit der Arbeit an seinen Artikeln anzufangen. Vielleicht hatte James recht, entschied sie, als sie dem langsam davonfahrenden Wagen nachwinkten. Charles war als Ehemann völlig ungeeignet. »Wie schade!« rief sie James zu, als Audrey außer Sicht war.

»Ich habe sie nicht fortgeschickt, Liebling. Also laß deinen Unmut nicht an mir aus.« Er drückte sie an sich, und sie putzte sich wieder die Nase und schüttelte den Kopf.

»Das meinte ich nicht. Ich dachte an Charles.«

»Was ist mit Charles?« James war ratlos.

»Eine Schande, daß er nicht soviel Grips hat, um die Richtige zu erkennen, wenn sie vor ihm steht.«

»Das sag' ich doch. Er ist kein Mann zum Heiraten.«

»Genau das meinte ich!« Sie war richtig verärgert, und er lachte.

»Ach, darüber bist du wütend ... er will einfach nicht, also quäle dich oder die arme Audrey nicht damit. In seinem Leben ist für eine Frau kein Platz. Welche Frau möchte einen Mann, der um die Welt reist, mit Beduinenstämmen und Kamelen und Gott weiß was zusammenlebt, von den Mädchen mal abgesehen.«

Aber Violet fand das gar nicht komisch und funkelte James an.

»Ein verdammter Narr ist er!«

»Vielleicht. Oder aber er kennt sich selbst zu gut, meine Liebe.« Plötzlich sah er seine Frau besorgt an. »Glaubst du, Audrey hat erwartet, daß etwas aus dieser Romanze wird?«

»Ich glaube, das weiß sie besser als wir. Und außerdem ist sie ebenso eigensinnig wie er. Sie hat nichts im Kopf außer ihren Großvater und diese lästige Schwester. Immer, wenn ein Brief von ihr kam, war Audrey den ganzen Tag bedrückt. Das Mädchen muß eine richtige Heulsuse sein. Schwer vorstellbar, nicht? Audrey ist das genaue Gegenteil. Nein, ich glaube nicht, daß sie von Charles etwas erwartete, aber ich bin überzeugt, daß es bei beiden tiefer ging, als wir ahnen.«

»Was bringt dich zu dieser Ansicht?« James war immer wieder überrascht, wie seine Frau sich in andere Menschen hineindenken konnte. Oft durchschaute sie Situationen, für die er überhaupt kein Gespür hatte, und er fragte sich, was sie bei den beiden gesehen oder erahnt haben mochte. Charles war seit langem sein bester Freund, und Audrey hatte er während ihres Besuches liebgewonnen. »Hat sie vor ihrer Abreise etwas gesagt?«

»Nein.« Vi schüttelte den Kopf. »Und er auch nicht. Aber das ist es ja, was mich vermuten läßt, daß es ernster ist, als wir denken. Beide waren so eifrig bemüht, sich nichts anmerken zu lassen.«

James sah sie an, als hätte sie den Verstand verloren. »Manchmal bist du wirklich unvernünftig.« Er küßte sie sacht auf die Lippen. »Trotzdem liebe ich dich.«

»Danke, James.« Lächelnd lehnte sie sich in ihrem Lieblingsliegestuhl zurück und genoß die letzten Sommersonnenstrahlen.

Audrey fuhr über San Remo, Rapalleo, Portofino und Viareggio die Küste entlang, um schließlich landeinwärts nach Pisa und Empoli abzubiegen, dann weiter gegen Süden nach Siena, Perugia, Spoleto, Viterbo und zuletzt nach Rom. In Rom angekommen, stellte sie fest, daß sie kaum Interesse für die Sehenswürdigkeiten aufbringen konnte. Ihre Gedanken kreisten ständig um Violet und James, um die Kinder, ihre Freunde und natürlich um Charles. Sie fühlte sich wie eine verlorene Seele, während sie durch Kirchen und Museen wanderte, das Kolosseum besichtigte, die Katakomben, den Vatikan. Irgendwie war sie wie betäubt, als sie Rom allein durchstreifte. Sie bereute, daß sie nach Italien gefahren war. Dieser Teil ihrer Reise kam ihr nun unnütz und überflüssig vor. Mit großer Erleichterung gab sie den Mietwagen auf und bestieg den Zug nach Florenz. Doch erging es ihr in Florenz nicht anders. Ihre Gedanken waren nicht bei den Sehenswürdigkeiten und Schönheiten, die sie besichtigte, und sämtliche Kirchen und Museen sahen für sie gleich aus. Sie dachte ausschließlich an Venedig und an das Wiedersehen mit Charles. Als sie schließlich im Zug nach Venedig saß, wäre sie am liebsten ausgestiegen und zu Fuß gelaufen, weil sie den Eindruck hatte, daß der Zug viel zu langsam vorankam. Menschen stiegen an den vielen Stationen scharenweise aus und ein, und mit jedem Aufenthalt hatte der Zug mehr Verspätung. Am späten Nachmittag wurde Audrey von Panik erfaßt. Es war jetzt klar, daß es Wahnsinn gewesen war, sich mit Charles auf einem öffentlichen Platz zu verabreden. Es war ihr sehr romantisch erschienen, und keinem von beiden kam es in den Sinn, wie unpraktisch es war, keiner hatte daran gedacht, daß in Italien Zugverspätungen an der Tagesordnung waren. Kurz nach acht kam sie an, und der Sonnenuntergang tauchte den Himmel in grellorangefarbene Flammen. In Audreys Augen brannten Tränen. Sie hatte sich um mehr als zwei Stunden verspätet, und Charles steckte Gott weiß wo. Inzwischen war er sicher längst am Treffpunkt gewesen und wieder gegangen. Sie hatten nicht einmal daran gedacht, sich auf ein Hotel zu einigen. Audrey hatte von Rom aus im Gritti ein Zimmer bestellt. Wo Charles abgestiegen war, wußte sie nicht, ebensowenig wie sie wußte, ob sie sich treffen würden. Noch nie im Leben hatte sie sich so hilflos gefühlt, wie in dem Augenblick, als sie dem Gondoliere zusah, der ihr Gepäck in seine Gondel lud. Sie nannte ihm den Namen ihres Hotels, und plötzlich entschloß sie sich, einen Versuch zu wagen.

»Können wir unterwegs am Markusplatz Station machen?«

Sie meinen die *Piazza San Marco?*« Sie nickte, noch immer verzweifelt. »*Si, Signorina.*«

In seinem Blick lag Wärme, als er ihr zulächelte und sein lückenhaftes Gebiß sehen ließ, auf dem Kopf den klassischen Hut der Gondoliere. Breitbeinig stand er da, während er seine anmutige Gondel durch das Wasser gleiten ließ. Audrey blickte sich um, sah die zahllosen Touristen, die in Gondeln die Kanäle befuhren, sah den Sonnenuntergang, der die Kuppeln aufblitzen ließ. Es war die schönste Stadt, die sie je gesehen hatte, und sie hatte sich noch nie so allein gefühlt, als sie ausstieg und zum Platz lief. Ihr Blick überflog die riesige Fläche, umfaßte den Campanile und die vielen Menschen, die aus den Cafés kamen oder sie betraten. Sie sah jeden an, lief eilig von einem Café zum nächsten, und dann plötzlich sah sie dunkles Haar, einen britischen Regenmantel, eine Kopfform, die ihr bekannt vorkam, und sie flog an seine Seite, blickte zu ihm auf, als wäre sie in letzter Minute gerettet worden ... nur um zu entdecken, daß es ein Fremder war. Enttäuscht und verlegen trat sie den Rückzug an. Nach einer halben Stunde mußte sie sich geschlagen geben. Charles war nirgends zu sehen. Vielleicht war er gar nicht hiergewesen, oder aber er war längst wieder gegangen, überzeugt, daß sie ihn versetzt hatte. Auf dem Weg ins Hotel mußte sie gegen ihre Tränen ankämpfen, und als Träger und Gondoliere ihr Gepäck ausluden, verschwand sie still im Hotel, das Gefühl der Niedergeschlagenheit im Herzen, Herzeleid im Blick. Man konnte ihr ansehen, daß ihr etwas Schlimmes zugestoßen war.

Die für sie reservierte Suite war viel großartiger als alles, was sie bisher irgendwo in einem Hotel gesehen hatte. Ein imposantes Renaissance-Himmelbett beherrschte diesen kostbar und antik ausgestatteten Raum mit seinen Marmortischen und Gobelins. Es war ein wunderbarer Eindruck, und sie kam sich richtig albern vor, als sie allein und verzweifelt dasaß, doch sie konnte im Moment nichts unternehmen. Inzwischen war es neun Uhr vorbei, und es wäre sinnlos gewesen, die Straßen auf der Suche nach Charles zu durchstreifen. Sie hatte den Portier gefragt, ob Mr. Parker-Scott auch hier reserviert hätte, und erhielt ein Nein zur Antwort. Damit mußte sie sich begnügen. Ihr blieb nichts übrig, als am nächsten Tag die besseren Hotels abzuklappern, in der Hoffnung, ihn irgendwo zu finden, und wenn das alles nichts nützte, konnte sie am dritten September versuchen, ihn am Bahnhof zu treffen, wenn er den Zug bestieg, der tags darauf in Österreich an den Orient-Expreß angehängt würde. Es war ein Jammer, in Venedig zwei Tage einfach so zu vertun, doch das ist vielleicht meine Strafe, ging es ihr durch den Kopf, als sie ein paar Bissen von dem Abendessen, das sie sich aufs Zimmer hatte kommen lassen, zu sich nahm … falls es ein Fehler gewesen war, sich mit ihm hier treffen zu wollen. Sie wußte, daß es falsch war, doch war sie nicht imstande gewesen abzulehnen, und jetzt war alles verloren. Der Gedanke an Charles ließ ihre Tränen wieder fließen, so daß sie erst das zweite Pochen an der Tür wahrnahm und heiser ›Herein‹ rief und sich die Nase putzte in der Annahme, es sei der Zimmerkellner, der das Tablett abholen wollte. Als die Tür aufging, sah sie kaum hin, und plötzlich hielt sie die Luft an und stand auf. Die Tür war nicht verschlossen gewesen, und er war einfach eingetreten.

»Mein Gott ... wie bist du ...« Ihr Herz schlug wie verrückt, als sie sich in seine Arme warf. Noch nie hatte sie sich über ein Wiedersehen so gefreut. Charles hielt sie in den Armen wie ein verlorenes Kind, so wie er einst seinen Bruder Sean gehalten hatte ... er drückte sie so fest an sich, daß ihr die Luft wegblieb. »O Charles«, schluchzte sie wie ein kleines Mädchen, was ihr gar nicht ähnlich sah. »Ich dachte, ich würde dich nie wiedersehen.«

Er liebkoste sie mit leisen Worten und wiegte sie in den Armen. »So einfach wirst du mich nicht los, mein Liebling. Ich bekam einen schönen Schrecken, als du nicht kamst, und dann machte ich mich auf die Suche und entdeckte, daß du hier gebucht hast.« Hingerissen sah Audrey ihn an, und er lächelte.

»Ich war entsetzt ... ich dachte schon ...«

»Daß ich tot sei ... mindestens?« Er sah ihre geröteten Augen, drückte sie wieder an sich und strich ihr liebevoll das in Unordnung geratene rote Haar glatt. »Aud, Unkraut verdirbt bekanntlich nicht. Und du ... ist bei dir alles in Ordnung?« Er blickte sich in der noblen Suite um. »Du meine Güte ...« Da lachte sie zum erstenmal. Und plötzlich kam sie ihm vor wie ein ganz junges Mädchen.

»Ziemlich großartig, nicht?«

»Ja, das kann man wohl sagen.« Er trat einen Schritt zurück, um sie mit einem erleichterten Blick zu mustern. Er war froh, daß er sie so rasch gefunden hatte. Wie Audrey hatte er vergeudete Tage befürchtet, erfüllt mit fruchtlosen Versuchen, sie zu finden. »Tut mir leid, daß du deswegen so viel Angst ausstehen mußtest. Ich hätte mich in Rom mit dir treffen sollen, aber ich hatte so verdammt viel zu tun.« Er warf seine Jacke über einen Sessel und setzte sich neben sie. Sein Blick ruhte ernst auf ihr, während sie versuchte, ihre Fassung wiederzugewinnen. »Du sollst wissen, daß ich niemals nach Istanbul gefahren wäre, ohne dich noch einmal zu sehen.«

Sie lächelte unter neuen Tränen, und ihre Stimme war heiser, als sie sprach, so erleichtert war sie, ihn zu sehen. »Fast hätte ich den Entschluß gefaßt, dich in Istanbul zu suchen ...

ich wollte schon herausfinden, wann ich das nächste Schiff nach Hause erreichen könnte ...« Audrey schlang die Arme um seinen Nacken. »Ach, Charles ... ich liebe dich so sehr ...« Sie mußte diese Worte sagen, mußte ihm sagen, was sie empfand. Er bedeutete ihr so viel. Und er hielt sie umschlungen und fand ihre Lippen. Jetzt hielt sie nichts mehr zurück, weder Konventionen, die sie als Gäste in einem Haus einhalten mußten, noch Sorge um ihre Freunde, und sie vergaßen alles, als er sie in den Armen hielt und seine Hände über sie gleiten ließ. Sein Begehren war noch nie so groß gewesen wie in diesem Augenblick, und Audreys Sehnsucht kam der seinen gleich. »O Charles ...« Er sah sie eindringlich an, und beide hielten den Atem an. Sanft machte er sich los.

»Aud, ich sollte jetzt vielleicht lieber gehen ...« Sein Blick suchte in ihren Augen nach einem Hinweis, doch anders als bei dem letzten Beisammensein in Antibes schüttelte sie den Kopf, und er hielt den Atem an. »Du sollst nichts tun, was du bereuen müßtest.« Für beide war es ein gefühlsbeladener Abend gewesen, ein schwieriger Tag, mit Warten verbracht. Seit Charles Antibes verlassen hatte, waren sie beide nicht imstande gewesen, einen klaren Gedanken zu fassen. Audrey hatte darauf gewartet, wie sehr, das wurde ihr erst klar, als sie ihn wieder ansah. Sie wußte, warum sie gekommen war. Sie hatte Angst gehabt, es vor sich selbst einzugestehen, doch sie mußte dies tun, und sie wußte, daß sie es nie bereuen würde. Von diesem Tag an war sie sein.

»Ich will nicht, daß du gehst.« Ihre Stimme war tief, gelassen und voller Sinnlichkeit, als er ihre Hand nahm und ihre Fingerspitzen küßte. Ihr ganzer Körper vibrierte daraufhin vor Sehnsucht nach ihm. »Ich liebe dich, Charles.« So einfach war schließlich alles, so einfach wie diese Worte, die das ganze Ausmaß ihrer Gefühle ausdrückten.

»Niemals habe ich jemanden so geliebt«, flüsterte er, und dann stand er auf, hob sie hoch und trug sie in den anschließenden Raum. Sanftes Licht fiel von draußen herein, und als er die Tür schloß, leuchtete nur mehr der Mondschein ins Zimmer. Er sah ihr Gesicht, ihre Augen und Lippen, und er küßte sie sanft und zog sie im Dunkeln aus, sah mit Staunen ihren schimmernden Körper und streichelte sie. Sie war sich mit aller Deutlichkeit bewußt, daß sie zu ihm gehörte. Ein Schauer überlief sie, als sie zwischen die kühlen Laken glitt und ihm zusah, wie er sich auszog. Er kehrte ihr dabei den Rücken zu und stieg auf der anderen Seite ins Bett. Auf halbem Weg streckte er ihr die Arme entgegen, als sie näher zu ihm rückte und sich ihm ganz hingab. Ihr Körper bebte unter seiner Berührung, und er unterwies sie liebevoll und gekonnt, nahm sie erst, als sie bereit war, und dann, als sie ihn wieder begehrte. Er ließ sie den Rhythmus bestimmen und gab ihr alles von Körper, Seele, Verstand und Herz. Und von diesem Augenblick schienen ihre Herzen für immer verbunden. Als sie in seinen Armen lag und beide schliefen, sahen sie nichts vom Sonnenaufgang. Vom Campanile schlug die Stunde, und sie schlummerten erschöpft von ihrer Liebe.

## 8

Die zwei Tage in Venedig verliefen wie ein Traum. Charles zeigte Audrey alle Sehenswürdigkeiten, den Dogenpalast mit seinen prachtvollen Torflügeln, die Rialto-Brücke, Santa Maria della Salute und das Zollhaus mit der goldenen Wetterfahne ... und noch bedeutsamer – die Seufzerbrücke, auf der Audrey den Atem anhalten mußte und er sie küßte und die unter ihnen dahingleitenden Gondoliere ihnen zusangen. Charles versicherte ihr, daß nun alle ihre Wünsche wahr werden würden, und Audrey lachte darüber. Die meiste Zeit aber verbrachten sie in ihrem Zimmer. Um den Schein zu wahren, nahm er ein kleineres Zimmer auf der gleichen Etage, doch ließ er nicht einmal sein Gepäck hinschaffen. Zwei Tage und zwei Nächte lebten sie wie Mann und Frau zusammen. Als die Stunde des Abschieds näher rückte, spürte Audrey, wie Panik sie zu erfassen drohte. Sie hatte für den Abend des Tages seiner Abreise einen Platz im Zug nach London reserviert. Charles' Zug fuhr nach Österreich und traf dort mit dem Orient-Expreß zusammen.

Der Abschied drückte so auf ihre Stimmung, daß Audrey kaum

ein Wort herausbrachte, als sie sich in dem riesigen Marmorbad, in dem sie sich eben geliebt hatten, zum letzten Mal anzogen. Beim Gedanken an das Ende brach der Damm, und sie fing zu schluchzen an, den Blick fest auf ihn gerichtet.

»Liebling, nicht ... nicht weinen.« Charles hatte es aufgegeben, sie zu drängen. Oft hatte er sie gebeten mitzukommen, und sie war fest geblieben und hatte behauptet, es sei ihr unmöglich. Eine weitere Anfrage wäre grausam gewesen, außerdem hatte er versprochen, damit aufzuhören. »Ich komme nach San Franzisko, sobald ich es schaffe und ich in Peking fertig bin. Dann nehme ich das nächste Schiff.« Er hielt sie in den Armen, und sie schluchzte hemmungslos. Sie hatte sich diesem Mann ganz hingegeben und konnte es nicht ertragen, ihn wieder zu verlassen. Sie gehörte zu Charles. Der Gedanke, ihn aufgeben zu müssen, berührte jede Faser ihres Seins, und doch wußte sie, daß der Abschied unvermeidbar war. Sie hatte keine andere Wahl. Seine Arme lagen um ihren Nacken, und es dauerte lange, bis sie ihre Fassung wiedergewonnen hatte.

Charles half ihr ins Kleid und sah zu, wie sie ihre Perlen anlegte, die Ohrklips festmachte und den großen Strohhut aufsetzte. Und während er ihr zusah, hätte er am liebsten die Zeit angehalten, so kostbar war für ihn dieser Augenblick. Ihm war aufgefallen, daß Audrey seit zwei Tagen ihre Kamera nicht angerührt hatte. Da war nichts, was man hätte festhalten können, es war eine Zeit voller Gefühle, voller schmerzender Sehnsüchte, die schließlich Erfüllung gefunden hatten. Es war eine Zeit, die sie beide nie vergessen würden. Beide waren sehr ernst, als sie die Rechnung bezahlten, das Hotel verließen und zusahen, wie ihr Gepäck in die Gondel verladen wurde.

»Charles, ich möchte nie wieder zurückkommen.«

»Warum nicht?« Er erschrak. Hatte er ihre Gefühle falsch verstanden? Das konnte nicht sein.

»Es könnte nie wieder so schön sein. Ich möchte es so in Erinnerung behalten ... in meinem Bewußtsein« – ihre Augen wurden feucht, und er nahm ihre Hand – »in meinem Herzen ...« Mit Augen, in denen Tränen schwammen, blickte sie zu ihm auf, und er hielt sie fest und half ihr in die Gondel. Er fürchtete den

Abschied ebenso und zweifelte, ob er seine Fassung würde bewahren können. Der Gedanke an die Trennung drückte ihm die Kehle zu. Auf der Fahrt zum Bahnhof saßen sie aneinandergeschmiegt in der Gondel wie zwei verlorene Kinder. Charles begleitete Audrey zum Zug, da sie als erste, nämlich eine halbe Stunde früher als er, abfuhr. Er überwachte den Träger mit ihrem Gepäck und blieb dann noch bei ihr in ihrem Einzelabteil. Zu sagen gab es nichts mehr, nur Versprechen, die keiner von beiden halten konnte. Er hatte seine Arbeit, und sie hatte ihre Familie, und ihre Liebe war von einer Art, wie nur wenige Menschen sie erleben. Das wußten beide, als schließlich der tränenreiche Augenblick der Trennung gekommen war, als er dastand, sie festhielt und sie einander mit geschlossenen Augen küßten.

Er machte sich zuerst los, da er es nicht mehr ertragen konnte. »Aud, ich liebe dich. Ich werde dich immer, immer lieben.« Wieder wollte er sie bitten, mit ihm nach Istanbul zu fahren, wagte es aber nicht mehr. Es wäre nicht fair gewesen, für beide nicht, wenn er sie wieder gedrängt hätte. Es war Zeit zum Abschiednehmen. Man mußte der Tatsache ins Auge sehen. Und doch, es war das Schmerzlichste, was ihm seit Seans Tod zugestoßen war, und er war nicht sicher, ob er den Verlust ertragen konnte, doch auch er hatte keine Wahl.

»Ich liebe dich aus ganzem Herzen«, flüsterte sie ihm zu. »Gib acht auf dich und sei nicht zu übermütig ...« Einen letzten Augenblick klammerte sie sich an ihn, und dann lief er aus dem Abteil hinaus, den Korridor entlang, die Stufen hinunter und sofort wieder zu ihrem Fenster. Sie schob es herunter und beugte sich vor, und wieder küßte er sie. Sie lächelten sich unter Tränen an. »Wir sehen uns nach Peking ...« Doch sie wollte gar nicht daran denken. Er hatte selbst zugegeben, daß es einige Monate dauern würde ... vielleicht sogar ein halbes Jahr. Charles hatte keine Ahnung, wie lange ihn seine Arbeit in China festhalten würde. Zum Jahresende mußten die Artikel fertig sein, wegen der Feindseligkeiten mit den Japanern war jedoch nicht abzusehen, was ihn erwartete.

»Ich werde dir schreiben, Aud.« Es war ein Versprechen, das er noch niemals jemandem gegeben hatte, und er hatte vor, es einzuhalten. Dann stand er da und sah sie an, wollte sie nur noch ein einziges Mal bitten, mit ihm nach Istanbul zu kommen – diese Worte blieben aber unausgesprochen. Noch ein Kuß, dann drehte er sich um und lief fort, ehe seine Fassung ihn im Stich ließ. Er hätte die schmerzliche Szene nicht ertragen, auf dem Bahnsteig stehend, zusehen zu müssen, wie der Zug losfuhr. Er ging daher zu seinem Zug, setzte sich im Abteil hin und schloß die Augen, um die Abfahrt abzuwarten. Er zuckte zusammen wie ein Mensch vor einem Erschießungskommando, als er zwanzig Minuten später hörte, wie Audreys Zug sich langsam und keuchend in Bewegung setzte. Mit der Hand die Augen bedeckend, lehnte er sich zurück, in Gedanken ganz bei ihr. Die Bilder, die er vor sich sah, waren so wirklich, daß er Audrey fast bei sich im Abteil zu spüren vermeinte, ihr Parfum zu riechen und ihre Stimme zu hören glaubte ...

»Charles, jetzt kannst du die Augen aufmachen.« Vor Schreck zusammenzuckend, ließ er die Hand fallen, schlug die Augen auf und sah sie an. Sie stand nur einen halben Meter von ihm entfernt und lächelte ihn an, während ein Träger verzweifelt mit ihrem Gepäck kämpfte.

»Was ... meine Güte ... um Himmels willen, Audrey! Fast hätte mich der Schlag gerührt!« rief er aus, während er aufsprang, sie hochhob und mit einem Schrei des Entzückens an sich drückte. Er küßte sie so stürmisch, daß es ihr den Atem raubte. »Was treibst du hier?«

»Ich dachte, ich könnte dich doch nach Istanbul begleiten.« Als er ausgestiegen war, hatte sie diesen Entschluß gefaßt. Audrey spürte deutlich, daß sie ihn noch nicht verlassen konnte. Sie war einfach noch nicht dazu imstande. Und ihr blieb genug Zeit, um nach London zu kommen und am vierzehnten die *Mauretania* zu erreichen, falls es keine längeren Verzögerungen gäbe. Und falls doch welche auftraten, würde sie das nächste Schiff nehmen. Sie wußte nur, daß sie um jeden Preis bei ihm sein mußte. »Gilt die Einladung noch?« Jetzt strahlte sie ihn an, und in ihm erwachte das verzweifelte Verlangen nach einem Drink, der ihm helfen würde, seine überbeanspruchten Nerven zu beruhigen.

»Ich denke schon.« Er sah sie kläglich an und zog sie ganz fest an sich, während der Träger die Tür zuschob und sie allein ließ. »Ich möchte nie wieder ohne dich sein, Aud ... zumindest nicht für sehr lange Zeit ... den Rest meines Lebens.« Er lächelte.

»Soll das ein Antrag sein?« Sie schien wie vor den Kopf geschlagen.

»So irgendwie. Ein Leben ohne dich kann ich mir nicht mehr vorstellen.«

Ihr ging es ganz ähnlich. Aber einer von ihnen würde alles aufgeben müssen. Sie ihre Familie oder er seinen Beruf. Und sie konnte sich beim besten Willen nicht vorstellen, daß einer von ihnen hinter sich lassen konnte, was er liebte. »Ich glaube, darüber brauchen wir uns noch keine Gedanken zu machen. Vielleicht sollten wir einfach genießen, was sich uns jetzt bietet.« Audrey war eine kluge Frau und hatte eine Entscheidung getroffen. Sie war entschlossen, bei ihm zu bleiben – in Istanbul jedenfalls. Und vielleicht darüber hinaus. Das würde sich noch zeigen.

## 9

Während der Zug durch die Nacht fuhr, auf die österreichische Grenze zu, liebten sie sich, und Audrey erwachte am nächsten Morgen mit wirrem Haar und großen Augen. Einen Augenblick lang hatte sie vergessen, wo sie war. Dann kam die Erinnerung wieder, als der Zug geräuschvoll anhielt und sie über Charles' Schulter aus dem Fenster lugte und auf der anderen Seite des Bahnsteigs die langgestreckten blauen Waggons mit den goldenen Lettern sah. ›COMPAGNIE INTERNATIONALE DES WAGON LITS DES GRANDS EXPRESS EUROPEENS‹ lautete die Aufschrift, und Audrey staunte mit großen Augen. Dies war der Zug, von dem sie so viel gelesen und gehört hatte. Auch ihr Großvater, der vor Jahren mit dem Orient-Expreß gefahren war, hatte ihr davon vorgeschwärmt. Außerdem hatte sie Fotos von diesem Zug im Album ihres Vaters entdeckt, und jetzt war sie da, sah ihn in all seiner Pracht und konnte es kaum erwarten, alle seine Geheimnisse zu entdecken.

»Charles ... sieh doch ...« Sie stieß ihn ungeduldig wie ein

Kind an, und er regte sich verschlafen und sah mit trägem Lächeln zu ihr auf.

»Guten Morgen, Liebes.« Zärtlich strich er mit der Hand über ihre Kehrseite, und sie lächelte ihm zu, obwohl sie im Moment weitaus mehr Interesse an der Szene draußen hatte. Sogar zu dieser frühen Stunde stiegen faszinierende Menschen ein. Männer, die wie Bankleute aussahen, Frauen, die Konkubinen, Filmstars oder Präsidentengattinnen hätten sein können. Eine Dame trug einen Silberfuchs um sich drapiert, eine andere schleppte einen schweren Zobel trotz der warmen Septemberluft mit sich. Man sah Männer in Nadelstreifenanzügen, auf dem Kopf den Homburg, über der Weste schwere Uhrketten, welche die Leibesfülle einzudämmen schienen. Audrey nahm alles hingerissen wahr, und sie sah fast geistesabwesend über Charlie hinweg, nach etwas fassend, das hinter ihm lag, während er sich darüber amüsierte, daß der Gegenstand ihrer Faszination »nur ein Zug« war, wie er sich ausdrückte.

»Bist du wahnsinnig?« rief sie aufgeregt, als sie endlich das Gesuchte gefunden hatte, es war ihre Leica, die sie sofort auf die Szene draußen auf dem Bahnsteig einstellte. »Dort drüben steht der Orient-Expreß, nicht nur irgendein Zug.«

Er lachte sie aus, und nachdem sie mindestens einen halben Film verknipst hatte, nahm er ihr die Kamera ab und stellte sie vorsichtig hin, ehe er Audrey mit seinem Körper festnagelte und hungrig auf sie hinunterblickte.

»Bist du deswegen mit mir gekommen? Nur um Fotos zu machen?« Er wollte sie damit necken, und sie lachte.

»Ganz recht. Was dachtest du denn?« Da küßte er sie, und beide lachten, als er sie immer wieder küßte, dann erstarb das Gelächter allmählich, und er liebte sie, sanft zunächst, nach einer Weile leidenschaftlicher, und sie wölbte sich ihm entgegen, als er sie reizte und mit ihr spielte und sie dann in die Arme nahm. Und als sie wieder friedlich umschlungen dalagen, sah sie beglückt zu ihm auf. »Ich bin froh, daß ich mit dir hier bin, Charles.«

»Ich auch, Liebling.«

Noch glücklicher war sie, als sie in den phantastischen Zug stiegen. Salon- und Speisewagen waren im Inneren mit Holz getäfelt. Überall blitzten Glasreliefs und schimmerte Messing. Das gemeinsame Abteil verfügte über einen Salon mit Plüschvorhängen und noch viel prunkvollerer Täfelung. Es sah eher wie ein Wohnzimmer als wie ein Zugabteil aus. Audrey blickte noch immer fast ehrfürchtig um sich, als sie zum Lunch Platz genommen hatten und warteten, daß die übrigen Passagiere einstiegen. Das Menü hatte sechs Gänge – die Speisenfolge war kleiner als die beim Dinner. Eine Zigeunerkapelle sorgte während des Essens für Stimmung. Als erstes brachte ihnen der Kellner eine Platte mit kleinen Horsd'œuvres, Tatar und Räucherlachs auf Schwarzbrot. Fast war es Audrey peinlich, als sie entdeckte, wie hungrig sie war. Sie und Charles schafften es, die Platte leer zu essen. Es folgte nun eine Riesenportion Kaviar. Charles bemerkte, daß man damit offenbar das einwandfreie Funktionieren der Kühlanlage demonstrieren wolle. Dank dieser neuen Einrichtung konnte man den Gästen fast alles vorsetzen, und das tat man ja auch. Der Rest des Menüs war ebenso bemerkenswert ... Spargel mit Sauce hollandaise, Lammrücken, Krabben, Mohrenköpfe ... Nach dem köstlichen Kaffee nach Wiener Art hatte Audrey das Gefühl, kaum aufstehen zu können, und Charles steckte sich eine Zigarre an, für ihn ungewöhnlich, doch nach einem so opulenten Mahl war das der passende Abschluß.

Audrey lehnte sich zurück, sog den blauen Rauch aus Charles' Zigarre ein und beobachtete, wie die Mitreisenden nacheinander eintrafen. Es kam eine Frau im grauen Wollkostüm, einen Nerzmantel über den Schultern, die sich lachend mit einem Mann mit Homburg und Monokel unterhielt. Zwei winzige Pekinesenhündchen folgten ihnen kläffend und japsend. Weiter hinten kamen zwei Mädchen, die die Pelze für die Dame schleppten. Eine andere mondäne Mitreisende fiel durch ihr rotes Seidenkleid auf. Ihr Teint war makellos, das Haar straff zurückgekämmt und zu einem Knoten zusammengefaßt. An den Ohren funkelten riesige Rubine. Sie erweckte den Eindruck, als entstamme sie der Halbwelt, als sie beim Einsteigen eine ansehnliche Länge Bein enthüllte. Aufeinander abgestimmte Gepäckstücke und Schiffskoffer, die ihr nachgetragen wurden, waren kaum zu zählen.

Im gemütlichen Plüschsessel ihrer Suite saß Audrey behaglich zurückgelehnt und begann Charles von den Fotografien ihres Vaters zu erzählen. Bald waren sie in angeregtes Geplauder vertieft. Eine Reise mit Charles war wie eine Reise mit dem besten Freund. Sie fanden gleichzeitig Grund zum Lachen, fanden dieselben Leute amüsant, unerträglich oder lächerlich und waren fast immer einer Meinung. Charles war entzückt, weil sie so begeisterungsfähig war, und er schwebte im siebten Himmel, weil sie mit ihm gekommen war. Er konnte es kaum erwarten, ihr Istanbul gleich nach der Ankunft zu zeigen und eine Nacht mit ihr in seinem Lieblingshotel zu verbringen, ehe er sie wieder für die Rückfahrt in den Zug setzte. Doch daran durfte er jetzt nicht denken. Die Reise hatte ja erst begonnen. Der Zeitpunkt des Abschieds war noch nicht gekommen. Noch nicht. Nicht jetzt. Der Spaß hatte eben erst begonnen.

Am Nachmittag vor der Abfahrt duschte Audrey und zog sich um. Als sie aus dem Schlafabteil ihrer Suite kam, trug sie ein Kleid, das er bezaubernd fand. Es war ein Kleid aus leichtem rosa Wollstoff mit einer Schrägdrapierung. Das kleine rosa Hütchen, ein Modell von Rose Descat, das sie in Cannes auf Drängen Lady Violets gekauft hatte, bildete eine modische Ergänzung. Audrey bereute den Kauf nicht. Ihre Aufmachung erschien ihr perfekt für den außergewöhnlichen Zug voller außergewöhnlicher Menschen. Für diese Gelegenheit hatte sie auch die großen Perlen ihrer Großmutter mit den passenden Ohrklips angelegt. Großvater hatte sie ihr geschenkt, und sie war jetzt froh, den Schmuck mitgenommen zu haben. Audrey kam sich sehr schick vor, als sie Arm in Arm mit Charles auf dem Bahnsteig spazierenging. Erstaunt sah sie, daß hier plötzlich Uniformierte auftauchten, die ihr zuvor nicht aufgefallen waren. Eine Gruppe dieser Männer umdrängte den Einstieg zu ihrem Waggon und beriet sich leise. Es sah aus, als warteten sie auf jemanden, was tatsächlich der Fall war.

»Wer sind diese Leute?« Audreys Neugierde war erwacht, und Charles warf einen flüchtigen Blick auf die Aufschläge der Uniformen, die nicht mit jenen identisch waren, die er in Deutschland gesehen hatte. Die Ähnlichkeit war aber nicht zu übersehen.

»Ich glaube, sie gehören zu den hiesigen Hitler-Anhängern.«

»Was ... hier?« Ihre Verblüffung hätte nicht größer sein können. Hitler hatte in Deutschland die Macht ergriffen, aber hier war man schließlich in Österreich.

»Es gibt auch österreichische Nazis. Als ich im Juni in Wien war, konnte ich mich davon überzeugen. Man sieht sie allerdings nicht oft in Uniform. Dollfuß, der österreichische Bundeskanzler, hat die Nazi-Uniformen verboten. Daraufhin geriet Hitler außer sich und verlangte von Deutschen, die nach Österreich reisen wollten, eine hohe Abgabe, für den österreichischen Fremdenverkehr ein schwerer Schlag. Ich habe den Eindruck, viele Nazis hier kümmern sich um das Uniformverbot gar nicht. Aber vielleicht sind diese Burschen dort drüben in irgendeiner offiziellen Mission hier.«

Wieder warf Audrey, die noch neugieriger geworden war, einen Blick zu der Gruppe hin. Zu Hause in den Vereinigten Staaten hatte sie eine Menge über Hitler gelesen, und Vi und James hatten über diesen Mann viel zu sagen gewußt. Ihrer Meinung nach war er gefährlich, während sich in Amerika seinetwegen kaum jemand Sorgen zu machen schien.

Sie sah jetzt, daß die Uniformierten mit einem Ehepaar sprachen, in dessen Gesellschaft noch ein anderer Mann reiste. Alle drei waren gut gekleidet und in mittleren Jahren. Der größere der beiden Männer wirkte sehr ruhig, als er den zwei Nazis, die drohend die Stirn runzelten, etwas erklärte. Sie stellten eine knappe Frage, und der kleinere, ältere, zog zwei Pässe hervor, offenbar seinen eigenen und den seiner Frau.

»Charles, was können sie von den Leuten wollen?«

»Ihre Papiere wahrscheinlich.« Er schien nicht sonderlich interessiert und schenkte ihr Wein nach. »Mach dir keine Gedanken. Hierzulande gibt man sich sehr gern amtlich, aber uns wird man nicht behelligen.« Er wollte nicht, daß ihre Reise getrübt wurde. Schon vor einiger Zeit hatte er über das Nazi-Regime einiges gehört, das ihm Sorgen bereitete. Im allgemeinen herrschte die Meinung vor, die neuen Machthaber seien gut für Deutschland und daß sie darangingen, wunderbare neue Straßen zu bauen, doch der gewalttätige Antisemitismus wollte Charles nicht gefallen. Er folgte Audreys Blickrichtung, und plötzlich faßte einer der uniformierten Männer den älteren Herrn höchst unsanft an. Auf dem Bahnsteig griff lähmendes Entsetzen um sich, und die Dame, welche die Frau des Angegriffenen sein mußte, stieß einen Schrei aus. Man schlug ihrem Mann ins Gesicht, die Pässe verschwanden, die Frau und der andere Mann wurden mit ein paar knappen Worten abgefertigt. Der kleinere, ältere versuchte protestierend und gestikulierend etwas zu erklären und rief seinem Freund und seiner Frau etwas zu, wurde aber abgeführt.

»Was sagt er? Was hat er gesagt?« Audrey war durch das Gesehene zutiefst verstört und voll des Mitgefühls für die arme Frau, die sich nun in den Armen des Freundes ausweinte.

»Schon gut, Aud.« Charles legte den Arm um sie. »Er rief ihnen zu, sie sollten sich keine Sorgen machen, er würde die Sache in Ordnung bringen.« In diesem Moment sahen sie, wie das Gepäck der Leute aus dem Zug geschafft wurde. Die Frau weinte noch immer an der Schulter ihres Begleiters, als sie zum Ausgang gingen und außer Sicht kamen.

»Mein Gott, was ist da passiert?« Erregt stürzte Audrey aus dem Abteil und lief sofort dem Schaffner in die Arme. »Was ist mit diesem Mann geschehen?« Daß sie deswegen Wirbel machte, war ihr gar nicht peinlich. Alle anderen, die Zeugen der Szene geworden waren, sagten nichts und gingen ihrer Wege.

»Es ist gar nichts, Mademoiselle«, beeilte sich der Schaffner mit einem Lächeln zu versichern und warf über ihren Kopf hinweg Charles einen Blick zu, als hoffe er, bei diesem Verständnis zu finden. »Nur ein kleiner Gauner, der versuchte, in den Zug zu kommen.« Wie ein Gauner hatte der Mann aber nicht ausgesehen. Eher wie ein Bankier oder Geschäftsmann. Hut und Anzug waren teuer und geschmackvoll, über der Weste hatte er eine goldene Uhrkette getragen. Auch seine Frau war gut gekleidet. »Das alles ist kein Problem.« Der Schaffner ging an ihr vorüber und bat den Kellner halblaut, den Herrschaften eine Flasche Champagner zu bringen. Als einige Augenblicke später jemand in den Zug einstieg, hörte sie, wie etwas geflüstert wurde. Sie verstand davon nur ein Wort und sah Charles erschrocken an.

»Die Frau sagte ›Juden‹ und hat diese Leute gemeint, nicht?«

»Ich weiß es nicht, Aud.« Er schien besorgt, wollte sie aber nicht noch mehr beunruhigen.

»Es waren Juden. Er zumindest. Mein Gott . . . dann stimmt es also, was behauptet wird? Mein Gott, Charles . . . wie schrecklich . . .«

Sanft faßte er nach ihrem Arm, als müsse er sie zurückholen, und sah ihr tief in die Augen. »Aud, da kann man gar nichts machen. Laß nicht zu, daß es dir die Reise verdirbt.« Daran war ihm in erster Linie gelegen. Und was er sagte, stimmte. Ihnen waren die Hände gebunden, warum sollten sie sich also quälen, zudem würde diesem Mann aller Wahrscheinlichkeit nach ohnehin nichts passieren.

In Audreys Augen blitzte es auf. »Seine Reise ist verdorben, oder nicht? Und die Reise seiner Frau . . . und die des Freundes.« Sie funkelte Charles an. »Und wenn es sich um James und Violet gehandelt hätte? Wenn man James einfach mitnähme, würdest du dann auch tatenlos zusehen oder etwas unternehmen?«

»Verdammt, das ist nicht dasselbe.« Ihre Argumente mißfielen ihm, und sein Blick wurde so zornig wie der ihre. »Natürlich würde ich es nicht zulassen, wenn es James träfe. Aber diesen Mann kenne ich nicht mal, und wir können ohnehin nichts tun, also vergiß es am besten.«

Doch die Szene wollte beiden nicht aus dem Kopf gehen, bis der Zug endlich losfuhr und Charles sich neben sie auf das kleine Plüschsofa setzte und nach ihren Händen faßte.

»Aud, wir können nichts tun.« Als er den Arm um ihre Schulter legte, fing sie zu weinen an.

»Charles, ich fand die Szene gräßlich . . . warum haben wir gar nichts unternehmen können?«

»Weil es nicht immer geht. Man kann sich nicht gegen die Flut stemmen. Im Moment geschehen hierzulande schreckliche Dinge. Und vielleicht ist es wichtig, daß wir nicht hineingezogen werden.«

»Glaubst du das wirklich?« Audrey war schockiert über diese Ansicht.

»Es ist nicht wichtig für mich persönlich. Aber ich würde deine

Sicherheit nie aufs Spiel setzen. Hätte ich da draußen heute eine Szene gemacht, wäre ich vielleicht hinter Gittern gelandet, und was wäre dann mit dir geschehen? Diese Hitler-Anhänger haben hier einigen Einfluß. Wir sind nicht in der Lage, etwas dagegen zu tun, und müssen uns damit abfinden. Hier ist nicht London oder New York. Du bist sehr, sehr weit weg von zu Hause.« Das empfand sie jetzt zum erstenmal und noch dazu auf diese unheilvolle Weise. Es fiel ihr schwer, den Mann, den man abgeführt hatte, aus dem Gedächtnis zu verdrängen.

»Aber man kommt sich so hilflos vor, findest du nicht auch?« Er nickte wortlos. An ihm war die Szene auch nicht spurlos vorbeigegangen. Und ihre Worte hatten ins Schwarze getroffen. Wenn es nun James gewesen wäre? Oder Audrey? Eine schreckliche Vorstellung. Er zog sie fest an sich, und sie fanden beide Trost in der Umarmung, bis eine Weile später das Begehren sie übermannte und sie sich auf dem Sofa liebten, während die Landschaft vorüberglitt. Beide hatten ihre Ruhe wiedergefunden, als sie sich am Abend zum Dinner umkleideten. Man hatte eher das Gefühl, in einem Hotel als in einem Zug zu sein. Charles folgte ihr wortlos in den Speisewagen, voller Bewunderung für den tiefen Rückenausschnitt ihres weißen Satinkleides, der ihre Rivierabräune zur Geltung brachte und in Charlie abermals brennendes Verlangen weckte.

Bei Tisch kam die Rede wieder auf den Zwischenfall auf dem Bahnsteig. Es brachte eine gewisse Erleichterung, wenn man darüber sprach. »Ist das hier in Österreich üblich? Geht man hier so gegen Juden vor?« Audrey schien noch immer bedrückt, als der Kellner kam und ihnen Wein brachte.

»Ich bin mir dessen nicht sicher. Im Juni hörte ich in Wien etwas in dieser Richtung und vor einigen Monaten auch in Berlin. Vielleicht handelt es sich nur um wahllose Übergriffe. Angeblich sollen nur Feinde des Reiches festgenommen werden, aber irgendwie traue ich Hitler nicht – und ihre Definition dieses Begriffes läßt sich sehr großzügig auslegen.«

Audrey, die sehr unruhig wirkte, gab ihm recht. »James sagte in Antibes dasselbe, als wir uns über dieses Thema unterhielten. Es ist erschreckend, wie Hitler das Land aufrüsten möchte. Das kann nur zu einem Krieg führen. Warum macht das den Menschen nicht angst?«

»Leider gibt es nicht viele, die unserer Meinung sind. Die meisten Amerikaner gehören nicht dazu. Ich habe den Eindruck, daß man in Amerika Hitler wunderbar findet.«

»Mir wird ganz elend.« Wieder mußte Audrey an den Mann auf dem Bahnhof denken. Charles machte ein ernstes Gesicht, als er sich die Zigarre anzündete. »Die Freiheit, derer wir uns erfreuen, ist ein Luxus.« Daran wurden sie wieder erinnert, als sie die Tschechoslowakei berührten, sodann durch Ungarn und Rumänien fuhren. An den wenigen Stationen, an denen der Zug hielt, stiegen jedesmal uniformierte Beamte ein. Aber auch in Augenblicken wie diesen bekam man niemals alle Mitreisenden zu Gesicht. Es war erstaunlich, wie viele sich in ihre Abteile zurückzogen, Partys für die Gruppe gaben, mit der sie reisten, oder einfach allein blieben, aus dem Fenster sahen oder Champagner mit ihren Geliebten oder Ehefrauen tranken. Audrey und Charles stiegen ein- oder zweimal aus, um sich die Beine zu vertreten, doch je näher sie Istanbul kamen, desto trauriger wurden sie. Bei ihrem letzten Spaziergang am Abend vor ihrer Ankunft machte Audrey kein Hehl aus ihrem Kummer. Die Tage in Venedig und die Fahrt mit dem Orient-Expreß waren wie Flitterwochen gewesen. Beide wollten nicht, daß sie jemals zu Ende gingen.

»Ich kann nicht glauben, daß wir fast am Ziel sind. Der Traum eines ganzen Lebens – und nach zwei Tagen ist alles vorüber. Findest du nicht auch, daß es länger dauern könnte?« schloß sie mit sehnsüchtigem Seufzen.

Charles lächelte und drückte ihre Hand im Weitergehen fester. Sie verbrachten Stunden damit, sich über Politik und Bücher zu unterhalten, über seine Reisen, die lange zurückliegenden Abenteuer ihres Vaters, über den Bruder, den er verloren hatte, über Annabelle, sogar über Harcourt ... über ihre Fotos. Immer noch gab es etwas zu sagen, etwas zu besprechen, das sie vorhatten. Es war einfach unglaublich, daß sie schon am nächsten Tag in Istanbul sein würden und Audrey am Tag darauf wieder nach London fahren sollte. Wann sie sich wiedersehen würden, wußte Gott allein.

Wieder im Zug, saßen sie da und sahen zu, wie die Landschaft in der frühen Abenddämmerung vorüberglitt, wie Schafhirten mit ihren Herden auf dem Heimweg durch Wälder und Hügel zogen. In der einfallenden Nacht vermeinte man biblische Szenen zu sehen, und Audrey streckte unwillkürlich die Hand nach Charles aus.

»Ich denke ständig an den Mann und daran, was mit ihm passiert sein mag.«

Charles sah die Angelegenheit nüchterner. »Wahrscheinlich hat man ihn laufenlassen, und er konnte mit dem nächsten Zug fahren. Du darfst dich nicht damit quälen. Wir sind nicht in Amerika. Hier passieren oft seltsame Dinge. Man kann sich in die hiesigen Angelegenheiten nicht einmischen.« Das war einer der Gründe für seinen Erfolg mit Reisebeschreibungen aus fernen Ländern. Er blieb als professioneller Beobachter stets unbeteiligt. So hatte er sich, als er 1932 beim Angriff der Japaner auf Schanghai an Ort und Stelle war, dort frei bewegen, sogar die Stadt verlassen dürfen. Die Freiheiten, die er genoß, waren teils darin begründet, daß er sich in das Geschehen nie einmischte, mochte es auch noch so beunruhigend und tragisch sein, und das versuchte er ihr jetzt klarzumachen. »Das ist der Preis, den wir für das Privileg bezahlen, dabeisein zu dürfen. Man muß tun, als passiere es nicht ... oder zumindest, als passiere es einem selbst nicht.«

»Das muß sehr schwer sein.«

»Ja, hin und wieder schon. Aber andernfalls würde man nicht unbeschadet davonkommen.« Seufzend lehnte er sich zurück. In Gedanken war er schon bei anderen Problemen. Er dachte an ihre letzten Augenblicke im Orient-Expreß. Anschließend blieb ihnen nur noch ein Tag, ehe Audrey wieder westwärts fuhr und er seine endlose Reise in den Fernen Osten antrat. Wie gern hätte er eines Tages eine solche Reise mit ihr unternommen, doch er scheute sich, auch nur eine Bemerkung darüber fallenzulassen. Statt dessen sah er hinaus in die Nacht, in Gedanken bei den Freuden Istanbuls. »Audrey, du wirst begeistert sein. Istanbul ist eine phantastische Stadt. Anders als alles, was du je gesehen hast.«

Es lag etwas Wundersames darin, daß er ihr die Stadt zeigen konnte wie eine ganz andere Welt, wie ein neues Leben, in das sie mit ihm hineingeboren wurde. Für beide war es ein berauschendes Erlebnis. Charles sprach von nichts anderem bei Tisch, und Audrey hörte ihm fasziniert zu und wünschte wie er, sie könnten öfter gemeinsam reisen. Nach dem sehr umfangreichen Abendessen zogen sie sich in ihr Abteil zurück. Beide spürten eine gewisse Melancholie, als Audrey ihm zu sagen versuchte, wie glücklich sie war, daß sie sich zum Mitkommen entschlossen hatte.

Doch es gab noch mehr, was sie nicht in Worte zu fassen vermochte. Wenn sie von Istanbul sprachen, blieb die Wirklichkeit immer ausgespart, als würde Audrey für immer bei ihm bleiben und nicht nur für einen Tag, bis sie wieder Abschied nehmen und sich trennen mußten, um in verschiedene Richtungen zu fahren – jeder in sein eigenes Leben. Audrey war es, die den Mut aufbrachte, die Worte auszusprechen, während Charles sie unglücklich ansah.

»Charles, ich kann mir ein Leben ohne dich gar nicht mehr vorstellen.« Das sagte sie ganz leise und kummervoll. »Ist das nicht merkwürdig, nach so kurzer Zeit?« Fast war es so, als hätten sie unterwegs irgendwo geheiratet, ohne es wahrzunehmen, oder als hätte der Liebesakt ein unzerstörbares Band zwischen ihnen geschaffen. Und doch war es anders als bei Harcourt und Annabelle. Es war eher so wie bei James und Violet. War es denn möglich, daß ihnen unversehens ein kostbares Geschenk zugefallen war? Aber was sollten sie daraus machen?

»Ich kann mir auch nicht mehr vorstellen, dich zu verlassen.« Charles machte sich Sorgen wegen ihrer Rückfahrt und wegen des Lebens, das sie danach führen würde. Es erschien ihm so unfair, daß sie nicht zusammen weiterreisen konnten für lange, lange Zeit. »Aber ich fürchte, daß ein Leben an meiner Seite ohnehin nichts für dich wäre.« Er sah ihr in die Augen, weil er wissen wollte, was sie dachte. Seufzend lehnte er sich zurück. »Könntest du dir vorstellen, eines Tages bei einem so unsteten Dasein glücklich zu sein?« Noch war er selbst zu einer Bindung nicht völlig bereit. Seit Antibes hatte er mit dem Gedanken gespielt und besonders intensiv in den Tagen der Bahnfahrt.

Doch Audrey war wie immer aufrichtig zu ihm. »Könnte sein«, sagte sie mit traurigem Lächeln, »wenn ich einmal nicht an meine Familie denken müßte.«

»Wie steht es mit deinem Recht auf ein eigenes Leben?« Ihre Antwort hatte ihn verärgert. Wäre sie mit der Erklärung gekommen, sie verabscheue das Reisen, hätte er eher Verständnis aufgebracht, doch von ihrer Verantwortung wollte er nichts mehr hören.

»Noch habe ich dieses Recht nicht, Charles.« Ihre Pflichten verlor sie nie aus den Augen. »Vielleicht ändert sich das eines Tages.«

»Wann denn? Wenn du fünfundvierzig bist und sämtliche Sprößlinge deiner Schwester großgezogen hast? Wann, glaubst du, wird man dich gehen lassen? Nächste Woche? Nächstes Jahr? In zehn Jahren? In fünf? Audrey, du machst dir selbst was vor. Sie werden dich nie gehen lassen. Warum sollten sie auch? Etwas Besseres als dich kriegen sie nie wieder.« Er war richtig wütend über diese Einstellung. Warum sollten die anderen bei ihr sein dürfen und er nicht? Audreys Familie war schuld, daß sie nicht mit ihm kommen wollte. Daß sie ohnehin nicht ewig mit ihm durch die Welt ziehen konnte ohne formale Bindung, nur aus Liebe, dieser Gedanke kam ihm gar nicht.

»Welchen Unterschied macht das schon aus?« Jetzt geriet auch Audrey in Rage. Beide waren sie unglücklich, weil sich die gemeinsame Zeit dem Ende zuneigte und sie auf den letzten Kilometern der Fahrt, die sie so sehr genossen hatten, ihrer Mißstimmung Luft machen mußten. »Charles, möchtest du wirklich eines Tages verheiratet sein?« Sie war davon nicht überzeugt, und er wollte seine Unsicherheit nicht eingestehen.

»Warum nicht?«

»Warum nicht? ist wohl nicht die richtige Einstellung, oder?«

»Du hast es nötig, die Sachkundige in Ehefragen zu spielen. Du, die du dich als alte Jungfer siehst und dich zufriedengibst, auf alles zu verzichten.«

»Was macht das schon aus? Wäre es dir lieber, ich würde dich mit Heiratsplänen verfolgen? Möchtest du das? Das kann ich mir nicht vorstellen.« Audrey schrie es ihm entgegen und merkte es gar nicht, bis Charles auf sie zukam und sie aus dem Sessel hochzog. Ihre Schultern mit beiden Händen umfassend, sah er sie mit einem Blick an, als wollte er sie heftig schütteln.

»Weißt du, was ich möchte? Ich möchte, daß du bei mir bleibst. Ich möchte nicht, daß du mich in Istanbul verläßt, damit du dein verdammtes Schiff erreichst. Das ist es, was ich möchte.« Keine Versprechungen, kein Antrag und kein Gelöbnis, doch das kümmerte Audrey nicht. Der Gedanke an eine Ehe war gar nicht eingeplant, es hatte keine Abmachungen irgendwelcher Art gegeben. Es war so, daß sie diesen Mann liebte und sich nichts mehr wünschte, als mit ihm zusammenzusein. Auch sie wollte nicht zurück nach England, um ihr Schiff zu erreichen, doch sie mußte, und das versuchte sie ihm erneut zu erklären.

»Du bist alt genug. Du bist erwachsen. Tu, was du tun möchtest«, lautete Charles' Antwort.

»Du willst mich nicht verstehen.« Sie befreite sich aus seinem Griff, und er setzte sich neben sie auf das Sofa und hielt ihre Hand fest. Die Wut war bei beiden verraucht. So konnten keine Probleme gelöst werden, das wußten beide. »Charlie, Liebster, wenn du nicht so ungebunden wärst, dann könntest du auch nicht immer das tun, was du möchtest. Das Leben richtet sich nicht nach den Wünschen der Menschen, bei den meisten jedenfalls nicht.«

Resigniert blickte Charles sie an. Er hatte verstanden, obwohl er es nicht wollte. »Ich glaube, ich habe ganz vergessen, daß der Rest der Welt nicht so frei ist wie ich.« Die Erinnerung an Sean durchfuhr ihn wie ein Messerstich. »Ideal ist dieser Zustand auch nicht, vielleicht bist du sogar besser dran.« Das war auch der Grund, warum in ihm hin und wieder der Wunsch nach einer Familie erwachte, das heftige Verlangen, jemanden zu haben, für den man sorgen mußte. Damit verknüpft war aber unweigerlich die Erinnerung an Seans Tod, die immer Verlustängste in ihm wachrief. Dennoch fühlte er sich in gewisser Weise an Audrey gebunden. Es war ein Gefühl, das sich nicht verdrängen ließ, und er sah ihr nun mit einem flehenden Blick in die Augen. »Audrey ... wie wär's, wenn du mit mir nach China kämest?«

Ihr verschlug es buchstäblich die Rede. Fassungslos sah sie ihn an. »Hast du den Verstand verloren? Kannst du dir nicht denken, was meine Familie dazu sagt? Zu Hause darf ich nicht mal erwähnen, daß ich so weit gekommen bin. Nicht auszudenken! Istanbul! Man würde mich für verrückt erklären!« Alle, außer Großvater natürlich, der nur zu gut wußte, was die Triebfeder ihres Tuns war – jenes angeborene Fernweh, jene Dämonen, denen er so viel Haß entgegenbrachte. Aber China? »Charles, du bist wahnsinnig.«

»Bin ich das? Bin ich so wahnsinnig, daß ich mit der Frau zusammensein möchte, die ich liebe?« Er saß da, starrte sie an, und Audrey konnte ihm keine Antwort geben. Sie wußte nicht, was sie sagen sollte. Es war das verlockendste Angebot, das sie je erhalten hatte, doch es war ganz ausgeschlossen, daß sie mit ihm ging. »Ende des Jahres könnten wir von Yokohama aus gemeinsam in die Staaten fahren.«

»Und wie soll ich denen zu Hause alles erklären? Charlie, ich gab Großvater mein Wort. Er ist ein alter Mann. Der Schock könnte für ihn zu groß sein.«

»Da kann ich nicht mithalten. Männer meines Alters erliegen keinem Schock.« In seinem Blick lag eine Andeutung von Verbitterung. Plötzlich regte sich in ihm heftige Eifersucht auf einen Einundachtzigjährigen. »Sie sterben auch nicht aus Kummer. Ich beneide ihn um deine Loyalität.«

»Sie gehört dir ebenso.« Das sagte Audrey ganz leise. »Und mein Herz auch.«

»Dann denk darüber nach. In Istanbul kannst du es mir sagen.«

»Charlie ...« Sie sah ihn nur an. Es hatte keinen Sinn, sich mit dem zu quälen, was man nicht haben konnte. Und eine Reise nach China kam für sie nicht in Frage. Das sagte sie sich unzählige Male vor, als sie an diesem Abend zu Bett ging. Ein kurzer Augenblick in Istanbul, zwei Tage, eine Nacht, das lag im Bereich des Möglichen. Dann mußte sie nach Hause. Ich muß, redete sie sich mit Nachdruck ein, kurz bevor sie einschlief, und sie träumte die ganze Nacht von Charles, träumte, daß sie ihn suchte und ihn nirgends finden konnte. Mitten in der Nacht schreckte Audrey tränenüberströmt auf, von Panik geschüttelt, und klammerte sich weinend an ihn. Sie wagte nicht, ihm zu erklären, wie verzweifelt sie darüber war, daß sie ihn verlassen mußte. Sie fürchtete, er würde sie nicht gehen lassen, wenn sie es ihm gestand. Und für sie war es ganz klar, daß sie gehen mußte.


## 10

Die Einfahrt in Istanbul war so malerisch, daß Charles Audrey am nächsten Morgen sehr früh weckte, damit sie nur ja keinen Augenblick versäumte. Beim Erwachen sah sie, daß die Bahnstrecke parallel zur Küste verlief. Vogelschwärme zogen ganz tief über dem golden überhauchten Wasser dahin. Die Stadt, auf einer Seite vom Marmarameer begrenzt, auf der anderen vom Goldenen Horn, kam mit ihren von goldenen Kuppeln gekrönten Moscheen und Minaretten ins Blickfeld. Audrey glaubte, noch nie etwas so Prachtvolles gesehen zu haben. Mit dem Passieren der Serail-Spitze wurde der Topkapi-Palast sichtbar und ließ Bilder von Sultanen und Harems zum Leben erwachen, phantastische Träume und Märchen. Istanbul präsentierte sich als eine Stadt, die die Phantasie ungeheuer anregt. Als sie langsam in den Sirkeci-Bahnhof einfuhren, war Audrey überwältigt von dem eindeutig orientalischen Einfluß, der hier spürbar war. Es war ein Ort, wie sie ihn noch nie kennengelernt hatte, und sie war fasziniert, als Charles ihr auf der Fahrt ins Hotel die Sehenswürdigkeiten erklärte. Die Blaue Moschee, die berühmteste Moschee Istanbuls, und die Hagia Sophia, die einen großen Platz überblickende Konstantin-Säule, den Großen Basar und die unzähligen anderen Moscheen und Basars, die ihr alle faszinierend erschienen. Der Kummer wegen der bevorstehenden Trennung wurde von der Erregung des gemeinsamen Erlebens gedämpft. Mochte ihre gemeinsame Zeit auch noch so kurz sein, Audrey genoß sie in vollen Zügen. Ihre Kamera war bereits auf der Fahrt zum Hotel, das sich ebenfalls als staunenswert entpuppte, ständig im Einsatz.

Charles hatte Zimmer im Pera Palace reserviert, es gehörte

zu seinen bevorzugten Hotels. Ein Dutzend Träger kümmerte sich um ihr Gepäck, während sie das Hotel betraten. Ihre Suite bestand aus zwei durch einen geräumigen Salon verbundenen Schlafzimmern. Audrey bestaunte die drei Meter hohen gold-gerahmten Spiegel, die schwarze Täfelung, den Rokoko-Zierat und die unzähligen goldenen Putten. Auch die Empfangshalle des Hotels prangte in ähnlicher Pracht. Diese Üppigkeit fügte sich in die exotische Umgebung harmonisch ein, hätte anderswo si-cher geschmacklos und überladen gewirkt. Hierher aber paßte der Prunk. Audrey fand alles phantastisch und fremdartig, als sie Charles zum Großen Basar begleitete und einen Film nach dem anderen belichtete, fasziniert von den Eindrücken, Gerü-chen, von den gewundenen Gäßchen und von den Händlern, die sie mit ihren Angeboten hartnäckig verfolgten. Charlie sah mit Entzücken, daß sie alles geradezu in sich aufsog und in dieser At-mosphäre aufzublühen schien. Nicht einmal das türkische Essen in einer winzigen Kneipe vermochte sie einzuschüchtern. Audrey war begeistert von allem, ja sie schien für ein Leben wie dieses geboren. »Ein Vagabundenleben«, nannte sie es mit lachenden Augen, als sie die Küste entlangspazierten, zu der Einfahrt in die Stadt hinübersahen und einander an den Händen hielten.

Erst im Hotel schien wieder eine gewisse Melancholie von ihr Besitz zu ergreifen, und diesmal vermochte auch die Liebe sie nicht von ihren trüben Gedanken abzulenken. Es gab keine Mög-lichkeit mehr, der Wirklichkeit auszuweichen. Audrey würde am nächsten Tag den Zug nach Westen nehmen, und ihr kurzes ro-mantisches und leidenschaftliches Zwischenspiel würde zu Ende sein, für immer vielleicht, wenn das Leben es nicht gut mit ih-nen meinte. Wortlos lag sie an ihn geschmiegt und zeichnete mit einer Fingerspitze sanfte Kreise auf seine Brust, während er ver-suchte, seine Gefühle für sie nicht zu deutlich zu zeigen.

»Wann fährst du nach China?« Es hatte keinen Sinn, das Thema auszusparen. Früher oder später mußten sie sich ihm stellen. Und es war ohnehin schon spät genug.

»Morgen abend.« Charles' Blick war bekümmert.

»Und wie lange wirst du unterwegs sein?«

»Ein paar Wochen. Das hängt von den Verbindungen ab.«

Sie lächelte. »Klingt ja sehr verlockend.«

Er lachte. »Das kannst auch nur du sagen. Die meisten Frauen würden bei der Vorstellung erschrecken … die meisten Männer übrigens auch. Eine äußerst strapaziöse Fahrt.« In gewisser Hinsicht war er erleichtert, daß sie nicht mitkam, obwohl er sie aus selbstsüchtigen Gründen gern dabeigehabt hätte. »Wenn du den Komfort auf der *Mauretania* genießt, Champagner trinkst und mit attraktiven Männern tanzt« – bei dieser Vorstellung krampfte sich sein Innerstes zusammen – »werde ich mich über irgendeinen Bergrücken in Tibet schleppen und mir den Hintern abfrieren.«

Audrey sah ihn an, doch diesmal lächelte sie nicht. »Charles, ich werde mit niemandem tanzen.«

»Doch, du wirst.« Seine Worte wurden im Flüsterton geäußert, und in seinem Blick lag Traurigkeit. »Ich habe kein Recht zu erwarten, daß du darauf verzichtest.«

»Du vergißt eines.«

»Nämlich?«

»Ich werde es nicht wollen. Ich bin in dich verliebt, Charles.« Und dann sah sie ihn mit einem sonderbaren Blick an. »Ebensogut könnten wir verheiratet sein. In meinem Herzen sind wir es längst.« Sie fragte sich, ob ihn ihre Worte erschreckten, doch sie hatte sie aussprechen müssen.

»Wir sind es.« Das sagte er so feierlich, daß nun Audrey erschrak, und noch erschrockener war sie, als er mit einem Blick auf seine Hände den Siegelring vom kleinen Finger zog. Es war ein Ring mit seinem Familienwappen, und er steckte ihn ihr an jenen Finger der Rechten, auf der der Ehering gehörte. »Audrey, du sollst ihn tragen. Für immer.«

Ihr fehlten die Worte, um auszudrücken, was sie empfand. Tränen liefen ihr übers Gesicht, als er sie festhielt. Und während sie sich von neuem liebten, vermengte sich Süße mit Trauer. Audrey behielt den Ring am Finger und hielt ihre Hand fest geschlossen. Sie wußte, daß sie den Ring niemals wieder abnehmen würde.

Als es dämmerte, standen sie auf, und Charles schlug vor, zum Dinner auszugehen, doch sie schüttelte nur den Kopf. »Ich habe keinen Hunger.«

»Du solltest etwas essen.« Wieder schüttelte sie den Kopf. Es gab zu viel zu überlegen. Lange stand sie da, kehrte ihm den Rücken zu und starrte aus dem Fenster auf die bizarre Kulisse. Sie schien fasziniert von dem Anblick, tatsächlich aber sah sie gar nichts. Audrey blickte in ihr eigenes Herz und war dabei, eine Entscheidung zu treffen, eine Entscheidung, die sie beide anging.

Charles ließ sie in Ruhe, erst nach einer Weile berührte er sacht ihre Schulter. Erschrocken registrierte er, wie sich ihre Miene verändert hatte, als sie sich zu ihm umwandte und er ihr angespanntes Gesicht sah.

»O Liebling . . .« Er streckte die Arme nach ihr aus, und sie stand ganz still. Sie hatte keine andere Wahl. Das hätte sie schon in Venedig wissen müssen. Schon damals war im Grunde genommen für sie die Entscheidung gefallen. Vielleicht sogar schon vorher.

»Ich werde nicht nach London fahren.« Sie sagte es, als spräche sie ein auf ›lebenslänglich‹ lautendes Urteil aus, was es in gewisser Hinsicht auch war. Ihr eigenes Urteil, aber sie hatte es selbst gewählt. Audrey bedauerte nur, daß ihre Entscheidung anderen Schmerz zufügen würde.

Charles stand reglos da, im ungewissen, ob er richtig verstanden hatte. »Was meintest du?«

»Ich meine, daß ich mit dir gehe . . .« Plötzlich wirkte sie viel kleiner, so als wäre sie in der letzten Stunde geschrumpft.

»Nach China?« Er schien erschrocken, als sie nickte. »Bist du sicher, Aud?« Plötzlich hatte er Angst, daß sie diesen Entschluß bald bedauern würde. Und waren sie einmal losgefahren, gab es kein Zurück mehr. Sie würde die ganze Strecke bis Schanghai mit ihm fahren müssen, eine strapaziöse Reise, wie er mehrfach betont hatte.

»Ich bin ganz sicher.«

»Und was ist mit deinem Großvater?« Audrey stutzte und fragte sich, ob er sie nicht bei sich haben wollte, und er las die Kränkung in ihren Augen und nahm sie in die Arme. »Ich möchte nicht, daß du auf halbem Weg deine Meinung änderst.«

»Du meinst auf einem Bergrücken in Tibet?« Sie lächelte unter Tränen, und er erwiderte ihr Lächeln, als sie nickte.

»Genau.«

»Ich werde meine Absicht nicht ändern. Ich werde Großvater telegrafieren, daß ich zu Weihnachten zu Hause sein werde. Kann er mir irgendwohin schreiben?«

Charles schüttelte nach kurzer Überlegung den Kopf. »Nicht, ehe wir in Nanking sind. Er kann dir dorthin schreiben. Oder nach Schanghai. Ich werde dir die Namen der Hotels geben, in denen ich wohne. Er kann die Briefe an mich adressieren.« Da fiel ihm ein, daß dies wohl nicht sehr klug war. Die Vorstellung entlockte ihm ein Lächeln. »Schreib ihm einfach, ich sei eine Dame, die du auf der Reise kennengelernt hast.«

Sie sah den Mann, den sie liebte, mit verlegenem Lächeln an. »Lach nicht. Vielleicht mache ich es wirklich so.«

Er faßte nach ihren Händen und sah ihr in die Augen. »Audrey, hast du dir alles gründlich überlegt? Möchtest du das wirklich? Ich würde bis ans Ende der Welt mit dir gehen, aber ich habe nichts zu verlieren – du schon. Ich weiß, was deine Verantwortung und deine Pflichten für dich bedeuten, deine Familie, dein Großvater, Annabelle.«

»Vielleicht bin jetzt ich mal an der Reihe. Nur dieses eine Mal. Vielleicht kann ich es wagen, ohne daß ich mir ihren ewigen Haß zuziehe.«

Charles fragte nach kurzem Zögern: »Und nachher? Was wird dann aus uns?« Wenn sie jetzt nicht imstande war, ihn zu verlassen, wie würde es erst nach China sein?

»Darauf kann ich keine Antwort geben. Ich weiß es nicht. Früher oder später muß ich nach Hause zurück.«

Er lächelte voller Bedauern. »Es ist wie die Liebe zu einer verheirateten Frau.«

Audrey reizte der Vergleich zu einem Lächeln, doch hatte er nicht ganz unrecht. »Wie du schon mal bemerkt hast, bin ich nicht so herrlich ungebunden wie du.«

»Vielleicht liebe ich dich gerade deswegen. Möglicherweise würde ich dich nicht so sehr lieben, wenn du ein heimatloser Vogel wärest wie ich.« Er lächelte auf sie nieder und strich ihr übers Haar, und sie umarmte ihn. Der Ring an ihrem Finger war deutlich spürbar. Sie hatte sich an Charles gebunden und fühlte sich gleichzeitig frei, freier als je zuvor im Leben, voller Staunen darüber, wie glücklich es sie machte.

## 11

Das Telefon läutete, als Edward Driscoll sich gerade niederlassen wollte, um Walter Winchells Radiosendung zu hören. Das Mädchen kam und klopfte an die Tür zur Bibliothek. Angstbebend näherte sie sich ihm. Er war viel quengeliger als vor ein, zwei Monaten, und sie wußte, wie sehr er Störungen haßte.

»Entschuldigen Sie, Sir . . .« Fast gaben ihre Knie nach, und sie spürte, wie das Spitzenhäubchen, das sie jeden Abend trug, langsam über ihr Ohr rutschte. Schiefe Häubchen haßte er fast ebenso wie Störungen. Tatsächlich verabscheute er in letzter Zeit fast alles und jeden. Wie ein Polizist streifte er durchs Haus, als hoffte er, vor Einbruch der Finsternis eine Festnahme vornehmen zu können. »Entschuldigung, Sir . . .«, versuchte sie es von neuem. Beim ersten Mal hatte er nicht reagiert.

»Ja? Was ist?« kläffte er das Mädchen an, das vor Schreck einen Satz machte. »Hüpfen Sie nicht so, das macht mich nervös.«

»Telefon für Sie, Sir.«

»Ich möchte um diese Zeit niemanden sprechen. Fast schon Dinnerzeit. Kann ohnehin nichts Wichtiges sein. Niemand ruft mich jemals an.«

»Die Vermittlung sagte, es sei ein Ferngespräch.«

Seine Miene spannte sich an. Womöglich war Audrey etwas zugestoßen. Scharf sah er das Mädchen an. »Woher?«

»Istanbul, Türkei, Sir.«

»Türkei?« Fast schleuderte er ihr das Wort ins Gesicht. »Ich kenne dort keinen Menschen. Muß ein Irrtum sein . . . oder ein dummer Witz. Legen Sie auf. Verschwenden Sie keine Zeit mit albernen Witzbolden.« Hätte sie Frankreich gesagt, wäre er unverzüglich an den Apparat gestürzt. Oder auch bei Italien oder England. Aus Rom hatte er eine Karte bekommen. Aber die Türkei . . . Plötzlich machte sich in ihm ein ungutes Gefühl breit. Langsam stand er auf und befahl dem Mädchen: »Fragen Sie, wer dran ist, bevor Sie auflegen.«

»Ja, Sir.« Es verging keine Minute, bis sie wieder zur Stelle war – mit großen Augen und noch schieferem Häubchen, doch diesmal bemerkte er nichts. »Es ist Miß Driscoll. Aus der Türkei.«

Ohne an seinen Stock zu denken, lief der Alte an den Apparat, in den kleinen Raum, in dem das Telefon untergebracht war. Es war eine kahle Kammer mit widerhallenden Wänden. Ein schmaler, unbequemer Stuhl stand darin. Edward Driscoll konnte nicht einsehen, warum man beim Telefonieren sitzen mußte. Für ihn diente das Telefon raschen Erledigungen und nicht stundenlangem Gequassel. Das hatte er Annabelle oft genug gesagt, ohne daß sie auf ihn gehört hätte. »Ja?« rief er ins Telefon. »Ja?« Es gab so viele Nebengeräusche in der Leitung, daß er kaum etwas hören konnte, und er war so aufgeregt, daß er seine Grundsätze vergaß und sich hinsetzte, während das Mädchen in der Nähe lauerte, aus Angst, er würde sich zu sehr aufregen.

»Mr. Driscoll?«

»Ja, ja!«

»Wir haben für Sie ein Ferngespräch aus der Türkei.«

»Das weiß ich, Sie dumme Gans, also, wo ist sie?« Kaum hatte er die Worte ausgesprochen, als er ihre Stimme hörte . . . Seine Knie zitterten.

»Großvater . . . Kannst du mich hören?«

»Sehr schlecht. Audrey, wo steckst du, zum Teufel?«

»In Istanbul. Ich habe mit Bekannten den Orient-Expreß genommen.«

»Verdammt, das ist kein Ort für dich. Wann kommst du nach Hause?« Seine Stimme klang so alt und war so schrecklich weit weg, daß sie fast ihren Plan, mit Charlie nach China zu gehen, aufgegeben hätte. Aber auch jetzt war sie nicht dazu bereit. Sie mußte es ihm sagen. »Ich komme erst Weihnachten nach Hause.« Nun folgte lähmende Stille, und sie befürchtete schon, sie wären unterbrochen worden. »Großvater?«

Er lehnte sich schwer auf dem harten Stuhl zurück, und das Mädchen lief um ein Glas Wasser. Sein Gesicht war grau geworden, und sie hoffte, daß er keine schlechte Nachricht erhalten hatte. Er war zu alt, schlechte Nachrichten auszuhalten. »Was treibst du dort? Und mit wem bist du unterwegs?«

»Auf dem Schiff lernte ich ganz reizende Leute kennen. Engländer. Ich war mit ihnen in Südfrankreich.« Sie hoffte, daß er annahm, sie sei mit diesen reizenden Leuten in der Türkei.

»Warum nehmen sie dich nicht wieder nach England mit?«

»Das werden sie später. Aber zuerst fahre ich nach China.«

»Du tust ... was?« Das Mädchen wollte ihm das Glas reichen, doch er stieß ihren Arm unwirsch weg. »Bist du total verrückt? Die Japaner sind in die Mandschurei eingefallen. Komm sofort zurück.«

»Großvater, ich verspreche dir, daß ich mich nicht in Gefahr begeben werde. Ich fahre nach Schanghai und Peking.« Sie hielt es für besser, ihm nicht zu sagen, daß sie nach Nanking gehen wollte, um Tschiang Kai-schek zu sehen. Er sollte sich nicht noch mehr Sorgen machen. »Und von dort kann ich direkt nach Hause.«

»Du könntest ebensogut den Orient-Expreß nach Paris und dann ein Schiff nehmen und in zwei Wochen hier sein. Das erschiene mir viel vernünftiger ... Dummes Ding«, knurrte er, nicht laut genug, daß es bis an Audreys Ohren in der Türkei gedrungen wäre. Das Mädchen war genau wie sein Vater.

»Großvater, bitte ... ich möchte fahren. Und nachher komme ich nach Hause. Das schwöre ich.«

Tränen stiegen ihm in die Augen. »Du bist wie dein verdammter Vater. Unter deiner roten Mähne steckt kein Funken Verstand. China ist kein Land für eine Frau. Oder für irgend jemanden, bis auf Chinesen. Wie willst du dort hinkommen?« Der ganze Plan erschien ihm verrückt. Es war genau das, was Roland gemacht hätte, der verdammte Narr ...

»Wir nehmen den Zug.«

»Von Istanbul nach China? Weißt du, wie weit das ist?«

»Ja ... es wird schon gehen.«

»Sind es anständige Leute, mit denen du zusammen bist? Bist du sicher bei ihnen?«

»Sehr, das verspreche ich.«

»Deine verdammten Versprechungen kannst du dir sparen.«
Er war wütend auf sie, doch war es schwierig, dies bei diesen Nebengeräuschen und der großen Entfernung auszudrücken. Acht Stunden hatte sie gewartet, bis die Verbindung hergestellt war.

»Geht es dir gut?«

»Ja, falls dich das noch was angeht.«

»Wie geht's Annie?«

»Sie kriegt wieder ein Kind. Im März.«

»Ich weiß. Ich werde viel früher da sein.«

»Du tust gut daran, sonst blüht dir etwas.«

»Großvater, ... es tut mir leid.«

»Nein, es tut dir nicht leid. Du bist wie dein Vater. Daß du eine Närrin bist, weiß ich, also sei wenigstens keine Lügnerin. Es tut dir überhaupt nicht leid. Verrückt bist du, das ist alles.«

»Ich hab' dich lieb.« Jetzt weinte sie, doch das merkte er nicht. Und er weinte auch, ohne daß sie es hörte.

»Was?«

»Ich hab' dich lieb!«

»Kann dich nicht verstehen.«

Sie durchschaute sein Spiel zu gut.

»Doch, das kannst du. Ich sagte, daß ich dich lieb habe! Und ich komme wieder nach Hause. Jetzt muß ich gehen. Ich werde dir meine Adressen in China mitteilen.«

»Erwarte nicht, daß ich dir schreibe.«

»Du sollst wenigstens wissen, wo ich bin.«

Er brummte ins Telefon und sagte dann: »Sehr schön.«

»Ich lasse Annie herzlich grüßen.«

»Audrey, gib acht auf dich! Sag diesen Leuten, sie sollen vorsichtig sein.«

»Mach' ich ... Gib du acht auf dich, Großvater.«

»Muß ich wohl. Wer gibt denn sonst auf mich acht.« Sie lächelte unter Tränen über seine Worte und verabschiedete sich gleich darauf. Charles hatte daneben gestanden, nahm sie jetzt in die Arme und hielt sie fest, solange sie weinte. Er fühlte sich so schuldig, weil sie seinetwegen ihrem Großvater Schmerz zufügte, und sie hätte sich noch elender gefühlt, hätte sie das Gesicht des alten Mannes gesehen, als er auflegte.

Edward Driscoll saß da und starrte die Wand an, und als er sich schließlich aufraffte, war er in zwanzig Minuten um zwanzig Jahre gealtert. Kaum hatte er sich am ganzen Leibe zitternd in seinem Sessel in der Bibliothek niedergelassen, als es an der Haustür schellte und er fast aus der Haut fuhr. Er schrie das Mädchen an: »Was, zum Teufel, ist jetzt schon wieder?« Er sah aus, als hätte er ein Gespenst gesehen, so bleich war er.

Der Butler ging an die Tür und ließ Annabelle und Harcourt ein, die zum Dinner eingeladen waren. »Was wollt ihr hier?« empfing er sie abweisend, was Annabelle zu einem verärgerten Schmollen veranlaßte. Den ganzen Sommer über hatte sie sich schlecht gefühlt, und der Alte machte sie nervös mit seinem Geschrei.

»Schrei mich nicht an, Großvater. Du hast uns zum Dinner eingeladen. Weißt du das nicht mehr?«

»Nein, davon habe ich keine Ahnung. Bist du sicher, daß du dir das nicht ausgedacht hast, um zu einem Gratisessen zu kommen?« Er sah sie finster an, und sie machte ein Gesicht, als wäre sie am liebsten sofort wieder gegangen. Harcourt beruhigte sie, indem er ihr zuraunte: »Er meint es nicht so. Du weißt doch, wie er ist, in seinem Alter ...«

»Flüstert nicht hinter meinem Rücken. Das gehört sich nicht«, wies er sie zurecht. »Eben sprach ich mit deiner Schwester. Sie kommt erst zu Weihnachten.« Das sagte er auf dem Weg ins Speisezimmer, und er weigerte sich, noch ein Wort darüber zu verlieren, bevor sie sich zu Tisch gesetzt hatten.

»Aber ... sie sollte doch in ein paar Wochen kommen ... Was ist passiert?« Annabelle hatte Angst, Audrey würde einen Mann kennenlernen und Heiratsabsichten äußern. Sie hatte fest mit ihrer Heimkehr gerechnet. Ihr Haushalt befand sich in einem chaotischen Zustand, und sie und Harcourt hatten damit gerechnet, Urlaub nehmen zu können. Sie brauchte Audrey, damit diese beim kleinen Winston blieb, ganz zu schweigen von dem neuen Kindermädchen und der neuen Köchin und dem Chauffeur, die sie finden sollte. Annie war nicht imstande, tüchtige Leute aufzutreiben. Es war entschieden Zeit, daß Audrey kam. »Was macht sie? Wo ist sie? In Paris oder London?«

Einen Augenblick setzte er seine abweisende Maske auf, während er es insgeheim genoß, Annabelle zappeln zu lassen. »Nein. Sie ist in der Türkei.«

Harcourt wirkte richtig schockiert. »Was, um Himmels willen, treibt sie dort?«

»Sie nahm mit ein paar Freunden den Orient-Expreß, und jetzt will sie nach China.«

»Sie will wohin?« Fast schrie Annabelle diese Worte heraus, und Harcourt starrte den Alten verblüfft an. Das hielt ihn nicht davon ab, rasch mit seiner Meinung zur Hand zu sein. In den Augen Edward Driscolls zu rasch.

»Das Mädchen ist viel zu unabhängig. Das kann nicht gutgehen. Stell dir vor, was die Leute sagen werden. Eine junge Dame ihres Alters allein in China. Höchst unpassend!«

»Ist es nicht!« Edward Driscoll hieb mit der Faust auf den Tisch. »Was du hier unter meinem Dach über meine Enkelin äußerst, ist noch viel ungehöriger, wenn du mich fragst. Und in Zukunft behalte deine Meinungen für dich, wenn ich bitten darf. Das Mädchen hat mehr Unternehmungsgeist im großen Zeh als du im ganzen Leib. Und Annabelle hat überhaupt keinen Unternehmungsgeist, hat ihn nie gehabt und wird ihn nie haben. Sie hat so viel Mumm wie eine tote Maus, und das, obwohl sie meine Enkelin ist. Also, erzähl mir nichts von Audrey. Ehrlich gesagt, könnt ihr euch die Mühe sparen, mit mir zu essen. Wenn ich eure langen Gesichter sehe und dein Gejammer höre«, er wies auf Annabelle, die ihn offenen Mundes anstarrte, »dann melden sich meine Verdauungsbeschwerden.«

Er stand auf, faßte nach seinem Stock und marschierte in die Bibliothek und knallte die Tür hinter sich zu. Annabelle brach in Tränen aus, sprang auf, raffte ihre Sachen an sich und lief so schnell aus dem Haus, daß Harcourt kaum Schritt halten konnte.

Auf der Fahrt nach Burlingame heulte sie ununterbrochen und beschimpfte Harcourt als Schwächling, weil er sie nicht verteidigt hatte, und sie verwünschte Audrey, weil sie nicht kam und ihr half.

»Dieses egoistische Biest, bleibt einfach weg ... China ...! Sie weiß verdammt gut, daß ich Hilfe brauche, wenn ich schwanger bin. Sie tut es mit Absicht ... sie hat nichts anderes zu tun, will sich vor der Verantwortung drücken ... Seit Jahren schon ist sie auf mich eifersüchtig, diese häßliche lange Bohnenstange ...« Harcourt bekam einiges in dieser Art zu hören. Es kümmerte ihn nicht. Sobald er seine Frau nach Hause gebracht hatte, würde er losfahren und nach Pabo Alto gehen. Dort hatte er ein hübsches kleines Ding versteckt, ein richtig leidenschaftliches Mädchen. Die Sache lief schon den ganzen Sommer über, ohne daß Annabelle eine Ahnung hatte.

Auch Edward Driscoll ahnte nichts. Außerdem war es ihm einerlei. Als Harcourt und Annabelle zu Hause ankamen, saß er noch immer einsam in seiner Bibliothek. Er saß auch noch nach Stunden dort, in Gedanken bei Audrey ... und irgendwie brachte er sie mit Roland durcheinander – sie war in China, das wußte er noch ... China ... aber war sie mit Roland da oder allein? Plötzlich waren ihm alle Einzelheiten entfallen. Er wußte nur noch, wie sehr sie ihm fehlte

## 12

Die Strecke von Istanbul nach Schanghai betrug über fünftausend Meilen. Charles rechnete damit, daß sie dafür an die vierzehn Tage benötigen würden, falls alles völlig glatt ablief. Die Artikel, für die er Material sammeln sollte, galten der Regierung Tschiang Kai-scheks, die ihren Sitz in Nanking hatte. Außerdem sollte er über die entmilitarisierte Zone Schanghai schreiben und über Peking. Man hoffte, daß er auch Material über die kommunistischen Revolutionäre zusammenbekommen würde, die sich 1928 in die Berge zurückgezogen hatten. Seine Notizen waren bereits ziemlich umfangreich und seine Empfehlungsschreiben sicher sehr wichtig. Dennoch war schwer abzuschätzen, wie zugänglich sich die Leute zeigen würden, die es zu interviewen galt. Von den kommunistischen Banditen war mit Sicherheit kein Entgegenkommen zu erwarten. Es war sehr unwahrscheinlich, daß Charles eine Kontaktaufnahme überhaupt glücken würde. Hoffentlich war wenigstens Tschiang Kai-schek gewillt, Charles zu empfangen. Natürlich konnte später alles zu einem Artikel verarbeitet werden, was sich an Themen unterwegs zusätzlich anbot. Er machte sich sorgfältig Notizen und führte stets einen Aktenkoffer voller Notizblöcke und Papiere mit sich. Auf der Fahrt nach Ankara erklärte er Audrey spätabends, wie sein System funktionierte. Sie hatte längst das Gefühl, mit diesem Mann ein völlig neues Leben begonnen zu haben, und in vieler Hinsicht war es tatsächlich so. Diese Überzeugung festigte sich in ihr, als sie in Ankara umsteigen mußten. Die Erinnerung an den Orient-Expreß reizte ihre Lachmuskeln. Der Kontrast könnte gar nicht größer sein, dachte sie, als sie hinter zwei Frauen einstieg, die zwei lebendige Hähnchen und ein Zicklein als Gepäck mit sich führten.

Der Postzug, den sie in Ankara nahmen, brachte sie am Van-See und Urmia-See vorbei zur persischen Grenze und weiter über die Berge bis Teheran. Dort trafen sie auf dem von Menschen wimmelnden und von lautem Stimmengewirr erfüllten Bahnhof ein. Audrey beobachtete fasziniert die Menschen um sich herum und knipste drauflos, während Charlie Fahrkarten für den Nacht-Postzug nach Maschad besorgte, einer im Nordosten des Landes gelegenen Stadt, von der aus es noch hundert Meilen bis zur afghanischen Grenze waren. Maschad galt als heilige Stadt, und die meisten Mitreisenden sollten die Fahrt auf den Knien in Gebetshaltung verbringen.

Die Frauen, die Audrey auf dem Teheraner Bahnhof sah, wirkten überaus interessant, es gab darunter sogar einige Schönheiten, doch alle waren von Audrey, trotz der simplen Aufmachung, fasziniert und starrten sie neugierig an. Zwei junge Mädchen gingen so weit, ihr rotes Haar zu berühren, um sofort hinter ihren Schleiern kichernd die Flucht zu ergreifen. Für Audrey war es eine ganz neue Welt, in der sie plötzlich das Objekt von Neugierde und offenkundiger Mißbilligung wurde, da sie keinen Schleier trug wie die einheimischen Frauen.

Die Fahrt nach Maschad dauerte die ganze Nacht. Dann ging es südwärts nach Afghanistan, und es schien eine Ewigkeit zu vergehen, bis sie Kabul erreichten. Über zweitausend Meilen lagen nach einer Woche hinter ihnen. Langsam bekam Audrey das

Gefühl, sie würde verrückt werden, wenn sie noch einen Zug zu sehen bekäme. Dennoch war sie nie glücklicher gewesen, als sie um sich blickend die stille Schönheit des Sonnenunterganges sah, die Bauern, die mit ihnen gefahren waren und nun mit ihren Ziegenlederbeuteln, in denen sie ihre spärlichen Habseligkeiten verwahrten, den Bahnhof verließen. Sie stand im Licht der untergehenden Sonne und sah Charles an, der ihr zulächelte. Beide waren schmutzig und müde. Seit vier Tagen hatten sie kein Bad nehmen können, was aber keinem von beiden viel auszumachen schien. Er legte den Arm um ihre Schulter und griff nach einer ihrer drei Reisetaschen. Schadenfroh sah er mit an, wie sie mit dem eleganten Kosmetikkoffer jonglierte, den sie seit über einer Woche nicht angerührt hatte.

»Es würde mich nicht wundern, wenn es nicht ganz das ist, was du dir vorgestellt hast, stimmt's?« Ab und zu machte er sich Sorgen, daß Audrey die Strapazen zuviel würden, doch sie schien alles in vollen Zügen zu genießen. Sie war die ideale Reisegefährtin. Auch als der Zug am Nanga-Parbat-Paß entgleiste und sie an die zehn Meilen laufen mußten, beklagte sie sich mit keinem Wort. Es gab keine andere Frau, mit der er sich eine solche Reise hätte vorstellen können. »Bedauerst du es sehr, daß du mitgekommen bist?«

»Überhaupt nicht«, äußerte sie strahlend. Es war, wie sie es sich erhofft hatte: wild, unbequem und schön, eine Welt, wie Gott sie gewollt hatte, ohne Wolkenkratzer, asphaltierte Straßen oder hupende Autos. Es war schön, alles war schön, und als sie die Nacht in einem windschiefen Bett in einem Hotel, das Charles von früher kannte, verbrachten, ließ sie ihre Hand sanft über Charles innere Schenkelseite gleiten, und er seufzte beglückt.

»Was treibst du da, du Wahnsinnige?« Er lächelte schläfrig. Das Pera Palace in Istanbul mit seinem Rokoko-Luxus lag jetzt weit hinter ihnen, Cap d'Antibes und die Hawthornes schienen überhaupt einem anderen Lebensabschnitt anzugehören. Aber genau das wollte Audrey, ein schmales Bett in einem leeren Raum und draußen eine fremde Welt. Es wurde ihr klar, während sie Nacht für Nacht neben dem Mann lag, den sie liebte.

»Charles? …« Beide lagen im Halbschlaf, als sie sich an ihn

schmiegte und das Gefühl hatte, sie hätte in ihrem Leben nichts anderes getan.

»Hmmm?«

»Ich war niemals glücklicher.« Das hatte sie ihm schon tausendmal gesagt, mußte es ihm aber noch einmal sagen, und er lächelte, während sie einschlief, und flüsterte ihr zu: »Verrücktes Ding ... schlaf schnell ein ...«

Am nächsten Tag mußten sie um sechs Uhr aufstehen und bekamen Ziegenmilch und ein Stück Käse zum Frühstück, ehe sie zum Bahnhof liefen, um wieder einen Zug zu erreichen. Diesmal ging die Fahrt nach Islamabad und anschließend direkt nach Kaschmir. Zu Mittag waren sie am Ziel. Die nächste Etappe war nicht so schlimm, obwohl der Zug sehr alt und ramponiert ausgesehen hatte. Er brachte sie bis zum Ladakh-Paß, wo sie um vier Uhr morgens ankamen. Audrey schlief in Charlies Armen, während er mit dem Gefühl vollkommenen Friedens zu den Sternen aufsah. Zweimal hatte der Zug angehalten, doch man hatte sie nicht aufgefordert auszusteigen. Endlich hatte er es bis hinauf auf sechstausend Meter geschafft und machte sich nun langsam an die Talfahrt. Schließlich hatten sie Tibet erreicht, und vor ihnen lagen noch einmal knapp 1300 Kilometer bis Lhasa, wo sie einen Tag Rast einlegen konnten. Charlie kannte die Strecke gut. Er schätzte, daß sie vom Ladakh-Paß bis Lhasa zwei Tage brauchen würden. Es sollte sich jedoch herausstellen, daß sie drei Tage brauchten. Beide waren total erschöpft, als sie endlich in Lhasa ankamen. Seit zehn Tagen waren sie unterwegs und hatten jetzt zwei Drittel der Strecke nach Schanghai zurückgelegt, doch sie hatten das Gefühl, als würden sie nie mehr ankommen. Charlie brachte sie in die Herberge, in der er schon einmal eingekehrt war. Hoch oben auf einem Bergrücken gelegen, mit Mönchen in orangefarbenen Gewändern bevölkert, die langsam Seite an Seite wandelten, singend oder schweigend. Hier fühlte man sich Gott näher, und die Gegend war so einsam, daß man sich eine Existenz einer anderen Welt außerhalb dieser nicht vorstellen konnte. Allein das Hiersein stellte fast eine mystische Erfahrung dar. Audrey stand lange, sehr lange am Fenster, dachte an ihren Vater und fragte sich, ob er auch hier gewesen war. Später, als sie bei Kerzenschein ein einfaches, aus Reis und Bohnensuppe mit Fleischbrocken bestehendes Abendessen zu sich nahmen, sprach sie mit Charles darüber. So bescheiden das Mahl war, es sättigte sie. Sie war zu hungrig gewesen, um überhaupt richtig wahrzunehmen, was sie zu sich nahmen – ein unbestreitbarer Vorteil, da sie später erfuhr, daß sie Schlangenfleisch gegessen hatte. Entsetzt verzog sie das Gesicht, und Charles lachte sie aus. Dann sah sie ihn nachdenklich an.

»Manchmal frage ich mich, ob es Bilder von diesem oder jenem Ort in den Fotoalben gab, die ich so liebte. Denn mit einemmal sind die Bilder in meiner Erinnerung verschwommen, und das hier ist so viel wirklicher.« Am Tag zuvor hatte sie ihrem Großvater geschrieben und versucht, ihm die Gründe für ihre Reise zu erklären. Doch es gab eigentlich nicht viel zu sagen. Hier erschien ihr alles so viel wirklicher und realer, und das alte Leben war so weit weg. Dennoch war sie sich auch der Tatsache bewußt, daß sie die Familie zum erstenmal im Stich ließ, und das bereitete ihr Sorgen. Annabelles Baby wurde im März erwartet, und sie würde sich, wenn sie wieder zu Hause war, um alles kümmern müssen. Hin und wieder fühlte sie sich schuldig, doch sie nahm sich vor, nach ihrer Rückkehr alles wiedergutzumachen. Charles hatte wahrscheinlich recht, wahrscheinlich würden Großvater und Annabelle sie eine Zeitlang ihren Unmut spüren lassen. Mochten sie ihr antun, was sie wollten. Sie hatte wunderschöne Erlebnisse gehabt.

Als sie auf Maultierrücken Lhasa hinter sich ließen und zur nächsten Bahnstation ritten, hatten sie Tränen in den Augen. Diesmal war die vor ihnen liegende Strecke sehr weit. Tausend Meilen über das Tahsueh Gebirge nach Chungking. Die Reise dauerte über dreißig Stunden in einem uralten, kleinen Zug, und es blieb ihnen kaum Zeit umzusteigen, doch die wenigen Augenblicke genügten, um die Veränderung wahrzunehmen. Das Wetter war rauher, die Menschen sahen anders aus, benahmen sich anders und waren anders gekleidet. Audrey staunte, so viele Männer mit Zigaretten zu sehen, und auch einige Frauen, kleinwüchsige, knorrige Alte, die an Kippen zogen und sie und Charles durch den Rauch neugierig anblinzelten. Plötzlich schien es sehr viel mehr Menschen zu geben, und sie waren längst nicht so freundlich wie bisher. Das fiel ihr besonders auf, während sie fotografierte und einen Film nach dem anderen verbrauchte. Die Menschen starrten sie unverwandt an, und beim Besteigen des Zuges nach Wuhan kam eine Gruppe von Kindern auf sie zugelaufen und faßte sie am Ärmel, als sie ihre Leica auf sie richtete. Kaum aber setzte sie die Kamera ab, um ihnen zuzulächeln, nahmen sie kreischend Reißaus.

Charles mußte sich mit ihren Gepäckstücken abplagen. Er war von der Zugfahrt der vergangenen Nacht so erschöpft, daß er einschlief, sobald sie sich im neuen Zug eingerichtet hatten – den Kopf gegen ihre Schulter gelehnt, leise schnarchend. Die anderen fünf Mitreisenden im Abteil starrten die Fremden an. Die Gegend hier schien dichter bevölkert zu sein, und es herrschte rege Betriebsamkeit. Die Eindrücke waren ganz anders als in der Türkei und in Tibet. Dort war ihr alles schroffer, primitiver, natürlicher erschienen, während einem hier vor allem die vielen Menschen auffielen. In mancher Hinsicht kam ihr China sehr fremd vor. Man zeigte hier an ihr viel mehr Interesse als bisher, und sie konnte es kaum erwarten, Charles über alles auszufragen. Endlich wachte er auf. Er gähnte und streckte sich, so gut es ging, obwohl für seine Beine fast kein Platz war. Deswegen war er froh über jeden Aufenthalt des Zuges. Dann konnte er mit Audrey aussteigen und sich die Beine vertreten.

Von Chungking nach Wuhan war es eine Tagesreise. Unterwegs fuhren sie an einem riesigen Stausee vorüber, doch diesmal war es Audrey, die schlief, und Charlie machte sich eifrig Notizen. Bis Nanking hatten sie noch einen weiteren Tag zu fahren. Er hoffte, dort Tschiang Kai-schek zu sprechen, und es galt, das bevorstehende Interview vorzubereiten. Er mußte sich die Fragen zurechtlegen, die er stellen wollte, die Richtung festlegen, die er einzuschlagen gedachte. Charlie durfte sich glücklich schätzen, wenn er den Generalissimus überhaupt zu Gesicht bekam. Möglicherweise mußte er drei Wochen warten, und er würde sich kalte Füße holen. Vielleicht aber auch nicht, falls die Empfehlungsschreiben seines Verlegers bei jemandem gehörig Eindruck machten oder aber jemand seine Bücher kannte. Charlies Hoffnungen waren nicht allzu groß. Er hatte die Absicht, höchstens eine Woche mit Warten zu verbringen und dann nach Schanghai weiterzufahren. Dort gab es für ihn ebenfalls viel zu tun, zudem war es eine Stadt, die er besonders liebte.

In Wuhan stiegen sie in einem winzigen Hotel ab, das nur drei Zimmer hatte und das Charlie von früher kannte. Die Reisenden mußten sich mit etwas Reis und grünem Tee zufriedengeben, und Audrey starrte angewidert in die Schüssel. Mit einem resignierten Lächeln wandte sie sich an Charles. Es war das erste Mal, daß ihr westliches Essen wirklich fehlte. Im Moment hätte sie ihren rechten Arm für ein Steak oder einen Hamburger gegeben und ertappte sich bei dem Gedanken an einen Schoko-Milchshake, als sie mit knurrendem Magen zu Bett gingen.

»Hast du keine Süßigkeiten mehr?« wandte sie sich hoffnungsvoll an Charlie.

»Leider nein. Möchtest du noch etwas Reis? Ich könnte ja versuchen, ihm zu sagen, du seist schwanger oder so ...« Er grinste sie an, und Audrey hob abwehrend die Hände.

»Um Himmels willen, greifen Sie nicht zu so verzweifelten Maßnahmen, Mr. Parker-Scott. Ich werde es überleben, trotz nagenden Hungers.« Sie warf ihm einen koketten Blick zu, und er streichelte ihre Brüste, so daß Audrey ihren Hunger vergaß, allerdings nicht den Hunger nach ihm. In jener Nacht lagen sie noch lange wach in der Dunkelheit und flüsterten miteinander. Charles erzählte ihr Geschichten und Histörchen über die Städte, die sie besuchen würden. Nanking konnte es natürlich nicht mit Schanghai und Peking aufnehmen.

»Schanghai ist einfach unglaublich«, schwärmte er. »Dort leben Briten, Franzosen, Russen nebeneinander und jetzt auch noch Japaner. Eine durch und durch internationale Stadt, die gleichzeitig ganz chinesisch ist. Ich glaube, Schanghai ist die kosmopolitischste Stadt, die ich kenne.«

Die Japaner hatten keinen nachhaltigen Einfluß ausgeübt. Angriff und Okkupation lagen mittlerweile zwei Jahre zurück. Im Moment war die Stadt eine entmilitarisierte Zone, eine Lösung, die nicht von Dauer sein konnte. Tschiang Kai-schek hatte sich schon längst nach Nanking zurückgezogen, und die Armee der

Route 19 hatte erbittert Widerstand geleistet, ehe sie sich ergab. Tschiang Kai-schek war gezwungen, den Kampf gegen die Kommunisten mit verminderter Härte zu führen, seitdem ihm die Japaner zu schaffen machten, und Mao Tse-tung war vom unmittelbaren Schauplatz verschwunden. Die in den Außenbezirken auf Stangen aufgespießten Kommunistenköpfe waren seltener geworden, da die Anwesenheit der Japaner eine Allianz zwischen Kommunisten und Nationalisten erzwungen hatte. Die Menschen hatten jetzt andere Sorgen als den Kommunismus – speziell die Menschen in der Mandschurei.

Als sie am nächsten Tag im Zug nach Nanking saßen, spürte Audrey, wie eine Woge der Erregung sie erfaßte. Sie waren fast angekommen. Von ihren Zielen Nanking, Schanghai und Peking waren sie jetzt nur mehr Stunden entfernt. Sie konnte die Ankunft kaum erwarten. Die Nacht verbrachten sie in einem Hotel in Nanking. Noch am Abend hatte Charlie Tschiang Kai-scheks Residenz aufgesucht, um seine Empfehlungsschreiben samt seiner Karte und einem überaus höflichen Brief abzugeben, in dem er um eine Audienz bat. Im Hotel sagte man ihnen, daß im Frühjahr George Bernard Shaw auf dem Weg nach Schanghai dagewesen war, und plötzlich verspürte Audrey wieder diesen Anflug von Erregung. Sie war begeistert von allem, was sie sah, von den vielen Menschen, ihrer Kleidung, den Speisen und Gerüchen. Im Hotel hatten sie fürstlich gegessen, ein köstlicher Gegensatz zum kargen Menü in Wuhan. Charlie fiel auf, daß sie abgenommen hatte. Sie waren jetzt über zwei Wochen unterwegs und hatten fünftausend Meilen zurückgelegt, seiner Arbeit und ihrem Traum zuliebe, und Audrey hatte das deutliche Gefühl, noch nie einem anderen Menschen so nahe gewesen zu sein, und sie war sicher, daß sich das auch in Zukunft nicht ändern würde, als sie wortlos die Straße vor dem Hotel entlangbummelten und den Rikschas und ein paar streunenden Katzen nachblickten. In einem Seitengäßchen geriet Audrey außer sich vor Entzücken. Sie stießen dort auf ein kleines Haus mit gedämpfter Beleuchtung, aus dem absonderliche Düfte drangen. Neugierig blieb sie stehen, um das Parfüm zu schnuppern, das in der Luft hing. Ihr Vorschlag, das Haus zu betreten, erregte bei Charlie große Heiterkeit.

»Ich glaube, das wäre höchst unpassend«, antwortete er schmunzelnd.

»Warum?« Sie war enttäuscht, und wieder mußte er über ihre Naivität lachen.

»Es handelt sich um eine Opiumhöhle.«

»Ach so ...« Sie riß die Augen erstaunt auf. Ihre Neugierde war noch größer geworden. Sie wollte unbedingt hinein.

»Du kannst nicht hinein, Aud. Man würde uns beide hinauswerfen. Mich wahrscheinlich, und dich ganz sicher.«

»Aber warum denn? Können wir nicht einfach nur zusehen?« Sie stellte sich wohl etwas wie eine Bar vor. Charlie schüttelte nur den Kopf.

»Diese Etablissements werden üblicherweise nur von Männern aufgesucht.«

»Wie dumm.« Sie schien verärgert, und sie setzten ihren Spaziergang fort, in dessen Verlauf er ihr viel von der Geschichte Chinas erzählte. Es war eine Geschichte, die in Kunst- und Bauwerken höchst eindrucksvoll repräsentiert wurde. Der Gesprächsstoff ging ihnen noch stundenlang nicht aus, nachdem sie ins Hotel zurückgekehrt waren und sich auf ihr Zimmer zurückgezogen hatten.

Eine volle Woche verging, ehe Charles von Tschiang Kai-schek empfangen wurde. Diese Zeit nutzten sie zur Ruhe und Entspannung. Sie unternahmen ausgedehnte Spaziergänge und fuhren aufs Land hinaus, so daß auch die Wartezeit nicht vertan war. Das Interview mit dem Generalissimus gestaltete sich genauso, wie Charles es sich erhofft hatte. Er war überzeugt, daß sein Artikel großen Erfolg haben würde. Auf einer geborgten Schreibmaschine begann er im Hotel sofort mit der Arbeit. Als Audrey ins Zimmer kam, war er so vertieft, daß er ihre Anwesenheit gar nicht bemerkte. Still setzte sie sich in eine Ecke und begann, einen Brief an Annabelle zu schreiben, in dem sie ihrer Schwester zu schildern versuchte, was sie unternommen und gesehen hatte. Dabei wurde sie das entmutigende Gefühl nicht los, daß Annabelle all das nicht interessieren würde. Wahrscheinlich interessierte sich überhaupt niemand dafür. Auch ein Brief an ihren Großvater war wahrscheinlich vergebliche Liebesmühe.

Eine ganze Stunde verging, bevor Charles aufblickte und ihre Anwesenheit mit einem Lächeln zur Kenntnis nahm.

»Ich habe dich gar nicht bemerkt.«

Lächelnd ging sie zu ihm, beugte sich über ihn und gab ihm einen Kuß auf den Nacken, während er einen Arm um ihre Taille legte.

»Ich weiß. Du warst in deine Arbeit vertieft. Na, wie lief das Interview?«

»Es war faszinierend. Für den General ist die Sache verloren, wenngleich ich nicht sicher bin, ob er selbst das einsieht. Die Sowjets sind eifrig bemüht, Mao zu unterstützen und der Roten Armee hier unter die Arme zu greifen. Tschiang Kai-schek gibt sich der Meinung hin, er könnte gewinnen, eine Meinung, die ich nicht teile. Tatsächlich bereitet er sich momentan auf einen Generalangriff gegen Maos Streitkräfte vor.«

»Wirst du dies in dem Artikel zum Ausdruck bringen? Daß seine Sache verloren ist?«

»Mehr oder weniger, wenn auch nicht so unverblümt. Schließlich ist es ja nur meine persönliche Meinung. Ich möchte vor allem bringen, was er sagte, in aller Fairneß ihm gegenüber. Er ist ein sehr interessanter, wenn auch skrupelloser Mann. Ich wünschte, du hättest seine Frau kennenlernen können. Eine schöne und umwerfend charmante Person.«

Audrey hatte schon Gelegenheit zu einer Begegnung mit der Witwe Sun Yat-sens, als Charlie ein Interview mit ihr machte. Sie erlaubte Audrey, ein paar Aufnahmen zu schießen, die Charlie an die *Times* weiterzuleiten versprach.

»Willst du das wirklich?« Audrey war außer sich vor Freude.

»Natürlich. Du bist verdammt gut. So gut wie jeder Profi, mit dem ich zusammengearbeitet habe. Sogar besser als die meisten.«

Da sah sie ihn nachdenklich an. »War es dir ernst damit, als du sagtest, du möchtest eines Tages mit mir arbeiten?«

Er lachte. »Ich glaube, das tue ich bereits.« Es war der Nachmittag, an dem sie die Bilder von Sun Yat-sens Witwe gemacht hatte, und sie lächelten sich an. Ihr gefiel die Zusammenarbeit mit Charles, und sie hoffte auf weitere Gelegenheiten in Schanghai.

Am darauffolgenden Tag waren sie wieder reisefertig. Nach

allem, was sie gehört hatte, konnte Audrey es kaum erwarten, Schanghai zu sehen. Sie erwartete eine Stadt, berstend von Menschen, voller Erregung, Handel, Glücksspiel, Prostitution und exotischen Düften. Sie stellte sich unter Schanghai das fernöstliche Äquivalent eines türkischen Basars vor. Nun war sie gespannt, ob ihre Erwartungen sich erfüllen würden.

Sie war dabei, ihre Sachen für die Reise zusammenzupacken, und Charlie beobachtete lächelnd, wie sie mit ihrem Gepäck kämpfte. Nach einem vielsagenden Blick auf ihren Kosmetikkoffer schnitt Audrey eine Grimasse.

»Eigentlich sollte ich das verdammte Ding wegwerfen oder es einfach verschenken. Vielleicht könnten wir es irgendwo gegen eine Ziege oder ein Schwein eintauschen.«

Die Vorstellung ließ Charles in schallendes Lachen ausbrechen. Er schüttelte lebhaft den Kopf. »Was wirst du auf der Schiffsreise ohne Schminkutensilien anfangen?« Sie kniff die Augen zusammen und überlegte. Die Heimreise schien in weite Ferne gerückt zu sein. Es war unglaublich, wie weit sie gekommen waren.

»Behalte den Koffer lieber«, schloß er.

»Ich wüßte nicht, warum. In den Spiegel habe ich schon lange nicht mehr gesehen. Ich bin gar nicht sicher, ob ich es jemals wieder tun werde.« Make-up erschien ihr unter den gegenwärtigen Umständen völlig sinnlos. Nach dem Verlassen von Istanbul hatte sie auf Nagellack verzichtet, und ihre modischen Schuhe mit dem Riemchen über dem Rist verschwanden zuunterst im Koffer. Seither hatte sie nur festes Schuhwerk, Blusen, Röcke und eine Jacke getragen. Daß sie nicht mehr vernünftige Sachen mitgenommen hatte, bereute sie jetzt sehr. Der Großteil ihrer Garderobe war ungeeignet. Die Seiden- und Leinenkostüme und leichten Kleider, die sie in Südfrankreich getragen hatte, die Badeanzüge und Abendkleider, die sie an Bord gezeigt hatte und auf der Heimreise wieder anziehen würde, waren hier fehl am Platz. Noch lächerlicher erschien ihr, daß sie den Pelz mitgeschleppt hatte. Obwohl Madame Tschiang Kai-schek sich elegant kleidete und Nanking eine echte Großstadt war, schien man hier auf Kleidung wenig Wert zu legen. Am häufigsten begegnete man der unscheinbaren Einheitstracht der unteren Schichten, obwohl Charles behauptete, in Schanghai gäbe es todschicke Sachen in den Läden. Dort könne sie sich sogar ein paar Sachen anfertigen lassen. Audrey brauchte vor allem warme Kleidung. Der Herbst war da, und die große Kälte würde sie einholen, bevor sie nach Hause kam.

Nachdem sie in einem vom Portier empfohlenen Restaurant ein gewaltiges Abendessen zu sich genommen hatten, verbrachten sie die Nacht aneinandergeschmiegt auf ihrem Zimmer.

Wieder einmal mußten sie ein schmales, wackliges Bett miteinander teilen. Audrey wurde hier allgemein Mrs. Parker-Scott genannt. Der Mann am Empfang hatte geholfen, ihr Gesicht zu wahren, indem er beharrlich so tat, als wären sie auf Hochzeitsreise und hätten noch keine Zeit gefunden, den Namen in ihrem Paß zu ändern. Das hatte Audrey so belustigt, daß sie kein Wort dagegen sagte. »Stört es dich, Charles? Daß ich deine Frau spiele, meine ich ...?«

»Nicht im geringsten.« Tatsächlich sah er so erfreut aus, als hätte sie ihn auf eine gute Idee gebracht, und auch sie fand die Vorstellung erheiternd. Alle Welt nahm an, sie wären verheiratet, und langsam fühlten sie sich auch so. Er hatte sogar bei Tschiang Kai-schek von Audrey gesprochen und sie ohne viel Federlesens als seine Frau bezeichnet. Und das war sie auch in einem bedeutsamen Sinn. Sie hatte sich für ihn entschieden und war mit ihm gekommen, weil sie ihm vertraute. Mit keinem Mann wäre sie so weit gefahren, und mit niemandem sonst hätte sie so großes Glück empfunden. Als sie ihn vor dem Einschlafen wieder küßte, lächelte sie ihm zu wie immer, wenn sie im Bett an seiner Seite lag. Sie hatten sich stürmisch geliebt, als sie nach Hause gekommen waren, und jetzt lagen sie befriedigt da und schmiegten sich in der kühlen Nacht aneinander.

»Charles, ich liebe dich ... mehr als alles.« Die geflüsterten Worte entlockten ihm ein Lächeln. Liebevoll strich er ihr übers Haar.

»Ich dich auch.«

## 13

Im überfüllten Zug von Nanking nach Schanghai brachten Charles und Audrey sieben Stunden zu, und Audrey dachte schon, sie würden nie ankommen. Charles nützte die Zeit teilweise damit, sich Notizen zu machen, und sie las ein Buch, das er mitgebracht hatte, war aber viel zu sehr an den Mitreisenden interessiert, um sich konzentrieren zu können. Immer wieder sah sie zum Fenster hinaus und machte eifrig Fotos, während sie sich Schanghai näherten.

Aber nichts hatte sie auch nur annähernd auf das vorbereitet, was sie bei der Ankunft erwartete. Fassungslos nahm Audrey das Menschengewimmel auf den Bahnsteigen wahr, Menschenmassen, die irgendwohin strebten, andere wiederum, die angekommen waren, Bettler, Straßenjungen, Prostituierte, Ausländer, alles drängelte durcheinander und war bestrebt, den allgemeinen Lärm noch zu übertönen. Bettelnde Kinder zupften Audrey am Rock, ein leprakrankes Kind mit Armstümpfen bat um Almosen, Dirnen riefen Charles auf französisch etwas zu, eine Gruppe von Engländern hastete vorüber. Audrey konnte Charles kaum verstehen, während sie gegen den Strom der Menge ankämpfte und sich an ihren Kosmetikkoffer und an den Aktenkoffer klammerte, den er ihr anvertraut hatte, während er sich mit ihrem sonstigen Gepäck abmühte.

»Was?« Wieder hatte er etwas geäußert, das sie nicht verstanden hatte, und sie drängte sich näher an ihn heran.

»Was hast du gesagt?«

»Ich sagte, willkommen in Schanghai«, rief er grinsend zurück. Endlich fanden sie einen Träger, der sich bereitwillig ihres Gepäcks annahm und sie zu einer Reihe wartender Taxis dirigierte. Sie fuhren zum Hotel Schanghai, in dem Charlie gewöhnlich abstieg. Die meisten Gäste waren Engländer und Amerikaner. Der Service war exzellent.

»Fast wie zu Hause«, scherzte er, als der Träger das Gepäck in ihrem Zimmer abstellte. Sie hatten sich als Mr. und Mrs. Charles Parker-Scott eingetragen, und Audrey hatte sich mittlerweile an den Namen gewöhnt, wie sie ihm jetzt mit einem Lächeln zu verstehen gab.

»Weißt du, daß es mir sonderbar vorkommen wird, wieder Audrey Driscoll zu heißen?« Aber das lag noch ein ganzes Leben weit entfernt. Audrey Driscoll gehörte in eine andere Welt, in ein anderes Leben wie Annabelle, der Großvater und alles andere in San Franzisko. Das hier war die Wirklichkeit: die Faszination von Schanghai, die Menschen in den wimmelnden Straßen, als sie aus dem Fenster blickte. Dann sah sie wieder Charles an, der sie beobachtete. Ein Leben ohne Audrey an seiner Seite konnte er sich jetzt nicht mehr vorstellen. Sie waren um die halbe Welt gereist und würden schließlich wieder zurückfahren. Und was dann? Es überstieg seine Vorstellungskraft. Es kam ihm immer noch nicht in den Sinn, sich mit irgend jemandem häuslich einzurichten, ebensowenig konnte er den Gedanken ertragen, Audrey nicht mehr bei sich zu haben. Doch dieses Problem mußte nicht sofort gelöst werden.

Charles wollte, daß Audrey einen Eindruck von der Stadt erhielt, bevor sie sich zur Ruhe begaben. Nachdem sie gebadet und sich umgezogen hatte, gingen sie hinunter und nahmen wieder ein Taxi, das sie zuerst an den Bund bringen sollte, jene Straße, an der sich alle europäischen Geschäfte und Gebäude befanden, dann zurück in die mit Menschen vollgepackten Straßen mit den Heerscharen von Prostituierten, den Kindern, die spätabends noch auf der Straße waren, den unzähligen Bettlern und den zahlreichen Ausländern. Europäische Gesichter waren hier nichts Außergewöhnliches, es schien Hunderte zu geben, Italiener, Franzosen, Engländer, dazu auch Amerikaner und natürlich Japaner. Grelle Lichtreklamen lockten, hellerleuchtete Restaurants, Spielhöllen, Opiumhöhlen warteten auf Kunden. Hier gab es keine Geheimnisse, es gab nichts, was man nicht bekommen konnte, wenn man den Preis bezahlte. Hier war nichts von der stillen Würde des alten China zu spüren. Vor allem war die Stadt ganz anders, als Audrey erwartet hatte. Es herrschte ein atemberaubendes Tempo und eine Geschäftigkeit, wie Audrey sie noch nie erlebt hatte. In einem von Chinesen geführten französischen Restaurant aßen sie zu Abend.

Das Publikum, das hier verkehrte, war von interessantem, internationalem Zuschnitt, und viele der männlichen Gäste waren in Begleitung junger Chinesinnen gekommen. Nach dem Dinner brachte Charlie Audrey ins Hotel. Ihr offenkundiges Staunen über die Vielfalt, die in jeder Hinsicht in den Straßen Schanghais herrschte, veranlaßte ihn, sie mit ihrer Unschuld zu necken. Unschuld gehörte zu den Eigenschaften, die in dieser Stadt kaum anzutreffen waren.

»Toll, findest du nicht?«

»Charles, es ist wirklich erstaunlich. Geht es immer so zu?« Es war unglaublich, daß diese Energie hier ständig wirksam war. Dazu kamen diese unglaublichen Menschenmassen, die Tag und Nacht die Straßen bevölkerten. Charlie lachte Audrey aus.

»Ja, so ist es immer. Manchmal vergesse ich völlig, wie es in dieser Stadt brodelt, und dann, wenn ich wieder hierherkomme, bin ich total von dem Trubel überrascht.«

Die Stadt war ein eindrucksvoller Kontrast zu den einsam dahindämmernden Dörfern, durch die sie in Tibet, in Afghanistan und im übrigen China gekommen waren. Schanghai traf auch Audrey völlig unvorbereitet.

»Ich möchte wissen, ob es zur Zeit meines Vaters auch so war.«

»Vermutlich. Ich glaube, hier war es immer so. Seit dem Angriff der Japaner ist es eher etwas ruhiger geworden. Die Menschen sind eine Spur zurückhaltender.«

Viel schien sich jedoch nicht geändert zu haben.

Sie hatten das Hotel erreicht und betraten die Lobby, Hand in Hand und angeregt plaudernd. Sie waren so ins Gespräch vertieft, daß Audrey das Paar nahe dem Treppenaufgang nicht bemerkte, das leise ein paar Worte wechselte und sie dann anstarrte, als sie mit Charles vorüberging.

Der Mann war Anfang Siebzig, die Frau etwa Mitte Fünfzig, elegant gekleidet, sie trug dezenten, aber kostbaren Schmuck. Der glatte, perfekt frisierte Chignon und die Diamantohrklips rundeten das Bild ab. Sie starrte Audrey sekundenlang an und raunte dann ihrem Mann, einem Hornbrillenträger in englischem Anzug, etwas zu. Er warf einen Blick auf Audrey, als diese im

Begriff stand, die Treppe hinaufzugehen, nickte seiner Frau zu und wollte leise etwas zu ihr sagen, als sie auch schon Audrey nachrief:

»Miß Driscoll?« Audrey reagierte ohne Überlegung und drehte sich erstaunt nach der Stimme um. Das Paar stand da und sah zu ihr und Charles auf.

»Ich ... du meine Güte ... ich hatte keine Ahnung, daß Sie auch hier sind ...« Audrey errötete bis an die Haarwurzeln, während sie sich verzweifelt bemühte, ungezwungen zu wirken. Leichtfüßig lief sie die wenigen Stufen hinunter, ohne Charles Hand loszulassen. Mit einer entsprechenden Floskel stellte sie ihn als ihren Bekannten Charles Parker-Scott vor.

»Ach, sieh einer an.« Die Dame schien beeindruckt. »Ich kenne alle Ihre Bücher.«

»Parker-Scott sagten Sie?« Der Mann nickte und sah ihn mit gesteigertem Interesse an. »Verdammt gutes Buch, das Sie über Nepal geschrieben haben. Sie haben wohl eine ganze Weile dort zugebracht?«

»Ja, mehr als drei Jahre. Es war mein erstes Buch.«

»Sehr, sehr gut.«

Seine Frau konzentrierte sich jetzt auf Audrey und ließ ihren Blick fragend zwischen ihr und Charles wandern. Phillip und Muriel Browne waren Bekannte von Audreys Großvater. Sie war eine betriebsame Person, Vorsitzende der Freiwilligen Rot-Kreuz-Helferinnen und vieler Wohltätigkeitsvereine. Für ihren Einsatz im Krieg hatte man ihr einen französischen Orden verliehen. Sie war zum zweiten Mal verheiratet, vorher selbstverständlich verwitwet. Verschiedentlich wurde gemunkelt, Phillip Browne hätte sie ihres Vermögens wegen geheiratet. Andererseits führten sie ein so respektables Leben, daß es über sie nichts zu klatschen gab. Er war Mitglied des Pacific Union Clubs wie Audreys Großvater und Präsident der Boston Bank. Die Brownes bereisten den Orient fast jedes Jahr und gehörten zu den allerletzten, denen Audrey gern begegnet wäre.

Damit stand fest, daß ihr Großvater von Charlies Existenz erfahren würde. Sie entschloß sich spontan, alles zu tun, um unnötigen Redereien vorzubeugen.

»Großvater sagte mir kein Wort, daß Sie auch hier sein würden«, sagte Audrey.

»Wir waren erst sechs Wochen in Japan, aber einen Besuch in Schanghai und Hongkong lassen wir uns natürlich nicht entgehen.« Sie blickte mit übertriebenem Interesse von Audrey zu Charles. Was für ein gutaussehender junger Mann! Zu gern hätte sie gewußt, ob er eine alte Flamme von Audrey war. Vielleicht war er der Grund dafür, daß sie noch nicht geheiratet hatte, ein Umstand, der immer schon Muriel Brownes Verwunderung erregt hatte, obwohl Audrey in ihren Augen keine Schönheit war. Auf einmal kam sie ihr viel anziehender vor, viel weicher, mit ihrem locker gewellten Haar und den Fünkchen in den Augen, die sie nie zuvor bemerkt hatte. Ihre jüngere, sehr hübsche Schwester war mit dem jungen Westerbrook verheiratet, wenn Muriel sich recht entsann. »Sind Sie mit Freunden hier?« Mrs. Browne sah Audrey forschend in die Augen, und diese betete darum, daß sie nicht errötete, während sie sich selbst zuliebe die Rolle spielte.

»Ja, mit Londoner Freunden. Leider haben die heute schon etwas vor. Mr. Parker-Scott hatte sich liebenswürdigerweise bereit erklärt, mich herumzuführen. Eine faszinierende Stadt, finden Sie nicht auch?« Sie versuchte, unschuldig und nicht zu routiniert zu klingen, glaubte aber nicht, daß Muriel Browne sich hinters Licht führen ließ, und damit hatte sie recht.

»Und wo sind Sie abgestiegen, Mr. Parker-Scott?« Von dieser Frage wurde er überrumpelt, außerdem war ihm nicht bewußt, wie sehr Audrey es darauf anlegte, die beiden abzuwimmeln.

»Ich wohne hier immer im Schanghai. Das Hotel gefällt mir.«

»Mir auch«, meldete sich Phillip Browne zu Wort, hocherfreut, daß ein Kenner wie Charles ihm Rückendeckung bot. Daran wollte er Muriel bei Gelegenheit erinnern. Eben erst hatte sie sich über das Hotel beklagt. Nun stand er mit seiner Meinung nicht allein. Das beste Hotel der Stadt – es mußte wohl so sein, wenn ein Mann wie Parker-Scott dort abstieg.

»Erst heute sagte ich zu meiner Frau ...«

Muriel unterbrach ihn ungeniert. »Vor unserer Abreise müssen wir uns unbedingt noch einmal sehen. Wäre es zum Lunch recht, Audrey? Natürlich hätten wir Sie gern dabei, Mr. Parker-Scott.«

»Leider ist unsere Zeit sehr knapp bemessen. Wir fahren in ein oder zwei Tagen weiter nach Peking, und ich glaube«, antwortete Audrey mit einem Lächeln und einem Blick zu Charles hin, der ihm zu verstehen geben sollte, worauf sie abzielte, »Mr. Parker-Scott arbeitet an einem Artikel ...«

»Na ja, vielleicht ergibt es sich doch noch vor Ihrer Abreise ...« Muriel ließ sich nicht beirren. »Fahren Sie etwa auch mit nach Peking?« Das ergab einen köstlichen Klatsch-Leckerbissen für daheim. Die steife Enkeltochter Edward Driscolls trieb sich in Schanghai mit einem Schriftsteller herum ... sie konnte es kaum erwarten, ihren Freundinnen diese Neuigkeit aufzutischen. Und Charles tappte in die Falle, was Audrey mit einem inneren Aufstöhnen registrierte.

»Ja, ich schreibe an einem Artikel für die *Times*.«

»Ach, wie interessant!« gurrte Muriel und klatschte in die Hände. Audrey hätte sie am liebsten erwürgt, da sie genau wußte, was Mrs. Browne so interessant fand. Sie war insgeheim entzückt, daß sie Audrey mit Charles auf der Treppe ertappt hatte, auf dem Weg in ein Hotelzimmer. Audrey wußte auch, was Muriel witterte. Nun galt es einen Weg zu finden, daß es ihr Großvater nicht erfuhr. Audrey konnte sich ausmalen, daß Muriel Browne, kaum in San Franzisko angekommen, in der ganzen Stadt herumtratschen würde, was sie entdeckt hatte.

»Mr. Parker-Scott hat kürzlich Tschiang Kai-schek in Nanking interviewt.« Audrey wußte, daß Charles diese Wendung des Gesprächs unangenehm war, doch hoffte sie, die alte Klatschtante wenigstens vorübergehend abzulenken. Phillip Brown zeigte sich natürlich ungeheuer beeindruckt. Jetzt wandte Audrey sich wieder strahlend zu Charles.

»Du brauchst mich eigentlich nicht hinaufzubegleiten ...« Sie lächelte Muriel zu. »Alle Welt fürchtet sich hier vor Banditen. Meine Freunde vertrauten mich Charles wie ein kleines Kind an.« Damit reichte sie Charles die Hand. »Ich bin in Gesellschaft der Brownes sicher, und ich weiß, daß du noch eine Verabredung hast.« Das sagte sie so, als würde er von mindestens zwanzig Frauen an der Straßenecke erwartet. Charles schien verblüfft über ihre Äußerung, begriff dann aber endlich. Ihm dämmerte, wie unglaublich dumm er sich benommen hatte. Rasch schlüpfte er in die ihm zugedachte Rolle, drückte ihr die Hand, verabschiedete sich mit Handschlag von den Brownes, nahm mit übertriebenem Getue seine Post an der Rezeption vom Portier in Empfang und verließ nach einem letzten Winken das Hotel, verfolgt von Mrs. Brownes sichtlich enttäuschtem Blick. Vielleicht hatte sie die Situation doch falsch eingeschätzt. Sie warf einen hastigen Blick auf Audrey, die, bereits auf dem Weg zur Treppe, mit Mr. Browne plauderte. Ihr Zimmer lag auf einem anderen Stockwerk, doch die Brownes lieferten Audrey vor ihrer Tür ab. Nach einem Händedruck zum Abschied schloß sie auf und stieß einen gewaltigen Seufzer der Erleichterung aus, als sie die Brownes weiter die Treppe hinaufgehen hörte. Ob man ihr geglaubt hatte, war zweifelhaft, doch hatte sie wenigstens alles getan, um ihren Ruf zu wahren. Zu gern hätte sie gewußt, was ihr Großvater, falls überhaupt, davon erfahren würde. Sie wäre sehr besorgt gewesen, hätte sie Mrs. Browne hören können, die ihrem Mann auf der Treppe zuflüsterte: »Ich glaube ihr kein Wort ...«

»Wovon? Von seinem Interview mit dem General? Bist du verrückt, er ist der bekannteste Reiseschriftsteller, den wir haben ...« Er schien ehrlich empört, und Muriel ärgerte sich wie gewöhnlich über ihn.

»Nein, nein, ich meine natürlich den Unsinn, den sie von sich gab, seine angebliche Verabredung mit Freunden und daß er Audrey nur zum Essen ausgeführt hätte, während ihre Bekannten anderweitig beschäftigt seien ... sie schläft natürlich mit ihm, das sehe ich ihr an der Nasenspitze an.« Ihre Knopfaugen verengten sich, als ihr Mann das Zimmer aufsperrte. Er seufzte; immer mußte sie über alle möglichen Leute irgendwelche Tratschgeschichten in die Welt setzen, auch an einem Ort wie Schanghai, nachdem sie um die halbe Welt gefahren waren.

»Das kannst du nicht mit Sicherheit behaupten. Audrey Driscoll ist ein anständiges Mädchen. So etwas würde sie nicht tun.« Er fühlte sich bemüßigt, Audrey zu verteidigen, wenn auch nur seinem alten Freund Edward Driscoll zuliebe.

»Unsinn. Sie ist eine alte Jungfer. Sie hätte Harcourt Westerbrook geheiratet, wenn er sie genommen hätte. Ihre jüngere

Schwester hat ihn ihr weggeschnappt. Man sieht Audrey kaum außer Haus, und sie spielt Kindermädchen für den alten Mann ... und jetzt ist sie hier und hat eine Affäre mit einem Kerl; hier, wo keiner davon erfährt ...« Ihre Augen funkelten vor Erregung. Phillip Browne tat ihr Geschwätz mit einer matten Handbewegung ab.

»Hör endlich auf, dir Sachen auszudenken. Du weißt ja gar nichts Genaues. Ebensogut könnten die beiden verlobt sein oder sehr verliebt ... oder nur gute Freunde oder gar nur Bekannte. Es muß doch nicht immer und an allen Geschehnissen etwas Zweideutiges sein.« Schon oft hatte er sich gefragt, warum ihre Gedanken stets um diese Dinge kreisten – erstaunlich war nur, daß sie sich nur selten irrte.

»Philipp, du bist naiv. Wenn man im Hotelregister nachsähe, würde es sich zeigen, daß sie zusammen ein Zimmer bewohnen, da bin ich ganz sicher. Sie sind so weit entfernt von zu Hause, daß sie sich in Sicherheit wiegen.« Natürlich hatte sie recht. Audrey wurde so heftig von Panik erfaßt, daß sie sofort hinunterlief, um in Charlies Namen ein zweites Zimmer auf einer anderen Etage zu buchen. Eine halbe Stunde später, als er das gemeinsam bewohnte Zimmer aufsperrte, lachte er sie deswegen aus.

»Der Mann am Empfang sagte mir, daß du mich rauswerfen willst.« Er lachte über die Erklärung, die man ihm gegeben hatte, denn er konnte sich denken, was Audrey in der kurzen Zeit gemacht hatte, die er auf einen Drink in die Bar gegenüber gegangen war ... »Du warst in der Zwischenzeit sehr emsig, wie ich feststellen muß.«

Sie setzte sich aufs Bett und sah verzweifelt zu ihm auf.

»Charles, das ist gar nicht komisch. Die Brownes sind die allerletzten, denen ich hier gern über den Weg gelaufen wäre.«

»Das habe ich, wenn auch verspätet, doch noch mitbekommen. Ich könnte mir denken, daß die liebe Mrs. Browne über ein loses Mundwerk verfügt.«

»Sehr lose, und außerdem ist sie bösartig. Sie wird in ganz San Franzisko verbreiten, daß ich mit dir in Schanghai war.«

Er runzelte die Stirn und setzte sich neben sie. »Möchtest du wirklich, daß ich in das andere Zimmer umziehe?« Für Audrey

146

hätte er alles getan. Manchmal fiel es ihm schwer, sich ins Gedächtnis zu rufen, daß sie beide auch noch andere Pflichten hatten, an die sie denken mußten, denn ihr gegenwärtiges Leben erschien ihm momentan als die einzige Wirklichkeit. Doch er wollte nichts tun, was ihr schaden konnte, schon gar, wenn er nicht zur Stelle sein würde, um sie zu schützen. »Aud, es tut mir wirklich leid. Ich habe nicht damit gerechnet, daß wir jemanden treffen würden, den du kennst ...« In ihrem Blick lag Bedauern, als sie ihm zulachte. »Heutzutage ist die Welt klein geworden. Und um deine Frage zu beantworten, nein, ich möchte nicht, daß du umziehst. Ich möchte das alte Biest nur ablenken, damit sie meinem Großvater nicht weh tun kann. Mein Leben werde ich ihretwegen nicht ändern. Die Brownes bedeuten mir nichts.«

»Das kann sich ändern. Wenn du erst wieder zu Hause bist ...« Der Satz blieb unvollendet. Der Gedanke, daß sie ein Zuhause hatte, das sie nicht mit ihm teilte, gefiel ihm gar nicht, doch war es eine Tatsache, auch wenn es irgendwo ganz weit weg war. »Ich möchte nicht, daß jemand dich kränkt.«

»Das alles war mir von Anfang an klar, konnte mich aber nicht davon abhalten, mein Schicksal mit dem deinen zu verbinden. Hätte ich wirklich Angst gehabt, dann würde ich mich noch immer zu Hause verkriechen ... oder ich wäre inzwischen längst auf der Heimfahrt in die Staaten.« Es hörte sich an, als wäre sie stolz darauf, mit ihm zusammenzusein, und sie war tatsächlich stolz ... »Du bist der Mann, den ich liebe, Charles Parker-Scott. Wenn das den anderen nicht paßt, ist das deren Problem. Solange wir darauf achten, daß niemandem Schaden zugefügt wird« – und das zweite Zimmer sollte mithelfen, dies zu verhindern – »dann geht alles übrige niemanden etwas an.«

Er hatte sie in den Armen gehalten, während sie all dies vorbrachte. Genau diese Eigenschaften liebte er an ihr: ihren Mut und ihre Bereitschaft, zu ihrer Überzeugung zu stehen. Er vermutete, daß sie es mit jedem aufnehmen würde, ginge es darum, für das einzutreten, was sie für richtig hielt. Er brachte ihr eine Hochachtung entgegen wie keinem Menschen zuvor.

Als sie an jenem Abend zu Bett gingen, folgten viele Stunden leidenschaftlicher Liebe. Nachher meinte Audrey mit schelmischem Lächeln: »Möchte wissen, was Mrs. Browne dazu sagen würde.«

»Der Neid würde sie fressen, meine Liebe!« Beide wußten, daß das die Wahrheit war. Audrey lachte, als sie sich Mrs. Browne vorstellte.

»Und Mr. Browne würde grimmig von sich geben: ›Sehr schön, sehr schön!‹«

Sie schliefen wie immer in inniger Umarmung ein, und es war kein Wunder, daß Audrey von ihrem Großvater träumte, doch am nächsten Morgen hatte sie seinetwegen keine Bedenken mehr. Sie hatten getan, was sie konnten, und wenn nötig würde sie ihrem Großvater erklären, Charlie sei ein Bekannter von James und Vi, mit dem sie »nur befreundet« sei. Das Zusammensein in Schanghai sei rein zufällig gewesen. Ihrem Großvater zuliebe war sie gewillt, bei dieser Lüge zu bleiben. Er brauchte nicht zu wissen, daß sie diesen Mann über alles liebte. Es hätte ihm nur Angst eingejagt. Seine Befürchtungen, sie zu verlieren, würden geweckt werden, und Audrey hatte schon längst entschieden, daß davon keine Rede sein konnte.

Audreys Aufmerksamkeit galt nun wieder ungeteilt den Wundern von Schanghai. Die Stadt war wirklich unglaublich. Die Menschen faszinierten sie besonders: Hier lebten neben den Chinesen auch Europäer, meist Engländer und Franzosen. Firmen wie Jardine, Matheson und Sassoon beschäftigten ein paar stockbritische Typen, die einen zusätzlichen Reiz boten.

»Die meisten Europäer geben sich nicht mit Chinesen ab«, erklärte Charles.

»Ziemlich dumm, nicht? Schließlich sind sie ja in China.«

Er nickte. Aber hier lief eben alles anders. »In gewisser Hinsicht herrscht hier noch die unbeugsame koloniale Haltung. Man tut, als wäre man nicht in China. Kein Mensch lernt Chinesisch. Ich entsinne mich eines Mannes, der es versuchte und von allen für verrückt gehalten wurde. Die Chinesen sprechen mit den Ausländern französisch oder englisch, und die Europäer erwarten es nicht anders.«

»Reichlich aufgeblasen, findest du nicht?« Diese Vorstellung ärgerte sie. Audrey hätte selbst nichts lieber getan, als Chinesisch zu lernen. »Und was ist mit dir, Charles? Du sprichst doch ein paar Worte. Verstehst du die Menschen hier?«

»Sie sprechen einen anderen Dialekt, aber ich komme irgendwie durch«, erklärte er gutgelaunt, als er seine Hose auf einen Stuhl warf, »besonders wenn ich genügend betrunken bin«, und damit durchquerte er den Raum mit zwei großen Schritten und nahm sie in die Arme, »so wie eben jetzt.« Er biß sie spielerisch in den Nacken und plapperte auf chinesisch drauflos, bis sie lachend aufs Bett sanken. »Diese unverhüllte Dekadenz da draußen bewirkt, daß mein Verlangen nach dir unstillbar ist. Der Aufenthalt mit dir hier ist nicht einfach.«

Dazu lachte Audrey nur, und er hörte nicht auf, sie zu liebkosen. Jetzt erholten sie sich richtig von der Reise, bei der sie über fünftausend Meilen zurückgelegt hatten. Sehnsüchtig umarmte sie ihn, und er hielt sie fest an sich gedrückt, strich ihr mit langen, schlanken Fingern über ihre Schenkel, bis sie in seinen Armen leise aufstöhnte. Sie rief seinen Namen, als er in sie eindrang, und ihr Liebesspiel dauerte lange, bis sie erschöpft nebeneinanderlagen. Ehe sie einschlief, flüsterte sie noch einmal seinen Namen. Sie konnte sich nicht vorstellen, jemals einen anderen zu lieben und hätte ihn ebensogut heiraten können, so rückhaltlos hatte sie ihm ihr Herz geschenkt. Für immer und ewig. Es war eine Liebe, die zwei Kontinente überquert hatte. Um mit Charles zusammenzusein, wäre sie überall hingegangen. Das spürte er deutlich, während er sie umarmte und, den Geräuschen von Schanghai lauschend, die Augen schloß.

## 14

Sie blieben eine Woche in Schanghai, dann fuhren sie nach Peking weiter, auf einem Schiff, dessen Ziel der Hafen Tsingtao war. Sie verbrachten eine romantische Nacht an Bord, hörten, wie das Wasser gegen den Rumpf klatschte, während sie sich liebten und sich dann noch bis spät in die Nacht im Flüsterton unterhielten. Fast tat es Audrey leid, Schanghai zu verlassen, da die Stadt viel Sehenswertes bot. Charlie war mit seiner Arbeit gut vorangekommen, jetzt lagen nur noch ein paar Tage in Peking vor ihnen, ehe sie sich auf die Rückreise machen würden. Charles konnte in London letzte Hand an seine Artikel legen und diese vertragsgemäß bis Jahresende fertigstellen. Er war schon ein wenig nervös, weil er noch viel Arbeit vor sich sah, doch als sie auf der Überfahrt nach Tsingtao in ihren Kojen lagen, dachte er nicht an seine Artikel, sondern nur an die Frau, die ihn mit einer nie gekannten Leidenschaft erfüllte. Er konnte nicht genug von ihr bekommen, er liebte Audreys Ausstrahlung, ihr Aussehen und ihren Duft und konnte die Hände nicht von ihrer seidigen Haut nehmen, von dem leuchtend kupferroten Haar, er war nicht imstande, seinen Blick von ihr zu wenden, die Lippen von ihrem großzügigen Mund zu nehmen … ihn erregte alles an ihr, und er bekam das Gefühl, daß er für sie buchstäblich alles getan hätte.

»Möchtest du wirklich nach San Franzisko kommen und meinen Großvater kennenlernen?« flüsterte sie. Charles hatte davon gesprochen, und sie war in Gedanken schon auf der Rückfahrt, obwohl es ihr unerträglich erschien, ihn verlassen zu müssen, und die Stimmung sehr darunter litt.

»Wenn ich es schaffe, werde ich kommen, das heißt, wenn ich meine Arbeit abgeschlossen habe …« Er hoffte insgeheim, daß sie mit ihm nach London fuhr. Er hatte sich entschlossen, dort seine Artikel fertigzustellen. Anschließend hoffte er, einige Zeit frei zu sein. Schon einige Male hatte er angedeutet, daß er mit ihr zusammenbleiben wollte. Audrey konnte dieses Angebot jedoch nicht annehmen.

»Du weißt, daß ich das nicht tun kann. Ich muß zurück und mich vergewissern, daß Großvater wohlauf ist. Und Annabelles Baby soll im März kommen.« Auch aus diesem Grund war ihre Anwesenheit zu Hause erforderlich … »Warum kommst du nicht nach San Franzisko und schreibst dort deine Artikel? Oder du könntest zumindest kommen, wenn du damit fertig bist.« Audrey konnte sich nicht vorstellen, daß das Schreiben mehr Zeit beanspruchte als ein paar Wochen, und sie sah nicht ein, warum Charles nicht an jedem beliebigen Ort arbeiten konnte.

»Audrey, anschließend an diese Arbeit soll ich ein Buch schreiben. Ich kann nicht einfach auf und davon gehen, wenn mir danach zumute ist.« Das war eine Erkenntnis, die ihn jetzt sehr bedrückte. Er hatte keine Lust, etwas zu tun, was ihn von ihr fernhielt. Und doch mußte er an seine Arbeit denken. Er mußte Verträge erfüllen. Irgendwie würde sich schon eine Lösung finden. Es war jedenfalls sinnvoller, wenn er zunächst nach London fuhr und mit seinem Verleger sprach. Unterwegs wollte er ernsthaft über eine Lösung nachdenken. Davor aber lag für sie noch Peking als gemeinsames Erlebnis, und was sie dort zu sehen bekamen, war für Audrey überwältigend. Da war nichts von der Schrillheit und Dekadenz Schanghais. Peking stellte die Verkörperung chinesischer Geschichte dar. Die gewaltigen Dimensionen dieser Stadt, seit achthundert Jahren Hauptstadt und einst Residenz Kublai Khans, wirkten auf Audrey fast angsteinflößend, als sie mitten auf dem Tienanmen-Platz stand. In ihren Augen schimmerten Tränen beim Anblick der geschwungenen goldenen Dächer der Verbotenen Stadt, deren Mauern jahrhundertelang den Kaiserpalast der Ming- und Ching-Dynastien von der Welt abgeschirmt hatten. Sie verbrachte dort und in dem ohne einen einzigen Nagel erbauten Himmlischen Tempel aus Holz viele Stunden. Dieses Bauwerk, ihrem Empfinden nach das eindrucksvollste in ganz Peking, stand unweit des Tienanmen-Platzes. Sie wanderte durch die Stadt, ihre Kamera stets so diskret wie möglich verbergend, um nicht die Kinder zu erschrecken, die Fotoapparate noch immer für eine Erfindung der bösen Dämonen hielten. Möglichst unauffällig knipste sie alles und jeden, der ihr vor die Linse kam. In Schanghai hatte sie ihren Vorrat an Filmen ergänzen können, so daß sie für Peking gerüstet war. Eine zusätzliche Attraktion war der weiter im Norden gelegene Sommerpalast. Er war von der Kaiserinwitwe, die der Hitze Pekings entgehen wollte, erbaut worden. Leider fand Audrey es nur unmerklich kühler, doch die Hitze tat ihrer Begeisterung keinen Abbruch. Am schönsten fand sie hier die Marmorbarke, die tatsächlich funktionstüchtig war und, gefolgt von unzähligen anderen Barken mit Musikanten und Unterhaltungskünstlern, die sich in der warmen Nachtluft produzierten, den See überquerte. Nach dem Sommerpalast besichtigten sie im Tal der Ming die Ming-Gräber, deren Hauptzugang von massiven Tierstatuen flankiert wurde, von knienden Kamelen, Löwen mit aufgerissenen Mäulern, sprungbereiten Leoparden, dazu von zwölf menschlichen Figuren, von denen einige Feldherren der Ming-Zeit darstellten. Wieder raubten die Größe, die unglaubliche Schönheit und Detailgenauigkeit Audrey die Sprache, und immer wieder spürte sie, wie ihr die Augen feucht wurden, weil sie so hingerissen war. Doch das alles verblaßte im Vergleich mit der Großen Mauer. Es war ein Anblick, von dem sie überwältigt war. Sie waren nach Pa-ta-ling, fünfundzwanzig Meilen nordwestlich von Peking, gefahren und genossen dort das Bild der Mauer, die sich, so weit das Auge reichte, in anmutigen Windungen dahinzog. Die Tatsache, daß ausschließlich Menschenkraft die über fünfzehnhundert Meilen lange Mauer geschaffen hatte, die China gegen die Mongolei hin abschirmte, schien unglaublich. Sie hielt jetzt schon seit über zweitausend Jahren Wache, vier Pferderücken breit, damit die Wachpatrouillen, die nach räuberischen Mongolenhorden oder anderen Feinden Ausschau hielten, ausreichend Platz hatten. Diese Großartigkeit, die Endlosigkeit, mit der die Mauer die Welt zu teilen schien, war ein solches Wunder, daß es Audrey die Rede verschlug und sie mit staunenden Augen zu Charlie aufblickte.

»Es ist unglaublich, Charles ... mein Gott, das muß das eindrucksvollste von Menschenhand geschaffene Bauwerk sein.« Dieser Meinung war Charles schon früher gewesen. Der Umstand, daß er jetzt hier mit Audrey stand, machte den Eindruck für ihn noch kostbarer. Immer schon hatte er diesen Anblick mit jemandem teilen wollen, doch war es nie dazu gekommen. Fünf- oder sechsmal war er schon an der Mauer gewesen und hatte sich gewünscht, mit seinem Empfinden nicht allein sein zu müssen. Hier spürte man die Hand des Schicksals. Audrey hatte ein Gefühl dafür, und er wußte, daß sie ebenso empfand wie er, als er eine Aufnahme von ihr auf der Großen Mauer machte. Nur widerstrebend machten sie sich auf den Rückweg und nahmen den Zug nach Peking. Die Fahrt dauerte nur wenig länger als eine Stunde, und Audrey verbrachte sie in Gedanken versunken. Erst als sie in den Bahnhof von Peking einfuhren, sah sie Charles an.

»Diesen Tag werde ich niemals vergessen. Für den Rest meines Lebens werde ich die Mauer vor mir sehen.« Die Mauer, die über Hunderte und Aberhunderte von Meilen in die Ewigkeit zu reichen schien. Sie wollte ihm danken, daß er sie mitgenommen hatte, und wußte nicht, wie. Charles hatte ihr ein unvergeßliches Erlebnis ermöglicht. Eigentlich war die ganze Reise unvergeßlich gewesen. Die in Südfrankreich verbrachten Sommerwochen erschienen ihr daneben leer und leichtfertig vertan. Das alles versuchte sie ihm beizubringen, als sie nach einer köstlichen Peking-Ente zum Abendessen, einem Leckerbissen, von dem sie schon viel gehört hatte, im Bett lagen.

»Aud, es ist im Leben Platz für beides. Für Orte wie Antibes und für Gegenden wie diese. Ich genieße den Kontrast zwischen beiden Lebensarten.« Sie war nicht sicher, ob sie mit ihm darin übereinstimmte. In mancher Hinsicht zog sie das Leben in China vor. Sie war in viel größerem Ausmaß die Tochter ihres Vaters, als sie ahnte, besonders jetzt, in dieser exotischen Umgebung. Ihre Gefühle wurden so übermächtig, daß sie in dieser Nacht keinen Schlaf fand. Noch immer war sie in Gedanken bei der Großen Mauer und den friedvollen ländlichen Szenen auf beiden Seiten. Sie waren dort kaum einer Menschenseele begegnet, waren allein gewesen mit diesem Erbe, das sich mehr als zwei Jahrtausende gehalten hatte, sorgsam zusammengefügt, Stein auf Stein, vier Rösser breit ... das alles hatte sich in ihr Herz und in ihr Gedächtnis eingeprägt. Als Charles sich regte, war sie schon auf, ging aber wieder zu Bett und legte sich neben ihn. Seine Leidenschaft erwachte, doch sie schien in Gedanken weit weg, als sie sich liebten. Es gab da etwas, das sie unbedingt sehen wollte. Audrey zog es in den Norden, nach Harbin. Es war einer der Träume ihres Vaters, die er ihr hinterlassen hatte.

»Möchtest du wirklich dorthin, Aud?« Charles schien alles andere als begeistert. »Wir sollten lieber an die Heimreise denken.« Das sagte er in einem Ton, als sei es beschlossene Sache, daß sie mit ihm nach London fuhr, obwohl der Weg von Schanghai nach San Franzisko viel näher war. Audrey selbst hatte sich noch nicht zu einem Entschluß durchringen können. Sie wußte, daß Charles sie unbedingt bei sich in London haben wollte. Der Abstecher nach Harbin konnte bedeuten, daß ihr keine Zeit mehr bleiben würde, mit ihm zu fahren. Charles mochte Verzögerungen nicht, und das sagte er ihr klipp und klar. »Es wäre sehr unvernünftig.« Man hätte meinen können, ihr bräche das Herz.

»Charles, woher soll ich wissen, ob ich jemals wieder in diese Gegend komme? Harbin bedeutet mir sehr viel.«

»Warum denn? Nur weil dein Vater dort war? Audrey ... Liebling, bitte, nimm Vernunft an.« Doch sie konnte ihre Tränen nicht mehr zurückhalten. Charles, der nichts mehr verabscheute, als sie enttäuschen zu müssen, versuchte sie zu überzeugen. »Dort oben kann es schrecklich kalt werden. Vor drei Jahren war ich im November da, und die Temperaturen sanken tief unter Null. Wir beide sind nicht entsprechend ausgerüstet.« Seine Ausflüchte klangen ziemlich lahm, und sie dachte nicht daran nachzugeben.

»Wir könnten alles Nötige hier kaufen. So kalt kann es doch nicht werden. Charlie, ich möchte die Stadt nur sehen.« Beschwörend blickte sie ihn an. Die Fahrt nach Harbin hatte für sie die Bedeutung einer Pilgerfahrt angenommen.

»Bis Harbin sind es siebenhundert Meilen. Liebling, du mußt vernünftig sein.«

Genau das wollte sie nicht. »Wir sind zusammen sechstausend Meilen weit gereist, und genau in diesem Augenblick habe ich über elftausend Meilen zurückgelegt. Siebenhundert Meilen erscheinen mir als keine unüberwindliche Entfernung mehr.« Wenn sie es darauf anlegte, konnte sie sehr hartnäckig sein.

»Aud, du bist wirklich unvernünftig. Ich dachte, wir wollten schon morgen zurück nach Schanghai.«

»Charlie, bitte ...« In ihren Augen lag ein Flehen, und er hatte nicht das Herz, ihr die Bitte abzuschlagen, doch ließ er sich von ihr das Versprechen geben, daß sie nur einen Tag in Harbin bleiben würden. Audrey versprach es ihm, und anschließend brachten sie den Nachmittag damit zu, sich warme Kleidung zu kaufen. Es war nicht ganz einfach, Kleidungsstücke zu finden, die Europäern paßten. In Schanghai hätten sie diesbezüglich keine Schwierigkeiten gehabt, doch sie mußten es auch so schaffen. Die Hosen, die Audrey kaufte, waren zu kurz, doch die Pelzjacke und die warmen Strümpfe paßten einigermaßen, und sie fand Männerstiefel, die ihre Größe hatten. Charlie hatte nicht so viel Glück, behauptete aber, die Sachen, die er sich besorgt hatte, würden genügen. Am nächsten Morgen fuhren sie mit der im japanischen Besitz befindlichen Chinese Eastern Railway die siebenhundert Meilen durch die mandschurische Ebene. Die Reise hätte achtzehn Stunden dauern sollen, nahm jedoch dank der zahllosen Aufenthalte und Verspätungen mehr als sechsundzwanzig Stunden in Anspruch. Immer wieder hielten die Japaner den Zug auf und durchsuchten auf jeder Station die Waggons. Die längsten Aufenthalte hatten sie in Chin-chou, Shen-yang, Shuang-liao und Fu-yü. Kurz vor Mittag des folgenden Tages kamen sie in Harbin an. Dort sahen sie als erstes auf dem Bahnsteig eine Schar alter Frauen, Russinnen, mit drei pausbäckigen, rosigen Kindern und einigen im Schnee schnüffelnden Hunden. Ein Feuer brannte in der Nähe, an dem sich Männer in mandschurischer Tracht die Hände wärmten und Pfeife rauchend miteinander schwatzten. Eine mit Pferden bespannte Dampfmaschine stand da. Dampfgeruch und der Schaum vor den Pferdemäulern deuteten darauf hin, daß die Maschine seit dem Morgen in Betrieb war. Charles hatte mit seiner Voraussage recht behalten, daß es hier kalt sein würde. Als sie ausstiegen und die lange Reihe der Wagen und Rikschas entlanggingen, war der Boden mit Schnee bedeckt. Audrey war entzückt, als sie ein uraltes Auto fanden, das sie das kurze Stück zum Hotel Moderne bringen sollte. Charlie schien alles andere als erfreut. Er wäre lieber auf dem Weg nach Schanghai gewesen, auf dem ersten Abschnitt der Rückreise in den Westen, doch Audrey hatte sich als so entschlossen erwiesen, daß er nachgab. Hin und wieder hielt sie eigensinnig an der eigenen Meinung fest, so wie in diesem Fall. Es zeigte sich, daß das Hotel belegt war, da die halbe Anzahl der Zimmer frisch gestrichen wurde. Man schickte sie weiter in ein kleines, gemütliches Hotel, in dessen Aufenthaltsraum, der gleichzeitig als Empfang diente, ein Kaminfeuer prasselte. Seit Monaten waren hier keine Gäste mehr abgestiegen, und der Alte an der Rezeption war überglücklich, sie zu empfangen. Er lieferte ihnen eine Schilderung der Überschwemmung des Jahres

1932 und wies ihnen eines der zwei Gästezimmer zu. Audrey sah sich händereibend im Zimmer um und strahlte Charlie glücklich an.

»Ist es nicht herrlich?« Sie war so glücklich, daß er lachen mußte. »Es ist mehr russisch als chinesisch.« Auf dem Weg zum Hotel hörten sie viele Menschen Russisch sprechen ... Ein Indiz dafür, daß die Stadtbevölkerung einen hohen russischen Anteil aufwies. Bis zur russischen Grenze waren es nur zweihundert Meilen.

Charles war längst nicht so entzückt. »Sicher möchtest du als nächstes nach Moskau.«

»Nein, das möchte ich nicht, Charles, jetzt nimm doch Vernunft an. Gib zu, daß es schade gewesen wäre, wenn ich das hier versäumt hätte.« Alles sah aus wie eine Szene auf einer Weihnachtskarte, aber Charlie war gar nicht weihnachtlich zumute.

Er drohte ihr mit dem Finger, als sie sich die Hände am Feuer wärmte. »Morgen geht es zurück. Klar?«

»Klar. In diesem Fall möchte ich mich heute aber noch gründlich umsehen. Hast du meine Kamera?« Er gab ihr den Apparat, und sie nahm ihre Jacke, die gegen die Kälte kaum Schutz bot.

»Wohin gehen wir?« Mit übertrieben schmerzlicher Miene sah er sie an. »Ich nehme an, du hast dir die Tagestortur für mich schon genau ausgedacht.« Audrey wußte immer ganz genau, was sie unternehmen wollte. Und der Portier sagte, daß Hu-lan interessant sei. Es sei zwanzig Meilen entfernt, und den Wagen, der sie vom Bahnhof ins Hotel gefahren hatte, konnten sie wieder mieten. Das sagte Audrey dem entsetzt aufstöhnenden Charles. »Können wir nicht im Haus bleiben? Sind wir für einen Tag nicht schon weit genug gefahren?«

Leicht verärgert sah sie ihn an und nahm Jacke und Kamera.

»Wenn du willst, dann bleib hier. Zum Abendessen bin ich zurück.«

»Und zu Mittag?« Er machte ein Gesicht wie ein bekümmertes Kind, als er ihr in den Gesellschaftsraum folgte. Die Frau des Mannes, der ihnen das Zimmer vermietet hatte, winkte ihnen von der Küchentür aus zu. Sie hatte Piroschki und heißen Borschtsch für sie bereit. Nach dem Essen war Charles einigermaßen besänftigt, als sie hinaus in die Kälte traten und den Wagen vorfanden, der sie vom Bahnhof ins Hotel gefahren hatte.

Audrey war in Hochstimmung, als sie durch die Straßen Harbins fuhren, in denen die Schilder chinesisch und russisch beschriftet waren. In mancher Hinsicht aber machte die Stadt eher einen europäischen als fernöstlichen Eindruck, und wie in Schanghai hörte man auch hier ein Sprachengewirr. Französisch, Russisch, weniger Englisch als in Schanghai, und neben einem mandschurischen Dialekt Kantonesisch. Audrey war fasziniert von der Kleidung der Menschen, den Pelzmützen, den aparten kurzen Jäckchen. Wie überall in China, so schien auch hier jedermann zu rauchen.

Der Fahrer zeigte ihnen die American Bank und fuhr sie in Richtung Hu-lan, behauptete aber, die Straße sei kurz davor unpassierbar, so daß er sie nicht bis ganz ans Ziel bringen könnte. Statt dessen fuhr er sie über enge gewundene Straßen, an deren Rand sich der Schnee häufte, vorüber an malerischen kleinen Gehöften und Häusern, während er die Bedeutung der Sojabohne erklärte. Eine halbe Stunde außerhalb von Harbin kamen sie an einem Steinkirchlein vorüber, und auf Audreys Frage erklärte der Fahrer, daß es eine französische Kirche sei. Kaum hatte er das gesagt, als ein junges Mädchen in einem dünnen Seidengewand auf die Straße gelaufen kam und sie durch Winken aufzuhalten versuchte. Auf den ersten Blick schien sie barfuß zu sein, beim Näherkommen sah man, daß sie Baumwollpantoffeln trug. Ihre Füße waren klein, aber nicht eingebunden. Sie redete nun heftig auf den Fahrer ein, in einem Dialekt, der Charles unbekannt vorkam, und deutete verzweifelt auf ein Holzhaus.

»Was will sie?« Audrey beugte sich vor. Sie spürte, daß die Kleine irgendwie gefährdet war. Achselzuckend drehte der Fahrer sich zu ihr um.

»Sie sagt, Banditen hätten die zwei Nonnen ermordet, die das Waisenhaus leiteten. Die Banditen wollten sich in der Kirche verstecken, was ihnen die Nonnen verwehrt hatten.« Das sagte er in korrektem Englisch, und die ganze Zeit über hörte das Mädchen nicht auf zu jammern, verzweifelt auf die Kirche und die anschließenden Gebäude deutend. »Man müßte sie begraben, doch ist es dafür im Moment zu kalt. Und jemand müßte sich um die Kinder kümmern.«

»Wo sind die anderen?« fragte Audrey hastig, während Charles dem Wortwechsel lauschte. »Wie viele Nonnen gibt es?« Wieder fragte der Fahrer das Mädchen in einem lauten Singsang, und das Mädchen antwortete. Er drehte sich um und übersetzte für Audrey und Charles, der zum wiederholten Mal heftig bedauerte, daß sie sich auf diesen unglückseligen Abstecher eingelassen hatten.

»Sie sagt, es gäbe nur die zwei, die getötet worden sind. Die anderen zwei seien vorigen Monat nach Schanghai gegangen. Nächsten Monat sollen zwei andere kommen. Jetzt sind hier gar keine Nonnen. Nur Kinder. Lauter Waisen.«

»Wie viele?«

Wieder fragte er, und die Antwort kam in einem lauten, kummervollen Klageton. »Sie sagt, einundzwanzig. Die meisten sind noch sehr klein. Sie und ihre Schwester sind die ältesten. Sie ist vierzehn, die Schwester elf. Und die Nonnen liegen tot in der Kirche.« Er schien ziemlich ratlos. Audrey, die entsetzt über diese Zustände war, öffnete die Tür und wollte aussteigen, als Charles fast gleichzeitig nach ihrem Arm faßte und sie festhielt.

»Wohin willst du?«

»Was glaubst du? Soll ich sie hier mit zwei toten Nonnen allein lassen? Um Himmels willen, Charles, wir könnten ihnen wenigstens helfen, sich zurechtzufinden, während jemand irgendeine Behörde verständigt.«

»Audrey, das hier ist nicht San Franzisko oder New York. Wir sind in China, eigentlich in der Mandschurei. Manchukuo, wie die Japaner es nennen, die das Land okkupiert haben. Ein Bürgerkrieg steht bevor, es wimmelt von Banditen, das ganze Land ist übersät mit Waisen und hungernden Kindern. Hier sterben Babys wie die Fliegen ... und Nonnen ebenso. Du kannst hier nichts tun.« In ihren Augen loderte Zorn, als sie sich von ihm losriß. Sofort sank sie im Schnee ein. Sie sah das Mädchen eindringlich an. »Sprichst du Englisch?« Sie sprach die Worte übertrieben deutlich aus, worauf das Mädchen sie erst verständnislos ansah und dann verzweifelt drauflosplapperte und auf die Kirche deutete. »Ich weiß, was passiert ist«, sagte Audrey. O Gott, wie sollte sie sich dem Mädchen verständlich machen? Plötzlich fiel ihr ein, was der Fahrer gesagt hatte. Die Nonnen waren Französinnen.

»Vous parlez français?«

In der Schule hatte sie Französisch gelernt. Ihre ziemlich eingerosteten Kenntnisse hatten ihr an der Riviera einigermaßen weitergeholfen. Sofort antwortete ihr das Mädchen in stockendem Französisch, noch immer auf die Kirche deutend, während Audrey ihm folgte, langsam auf es einredete und ihm versicherte, daß sie versuchen würde zu helfen. Auf den Anblick, der sich ihr beim Betreten der Kirche bot, war sie jedoch in keiner Weise vorbereitet.

Die zwei Nonnen lagen nackt da. Man hatte ihnen die Kleider vom Leibe gerissen. Sie waren vergewaltigt worden, dann hatte man ihnen die Köpfe abgeschlagen. Audrey wurde von einem Schwächeanfall übermannt, als sie die Blutlachen sah. Dankbar nahm sie den starken Arm wahr, der sie stützte, als sie sich würgend übergab. Sie drehte sich um und sah Charles bleich und mit verkniffenen Lippen dastehen. Entschlossen drängte er sie und das Mädchen den Weg zurück, den sie gekommen waren, fort von dem gräßlichen Anblick.

»Raus hier, ihr beiden! Ich hole Hilfe.« Audrey packte den Arm des Mädchens und stieß sie aus der Kirche hinaus, doch die Kleine zog sie zu dem anderen Gebäude hin. Auf den Anblick, der sie dort erwartete, war Audrey noch weniger vorbereitet. Kaum wurde die Tür geöffnet, als sie sofort von entzückenden chinesischen Kindergesichtern umringt wurde, die sich alle ängstlich und sehr ernst ihr zuwandten. Einige weinten. Die meisten waren vier oder fünf, einige sechs oder sieben, die anderen, etwa ein halbes Dutzend, waren Kleinkinder. Verblüfft sah Audrey sie an, von der Frage bewegt, was mit ihnen geschehen sollte. Die Vierzehnjährige und ihre Schwester konnten sich nicht um alle kümmern. Da die Nonnen nicht mehr am Leben waren, gab es niemanden, der sich ihrer annehmen konnte, von einem methodistischen Geistlichen aus der Stadt abgesehen, der sich aber seit einigen Wochen irgendwo weit draußen auf dem Land befand.

Audrey wandte sich an das Mädchen, das sie auf der Straße aufgehalten hatte, und fragte sie, an wen man sich um Hilfe wenden könne. Erschrocken aufgerissene Augen und ein Kopfschütteln waren die einzige Reaktion. In stockendem Französisch erklärte das Mädchen, daß es niemanden gäbe.

»Aber es muß jemanden geben«, beharrte Audrey in dem Ton, mit dem sie im Haus ihres Großvaters lange Jahre Befehle erteilt hatte. Das Mädchen wiederholte die Antwort und erklärte, daß die zwei erwarteten Nonnen im nächsten Monat kommen würden. »Novembre«, sagte sie beharrlich. »Novembre.« »Und bis dahin?« Das Mädchen hob die Hände und wandte sich dann den Kindern zu, neunzehn an der Zahl, sie und ihre Schwester eingeschlossen. Automatisch ertappte Audrey sich bei dem Gedanken, ob die Kinder schon etwas gegessen hatten. Sie wußte nicht, wie lange die Nonnen schon tot waren. Keines der Kinder war alt genug, um für sich selbst zu sorgen, bis auf das Mädchen, das Französisch sprach und deren Schwester. Auf ihre Frage hin entdeckte sie, daß die Kleinen seit dem Vortag nichts bekommen hatten. Um so bemerkenswerter war es, daß sie nicht jammerten und klagten. »Wo ist die Küche?« Das Mädchen ging voraus, und Audrey fand eine saubere und ordentliche, wenn auch mit primitiven Mitteln eingerichtete Küche vor. Ein kleiner Herd war vorhanden, und eine Kühlkammer. Die Nonnen hatten zwei Kühe gehalten, eine Ziege und etliche Hühner. Sie hatten einen großen Reisvorrat angelegt und Trockenobst vom Sommer eingelagert. Es gab auch einen kleinen, sorgfältig aufbewahrten Fleischvorrat, und im Herbst hatten die Nonnen Obst eingekocht. So rasch wie möglich briet Audrey Eier, toastete für jedes Kind eine dünne Scheibe Brot und teilte an alle eine Schnitte Ziegenkäse und ein paar getrocknete Aprikosen aus. Es war die reichhaltigste Mahlzeit, die sie seit langer, langer Zeit bekommen hatten. Sie sahen sie mit großen Augen an, während sie das Essen ohne viel Umstände austeilte und dann stehenblieb und die Szene beobachtete. Sie hatte dabei die Schürze umgebunden, die die Nonnen getragen hatten, und wurde aufmerksam beobachtet, während sie jedem ein Glas Milch eingoß.

Nur die zwei älteren Mädchen hielten sich zurück. Sie waren

es, die die Nonnen gefunden hatten, und es war ihnen anzumerken, wie erschüttert sie waren. Audrey redete ihnen gut zu, etwas zu essen, und schließlich nahmen sie zögernd einen kleinen Teller mit Ei und etwas Ziegenkäse. Sie flüsterten miteinander und ließen Audrey nicht aus den Augen.

Als Charles hereinkam, war sie eben dabei, die Küche aufzuräumen. Er sah grimmig drein, Hände und Hose waren blutbefleckt. »Wir haben sie in Säcke gewickelt und sie draußen in einen Schuppen gebracht. Der Fahrer will später einige zuständige Beamte herausbringen, die sollen dann die Leichen fortschaffen. Ich werde das französische Konsulat in Harbin verständigen, wenn wir in der Stadt sind.« Er wirkte erschöpft und erregt von dem grausigen Geschehen, mit dem er eben konfrontiert worden war. Audrey reichte ihm wortlos einen Teller mit Brot und Ziegenkäse. Sie goß frischen Tee auf, und er bedauerte sehr, daß nichts Stärkeres da war. Er hätte etwas Hochprozentiges gebraucht, zumindest einen Brandy.

»Man muß jemanden herausschicken, der sich um die Kinder kümmert. Hier ist niemand, Charles. Zwei Nonnen sind letzten Monat abgereist, und zwei andere, die sie ablösen sollen, werden erst im November erwartet. Im Moment ist kein Mensch für die Kinder da.«

Charles deutete verstohlen auf die zwei älteren Mädchen.

»Die beiden könnten für eine Weile alles übernehmen.«

»Ist das dein Ernst? Die sind doch erst vierzehn und elf. Sie können unmöglich neunzehn Kinder versorgen. Seit gestern hatten sie nichts mehr zu essen.«

Charles wurde von einer plötzlichen Befürchtung erfaßt.

»Audrey, was möchtest du damit sagen?«

Sie hielt seinem Blick unbeirrt stand. »Ich will damit sagen, daß jemand kommen und sich um diese Kinder kümmern muß.«

»Ich verstehe. Das ist mir auch klar. Und was geschieht bis dahin?«

»Du fährst in die Stadt, sprichst mit dem Konsul und verlangst, daß jemand geschickt wird.« Das äußerte sie in sehr knappem Ton, und das behagte ihm nicht. Charles wurde das ungute Gefühl nicht los, daß ihm das, was sie vorhatte, nicht gefallen würde. Gleich darauf sollte er feststellen, daß er mit seiner Vermutung richtig lag.

»Und wo bleibst du, während ich mit dem Konsul verhandle?«

»Hier, bei den Kindern. Wir können sie nicht allein lassen. Das geht einfach nicht. Sieh sie dir doch an, die meisten sind nicht älter als zwei oder drei Jahre.«

»Ach, um Himmels willen.« Er knallte den Teller auf den Tisch und durchschritt wütend den Raum. »Dachte ich mir's doch, daß du das sagen würdest. Verdammt, sieh doch ein, hier ist Krieg, vielmehr wird es sehr bald zu einem kommen. Die Japaner haben das Land besetzt, die Kommunisten rufen zum Kampf auf. Du bist Amerikanerin, ich habe einen britischen Paß, wir haben mit den hiesigen Vorgängen absolut nichts zu schaffen. Und wenn zwei verdammte französische Nonnen von Banditen umgebracht wurden, ist das nicht unser Problem. Hättest du mehr Vernunft an den Tag gelegt, dann wären wir inzwischen in Schanghai und würden schon morgen die Rückfahrt antreten.«

»Aber das haben wir nicht getan, verdammt noch mal! Ob es dir gefällt oder nicht, wir sind in Harbin, und da sind einundzwanzig Kinder, verlassene Waisen, um die sich keine Menschenseele kümmert, und ich lasse sie nicht im Stich, ehe nicht Ersatz kommt. Charlie, überleg doch, die Kinder würden sterben. Die können sich ja selbst nicht einmal eine Mahlzeit zubereiten.«

»Und wer hat dich zu ihrer Hüterin bestimmt?«

»Wer? Ich weiß nicht. O Gott! Was soll ich tun? Einfach einsteigen und sie vergessen?«

»Vielleicht. Ich sagte schon, in ganz China verhungern unzählige Kinder. Sie sterben auch in Indien, Tibet, Persien ... was willst du tun, Audrey? Sie alle retten?«

»Nein.« Sie stieß das Wort zähneknirschend hervor. Doch sie hatte in den vergangenen Wochen zahllose dieser Kinder gesehen und wurde jedesmal von Verzweiflung gepackt. Im Grunde genommen kam sie sich völlig hilflos vor, doch diesmal würde sie dem Elend nicht den Rücken zukehren. Sie war dazu nicht imstande. Sie würde bei den Kindern bleiben, bis jemand sich um sie kümmerte. Es war eine Seite an Audrey, die Charles noch nicht kannte und die ihn ganz verrückt machte.

»Ich werde bleiben, bis jemand kommt, und du siehst schleunigst zu, daß du nach Harbin kommst und mit dem Konsul sprichst.«

Während seiner Abwesenheit brachte Audrey ein halbes Dutzend Kinder zu Bett, fütterte sie, räumte von neuem die Küche auf und sah zu, wie zwei Kinder die Kühe molken. Alles schien hier gut eingespielt, und sie freute sich, als Charles um sechs Uhr wieder zur Stelle war. Leider deutete seine Miene auf nichts Gutes hin, als er aus dem Wagen stieg. Es sah aus, als hätte ihm der Konsul keinen günstigen Bescheid gegeben. Audrey sollte nicht lange im ungewissen bleiben. Charles knallte die Haustür zu und nahm vor Audrey Aufstellung. Seine Lippen hatte er zu einem schmalen, entschlossenen Strich zusammengepreßt.

»Na, was ist?« Er merkte, daß sie nicht bereit war, auch nur eine Handbreit nachzugeben, und er hätte sie am liebsten heftig geschüttelt. Hinter ihm lag ein grauenhafter Nachmittag, der mit dem Wegschaffen der Leichen begonnen und mit seinem Kampf mit dem Konsul geendet hatte.

»Er sagt, er hätte keinen Einfluß auf Institutionen der katholischen Kirche. Die Nonnen fielen nicht in seinen Verantwortungsbereich. Sieht so aus, als hätten sie ihm schon seit Jahren Probleme bereitet. Deswegen hatte er ihnen schon vor zwei Jahren geraten, von hier zu verschwinden. Morgen oder übermorgen wird er jemanden schicken, der die Leichen abholt, doch will er keine Verantwortung für die Waisen übernehmen. Wenn es nach ihm ginge, sollte das Waisenhaus aufgelöst werden.«

»Aufgelöst? Was soll das heißen? Soll man die Kinder in den Schnee jagen und sie verhungern lassen?« Noch nie war sie so wütend auf ihn gewesen.

»Vielleicht, ich weiß es nicht. Übergib die Kinder den Einheimischen. Was hast du denn vor? Wirst du sie am Ende adoptieren?«

»Sei nicht so verdammt unvernünftig, Charlie. Ich kann diese Kinder nicht im Stich lassen.«

»Warum, zum Teufel, nicht?« In seiner Wut und Enttäuschung brüllte er sie an. »Audrey, du mußt, verdammt noch mal. Wir müssen nach Hause! Ich habe meine Artikel zu schreiben, du

mußt zurück in die Staaten ... was willst du in Harbin mit einundzwanzig Waisenkindern?« Das klang so verzweifelt, daß es
ihr ein Lächeln entlockte. Sie küßte ihn. Ihre eigene Wut war wie
weggeblasen. Sie hatte sich nur so große Sorgen um die armen
Kinder gemacht.

»Ich liebe dich, Charles Parker-Scott, es tut mir leid, daß ich
uns in diese Lage brachte, aber ich kann jetzt nicht fort. Wir
müssen die Sache irgendwie in Ordnung bringen. Wir müssen
die Leute im Hotel fragen, ob wir die Kinder notdürftig bei den
Einheimischen unterbringen können.« Wenn dies möglich gewesen wäre, hätten die Nonnen längst schon dafür gesorgt, also war
klar, daß es nicht ging. Und die ganze Zeit über sahen die Kinder
sie an, während sie stritten.

Charles fehlten die Worte, als Audrey dastand und ihn über
die Köpfe der Kinder hinweg anblickte. So unabhängig und eigensinnig kannte er sie nicht. Es war eine Seite an ihr, die ihm
allmählich auf die Nerven ging. »Willst du etwa die Nacht hier
verbringen?« Seine Verzweiflung und Ratlosigkeit waren grenzenlos. Er sah keinen Ausweg aus dem Schlamassel, in das sie
unversehens geraten waren, seitdem der Besuch bei den französischen Behörden sich als fruchtlos erwiesen hatte.

»Was würdest du vorschlagen, Charles?«

»Ich habe eine Idee. Suchen wir eine andere Kirche, und lassen
wir die Kinder dort. Es muß in Harbin doch noch andere Kirchen
geben.« Er sehnte verzweifelt eine Lösung des Problems herbei,
weil er zurück nach Schanghai wollte. Immer mehr festigte sich
in ihm das Gefühl, daß sie gar nicht hätten herkommen dürfen,
doch Audrey erwies sich seinen Vorschlägen gegenüber als unzugänglich. Und die Kinder um sie herum plapperten in einem
fort.

»Eine gute Idee. Du gehst, und ich warte hier. Wenn du jemanden mitbringst, können wir fahren. Andernfalls werden wir sie
im Taxi zu einer anderen Mission bringen.« Taxi war eine be-
schönigende Bezeichnung für die uralte Klapperkiste, die sie zur
Kirche gebracht hatte. Ihr Vorschlag entlockte Charles ein Aufstöhnen. An ihm lag es jetzt, eine Missionsstation zu finden, die
bereit war, einundzwanzig Waisen aufzunehmen. Das wäre mit-

ten in Philadelphia keine leichte Aufgabe gewesen, hier in Harbin war es hoffnungslos. Insgeheim verwünschte er die Stunde, in der er sich einverstanden erklärt hatte, nach Harbin zu fahren. Doch nach einer hastig getrunkenen Tasse grünen Tees ging er, holte den Fahrer und machte sich auf die Suche nach einer Kirche, die gewillt war, die Kinder aufzunehmen.

Während seiner Abwesenheit wechselte Audrey Windeln, kochte Reis, getrocknetes Fleisch und Suppe fürs Abendessen und versuchte Ordnung in dem Haus zu halten. Es herrschte nur wenig Chaos, die beiden älteren Mädchen hatten sich gut um die Kleineren gekümmert, mit Ausnahme der Mahlzeiten, die sie irgendwie vergessen hatten. Die Älteste versuchte Audrey auf französisch zu erklären, was passiert war, daß die Kommunisten von Zeit zu Zeit aus den Bergen kämen und sich in der Kirche zu verstecken suchten, wie einheimische Mandschus sich dort verborgen hatten, als vor zwei Jahren die Japaner gekommen waren. Daß überall Banditen wären, die Menschen töteten. Ling Hwei, wie sie gerufen wurde, berichtete Audrey in ihrem stockenden Französisch, wie diese Japaner ihre Eltern und drei Brüder getötet hätten. Sie und ihre Schwester Shin Yu hatten als einzige der Familie überlebt, und die Nonnen hätten sie mit den kleineren Kindern aufgenommen, von denen einige durch die Choleraepidemie des Vorjahres die Eltern verloren hatten. In gewissen Abständen wurden immer wieder größere Gruppen von Kindern in das Mutterhaus nach Lyon gebracht oder aber in ein zweites vom Orden geführtes Waisenhaus in Belgien. In Südchina existierte noch ein Waisenhaus dieses Ordens, aber Ling Hwei und Shin Yu hatten Harbin nicht verlassen wollen, und die Nonnen hatten sie gern behalten, weil die Mädchen ihnen so geschickt zur Hand gingen.

»Gibt es hier in Harbin noch andere Kirchen, mit denen die Nonnen Kontakt hatten?« fragte Audrey, und das Mädchen schüttelte den Kopf und erklärte, dies seien in Harbin die einzigen Nonnen gewesen. Die meisten christlichen Missionen in der Stadt seien russisch-orthodox und würden von alten Männern betreut. Audrey wußte daher im voraus, was Charlie ihr berichten würde, als er von seiner Exkursion zurückkehrte.

Sie hatte nicht weit daneben getippt. Er kam sehr spät, als die Kinder schon im Bett waren, bis auf die zwei älteren Mädchen, die leise in einer Ecke miteinander flüsterten. Charlie schien erschöpft, und aus seinem Blick sprach totale Enttäuschung.

»Aud, es gibt hier niemanden. Ich war in jeder Kirche der Stadt. Ich bat im Hotel um Hilfe. Diese Nonnen müssen ein völlig abgeschiedenes Leben geführt haben. Nahrungsmittel sind knapp, die Menschen fürchten sowohl die Japaner als auch die Kommunisten. Jeder kümmert sich nur um die eigenen Angelegenheiten. Niemand will hier herauskommen und sich um die Kinder kümmern oder sie gar übernehmen, weder einzeln noch in Gruppen. Ich versuchte alles, überall. Der russische Priester riet mir, wir sollten sie ihrem Schicksal überlassen, sie würden ihren Weg allein machen.« Er sah Audrey kläglich an und wußte im voraus, was sie davon halten würde. Ihr halblautes Gemurmel war Bestätigung seiner ärgsten Befürchtungen. Er war schon im Zweifel, ob er sie hier je wieder loseisen konnte. »Der Priester sagte, in China gäbe es überall Straßenkinder. Die Starken überleben.« Selbst Charles empfand dies als furchtbar grausam, Audrey aber war so außer sich, daß sie ihrer Empörung in der primitiven Küche des Waisenhauses lautstark Luft machte.

»Was sagst du da? Ich soll sie in die Kälte hinausstoßen? Wie soll ein Zweijähriger sich als Straßenkind durchschlagen? Die meisten sind kaum älter.« Obwohl beide Scharen von Drei- und Vierjährigen bettelnd in den Straßen Schanghais gesehen hatten, wollte Charles ebensowenig wie sie, daß diese Kinder hier dieses Schicksal erleiden mußten. Er wußte nur nicht, wie sie selbst dem Schicksal entgehen konnten, das sie an diesem Ort ereilt hatte. Bekümmert sah er Audrey an. Er fror und war erschöpft.

»Aud, ich weiß nicht, was ich sagen soll.« Matt ließ er sich auf eine Holzbank sinken und sah sie an. Sofort wurde ihre Miene weicher, und sie faßte nach seiner Hand.

»Charlie, ich danke dir, daß du es versucht hast.« Sie sahen sich einem schrecklichen Dilemma gegenüber, da alle ihre Bemühungen vergebens gewesen waren.

»Was wäre, wenn wir sie mit nach Schanghai nehmen und dort ein Heim für sie suchten?«

»Und was, wenn niemand sie nimmt? In den Straßen Schanghais wimmelt es von verlassenen Kindern. Das hast du mit eigenen Augen gesehen. Sie dort ihrem Schicksal zu überlassen wäre nicht viel gnädiger, als wenn wir es hier tun, nur ist es dort wärmer. Hier jedoch haben sie wenigstens ein Dach über dem Kopf, Nahrung für eine Weile, und für sie ist es die vertraute Umgebung.« Außerdem erschien es ihm kein einfaches Unterfangen, eine Bahnfahrt von fast tausend Meilen mit einundzwanzig Kindern zu organisieren, und er irrte sich darin nicht.

»Ich weiß gar nicht, ob die Behörden hier zulassen würden, daß wir sie mitnehmen. Die Japaner sind ziemlich aufmerksam im Hinblick darauf, wer mit wem wohin geht, wenigstens in größeren Gruppen.«

In ihren Augen flammte es auf, während sie in der aufgeräumten Küche auf und ab ging. »Wenn sie schon so aufmerksam sind, warum übernehmen sie die Kinder nicht selbst?« Da fiel ihr Ling Hweis Schilderung des Schicksals ihrer Familie ein. Nein, es war besser, wenn die Japaner die Kinder nicht übernahmen, da dies vermutlich deren Tod bedeutet hätte. Sie zu töten war der einfachste Weg, das Problem zu lösen. Mutlos ließ sie sich neben Charles auf der Bank nieder. Sie war am Ende ihrer Weisheit angelangt. »Sollten wir nicht ein Telegramm an das Mutterhaus des Ordens schicken? Vielleicht weiß man dort Rat?«

»Gute Idee, falls sie uns rasch antworten. Vielleicht haben sie eine Zwischenlösung parat. Oder sie haben hier in der Nähe jemanden, den sie her beordern könnten.« Der Gedanke ließ seine Augen aufleuchten.

»Wir fahren zum Bahnhof und geben gleich am Morgen ein Telegramm auf.«

Gemeinsam durchsuchten sie den Schreibtisch im winzigen Schlafraum der Nonnen und stießen tatsächlich auf die Adresse des Mutterhauses in Lyon. Es war der Orden des heiligen Michael, Telefonnummer und Adresse waren angegeben. Audrey war sogar versucht, einen Telefonanruf zu riskieren, Charles hingegen hielt es für einfacher zu kabeln, als sich mit unmöglichen Verbindungen herumzuschlagen und womöglich kaum etwas zu hören. Gemeinsam setzten sie in der Küche bei Kerzenlicht das

Telegramm auf und schliefen dann in den schmalen Betten der Nonnen, Seite an Seite, zitternd vor Kälte, während Charles um eine prompte Lösung ihrer Probleme betete.

Das Telegramm, das er am nächsten Tag aufgab, war, von Audrey und Ling Hwei mühsam übersetzt, in Französisch abgefaßt. Wenn auch nicht so wohlformuliert, wie es auf englisch möglich gewesen wäre, klärte es doch die Nonnen in Frankreich über die hiesige Situation auf. »Bedauern mitzuteilen, daß Nonnen von St. Michael im Waisenhaus von Harbin, China, von Banditen getötet. Einundzwanzig Waisen bedürfen sofortiger Hilfe. Wir erbitten Rat.« Er hatte mit Parker-Scott unterzeichnet, ohne nähere Erklärungen zu seiner Person. Das Telegrafenamt in Harbin war als Adresse angegeben. Zwei Tage lang warteten sie auf Antwort von den Nonnen in Lyon, während Audrey sich der Kinder annahm und Charles ruhelos in der Küche auf und ab lief. Er hatte bereits gedroht, am nächsten Tag abzureisen und Audrey nötigenfalls mit Gewalt zum Bahnhof zu schaffen, Telegramm oder nicht.

Schließlich kam die Antwort, doch brachte sie keine Erleichterung. Mit finsterer Miene zeigte Charles Audrey das Telegramm, als er aus Harbin zurückkam. Er wußte, was ihm bevorstand, und es war ihm mittlerweile gleichgültig, was Audrey sagen würde. Es stand fest, daß sie fahren würden.

*Nous regrettons. Aucune possibilité de secours avant fin Novembre. Vos sœurs au Japan combattent une épidémie parmi leurs chargés! L'orphelinat à Linqing fermé depuis Septembre. Nous vous enverrons de l'aide fin Novembre. Que dieu vous bénisse!* Unterschrieben *Mère André.* Charles hätte am liebsten mit der Faust gegen die Wand geschlagen, nachdem er die Nachricht gelesen hatte. So viel Französisch konnte er, daß er den Inhalt verstand. Was er in diesem Fall gar nicht wollte. In dem Telegramm wurde mitgeteilt, daß die Nonnen in Japan mit einer Epidemie zu kämpfen hätten und das zweite in China befindliche Waisenhaus des Ordens seit September geschlossen sei. Für Ende November wurde Hilfe versprochen, doch bis dahin war es noch lange Zeit. Die Nachricht schloß mit einem Segenswunsch, auf den Charles leicht hätte verzichten können. Er wollte Audrey innerhalb der nächsten Tage aus Harbin loseisen und wußte nicht, wie er das anfangen sollte. Griff er zu einer Lüge und sagte ihr, Hilfe würde in wenigen Tagen unterwegs sein, dann würde sie bleiben wollen, bis der Ersatz zur Stelle war. Außerdem war sie zu klug, um sich so hinters Licht führen zu lassen. Sie würde das Telegramm sehen wollen, und als er es ihr mittags zeigte, las sie es mit ernstem Blick.

»Und was jetzt, Charlie?« Zutiefst beunruhigt begegnete sie seinem Blick. Sie war eine zähe Person.

Er seufzte tief, ehe er ihr Antwort gab, wohl wissend, daß es ohne Kampf nicht abgehen würde. »Ich glaube, du mußt dich einfach damit abfinden, daß nicht alles nach deinem Herzen geht.«

Ihr Blick wurde hart, doch er hatte vorausgeahnt, was sie erwidern würde, und war bereit, ihren Argumenten zu begegnen.

»Was soll das heißen?«

»Es heißt, daß wir fahren, ob es dir paßt oder nicht. Die Kinder haben ein Dach über dem Kopf. Sie haben für eine Zeitlang genug zu essen und irgend jemand wird sich ihrer sicher erbarmen. Und in einem Monat kommen die Nonnen.«

»Und wenn es wieder eine Verzögerung gibt? Wenn sie nicht kommen? Wenn sie unterwegs getötet werden wie die anderen?«

»Das ist sehr unwahrscheinlich.«

Mit trotzig vorgeschobenem Kinn sah sie den Mann an, den sie liebte. »Ebenso unwahrscheinlich ist es, daß ich fahre.« Wieder seufzte Charles. Die vergangenen Tage waren für ihn anstrengend und sehr unangenehm gewesen. »Aud, du mußt endlich Vernunft annehmen. Wir müssen unbedingt zurück. Wir können hier nicht ewig herumtrödeln.«

»Was heißt herumtrödeln ... Wir kümmern uns um diese Kinder.«

»Ich muß mich wegen meiner unpassenden Wortwahl entschuldigen.« Sein Halsmuskel verkrampfte sich. »Tatsache bleibt, daß wir fahren.«

»Wir nicht. Du fährst.«

»Den Teufel werde ich tun, Audrey Driscoll.« Er stand auf und blickte sie kampflustig an. »Du kommst mit.«

»Ich lasse diese Kinder nicht allein.«

»Die älteren können sich um die Kleinen kümmern.« Das sagte er ganz fest. In ihrer Miene lag ein Eigensinn, der ihm angst machte. Er konnte sie unmöglich in der japanisch besetzten Mandschurei zurücklassen. Allein der Gedanke an das Schicksal der zwei Nonnen ließ ihn erschaudern. Er rief ihr das grauenhafte Geschehen unverblümt in Erinnerung.

»Ich kann ganz gut auf mich achtgeben«, erwiderte sie trotzig.

»Wirklich? Seit wann denn?«

»Immer schon. Seit meinem elften Lebensjahr bin ich selbständig.«

»Hast du den Verstand verloren? Du hast in einer zivilisierten amerikanischen Großstadt gelebt und im Haus deines Großvaters ein verwöhntes Dasein geführt. Was, um Himmels willen, bringt dich zu der Meinung, du könntest in der Mandschurei unversehrt überleben, während um dich herum Kommunisten, feindselige Japaner und Banditen ihr Unwesen treiben? Unter Menschen, denen es völlig einerlei ist, ob du tot oder lebendig bist!«

Er war außer sich, daß sie überhaupt auf die Idee kommen konnte, sie könne mit alldem fertig werden. Nichts, aber auch gar nichts in ihrem Leben hatte sie auf das alles vorbereitet, wie er genau wußte, nichts außer ihrem Abenteuergeist und den verdammten Fotoalben ihres Vaters. Doch das hier war die Wirklichkeit. Die Nonnen mit den abgeschlagenen Köpfen in der verlassenen Kapelle waren eine grauenhafte Realität gewesen, und er würde nicht zulassen, daß Audrey ähnliches widerführe. Doch sie dachte nicht an sich – nur an die Kinder, als sie die Kleinen ansah und dann wieder Charles.

»Was bringt dich zu der Meinung, diese Kinder wären befähigt, mit allem fertig zu werden, wenn wir sie verlassen?« Schon allein der Gedanke trieb ihr die Tränen in die Augen. Die meisten waren noch ganz klein, und in den wenigen Tagen ihres Hierseins hatte sie die Kleinen liebgewonnen. Zwei stritten sich ständig darum, wer auf ihrem Schoß sitzen durfte, und eines hatte sich die ganze Nacht im Bett an sie geklammert, sehr zu Charlies Enttäuschung, und Ling Hwei und ihre Schwester Shin Yu waren so unglaublich sanft und vertrauensvoll. Wie hätte sie diese hilflose Schar verlassen können? Als sie Charles ansah, lag Angst in ihrem Blick.

»Ich weiß, Liebling, es ist schrecklich, sie zu verlassen. Doch wir müssen fort. Das ganze Land ist voller Kummer, Hunger und verlassenen Kindern, doch kann man diese Übel nicht heilen, und diese Situation hier ist nicht anders.«

Und doch war sie anders. Für Audrey war sie anders. Jetzt kannte sie diese Kinder, wenngleich sie nicht alle ihre Namen wußte. Und sie war ebensowenig imstande, sie zu verlassen, wie sie nicht imstande gewesen war, ihre Schwester vor Jahren in Hawaii im Stich zu lassen. Sie hatte Annabelle unter ihre Fittiche genommen und sich die ganze Zeit um sie gekümmert, vom letzten halben Jahr abgesehen.

»Ich kann sie nicht verlassen, Charlie. Ich bringe es einfach nicht fertig. Auch wenn dies bedeuten sollte, daß ich noch einen ganzen Monat bleiben muß, bis die Nonnen kommen.«

Auf diese Worte hin sank sein Herz klaftertief. Er sah Audrey an, daß das ihr voller Ernst war. Sie war kein Kind, keine Achtzehnjährige, die man herumschubsen konnte und die sich etwas einreden ließ. Sie hatte ihren eigenen Kopf. Und das jagte ihm jetzt gehörig Angst ein. Was tun, wenn sie sich ernsthaft weigerte, China zu verlassen?

»Und was ist, wenn die Nonnen ganze sechs Monate nicht kommen? Auch das ist möglich. Die politische Lage hier könnte so untragbar werden, daß sie das Waisenhaus überhaupt aufgeben. Du säßest dann hier auf Jahre in der Falle.« Das war auch für Audrey ein schrecklicher Gedanke, doch war sie entschlossen, diese süßen Gesichtchen und zugreifenden Händchen nicht im Stich zu lassen. Man konnte sie nicht einfach ihrem Schicksal überlassen.

»Ich glaube, daß ich dann eben dieses Risiko auch auf mich nehmen muß.« Das sagte sie mit aufgesetztem Mut, der ihre Furcht überspielen sollte. Charles sah sie verzweifelt an, von dem Gefühl belastet, daß sich etwas Schreckliches zwischen ihnen ereignete.

»Audrey, bitte ...« Er nahm sie in die Arme und hielt sie fest.

Dabei spürte er, wie sie zitterte. Er wußte, daß sie Angst haben mußte, doch war er nicht gewillt, die nächsten Wochen oder die nächsten zwei, zehn oder zwölf Monate zu bleiben. Er mußte London bald erreichen. Die bislang aufgetretene Verzögerung machte ihn ohnehin schon nervös. In einem solchen Dilemma hatte er noch nie gesteckt. Er konnte Audrey nicht einfach hier allein lassen – ein schrecklicher Gedanke –, andererseits konnte er selbst nicht für unbestimmte Zeit bleiben. Auf keinen Fall wollte er Audrey verlassen, das versuchte er ihr zu erklären, während die Kinder herumtollten. Sie schien zu verstehen, was er sagte. »Audrey, ich muß zurück. Meine ganze Arbeit hängt davon ab. Und du hast hier eigentlich nichts verloren. Das sagtest du mir jedenfalls unterwegs. Was ist mit der Verantwortung deiner Familie gegenüber, von der so viel die Rede war?«

»Vielleicht ist das hier im Moment wichtiger.« So wie Audrey es sagte, fühlte er sich verletzt. Warum war sie bereit, ihn zu verlassen, aber nicht diese Kinder?

»Und was ist mit uns?« Sein trauriger Blick sprach Bände. »Liegt dir daran nichts?«

»Doch, natürlich.« Seine Worte schienen sie zu treffen. »Du weißt, daß ich dich liebe, aber wir müssen auch ehrlich miteinander sein.« Das sagte sie mit belegter Stimme. Sie senkte den Blick und sah erst nach einer Weile wieder zu ihm auf.

»Wir hätten uns ohnehin irgendwann trennen müssen. Und wenn du nicht hier mit mir bleiben kannst, ist vielleicht jetzt dieser Zeitpunkt gekommen. Ich weiß nur, daß ich im Moment diese Kinder nicht verlassen kann, ebensowenig wie ich vor Jahren Annabelle nicht im Stich lassen konnte oder wie du Sean nicht allein lassen konntest.«

Die Erwähnung seines kleinen Bruders, den er so sehr geliebt hatte, war wie ein körperlicher Schlag, unter dem er zusammenzuckte.

Audrey entging es nicht. »Tut mir leid, ich wollte dich nicht verletzen ... nur ...« Sie sah ihn aus kummervollen Augen an.

»Zwischen uns ändert sich nichts. Es bedeutet nur, daß ich eine Weile hierbleibe, bevor ich nach Hause fahre.« So wie sie Charles in Venedig und Istanbul nicht hatte verlassen wollen, so wußte sie jetzt, daß es notwendig war. Fast hatte sie das Gefühl, alles sei ihr als eine Art Prüfung auferlegt worden, so wie es seinerzeit für sie eine Prüfung gewesen war, den Tod der Eltern zu überwinden ... und für Annabelle dazusein und Großvater beizustehen ...

»Und wenn ich dich jetzt heirate, Audrey?« Erstaunt sah sie ihn an. Charles wirkte sehr bedrückt, als er diese Worte aussprach.

»Im Ernst?« Sie war fassungslos.

»Wenn es die einzige Möglichkeit ist, dich hier wegzulotsen, dann will ich dich heiraten.«

»Charles, das ist doch wohl kaum ein Grund für eine Ehe«, sagte sie leise und war sehr gerührt. Sein Antrag hatte sie ziemlich verwirrt.

»Zufällig liebe ich dich auch.«

»Ich liebe dich auch. Das weißt du. Aber was kommt nach Harbin? Ich kann meinen Großvater nicht für immer allein lassen.«

»Dieses Problem scheint dir im Moment wenig Kopfzerbrechen zu bereiten.« Wieder war ihm anzusehen, wie gekränkt er war. Audrey konnte sich nicht entsinnen, jemals so schwere Augenblicke durchgemacht zu haben.

»Das ist doch nur vorübergehend. Anschließend fahre ich nach Hause. Wie wär's, wenn du nach San Franzisko zögest?«

Er seufzte und sah auf seine Hände nieder, während er überlegte. Dann sah er Audrey in die Augen und gab ihr eine aufrichtige Antwort.

»Du weißt, daß ich das nicht tun kann. Meine Arbeit erlaubt nicht, daß ich mich an einem Ort niederlasse. Zehn Monate im Jahr bin ich in der ganzen Welt unterwegs. Du müßtest mit mir kommen. Ansonsten hätte eine Ehe wohl wenig Sinn, oder?« Doch der Sinn lag darin, daß sie einander so sehr liebten. Dies war das erste Hindernis, das sich ihnen in den Weg stellte, und es erschien ihnen unüberwindlich. Mit unsicherer Stimme stellte sie ihm die nächste Frage:

»Wirst du mir je verzeihen, wenn ich hierbleibe?«

»Die Frage sollte vielmehr lauten: Werde ich mir je vergeben?

Ich kann dich nicht in der Mandschurei allein lassen. Ich kann es nicht.« Er hieb mit der Faust gegen seine Handfläche. »Verstehst du das nicht? Ich liebe dich. Ich werde dich hier nicht zurücklassen. Aber ich kann nicht für immer bleiben. Ich habe einen Vertrag und Termine, die ich einhalten muß. Für mich sind das wichtige geschäftliche Beziehungen.«

»Für diese Kinder geht es um Leben und Tod, Charlie. Was ist, wenn Banditen kommen und sie töten?«

»Banditen töten keine Waisenkinder.« Beide wußten, daß dies nicht unbedingt stimmte. Nicht in China.

»Auch die Japaner könnten ihnen etwas antun. Hier ist alles möglich. Und die Wirklichkeit sieht so aus, daß du mich verlassen mußt, weil du nicht bleiben kannst. Charlie, verstehst du nicht, daß es eine Entscheidung ist, die ich für mich allein treffe? Ich bin eine erwachsene Frau. Ich habe ein Recht auf eigene Entscheidungen ... so wie damals in Venedig, als ich zu dir in den Zug stieg, oder in Istanbul, als ich mich entschloß, mit dir nach China zu fahren. Jetzt ist es wieder meine Entscheidung ... so wie ich mich entscheiden werde, wieder nach Hause zu Großvater zu gehen. Ich muß meiner Bestimmung folgen ...« Sie wandte sich ab. »Ich wünschte nur ...« Sie brach in Tränen aus. »Ich wünschte nur, daß mein Schicksal und deines sich verbinden. Im Moment halte ich das für unmöglich.« Aus ihrem Blick sprach Resignation. »Charlie, du mußt mich hierlassen. Den Kindern zuliebe.« Und dann sagte sie noch etwas, das für ihn einen echten Schock bedeutete:

»Stell dir vor, eines dieser Kinder wäre das unsere. Stell dir vor, jemand hätte die Möglichkeit, es zu retten, und täte es nicht.« Allein die Vorstellung, ein gemeinsames Kind zu haben, brachte sie einander wieder näher.

»Hätten wir ein Kind, würde ich dich nie wieder aus den Augen lassen.« Das sagte er mit einer Eindringlichkeit, die ihr ein Lächeln entlockte, gleich darauf aber sah er sie besorgt an. »Besteht diese Möglichkeit momentan?« Seit Istanbul hatte er sich darüber kaum den Kopf zerbrochen. Audrey hatte es sich zur Gewohnheit gemacht, ihre gefährlichen Tage zu berechnen und ihm zu verstehen zu geben, wenn Enthaltsamkeit angebracht war. Beide wollten kein ungeplantes Kind, doch plötzlich hatte er seine Bedenken. Immerhin besteht ja die Möglichkeit, dachte er – und das nicht zum erstenmal.

»Nein.« Sie schüttelte den Kopf. »Ich glaube nicht. Aber stell es dir ruhig vor ... denk an diese Kinder, als wären es unsere. Könntest du mir je wieder Achtung entgegenbringen, wenn ich sie verließe?«

Er lächelte. Audrey hatte vom Charakter Asiens nichts begriffen. Vielleicht war es gut so. »Audrey, wir sind in China. Die meisten dieser Kinder wurden ausgesetzt oder von ihren Eltern für einen Sack Reis verkauft. Sie würden sie sehr bald wieder verkaufen oder sie eher verhungern lassen, als sie durchzufüttern.« Diese Vorstellung bereitete ihr Übelkeit, und sie schüttelte den Kopf, als wolle sie die Wahrheit dessen, was er sagte, abstreiten.

»Das kann ich nicht zulassen.«

»Und ich kann nicht bleiben. Also, was werden wir tun?«

»Charles, du fährst zurück nach London, wie es geplant war, bevor dies passierte. Und ich bleibe so lange, bis die Nonnen kommen. Dann fahre ich über Schanghai und Yokohama nach Hause. Wenn wir Glück haben, hast du dann Zeit, mich in San Franzisko zu besuchen.«

»Bei dir hört sich das alles so einfach an. Und was ist, wenn dir etwas passiert?« Das war für ihn ein unerträglicher Gedanke.

»Mir wird schon nichts passieren. Laß mich in Gottes Hand.« Es war das erste Mal, daß sie zu ihm von Gott sprach, und er war bewegt. Der letzte, mit dem er von Gott gesprochen hatte, war Sean gewesen ...

»Ich weiß nicht, ob mein Gottvertrauen sich mit deinem messen kann.«

»Wir haben keine Wahl.« Audrey hatte ihre Ruhe wiedergefunden.

»Und was ist mit deiner Familie? Glaubst du nicht auch, du bist es ihr schuldig, jetzt endlich zurückzukommen?« Er kämpfte mit allen Mitteln, doch auch das nützte nichts.

»Mit etwas Glück werde ich vor Jahresende zu Hause sein. Wenn die Nonnen im November kommen, schaffe ich es vielleicht noch vor Weihnachten.«

»Audrey, du bist wahnsinnig!« Charles' Befürchtungen bestätigten sich. »Du bist ganz und gar unrealistisch. Das hier ist China, nicht New York. Hier läuft nichts nach Plan. Ich sagte dir schon, es kann Monate dauern, bis diese Nonnen hier aufkreuzen.«

»Charlie, ich kann nicht anders.« Wieder kamen ihr die Tränen. Langsam hatte sie von diesen Debatten genug.

»Ich wüßte nicht, was ich anderes tun sollte.« Und während er dastand und sie ansah, zerfloß sie buchstäblich in Tränen und warf sich weinend in seine Arme.

»Audrey, bitte ... Liebling, ich liebe dich ...« Das tat er, und doch konnte er nicht bei ihr bleiben. Er mußte zurück an seine Arbeit, zurück zu seinen Verpflichtungen. Das alles war ohnehin schon viel zu weit gegangen. Jetzt konnte er unmöglich länger bei ihr bleiben. Andererseits hatte er ernste Bedenken, sie allein in Harbin zu lassen. »Bitte, mein Schatz, nimm Vernunft an ... komm mit mir nach Hause ...«

»Ich kann nicht.« In ihren tränennassen Augen lag eine Entschlossenheit, die ihn betroffen machte.

»Es ist dir also tatsächlich ernst?« Sein Herz sank. Audreys Entschluß war unumstößlich. Sie würde ausharren.

Danach blieb er noch eine volle Woche und tat alles, um Audrey umzustimmen, sie aber hatte eindeutig Stellung bezogen. Sie war vollauf mit ihren kleinen Schützlingen beschäftigt und hatte inzwischen ein sehr gut funktionierendes System entwickelt. Ling Hwei und Shin Yu waren unschätzbare Hilfen, und sogar Charles wurde eingespannt und mußte des öfteren für ein halbes Dutzend Waisenkinder Babysitter spielen, während sie die Kühe molk, kochte oder mit den anderen an die frische Luft ging, damit sie in ihren winzigen pelzgefütterten Stiefelchen und Ziegenfellmützen im Schnee spielen konnten. Die Nonnen hatten für die Kinder sogar Fäustlinge gestrickt.

Charles stellte fest, daß er sie noch nie so zufrieden erlebt hatte. Er erkannte in ihr eine Frau, die gewöhnt war, etwas anzupacken. Sie war furchtlos und scheute die Verantwortung nicht. Das war eine Eigenschaft, die er an ihr bewunderte. Tatsächlich aber liebte er alles an ihr und fürchtete den Tag des Abschieds.

Ihre letzte gemeinsame Nacht sollte für beide unvergeßlich bleiben. Audrey schob leise einen Stuhl vor die Tür, und sie liebten sich in der Kälte des winzigen Raumes bis zum Morgen, und schließlich lagen sie umschlungen da und vergossen heiße Tränen. Er wollte sie nicht verlassen, und sie wollte nicht verlassen werden, doch taten beide, was sie tun mußten. Er hatte seine Arbeit zu einem Ende zu bringen, und sie mußte hierbleiben und sich um die Waisenkinder kümmern. Beide empfanden den Konflikt und bedauerten ihn, hielten aber beharrlich an ihren Entscheidungen fest. Audrey war nicht so ängstlich, vielmehr traurig, und sie überließ Ling Hwei die Aufsicht über die Kinder, als sie am Morgen Charles zum Bahnhof begleitete. Sie stand neben ihm in den komischen Kleidungsstücken, die sie gemeinsam in Peking gekauft hatten. Er blickte sie mit Tränen in den Augen an, nicht imstande, ein Wort zu sagen, als der Zug langsam in den Bahnhof keuchte. Er würde Charles südwärts nach Peking und weiter nach Tsingtao bringen, von wo aus er per Schiff nach Schanghai weiterfahren würde. Dort nahm dann die lange Reise westwärts ihren Anfang. Keiner dachte an diese Dinge, als sie sich zum letzten Mal küßten. Er spürte ihren Atem auf seinem Gesicht, als sie seinen Namen aussprach und unter Tränen lächelte. Es erschien Audrey unfaßlich, daß sie sich trennten. Sie konnte sich keinen Augenblick ohne ihn vorstellen.

»Ich liebe dich, Charlie. Ich werde dich immer lieben.« Sie schluchzte so heftig, daß sie kaum sprechen konnte. »Wir werden uns bald wiedersehen.« Doch diese Worte klangen jetzt auch in ihren Ohren wie eine leere Versprechung.

Er spürte, wie sein Herz pochte, und er sehnte sich nach ihr. Er konnte sie nicht hierlassen ... konnte es nicht. Zwei bewaffnete japanische Posten patrouillierten auf dem Bahnhof, und er sah auf Audrey nieder.

»Aud, kommst du nicht doch mit? Wenn du möchtest, nehme ich den nächsten Zug.« Doch sie schloß nur die Augen, weil der Abschiedsschmerz sie übermannte. Plötzlich hatte sie Angst, ihn nie mehr wiederzusehen, dazu kam das Gefühl, als würde sie nie mehr in ihre eigene Welt zurückkehren. Charles empfand ganz ähnlich.

»Grüß Violet und James von mir.« Doch er gab keine Antwort, weil seine Kehle so eng geworden war. Er umklammerte Audrey, bis der Stationsvorsteher seine Singsang-Stimme ertönen ließ. Beide wußten, was dies bedeutete. Einen Augenblick lang wurden sie von Panik und Reue erfaßt, und sie spürten alle Zärtlichkeit, die sie monatelang füreinander empfunden hatten. So unerträglich der Gedanke war, ihn gehen zu lassen, sie mußte es ertragen. Sie konnte die Kinder nicht im Stich lassen, und sie fühlte insgeheim, daß es einen Grund dafür geben mußte, daß das Schicksal ihr die Kleinen in den Weg gestellt hatte, ein Gedanke, über den sie mit Charles nicht gesprochen hatte. Sie konnte sich im Augenblick zwar nicht vorstellen, was das sein sollte, doch sie konnte auch nicht einfach auf und davon gehen. Die Kinder waren zu klein und zu hilflos. Dennoch spürte sie, daß sie sehr viel aufgab, wenn sie bei ihnen blieb. Sie trennte sich von dem Mann, den sie liebte, und sie hatte das Gefühl, ihr Herz müßte brechen, als er sich von ihr losriß und zum Zug lief. Er mußte auf den Waggon springen, da der Zug sich schon in Bewegung gesetzt hatte. Auf dem Trittbrett blieb er stehen und streckte die Hand nach ihr aus. Zu gern hätte er sie hochgehoben und mitgenommen, ohne ein einziges Gepäckstück. Aber Audrey blieb stehen, wo sie war, während ihr die Tränen über die Wangen liefen und sie ihm nachwinkte. Er stand da und schwenkte langsam den Arm, von Abschiedsschmerz ebenso überwältigt wie sie.

## 15

In Harbin wurde es von nun an mit jedem Tag kälter, bis man weder Milch noch Wasser im Freien stehenlassen konnte. Flüssigkeiten gefroren fast augenblicklich und mußten mühsam wieder aufgetaut werden. Die Kinder gingen kaum mehr vors Haus, und Audrey hatte das Gefühl, noch nie im Leben so gefroren zu haben, als es Dezember wurde und die Nonnen nicht kamen. Charlie hatte recht gehabt. Hier gab es das geordnete Leben nicht, das sie von zu Hause gewohnt war. Nichts geschah pünktlich oder nach Plan.

Die Japaner waren einige Male gekommen, hatten Audreys Paß kontrolliert und sie gefragt, wie lange sie bleiben wolle, und sie gab ihnen jedesmal zur Antwort: »Bis die Nonnen kommen.« Das schien ihnen zu genügen, und sie ließen sie in Ruhe, obwohl einer die Neigung zeigte, noch zu bleiben und Ling Hwei Blicke zuzuwerfen, doch sein Kamerad hatte ihn barsch auf japanisch angefahren, worauf die beiden sich nie wieder blicken ließen. Ling Hwei war tief errötet, als Audrey sie ermahnte, vorsichtig zu sein. Seit Audreys Ankunft hatte sie immer formlose Gewänder getragen, jetzt aber fiel Audrey auf, daß das Mädchen immer fülliger wurde, bis Ling Hwei ihr im Dezember unter Tränen und schamrot ein Geständnis machte. Sie bat Audrey inständig, das Geheimnis ihrer Schwester nicht zu verraten, obwohl man es ohnehin nicht mehr lange verbergen konnte. Sie hatte im Mai oder Juni »bei einem japanischen Soldaten gelegen«. Das bedeutete, daß das Kind im Februar oder März kommen würde, ein Gedanke, der Audrey ein bekümmertes Seufzen entlockte. Sie konnte nur hoffen, daß die Nonnen bis dahin eingetroffen waren. In den Wochen seit Charles' Abschied hatte sie ihm bereits ein halbes Dutzend Briefe geschrieben, und an ihren Großvater einen langen und ausführlichen Bericht, in dem sie ihn um Vergebung wegen ihrer langen Abwesenheit bat und ihm versprach, daß sich das nie wiederholen würde. Gleichzeitig gab sie ihrer Dankbarkeit Ausdruck, daß er sie überhaupt hatte wegfahren lassen. Audrey war jetzt überzeugt, daß damit ihr Fernweh endgültig gestillt war, und sie versprach weiter, daß sie nie wieder ihr Zuhause verlassen würde, doch während sie dies zu Papier brachte, war sie in Gedanken bei Charles und fragte sich, wann sie wieder zusammensein würden. Sicher würde es anders sein als während der Zeit der gemeinsamen Reise. Sie war überzeugt, daß Ähnliches sich nie wiederholen wurde. Um so dankbarer war sie, daß sie es hatte erleben dürfen, obwohl ihr Verhalten in gewisser Weise anstößig war. Hätte jemand davon erfahren, wäre sie für immer gebrandmarkt, doch es würde hoffentlich ihr Geheimnis bleiben, wenn die Brownes nichts weitererzählten. Aber die kümmerten sie ohnehin nicht mehr. Ihre Gedanken galten einzig und allein Charlie. Sie bedauerte nicht einen Augenblick, was sie getan hatte. Er war der einzige Mann, den sie je lieben würde. Irgendwie hatte sie das Gefühl, daß sie irgendwann wieder zusammenkommen würden, mochten die Hindernisse jetzt auch unüberwindlich erscheinen. Doch allein der Gedanke an Charlie brachte ihr Herz zum Klopfen, und sie lächelte beglückt, trotz des öden mandschurischen Wintertages. Noch immer trug sie Charles' Ring am Finger.

Erschrocken und überrascht stellte sie erst zwei Tage vor Weihnachten fest, daß das Fest vor der Tür stand, und am Heiligen Abend sang sie den Kindern, die wie gebannt dasaßen und sie anstarrten, Weihnachtslieder vor. Nur Ling Hwei und Shin Yu kannten ›Stille Nacht, heilige Nacht‹, ansonsten waren die meisten Lieder, die ihnen geläufig waren, französische Weisen. Die Kleinen waren entzückt, als die Älteren mitsangen, und Audrey steckte sie an diesem Abend mit einem mütterlichen Kuß besonders liebevoll ins Bett. Drei ihrer Schützlinge litten schon seit Wochen an einem bösen Husten. Sie war deswegen in großen Sorgen, weil sie keine Medizin hatte, und die Kälte so schrecklich war. In der Nacht nahm sie zwei Kinder, die ununterbrochen husteten, zu sich ins Bett, um sie zu wärmen. Am nächsten Morgen ging es dem einen Jungen etwas besser. Der andere hatte gerötete, fieberglänzende Augen und gab keine Antwort, als Ling Hwei ihn ansprach. Sie beeilte sich, es Audrey zu sagen.

»Ich glaube, Shih Hwa sehr schlecht. Wir Doktor rufen?«

»Ja ... ja ...« Sie war Ling Hwei für ihre Hilfe so dankbar. Das Mädchen war ja selbst kaum älter als ein Kind, verfügte aber über unbegrenzte Liebe zu ihrer Schwester und zu diesen Waisen. Diese Liebe galt jetzt auch Audrey, der sie ihren einzigen Schatz als Weihnachtsgeschenk gegeben hatte, ein zart besticktes Taschentuch, das ihrer Mutter gehört hatte. Audrey war zu Tränen gerührt, als sie es in der Hand hielt und Ling Hwei umarmte. Es gab Augenblicke, da war sie glücklich, daß sie geblieben war, und überdies gab es jetzt ohnehin kein Zurück mehr. Sie hatte ihr Schicksal mit dem dieser Kinder verbunden, und sie würde mit ihnen sterben oder überleben, bis Hilfe kam. Aber sie dachte jetzt nicht an sich, nur an Shih Hwa, der nach Atem ringend und grau im Gesicht dalag. Er fieberte, reagierte nicht, als sie seinen

Namen rief. Audrey kühlte seine Stirn mit Schnee, den sie in Tücher wickelte, während sie auf Shin Yus Rückkehr wartete, die den Arzt holte. Ling Hwei hatte sie nicht geschickt, damit sie nicht ausrutschte und dem Kind und sich schadete.

Stunden schienen zu vergehen, ehe Shin Yu wiederkam, mit einem uralten Männchen mit komischem Hut und langem Bart. Er sprach einen Dialekt, den Audrey noch nie gehört hatte, Shin Yu und Ling Hwei hielten in seiner Gegenwart die ganze Zeit über die Blicke gesenkt. Sie nickten nur, und als erging, weinten sie. Audrey bestand darauf, daß sie ihr sagten, was er festgestellt hätte.

»Er sagt, Shih Hwa noch vor morgen sterben.« Das konnte Audrey selbst sehen, und sie war wütend, daß dieser Kerl hier als ›Doktor‹ angesehen wurde. Sie zog Jacke und Stiefel an und lief hinaus in den Schnee, entschlossen, den besten russischen Arzt der Stadt aufzutreiben. Doch als sie sein Haus erreichte, wurde ihr mitgeteilt, daß er nicht da war. Es sei Weihnachten, sagte man ihr, und sie bat die Bedienstete, dem Arzt zu sagen, er möge nach seiner Rückkehr ins Waisenhaus kommen. Er ließ sich jedoch nicht blicken. Sterbende chinesische Kinder waren für niemanden von besonderem Interesse, außer für ihre Eltern, und in diesem Fall für Ling Hwei, Shin Yu, Audrey und die anderen, die alt genug waren zu begreifen. Der Kleine starb in jener Nacht in Audreys Armen, und sie weinte um ihn, wie sie um ein eigenes Kind geweint hätte. Innerhalb der nächsten zwei Wochen starben vier weitere Kinder an der Krankheit, die Audrey für Bronchitis hielt. Es war schlimm, daß sie nichts unternehmen konnte, doch war sie nicht einmal imstande, ausreichend Dampf zu erzeugen, der den erstickenden Schleim gelöst hätte.

Jetzt waren es nur mehr sechzehn Waisen, eigentlich vierzehn, da die zwei älteren Mädchen eher Helferinnen als Schützlinge waren. Allen war das Herz schwer nach dem Tod der zwei Jungen und drei Mädchen, von denen keines älter als fünf gewesen war, das Jüngste gar nur ein knappes Jahr. Audrey hatte mit dem herzlosen Gott gehadert, als das Kleine in ihren Armen starb, und dabei fiel ihr unwillkürlich Ling Hweis Kind ein. Was sollte sie mit einem halbjapanischen Kind, oder vielmehr überhaupt mit einem Neugeborenen anfangen? Kinder wurden hier oft für einen Sack Mehl verkauft. Und Ling Hwei selbst war selbst noch fast ein Kind und sah nicht älter aus als neun oder zehn. Sie war schlank und zierlich, schmalhüftig mit kleinen anmutigen Händen und einem Lächeln, das sie gern zeigte, seitdem sie Audrey näher kannte. Sie liebte es, ihr Streiche zu spielen und zu scherzen, und sie brachte damit auch immer die anderen zum Lachen, auch wenn diese hungrig oder traurig waren. Dazu bemühte sie sich, von Audrey so viel wie nur möglich zu lernen. Sie war sehr begabt für Sprachen und lernte jetzt Englisch, so wie sie von den Nonnen Französisch gelernt hatte. Dazu sprach sie mehrere Dialekte ihrer Muttersprache, und als wieder die Japaner kamen, merkte Audrey, daß sie auch deren Sprache sprach, doch war es ihr unangenehm, es einzugestehen. Von den anderen wäre es als Verrat angesehen worden. Sie hatte es von dem jungen Mann gelernt, der sie geschwängert hatte. Ling Hwei erzählte, sie hätte ihn im Frühling kennengelernt, und er sei oft ins Waisenhaus gekommen und hätte sie besucht. Sie traf sich mit ihm in der Kirche, und die Nonnen fanden ihn sehr nett. Er brachte ihnen Geflügel, und die Ziege, die sie besaßen, war ebenfalls ein Geschenk von ihm. Der junge Japaner war neunzehn gewesen, und sie wußte, daß er sie wirklich geliebt hatte. Im Juli aber war er versetzt worden. Damals hatte sie noch nichts von ihrer Schwangerschaft gewußt. Und jetzt wußte sie nicht, wo er war. Sie hatte nie wieder von ihm gehört, so wie Audrey seit Oktober nichts mehr von Charles gehört hatte, sie hatte inzwischen eigentlich Nachricht erwartet, obwohl ein Brief bestimmt sehr lange brauchte. Nur von ihrem Großvater hatte sie Nachricht bekommen. Der alte Herr war außer sich über ihr Verhalten und nahe daran, ihr die Heimkehr zu verbieten. So weit war er dann doch nicht gegangen, doch konnte Audrey beim Lesen hören, wie seine Stimme vor Wut bebte. Man sah, daß seine Hand beim Schreiben gezittert hatte. Sie war sicher, die undeutliche Schrift war seinem Zorn und nicht seiner Gebrechlichkeit zuzuschreiben. Seine Empörung reizte sie zum Lachen. Seine Anschuldigungen und Vorwürfe gaben ihr einen Vorgeschmack auf zu Hause. Sie schrieb ihm daraufhin einen langen, zerknirschten

Brief, in dem sie ihm versprach, sehr bald zurückzukehren – sobald die Nonnen einträfen jedenfalls, ein Ereignis, das ihrem Gefühl nach sehr bald eintreten würde. Nach Weihnachten schickte sie eine telegraphische Anfrage nach Frankreich und erkundigte sich nach dem Stand der Dinge. Eine Antwort war noch nicht gekommen. Zweifellos hielt man sie dort für ungeduldig, oder aber man wußte nicht, was aus den Nonnen geworden war, die ja schon vor geraumer Zeit aufgebrochen sein mußten. Doch war eine Reise quer durch China im Winter besonders mühsam, wie Audrey sich vorstellen konnte. Noch nie hatte sie so eine große Kälte erlebt wie in jenem Winter in der Mandschurei. Sie erlaubte Ling Hwei nicht mehr hinauszugehen, weil sie Angst hatte, der unbarmherzige Frost könnte dem Kind schaden. Jetzt war ihr Zustand kein Geheimnis mehr, ihr großer Bauch sagte alles, und ihre Schwester hatte ihr mit großen Augen Fragen gestellt. Ling Hwei hatte Shin Yu eingeredet, das Kind sei ein Geschenk Gottes wie der kleine Jesus, von dem die Nonnen gesprochen hatten, und Audrey lächelte.

»Ling Hwei, es wird eine Zeit kommen, da sie es nicht mehr glauben wird, doch im Moment mag es genügen.« Sie tauschten wissende Blicke, und in gewisser Hinsicht beneidete Audrey Ling Hwei. Es gab Augenblicke, da bedauerte sie es heftig, daß sie kein Kind von Charles hatte. Ihr jetziges Leben war so fern und entrückt von allem, und die gesellschaftlichen Konventionen erschienen ihr längst nicht mehr bindend. Charles fehlte ihr sehr. Nacht für Nacht, die sie im Bett lag, dachte sie an die gemeinsamen Nächte und an die Tage, an denen sie miteinander gelacht hatten ... die endlose Bahnfahrt, die Entdeckung der Wunder in Peking, die herrlichen Tage im Orient-Expreß, als alles anfing ... ihre leidenschaftlichen Nächte in Istanbul ... wie fern ihr das jetzt alles erschien. Ohne Charles verzweifelte sie fast vor Einsamkeit.

## 16

Der Brief, den Audrey Charles am Weihnachtsabend geschrieben hatte, erreichte ihn vier Wochen später. Er las ihn spätabends in seinem Londoner Wohnzimmer. Mit einem Glas Brandy in der Hand las er vor dem Kaminfeuer sitzend den Brief immer wieder ... von Shih Hwas Tod, von Ling Hweis Baby und dann Audreys Worte: »Wie ich mir wünschte, das Kind wäre unseres, mein Liebling ... wie leid es mir jetzt tut, daß wir so vorsichtig waren ...« Sonderbar, er konnte es ihr nachfühlen. Wie oft hatte er sich Vorwürfe gemacht, wegen allem ... weil er sie in Harbin gelassen hatte, weil er sie nicht gezwungen hatte, mit ihm zu kommen und ihn zu heiraten ... weil er sie bei den Japanern zurückgelassen hatte, sie einfach verlassen hatte ... verlassen ... Seither hatte er nicht einen Augenblick Ruhe gefunden. Und schließlich hatte er in seiner Verzweiflung James alles gestanden, der sich darüber sehr schockiert gezeigt hatte.

»Erstaunlich ... Violet war überzeugt, letzten Sommer wäre es zwischen euch ernst gewesen, und ich sagte noch, sie sei verrückt. Das Mädchen kann einen manchmal das Staunen lehren ...« Er lächelte. »Fast immer hat Violet recht. Aber an deiner Stelle würde ich ihr nichts davon sagen ... du ziehst dir womöglich ihren Zorn zu!«

Charles hatte gelächelt und sich gewünscht, er könnte Lady Violets Allwissenheit amüsant finden. »Das ist mir egal. Ich war ja wirklich ein verdammter Narr, weil ich Audrey zurückließ. Ich darf gar nicht daran denken, was ihr dort alles passieren kann. Das ahnte ich schon, als wir nach Harbin aufbrachen. Ich war außer mir.«

»Charles, du mußt dein eigenes Leben leben.« James war wie immer sehr mitfühlend, und besonders jetzt, in einer stillen Ecke seines Klubs bei einem Glas Port. »Niemand kann von dir erwarten, daß du das nächste Jahr in der Mandschurei verbringst und dich dort der Waisenkinder annimmst. Obwohl ich sagen muß, daß ich mich nicht genug wundern kann. Ich hätte nicht gedacht, daß so etwas auf Audreys Linie liegt. Hättest du mir gesagt, sie sei geblieben, weil sie Fotos machen wollte, dann hätte ich das sofort geglaubt, aber das ...« Er lächelte seinem alten Freund zu. »Sie muß ein gutes Herz haben, weil sie sich um diese Kinder kümmert, findest du nicht auch?«

»Verrückt ist sie«, sagte dieser finster. Und Violet hatte ihm dieses Kompliment heimgezahlt, als ihr Mann die ganze Geschichte berichtete.

»Er hat was getan?« hatte sie entsetzt ausgerufen, während James sie erstaunt ansah. »Er hat Audrey dort gelassen? In der besetzten Mandschurei? Hat er denn den Verstand verloren?«

»Liebling, schließlich ist sie eine erwachsene Frau. Audrey hat ein Recht auf eigene Entscheidungen, und sie hat eine getroffen.«

»Warum hat er sie dort zurückgelassen? Er hat sie bis dorthin mitgeschleppt und hätte bei ihr bleiben müssen, bis sie zurückfahren konnte.«

»Offenbar war der Abstecher nach Harbin ihre Idee, und sie war es auch, die sich beharrlich weigerte, die Kinder im Stich zu lassen.«

»Kann ich mir vorstellen.« Violet hatte vollstes Verständnis für Audreys Haltung und hielt sie deswegen geradezu für eine Heilige.

»Er konnte doch nicht vertragsbrüchig werden und sich seinen Verpflichtungen entziehen!« James war geneigt, Charles für alles zu entschuldigen, weit mehr, als dieser selbst es tat. Charles war mit Violet einer Meinung und hielt sich selbst für den gemeinsten Kerl auf Gottes weiter Welt, weil er Audrey in China gelassen hatte. Es verging nicht ein Tag, an dem er sich nicht die größten Vorwürfe machte, weil er ohne sie abgefahren war, doch in Audreys Briefen konnte er keine Spur von Vorwurf entdecken. Sie schrieb zärtliche, liebevolle Briefe, aus denen einwandfrei hervorging, daß sie die Ankunft der Nonnen kaum erwarten konnte. Inzwischen war sie schon über zwei Monate in Harbin und machte sich Gedanken über ihre Heimfahrt.

Charles schrieb ihr so oft wie möglich, schien aber so wenig zu sagen zu haben. Er als Schriftsteller mußte feststellen, daß ihm die Worte fehlten, wenn er vor dem Blatt Papier saß, auf dem oben ihr Name stand: Liebste Audrey ... Und dann nichts mehr. Was konnte er ihr sagen? Wie schrecklich leid es ihm tat? Was für ein Riesenerfolg sein letztes Buch war? Daß man ihn im Frühjahr nach Indien und im Herbst nach Ägypten eingeladen hatte? Daß Lady Vi und James im kommenden Sommer wieder in Antibes mit ihm rechneten? Das alles erschien ihm albern und belanglos. Wichtig war nur, daß sie ihm so sehr fehlte. Seit dem Augenblick des Abschieds litt er an dem Gefühl, kein vollständiger Mensch mehr zu sein. Und immer wieder rief er sich ins Gedächtnis, was sie gesagt hatte, bevor er fuhr ... »Was, wenn diese Kinder unsere wären?« ... Und was sie über Ling Hweis Baby geschrieben hatte ..., daß sie sich wünschte, sie bekäme sein Kind. Das Schmerzliche daran war, daß er sich jetzt dasselbe wünschte. Gleichzeitig wußte er, wie sinnlos es war, sie wieder zu bitten, ihn zu heiraten oder mit ihm nach Indien oder Ägypten zu reisen. Sie konnte nicht mit ihm gehen. Sie mußte nach Hause zu ihrer Familie, von der er das Gefühl hatte, daß sie Audrey allzusehr ausnützte. Insgeheim empfand er Haß auf Annabelle, die ihr so viel abforderte, die erwartete, daß Audrey ihre Kinder großzog, sich um ihren Haushalt kümmerte und alles für sie erledigte. Wann würde Audrey je die Chance bekommen, ein eigenes Leben zu führen? Und wann würde er sie wiedersehen? Das war es, was ihn am meisten beschäftigte und was ihn dazu brachte, allabendlich vor dem Zubettgehen nach der Kognakflasche zu greifen. Er ertrug die Leere seines Bettes nicht, wenn er an die Nächte in Venedig dachte, in Nanking und Schanghai und an die endlosen Stunden in den Bummelzügen. Charles tat nichts, außer zu arbeiten und an Audrey zu denken. Er ging kaum noch aus, und Lady Vi hörte schließlich auf, ihm Audreys wegen Vorwürfe zu machen, weil sie sehen konnte, wie sehr er litt. James machte sich große Sorgen, wenn er Charles' leeren Blick sah.

Schließlich schrieb Lady Vi Audrey selbst, und diese war entzückt, als sie den Brief in Händen hielt, sehr erleichtert darüber, daß ihre Freundin über ihre Liebe zu Charles Bescheid wußte. Sie schrieb Vi, wann immer ein Augenblick Zeit war, was nicht sehr oft der Fall war. Oder nicht oft genug. Und wenn Vi einen Brief bekam, rief sie immer sofort Charles an.

»Was schreibt sie?« Als ihn Violet Mitte Februar anrief, stellte er diese Frage ziemlich ungeduldig.

»Die Nonnen waren noch nicht da, als sie den Brief schrieb. Natürlich können sie inzwischen schon eingetroffen sein. Ich hoffe es wenigstens. Armes Mädchen, Audrey ist die tapferste Person, die mir je begegnet ist.« Und das sagte Violet auch, als sie eine Dinnerparty gab, zu der sie Charles und seinen berühmten Verleger Henry Beardsley einlud. Sie kannte Beardsley schon länger und fand den mächtigen, polternden Mann mit dem brillanten Verstand und dem etwas derben Auftreten sehr nett, nicht zuletzt, weil er es verstand, bei Tisch interessante Konversation zu machen. James fand es wiederum amüsant, seinem aristokratischen Bekanntenkreis ›frisches Blut‹ zuzuführen. Diesmal hatte Beardsley sie mit der Bitte erstaunt, seine Tochter Charlotte mitbringen zu dürfen. Charlotte war eine attraktive Person Ende Zwanzig, sehr gepflegt und elegant. Wenngleich nicht schön im klassischen Sinn, war sie doch ungemein anziehend und sehr klug. Sie hatte das sehr angesehene amerikanische Vassar-College besucht und Literatur studiert, was sie zu einer hochgeschätzten Mitarbeiterin ihres Vaters machte. Es war dem Alten anzumerken, wie stolz er auf seine Tochter war. Vi war nicht wenig erstaunt, als sie bei dieser Gelegenheit erfuhr, daß Charlotte trotz ihrer neunundzwanzig Jahre, die sie offen eingestand, noch immer bei ihrem verwitweten Vater lebte.

»Eigentlich hätte ich viel lieber Jura studiert«, antwortete Charlotte auf eine diesbezügliche Frage Violets, die sich schon immer für amerikanische Colleges interessiert hatte. Charlotte hielt dabei ihren Blick über den Tisch hinweg lächelnd auf Charles gerichtet. »Aber mein Vater war dagegen«, fuhr Charlotte fort. »Er sagte, er brauchte keinen Juristen. Statt dessen würde er eines Tages einen Verlagsleiter benötigen.« Vater und Tochter tauschten einen wissenden Blick. Es war in Verlegerkreisen kein Geheimnis, daß er sie für diese Rolle ausersehen hatte. Charles hatte Charlottes Bekanntschaft bereits gemacht. Allerdings hatte er geschäftlich meist mit ihrem Vater zu tun, und er war von Charlotte noch nie so beeindruckt gewesen wie an diesem Abend. Sie war eine überaus kluge und sehr angenehme

Frau, und Vi spürte deutlich, daß sie an Charles sehr interessiert war.

»Ach, um Himmels willen, Vi...« James warf seiner Frau spätabends beim Auskleiden einen mißbilligenden Blick zu. »Du witterst doch ständig irgendeine Romanze.«

»Na, und habe ich nicht immer recht? Außerdem habe ich diesmal nicht von einer Romanze gesprochen, oder?«

»Was soll das nun wieder heißen?« Sein Interesse war geweckt. Violet war für ihn stets die angenehmste und anregendste Gesellschaft. Sie waren nicht nur Mann und Frau, sie waren auch seit vielen Jahren die besten Freunde.

»Um ehrlich zu sein, Liebling, ich bin nicht ganz sicher. Weißt du, was ich glaube? Ich halte sie für eiskalt. Ihr gefällt in erster Linie das, was Charles darstellt. Sie ist neunundzwanzig, hochintelligent, hat Geld und braucht einen passenden Ehemann. Charles wäre für sie ideal.«

»Lieber Himmel, du verlierst wieder mal keine Zeit. Hoffentlich ist sie nicht so berechnend wie du.«

»Da wäre ich nicht so sicher.« Sie warf ihm einen Mata-Hari-Blick zu, und er lachte, als sie in einer Wolke französischen Parfums und in einem rosa Satinnegligé im Bad verschwand.

Zwei Wochen später mußte er sich ernsthaft fragen, ob Violet nicht doch scharfsichtiger war, als er angenommen hatte, denn er traf zufällig Charles, der mit Charlotte Beardsley zum Lunch verabredet war.

»Nett, Sie wiederzusehen, Miß Beardsley... na, Charles, alter Junge, benimmst du dich auch ordentlich?« Sie plauderten ein paar Minuten, dann stieß James zu den Leuten, mit denen er selbst verabredet war, doch er bemerkte, daß sein Freund sehr locker wirkte und sich gut zu unterhalten schien, und als er ihn deswegen am nächsten Tag befragte, schob Charles alles aufs Geschäft.

»Sie ist aber ein gutaussehendes Mädchen.« James konnte es sich nicht verkneifen nachzuhaken, als sie mit lässig ausgestreckten Beinen vor dem Feuer im Klub saßen. Charles lachte.

»Sei nicht albern, James, und deiner Frau kannst du ausrichten, sie möge ihre Spürhunde zurückpfeifen. Charlotte möchte anstelle ihres Vaters meine Verträge machen. Sie sagt, er würde allmählich zu alt, um meine sachlichen und zeitgemäßen Arbeiten richtig betreuen zu können. Ich finde nichts dabei, mit ihr zu verhandeln. Sie kommt auch gut mit meinem Agenten zurecht, mit dem sie irgendwie weitläufig verwandt ist.« Charlie schien keine anderen Motive hinter Charlottes Bestrebungen zu vermuten, so daß James seiner Frau gegenüber behauptete, daß sie sich diesmal irren müsse. Violet wollte es nicht glauben.

»Sei nicht albern, Vi. Ich versichere dir, daß er ständig nur an Audrey denkt. Ist heute ein Brief von ihr gekommen?« Es war inzwischen März geworden, und alle fragten sich, ob sie es je schaffen würde, aus Harbin fortzukommen.

Das fragte sich Audrey ebenfalls. Seit Wochen schon, in denen die Kälte anhielt und Ling Hweis Entbindungstermin immer näher rückte.

## 17

Es war Mitte März, und Audrey dachte im Bett liegend an die Nächte mit Charlie, als sie ein Rumpeln und gedämpftes Poltern in der Küche unter ihrer Kammer hörte. Sie setzte sich auf und lauschte, sofort hellwach vor Angst, die Kommunisten könnten gekommen sein, um sich hier zu verstecken, oder, ärger noch, Banditen, wie diejenigen, die die Nonnen getötet hatten. Starr vor Schreck, faßte sie nach dem Revolver, den Ling Hwei ihr vor einiger Zeit anvertraut hatte. Sie wußte nicht, woher das Mädchen das Ding hatte, und sie stellte ihr auch keine Fragen, weil sie erleichtert war, überhaupt eine Waffe im Haus zu haben.

Wieder vernahm sie das dumpfe Gerumpel – und dann ein Geräusch, als würde etwas Schweres über den Boden geschleppt. Kein Zweifel, jemand befand sich mit ihnen im Haus, und als sie in einem der dicken, wollenen Nachtgewänder der Nonnen, die sie sich schon längst angeeignet hatte, aus der Kammer schlich, sah sie Ling Hwei, die aus dem Zimmer kam, das sie sich mit einem halben Dutzend der kleineren Kinder teilte. Die Schwangerschaft hatte sie unförmig gemacht, und Audrey scheuchte sie mit strengem Blick zurück in den Schlafraum. Sie wollte nicht, daß dem Mädchen etwas passierte, und die Erinnerung an die enthaupteten Nonnen überfiel sie nun, als sie sich beklommen fragte, wer sich da unten herumtreiben mochte. Seit ihrer Ankunft hatte es in der Gegend keine Gefechte mit den Kommunisten mehr gegeben, dennoch hatten die Japaner eine Zeitlang die Zügel fester in die Hand genommen. Audrey wußte nur, daß sich ein Eindringling im Haus befand, und schlich auf Zehenspitzen die Treppe hinunter, die geladene Pistole entsichert in der Hand, bereit, jeden über den Haufen zu schießen, dem sie begegnete, Blick und Nerven angespannt, als sie den dunklen Raum im Erdgeschoß betrat. Ihr Herz schlug so heftig, daß es ihr in den Ohren dröhnte und sie sich schon fragte, ob sie den Eindringling rechtzeitig hören würde, um sich wehren zu können, doch plötzlich vernahm sie ein schweres Atmen, als sie auch schon sah, wie sich die Umrisse einer Gestalt vom helleren Fenster abhoben. Sie zauderte nur einen Augenblick, den Finger am Abzug. Sie mußte ihn töten, doch seine Stimme drang aus der Finsternis an ihr Ohr. Er wußte, daß sie ihn gesehen hatte. Was sie erschreckte, war der Umstand, daß er sie französisch angesprochen hatte, in der Annahme, er hätte eine der Nonnen vor sich.

Eine tiefe, atemlose Stimme hatte wie unter großen Schmerzen gesagt: »Je ne vous ferai pas mal.« Ich tue Ihnen nichts. Er sprach mit einem sonderbaren Akzent, wie sie ihn noch nie gehört hatte, doch war er deutlich zu verstehen. Aber wie sollte sie wissen, ob er in friedlicher Absicht gekommen war oder ob er sie anlog?

»Qui êtes-vous?« flüsterte sie in der Finsternis, während ihr Herz wie eine Urwaldtrommel dröhnte. Sie hatte ihn gefragt, wer er sei, und wartete beklommen auf Antwort.

»Le General Chang.« Diesmal sprach er ganz deutlich. Noch immer hielt sie die Pistole auf ihn gerichtet.

»Que faites-vous ici?« Was machen Sie hier?

»Je suis blessé.« Nun trat Stille ein, nachdem er ihr gesagt hatte, daß er verwundet sei. Ein paar Schritte näher tretend, faßte sie nach einer Kerze, machte unbeholfen Licht, während sie seine Gestalt nicht aus den Augen ließ und die Pistole weiterhin festhielt.

Sie ermahnte den Eindringling, sich nicht zu bewegen und hielt die Kerze in die Höhe. Vor ihr stand ein stämmiger, mittelgroßer Mann in der Tracht der Mongolen. Zu seinen Füßen hatten sich Pfützen von Schneewasser gebildet, und plötzlich sah sie im flackernden Kerzenlicht, daß eine blutende Wunde an seiner Schulter mit blutgetränkten Lappen verbunden war. Er hielt sich die Schulter, während er dastand und sie ansah. In seinem Gürtel steckte eine große Pistole, an der Seite hing ein Säbel, über einer Schulter ein Patronengürtel, doch hatte er keine seiner Waffen auf sie gerichtet. Er beobachtete sie wachsam und fragte sie, ob sie eine der Nonnen sei. Audrey, die zunächst nicht wußte, ob es ratsam war, sich als Nonne auszugeben, entschied sich für die Wahrheit. Sie schüttelte den Kopf, den Blick unentwegt auf ihn gerichtet, während sie hörte, wie Ling Hwei im Oberstock umherging. Sie fürchtete, er würde dem Mädchen etwas antun, wenn er es zu sehen bekäme, doch bei näherem Hinsehen schien er gar nicht in der Verfassung, jemandem Schaden zuzufügen. Er sah ebenso erschrocken aus wie Audrey.

»Darf ich den Tag über bleiben?« fragte er wieder auf französisch, und sie wurde das sonderbare Gefühl nicht los, daß er schon einmal hier gewesen sein mußte. Seine nächsten Worte bestätigten ihre Vermutung. »Ich könnte mich wie seinerzeit im Keller verstecken.« Dabei sah er sie bittend an. Jetzt erst bemerkte Audrey an seiner Mütze Goldlitzen. Auch seine Uniformjacke war mit Litzen geschmückt, doch die Blutflecken machten den Eindruck der Rangabzeichen zunichte und ließen ihn kläglich erscheinen. Da fiel ihr ein, was er gesagt hatte. Ehe sie ihm zu bleiben erlaubte, mußte sie ihm ein paar Fragen stellen. Daß er womöglich die Kinder gefährdete, konnte sie nicht zulassen.

»Sie sind General?«

»Ich bin General meiner Provinz, loyaler Anhänger der Nationalarmee.«

Dann gehörte er zu Tschiang Kai-scheks Anhängern und war offensichtlich irgendwo in einen Kampf mit den Kommunisten geraten. Sie wollte ihn schon fragen, welche Provinz er unter sich habe, doch er erklärte es ihr ungefragt, während sie ihn nicht aus den Augen ließ. »Ich komme aus Baruun Urta hinter den Khingan-Bergen. Wir wollten uns mit Leuten Tschiang Kai-scheks treffen, stießen statt dessen auf die Japaner. Drei meiner Leute warten in der Kirche auf mich. Wenn Sie mir nicht erlauben zu bleiben, werden die mir weiterhelfen. Haben Sie keine Angst.« Er war von ausgesuchter Höflichkeit, und sein Französisch war viel besser als ihres, für einen mongolischen General sehr ungewöhnlich. »Die Schwestern haben mir schon mehrmals Obdach gewährt. Zweimal war ich schon hier, wenn wir in diese Gegend kamen. Ich möchte aber weder Sie noch die Kinder gefährden. Wenn Sie wollen, daß ich gehe, dann werde ich gehen.« Er war um eine aufrechte Haltung bemüht, konnte aber nicht verhindern, daß er immer wieder zusammenzuckte. Der Schmerz in der Schulter machte ihm so zu schaffen, daß er ins Taumeln geriet.

»Hat jemand Sie gesehen?« Audrey versuchte, zu einer Entscheidung zu gelangen, als Shin Yu die Treppe herunterkam und hinter ihr stehenblieb. Sie erschrak, als sie merkte, daß es nicht Ling Hwei war. Shin Yu versuchte ihr etwas zu verstehen zu geben, aber Audrey scheuchte sie nach oben und versuchte sich darauf zu konzentrieren, was der mongolische General sagte.

»Ich glaube nicht, daß uns jemand gesehen hat, Mademoiselle.« Er wirkte sehr geschwächt, und sie sah, daß seine Wunde stark blutete. »Wir werden Sie nicht stören. Wir brauchen nur einen Platz zum Ausruhen, bis es dunkel wird. Wir sind zu Fuß unterwegs und müssen zurück zu unseren Leuten.« Was immer ihre Mission gewesen sein mochte, sie hatten sie erfüllt. Doch Audrey hatte Bedenken, ihnen Obdach zu gewähren. Was, wenn ihnen als Folge davon Repressalien der Japaner drohten? Bislang waren sie unbehelligt geblieben, und ihr lag der Kinder wegen daran, daß es so blieb, andererseits war der General verwundet, und würde es ohne Ruhepause und Pflege nicht weit schaffen.

»Legen Sie die Waffen nieder.«

»Wie bitte?« Er schien erschrocken und tat, als hätte er nicht verstanden. Shin Yu kam wieder die Treppe herunter, und Audrey befahl ihr, oben zu bleiben.

»Ich sagte, Sie sollen mir Pistole, Patronen und Säbel aushändigen. Andernfalls dürfen Sie nicht bleiben.«

Er überlegte angespannt, während er den Blick lange und eindringlich auf sie richtete. Seine Miene blieb undeutbar.

»Sehen Sie in mir eine Bedrohung?« fragte er.

»Ich weiß nicht, wer Sie sind. Ich kann nicht zulassen, daß den Kindern etwas geschieht.«

»Wir werden ihnen nichts tun. Meine Männer verstecken sich draußen im Schuppen, und ich bleibe im Keller, wenn Sie gestatten. Ich bin der General meiner Provinz, Mademoiselle. Ich bin ein Ehrenmann.« Das sagte er mit so viel Würde, daß Audrey der Widersinn der Situation, in der sie sich befanden, überdeutlich bewußt wurde, doch durfte sie in ihrer Wachsamkeit nicht nachlassen. Was seine Identität betraf, besaß sie nur sein Wort. Ebensogut hätte er ein Bandit sein können, der sie und die Kinder skrupellos überfallen würde.

»Sie haben mein Wort. Sie und die Kinder sind sicher. Ich benötige nur ein paar Stunden, um wieder zu Kräften zu kommen.« Ihre Miene ließ erkennen, daß er aus diesem Disput nicht als Sieger hervorgehen würde. Deswegen zog er die Pistole aus dem Gürtel, den Säbel aus der Scheide und nahm mit etwas mehr Mühe den Patronengürtel von der Schulter. Sie konnte nicht wissen, daß er unter der Jacke noch eine Pistole versteckt hatte und in seinem Ärmel ein scharfes Messer. Er hatte weder die Absicht, diese Waffen gegen sie anzuwenden, noch war er so töricht, alle seine Waffen zu übergeben. Dazu war er zu klug, und hätte Audrey Zeit gehabt, gründlicher zu überlegen, hätte sie argwöhnen müssen, daß er noch andere Waffen bei sich haben mußte.

»Woher soll ich wissen, daß Sie die Kinder verschonen werden?«

»Sie haben mein Wort, Mademoiselle.«

»Und Ihre Leute?« Sie dachte an die geköpften Nonnen in der Kirche, die sie und Charles gefunden hatten.

»Ich werde mit meinen Männern reden, sie werden sich verstecken. Niemand wird sie zu sehen bekommen, das verspreche ich.« Jetzt lächelte er. Sein seltsames, interessantes Gesicht mit den schmalen Augen und hohen Backenknochen ließ ihn völlig anders aussehen als die Chinesen aus der Umgebung von Harbin oder alle anderen, die Audrey in Nanking, Peking oder Schanghai gesehen hatte. »Wir haben darin große Übung.« So große auch wieder nicht, dachte sie, sonst wäre er nicht verwundet worden.

»Brauchen Sie einen frischen Verband für Ihre Wunde?« Audrey stand noch immer wachsam an der Treppe und hatte ihn angewiesen, Abstand zwischen sich und die Waffen zubringen. Der General schob sich die Wand entlang zur anderen Seite der Küche hin. Sie hob seine Pistole und den Säbel auf und wich an den Fuß der Treppe zurück, als sie Shin Yu rufen hörte. Das Kind war sichtlich verängstigt durch die Unruhe im Haus. Nachdem sie der Kleinen zugerufen hatte, daß sie gleich kommen würde, wandte sie ihre Aufmerksamkeit wieder dem Mongolen-General zu.

»Wenn Sie ein paar alte Fetzen übrig hätten ...«, setzte er zögernd an, »aber ich glaube, was ich habe, reicht ohnehin ...« Er deutete auf die blutdurchtränkten Streifen zerschnittener Bettlaken, mit denen die Wunde notdürftig verbunden worden war. Audrey hielt die Kerze höher, um die Verwundung besser sehen zu können. Dabei nahm sie unwillkürlich wahr, daß sie einen attraktiven Mann vor sich hatte, doch war sie noch immer nicht sicher, ob man ihm trauen konnte, obwohl sie in seinem Blick Aufrichtigkeit und Rechtschaffenheit zu erkennen glaubte. »Ich habe selbst Kinder, Mademoiselle, und ich war schon einmal hier, wie ich Ihnen sagte. Die Nonnen kannten mich gut. Als junger Mann war ich in Grenoble auf der Universität.« Audrey fand es bemerkenswert, daß er in sein Land, das rückständig war und keine Annehmlichkeiten bot, zurückgekehrt war. Ihr Gefühl sagte ihr, daß er die Wahrheit sprach.

»Ich gebe Ihnen erst frisches Verbandszeug, und dann bekommen Sie etwas zu essen. Aber Sie müssen in der Nacht fort.« Sie sah ihm fest in die Augen und sprach in einem so eindringlichen Ton, als hätte sie es mit einem der Kinder zu tun.

»Sie haben mein Wort. Jetzt muß ich mit meinen Leuten sprechen.« Ehe sie etwas einwenden konnte, verschwand er, und sie sah seinen Schatten zum Schuppen huschen, der zwischen Waisenhaus und Kirche stand. Audrey nützte die Zeit und schnitt zwei Handtücher in Streifen, goß heißes Wasser in eine Schüssel, schnitt Käse, Brot und Trockenfleisch auf, und als der General wiederkam, wies sie mit einer Handbewegung auf den Küchentisch und stellte Teewasser auf. Der General machte einen geschwächten Eindruck, als er sich auf die Küchenbank fallen ließ und dankbar zu ihr aufblickte. »Danke.« Hastig machte er sich über Fleisch und Käse her. Zum Wechseln des Verbandes schien er fast zu müde, und Audrey hatte Hemmungen, es für ihn zu tun. Sie sah ihm zu, wie er die Stoffstreifen entfernte und die häßliche Wunde freilegte. Der tiefe Schnitt, den der Säbelhieb hinterlassen hatte, war rot und blutete. Der General holte ein kleines Döschen aus der Tasche. Darin war ein medizinischer Puder, den Audrey in die Wunde stäubte, nachdem sie ihm in Wasser getauchte Stoffstreifen gereicht hatte. Zusammen säuberten sie die Wunde, und Audrey verband sie dann unter seinen aufmerksamen Blicken ... »Sie beweisen Mut, weil Sie mir vertrauen. Wie kommen Sie hierher, wenn Sie keine Nonne sind?«

Audrey erklärte ihm, daß die Nonnen getötet worden seien und sie zufällig in Harbin gewesen sei. Von Charles sagte sie nichts. Sie hielt den Blick unverwandt auf den Verband gerichtet, während sie mit dem Verbinden beschäftigt war. Ihr fiel an dem Mann eine gewisse ungestüme Schönheit auf, eine Männlichkeit, wie sie sie noch nie bei jemandem gespürt hatte. Man hatte das Gefühl, als ströme er männliche Kraft aus, so daß sie zwischen Angst und Bewunderung für ihn schwankte. In gewisser Hinsicht war er furchteinflößend, da man spürte, daß er, sprungbereit wie ein Tiger, mit einer einzigen raschen Bewegung zu töten vermochte, und doch erschien er ihr ganz sanft, als er mit ihr sprach. Sie bemerkte seine kraftvollen schmalen Hände und beobachtete ihn, als er rasch im Keller verschwand. Der General hatte die Wahrheit gesagt. Er wußte genau, wo der Keller lag und wie man hinuntergelangte. Ein letztes Mal blickte er sich nach ihr um, dann verschwand er in der Dunkelheit und schloß leise die Tür hinter sich, während sie allein in der Küche stand, in der Hand die Schüssel mit dem blutigen Wasser und den Lappen, den einzigen Spuren seiner Anwesenheit. Rasch schüttete sie das Wasser vor die Küchentür, bedeckte den roten Fleck mit Schnee und begrub auch die blutigen Lappen darin. Es würde Frühjahr werden, bis jemand die Verbände entdeckte. Dann war er längst über alle Berge. Als sie ins Haus zurückging, wurde sie schon voller Ungeduld von Shin Yu erwartet, die verzweifelt war und sie entsetzt anstarrte.

»Es geht um Ling Hwei«, erklärte das Mädchen, »es ist bei ihr soweit. Das Baby, das sie von Gott hat, kommt jetzt ... sie ist sehr krank ... es geht ihr ganz schlecht ... Miß Audrey ...« Im Nachthemd lief Audrey die Treppe hinauf, in der Hand noch immer die Waffen, die eigene und die des Generals, die sie alle unter ihr Bett schob und mit einer Decke bedeckte. Dann lief sie in den Schlafraum, in dem Ling Hwei lag, nur um zu entdecken, daß die anderen Kinder noch schliefen, während das junge Mädchen sich an seine dünne Decke klammerte, die Zähne zusammenbiß und voller Angst und Qual vor sich hin starrte. Audrey strich ihm sacht über die Stirn, doch das Mädchen, das sich vor Schmerzen wand, gab keinen Ton von sich und faßte plötzlich nach Audreys Arm.

»Schon gut ... schon gut ... ich bringe dich in meine Kammer«, versuchte Audrey sie zu beruhigen. Sie nahm das Mädchen in die Arme und trug es in ihre eigene Schlafkammer, nachdem sie Shin Yu gebeten hatte, bei den anderen Kindern zu bleiben. Die Kleine, die um ihre Schwester besorgt war, wollte mitgehen, Audrey aber wußte, daß es besser war, wenn sie nicht mit ansehen mußte, was Ling Hwei durchzumachen hatte. Seit Monaten hatte Audrey gefürchtet, die Entbindung würde nicht leicht werden, da das Mädchen sehr schmalhüftig war. Sie hatte einen der russischen Ärzte holen wollen, wußte aber aus Erfahrung, daß kein Mensch sich dieser kleinen Chinesin annehmen würde. Sie stellte nichts Besonderes dar, zudem wurde hierzulande zu Hause unter Mithilfe der Mütter, Schwestern und anderen weiblichen Familienmitgliedern entbunden. Doch dieses Mädchen hatte als einzige Hilfe Audrey, die auf diesem Gebiet über keinerlei Erfahrung verfügte. Sie war noch nie bei einer Geburt zugegen gewesen und saß nun da und hielt Ling Hweis Hand, während diese stumm mit den Wehen kämpfte. Kein Laut kam über ihre Lippen. Audrey wäre es lieber gewesen, sie hätte geschrien. Als die anderen Kinder wach wurden, bat Audrey Shin Yu, ihnen das Frühstück zu machen und auf sie achtzugeben. Sie betete darum, daß der General in seinem Versteck blieb. Ihre Befürchtung war ganz unbegründet, und doch war sie den ganzen Morgen über nervös. Sie konnte Ling Hwei nicht allein lassen, die schreckliche Schmerzen litt und ihr heiseres Stöhnen nicht mehr unterdrücken konnte. Sie verfiel in ein Delirium, während sie sich laut schreiend im Bett wälzte, nach Audreys Arm faßte und sie anflehte, ihr zu helfen.

Am Spätnachmittag schließlich, als ihr vorkam, daß die Wehen schon ungewöhnlich lange dauerten, zwang sie Ling Hwei, sie nachsehen zu lassen, ob das Baby schon käme. Das Mädchen schrie herzzerreißend wie ein kleines Kind, und Audrey wurde unwillkürlich an das Schluchzen Shih Hwas kurz vor dessen Tod erinnert, doch Ling Hwei lag nicht im Sterben, sie brachte das Kind zur Welt, das sie von dem jungen Japaner empfangen hatte. Audrey war sicher, daß sie in ihrer Qual bitterlich bereute, was sie getan hatte, doch jetzt war es zu spät. Vom Kopf des Kindes war noch nichts zu sehen, obwohl Ling Hwei jetzt seit über zwölf Stunden in den Wehen lag.

Shin Yu brachte die Kinder abends an Audreys Stelle zu Bett, nachdem sie sich auch den ganzen Tag um sie gekümmert hatte. Von Zeit zu Zeit kam sie, um nachzusehen und sich Anweisungen zu holen, doch Audrey ließ nicht zu, daß sie ihre Schwester zu sehen bekam. Sie selbst hatte den ganzen Tag nichts gegessen, und Ling Hwei hatte sogar Tee abgelehnt. Bis auf einige kleine Schlückchen Wasser hatte sie nichts zu sich genommen. Sie schrie jetzt fast ununterbrochen, und Audrey war so in Anspruch genommen, daß sie die Schritte hinter sich überhörte, als der General auf leisen Sohlen um Mitternacht eintrat. Der Schatten an der Wand ließ sie mit einem erstickten Schrei auffahren. Es war zu spät, um nach der unter dem Bett versteckten Pistole zu greifen. Sie sprang auf, drehte sich blitzartig um, doch seine Miene blieb ganz friedlich.

»Keine Angst.« Sein Blick glitt über das sich vor Schmerzen windende Mädchen und wanderte dann zu Audrey zurück. »Eines der Kinder?« Audrey nickte, und das Mädchen schrie auf. So ging es schon seit Stunden, und es war kein Fortschritt zu sehen. »Sie wurde von den Japanern vergewaltigt.« Die Wahrheit, nämlich daß sie willig mit einem der Soldaten geschlafen hatte, behielt Audrey lieber für sich.

»Diese Bestien.« Seine Stimme klang leise in dem stickigen Raum, in dem es beißend nach Schweiß und Mühsal des langen Tages und der Nacht roch. Ling Hwei sah den General an, ohne ihn wahrzunehmen.

Die Schmerzen schienen nun überhaupt nicht mehr nachzulassen, und die ganze letzte Stunde hatte Audrey mit ihr gelitten. So hilflos war sie sich noch nie vorgekommen. Sie warf dem General, der Ling Hwei beobachtete, einen Blick zu. »Sie hat starke Wehen.« Er machte den Eindruck, zu wissen, worauf es ankam, und Audrey wandte sich ihm widerstrebend zu. Sie war noch immer nicht sicher, ob man ihm trauen konnte, obwohl er sein Wort gehalten hatte und den Tag über in seinem Kellerversteck geblieben war. Sie fragte sich insgeheim, ob er vielleicht so anständig war, wie er aussah, und ob er dem Mädchen irgendwie helfen konnte.

»Seit gestern, als Sie kamen, liegt sie in den Wehen. Seit fast vierundzwanzig Stunden.« Audrey merkte selbst, wie verzweifelt das klang. Sie bangte um Ling Hwei und konnte selbst nicht mehr für sie tun, außer ihr die Hand zu halten und zu warten, bis das Kind kam. Wie man dem Mädchen die Qualen erleichtern konnte oder ob das überhaupt möglich war, wußte sie nicht.

»Kann man den Kopf schon sehen?« Audrey verneinte die Frage des Generals, und er nickte bedächtig. »Dann wird sie sterben.« Das stellte er wie selbstverständlich fest. Mit seinen vierzig Jahren hatte er sehr viel vom Leben, Geburten und Tod gesehen, Krieg, Verzweiflung und Hunger. Seine Schulter schmerzte nicht mehr so stark, und er wirkte ausgeruhter als am Abend zuvor.

Seine Bemerkung machte Audrey angst. »Woher wollen Sie das wissen?« flüsterte sie.

»Es steht ihr ins Gesicht geschrieben. Mein Erstgeborener brauchte drei Tage, um zu kommen. Ein Sohn.« Augen und Mund blieben ernst. »Aber sie wird immer schwächer, und jung ist sie auch. Ich kann es sehen.« Er kniff die Augen zusammen und sah dann Audrey an.

»Wir sollten einen Arzt holen.«

Er schüttelte den Kopf. »Es würde keiner kommen. Und keiner könnte ihr helfen. Man kann das Kind retten, aber wer will schon einen Japaner-Bastard?«

»Was soll das heißen?« Von General Chang zu Ling Hwei blickend, fragte sie sich, ob er das Mädchen sterben lassen würde.

»Kann man denn gar nichts unternehmen?« Audrey hatte keine Ahnung von den Vorgängen bei einer Entbindung und bereute jetzt sehr, daß sie den Berichten ihrer Schwester nie mehr Interesse entgegengebracht hatte. Aber Annabelle mußte es viel leichter gehabt haben, und außerdem hatte sie bei der Geburt Chloroform bekommen. Das gab es hier nicht. Sie wandte sich an den mongolischen General, und als sie ihn ansah, kam ihr der Gedanke, daß er genauso aussah, wie man sich einen Kriegsherrn vorstellte. Er schien die Lage abzuschätzen und Dinge einzukalkulieren, die Audrey nicht wissen konnte, dann begegnete er ihrem Blick.

»Man könnte sie schneiden.« Das hörte sich grauenvoll an, und Audrey war nicht sicher, was er meinte, als er fortfuhr: »Mit einem gereinigten Messer. Es müßte eine Frau machen oder ein heiliger Mann. Aber Sie können das nicht, das sehe ich.«

»Und Sie?«

»Ich habe einmal zugesehen. Meine Frau wurde einmal geschnitten. Bei meinem zweiten Sohn.«

»Und sie überlebte?« Mehr wollte Audrey nicht wissen. Sie wollte das Mädchen retten und sie von dem Kind erlösen, das ihr so große Qualen bereitete. Shin Yu klopfte leise an, und Audrey schickte sie mit gedämpften Worten fort. Sie wollte nicht, daß sie den General oder ihre gepeinigte Schwester sah.

»Ja.« Er nickte auf ihre Frage. »Sie überlebte. Das Kind auch. Vielleicht wird auch dieses Mädchen überleben, wenn wir uns beeilen. Als erstes muß man das Kind herunterdrücken.« Ohne weitere Umstände ging er zu Ling Hwei, sprach ein paar Worte zu ihr und betrachtete die Auswölbung ihres Leibes. Vorsichtig tastete er nach dem Kind und ließ sich dann plötzlich ohne Vorwarnung mit der nächsten Wehe voll auf sie fallen, als sie aufschrie. Er drückte das Kind nach unten, damit es rascher herauskommen konnte. Er wiederholte den Druck noch zweimal, obwohl sie sich heftig wehrte. Audrey befürchtete, er würde sie mit dem Druck seines kraftvollen Körpers töten, doch als er gleich nachher Audrey bat nachzusehen, konnte sie einen kleinen Teil des Kinderkopfes mit schwarzem Haar sehen. Sie warf ihm einen erleichterten Blick zu. »Ich kann das Kind sehen.« Er erwiderte nichts, drückte noch zweimal, und der kreisrunde Kopfteil des Kindes wurde größer. Dann trat der General zurück und sah Audrey an.

»Wir brauchen saubere Tücher und Decken.« Sie entnahm seinen Worten, daß das Kind schon kam, und als sie mit einer Armladung Tücher zurückkam, sah sie mit Entsetzen, wie er mit einer einzigen Bewegung ein Messer mit langer Klinge aus dem Ärmel holte und es durch die Kerzenflamme führte, immer wieder, bis es glühend heiß und somit desinfiziert war. Damit wurde ihr auch klar, daß er ihr nicht alle seine Waffen übergeben hatte, doch sie ließ keine Bemerkung darüber fallen. Er hatte sich bislang an sein Wort gehalten, und wenn er ihr jetzt bei Ling Hwei beistand, war sie ihm zu ewigem Dank verpflichtet. Er hielt die Klinge in die Höhe, und Audrey war nicht ganz sicher, wo er den Schnitt machen würde. »Sehen Sie nach, ob jetzt schon mehr vom Kopf zu sehen ist«, wies er sie an, doch das kleine Stückchen Kopf war nicht größer geworden, seitdem er aufgehört hatte, auf den Leib der Gebärenden Druck auszuüben. Die Ärmste schrie entsetzlich, während das Kind vorwärts drängte.

»Halten Sie die Beine.« Er sagte es fest und hart, und einen Augenblick lang empfand Audrey Furcht. Sie vertraute diesem Mann, aber was blieb ihr sonst auch übrig? Es gab niemanden außer ihm, der ihr helfen konnte.

»Was werden Sie tun?« In seinem Blick lag etwas Beruhigendes.

»Ich versuche, die Öffnung zu vergrößern, damit der Kopf austreten kann. Schnell, die Klinge darf nicht erkalten.«

Audrey zögerte nur eine Sekunde und ließ sich dann mit beruhigenden Worten neben Ling Hwei nieder, indem sie die Beine mit aller Kraft weit nach hinten drückte und sie festhielt. Aber Ling Hwei leistete kaum Widerstand. Sie verfügte über keine

Kraftreserven mehr. Audrey sah, daß der General mit sicherer Hand einen Schnitt machte. Zuerst gab es kein Blut, dann ganz plötzlich schoß ein großer Schwall auf die Tücher, die sie Ling Hwei untergelegt hatte. In erregtem Ton wies der General Audrey an, auf den Leib zu drücken, und als sie seiner Aufforderung zu behutsam nachkam, herrschte er sie an, weil es schnell gehen mußte. Gott allein mochte wissen, wie viele Menschen dieser Mann getötet hatte, und doch kämpfte er nun mit Audrey zusammen um ein Leben. Sie hielt den Atem an, drückte so fest sie konnte, als er die Klinge wieder erhitzte und den Schnitt erweiterte. Unter Ling Hweis schrecklichem Stöhnen erschien die Schädeldecke des Kindes, sodann langsam die Stirn, zwei winzige Ohren, Nase und Mund. Dann war der ganze Kopf frei, während Audrey staunend zusah, und der General sie anwies, weiter zu drücken. Von Ling Hwei war jetzt kein Laut mehr zu hören, sie hatte große Mengen Blut verloren und war den Schmerzen nicht mehr gewachsen. Als ihr kleines Mädchen zur Welt kam, war sie bewußtlos. Der General hielt das Kind mit Siegermiene in die Höhe, als wäre es sein eigenes, und sah Audrey mit breitem Lächeln an. Rasch wurde die Kleine in Decken gehüllt und mit einem sauberen Handtuch gereinigt. Als das Baby schrie, spürte Audrey, wie ihr die Tränen über die Wangen liefen. Mit Staunen nahm sie die Lichtstreifen wahr, die sich wie Finger in den Raum tasteten. Seit Mitternacht waren sie gemeinsam am Werk gewesen. General Chang hatte Ling Hwei und ihr Kind gerettet. Sein Blick war ernst, als er das Mädchen ansah und dann den Schnitt begutachtete, den er mit seinem Messer gemacht hatte. Er verschwieg Audrey seine Befürchtungen, nämlich, daß er bezweifelte, ob Ling Hwei den großen Blutverlust verkraften würde. Nur das Kind würde es schaffen, es sei denn die junge Mutter hatte großes Glück und erholte sich von den Strapazen der Geburt.

»Sie müssen die Wunde nähen«, sagte er leise. Rasch nahm Audrey die einzige Nadel, die sie besaß, und einen starken weißen Faden. Sie hielt die Nadelspitze ins Feuer, ehe sie sich daranmachte, den Schnitt zu nähen. Es war die schwierigste Aufgabe, der sie sich je gegenübergesehen hatte. Bei jedem Stich zitterte ihre Hand, und sie betete für das Mädchen. Wenn Ling Hwei jetzt sterben mußte, wäre das eine himmelschreiende Ungerechtigkeit. Es durfte nicht sein. Tränen brannten in Audreys Augen, und es dauerte lange, bis sie mit der Naht fertig war. Dann säuberte sie Ling Hwei mit kaltem Wasser und einem sauberen Tuch und deckte sie zu, während der General das schlafende Neugeborene hielt, als wäre es sein eigenes. Keiner der beiden dachte daran, daß das Kleine halb japanisch war. Das war jetzt unwichtig. Es war ein neues Leben, ihr Kind, das Baby, das sie in einer Nacht voller Mühsal gerettet hatten.

»Sie haben sich gut gehalten.« Seine Stimme klang sanft, während er zusah, wie Audrey mit der Bewußtlosen hantierte. Ling Hweis aschfahles Gesicht veranlaßte Audrey zu einem fragenden Blick.

»Sie ist so bleich«, sagte sie zu dem General.

»Das macht der Blutverlust.« Zwar hatte er selbst auch viel Blut verloren, doch war er ein Mann, der schon oft verwundet worden war. Frauen im Kindbett waren etwas anderes. Sein Bruder hatte auf diese Weise zwei Frauen verloren, doch waren ihm zwei Söhne geblieben. Da blickte er auf das Kind nieder und dachte an seine eigenen – daran, wie sie geboren worden waren und er sie das erste Mal in den Armen gehalten hatte. Das schien nun so lange zurückzuliegen, sein Jüngster war achtzehn und war mit Tschiang Kai-scheks Armee in den Bergen, doch das Gefühl war dasselbe, das ehrfürchtige Staunen, daß so etwas möglich war, ein neues Leben, das aus einem alten hervorbrach.

»Wird sie es überstehen?« Audrey fragte es leise beim flackernden Kerzenlicht. Sie ließ die Kerze verlöschen. Das Licht der Morgendämmerung reichte aus, um die junge Wöchnerin beobachten zu können.

»Ich weiß es nicht.« Der General sah auf das Kind nieder.

»Das Kind braucht Milch, wenn es von der Mutter keine bekommen kann.«

Als Shin Yu wenig später an die Tür kam, bat Audrey sie, die Kuh zu melken, doch General Chang hielt Ziegenmilch für geeigneter, deswegen ließ Audrey sich beides bringen. Da fiel ihr etwas ein, und sie sah den General verzweifelt an. Sie hatten kein Fläschchen, um das Kleine zu füttern. Wie durch ein Wunder fand sich ein Lederhandschuh, der einer Nonne gehört hatte. Nachdem Audrey ihn auf dem Küchenherd ausgekocht hatte, gossen sie Ziegenmilch hinein, und das Kleine nuckelte zufrieden an einem Finger, in den sie ein kleines Loch gebohrt hatte. Dann schlief es ein.

Ling Hwei war noch immer nicht zu sich gekommen, und Audrey befürchtete nun auch, daß sie die Qualen der Geburt nicht überleben würde. Den Tag verbrachte der General wieder im Keller. Es war zu spät, um sich jetzt davonzustehlen, doch außer Audrey wußte nur Shin Yu von seiner Anwesenheit. Als er nach Einbruch der Dunkelheit wieder aus dem Keller kam, war Audrey noch immer auf ihrem Posten, gab dem Kind alle paar Stunden Milch und kümmerte sich um Ling Hwei, die kaum atmete und seit der Geburt nicht wieder das Bewußtsein erlangt hatte. Chang hielt das Kind in der Nacht in den Armen und gab ihm aus dem Handschuh zu trinken, während Audrey schweigend Ling Hwei umfangen hielt und sie nicht aus den Augen ließ, bis das Mädchen mit einem leisen Seufzer in Audreys Armen sein Leben aushauchte.

Audrey hielt sie noch lange fest und dachte daran, was für ein reizendes Mädchen Ling Hwei gewesen war, und an das qualvolle Leben, das dem mutterlosen Kleinen nun bevorstand. Dieser Gedanke traf sie bis ins Innere, als sie an ihre eigene Mutter dachte und an das einsame Leben, das Ling Hweis Töchterchen erwartete, in einer Welt, in der sie keine Liebe finden würde, verdammt von Japanern und Chinesen gleichermaßen, in einer Gesellschaft, die zuließ, daß ein Mädchen für Reis, Bohnen oder Mehl verhökert wurde. Tränen liefen Audrey übers Gesicht, als sie Ling Hwei zudeckte und das Kleine in den Arm nahm. Chang ging hinunter und machte Tee, und als es dämmerte, weckte sie Shin Yu und sagte ihr, daß ihre Schwester gestorben war. Das Mädchen weinte, schlug die Hände vors Gesicht und warf sich Audrey in die Arme. Und wieder konnte Audrey den Schmerz nachfühlen, als sie daran dachte, wie Annabelle sich nach dem Tod ihrer Eltern benommen hatte. General Chang sah dies alles mit an. Er hatte zwei Nächte hier verbracht und jedesmal, wenn er hatte aufbrechen wollen, hatte ihn etwas aufgehalten. Ehe er wieder für den Tag im Keller verschwand, sagte er mit eindringlichem Blick zu Audrey: »Wenn es dunkel wird, muß ich gehen. Meine Männer werden schon ungeduldig.« Sie hatte ihnen Essen in den Schuppen gestellt, aber niemanden zu Gesicht bekommen. Bislang war der General nicht wortbrüchig geworden, und sie fürchtete ihn nicht mehr. Nicht nach allem, was sie gemeinsam durchgestanden hatten. Zwischen ihnen bestand jetzt eine Bindung, die sie nie vergessen würden, weil sie etwas ganz Besonderes war.

»Danke für Ihre Hilfe.« Sie sah ihm tief in die Augen. In ihrem Blick lag mehr als Dankbarkeit.

»Was werden Sie mit dem Kind anfangen?« Sonderbar, wie er sie ansah ... Er fand sie faszinierend, da sie in vielerlei Hinsicht eine ungewöhnliche Frau war. Wie sie in diese Gegend geraten war, begriff er noch immer nicht ganz. Sie kam von so weit her und nahm die Verantwortung für ihre Schützlinge so ungemein ernst.

»Werden Sie das Kind behalten?«

Eine sonderbare Frage. Audrey suchte seinen Blick.

»Ich nehme an, es wird unter den Kindern hier im Waisenhaus aufwachsen. Es sieht nicht anders aus als die anderen.«

»Und Sie? Hat Sie das Erlebnis verändert? Gehört das Kind jetzt nicht auch ein ganz klein wenig Ihnen, nachdem Sie es auf die Welt kommen sahen?« Sein Blick ruhte bedeutungsschwer auf ihr, und Audrey nickte gedankenvoll. Er hatte recht. Sie empfand anders, seitdem das Baby da war, als hätte ein Teil ihrer selbst Erfüllung gefunden. Ihr Kummer Ling Hweis wegen hatte zunächst verhindert, daß sie sich über das Baby so freute, wie es sonst der Fall gewesen wäre.

»Vielleicht nehmen Sie die Kleine eines Tages mit sich und ermöglichen ihr ein besseres Leben«, sagte er in hoffnungsvollem Ton. Fast war es so, als wäre es ihr gemeinsames Kind. Er wollte erreichen, daß Audrey es mitnahm, wenn sie China verließ. Seufzend nahm sie diese Idee zur Kenntnis. »Ich würde sie alle gern nach Hause mitnehmen. Aber ich kann nicht. Sobald die Nonnen eintreffen, muß ich fahren.« Ihr Blick bat um Verständnis, und doch hatte sie das Gefühl, als würde sie ihn und die Kinder im Stich lassen.

»Damit verdammen Sie das Kind zu einem Leben in Hunger und Unwissenheit, Mademoiselle. Wenn Sie die Kleine mitnehmen, hat sie großes Glück.« Sein Blick war so eindringlich, daß sie sich sonderbar zu ihm hingezogen fühlte, als wäre er ein alter Freund, Teil einer vertrauten Welt und kein mongolischer Kriegsherr. Oder ist dies hier die einzige Welt, die mir vertraut ist? fragte sie sich, während er sie aus weisen Augen ansah. »Ich hatte großes Glück, daß man mich nach Grenoble schickte.« Er lächelte wehmütig. »Ich möchte, daß es diesem Kind ähnlich ergeht.« Er wußte nur zu gut, welches Leben der Kleinen bevorstand, wenn Audrey sie nicht davor bewahrte.

»Und doch sind Sie zurückgekommen?«

»Das war meine Pflicht. Aber dieses Kind hat hier keine Verpflichtungen. Niemand wird es wollen, weil es halb japanisch ist.« Man konnte es dem Neugeborenen schon ansehen. Das Baby sah nicht rein chinesisch aus und war es auch nicht. »Vielleicht wird man das Mädchen eines Tages deswegen töten. Retten Sie das Kind, Mademoiselle. Nehmen Sie es mit, wenn Sie gehen.« Es war ihr unangenehm, daß er sie so drängte. An all das wollte sie aber jetzt nicht denken. Ling Hwei hatte eben erst den letzten Atemzug getan, und Audrey mußte auch an all die anderen Kinder denken, nicht nur an das Neugeborene.

»Und die anderen?«

»Die werden Sie verlassen, wie Sie sie vorgefunden haben. Aber die Kleine war nicht da, als Sie kamen. Vielleicht gehört sie jetzt zu Ihnen.«

Es war, als kämpfe er für dieses kleine Leben, für das Leben, das er zuerst nicht hatte retten wollen. Als Audrey die Kleine den ganzen Tag an ihre Brust gedrückt hielt, dachte sie an seine Worte, und sie entdeckte, daß sie das Kind nicht fortgeben wollte.

Ling Hweis Tod mußte den örtlichen Behörden gemeldet werden, doch hatte sie Angst, es zu tun, während Chang und seine Männer da waren. Sie hüllte die Tote in Decken und schaffte sie in den Schuppen. Am nächsten Tag, wenn die Soldaten längst fort waren, wollte sie den Todesfall melden. In der Zwischenzeit hatte sie alle Hände voll zu tun. Sie mußte Shin Yu trösten und die anderen Kinder samt dem Baby versorgen. Damit war sie auch abgelenkt und konnte nicht an General Chang denken, und das war gut so, denn wenn sie an ihn dachte, war sie verwirrt.

Abends, als die Kinder in ihren Betten lagen, kam Chang an ihre Tür und klopfte leise an. Er wollte Pistole und Säbel wiederhaben und sah Audrey lange an. Er empfand große Achtung vor dieser Frau und fragte sich, ob sie einander jemals wieder begegnen würden. Sie war schöner als die Frauen, denen er seinerzeit in Grenoble begegnet war. Damals, in seiner Jugend, hatte er sich nach Frauen seiner eigenen Rasse gesehnt. Jetzt aber rief Audrey ihm eine längst vergangene Zeit ins Gedächtnis, so daß er die Hand ausstreckte und ihre Wange berührte. Niemals hatte sie eine sanftere Berührung gespürt oder liebevollere Augen gesehen. Jetzt ahnte sie, daß sie von ihm nie etwas zu befürchten gehabt hatte. Sie war sich auch bewußt, wie anziehend sie ihn fand, doch beiden war klar, daß sich daraus nichts entwickeln konnte.

»*Au revoir,* Mademoiselle. Vielleicht begegnen wir uns eines Tages wieder.« Ihm hätte nichts besser gefallen, doch mußte er in ein anderes Leben zurück, in ein Leben, in dem sie keinen Platz hatte und nie einen haben würde.

»Wohin gehen Sie jetzt?« In ihrem Blick mischten sich Besorgnis, Angst, Bewunderung und Zuneigung.

»Über die Berge zurück nach Baruun Urta. Irgendwann werden wir diesen Weg wieder zurückkommen, aber bis dahin werden Sie längst fort sein – in Ihrer Heimat.« Ihre Blicke hielten einander lange fest, und sie empfand eine Sehnsucht nach ihm, so stark, daß es ihr beinahe angst machte. Doch hatte sie jemanden wie ihn noch nie kennengelernt. In diesem Augenblick erschien ihr sogar die Erinnerung an Charles undeutlich und verschwommen.

»Achten Sie auf Ihre Schulter, General.« Lächelnd blickte er auf das Kind in ihren Armen nieder. Die Kleine schlief zufrieden wie ein kleiner Engel.

»Geben Sie acht auf unser Baby«, flüsterte er ihr zu, strich ihr sanft über die Wange, liebkoste sie mit den Augen, und gleich darauf war er fort. Sie vernahm nur mehr ein gedämpftes Knirschen im Schnee und dann nichts mehr. Als sie wieder im Bett lag, das Kind an ihre Brust gedrückt, um es vor der Kälte zu schützen, war sie in Gedanken bei all dem, was er gesagt hatte ... sie solle das Kind mitnehmen ... unser Kind ... und während sie daran dachte, spürte sie eine Aufwallung von Liebe wie nie zuvor, Liebe für das schlafende Kind in ihren Armen. Dazu kam die Erinnerung an den mongolischen General, der es gerettet hatte. Audrey lehnte sich zurück in die Kissen und schlief ein. Sie träumte wirres Zeug von ihrem Großvater, von dem Baby, von Charles ... und vom General.

## 18

Mai Li war zwei Monate alt, als der Wagen, der Audrey und Charles vom Bahnhof abgeholt hatte, vor dem Waisenhaus vorfuhr und zwei Frauen in dunkelblauem Habit mit schwarzen Pelerinen und gestärkter weißer Nonnenhaube ausstiegen. Sie kamen weder aus Frankreich oder Japan noch aus dem anderen Waisenhaus des Ordens in China, sondern aus Belgien, und sie hatten eine sehr lange Reise hinter sich. Ein Telegramm, das einen Monat zuvor gekommen war, hatte Audrey davon in Kenntnis gesetzt, daß sie unterwegs seien, und Gott allein wußte, wann sie eintreffen würden. Die beiden waren sehr erstaunt, Audrey an Stelle ihrer Mitschwestern vorzufinden. Es war sonderbar, ihnen alles erklären zu müssen und sie herumzuführen, und Audrey stellte fest, daß sie inzwischen jedes einzelne der sechzehn Kinder als ihr eigenes ansah. Es waren jetzt ›ihre‹ Kinder, besonders die Kleinsten, die völlig von ihr abhängig waren, und Shin Yu, die zu ihr aufsah wie seinerzeit Ling Hwei, sowie Mai Li, die jedesmal lächelte, wenn Audrey oder jemand anderer ihren Namen aussprach. Sie war ein glückliches, zutrauliches Baby, wohlgenährt und von den anderen über alles geliebt.

Audrey erklärte den Nonnen – die es noch immer nicht fassen

konnten, daß sie aus purer Anständigkeit geblieben war –, was sie nach Harbin geführt hatte. Sie sagte, daß sie mit ›Freunden‹ auf Reisen gewesen sei und diese Freunde vor sieben Monaten nach England zurückkehren mußten, während sie geblieben war. Ihr stand es jetzt frei zu gehen, doch fiel es ihr sehr schwer, sich loszureißen. Sie konnte den Gedanken nicht ertragen, die Kinder zu verlassen. Shin Yu hatte sogar angefangen, ihr Chinesisch bei-zubringen. Stockend versuchte sie dem Mädchen beizubringen, wie leid es ihr täte, daß sie fortmüßte, und das hübsche junge Ding sah sie bekümmert an. Shin Yu hatte all ihre Lieben verlo-ren, ihre Eltern, die Brüder, die Schwester und jetzt auch Audrey, die für sie so etwas wie ein Schutzengel geworden war.

»Du wirst Mai Li haben, Shin Yu«, aber Shin Yu schüttelte abwehrend den Kopf. Ihre Miene ließ auf nichts Gutes schließen. Sie war jetzt zwölf. In der Zeit, die Audrey hier verbracht hatte, war sie sehr erwachsen geworden.

»Mai Li schlechtes Baby . . . schlechtes Baby.«

»Wie kannst du so etwas sagen?« flüchtete Audrey sich ins Französische. Erschrocken über Shin Yus Reaktion.

»Sie ist nicht chinesisch, und sie ist auch nicht Gottes Kind. Sie ist japanisch. Deshalb Ling Hwei gestorben. Strafe für japa-nisches Baby.«

»Wer sagt das?« Audrey war entsetzt über diese Deutung der Dinge. Es war niemand da, der dies dem Mädchen hätte einreden können. Aber Shin Yu deutete auf die Augen des Kindes.

»Ich sehe es. Mai Li nicht chinesisch. Sie ist japanisch. Und ich weiß noch den Jungen, den Ling Hwei hatte . . .« Sie machte ein Gesicht, als sei sie selbst entehrt worden. »Ling Hwei mich angelogen. Das ist nicht Gottes Kind.«

»Alle Kinder sind Gottes Kinder. Und deine Schwester hat dich sehr lieb gehabt, Shin Yu.« Das Mädchen gab keine Antwort. Au-drey mußte an die Worte des Generals denken, der gesagt hatte, das Kind würde sein Leben lang verachtet werden. Es brach ihr fast das Herz, wenn sie sich vorstellte, daß das Baby, das sie so liebgewonnen hatte, von den eigenen Leuten nie akzeptiert werden würde. Während sie packte und sich reisefertig machte, wurde Audreys Herz immer schwerer.

An jenem Nachmittag ging sie auf die Post und gab zwei Telegramme auf. Das erste an Charles, weil sie ihm mitteilen wollte, daß sie frei war und in Kürze nach San Franzisko zurückkehren würde. Er würde erleichtert sein, es zu hören, und sie wollte nicht, daß er sehnsüchtig auf einen Brief warten mußte, der ihn womöglich erst nach Wochen erreichen würde.

Die Nachricht, die sie ihm schickte, war einfach und direkt.

*Nonnen endlich da. Verlasse Harbin in Kürze. Fahre nach San Franzisko via Yokohama. Alles in Ordnung. Liebe Dich ewig. Audrey.*

Ihrem Großvater kabelte sie praktisch dasselbe und versprach ihm, ihr genaues Ankunftsdatum bekanntzugeben, sobald sie es wüßte.

Doch sie erschrak, als zwei Tage später ein Botenjunge vom Telegrafenbüro mit einem Telegramm für sie kam. Sie gab ihm eine Münze, und er empfahl sich mit freudigem Grinsen, während sie mit zitternden Händen das dünne Papier entfaltete. Sie hatte große Angst, die Nachricht könne ihren Großvater betreffen. Womöglich war sie zu lange in Harbin geblieben ... Plötzlich kamen ihr die Tränen, und sie wandte sich ab, während die Nonnen sie beobachteten und diskret die Kinder hinausschickten. Eine der Nonnen kam wieder und erkundigte sich besorgt: »Sehr schlechte Nachrichten, Mademoiselle?«

Audrey schüttelte den Kopf, unter Tränen lächelnd.

»Nein, das ist es nicht ... erst fürchtete ich, es könnte mein Großvater sein, doch es handelt sich um etwas anderes, um etwas ganz anderes. Ich war nur so überrascht«, sie verdrängte die neuen Tränen,«und sehr gerührt.« Das Telegramm war von Charles, und sie ging in ihre Kammer, um es noch einmal, diesmal allein, zu lesen, und anschließend unternahm sie einen Spaziergang. Sie wußte, daß sie ihm bald antworten mußte. Ein Brief würde ihn nicht rechtzeitig erreichen, und er verdiente eine schnelle Antwort. Der Inhalt seines Telegramms hatte sie völlig überrascht.

*Gott sei Dank. Fährst Du über London nach Hause? Muß ernsthaften Vorschlag mit Dir besprechen. Möchtest Du mich heiraten? Ich liebe Dich! Charles.*

Darin stand alles, was sie hören wollte, und doch wußte sie, daß sie ihn nicht heiraten konnte. Wenigstens jetzt noch nicht. Sie hatte zwischen den Zeilen jener Briefe gelesen, die ihr Großvater ihr geschrieben hatte. Seine Hände schienen mit jedem Tag mehr zu zittern, und er kam ihr plötzlich sehr alt vor. Er schien niedergeschlagen und glaubte ihr nicht mehr, daß sie nach Hause kommen wollte. Über London konnte sie also auf keinen Fall fahren. Dies Charles zu erklären würde nicht leicht sein; aber sie hatte keine andere Wahl. Sie wußte bereits, daß Annabelle außer sich war, weil sie zur Geburt ihres Töchterchens, das sie nach ihrer Mutter Hannah genannt hatte, nicht dagewesen war, doch Annie hatte einen Mann, den man sich als Hilfe zwar kaum vorstellen konnte, und sie hatte Personal und eine Schwiegermutter, die ihr nötigenfalls helfen konnte, während die Kinder, bei denen Audrey ausgeharrt hatte, niemanden hatten. Es war jedoch wenig wahrscheinlich, daß Annabelle dafür Verständnis aufbringen würde.

Aber nicht Annabelle war es, die ihr Sorgen machte. Es war ihr Großvater, und das versuchte sie Charles in dem Telegramm klarzumachen, das sie ihm schickte und dessen Abfassung für sie sehr schmerzlich war.

*Liebling. Würde gern über London fahren. Kann aber nicht. Großvater braucht mich sofort. Muß rasch nach San Franzisko. Kannst Du mir verzeihen? Rufe Dich von zu Hause sofort an, um den Vorschlag zu besprechen. Hört sich wunderbar an. Kannst Du mich in San Franzisko besuchen? In Liebe. Audrey!*

Diese Antwort kam ihr unzulänglich vor. Audrey befürchtete, ihre Weigerung würde Charles sehr treffen, doch hatte sie keine andere Wahl und sah auch in naher Zukunft keine Möglichkeit, ihren Großvater allein zu lassen und Charles zu heiraten. Als Realistin rechnete sie damit, daß Großvater erwartete, daß sie bei ihm zu Hause blieb, zumindest für eine gewisse Zeit. Obwohl sie sich nichts mehr wünschte, als Charles zu heiraten, mußte sie diese schmerzliche Entscheidung treffen, daneben gab es aber noch andere Entscheidungen, die nicht weniger schmerzlich waren.

General Changs Worte von dem Kind, dem sie gemeinsam auf

die Welt verholfen hatten, klangen in ihrem Bewußtsein nach...
»Nehmen Sie die Kleine mit, Mademoiselle.« Zu ihrem Bedauern sah sie keine Möglichkeit, dies zu realisieren. Sie hatte schon daran gedacht, auch Shin Yu mitzunehmen, doch das Mädchen war erschrocken, als Audrey davon gesprochen hatte. Shin Yu wollte China nicht verlassen. Sie kannte nur Harbin und die nähere Umgebung und wollte unter ihresgleichen bleiben. Inzwischen hatte sie sich sogar an das Waisenhaus gewöhnt wie viele der Kinder, denn das Leben war dort nicht so übel. Es fehlten ihnen nur Mutter und Vater. Und Audrey war in den langen Monaten ihres Hierseins wie eine Mutter zu ihnen gewesen. Die Nonnen versicherten ihr immer wieder, daß ihr ein Platz im Himmel sicher sei, nach allem, was sie für die Kinder getan hatte.

Audrey bestellte in Schanghai telegrafisch ein Hotelzimmer und eine Kabine auf der *President Coolidge,* die über Yokohama nach San Franzisko fuhr. Sie hatte jetzt keine Zeit zu verlieren. Zwei Wochen nach dem Eintreffen der belgischen Nonnen hatte sie alles gepackt und verbrachte den letzten Abend mit den Kindern.

»Wir werden für Sie beten, Mademoiselle Driscoll«, versicherten ihr die Nonnen, die für sie an jenem Abend ein Festessen gaben, bei dem die Kinder ihre Lieder sangen. Die jüngere der Nonnen hatten die Kleinen liebgewonnen, bei der anderen, die etwas strenger war, schwankten sie noch, doch Audrey, an die sie jetzt sehr gewöhnt waren, hatten sie besonders ins Herz geschlossen. Am nächsten Tag würde es am Bahnhof ein schmerzliches Abschiednehmen geben, da alle versprochen hatten mitzukommen und nachzuwinken.

Vor dem Zubettgehen vertraute Audrey den zwei Nonnen noch an, daß sie General Chang im Fall eines erneuten Besuches nicht zu fürchten hätten. Und zum erstenmal stellte sie das Körbchen Mai Lis in das Zimmer der anderen Kinder. Falls das Baby in der Nacht erwachen sollte, würde eine der beiden Nonnen es hören und ihm Ziegenmilch geben. Es war Zeit, daß Audrey die Kleine an jemanden anderen gewöhnte. Die ganze Nacht mußte sie dagegen ankämpfen, nicht auf das schmerzliche Geschrei zu reagieren, das an ihr Ohr drang. Sie wußte, daß das Kleine nach ihr schrie. Zwei Monate lang hatte sie das Kind Tag und Nacht in den Armen gehalten. Audrey war die einzige Mutter, die es kannte, und jetzt sollte es auch sie verlieren. Es zerriß Audrey das Herz, als sie die ganze Nacht wach dalag und sich nach dem Kind mit dem seidigen schwarzen Haar und den großen dunklen Augen in dem lieben Gesichtchen sehnte, das Audrey zahnlos anlächelte, wenn sie sich über das Kind beugte. Sie mußte ihren ganzen Mut zusammennehmen, als sie am nächsten Tag auf Zehenspitzen zum Körbchen schlich und hineinsah. Das Baby sah mit großen fragenden Augen zu ihr auf, und damit war es um Audreys Fassung geschehen. Sie nahm die Kleine hoch, hielt sie in den Armen und redete liebevoll auf sie ein, während ihr die Tränen über die Wangen liefen. In Gedanken war sie bei dem liebenswerten Geschöpf, das diesem Kind das Leben geschenkt hatte. Audrey spürte, daß ihre Liebe sie zu überwältigen drohte. Sie war so vertieft, als sie das Kleine in den Armen hielt, daß sie überhörte, wie eine Schwester leise hereinhuschte und eine Weile zusah, wie Audrey um das Kind weinte. Verständnisvoll legte sie den Arm um Audrey.

»Nehmen Sie das Kind mit, Mademoiselle . . . nehmen Sie die Kleine, Sie bringen es nicht übers Herz, sie zu verlassen.«

»Ich weiß.« Es waren schmerzliche Worte. Audrey drehte sich um und blickte die ältere Nonne an, die ebenfalls feuchte Augen hatte und in deren Miene sie Mitgefühl las.

»Sie dürfen ein Wesen, das Sie so lieben, nicht zurücklassen. Die Kleine hätte hier ja doch kein schönes Leben. Mit der Zeit würde sie hier von allen verachtet werden, da sie weder Japanerin noch Chinesin ist. Sie gehört zu Ihnen, sie ist in Ihrem Herzen längst Ihr Kind, und das ist das einzige, was zählt.«

»Und was wird in San Franzisko aus ihr?« Diese Frage stellte sie mehr sich selbst als der Nonne, doch sie vermeinte die Worte des Generals zu hören . . . »Nehmen Sie sie mit, wenn Sie gehen . . .« »Und was wird man ihr dort antun?«

»Sie werden dasein und sie beschützen.«

Und Großvater? Und Annabelle? Und Harcourt? Und Charles? Würde er dafür Verständnis haben? Doch sie konnte im Moment nur an das winzige Baby denken, das sie so liebhatte. Die Nonne hatte recht. Sie konnte Mai Li nicht zurücklassen. Sie konnte es einfach nicht. Audrey drückte Mai Li an sich, während ihr die Tränen über das Gesicht liefen.

»Was muß ich machen, damit ich sie mitnehmen kann?«

Die Nonne lächelte unter Tränen. Audrey war die erstaunlichste Person, die ihr begegnet war, das stand für sie fest.

»Wir packen ihre Sachen und ihr Körbchen, und Sie nehmen Mai Li mit einem Vorrat Ziegenmilch und viel Liebe mit.«

»Brauche ich keine Papiere für das Kind? Einen Paß?« In zwei Stunden ging ihr Zug, und sie hatte an dergleichen Dinge nicht gedacht. Plötzlich wollte sie Shin Yu auch mitnehmen und alle anderen, doch das war ganz unmöglich. Aber Mai Li war etwas anderes, Mai Li hatte von Anfang an zu ihr gehört, und wenn sie das Kind hier zurückließ, würde es nie wieder von jemandem geliebt werden. Dieser Gedanke zerriß ihr fast das Herz, und die Nonne sah es ihr an.

»Wir geben Ihnen eine Bestätigung mit, daß sie Waise ist und aus diesem Waisenhaus stammt. Diese Bestätigung zeigen Sie vor Verlassen des Landes den Behörden in Schanghai. Man wird Sie nicht hindern, die Kleine mitzunehmen. Man will sie hier nicht. Und in Ihre Heimat dürfen Sie sie mitbringen, wenn Sie erklären, daß Sie die Verantwortung für die Kleine übernehmen und sie adoptieren wollen. Zudem ist der Seeweg für Sie ohnehin einfacher, weil Sie nicht so viele Grenzen queren müssen.« Das alles hörte sich so einfach an, und plötzlich flogen Audreys Hände, als sie für das Baby zu packen begann.

In weniger als einer Stunde waren sie alle am Bahnhof, und es gab nur nasse Augen. Den Nonnen hatte sie einen ansehnlichen Scheck, einlösbar auf der Amerikanischen Bank in Harbin, hinterlassen. Das Geld sollte für die Kinder verwendet werden. Shin Yu hatte sie angeboten, sie könne jederzeit nachkommen, falls sie ihre Meinung ändern sollte. Aber Shin Yu schüttelte weinend den Kopf und klammerte sich an die Hand der jüngeren Nonne. Sie wollte bleiben und weigerte sich, Mai Li einen Kuß zu geben. Von allen anderen bekam Audrey einen Abschiedskuß, und schließlich auch von Shin Yu. Audrey schluchzte noch, als der Zug losfuhr und sie Mai Li in den Armen hielt.

Sie wußte, daß sie niemals zurückkehren würde, zumindest war das sehr unwahrscheinlich, und sie ließ alle hinter sich ... alle Kinder, die sie acht Monate geliebt und versorgt hatte, die Erinnerung an Ling Hwei ... an General Chang. Sie sah auf das schlafende Kind nieder, während sie die Erinnerungen Revue passieren ließ. Endlich hatte sie die Heimreise antreten können, mit Mai Li in den Armen. Sie dachte an diejenigen, die sie verließ, und an die, zu denen sie zurückkehrte. Dabei fragte sie sich, wie diese zwei Welten sich in einem einzigen Leben verbinden ließen.

## 19

Ehe sie am nächsten Tag an Bord der *President Coolidge* ging, verbrachte Audrey eine Nacht in einem Hotel in Schanghai. Von Harbin war sie nach Peking gefahren und hatte dort einen der neuen Schlafwagen direkt nach Schanghai genommen. Jetzt lag ihr daran, keine Zeit mehr zu verlieren. In Schanghai angelangt, kreisten alle ihre Gedanken wieder um Charles. Sie dachte an die hier mit ihm gemeinsam verbrachte Zeit und machte sich Sorgen, weil auf ihr Telegramm, in dem sie ihm mitteilte, daß sie nicht über London fahren konnte, noch keine Antwort gekommen war. Doch sie mußte auch an anderes denken. Die Nonne hatte recht behalten. Die Bestätigung, die sie ihr mitgegeben hatte, genügte den Behörden als Nachweis für Mai Lis Herkunft. Sie machten Audrey nicht die geringsten Schwierigkeiten bei der Ausreise und die Japaner ebensowenig. Sie konnte nur staunen, wie einfach alles war, und sie atmete erleichtert auf, als sie an Bord des amerikanischen Schiffes war. Inzwischen war es fast Juni geworden, und sie war ein ganzes Jahr fortgewesen. Sie hatte nach Hause telegrafiert, mit welchem Schiff sie eintreffen würde, und sie wollte versuchen, von Honolulu aus anzurufen.

Erste Station aber war Kobe, das sie zwei Tage nach dem Auslaufen aus Schanghai erreichten. Von dort aus ging es nach Yokohama und weiter nach Honolulu. Audrey, die es sich mit Mai

Li in der Kabine gemütlich gemacht hatte, fühlte sich fast schon wie zu Hause. Sie traf mit nur wenigen Menschen zusammen, da sie sich die meiste Zeit über mit der Kleinen in der Kabine aufhielt. Zwischendurch ging sie an Deck spazieren, um Luft zu schnappen, und kam auch mit einigen Leuten ins Gespräch, doch die Mahlzeiten ließ sie sich in ihre Kabine bringen, um das Kind nicht allein zu lassen, da sie keine Fremden als Babysitter wollte. Auf diese Weise verlief die Schiffsreise für sie sehr still, so daß sie sich in aller Ruhe ihren Gedanken hingeben konnte. Sie stürzte sich auf die gut bestückte Schiffsbibliothek und konnte einige jener Bücher bekommen, die ihr im letzten Jahr entgangen waren wie ›Gottes kleiner Acker‹ von Erskine Caldwell, ›Irgendwo in Tibet‹ von James Hilton und ›Zärtlich ist die Nacht‹ von F. Scott Fitzgerald. Nach knapp zwölf Tagen erreichten sie Hawaii. Über Nacht blieb Audrey an Bord, und am nächsten Tag lief das Schiff wieder aus. Es kam ihr wie ein Wunder vor, als das Schiff sechs Tage später in die Bucht von San Franzisko einlief und am Embarcadero festmachte. Mit klopfendem Herzen spähte sie zum Dock hinunter, um zu sehen, ob jemand gekommen war, um sie abzuholen. Von Honolulu aus hatte sie versucht, ihren Großvater telefonisch zu erreichen, hatte es aber nicht geschafft und statt dessen ein Telegramm geschickt. Und als sie ihn tatsächlich erspähte, schossen ihr Tränen in die Augen. Die vertraute Gestalt, gestützt auf den Silberknauf-Stock, stand am Kai, allein, zum Schiff emporstarrend. Aus der Nähe hätte sie die Tränen sehen können, die ihm über die Wangen liefen. Als sie einander dann gegenüberstanden, waren seine Augen trocken.

Langsam kam sie die Gangway herunter, mit zitternden Knien, Mai Li eng an sich drückend. Die Kleine sah aus wie ein winziges rundes Bündelchen. Man konnte gar nicht richtig sehen, was es war. Audrey blieb stehen und sah den Großvater an, während ihr Tränen übers Gesicht liefen. Er sah hinfälliger aus als im Jahr zuvor, war aber noch immer aufrecht und wirkte vornehm, ganz der Großvater, den sie ihr Leben lang geliebt hatte. Am liebsten hätte sie die Arme um seinen Hals geworfen, doch sie näherte sich ihm mit geheimer Furcht. Sie wußte, wie sehr er unter ihrer langen Abwesenheit gelitten hatte, und sie war gar

nicht sicher, ob er ihr je vergeben würde. Und doch war er gekommen, um sie abzuholen, was bedeuten mußte, daß er ihr verziehen hatte. Schließlich war sie – anders als ihr Vater – zu ihm
zurückgekehrt. Die ganze Zeit über hatte sie daran denken müssen, daß ihr Vater ihn enttäuscht hatte. Eigentlich waren Annie
und sie deswegen bei ihm, weil ihr Vater nicht zurückgekommen
war. Dazu gesellte sich das Gefühl, daß sie ihm etwas schuldig
war. Sie wollte an ihm gutmachen, was er verloren hatte, obwohl sie selbst etwas sehr Teures aufgegeben hatte, als sie sich
zur Heimkehr entschloß. Sie konnte nur andeutungsweise ahnen, wie Charles ihre Absage aufgefaßt haben mußte. Erst hatte
sie darauf beharrt, in Harbin zu bleiben, und dann hatte sie darauf bestanden, zu ihrem Großvater nach Hause zu fahren, ohne
in London Station zu machen. Doch als sie am unteren Ende der
Gangway stand und ihren Großvater ansah, wußte sie, daß sie
das Richtige getan hatte. Langsam ging sie auf ihn zu, Mai Li
an sich drückend, während sie seinen Blick suchte. Er starrte sie
finster an. Edward Driscoll sagte kein Wort, und sie standen einander eine kleine Ewigkeit gegenüber. Um ihren Mund zuckte es,
und sie legte einen Arm um seinen Hals. Plötzlich öffneten sich
alle Schleusen, und sie konnte nicht aufhören zu weinen. Er legte
zögernd seine Arme um sie, und als sie sich losmachte, sah sie,
daß seine Augen feucht waren. Er brachte die Worte nur mühsam heraus, während er mit jener Würde auf sie niedersah, die
sie so gut in Erinnerung hatte und an die sie sich in den einsamen
Nächten in Harbin oft erinnert hatte.

»Audrey, ich hätte nie gedacht, dich wiederzusehen.«

»Es tut mir leid, daß es so lange gedauert hat.«

Er nickte und riß sich sichtlich zusammen, doch sie sah, wie
schwer er sich auf seinen Stock stützen mußte. Sein Blick wanderte zu Mai Li, die in ihren Armen schlief.

»Was ist denn das?« Stirnrunzelnd schwenkte er den Stock in
ihre Richtung.

Audreys Lächeln kam zögernd. Mit Herzklopfen drehte sie
sich um, damit er das süße kleine Gesichtchen sehen konnte, das
an ihrer Brust ruhte und von den seidenen Haltebändchen fast
verdeckt wurde, mit denen sie an Audrey festgebunden war.

»Das ist Mai Li, Großvater.« Die Worte ließen ihn zurückschrecken. Sein Blick suchte entsetzt den Audreys.

»Du tatest recht, nicht nach Hause zu kommen.« Das war kaum mehr als ein Flüsterton, und einen Augenblick fürchtete Audrey schon, ihn würde mitten auf dem Embarcadero der Schlag treffen. »Du bist eine Schande für die Familie! Murriel Browne hatte recht ... als sie es mir sagte, glaubte ich es nicht ... und all dieser Humbug von ermordeten Nonnen und verlassenen Waisenkindern!« Noch nie hatte sie soviel Zorn gesehen wie jetzt in seinem Blick. Sie schüttelte den Kopf, erstaunt über das, was sie hörte. Nie wäre sie auf die Idee gekommen, er könnte Mai Li für ihr Kind halten. Doch der Name Muriel Browne in diesem Zusammenhang sagte alles.

»Und was hat Mrs. Browne dir berichtet?« Jetzt flammte es auch in ihren Augen auf.

»Daß du mit einem Mann herumziehen würdest.« Er sah Audrey mit unverhüllter Wut an. »Ich sagte ihr, sie hätte sich geirrt. Audrey, du kennst offenbar weder Anstand noch Scham ... einfach so nach Hause kommen, mit diesem ... diesem Bastard ...«, stieß er hervor, unfähig, weiterzusprechen. Noch nie hatte sie ihn aufrechter gesehen. »Wie kannst du es wagen!«

»Wie ich es wagen kann? Wie ich es wagen kann, dieses Kind zu lieben? Ist es etwa eine Sünde? Nein, es ist nicht mein Kind, sondern eines der Waisenkinder. Hätte ich sie in China gelassen, wäre sie getötet worden, oder man hätte sie verhungern oder an einer Krankheit sterben lassen. Vielleicht hätte man sie als Konkubine verkauft, wenn sie lange genug gelebt hätte. Sie ist halb Japanerin, halb Chinesin, und ich habe sie mitgebracht, weil ich sie liebhabe.« Wieder weinte sie, und sie rückte sichtlich von ihm ab.

»Ich wußte ja nicht ... ich dachte ...« Er bereute seinen Ausbruch, als er in ihrer Miene etwas las, das er noch nie gesehen hatte, eine blinde Liebe, eine kämpferische Leidenschaft, Liebe zu dem Kind, die ihn an das erinnerte, was er für sie empfunden hatte, als sie aus Hawaii gekommen war, um bei ihm zu bleiben. »Ich ...« Langsam drehte er sich um, von Trauer und Erleichterung überwältigt. Es tat gut, sie wiederzusehen. Er hatte schon geglaubt, sie sei für ihn für immer verloren. Und jetzt war sie mit diesem Kind gekommen, und er war der Meinung gewesen ... Er sah sie an. Jung und stolz stand sie da mit dem Kind in den Armen, und sein Herz flog ihr zu wie immer. Mit einem tiefen Blick sagte er: »Ich bin froh, daß du da bist.«

Sie lächelte unter Tränen und ging langsam auf ihn zu.

»Ich auch, Großvater, ich auch ...« Er legte den Arm um ihre Schulter und führte sie zum Auto. Sie stieg mit Mai Li zuerst ein; und er folgte ihr. Er hatte den Rolls bis an den Pier fahren lassen und überließ es nun dem Chauffeur, ihre Sachen zu holen. Gottlob hatten die Einwanderungsbehörden ihr Mai Lis wegen keine Schwierigkeiten gemacht. Aufseufzend lehnte Audrey sich in der luxuriösen Lederpolsterung zurück und sah ihren Großvater an. Ein Menschenalter schien vergangen, seit sie ihm hier Lebewohl gesagt hatte. Sie spürte, daß er sie beobachtete, fast als könne er nicht fassen, daß sie tatsächlich neben ihm saß.

»Ist sie gesund?« Er starrte das schlafende Kind an und versuchte, einen Blick auf das Gesichtchen zu erhaschen. Seine Besorgtheit rührte Audrey.

»Ja, es geht ihr gut.« Lächelnd beugte sie sich zu ihm hinüber und küßte ihn auf die Wange. Sie roch das Rasierwasser, das sie stets an ihn erinnerte. Er schloß die Augen vor Erleichterung.

»Was ist in dich gefahren, ein Kind mitzubringen?«

»Wie ich schon sagte, ich konnte sie nicht zurücklassen. In China wäre sie ums Leben gekommen.« Diese Worte schockierten ihn und brachten ihn zum Schweigen, als das Baby sich rührte und einen leisen, gurrenden Laut von sich gab. Audrey drehte die Kleine so, daß er ihr zartes Gesichtchen sehen konnte. Er starrte das Baby wie gebannt an, um sodann Audrey anzusehen.

»Bist du sicher, daß es nicht dein Kind ist?« Lange genug war sie fort gewesen, und Muriel Browne hatte gesagt ...

Audrey lächelte. »Ganz sicher. Ich wünschte, sie wäre meines.« Auf sein schockiertes Gesicht hin setzte sie lachend hinzu: »Nur um Mrs. Browne Grund zum Klatschen zu geben.«

Zunächst gab er keine Antwort, dann seufzte er und sah aus dem Fenster zu dem Schiff hin, das sie nach Hause gebracht hatte. Dann blickte er wieder Audrey an. »Eine Zeitlang dachte ich, sie hätte recht. Sie sagte, dein Begleiter sei ein bekannter Autor.« Sein Blick musterte sie, und er sah etwas, das seine Verwunderung weckte.

»Sie meinte einen Freund meiner englischen Bekannten. Charles Parker-Scott.« Ihr Herz hüpfte, als sie den Namen nannte, und ihr Großvater ließ sie nicht aus den Augen. Audrey verriet nichts. Noch nicht jedenfalls, und als sie sich zurücklehnte, sah ihr Großvater wieder das Kind an.

»Wie sagtest du war doch gleich ihr Name?« Er war fasziniert von dem Kind, mehr als von Annabelles Baby, das fast genau gleich alt war. Doch Annabelles Kleine sah aus wie Harcourt und brüllte zuviel.

Audrey lächelte: »Sie heißt Mai Li.« Es schien ihr ein Wunder, wieder neben ihm zu sitzen und Ling Hweis Kind in den Armen zu halten.

»Molly?« fragte er stirnrunzelnd. »Sagtest du Molly?«

»Molly paßt wunderbar.« Sie wechselten einen Blick, und plötzlich streckte er seine Hand aus und nahm Audreys kraftvolle junge Hand in seine gebrechliche. Edward Driscoll war jetzt zweiundachtzig.

»Audrey, laß mich nie wieder allein.« Das wollte er mit Nachdruck, ja voller Wut sagen, doch es klang wie ein Flehen aus tiefstem Herzen. Audrey kamen wieder die Tränen, und sie gab ihm einen Kuß.

»Das verspreche ich dir, Großvater, das verspreche ich . . .« Und als sie es sagte, zwang sie sich, nicht an Charles zu denken.


## 20

»Sie hat was getan?« In London sah Lady Vi James entrüstet an. Er hatte ihr eben etwas erzählt, was er eigentlich für sich hätte behalten sollen, doch ihn beschäftigte Charles' Unglück so sehr, daß er Violet davon berichten mußte.

»Sie hat ihm eine ablehnende Antwort gegeben. Er schickte ihr ein Telegramm und bat sie, ihn zu heiraten und nach London zu kommen, und sie kabelte zurück, daß sie nicht könne.«

»Was kann sie nicht? Nach London kommen oder ihn heiraten?«

»Beides, denke ich. So genau habe ich ihn nicht gefragt. Außerdem war er ziemlich angetrunken, als er es mir gestand, der arme Junge. Er ist momentan in einer schrecklichen Verfassung. Ich glaube, er klammerte sich an die Hoffnung, daß sie zu ihm kommen würde, sobald die Nonnen eintrafen. Jetzt ist die Sache für ihn wohl endgültig erledigt.«

»Aber du weißt doch, daß Audrey ihrem Großvater verpflichtet ist. Vielleicht mußte sie unbedingt zu ihm. Könnte ja sein.« Lady Vi hatte wieder einmal den Nagel auf den Kopf getroffen, doch James schüttelte den Kopf. Er hatte sich am Abend zuvor eine alkoholisierte Version der Geschichte von Charles anhören müssen. Gemeinsame Freunde hatten durchblicken lassen, daß er schon seit einiger Zeit trank. James hatte ihn in seiner Wohnung besucht, während Lady Vi allein mit ihrer Mutter dinierte.

»Ich glaube nicht, daß Charles es so sieht. Seiner Ansicht nach hat sie ihm mit ihrer Absage einen Korb gegeben. Ich glaube auch, er sieht noch mehr dahinter. Für ihn ist es jedenfalls das Ende der Romanze.«

»Meine Güte ...« Violet konnte sich gut vorstellen, was ein endgültiges Ende für Audrey bedeuten würde. »Wird er sie in Amerika besuchen?«

»Das glaube ich nicht, vielmehr, ich bezweifle es sehr. Er hat einen Vertrag für das Indien-Buch abgeschlossen und muß sehr bald wieder auf Reisen gehen.«

»Und ich kann mir gut vorstellen, wer ihm überallhin folgen wird ...« Ihr mißbilligender Blick veranlaßte ihn, ihr mit dem Zeigefinger zu drohen.

»Violet, Charlotte mag vielleicht nicht dein Fall sein, sie ist aber eine kluge und interessante Frau und tut Charles im Moment vielleicht sehr gut.« Genau das hoffte auch Charlotte, doch Violet war ganz anderer Meinung.

Charlotte hatte sich schließlich entschlossen, den Stier bei den Hörnern zu packen, und war bei Charles mit leckerem Frühstücksgebäck und frischen Früchten aufgetaucht, hatte ihm Orangensaft ausgepreßt, Spiegeleier gebraten und Pfannkuchen gemacht, ihm schwarzen Kaffee gekocht, und dann hatte er ihr sein Herz ausschütten dürfen. Seine Bücher hatten die beiden zu Freunden gemacht. In seinen Augen war Charlotte fast wie ein Mann. Sie war mit Intelligenz und einem klaren Verstand ausgestattet, sie verfügte über Geschick in geschäftlichen Belangen und war eine vernünftige Person, mit der man gut reden konnte. Und sie war völlig anders als Audrey.

»Alles andere kommt bei Audrey an erster Stelle ... kam immer an erster Stelle ...« Es war das erste Mal, daß er sich zwang, von ihr in der Vergangenheit zu sprechen. Neun Monate hatte er sie nicht gesehen. Es wurde höchste Zeit, daß er sich jeden Gedanken an ein Wiedersehen aus dem Kopf schlug. Es würde nie dazu kommen, es sei denn, er ging nach San Franzisko, und das wollte er nicht. Außerdem hatte er keine Zeit dazu. Charlotte und ihr Vater waren der Meinung, er solle das Material für sein Buch vor Ort sammeln, um die Stimmung richtig zu erfassen. Charlotte drängte auf eine baldige Abreise. Das Buch mußte fertig sein, wenn er im Herbst nach Ägypten aufbrach. Charlotte hatte Großes mit ihm vor, und in ihren Plänen war ein Wiedersehen mit Audrey nicht vorgesehen.

»Du wirst dich besser fühlen, wenn du hier wegkommst«, sagte Charlotte ganz sachlich, als sie ihm noch eine Tasse dampfenden Kaffee eingoß. Dankbar sah er sie an. Sie wußte genau, was er jetzt brauchte: zärtliche, liebevolle Fürsorge und einen scharfen Verstand. Sie war bereit, alles für ihn zu organisieren, und sie schien genau zu wissen, wie die Bedürfnisse eines Autors beschaffen waren. Sie erwartete von ihm nichts, nur daß er schrieb, und war bereit, ihm Frieden und Ruhe zu verschaffen, die er dazu brauchte. Charlotte hatte ihm sogar ihr Jagdhaus angeboten, falls ihm nach Alleinsein zumute war, und das rief sie ihm jetzt wieder in Erinnerung. »Möglicherweise täte es dir gut, Charles. Ein Tapetenwechsel, frische Luft ...« Sie lächelte, und er lehnte sich seufzend zurück.

»Womit habe ich das alles verdient?« Ein stärkerer Gegensatz zu Audrey, die ihn verlassen hatte, wie er es nannte, war nicht vorstellbar.

»Du gehörst zu den bedeutendsten Autoren unseres Hauses,

und da gehört es sich, daß wir uns deiner annehmen, meinst du nicht auch?« Sie stellte ihm sogar den Wagen der Beardsleys zur Verfügung, der ihn zum Jagdhaus bringen sollte. Er hatte darauf beharrt, daß er selbst fuhr, doch sie war der Meinung, er solle sich um gar nichts kümmern müssen. Als er im Fond des Rolls saß und sich einen Drink einschenkte, mußte er zugeben, daß er den Luxus sehr genoß. Kaum aber war er angekommen, überfielen ihn die Erinnerungen an Audrey.

Er unternahm bei Sonnenuntergang einen sehr langen Spaziergang und wünschte sich, er wäre gar nicht gekommen. Die Erinnerung an die letzten Tage in Harbin wollten ihm keine Ruhe lassen. Er wünschte, er wäre dort geblieben, wünschte, sie wäre noch bei ihm.

Langsam wanderte er in der Dämmerung zum Haus zurück. Voller Bedauern darüber, daß er nicht selbst gefahren war, denn plötzlich wollte er nichts wie zurück nach Hause, nach London. Er wußte zu schätzen, was Charlotte ihm bot, doch er gehörte nicht hierher. Er wollte zurück in seine eigene Wohnung. Einfach albern, zwei Tage lang hier zu sitzen und so zu tun, als ob man sich entspanne. Er dachte daran, am nächsten Tag James und Vi anzurufen und sie einzuladen, doch als er die Tür des Jagdhauses öffnete, sah er erstaunt ein Feuer im Kamin, das vorhin nicht gebrannt hatte. Er ging in den Wohnraum und zuckte zusammen, als er eine bekannte Stimme hörte.

»Hallo, Charles.« Hinter ihm stand Charlotte, in einem verführerischen grauen Seidenkleid, ein Glas Champagner in der Hand, das sie ihm reichte. Die Situation erinnerte ihn an die Szene eines Films, den er jüngst gesehen hatte, und er lächelte, als er auf sie zuging. Sie war eine sehr anziehende Frau, und er sah sie plötzlich in ganz anderem Licht, als sie ihn mit ihrer heiseren Stimme begrüßte.

»Ich wußte nicht, daß dies Teil der Abmachung war, Charlotte.« Er nahm das Glas und sah ihr in die Augen. Dabei kam er ihr ganz nahe. Sie war blond und hatte große, dunkelbraune Augen. Es waren die Augen einer erfahrenen und sämtliche Verführungskünste beherrschenden Frau.

»Nein, war es nicht.« Ihre Stimme klang seidig weich, und ihm fiel erst jetzt auf, daß sie eine Platte aufgelegt hatte. »Ich wollte nur vorbeikommen und nachsehen, was du machst.« Beide wußten, daß mehr dahintersteckte, aber plötzlich war es ihm egal. Er war so lange einsam gewesen und hatte es satt, sich nach Audrey zu sehnen.

Er setzte sich neben sie auf die Couch, und als die Champagnerflasche nur mehr halb voll war, gingen sie in das große, behagliche Schlafzimmer.

Es war Charlotte, die ihn auszog und die Hände gekonnt über seinen Körper gleiten ließ, sie war es, die ihren Mund ins Spiel brachte, daß er fast den Verstand verlor, die an den Innenseiten seiner Schenkel kleine Bißspuren hinterließ.

Und als er in sie drang, schrie Charlotte vor Wonne auf und zog ihn wieder an sich, immer wieder, die ganze Nacht über. Sie verschlang sein Fleisch hemmungslos, doch in gewisser Weise war sie genau das, was er brauchte. Sie wollte nur eines, nämlich ihm gefallen, und zwar auf jede ihr bekannte Weise. Sie erreichte ihr Ziel. Sein Körper hatte nie solche Freuden kennengelernt, bis auf . . . doch er verbot sich, daran zu denken. Es war vorbei, was ihn betraf.


## 21

Audreys Wiedersehen mit Annabelle verlief ganz anders als erwartet. Sie hatte damit gerechnet, daß ihre Schwester wütend sein würde, weil sie nicht früher gekommen war, doch das Ausmaß ihres Zorns hatte sie unterschätzt. In dem Jahr, das Audrey im Ausland verbracht hatte, waren Veränderungen eingetreten. Weitaus mehr, als Audrey erwartet hatte. Harcourts kleine Affäre in Pabo Alto war aufgeflogen, seine nächsten zwei Affären mit Annabelles besten Freundinnen ebenso. Jetzt herrschte zwischen den beiden offener Krieg. Annabelle hatte selbst eine Affäre gehabt, wie sie Audrey beiläufig erzählte, als sie im Wohnzimmer ihres Großvaters an ihrem Drink schlürfte. Die Prohibition war aufgehoben worden, und alle Welt trank nun viel offener. Annabelle besuchte mit ihren Bekannten gern elegante Restaurants und bestellte sich Drinks zum Lunch, manchmal nicht weniger als vier, und Audrey war schockiert, als sie ihre Schwester beobachtete, die auf und ab lief, wie eine gereizte Katze, und mit einem Glas in der Hand von dem Mann sprach, mit dem sie geschlafen hatte.

»Annie, was ist los mit dir? So lange war ich doch nicht fort. Bist du mit Harcourt unglücklich?« Es war so, bedauerlicherweise. Audrey hatte sich nie viel aus ihm gemacht, doch Annabelle hatte ihn unbedingt haben wollen, und schließlich hatten sie zwei Kinder. »Glaubst du, daß sich alles wieder einrenkt?«

Annabelle reagierte mit einem gleichgültigen Hochziehen der Schultern. »Vielleicht.« Sie trug ein modisches Kostüm, und Audrey fiel auf, daß ihre Schwester sich sehr teuer kleidete. Zu ihrer Rache an Harcourt gehörte es, daß sie so viel Geld ausgab, wie sie nur konnte, und sie konnte es sehr gut, wie Audrey jetzt sah.

»Wie geht es dem Baby?«

»Ach, es schreit ständig.« Annabelles Blick traf den Audreys, die darin etwas las, was ihr nicht gefiel, doch hätte sie nicht präzisieren können, was es war. Es war, als hätte sich Annabelle im vergangenen Jahr radikal verändert. Sie hatte sich in eine verwöhnte, boshafte Person verwandelt. Der ganze Schmelz der Jugend schien dahin, und Audrey brach das Herz, als sie es merkte.

»Annie, es tut mir leid, daß ich nicht rechtzeitig kommen konnte, um dir zu helfen.« Ihr Ton war sanft, und ihre Worte aufrichtig, doch Annabelle glaubte ihr nicht.

»Kann ich mir vorstellen.« Das Lächeln, mit dem sie ihre ältere Schwester ansah, war bösartig. »Wie man hört, hast du dich da drüben ganz schön amüsiert.«

»Was soll das heißen?« Audrey war entsetzt über den feindseligen Ton.

»Muriel Browne sagt, du hättest dich in Schanghai mit einem Kerl zusammengetan.«

»Wie nett von ihr.« Audreys Ärger wuchs.

»Stimmt es?« Annabelles Augen glitzerten schadenfroh. Audrey schüttelte den Kopf. Das, was Annie meinte, war ekelhaft und entsprach nicht der Wahrheit. Sie hatte sich nicht ›mit einem Kerl zusammengetan‹, sie war mit dem Mann, den sie liebte, zusammen gewesen.

»Nein, es stimmt nicht«, sagte sie.

»Du mußt aber drüben etwas getrieben haben. Den Unsinn mit dem Waisenhaus nehme ich dir nicht ab.«

»Zu schade, Annabelle, weil es nämlich genau das war, was mich dort festgehalten hat.«

»Ach?« Mit zusammengekniffenen Augen sah sie ihre Schwester an. »Nun, ich hatte eher den Eindruck, du würdest dich vielleicht vor deinen hiesigen Pflichten drücken wollen. Deswegen hast du uns alle im Stich gelassen. Vermutlich hast du gehofft, Großvater würde tot umfallen und du könntest abkassieren, sobald du heimkommst. So ein Pech, jetzt lebt er noch immer, und ich auch. Und wenn du glaubst, ich würde mich an deiner Stelle um ihn kümmern, dann irrst du dich gewaltig.«

Audrey stand auf, entsetzt über diese Worte. »Was ist los mit dir? Was ist im letzten Jahr passiert? Was ist aus der Annabelle, die ich kannte, geworden?« Sie trat zu ihr und mußte sich zurückhalten, um sie nicht zu schütteln.

»Ich bin erwachsen geworden, das ist alles.« Annabelle sah ihre Schwester, von der sie das Gefühl hatte, sie hätte sie verlassen, gleichgültig an. Nachdem sie ihr vierzehn Jahre ihres Lebens geschenkt hatte, wollte Annie mehr, aber Audrey fühlte sich nicht mehr verpflichtet, es ihr zu geben. Es war höchste Zeit, daß Annie sich auf eigene Füße stellte, aber Audrey war entsetzt über die Art, wie sie es machte. Sie war zu einer teuren Hure geworden, zu einer schlechten Ehefrau, zu einer miserablen Mutter, zu einem Menschen, dem Dankbarkeit fremd war.

»Das würde ich nicht als Erwachsenwerden bezeichnen. Ich nenne es einen widerwärtigen Charakterzug. Du solltest dir zweimal überlegen, wohin du steuerst, Annabelle. Du stehst im Begriff, deine Ehe zu zerstören und gleichzeitig aller Wahrscheinlichkeit nach auch das Leben deiner Kinder.«

»Was weißt du schon davon, Miß Ewige Jungfrau? Oder hat sich das inzwischen geändert?« Audrey hätte am liebsten die Hände um Annies Hals gelegt und zugedrückt, doch wurde diese durch den Umstand gerettet, daß ihr Großvater eintrat. Audrey hielt sich zurück. Da er spürte, daß dicke Luft herrschte, fragte er um der Entspannung willen, ob Annabelle Molly schon gesehen hätte. »Wer ist das?« Verwirrt sah sie Audrey an, und Audrey erwiderte den Blick mit kaum verhülltem Zorn.

»Meine Tochter.«

»Was?« Der schrille Ausruf war durch das ganze Haus zu hören, und der Großvater konnte sein Lächeln nicht verbergen.

»So würde ich sie nicht nennen, Audrey«, sagte er.

»Sie ist es aber.« Audreys Stimme und Miene waren unnachgiebig, als sie ihn und ihre Schwester ansah.

»Wer ist das?« Annabelle wollte ihren Ohren nicht trauen, und flog die Treppe hinauf zu Audreys Zimmer, wo sie das winzige Kind mit den Mandelaugen schlafend in dem Körbchen vorfand, das Audrey neben ihr Bett gestellt hatte. Annabelle war sofort wieder zurück. »Ich will verdammt sein ... hatte Muriel Browne also doch recht ... und noch dazu mit einem Chinesen!« Annabelle schien in boshafter Schadenfreude zu schwelgen.

»Muriel Browne hatte nicht recht, Annabelle. Mai Li war eines der Waisenkinder, um das ich mich kümmerte.«

»Kann ich mir vorstellen!« Sie lachte voller Gemeinheit über das, was in ihren Augen die Schande ihrer Schwester war, und Audrey beobachtete sie, wie sie vor dem Spiegel ihren Hut zurechtrückte.

»Annabelle, warum plötzlich dieser Haß auf mich? Was habe ich dir angetan?« Sie fragte es in schmerzlichem Ton, und Annabelle vollführte eine langsame Drehung auf ihrem Absatz, um Audrey anzusehen.

»Du hast mich im Stich gelassen. Alles hast du mir hingeschmissen, Haushalt, Kinder, Personal, unseren Urlaub hast du ruiniert ... mein Leben, sogar meine Ehe ...« Es war ganz klar, daß Annabelle tatsächlich dieser Meinung war.

»Und wie soll ich das getan haben?«

»Du hast dich um nichts gekümmert, und dann bist du auf und davon, einfach so, für ein ganzes Jahr. Es war dir egal, daß ich schwanger war, daß ich dich brauchte ...« Sie zog die Schultern hoch. »Ach, es ist ja auch wirklich einerlei.«

»Mir nicht, Annie.« Audrey sagte es bekümmert, während ihr Großvater sie beobachtete.«Als ich wegging, hatte ich eine Schwester. Jetzt habe ich offenbar keine mehr. Ich dachte, wir wären Freundinnen und du hättest Verständnis dafür, daß ich einmal etwas von der Welt sehen wollte. Was du da aufzählst, gehört nicht zu meinen Pflichten, sondern zu deinen.«

Annabelle sah es anders. »Das war aber früher nicht so.«

»Darum geht es ja. Es wurde Zeit, daß du dein Leben selbst in die Hand nimmst ... Harcourt wollte, daß du ...«

»Zum Teufel mit Harcourt.« Annabelle schüttete ihren Drink hinunter und ging zur Tür. »Und wenn ich es recht überlege, auch zum Teufel mit dir. Es hat dich keinen Deut gekümmert, wie es mir ging, als du weg warst, und jetzt kannst du mir den Buckel runterrutschen.«

Als Annie die Tür hinter sich zuknallte, fragte Audrey sich, ob dies nicht schon seit jeher der Fall gewesen war. Langsam ging sie hinauf zu Molly, von den Blicken ihres Großvaters begleitet.


## 22

In den ersten Tagen nach ihrer Rückkehr kam Audrey sich wie eine völlig Fremde vor. Zwei der Hausmädchen, die sie vor ihrer Abreise für ihren Großvater engagiert hatte, hatten in ihrer Abwesenheit gekündigt, und der alte Butler hatte seinen Ruhestand angetreten. Doch waren es nicht so sehr die Veränderungen im Haushalt, die sie erschreckten, sondern die Veränderungen in der Welt. Sie hatte den Eindruck, das vergangene Jahr auf einem anderen Planeten verbracht zu haben, und jetzt dachte sie, alles bewege sich zu rasch. In Harbin hatte sie nur selten Neuigkeiten erfahren und von den Ereignissen in Amerika so gut wie gar nichts.

Die wirtschaftliche Lage ließ langsam Anzeichen von Besserung erkennen, und San Franzisko schien bei ihrer Rückkehr in Hochstimmung. Ihr Großvater führte zwar noch immer Klage über Roosevelt und hielt dessen ›Kaminplaudereien‹ für absurd, doch als sie darauf beharrte, daß es dem Land besser ginge, knurrte er nur und riet ihr ›abzuwarten‹. Für ihn stand zweifelsfrei fest, daß FDR noch viel Ärger machen würde, wenngleich er sich über die Art dieses Ärgers nicht näher ausließ.

Nur wenige Tage nach ihrer Rückkehr hörte man von einer blutigen Säuberungsaktion der Nazis in Deutschland, bei der angebliche Verschwörer gegen Hitler liquidiert wurden. Es waren an die hundert, die den Tod fanden, und die ganze Welt war schockiert über dieses Vorgehen. Am sechzehnten Juli wurde in den Vereinigten Staaten ein Generalstreik ausgerufen, der als Sympathieaktion mit den internationalen Hafenarbeitern begann. Neun Tage darauf wurde der österreichische Bundeskanzler Dollfuß ermordet. Berlin wies jegliche Schuld an diesem Verbrechen zurück. Am zweiten August starb Reichspräsident Hindenburg, die Air France wurde gegründet, und in den Vereinigten Staaten hatten sowohl American als auch Continental den Betrieb aufgenommen. Es gab einige neue Zugverbindungen, von denen es aber keine an Eleganz mit dem Orient-Expreß aufnehmen konnte. Alles in allem konnte Audrey mit den Ereignissen kaum Schritt halten, weil ihr während ihrer langen Abwesenheit so viel entgangen war.

Aber mehr als alles andere schien sie sich selbst verändert zu haben. Sie nahm viel weniger Anteil am Leben ihrer Umgebung, und San Franzisko kam ihr plötzlich provinziell und abgeschieden vor. Die Leute tratschten in einem fort über Kleider, Ehemänner und Dinnerpartys, und irgendwie konnte Audrey sich dafür nicht mehr erwärmen. Sie war nicht einmal imstande, so zu tun als ob. Charles war das einzige, das ihre Gedanken ausfüllte, doch hatte er ihre letzten zwei Briefe nicht beantwortet.

Hatte sie früher einigermaßen am gesellschaftlichen Leben teilgenommen und war von Zeit zu Zeit ausgegangen, so blieb sie jetzt am liebsten zu Hause bei ihrem Großvater und dem Baby. Auch ihrem Großvater fiel das auf. Zunächst glaubte er, sie sei noch müde von der Reise, doch nach einigen Wochen begann er sie aufmerksamer zu beobachten. Sie hatte noch keine ihrer alten Freundinnen getroffen. Er argwöhnte, daß sie sich auf der Reise in jemanden verliebt hatte, und betete darum, daß es kein Orientale war. Manchmal machte ihm das Kind noch Kopfzerbrechen, doch sah die Kleine nicht wie eine Eurasierin aus, sie war unverkennbar rein asiatisch, und er mußte zugeben, daß sie ganz reizend war. Sie war ein glückliches, strahlendes kleines Ding, das

Audrey nicht aus den Augen ließ. Er bestand darauf, sie Molly zu nennen.

Audrey staunte immer wieder, wie viele Menschen argwöhnten, daß das Kind ihres sei. Nicht, daß es ihr etwas ausmachte. Die kleinen Geister waren der Meinung, sie hätte sich aus dem Staub gemacht, um ein außereheliches Chinesenkind zur Welt zu bringen. Sie staunte aber, daß man überhaupt auf diese Idee kommen konnte.

Annabelle kam nie wieder ins Haus, während Audrey da war. In der Zeitung stand, daß sie mit Freunden nach Carmel gefahren sei. Und ihr Großvater sprach mit keiner der beiden Enkelinnen darüber, obwohl er von der Kluft zwischen ihnen wußte. Aber Audrey beklagte sich nicht, und sie war zu beschäftigt, alles für den Urlaub am See vorzubereiten. In diesem Jahr wollte der Großvater nur ein paar Wochen dort verbringen. Er ermüdete jetzt viel rascher und fürchtete, sein Wohlbefinden könnte durch den Höhenunterschied leiden. Edward Driscoll war jetzt zweiundachtzig. Im letzten Jahr war er um vieles langsamer geworden, an seinen Ansichten aber hielt er eisern fest. Und als sie eines Morgens am Frühstückstisch in ihren ersten heftigen Streit gerieten, bei dem es um den Tee ging, lehnte Audrey sich zurück und fing lauthals zu lachen an. So glücklich hatte sie seit Wochen nicht ausgesehen.

»Wie in alten Zeiten, findest du nicht, Großvater?« Sie wußte noch, wieviel Stoff für Streitgespräche Roosevelt inzwischen abgegeben hatte. Sie sah ihren Großvater liebevoll an, während er sich ein Lächeln verbiß.

»Du bist im vergangenen Jahr auch nicht klüger geworden«, knurrte er. »Aber Roland hatte schließlich auch nichts davon, daß er wie ein Narr um die Welt raste. Wenigstens hatte er so viel Verstand, nicht mit fremden Gören nach Hause zu kommen.« Doch in seinem Ton lag nichts Gemeines, und Audrey stellte nicht die Stacheln auf, wie es noch vor einigen Wochen der Fall gewesen wäre. Sie hatte beobachtet, wie er mit dem Kind spielte, wenn er sich allein wähnte, und er war entzückt, wenn das Baby lallte, und behauptete, es würde nach ihm rufen.

»Sie sagte ganz deutlich Opa, Audrey! Ich habe es gehört …

ein blitzgescheites kleines Ding ...« Dennoch war er der Meinung, Audrey hätte sich eine gewaltige Last aufgehalst, indem sie das Kind mitnahm. Als sie versuchte, ihm das Schicksal zu schildern, dem sie das Kind überantwortet hätte, taten ihm beide leid, Audrey, weil sie so viel auf sich genommen hatte, und das Kind, weil es in den Vereinigten Staaten seiner Meinung nach nie akzeptiert werden würde.

»Sie wird als mein Kind aufwachsen«, sagte Audrey. Genau das war es, was er fürchtete.

Bedächtig schüttelte er den Kopf, als sie eines Abends am See davon sprachen. »So wie du dir das vorstellst, wird es nicht gehen. Und auch wenn das der Fall wäre, so wird dich jetzt kein Mann mehr heiraten. Jeder wird vermuten, daß es dein Kind ist.«

»Und würde mich das so unakzeptabel machen, wenn es der Fall wäre?« Das klang sehr müde. Man hatte hier mit so vielem zu kämpfen, mit Vorurteilen und Selbstsucht und mit dem Gerede der Leute in der ganzen Stadt. In China war alles viel einfacher, da sorgte man sich wegen der Banditen, um Überschwemmungen, um die knappen Lebensmittel oder um das saubere Wasser. Hier war das Leben viel komplizierter. Langsam gerieten die Erlebnisse in Harbin in Vergessenheit, die Ängste, die Hilflosigkeit und die Ohnmacht, die sie spürte, als Shih Hwa und die anderen starben, ihre Trauer um Ling Hwei ... In Erinnerung waren ihr vor allem die kleinen Gesichter geblieben, die sie so geliebt hatte, die Kleinen und ... Shin Yu. Sehr oft fragte sie sich, wie es ihnen gehen mochte. Nach ihrer Ankunft hatte sie an die American Bank sofort einen Scheck geschickt, damit die Kinder versorgt waren, doch es war so wenig, was sie tun konnte. »Wie können die Menschen hier Mai Li ein anständiges Leben mißgönnen, Großvater?«

»Weil sie anders ist als die anderen, Audrey.« Er sagte es leise. »Das macht den Menschen angst. Nicht alle haben ein offenes Wesen wie du.«

»Ich bin da, um sie zu beschützen.« So wie sie für Annabelle dagewesen war, so lange sie konnte. Er tätschelte ihre Hand.

»Ich weiß, Kind. So wie du für mich und Annie und alle da

warst. Du bist zu gut für uns.« Es war das erste Mal, daß er so etwas zu ihr sagte, und sie war gerührt. »Dein Herz ist viel zu groß. Du solltest anfangen, an dich zu denken.«

Sie lachte leise. Sie saßen in Schaukelstühlen auf der Veranda und sahen zu den Sternen empor. »Jetzt sag bloß, daß du auch befürchtest, ich könnte eine alte Jungfer werden.«

Er lächelte. Es hätte nichts genützt, wenn er etwas gesagt hätte. Er kannte sie zu gut und wußte, daß sie mit ihrem Leben genau das tun würde, was sie wollte, besonders wenn er nicht mehr wäre. Und es gab wenige Männer, die Größe besaßen, Größe des Wesens, des Herzens, des Geistes. Er warf ihr einen Blick zu, während sie dasaßen und schaukelten, und er bemerkte ihre Schönheit, die sich im letzten Jahr noch mehr entwickelt hatte. Sie war jetzt mehr als schön, sie leuchtete von innen heraus. Sie war hinreißend und sehr, sehr hübsch.

»Audrey, du bist ein hübsches Mädchen. Du wirst eines Tages den Richtigen finden.«

Fast hätte sie ihm von Charles erzählt, wollte aber nicht, daß er sich Sorgen machte. Er war so alt und hinfällig geworden. Sie wollte nicht, daß er glaubte, er hindere sie an einer Heirat. So viel war sie ihm schuldig.

»Sollen wir hineingehen, Großvater?«

»Ich glaube ja, meine Liebe.« Er sah sie liebevoll an, voll des Bewußtseins, wie gut sie zu ihm war.

Am Lake Tahoe war es wie jeden Sommer, den sie mit ihm dort verbracht hatte. Die Dollars gaben Einladungen wie immer. Die Drums waren da und die Allens. Doch Audrey ging selten aus und traf sich mit niemandem. Sie blieb daheim bei ihrem Großvater und Mai Li, die inzwischen für alle ›Molly‹ geworden war, auch für Audrey. Die Kleine war ein halbes Jahr alt und lachte ständig. Und am Tag ihrer Rückkehr nach San Franzisko fing sie zu krabbeln an. Es war der Tag, an dem die *S. S. Monro Castle* vor New Jersey in Brand geriet und unterging. Es war eine schreckliche Tragödie, die mehrere hundert Menschenleben forderte. Audrey hörte die Berichte darüber im Radio und sah die grausigen Bilder, die in der Presse erschienen. Doch die Nation war noch aufgebrachter, als knapp zwei Monate später Bruno Richard Hauptmann verhaftet wurde, nachdem man bei ihm Geld gefunden hatte, das aus dem Lösegeld für das Lindbergh-Baby stammte. Das Baby war tot, und das Drama hatte allen Beteiligten unbeschreiblichen Kummer verursacht. Obwohl es unmöglich war, einen unumstößlichen Beweis für Hauptmanns Schuld zu erbringen, wurde er für schuldig befunden. Audrey diskutierte den Fall ausführlich mit ihrem Großvater. Sie spielte gerade mit Molly und war am Spätnachmittag noch immer in Gedanken bei dem Fall, als der Butler hereinkam und meldete, für sie sei ein Anruf gekommen. Er wisse nicht, wer der Herr sei, teilte er ihr mit mißbilligender Miene mit. Sie folgte ihm ans Telefon, nachdem sie Molly einem der Mädchen übergeben hatte.

»Hallo?« Sie war in Gedanken noch immer bei der Lindbergh-Entführung, als sie den Anruf mit verwundertem Stirnrunzeln entgegennahm.

»Wer spricht?«

Eine kurze Pause. Und dann setzte ihr Herzschlag aus, als sie die Stimme hörte. Es war Charlie.

## 23

»Audrey?« In ihren Ohren dröhnte es, und ihr Mund war so trocken, daß sie kaum sprechen konnte.

»Ja.« Es klang wie aus nächster Nähe. »Wo bist du?« Sie brauchte nicht zu fragen, wer es war. Seine Stimme hätte sie überall erkannt. Sie hörte sie Nacht für Nacht in ihren Träumen, und sie hörte sie jetzt, kaum lauter als ihr pochendes Herz.

»Ich bin in Kalifornien. In Los Angeles.« Er klang viel britischer als früher. Die Erinnerungen überfielen sie wie Sturzwogen.

»Seit wann bist du zurück?« Auf ihr zweites Telegramm aus Harbin hatte er ihr nicht geantwortet. Er hatte seinerseits nichts mehr zu sagen gehabt, nachdem sie seinen Heiratsantrag abgelehnt hatte. Und er hatte sehr mit sich gekämpft, ob er sie anrufen sollte. Zwei Tage hatte er gebraucht, um einen Entschluß zu fassen. Zwei schmerzliche Tage, in denen er sich zu zwingen versuchte, sie nicht anzurufen. Aber schließlich hielt er es nicht mehr aus. Er war auf sein Zimmer gelaufen, hatte nach dem Hörer gegriffen und sich von der Auskunft die Nummer geben lassen. Und jetzt war sie am Apparat, und ihre Stimme war so wie in seiner Erinnerung.

»Ich bin seit Juni zurück.«

»Dein Großvater ist wohlauf?«

»Mehr oder weniger. Im letzten Jahr ist es mit ihm ziemlich bergab gegangen.« Seufzend setzte sie hinzu: »Er war sehr froh über meine Rückkehr.« Charlie nickte ... er dachte an all die Diskussionen, die sie über ihren Großvater, ihre Schwester und ihre Pflichten in San Franzisko geführt hatten.

»Und deine Schwester?«

Wieder seufzte Audrey. »Die ist in meiner Abwesenheit nicht umgänglicher geworden ...« Sie suchte nach den richtigen Worten. »Sie hat sich verändert ... ich glaube nicht, daß ihr Leben gut verläuft.«

Das wunderte ihn nicht. Er hatte aus Audreys Schilderungen den Eindruck gewonnen, daß es sich bei Annabelle um einen verzogenen Fratzen handelte, und Audrey sah es jetzt aus einer gewissen Distanz ebenso.

»Und du? Wie lange bleibst du?« fragte sie bang.

»Nur einige Tage. Erst war ich in New York, dann kam ich hierher. Eines meiner Bücher soll verfilmt werden. Eigentlich sehr schmeichelhaft.«

Sie lächelte mit geschlossenen Augen, während sie sich sein Gesicht vorstellte. »Spielst du mit?« Der Gedanke brachte ihn zum Lachen. »Großer Gott, nein. Was für eine Idee!«

»Du wärest sicher wunderbar.« Ihre Stimme war so sanft und seidig, daß es ihm einen Stich ins Herz gab. Er wünschte sich verzweifelt ein Wiedersehen.

»Und du? Was machst du jetzt mit deinem Leben?« Sonderbar, eine solche Frage zu stellen. Es war doch gar nicht so lange her, daß sie einander alles auf der Welt bedeutet hatten. Aber es waren jetzt elf Monate seit ihrem letzten Beisammensein vergangen.

»Ich mache, was ich immer gemacht habe. Ich kümmere mich um Großvater und ...« Sie war nahe daran zu sagen ›und um Molly‹, da fiel ihr ein, daß er von der Kleinen nichts wußte. Am Telefon ließ sich die Sache schwer erklären, zudem hielt ein vages Gefühl sie ab, es ihm zu sagen.

»Und um deine Schwester?«

»Mehr oder weniger.« Ebenso schwierig war es, diesen Punkt zu erklären, und es trat Stille ein, während er mit sich kämpfte, ob er sie fragen sollte oder nicht. Schließlich schlug er alle Vorsicht in den Wind. Er war so weit gegangen, ebensogut konnte er ...

»Audrey?«

»Ja?« Sie wartete gespannt.

»Möchtest du, daß ich komme?«

Als sie nickte, hatte sie das Gefühl, jemand drücke ihr das Herz ab. Sie hatte nicht die Kraft, nein zu sagen. Sie wollte ihn sehen, auch wenn es nur für einen Augenblick war, mochte es auch noch so hoffnungslos und ihr Leben in San Franzisko noch so festgefahren sein. »Ja ... das möchte ich, mehr als alles.« Sie hatte keine Angst, ihn merken zu lassen, wie sehr sie ihn noch immer liebte. »Wirst du es schaffen?«

»Ich glaube schon. Morgen bin ich hier fertig. Morgen am Abend könnte ich fliegen. Wirst du frei sein?«

Die Frage brachte sie zum Lachen. Sie war für den Rest ihres Lebens frei, besonders für Charlie.

»Ich glaube, das läßt sich einrichten.« Sie klang wie immer. Ein Anflug von Humor in der Stimme, dazu ein Hauch von Leidenschaft. Sie verfügte nicht über die unverhüllte Sinnlichkeit Charlottes, aber schließlich waren es zwei Frauen, die gar nicht verschiedener hatten sein können. Mit Charlotte konnte man spielen, reden, arbeiten ... aber Audrey ... Audrey war Teil seiner Seele, Teil seines Fleisches, der wichtigste Teil seines Wesens. »Kann ich dich am Flughafen abholen?«

»Möchtest du?«

»Sehr gern.«

»Ich werde dich wissen lassen, wann ich ankomme.«

»Ich werde da sein ... und noch etwas, Charlie ...«

234

»Ja?«

»Danke.«

Sein Herz flog ihr zu, und er legte überglücklich, daß er sie angerufen hatte, auf. Der nächste Tag schleppte sich für beide unerträglich langsam dahin. Sie fuhr mit ihrem Großvater in die Stadt und brachte Molly für eine Impfung zum Arzt. Sie erwog, zum Friseur zu gehen, bevor sie ihn abholte, doch das war genau das, was ihre Schwester getan hätte, und überdies wäre sie ihm wie eine Fremde gegenübergetreten. Statt dessen legte sie zu ihrem neuen grauen Wollkleid ihre Perlen an und ließ das kupferne Haar lose in Wellen auf die Schultern fallen, wie Charles es am liebsten hatte. Als sie aus dem Wagen ausstieg und das Flughafengebäude betrat, trug sie ihre Fuchsjacke über dem Arm.

Unwillkürlich tastete sie nach seinem goldenen Siegelring, den sie noch immer am Finger trug. Auch ihrem Großvater war der Ring aufgefallen, doch hatte er sie nie gefragt, woher sie ihn hatte. Bis zur Landung seiner Maschine blieben ihr zehn Minuten Zeit, die sie damit verbrachte, auf und ab zu laufen und an das letzte Beisammensein mit Charles zu denken. Sie dachte an sein Gesicht bei der Abfahrt aus Harbin, an die Tränen in seinen Augen, seinen Blick – und plötzlich wurde die Landung angekündigt. Audrey durchfuhr die Mitteilung wie ein elektrischer Schlag.

Sie stand da, sah die Menschen aussteigen und von der Maschine zum Gebäude gehen, und sie hielt fast den Atem an, als eine Gruppe von Männern an ihr vorüberlief ... und auf einmal war Charles da, das tiefschwarze Haar, die tief in den Höhlen liegenden Augen ... der Mund, der sie so oft und so zärtlich geküßt hatte. Atemlos stand sie da, sah ihm entgegen, und ehe sie wußte, was ihr geschah, hatte er sie in die Arme genommen und geküßt. Er hielt sie so fest wie im Jahr zuvor, und sie standen sehr lange da, brachten kein Wort über die Lippen und dachten daran, was sie gemeinsam erlebt hatten.

»Hallo.« Während ringsum Menschen vorüberfluteten, sah Charles sie mit seinem jungenhaften Lächeln an, und sie lachte über die Funken, die in seinen Augen blitzten.

»Hallo, Charlie. Willkommen ...« Ja, aber wo willkommen?

In ihrem Leben? Und wie lange würde er bleiben? Einen Tag? Zwei? Drei? Kaum trafen sie zusammen, wußte sie schon, daß sie sich in Kürze wieder trennen würden. Das verlieh ihrem Wiedersehen einen bitteren Beigeschmack. Als sie zum Wagen gingen, sah sie, daß er nur einen Regenmantel, einen kleinen Übernachtungskoffer und seinen Aktenkoffer bei sich hatte. »Was macht der Film?«

»Das kann ich noch nicht sagen. Der Vertrag ist unterschrieben, aber bei diesen verdrehten Typen kann man sich kaum vorstellen, daß sie ernsthafte Geschäfte machen.« Audrey lächelte dazu. Wie schön, daß er so erfolgreich war. Das war etwas an ihm, was sie bewunderte, wenn es auch andere Seiten an ihm gab, die ihr wichtiger waren. »Bist du deswegen nervös?« Sie sperrte den Wagen auf, setzte sich ans Steuer und öffnete die Tür auf seiner Seite. Er legte seine Sachen auf den Rücksitz und stieg ein.

»Ja, bin ich.« Aber viel aufgeregter war er, weil er sie wiedersah. Insgeheim hatte er sich Vorwürfe gemacht, daß er nur deswegen den Filmvertrag angenommen hatte, damit er nach Kalifornien kommen konnte – etwas, was er Charlotte gegenüber nie zugegeben hätte. Charlotte aber schien alle seine Eigenheiten zu tolerieren, nur konnte sie es nicht ertragen, ihn von Audrey sprechen zu hören. Nie versäumte sie, ihm ins Gedächtnis zu rufen, daß Audrey nicht gekommen war, als er sie darum gebeten hatte. In ihren Augen war das eine unverzeihliche Sünde. Und er ertappte sich wieder bei dem Gedanken, wie verschieden sie doch waren, als Audrey den Wagen rückwärts aus dem Parkplatz manövrierte und in die Stadt fuhr. Sie bemerkte sehr wohl, wie er sie beobachtete.

»Charlie, ich weiß nicht, was ich sagen soll.«

»Worüber?« Doch er wußte es genau. Sie war immer sehr offen und direkt gewesen, und er hatte das Gefühl, daß sich daran nichts geändert hatte.

»Über das, was geschah … die Telegramme …«

»Was gibt es da noch zu sagen? Deine Antwort ließ an Deutlichkeit nichts zu wünschen übrig.«

»Meine Gründe auch?« Immer hatte sie das Gefühl gehabt,

daß er sie nicht verstand, und in gewisser Weise stimmte das auch.

»Weißt du, daß ich meinen rechten Arm und mein Herz gegeben hätte, wenn ich alles hinwerfen und dich hätte heiraten können? Aber ich konnte ja nicht einfach nach London kommen und Großvater noch länger allein lassen. Ich war ein ganzes Jahr fort ... und er ist so alt und hinfällig ...«

»Ich begreife nicht, warum du diese Opfer bringst.« Er sah aus dem Fenster und dachte an den Schmerz, den ihre Ablehnung ihm gebracht hatte. »Es war der zweite Korb, den du mir gegeben hast.« Audrey fand seinen Vorwurf nicht gerechtfertigt.

»Beim ersten Mal war es kein ernsthafter Antrag. Du warst so verzweifelt bemüht, mich von Harbin loszubekommen, daß du mich sogar geheiratet hättest, um dies zu erreichen.« Sie lächelte ihm zu, und er stritt ihre Behauptung nicht ab. Sie kannte ihn sehr gut. Besser als Charlotte. Audrey kannte an ihm eine andere Seite als Charlotte, eine sanftere Seite. Er liebte das Gefühl, das Audrey in ihm weckte, die Sanftheit ihrer Seele, die Integrität, die Güte. Plötzlich drehte er sich ihr mit einem Lächeln zu.

»Weißt du, daß du die eigensinnigste Frau bist, der ich je begegnet bin, Audrey Driscoll!«

Sie lächelte und warf ihm einen flüchtigen Blick zu, um sofort wieder auf die Straße zu sehen. »Ist das ein Kompliment oder eine Feststellung?«

Kopfschüttelnd erwiderte er ihr Lachen. »Weder noch. Es ist eine Anschuldigung.« Und plötzlich lachte Audrey wieder, worauf er ausrief: »Du bist ein richtiges Biest, verdammt ... ein Biest!« Er bekam eine dichte Haarsträhne zu fassen und zog ihren Kopf gerade genug zurück, um ihre Aufmerksamkeit zu wecken, als er sie auf den Nacken küßte. »Nach deinem verdammten Telegramm war ich einen Monat lang betrunken. Einen ganzen Monat!« Was er ihr nicht sagte, war der Umstand, daß Charlotte ihm wieder zur Normalität verholfen hatte – falls man das so nennen konnte. Sie hatte nichts mit seinen Gefühlen für Audrey zu tun.

Ihre Miene wurde ernst, als er ihre Mähne losließ und sie sich der Stadt näherten. »Charlie, es war für mich nicht einfach, im

Gegenteil. So schwer ist mir noch nie etwas gefallen ... dies und mein Aufenthalt in Harbin.«

»Der kann nicht so hart gewesen sein. Du warst so überzeugt von dem, was du deiner Meinung nach tun mußtest, daß ich mir ein Bedauern nicht vorstellen kann.«

»Soll das dein Ernst sein? Nach den vielen Monaten, die ich dort verbrachte ... Du bist verrückt. Aber ich war der Meinung, ich hätte das Richtige getan. Leider war der Preis, den ich dafür bezahlte, sehr hoch.« Sie sah ihn direkt an, als sie vor einer roten Ampel hielten. Und sie hatte eine köstliche Belohnung mitbekommen ... Molly ... Nachdenklich ruhte ihr Blick auf Charles.

»Ach, wo wohnst du übrigens?«

»Das Studio hat für mich im Saint Prancis eine Zimmerreservierung vorgenommen. Wie ist das Hotel?«

»Ausgezeichnet.« Und beide dachten gleichzeitig an das Gritti und an das Pera Palas, aber keiner sagte ein Wort. Jetzt war er an der Reihe, sie nachdenklich anzusehen.

»Möchtest du heute abend mit mir essen, Audrey?«

Sie nickte. Sonderbar, sich mit ihm förmlich zu verabreden, nach der langen gemeinsamen Reise. Ihr Zusammensein war einer Ehe so ähnlich gewesen, und jetzt hatten sie einen Schritt zurück getan, zurück zu den Tagen von Antibes, als sie einander begegneten und keiner so richtig wußte, was vom anderen zu halten war. Charles aber fiel auf, daß sie seinen Ring am Finger trug.

»Möchtest du zu uns kommen und meinen Großvater kennenlernen?«

»Ja, gern.« Er sagte es langsam und mit Bedacht. Er wollte den Mann sehen, an den er sie verloren hatte. Und als sie ihn vor seinem Hotel absetzte, küßte er sie sanft auf die Lippen, und ihr Herz tat einen Sprung ungeachtet aller vernünftigen Dinge, die sie sich auf der Heimfahrt einzureden versuchte. Sie wollte nicht zulassen, daß sie sich wieder an ihn verlor ... Charles war ja nur für einige Tage da ... es hatte keinen Sinn, doch sie hatte den Wogen ihres Gefühls nichts entgegenzusetzen, eines Gefühls, das sie seit dem ersten Tag ihres Kennenlernens empfunden hatte. Ihr Großvater sah sie hereinkommen und blickte von der Abendzeitung auf, die er mit gerunzelter Stirn las. »Wo warst du, Audrey?«

Einen Moment wußte sie nicht, was sie sagen sollte, dann entschied sie sich, ihm die Wahrheit oder zumindest einen Teil zu sagen. »Ich war am Flughafen, um einen Bekannten abzuholen.«

»Ach?« Das Stirnrunzeln vertiefte sich.

»Jemanden, den ich in Europa kennengelernt habe. Er bleibt für ein, zwei Tage in San Franzisko.«

»Hm ... Kenne ich ihn?«

»Nein«, sie lächelte. »Aber du wirst seine Bekanntschaft machen. In einer Stunde kommt er auf einen Drink. Er sagte, er möchte dich gern kennenlernen.«

»Muß einer dieser jungen Taugenichtse sein.« Er tat, als wäre er verärgert, aber Audrey ließ sich nicht hinters Licht führen. Sie wußte, daß er es gern hatte, wenn sie hin und wieder mit Bekannten zusammenkam, und er schalt sie oft, weil sie nicht mehr ausging. Es gab jedoch kaum jemanden, der sie sonderlich interessierte, und niemanden, der einem Vergleich mit Charles auch nur annähernd standgehalten hätte. Und jetzt war er da ... Sie sah auf ihre Uhr und entschied, daß es Zeit war, hinaufzugehen und nach Molly zu sehen, ehe sie sich zum Dinner umzog.

Als könne er ihre Gedanken lesen, sagte ihr Großvater ihr durch die Zeitung hindurch: »Heute hat sie einen neuen Zahn gekriegt.«

»Die Kleine?«

»Nein, das Hausmädchen.«

Audrey lachte. »Na, für ihr halbes Jahr hat sie schon genug Zähne.«

»Sie ist für ihr Alter alles in allem gut entwickelt. Das bestätigte mir Mrs. Williams, die Haushälterin. Sie sagt, ihr Enkel hat weder Zähne noch Haare und ist fast ein Jahr. Paß auf, Molly läuft noch vor ihrem ersten Geburtstag.«

Audrey war gerührt, weil er so stolz auf ihr Adoptivkind war. Er zeigte viel mehr Interesse für Molly als für Annabelles Sprößlinge. Daß die Kleine Asiatin war, schien ihm nichts mehr auszumachen. Hin und wieder ging er sogar mit Audrey spazieren und half ihr, den Wagen zu schieben.

»Ich bin gleich wieder da, Großvater.«

Und als sie wieder herunterkam, trug sie ein Cocktailkleid von Ransohoff aus schimmernder schwarzer Seide, das sie noch nie angehabt hatte. Mit seinem tropfenförmigen Rückenausschnitt war es hochmodern. Auch ihrem Großvater fiel auf, wie schön das Kleid war und wie sorgfaltig Audrey ihr Haar zurechtgemacht hatte, und er schloß daraus auf die Bedeutung des Gastes ... auf die Bedeutung für Audrey.

»Wie hieß er doch gleich?« fragte er, kurz bevor es an der Tür läutete.

»Charles Parker-Scott. Er ist Schriftsteller.«

»Habe ich den Namen nicht schon irgendwo gehört?« Er runzelte nachdenklich die Stirn, als es klingelte und Audrey hinaus in die Halle ging. Der Butler öffnete, und Charles trat ein. Ihre Blicke trafen einander, Charles war sichtlich beeindruckt von ihrer Schönheit. Er wurde an unzählige Momente der Gemeinsamkeit erinnert, doch war er nicht sicher, ob sie jemals so reizvoll ausgesehen hatte wie an diesem Abend.

»Hallo, Audrey.« Er kam sich vor wie ein Halbwüchsiger, als sie ihm lächelnd einen Kuß auf die Wange gab und ihn ins Wohnzimmer geleitete, damit sie ihn ihrem Großvater vorstellen konnte.

»Charles Parker-Scott – mein Großvater Edward Driseoll.« Die zwei Männer wechselten einen Händedruck und schätzten einander ab. Beide waren positiv beeindruckt, obwohl beide das Gegenteil erhofft hatten, besonders Charles, der geglaubt hatte, er würde auf Anhieb Antipathie gegen den Mann empfinden, der Audrey abgehalten hatte, zu ihm nach London zu kommen.

»Guten Abend, Sir. Wie geht es Ihnen?«

»Sehr gut. Wie kommt es, daß ich Ihren Namen kenne?« Edward Driscoll war nicht sicher, ob Audrey schon einmal von ihm gesprochen hatte oder ob er eine Berühmtheit vor sich hatte. Er konnte sich nicht entsinnen. Eigentlich traf beides zu, doch war Charles viel zu bescheiden, um es auszusprechen.

»Charles ist Schriftsteller, Großvater. Er schreibt wunderbare Reisebücher«, erklärte Audrey.

Der alte Mann runzelte die Stirn und nickte bedächtig. Irgendwie klingelte es bei ihm, doch wieder spielte ihm sein Erinnerungsvermögen einen Streich, und Audrey war erleichtert. Sicher hatte Muriel Browne den Namen erwähnt. Sie wollte ihren Großvater jetzt nicht daran erinnern, weil er sich dann ausrechnen konnte, daß Charles ihr sehr viel bedeutete. Großvater war ja nicht auf den Kopf gefallen, und obwohl er ihr keine Fragen mehr stellte, argwöhnte er, daß sie sich im Ausland mit einem Mann eingelassen hatte.

»Er hat ein Buch an eine Filmgesellschaft verkauft, und deswegen ist er hier.«

Der Butler brachte ihnen Drinks, und Charles unterhielt sich zwanglos mit dem alten Mann, nahm dessen wache Augen wahr, die schmalen Hände, die ein wenig zitterten, als sie das Glas hielten. Doch als Edward Driscoll aufstand, um Charles seine Bibliothek zu zeigen, wirkte er nicht annähernd so hinfällig, wie Audrey immer behauptet hatte. Charles begann sich zu fragen, ob sie ihren Großvater nicht als Vorwand benutzte. Vielleicht wollte sie überhaupt nicht heiraten, einen Gedanken, den er verwarf, da er sie zu gut kannte. Er folgte Mr. Driscoll zu den Regalen voller alter Bücher, unter denen sich wertvolle Erstausgaben und schöne ledergebundene Prachtbände befanden, Schätze, die der alte Mann in einem langen Leben gesammelt hatte. Die Qualität der Sammlung überraschte Charles. Das ganze Haus war wunderschön und gediegen, mit den vielen wertvollen Antiquitäten und exotischen Kostbarkeiten, von denen viele Audreys Vater von seinen Reisen mitgebracht hatte. Daß Audrey aus einem so vornehmen Haus kam, überraschte ihn ein wenig, wenngleich Wohlerzogenheit und Anspruchslosigkeit ihm ihre gute Kinderstube verraten hatten.

»Sie besitzen eine wunderschöne Sammlung, Sir«, lobte Charles lächelnd, nachdem sie sich gesetzt hatten. Der alte Herr war ihm sympathisch, wie er sich eingestehen mußte. Mr. Driscoll erwiderte das Lächeln. Schade, daß Audrey nicht öfter Bekannte mitbrachte. Es war nett, hin und wieder einen jungen Mann zu sehen, denn das erinnerte ihn an Roland, als er noch hier war ... wie lange das nun schon zurücklag ... aber eigentlich war dieser junge Mann seinem Sohn erstaunlich ähn-

241

lich, stellte er fest, als er ihn näher ansah, und er sprach seine Meinung laut aus.

»Sie sind meinem Sohn sehr ähnlich, finde ich. Hat Audrey Ihnen das schon gesagt?«

»Eigentlich nicht ... nur, daß wir beide gern reisen.«

»Verdammter Narr ...« Edward Driscolls Miene umwölkte sich, und Charles fürchtete schon, er hätte etwas zu Schmerzliches angesprochen. Da sah der Alte auf und blickte Audrey erleichtert an. »Sie ist wenigstens zur Vernunft gekommen. Wußten Sie, daß sie tatsächlich in China war?« Charles nickte ernst und unterdrückte ein Lächeln.

»Sie lebte mehrere Monate in der Mandschurei, in einer Stadt, die Harbin heißt ... und kam sogar mit einem Baby zurück.«

Audrey befürchtete, Charles würde aus dem Sessel kippen, so bleich wurde er. Audrey versuchte verzweifelt, ihm etwas zu erklären, doch ihr Großvater ließ ihr keine Zeit. »Reizendes kleines Dingelchen. Wir rufen sie Molly«, fuhr er unbeirrt fort.

»Hm, ich verstehe.« Charles war weiß wie die Wand. Am liebsten hätte Audrey die Hand ausgestreckt und ihn berührt, doch ihr blieb nichts übrig, als ihm so, als wäre es eigentlich nebensächlich, zu erklären, was sich ereignet hatte.

»Sie war eines der Kinder in dem Waisenhaus, in dem ich lebte ... eigentlich war sie das Kind eines meiner Schützlinge. Die junge Mutter starb bei der Geburt.«

»Audrey!« Ihr Großvater war schockiert. »Du brauchst unseren Gast nicht mit Einzelheiten zu langweilen.«

Da sie nichts Besseres zu sagen wußte, fragte sie mit verzweifeltem Blick: »Möchtest du sie sehen?« Sie sah Charles an, daß er ablehnen wollte, doch ihre Augen flehten ihn an mitzukommen. Verlegen stand er auf.

»Also gut.« Er folgte ihr wortlos zur Treppe und ging mit ihr hinauf. Erst im Oberstock flüsterte er ihr mit belegter Stimme zu: »Das war es also ... warum hast du mir nichts davon gesagt? Warum hast du zugelassen, daß ich mich zum Narren mache? Was ist sie? Halbchinesin?«

»Ja.«

»Dein Großvater hat recht«, stieß er zähneknirschend hervor

242

und faßte vorder Schlafzimmertür nach ihrem Arm. »Du bist eine verdammte Närrin. Wie konntest du so etwas tun? Warum hast du dich des Babys vor der Heimfahrt nicht entledigt?«

Ihre Augen füllten sich mit Tränen. Sie wußte, was er jetzt dachte, und sie wollte sich nicht verteidigen müssen.

»Was hättest du wohl vorgeschlagen? Hätte ich es täten sollen? Ich brachte es mit, weil ich es liebhabe.. und der verdammte Narr bist du ... nicht ich.«

Sie ging durchs Zimmer und hob das Baby hoch, während das junge Mädchen, das ihr bei Mollys Pflege half, diskret hinausging. Audrey hielt das Baby in den Armen, das darauf sofort mit breitem Lächeln und fröhlichem Lallen reagierte. Die Kleine hatte ein süßes rundes Gesichtchen, dem man nicht ansah, ob es chinesisch, japanisch oder einfach nur sehr niedlich war. Charles sah verblüfft vom Baby zu Audrey und wieder zurück.

»Sie ist nicht ...« Plötzlich kam er sich sehr dumm vor und schämte sich seines Verdachts ... doch ihre Ablehnung, zu ihm nach London zu kommen, wäre für ihn dadurch eher zu akzeptieren gewesen. Er wollte alles glauben, nur nicht, daß sie ihn aus Pflichtgefühl aufgegeben hatte. »Audrey ... es tut mir leid. Sie ist nicht dein Kind, oder? Ich meine, es ist nicht so, wie ich es annahm ...«

Bekümmert schüttelte Audrey den Kopf, wie so oft von dem Wunsch beseelt, Molly wäre tatsächlich ihr Kind. »Sie ist Ling Hweis Kind; Ling starb bei der Geburt. Der Vater war ein Japaner ... ein Soldat, und ich brachte es nicht übers Herz, das Kind dort zu lassen. Du weißt, was mit ihr geschehen wäre.«

Charles nickte. Er wußte es zu gut. »Jetzt verstehe ich. Warum hast du es mir nicht erzählt?«

»Das hätte ich sicher, doch nach dem Telegramm hast du meine Briefe nicht beantwortet, und ich wußte nicht, wie du es aufnehmen würdest.«

Er lächelte dem offensichtlich glücklichen Kind zu, das sich an Audrey schmiegte. »Süß ist die Kleine. Wie alt ist sie jetzt?«

»Ein halbes Jahr. Wir nennen sie Molly.« Beide lächelten. Das Kind war ein Geschenk, das sie an die gemeinsame Zeit in China erinnerte. Sacht strich er mit dem Finger über die runde Babywange, und Molly versuchte nach dem Finger zu fassen und ihre neuen Zähne daran zu erproben, als er sie kitzelte. Das Baby lachte. »Möchtest du sie halten?« Zunächst zögerte er, dann aber drückte sie ihm das Kind in den Arm, und Molly kreischte vor Entzücken und krähte, als er ihr Gesicht an seines drückte und ihr einen Kuß gab. Sie roch nach Seife und Babypuder, alles an ihr war sauber und hübsch, ein Zeichen, daß sie geliebt und umsorgt wurde. Jetzt war ihm klar, was Audrey seit ihrer Rückkehr gemacht hatte. Und als er sich im Kinderzimmer umblickte, sah er Dutzende von Fotos, die sie von dem Kind gemacht hatte. »Ist sie nicht wundervoll, Charlie?« Ganz plötzlich waren sie wieder Freunde, als er das Baby ins Bettchen legte. Sie ließen sich daneben nieder und sahen zu, wie die Kleine strampelte und mit fröhlichem Krähen nach ihren Zehen zu fassen versuchte. Beide mußten lachen und sahen sich mit jener Zärtlichkeit an, die sie noch immer verband. Jetzt wagte Audrey, ihm zu sagen, was sie fühlte – mehr als je zuvor.

»Ich wünschte, sie wäre dein Kind, Charles.«

»Ich auch.« Ihre Blicke trafen sich, und er liebte sie so sehr wie früher, vielleicht sogar noch mehr. Daß er sie zusammen mit dem Kind sah, berührte eine empfindliche Stelle in seinem Inneren. Er begehrte sie in diesem Augenblick mehr denn je, und sie mußten sich richtig zusammennehmen, um wieder hinunter zu ihrem Großvater zu gehen. Ihm erstatteten sie genau Bericht über Mollys Kapriolen, und Edward Driscoll lächelte entzückt. Er prahlte mit ihren Fähigkeiten. Kein Mensch hätte vermutet, wie schockiert er über Mollys Ankunft gewesen war. Wenn man ihn so hörte, konnte man meinen, das Baby sei aus seinem eigenen Fleisch und Blut.

»Sie ist das prachtvollste kleine Mädchen der Welt.« Und dann setzte er mit einem Lächeln zu Audrey hinzu: »Dieses da war auch nicht übel, aber das ist schon eine ganze Weile her . . .« Er sah sie liebevoll an.

Schließlich standen sie auf, und Charles beteuerte, wie sehr es ihn gefreut hätte, seine Bekanntschaft gemacht zu haben. Er hatte einen Tisch im Blue Fox reservieren lassen, doch weder Audrey noch Charles schienen Interesse daran zu haben, wo sie essen würden. Plötzlich hatte sie das Bedürfnis, ihm alles zu erzählen, ihre letzten Augenblicke in Harbin, Mollys Geburt, sogar das Auftauchen des mongolischen Generals.

»Gott im Himmel, er hätte dich vergewaltigen können.« Oder ermorden. Doch das ließ er unausgesprochen.

»Rückblickend kann ich sagen, daß mir in diesen Monaten sehr viel hätte zustoßen können ... aber ich weiß nicht, Charlie ... damals erschien es mir, als täte ich genau das Richtige. Und ich bekam dafür Molly.«

Er lächelte. Er fand es bewegend, sie zusammen mit einem Kind zu sehen, und seine Sehnsucht nach ihren gemeinsamen Träumen erwachte.

»Und jetzt, Aud? Was gedenkst du mit dem Rest deines Lebens anzufangen?«

»Ich weiß nicht. Ich werde hierbleiben, zumindest solange Großvater lebt.«

»Er ist ein wunderbarer Mensch.« Das klang fast bedauernd, und Audrey lächelte.

»Ich weiß, deshalb bin ich zurückgekommen. Ich verdanke ihm alles.«

»Auch deine Zukunft? Mir kommt das irgendwie nicht gerecht vor.«

»Jedenfalls meine Gegenwart.«

»Und Annabelle? Hat sie auch das Gefühl, daß sie ihm etwas schuldet?«

»Leider stellt sie solche Überlegungen nicht an.«

Charlie lächelte bedauernd. »Pech, daß ich mich in die Pflichtbewußte verlieben mußte.« Und dann beim Dessert nahm er seinen ganzen Mut zusammen. »Kann ich dich nicht wenigstens für eine Weile loseisen?«

»Für wie lange? Für ein Wochenende in Carmel oder ein Jahr im Fernen Osten?« Beide lächelten. Der Gegensatz war ziemlich groß. Sie wäre mit ihm am liebsten bis ans Ende der Welt gegangen, was natürlich unmöglich war. Sie hätte sich höchstens für ein paar Tage freimachen können.

»Ich komme eben aus Indien zurück. Dort habe ich für mein nächstes Buch Informationen gesammelt.«

»Das klingt ja sehr interessant.« Doch sie wußte, daß noch mehr dahintersteckte.

»... und bald breche ich nach Ägypten auf.« Innehaltend faßte er nach ihrer Hand. »Kommst du mit?« Diese Worte bewirkten, daß ihr Herz fast aussetzte. Nichts wünschte sie sich mehr als das. Sie wäre überallhin mit ihm gegangen – Ägypten, das klang wie ein Märchen.

»Wann fährst du?«

»Ende des Jahres, vielleicht erst im Frühjahr. Spielt es für dich eine Rolle, wann ich fahre?«

Sie seufzte. »Wahrscheinlich nicht. Ich kann mir denken, daß Großvater nicht noch einmal nachgibt, schon gar nicht in Anbetracht dessen, was beim letzten Mal passierte, als ich meine Abwesenheit immer wieder verlängerte.« Plötzlich meldete sich sein Unmut darüber wieder, daß sie in Harbin geblieben war, falls es bedeutete, daß sie jetzt nicht mit ihm fahren konnte.

»Ich weiß nicht, Charles ... ich wüßte nicht, wie ich das schaffe, und jetzt habe ich auch noch an Molly zu denken.«

»Nimm sie doch mit.« Das hörte sich so aufrichtig an, daß Audrey ihm einen Kuß auf die Wange gab.

»Charles, ich werde dich immer lieben. Weißt du das?«

»Manchmal ist das schwer zu glauben.« Er lehnte sich zurück und blickte sie forschend an. »Ich möchte nicht, daß du mir heute schon Antwort gibst. Überleg es dir noch. Stell dir Ägypten im Frühling vor. Gibt es etwas Romantischeres?«

Lächelnd schüttelte sie den Kopf. »Charles, du brauchst es mir nicht anzupreisen. Das hat gar nichts damit zu tun. Mit dir wäre ich auch auf einer Kuhweide in Oklahoma glücklich.«

»Das wäre zu überlegen.« Er lachte, und bei beiden hob sich plötzlich die Stimmung. Charles schlug vor, in sein Hotel tanzen zu gehen. Kaum aber trafen ihre Körper aufeinander, spürten sie den alten Zauber wieder. Ihre Lippen trafen sich, ihre Körper berührten einander, und die alte Leidenschaft loderte in ihnen. Charles' Nähe war mehr, als Audrey ertragen konnte.

»Charles, ich glaube, ich werde dir nie widerstehen können. Wenn du eines schönen Tages eine andere heiratest, kann das ganz schön peinlich werden.«

»Nun, es gibt Wege, dies zu verhindern«, sagte er ihr ganz ernst ins Ohr und führte sie unauffällig hinaus. Auf dem Korridor wechselten sie ein paar Worte. Er wollte sie nicht in Verlegenheit bringen, und doch schienen ihre Herzen im Einklang zu sein. Als sie nickte, drückte er ihr wortlos seinen Zimmerschlüssel in die Hand, ging dann an die Rezeption und bat um einen zweiten Schlüssel, während sie im Lift hinauffuhr, sehr elegant und sehr schön. Der Liftboy konnte seinen bewundernden Blick nicht von ihr reißen. Nie wäre er auf den Gedanken gekommen, sie sei keine verheiratete Frau, und sie dankte ihm, als sie mit Herzklopfen ausstieg, und betrat Charles' Zimmer. Er folgte ihr kurz danach. Er öffnete die Tür, und sie lächelte ihn verlegen an.

»Stell dir vor, jemand hätte mich gesehen! Man würde mich teeren und federn und aus der Stadt jagen.«

»Da wärest du nicht die erste. Aber wie ich schon sagte, gibt es Wege, dies zu verhindern ...« Und es gab einen, den er besonders im Sinn hatte, doch sie vergaßen alles, als er sie in die Arme nahm. Gleich darauf lagen ihre Kleider in einem Haufen auf dem Boden, und Audrey schmiegte sich an ihn. Ein ganzes Leben, ein Jahr war vergangen, etliche Ozeane und Kontinente hatten sie getrennt, und plötzlich wußte sie gar nicht mehr, wie sie es geschafft hatte, ohne ihn zu leben. Und Charles wiederum wußte nur zu gut, wie leer sein Leben ohne sie gewesen war. Es war vier Uhr, als sie sich von ihm trennte. Mit einem Blick auf den Wecker auf dem Nachttischchen murmelte sie ungehalten:

»Verdammt ... ich muß nach Hause.« Das war ganz anders als auf ihrer Reise, auf der sie monatelang wie Mann und Frau zusammengelebt hatten. Hier waren Anstand und äußerer Schein und Ehrbarkeit sehr wichtig, und das machte ihr sehr zu schaffen. Charles sah ihr beim Anziehen zu und rauchte dabei eine Zigarette, um sich sodann selbst anzuziehen, damit er sie in einem Taxi nach Hause begleiten konnte. Vor dem Haus küßte er sie nochmals und beobachtete, wie sie die Tür aufschloß. Dann sah er das Licht in Audreys Zimmer im Obergeschoß, die Spitzengardine wurde beiseite geschoben, und Audrey winkte ihm zu. Auf der Fahrt ins Hotel überfiel ihn wieder verzweifelte Einsamkeit.

Das Bett roch noch nach ihrem Parfum und ihrer Haut, und auf seinem Kissen entdeckte er wie ein Abschiedsgeschenk ein langes rotes Haar. Er wollte sie anrufen und sie zurückholen, damit er wieder neben ihr liegen konnte, doch er mußte bis zum folgenden Nachmittag auf ein Wiedersehen warten. Sie stahlen sich ganz diskret auf sein Zimmer. Dort lagen sie bis zehn Uhr abends und bestellten dann etwas beim Zimmerservice. Audrey saß in seinem Bademantel auf der Couch und rauchte eine Zigarette. Es tat so wohl, mit ihm zusammenzusein, doch lag in seinem Blick heute etwas sehr Ernstes, und als der Kellner hinausging, wußte sie, daß ihn etwas bedrückte. Sie kannte ihn zu gut, als daß er sie lange hätte täuschen können.

»Was gibt es, Charles?« Ihre Stimme war sanft wie immer.

»Ich muß dir etwas sagen.«

»Na, so schlimm kann das auch wieder nicht sein.« Sie streckte eine Hand nach ihm aus, doch er war zu nervös, um sie zu berühren. Er stand auf, lief auf und ab und warf ihr immer wieder einen Blick zu. Schließlich setzte er sich wieder und sah in die blauen Augen, die ihn so lange verfolgt hatten.

»Morgen muß ich nach New York.« Es waren Worte, die sie wie ein Messer durchschnitten.

»Ach so ...«

»Ich muß zu einer Besprechung mit einem amerikanischen Verleger. Man hat dieses Treffen vorverlegt.« Sie fürchtete schon, er wollte sie bitten, mit ihm zu kommen, doch es kam viel schlimmer. »Wenn ich fahre, sollten wir beide wissen, wie wir zueinander stehen. So kann es nicht weitergehen, Aud ... die vergangenen Monate ohne dich waren die schwierigsten meines ganzen Lebens – abgesehen von der Zeit nach Seans Tod.« Er war ganz aufrichtig. »Und es wird nicht einfach sein, dich wieder zu verlassen. So können wir nicht weiterleben.«

Sie wollte fragen, warum nicht, warum es nicht eine Weile so weitergehen konnte, bis sie das Gefühl hatte, ihren Großvater ruhigen Gewissens verlassen zu können, bis ... bis wann, fragte sie sich. Auf dieses Problem gab es keine einfache Antwort. »Ich möchte dich heiraten. Ich möchte, daß du mit mir nach England kommst. Mir ist klar, daß es eine Weile dauern kann ...

einen Monat, vielleicht auch zwei. Damit kann ich leben. Aber ich möchte dich heiraten, Audrey! Ich liebe dich und möchte dir alles geben, was ich habe ...«

Genau von diesen Worten hatte sie immer geträumt, und sie wußte, daß er der einzige Mann war, den sie jemals lieben würde. Und doch konnte sie nicht tun, um was er sie bat ... konnte es nicht ... warum konnte er das nicht verstehen und noch eine Weile warten?

Ihre Augen füllten sich mit Tränen, als sie langsam ihre Kupfermähne schüttelte und mit ihren Fingerspitzen sein Gesicht berührte. »Weißt du denn nicht, wie sehr ich dich liebe, Charles? Wie sehr ich mir genau dasselbe wünsche wie du? Aber ich kann nicht ... ich kann einfach nicht!« Sie stand auf, ging durchs Zimmer und starrte aus dem Fenster auf den Union Square. »Begreifst du nicht, daß ich Großvater nicht allein lassen kann?«

»Glaubst du wirklich, daß er das von dir erwartet? Du kannst seinetwegen doch nicht dein ganzes Leben aufgeben.«

»Es würde ihm das Herz brechen.«

»Und was ist mit meinem Herzen?« Er fragte das ganz leise, während in seinen Augen Tränen glänzten. Audrey konnte ihm nicht die Antwort geben, die er hören wollte.

»Ich liebe dich.« Ihre Augen flehten um Verständnis, während ihre Lippen diese Worte aussprachen, doch er schüttelte den Kopf.

»Das genügt nicht. Dein Entschluß wird uns beide umbringen. Möchtest du mich heiraten?« Jetzt gab es kein Ausweichen, und sie fühlte sich ganz jämmerlich. Es war ein Opfer, das sie bringen mußte ... so ähnlich wie damals in Harbin ... nur war es jetzt viel, viel schlimmer.

»Audrey, gib mir eine Antwort.« Er stand da, den Blick unverwandt auf sie gerichtet. Es war ein Blick, der sagte, daß es ihm ernst war und daß es keine andere Chance mehr geben würde ... daß es das letzte Mal war ... »Audrey?« Sie standen einander durch die Länge des Raumes getrennt gegenüber, aber ebensogut hätte ein Universum sie trennen können.

»Charlie, ich kann nicht ... nicht gleich jetzt ...«

»Wann denn? Nächsten Monat? Nächstes Jahr? Ich wollte niemals jemanden heiraten ... bis ich dich traf ... und jetzt biete ich dir alles, was ich zu geben habe ... mein Leben, mein Heim, mein Herz ... was ich an Vermögen habe, meine Tantiemen, alles, was ich geben kann, ist dein ... aber ich möchte nicht zehn Jahre warten müssen. Ich möchte nicht dein und mein Leben mit dem Warten auf den Tod eines Menschen vergeuden. Übrigens habe ich den Eindruck, daß dein Großvater sich für dich etwas Besseres wünscht. Soll ich ihn fragen? Ich würde es nur zu gern tun.«

Doch sie schüttelte den Kopf. »Das kann ich ihm nicht antun, Charles. Er würde natürlich sagen, daß ich gehen soll. Und dann wurde er sich hinlegen und sterben. Er hat nur mich.«

»Ich habe auch nur dich.«

»Und du bist der einzige Mann, den ich je lieben werde.«

»Dann heirate mich.«

Da stand sie nun und sah ihn unendlich lange an, doch sie schüttelte den Kopf, setzte sich und brach in Tränen aus. »Charlie, ich kann nicht.«

Er wandte sich abrupt ab. »Dann ist es zwischen uns aus, wenn ich abfahre. Ich möchte dich niemals mehr wiedersehen. Dieses Spiel mache ich nicht länger mit.«

»Das ist kein Spiel, Charlie. Es ist mein Leben und deines auch. Denk daran, bevor du mich auf diese Weise daraus verbannst.« Charles schüttelte nur den Kopf. Schließlich wandte er sich ihr wieder zu, und als er sie ansah, lag tiefer Kummer in seinem Blick.

»Wenn ich mich weiter an dich gebunden fühle, so ganz lose, als ständige Verlockung, dann quälen wir uns beide. Und was hätten wir davon? Einsamkeit ... Versprechungen ... Lügen ... du sagtest, du wünschtest, Molly wäre mein ... ich wünschte es ebenso. Eines Tages möchte ich Kinder haben, und du willst sie auch. Aber auf diese Weise werden wir sie nie haben – und sollten es auch nicht. Ich möchte ein richtiges Leben, mit einer richtigen Frau und mit Kindern – wie James und Vi.«

Für sie hörte sich das alles sehr vernünftig an. »Dann komm nach San Franzisko und lebe hier mit mir.«

»Und was soll ich hier tun? Für eine hiesige Zeitung schreiben?

Schuhe verkaufen? Audrey, ich schreibe Reisebücher. Du weißt, wie mein Leben abläuft. Wenn ich mich hier niederlasse, kann ich nicht das tun, was ich tun möchte. Einer von uns wird ein Opfer bringen müssen, und diesmal wirst du es sein. Du mußt mit mir kommen.«

»Charlie, ich kann nicht.« Audrey brachte die Worte vor Schluchzen kaum heraus.

»Denk darüber nach. Ich werde bis vier Uhr bleiben. Meine Maschine fliegt um sechs.« Das waren nicht ganz vierundzwanzig Stunden, und in dieser Zeit würde sich nichts Entscheidendes ändern.

»Mein Entschluß steht fest. Du bist unvernünftig.«

»Ich tue, was für uns beide das beste ist. Du mußt endlich zu einer Entscheidung kommen.«

»Du tust, als hätte ich eine Wahl . . . als wäre ich launisch und kapriziös, obwohl ich nur meine Pflicht erfülle.«

»Und was ist mit deinen Verpflichtungen mir gegenüber? Dir gegenüber? Diesem Kind gegenüber? Schuldest du jedem von uns nicht mehr, nämlich den Mut, dir zu nehmen, was du möchtest . . . falls du es wirklich möchtest.«

»Du weißt, was ich möchte.«

»Dann komm mit mir. Oder versprich mir wenigstens, daß du bald nachkommen wirst.«

»Das kann ich nicht versprechen.« Sie schlug die Hände vors Gesicht, verzweifelt über das Dilemma, dem sie sich gegenübersah. Er nickte. Er hatte um das Risiko gewußt, als er nach San Franzisko gekommen war. Wenigstens war jetzt alles vorüber. Sie würde ihn entweder heiraten, oder er würde die Tür hinter allem schließen. Weder mit ihr noch mit sich selbst würde er mehr spielen. Das war er sich schuldig.

Im Taxi herrschte Schweigen, als er sie nach Hause brachte. Ganz sacht berührte er ihr Gesicht, ehe er ihr einen Gutenachtkuß gab. »Ich möchte nicht grausam sein, doch wir müssen einen klaren Schnitt machen, wenn es sein muß . . . uns beiden zuliebe.«

»Warum?« Sie verstand das nicht. »Warum jetzt? Gibt es eine andere?« Bis zu diesem Augenblick war sie gar nicht auf die Idee gekommen. Er schüttelte den Kopf.

»Ich tue das, weil ich ohne dich nicht leben kann. Aber wenn es sein muß, möchte ich auch nicht mehr an dich denken. Jetzt, sofort.«

»Du bist unfair.« Für unfair hatte sie ihn auch gehalten, weil er ihr nicht mehr geschrieben hatte, nachdem sie seinen telegrafischen Heiratsantrag abgelehnt hatte. »Denk an die Verpflichtungen, die ich habe.«

»Für dich wird es immer etwas dieser Art geben, Audrey. Du mußt dich jetzt entscheiden.«

Audrey schüttelte den Kopf, und man sah ihr an, wie verzweifelt sie war. Charles stieg mit ihr aus und küßte sie noch einmal. »Ich liebe dich.«

»Ich dich auch.« Und doch konnte sie ihm keine andere Antwort geben. Und als sie auf ihr Zimmer ging, nahm sie das schlafende Baby in die Arme, spürte seine Wärme und lauschte seinen leisen Atemzügen. Sie dachte an alles, was Charles gesagt hatte, daß er sie heiraten wollte ... an die Kinder, die er sich wünschte ... es war ein Jammer, daß er ihr keine Zeit ließ.

Am nächsten Tag saß sie am Frühstückstisch und hielt den Blick mit steinerner Miene auf den Teller gerichtet. In dieser Nacht hatte sie kaum ein Auge zugemacht. Und ihr Großvater starrte sie verdrossen an, um seine eigene Besorgnis zu tarnen. Er spürte, wie unglücklich sie war.

»Hast du gestern zuviel getrunken?« Sie schüttelte den Kopf auf seine Frage hin und versuchte ein Lächeln. »Du siehst schrecklich aus. Bist du krank?«

»Nein, nur müde.«

Und plötzlich stellte er ihr in so sonderbarem Ton, als hätte er Angst, eine Frage, und das rief ihr Mitleid auf den Plan. »Liegt dir sehr viel an ihm?«

»Wir sind gute Freunde.«

»Und was bedeutet das?«

»Eigentlich möchte ich darüber nicht sprechen«, erwiderte sie mit halbherzigem Lächeln, bemüht, ihn abzulenken.

»Warum nicht?«

Weil es zu weh tat. Aber das sprach sie nicht aus.

»Wir sind nur Freunde, Großvater.«

»Na, ich habe den Eindruck, daß mehr dahintersteckt, zumindest von seiner Seite. Gut, daß es von dir aus nichts ist.«

»Warum sagst du das?«

»Das ist kein Leben für ein anständiges Mädchen, mit einem Kerl dieser Sorte durch die ganze Welt zu zigeunern, Kamele und Elefanten zu jagen ... denk doch an den Gestank!« Er machte ein entsetztes Gesicht, und sie lachte auf bei dieser Vorstellung.

»So habe ich das noch nie gesehen.«

»Außerdem wäre es nicht gut für das Kind ...« Und für ihn selbst auch nicht. Sie wußte, daß er auch daran dachte. Und das war sein gutes Recht, er war fast dreiundachtzig und brauchte sie. Das wußte sie nur zu gut.

»Großvater, es ist nichts Ernstes. Also, mach dir keine Sorgen.« Doch er war betrübt, das las sie in seinem Blick. Und sie fühlte sich bleischwer, als sie Charlie anrief. Sie hatte versprochen, sich mit ihm zum Lunch in der Stadt zu treffen, und als sie sich trafen, waren beide in gedrückter Stimmung. Zu vieles lastete auf ihnen. Zunächst sprachen sie über Belanglosigkeiten, und dann sah er sie fest an. Sie hatten noch nicht einmal ihr Essen bestellt.

»Na?«

Sie erwiderte den Blick, von dem Wunsch nach Aufschub beseelt, doch es gab kein Entrinnen. »Charles, du kennst die Antwort. Ich liebe dich, aber ich kann dich nicht heiraten. Jetzt noch nicht.«

Er nickte, kaum fähig zu sprechen. Seine Augen blieben trocken.

»Ich ahnte, daß du bei deiner Entscheidung bleiben würdest. Deinem Großvater zuliebe?« Sie nickte stumm. »Tut mir leid, Aud ...« Er berührte ihre Hand und stand dann auf. »Ich halte es für besser, wenn wir nicht zusammen essen. Du nicht auch? Wenn ich mich beeile, erreiche ich sogar noch die frühere Maschine.« Jetzt ging alles viel zu schnell. In seinem Blick lagen Zorn, Wut, Kränkung, und sie spürte den Drang nach Vergeltung, und als sie ihm aus dem Restaurant folgte, hatte sie das Gefühl, gegen eine Wand zu prallen. Dann saß sie im Taxi, wieder ging alles zu schnell, und sie stand vor dem Haus, während

Charles beim Wagen blieb. Er sah sie an mit seinem flammenden, verletzten Blick, und sie wollte ihm einen Abschiedskuß geben, doch er trat einen Schritt zurück, die Hand abwehrend erhoben, schüttelte den Kopf und verschwand mit einem gemurmelten Abschiedsgruß im Taxi. Der Wagen fuhr los, und nach all dieser Zeit, diesen Augenblicken, diesen vielen Meilen und so viel Liebe ... war er weg. Für immer.

## 24

Als Audrey die Halle des großväterlichen Hauses betrat und der Butler lautlos die Tür hinter ihr schloß, spürte sie sofort, daß im Oberstock Unruhe herrschte. Ihr Blick fiel auf ein Durcheinander von Kisten und Koffern am Fuß der Treppe. Und plötzlich bemerkte sie, daß ihre Schwester sie von der Tür zur Bibliothek her beobachtete. Es war das erste Mal, daß sie einander nach jener unerquicklichen Begegnung nach Audreys Rückkehr trafen. Unwillkürlich war Audrey auf der Hut, ohne zu wissen, was Annabelle hierhergeführt hatte. Stand sie im Begriff, eine Reise anzutreten? Und plötzlich wußte sie, was passiert war. Ihr Herz wurde noch schwerer.

»Ist etwas passiert?«

»Harcourt hat mich verlassen.«

Audrey nickte stumm. Sie konnte so leicht nichts mehr erschüttern. Blieb nur die Frage, was Annabelle hier wollte.

»Warum bist du gekommen?« Das fragte sie in einem Ton, der ihren Kummer verriet, doch hatte Annabelle kein Ohr dafür. Aber auch wenn es ihr aufgefallen wäre, so wäre es ihr gleichgültig gewesen. Sie hatte genug eigene Probleme.

»Ich wollte nicht in Burlingame bleiben. Ich hasse diesen Ort.«

»Hast du es in einem Hotel versucht?« Audreys Stimme klang so verbittert, daß Annabelle erschrak.

»Hier ist mein Zuhause, ebensogut wie deines.«

»Hast du Großvater gefragt, ob du bleiben kannst?«

»Nein«, ließ sich seine Stimme aus dem Hintergrund vernehmen. Keine der beiden hatte gewußt, daß er zu Hause war.

»Sie hat mich nicht gefragt. Annabelle, würdest du so gut sein und eine Erklärung abgeben?«

Beide fühlten sich wie einst als Kinder, wenn er sie bei etwas Verbotenem ertappt hatte. Audrey machte sich Vorwürfe, daß sie ungerechtfertigt barsch gewesen war, und Annabelle wußte, daß sie vorher hätte anrufen sollen, anstatt einfach hereinzuschneien.

»Ich ... ich versuchte, dich heute morgen zu erreichen, Großvater, aber ...«

»Das ist eine Lüge.« Jetzt geriet er in Rage. »Du solltest wenigstens so viel Anstand aufbringen, die Wahrheit zu sagen. Wo ist dein Mann?«

»Ich weiß es nicht. Er ist mit Bekannten weggefahren.«

»Und du hast dich entschieden, ihn zu verlassen?«

»Ich ...« Es war sehr peinlich, ihm das alles in der Halle erklären zu müssen, doch machte er keine Anstalten, sie in die Bibliothek zu bitten. »Er möchte sich scheiden lassen.«

»Wie zuvorkommend von dir, darauf einzugehen. Ist dir klar, daß du dich weigern kannst?«

Sie nickte. »Aber ich ...«

»Du möchtest die Sache beenden?« Er legte ihr die passenden Worte in den Mund, und sie nickte. »Verstehe. Wie praktisch. Und jetzt kommst du nach Hause zurück, zu mir und zu deiner Schwester, so ist es doch, Annabelle?« Sie errötete ein wenig und nickte wieder. »Aus einem bestimmten Grund? Wegen der Adresse vielleicht? Wegen meines exzellenten Personals und der Vorteile wegen, die ein Stadthaus bietet? Oder vielleicht, weil deine Schwester mit deinen Kindern so fabelhaft umgehen kann?« Er traf ins Schwarze, und Audrey hätte fast gelacht, als sie Annabelles Unbehagen bemerkte.

»Ich ... ich dachte ... nur für eine Weile ...«

»Wie lang soll diese Weile dauern? Eine Woche? Zwei? Weniger vielleicht?« Er genoß die Wirkung seiner Worte. Fast empfand Audrey Mitleid mit ihrer Schwester – fast, aber nicht ganz. Annabelle verdiente kein Mitleid mehr. Sie war zu egoistisch und zu verwöhnt, sie trank zuviel, und sie ließ sich zu häufig etwas zuschulden kommen.

»Also, wie lange beabsichtigst du zu bleiben?«

»Bis ich ein Haus finde ... was meinst du?«

»Frag mich nicht, sag es mir ... also gut. Bis du ein Haus findest. Ich bin einverstanden, dich hier solange wohnen zu lassen, aber sieh zu, daß du bald eines findest.« Er sah Audrey an, als er das sagte, und bemerkte Annabelles triumphierende Miene. »Und achte darauf, daß du deine Schwester nicht über Gebühr in Anspruch nimmst.« Das waren weise Worte, doch das Problem bestand darin, daß Audrey und Annabelle die Worte über Gebühr verschieden auslegten.

Es vergingen keine zwei Stunden, und Annie brachte es fertig, ihre Kinder in Audreys Zimmer abzuladen. Klein-Winston machte sich über ihre Bücher her, und Hannah war einfach in Mollys Bettchen gelegt worden, worauf die kleine Gastgeberin den Gast in die Zehe biß, sehr zu Annabelles Entsetzen.

»Dieses chinesische Straßengör!« kreischte sie, worauf Audrey ihr ohne weitere Umstände eine Ohrfeige versetzte. Eine saftige Ohrfeige war genau das, was Annabelle brauchte. Danach verhielt sie sich etwas zurückhaltender, doch wurde es fünf Uhr, bis Audrey die Tür ihres Zimmers schließen, Ruhe finden und über Charlies Verhalten nachdenken konnte. Unglaublich, daß sie noch vor wenigen Stunden beisammen gewesen waren. Unter Tränen fragte sie sich, ob sie ihn jemals wiedersehen würde. Es erschien ihr sehr unwahrscheinlich, und als ihr langsam zu Bewußtsein kam, was das bedeutete – sie war gefangen, hier mit Großvater und Annabelle –, fing sie zu schluchzen an. In Gedanken war sie bei dem Mann, den sie verloren hatte, für immer verloren, wie sie jetzt wußte. Ihre Augen waren noch getötet, als sie zum Dinner hinunterging, doch fiel es niemandem auf. Der Großvater war in seine eigenen Gedanken vertieft, und Annabelle präsentierte ihnen üble Geschichten von Harcourts Untreue. Beim Nachtisch fühlte sich Audrey richtig elend.

Die nächsten Monate wurden zu einem wahren Alptraum. Keines der engagierten Kindermädchen hielt es aus, da weder Annabelle noch ihre Kinder zu ertragen waren. Das Personal lehnte die Neuankömmlinge und die zusätzliche Arbeit, die sie verursachten, ab. Annabelle war ständig außer Haus und machte es sich zur Gewohnheit, Audrey die Kinder zu überlassen.

Auch ihren Großvater ermüdete dies alles. Sein Interesse an der kleinen Molly, die ihm vor wenigen Monaten noch so viel Freude bereitet hatte, ließ immer mehr nach. Es gab nichts mehr, was ihm Freude zu machen schien, und Audrey war auch nicht in der Lage, ihn aufzuheitern. Ihr Herz wurde mit jedem Tag schwerer. Molly allein bedeutete für sie ein wenig Trost. Ständig kreisten ihre Gedanken um Charles. Ein halbes Dutzend Briefe hatte sie bereits begonnen, um dann alle wegzuwerfen. Was hätte sie ihm auch schreiben können? Nichts hatte sich geändert. Nichts würde je anders werden. Und zu alledem kam die Tatsache, daß die Kräfte ihres Großvaters rapide nachließen. Er kümmerte sich nicht mehr um Politik, las selten Zeitungen und ging auch nicht mehr in den Klub zum ›Lunch‹. Audrey sprach einige Male mit Annabelle über ihre Bedenken, der aber war nichts aufgefallen. Ihr ein und alles waren ihre neuen Freunde, mit denen sie fast jeden Abend ausging. Sie war ein paarmal in der Oper gewesen, kannte sämtliche schicken Treffpunkte, ging oft in Restaurants oder tanzen und wollte nichts von ihrem Großvater, von ihrer Schwester oder ihren Kindern hören.

»Verdammt noch mal, du könntest ihm hin und wieder wenigstens eine Stunde widmen.« Am Weihnachtsabend war Audreys Geduld zu Ende, als Annabelle ankündigte, sie ginge mit Freunden aus und habe keine Zeit, mit Audrey und ihrem Großvater zu dinnieren. »Vergiß nicht, daß er dich und deine Kinder durchfüttert.« Audreys Ton war so frostig wie noch nie zuvor.

»Na und? Sonst hat er ja für niemanden zu sorgen. Und dich erhält er auch. Verbring du deine Zeit mit ihm. Du hast ja sonst nichts zu tun.«

Annabelle hatte für ihre ältere Schwester nur Verachtung übrig. Audrey war immer zur Stelle gewesen und hatte sie ihr Leben lang umhegt. Sie sah nicht ein, warum sich das jetzt ändern sollte. Audrey war mittlerweile ohnehin eine alte Jungfer, oder nicht? Welcher Mann würde sie jetzt noch haben wollen, seitdem sie sich dieses schreckliche Chinesenbaby aufgehalst hatte. Ihren Freunden gegenüber machte sie kein Hehl aus ihrer Verachtung, ja, sie hatte mehr als einmal angedeutet, daß »der Bastard« Audreys Kind sein könnte. Doch das kümmerte Audrey nicht. Sie liebte Molly wie ein eigenes Kind und machte sich aus dem Klatsch überhaupt nichts. Es tat ihr nur leid, mit ansehen zu müssen, wie Annabelle sich kaputtmachte, indem sie ein hemmungsloses Leben führte. Für gutes Zureden und Vorhaltungen hatte sie taube Ohren. Sie war entschlossen, ihr Leben mit schwachen Männern und starken Drinks zu vergeuden, und Audrey gab es schließlich auf, sie ändern zu wollen. Aus Annabelle war eine verzogene, unausstehliche Person geworden. Audrey hatte jetzt Molly, bei der sie Zuflucht suchte. Es schmerzte sie zwar immer noch, wenn sie Annabelles Tun und Treiben mit ansehen mußte, doch war ihr klar, daß sie nichts daran ändern konnte. Leider war Annabelle immer sehr verwöhnt und egoistisch gewesen, nun kamen aber ihre Vorliebe für Alkohol und andere Ausschweifungen dazu und machten die Sache noch schlimmer. Audrey bekümmerte es, daß Annies Scheidung zu einer bitterbösen Angelegenheit ausartete und Harcourt mehr als einmal im Haus erschien und sich über Annabelle und ihre Anwälte unflätig äußerte. Daraufhin hatte ihr Großvater den Butler angewiesen, Harcourt nicht mehr einzulassen, denn wenn er kam, war er meist betrunken, und es kam zu häßlichen Szenen zwischen ihm und Annabelle, bei denen beide wenig Vernunft erkennen ließen. Daß während dieser Szenen mit Vasen und anderen Gegenständen geworfen wurde, ging ihrem Großvater entschieden zu weit.

»Großvater, es tut mir leid, daß du das alles über dich ergehen lassen mußt«, sagte Audrey, als er sich ihr gegenüber darüber beklagte.

»Ich glaube, ich sollte ihr irgendwo ein Haus kaufen«, äußerte er seufzend. »Aber ich bin schon zu alt, um mir darüber den Kopf zu zerbrechen. Bald werde ich unter der Erde sein. Wenn ich nicht mehr bin, wird euch beiden dieses Haus gehören. Es ist gewiß groß genug für euch und eure buntgemischte Kinderschar«, schloß er lächelnd.

Er wollte ihnen auch das Haus am Lake Tahoe gemeinsam vermachen, und Audrey hatte ihre Zweifel, ob das sehr klug war. Sie hätte es vorgezogen, allein irgendwo zu leben und nicht alles mit Annabelle teilen zu müssen, da das Zusammenleben mit ihr alles andere als angenehm war.

Aber davon sagte sie ihrem Großvater nichts, hingegen schalt sie ihn, wenn er von seinem baldigen Tod sprach, während sie insgeheim befürchtete, er könnte recht haben. In den letzten Monaten hatte er ziemlich an Gewicht verloren und schlief fast die ganze Zeit über. Sie mußte ihm sehr zureden, seinen täglichen Spaziergang zu machen, und wenn sie und Molly vor dem Dinner oder am frühen Nachmittag zu ihm kamen, dann war er meist wieder eingenickt.

Molly konnte schon laufen und trippelte vorsichtig schwankend durch den Raum, das Haar senkrecht nach oben stehend, die Augen groß und glänzend vor Begeisterung.

Am Weihnachtsabend zog Audrey ihr ein rotes Samtkleidchen an und band ihr ein winziges rotes Satinschleifchen ins seidige schwarze Haar. Dazu trug die Kleine weiße Strümpfe und schwarze Schuhe. Seit ihrer Geburt hatte sie einen langen, langen Weg zurückgelegt, dachte Audrey immer wieder, wenn sie die Kleine voller Stolz musterte und sie ihrem Großvater reichte. Hannah schlummerte bereits in ihrem Bettchen, und Winston war von einem Mädchen schmählich ins Obergeschoß geschleppt worden, nachdem er eine Kristallvase zerbrochen und die Ruhe seines Großvaters empfindlich gestört hatte. Molly und Hannah hatten im Moment kein Kindermädchen, da Audrey sich die meiste Zeit um sie kümmerte. Annabelle war fast nie zu Hause anzutreffen.

Edward Driscoll, der Molly, wie sie mittlerweile von allen gerufen wurde, auf den Knien hielt, sah Audrey an.

»Wo ist deine Schwester heute?«

»Ich glaube, sie ist zum Dinner im Stanton.«

»Wie ungewöhnlich, daß sie außer Haus ist«, bemerkte er sarkastisch und runzelte die Stirn. »Audrey, du mußt etwas aus deinem Leben machen und nicht ständig Babysitter für ihre Gören spielen.«

»Mit der Zeit wird sich sicher alles einspielen.« Doch daran glaubte Audrey selbst längst nicht mehr. Sie mußte endlich reinen Tisch machen, wollte aber die häusliche Atmosphäre nicht noch mehr belasten. Das hätte Großvater nur aufgeregt. Inzwischen machte ihn fast alles nervös, die Türklingel, das Telefon, die Autos, die draußen vorüberfuhren. Er beklagte sich, daß alles zu schnell und zu laut sei – und das, obwohl er immer schwerhöriger wurde. Die Welt, die er in Erinnerung hatte, war viel beschaulicher gewesen. In letzter Zeit regten ihn sämtliche Veränderungen in seiner Umgebung auf. Audrey beruhigte ihn, so gut es ging, und hatte alle Hände voll zu tun, ihn halbwegs bei Laune zu halten und ihn gut zu versorgen. Es war mittlerweile sehr schwierig geworden, Hauspersonal zu finden. Den Leuten ging es viel besser als noch vor ein paar Jahren, und sie arbeiteten lieber in Fabriken oder Geschäften. Die Einschränkungen, denen Hausangestellte unterworfen waren, wollte niemand mehr auf sich nehmen. Audrey mußte oft selbst Hand anlegen, saubermachen, einen Teppich ausklopfen oder mit dem Staubsauger durch die Räume gehen, die sie bewohnten. Das war ihr aber jetzt nicht anzumerken, als sie am Weihnachtsabend in einem dunkelbraunen seidenen Abendkleid vor dem Kamin saß, während Edward Driscoll vor sich hin döste. Nachdem sie Molly ins Bett gebracht hatte, saßen sie noch lange bei einem Glas Sherry beisammen, und sie erinnerte sich an ihr letztes Weihnachten, das sie in China mit den Kindern im Waisenhaus verbracht hatte. Natürlich dachte sie auch an Charlie. Sie fragte sich vor allem, ob er schon in Ägypten war. Allein der Gedanke an ihn machte ihr das Herz schwer, doch jetzt wußte sie, daß alles vorbei war. Schon vor Monaten hatte sie seinen Ring abgenommen und ihn sorgfältig in ihrer Schmuckschatulle verwahrt. Von James und Vi war eine Weihnachtskarte gekommen, auf der Charles mit keinem Wort erwähnt wurde. Sie schrieben nur, daß sie hofften, Audrey 1935 wiederzusehen, und drängten sie, nächsten Sommer wieder nach Antibes zu kommen. Sie hätte nichts lieber getan, doch da ihr Großvater immer gebrechlicher wurde, konnte sie sich nicht vorstellen, ihn den Sommer über allein zu lassen.

Im März feierte Molly ihren ersten Geburtstag, und zwei Tage darauf erlitt Edward Driscoll einen Schlaganfall, der ihm das Sprechvermögen raubte und seine linke Seite lähmte. Sein Blick lag gequält auf Audrey, die sich lautlos in seinem Zimmer bewegte, den Pflegerinnen Anweisungen gab und auf die Besuche des Arztes wartete, der morgens und abends kam.

Es hatte zwei Tage gedauert, bis sie Annabelle ausfindig machen und sie von der traurigen Nachricht in Kenntnis setzen konnte. Annabelle war eine Woche lang in Los Angeles gewesen, hatte mit Freunden die Rennen besucht und die Nächte nicht in ihrem Hotelzimmer verbracht. Sie hatte auch nicht auf die Nachrichten reagiert, die Audrey für sie hinterlassen hatte. Audrey war außer sich, als sie Annabelle endlich fand.

»Was wäre denn, wenn einem deiner Kinder etwas zustieße?«

»Du bist doch da, oder nicht?« Die treue, verläßliche Audrey, die nie aus dem Haus ging, mit der man immer rechnen konnte. Plötzlich spürte sie eine Aufwallung siedendheißer Wut. Wäre Annabelle zur Stelle gewesen, sie hätte sie wieder geschlagen. Sie war schon zum allgemeinen Gespött geworden, trieb es mit unverheirateten und verheirateten Männern und schien es an Zügellosigkeit mit Harcourt aufnehmen zu können, der eine skandalöse Affäre mit der Frau eines seiner besten Freunde hatte und fast täglich in den Klatschspalten erwähnt wurde. Zu schade, daß die beiden nicht zusammengeblieben waren, wie ihr Großvater einmal konstatiert hatte, sie verdienten einander voll und ganz. Aber jetzt dachte Audrey nicht an Harcourt, als Annabelle ihr am Telefon gelangweilt antwortete.

»Annie, Großvater hatte vor zwei Tagen einen Schlaganfall. Du tätest gut daran, nach Hause zu kommen.«

»Warum?« Audrey spürte, wie die Antwort ihren ganzen Körper erstarren ließ.

»Warum? Weil er ein schwerkranker alter Mann ist und sterben könnte, darum. Und weil er für dich gesorgt hat und du ihm deswegen etwas schuldest. Ist dir dieser Gedanke noch nie gekommen?« Annabelle war der selbstsüchtigste Mensch, der ihr je untergekommen war. Langsam regte sich Haß in ihr.

»Aud, ich kann nichts für ihn tun. Und in einem Krankenhaus bin ich ohnehin zu nichts nütze.« Das hatte Audrey entdecken müssen, als der kleine Winston die Windpocken bekam und sowohl Hannah als auch Molly angesteckt hatte. Annabelle war damals für drei Wochen nach Santa Barbara und hatte ihre Kinder in Audreys Obhut zurückgelassen. Und sie hatte nicht ein einziges Mal angerufen und gefragt, wie es ihnen ging.

»Du gehörst hierher.« Audreys Stimme war eisig. »Du solltest jetzt nicht in Los Angeles herumlungern. Beweg deinen Allerwertesten noch heute hierher. Ist das klar?«

»Wie sprichst du eigentlich mit mir, du eifersüchtiges Biest!« Schockiert hörte Audrey das Gift in der Stimme ihrer Schwester. Zwischen ihnen herrschte nicht einmal mehr der Anschein von Zuneigung. »Ich werde kommen, wann es mir paßt, verdammt noch mal.« Und warum? Der Erbschaft wegen? Doch als Audrey dies dachte, wurde ihr etwas klar, was sie ohnehin gewußt hatte. Sie würde in diesem Haus mit ihrer Schwester nie leben können. War ihr Großvater einmal nicht mehr am Leben, dann würde auch sie gehen. Dann hielt sie im Haus oder in San Franzisko gar nichts. Und sie schuldete Annabelle nichts. Ihr halbes Leben hatte sie ihr gewidmet, und jetzt hatte sie ihr nichts mehr zu geben. Es wurde Zeit, daß Annabelle ihren Pflichten selbst nachkam und sich um ihre Kinder kümmerte.

Audrey saß nur einen Augenblick in Gedanken versunken da und nickte sodann. Für sie war eben etwas zu Ende gegangen. Es war das Ende einer Ära. »Sehr gut, Annabelle, dann komm, wann es dir beliebt.« Und als sie auflegte, hatte sie das Gefühl, mit einer Fremden gesprochen zu haben.

## 25

Edward Driseoll siechte bis Anfang Juni dahin und tat dann seinen letzten Atemzug, während Audrey seine Hand hielt und sachte seine Finger küßte. Doch schon, als sie ihm die Augen zudrückte und spürte, wie ihr die Tränen über die Wangen liefen, wußte sie, daß der Tod eine Gnade war. Für ihn, der ein kraftvoller, starker und stolzer Mensch gewesen war, war es die ärgste Strafe, in der Falle eines nutzlosen Körpers mit nachlassendem Verstand zu leben, mit einem Mund, der der Sprache nicht mehr mächtig war. Es war Zeit für ihn, sich zu befreien. Er war dreiundachtzig geworden und sehr, sehr müde.

Audrey kümmerte sich schweren Herzens um alles Nötige. Sie hatte gar nicht geahnt, wie viele traurige Einzelheiten es zu bedenken galt, von der Wahl des Sarges angefangen bis zur musikalischen Umrahmung der Beerdigung. Ein Geistlicher, den sie gut kannte, hielt die Andacht. Audrey saß schwarz gekleidet in der ersten Reihe – schwarzer Schleier, schwarzes, strenges Kostüm, schwarze Strümpfe und Schuhe. An diesem Tag hinterließ sogar Annabelle einen seriösen Eindruck, obwohl sie diesen Eindruck bei der Testamentseröffnung sofort wieder zunichte machte. Lächelnd schlug sie die Beine übereinander und zündete sich eine Zigarette an. Ihr Großvater hinterließ ein größeres Vermögen, als sie erhofft hatte. Neben den Häusern in San Franzisko und in Meeks Bay am Lake Tahoe besaß er einen soliden Aktienbestand, von dem die Mädchen ihr Leben bestreiten konnten, wenn sie vernünftig mit dem Vermögen umgingen. Audrey war sehr gerührt, daß er Mai Li, die er als ›meine Urenkelin Molly Driscoll‹ bezeichnete, ein kleines eigenes Legat hinterließ. Audreys Augen wurden feucht, doch Annabelle schien nicht annähernd so gerührt. Ein Nachsatz besagte, daß jede der beiden die andere ausbezahlen und ihren Hausanteil erwerben konnte, falls sie nicht gemeinsam unter einem Dach wohnen wollten. Audrey wußte mit Sicherheit, daß sie das nicht wollte.

In den nächsten Wochen packte sie ganz still ihre Sachen und verstaute sie in Kisten, die sie im Keller abstellte. Es waren Packkisten und Schiffskoffer und ein Karton mit Kleidern. Auch die Alben ihres Vaters wurden, sorgfältig in Seidenpapier und Leinen gewickelt, in Kisten untergebracht. Audrey wollte auf ihre für ein paar Monate geplante Europareise nur ein paar Koffer mitnehmen. Hinterher wollte sie dann entscheiden, wo sie wohnen würde. Sie wollte Violet und James wiedersehen, und noch viel wichtiger: Sie wollte Charles treffen. Bei ihm zu sein, wünschte sie sich mehr als alles andere. Sie war jetzt ganz frei und hatte bis auf Molly niemanden mehr, für den sie sorgen mußte. Seit Charles im September San Franzisko verlassen hatte, war keine Nachricht mehr von ihm gekommen. Noch immer tat ihr das Herz weh, wenn sie an den Antrag dachte, den sie aus Pflichtgefühl abgelehnt hatte, und sie fragte sich, ob Charles sie überhaupt würde sehen wollen. Sie hoffte es. Charles war der eigentliche Grund für ihre Europareise.

Es war Ende Juli, als sie alles verstaut und geregelt hatte. Ihre ganzen Sachen waren verpackt und verstaut. Ihre Angelegenheiten waren in Ordnung, sie hatte alles Notwendige in bezug auf die Hinterlassenschaft geregelt, und schließlich kam es auch zu der endgültigen Aussprache mit Annabelle.

Annabelle machte sich gerade zum Ausgehen zurecht und trug nach Audreys Ansicht zu viel Rouge auf. Auf dem Bett ausgebreitet, lagen ein Hosenanzug und eine cremefarbene Seidenbluse. Annie war dabei, ihr Haar aufzustecken. In letzter Zeit hatte sie den Stil Marlene Dietrichs nachgeahmt und glaubte, in San Franzisko eine ebenso große Sensation zu sein wie die Dietrich in Europa.

»Du bist viel zu hübsch, um Hosen zu tragen.« Audrey lächelte ihrer jüngeren Schwester zu, als sie sich setzte, was ihr einen argwöhnischen Blick Annabelles eintrug. Seit dem Tod ihres Großvaters hatten sie miteinander nur das Nötigste gesprochen. Erst gestern war eine Notiz über Annabelle in der Zeitung gestanden, in der über ihren Flirt mit einem verheirateten Mann berichtet wurde. Sie war eigentlich auf eine Moralpauke gefaßt.

»Aud, ich habe es sehr eilig.« Das sagte sie hastig und wich dabei Audreys Blick aus, während eine Zigarette in einem rosa Aschenbecher auf dem Toilettentisch qualmte. Im angrenzenden Raum konnten sie Winston, Hannah und Molly hören, die miteinander spielten und sich um die Spielsachen zankten. Es war eine ungestüme kleine Bande, doch die beiden waren für Molly die richtige Gesellschaft gewesen, Audrey wußte, daß ihr Annabelles Kinder fehlen würden.

»Annie, ich werde nicht viel von deiner Zeit in Anspruch nehmen.« Sie trug ein einfaches schwarzes Seidenkleid und sah darin älter aus, als es ihren Jahren entsprach. Sie trug noch immer Schwarz, weil sie um ihren Großvater trauerte, doch daran schien Annabelle nicht mehr zu denken. »Ich fahre in einigen Tagen nach Europa. Ich dachte mir, daß du das wissen solltest.«

»Du machst was?« Annabelle war sichtlich entsetzt, ein Umstand, der Audrey erstaunte. Sie sahen sich nur selten, und wenn sie sich trafen, war es nie erfreulich. »Wann hast du dich dazu entschlossen?« Annie drehte sich auf dem Hocker vor dem Toilettentisch um und starrte ihre Schwester an. Eine Braue wurde nachgezogen, die andere zögerte noch. Audrey lächelte.

»Schon vor ein paar Wochen. Annie, in diesem Haus ist für uns beide nicht Platz genug. Außerdem sehe ich keinen Grund hierzubleiben. Ich blieb nur Großvater zuliebe hier, und der ist nun tot.«

»Und was ist mit mir?« Audrey starrte sie enttäuscht an. Sie konnte unmöglich erwarten, daß Audrey bleiben und sich um sie kümmern würde.

»Und was ist mit meinen Kindern? Wer wird das Haus führen?« Also das war es. Fast hätte Audrey über ihr entsetztes Gesicht gelacht.

»Annie, das ist jetzt deine Sache. Du bist dran. Ich habe achtzehn Jahre lang deine Angelegenheiten geregelt.« Sie war jetzt neunundzwanzig und hatte sich um das Haus des Großvaters seit ihrem elften Lebensjahr gekümmert. Mehr noch, sie hatte sich der Kinder Annabelles angenommen, seitdem diese vor zehn Monaten eingezogen war, und es war an der Zeit, daß Annabelle diese Pflicht selbst übernahm.

»Ich überlasse jetzt alles dir.« Audrey stand mit einem kalten Lächeln auf. Sie litt noch immer unter der Leere nach dem schweren Verlust, und jedesmal, wenn sie durch die Halle ging, spürte sie, wie sehr der Großvater ihr fehlte. Sie brachte es auch nicht mehr fertig, zum Frühstück ins Speisezimmer zu gehen. Wenn sie seinen leeren Platz sah und unwillkürlich auf ihn und die Debatten über die Zeitungsartikel wartete, schnürte sich ihr die Kehle zu.

»Wohin willst du gehen?« Annabelle machte aus ihrer Panik kein Hehl.

»Nach England. Danach nach Südfrankreich, und dann werde ich sehen, was ich mache.«

»Wann kommst du zurück?«

»Das weiß ich noch nicht. Wahrscheinlich erst in einigen Monaten. Ich habe es nicht eilig.«

»Den Teufel hast du.« Annabelle knallte die Haarbürste auf den Tisch und stand auf. »Du kannst mich doch nicht einfach im Stich lassen!«

Auch Audrey stand auf und blickte auf ihre viel kleinere Schwester hinunter. Sie war kleiner an Gestalt und an Geist. »Ich hätte nicht gedacht, daß es dir überhaupt auffallen würde.«

»Was soll das nun wieder heißen?«

»Annie, wir stehen uns doch nicht mehr nahe, oder?« Ihre Stimme war sanft und ihr Blick traurig. Es hätte nicht so enden sollen, aber nun war es so gekommen. Zwischen ihnen gab es nichts mehr, nur Lieblosigkeit, harte Gefühle und gegenseitige Ablehnung.

»Warum tust du mir das an?« Annabelle weinte, bis ihr die Wimperntusche in schwarzen Rinnsalen über die Wangen lief. Sie sah schrecklich aus, als sie sich wieder setzte und Audrey anstarrte. »Du haßt mich, stimmt's?«

»Nein, das tue ich nicht.«

»Du bist eifersüchtig auf mich, weil du nie einen Mann hattest.«

Audrey mußte lachen. Einen Mann wie Harcourt hatte sie nie gewollt, und den einzigen Mann, den sie jemals geliebt hatte, hatte sie abgewiesen. »Hoffentlich glaubst du das nicht wirklich, Annie. Ich mißgönne dir keineswegs, was du hattest, und hoffe, daß du eines Tages wieder heiraten wirst. Vielleicht ist deine Wahl dann etwas vernünftiger.« Obwohl das angesichts ihres Geschmacks und wilden Lebens sehr unwahrscheinlich war. »Es wird Zeit, daß ich gehe. Vermutlich bin ich Vater nachgeraten. Ich muß mir Bewegung verschaffen.« Von Charlie sagte sie nichts.

»Was fange ich mit den Kindern an?« jammerte Annie.

»Besorg dir ein Kindermädchen.«

»Keines will bleiben.« Das tat Audrey zwar leid, doch sie war auch nicht gewillt zu bleiben, außerdem würde es für Annabelle gut sein, wenn sie sich zur Abwechslung selbst um die Kinder kümmern mußte. Audrey freute sich auf die Aussicht, mit Molly allein sein zu können. Die Kleine lernte gerade sprechen, und jeder Augenblick, den sie mit ihr verbrachte, war ein Vergnügen.

Audrey stand da und sah auf ihre Schwester hinunter. »Es tut mir leid, Annie.«

»Raus aus meinem Zimmer!« schrie Annabelle sie an und

schleuderte die Haarbürste gegen die Tür. »Verschwinde aus diesem Haus!« Audrey schloß leise die Tür hinter sich, im Ohr das klirrende Geräusch von zerbrechendem Glas.

Vier Tage später schloß sie die letzte Reisetasche und sah sich in ihrem Zimmer um. Sie empfand kein Bedauern. Im Gegenteil, sie konnte es kaum abwarten wegzukommen, obwohl Annabelle am Abend zuvor heulend zu ihr gekommen war und sie gebeten hatte, nicht zu fahren. Zwei Mädchen hatten gekündigt, als sie erfuhren, daß Audrey das Haus verlassen wollte, und Köchin und Butler waren im Monat zuvor, kurz nach dem Tod des Großvaters, weggegangen. Es war Zeit für einen Neubeginn – für Annabelle ebenso wie für Audrey. Zum erstenmal im Leben war Annabelle gezwungen, auf eigenen Füßen zu stehen. Als sie die Tasche in der Halle seufzend abstellte, fragte Audrey sich, wie lange ihre Schwester das aushalten würde. Und als sie sich in der Halle umsah, überlegte sie, wann und ob sie dieses Haus wiedersah. Es würde dann sicher nicht mehr dasselbe sein. Wenn Annabelle sich an ihre Selbständigkeit gewöhnt hatte, würde sie sicher über die Stränge schlagen, alles verkaufen oder alles hinauswerfen und das Haus neu einrichten. Es war höchst unwahrscheinlich, daß sie so viel Anstand aufbringen und Audreys Erlaubnis einholen würde.

Annabelle stand nicht auf, um ihr Lebewohl zu sagen, und auch die Kinder schliefen noch. Audrey zog Molly leise an und frühstückte dann mit ihr in der Küche, ehe der Chauffeur sie mit dem Gepäck zum Flughafen brachte. Sie hatte sich aus Gründen der Zeitersparnis entschlossen, nach New York zu fliegen, anstatt mit der Bahn zu fahren. Anschließend würden sie mit der *Normandie,* dem neuesten und schönsten Schiff der französischen Linie, den Atlantik überqueren und in Southampton an Land gehen. Sie hoffte auf ein Wiedersehen mit Charles und wollte ihn von London aus sofort anrufen. Möglicherweise war er noch immer böse auf sie, und vielleicht war der Schaden nicht wiedergutzumachen. Versuchen wollte sie es jedenfalls. Das war sie sich schuldig, denn er war der einzige Mann, den sie jemals geliebt hatte. Vor dem Verlassen des Hauses verabschiedete sie sich mit einem Händedruck von den Dienstboten, nahm Molly auf einen Arm und ging die Eingangsstufen mit dem Kosmetikkoffer in der Hand hinunter. Es war dasselbe Köfferchen, das sie mit nach China genommen hatte. Sie lächelte, als sie an die endlose Zugfahrt dachte, während der sie das nutzlose Stück auf dem Schoß hielt. Charles drohte damals, es aus dem Fenster zu werfen oder gegen ein paar saftige Hähnchen einzutauschen. Sie konnte es kaum erwarten, ihn wiederzusehen. Der Flug nach New York schien nur Minuten in Anspruch zu nehmen, da sie in Gedanken schon an ihrem endgültigen Ziel war. Audrey bereute es keinen Augenblick, San Franzisko den Rücken gekehrt zu haben, und sie bekam Herzklopfen, als die Maschine abhob. Eine Reise war so berauschend, einerlei, wohin ... dasselbe Gefühl hatte sie auch, als sie in New York an Bord der *Normandie* ging und an die erst zwei Jahre zurückliegende Begegnung mit Violet und James auf der *Mauretania* dachte. Diesmal war niemand an Bord, an den sie sich während der Überfahrt anschließen wollte. Obwohl die *Normandie* in jeder Hinsicht außergewöhnlich war, verbrachte sie die meiste Zeit mit Molly oder saß in einem Liegestuhl an Deck, während die Kleine in der Nähe spielte. Die Mahlzeiten ließ sie sich in ihre Kabine bringen. Sie wollte das Kind nicht unter der Aufsicht einer fremden Person lassen, während sie in den Speisesaal ging, und gab sich mit diesem zurückgezogenen Leben völlig zufrieden. Sie trug meist Trauerkleidung, gab sich ihren Gedanken hin und freute sich auf Charles. Sie hatte ihn nicht mehr gesehen, seitdem er sie auf dem Gehsteig hatte stehenlassen und fortgefahren war, nachdem sie seinen Antrag zurückgewiesen hatte. Dieser Gedanke lastete auf ihrem Herzen, und sie empfand denselben dumpfen Schmerz wie immer, wenn sie an ihn dachte.

Das Anlegen in Southampton war ein erhabenes Gefühl. Sie war jetzt nur noch Stunden entfernt von ihm, und die Fahrt nach London verging wie im Flug. Wieder stieg sie im Claridge ab wie damals und bat die Vermittlung, sie mit Charles' Nummer zu verbinden. Er war nicht da, als sie anrief, doch war es ja erst Nachmittag. Wahrscheinlich war er ausgegangen, vielleicht sogar für ein paar Tage außer Haus. Konnte sie ihn am nächsten Tag nicht erreichen, blieb noch die Möglichkeit, ihm eine schriftliche Nachricht zukommen zu lassen. Oder Violet und James zu fragen, wo er steckte, wenn sie die beiden morgen in Antibes anrief. Lady Vi kam an den Apparat ... Die Verbindung war schrecklich.

»Violet? Hörst du mich. Audrey hier ... Audrey Driscoll. Was? Was hast du gesagt?«

»Ich sagte ... wo steckst du?« Die Verbindung war so miserabel, daß Audrey sie kaum verstehen konnte.

»Ich bin in London.«

»Wo wohnst du?«

»Im Claridge.«

»Wo? Ach, einerlei. Wann kommst du her?« Sie waren seit Juni in Antibes, und Audrey konnte sich vorstellen, daß es dort lebhaft zuging wie immer.

»Vielleicht Ende der Woche.«

»Was?«

»Ende der Woche.«

»Sehr schön. Wie geht's dir?«

»Fein.« Sie hatte ihr von Molly erzählen wollen, aber war noch nicht dazu gekommen. Dieses Thema mußte warten. Es war unmöglich, per Telefon bei einer so schlechten Verbindung darüber zu reden. »Wie geht es dir und James und den Kindern?«

»Uns geht es gut ...« Audrey verstand nur noch ein Wort, das sich anhörte wie ›Zeit‹.

»Was hast du gesagt? Die gräßlichen Nebengeräusche ...«

»Ja, schrecklich. Ich sagte, wir kamen eben von ..., ... zeit.«Wieder war es aus, und Audrey entschlüpfte ein verzweifeltes Stöhnen.

»Woher kommt ihr?«

Plötzlich war die Verbindung wieder klar, als hätten sich Wolken geteilt und die Sonne freigegeben, und Audrey fiel fast in Ohnmacht, als sie schließlich die Worte verstand: »Von Charles' Hochzeit.«

»Was?« Audrey saß stocksteif auf dem Bett, als hätte sie einen Schlag empfunden.

»Ich sagte ... wir sind eben von Charles' Hochzeit zurück ... es war sehr hübsch ...«

O Gott, nein, bitte, lieber Gott, nicht Charlie ... stöhnte Audrey im stillen.

»Ich ... ach.« Es war wirklich wie ein Schlag, so daß ihr momentan die Worte fehlten.

»Bist du noch da? Audrey, hörst du mich?«

»Ja, ganz schwach ... Wen hat er geheiratet?« ... Obwohl das keine Rolle spielte.

»Charlotte Beardsley, die Tochter seines Verlegers ...« Es hatte keinen Sinn, ihr zu erklären, daß das Mädchen lange Jagd auf ihn gemacht hatte, ihm bis nach Ägypten nachgelaufen war und ihm buchstäblich zu Füßen gelegen hatte. James sagte zwar, es wäre nichts Dauerhaftes, nur eine Besessenheit, die sie bald satt haben würde, wenn sie Charles besser kannte. Er konnte sich nicht denken, warum Charles schließlich nachgegeben hatte. Vi argwöhnte jedoch, daß es einen Grund dafür geben mußte. »Die Trauung war in Hampshire ... Wir sind eben erst zurückgekommen.«

Audrey war noch immer wie betäubt und hielt mühsam die Tränen zurück, die sie zu ersticken drohten. »Wie nett ...« Es war so schwach, daß Violet es nicht hörte, aber diesmal war nicht die schlechte Verbindung daran schuld.

»Wann kommst du?«

»Ich weiß nicht ... ich ...« Plötzlich fiel ihr ein, warum sie nach London gekommen war. Jetzt hatte es keinen Sinn mehr zu bleiben. Deswegen war er in seiner Wohnung nicht zu erreichen gewesen. Sie schauderte bei der Vorstellung, daß seine Frau an den Apparat hätte gehen können, Charlotte, die nun Charlotte Parker-Scott hieß. Auf einmal wollte Audrey schleunigst weg aus London. »Wie wär's mit morgen? Ist das zu früh?« Sie sah Molly an, die auf dem Boden saß und spielte.

»Das wäre toll, Audrey! Fliegst du?«

Jetzt hatte sie es nicht mehr eilig. »Ich fahre mit der Bahn. Und noch etwas, Violet ... Ich bringe meine Tochter mit.«

»Deine was?« Wieder knisterte es in der Leitung.

»Meine Tochter!« rief Audrey ganz laut.

»Sag mir, wann du ankommst. Wen immer du mitbringst, es wird uns freuen. Wir haben genügend Platz.«

»Danke …« Mit bebenden Lippen verabschiedete sie sich.

»Wir sehen uns morgen.«

»*Au revoir!* Wir holen dich von der Bahn ab.«

»Sehr schön.« Beide legten auf, und Audrey saß da und starrte sehr lange vor sich hin und dachte an die Neuigkeit, die sie von ihrer Freundin erfahren hatte. Irgendwie unglaublich. Charlie, den sie so sehr geliebt hatte und um dessentwillen sie gekommen war, war nun mit einer Frau namens Charlotte verheiratet.

## 26

Am nächsten Morgen um acht Uhr dreiundvierzig kam der Zug in Antibes an. Audrey saß in einem hellblauen Leinenkostüm und den Espadrillos, die sie zwei Jahre zuvor bei ihrem letzten Besuch gekauft hatte, am Fenster. Molly sah in ihrem rosa Baumwollkleidchen mit weißer Schürze und einem rosa Schleifchen im Haar wie ein kleiner chinesischer Engel aus. Sie saß auf Audreys Schoß, als der Zug einfuhr, und war von dem Leben und Treiben um sie herum fasziniert. In der Hoffnung, Violet und James in der Menge auszumachen, schaute Audrey hinaus, konnte die beiden aber zunächst nicht entdecken. Sie war auf der Suche nach einem Träger für ihr Gepäck, als sie sie endlich sah. Sie hatten sich nicht verändert. Violet sah in ihrem durchscheinenden weißen Kleid und mit dem riesigen weißen Hut sehr elegant aus. Dazu trug sie einen rosa Schal um den Hals, der eine Kette aus Perlen von Mottenkugelgröße nur unzulänglich verbarg. James wirkte in seinem marineblau-weiß gestreiften Hemd und der weiten weißen Hose mehr französisch als englisch. Violet kam als erste auf Audrey zugelaufen Sie hielt abrupt inne, als sie sie erreichte und in ihren Armen Molly bemerkte, die die schöne Dame fasziniert und mit großen Augen anstarrte.

»Hut!« sagte sie mit ausgestrecktem Zeigefinger, und beide lachten, als Violet Audrey fragend ansah.

»Und wer ist das?« Die Frage klang nicht anklagend, nur neugierig. James wies den Träger an, das Gepäck zum Wagen zu bringen.

Audrey lachte. »Das versuchte ich dir schon gestern am Telefon klarzumachen, leider war die Verbindung so schlecht. Das ist meine Tochter Molly.«

»Sieh mal einer an...« Violet drohte ihr scherzhaft mit dem Finger. »Das hast du also dort drüben getrieben. Ich muß schon sagen, sehr niedlich ist sie...« Violet strich über Mollys seidenweiches Haar. »Und wer war ihr Vater, meine Liebe?«

»Ehrlich gesagt, weiß ich das nicht genau.« Audreys Antwort bewirkte, daß Violets Augen vor Überraschung noch größer wurden. »Ich glaube, es war ein japanischer Soldat.«

Violet schürzte die Lippen. »Das behalte lieber für dich. Tu lieber so, als wäre er ein bekannter Philosoph gewesen. Oder jemand aus der Regierung, ein schrecklich wichtiger Mann.«

»Hallo, wer ist denn das?« Jetzt trat James zu der kleinen Gruppe und begrüßte Audrey mit einer herzlichen Umarmung und einem Kuß auf die Wange, ohne den Blick von dem Kind zu wenden.

Violet antwortete an Audreys Stelle. »Sieh mal, Liebling, Audrey hat ein kleines chinesisches Baby bekommen.« Audrey lachte über diese Feststellung und entschied, daß es höchste Zeit war, ihren guten Ruf zu retten, ehe das Spiel zu weit ging, obwohl weder Violet noch James sich sonderlich darüber aufzuregen schienen, daß sie ein uneheliches chinesisches Kind haben könnte. Es war erstaunlich, wie aufgeschlossen sie waren. Audrey konnte sich nicht vorstellen, daß irgend etwas sie überhaupt noch schockieren konnte.

»Eigentlich war es... ihre Mutter starb im Waisenhaus, als ich da war, und ich nahm Mai Li mit und adoptierte sie.«

James führte sie lächelnd zum Wagen, während Violet mit Molly spielte und sie kitzelte, bis sie kicherte. »Sicher hat dein Großvater sich riesig gefreut.« Als Audrey an seine erste Reaktion dachte, mußte sie lachen... aber später war er zu Molly so gut gewesen und hatte sie in seinem Testament sogar als »meine Urenkelin Molly Driscoll« bezeichnet. Das hatte Audrey sehr bewegt.

»Er hat sich an sie gewöhnt und gewann sie sehr lieb.«

Violet sah sie mit gerunzelter Stirn an, als sie sich in den riesigen Mercedes gesetzt hatten. »Charles erzählte uns kein Wort davon, nach seinem Besuch bei dir. Das sieht ihm wieder mal ähnlich.« Dabei sah sie James an, und beide lachten, während Audrey sich verzweifelt darum bemühte, daß man ihrer Miene den Schmerz nicht anmerkte. Allein die Nennung dieses Namens bewirkte, daß sie innerlich erstarrte. Sie konnte nur hoffen, daß die beiden ihr nichts von der Hochzeit erzählen würden. Andererseits mußte und wollte sie erfahren, wen er geheiratet hatte, und warum. Es mußte eine Erklärung für sein Verhalten geben. Es erschien ihr unmöglich, daß er sich im letzten Jahr verliebt und sich so rasch entschlossen hatte zu heiraten. So ein Typ war er nicht ... sie kämpfte heroisch darum, ihn aus ihrem Bewußtsein zu verdrängen, und lenkte ihre Gedanken zu Violet und James. Unter unbeschwertem Geplauder kamen sie bei der Villa an, und Audrey war entzückt, daß sich sehr wenig verändert hatte. Sie bekam wieder das Zimmer, das sie vor zwei Jahren bewohnt hatte und von dem aus man einen herrlichen Blick aufs Meer hatte. Zwischen ihrem und dem angrenzenden Gästezimmer wurde eine Tür geöffnet, in dem Molly untergebracht wurde. Zum Glück herrschte im Haus im Moment eine gewisse »Gästeflaute«, da die Hawthornes eben erst von Charlies Hochzeit zurückgekommen waren.

Als sie auf der Terrasse saßen und den Sonnenuntergang genossen, fragte Audrey Violet nach dem Mädchen, das Charlie geheiratet hatte. Sie mußte unbedingt etwas über diese Charlotte erfahren. Sie mußte ... und James war gerade im Haus und entkorkte Weinflaschen, damit der Wein, der zum Dinner serviert würde, ›atmen‹ konnte. Seine besondere Vorliebe galt dem Haut-Brion, den sie bei ihrem letzten Besuch scherzhaft ›O'Brien‹ getauft hatten, und dem Mouton-Rothschild, der ihm noch besser schmeckte. In Südfrankreich hielt man viel auf gutes Essen und guten Wein, doch war Audrey in Gedanken nicht bei kulinarischen Freuden.

»In San Franzisko erzählte mir Charlie kein Wort von einer Frau.« Das brachte sie zögernd vor, weil es ihr peinlich war, zuzugeben, wie sehr es sie berührte. Das wollte sie sogar Violet gegenüber nicht zugeben.

»Sie macht schon seit zwei Jahren Jagd auf ihn«, begann Violet. Sie beobachtete Audreys Blick, der nichts verriet und der aufs Meer gerichtet war. Violet legte behutsam ihre Hand auf die ihrer Freundin. »Audrey, du bist doch nicht etwa noch in ihn verliebt?«

Es hatte keinen Zweck, ihr etwas zu verheimlichen, Violet ahnte ohnehin alles. Audrey sah ihre Freundin an, und in ihren Augen lag Schmerz. Tränen schimmerten in den Wimpern.

»Ach, meine Liebe ... arme Audrey, es tut mir ja so leid ... und ich habe es dir am Telefon so schonungslos beigebracht. Irgendwie glaubte ich, zwischen euch sei alles aus. Als er aus San Franzisko zurückkam, war Charles dessen so sicher.«

Audrey sah ihre Freundin bekümmert an. »Was sagte er?«

»Eigentlich nicht viel, nur daß eure Beziehung zu Ende sei. Du hättest dich dort wieder eingelebt, und er müßte sein eigenes Leben führen. Und ich muß sagen, er hat sich in dieses Leben geradezu hineingestürzt, als gäbe es etwas nachzuholen.«

Audrey nickte. Sie verstand ihn nur zu gut. »Er bat mich noch einmal, ihn zu heiraten.« Gequält sah sie Violet an. »Aber ich konnte nicht. Wie hätte ich damals meinen Großvater allein lassen können? Es wäre nicht richtig gewesen ... ich konnte einfach nicht. Ich schlug vor, daß Charles eine Zeitlang in San Franzisko leben solle. Natürlich konnte er das nicht ... wir beide sind Gefangene unserer Verpflichtungen gewesen.«

»Und als er ging, war er vermutlich sehr gekränkt.« Violet kannte ihn gut, und Audrey nickte.

»Er war wütend. Natürlich war er ebenso verletzt wie verärgert. Er wollte einfach nicht verstehen, was mich dort hielt.«

»Audrey, du mußt dir klarmachen, daß Charles keine Familie hat, sie praktisch nie gehabt hat ... von seinem jüngeren Bruder abgesehen. Aber damals war er ja selbst noch ein halbes Kind, und die Reiselust war in ihm noch nicht erwacht. Wenn man die einmal im Blut hat, kommt man nie wieder zur Ruhe. Ich bin nicht sicher, ob er je seßhaft wird. Wenigstens nicht im konventionellen Sinn. Doch das Erstaunliche an dir ist, daß dir dieses verrückte Herumzigeunern ebenso liegt wie ihm.« Audrey lächelte und wischte sich mit einem Taschentuch über die Augen. James, der die beiden vom Speisezimmer aus beobachtete, dachte, daß sie ein reizvolles Bild abgaben. Er blieb im Haus, weil er spürte, daß die beiden ein vertrauliches Gespräch führten, bei dem er nicht stören wollte.

»Dieses verdammte Biest«, schimpfte Vi, die ihre Meinung über Charlotte offen aussprach. Sie hatte von Anfang an kein Geheimnis aus ihrer Abneigung gemacht. Einmal hatte sie sich auch bei Charles kein Blatt vor den Mund genommen, doch er hatte ihr nicht glauben wollen.

»Das Dumme ist, daß Charlotte ihn meiner Überzeugung nach nicht liebt. Sie wollte ihn für sich haben ... das ja, ganz verzweifelt, wie einen Gegenstand, den man haben muß, oder wie ein sagenhaft teures Stück oder ein Schloß ... Ich glaube, die Heirat mit Charles ist für sie tatsächlich eine Errungenschaft.«

Audrey hörte es mit Betroffenheit. »Aber er muß sie doch lieben.« Wieder putzte sie sich die Nase und tupfte die Augen ab, da der Tränenstrom nicht versiegen wollte. Die Offenheit im Gespräch mit Violet tat ihr gut. Sie hatte das Bedürfnis, sich mit jemandem über Charles auszusprechen.

»Also, ich war nie ganz sicher«, sagte Vi, als sie sich nachdenklich im Liegestuhl zurücksinken ließ. »Ich glaube eher, er hat es sich eingeredet. Und Charlotte macht ihm das Leben leicht, das muß man ihr lassen. Sie tut buchstäblich alles für ihn – gerade, daß sie ihm nicht die Schuhe anzieht. Eigentlich widerwärtig.«

»Und ich bin das genaue Gegenteil von ihr und nicht bereit, auch nur eine Handbreit nachzugeben. Ich bin jemand, der versucht, seine Pflicht zu erfüllen.«

»Dafür kann man dich nicht verurteilen.« Lady Vi hatte Charlie die Heirat mit Charlotte Beardsley nicht verziehen. Und sie hatte bei der Hochzeit heiße Tränen vergossen, aber nicht, weil die Zeremonie sie gerührt hätte. James hatte ihr dringend geraten, ihre Meinung nicht auszusprechen, weil es sie sonst Charlies Freundschaft kosten würde. Er schien entschlossen, Charlotte um jeden Preis zu verteidigen. Vielleicht, weil er wußte, daß er der einzige war, der das tun würde.

»Ist sie sehr schön?« Audreys Miene war die eines Kindes mit gebrochenem Herzen, als sie diese Frage stellte.

Lady Vi schüttelte den Kopf. »Nein, das ist sie nicht ... vielleicht ganz hübsch, besser gesagt apart. Vor allem ist sie sehr teuer zurechtgemacht. Immer todschick, alles nur vom Besten. Ich glaube, ihr Vater hat sie ganz unglaublich verwöhnt. Die Beardsleys sind sehr vermögend.« Diese Worte klangen fast wie ein Todesurteil, Vi wollte damit aber nur zum Ausdruck bringen, daß die Beardsleys über Geld und keine Klasse verfügten, obwohl ihr nie eingefallen wäre, dies so unverblümt zu formulieren. »Charles behauptet, Charlotte verfüge über einen ausgeprägten Geschäftssinn. Sie betreut seine Bücher und hat sich darin als sehr geschickt erwiesen. Es ist ihr sogar geglückt, die Filmrechte für zwei seiner Titel zu verkaufen, eine Sache, auf die Charles von sich aus nie gekommen wäre.«

»Das hört sich an, als wäre sie gut für ihn.« Und dann stellte Audrey die Frage, die sie eigentlich interessierte.

»Ist er glücklich?«

Lady Violet überlegte lange, dann sah sie ihre Freundin offen an. »Nein, das ist er nicht. Er behauptet es zwar, doch ganz ehrlich gesagt, glaube ich ihm nicht. James würde mich umbringen, wenn er wüßte, daß ich dir so etwas sage, doch es ist meine Meinung. Ich glaube, er macht sich da selbst etwas vor. Er war entschlossen zu heiraten, und Charlotte war zur Stelle und wäre für ihn durch brennende Reifen gesprungen. Deswegen redet er sich ein, sie sei die Richtige. Doch man vermißt zwischen ihnen die Freude, den Funken, die Erregung ... es ist ganz anders, als es zwischen euch von Anfang an war. Sprach er von dir, dann war es für ihn Himmel oder Hölle« – beide mußten daran denken, daß sie sich geweigert hatte, aus Harbin fortzugehen – »aber von all dem ist jetzt nichts zu merken. Er wirkt nicht ganz lebendig. Eher wie betäubt. Und das, trotz seiner Behauptung, es ginge ihm glänzend. Na, selbst wenn das stimmen sollte, wird es nicht lange anhalten. Ich glaube nämlich, daß Charlotte Beardsley hinter ihrer gelassenen Fassade eine sehr schwierige Frau ist. Es muß seinen Grund haben, daß sie bis jetzt unverheiratet war. Sicher hat sie im Leben erreicht, was sie wollte. Sie wollte berufliche Karriere machen, das hat sie geschafft, großartig sogar, und dann fiel ihr ein, daß sie auch einen Ehemann brauchte, und sie hat sich einen verschafft. Was sie jetzt mit ihm anfängt, ist mir nicht klar. Sie wird ihn vermutlich wie eine Marionette tanzen lassen, und Charlie wird dieses Leben bald verabscheuen. Charlotte wird ihn zu einem Bücher- und Filmstoffproduzenten ummodeln wollen und Geld damit scheffeln. Es ist das einzige, von dem sie wirklich etwas versteht ... sie hat kein Gefühl dafür, was bei Menschen wie dir und Charles die eigentliche Triebfeder ist, jene herrliche Wanderlust, die euch in die Welt hinausführt, nur damit ihr exotische Gerüche schnuppern und Fotos von ungewöhnlichen Menschen machen könnt.«

»Fotos wovon?« James, der sich nun zu ihnen gesellte, warf seiner Frau einen argwöhnischen Blick zu. Er hatte sie eindringlich gebeten, mit Audrey nicht über Charles zu sprechen. Es hatte keinen Sinn, alte Wunden aufzureißen. Er wußte, daß Charlie auf dieses Thema noch immer sehr empfindlich reagierte, und er hielt dies auch bei Audrey für möglich. Jetzt war ganz klar, daß die Beziehung ihnen beiden viel bedeutet hatte. Und es tat ihm ihretwegen sehr leid, daß die Sache kein gutes Ende gefunden hatte. Audrey und Charles waren sich so ähnlich – Charlotte war ganz anders.

Die zwei Freundinnen sprachen nicht mehr über dieses Thema, doch alles, was Vi gesagt hatte, blieb in Audreys Bewußtsein hängen, während sie sich immer wieder sagte, daß es aus war, daß sie ihn nicht mehr lieben durfte ... Charles war verheiratet.

Glauben konnte sie es immer noch nicht richtig. Im Vordergrund ihrer Erinnerung standen die endlosen Stunden der Liebe im Orient-Expreß oder die Wunder eines Sonnenaufganges, den sie in Tibet von einem kleinen uralten Zug aus beobachtet hatten. Jetzt war sie um so dankbarer, daß sie das alles erlebt hatte. Ohne diese Reise hätte sie keine Erinnerungen gehabt, von denen sie hätte zehren können. Und immer wieder mußte sie an das denken, was Vi über Charlotte gesagt hatte ...«, daß diese ihm das Leben so sehr erleichtere ... »sie wäre für ihn durch brennende Reifen gesprungen.« ... Doch war dies kein ausreichender Heiratsgrund. Charles war anders, das wußte sie, und das allein wäre für ihn kein Grund für eine Ehe gewesen, wenn sie selbst ihn nicht durch ihre Ablehnung dazu getrieben hätte.

Er hatte aus Enttäuschung geheiratet. Aber eigentlich war er viel zu vernünftig dazu. Nachts lag sie in ihrem Bett, dachte an ihn und sagte sich, daß es keine Rolle spielte, warum er Charlotte geheiratet hatte. Es war passiert. Und jetzt mußte Audrey ihn vergessen.

Während der schönen Wochen in Antibes versuchte sie vergebens, ihn aus ihren Gedanken zu verbannen, obwohl es an Ablenkung nicht fehlte.

Audrey fand es richtig aufregend, als sie Wallis Simpson und Edward, dem Prince of Wales begegneten, der mit James ein paar Worte wechselte. Audrey wurde beiden vorgestellt. James schien der Meinung zu sein, sie hätte mit Mrs. Simpson etwas gemeinsam, da sie beide Amerikanerinnen seien. Mrs. Simpson wechselte nur einen Händedruck mit ihr, aber Audrey war hingerissen von ihrer Eleganz, die sie auch in Antibes zur Schau trug. Das schlichte Leinenkleid, die untadelige Frisur unter dem schicken Strohhut ließen Mrs. Simpson wie ein Modell für das Titelblatt von der *Vogue* aussehen. Auch ihre Schuhe waren maßgefertigt ... Audrey hatten es besonders die wertvollen Perlen von Mrs. Simpson angetan. Ihr fiel auf, wie bewundernd der Prince of Wales seine ständige Begleiterin ansah, als sie sich entfernten. Er selbst war ein außerordentlich gutaussehender Mann, und Audrey fand es aufregend, daß sie den beiden begegnet war. Mit Vi sprach sie später ausführlich über das auffallende Paar und das Ausmaß des Skandals, den diese Verbindung verursacht hatte. Natürlich war Mrs. Simpson inzwischen geschieden, dennoch war alle Welt über die Beziehung des Thronfolgers zu ihr schockiert. Audrey hatte auch gehofft, wieder mit den Murphys zusammenzukommen, doch waren diese von einer Tragödie betroffen worden, so daß sie Gesellschaft mieden. Sie hatten ihren Sohn verloren, der im März an spinaler Meningitis gestorben war. Bei Patrick, ihrem zweiten Sohn, war von neuem sein Lungenleiden akut geworden. Ihr Leben, das vergoldet schien, hatte seinen Glanz eingebüßt. An ihrer Stelle fand sich ein anderes Paar in der Villa ein, das für Ablenkung sorgte. Es waren gute Freunde von Violet und James, zumindest war die junge Frau mit den Hawthornes befreundet. Baroneß Ursula von Mann war eine ehemalige Pensionatsfreundin Violets. Sie hatte erst vor kurzem den Wirtschaftswissenschaftler Karl Rosen geheiratet und hieß jetzt nur noch Ursula Rosen. Uschi, wie sie allgemein gerufen wurde, hatte blonde Locken, große grüne Augen, Sommersprossen und Grübchen, und sie verfügte über ein herrliches Lachen und gab gern schockierende Geschichten über ihre Freunde und über ihre in München lebende Familie zum besten. Die Familie von Mann bewohnte ein schloßähnliches Haus, aus dem Uschi alljährlich nach Südfrankreich flüchtete, wie sie mit ihrem deutschen Akzent erzählte. Heuer befand sie sich auf Hochzeitsreise. Das junge Paar hatte Wien und Paris besucht und beabsichtigte, im September nach Venedig und Rom zu fahren, ehe es anschließend zurück nach Berlin fuhr, wo Karl lebte. Uschis Vater hatte darauf bestanden, ihnen ein riesiges Haus zu kaufen. Daß Karl Jude war, bereitete ihm zwar einige Sorgen, war für ihn aber kein übermäßiger Grund zur Aufregung. Uschi erklärte, daß es tatsächlich im Moment eine gewisse Stimmungsmache gegen Juden gäbe und ihr Vater sie ermahnt hatte, sich bei Begegnungen mit hochgestellten Nazis unauffällig zu verhalten. Ihre Ansichten, die sie nur im Ausland laut äußern konnte, waren denen des Nazi-Regimes strikt entgegengesetzt, aber beide Rosens glaubten, daß Hitler gegen Juden von Rang und Namen nichts unternehmen würde. Immerhin war Karl ein anerkannter Wissenschaftler, Verfasser mehrerer Bücher, Inhaber eines Lehrstuhls an der Universität Berlin – in Deutschland ein wichtiger und angesehener Mann. Er war daneben auch ein sehr humoriger Mensch, besonders wenn er dem Champagner reichlich zugesprochen hatte. Zu fünft verbrachten sie eine herrliche Zeit in Antibes, nicht zuletzt, weil sich hier wieder ein großer Freundeskreis traf. Als die letzte Augustwoche anbrach, war Audrey entspannt, glücklich und sonnengebräunt. Sie begann, Pläne für die nächste Zukunft zu schmieden. Aus den Wochen oder Monaten mit Charles in London wurde ja nun nichts.

»Komm doch mit uns nach Venedig«, schlug Uschi vor, als sie auf der Terrasse liegend die Sonne genossen. Uschi hatte Karls Strohhut auf die goldenen Locken gedrückt und sah ungeheuer reizvoll aus.

Audrey lachte über den Vorschlag. »Auf deiner Hochzeitsreise? Was für eine Idee. Ich kann mir Karls Begeisterung vorstellen.«

»Ja, er wäre sicher begeistert.« Seine Stimme ertönte dröhnend von der Tür her. Er kam und setzte sich auf die Kante von Uschis Liegestuhl. »Warum kommst du nicht mit uns, Audrey?«

»Karl, das geht nicht.«

»Warum nicht?«

»Ihr wollt doch allein sein. Es ist eure Hochzeitsreise.«

Da beugte er sich zu ihr hinüber und raunte ihr so laut, daß es alle hören konnten, zu: »Wie wär's mit einer ménage à trois?«

»Kommt nicht in Frage.« Lachend drehte Audrey sich um und sah zufällig einen Wagen vorfahren, dem zwei Personen entstiegen. Der Mann drehte ihr den Rücken zu, seine große und überschlanke Begleiterin trug einen breitkrempigen Hut und ein auf Figur gearbeitetes weißes Kleid mit gepolsterten Schultern. Man hörte englische Satzfetzen, als Vi die Gäste im Garten begrüßte. Gemeinsam ging man ins Haus, während das Personal sich um das Gepäck kümmerte. Vi hatte nichts von neuen Gästen verlauten lassen, und Audrey überlegte schon, ob sie den Neuankömmlingen nicht Mollys Zimmer abtreten sollte. Vi war im Hinblick auf unangemeldete Besucher bekanntermaßen so großzügig, daß Audrey sehr bezweifelte, ob die zwei Neuankömmlinge sich angesagt hatten.

»Hast du eine Ahnung, wer das ist?« fragte Uschi träge, und Audrey schüttelte den Kopf. Und dann sah Uschi ihre neue Freundin mit einem Lächeln an, aus dem aufrichtige Zuneigung sprach. »Ich bin so froh, daß wir deine Bekanntschaft machen durften ... und die der kleinen Molly.« Uschi hoffte sehr bald auf ein Kind. Schließlich war sie schon einunddreißig und Karl fünfunddreißig. Sie waren im Alter von Vi und James. Mit ihren neunundzwanzig Jahren war Audrey die Jüngste der Runde und wurde von den anderen deswegen zuweilen geneckt. Während sie so plaudernd beisammensaßen, kam plötzlich Violet mit einem großen Krug Limonade auf die Terrasse und warf dabei einen nervösen Blick zu Audrey hin. Uschi fiel es auf, während Audrey, die sich angeregt mit Karl unterhielt, nichts zu

bemerken schien. Violet war eben dabei, für jeden ein Glas voll-
zuschenken, als die neuen Gäste auf die Terrasse kamen. Für
den Mann, der hinter der eleganten Engländerin aus der Tür
trat, war Audreys Anblick sichtlich ein Schock. Die anderen bemerkten das, noch bevor Audrey sich umdrehte. Kaum hatte sie
ihn angesehen, erstarrte sie, und das Glas glitt ihr aus der Hand
und zerbrach klirrend auf dem Terrassenboden. In ihrer Verwirrung trat sie auf eine Scherbe und schnitt sich in den Fuß.
Alles bemühte sich sofort um sie. Sie wurde zu einem Stuhl geführt, und Karl bot ihr eine weiße Damastserviette an, mit der
sie das Blut stillen konnte, doch sie bat um ein Handtuch, da sie
Violets Servietten nicht ruinieren wollte.

»Ach, Audrey, sei nicht albern.« Violet selbst tupfte die Wunde
mit der Serviette ab. In dem allgemeinen Wirbel trafen sich Audreys und Charles' Blicke. Sie konnten sich schließlich nicht immer ausweichen. Violet glaubte Audreys Schmerz zu fühlen, als
diese Charlie die Hand reichte.

»Hallo, Charles. Tut mir leid, daß ich für Wirbel sorge. So
linkisch bin ich nicht immer.« Sie lächelte und spürte, wie sie
am ganzen Leibe zitterte, als sie ihn und dann seine Frau ansah.
Niemand machte Anstalten, sie einander vorzustellen. Die Atmosphäre war so spannungsgeladen, daß es fast schmerzte.

»Ich bin Audrey Driscoll, freut mich, Sie kennenzulernen.« Sie
streckte ihr die Hand entgegen, und die hochgewachsene, aparte
junge Frau musterte sie kritisch, ehe sie die dargebotene Rechte
ergriff. Ihrem Blick mangelte es an jeglicher Wärme.

»Ich bin Charlotte Parker-Scott. Sehr erfreut.«

»Also, Leute, wie wär's, wenn wir hineingingen, damit hier
saubergemacht werden kann?« Der Terrassenboden war mit
Glasscherben übersät, und Violet wirkte wie ein nervöses Wrack.
»Denkt daran, hier nicht barfuß herumzulaufen.« Sie scheuchte
alle ins Haus, und Audrey entschuldigte sich überschwenglich für das Chaos, das sie angerichtet hatte. Beide kannten den
Grund, und auch Uschi spürte, daß die Ankunft dieses Mannes für Audrey einen Schock bedeutet hatte, doch sah man ihr
nichts mehr davon an, als sie mit Karls Hilfe hineinhumpelte.
Er bot ihr an, sie zu tragen, doch sie lehnte ab. Anschließend

suchte sie Zuflucht in ihrem Zimmer, um sich zu säubern und die Wunde zu verbinden. Augenblicke später kam Violet zu ihr, händeringend und mit verzweifelter Miene. »Audrey, ich hatte keine Ahnung ... das mußt du mir glauben ... das sieht Charles wieder ähnlich, einfach so aufzukreuzen. Wir haben sie nicht erwartet.«

»Spielt keine Rolle, Vi. Früher oder später wäre es doch passiert.«

»Aber nicht hier. Um Himmels willen, du bist doch gekommen, um ihn zu vergessen, nehme ich an.«

»Vielleicht ist das die beste Kur. Vielleicht werde ich bald gegen Charles Parker-Scott immun sein.« Einen feuchten Lappen auf die Wunde drückend, sah sie ihre Freundin unglücklich an. »Sie ist sehr hübsch, Vi. Vielleicht ist das die Erklärung.«

Violet tat dies mit einer Handbewegung ab. »Lächerlich. Sie kann dir nicht das Wasser reichen. Und sie ist kalt wie ein Eisberg.« Audrey hatte in den kurzen Augenblicken ihrer Begegnung dasselbe Gefühl gehabt. Charlotte war sachlich kühl und ungemein beherrscht. »Sie bleiben nur über Nacht. Ich sagte Charles, daß sie nicht hier wohnen können. Ich kann nicht zulassen, daß du in eine derart peinliche Situation gebracht wirst.«

»Lächerlich, Vi. Außerdem wollte ich ohnehin noch eine kleine Reise anschließen. Uschi und Karl schlugen mir vor, sie nach Italien zu begleiten.« Eigentlich wollte sie das Angebot nicht annehmen, weil es ihr nicht richtig vorkam, doch war es immer noch besser, als zu bleiben. Sie konnte die Rosens als Vorwand benutzen und sich dann nach einem oder zwei Tagen von ihnen trennen. Auf keinen Fall wollte sie mit Charlie und seiner Frau länger unter einem Dach bleiben.

»Bitte, Audrey, sie fahren morgen wieder ab, das schwöre ich ...« Violet war die Szene auf der Terrasse noch immer peinlich. Dabei war Audreys kleiner Unfall noch das Geringste ... Viel schlimmer war ihr Gesichtsausdruck bei Charlies Anblick gewesen. In ihrer Miene hatten so viel Schmerz und Verzweiflung gelegen, daß es einem das Herz brach. Man hatte ihr angesehen, wie schwer sie ihren Verlust empfand. Es war unwahrscheinlich, daß Charlie dies nicht bemerkt hatte. Leider war es auch Charlotte nicht entgangen, die in diesem Augenblick ihrem Mann auf der Terrasse in gedämpftem Ton Vorwürfe machte.

»Du hast mir nicht gesagt, daß sie hier ist.« Sie wußte genau, wer Audrey war, und sie ahnte, was sie für Charlie bedeutet hatte. Nach seiner Rückkehr aus San Fanzisko hatte sie alle Anzeichen richtig gedeutet, und seinen Entschluß, die Vergangenheit zu vergessen, weidlich ausgenutzt. Sie wollte keinesfalls, daß die Erinnerungen wieder zum Leben erwachten. Sie hatte Charlie für sich gewonnen und gedachte, ihn zu behalten.

»Ich hatte keine Ahnung davon.« Charlie war schmerzlich bedrückt, und ihre Blicke trafen sich. »Die Idee, daß sie hier sein könnte, wäre mir nie gekommen.« Er fragte sich selbst, wie sie es geschafft hatte, ihren Großvater in San Franzisko allein zu lassen.

»Ich glaube, wir sollten lieber in ein Hotel ziehen.«

Seine Miene zeigte eine Entschlossenheit, die Charlotte nicht gefiel. »Ich werde nicht vor ihr davonlaufen.«

»Und ich bleibe nicht mit ihr unter einem Dach.« Charlottes Augen waren wie schwarze Steine, und um ihre Mundpartie lag ein verkniffener Zug, als sie die Worte zähneknirschend hervorstieß. »Außerdem schaden mir Aufregungen.«

Er sah sie seufzend an. Die vor ihnen liegenden Monate würden sehr lang werden. Immer, wenn Charlotte ihm ihren Zustand ins Gedächtnis rief, konnte sie alles durchsetzen, denn Charles war nicht gewillt, irgendein Risiko auf sich zu nehmen.

»Laß uns diese Nacht hierbleiben. Wenn es unerträglich wird, können wir morgen immer noch in ein Hotel ziehen. Das verspreche ich dir. Wenn wir jetzt gleich gehen, fällt es nur unangenehm auf, und Vi und James kränken sich womöglich.«

Charlotte war klug genug, ihn nicht zu drängen. Sie ließ ihn jedoch nicht aus den Augen, schon gar nicht, als Audrey wenig später in einem weißen Hosenanzug à la Dietrich auftauchte. Das schneeige Weiß kontrastierte wundervoll mit ihrer Sonnenbräune und ihrem kupferfarbenen Haar. Charles hatte das Gefühl, daß sie nie zuvor so reizvoll ausgesehen hatte. Er drehte sich um und holte sich noch einen Drink. Charlotte hatte recht – einfach würde es nicht werden.

Den Rest des Nachmittags verbrachte Audrey mit einem Einkaufsbummel in Gesellschaft von Uschi und Karl, und als sie zurückkam, ging sie mit Molly in die Küche, um sie zu füttern. Alle Hausangestellten waren in das kleine Mädchen so vernarrt, daß es an hingebungsvollen Babysittern nicht mangelte, dennoch ließ Audrey das Kind nur selten allein. Sie schnitt für Molly gekochtes Huhn in Stücke und lächelte, als die Kleine lachte und hinter ihrem Lätzchen Verstecken spielte. Molly war der einzige Sonnenstrahl in Audreys Leben, und jetzt war ihr klar, daß das immer so bleiben würde. Das Zusammensein mit Charles war für sie so qualvoll, daß sie an diesem Abend ihren ganzen Mut zusammennehmen mußte, um zum Dinner hinunterzugehen. Und sie gab sich besondere Mühe, gut auszusehen. Denn trotz Violets abschätziger Meinung hielt sie Charlotte für eine beachtliche Rivalin. Sie war exquisit gekleidet und verfügte über einen unfehlbaren Geschmack, so daß Audrey sich neben ihr richtig hausbacken vorkam. Charlotte gehörte zu den Frauen, die nach Geld und Macht rochen, und hätte sie daneben nicht auch noch Witz und Verstand gehabt, wäre Audrey enttäuscht gewesen, daß Charles sich für eine Frau wie sie entschieden hatte. Aber Charlotte war genau der Typ Frau, mit dem Männer gern debattierten.

»Reizend siehst du heute aus«, rief James aus, als Audrey in einem Seidenkleid eintrat, das die gleiche blaue Farbe wie ihre Augen hatte und ihre honigfarbenen Schultern frei ließ. Er wußte, daß sie jetzt als Stütze einen starken Arm brauchte, und er bot ihr den seinen, als sie eine Weile später ins Speisezimmer gingen. Violet hatte sie bei Tisch möglichst weit von Charles entfernt gesetzt und sogar noch ein paar Freunde zusätzlich eingeladen, damit die Gruppe größer wurde und Audrey und Charles abgelenkt würden. So kam es, daß der Abend erstaunlich ungezwungen verlief. Nur Audrey und die Gastgeber wußten, wie schwer es für sie war. Niemand anderer hätte etwas vermutet, von Charlotte abgesehen, die Charles genau im Auge behielt und sich den ganzen Abend besonders charmant und humorvoll gab ... wie um Audrey zu zeigen, was für eine famose Frau Charles an ihrer Stelle geheiratet hatte. Schlimmer noch, sie wollte ihr zeigen, daß sie ohnehin nie an sie herangereicht hätte.

»Und was machen Sie?« fragte sie Audrey mit besonderer Betonung, als eine Pause in den Tischgesprächen eintrat.

Audrey sah sie lächelnd an und antwortete ganz ruhig:

»Ich kümmere mich um meine Tochter.« Niemand sah, wie ihre Hände dabei zitterten.

»Wie nett.« Charlotte lächelte. Alle Welt wußte, daß sie die zukünftige Verlagsleiterin bei Beardsley war.

»Du bist viel zu bescheiden, was deine Fotos anlangt, Audrey«, meldete sich die Gastgeberin vom anderen Ende der Tafel. »Sie ist eine ausgezeichnete Fotografin.« Violet sah Charlotte mit kaum verhülltem Zorn an, während Charles auf seinen Teller starrte. Er und Audrey dachten beide an die Porträtaufnahme von Madame Sun Yat-sen, die in der Londoner *Times* zusammen mit seinem Artikel erschienen war. Audrey hatte sich damals sehr darüber gefreut.

Nun schwappte wieder die allgemeine Konversation über ihnen zusammen wie ein Fluß, der sich über Steine ergießt, und es kam zu keiner weiteren direkten Konfrontation. Audrey hatte das Gefühl, den anstrengendsten Abend ihres Lebens überstanden zu haben. Sie ging auf die Terrasse, um frische Luft zu schöpfen, während einige der anderen drinnen Scharaden spielten. James und Vi pflegten mit ihren Gästen gern Spiele zu veranstalten, und sogar Charlotte machte mit und entpuppte sich als Motor der ganzen Gesellschaft. Alle wollten mit ihr spielen, weil sie im Erraten so gut war. Charlotte war tatsächlich klug wie der Teufel. Ein Jammer, daß es ihr an menschlicher Wärme mangelte.

Audrey ließ sich in einem der bequemen Korbsessel auf der mondbeschienenen Terrasse nieder, schloß seufzend die Augen und lehnte sich zurück. Als sie dicht neben sich Charlies Stimme im Flüsterton hörte, fuhr sie erschrocken auf.

»Einfach ist es nicht, stimmt's, Aud?« Sie schlug die Augen auf, sagte zunächst gar nichts und nickte dann zurückhaltend.

»Ich hätte nicht kommen dürfen. Violet und James sind deine Freunde, Charles.« Es war das erste Mal, daß sie ihn direkt ansprach, und ihrer beider Augen erzählten eine lange und traurige Geschichte. Weder Audrey noch Charles konnten so tun, als seien sie gefühlsmäßig unbeteiligt. Beide litten unsäglich.

»Du gehörst hierher ebenso wie ich.« Ein wenig fürchtete er, Charlotte würde sie hier draußen beobachten und ihm später eine Szene machen. Charlotte würde ihm erlauben, was immer er wollte, nur kein Gespräch mit Audrey, denn sie war sich der Gefahr nur zu bewußt. »Ich hätte Violet anrufen sollen, bevor wir kamen, ... nie hätte ich gedacht ...« Sein Blick suchte den ihren, weil er wollte, daß sie die Enttäuschung und den Zorn wahrnahm, die er vor einem Jahr empfunden hatte, doch waren diese Empfindungen plötzlich wie weggeblasen. Kümmernis war das einzige, was er empfand.

»Großvater ist im Juni gestorben.«

»Das tut mir leid.« Es war aufrichtig gemeint, denn er wußte, wie gern sie den alten Mann gehabt hatte. Das wußte er besser als jeder andere. Audrey nickte nur. Und dann stellte er die Frage, vor der er am meisten Angst hatte. »Warum bist du gekommen?«

Mit angehaltenem Atem sagte sie: »Um James und Violet zu besuchen.« Ihr Zögern dauerte nur den Bruchteil einer Sekunde. Charles wandte sich ab und blickte aufs Wasser, das silbrig im Mondschein schimmerte.

»Als ich letztes Jahr aus Amerika kam, war ich halb verrückt ...«

Sie schüttelte den Kopf, weil sie nicht hören wollte, was er zu sagen hatte. Es war zu spät. Es spielte keine Rolle mehr. »Du schuldest mir keine Erklärung.«

»Nein?« Er war schon ein wenig betrunken, aber nicht so sehr, daß seine Gefühle dadurch gemildert worden wären, nicht so sehr, daß sie ihm weniger schön erschienen wäre ... nicht so sehr, daß seine innere Stimme geschwiegen hätte und er ohne Herzklopfen in ihre blauen Augen hätte sehen können ...

»Vielleicht muß ich es sagen. Als ich zurückkam, wollte ich dich nie mehr wiedersehen. Ich glaube, eine Weile habe ich dich sogar gehaßt. Und Charlotte war sehr gut zu mir. Sie goß Balsam auf meine Wunden, unterstützte mich bei der Arbeit, half mir, nüchtern zu werden, wenn ich betrunken war ... sie war für mich da ... ständig ... so wie du es nie sein wolltest ... sie begleitete mich nach Ägypten. Dort verbrachte ich Monate und arbeitete an meinem neuen Buch.« Sie glaubte Tränen in seinen Augen zu sehen, aber vielleicht täuschte der Mondschein sie. »Charlotte war einmalig...« Das klang nach einer Entschuldigung, doch Audrey konnte nicht unterscheiden, ob er sich bei ihr oder bei Charlotte entschuldigen wollte.

»Und meine Sympathie wuchs. Ehrlich gesagt, verstehe ich mich sehr gut mit ihr.« Er drehte sich um und sah Audrey direkt an. Jetzt erst merkte sie, daß er ziemlich betrunken war. Es spielte keine Rolle. »Das Schlimmste ist, daß ich sie nicht liebe.« Audrey war so schockiert, daß sie erstarrte. Sie wollte nicht hören, was er noch zu sagen hatte ... er hatte kein Recht auf sie beide ... doch noch ehe sie etwas sagen konnte, um ihn aufzuhalten, fuhr er fort: »Das sagte ich ihr vor unserer Heirat. Ich bin nicht so niederträchtig, daß ich jemandem Liebe vorheuchle ...« Seine Stimme klang sanft, und Audrey spürte, wie ihre Kehle eng wurde ... »und auch nicht tapfer genug, um jemandem zu sagen, daß ich eine andere liebe ... sie sagte, es sei ohne Bedeutung. Sie erwarte keine große Leidenschaft und übertriebene Romantik, nur Loyalität und Freundschaft. Und Freunde sind wir, gute Freunde. Ich verstehe mich gut mit ihr ...« Er wiederholte sich, und Audrey war schockiert über sein Geständnis ... über das, was er getan hatte, es war Wahnsinn. Warum hatte er Charlotte geheiratet? Im nächsten Atemzug beantwortete er ihre Frage. »Ich hätte sie nicht geheiratet, mußt du wissen. Freundschaft wäre mir zu wenig gewesen, egal, was Charlotte denken mag. Du und ich, wir wissen es besser, nicht?« Einen Augenblick lang glaubte sie, daß Verbitterung aus seinen Worten sprach. Sie stand auf. Sie wollte nicht dasitzen und ihm zuhören, wenn er ihr erzählte, daß er seine Frau nicht liebte. »Das Teuflische ist, daß sie in Ägypten schwanger wurde. Es muß in den letzten Tagen passiert sein.« Er sah Audrey bekümmert an, die das Gefühl hatte, das Herz würde ihr brechen oder für den Rest ihres Lebens wie Blei in ihrer Brust liegen.

»Sie ist erst zweieinhalb Monate schwanger ... man sieht noch nichts, niemand weiß es. Eine Abtreibung wollte sie nicht.« Er sah die Frau, die er liebte, so kummervoll an, daß Audrey ihre Tränen nicht mehr zurückhalten konnte. »Wir werden ein Kind haben. Und wir werden Freunde sein und fest zusammenhalten.«

Die Worte waren die eines gebrochenen Mannes. Er wandte sich wieder ab. »Und sie wird meine Bücher zum Erfolg führen, nicht daß mir daran viel läge ...« Mit brüchiger Stimme fuhr er fort. »Sicher ist es wundervoll, ein Kind zu haben ...« Er dachte an Sean, und dann ganz plötzlich drehte er sich um und ging die zwei Schritte zu Audrey und berührte ihre Schultern mit den Fingerspitzen. Die Berührung ließ sie am ganzen Leib erbeben.

»Ich wollte, daß du den Grund kennst, egal, wie aufgebracht ich war, ich wollte, daß du weißt, daß ich dich liebe. Sehr liebe ...« Langsam rollten ihr die Tränen über die Wangen. Er beugte sich zu ihr, küßte sie, dann ging er ohne ein weiteres Wort ins Haus.

## 27

In den nächsten Tagen schien das Haus in Cap d'Antibes ständig kleiner zu werden. Charles und seine junge Frau dachten nicht daran, sich am nächsten Tag wieder zu empfehlen. Trotz Violets unmißverständlichen Andeutungen blieben sie. Charles folgte Audrey mit den Blicken überallhin, und Charlotte beobachtete, wie er Audrey ansah. Die Situation war für alle unerquicklich, und Audrey war tapfer bemüht, sich unbefangen zu geben. Sie verbrachte viel Zeit mit Molly am Strand und unternahm mit Karl und Uschi Ausflüge. Mit Vi ging sie im Städtchen einkaufen, und die übrige Zeit verbrachte sie in ihrem Zimmer unter dem Vorwand, sie sei müde. Sie wußte, daß sie nicht länger bleiben konnte, und konnte es seit dem Augenblick von Charles' Ankunft kaum erwarten fortzukommen. Sie hatte nur vermeiden wollen, Charlotte zu brüskieren. Charlie ging sie möglichst aus dem Weg, und er näherte sich ihr nach dem ersten Abend nicht mehr. Beide leckten ihre Wunden. Audrey hatte sich endlich entschlossen, Uschi und Karl nach Italien zu begleiten, und wartete jetzt nur darauf, daß die beiden losfuhren. Nach der Anspannung, mit Charlie und Charlotte unter einem Dach leben zu müssen, wäre ihr buchstäblich alles als Erlösung erschienen. Immer wieder versuchte Audrey sich klarzumachen, daß Charlotte schwanger war ..., daß Charlotte sein Kind bekommen würde ... und nicht sie. Sie wußte jetzt, daß das einzige Kind, das sie je haben würde, Molly bleiben würde.

»Es heißt, Sie hätten die Kleine aus China mitgebracht.« Audrey schrak zusammen. Charlotte war gekommen und dicht hinter ihr stehengeblieben, während sie dagesessen und zugesehen hatte, wie Molly mit James im Sand Kuchen formte. Sie wandte sich um. Charlottes Nähe wirkte so beklemmend auf sie, daß sie kaum Luft bekam. Diese vollendeten, ebenmäßigen Züge, dazu das makellose Make-up ... Charlottes Kleid stammte von Patou, ihr Hut war genau darauf abgestimmt. Charlotte war fast zu perfekt. Und sie war mit Charles verheiratet.

»Ja, das stimmt ...« Sie versuchte sich zu erinnern, was Charlotte gefragt hatte. Es war das erste Mal, daß sie miteinander direkt sprachen. »Ich brachte Mai Li aus Harbin mit. Dort lebte ich acht Monate.«

»Ich weiß.« Ihr Ton ließ erkennen, daß sie mehr wußte als das, und Audrey schwieg. Da stieß Charlotte mit einer einzigen raschen Bemerkung das Messer noch tiefer in ihre Wunden.

»Sie lieben ihn noch immer. Habe ich recht?«

»Ich ...« Audrey war so erschrocken, daß ihr keine passende Antwort einfiel. »Ich glaube, wir werden immer Freunde bleiben. Manche Dinge kann man nicht vergessen, aber die Zeit ändert vieles.« Das war alles, was ihr einfallen wollte, und die Antwort war so diplomatisch, wie sie unter diesen Umständen nur sein konnte.

»Ja, das ist richtig, die Zeiten ändern manches. Es freut mich, daß Sie das auch so sehen.« Charlotte sagte es mit besonderer Betonung. »Charles hat eine große Karriere vor sich. Im Moment ist ihm das noch nicht ganz klar. Eines Tages wird er der bedeutendste Sachbuchautor der Welt sein.« Das Dumme daran war nur, daß ihm selbst nichts daran lag, wie Audrey nur zu gut wußte. Er hatte seinen Erfolg immer nur als angenehme Überraschung angesehen. Was er wirklich genoß, waren die Entdeckungen, die Reisen, die Abenteuer, das Gefühl, das dieses unstete Leben mit sich brachte. Aber davon hatte Charlotte keine Ahnung. »Er braucht eine Frau, die ihm mit Rat und Tat zur Seite steht.«

Audrey nickte, gegen die Tränen ankämpfend. Dann sah sie die Frau an, die ihn erobert hatte. »Das Kind wird ihm mehr bedeuten als seine Karriere.«

Einen Augenblick lang war Charlotte sprachlos. »Also hat er Ihnen davon erzählt?« Sie schien über diese Eröffnung nicht sehr erbaut, und Audrey nickte mit undeutbarem Blick.

»Er hat es erwähnt ... er ist sehr froh darüber«, log sie. »Ich bin sicher, daß Sie beide sehr glücklich sein werden.« Mit tränennassen Augen sah sie Charlotte an, die nur nickte. Sie schien noch immer unangenehm berührt, daß Charlie von ihrer Schwangerschaft gesprochen hatte, andererseits hatte es vielleicht auch sein Gutes. Charlotte lächelte ihrer Gegnerin zu.

»Sie wären für ihn ohnehin nicht die Richtige gewesen«, äußerte sie, eine Feststellung, die Audrey sehr anmaßend vorkam. Wieso glaubte Charlotte zu wissen, was gut für Charlie war? Sie kannte ihn ja kaum. Die Ehe hatte sie erzwungen, indem sie sich weigerte, eine Abtreibung vornehmen zu lassen. Audrey argwöhnte, daß diese Weigerung keineswegs der Liebe zu ihm oder zu dem Kind entsprungen war. Sie konnte sich diese Frau mit einem Kind gar nicht vorstellen, und genau in diesem Augenblick kam James und drückte Audrey eine rundliche, nasse und sandverkrustete Molly in die Arme, was dem kleinen Ding einen Entzückensschrei entlockte und Audrey eine Menge nasser, sandiger Küsse entgegenbrachte.

Am Nachmittag unternahm Audrey mit Karl und Uschi eine Fahrt im offenen Wagen. Ihre Haare wehten im Fahrtwind, und sie mußten ihre Hüte festhalten. »Wir haben die Absicht, morgen abzureisen. Kommst du mit?« fragte Uschi sie unterwegs. Audrey suchte nur noch nach einem Vorwand, der ihr einen anständigen Abgang verschaffte. »Wir fahren nach San Remo«, fuhr Uschi fort. Das war zwar nicht weit, die Atmosphäre war aber schon eine ganz andere, ganz italienisch und weniger mondän, dafür aber viel ungezwungener.

Karl warf ihr einen aufmunternden Blick zu. »Na, was ist? Hast du keine Lust?«

Audrey lächelte. Es war ein idealer Vorwand, und sie mochte Karl und Uschi sehr. »Gern«, sagte sie. »Ich würde aber nur ein paar Tage mit euch zusammenbleiben, dann lasse ich euch wieder allein. Vielleicht schiebe ich noch eine oder zwei Wochen Rom ein, bevor ich nach London zurückfahre.« Und für nachher hatte sie gar nichts vor. Obwohl ihre Pläne bisher samt und sonders gescheitert waren, wollte sie auf keinen Fall sofort wieder nach San Franzisko zurück.

»Warum kommst du nicht mit nach Venedig?« Es war die romantischste Stadt der Welt, und die Erinnerung an die zwei Tage, die sie mit Charles dort verbracht hatte, stimmten Audrey schlagartig traurig.

»Das wäre nicht richtig«, wandte sie ein. Ein Wiedersehen mit Venedig wäre ihr in ihrer jetzigen Verfassung unerträglich. »Venedig ist eine Stadt für Hochzeitsreisende und nicht für alte Jungfern.«

Diese Äußerung gab Anlaß für Protestrufe und lautes Gehupe, und Audrey registrierte es lachend, beharrte aber auf dieser Bezeichnung.

»Dann bist du die hinreißendste alte Jungfer, die mir je unter die Augen gekommen ist.« Karl warf ihr einen anerkennenden Blick zu, und sie lachte und schalt ihn im Spaß aus. Natürlich nahm Uschi diesen scherzhaften Flirt nicht ernst. Die beiden waren glücklich, paßten ideal zusammen und waren auch noch nach mehrjähriger Verlobungszeit verliebt wie am ersten Tag. »Über Venedig sprechen wir, wenn wir in San Remo sind.«

»Das lassen wir lieber sein.« Doch war sie wenigstens einverstanden, mit ihnen bis San Remo zu fahren, damit der Aufbruch am nächsten Tag zwangloser über die Bühne ging. Das sagte sie später auch Violet, die sehr bedauerte, daß alle zugleich abreisten. Sie war wütend auf Charlie. Am Abend führte sie bei James erbitterte Klage darüber, daß Charlie alle vertrieben und die nette Gesellschaft gesprengt hätte.

»Alle hat er nicht vertrieben, mein Schatz, nur Audrey. Karl und Uschi wollten ohnehin fort, und für Audrey ist es sicher amüsanter, mit ihnen zu fahren. Vielleicht sollte sie die beiden in Berlin besuchen. Uschi gibt immer so fabelhafte Gesellschaften.« Er lächelte seiner Frau liebevoll zu und drückte ihr einen Kuß auf die Lippen. Sein Vorschlag heiterte sie tatsächlich ein wenig auf.

Eine Reise nach Berlin war eine wunderbare Idee, vielleicht ließ es sich einrichten, daß nicht nur Audrey, sondern alle gemeinsam hinfuhren.

Am nächsten Tag rückte Vi beim Frühstück mit ihrem Plan heraus. Bis auf Charlotte und Molly saßen alle um den Tisch. Charlotte lag noch im Bett, und Molly wurde vom Kindermädchen der Hawthornes beaufsichtigt, solange Audrey frühstückte. Die Kleine war versessen auf die Gesellschaft der größeren Kinder, von denen sie wie eine Puppe behandelt wurde, besonders von Alexandra, die in Molly geradezu vernarrt war.

»Es war eigentlich James' Idee«, erklärte Violet lachend. »Wäre das nicht ein Riesenspaß, wenn wir alle nach Berlin führen, sobald die Turteltäubchen sich eingelebt haben? Wir könnten im Kempinsky wohnen und in die Oper gehen.« Vi war eine große Opernliebhaberin, aber noch mehr als Opern liebte sie Partys. Auch Uschi zeigte sich von der Idee begeistert.

»Karl, wir könnten bei dieser Gelegenheit unseren ersten Ball geben.« Ihre Augen blitzten, während sich ihre Gedanken überstürzten. Dann sah sie Violet an. »Du wirst natürlich nicht im Hotel wohnen, sondern bei uns. Und du auch.« Sie warf Audrey einen Blick zu, der unwillkürlich Charlie mit einbezog. Und plötzlich setzte eine angeregte Debatte ein. Alles schmiedete Pläne für die Berlinreise. Man lachte und redete durcheinander, bis Charlie komische Episoden von seinem letzten Berlinaufenthalt zum besten gab. Er neckte Audrey sogar, die herzlich lachen mußte, und stürzte sich in die Schilderung ihrer Bahnfahrt durch China. Und wieder lachten alle, Audrey ganz besonders. Es war für keinen der Anwesenden ein Geheimnis, daß sie ein Liebespaar gewesen waren, und das Gelächter bildete eine hübsche abschließende Note zum gemeinsamen Ferienausklang. Kein Mensch bemerkte, daß Charlotte den Raum betreten hatte.

Sie pflegte nie die Stimme zu erheben, doch als sie zu sprechen anfing, lief Audrey ein eiskalter Schauer über den Rücken, und Charlie verstummte augenblicklich.

»Was hat es mit dieser Berlinreise auf sich?« fragte Charlotte in einem Ton, der erkennen ließ, daß sie den Plan mißbilligte. Dann wandte sie sich mit einem Lächeln an Charlie. »Eigentlich wollte ich dich immer schon mit einem deutschen Verleger zusammenbringen.« Noch vor Jahresende sollten seine Bücher in sieben Sprachen übersetzt erscheinen. Das war ein Teil dessen, was sie ›Großplanung‹ nannte. Nur bei Themen wie diesen ging sie aus sich heraus. »Wir könnten bei dieser Gelegenheit Geschäft und Vergnügen miteinander verbinden.« Doch das Vergnügen schien mit ihrem Auftauchen zu versiegen.

Um das peinliche Schweigen zu überbrücken, fing Violet mit Karl ein Gespräch über dessen Reisepläne für die nächste Woche an. Er erwähnte Venedig, und Charlies Blick wanderte sogleich zu Audrey, die ihm auswich und ihre Serviette zusammenlegte. Karl und Uschi wollten die letzte Woche ihrer Hochzeitsreise in Venedig verbringen und Ende September nach Berlin zurückkehren, wo Karl seine Vorlesungen an der Universität wiederaufnehmen würde und für Uschi eine Saison voller gesellschaftlicher Aktivitäten begann. James versorgte sie noch mit Tips für Restaurants und legte ihnen Ausflüge ans Herz. Wenig später brachen die drei Reisenden auf. Audrey mit Molly im Arm. Für eine Frau, die keine eigenen Kinder hatte, war es bemerkenswert, welches Geschick sie entwickelt hatte, und daß sie die Kleine überall mitnahm. Und Molly war glücklich und gutgelaunt, wo immer sie sich befanden. Für sie schien das Leben ein großes, aufregendes Abenteuer zu sein.

»Audrey, gib schön acht auf dich«, ermahnte Violet sie besorgt. »Und ruf an, damit wir wissen, wann du nach London kommst. Wir werden selbst sehr bald dort sein. Selbstverständlich kannst du bei uns wohnen, sobald wir zu Hause sind. Wenn du willst, auch schon eher.« Violet, die in London eine ständige Haushälterin hatte, umarmte Audrey ganz fest. Sie würde ihr sehr fehlen. Auch James verabschiedete sich mit einem Kuß. Dann sagten alle Karl und Uschi Lebewohl. Und plötzlich blickte Charlie in Audreys Augen. Sie wirkte so traurig, daß Violet sich rasch abwenden mußte. Sie wußte, daß Audrey einen Abschied von Charles hatte vermeiden wollen, doch war er aus seinem Zimmer gekommen, um ihr Lebewohl zu wünschen. Er sah sie jetzt mit einer Zärtlichkeit an, die Audrey fast das Herz brach.

»Alles Gute, Charles.« Wenigstens wußte sie jetzt mit Sicherheit, daß es endgültig aus war. Es gab keine Träume von einem zukünftigen gemeinsamen Glück mehr. Das wußten beide.

»Grüß Venedig von mir.« Seine Worte sprachen Bände ... er wollte damit sagen, daß er sie liebte und an die gemeinsamen Tage in der Lagunenstadt dachte, doch sie schüttelte nur den Kopf und drückte Molly an sich.

»Ich fahre nicht nach Venedig. Das überlasse ich Karl und Uschi.« Charles nickte. Er verstand sie. Auch er wollte nie mehr nach Venedig, weil die Erinnerung zu schmerzlich gewesen wäre.

»Vielleicht sehen wir uns mal in London.«

Sie gab keine Antwort, sah ihn nur an und drehte sich dann um. Augenblicke später stieg sie ins Auto, nachdem sie Vi und James noch einen letzten Kuß gegeben hatte, und fuhr davon.

## 28

»Fühlst du dich wohl, Charlotte?« Charles sah sie mitfühlend an, nachdem Audrey das Haus verlassen hatte, bemüht, seiner Frau ähnliche Gefühle wie der damaligen Geliebten entgegenzubringen, doch waren diese nicht vorhanden. Er mußte sich ins Gedächtnis rufen, daß das Kind, das sie erwartete, seines war, doch auch das erschien ihm ganz unwirklich. Man sah noch nichts, und Charlotte war so tapfer, daß sie kaum jemals eine Bemerkung darüber fallenließ. Es war so, als würden sie es zeitweise vergessen, doch jetzt sah er sie lächelnd an, sehr darauf bedacht, lieb zu ihr zu sein, so als müßte er besonders betonen, daß Charlotte und nicht Audrey seine Frau war.

Ohne die Rosens und Audrey kam ihm das Haus in Antibes wie eine Gruft vor. Er unternahm mit James ausgedehnte Strandspaziergänge, ohne ihm Einblicke in seine Gedanken zu gewähren. Lady Vi konnte sich nicht vorstellen, wie Charlie das Leben mit seiner Frau aushalten konnte. Daß Charlotte über Intelligenz verfügte, reichte nicht, um sie nett zu finden.

»Ebensogut könnte er mit einem Mann verheiratet sein«, beklagte sich Vi bei James, nachdem sie sich in ihr Schlafzimmer zurückgezogen hatten. »Wie hat er sie nur heiraten können?«

James kannte den Grund, da Charlie mit ihm darüber gesprochen hatte.

»Sie ist schwanger.«

»Ach, du lieber Gott!« Violet starrte ihn entsetzt an und schüttelte den Kopf. »Wie schrecklich für Charlie. Hat er sie aus diesem Grund geheiratet?«

»Ich glaube schon, obwohl er es nicht so unverblümt ausdrückte, und ich bin im gezielten Fragen nicht so versiert wie du.« Er lächelte seiner Frau zu, glücklich, daß ihr Leben um so viel einfacher war als das von Charles. »Ich glaube, er hätte einen Schwangerschaftsabbruch vorgezogen. Charlotte muß wohl Katholikin sein.«

»Ach?« Lady Vi war überrascht. »Das glaube ich weniger. Sonntags ging sie nicht ein einziges Mal in die Kirche.« Die Hawthornes selbst waren Anglikaner und hatten kaum Katholiken unter ihren Bekannten.

»Vielleicht war ihr nicht danach zumute. Na, jedenfalls wird unser Charles Papa.«

»Freut er sich wenigstens?«

»Da bin ich mir nicht sicher. Ehrlich gesagt, habe ich den Eindruck, daß er es noch nicht ganz verarbeitet hat. Ich glaube, er hängt sehr an Charlotte. Ihre Beziehung dauert schon ziemlich lange. Sie ist mit ihm sogar nach Kairo gefahren ... nur glaube ich nicht, daß er damals schon an etwas Dauerhaftes dachte. Als Ehefrau wäre nur Audrey für ihn in Frage gekommen.«

»Natürlich ... armer Charlie und arme Audrey. Was für ein schreckliches Durcheinander!« Sie sah ihren Mann mit gerunzelter Stirn an. »Ich wette, Charlotte hat es mit Absicht getan.« James belächelte ihren Argwohn. »Das soll vorkommen, obwohl ich sie nicht für diesen Typ halte. Sie ist doch viel zu sachlich und selbständig, um in so weiblichen Tricks Zuflucht zu suchen.«

»An deiner Stelle wäre ich nicht so sicher. Ich glaube, ihr liegt vor allem daran, Charles' Karriere aufzubauen und ihn nach ihren Wünschen tanzen zu lassen. Außerdem sieht er verdammt gut aus, und sie hatte sich ihn in den Kopf gesetzt.«

»Guter Gott, was für eine Phantasie du hast! Hast du mich auch auf diese Weise herumgekriegt? Mit Ränken und Listen?«

»Natürlich«, entgegnete sie strahlend, »aber wenigstens mußte ich nicht zu dem schmutzigen Trick der vorsätzlich eingeplanten Schwangerschaft greifen.«

Er schickte einen geplagten Blick zur Decke. »Ich wünschte, du hättest es … zwei endlose Jahre lang hast du mich fast in den Wahnsinn getrieben … du eiserne Jungfrau, du …« Die Erinnerung ließ Violet erröten, und er strich über die Innenseite ihres Schenkels. Gleich darauf vergaßen beide Audrey und Charlie.

## 29

Die Tage, die Audrey mit den Rosens in San Remo verlebte, verliefen unbeschwert und in bester Stimmung. Sie fühlte sich entspannter und ausgeglichener als während der letzten Tage in Antibes. Es hatte sie viel Mühe gekostet, nicht Grund für eine Szene zu liefern und gleichzeitig mit den eigenen Gefühlen fertig zu werden. So sehr ihr Violet und James fehlten, so war sie doch froh, daß sie sich zur Abreise entschlossen hatte. San Remo war voller Leben und bot viel Zerstreuung, auch jetzt gegen Ende des Sommers.

Eigentlich hatte Audrey die Absicht gehabt, sich hier von Karl und Uschi zu trennen und per Bahn nach Italien weiterzufahren. Die beiden redeten ihr so eindringlich zu, sie wenigstens bis Mailand zu begleiten, daß sie zu guter Letzt nachgab. Anschließend wollte sie nach Rom, während die Rosens nach Venedig fuhren. Vorerst aber verbrachten sie eine herrliche Zeit in Mailand. Sie wohnten bei Freunden, in einem Palazzo, wie ihn Audrey noch nie gesehen hatte. An den Wänden prangten Fresken und prachtvolle Tapisserien, die museumswürdig gewesen wären, dazu Gemälde alter Meister, von Renoir angefangen über Goya zu Leonardo da Vinci. In einem Raum befand sich eine umfassende Sammlung von Della-Robbia-Bildern. Es war ein wundervoller Urlaub in außergewöhnlicher Umgebung. Ihre Gastgeber waren ein Principe, ein Fürst, und seine Gemahlin. Audrey genoß es ungemein, jede Nacht bis zum Morgengrauen mit ihnen zu plaudern und Wein zu trinken, zu viel Wein. Außerdem besuchten sie alle Partys, die in der Stadt während ihres Aufenthalts gegeben wurden. Es wurde sogar ein ›kleiner Ball‹ für sie veranstaltet, eine improvisierte Gesellschaft, zu der zu Ehren von Uschi und Karl dreihundert der engsten Freunde der Fürstenfamilie gebeten wurden. Audrey trug eines der Abendkleider, die sie sich für die Schiffsreise zugelegt hatte. Sie kam sich darin neben den extravaganten Italienerinnen mit ihren schweren Colliers und Diademen, in denen Edelsteine in allen Farben funkelten, ziemlich unscheinbar vor.

Als der Zeitpunkt des Abschieds gekommen war, bedauerten es alle, Audrey am heftigsten. Ihre geplante Reise nach Rom erschien ihr nun gar nicht mehr so erstrebenswert. Beim Frühstück, das sie mit Molly einnahm, überlegte sie ernsthaft, ob sie nicht lieber direkt nach London fahren sollte. Insgeheim beklagte sie die Tatsache, daß sie keine konkreten Pläne hatte. Vielleicht konnte Violet sie auf einer kurzen Parisreise begleiten. Aber an diesem Morgen schnitten Karl und Uschi wieder das Thema der Venedigreise an und beharrten darauf, daß Audrey mitfuhr. Sie waren sicher, daß sie nicht allein sein wollten. Falls es dennoch der Fall sein wurde, versprachen sie Audrey, es ihr nicht zu verhehlen.

»Ohne dich würden wir uns einsam vorkommen, Audrey.« Vor allem Molly hatte es ihnen angetan. Uschi nahm sie immer wieder in die Arme und beklagte den Umstand, daß sie nie ein Kind haben würde, das aussah wie Molly. Karl und Audrey lachten darüber. »Ich fürchte, du hast damit recht, mein Schatz«, neckte er sie. Bislang hatten sie leider keinen Grund zur Annahme, daß sie schwanger war. Immerhin waren ihre Versuche ungemein vergnüglich. »Du mußt unbedingt mit uns kommen. Wir erwarten das ganz einfach von dir.« Karl versuchte sehr preußisch zu wirken, als er das sagte, schaffte es aber nur, wie ein schmollendes Kind auszusehen. Er war, wenn auch ganz anders als Charlie oder James, ein sehr gutaussehender Mann, dunkel und exotisch. Audrey konnte gut verstehen, daß er Uschi gefiel. In diesem Zusammenhang stellte sie sich die Frage, ob sie selbst jemals einen Mann finden würde. Alle schienen den passenden Partner gefunden zu haben, Violet hatte James, Uschi hatte Karl, und auch ihre Mailänder Gastgeber schienen ideal zueinander zu passen. Langsam bekam Audrey zu spüren, was es hieß, allein zu sein. Sie konnte sich jetzt nicht mehr vorstellen, was sie gemacht hatte, bevor Molly in ihr Leben getreten war.

»Also, wirst du mitkommen?« Erwartungsvoll sahen die beiden sie an, und ihr fiel keine Ausrede mehr ein.

»Wenn ich mitkäme, würde ich mich ganz ruhig im Hintergrund halten. Es gibt keinen romantischeren Ort als Venedig; ich möchte euch den Aufenthalt nicht verderben.«

Da kicherte Uschi spitzbübisch und zwinkerte Karl zu, der ebenfalls lachte und dann einen Finger an die Lippen legte, als wäre er im Begriff, ihr ein großes Geheimnis anzuvertrauen. »Wir waren schon letztes Jahr da ...«

Alle drei brachen in Gelächter aus. Schließlich schrieb man das Jahr 1935, die Moralvorstellungen der Zeit vor dem Ersten Weltkrieg waren überwunden. Venedig war ja auch die Stadt, in der ihre Liebesaffäre mit Charlie ihren Anfang genommen hatte, deswegen hatte Audrey ein wenig Angst, mit dorthin zu fahren, Angst, daß die Erinnerungen zu schmerzlich sein würden.

»Kommst du mit?« Uschi sah sie wie ein bittendes Kind an, so daß Audrey lachte und mit einer Geste der Hilflosigkeit nachgab. Man konnte den beiden nichts abschlagen, sie war zu gern mit ihnen zusammen, und ihr Schuldgefühl, weil sie sich in ihre Flitterwochen drängte, ließ nach.

»Also gut, ich komme mit.« Die kleine Gruppe ließ einen Jubelruf erschallen, und am nächsten Tag fuhren sie in Hochstimmung los. In Venedig ließen sie den Wagen am Bahnhof, drängten sich in eine Gondel, und ließen sich während der Fahrt zum Gritti Palace Hotel vom Gondoliere eine Serenade vorsingen. Er fragte, ob sie schon einmal in Venedig gewesen seien, und alle drei nickten. Als er unter der Seufzerbrücke durchfuhr, bat er sie, mit geschlossenen Augen den Atem anzuhalten, damit alle ihre Wünsche in Erfüllung gingen. Uschi und Karl hielten sich dabei an den Händen. Audrey sah lächelnd auf Molly nieder, die sie in den Armen hielt. Sie hatte nichts mehr, was sie sich wünschen sollte, und kämpfte verzweifelt gegen ihre Erinnerungen an.

In Venedig zu sein war für Audrey an sich schon nicht einfach,

Karls und Uschis Liebe aus unmittelbarer Nähe miterleben zu müssen machte es noch schwieriger. Andererseits aber wußte sie, daß sie, wenn sie das Wiedersehen mit Venedig heil überstand, alles verkraften würde. Zudem waren die Rosens so taktvoll. Und schließlich vertraute Audrey sich Uschi an, da sie ihre Gefühle jemandem mitteilen mußte. Das Hiersein mit allen seinen Erinnerungen und das Wissen, daß alles für immer vorbei war, war zu schmerzlich. Sie erzählte Uschi alles: über die Chinareise, ihr Leben in Harbin, über Charlies Besuch in San Franzisko und ihre Weigerung, alles liegen- und stehenzulassen und ihn zu heiraten, und schließlich über seine Ehe mit Charlotte.

»Wie schrecklich, daß du in Antibes mit ihm zusammengetroffen bist!« Uschi war nun klar, wie schwierig diese Tage für Audrey gewesen sein mußten. Sie bedauerte sogar, daß sie sie zu der Fahrt nach Venedig überredet hatte. Unter diesen Umständen erschien es ihr als Herzlosigkeit. »Und ich sagte noch zu Karl: ›Ich kann mir nicht vorstellen, daß er sie liebt.‹ Sie meinte damit Charlotte. »Sie ist eine kluge Frau, und Karl fand Gefallen an ihr. Doch sie ist keine Frau mit Herz ... nicht wahr, Audrey?« Uschis Englisch entlockte Audrey ein Lächeln.

»Jedenfalls hat er sie geheiratet, Uschi.«

»Das muß für ihn auch nicht einfach gewesen sein.« Audrey nickte, doch änderte das nichts. Jetzt mußte sie ihn vergessen.

»Du mußt rasch einen anderen Mann kennenlernen.« Uschi dachte dabei konkret an Karls Freund, ebenfalls Professor. Er war vierzig, ein Witwer mit zwei Kindern. Uschi mochte ihn sehr gern und war mit ihm befreundet, so wie Vi mit Charles befreundet war. »Du wirst uns sicher besuchen kommen.« Mehr ließ sie nicht verlauten, weil sie befürchtete, daß Audrey protestierte.

Die meiste Zeit ihres Aufenthalts verbrachten sie wie alle Touristen. Sie besuchten Museen, Kirchen und die Glasmanufakturen, und schließlich überwand Audrey ihre Beklommenheit und glaubte nicht mehr, an jeder Ecke Charlie zu sehen. Daß sie sich Uschi offenbart hatte, hatte ihr sehr geholfen.

Am Abend vor der geplanten Abfahrt wandte Karl sich ihr mit der Andeutung eines Lächelns zu. Uschi und er hatten sich mit Audrey richtig angefreundet und waren vernarrt in Molly.

»Warum kommst du nicht mit uns nach Deutschland?«

Audrey lachte. »Karl, hast du von mir noch nicht genug? Langsam wächst sich das alles wirklich zu einer ›ménage à trois‹ aus.« Ihr Lächeln schloß Uschi mit ein. »Man möchte meinen, du müßtest froh sein, mich loszuwerden ...« Sie wollte am nächsten Tag mit der Bahn nach London fahren, während das Ziel der Rosens Berlin und ihr neues Heim war. Uschi freute sich schon auf das Einrichten, und auf Karl wartete seine Arbeit an der Universität.

»Uschi hätte nette Gesellschaft, während ich wieder mit meinen Vorlesungen beginne. James und Violet werden ohnehin nicht so früh in London sein.« Er wußte, daß Audrey bei den Hawthornes wohnen wollte. »Ohne die beiden wärst du viel zu einsam.« Er war stets sehr besorgt um sie, wie überhaupt beide während der Reise wunderbar zu ihr gewesen waren. Und Audrey mußte zugeben, daß der Vorschlag sie reizte.

»Ich möchte wirklich nicht aufdringlich sein.« Ihr Zögern war echt, andererseits wollte sie keineswegs spröde erscheinen, doch die beiden drängten so heftig, für ein oder zwei Wochen mit ihnen nach Berlin zu kommen, daß sie wieder einmal nachgab. Und erneut wurde es ein Aufbruch in Hochstimmung. So schön Venedig war, so froh war Audrey doch, der Stadt den Rücken zu kehren.

Sie nahmen den gleichen Zug, den sie mit Charlie benutzt hatte, doch als sie diesmal Salzburg erreichten, stiegen sie um. Hinter der Grenze hielt der Zug zum erstenmal in Rosenheim. Uschi bedauerte sehr, daß es ihr aus Zeitmangel nicht möglich gewesen war, ihre Familie von ihrem einstündigen Aufenthalt in München benachrichtigen zu können. Die Zeit reichte nicht aus, um im Elternhaus einen Besuch zu machen ... Sie wollte zumindest von Rosenheim aus kurz anrufen. Alle drei registrierten belustigt, daß Molly auf der plüschbezogenen Sitzbank einschlief, als sie Italien verließen, und daß sie auch nicht aufwachte, als sie Österreich durchfuhren und sich der deutschen Grenze näherten. Bei der langsamen Einfahrt in die Grenzstation bestellten sie noch eine Flasche Champagner und Kaviar. Draußen auf dem Bahnsteig sah man Männer in Uniform, die mit dem Schaffner und anderem Zugpersonal verhandelten.

Schließlich gewährte der Schaffner den Uniformierten mit einem Achselzucken Zutritt. Uschi sah Karl beunruhigt an.

»Was die im Zug wollen ... was meinst du?«

»Ach, das sind ein paar Parteileute«, sagte er ganz leise in einem Ton, der seine Geringschätzung erkennen ließ. Von Hitler hatte er von allem Anfang an nicht viel gehalten, vor allem seine Herrenrassentheorien lehnte er vehement ab, war aber klug genug, seine politische Meinung für sich zu behalten. Einige Kollegen an der Universität hatten im vorausgegangenen Jahr einiges auszustehen gehabt, da die Nazis mit der Bezeichnung ›Kommunist‹ schnell zur Hand waren, wenn ein Intellektueller anderer Meinung war und diese auch äußerte. Karl hatte es sich daher zur Gewohnheit gemacht, seine Ansichten nicht laut werden zu lassen, außer wenn er allein mit seiner Frau war. Auch in Südfrankreich hatte er mit Charlie und James offen sprechen können. Als jetzt der Kellner den Kaviar brachte und ein Mann in Uniform direkt hinter ihm auftauchte, nahm er es mit unerschütterlicher Gelassenheit.

»Die Pässe, bitte«, befahl der Uniformierte, dessen Blick mißbilligend über die luxuriöse Ausstattung des Salonabteils schweifte. Karl reichte ihm alle drei Pässe. Als erstes wurde der amerikanische Paß kontrolliert.

»Sie sind Amerikanerin?« fragte er Audrey mit gezwungenem Lächeln.

»Ja.« Es war ihr peinlich, dabei ertappt zu werden, daß sie Kaviar auf ein Stück Toast schmierte – oder machten das alle Amerikaner so?

Sie lächelte ihm zu, und der Mann warf einen Blick auf das schlafende Kind. »Zu wem gehört das kleine Mädchen?«

»Sie ist meine Tochter.« Audrey beeilte sich mit der Antwort. Sie führte immer Mollys Adoptionspapiere mit sich, doch schien es jetzt deswegen keinerlei Schwierigkeiten zu geben. Mit einem knappen Nicken bekam sie ihren Paß zurück. Jetzt wurden die Pässe der Rosens kontrolliert.

»Sie tragen verschiedene Namen. Sind Sie befreundet?« In den Augen des Mannes lag Kälte, und Karl beeilte sich mit der Erklärung.

»Wir kommen von unserer Hochzeitsreise. Leider blieb uns vor der Abreise keine Zeit, neue Pässe zu beschaffen.«

Der Mann lächelte scheinbar erfreut, doch Audrey gefiel sein Blick nicht. Er starrte Karl direkt in die Augen.

»Sie sind Jude, nicht wahr?«

Audrey erschrak über diese unverblümte Frage und sah zu Karl hin, dessen Wangenmuskel zuckte. Sein Blick verriet nichts, als er sagte: »Ja, das bin ich.« Die Antwort kam ohne Zögern.

»Und Ihre Frau ist keine Jüdin?« Er hatte das ›von‹ ihres Mädchennamens gesehen, und wußte, daß sie Nichtjüdin war. Ohne ein weiteres Wort verließ er das Abteil und nahm die Pässe mit. Audrey hätte gern gefragt, warum er die Pässe nicht zurückgegeben hatte, doch sie war zu verängstigt, um auch nur ein Wort von sich zu geben.

»Offenbar sind sie in den letzten zwei Monaten noch liebenswerter geworden.« Karl schien sehr verärgert, und Uschi faßte nach seiner Hand.

»Kein Wort mehr davon, Schatz. Die machen sich gern wichtig. Wahrscheinlich hat er sich über den Kaviar und den Champagner geärgert.«

Karl zog die Schultern hoch. »Mißgünstige und ungehobelte Typen. Zum Teufel mit ihnen.« Sie lachten über Karls Ausspruch. In diesem Augenblick kehrte der Uniformierte in Begleitung zweier Vorgesetzter wieder. Sie traten ohne Umschweife auf den neben Uschi sitzenden Karl zu.

»Die Nürnberger Gesetze sind Ihnen bekannt?« Der größte der drei sprach Karl an. Audrey bemerkte, daß über seine Wange eine feine Narbe verlief wie von einer Mensur. Auf seinen Aufschlägen prangten die Zeichen der SS, und seine Augen waren hart wie Stahl, als er sie alle musterte.

Karl blieb äußerlich ganz ruhig. »Nein, ich kenne die Nürnberger Gesetze nicht.« Seine Haltung war respektvoll und gelassen, ohne daß er Uschis Hand losgelassen hätte. Niemand wußte, daß ihre Hand feucht war und seine unmerklich bebte.

»Vor einer Woche wurde in Nürnberg das Gesetz verabschiedet, und seit dem fünfzehnten September ist es in Kraft. Einem Juden ist es verboten, Verkehr mit einer Nichtjüdin zu haben.

Wer dagegen verstößt, wird mit dem Tod bestraft.« Er sah rasch zu Uschi hin, dann wieder zu Karl. Die drei Freunde waren stumm vor Entsetzen. Karl schien unter Schockeinwirkung zu stehen. »Das kann nicht Ihr Ernst sein.«

Der SS-Mann erwiderte seinen Blick arrogant. »Dem Führer ist es immer ernst. Es handelt sich um ein schwerwiegendes Vergehen.«

Karl war kreidebleich geworden. »Dies ist meine Ehefrau.«

»Das ändert nichts an der rechtlichen Situation.« Er beobachtete Karl scharf. »Sie kommen mit uns, Herr Rosen, Sie sind festgenommen.« Karls Professorentitel unterschlug er mit Absicht. Die Rosens und Audrey wußten nicht, wie ihnen geschah, als dann die zwei anderen Uniformierten vortraten und Karl an den Armen packten. Uschi stieß einen entsetzten Schrei aus und wollte ihn festhalten, während Karl sie zu beruhigen versuchte. Verzweifelt sah er erst seine Frau an, dann Audrey, die in seinem Blick die Bitte las, sie möge sich um Uschi kümmern. Er konnte nichts tun, er mußte mitgehen. Audrey hielt fest die Hand ihrer Freundin umklammert, als man Karl abführte und sie ihm starr vor Entsetzen nachstarrten. Audrey faßte sich als erste. Sie ließ einen Träger kommen und das Gepäck ausladen. Sie mußten aussteigen und herausfinden, wohin Karl gebracht wurde.

Uschi war einem Nervenzusammenbruch nahe, während Audrey scheinbar ruhig blieb und dem Träger in ihrem holprigen Deutsch klarmachte, er solle ein Taxi besorgen. Das alles war der reinste Wahnsinn. Sie zwang Uschi, sich auf einen Koffer zu setzen, und versuchte sie im Auge zu behalten, während ihre Gedanken sich überstürzten. Uschi schluchzte und steckte mit ihren Tränen Molly an. Das Kind nahm verängstigt den Tumult um sich herum wahr. Mit Herzklopfen sah Audrey den Zug losfahren, als sie allein auf dem Bahnhof zurückblieben. Karl war in einem ominösen schwarzen Lieferwagen fortgeschafft worden, und Uschi weinte hemmungslos und ununterbrochen.

»Wohin hat man ihn gebracht? O Gott ... wohin?«

»Das werden wir herausbekommen.« Die Situation war unmöglich. Ein böser Traum ... »Verkehr mit einer Nichtjüdin« – strafbar mit dem Tode? Heller Wahnsinn. So gut sie konnte, verhandelte Audrey mit dem Stationsvorsteher, und endlich kam ein Wagen, der sie in ein Hotel brachte. Audrey ließ das Gepäck beim Empfang, bestellte Zimmer und meldete sofort ein Gespräch mit Uschis Vater in München an. Dieser Vorgang beruhigte Uschi ein wenig, doch kaum hatte sie Verbindung mit ihrem Vater, verlor sie wieder ihre Fassung. Audrey mußte ihm erklären, was geschehen war. Es war ein Alptraum.

»Mein Gott ... sie haben was gemacht? ... O Gott, und wo ist er jetzt?«

»Das wissen wir nicht. Ich hatte die Absicht, die Polizei nach diesem Anruf einzuschalten.«

»Unternehmen Sie ja nichts!« Er schien erschrocken und versprach ein paar Anrufe zu erledigen und dann wieder Kontakt mit ihr aufzunehmen. Und während sie warteten, drängte Audrey Uschi, sich auf das schmale Bett des Zimmers zu legen. Dort lag sie nun schluchzend, und Audrey brachte ihr ein Glas Wasser, das sie dankbar trank. Dabei sah sie ihre Freundin mit großen, erschrockenen Augen an.

»O mein Gott ... und wenn sie ihn umbringen?«

Uschi klammerte sich wie ein verstörtes Kind an sie, und es schien eine kleine Ewigkeit zu vergehen, bis Uschis Vater zurückrief. Endlich schrillte das Telefon, und die Vermittlung stellte ein Gespräch aus München durch. Doch Manfred von Mann wollte mit Audrey sprechen und nicht mit Uschi. Ihr sagte er, was er seiner Tochter nicht zu sagen wagte.

»Letzte Woche haben sie in München zwölf Männer aus demselben Grund hingerichtet. Wir wollten eigentlich anrufen und Uschi und Karl sagen, daß sie nicht nach Hause kommen sollen. Bei den Getöteten handelte es sich um einfache Arbeiter, Ladenbesitzer und ein paar arme Teufel, deretwegen die Kommunisten Wirbel machten. Niemand in Karls Position war darunter. Wir hätten nie gedacht, daß ihm so etwas zustoßen könnte.« Und doch hatten sie ihn verhaftet. Und Audrey fürchtete, sie würden es nicht schaffen, ihn freizubekommen. Was Uschis Vater da sagte, war unglaublich.

»Hat man Ihnen gesagt, wo er ist?«

»Noch nicht. Doch ich kenne jemanden in den oberen Parteirängen, der versprochen hat, mich anzurufen. Wie geht es Uschi?« Der alte Herr klang sehr besorgt, und Audrey warf einen Blick auf ihre Freundin. Uschi lag am ganzen Leib zitternd mit glasigem Blick auf dem Bett. Der typische Schockzustand. Audrey bekam es mit der Angst zu tun.

»Nicht sehr gut, fürchte ich.« Es war die einzige Antwort, die sie geben konnte.

»Ich komme selbst nach Rosenheim.«

»Das halte ich für eine gute Idee.«

Als er eintraf, hatte sich Uschis Zustand noch nicht gebessert, und sie hatten den ganzen Tag nichts Neues erfahren können ... Uschi hatte darauf bestanden, persönlich zur Polizei zu gehen. Man gestattete ihr nicht, Karl zu sehen, trotz aller Bemühungen und aller Namen, die sie aufzählte. Sie bekam nur zu hören, daß er so gut wie verurteilt sei und daß sie ihn nicht sprechen könne. Er hatte gegen ein Reichsgesetz verstoßen, und sie schulde es ihrem Volke jetzt, einen Arier zu heiraten und dem Reich Kinder zu schenken. Das reichte, um sie um den Rest ihrer Fassung zu bringen, so daß sie fast einen Beamten geohrfeigt hätte, wenn Audrey sie nicht mit Gewalt zurückgehalten und gezwungen hätte, zurück ins Hotel zu gehen.

Audrey nahm fassungslos wahr, was da geschah, und sobald Baron von Mann ankam, nützte sie die Gelegenheit, mit ihm allein zu sprechen. Sie fragte ihn, was seiner Meinung nach mit Karl geschehen würde.

Er machte ein finsteres Gesicht, als er ihr antwortete, da er an die Hingerichteten der Vorwoche dachte. »Ich weiß es nicht. Vielleicht schickt man ihn in ein Lager. Das macht man jetzt mit vielen Juden. Ich habe Uschi gewarnt.« Seine eigene Hilflosigkeit schmerzte ihn. »Die sind buchstäblich zu allem fähig.«

Und das waren sie. Die hohen Parteifunktionäre, die Baron von Mann kannte, versicherten ihm, daß ihnen die Hände gebunden waren. Nach den seit dem fünfzehnten September dieses Jahres geltenden Nürnberger Gesetzen hatte sich Karl Rosen eines Verbrechens schuldig gemacht, auf das die Todesstrafe stand. Audrey verspürte Haß, als sie diese Worte immer wieder hörte. Der Baron hatte, als er um Mitternacht wieder ins Hotel kam, für die beiden ungeduldig Wartenden keine gute Nachricht. »Er wird noch heute nacht irgendwohin geschafft. Ich weiß nicht, wohin, doch der diensthabende Offizier versprach, es uns morgen zu sagen. Ich werde gleich als erstes am Morgen hingehen.«

»Was hat das zu bedeuten?« Uschis Augen waren schreckgeweitet. Das lachende Mädchen, das sie noch vor wenigen Stunden gewesen war, existierte nicht mehr. Sie war kaum zu erkennen. Ihre Haare waren wirr, das Make-up verschmiert, ihr Gesicht von Tränen gezeichnet. Sogar ihr Kleid war von Wimperntusche verschmiert, doch das kümmerte sie nicht. Karl war das einzige, was zählte.

»Wohin wird er gebracht?«

»Wir werden es so rasch wie möglich herausfinden, das verspreche ich dir, Liebling.« Sie weinte sich in den Armen ihres Vaters aus, und er bedauerte seine eigene Hilflosigkeit und das schreckliche Schicksal seines Schwiegersohns. Jetzt machte er sich sogar Vorwürfe, daß er dieser Ehe zugestimmt hatte, da sie dadurch so viel Kummer erleiden mußte. Karl nahm er persönlich natürlich nichts übel. Am nächsten Tag ging er sofort zur Polizei und erfuhr dort, daß Karl nach Unterhaching gebracht worden war. Es war eine lange schweigsame Fahrt, auf der man nur Uschis Schluchzen hörte. Sogar die kleine Molly verhielt sich still. Nach ihrer Ankunft fuhren sie gar nicht erst zu einem Hotel, sondern direkt zur Polizeistation, aus Angst um Karls Leben, und wie durch ein Wunder sahen sie mit an, wie er bei ihrer Ankunft in Handschellen auf einen Laster geschafft wurde. Uschi stieß einen mitleiderregenden Schrei aus und wollte zu ihm, Molly fing zu weinen an. Instinktiv drückte Audrey die Kleine an sich und hielt ihr die Augen zu. Uschi hatte Karl fast erreicht, als ihr Vater sie einholte und sie zurückriß. Sie wehrte sich verzweifelt, während die Uniformierten auf Karl mit ihren Stöcken einschlugen. Er versuchte ihr etwas zuzurufen, als er auf den Laster gestoßen wurde.

»Mir geht es gut … mir geht es gut … ich bin …« Die Tür wurde zugeknallt, und Uschi hielt mit schreckgeweiteten Augen inne. Karl hatte wie ein Fremder ausgesehen. Seine Kleidung war zerrissen, Gesicht und Kopf blutverschmiert. Sie schluchzte hemmungslos in den Armen ihres Vaters, und gleich darauf war der Wagen fortgefahren. Die einzige Antwort auf ihre Anfrage lautete, daß man das Problem ›einer Lösung zugeführt hätte‹.

Der Baron war überzeugt, daß ihnen nichts übrigblieb, als nach München zu fahren. Dort hatte er die Möglichkeit, sich weitere Informationen zu verschaffen. Es hatte keinen Sinn, in Unterhaching zu bleiben, deswegen stiegen sie ein und fuhren nach München und hielten erst an, als sie vor seinem palaisähnlichen Haus angelangt waren. Er überließ seine Tochter der mütterlichen Obhut, und Audrey fütterte Molly und brachte sie nach einem warmen Bad zu Bett. Dann blieb sie allein in ihrem Zimmer sitzen und wartete. Alle hatten einen Schock erlitten. Es war wie ein Alptraum, und es sah aus, als könnten sie zu Karls Rettung nichts unternehmen.

Als der Baron später am Abend noch Licht unter ihrer Tür sah, lud er Audrey in die Bibliothek ein und bot ihr ein Gläschen Schnaps an. Sie sprachen über den Irrsinn der neuen Gesetze, doch auch hier, in seinem eigenen Haus, fühlte sich der Baron nicht völlig frei. Sie sprachen im Flüsterton miteinander, in der Nähe des prasselnden Feuers, hinter geschlossenen Türen. In Deutschland konnte man niemandem mehr trauen, nicht einmal in den eigenen vier Wänden. Noch während der Nacht tätigte er einige Anrufe, vergeblich, wie es sich zeigte. Es dauerte zwei Tage, bis endlich eine Nachricht kam. Zu seinem großen Bedauern hatte er Karls Eltern von allem in Kenntnis setzen müssen, und sie waren ihm dankbar für seine Bemühungen. Doch er richtete nichts aus. Er legte den Hörer auf und weinte lautlos, als er hinaufging, um seiner Frau und seiner Tochter die traurige Nachricht zu überbringen. Zuerst sprach er mit seiner Frau, und gemeinsam gingen sie zu Uschi, die sich in ihrem Zimmer vergraben hatte und inzwischen fast das Aussehen einer Irren angenommen hatte. Sie starrte ihnen entgegen, als sie eintraten, und spürte sofort, was sie ihr zu sagen hatten. Audrey hörte ihren mitleiderregenden Aufschrei. Sie lief hinaus in die Halle und wartete dort, als würde sich etwas ändern, als würde jemand kommen ... doch für Karl war alles vorbei. Er war tot. Ermordet von Hitlers Schergen. In dem langen, zugigen Gang stehend, dachte Audrey an Karls Lachen, an die Wärme in seinem Blick, und ihr wurde zum ersten Mal im Leben klar, was für eine seltene Gabe Liebe war ... wie hinfällig ... wie rasch entschwunden ... plötzlich war Uschi keine Braut mehr, sondern eine Witwe. Karl war tot ... Ihr wurde ganz plötzlich bewußt, wieviel Glück sie und Charlie gehabt hatten und wie dumm er war, daß er sein Leben vergeudete, mit einer ungeliebten Frau, die ihn eingefangen hatte.

Stunden vergingen, ehe Audrey Uschi in jener Nacht besuchen konnte, und als es soweit war, gab es nichts, was sie zu ihr hätte sagen können. Sie hielt sie in den Armen und ließ sie weinen. Es hörte sich an, als müsse ihr das Herz brechen, und als Audrey ihr wieder in die Augen sah, wußte sie, daß Ursula von Mann-Rosen nie wieder dieselbe Frau sein würde.

## 30

Kurz nach sechs Uhr morgens läutete in Antibes das Telefon. James hörte es als erster und langte über Violets Kopf nach dem Hörer.

»Wie spät ist es?« murmelte sie, nach der Uhr blinzelnd, die sie nicht sehen konnte. Die Sonne war eben aufgegangen, doch waren erst zwei Stunden vergangen, seitdem sie zu Bett gegangen waren, und alle hatten viel zuviel Champagner getrunken. Charlie und Charlotte waren noch im Haus, und Violet fand die junge Frau nicht netter als zuvor, doch kümmerte es sie nicht mehr. Sie konnte sich nicht vorstellen, wer jetzt anrief, als James im Bett auffuhr und sich steif aufsetzte.

»Ja? ... Ja?« Eine lange Pause, ein Stirnrunzeln und dann:

»Audrey? Was ist passiert?« Auf ihr Schluchzen hin argwöhnte er sofort, daß etwas Schreckliches geschehen sein mußte. »Hattest du einen Unfall?« Violets Herz drohte bei dem Gedanken an das kleine Mädchen auszusetzen, und sie umklammerte instinktiv James' Arm. »O mein Gott ... nein ...« Er wandte seinen Blick Vi zu, und sie wurde von Panik erfaßt.

»Was ist los, James? Was ist passiert?« Mit einer ungeduldigen

Geste brachte er sie zum Schweigen und horchte angestrengt. Die Verbindung war alles andere als gut und Audrey viel zu erregt, als daß er sie bitten konnte innezuhalten. Sie mußte unbedingt mit jemandem sprechen, und Vi und James waren die einzigen Menschen, die sie anrufen konnte.

»Mein Gott, wie schrecklich ... die Ärmste. Wie geht es ihr?«

»Ach, James ...« Violet fing zu weinen an, überzeugt, daß Molly einem schrecklichen Unfall zum Opfer gefallen war. James faßte beruhigend nach ihrer Hand, schüttelte den Kopf und formte lautlos die Worte: »... nicht ... das ... Kind.«

»Nicht?« Sie war betroffen. »Wer denn?«

»Wo bist du jetzt? Möchtest du zurückkommen? In ein paar Tagen fahren wir nach London. Es würde dir vielleicht guttun, wenn du zu uns kämst, Aud ... also gut ... aber sieh zu, daß du aus diesem Land herauskommst. Warte in unserem Haus in London auf uns. Und gib mir deine Nummer. Versuch jetzt zu schlafen. Vi und ich werden dich in wenigen Stunden anrufen. Möchtest du sie jetzt sprechen?« Er drehte sich hoffnungsvoll zu seiner Frau um, gewillt, ihr den Hörer zu übergeben. »Schon gut, ich werde ihr alles erzählen ... und, Audrey ...« Seine Augen füllten sich mit Tränen, und seine Stimme klang belegt. »Sag Uschi, wie leid es uns tut.« Er legte auf und saß da, den Blick auf seine Frau gerichtet. Ihm fehlten die Worte, dann seufzte er, bemüht, ganz ruhig zu bleiben. »Sie haben Karl umgebracht.« Das war roh und unverblümt, doch Violet wußte jetzt, was sie wissen mußte. Entsetzt sah sie ihn an.

»O Gott! Wer hat ihn ermordet? Und wie geht es Uschi? O nein!« Sie brach in Tränen aus, starrte ihn verzweifelt an, so daß er den Arm um sie legte und sie an sich zog.

»Die Nazis. Man hat ihn aus dem Zug geholt, ihn verhaftet und erschossen. Offenbar haben die ein völlig wahnwitziges Gesetz herausgebracht, das einem Juden unter Androhung der Todesstrafe untersagt, mit einer Arierin sexuelle Beziehungen zu haben, verheiratet oder nicht. Hat man jemals schon so etwas gehört? Die sind ja wahnsinnig geworden.« Sie hatten Karl Rosen umgebracht!

»O mein Gott.« Mehr brachte Vi nicht heraus, und sie weinte

in den Armen ihres Mannes. Dann gingen sie Hand in Hand ins Eßzimmer, um eine Tasse Kaffee zu trinken, und da saßen sie auch noch um acht Uhr morgens, als Charlie herunterkam. Er sah ernst aus und dazu ein wenig übernächtigt, aber er merkte sofort, daß etwas Schreckliches passiert sein mußte.

»War das der Anruf, den ich so um sechs herum hörte?« James nickte, und Vi fing wieder zu weinen an. »Meine Güte, was ist denn, Vi?« Er setzte sich neben Violet, und James berichtete ihm, was passiert war, während Charlie ihn anstarrte.

»Das kann nicht sein ... so etwas können sie nicht tun!« Laut klang seine Stimme durch den stillen Raum ... sie waren so glücklich gewesen, so sorglos, so lustig und so verliebt.

»Das sind ja Irre!«

»Ja, das sind sie.«

»Geht es Uschi halbwegs gut?«

»Das kann ich mir nicht vorstellen. Jedenfalls hat man ihr kein Haar gekrümmt. Sie befanden sich auf der Rückreise nach Berlin. Uschi ist jetzt aber in München bei ihren Eltern. Audrey ist bei ihr.«

»Was macht sie dort?« Er schien besorgt. Ihm gefiel es ganz und gar nicht, daß sie sich in Deutschland aufhielt, und es bereitete ihm Höllenqualen, daß sie alles hatte miterleben müssen.

»Ich habe nicht gefragt, aber ich denke, sie hat sich den Rosens noch weiter auf der Reise angeschlossen.«

»Geht es ihr gut?«

»Sie war verständlicherweise ganz außer sich. Ich versprach ihr, daß wir in ein paar Stunden zurückrufen würden.« Charles nickte, goß sich einen Schluck Whisky in seine Kaffeetasse und bot dasselbe James an. Dafür war es eigentlich noch zu früh, doch hatten beide eine Stärkung dringend nötig, und auch Vi gönnte sich diese Mischung, als Charlotte in einem bildschönen weißen Satinmorgenrock hereinkam.

»Was ist denn hier los? Alle noch vor Morgengrauen aus den Federn?« Sie lächelte kühl und geschäftsmäßig, ein Lächeln, das in jedem das Gefühl erweckte, daß vor ihr immer ein Schreibtisch stehen sollte. Diesmal erwiderte niemand ihr Lächeln.

Charlie sah sie ernst an und nahm einen Schluck von der reichhaltigen Mischung. »Die Nazis haben Karl Rosen umgebracht!«

»Wie gräßlich!« Charlotte war ehrlich entsetzt, und zu viert saßen sie beisammen. Charlotte hatte sehr klare Ansichten über die deutsche Politik und hielt Hitler für viel gefährlicher, als den meisten Menschen klar war. In diesem Punkt waren sie sich einig, doch spielte das jetzt keine Rolle mehr. Karl war tot und würde nie wiederkommen.

James und Vi riefen Audrey am Nachmittag an, und sie sagte ihnen, daß sie noch am Abend nach London fahren wollte. Die Nazis weigerten sich, Karls sterbliche Überreste herauszugeben, so daß es keine Beerdigung geben würde, und Uschi befand sich in einem Zustand, daß sie es für am besten hielt, sie in Ruhe zu lassen. Sie konnte für niemanden etwas tun, und es kam ihr taktvoller vor, unauffällig zu verschwinden. Sie versprach Vi und James, am nächsten Tag anzurufen, sobald sie in deren Londoner Haus angekommen sei. Audrey klang so schockiert und betroffen, wie sie alle in Antibes sich fühlten. Es wurde für alle ein stiller, trauriger Tag. Vi und James unternahmen einen langen Strandspaziergang, während Charles still auf der Terrasse saß und Charlotte auf ihrem Zimmer schlief. Erst zum Dinner kamen sie wieder zusammen. Vi fiel sofort auf, daß Charlotte schlecht aussah. Ihre Gesichtsfarbe spielte ins Grünliche.

»Geht es dir nicht gut?« Sie wußte, wie unangenehm die ersten Schwangerschaftsmonate sein konnten, und empfand widerwillig Mitleid mit ihr. Charlotte sah wirklich miserabel aus, tat es aber mit einem Achselzucken und einem kläglichen Lächeln ab, das kaum das Unwohlsein überdeckte, das sie schon den ganzen Tag empfand …

»Mir geht es gut, danke. Ich muß wohl etwas gegessen haben, was mir nicht bekommen ist.« Den ganzen Nachmittag über hatte sie sich übergeben müssen. Sie hatte Charlie richtig leid getan, als er hinaufgegangen war, um etwas aus dem Zimmer zu holen, und sie vor der Toilette kniend angetroffen hatte. Er hatte ihr eine Tasse schwachen Tee gebracht, doch auch diesen hatte sie nicht bei sich behalten können. Hoffentlich würde dieser Zustand nicht während der ganzen Zeit der Schwangerschaft andauern. Es war das erste Mal, seit sie ihm das Geheimnis enthüllt hatte, daß sie sich so schlecht fühlte.

Violet sah sie mit mitleidigem Lächeln an. »Charlotte, ich glaube nicht, daß es mit dem Essen zusammenhängt. Bei mir war es während der ersten drei oder vier Monate ebenso. Trockener Toast und Tee sind die einzigen Mittel, und auch die helfen nicht immer.«

»Ich glaube nicht, daß das Baby der Grund ist.« Charlotte war es peinlich, daß Violet über ihren Zustand informiert war, aber Vi sah sie nur mit wissendem Lächeln an.

Charlotte aß nur ganz wenig und ging sofort zu Bett. Violet überlegte mit James, ob sie nicht rasch nach London zurückkehren und sich dort mit Audrey treffen sollten. Natürlich waren die Parker-Scotts eingeladen, in Antibes zu bleiben, solange es ihnen gefiel.

»Nein, wir müssen auch zurück. Charlotte müßte längst im Büro sein, und ich muß mit meinem neuen Buch anfangen.« Sie hatten eigentlich eine Afrika-Safari als verspätete Flitterwochen geplant, leider waren ihre Termine so knapp, daß sie sich statt dessen auf zwei Wochen Südfrankreich geeinigt hatten. Und jetzt drängte wieder die Arbeit. Karls Tod hatte der Ferienstimmung ein Ende gemacht, es war für alle Zeit zur Heimkehr. Sorge machte Charles nur, daß Charlotte sich plötzlich so schlecht fühlte. Nach einem letzten Drink mit James, bei dem sie wieder von Karl sprachen, ging Charlie auf ihr Zimmer. Er fand Charlotte stöhnend auf dem Boden des Badezimmers. Den Kopf hatte sie auf die Toilette gestützt.

»Charlie...« Sie war so außer Atem, daß sie kaum ein Wort herausbrachte. »Ich habe ... schreckliche Schmerzen ...« Charles dachte sofort an eine Fehlgeburt und wollte schon Violet zu Hilfe holen, doch Charlotte winkte ihn näher heran und deutete auf ihren Unterbauch. »Hier.«

»Soll ich einen Arzt rufen?« Er war erschrocken. Etwas Schreckliches ging mit ihr vor. Ohne ihre Antwort abzuwarten, lief er hinaus und klopfte an die Schlafzimmertür seiner Gastgeber.

»Ja?« antwortete Vi, und ein fassungsloser und zutiefst besorgter Charles trat ein. Er hatte Vi und James in einem Gespräch gestört. Wieder hatten sie von Uschi und Karl gesprochen, da dieser Alptraum sie nicht losließ. »Charles, ist etwas passiert?«

»Charlotte fühlt sich schrecklich. Sie hat große Schmerzen ...«
Hilflos sah er Violet an. »Leider verstehe ich von diesen Dingen gar nichts. Sie müßte sofort untersucht werden, glaube ich,
am besten in einem Krankenhaus.« Ohne ein Wort zu verlieren,
sprang Violet auf und streifte rasch einen Morgenmantel über.
Charles wandte sich an seinen alten Freund.

»Vielleicht hätten wir nicht so viel von Karl sprechen sollen ...
Manchmal vergesse ich ganz, daß sie schwanger ist ...« Nervös
fuhr er sich durchs Haar und wartete auf Violets Rückkehr. Ihr
besorgter Blick, als sie wiederkam, war nicht dazu angetan, ihn
zu beruhigen.

»Ich glaube, du solltest Docteur Perrault anrufen«, riet sie ihm.

»Ist es eine Fehlgeburt?« Charlie war außer sich und von
Schuldgefühlen geplagt. Vor Charlotte hätte man diese schrecklichen Dinge gar nicht besprechen dürfen. Aber sie hatte immer
so viel Kraft ausgestrahlt. »Hat sie große Schmerzen?«

Vi tat Charles richtig leid. »Es wird alles wieder gut, Charles.
Was immer passieren mag, es wird wieder gut. Diese weiblichen
Probleme sehen manchmal schlimmer aus, als sie sind. Wir schaf-
fen sie ins Krankenhaus, und morgen ist sie wieder wohlauf.«

Das zu glauben fiel ihm sehr schwer, als er die würgende und
sich erbrechende Charlotte, in Decken und ihren Morgenmantel
gehüllt, zum Wagen trug. James saß am Steuer, während Violet
Charlottes Hand hielt und Charles halb umgedreht dasaß und sie
nicht aus den Augen ließ. Auf dem Rücksitz liegend, sah sie aus,
als müßte sie sterben, und ihn drückte das schlechte Gewissen
über all das, was er nicht für sie empfand. Er hatte das Gefühl,
als müsse er jemanden umsorgen, den er nicht kannte.

James fuhr auf der kurvenreichen Straße in halsbrecheri-
schem Tempo, da Charlie in seiner Nervosität dazu drängte.
Kaum waren sie vor dem Krankenhaus in Cannes angekommen,
als Charlie hineinlief und mit zwei Krankenwärtern wiederkam, die Charlotte ohne Umstände auf eine rollende Tragbahre
legten und mit ihr verschwanden. Die drei folgten ihr eilig.
Docteur Perrault war schon zur Stelle und erwartete sie. Während Krankenschwestern unter Charlies besorgten Blicken Puls
und Blutdruck maßen, sah der Arzt sich Charlotte gründlich

an. Er brauchte keine zwei Minuten, um festzustellen, wie es um ›Madame‹ stand. Anschließend wandte er sich mit besorgt gerunzelter Stirn an Charles.

»Es ist der Blinddarm, Monsieur. Entweder ist es schon ein Durchbruch, oder er steht knapp bevor. Wir müssen sofort operieren.«

Charles nickte ein wenig erleichtert, obwohl seine Sorgen damit nicht ausgeräumt waren.

»Wird sie das Kind verlieren?«

Die Miene des Arztes verdüsterte sich. »Ach, sie ist außerdem schwanger?« Charles nickte. »Ich verstehe ... na, wir werden sehen, was sich machen läßt, doch die Chancen, daß sie das Kind behält, sind sehr gering.«

Charles nickte mit feuchten Augen.

»Wir werden unser Möglichstes tun.« Der Arzt hatte den Satz kaum ausgesprochen, als Charlotte davongerollt wurde. Charles setzte sich mit James und Vi in den Warteraum.

Die Sekunden reihten sich endlos aneinander, und es dauerte drei Stunden, bis der Arzt wiederkam. Er trat ein, streifte die Chirurgen-Kopfbedeckung ab und sah sie mit einem so ernsten Blick an, daß alle erschraken. Einen Augenblick lang glaubte Charles schon, Charlotte sei tot.

»Ihrer Frau geht es gut, Monsieur.« Er sah Charles offen an.

»Es handelte sich tatsächlich um einen Durchbruch, doch wir haben das noch rechtzeitig in Ordnung bringen können. Sie muß natürlich noch eine Zeitlang bei uns bleiben, bis sie wieder ganz gesund wird.«

Charles war erleichtert, obwohl der Arzt ihm nicht gesagt hatte, worauf es ihm vor allem ankam. Nach einem tiefen Durchatmen fragte er Dr. Perrault: »Und das Kind?«

Der Arzt sah ihn eindringlich an. Vor James und Vi wollte er die Sache nicht besprechen. »Kann ich Sie unter vier Augen sprechen, Monsieur?«

»Selbstverständlich.« Charles erwartete das Schlimmste für das Baby, und er merkte mit Entsetzen, wieviel es ihm bedeutete. Er hatte das Gefühl, es sei alles, was ihm geblieben war. Der Arzt führte ihn in ein kleines Sprechzimmer am Ende des

Ganges, rückte zwei Stühle zurecht und bot Charles Platz an, während er sich selbst setzte.

»Darf ich Ihnen eine ziemlich persönliche Frage stellen, Monsieur Parker-Scott?«

»Aber gewiß.« Noch immer hatte der Arzt kein Wort über das Kind verloren, und Charlie wollte ihn nicht drängen. Womöglich hatte es Komplikationen gegeben, oder das Baby war schon verloren. Er ließ alle Möglichkeiten in seinem Bewußtsein Revue passieren, während er wartete, daß der Arzt etwas sagte.

»Wie lange sind Sie mit Madame verheiratet?«

Charlie hatte keine Hemmungen, ganz offen mit ihm zu sein, wenn es um das Wohl des Kindes ging. Das Baby bedeutete für ihn sehr viel. Für dieses Kind hatte er alles geopfert.

»Fast vier Wochen«, sagte er. »Aber sie wurde schon vor einem Vierteljahr in Ägypten schwanger ...« Als ob das eine Rolle spielte. Doch der Arzt hörte es kopfschüttelnd.

»Ist die Schwangerschaft schon fortgeschrittener?« War das der Grund für die Besorgnis Perraults? Der Doktor sah ihn mitfühlend an. So mitfühlend, daß es schmerzte.

»Ich fürchte, hier liegt ein Mißverständnis vor, und ich möchte mich eigentlich nicht in Ihr Privatleben drängen, Monsieur. Bei Ihrer Frau kann von einer Schwangerschaft keine Rede sein. Sie sagte mir, sie hätte vor fünf Jahren eine Hysterektomie gehabt. Ich habe sie gründlich untersucht, weil ich sicher sein wollte. Sie bekommt kein Kind, Monsieur. Sie ist nicht schwanger. Sie hat keinen Uterus mehr. Es kann also niemals zu einer Schwangerschaft kommen. Es tut mir sehr leid, Ihnen das sagen zu müssen.« Er blickte Charles unverwandt an, und dieser hatte das Gefühl, ein Hammer hätte ihn auf den Kopf getroffen.

»Sind Sie sicher?« fragte er gequält.

»Ganz sicher. Ihre Frau wird es Ihnen selbst sagen, so wie sie es mir sagte. Vielleicht hatte sie Angst, Ihnen zu gestehen, daß sie keine Kinder bekommen kann, aber ich bin sicher, daß Sie sich im Laufe der Jahre damit abfinden werden. Außerdem gibt es den Weg der Adoption ...« Er faßte nach Charles' Arm. »Es tut mir sehr leid, Monsieur.« Charles nickte nur, unfähig etwas zu erwidern, als er aufstand.

»Danke ... vielen Dank, daß Sie so offen waren ...« Mehr brachte er nicht heraus, als er hinausging. Charlotte hatte ihn angelogen, sie hatte ihm kaltblütig eine Lüge aufgetischt. Alles war Lüge, die ganze Geschichte von dem Baby, das sie angeblich in Kairo empfangen hatte. Und er hatte so unter Schuldgefühlen gelitten, weil er nicht aufgepaßt hatte ... und dann ihre angebliche Ablehnung einer Abtreibung. Wie war sie deswegen in seiner Achtung gestiegen, auch wenn es bedeutete, daß er sie heiraten mußte. Das Kind, das wie Sean sein würde und das nie zur Welt kommen würde ... Charlotte hatte gelogen. Von blinder Wut erfüllt, kam er zu den anderen in den Warteraum. Er war kaum imstande, etwas zu sagen.

»Möchten Sie Ihre Frau sehen, Monsieur?« Eine junge Krankenschwester stellte ihm diese Frage, auf die er nur mit einem Kopfschütteln reagierte. »Sie ist jetzt aufgewacht ... Sie können Sie für *une petite minute* sehen.« Er lief hinaus und wartete vor dem Gebäude auf Vi und James. Tief sog er die frische Luft ein. Violet sah ihm an, daß er eine schlimme Nachricht erhalten hatte. Sie war überzeugt, daß Charlotte das Kind verloren hatte.

»Charles?«

»Bitte, frag mich nicht.«

»Charlie ...«

Er fuhr herum und faßte nach ihrem Arm. »Vi, bitte nicht!« Sie sah seine Tränen, wußte aber nicht, daß es nicht Tränen des Kummers, sondern Zornestränen waren.

»Weißt du, was sie mir angetan hat?« Er schleuderte es ihnen entgegen, nicht imstande, sich zu beherrschen. »Sie hat mich angelogen! Sie erwartet kein Kind! Sie war nie schwanger! Vor fünf Jahre hatte sie eine Hysterektomie. Sie hat keine Gebärmutter mehr.«

James starrte ihn fassungslos an, und Vi blieb die Luft weg. »Das kann nicht dein Ernst sein!« Sie war außer sich vor Empörung. Und die arme Audrey ...

»Es ist so!«

»Das ist ja entsetzlich!« James startete den Wagen und bedeutete ihnen einzusteigen.

»Komm, du brauchst jetzt einen Drink.« Und er bekam, zu

Hause angekommen, mehr als einen. Erst zu Mittag am nächsten Tag wachte er auf, und als er aufgestanden war, sich geduscht und rasiert hatte, fuhr er direkt zum Krankenhaus, ging in Charlottes Zimmer und blickte voller Zorn auf die im Bett Liegende. Ihr war klar, was der Grund seines Kommens war und was seine Miene bedeutete. Sie hatte das Risiko auf sich genommen und damit gerechnet, den Betrug vor ihm länger geheimhalten zu können, aber sie hatte das Spiel verloren. Charlotte war klug genug, um zu erkennen, wann der Zeitpunkt gekommen war, die Karten auf den Tisch zu legen.

»Charles, es tut mir leid. Ich dachte, es sei die einzige Möglichkeit, dich zu einer Ehe zu bewegen.« Natürlich hatte sie recht, doch das machte die Sache auch nicht besser, für keinen von beiden. »Ich wollte aus deiner Karriere etwas ganz Besonderes machen, mich um dich kümmern ...«

»Meine Karriere bedeutet mir nichts. Hast du das inzwischen nicht begriffen?«

»Damals noch nicht. Jetzt ist es mir einigermaßen klar. Doch deine Haltung ist nicht richtig. Du könntest einer der bedeutendsten Schriftsteller der Welt werden, ein Mann von internationalem Ansehen ...« Sie sagte das, als böte sie ihm einen Thron an, und er starrte sie an.

»Und was würde aus dir? Meine Verlegerin? Ist dir das so wichtig?« Sie wollte ihn nach ihrem Gutdünken tanzen lassen wie eine Marionette.

»Männer wie du sollten wie seltene Pflanzen umhegt werden.« Charlotte versuchte ein Lächeln, dem man anmerkte, daß sie noch an den Nachwirkungen der Operation litt, obwohl sie hellwach war. Ihre Sinne waren klar, ihr Blick ruhte auf Charles.

»Was hast du dir vorgestellt? Wie hättest du dich aus der Affäre gezogen?«

»Sind Kinder für dich so wichtig, Charles?« Die Antwort kannte Charlotte bereits. Nicht umsonst hatte sie beobachtet, wie hingebungsvoll Charles mit Molly und Alexandra und dem kleinen James spielte. »Du brauchst keine Kinder, um ausgefüllt zu sein. Du hast deine Arbeit. Und wir haben uns.«

»Was für ein leeres Leben.« Traurig sah er sie an. Wie wenig sie von ihm wußte. »Ich sollte mit meiner Eröffnung wohl eine oder zwei Wochen warten ... bis du wieder auf den Beinen bist.« Sie ahnte, was als nächstes kommen würde, und sah ihn traurig an. Sie hatte sich Charles schon so lange gewünscht, so wie man einen kostbaren Edelstein begehrt. »Ich möchte dich nicht mit Lügen hinhalten. Ich werde dich verlassen. Das Spiel ist aus. Jeder kann in sein eigenes Leben zurückkehren. Du hast deine Wohnung, ich die meine. Alles wird wieder so sein wie früher, bis auf den Umstand, daß ich mit dir nie wieder zusammenkommen werde. Meine Projekte soll ein anderer betreuen, vielleicht würde dein Vater sie wieder übernehmen. Aber das ist unser geringfügigstes Problem. In London will ich mich sofort mit meinem Anwalt in Verbindung setzen.«

»Warum? Warum tust du das?« Sie wollte nach seiner Hand fassen, doch er wich ihr aus, und sie konnte sich kaum rühren. »Was macht es schon aus, wenn wir kein Kind bekommen?«

»Damit könnte ich leben, aber mit einer Lüge kann ich nicht leben. Du hast mich betrogen. Du wolltest mich besitzen wie eine Sache. Aber ich lasse mich nicht kaufen oder einfangen und in einen Käfig sperren. Das Kind war die einzige Hoffnung, daß sich zwischen uns etwas Annehmbares entwickeln könnte.

Ich habe deinen Vater angerufen und ihm gesagt, daß du operiert wurdest. Er ist bereits unterwegs. Ich warte, bis er kommt, dann fahre ich mit Vi und James nach London. Violet sagt, du könntest in der Villa wohnen, solange du möchtest, nachdem man dich hier entläßt. Wenn du willst, kannst du deinem Vater alles erklären. Ich selbst möchte dich nicht in Verlegenheit bringen. Aber verheiratet sein möchte ich auch nicht mehr mit dir. Sicher wirst du mir eines Tages dafür dankbar sein.«

Damit drehte er sich um und ging aus dem Zimmer. Auf der Straße blieb er stehen und starrte zum Himmel empor. Er hatte das Gefühl, in seinem Leben hätte es Charlotte gar nicht gegeben. Plötzlich galten seine Gedanken allein Uschi und Karl und der Liebe, die sie verbunden hatte, einer Liebe, die jener so ähnlich war, die er mit Audrey erlebt hatte. Ebenso plötzlich packte ihn das Verlangen, zu Audrey zurückzukehren. Als er in Antibes ankam und ins Haus stürmte, sah er aus wie ein neuer Mensch.

»Wann fahren wir?« fragte er Vi, die ihn verblüfft anstarrte.

»Ich dachte, du wolltest warten, bis Charlottes Vater eintrifft.«

»Er kommt heute abend und steigt ohnehin in Cannes im Carlton ab.«

»Hm, der morgige Vieruhrzug müßte reichen. Ich werde James fragen, was er davon hält.« Und vorsichtig setzte sie hinzu: »Ach, übrigens hat Audrey wieder angerufen. Sie ist schon in London.« Charles nickte und sah ihr offen in die Augen. »Ich soll dich grüßen.«

Charles runzelte die Stirn, als er hinausging.

Zu einem Wiedersehen mit Charlotte sollte es nicht mehr kommen. Mit ihrem Vater sprach er nur telefonisch. Das Gespräch verlief in angespannter Atmosphäre. Der alte Herr schien zu glauben, Charlotte hätte eine Fehlgeburt und einen Blinddarmdurchbruch gleichzeitig gehabt, doch Charles gab keine Erklärung dazu ab. Das war Charlottes Problem. Sie hatte die Lügen in die Welt gesetzt, sollte sie doch ihrem Vater selbst alles erklären.

Sein einziger Gedanke galt dem bevorstehenden Wiedersehen mit Audrey, bei dem er sie überzeugen mußte, daß er kein kompletter Idiot war. Immerhin bestand die Möglichkeit, daß sie mit ihm nichts mehr zu tun haben wollte. Das mußte er herausfinden.

## 31

Charles fuhr mit Vi und James per Bahn zurück nach London. Mit Kindern und Kindermädchen belegten sie im Nachtzug drei Privatabteile. Die übrigen Angestellten blieben in Antibes zurück. Vi brachte immer nur den Butler aus England mit, der die Oberaufsicht führte. Er hatte den Frühzug genommen, um bei der Ankunft der Hawthornes in London zur Stelle zu sein. Und wie immer war im Londoner Haus alles tadellos in Ordnung.

»Möchtest du auf einen Sprung hereinkommen, Charles?«

Lady Vi hielt Alexandra an der Hand, während James mithalf, das Gepäck zu sortieren, um zu entscheiden, was wem gehörte, und Anweisungen zu geben, was in welches Zimmer geschafft werden sollte. Der Großteil des Gepäcks gehörte Vi und Alexandra, die von ihrer Mutter jedes Jahr in Paris neu eingekleidet wurde.

Charlie war anzusehen, daß er unschlüssig war. Vi lächelte. Er sah plötzlich ganz jung aus, so daß ihr Mitgefühl erwachte. Der Schock, den er erlitten hatte, lag erst zwei Tage zurück, und sie wußte, wie schwer ihn das alles getroffen hatte. Während der Bahnfahrt hatten sie sich leise darüber unterhalten, als James schlief, und er hatte Vi gestanden, wie sehr er sich das Kind gewünscht hatte. Das fand sie ein wenig verwunderlich. Er hatte stets den Eindruck gemacht, ein ungebundener Mensch zu sein, der seine Freiheit schätzte und festen Bindungen aus dem Weg ging. Doch schien das Kind das einzig Positive an seiner Ehe mit Charlotte gewesen zu sein.

»Sie wird doch in eine Scheidung einwilligen?« Violet hatte angenommen, Charlotte würde Einsicht zeigen, da er nun die Wahrheit über ihre Schwangerschaft kannte, doch Charlie hatte nur düster den Kopf geschüttelt.

»Sie ist Katholikin.«

Vi war betroffen. »Unter diesem Vorwand hat sie auch die Schwangerschaftsunterbrechung abgelehnt ... sie kann dir doch nicht allen Ernstes die Freiheit verweigern. Schließlich hat sie dich betrogen.«

»Ich weiß. Trotzdem sagt sie, daß sie nie einwilligen wird. Noch immer spricht sie davon, Großes für meine Karriere tun zu können.« Er hatte geseufzt und nicht weiter davon gesprochen. Charlotte wollte, daß er sich alles gründlich überlegte, während sie sich von der Operation erholte. In einigen Wochen, wenn sie wieder in London war, konnten sie sich zu einer Aussprache treffen.

Seine Gedanken waren nicht bei Charlotte, als er zögernd das Haus der Hawthornes betrat und sich umblickte, als erwarte er jeden Moment, Audrey durch eine Tür kommen zu sehen.

»Vielleicht ist sie ausgegangen«, flüsterte Vi ihm zu, die genau wußte, was er dachte. Charles blickte sie mit einem Lächeln an, doch in diesem Augenblick hörte er Audreys Stimme. Er wandte sich um und sah sie langsam die Treppe herunterkommen. Trotz der Sonnenbräune sah sie mitgenommen aus, und in ihren Augen lag tiefe Trauer. Seit ihrer Ankunft hatte sie ständig an Uschi und Karl denken müssen. Man konnte ihr ansehen, wie schrecklich das Geschehen, dessen Zeuge sie geworden war, auf ihr lastete.

Fast unmerklich stockte ihr Schritt, als sie Charles erblickte. Dann kam sie die letzten Stufen herunter, um erst Vi mit einem Kuß zu begrüßen, sodann James und die Kinder. Zuletzt wandte sie sich Charles mit bekümmertem Blick zu. »Na, wie war die Fahrt?«

»Sehr angenehm.« Er kam sich vor wie ein Schuljunge. »Und wie geht es dir?«

Als sie nickte, tat er einen Schritt auf sie zu, und Violet dachte schon, er würde Audrey küssen. Auch Audrey schien dies zu vermuten und wich einen Schritt zurück. Befangen standen sie in der Halle, während Vi ihren Hut abnahm, die Kinder mit dem Mädchen hinaufschickte und dann meinte, sie alle hätten eine Tasse Tee nötig. Die hinter ihnen liegende Woche hatte sie viel Nerven gekostet. Audrey wußte noch gar nicht, was Charlotte passiert war.

Nachdem sich beide in der Bibliothek niedergelassen hatten, verschwand Violet, um mit der Köchin etwas zu besprechen, gleich darauf James, der mit dem Butler etwas zu bereden hatte, und plötzlich fand Audrey sich allein mit Charles – eine peinliche Situation. Sie nahm natürlich an, Charlotte sei direkt ins Büro oder in ihre Wohnung gefahren, und sie war nicht mehr sicher, ob es sehr vernünftig war, bei James und Vi zu wohnen, da dies bedeutete, Charles oft zu sehen. Die Begegnung in Antibes war schon schmerzlich genug gewesen, auf eine Wiederholung konnte sie gut verzichten. In ihrer Befangenheit begann sie, von Karl zu sprechen, obwohl es ihr schwerfiel und sie mehrmals verstummte, als sie versuchte, das Geschehen zu schildern.

»Es war ... es war das Schrecklichste, was ich jemals erlebt habe ...« Die Erinnerung an den Augenblick, als man Karl aus dem Zug holte und Uschi in ihrer Verzweiflung zu schreien begann, konnte sie nicht auslöschen. Und dann, als Karl mit Blutspuren am Kopf in Handschellen abgeführt wurde. »Ach, Charlie« – als sie ihn so nannte, fühlte er sich in alte Zeiten zurückversetzt – »was soll jetzt aus ihr werden?« Seufzend schloß sie die Augen in dem Bemühen, die Fassung wiederzuerlangen, und plötzlich spürte sie, wie er ihre Hand berührte.

»Du mußt versuchen, alles zu vergessen.« Das sagte er ganz sanft, doch sie schlug erschrocken die Augen auf.«

»Vergessen? Wie könnte ich das?«

»Na ja, ganz vergessen wirst du es nicht. Aber was nützt es, wenn du dich so quälst. Du kannst nichts ungeschehen machen. Mit der Zeit wird die Erinnerung verblassen.« Er sah sie eindringlich an. »Das ist bei den meisten Dingen so.« Schon wollte sie ihm widersprechen, doch er schien ihre Gedanken lesen zu können. »Aber nicht bei allen.« Das war kaum mehr als ein Flüstern, und ihre Blicke trafen aufeinander. »Ich weiß, es ist nicht der richtige Augenblick für diese Eröffnung ...« Charles atmete tief durch, ehe er fortfuhr: »... aber ich habe Charlotte verlassen.«

Audrey glaubte, sie habe nicht richtig gehört, obwohl er laut und deutlich gesprochen hatte.

»Kommt sie bald nach?« fragte sie.

Er schüttelte den Kopf. »Ich sagte ›verlassen‹. Ich möchte mich scheiden lassen.«

»Großer Gott, Charlie, was ist passiert?« Audrey war wie vor den Kopf geschlagen.

»Sie hat mich bezüglich des Kindes belogen.«

Audrey war schockiert. »Es war nicht dein Kind?«

»Nein, das heißt, es war niemandes Kind. Sie war gar nicht schwanger.«

»Bist du sicher?« Audrey konnte sich auch nicht annähernd vorstellen, wie jemand zu einer solchen Lüge greifen konnte. »Vielleicht hat sie das Kind verloren.

Er schüttelte nur den Kopf. »Sie stand vor einem Blinddarmdurchbruch, wir mußten sie ins Krankenhaus schaffen. Vor der Operation machte ich den Arzt auf die Schwangerschaft aufmerksam.« Mit einem verbitterten Auflachen lehnte er sich zurück. Der Augenblick der Wahrheit stand ihm noch überdeutlich vor Augen. »Der Arzt muß mich für einen Idioten gehalten haben. Er sagte mir, ihr sei vor einigen Jahren die Gebärmutter entfernt worden.« Nach einem tiefen Seufzer zwang er sich zu einem Lächeln für die Frau, die er noch immer liebte. »Charlotte hat es zugegeben. Sie war wohl der Meinung, der Zweck heilige die Mittel. Leider stimme ich mit ihr nicht überein. Das einzige, was mir die Ehe erstrebenswert erscheinen ließ, war das Kind.«

Audrey war nicht weiter verwundert, sollte aber den nächsten Schock erleben, als sie fragte: »Ist sie mit einer Scheidung einverstanden?«

»Noch nicht. Aber das kommt noch, da es keinen anderen Ausweg gibt. Ich kann nicht mehr mit ihr zusammenleben. Wir haben wegen des Kindes geheiratet, und ich sagte ihr vor der Hochzeit, daß bei mir von Liebe nicht die Rede sein könne.

Audrey sah ihn mit einem sonderbaren Ausdruck an. Wieder mußte sie an Karls Tod denken. Sie wußte, wie Uschi ihn geliebt hatte. Was, wenn sie gewußt hätte, daß er nur Wochen später tot sein würde? Hätte sie in diesem Fall etwas anders gemacht? Mit einem Schlag sah sie alles in einem anderen Licht und hatte nicht mehr das Herz, Charlie böse zu sein. »Es tut mir leid, Charlie.« Sie sah ihm in die Augen, und er las darin Zärtlichkeit und Mitgefühl wie früher. Zum erstenmal seit zwei Tagen kam sein Lächeln von Herzen.

»Ich weiß gar nicht, ob es mir so leid tut ...« Als wäre es ganz selbstverständlich, faßte er nach ihrer Hand und drückte sie auf sein Herz. »Kannst du mir jemals verzeihen?« Er hielt ihre Fingerspitzen fest, und sie lächelte ihm zu. Diesmal entzog sie ihm ihre Hand nicht, sie blickte ihn nur an und versuchte zu begreifen, was ihnen in dieser kurzen Zeit widerfahren war.

»Charles, es gibt nichts zu verzeihen. Ich konnte nicht bei dir bleiben, als du mich dringend brauchtest.«

»Jetzt verstehe ich alles besser. Damals aber war ich wütend. Ich wünschte mir verzweifelt, du könntest mitkommen.« jetzt erschien es ihm nicht mehr so unvernünftig, daß sie in San Franzisko geblieben war, obwohl es ihn damals rasend gemacht hatte. »Ich wollte zurück nach London und dich vergessen ... und darauf verwandte ich einige Mühe.« Charles grinste albern. »Und Charlotte hat mitgeholfen.« Als er diesen Namen aussprach, schloß er die Augen. »Mir war eigentlich nie klar, mit welcher Entschlossenheit sie sich verschaffte, was sie wollte. Eigentlich erschreckend.« Audrey nickte. Auch sie vermutete, daß Charlotte ihn nicht so einfach aufgeben würde, wie er hoffte.

»Und was hast du zum Abschied zu ihr gesagt?«

»Daß es aus ist. Endgültig aus. Sie sollte sich darüber keine falschen Vorstellungen machen.« Den Blick unverwandt auf Audrey gerichtet, fuhr er fort: »Du übrigens auch nicht ... falls die Sache für dich von Interesse ist.«

Ihr Lächeln ließ sie ganz mädchenhaft erscheinen. »Könnte sein.« In ihren Augen tanzten Lachfünkchen. Das Leben war zu kurz, um nur einen Augenblick zu vergeuden, wenn man jemanden so liebte, wie sie Charlie liebte. »Es kommt darauf an, wie du deine Karten ausspielst ...«

»Ach, so ist das also ... du willst mich nach Belieben zappeln lassen?« Jetzt lachte auch er. Ihm war leichter ums Herz als seit einem Jahr ... genauer gesagt, seitdem er sie in China zurückgelassen hatte.

»Das wäre möglich, Charles Parker-Scott. Schließlich verdienst du nichts anderes ... einfach davonzulaufen und eine andere zu heiraten!« Sie sah ihn mit gespielter Empörung an, die Hand auf eine Hüfte gesetzt. »Was für ein ungehobeltes Benehmen!« Da lachte er noch mehr und zog sie an sich, um sie zu küssen. Genau diesen Augenblick erwischte Violet, als sie die Bibliothek betrat.

»Hoppla ... Entschuldigung ...« Mit befriedigtem Lächeln wollte sie auf dem Absatz kehrtmachen und wieder hinausgehen, als Audrey sie zurücktief. »Ich möchte nicht stören«, meinte Vi entschuldigend.

»Schon gut.« Charles grinste. »Audrey malte mir eben die schrecklichsten Foltern aus ... um mich meine Sünden büßen zu lassen.« Er wurde wieder ernst. »Ich kann es ihr nicht verübeln.«

»Ganz recht«, meinte Lady Vi. »Du verdienst eine saftige Strafe, nach allem, was das arme Mädchen durchmachen mußte.«

»Das arme Mädchen? Ich höre immer das arme Mädchen! Und wer spricht von mir? Ich versichere dir, daß meine glückliche Zeit mit ihr sehr kurz bemessen war!«

Lady Vi bedachte ihn mit einem mißbilligenden Blick, aber Audrey lächelte nur. Sonderbar, wie alles mit einemmal nun heiter aussah, obwohl noch vor wenigen Stunden ihr Herz so schwer gewesen war, daß sie glaubte, es nicht ertragen zu können. Audrey sah ihn ernst an. »Bist du sicher, daß es vorbei ist, Charles?«

»Es hätte niemals anfangen sollen. Ich war sehr, sehr dumm.«

»Und jetzt?«

»Jetzt bin ich hoffentlich klüger geworden. Wenn es sein muß, gebe ich sogar die geschäftliche Beziehung zum Verlagshaus Beardsley auf.«

»Ich kann mir nicht denken, daß Mr. Beardsley so unklug ist, dich laufenzulassen«, ergänzte James, der mit einer Karaffe hereinkam. »Möchte jemand Sherry?«

Die Damen machten von seinem Angebot Gebrauch, während Charles um etwas Stärkeres bat. Plötzlich hatte er das Bedürfnis zu feiern. Noch wußte er nicht, wie es weitergehen würde, doch er fühlte sich freier als seit langer Zeit. Plötzlich erschien es ihnen allen als großes Glück, am Leben zu sein, es war ein Gefühl, das sie als Geschenk empfanden, wenn sie an Karl und Uschi Rosen dachten.

An jenem Abend versuchten sie, Uschi telefonisch zu erreichen, um ihr Trost zuzusprechen, doch ihr Vater sagte ihnen, daß sie nicht ansprechbar sei. Ihm war anzumerken, wie verzweifelt er über das schreckliche Geschehen war.

»Es ist nicht zu fassen, nicht wahr, Aud?« Charlie hatte den Arm um sie gelegt, als sie vor dem Feuer in der dunklen Bibliothek saßen. James und Vi waren schon zu Bett gegangen. Sie sprachen schon stundenlang miteinander, über das vergangene Jahr, über Uschi und Karl, über Audreys Großvater und sogar über Charlotte. »Das Leben ist viel zu kurz ... man weiß gar nicht, was für ein Geschenk es ist, und plötzlich ist es zu spät.«

»Ich glaube, das Geheimnis eines erfolgreichen Lebens besteht darin, jeden Augenblick zu genießen. Es erscheint einem unfaßbar, daß Karl tot ist ...« Audrey starrte gedankenvoll ins Feuer. Charlie zog sie fester an sich.

»Audrey ...« Sie spürte, daß er sie ansah, und wandte den Kopf.

»Ja, was ist?«

»Wirst du mich heiraten, sobald ich mich mit Charlotte geeinigt habe?« Den ganzen Tag hatte er sich darüber den Kopf zerbrochen, wann er sie fragen sollte, wie lange er anstandshalber warten mußte, und war schließlich zu dem Entschluß gekommen, alle Vorsicht fallenzulassen und sie einfach jetzt zu fragen. Audrey sah ihn mit ruhigem Lächeln an.

»Das hätte ich schon längst tun sollen. Wir hätten uns sehr viel Verdruß erspart.«

Doch er schüttelte den Kopf. Mittlerweile hatte er sie verstehen gelernt. »Damals konntest du nicht. Ich habe lange gebraucht, bis ich das verstehen konnte.« Er sah sie eindringlich an.

»Du hast meine Frage nicht beantwortet. Nun, wirst du mich heiraten?«

»Ja.« Es war ein starkes, stilles Wort. Kaum hatte sie es ausgesprochen, küßte er sie.

## 32

Die Angelegenheit mit Charlotte löste sich nicht so einfach, wie Charles hoffte. Anfang Oktober kehrte sie nach London zurück, und Charles nahm durch seinen Anwalt sofort Kontakt mit ihr auf. Doch er rannte gegen eine Mauer. Charlotte Parker-Scott, wie sie sich beharrlich nannte, dachte nicht an eine Scheidung, weder jetzt noch in voraussehbarer Zukunft, soweit es sie betraf. Sie schob religiöse Gründe vor, doch konnte Charlie diesen Vorwand nicht akzeptieren. Während ihres gemeinsamen Lebens hatte sie, von der Hochzeit abgesehen, kein einziges Mal eine Kirche betreten.

»Was will sie damit erreichen?« Der Anwalt stand vor einem Rätsel. »Sie hat so viel Geld, wie sie möchte, und sie scheint mir nicht die Frau zu sein, die sich an jemanden klammert.« Charlotte war an die Sache wie ein Mann, um nicht zu sagen brutal, herangegangen.

Charlie konnte sich keinen Reim darauf machen, doch Audrey, James und Vi waren sich einig. Ihrer Meinung nach lag

Charlotte viel daran, als Charlies Frau aufzutreten. Es verlieh ihr das Ansehen, an dem es ihr bislang gefehlt hatte, dazu den Nimbus, mit einem der berühmtesten englischen Autoren verheiratet zu sein. Sie wollte ihren Freunden damit imponieren.

»Aber das kann sie nicht, wenn ich nicht da bin, oder?« Charlie begriff noch immer nicht. Die anderen aber waren ihrer Sache sicher.

»Sehr schön. Dann soll sie den Namen behalten.« Das teilte er auch seinem Anwalt mit und bat ihn, Charlotte anzurufen. Sie dürfe den Namen behalten, wenn sie mit der Scheidung einverstanden sei, aber Charlotte lehnte das Angebot wieder ab. Er bot ihr sogar die Rechte an seinen beiden Filmen an, da sie sich um deren Zustandekommen so bemüht hatte. Aber wieder lehnte sie ab, und schließlich suchte Charles in seiner Verzweiflung ihren Vater auf. Leider mußte er feststellen, daß der alte Beardsley sich so unbeugsam zeigte wie seine Tochter, noch starrer womöglich.

»Aber warum? Was liegt ihr an einer Scheinehe?«

»Vielleicht glaubt sie, du kehrst zu ihr zurück. Wäre ja möglich ...« Der Alte maß ihn mit einem Blick. »Charles, sie tut deiner Karriere gut. Charlotte wird dich zu einem Autor aufbauen, der du ohne sie nicht werden könntest.« Doch das spielte nur für die Beardsleys eine Rolle, nicht für Charlie.

»Ich finde die gegenwärtige Situation eigentlich befriedigend. Beruflich, meine ich. Gewiß kann Charlotte nicht einen Mann haben wollen, der praktisch ihr Gefangener ist.«

Ihr Vater lächelte mit kalten Augen. An Frostigkeit konnte es sein Blick mit dem Charlottes aufnehmen. »Das mag ja stimmen. Ich selbst sagte ihr, daß es eine bessere Lösung geben müßte, sie aber begnügt sich damit, dich festzuhalten, Charles. Und ich erwarte, daß unsere geschäftlichen Interessen davon nicht berührt werden.« Charles' Vertrag mit dem Verlag lief noch fünf Jahre, ein Umstand, der zu großen Unannehmlichkeiten führen konnte, wie er Audrey gestand.

»Ich nehme an, du besitzt so viel Takt, nicht zu erwarten, daß ich mit ihr zusammenarbeite«, sagte nun Charles.

»Wenn du unbedingt willst.« Doch es war Beardsley anzumerken, daß er es vorgezogen hätte. Argwöhnisch kniff er die Augen zusammen. »Du mußt wissen, daß Charlotte mir nicht sagte, warum du sie verlassen hast, doch ich nehme an, daß der Grund die Frau ist, in die du verliebt warst, als du Charlotte trafst.«

»Damit hat es gar nichts zu tun, das kann ich dir versichern. Es handelt sich um ein Mißverständnis zwischen Charlotte und mir.« Mißverständnis. Eine höfliche Umschreibung von Lüge, Betrug und Vortäuschung falscher Tatsachen. Allein der Gedanke daran weckte in ihm unbändigen Zorn. »Wenn ihr danach zumute ist, soll sie es dir selbst erklären. Ich werde es nicht, Sir.«

»Sie auch nicht. Sie ist zu sehr Dame.« Wie die meisten Väter war er blind für die Fehler seiner Tochter, und Charles war fast versucht, ihm ein paar Illusionen zu rauben.

»Und was wird aus dir, mein Lieber?« fragte ihn Audrey abends beim Dinner. Sie trafen sich fast jeden Abend und auch tagsüber sehr häufig, seit sie vor einem Monat wieder nach London gekommen waren. Audrey wohnte noch immer bei Vi und James, ließ aber verlauten, daß sie beabsichtigte, wenigstens vorübergehend eine eigene Wohnung zu mieten. Sie wollte ihren Freunden nicht zur Last fallen, obwohl für Molly die Gesellschaft anderer Kinder wunderbar war, besonders die der kleinen Alexandra, die sie wie eine große Puppe behandelte, sie kämmte und anzog.

»Glaubst du, daß sie Vernunft annehmen wird?« Audrey machte sich Sorgen, weil Charlotte sich so unnachgiebig zeigte.

»Ach, mit der Zeit wird Charlotte jemanden kennenlernen, jemanden, der bedeutender ist als ich, und dann wird sie mich loswerden wollen. Schleunigst, wie ich hoffe.«

»Vielleicht sollten wir ihr jemanden vorstellen.« Sie sah Charles mit gespielt schlechtem Gewissen an, und er lachte und zog sie an sich, um sie zu küssen. Und nachher berichtete sie ihm, womit sie den Nachmittag zugebracht hatte, doch er war darüber nicht so erfreut, wie sie hoffte. Sie war auf Wohnungssuche gewesen. Audrey wollte eine Wohnung, die für sie, Molly und ein Mädchen genügend Platz bot. »Sehr erfreut scheinst du nicht zu sein.« Er tat ihren enttäuschten Blick mit einem Achselzucken ab.

»Bin ich auch nicht, obwohl ich dich natürlich hier in London haben möchte.« Er war froh, daß es jetzt nichts mehr gab, das sie nach Hause zog, aber er hatte gehofft, sich in der Zwischenzeit auch offiziell von Charlotte trennen zu können. Doch im Moment war keine Erleichterung in Aussicht. »Ich hätte eine viel bessere Idee.« Er war nicht sicher, was sie davon halten würde. Fast hatte er Angst, sie zu fragen. »Mein Gästezimmer ist so gut wie unbenutzt. Nur selten findet sich jemand, der dumm genug ist, bei mir zu wohnen.«

Audrey lachte. »Und du möchtest mir das Zimmer vermieten?«

Mit einem Lächeln schüttelte er den Kopf. Es war zwar nur die zweitbeste Lösung, mußte aber fürs erste genügen. Außerdem hatte er es satt, sie ständig bei Vi und James besuchen zu müssen. Er sehnte sich danach, wieder so mit ihr zu leben, wie sie es in China getan hatten; gemeinsam aufwachen am Morgen, engumschlungen einschlafen, das Gefühl der seidigen Haarflut über seinem Arm, ihr leiser Atem auf seiner Brust. »Audrey, ich möchte, daß du zu mir ziehst. Das Gästezimmer könnten wir für Molly herrichten und das Mädchen im Ankleidezimmer unterbringen. Und falls es zu eng werden sollte, mieten wir uns zusammen eine andere Wohnung. Ehrlich, das würde mir nichts ausmachen ...« Seine Miene hellte sich auf, als er Audrey ansah, und eine halbe Stunde später erwogen sie ernsthaft, ein Haus in der Nähe der Hawthornes zu mieten. Unvermittelt hielt er inne und sah sie an. »Du weißt hoffentlich, daß ich dich noch immer heiraten möchte? Der gegenwärtige Zustand dauert nur so lange, bis ich die Scheidung durchgesetzt habe, und wenn es sich noch solange hinziehen sollte. Das ist dir doch klar?«

»Ja, mein Liebling.« Sie schien in seinen Armen dahinzuschmelzen. Noch nie im Leben war sie so glücklich gewesen, verheiratet oder nicht. Und sie konnte es kaum erwarten, mit Charles in ein Haus zu ziehen.

## 33

In Gesellschaft wurden Charles und Audrey von nun an ständig zusammen gesehen. Charles stellte sie seinen Freunden vor, die sie mit offenen Armen willkommen hießen, erleichtert, daß er sich von Charlotte getrennt hatte. Sie besuchten zahllose Partys, Opernaufführungen und Bälle, auf denen Audrey sich stets an Charles' Seite zeigte – unter anderem ein Kostümfest, bei dem sie der als ›Rosenkavalier‹ kostümierten Charlotte über den Weg liefen, die in ihrer Satinkniehose einen auffallend gutaussehenden Mann abgab, wie Vi boshaft bemerkte. Im Vorübergehen hatte Charles nur kurz ihren Blick aufgefangen, ehe sie sich abwandte. Langsam fand er es unerträglich, daß sie sich so hartnäckig an seinen Namen klammerte. Auf den Wirtschaftsseiten der Zeitungen war sehr oft etwas über Charlotte Parker-Scott zu lesen. Er hätte es natürlich vorgezogen, Audrey seinen Namen zu geben. Aber bislang hatte Charlotte sich unnachgiebig gezeigt.

Zu Weihnachten hatten Audrey und Charles ihr neues Haus bezogen, unweit vom Domizil der Hawthornes. Nach der Einweihungsparty zu Silvester empfahlen sich die Gäste erst um acht Uhr morgens.

Nur drei Wochen später starb König George, dem Edward VIII., ein gutaussehender Mann von einundvierzig Jahren, auf den Thron folgte. Audrey fand es unglaublich, daß sie dem jetzigen König von England erst vor wenigen Monaten an der Riviera begegnet war. Mit seiner Thronbesteigung wurde die Frage akut, was aus seiner Romanze mit Wallis Simpson, der geschiedenen Amerikanerin, werden sollte, von der alle Welt sprach. Was man einem Prinzen noch nachsah, war einem König versagt, deswegen war zu erwarten, daß es für die beiden Probleme geben würde. In England stieß Edwards Beziehung mit einer Geschiedenen bei vielen auf vehemente Ablehnung.

Doch das Interesse der Öffentlichkeit wurde von der königlichen Romanze abgelenkt, als Hitler im Frühjahr das Rheinland besetzte. Charlie und Audrey verfolgten die Entwicklung mit großer Besorgnis und waren in Gedanken bei ihrer deutschen

Freundin. Nachdem ein Dutzend Briefe an Uschi unbeantwortet geblieben war, rief Audrey schließlich deren Eltern an und vernahm erschüttert die Erklärung für das hartnäckige Schweigen ihrer Freundin.

»Unsere Tochter lebt jetzt in einem Kloster in Österreich, meine Liebe.« Audrey spürte, wie alt und müde Uschis Vater geworden war. Deutschland war kein Land mehr, in dem man gern lebte. Und als sie ihn um Uschis Adresse bat, erklärte er ihr, daß es zwecklos sei. Uschi war in einen strengen Orden eingetreten und durfte auch von ihren Eltern keine Post empfangen. Jeder Kontakt mit der Außenwelt war verboten. Uschi hatte der Welt entsagt und damit auch ihrer Familie. Audrey war wie vor den Kopf geschlagen, als sie das hörte. Die Erinnerungen an ihre Freundin verfolgten sie auch noch, als sie mit Molly nachmittags in den Park ging. Sie dachte daran, wie sehnsüchtig sich Uschi ein Baby gewünscht hatte. Sechs Kinder hatten die beiden gewollt – und jetzt war Uschi eine Nonne in einem Orden, der totale Abgeschiedenheit forderte. Man würde von ihr nie wieder etwas hören. Der Gedanke trieb ihr Tränen in die Augen. Sie besuchte Vi, um ihr die Neuigkeit zu überbringen, und Vi reagierte ebenso schockiert. Es erschien beiden als grausame Verschwendung von Jugend, Charme und Schönheit. Und wieder mußte Audrey daran denken, wie sehr Uschi Karl geliebt hatte und wie sinnlos das Leben für sie ohne ihn geworden war. Es erinnerte sie in gewisser Hinsicht an das, was sie für Charlie empfand. Charles und Molly stellten jetzt für sie den Mittelpunkt ihres Lebens dar. Manchmal war es erschreckend, wenn ihr klar wurde, wie sehr sie die beiden liebte. Sie bedeuteten ihr mehr als alles auf der Welt. Es fiel ihr manchmal schwer, daran zu denken, daß Charlie auf dem Papier noch mit einer anderen verheiratet war. Ihr war, als sei sie mit Charlie schon immer zusammen gewesen. Sie konnte sich gar nicht mehr vorstellen, daß jemand, wenn auch nur für kurze Zeit, zwischen ihnen gestanden hatte. Dieser Jemand hatte für sie jetzt aber keinerlei Bedeutung mehr.

»Stört es dich, Aud?« hatte Violet sie einmal gefragt, und sie hatte aufrichtig verneinen können.

»Vermutlich sollte es mich stören. Natürlich ist unser Zusammenleben irgendwie anstößig, aber niemand scheint etwas daran zu finden, und wir selbst am allerwenigsten. Schwierig daran ist nur, daß wir keine Kinder haben können. Aber Molly hält uns im Moment ganz schön in Trab.« Vi lächelte. Molly war ein außergewöhnlich liebes Mädchen, und sie hatte die Kleine ins Herz geschlossen – fast wie ein eigenes Kind.

Audrey knipste Hunderte Fotos von Molly, ebenso wie von Alexandra und dem kleinen James. Sie fotografierte Kinder besonders gern.

Charles hatte mit der Arbeit an einem neuen Buch begonnen. Er weigerte sich, wieder nach Amerika zu gehen und einen Filmvertrag auszuhandeln, weil er hoffte, Charlottes Interesse an ihm würde nachlassen. Sie aber hatte an seiner Stelle den Vertrag abgeschlossen und ihm damit zu einem kleinen Vermögen verholfen, vielleicht in der Hoffnung, ihn damit beeindrucken zu können. Sie hatte damit keinen Erfolg. Charles ließen ihre Bemühungen völlig kalt. Seine Liebe galt Audrey und der kleinen Molly, die ihn Daddy nannte, was ihm wie Musik in den Ohren klang.

Viel zu rasch ging das Jahr vorüber. Charlotte gab keine Handbreit nach, und Audrey und Charles fuhren fort, ihr eigenes Leben zu leben. Sie war mit den Fotos für sein neues Buch sehr beschäftigt, und beide machten sich zunehmend Sorgen wegen der politischen Lage. Es war ein an unheilvollen Entwicklungen reiches Jahr, da Hitler seine gierigen Finger immer weiter ausstreckte. Im Herbst kam es zu einem Abkommen zwischen Rom und Berlin. Und im November schloß Hitler einen Pakt mit Japan, der nötigenfalls ein gemeinsames militärisches Vorgehen gegen die Russen vorsah.

Im Dezember aber trat das schockierendste Ereignis ein. Seine Auswirkungen waren zwar nicht so bedeutsam wie die Absichten Hitlers, doch Audrey war erschüttert wie alle in England, als sie am zehnten Dezember in der Küche die Rundfunkansprache König Edwards hörte, während sie Molly beim Spielen zusah.

Wie angewurzelt blieb sie stehen, als sie Edwards Stimme erkannte. Es war der Mann, dem sie in Gesellschaft von Wallis Simpson in Antibes begegnet war. Mit tiefer Bewegung hörte sie die Worte, die England und die ganze Welt in Erstaunen versetzten. »Mir ist es unmöglich, meinen Pflichten als König nachzukommen ... ohne die Hilfe und Unterstützung der Frau, die ich liebe ...« Er gab ein Königreich auf ... was konnte ein Mann mehr tun, um seine Liebe zu beweisen? Wie glücklich sich Edward und Wallis schätzen durften, daß sie sich so liebten. Audrey dachte an die Frau, der sie an der Riviera begegnet war. Gleichzeitig drängte sich ihr die Frage auf, was Wallis Simpson besitzen mochte, das eine so große Liebe entfachen konnte. Edward klang ziemlich niedergeschlagen, als er nach weniger als einem Jahr auf dem Thron abdankte, um die zweifach geschiedene Amerikanerin zu heiraten.

Obwohl Edward nicht ihr König war, fühlte Audrey mit den Briten. Was mußte er vor dieser Entscheidung durchgemacht haben ... und auf sonderbare Weise wurde sie entfernt an ihr und Charles' Verhältnis zu Charlotte erinnert ... allen Widerständen zum Trotz hatten sie sich zum Zusammenleben entschlossen, Ehe oder nicht ... sicher würde sich ihr Leben weniger kompliziert gestalten als das von Edward und Mrs. Simpson.

Lange nachdem sie das Radio abgeschaltet hatte, stand sie noch da, betrachtete ihr Kind und dachte daran, was König Edward getan hatte. Er hatte für die Frau seiner Liebe ein Königreich aufgegeben ... ein Entschluß, der ihm für immer einen Platz in ihrem Herzen sichern würde. Sie lächelte traurig bei dem Gedanken an diese große Liebe.


## 34

Ganz England vergoß Tränen über die Abdankung Edwards VIII., dem sein ein Jahr jüngerer Bruder George VI. auf den Thron folgte. Irgendwie wirkte der neue König nicht so charmant und romantisch wie Edward, der für sein persönliches Glück alles aufgegeben hatte. Audrey pflegte ihn bei ihren Bekannten, die seine Abdankung schockierend fanden, stets zu verteidigen. Charlie zog sie auf, daß sie Wallis' Partei nur ergriff, weil diese auch Amerikanerin sei. Doch der Entschluß des Königs hatte etwas sehr Bewegendes, das beide berührte. Er war bereit gewesen, für seine Liebe alles aufzugeben, und das war in Charles' und Audreys Augen eine großartige Sache.

Charlotte machte ihnen das Leben noch immer schwer, aber nach eineinhalb Jahren machte es ihnen nicht mehr viel aus. Sie hatten sich mit den ihnen auferlegten Einschränkungen abgefunden, und Audrey hatte mit ihren Fotos zu viel zu tun, als daß sie sich viel Sorgen darüber gemacht hätte. Charlie ermutigte sie immer wieder, so daß sie sogar eine Ausstellung einiger ihrer besten Schwarzweißaufnahmen, die ihr im Laufe der Jahre geglückt waren, veranstaltete. Es war Abstraktes darunter, Porträtaufnahmen, sogar ihre Fotos von Madame Sun Yat-sen, und eine Reihe wunderbarer Schnappschüsse von Molly.

Charlie war sehr stolz auf Audrey. Sie schienen sich in ihrer Arbeit wunderbar zu ergänzen. Charlotte mußte wutentbrannt hinnehmen, daß seine Bücher in Zukunft mit Audreys Fotografien illustriert wurden. Sie konnte nichts dagegen unternehmen. In Charles' Vertrag war schon früher das Recht auf die Auswahl des Fotografen vertraglich eingeräumt worden, und er hatte seine Wahl getroffen.

»Na, klammerst du dich noch immer an sie, Charles?« hatte Charlotte ihn eines Tages in ihrem Büro verbittert gefragt. Er hatte eigentlich ihren Vater sprechen wollen, doch sie hatte ihn abgefangen.

»So wie du dich an mich klammerst, könnte man sagen.« Wenn Charles sie sah, flammte Empörung in seinem Blick auf, denn er verübelte Charlotte die Verweigerung der Scheidung sehr viel mehr als Audrey, die sich mit dem gegenwärtigen Zustand zufriedengab. Doch Charles wünschte sich unbedingt ein Kind, aber erst wenn sie verheiratet waren. »Charlotte, wann wirst du endlich Vernunft annehmen?« Es war eine Debatte, wie beide sie schon unzählige Male geführt hatten. Er konnte sich nicht vorstellen, warum sie nicht nachgeben wollte. Seiner Ansicht nach war ihr Starrsinn völlig sinnlos, und er zermarterte sich das Gehirn, weil er herausfinden wollte, was dahinterstecken mochte. Die Erklärungen oder Vermutungen anderer befriedigten ihn nicht. Die Antwort wußte allein Charlotte.

»Charles, ich werde niemals in eine Scheidung einwilligen.«
Sie warf ihm einen kühlen Blick zu, und sie ging zur Tür. »Du
verschwendest mit ihr deine Zeit.«

»Du bist diejenige, die Zeit verschwendet.« Er stand auf und
machte Anstalten, auf sie zuzugehen und sie zu schütteln, um sie
zur Vernunft zu bringen, doch sie zog die Schultern hoch und
schlug die Tür hinter sich zu.

Immer, wenn er an diese Situation dachte, brachte es ihn in
Rage, und als Audrey einen Brief von Annabelle bekam, in dem
diese ihre Heirat ankündigte, war es für ihn der Gipfel.

Annabelle heiratete zu Ostern in Reno einen Berufsspieler.
»Einen Bridgespieler, wie sie es beschönigend nannte. Charles'
Meinung nach ein nichtswürdiger Kerl. Es erregte hilflose Wut
in ihm, wenn er daran dachte, daß Annabelle frei war und heiraten konnte, während er und Audrey von Charlotte daran
gehindert wurden.

Im Sommer kamen Annabelle und ihr neuer Ehemann nach
London, Charles war entsetzt, als er sie kennenlernte. Ein größerer Kontrast zwischen den beiden Schwestern war kaum
möglich. Seit Audrey Amerika verlassen hatte, war Annie womöglich noch aufreizender geworden. Trotz ihrer teuren Kleider
und des auffallenden Schmuckes, der vermutlich falsch war,
schien Annabelle in einem fort nur zu jammern. Audrey war dieser Besuch ziemlich peinlich, Charles ertappte sie mehrmals
dabei, wie sie ihre Schwester anstarrte, als versuche sie herauszufinden, wer sie sei. Sie waren wie zwei Fremde und nicht wie
Geschwister. Erleichtert atmete sie auf, als der Besuch zu Ende
ging, obwohl Annabelle es schaffte, noch ein paar Giftpfeile
abzuschießen. So fragte sie Audrey scheinheilig, ob das Zusammenleben mit Charles auf Dauer geplant sei oder ob es sich nur
um eine vorübergehende Episode handle.

»Er wartet auf seine Scheidung.« Audrey bewahrte Ruhe. Nur
ihr Blick verriet den Schmerz über die Bemerkung ihrer Schwester.

»Na, das kennt man ja.« Annabelle blies lässig Rauchringe in
die Luft und sah ihre Schwester an, als wäre sie eine billige Nutte
und sie selbst die Dame.

»In diesem Fall stimmt es.«

»Schätzchen, warte nicht zu lange. Du wirst auch nicht jünger.« Audrey empfand Bedauern über das, was aus Annabelle geworden war. Ihre Schwester wirkte billig, und es war nicht zu übersehen, daß sie zu viel trank. Ständig schien sie angeheitert zu sein, sie lachte meist zu laut oder jammerte und bemitleidete sich selbst.

So kam es, daß niemand es bedauerte, als sie wieder abreiste, obwohl Charles spürte, wie bedrückt Audrey war. Nicht, daß ihr Annabelle fehlen würde, Audrey bedauerte nur, daß sie sich so unvorteilhaft verändert hatte.

»Früher war sie ganz anders. Sie ist für mich eine Fremde ...« Bekümmert sah sie Charles an. »Ich habe Annabelle praktisch großgezogen, und sieh sie dir jetzt an!« Annabelle benahm sich wie eine billige Nutte, das wußten beide. Das Komische war, daß ausgerechnet sie Audrey Vorwürfe wegen ihres Zusammenlebens mit Charles machte. »Ich kann mir nicht denken, daß diese Ehe Bestand hat«, meinte Audrey nachdenklich. Annabelles neuer Ehemann war so undiskutabel, daß Audrey die beiden Vi und James gar nicht vorgestellt hatte, das wäre zu peinlich gewesen. »Jetzt ist auch meine letzte Bindung zu San Franzisko abgerissen.« Charles hörte das nicht ungern, und das wußte Audrey genau. Trotzdem wurde ihr ganz elend bei der Vorstellung, daß Annabelle und ihr Mann das großväterliche Haus bewohnten. Dieser Kerl mit seinen dicken, übelriechenden Zigarren und dem gräßlich protzigen Diamantring! Ihren Großvater hätte bei seinem Anblick glatt der Schlag getroffen. Allein der Gedanke brachte sie zum Lachen, und sie lachte auch Tränen, als sie sich ausmalte, welche Bemerkungen ihr Großvater von sich gegeben hätte. Diese Vorstellung genügte, um sie aufzuheitern.

Sie mußte auch an ihren Großvater denken, als Roosevelt über Alfred Landon siegte und wiedergewählt wurde. Die Erinnerung an die politischen Debatten war herzerwärmend, und jetzt genoß sie es, über dieselben Themen mit Charlie zu diskutieren. So gab es ausreichend Gesprächsstoff, als Japan im Sommer China angriff und den Großteil des Landes in Kämpfen einnahm, die sich bis zum Jahresende hinzogen und gewaltige Opfer in der

Zivilbevölkerung forderten. Peking und Tientsin fielen den Japanern zu, und bei der Eroberung Nankings gab es zweihunderttausend Tote unter der Zivilbevölkerung. Audrey mußte an die Tage denken, die sie dort mit Charlie so friedlich verbracht hatte. Es schmerzte, wenn man sich jetzt die Zerstörungen vorstellte. Kommunisten und Nationalarmee bildeten eine gemeinsame Front gegen die Japaner. Audrey war froh, daß sie Molly mitgenommen hatte. In Harbin waren die Verhältnisse vermutlich nicht chaotischer als zuvor, da aber das übrige Land von den Japanern verwüstet wurde, konnte man annehmen, daß Mollys Leben sicher sehr unglücklich verlaufen wäre. Audrey hoffte inständig, Shin Yu und die anderen hätten alle widrigen Umstände heil überstanden. Vielleicht hatten die Nonnen die Kinder nach Frankreich gebracht, doch das war eher unwahrscheinlich. Die Schwestern ließen sich nicht so leicht entmutigen und hatten vermutlich ausgeharrt wie 1933.

Im gleichen Sommer, nämlich im Juli 1937, richteten die Deutschen ein Lager in Buchenwald ein, ein Arbeitslager für Strafgefangene und ›Unerwünschte‹. Gleichzeitig wurden sämtliche Juden aus Handel und Industrie ausgeschlossen. Juden durften sich nicht mehr in Parks blicken lassen, sie durften nicht bei gesellschaftlichen Anlässen anwesend sein, durften keine Theater, Museen oder Bibliotheken betreten. Alle öffentlichen Einrichtungen waren für sie unzugänglich geworden. Und vom sechzehnten Juli an mußten alle Juden einen gelben Stern sichtbar an der Kleidung tragen, damit man sie auf den ersten Blick erkennen konnte. Das alles weckte in Audrey die Erinnerung an Karl und Uschi. Immer wieder fragte sie sich, wie es ihrer Freundin gehen mochte und ob sie im Kloster ein wenig Frieden gefunden hatte. Karls Tod hatte Audrey und Charlie damals eng aneinandergeschmiedet und stellte für sie ein ganz besonderes Ereignis dar. Für sie hatte auch das Wort ›Jude‹ eine ganz eigene Bedeutung angenommen. Sie würden es nie wieder so hören wie früher. Immer war damit die Erinnerung an Karl verknüpft, und jeder neue Erlaß in Deutschland schien gegen ihn und indirekt gegen sie selbst gerichtet. Es war unglaublich, daß Karl schon seit zwei Jahren tot war. Die Zeit war viel zu rasch vergangen, und die Ereignisse in der Welt überstürzten sich. Kein Mensch konnte wissen, worauf das alles zusteuerte. Im Dezember fand der Austritt Italiens und Deutschlands aus dem Völkerbund statt – ein böses Omen. Für Audrey und Charlie war es ein richtiger Schock, als Hitler im März 1938 in Österreich unter dem Vorwand einmarschierte, die Bevölkerung wünsche den Anschluß. Audreys Sorge galt in erster Linie Uschi, denn unwillkürlich mußte sie an die ermordeten Nonnen in Harbin denken. Sie konnte nur hoffen, daß die Nazis ihre Freundin im Kloster unbehelligt ließen. Alle traditionellen Werte schienen in Frage gestellt, und die einzige Sicherheit in einer aus den Fugen geratenen Welt bot Audreys Beziehung zu Charlie.

Ihr kam es unglaublich vor, daß sie bereits drei Jahre zusammenlebten. Vi und James gaben aus diesem Anlaß ihnen zu Ehren eine Dinnerparty, um den Jahrestag inoffiziell zu feiern. Anschließend tanzte man Samba und Conga und hörte Schallplatten von Benny Goodman. Um vier Uhr morgens erklärte Audrey auf dem Nachhauseweg, daß sie wunschlos glücklich sei. Sie war jetzt einunddreißig und war nie verliebter gewesen.

Zu ihrem vollkommenen Glück fehlte ihnen nur noch ein Kind, doch das blieb dank Charlottes Unbeugsamkeit ein Wunschtraum. Deswegen ließen sie ihre ganze Liebe Molly zuteil werden.

Im folgenden Jahr gab es erneut Grund zu Angst und Sorge. Nach dem Münchner Abkommen hatte man gehofft, es würde nichts mehr passieren, und ganz Europa hatte so getan, als wäre jede Gefahr beseitigt. Wer es sich leisten konnte, schwelgte plötzlich in Luxus, schaffte sich tolle Autos an, gab glänzende Feste und trug kostbare Pelze und Schmuck zur Schau, als wäre die Situation entschärft und als könne diese gezwungene Fröhlichkeit mithelfen, weitere Katastrophen zu verhindern. Doch die Ängste waren noch da, versteckt zwar, aber sehr lebendig, und das Schreckliche nahm seinen Fortgang wie ein Ungeheuer, dem niemand Einhalt zu gebieten vermochte. Hitler ging seinen Weg der Gewalt weiter. Der Spanische Bürgerkrieg endete mit entsetzlichen Verlusten. Die Zahl der Toten überschritt eine Million, die Verwüstungen waren unvorstellbar. Und wer gute Ohren hatte, konnte im Hintergrund das Säbelrasseln immer deutlicher vernehmen.

Die Deutschen besetzten Böhmen und Mähren und schlossen mit der Sowjetunion einen Nichtangriffspakt. Die beiden Großmächte bildeten nun einen doppelt furchteinflößenden Block. Am ersten September griff Hitlers Armee Polen an, ein Vorgang, den die Welt atemlos und wie betäubt verfolgte.

Zwei Tage darauf, am dritten September, erklärte England Deutschland den Krieg, Churchill wurde Erster Lord der Admiralität. In der Stunde der Gefahr vertraute man seiner Erfahrung. Und der Anfang der Auseinandersetzungen war schrecklich genug. Innerhalb von zwei Wochen versenkten deutsche U-Boote die *Athenia* und die *Courageous*. Audrey und Charles hörten fassungslos die Meldung im Radio. Langsam bekam man den Eindruck, die ganze Welt sei ein Opfer des Wahnsinns geworden. Charlie überlegte, ob Audrey in Amerika nicht besser aufgehoben wäre, da Europa keinerlei Sicherheit mehr zu bieten schien. Die meisten Amerikaner beeilten sich mit der Rückkehr in die Heimat. Der Botschafter der Vereinigten Staaten versuchte, für alle in England lebenden amerikanischen Staatsbürger Schiffspassagen zu bekommen, und Charlie fragte Audrey, ob sie sich nicht zur Heimkehr entschließen wolle.

Sie lächelte und griff zur Teekanne. Als sie antwortete, sah sie ihn mit einem Blick an, aus dem die stille Kraft sprach, die er schon so oft bewundert hatte. »Ich bin hier zu Hause, Charlie.«

»Ich meine es ernst. Wenn du willst, schicke ich dich mit Molly hinüber. Es werden Passagen für alle Amerikaner gebucht. Vielleicht ist es die letzte günstige Gelegenheit. Wer weiß, was diesem Irren noch alles einfallen wird.« Damit meinte er natürlich Hitler.

»Ich bleibe hier. Bei dir.« Das sagte sie ganz leise, und er faßte nach ihrer Hand. Ihre Liebe hatte nun schon so lange Bestand ... Es war fast sechs Jahre her, seit sie Asien durchquert hatten. Seite an Seite hatten sie einen langen Weg zurückgelegt. Audrey legte keinen großen Wert mehr darauf, verheiratet zu sein und eigene Kinder zu bekommen. Molly und der Mann, den sie liebte, genügten ihr. Von der Londoner Gesellschaft wurden sie rück-

339

haltlos akzeptiert. Sie waren als ›Mrs. Driscoll‹ und ›Mr. Parker-Scott‹ bekannt. Es wurde erst gar nicht so getan als ob, und niemand nahm Anstoß an ihrer Lebensweise. Audrey hatte nicht die Absicht, Charles nach sechs Jahren zu verlassen, nicht wegen des Krieges. Auch wenn London in Flammen aufgehen sollte, würde sie bis zum bitteren Ende bei ihm ausharren, und das sagte sie ihm klipp und klar, und Charles war wieder überwältigt. Diese Frau besaß eine ungeheure Tiefe und ein Feuer, die man über ihrer stillen, sachlichen Art oft vergaß.

»Ich glaube, damit ist dieser Punkt abgehakt, oder?«

Charles war erleichtert, daß sie bei ihm bleiben wollte, obwohl er sich bereits freiwillig gemeldet hatte ebenso wie James, der unbedingt zur RAF wollte, während Charles mehr Interesse für den Nachrichtendienst hatte. Als Journalist hatte er dafür die bestmöglichen Voraussetzungen. Man hatte ihm zu verstehen gegeben, daß man mit ihm Verbindung aufnehmen würde. Er vermutete, daß er erst gründlich durchleuchtet werden mußte, ehe man ihm Bescheid gab. Schließlich war es so weit, und zwar am Tag, als Warschau fiel. Es war eine Tragödie, die alle zutiefst erschütterte. Ganz Europa ließ den Mut sinken.

Zwei Tage später wurde Polen zwischen Rußland und Deutschland aufgeteilt wie ein Kadaver, dem zwei Wölfe ein Glied nach dem anderen ausrissen. Audrey verspürte jedesmal Übelkeit, wenn sie Nachrichtenfetzen aus dem Radio hörte und besonders wenn es darum ging, was sich unter den Ghettobewohnern abspielte. Sie besprach das alles ausführlich mit Charles, der sehr erleichtert war, als er schließlich vom Innenministerium verständigt wurde, daß man sehr bald mit ihm Kontakt aufnehmen würde. Aber noch ehe es dazu kam, schickten die Briten 158 000 Mann nach Frankreich, um ihren Verbündeten zu Hilfe zu kommen. Charlie wäre zu gern einer von ihnen gewesen. Doch es vergingen weitere zwei Monate, bevor vom Innenministerium der Bescheid über seinen Einsatz als Kriegsberichterstatter kam. Er konnte sich seinen Standort selbst aussuchen, bis man eine nachrichtendienstliche Mission für ihn hätte.

Charles beneidete James heftig, der bereits bei der RAF war. Violet arbeitete mit großer Begeisterung als freiwillige Lastwagenfahrerin fürs Rote Kreuz. Immer, wenn Audrey mit ihr zusammenkam, war sie in großer Eile und schien sehr beschäftigt zu sein. Verschwunden war die Lady Vi von ehedem, die mit Freundinnen ausgedehnte Einkaufsbummel unternahm, die mit den Kindern spielte und in der Bibliothek Gäste zum Tee empfing. Manchmal sehnte sich Audrey nach diesem alten Leben, obwohl ihre Arbeit als Fotografin ständig zunahm. Charlie konnte seinen ersten Einsatz kaum erwarten. Doch er bekam erst im Juli einen Befehl vom Innenministerium. Dänemark und Norwegen waren drei Monate zuvor gefallen, die Niederlande und Belgien einen Monat später. Zwei Wochen nach dem deutschen Einmarsch in Paris kam der ersehnte Anruf.

Unterdessen hatte Charles aus London berichtet und vor der deutschen Besetzung kleine Abstecher nach Holland, Belgien und Paris unternommen. Doch dabei hatte es sich nur um kurze Reisen gehandelt, Charlie aber lechzte nach anspruchsvolleren Aufträgen. Mehr als einmal hatte er sich deswegen bei Audrey beklagt, die ihm zur Geduld riet. Er arbeitete für bedeutende Zeitungen auf der ganzen Welt und veröffentlichte Informationen, an deren Weitergabe den Briten lag. Mehr als einmal traf er mit Churchill zusammen, vor dem er allergrößte Hochachtung empfand. Audrey versicherte Charles zwar immer wieder, daß er ausgezeichnete Arbeit leiste, doch insgeheim wußte sie, daß es ihn nicht befriedigte, ständig in London zu sitzen, während James für die RAF Einsätze flog.

Charlies Miene am Abend des Anrufs verriet ihr, daß etwas passiert sein mußte.

»Was ist denn?« Sie sah ihm argwöhnisch entgegen, als er zur Tür hereinkam.

»Nicht viel. Wie hast du den Tag verbracht?«

»Ach, ganz gut.« Sie zeigte ihm die Fotos, die sie am Nachmittag entwickelt hatte, anschließend plauderten sie eine Weile über Belanglosigkeiten. Schließlich sah sie ihn mit einem wissenden Lächeln an. »Charles, wann gedenkst du, mir die unangenehme Nachricht beizubringen?«

»Wie kommst du darauf?« Sein schuldbewußter Blick verriet alles. Er konnte nichts vor ihr geheimhalten, weil sie ihn zu gut kannte. Sie hatte gespürt, daß ihn etwas bedrückte. Auf der einen Seite war er begeistert von seiner neuen Aufgabe, andererseits ließ er sie ungern allein.

»Also, was ist es?« Das fragte sie ganz leise und sah ihn dabei so eindringlich an, daß er nicht ausweichen konnte.

»Hast du heute Nachrichten gehört?«

Sie schüttelte den Kopf. Heute hatte sie das Radio während der Arbeit in der Dunkelkammer nicht eingeschaltet, vielleicht, weil sie es satt hatte, von allen Greueln zu hören. Offensichtlich hatte sie etwas versäumt. »Was ist geschehen?« Mit jedem Tag wurde die Lage problematischer, und für Audrey war die Tatsache am schlimmsten, daß die Vereinigten Staaten bestrebt waren, sich aus den Konflikten herauszuhalten, als könnten sie den Krieg in Europa ignorieren. Diese Vogel-Strauß-Politik empörte sie, und sie schämte sich ein wenig, Amerikanerin zu sein. Am liebsten hätte sie es gesehen, wenn ihr Land die Ärmel hochgekrempelt hätte, um allen zu helfen, die Hilfe nötig hatten. Mit angsterfülltem Blick sah sie zu Charles auf. »Was ist los?«

»Heute haben wir in Oran die französische Flotte versenkt.«

»In Algerien?« Er nickte. »Warum?«

»Weil die Franzosen nicht mehr unsere Verbündeten sind. Frankreich ist in deutscher Hand, und wir wollten verhindern, daß die Deutschen die Schiffe bekommen. Eine schreckliche Vergeudung, aber das haben wir natürlich nicht eingestanden. In den Nachrichten hieß es nur, die Schiffe seien versenkt worden. Wir hatten keine Wahl.«

»Gab es viele Tote?« Sie hatte es so satt, davon zu hören, Tausende da und Tausende dort ... und Menschen wie Karl und dazu die, die 1939 in Warschau umgekommen waren ...

»An die tausend.« Ihre Blicke begegneten sich. »Man will mich hinschicken.«

»Nach Algerien?« Ein komisches Gefühl in ihrer Magengrube machte sich breit.

»Ich soll über das Debakel in Oran berichten und dann für eine Weile nach Kairo fahren, weil der Krieg sich auszubreiten scheint.« Bislang war dort noch nichts passiert, doch Mussolini hatte erst vor sechs Tagen mit einer Invasion gedroht. Die Briten wollten in Ägypten die Zahl ihrer Kriegsberichterstatter erhöhen, oder zumindest wollten sie Charles unbedingt dort haben. Ihm wurde elend zumute, als er Audreys Gesichtsausdruck sah. »Aud, mach kein solches Gesicht!«

Sie wandte ihm den Rücken zu, da ihr die Tränen kamen. So also war es, wenn man eine Verpflichtung eingegangen war und sie einhielt. Vielleicht hatten die Vereinigten Staaten doch nicht so unrecht, sich aus dem Krieg herauszuhalten. Audrey spürte, daß Charlie dicht hinter ihr stand und nach ihren Armen faßte. Langsam drehte er sie zu sich um und nahm ihr Gesicht zwischen beide Hände. »Ich werde nicht lange fort sein.«

»Du hast es gewollt, nicht wahr?« Seit der Kriegserklärung vor zehn Monaten hatte er einen solchen Auftrag herbeigesehnt, doch ihr kam plötzlich alles so anders vor ... jetzt, da es tatsächlich soweit war ... ihr wurde fast übel, wenn sie an die Gefahren dachte, die ihm drohten. »Wann kommst du zurück?«

»Das weiß ich noch nicht. Es hängt davon ab, wie sich alles entwickelt. Ein Einsatz als Korrespondent ist ganz anders als der eines Soldaten. Man kann nach Gutdünken kommen und gehen und begibt sich nicht eigentlich in Gefahr ...«

Sie unterbrach ihn traurig: »Du setzt wie alle anderen dein Leben aufs Spiel. Verdammt, warum kannst du nicht hier in England etwas Vernünftiges tun?«

»Was denn? Stricken vielleicht? Audrey, ich muß raus und dort etwas tun. Sieh dir James an. Der fliegt Angriffe gegen die Deutschen – und das seit einem halben Jahr.«

»Wie schön für ihn. Aber wenn er samt seinem Heldenmut draußen abgeschossen wird, wird es für Violet und die Kinder weniger schön sein.« Jetzt tat sie sich keinen Zwang mehr an und ließ ihren Tränen freien Lauf. Charles nahm sie in die Arme. Die Gründe für ihre heftige Reaktion konnte sie ihm nicht anvertrauen, das wäre nicht fair gewesen. Audrey hatte selbst erst vor zwei Tagen entdeckt, daß sie schwanger war. Und sie hatte unbedingt den richtigen Zeitpunkt abwarten wollen, um ihm die Neuigkeit zu eröffnen.

»Ich komme zurück, Audrey, das verspreche ich dir ... In Kairo bin ich absolut sicher ...«

Und plötzlich lachte sie unter Tränen und machte sich los, um ihn anzusehen. »Zum Teufel mit Kairo! Denk daran, was dir bei deinem letzten Aufenthalt dort passiert ist!«

Jetzt lachte auch er, da er genau wußte, was sie meinte. »Ich verspreche dir, daß so etwas nicht mehr vorkommt. Darauf hast du mein Wort.« Er hielt die Schwurhand hoch, und sie legte ihre Handfläche an seine.

»Ich liebe dich so sehr. Schwöre mir, daß du auf dich achtgeben wirst, sonst komme ich persönlich und spiele Aufpasserin.«

»Das glaube ich dir aufs Wort.« Charles fand das erheiternd, Audrey dachte jedoch daran, wie sehr sie unter der Trennung leiden würde.

»Ich scheue mich nicht, dir nachzulaufen. Vergiß das nicht, mein Lieber.« Ihr Blick gab ihm zu verstehen, daß dies keine leeren Worte waren.

»Ich werde daran denken.«

Später aber, als sie sich zum letzten Mal liebten, dachten sie an nichts, gaben sich nur ganz ihrer Leidenschaft hin. Am nächsten Tag mußte er sie verlassen. Viel Zeit hatte man ihm nicht gelassen. Beim Abschied sagte Charles, er würde höchstens ein oder zwei Monate fort sein, eher kürzer. Und Audrey versprach, auf sich und Molly achtzugeben und ihm täglich zu schreiben. Er würde im Shepheard wohnen, in einem Hotel, das jeden erdenklichen Luxus bot, doch das sagte er ihr nicht, als er ihr zum letzten Mal zuwinkte und in aller Herrgottsfrühe in dem Jeep davonbrauste, den man ihm geschickt hatte. Seine Maschine startete in wenig mehr als einer Stunde. Charles betete darum, daß Audrey und Molly gesund blieben. Sie hatten schon öfter eine Nacht in dem Luftschutzraum in der Nähe ihres Hauses zubringen müssen, und die Bewohner Londons hatten sich inzwischen daran gewöhnt, doch war das Leben dadurch sehr erschwert. Charles machte sich Sorgen um Audrey, weil sie allein waren. Seine Sorgen wuchsen mit der Entfernung natürlich noch, doch in Oran und Kairo lenkte ihn wenigstens seine Arbeit ab.

Nach dem Abschied blieb Audrey gedankenverloren im Wohnzimmer stehen und dachte mit leerem Blick an das Kind, das sie erwartete.

Wieder fragte sie sich, ob sie es Charles hätte sagen sollen, doch sie wurde das Gefühl nicht los, daß das unfair gewesen wäre. Eine Ironie des Schicksals, daß Charlottes Lüge ihn zur Ehe bewogen hatte ... und jetzt, da wirklich ein Kind unterwegs war, behielt Audrey das Geheimnis für sich. Plötzlich wurde sie von Panik erfaßt. Wenn er ums Leben kam ... wenn ... Angst schnürte ihr die Kehle zu und drohte sie zu ersticken. Sie brauchte mehrere Stunden, bis sie ihre Fassung wiedergefunden hatte, und sie war noch immer ziemlich durcheinander, als sie abends zu Violet zum Dinner ging. Sie nahm Molly mit, da sie befürchtete, das Kind würde sonst nicht rechtzeitig in den Luftschutzraum kommen, wenn es nötig war. Die Kinder spielten oben, als Audrey Lady Vi ansah.

»Wie hältst du das nur aus?« Audreys Gesichtsausdruck hatte sich verändert. Ihre Augen wirkten müder und besorgter, obwohl ihr Zustand noch nicht fortgeschritten war. Als sie von ihrer Schwangerschaft erfahren hatte, war sie so selig gewesen, daß sie am liebsten nach Hause gelaufen und Charles davon berichtet hätte, doch sie hielt sich zurück, um den richtigen Augenblick abzuwarten, Charles sollte sich nicht zusätzlich Sorgen machen müssen. Und jetzt ...

»Ob ich was aushalte?« Lady Vi lächelte. »Die Luftangriffe? Ich glaube, daran gewöhnt man sich.« Zumindest hatten sich die Kinder daran gewöhnt. Die Kinder fingen in den Luftschutzräumen trotz der Bomben zu spielen an, als wäre es die selbstverständlichste Sache der Welt. Allein das Zusehen kostete Audrey Nerven. Ihr erschien es schrecklich, unter diesen Bedingungen leben zu müssen, und daß die Kinder das so normal fanden, machte alles nur noch schrecklicher. Sie schüttelte als Antwort auf Vis Frage den Kopf und sagte:

»Nicht die Angriffe. Ich meine die Angst. Macht dich die Angst um James nicht wahnsinnig?«

Jetzt lächelte Violet nicht mehr. »Ja, ständig. Es gibt keinen Augenblick, in dem ich nicht an ihn denke. Aber was bleibt uns schon übrig, nicht?« Ihre Blicke trafen sich, und plötzlich kamen Audrey die Tränen, und sie konnte es nicht mehr aushalten – sie hatte das Bedürfnis, ihr Geheimnis mit jemandem zu teilen, und als Vi den Arm um sie legte, blickte sie benommen zu ihrer Freundin auf. »Ach, Vi ... ich bekomme ein Kind, und Charlie weiß es nicht. Ich hatte die Absicht, es ihm zu sagen, bevor er ging, aber dann wollte ich ihn nicht damit belasten.« Sie schluchzte hemmungslos. »Und was wird sein, wenn er ...«

»Hör auf damit!« Violet drückte sie an sich. So sehr sie sich für Audrey freute, so konnte sie sich gut vorstellen, wie elend ihr zumute sein mußte. Andererseits wußte sie, wie sehnsüchtig Charles sich ein Kind gewünscht hatte. Sie lächelte Audrey beruhigend zu. »Das ist eine wunderbare Nachricht. Jetzt mußt du gut auf dich aufpassen, vernünftig essen trotz Rationierung und dir viel Ruhe gönnen!« Beide dachten an die allnächtlichen Luftangriffe, und Audrey lächelte.

»Was meinst du, hätte ich es ihm sagen sollen, als er wegfuhr?« Lady Vi schüttelte den Kopf. »Du hast ganz richtig gehandelt. Er würde vor Sorge den Verstand verlieren und womöglich vergessen, auf sich selbst aufzupassen. Ich mache es mit James ähnlich. Ich teile ihm immer nur mit, daß bei uns alles wie immer ist. In seiner Maschine kann er sich dann auf das Nächstliegende konzentrieren. Ablenkungen kann dort draußen keiner gebrauchen.«

Es konnte Menschenleben kosten, doch das sagte sie Audrey nicht. Die zwei Frauen plauderten noch lange miteinander, und Audrey war aufrichtig erleichtert, daß sie Violet in ihr Geheimnis eingeweiht hatte. Die Neuigkeit hatte Vi sehr gelassen aufgenommen, und sie wunderte sich insgeheim darüber, daß es nicht schon viel eher passiert war. Sie fragte sich, ob Charles nun Charlotte wieder um die Scheidung bitten würde. Violet hatte ihn vor seinem Einsatz nicht mehr sprechen können, doch waren ihr sonderbare Gerüchte über Charlotte zu Ohren gekommen, mit denen sie Audrey jetzt nicht aufregen wollte.

Audrey nahm Molly in die Arme und machte sich zum Gehen bereit, als Sirenengeheul einsetzte. Violet holte die Kinder und trommelte die Dienstboten zusammen. Gemeinsam gingen sie in den Luftschutzraum. Violet hielt Audreys Arm, damit sie nicht über einen losen Stein stolperte, Audreys Sicherheit lag ihr plötzlich sehr am Herzen. Dieses Kind war für beide Sinnbild des

Lebens geworden, und es war ungeheuer wichtig, dieses ungeborene Kind, von dem nur sie allein wußten, zu beschützen.

Kaum waren sie im Luftschutzraum angelangt, als Audrey Violet mit einem Lächeln zuflüsterte: »Ich bin froh, daß du es weißt.«

»Ich auch.« Violet erwiderte das Lächeln, und die zwei Frauen hielten sich an den Händen, während um sie herum Bomben einschlugen.

## 35

Fast eine Woche verging, bis Audrey und Molly Vi wieder besuchten. Diesmal schien Vi in Sorge zu sein. Als die Kinder spielten, gestand sie Audrey, daß die RAF nächtliche Einsätze über Deutschland flog. Und sie machte kein Geheimnis daraus, daß sie sich große Sorgen um James machte, der fast ständig im Einsatz war und eine erstaunliche Anzahl von Abschüssen auf sein Konto buchen konnte. Audrey versuchte, sie nach besten Kräften aufzuheitern. Ihr war aufgefallen, wie stark Violet in letzter Zeit abgenommen hatte. Alle hatten Gewicht verloren, aber Vi war noch dünner als alle anderen. Violet hatte immer ein leichtes Leben, umgeben von Luxus, geführt. Jetzt mußte sie sich mit der Realität abfinden und gegen ihre Ängste ankämpfen, und sie fühlte sich ziemlich hilflos. Es gab nichts, was sie für James' Sicherheit tun konnte, und die ständige Ungewißheit drohte sie aufzuzehren.

»Violet, er wird gesund zurückkommen«, beruhigte Audrey die Freundin, inständig hoffend, daß sie recht behielt und James vom Glück nicht verlassen wurde. »Einen Besseren als ihn gibt es nicht.« Wieder wurde ein tränenumflorter Blick getauscht. Diesmal brauchte Violet Trost.

»Ohne ihn könnte ich nicht leben«, seufzte sie.

Lange standen sie engumschlungen da und sprachen einander Trost zu.

Schließlich sah Violet Audrey an, sichtlich gefaßt. »Wie fühlst du dich?«

»Sehr gut.« Audrey litt fast ständig unter Übelkeit, da aber die Ursache eine erfreuliche war, beklagte sie sich nicht. Langsam wuchs in ihr die Freude über das Kind, und sie konnte kaum erwarten, daß Charlie nach Hause kam und sie mit ihm darüber sprechen konnte. Das Baby sollte im März kommen. Jetzt war sie erst im zweiten Monat, und man sah noch nichts. Trotzdem hatte sie den Eindruck, ihr Bauch wäre runder als zuvor. Sie war ständig müde, was allerdings auch vom Schlafmangel herrühren konnte. Fast jede Nacht mußten sie in den Luftschutzraum, und in der Nachbarschaft gab es viele Bombentreffer. Viele Häuser waren zerstört, und wenn irgendwo in der Nähe eine Bombe einschlug, fiel alles von den Regalen, und es gab viele Scherben. Es war eine harte Nervenprobe für alle, doch Audrey schien das jetzt viel mehr zu spüren. Violet wollten die dunklen Ringe unter ihren Augen nicht gefallen.

»Du mußt dich mehr schonen. Charlie wäre außer sich, wenn er dich sehen könnte.«

»Sehe ich so schlecht aus?« Sie lächelte. Die Übelkeit war in den letzten Tagen schlimmer geworden, der Schlafmangel tat das übrige.

»Du siehst abgespannt aus.« Von der auffallenden Blässe sagte sie lieber nichts. »Legst du dich nachmittags hin?«

»Wenn es sich einrichten läßt.« Aber Molly war ein lebhaftes Kind, und außerdem hatte Audrey viel in der Dunkelkammer zu tun. Von dem Baby hatte sie Molly noch nichts gesagt, sie hatte vor, mit ihr zu reden, wenn man es sehen würde. Die Vorstellung gefiel ihr. Abends im Bett pflegte sie selig lächelnd dazuliegen, die Hand auf die kleine Wölbung gedrückt und von dem Bewußtsein erfüllt, sie hüte das süßeste Geheimnis der Welt. Sie lächelte Violet zu. Bis zur Geburt war es noch eine ganze Ewigkeit, doch die Frage, wie es sein würde, beschäftigte sie sehr. »Ist es wirklich so schlimm, wie alle sagen . . . die Entbindung meine ich.«

Lady Vi reagierte mit einem lässigen Achselzucken. Sie wollte Audrey nicht ängstigen, doch für sie selbst war es bei James gräßlich gewesen, und Alexandra war mit einem Kaiserschnitt zur Welt gekommen. Deswegen würde es für sie keine Kinder mehr geben. Sie waren ohnehin mit ihren zwei Sprößlingen zufrieden, und wenn sie ehrlich war, hätte sie das alles nicht noch einmal durchmachen wollen. »Ach, so schlimm ist es nicht, es wird zu viel Aufhebens davon gemacht. Man vergißt das alles sehr rasch.« Audrey sah ihr in die Augen und las darin etwas, was sie ängstigte, aber noch war es zu früh, um sich ernsthaft Sorgen zu machen. Und auch wenn es schmerzhaft sein würde, so war es doch wert, Charlies Kind zu bekommen. Unwillkürlich fiel ihr Ling Hwei in Harbin ein, aber sie verdrängte diese Erinnerung. Sie hatte jetzt andere Dinge zu bedenken, und bis zur Geburt war noch über ein halbes Jahr Zeit.

»Hin und wieder, wenn ich daran denke, habe ich Angst.«

»Das brauchst du nicht.« Vi sah sie liebevoll an. »Alles wird so schnell gehen, daß es vorüber ist, bevor du es dich versiehst, und dann wirst du ein rundes hübsches Baby in den Armen halten.« Die beiden Frauen tauschten ein Lächeln. Sie hatten etwas gemeinsam.

Als sie nach Hause kam, war Audrey in viel besserer Stimmung, doch in der Nacht kam der schlimmste Angriff des ganzen Krieges. Bis zum Morgen hockten sie zusammengedrängt im Luftschutzraum, und am nächsten Tag kam Violet, um etwas mit ihr zu besprechen.

»Ich glaube, wir sollten die Kinder fortschicken, was hältst du davon, Aud?« Die beiden gingen fast so vertraut miteinander um wie ein Ehepaar. Sie hatten niemanden sonst, mit dem sie Entscheidungen treffen konnten, niemanden, den sie um Rat fragen konnten. Dieses Thema hatten sie schon einmal besprochen, doch damals hatte Audrey noch geschwankt.

»Glaubst du, es könnte noch schlimmer werden?«

»Das ist kaum vorstellbar. Aber ...« Sie sprach es nicht aus, doch die Worte lagen ihr auf der Zunge: Wenn den Kindern etwas passiert, würden wir es uns nie verzeihen. Zu viele Häuser waren bombardiert, zu viele Menschen verwundet worden. In unmittelbarer Nachbarschaft hatte es Tote gegeben. Audrey versuchte nachzuvollziehen, was Charles tun würde.

Bekümmert sah sie Violet an. »Ich glaube, wir sollten es rasch tun.«

Violet nickte. So ungern sie sich von den Kindern trennte, wollte sie sie doch in Sicherheit wissen. Deshalb hatte sie sich schon mit ihrem Schwiegervater in Verbindung gesetzt und mit James bei seinem letzten Urlaub darüber gesprochen. Er wollte, daß sie mitging, das wußte Audrey. »Selbst möchte ich aber nicht auf dem Land bleiben«, meinte Violet. »Ich habe hier zuviel zu tun.« Ihre Arbeit beim Roten Kreuz bestand darin, als Fahrerin eines Jeeps für einige Generäle zu fungieren. Audrey hatte sich eigentlich auch freiwillig melden wollen, hielt es aber in Anbetracht ihrer Schwangerschaft für günstiger zu warten, bis es ihr besser ging. Zudem war sie als Fotografin eifrig im Einsatz und hielt mit ihrer Kamera Schutt und Trümmer fest, die es jetzt überall gab, Gesichter, die gezeichnet waren von den Schrecken des Krieges. Eines Tages sollten diese Fotos eine bemerkenswerte Sammlung abgeben, daran war aber jetzt nicht zu denken. Sie dachte vielmehr an Molly, die sie mit Alexandra und James aufs Land schicken wollte.

»Was meinst du, Aud?« fragte Violet abschließend.

»Wir sollten das so schnell wie möglich erledigen, vielleicht schon diese Woche.«

»Sollen wir selbst bei meinem Schwiegervater bleiben?« Er würde ein Auge auf die Kinder haben, und außerdem schickte Violet natürlich das Kindermädchen mit.

»Noch nicht. Ich habe noch einiges vor.« Audrey runzelte die Stirn. Es gab noch so vieles, was sie aufnehmen wollte, und in der Dunkelkammer hingen bereits Hunderte von Fotos.

»Ich werde meinen Schwiegervater anrufen. Wir können die Kleinen am Wochenende hinbringen. Wäre dir das recht?«

»Ja, sehr sogar.«

Violet nickte und stand mit einem besorgten Blick auf. Audrey nahm ab, anstatt zuzunehmen, und sah noch immer sehr mitgenommen aus. »Du mußt versuchen, dich vor der Fahrt auszuruhen.«

»Jawohl, gnädige Frau.« Sie lächelten sich an, und Lady Vi verabschiedete sich.

Samstags fuhren sie im großen Wagen der Familie Hawthorne los. Audrey und Violet halfen den größeren Kindern und dem

Kindermädchen auf die Rücksitze und wiesen Molly an, sich vorn zwischen sie zu setzen. Das Gepäck wurde im Kofferraum verstaut. Vier Stunden später rollten sie durch eine ländliche Gegend, die nicht friedlicher hätte sein können, so daß man sich kaum vorstellen konnte, daß Krieg war. Alles war schön und ruhig, und als sie Lord Hawthornes Haus erreichten, war Audrey unendlich erleichtert, daß sie sich zu diesem Entschluß durchgerungen hatte. Hier waren die Kinder in Sicherheit und würden glücklich sein. Der alte Herr war begeistert und freute sich schon auf die bevorstehenden Besuche der jungen Frauen.

Auf der Rückfahrt gestand Audrey Violet, daß sie im November auch die Stadt verlassen wollte. Die Schwangerschaft würde dann schon so fortgeschritten sein, daß es nicht mehr ratsam wäre, in der Stadt zu bleiben. Allein der allnächtliche Wettlauf in den Luftschutzraum war zu anstrengend. Violet mußte ihr recht geben.

»Du könntest schon früher aufs Land ziehen.«

»Wir werden sehen.« Sie hatten die Absicht, in zwei Wochen ein paar Tage bei den Kindern zu bleiben und auszuspannen. Insgesamt war es für sie eine große Erleichterung, in London der Sorge um die Kinder enthoben zu sein. »Ich habe jetzt ein viel besseres Gefühl. Du nicht auch, Vi?«

Lady Vi nickte. Es war Spätnachmittag, und sie befanden sich unterwegs nach London. Alles ging glatt, bis sie eine Reifenpanne hatten, die sie selbst beheben mußten. Vi wollte nicht zulassen, daß Audrey sich anstrengte, aus Angst, es könnte ihr schaden. Sie hatte jedoch mit ihren Protesten wenig Erfolg. Es dauerte dennoch einige Stunden, bis sie weiterfahren konnten. Kaum hatten sie London erreicht, als die Sirenen aufheulten und sie den Wagen stehenlassen mußten, um im nächsten Luftschutzraum Zuflucht zu suchen. Um sie herum schien die Welt in Flammen aufzugehen. Ein Feuerstrahl ging knapp an ihnen vorüber, als sie über die Straße liefen. Es war eine schreckliche Nacht. Erst nach Mitternacht konnten sie weiterfahren, mühsam dem Schutt auf der Straße ausweichend, weil sie nicht noch eine Panne riskieren wollten.

Total erschöpft traf Audrey zu Hause ein. Eine halbe Stunde

später ertönten die Sirenen von neuem, und wieder mußte sie in den Luftschutzkeller. Sie sah sich nach Vi um, da diese oft den gleichen aufsuchte, doch es dauerte sehr lange, bis sie Violet entdeckte. Erst um vier Uhr morgens bemerkte sie, daß ihre Freundin ebenfalls da war und erschöpft in einer Ecke schlummerte, um den Kopf einen Schal geschlungen, in einem alten Mantel von James, das erste Stück, das ihr im dunklen Ankleidezimmer in die Finger gekommen war. Audrey ließ sich leise neben ihr nieder. Wenig später registrierte sie einen scharfen stechenden Schmerz im Rücken. Ob sie sich beim Reifenwechsel überanstrengt hatte? Dabei hatte sie nicht viel gemacht. Der Schmerz kam wieder, und als sie im Morgengrauen ins Freie konnten, spürte sie, wie ihre Beine schwer wurden. Sie gestand es Vi, als sie durch Schutt und Trümmer nach Hause gingen.

»Ich muß mir den Rücken verrenkt haben.« Audrey war so müde, daß sie sich kaum rühren konnte, und schaffte es nur mit Mühe zu Violets Haus.

»Wann ist dir das passiert?« Violet sah sie besorgt an.

»Gott weiß wann ... irgendwann zwischen der Fahrt und dem Gehetze von einem Luftschutzraum zum anderen. Wahrscheinlich ist es nur Überanstrengung.« Sie sah schrecklich aus, doch das sagte Violet ihr lieber nicht.

»Komm lieber auf einen Sprung zu mir und ruh dich aus, bevor du nach Hause gehst. Ich mache uns eine Tasse Tee.« Audrey lächelte. Die typisch britische Lösung sämtlicher Probleme – eine Tasse Tee – sogar nach einer Bombennacht. Doch sie war tatsächlich zu erschöpft, um noch nach Hause zu gehen, deshalb nahm sie den Vorschlag dankbar an und ließ sich in einen von Violets bequemen Sesseln fallen. Gleich darauf war Vi mit Tee und Gebäck zur Stelle. Sie versorgte Audrey mit sämtlichen Leckereien, die sie noch hatte, da sie wußte, wie dringend sie etwas Nahrhaftes brauchte. Ihrer Meinung nach war sie viel zu dünn. »Na, was macht dein Rücken?«

»Danke, es geht schon wieder.« Das war gelogen, außerdem spürte sie einen sonderbar nagenden Schmerz im Unterleib. Violet las Besorgnis in Audreys Blick. Sie setzte sich und rauchte eine Zigarette an, während Audrey wortlos ihren Tee trank.

»Vielleicht solltest du heute noch zum Arzt. Wann wäre dein nächster Untersuchungstermin?«

»Erst nächste Woche.« Dann würden über drei Monate Schwangerschaft hinter ihr liegen. Die Reißverschlüsse an ihren Röcken ließen sich kaum mehr zuziehen, und sie war sehr stolz auf ihren kleinen Bauch. Sie freute sich darauf, daß man es bald deutlicher sehen würde, und sie konnte es kaum erwarten, daß Charlie es erfuhr. Vielleicht würde er es sogar von selbst bemerken, wenn er aus Nordafrika heimkam.

»Mir geht es tadellos, Vi, wirklich.«

»Bist du sicher?«

»Aber ja.« Doch als sie vor dem Nachhausegehen ins Bad ging, war sie dessen nicht mehr so sicher. Der Blutfleck in ihrem Schlüpfer versetzte ihr einen ordentlichen Schock. Viel war es nicht, doch es genügte, um ihr angst zu machen. Sie vertraute sich Violet an. »War das bei dir auch?«

Vi schüttelte den Kopf. Gehört hatte sie von solchen Blutungen, und sie wußte auch, daß so etwas sogar bei Schwangerschaften, die ansonsten normal verliefen, vorkommen konnte. »Vielleicht ist das nicht weiter beunruhigend, aber ich glaube, du solltest dich untersuchen lassen.«

Sie riefen den Arzt unverzüglich an, und er riet Audrey, wenn irgend möglich, sofort zu kommen. Violet fuhr sie zu dem Krankenhaus, in dem er Dienst hatte. Der Arzt schien nicht besorgt zu sein, nachdem er sie untersucht hatte.

»Haben Sie Krämpfe?«

»Nein.« Audrey war totenblaß. Da fielen ihr die Rückenschmerzen ein, und sie erzählte dem Arzt davon.

»Mrs. Driscoll, Sie brauchen Bettruhe.« Er wußte nicht, daß sie und Charles nicht verheiratet waren. Charles kannte er eigentlich gar nicht. »Ich schicke Sie mit Ihrer Freundin nach Hause. Sie sollten mit hochgelagerten Beinen ruhen, es sei denn, es kommt ein Bombenalarm.«

Sie versprach ihm, seine Anweisung zu befolgen, und fuhr mit zu Violet. Es war ein gewisser Trost, daß sie jetzt nicht allein war. Die beiden Frauen redeten endlos über Schwangerschaften und mögliche Komplikationen, was das alles wohl zu bedeuten hatte. Die Blutung hörte auch nicht auf, als Audrey im Bett lag. In der Nacht wurde sie sogar stärker. Audrey betete darum, daß kein Bombenalarm käme, und als die Sirenen aufheulten, bat sie Violet unter Tränen, sie im Haus zu lassen.

»Es wird schon nichts passieren. Wenn ich aufstehe, wird die Blutung sicher stärker.«

»Und wenn du nicht aufstehst, kannst du in einer Stunde tot sein!« Violet ließ sich nicht erweichen. Sie half ihr aus dem Bett und legte ihren Pelzmantel um Audreys Morgenmantel. Viele Menschen suchten nur halbbekleidet in den Luftschutzräumen Zuflucht. Man hatte sich inzwischen daran gewöhnt. Unbedingt nötig war nur festes Schuhwerk, und Violet sorgte dafür, daß Audrey in anständige Schuhe schlüpfte.

Eilig liefen sie in den Schutzraum. Violet bewachte sie wie eine Mutterglucke, bis sie wieder nach Hause konnten. Die Blutung war nicht stärker geworden, wurde im Verlauf der nächsten beiden Tage sogar schwächer, trotz ihrer allnächtlichen Wettläufe während der Angriffe, doch am dritten Tag bekam Audrey plötzlich so heftige Schmerzen, daß sie von ihrem Nachmittagsschlaf hochschreckte. Sie spürte einen schneidenden Schmerz und fuhr mit einem lauten Schrei auf. Violet war sofort an ihrer Seite.

»Wie geht es dir?« Ihre Stimme klang verhalten in dem halbdunklen Raum.

»Ich weiß nicht ... ich hatte eben ...« Sie konnte nicht zu Ende sprechen, da der Schmerz ihren Körper von neuem durchschnitt. Sie verkrallte die Hände in die Decke und versuchte, die Luft anzuhalten, während sie Vi aus leeren Augen anstarrte, die ihretwegen zu Tode erschrak., »O Gott, Vi, ruf schnell den Arzt ...«

»Blutest du stark?« Sie wußte, daß der Arzt diese Frage stellen würde. Hastig wurde die Decke zurückgeschlagen. Audrey lag in blutdurchtränktem Bettzeug.

»O mein Gott ...«

»Schon gut ... vielleicht besagt das nicht viel ... halte dich ganz ruhig ... ich bin gleich wieder da.« Vi hörte Audreys Stöhnen, als sie zum Telefon lief. Der Arzt ordnete an, daß Audrey sofort ins Krankenhaus gebracht wurde. Vi hüllte sie in Decken und läutete nach dem Butler, der ihr half, Audrey zum Wagen zu bringen. Er trug sie ganz behutsam, doch Audrey biß sich auf die Lippen, um nicht aufzuschreien. So starke Schmerzen hatte sie noch nie im Leben mitgemacht. Sie dachte an die Nacht, in der Molly zur Welt kam. Jetzt wußte sie, welche Qualen Ling Hwei durchgestanden hatte, nur mußte es noch viel ärger gewesen sein, da das Kind voll ausgereift war. Das konnte Audrey sich nicht annähernd vorstellen. Die Schmerzen durchschnitten ihr Herz wie ein Messer, und gleichzeitig hatte sie das Gefühl, ein ganzer Frachtzug würde durch sie hindurchfahren und alles im Weg Stehende mitreißen. Sie war kaum bei Bewußtsein, als sie im Krankenhaus ankam. Eine Schwester und ein Pfleger rollten sie eilig auf einer Bahre davon.

Violet war dabei, als der Arzt sie untersuchte. Audreys Schreie waren grauenhaft. Es war schrecklich, mit ansehen zu müssen, wie sie sich vor Schmerzen wand. Violet ertappte sich bei der Frage, ob sich das alles lohnte. Es war so viel ärger, einen anderen leiden zu sehen, als selbst diese Qualen auszustehen.

Der Arzt sprach leise mit Lady Vi, ehe Audrey fortgeschafft wurde. Sie keuchte vor Schmerzen, und eine Schwester hielt ihre Hand. »Lady Hawthorne, sie wird das Kind verlieren«, sagte der Arzt.

»Können Sie ihr nicht Erleichterung verschaffen?« Genau das hatte auch James damals gefragt … Doch der Arzt schüttelte nur den Kopf.

»Leider nein. Es dauert nicht mehr lange.« Violet erschien es wie eine Ewigkeit. Es vergingen noch fünf Stunden unausdenkbarer Qualen, ehe der Fötus, der einem Baby schon sehr ähnlich sah, endlich abging. Violet brach fast das Herz, als sie mit ansehen mußte, wie das tote Bündel eingewickelt und weggeschafft wurde. Sie hielt die schluchzende Audrey in den Armen. Beide Frauen weinten, und Violet ließ Audrey zwei Tage nicht allein. Sie fieberte und hatte noch immer Schmerzen. Zwei Tage mußten vergehen, ehe sie Violet mit klarem und leerem Blick ansah.

»Danke, Vi, ohne dich hätte ich das nicht überlebt.«

»Ach was, natürlich hättest du … und warst so tapfer.« Violets Augen füllten sich mit Tränen. Von Mitleid überwältigt, drückte sie Audreys Hände. »Es tut mir so leid ... ich weiß, wie sehr du es dir gewünscht hast.« Audrey nickte nur und wandte den Kopf ab. Man sah ihr an, daß sie dem Tod nahe gewesen war. Violet hatte noch nie etwas so Herzzerreißendes gesehen. Ständig dachte sie daran, was sie Charles sagen sollte, wenn Audrey etwas zustieß. Der Gedanke machte ihr große Angst. Als alles vorüber war, hatte sie darum gebetet, daß Audrey am leben blieb. Sie war jetzt sehr erleichtert, und es fiel ihr schwer, Worte des Trostes für Audrey zu finden. Sie konnte sich nur annähernd vorstellen, wie erbärmlich sie sich fühlen mußte. »Du wirst ganz bestimmt wieder ein Kind bekommen. Vielleicht sogar zehn.« Violet lächelte unter Tränen, aber Audrey glaubte kein Wort. Im Moment wünschte sie sich nichts sehnlicher, als sich in Charlies Armen auszuweinen. Doch tat das ihrer Dankbarkeit gegenüber Vi natürlich keinen Abbruch. Vi besuchte sie jeden Tag, bis sie nach Hause konnte, und sie pflegte Audrey danach wie ein Kind, bis sie wieder einigermaßen bei Kräften war. Audrey selbst wunderte sich, wie lange sie brauchte, um wieder auf die Beine zu kommen. Es verging ein ganzer Monat, ehe sie wieder aufstehen konnte. Sie sah fast aus wie früher, obwohl sie sich ein wenig verändert hatte und einen niedergeschlagenen und bekümmerten Eindruck machte. Die ganze Zeit über war sie in Gedanken bei Charlie, den sie unsäglich vermißte. Einige Male hatte er ihr geschrieben, scherzhafte, in leichtem Ton gehaltene Briefe. Von dem, was sie durchgemacht hatte, ahnte er nichts. Als James nach Hause kam, berichtete Violet ihm die ganze traurige Geschichte, und er war voll des Mitgefühls für beide, für Audrey, die so viel durchgemacht hatte, und für seine Frau, die ihr tapfer beigestanden hatte.

»Vi, du bist ein wunderbares Mädchen.« Er war sehr stolz auf sie. Sie verbrachten ein schönes gemeinsames Wochenende, ehe er zu seiner Staffel zurück mußte. »Armer Charles, was für ein Schlag ...« Vi fiel nicht ein, ihm zu sagen, daß Charles von Audreys Schwangerschaft nichts wußte. »Er hat sich immer schon ein Kind gewünscht. Deshalb hat er diese gräßliche Person geheiratet.«

»Ach, übrigens ...« In diesem Zusammenhang fiel ihr etwas

ganz anderes ein. Audrey hatte sie es noch nicht gesagt, nicht zuletzt deswegen, weil es ihr in der gegenwärtigen Situation unpassend erschienen wäre. »Ich habe etwas ganz Komisches über sie gehört.«

»Über Charlotte?« fragte James, und Violet nickte. »Na, willigt sie endlich in die Scheidung ein? Einfach lächerlich, wie sie sich an ihn klammert, obwohl alle Welt weiß, daß die Ehe nur eine Farce war. Man würde meinen, die dumme Gans würde endlich zur Besinnung kommen.« Es erbitterte ihn, daß Audrey und Charles durch Charlottes Halsstarrigkeit an einer Heirat gehindert wurden.

»Ich glaube, ich weiß jetzt, warum. Sie wollte Charles heiraten, um etwas anderes zu verdecken.« Lady Vi sagte das ein wenig zögernd, so daß James' Neugierde geweckt wurde.

»Los, um welches schmutzige Geheimnis handelt es sich?«

»Wie ich hörte ... also ...« Sie sprach das Wort nur ungern aus, doch James sollte die Wahrheit wissen. »... Charlotte soll Lesbierin sein.«

»Charlotte?« Erst schien er belustigt, dann wurde er nachdenklich. »Wer hat dir denn das zugetragen?«

»Elizabeth Williams-Strong.« Das war die größte Klatschbase Londons, aber meist brachte sie nur die Wahrheit in Umlauf. »Erst wollte ich es auch nicht glauben, aber dann passierte etwas Sonderbares. Vor ein paar Wochen fuhr ich für General Kildare den Jeep. Das war vor Audreys Krankheit. Da sah ich Charlotte auf der Straße mit einem überaus attraktiven jungen Mann – na, eigentlich sah er eher wie ein Junge aus.« Sie errötete. »Aus irgendeinem Grund behielt ich die beiden im Auge. Ich saß da und wartete, daß der General aus einem Laden kam. Und stell dir vor ... es war gar kein Junge. Es war ein Mädchen, da bin ich ganz sicher.« Violet errötete bis unter die Haarwurzeln. »Sie küßten sich, nicht auf die Wange, sondern sehr lang und richtig leidenschaftlich ...«

James lachte laut auf und war mit einem Satz bei seiner Frau. Er hatte sie zu lange entbehren müssen. »Du meinst, so wie ich jetzt?« Er küßte sie leidenschaftlich und tat so, als wolle er sie mit Gewalt nehmen. Violet machte sich lachend los.

357

»James, mehr Ernst, wenn ich bitten darf!«

»Mir ist es bitterernst. Sechs verdammte Wochen lang habe ich dich nicht gesehen.« Sie liebten sich leidenschaftlich, doch nachher, als James eine Zigarette rauchte, sah Vi ihn an, und die Sprache kam wieder auf Charlotte.

»Was hältst du davon?«

»Ich glaube, das erklärt alles.« Da kam ihr ein Gedanke. »Wenn Charles das erfährt, könnte er sie vielleicht unter Druck setzen, damit sie ihn freigibt. Weißt du, was? – Wenn ich ihn nächste Woche sehe, werde ich es ihm selbst sagen. Hast du etwas dagegen?«

»Im Ernst? Natürlich habe ich nichts dagegen. Es wäre herrlich, wenn er sie endlich loswerden könnte.« Plötzlich sah sie ihn verwundert an. »Wo willst du ihn treffen? Kommt er etwa nach Hause?« In dem Brief, den Audrey am Tag zuvor bekommen hatte, war davon nicht die Rede gewesen.

»Man schickt mich für zwei Wochen nach Kairo.«

»Kann das gefährlich werden?« Mit angehaltenem Atem sah sie ihm in die Augen. Wenn sie ihn ansah, wußte sie immer, ob er die Wahrheit sagte. James schüttelte den Kopf.

»Nein, das wird es nicht. Und ehrlich gesagt, es wird eine Erleichterung sein, einmal keine Bombenangriffe gegen die Nazis zu fliegen. Langsam bekomme ich es satt.« Dasselbe galt für Violet.

»Ich werde Audrey fragen, ob sie dir eine Nachricht für Charles mitgeben möchte.«

»Sag ihm, daß ich ihn liebe«, war alles, was sie Charlie ausrichten ließ, und als James ihnen Lebewohl gesagt hatte, gestand Audrey Lady Vi: »Wie ich ihn um das Wiedersehen mit Charlie beneide.« Sie sehnte sich unbeschreiblich nach ihm. Noch immer hatte sie gegen die Depressionen anzukämpfen, an denen sie seit der Fehlgeburt litt. Sie fühlte sich leer, als hätte sie versagt. Daß ihr der Verlust des Kindes so nahe ging, gestand sie nicht einmal Violet ein, weil es ihr peinlich war. So viele Menschen hatten ihre Lieben verloren, daß es ihr schockierend vorkam, ein Kind zu betrauern, das sie noch nicht einmal gekannt hatte, doch die Vernunft half ihr nicht weiter. In ihrem Herzen fühlte sie einen unersetzlichen Verlust. Nichts vermochte den Schmerz zu dämpfen, nicht einmal ein Besuch bei Molly auf dem Lande, obwohl dies einen kleinen Lichtblick bedeutete. Sie saß mit der Kleinen auf dem Schoß da, blickte zu den sanften Hügeln hinüber und freute sich, daß Molly hier war und nicht in London.

»Kommt Daddy bald nach Hause?«

»Das hoffe ich, Schätzchen. Onkel James besucht ihn diese Woche, und er wird ihm von dir einen dicken Kuß geben.« Befriedigt sprang Molly von ihrem Schoß herunter und lief wieder fort, um mit James und Alexandra weiterzuspielen, doch in diesem Moment gab James an Charles keinen Kuß weiter, sondern jagte ihm den größten Schreck seines Lebens ein.

»Du lieber Gott . . . Menschenskind, das tut mir aber leid. Die beiden sagten mir kein Wort, daß du ahnungslos bist.« Er sah Tränen in Charlies Augen. Am liebsten hätte er sich die Zunge abgebissen. Eben hatte er ihm gesagt, daß Audrey das Kind verloren hatte, weil er der Ansicht war, Charles sollte es wissen und sich nicht in der Hoffnung wiegen, die Schwangerschaft verliefe normal. Nie wäre er auf den Gedanken gekommen, daß Audrey Charles die Schwangerschaft verheimlicht hatte.

»Warum hat sie es mir verschwiegen?« In seinem Blick lag wilde Verzweiflung, James hatte sich nie elender gefühlt.

»Wahrscheinlich wollte sie dich nicht belasten. Jetzt geht es ihr wieder gut . . .« Er sagte dasselbe wie Vi. »Und sie wird andere Kinder bekommen . . .« Charlie nickte. Dabei hatte er das Gefühl, jemand hätte sein Herz in Brand gesetzt.

»War es sehr schlimm?« Er sah James in die Augen, und dieser wußte nicht, was er sagen sollte. Sollte er lügen? Aber dafür war es zu spät.

James nickte bekümmert. »Violet sagte, es sei schrecklich gewesen, doch Audrey hätte sich wunderbar gehalten. Jetzt ist wieder alles gut. Letzte Woche habe ich sie getroffen – ein bißchen blaß und eine Idee zu dünn, aber hübsch wie eh und je.« Er versuchte ein Lächeln, vermochte aber Charlies Besorgnis nicht zu zerstreuen, der im Verlauf einer Stunde sieben Drinks an der Bar des Shepheard konsumierte. James konnte es ihm nicht verübeln und half ihm später auf sein Zimmer. Er hatte gar keine Gelegenheit, ihm zu sagen, was er von Vi über Charlotte gehört hatte. Aber das konnte warten. Er würde zwei Wochen in Kairo bleiben. Für den Londoner Klatsch blieb also ausreichend Zeit.

## 36

James kehrte mit überschwenglichen Liebesgrüßen für Audrey aus Kairo zurück. Er war mit Charles übereingekommen, ihr nicht zu sagen, daß dieser von der Fehlgeburt wußte. Es war besser, wenn sie es ihm selbst sagte – zu einem Zeitpunkt, den sie für den richtigen hielt. Von Charlottes angeblichen lesbischen Neigungen hatte er Charles natürlich erzählt, und dieser konnte es kaum erwarten, zurückzukommen und ihr die Daumenschrauben anzusetzen. Es war höchste Zeit, daß Charlotte der unerquicklichen Situation ein Ende bereitete. Sollte sie sich wieder weigern, ihn freizugeben, wollte er ihr drohen, ihrem Vater alles zu enthüllen. Seit Charles von Charlottes Geheimnis wußte, hatte sich seine Laune sehr gehoben. »Es ist höchste Zeit, daß dieses Biest endlich die Krallen von mir läßt«, hatte er vor James seinem Zorn Luft gemacht.

James flog neuerdings Angriffe über Deutschland, und Lady Vi war wieder allein. Sie fuhr mit Audrey öfter aufs Land und besuchte die Kinder. Es war auf einer dieser Rückfahrten vom Land, daß Audrey sie in großes Erstaunen versetzte. In der Stadt angelangt, händigte sie ihr einen dicken, gefütterten Briefumschlag aus. Lady Vi sah sie verblüfft an.

»Noch mehr Fotos?« Audrey hatte wunderhübsche Aufnahmen von den Kindern und von James gemacht, auf die Violet ganz versessen war. Audrey schüttelte den Kopf.

»Nein, mein Testament.« Sie sah ihrer Freundin tief in die Augen. »Versprich mir, daß Molly bei dir bleibt, wenn mir etwas zustoßen sollte, zumindest bis Charles nach Hause kommt. Und wenn uns beiden etwas passieren sollte ...« Violet starrte sie an. Sicher war Audrey wegen der Fehlgeburt noch deprimiert. Sie tat Violet herzlich leid.

»Warum sollte dir etwas zustoßen?«

»Man kann nie wissen.« Und dann entschied sich Audrey, ihr die Wahrheit zu sagen. »Ich habe mich beim Innenministerium als Fotoreporterin registrieren lassen. Das liegt schon einige Zeit zurück. Es war gleich nach ... na, einerlei. Man scheint der Ansicht zu sein, daß ich als Fotografin etwas tauge. Morgen abend fahre ich weg.« Jetzt tat es ihr fast leid. Sie ließ ihre Freundin nur sehr ungern allein. Doch es bedeutete, daß sie wieder mit Charlie zusammen sein konnte, und darauf konnte sie nicht verzichten. Niemandem zuliebe. »Ich werde in Kairo eingesetzt. Angesucht habe ich um einen Posten in Nordafrika.«

»Weiß Charles davon?« Vi war entsetzt, als Audrey lächelnd verneinte.

»Noch nicht. Aber er wird es erfahren. Ich hoffe, daß ich mit ihm zusammen arbeiten kann und regelmäßig mit ihm eingesetzt werde. Im Ministerium weiß man, daß wir schon zusammen gearbeitet haben. Dort schien man das für eine gute Idee zu halten.«

»Sind die denn verrückt? Du bist eine Frau. Mein Gott, du begibst dich in große Gefahr.«

Audrey seufzte. »Die ist nicht größer als hier, wo man jede Nacht im Bombenhagel sitzt.« James wollte, daß Violet jetzt für eine Zeit aufs Land ging, und ohne Audrey, die ihr in London Gesellschaft leistete, würde sie es sicher tun. »Es tut mir leid, Vi.« Sie hatte das Gefühl, ihre Freundin im Stich zu lassen. »Ich muß zu ihm.« Als in ihren großen blauen Augen Tränen schimmerten, streckte Violet die Arme nach ihr aus.

»Aud, du bist ein verrücktes Ding.« Violet wußte, daß Audrey sich nach Charles sehnte und jede Stunde ihres Lebens mit ihm zusammensein wollte. In gewisser Weise fand Violet dies auch ganz richtig. Auch sie liebte James, doch Audrey und Charles verband etwas noch viel Intensiveres. Es war, als atmeten sie die Luft mit einem einzigen gemeinsamen Atemzug. Sie wußte, wie verzweifelt Audrey ihn vermißte. »Darf ich dich zum Flughafen bringen?«

Audrey schüttelte den Kopf. »Ich fliege in einer Militärmaschine mit, und du weißt ja, wie geheimniskrämerisch man da ist.«

»Ja, ich weiß.« Violet lächelte. Ganz plötzlich veränderte sich alles. Der Krieg nahm Einfluß auf ihrer aller Leben, und es drängte sich ihr die Frage auf, ob alles je wieder so sein würde wie früher.

Am Tag darauf küßten sie sich zum Abschied, und Audrey machte sich ans Packen. Das Haus ließ sie einfach zurück, verschlossen und leer, wie so viele Häuser in London.

Und als sie abends zum Flughafen fuhr, empfand sie eine Erregung, wie sie sie seit Jahren nicht mehr kennengelernt hatte, nicht seit dem Orient-Expreß oder seit der Fahrt mit dem Zug, der die Berge Tibets erklommen hatte ... oder seit den Straßen von Schanghai und den Wundern von Peking ... Sie war wieder auf Achse, unterwegs an einen Ort, von dem sie immer geträumt hatte, um mit dem Mann, den sie liebte, zusammenzusein. Audrey lächelte beglückt, als die Maschine startete.

# 37

Um sechs Uhr am nächsten Morgen setzte die Douglas DC-3 auf dem Flughafen Kairo auf. Drei Zwischenlandungen hatten sie hinter sich, bei denen sie Truppen, Post und Nachschubmaterial an Bord genommen und aufgetankt hatten. Audrey konnte sich nicht genug wundern, wie zuvorkommend man sie behandelt hatte.

Sie wurde das Gefühl nicht los, daß über sie bereits eine Akte existierte und man genau wußte, wer sie war, seitdem man Charles vor seinem Einsatz als Kriegsberichterstatter durchleuchtet hatte. Fast hatte sie den Eindruck, man legte es darauf an, amerikanischen Presseleuten bei jeder sich bietenden Gelegenheit Einblicke zu gewähren, in der leisen Hoffnung, die Vereinigten Staaten zum Kriegseintritt zu bewegen – obwohl Roosevelt keinerlei Neigung zeigte, den Briten beizustehen. Fast ein Jahr rührte er keinen Finger, und es sah nicht so aus, als hätte Amerika in naher Zukunft die Absicht, in den Krieg einzutreten. Audrey hatte sich oft die Frage gestellt, was passieren mußte, um ihre Landsleute zu überzeugen. Doch als die Maschine ruckartig auf der Piste aufsetzte, dachte sie nicht an ihre Heimat. Die Soldaten, die mit ihr an Bord gewesen waren, schwatzten munter miteinander, erzählten noch ein paar Witze und sammelten ihre Ausrüstungsgegenstände ein, als es ans Aussteigen ging.

»Wo werden Sie wohnen?« fragte sie einer. Er hatte seit London ihren Bewunderer gespielt und laut die Frage geäußert, wie ihre Beine aussehen mochten, wenn sie keine Hose trug. Audrey hatte sich für eine zweckmäßige graue Tweedhose entschieden, dazu trug sie eine Strickjacke und eine von Charlies Lederjacken. Sie hatte sich auch feste Stiefel zugelegt, die ihr bei einem Einsatz in unwegsame Gelände gute Dienste leisten würden. Nun lächelte sie dem jungen Mann zu, wohl wissend, wie sonderbar sie in ihrem Aufzug aussehen mußte.

»Ich werde versuchen, ein Zimmer im Shepheard zu bekommen.« Dort wohnte auch Charlie, und sie wußte nicht mit Sicherheit, ob es nur Militärs vorbehalten war. Charles hatte sich in seinen Briefen geradezu überschwenglich über das Hotel geäußert, und auch James war bei seinem Besuch im Shepheard abgestiegen.

»Na, ich komme Sie mal besuchen.« Der Soldat lächelte, und Audrey erwiderte freundlich seinen Blick, ermunterte ihn aber nicht weiter. Sie hatte überlegt, sich für den Flug einen Ehering zuzulegen, doch hatte sie niemals zu solchen Tricks Zuflucht genommen und wollte jetzt nicht damit anfangen. Sie war dreiunddreißig und unabhängig. Um sich sicher zu fühlen, brauchte sie nicht als verheiratete Frau aufzutreten. Schließlich hatte sie auch die Qualen der Fehlgeburt ertragen, ohne den Rückhalt einer Ehe zu haben. Sie hatte diesen Verlust noch immer nicht ganz überwinden können und war ratlos, ob sie Charlie überhaupt etwas davon sagen sollte.

Tausend Dinge gab es, die sie ihm gleich bei ihrer Ankunft erzählen wollte, doch mußte sie ihn erst finden. Ein Militärjeep nahm sie ins Zentrum mit. Eingepfercht zwischen einem Australier mit dichtem Schnurrbart und röhrendem Gelächter und einem riesigen Südafrikaner mit hellrotem Haar, der seiner Neigung zu schlüpfrigen Witzen freien Lauf ließ, mußte sie die Fahrt hinter sich bringen. Doch sie befand sich jetzt im Kriegsgebiet und wußte, daß sie sich sehr rasch an alle Unannehmlichkeiten gewöhnen mußte. Es war besser, als in London zu hocken und jede Nacht in Luftschutzkellern auf die Entwarnung zu warten, von der Angst besessen, ob noch eine Bleibe vorhanden war, in die sie zurückkehren konnte.

»Na, und was treiben Sie hier, Kleine?« Der Australier stellte diese Frage als erster, worauf der Fahrer, der Audrey zublinzelte, ihm mit unverfälscht schottischem Dialekt empfahl, die Finger von ihr zu lassen. »Besuchen Sie Ihren Freund?« Er wollte sie nur aufziehen, denn er hatte ihr Gepäck gesehen und die Kameras, die an ihrem Hals hingen, eine mit Schwarzweißfilm, die andere mit Farbfilm.

»Könnte sein.« Sie lächelte.

»Oder sich einen neuen zulegen?« mischte der Südafrikaner sich ein. Ihr fiel auf, daß alle Tropenuniformen in gelb-braun-grau gemischten Tarnfarben trugen. »Da melde ich mich freiwillig.«

Audrey lachte. »Mein Freund ist in Kairo stationiert. Als Kriegsberichterstatter.« Alle buhten und zischten zum Spaß, während der Jeep weiterraste, Frauen, Kindern, Kamelen und den allgegenwärtigen Schafen und Ziegen ausweichend. Die Frauen waren verschleiert wie in der Türkei und in Afghanistan. Audrey wurde an ihre große Reise erinnert, wenn auch die Atmosphäre hier ganz anders war. Sie spürte die Aura der Exotik und eine Erregung, die davon herrührte, daß London so weit weg war. In Kairos Straßen sah man häufig Europäer, meist Angehörige der britischen Armee aus den verschiedensten Gegenden des Weltreiches. Inder, Neuseeländer, Australier, Südafrikaner, daneben aber auch Angehörige des französischen Korps und griechischer Kommandos, die sich hier den Engländern angeschlossen hatten. Die Australier und Neuseeländer trugen Lederjacken, die sie vor der Kälte der Wüstennächte schützen sollten. Und die Atmosphäre wurde beherrscht von einem Chaos von Farben und Geräuschen. Alles barg die wundersame Farbigkeit ihrer Reise um die halbe Welt, die sie vor Jahren unternommen hatte, und Audrey fragte sich unvermittelt, wie sie sich jahrelang mit dem Leben in San Franzisko und London hatte begnügen können. Hier war das Leben, das sie über alles liebte, das Ferne, Exotische, mit allen seinen Zaubervisionen, mit Düften und Verheißungen.

»Möchten Sie ein Foto von mir machen, Süße?« Zwei Männer stürzten auf den Wagen zu, als sie ruckartig anhielten, um zwei Kamele in einen Basar zu lassen, und Audrey lachte und duckte sich, als einer der Männer ihr einen Kuß zu rauben versuchte.

»Sie sind Amerikanerin, stimmt's?« Sein gönnerhaftes Lächeln forderte ihren Spott heraus. Er tat gerade so, als sei sie eine Vergnügungsreisende, ausgerechnet in Kairo mitten im Krieg!

»Vor einigen Jahren war ich länger in China, und jetzt lebe ich schon seit Jahren in London«, gab sie zur Antwort.

Er schien beeindruckt, und ihr fiel auf, daß die anderen mit erwachtem Interesse aufhorchten. »Wo in China?«

»In der Mandschurei, in Harbin. Während der japanischen Besetzung leitete ich dort ein Waisenhaus.«

Der schottische Fahrer stieß einen Pfiff aus, und die anderen machten neugierige Gesichter, als der Australier mit einem vernichtenden Blick zu seinem Kameraden hin den Ball aufnahm, den sie ihm zugespielt hatte. »Das kann nicht ganz einfach gewesen sein.« Ein tüchtiges Frauenzimmer, die Kleine. »Was hat Ihr Mann dazu gesagt?« Ob sie verheiratet war, interessierte alle, noch dazu, wenn sie länger in Kairo blieb. Man war besser dran, wenn man über die familiären Verhältnisse einer Frau Bescheid wußte. Audrey nahm die Frage lachend zur Kenntnis.

»Leider habe ich keinen.« Und dann entschloß sie sich, ihre Mitfahrer zu schockieren. Das waren die Menschen, mit denen sie von nun an ständig zusammensein würde. Mit Männern wie diesen, tagein, tagaus ... falls Charles ihr zu bleiben erlaubte. Diese Hürde mußte sie erst nehmen ... aber nach Hause wollte sie nicht, was er auch sagen mochte. Diesen Entschluß hatte sie schon während des Fluges gefaßt. Und sie war auf eine Auseinandersetzung mit ihm gefaßt.

»Aber dafür habe ich eine niedliche chinesische Tochter«, gestand sie voller Stolz.

Alle grölten auf einmal los, nur der Schotte hielt grinsend ihren Blick im Spiegel fest. »Ein Waisenkind aus Harbin?« Sie nickte. »Braves Mädchen. Wie alt ist die Kleine?«

»Sechs.« Audrey lächelte, bereit, Mollys Foto zu zeigen, und tatsächlich zog sie eines heraus, das sie selbst aufgenommen hatte und das Molly mit zahnlosem Lächeln zeigte. Die Männer reagierten entsprechend. Es zeigte sich, daß ungeachtet ihres Interesses für Audrey zwei der drei verheiratet waren und Kinder hatten. Fotos machten die Runde, und alle stellten sich einander vor. Als sie vor dem Shepheard vorfuhren, waren sie alte Freunde. Im Krieg ging es unter Kameraden sehr unkompliziert und freundschaftlich zu. Audrey war überglücklich, daß sie sich zu diesem Abenteuer entschlossen hatte. Sie konnte hier etwas Nützliches tun, anstatt in London die Zeit abzusitzen.

Alle stiegen vor dem Hotel aus, und Audrey folgte den Männern an die Rezeption, um nach Charlie zu fragen. Der Portier suchte nach dem Schlüssel, sah in seinen Unterlagen nach und teilte ihr dann mit, Mr. Parker-Scott sei außer Haus.

»Ist er verreist oder nur fortgegangen?« Sie war nicht sicher, ob der Mann mit der glatten olivgetönten Haut und den schönen schwarzen Augen Bescheid wußte. Audrey sah überrascht, daß es unter den Ägyptern sehr viele gutaussehende Männer gab.

»Ich glaube, er ist für den Nachmittag ausgegangen, Madame.« Sein Englisch war einwandfrei und fast so britisch wie das eines Eton-Absolventen. Audrey bedankte sich und ging auf die Terrasse. Sie war sofort überwältigt von dem Blick über die Stadt, der sich ihr bot und der nicht malerischer hätte sein können. Direkt unterhalb der Hotelterrasse wimmelte die Straße vor Menschen, wobei Audrey auffiel, daß Männer in Uniformen besonders zahlreich vertreten waren, denn Kairo war Hauptstandort sämtlicher militärischer Operationen im Mittleren Osten und in Afrika. Stundenlang saß Audrey auf der Terrasse und beobachtete das von lauten Rufen und lebhaftem Stimmengewirr begleitete Leben und Treiben, während sie auf Charles wartete. Schließlich nickte sie ein. Und als sie erwachte, stand die Sonne schon tief am Horizont. Sie fuhr mit einem Ruck auf, als jemand ihren Arm anfaßte und sie unsanft schüttelte. Erst konnte sie sich nicht besinnen, wer es war, dann sah sie in ein Gesicht mit bekannten Augen, aber alles übrige schien ihr fremd. Als ihr klar wurde, wer vor ihr stand, lachte sie auf.

»Mein Gott, Charles, du hast dir einen Bart wachsen lassen!«
Doch war es nicht der Bart, der ihr vor allein auffiel. Es waren
seine Augen, in denen sie Zorn las.

»Was, zum Teufel, treibst du hier?« Der Mann am Empfang
hatte ihm nur gesagt, daß ihn auf der Terrasse eine Dame erwarte. Dort hatte er Audrey schlafend in einer Ecke vorgefunden,
ihre Reisetasche auf dem Boden neben sich, die Fotoausrüstung
auf dem Schoß, den Hut tief über die Augen gezogen, und das
alles in einer Aufmachung, die er vollkommen lächerlich fand.
Sekundenlang hatte er an der Vorstellung, die ihm durch ihr Auftauchen in den Sinn kamen, Gefallen gefunden, dann aber hatte
ihn der Ärger übermannt. Er wollte nicht, daß sie sich hier aufhielt. Er wollte sie in London in Sicherheit wissen.

»Charlie, ich habe dich so vermißt.« Sie streckte ihm die Arme
entgegen, als sie sich dehnte und reckte und ihm engelhaft zulächelte. Sie hatte mit Ärger und Unwillen seinerseits gerechnet,
und sie konnte damit fertig werden. Allmählich würde er sich
schon beruhigen. Sie wußte, daß sie richtig gehandelt hatte. Sie
hatte nicht so weiterleben und den ganzen Krieg über in London
sitzen können, während er um die Welt reiste und seine Zeitungsartikel schrieb. »Willst du mich nicht wenigstens begrüßen?« Sie
mußte sich zurückhalten, um nicht wieder laut loszulachen, so
entrüstet sah er aus. »Dein Bart gefällt mir.«

Er konnte sich nicht beruhigen. »Du brauchst gar nicht erst
auszupacken, Aud. Morgen in aller Herrgottsfrühe wirst du mit
der ersten Maschine wieder verschwinden. Mit welchen Tricks
hast du die Leute dazu gebracht, dich hier einzusetzen?«

»Ich habe mich als Fotoreporterin gemeldet.« Sie lächelte, weil
sie gleich ihren nächsten Trumpf ausspielte. »Und ich sagte, daß
wir schon oft zusammengearbeitet haben ...«

»Wie bitte? Und man hat dir geglaubt? Diese verdammten
Idioten ...« Er warf seinen Hut zu Boden und stapfte über die
Terrasse, belächelt von den Leuten in der unmittelbaren Umgebung. Audrey wartete, bis er wiederkam. Früher oder später
würde er sich beruhigen, und als er tatsächlich wieder vor ihr
stand, schlug sie vor, daß sie sich einen Drink bestellten. Jetzt
aber lag mehr als nur Zorn in seinem Blick.

»Wenn ich nur eine einzige Nacht bleiben darf, dann müssen wir um so mehr feiern.« Sie sah ihn mit einem Blick an, der sein Herz zum Schmelzen brachte, doch er ließ nur ein Brummen ertönen und setzte sich in einem Sessel nieder. Er wußte, daß ihr nicht zu trauen war. So zahm war Audrey nicht, und er hätte ihr auch nicht geglaubt, wenn sie gesagt hätte, daß sie am nächsten Tag wieder verschwinden würde. »Molly läßt dich grüßen.«

»Wie geht es ihr?« Sein Blick wurde nur wenig sanfter, denn er hatte nicht die Absicht, in seiner Wachsamkeit nachzulassen.

»Sehr gut. Sie ist mit Vis Kindern bei James' Vater auf dem Land. Es scheint ihr dort sehr zu gefallen. Der alte Herr züchtet Bernhardiner, unter denen sie schon einen Lieblingshund gefunden hat. Den möchte sie natürlich nach London mitbringen, wenn sie zurückkommt.« Audrey und Charlie wechselten ein Lächeln, das erste aufrichtige, seitdem er sie schlafend auf der Terrasse entdeckt hatte.

»Ein Bernhardiner? Wir werden eine Wohnung nur für den Hund mieten müssen.« Er lachte verhalten auf. Doch in seinen Augen lag Besorgnis, die er vor ihr nicht mehr verbergen konnte. Er hatte seine Gründe, sie nicht in Kairo haben zu wollen. Er war nämlich der Meinung, daß sie sich noch immer schonen sollte. In Wahrheit aber war der Flug nach Kairo das einzig Schöne gewesen, was sie nach der Fehlgeburt erlebt hatte. »Aud, du hast mir etwas verschwiegen … als ich fortging …« Sie hörte es mit Herzklopfen und fragte sich, woher er es wissen konnte … da fiel es ihr ein … James, natürlich!

»Ach?« Sie versuchte, die Sache lässig abzutun, drehte sich um und bestellte noch einen Drink. »Eigentlich nicht.«

»Doch, das hast du.« Er faßte nach ihrem Arm und zwang sie, ihn anzusehen. »Warum hast du es mir nicht gesagt?«

Unwillkürlich füllten sich ihre Augen mit Tränen. »Ich wollte nicht, daß du dir Sorgen machst«, antwortete sie im Flüsterton. Ohne ein weiteres Wort nahm er sie in die Arme und hielt sie fest, als sie zu weinen begann. »Es tut mir so leid. Es ist alles meine Schuld. Dauernd muß ich daran denken, wenn ich dies oder jenes nicht getan hätte, dann … vielleicht …« Sie konnte nicht weitersprechen, doch er hatte sie verstanden.

»Du darfst dir keine Vorwürfe machen, Liebling. Es ist nun mal passiert ... und es tut mir schrecklich leid ... aber es wird ein anderes Mal geben, das verspreche ich dir.« In seinem Lächeln lag große Zärtlichkeit. »Und ich hoffe sehr, daß du mir nächstes Mal Bescheid sagst.«

Sie nickte und lächelte, als sie sich mit dem Taschentuch, das er ihr reichte, die Nase putzte. Plötzlich zog er wieder ernst die Brauen zusammen. Es war wohl eine Erleichterung, sie zu sehen, denn seit James' Besuch in Kairo war Charles voller Sorgen um sie gewesen. »James sagte, daß es sehr schlimm gewesen ist. Ist jetzt alles in Ordnung?«

Sie beschönigte nichts und nickte. »Mir geht es jetzt gut. Und Vi war wunderbar.«

»Kann ich mir denken.« Er strich ihr über die Wange und küßte sie, plötzlich viel glücklicher, als er ihr gegenüber hätte zugeben wollen. »Es tut mir so leid, Aud ... es tut mir leid, daß ich nicht bei dir sein konnte.«

»Du hättest gar nichts tun können.« Tief Atem holend, wischte sie sich über die Augen. »Es war ganz schön schwer ... du und Molly weit fort ... darum kreisten alle meine Gedanken.« Traurig blickte sie zu ihm auf. Er sah jetzt, daß die Fehlgeburt ihren Tribut gefordert hatte. »Ich mußte einfach kommen.« Er nickte. Jetzt verstand er sie. Sie hatte vielleicht richtig gehandelt. Charles unterschrieb die Rechnung für ihre Drinks, ehe sie hinaufgingen. Vor seinem Zimmer angekommen, hob er sie hoch, trug sie über die Schwelle und legte sie aufs Bett.

»Willkommen daheim, sage ich zu der künftigen Mrs. Parker-Scott.« Er sah sie schmunzelnd an, und Audrey zog eine Braue hoch.

»Weißt du etwas, das ich nicht weiß? Hast du Nachricht von Charlotte?« Sie wagte es nicht zu hoffen, und er schüttelte den Kopf.

»Nein. Aber James hatte für mich einen interessanten kleinen Leckerbissen. Hat er dir nichts davon erzählt?« Sie schüttelte den Kopf. »Es sieht so aus, als hätte meine überaus charmante Gattin ein hochinteressantes Geheimnis.«

»Ach?« Audreys Neugierde war geweckt, und Charles

schmunzelte vergnügt. Seit James es ihm gesagt hatte, befand er sich in Hochstimmung, von seiner Sorge um Audrey abgesehen. Doch es würde wunderbar sein, wenn sie endlich heiraten konnten, auch wenn dies bedeutete, daß er auf Charlotte ein wenig Druck ausüben mußte.

»Offenbar hat die Dame einen ganz speziellen Geschmack. Sie zieht Frauen vor.«

»Sie ist eine Lesbierin?« Audrey war nicht so prüde wie Lady Vi, sie sah Charlie erstaunt an. »Bist du sicher?«

»Ziemlich. Vi muß sie gesehen haben, als sie auf offener Straße eine Frau küßte. Mich wundert nur, daß Vi dich nicht eingeweiht hat.«

»Vielleicht hatte sie keine Gelegenheit« ... Zumindest war der Zeitpunkt nicht günstig. »Wirklich erstaunlich. Was passiert nun?«

»Was hältst du davon, wenn ich ihr im Fall ihrer fortgesetzten Weigerung damit drohe, eine Anzeige in die *Times* setzen zu lassen?« Beide lachten, und noch immer lachend, ließ sich Charles neben ihr auf dem Bett nieder. Gleich darauf vergaßen sie alles ... Charlotte und James ... und Vi ... sie dachten nur an sich und an das Glück des Beisammenseins.

## 38

Am nächsten Morgen war Charlie wieder ernster. Ihn plagten Zweifel, ob er Audrey gestatten sollte, bei ihm zu bleiben. »Immerhin befinden wir uns in einem Kriegsgebiet. Mussolini hat mit der Invasion Ägyptens begonnen.«

Audrey lachte unbeschwert und drückte seine Hand. »Du kennst doch die Italiener, mein Schatz. Es kann Jahre dauern, bis sie hier sind.«

Sie hatte nicht die Absicht, wieder abzureisen. Und mit jeder Stunde gewöhnte er sich mehr daran, sie bei sich zu haben.

Ein Monat verging, und sie warteten noch immer auf einen Angriff der Italiener. Es herrschte eine allgemein festliche und fast ausgelassene Stimmung. Audrey hatte schon einige Freundschaften geschlossen, verbrachte mit Charlie viele Stunden auf der Terrasse des Shepheard und aß mit den anderen Korrespondenten, die sich an sie gewöhnt hatten. Charlie drängte sie nun nicht mehr, nach Hause zu fahren, er war froh, daß sie bei ihm war. Eine echte Gefahr bestand ohnehin nicht. Das einzig Unangenehme waren die Sandstürme, denen sie bei ihren Ausflügen in die Wüste gelegentlich ausgesetzt waren und die man nicht unterschätzen durfte, da sie schon etliche Opfer gefordert hatten. General Wavell, der oberste Befehlshaber, warnte die beiden ernsthaft. Man hatte kein Interesse, Kriegsberichterstatter bei Sandstürmen zu verlieren. Doch die meiste Zeit verbrachten sie ohnehin in Kairo, denn die Gefechte mit den Italienern waren bestenfalls halbherzig. Alles verlief in so geordneten Bahnen, daß Audrey sogar erwog, über Weihnachten nach Hause zu Molly zu fahren, doch sie befürchtete, Charlie würde sie dann nicht mehr nach Kairo kommen lassen. Violet hatte geschrieben, daß sie Weihnachten mit den Kindern, mit James und ihrem Schwiegervater verbringen würde, und sie beruhigte Audrey, daß Molly glücklich und zufrieden sei. Deswegen entschied sich Audrey, bei Charlie in Kairo zu bleiben.

Im Dezember machten die Briten endlich mit den Italienern ernst und faßten den Entschluß, sie ein für allemal aus Libyen hinauszujagen. Am einundzwanzigsten Januar nahmen sie Tobruk, und am siebten Februar ergaben sich die italienischen Truppen.

Doch gleichzeitig ging etwas viel Interessanteres vor sich, etwas, von dem man schon seit Wochen gesprochen hatte. Offensichtlich waren die Deutschen alles andere als erbaut davon, wie die Italiener sich im libyschen Feldzug gehalten hatten, und sie planten, einen deutschen General und ein deutsches Korps nach Afrika zu entsenden, die den Engländern Paroli bieten sollten. Nach dem Fall Tobruks schwirrte die Luft von Gerüchten, und als die Italiener sich ergaben, sprach man offen von dem geheimnisvollen deutschen General, der jeden Augenblick erwartet wurde. Im britischen Lager wußte niemand, um wen es sich handelte.

Zwei Tage nach der Niederlage der Italiener lud Wavell Charlie zum Dinner ein. Als Charlie zurückkam, gab er sich sehr zugeknöpft, was die Gesprächsthemen mit Wavell betraf.

»Hat er etwas von dem deutschen General gesagt? Weiß man schon, wer es sein soll?« Alle Welt sprach davon, und auch bei den anderen Berichterstattern, mit denen Audrey zu Abend gegessen hatte, war es das wichtigste Thema gewesen. Natürlich wollte jeder diesen Knüller als erster bringen, besonders die Engländer waren erpicht darauf.

»Nein, noch nicht.« Doch er wich ihrem Blick aus.

»Glaubst du, daß Wavell sich Sorgen macht?« Charles hatte tatsächlich diesen Eindruck gehabt, wollte das aber Audrey gegenüber nicht äußern. Er mußte ihr vielmehr sagen, daß er Kairo für ein paar Tage verlassen würde, und er durfte sie nicht wissen lassen, wohin er ging. Er überlegte, wie er es ihr beibringen konnte, als sie plötzlich vor ihm stand. »Charlie, du hörst mir ja gar nicht zu.« Forschend sah sie ihn an. Sie kannte ihn zu gut. Genau das hatte er befürchtet. Einem deutschen General hätte er unbefangener gegenübertreten können als dieser Frau.

»Doch, ich höre dir zu. Eben dachte ich ans Dinner. Verdammt gutes Essen. Es gab ein köstliches ägyptisches Dessert.«

»Lenk nicht ab.« Sie ließ sich auf der Bettkante nieder und beobachtete ihn argwöhnisch. »Du hast doch ein As im Ärmel, Charles Parker-Scott. Was ist es?«

»Ach, um Himmels willen, ich bin müde. Kein Verhör mehr, wenn ich bitten darf. Wenn ich etwas von den Deutschen wüßte, würde ich es dir sagen.« Er drehte ihr den Rücken und tat so, als wäre er richtig verärgert, auch noch, als sie im Bett lagen, doch sie ließ spielerisch ihre Hand zwischen seine Schenkel gleiten, so daß er sich ein Lachen verbeißen mußte, während er ihr noch immer den Rücken zuwandte. Sie lebten jetzt schon monatelang im Shepheard und sahen das Hotel als ihr Zuhause an. Im Moment überlegte Charles krampfhaft, wie er Audrey die Neuigkeit beibringen sollte.

»Charlie, heute bist du aber nicht sehr liebenswürdig«, flüsterte sie ihm ins Ohr, und er drehte sich um und sah sie an.

»Weißt du, daß du hin und wieder ganz schön lästig sein kannst. Hat dir das noch niemand gesagt?«

Sie lächelte. Fast berührten sich ihre Nasen. »Niemand hatte bislang eine Gelegenheit dazu.« Charles wußte, daß er der einzige Mann war, mit dem sie je geschlafen hatte.

»Möchtest du heute nicht schlafen, Aud?« Er mußte am nächsten Morgen sehr zeitig aus den Federn, wollte ihr dies aber jetzt nicht sagen.

»Ich möchte wissen, was du vor mir verbirgst. Hast du dich heute in jemanden verliebt? Wir wissen, was dir einmal in Kairo zugestoßen ist. Na, was ist los, Charlie?« Auf einen Ellbogen gestützt, sah sie auf ihn nieder. »Du wärest als Spion eine totale Niete, weißt du das? Ich weiß immer, wann du lügst.«

»Das ist ja schrecklich.« Ein Schauer überlief ihn. Er konnte nur hoffen, daß sie diese Meinung nicht im Innenministerium kundtat. »Ich lüge dich nie an.«

»Nicht wegen wichtiger Dinge. Aber du wirst ganz blaß um die Nase, wenn du schwindelst.«

Er drückte sich tiefer ins Kissen und schloß die Augen. Audrey war ein hoffnungsloser Fall. Es hatte keinen Zweck, vor ihr etwas verbergen zu wollen. Sie würde ihn die ganze Nacht damit verfolgen. Er hatte eine richtige Mata Hari an seiner Seite. »Ich muß für ein paar Tage fort und darf dir nicht sagen, wohin, also stell bitte keine weiteren Fragen.«

»Charlie!« rief sie aus, sich im Bett aufsetzend. »Dann tust du etwas, was du eben geleugnet hast.« Sie war überrascht, wie richtig sie geraten hatte, während er müde und resigniert klang.

»Ich habe nicht gelogen.«

»Doch, das hast du.« Triumphierend sah sie auf ihn nieder. »Also, was hast du vor?«

»Ich sagte schon, daß ich dir nichts erzählen darf. Höchste Geheimhaltung.«

Audrey zögerte ein wenig. »Ist es gefährlich?«

»Nein.« Sie sollte sich keine Sorgen machen.

»Warum kannst du es mir dann nicht sagen?«

»Es handelt sich um einen kleinen Ausflug mit General Wavell. Ich mußte versprechen, es nicht weiterzusagen.« Er bemühte sich, das alles ganz nebensächlich erscheinen zu lassen, und Audrey äußerte den Verdacht, daß der General eine Geliebte hätte.

»Ist es das?« bohrte sie weiter.

»Also ... ich darf nichts sagen. Es ist ein Ehrenwort zwischen Männern.« Er tat alles, um sie zu überzeugen. Zu seiner großen Erleichterung schluckte sie den Köder. Anschließend ließ er zu, daß sie ihn liebkoste, und sie küßte ihn ermattet, nachdem sie sich geliebt hatten.

»Wie lange wirst du mit dem General unterwegs sein?«

»Ein paar Tage ... aber sag niemandem ein Wort.« Lächelnd schlief er ein. So schlecht, wie Audrey glaubte, war er als Spion gar nicht. Er betete nur darum, daß er imstande sein würde, die gewünschte Information zu bekommen.

## 39

Während Charles sich am nächsten Morgen anzog, legte Audrey neue Filme in ihre Kamera ein und trank Kaffee. Das Frühstück wurde ihnen immer aufs Zimmer gebracht, fabelhafte Croissants, von denen sie behauptete, sie machten dick, und während sie wieder einmal dieses Klagelied anstimmte, warf sie einen verwunderten Blick auf Charles' Kommode und erstarrte.

»Was machst du mit meinem Paß?« Sie bewahrte den Paß immer in einem geschlossenen Fach in ihrer Kamerahülle auf, für den Fall, daß ihn jemand verlangte. Als Amerikanerin genoß sie viel größere Freiheiten als die Engländer. Ihr amerikanischer Paß war für sie ein großer Vorteil, da Amerika noch immer nicht in den Krieg eingetreten war. Anders als Charlie war sie Bürgerin eines neutralen Staates. Noch immer verwundert, wie der Paß dorthin gelangt sein mochte, trat sie an die Kommode, um ihn zur Hand zu nehmen, während Charles sich verzweifelt den Kopf zermarterte, wie er sie ablenken konnte. Er bat sie um eine Tasse Tee, und während er diese Bitte äußerte, faßte er nach dem Paß und ging durch den Raum, als wolle er ihn an ihrer Stelle in ihre Tasche tun. Als er sich jedoch daran zu schaffen machte, spürte er ihren Blick, der sehr ernst geworden war.

»Das ist gar nicht mein Ausweis, habe ich recht?« Ihr war schlagartig ein Licht aufgegangen, und er verwünschte den Tag, an dem er ihr erlaubt hatte, bei ihm in Kairo zu bleiben. Audrey war klüger, als für sie und diesmal auch für ihn gut war. Jetzt gab es kein Zurück nicht.

Kopfschüttelnd sah er sie an. »Nein, es ist nicht dein Ausweis.«
»Wem gehört er?«

Sie standen einander durch die Länge des Raumes getrennt gegenüber. Audrey kam langsam die Erkenntnis. Sie wußte jetzt, daß er immer schon für den Geheimdienst tätig gewesen war. Und jetzt würde er es nicht mehr leugnen können. Er würde ihr sein Leben anvertrauen und konnte nur hoffen, daß er nichts Falsches tat. Ein achtloses Wort ihrerseits konnte seinen Tod bedeuten. »Es ist mein Paß.«

Sie nickte. Jetzt war ihr alles klar. »Ich hatte bis jetzt keine Ahnung.« Das kam im Flüsterton. »Lautet er auf einen anderen Namen?« Sie wollte wissen, wie weit man in diesen Dingen ging, und wie tief er in die Sache verstrickt war.

Doch er schüttelte den Kopf. »Meine Mutter war Amerikanerin, deswegen war die Beschaffung relativ einfach.« Das einzig Falsche an dem Paß waren ein paar Ein-und Ausreisestempel von Grenzbehörden auf der ganzen Welt. Für einen Amerikaner war er ziemlich weit gereist, wenn auch nicht übertrieben, aber immerhin ausreichend für einen Journalisten. Dazu hatte er sich einen lupenreinen amerikanischen Akzent zugelegt, der Audrey völlig überraschte, als er ihn ihr demonstrierte. Seine amerikanischen Freunde hatte er immer treffend nachmachen können, und das genügte für seine Zwecke. Sie sah ihn besorgt an.

»Das alles ist sehr ernst, nicht?« Er nickte. Beide wußten, wie ernst es war. »Kann ich mitkommen?«

Er schüttelte den Kopf. »Nein, das geht nicht.«

»Darf ich dich wenigstens fragen, wohin du gehst?«

Da beging er den ersten großen Fehler. »Nach Tripolis«, lautete seine Antwort, und mehr brauchte er gar nicht zu sagen. Sie wußte sofort, was dahintersteckte.

»Mein Gott, du sollst es herausbekommen, nicht wahr ...« Er sollte herausfinden, wer der deutsche General war, der nach Ägypten abkommandiert worden ist. Er würde sich dabei als amerikanischer Journalist ausgeben ... und nach seiner Rückkehr mußte er Wavell Bericht erstatten. »Charlie, du mußt mich mitnehmen!« Sie war plötzlich ganz aufgeregt. »Du wirst Fotos brauchen.

Seine Miene blieb abweisend. »Die mache ich selbst. Audrey, du bleibst hier.«

»Wenn du mich nicht mitnimmst, fahre ich dir einfach nach!«

»Du bist total verrückt.«

»Wer weiß schon, daß einer von uns nicht echt ist? Wenn du eine Fotoreporterin bei dir hast, sieht es sogar noch besser aus. Und dazu noch eine Frau! Das ist besonders unverdächtig. Charlie ... gib mir die Chance!«

»Was soll das, verdammt noch mal? Das ist kein Talentwettbewerb für das *Life-Magazin*. Du setzt dein Leben aufs Spiel, wenn du mitkommst, du dummes Ding! Ich fahre nach Port Saïd, und von dort aus mit einem kleinen Fischerboot nach Tripolis. Es ist nicht ausgeschlossen, daß man auf uns schießt und uns versenkt. Wenn die Italiener zu der Ansicht gelangen, etwas an mir sei faul, töten sie mich auf der Stelle. Noch wahrscheinlicher ist, daß die Deutschen Verdacht schöpfen.« Diese Worte trieben Audrey die Tränen in die Augen. Sie lief zu Charles und schlang die Arme um ihn.

»Laß mich nicht hier zurück. Charlie, du bist mein Leben ... du kannst mich nicht hier zurücklassen.« Er stand da und sah unverwandt auf sie nieder, in dem Bemühen, hart zu bleiben, sich gegen das zu sperren, was sie vorbrachte, doch waren ihre Argumente und ihr Ton ziemlich überzeugend.

»Ich setze dein Leben nicht aufs Spiel.« Das sagte er mit einer gewissen Schroffheit, weil er sie so sehr liebte.

Sie war wütend, als sie sich zu ihm umwandte. »Das ist meine Entscheidung und nicht deine. Und als ich mich entschloß, zu dir zu kommen, habe ich bereits eine Wahl getroffen, ohne zu wissen, was auf mich zukommt.« Monatelang war für sie der Aufenthalt wie ein Picknickausflug gewesen, doch jetzt war es mit der Gemütlichkeit schlagartig vorbei. »Ich habe den Entschluß gefaßt, dir überallhin zu folgen, Charlie Parker-Scott, und das ist mein Ernst. Und wenn du mich nicht mitnimmst, dann läßt du dir die einmalige Chance entgehen, die Sache richtig zu machen. Mit einem dummen Mädchen an der Seite gewinnst du an Glaubwürdigkeit, noch dazu, wenn das Mädchen ein paar Kameras um den Hals hängen hat.«

Was sie da sagte, stimmte irgendwie, doch hätte er jeden anderen lieber mitgenommen als Audrey.

»Dieses Risiko gehe ich nicht ein!« Charlies Ton hatte an Lautstärke bedrohlich zugenommen, der ihre auch.

»Ich aber! Es ist beschlossene Sache. Und wenn du mich nicht mitnimmst, dann treffen wir uns irgendwo da draußen. Ich verschaffe mir einen Jeep und fahre dir nach.«

Charles wußte, daß sie genau das tun würde. Er packte ihren Arm und schüttelte sie so heftig, daß ihre Zähne aufeinanderschlugen.

»Nimm endlich Vernunft an. Ich möchte, daß du hierbleibst.« Audreys Reaktion beschränkte sich auf ein eigensinniges Kopfschütteln. Da ließ er sich schwer in einen Sessel fallen und starrte sie an. »Ich geb's auf. Aber du gefährdest mein Leben ebenso wie deines, deshalb achte unterwegs auf jeden einzelnen Schritt.«

»Das werde ich ... ich schwöre es ...« Dankbar sah sie ihn an. Charles' Lächeln fiel etwas matt aus.

»Du bist beinhart.«

»Es lohnt sich.« Audrey lächelte beglückt.


## 40

Mit dem Jeep brauchten sie drei Stunden von Kairo nach Port Saïd, wo das versprochene Fischerboot sie bereits erwartete. Charlie hatte aus sämtlichen Kleidungsstücken die englischen Firmenetiketten herausgetrennt, und er hatte Audrey geraten, nur die Sachen mitzunehmen, die eindeutig als amerikanische gekennzeichnet waren oder denen man ihre Herkunft auf den ersten Blick nicht ansah. Sie hatte daher ein uraltes Paar Turnschuhe angezogen, die nicht einmal sehr bequem waren, und war froh, daß die meisten Sachen, die sie mitgebracht hatte, alt waren und größtenteils aus San Franzisko stammten. Sie hatten ihre besten Tage schon hinter sich, und falls jemand so weit gehen sollte, sie zu kontrollieren, gewann ihre Geschichte damit an Glaubwürdigkeit. Charles gab sich als amerikanischer Journalist aus und Audrey als freiberufliche Fotoreporterin. Dem Eigner des Fischerbootes hätte das alles nicht gleichgültiger sein können. Er war nur an dem Geld interessiert, das er dafür bekam, daß er sie nach Tripolis brachte. Unterwegs lief er Beida, Bengasi, Al-Agheila und Sirte an. Die Fahrt in dem stickigen kleinen Boot dauerte zwei Tage. Sie wären gut vorangekommen, behauptete der Kapitän. Audrey kämpfte heldenhaft gegen die Seekrankheit an, da sie nicht wagte, sich gehenzulassen, aus Angst, Charlie würde es ihr nie im Leben verzeihen. Wenn ihr danach zumute war, machte sie ein paar Aufnahmen, aber insgeheim waren beide in Gedanken bei ihrem Vorhaben.

Die Wirklichkeit umfing sie wieder, als sie lautlos in den Hafen glitten, inmitten von italienischen und deutschen Kriegsschiffen. Überall sah man Uniformen. Sie befanden sich nun auf feindlichem Gebiet. Falls einem von ihnen ein Fehler unterlief, würde es beide das Leben kosten. Der Eigner des Fischerbootes hätte sie verraten können, er hatte jedoch das ganze vergangene Jahr für die Briten gearbeitet und wollte eine so profitable Einkommensquelle nicht verlieren. Nachdem er sie abgesetzt hatte, fuhr er eiligst davon, die ganze Strecke zurück nach Port Saïd. Bei der Rückfahrt würden sie improvisieren müssen, und Audrey hoffte, daß sie über Land fahren würden, als sie Charlie durch den vor Leben brodelnden Hafen folgte. Sie fanden jemanden, der sie zum Hotel Minerva brachte. Charles führte sie als erstes in die Bar und bestellte Drinks. Dann nahmen sie zwei Zimmer auf derselben Etage. Sie waren noch unschlüssig, ob sie sich die spärlichen Sehenswürdigkeiten der Stadt ansehen sollten oder nicht.

»Was sollen wir tun?« Audrey blickte fragend zu ihm auf, heilfroh darüber, wieder festen Boden unter den Füßen zu haben.

»Wenn es soweit ist, dann werden wir alles erfahren, was wir wissen wollen, denke ich. Die Ankunft des Generals wird hier große Aufregung verursachen.« Sie gab ihm recht, und doch hatten beide nicht erwartet, so rasch davon zu hören. Von zwei Italienern, die erregt an der Bar debattierten, erfuhren sie am nächsten Tag, daß der deutsche General am Abend zuvor eingetroffen und in einem Hotel in der Nähe abgestiegen sei. Seinen Namen kannten sie nicht, doch sei es einer der größten, vertrauten sie Audrey und Charles mit freundlichem Lächeln an, das auch anhielt, als sie hörten, daß sie amerikanische Journalisten waren. Die Nachricht würde nun für alle freigegeben werden.

»Die Engländer werden bald das große Fürchten lernen!« behaupteten die zwei Italiener, worauf Charles sich zu einem Lächeln zwang. Beim Verlassen der Bar warf er Audrey einen siegesgewissen Blick zu.

»Sagte ich's doch, daß wir es erfahren würden.« Den Namen des Generals kannten sie noch immer nicht, aber das wollten sie jetzt gleich herausfinden. Zu diesem Zweck steuerten sie dreist das genannte Hotel an und betraten lässig die Bar, in der es ungeheuer lebhaft zuging. Man sah deutsche neben italienischen Uniformen, und in der Eingangshalle stand ein SS-Posten und unterhielt sich angeregt. Audrey und Charles wurden genau in Augenschein genommen. Zwei Männer bedachten Audrey mit einem hungrigen Lächeln, doch Charlie manövrierte sie mit desinteressiertem Blick direkt an die Bar und bestellte etwas zu trinken. Da er nicht betrunken werden wollte, nippte er nur an seinem Glas und ermahnte auch Audrey zur Vorsicht, während er sich lachend und scheinbar unbeschwert mit ihr unterhielt.

»Sieht aus, als wären wir hier mittendrin, mein Mädchen.« Sein Lächeln hätte nicht unbefangener sein können. Solange man sie nicht erwischte, war alles wirklich ganz einfach. Beide spürten, wie ihnen der Schweiß über Rücken und Arme lief, während sie sich um äußere Ruhe bemühten und sich so locker gaben wie die übrigen Gäste. Als sie nach einer Stunde berieten, wohin sie essen gehen sollten, betrat plötzlich ein Dutzend deutscher Offiziere die Bar, in ihrer Mitte ein untersetzter, kräftiger Mann mit auffallend blauen Augen. Er war als erster näher gekommen und hatte sofort alle Anwesenden eingehend gemustert. Alles an ihm wirkte straff, militärisch und korrekt. Seinem interessierten Blick entgingen Audrey und Charles nicht. Es war, als nehme er sie als Teil seines neuen Kommandos unter die Lupe. Kein Zweifel, das war der Mann, um dessentwillen sie gekommen waren. Man hörte Hackenknallen und sah zackiges Salutieren, und sogar die Italiener zeigten sich beeindruckt, als die Adjutanten des Neuankömmlings ständig ›Mein General‹ riefen. Dennoch erweckte er nicht den Eindruck von Arroganz. Audrey stellte sogar fest, daß sein Blick Intelligenz verriet. Fast glaubte man zu hören, wie die Rädchen in seinem Kopf arbeiteten, während er alle musterte. Fast hätte Audrey auch salutiert. Atemlos sah sie ihn an und bemerkte – als einzige, wie sie hoffte –, daß Charlie zusammenzuckte. Dann verließ der General die Bar ganz schnell, und sie begegnete Charles' Blick, von der Frage bewegt, ob er ihn erkannt hatte.

»Kennst du ihn?« Sie fragte es ganz leise. Charlie schüttelte den Kopf. Der Mann war ihm von Fotos her bekannt vorgekommen, aber er war seiner Sache nicht sicher.

»Ich werde mal herumfragen. Sicher weiß es hier jeder.« Obwohl sie noch eine Weile, mit allen angeregt plaudernd, an der Bar sitzen blieben, konnten sie nichts erfahren, bis – endlich ein junger deutscher Offizier laut auflachte.

»Amerikaner! Sie müßten doch den Namen des größten deutschen Generals kennen!« Kopfschüttelnd tat er sie als Einfaltspinsel ab. In ganz Deutschland war sein Name ein Begriff, auch wenn die Italiener keine Ahnung hatten. »General Rommel, natürlich!«

Sie hatten es geschafft! Als sie wenig später hinausschlenderten, mußte Audrey sich zwingen, nicht vor Freude zu jubeln und in die Hände zu klatschen. Sogar Charlie machte ein zufriedenes Gesicht und drückte triumphierend ihre Hand. Mit einem Taxi fuhren sie zu ihrem Hotel zurück, weil sie dort zu Abend essen wollten, um dann sofort die Fahrt zurück nach Kairo anzutreten. Es war alles so einfach gewesen. Aber plötzlich wollte Audrey sich nicht damit zufriedengeben, daß sie den Namen herausbekommen hatten.

»Warum machen wir mit ihm nicht ein Interview?« schlug sie beim Essen dem entsetzten Charlie vor.

»Bist du verrückt geworden? Was ist, wenn man dahinterkommt, wer wir sind?«

»Was sollen sie entdecken? Wir sind Amerikaner. Du bist Kriegsberichterstatter, ich bin Pressefotografin. Wir könnten wenigstens fragen ...« In ihren Augen blitzte es auf. »Das wäre doch was, Charlie, oder?« Sie war in ihrem Element, und Charlie spürte, wie das Essen schwer in seinem Magen lag. Audrey mußte den Verstand verloren haben.

»Hör mal, du läßt deiner Phantasie zu sehr die Zügel schießen ...« Doch nach gründlicher Überlegung wurde ihm klar, daß sie recht hatte. Da sie schon vor Ort waren ... und vielleicht glückte es ihnen, auf diese Weise noch zusätzlich etwas herauszufinden ... Beim Kaffee unterhielten sie sich eingehend darüber, und am Abend machten sie konkrete Pläne. Am nächsten Tag wollten sie in Rommels Hotel ein Schreiben hinterlassen, in dem sie um ein Interview baten. Und dann hieß es abwarten. Mit großem Herzklopfen fuhren sie in sein Hotel und hinterlegten die Nachricht, die beide gemeinsam abgefaßt hatten. Sie wußten, daß der Brief durch zahlreiche Hände gehen mußte, ehe er den General erreichte. Es stand nicht viel mehr darin, als daß sie zwei amerikanische Journalisten seien, die sich durch ein Interview mit General Rommel sehr geehrt fühlen würden.

Der Mann, dem sie den Brief aushändigten, bat sie, um vier Uhr nachmittags wiederzukommen. Und als sie wiederkamen, wurden sie erst von einem Paar blauer deutscher Augen abschätzend gemustert. Der junge Adjutant fragte sie, ob sie dem General schon begegnet seien.

»Nein.« Audrey lächelte ihn unschuldig an. »Aber wir möchten ihn gern kennenlernen. Wir arbeiten für etliche amerikanische Zeitungen und Magazine. Ich bin sicher, die amerikanische Öffentlichkeit wird vom Oberkommandierenden des neuen Afrikakorps begeistert sein.« Ihm war anzusehen, daß er sie für eine dumme Gans hielt.

»Fräulein, Sie bekommen morgen um zehn eine Antwort«, Charlie wurde mit einem knappen Nicken bedacht. Beide empfahlen sich ungezwungen und plauderten über Belanglosigkeiten, bis sie draußen vor dem Hotel standen und Audrey atemlos fragte: »Glaubst du, sie haben uns durchschaut?«

Charles schüttelte den Kopf. »Wohl kaum«, gab er halblaut zurück. Auf dem Weg ins Hotel wurde nur wenig gesprochen. Den Rest des Tages verbrachten sie mit einem Bummel durch die

Straßen von Tripolis, in denen Audrey von anerkennenden Pfiffen der Italiener begleitet wurde. Allein Audreys Anwesenheit war schon belastend, und Charlie fürchtete, ihr Plan, Rommel zu interviewen, sei zu tollkühn. Was sie wissen wollten, das hatten sie erfahren. Mehr brauchten sie nicht in Erfahrung zu bringen, und er wollte die Rückkehr nicht zu sehr verzögern. »Was möchtest du heute abend unternehmen?« fragte er. Sie waren im Hafen angelangt, und Audrey hob den Kopf und sah ihn lächelnd an.

»Beten.«

Ihre Antwort entlockte ihm ein Lächeln. Sie gingen ins Hotel, aßen zu Abend und gingen sehr früh zu Bett. Punkt zehn am nächsten Morgen waren sie wieder im Hotel des Generals. Derselbe Adjutant betrachtete sie argwöhnisch, als sie vor seinem Schreibtisch standen. Mit Herzklopfen sah Audrey, wie er Charlie eine versiegelte Nachricht übergab, die dieser auf halbem Weg durch die Hotelhalle aufriß. Es stand nur der Name des Hotels, aus dem sie eben hinausgingen, darauf und die Uhrzeit. 13 Uhr. Erstaunt sah er Audrey an.

»Mein Gott, wir haben es geschafft!« Das äußerte er im Flüsterton, bemüht, sich seine Erregung nicht anmerken zu lassen, als er zur Bar vorausging, obwohl es erst kurz nach zehn Uhr morgens war. Er bestellte zwei Glas Bier und reichte ihr den Zettel. Sie standen nun vor dem Problem, was als nächstes zu tun sei. Für das Interview hatte Charlie einen Notizblock eingesteckt, und Audrey führte ständig ihre Kameras mit, um immer bereit zu sein, aber auch, um zu verhindern, daß sie ihr gestohlen wurden.

»Was machen wir bis eins?« Audrey war nervös wie eine Braut am Hochzeitsmorgen, aber die nächsten drei Stunden vergingen wie im Flug, während sie spazierenliefen und besprachen, was sie General Rommel fragen wollten. Doch als sie ihm schließlich gegenüberstanden, fühlten sie sich ganz unvorbereitet. Die Räume, die er als Hauptquartier benutzte, waren so üppig eingerichtet wie das gesamte Hotel, einiges von dem Pomp hatte er allerdings entfernen lassen. Als er den Raum betrat, in dem Charlie und Audrey warteten, waren sie wieder auf den ersten Blick von seiner Erscheinung beeindruckt, die erkennen ließ, daß man einen Mann von Bedeutung vor sich hatte. Auch ohne Uniform wäre er allein durch seine Haltung aufgefallen. Er hatte eindringlich blickende, leuchtend blaue Augen und ein herzliches und warmes Lächeln. Zudem schien er außerordentlich erfreut, sie bei sich zu sehen, und äußerte sich sehr anerkennend über Präsident Roosevelt. Er erzählte ihnen, daß er vor dem Krieg in Amerika gewesen sei. Im Moment habe er natürlich für Reisen keine Zeit, eine scherzhaft gemeinte Bemerkung, die er selbst belächelte. Als Audrey das Foto einer Frau auf dem Schreibtisch bemerkte, folgte der General ihrem Blick.

»Das ist Lucie, meine Frau.« Sein Ton ließ erkennen, wie viel ihm seine Frau bedeutete. Und die ganze Zeit über erschien es ihnen unglaublich, daß sie sich Zugang zu diesem Mann verschafft hatten, indem sie als amerikanische Journalisten getarnt um ein Interview mit General Rommel baten. Charlie konnte es nicht fassen, wie einfach alles gewesen war, während Audrey staunte, wie leicht man mit dem General ins Gespräch kam. Von Deutschland und vom Führer sprach er in einem Ton, der fast an jenen heranreichte, mit dem er von seiner Frau erzählt hatte. Und während er redete und Charlie sich eifrig Notizen machte, wurde klar, daß Rommel Soldat durch und durch war. Er sagte, daß er begeisterter Flieger sei, und zeigte sich an dem wenigen, was er bislang von Afrika gesehen hatte, sehr interessiert. Und er legte großen Wert darauf, Charlie klarzumachen, daß das Afrikakorps eine außergewöhnliche Einheit der Armee werden sollte. Kaum hatte er ausgesprochen, als er die Hand nach Audreys Kamera ausstreckte. Erschrocken über diese Geste, überließ sie ihm die Kamera und hoffte, daß nichts daran war, was sie verraten konnte: keine verräterischen Streichholzheftchen oder Zettel mit dem Aufdruck ihres Hotels oder Zimmerschlüssel oder gar – was Gott verhüten möge – Charlies britischer Paß.

Audrey sah Rommel zu, wie er ihre Kamera gründlich begutachtete. »Stimmt etwas nicht daran?« Ihr Herzschlag dröhnte ihr in den Ohren, doch er begegnete lächelnd ihrem Blick und nickte anerkennend.

»So eine habe ich auch. Nur benutze ich eine andere Linse.

Hier«, er sprang auf, »ich zeige sie Ihnen.« Zwei schnelle Schritte durch den Raum – und er zog ein Schubfach auf und holte drei Kameras hervor, die mit der ihren identisch waren, jede mit einem geringfügig abgewandelten Objektiv. Audrey war sehr daran interessiert. Minutenlang sprachen sie über seine und ihre Linsen, warum er diese und jene verwendete und warum er verschiedene Kameras benutzte. Er war ein begeisterter Fotograf und zeigte sich in keiner Weise beunruhigt, als sie nach Beendigung des Interviews Bilder von ihm machte. Fast zwei Stunden hatten sie mit ihm verbracht. Als sie sich bedankten und sich zum Gehen wenden wollten, verabschiedete er sie mit einem Händedruck. »Vom Afrikakorps werden Sie noch große Dinge hören.«

»Davon bin ich überzeugt.« Audreys anmutiges Lächeln war nicht ganz unaufrichtig.

Auf dem Weg aus dem Hotel mußte sie sich immer wieder in Erinnerung rufen, daß der General zu jenen gehörte, die Karl Rosen auf dem Gewissen hatten. Und sie wandte sich Charlie zu, der ihren Erfolg immer noch nicht fassen konnte. »So ungern ich es eingestehe, der Mann gefällt mir«, sagte sie.

»Mir auch.« Charles fand vor allem die Offenheit des Generals überwältigend. Natürlich hatte er nichts Direktes über seine Pläne verlauten lassen, doch abgesehen davon hatte er sich über alles, was man ihn fragte, sehr gesprächig gezeigt. Aufgrund dieses Interviews war es unmöglich, ihn zu verabscheuen. Es war ganz klar, daß er seine Frau, die Armee und seine Kameras liebte, sehr wahrscheinlich in dieser Reihenfolge. Er war in jeder Hinsicht der geborene Soldat, und Charlie plagten schon Zweifel, ob die Briten ihm gewachsen sein würden. Insgeheim hatte er große Bedenken.

Im Hotel angekommen, packten sie rasch die wenigen Sachen, die sie mitgebracht hatten, bezahlten und verließen das Haus, um zum Hafen zu fahren. Charlie war der Meinung, es sei zu gefährlich, über Land nach Kairo zurückzukehren, und er wollte sehen, ob es im Hafen ein Boot zu mieten gäbe. Es bedurfte stundenlanger Verhandlungen mit den Kapitänen verschiedener kleiner Schiffe, aber schließlich stießen sie auf einen, der für einen enormen Preis bereit war, sie bis Alexandria zu bringen. Bei Sonnenuntergang liefen sie mit der Flut aus. Atemlos sah Charlie Audrey an und legte ihr einen Arm um die Schulter. Er betete darum, daß Rommel sie nicht beobachten ließ. Doch auch wenn es der Fall sein sollte, war nichts weiter dabei, daß sie nach Ägypten fuhren. Schließlich waren sie Amerikaner und auf der Jagd nach interessanten Kriegs-Storys. Rommel hatte sie ihres Mutes wegen sogar gelobt, besonders Audrey. »Eine hübsche junge Frau so fern der Heimat und an einem so gefährlichen Ort«, hatte er gesagt, ohne daß Blick und Miene auf irgendwelche Hintergedanken hätten schließen lassen. Seine Augen leuchteten bei jeder Erwähnung seiner geliebten Lucie auf. Er war ein anständiger und aufrechter Mensch. Audrey bedauerte, daß sie auf verschiedenen Seiten standen. Wie man allgemein hörte, wurde er von seiner Truppe sehr respektiert, da er zu den Offizieren gehörte, die an der Seite ihrer Männer kämpften.

Diesmal dauerte die Fahrt drei Tage. In Alexandria organisierten sie sich einfach einen Jeep, der sie nach Kairo brachte. Als sie schließlich das Shepheard vor sich sahen, erschien es ihnen wie eine Fata Morgana in der Wüste. Audrey stieß bei der Ankunft einen Freudenschrei aus und schlang in einem nervösen Lachanfall die Arme um Charlies Hals.

»Wir haben es geschafft! Wir haben es geschafft!« Er riet ihr, ihren Ton zu dämpfen, doch war er ebenso hochgestimmt wie sie und nahm sie zu General Wavell mit, den sie sofort aufsuchten, nachdem sie geduscht und sich umgezogen hatten. Rückblickend erschien ihnen jetzt alles wie ein Traum. Unglaublich, daß es ihnen geglückt war, tatsächlich ein Interview mit Rommel zu machen.

Sie fuhren in den Gezira-Klub, wo Wavell den Nachmittag über Golf spielte. Der General war sichtlich erfreut, Charles zu sehen, erschrak aber bei Audreys Anblick. Charlie sagte ihm ganz offen, daß Audrey die Fahrt nach Tripolis mitgemacht hätte. Wavells Gesicht lief rot an, und er schien schon viel weniger erfreut, bis Charles ihm kommentarlos, aber mit einem vielsagenden Blick zwei Filmrollen aushändigte.

»Ich glaube, damit werden Sie sehr zufrieden sein, Sir.«

Wavell sah erst Audrey an und dann Charles. »Ich wußte nicht, daß Sie Mitarbeiter haben, Parker-Scott.« Charles war nahe daran zu sagen ›Ich auch nicht‹, hielt sich aber zurück, da dieser Einwurf den General sicher alles andere als amüsiert hätte. Sie waren ihm in einen privaten Raum innerhalb des Klubs gefolgt. »Es ist ein großes Glück für Sie, daß Sie alles wohlbehalten überstanden haben.« Vorwurfsvoll sah er Charles an. »Man hätte die junge Dame als Geisel festhalten können, wenn sich Zweifel an Ihrer Geschichte eingestellt hätten.«

Charles, der Audrey in diesem Augenblick am liebsten erwürgt hätte, nickte reumütig und sagte: »Wir haben die gewünschte Information, Sir.«

Man hätte das Schweigen mit dem Messer schneiden können. »Nun?«

»Es ist General Rommel.«

Langsam erhellte sich Wavells Miene wieder. »Verdammt will ich sein ...« Und dann kniff er die Augen zusammen. »Sie haben ihn selbst gesehen? Sind Sie sicher, daß er es ist?«

Audrey blickte angestrengt in eine andere Richtung. Sie konnte es kaum erwarten, bis er die Bilder zu sehen bekäme. Aber Charlie sagte: »Ja, Sir.« Kaum imstande, sein Lächeln zu unterdrücken, setzte er hinzu:»Wir haben ein Interview mit ihm gemacht.«

»Sie haben ... was?«

Tief Atem holend, versuchte Charles alles ganz rasch zu erklären. »Es war eigentlich Miß Driscolls Idee. Wir gaben uns als amerikanische Journalisten aus und interviewten ihn in seinem Hotel.«

Der General starrte sie an und setzte sich. Die zwei Filmrollen hielt er so fest in der Hand, als könnten sie davonfliegen. »Und das sind Fotos, die Sie von Rommel während des Interviews gemacht haben?« Die beiden waren zwei unglaubliche Draufgänger und total verrückt, doch er war hocherfreut.

Charlie ließ Audrey die verdiente Würdigung angedeihen. »Miß Driscoll hat die Fotos gemacht, während ich mit dem General sprach.«

»Haben Sie sich Notizen gemacht?«

»Ja, Sir.« Da strahlte General Wavell und schüttelte Charles und Audrey mit schmerzhafter Heftigkeit die Hand. »Sie sind beide absolut fabelhaft.« Noch einmal bedachte er sie mit einem eindringlichen Blick, um ihnen sodann zu versichern, sie würden von ihm in Kürze hören. Auf jeden Fall wünsche er sie am nächsten Tag um acht Uhr morgens zu sehen. Er wollte Charlies Notizen lesen, obwohl Charlie ihn darauf aufmerksam machte, daß Rommel nichts preisgegeben hätte, am allerwenigsten seine Absichten, wie und wo er das neue Afrikakorps einsetzen wollte. Aber Wavell und sein Stab waren versessen auf sämtliche Einzelheiten. Der Film sollte schon in der Nacht entwickelt werden. Noch einmal schüttelte er ihnen die Hand und verließ eilig den Klub, nicht ohne Audrey und Charles vorher zu Drinks einzuladen, falls sie Lust dazu hätten, doch der Gezira-Klub war ihnen zu steif. Sie waren froh, wieder ins Shepheard zu kommen und ihre alten Bekannten in den bequemen Korbsesseln auf der Terrasse anzutreffen.

## 41

Über andere Kontakte in Tripolis erfuhren die Briten in den nächsten Wochen, daß Generalfeldmarschall Rommel genau einen Monat nach seiner Ankunft in Tripolis eine Truppeninspektion ansetzte. Und er brüstete sich mit seinem geliebten Afrikakorps vor allen Zuschauern, zur Erheiterung der britischen Kontaktleute sogar mehrmals. Dabei griff er zu einer List, um alle jene, die dem Feind Informationen verkauften, irrezuführen. Viele der Panzer ließ er mehrfach bei der Parade vorüberrollen. Doch zwei gebrochene Raupenketten verrieten seinen Trick schließlich. Es war ein glänzender Einfall, der sämtliche Zuschauer gebührend beeindruckte. Rommel war ein hochintelligenter, brillanter Mann, der den Briten großen Respekt abnötigte. Ebensolchen Respekt aber hatten sie vor Audrey und Charlie nach deren erfolgreicher Mission. Audreys vergrößerte Aufnahmen waren in Wavells Stab von Hand zu Hand gewandert. Sie gehörten zu den besten Bildern, die je von einem Mitglied des Oberkommandos der Wehrmacht gemacht worden waren. General Wavell hatte Audrey deshalb mehrfach geneckt.

»Schade, daß Sie die Bilder nicht Rommels Frau schicken können. Sie sind ausgesprochen gut ... sie würde sich gewiß sehr freuen ...« Auch Audrey freute sich. Die Fotos zeigten Rommel, wie er war, als nachdenklichen, überaus fähigen, einsichtigen und wahrscheinlich anständigen Menschen. Nie hätte sie gedacht, dies jemals von einem von Hitlers Anhängern sagen zu können; Rommel hatte ihr auf Anhieb gefallen.

Zwölf Tage nach der Truppeninspektion in Tripolis unternahm der Generalfeldmarschall einen Vorstoß nach Osten und griff Al-Agheila an der Küste mit Panzern an. Die Briten zogen sich dreißig Meilen in nordöstlicher Richtung zurück. Es war Rommels erster Sieg, und er hatte ihn unter Einsatz seiner zwei Lieblingswaffen gegen den Feind gewonnen, nämlich durch Schnelligkeit und durch Ausnützung des Überraschungsmoments. Vor Beginn des Angriffs hatte er das Gebiet überflogen, und zu Mittag kämpfte er an der Seite seiner Truppen in einem eigenen Panzer mit, bis die Schlacht gewonnen war. Bis zum zehnten April waren die Briten bis Tobruk zurückgeworfen, wo sie sich einigelten. Tobruk mußte um jeden Preis gehalten werden. Charlie und Audrey hörten in Kairo die Geschichten, die im Umlauf waren, und in ihnen wuchs die Sorge, Rommel könnte die Oberhand behalten. Er war in mancher Hinsicht ein großer Mann, der sie sehr beeindruckt hatte. Der Gedanke, daß er nun mit jedem Tag näher kam, war erschreckend. Und mit jedem Tag wurden auch die Legenden größer, die ihn umgaben. Er trug die Wüstenbrille eines britischen Offiziers, eine ›Kostbarkeit‹, die er nach einem erfolgreichen Kampf vom Boden aufgelesen hatte, und er war ständig in seiner eigenen Maschine unterwegs, um sich einen Überblick über das Land zu verschaffen. Er kämpfte Seite an Seite mit seinen Soldaten, in Panzern, zu Fuß und in der Luft. Wollte man den von der Front kommenden Männern glauben, dann war er allgegenwärtig. Mittlerweile war allen klar, daß das Afrikakorps eine Streitmacht war, die man sehr ernst nehmen mußte. Neu oder nicht, es setzte sich aus hervorragenden Soldaten zusammen.

Die Kämpfe mit Rommel zogen sich monatelang hin. Die Briten versuchten verzweifelt, Tobruk zu halten, und Rommel setzte ihnen schwer zu. Charles fuhr sogar einmal hin und schlich sich spät nachts mit einem kleinen, von General Wavell entsandten Trupp per Jeep in die Stadt. Mittlerweile hatte man gelernt, bei allen Aktionen mit größter Vorsicht vorzugehen. Sämtliche Hinweise und Spuren in der Wüste mußten verwischt werden, sogar die Windschutzscheiben wurden abgenommen, der verräterischen Spiegelwirkung wegen. Einige Tricks übernahm man von Rommel, dem Listenreichen. Charles war erschrocken über die Heftigkeit der Kämpfe, über die hohen Verluste und darüber, wie hoffnungslos zeitweise die Lage aussah. Doch die Engländer ließen sich von Rommel nicht unterkriegen.

Es wurde aber noch schlimmer, denn das Wetter war nicht mehr auf ihrer Seite. Die milden Wintermonate waren vorüber, jetzt machten heftige Regenfälle es zusehends schwieriger, die Panzer zu manövrieren. Und dann kamen die gewaltigen Sandstürme der Trockenzeit, die den feinen Sand zu undurchdringlichen Wänden hochwirbelten. Der Sand durchdrang alles und blendete die Männer, Briten und Deutsche gleichermaßen, und verursachte Atemnot. Die Sandstürme hatten so viel Gewalt, daß sie Militärlaster glatt umwerfen konnten. Die Soldaten legten ihre Stahlhelme ab und umhüllten die Köpfe mit Tüchern, Wasser wurde noch kostbarer als zuvor, und die lästigen Stechfliegen nahmen überhand. Hatte man einmal Kairos Luxus den Rücken gekehrt, präsentierte sich das Schlachtfeld als Ort des Schreckens. Soldaten verloren sich in den Sandstürmen und kamen ziellos umherirrend um oder verhungerten elend in ihren Panzern. Anfang April waren sechs britische Generäle doch tatsächlich in ein deutsches Lager geraten, nachdem sie sich im Sandsturm verirrt hatten.

Das Afrikakorps rückte bis auf achtzig Kilometer an Alexandria heran. Rommel war ständig in der Luft unterwegs, um den Überblick zu behalten. Die Briten hatten sich in Tobruk verbarrikadiert, und Charlie war froh, als er endlich wieder nach Kairo kam, wo ihn Audrey sehr erleichtert über seine Rückkehr erwartete. Sie warf sich in seine Arme. Wie gewöhnlich hatte sie mit

Freunden auf der Terrasse gesessen und sich die Wartezeit vertrieben. Und plötzlich war er da, und sie lachte und weinte gleichzeitig, küßte ihn auf Augen und Wangen und Bart, während er sie hochhob und herumwirbelte.

»Du Wahnsinnige, was hast du während meiner Abwesenheit angestellt?«

»Nur gewartet, mein Schatz.« Sie sah ihm lächelnd in die Augen. »Mir war vor Angst und Sorge ganz elend.«

»Ich bin so unbezwingbar wie die britische Flotte.« Doch es gab in jüngster Zeit immer wieder einmal Berichte, daß auch dies nicht mehr ganz zutreffend war, denn die deutschen U-Boote forderten von der englischen Flotte einen hohen Zoll. Audrey sah ihn besorgt an.

»Ich hatte jede Minute Angst um dich.«

»Eine schreckliche Zeitverschwendung, Audrey.« Zusammen gingen sie auf ihr Zimmer. »Wir haben bisher alles überlebt, was uns bedrohte, wir werden auch das überleben. Denk doch, wie gut wir dran sind, weil wir zusammensein können, anders als die arme Vi, die James kaum noch zu sehen bekommt.«

»Ich weiß ... aber mir ist doch lieber, wenn deine gefährlichste Aktion darin besteht, um fünf Uhr auf der Terrasse einen doppelten Whisky zu bestellen.« Charles lachte und schubste sie mit kräftigen Armen aufs Bett. An jenem Abend gingen sie nicht mehr hinunter. Sie lagen zusammen in dem bequemen Bett, und er erzählte ihr von Tobruk. Sie sprachen miteinander, liebten sich und dösten dazwischen ein, bis Charles bei Tagesanbruch aufstand, duschte und dann wieder ins Zimmer kam, um auf ihr schlafendes Gesicht niederzusehen. Audrey sah aus wie ein Engel, der von der Stuckdecke auf sein Bett gefallen war. Wie glücklich sie waren ... wie glücklich er war ... dann legte er sich behutsam neben sie und streichelte sie. Es gab ihm so viel, mit ihr im selben Raum zu sein. Sie rührte sich, lächelte und machte ein Auge auf, um ihn verschlafen anzublinzeln.

»Was für eine reizende Art, aufgeweckt zu werden ...« Sie zog ihn an sich, küßte seinen Nacken und seine Brust, dann seine Lippen, ohne die Augen zu öffnen. Körper und Seele gehörten ihm und waren von unstillbarem Hunger nach ihm erfüllt.

Im Juni 1941 kam der britische Gegenangriff, mit dem die Deutschen zurückgeworfen werden sollten, General Wavell versagte total und wurde von einem Mann ersetzt, der liebevoll ›The Auch‹ genannt wurde. General Auchinleck führte eine Reorganisation der westlichen Wüstenarmee durch und setzte General Cunningham an die Spitze der Truppen. Volle vier Monate sollte es dauern, bis man Rommel unter Aufbietung sämtlicher Streitkräfte zurückgeworfen hatte. Am achtzehnten November kam es bei Fort Maddalena zu einer Begegnung mit Rommel, und noch vor Ablauf einer Woche war klar, daß Cunningham genauso versagen würde wie Wavell. Am sechsundzwanzigsten wurde Cunningham von Auchinleck abgesetzt. Und am dreißigsten begann Rommel mit der erneuten Belagerung Tobruks, entschlossen, es um jeden Preis zu nehmen. Charlie wußte, daß er seinen Bericht unmittelbar vor Ort schreiben mußte. Die Schlacht war zu wichtig, als daß man über sie von der Terrasse des Shepheard oder vom Gezira-Sporting-Club aus hätte berichten können. Bisher war es für ihn ein leichter Einsatz gewesen. Er ging mit Audrey allabendlich essen und anschließend mit Bekannten in Nachtklubs. Jetzt war damit Schluß. Audrey wurde sehr nervös, als sie sah, daß er den kleinen Reisesack packte, den er mit ins Feld zu nehmen pflegte.

»Du willst also wieder nach Tobruk?« Aus ihren Augen sprach Angst, und Charles nickte. An jenem Tag hatten die Verluste tausend Mann betragen, und ›The Auch‹ hatte ihm versprochen, ihn irgendwie hinzuschaffen. »Ich will nicht, daß du gehst.« Das sagte sie im Flüsterton.

»Ich muß, Aud. Deswegen bin ich hier.«

»Aber es ist einfach zu dumm, wegen eines Kampfes getötet zu werden, der ohnehin schon seit Monaten tobt. Um Tobruk wird seit dem Frühjahr gekämpft. Und du warst schon einmal dort.«

Er lächelte liebevoll. »Aud, du weißt, daß ich gehen muß.«

»Verdammt, warum kann das nicht ein anderer übernehmen? Es gibt hier eine Menge anderer Berichterstatter. Es handelt sich ja nicht um eine geheime Mission, die niemand sonst übernehmen könnte. Von einer Belagerung kann jeder Hohlkopf berichten.«

»Na, ich schätze, daß es dieser Hohlkopf da machen muß«, er faßte nach seinem Kopf. »Keine Angst, Aud. In ein paar Tagen bin ich wieder da, unversehrt und heil.«

»Und wenn du in Gefangenschaft gerätst?« Sie bekam es plötzlich mit der Angst zu tun. Eine innere Stimme sagte ihr, daß er diesmal nicht nach Tobruk gehen sollte.

»Außer dir will mich niemand haben.«

»Mir ist es ernst.« In ihren Augen standen Tränen. Und mit gutem Grund.

Er war liebevoll, aber unnachgiebig, und er fuhr in der Nacht los, als sie schlief. Es würde schwer werden, hinzukommen und noch schwerer, hinter die Linien zu gelangen. Doch er schaffte es und lieferte eifrig Berichte über die Kämpfe. Charles war fast vier Tage im Kampfgebiet, als es passierte. Um einem Verwundeten seine Feldflasche mit dem wenigen übrigen Wasser zu reichen, drehte er sich um, als ihn plötzlich eine Explosion flach auf den Boden drückte. Ein unerträglicher Schmerz breitete sich auf seinem Rücken aus. Als nächstes wußte er nur, daß er auf dem Bauch lag und Stimmen vernahm. Danach wurde alles schwarz, ihm wurde kalt, dann heiß, und der Schmerz war qualvoll, während er, wie es schien, tagelang hin und her wankte. Er befand sich in einem Zelt irgendwo hinter den Linien. Jemand hatte gesagt, in der Nähe gäbe es Beduinen, und er fragte sich schon, ob ihn einer angegriffen hätte oder ob er entführt worden sei. Vielleicht war er sogar den Deutschen in die Hände gefallen ... er wußte nichts mehr, und es schienen Jahre zu vergehen, bis er seinen Namen hörte. Er glaubte, Audreys Stimme zu vernehmen, war aber seiner Sache nicht sicher. Er wußte nichts mehr sicher, wußte nur, daß der gräßliche Schmerz in seinem Rücken bis in die Beine ausstrahlte.

»Charlie ... Charlie ... mein Liebling ...« Es schien eine Ewigkeit zu dauern, bis er wieder die Augen öffnen konnte, und als er es tat, sah sie ihn an. Er befand sich im British Hospital in Kairo. Neben Audrey stand eine Oberschwester in gestärkter Schwesterntracht, um sich herum hörte er Stöhnen und entdeckte, daß er selbst zu den Stöhnenden gehörte. »Schon gut, mein Schatz. Jetzt bist du in Sicherheit ...«

Erst nach Tagen war er so weit ansprechbar, daß sie ihm alles erklären konnte. Ein Schrapnell hatte ihn getroffen, als er sich umdrehte, um dem Mann die Feldflasche zu reichen.

»Werde ich jemals wieder gehen können?« fragte er niedergeschlagen auf dem Bauch liegend in seinem Krankenbett. Sie lächelte.

»Ja, gehen schon, aber mit dem Sitzen wird es hapern...« Plötzlich war ihm klar, woher der Schmerz kam, doch er fand es nicht lustig, mochten auch alle anderen sich sehr darüber amüsieren. Er war ins Gesäß getroffen worden. »Na, wenigstens wird man bei Dinnerpartys nichts davon merken.« Er lächelte ihr tapfer zu, wenn er sich auch noch ganz elend von der Verwundung und dem langen Transport fühlte.

»Wie läuft es draußen?«

»Wunderbar. Wir haben einen großen Sieg errungen. Gestern wurde Rommel zurückgeworfen.« In der Zwischenzeit hatte sich aber noch viel Wichtigeres ereignet. »Charlie...« Sie versuchte, ihn aus der vom Fieber und den Medikamenten verursachten Benommenheit zu reißen. »Gestern haben die Japaner Pearl Harbor angegriffen.« Das hörte sich ungeheuer wichtig an. Charles versuchte, sich gleichzeitig zu konzentrieren und sie anzusehen.

»Wo liegt das?«

»Auf Hawaii.« Er war nicht sicher, was dies zu bedeuten hatte, doch Audrey fuhr fort, es ihm zu erklären. »Amerika ist in den Krieg eingetreten. Roosevelt hat den Japanern den Krieg erklärt.

Er sprach von einem ›Tag der Schande‹, und er hat recht.« Sie war auf Hawaii geboren, und deswegen traf es sie besonders, doch Charlie nickte wieder ein. Er war noch zu matt, um alles richtig zu begreifen, und es dauerte eine Woche, bis er sich mit ihr darüber unterhalten konnte.

»Na, jetzt steckt ihr mit uns drin«, sagte er.

Audrey sah ihn stirnrunzelnd an. »Ich war von Anfang an dabei.«

»Du schon, aber deine Landsleute nicht. Denk an die verdammte Ansprache Lindberghs in Des Moines im September, in deren Verlauf er die Vereinigten Staaten zur Neutralität ermahnte. Und Roosevelt hatte es mit dem Kriegseintritt so lange nicht eilig, bis man ihm eine Bombe vor die Hintertür warf. Schon vor Jahren hätten wir amerikanische Hilfe brauchen können.«

»Na, wenigstens bekommt ihr die Hilfe jetzt. Einem gewissen Jemand wird jedenfalls geholfen.« Sie lächelte ihm zu. In wenigen Tagen, wenn die Situation es erlaubte, würden sie nach Hause fliegen. Außerdem gab es noch etwas, was Audrey ihm sagen mußte. Sie waren mit Vi bereits übereingekommen, diese auf dem Land zu besuchen und die Weihnachtsfeiertage mit Molly zu verbringen, falls genug Platz für alle war. Für Charlie war es der ideale Erholungsort. Dennoch klagte er sehr, als sie Kairo verließen. Er wäre lieber bis zum bitteren Ende in Nordafrika geblieben, und er protestierte, bis sie an Bord der Maschine gingen. Plötzlich dachte Charles an die Vergnügungen in der Heimat, an das Wiedersehen mit Vi, James und Molly. Als er sich zu Audrey umdrehte, fiel ihm zum erstenmal auf, wie blaß sie war. Sie sah gar nicht gut aus. Sie war zwar wochenlang nicht an die frische Luft gekommen, weil seine Pflege sie in Anspruch genommen hatte, und ihre Sonnenbräune war verblaßt, aber es war mehr: Er sah ihr an, daß es ihr nicht gutging. Charles fühlte sich plötzlich schuldig, weil ihm dies nicht eher aufgefallen war.

»Wie lange siehst du schon so aus?«

»Wie denn?« Sie mimte die Unschuldige, doch war ihr klar, daß er ihr auf die Schliche gekommen war. Sie hatte es lange genug vor ihm geheimgehalten. Sie war seit fast drei Monaten schwanger.

»Du bist blaß. Fühlst du dich nicht wohl?«

Sie lächelte. Jetzt konnte sie es ihm sagen. Sie befanden sich auf dem Flug in die Heimat, es bestand nicht mehr die Gefahr, daß er sie allein nach Hause schickte. »Ich fühle mich wunderbar ... in Anbetracht der Umstände ...« Jetzt wollte sie ihn aufziehen, und er machte ein verwirrtes Gesicht.

»In Anbetracht ... wessen?«

»In Anbetracht der Tatsache, daß ich fast im dritten Monat bin.«

»Du bist was?« Wie betäubt starrte er sie an. »Und du hast kein Wort gesagt! Verdammt, du hättest die ganze Zeit im Bett sein sollen.« Keiner hatte die Fehlgeburt vergessen. Doch sie war in Kairo beim Arzt gewesen, der ihr geraten hatte, die Sache nicht zu dramatisieren, und das hatte sie getan. Vorsichtig war sie zwar auch gewesen, aber es konnte keine Rede davon sein, daß sie im Bett blieb, und sie hatte auch jetzt nicht diese Absicht. »Bist du verrückt?« Doch Schock und Zorn wichen reinem Entzücken, als er ihr zärtlich in die Augen sah. »Du hinterlistige kleine Geheimniskrämerin . . .« Er küßte sie. »Ich liebe dich.« Sanft legte er ihr die Hand auf den Bauch und sah sie glücklich an. »Spürst du ihn schon?«

»Woher willst du wissen, daß es ein Junge wird?« Das erste war ein Junge gewesen, doch daran dachte sie jetzt lieber nicht.

»Molly braucht ein Brüderchen.« Beide lächelten und hielten sich bei der Landung an den Händen. Noch in der Nacht nahmen sie den Zug und fuhren aufs Land auf Lord Hawthornes Landsitz, wo Vi sie mit Sandwiches und heißer Schokolade erwartete. Sie warfen einen Blick zu Molly hinein, Audrey setzte sich auf die Bettkante und strich ihr übers Haar, während ihr die Tränen über die Wangen liefen. Lächelnd blickte sie zu Charles auf. Er beugte sich herab und küßte beide. Es tat gut, wieder daheim zu sein . . . Und es war noch viel schöner, daß ein Baby unterwegs war.

## 42

Das Wiedersehen und Zusammensein mit Molly, mit Vi und deren Kindern war zu schön, um es durch eine Unterbrechung zu stören, doch Charles bestand darauf, mit der Bahn nach London zu fahren, als er sich wieder einigermaßen kräftig fühlte. »Warum denn?« fragte Audrey ihn. »Du hast dort nichts zu tun!« Weihnachten war nahe, und Audrey wollte von ihm nicht getrennt sein, nicht einmal für eine Minute, besonders jetzt nicht. Es sah aus, als wolle sie sich die ganze Zeit über an ihn klammern. Daran war ihr Zustand schuld, das war beiden klar. Molly hatten sie noch nichts von dem Baby gesagt, weil sie das Gefühl hatten, es sei zu früh. Sie wollten sicher sein, daß Audrey das Kind behielt, damit Molly nicht enttäuscht würde. »Wohin willst du, Charles?«

»Ich muß etwas Geschäftliches erledigen, das ist alles.« Er wollte ihr nichts sagen, ehe er nicht mit Charlotte gesprochen hatte. In ihrem empfindlichen Zustand wollte er ihr keine Hoffnungen machen, die sich dann womöglich nicht erfüllten. »Vi, bitte paß auf sie auf. Sie soll nichts, aber auch gar nichts unternehmen.«

»Geht in Ordnung.« Violet hatte das alles schon einmal mit Audrey durchgemacht und wollte alles tun, um zu verhindern, daß es erneut zu einer Katastrophe kam. Sie drohte ihrer Freundin scherzhaft mit dem Finger, und Audrey, die gern gewußt hätte, was Charles vorhatte, lachte dazu. Am Nachmittag waren beide sehr beschäftigt und dadurch abgelenkt.

Charlie überlegte sich, im Zug sitzend, was er Charlotte sagen wollte. Die Bahnfahrt bedeutete für ihn noch eine ziemliche Strapaze, doch wäre er über heiße Kohlen gegangen, um an sein Ziel zu kommen.

Fünf vor vier traf der Zug in London ein. Auf seinen Krücken humpelte Charles vor den Bahnhof und winkte ein Taxi herbei. Er gab dem Fahrer die Adresse seines Verlegers an und setzte sich in den Fond. Er war nervös, und im Moment empfand er nicht einmal mehr den Wundschmerz, weil er mit den Gedanken schon bei seinem Vorhaben war. Er bedankte sich beim Fahrer mit einem saftigen Trinkgeld, ehe er ins Haus eilte, so schnell es ihm möglich war. In dem vertrauten Büro angelangt, blieb er vor dem Schreibtisch der Sekretärin stehen. Seiner Ansicht nach war es am besten, Charlotte ohne Voranmeldung zu überrumpeln. Das Mädchen, das noch neu hier war, sah zu ihm auf. Das Gesicht kam ihr bekannt vor, doch erkannte sie ihn nicht und bat ihn um seinen Namen, als er nach Charlotte fragte.

»Sagen Sie ihr bitte, ihr Mann möchte sie sprechen.« Er lächelte das Mädchen, das ihn überrascht anstarrte, überaus liebenswürdig an. Kein Mensch hatte ihr gesagt, daß Mrs. Parker-Scott einen Ehemann hatte. Sie hatte angenommen, ihre Chefin sei verwitwet oder geschieden. Jetzt lief sie in Charlottes Büro, um ihr zu sagen, daß ihr gutaussehender Mann von der Front zurückgekommen wäre. Sie war ganz aufgeregt, daß sie eine so gute Nachricht überbringen durfte, eine Nachricht, die Charlotte jedoch längst nicht so erfreulich fand. Die Sekretärin kam mit hochrotem Kopf wieder und erklärte, Mrs. Parker-Scott sei beschäftigt. Er möge so gut sein und sie wegen eines Termines anrufen. »Natürlich.« Lächelnd ging er auf die Tür von Charlottes Büro zu, verfolgt vom fassungslosen Blick des Mädchens.

»Nein … das können Sie nicht …«

»Das geht schon in Ordnung.« Leise schloß er die Tür hinter sich und blieb stehen, den Blick auf Charlotte gerichtet.

»Hallo, Charles.« Sie saß kühl an ihrem Schreibtisch. Ihr erster Blick galt seinen Krücken, der zweite seinem Gesicht. »Verwundet?«

»Pech für dich. Nur leicht.«

»Ich habe dir nie etwas Böses gewünscht.« Sie sah so wohlfrisiert und gepflegt aus wie immer.

»Ich bin nicht sicher, ob ich in diesem Punkt mit dir übereinstimme.« Er kam näher und ließ sich unbeholfen ihr gegenüber nieder, ohne auch nur eine Sekunde den Blick von ihr zu wenden. »Ich bin gekommen, um geschäftlich mit dir zu reden.«

Verärgert zog sie die Schultern hoch. »Das wird vergeblich sein, wenn es sich um das handelt, was ich vermute. Oder möchtest du mit mir über deine Bücher sprechen?«

»Wohl kaum. Wie du weißt, kann ich das mit deinem Vater abmachen. Nein, ich dachte, wir könnten uns über unsere Scheidung unterhalten.«

»Charles, du kannst dir jedes Wort sparen. Es wird keine Scheidung geben.«

»Nein?« Er lächelte boshaft. »Charlotte, haben denn deine Freundinnen nichts dagegen einzuwenden? Ich könnte mir denken, daß es ihnen gar nicht paßt, daß du verheiratet bist.«

In ihren Augen flackerte Argwohn auf. »Was haben meine Freundinnen mit der Sache zu tun?«

»Das weiß ich doch nicht. Es wäre an dir, es mir zu erklären. Ehrlich gesagt, ich finde es ungemein interessant, daß du so eifrig darauf bedacht bist, deine Neigungen mit dem Mäntelchen der ehrenwerten verheirateten Frau zuzudecken.« Am liebsten hätte er laut gelacht, wagte es aber nicht. Charlotte sah aus, als müßte sie ersticken, als sie sich halb erhob und wieder fallen ließ, wobei sie erst erbleichte und dann hochrot anlief.

»Wie kannst du es wagen, so etwas zu behaupten! Wie kannst du es nur wagen! Du und diese gräßliche Person, mit der du zusammenlebst, wie könnt ihr es wagen, mich so zu besudeln ...« Doch man merkte ihr an, daß sie nervös war.

»Was heißt besudeln?« Charles behielt seine Ruhe. »Ich halte das Ganze für gar nicht so schockierend. Mich wundert nur, daß du nicht aufrichtiger bist. Aber Aufrichtigkeit war ja wohl nie deine starke Seite, meine Liebe.«

»Hinaus aus meinem Büro!« Charlotte sprang auf und wies mit ausgestrecktem Arm zur Tür. Charles rührte sich nicht.

»Liebe Charlotte, ich werde nirgendwohin gehen, ehe wir diese Angelegenheit nicht geregelt haben.«

»Du hast keinen Beweis ...« Ihre Unsicherheit wuchs jedoch, so daß er zum letzten Schlag ausholte, mit einer Lüge, die größer war als alle ihre Lügen.

»Leider habe ich Beweise. Ich ließ dich vergangenes Jahr beschatten und ... na ja, den Rest kannst du dir denken ...« Er sah ihr in die stahlharten Augen. Sie griff quer über den Schreibtisch, doch er wich ihr aus und erfaßte ihren Arm.

»Du Schwein!« Charlotte brach in Tränen aus, doch Charles empfand kein Mitleid.

»Charlotte, warum kommen wir nicht zur Sache? Mir macht das alles ebensowenig Vergnügen wie dir. Ich möchte die Scheidung, und zwar jetzt.«

»Warum?«

»Das geht dich absolut nichts an. Du hast viel zu verlieren, und wenn du nicht einverstanden sein solltest, werde ich deinen Vater ins Vertrauen ziehen. Ich werde ihm zeigen, welches Beweismaterial über dich vorliegt.« Sie wurde blaß. »Und dann werde ich es in ganz London verbreiten.«

»Das ist Verleumdung!«

»Nur wenn es nicht wahr wäre ... aber es stimmt ja!« Plötzlich fiel sie in sich zusammen wie ein angestochener Ballon. Haßerfüllt starrte sie Charles an.

»Du elender Dreckskerl, du ...« Sie stockte, und er schüttelte den Kopf.

»Ich habe mich sehr kameradschaftlich verhalten, und das seit Jahren, aber jetzt ist das Spiel aus, Charlotte!« Er stand auf, rückte die Krücken zurecht und blickte eiskalt auf sie hinunter. »Ist jetzt alles klar? Kann ich meinen Anwälten sagen, daß sie sich mit dir in Verbindung setzen können?«

»Ich werde es mir überlegen.« Sie bluffte nur, wie beide wußten.

»Bis morgen lasse ich dir Zeit. Dann werde ich deinen Vater besuchen ... mit meinem Beweismaterial.«

»Raus jetzt!« Charlotte zitterte am ganzen Körper. Er neigte nur mit grimmigem Lächeln den Kopf. »Mit Vergnügen.«

Im Hinausgehen nickte Charles der Sekretärin kurz zu und kehrte dann in sein eigenes leeres Haus zurück, das er seit vielen Monaten nicht mehr gesehen hatte. An jenem Abend rief er Audrey an und versprach, am folgenden Nachmittag zurück zu sein. In der Nacht schlief er gut, bis die Sirenen aufheulten. Im Moment waren die Luftangriffe besonders schlimm, und er hatte gehört, daß etliche Häuserblocks zerstört worden waren und die Zahl der Todesopfer sehr hoch sei. In sein Haus zurückgekehrt, fand er einige zerbrochene Scheiben vor. Er vernagelte die Fenster, nahm ein Bad und zog sich um, ehe er wieder zu Charlotte ging.

Dieselbe Sekretärin saß da. Sie sah aus wie am Boden zerstört und blickte ihn erschrocken an, als sie ihn erkannte. Charlotte mußte ihr Gott weiß was erzählt haben. Inzwischen kannte er alle ihre Ränke.

»Mrs. Parker-Scott erwartet mich.« Das war nur die halbe Wahrheit. Das Mädchen schüttelte sichtlich erschüttert den Kopf.

»Sie kann Sie nicht empfangen.«

»Doch, sie kann.« Er ging zur Tür wie am Tag zuvor, aber das Mädchen kam ihm nachgelaufen.

»Sie können nicht hinein, Mr. Beardsley ist drinnen ...«

»Das geht in Ordnung. Er ist mein Schwiegervater.« Charles sah sie mit strahlendem Lächeln an und öffnete die Tür, um sodann rasch hineinzuhumpeln. Er wußte, daß die Anwesenheit ihres Vaters Charlotte so nervös machen würde, daß sie gewiß mit allem einverstanden war. Unter einem Arm trug er eine Aktenmappe, in der sie die Beweise vermuten sollte.

Charles war auf die Szene, die ihn in Charlottes Büro erwartete, in keiner Weise vorbereitet. Charlotte war nicht da. Hinter dem Schreibtisch saß der alte Beardsley, den Kopf in die Hände gestützt. Charles fragte sich, ob sie ihm alles gesagt hatte, aus Angst, ihr Vater würde es von ihm erfahren. Als der Alte aufblickte, lag in seinen Augen abgrundtiefer Schmerz. Einen Moment lang empfand Charles Mitleid mit ihm.

»Guten Tag.« Charles wußte nicht, was er sagen sollte, als ihre Blicke aufeinandertrafen. Der alte Mann nickte.

»Ich wußte nicht, daß du einen Termin bei Charlotte hattest.« Beardsley warf einen Blick auf den Terminkalender, als ob das etwas ausgemacht hätte. »Alle anderen habe ich verständigen lassen.«

»Ist sie krank?« fragte Charles verwundert.

»Soll das heißen, daß du es nicht weißt?« Beardsley schüttelte wie benommen den Kopf. »Sie wurde beim gestrigen Angriff getötet. Ihr verdammter Hund lief aus dem Haus, und als sie ihn suchte, hat es sie erwischt.« Er fing zu weinen an, und jetzt bedauerte Charles ihn aufrichtig. Mochte Charlotte sich zu Charles schrecklich benommen haben, für ihren Vater war sie alles gewesen. »Sie wurde sofort ins Krankenhaus gebracht, aber ...« Er sah Charlie mitleiderregend an. »Heute morgen ist sie gestorben.«

»Das tut mir sehr leid.«

Beardsley nickte. »Was wolltest du von ihr? Ich dachte, ihr beide sprecht kein Wort mehr miteinander.«

»Es ist jetzt unwichtig geworden.« Plötzlich war es ihm peinlich ... »Ach, es ist nichts«, ich wollte nur deine Tochter erpressen, vollendete er den Satz im stillen. Er kam sich dreckig vor und wollte schleunigst weg. Er hatte es kaum erwarten können, von ihr endgültig loszukommen, und nun kam ihm alles so erbärmlich und im Grunde kleinlich vor. Er empfand für Charlotte schon lange nichts mehr, doch früher einmal, da hatte er sie gemocht, vor langer Zeit, und diese Erinnerung kam jetzt wieder. »Es tut mir sehr leid. Kann ich etwas für dich tun?«

Beardsley schüttelte den Kopf. Er sah Charles nachdenklich an, auf seinen Wangen glänzten Tränen. »Mir war nie klar, was mit euch passierte. Zuerst war ich wütend auf dich, aber sie sagte immer, es wäre nicht deine Schuld. Sehr anständig von ihr, finde ich.«

»Ja, sehr.« Charles erstickte fast an den Worten, die er dem Alten zuliebe aussprach. »Es war etwas, das nur uns beide anging.« Beardsley nickte. »Laß mich wissen, wenn ich helfen kann. Meine Nummer hat die Sekretärin.« Wieder nickte Beardsley, und Charles ging. Er war totenbleich, als er dem Blick des jungen Mädchens begegnete.

»Ich versuchte es Ihnen zu sagen ...«

»Schon gut.« Er kritzelte Lord Hawthornes Telefonnummer auf ein Stück Papier, nahm ein Taxi zum Bahnhof und war bei Einbruch der Dunkelheit wieder auf dem Land. Leise betrat er den großen hochherrschaftlichen Wohnsalon, verwundert, niemanden anzutreffen. Die Bahnfahrt war lang und einsam gewesen, und er hatte seine Gedanken in die Vergangenheit wandern lassen zu der Zeit, als er Charlotte heiratete. Und dann hatte er an ihre Lüge gedacht. Nach den vielen Jahren des Hasses empfand er gegen sie keine Abneigung mehr. Er wollte jetzt nur noch Audrey heiraten. Natürlich tat ihm der alte Beardsley von Herzen leid.

»Charles, bist du es?« Vi kam aus der Bibliothek. Sie hatte eine Schürze umgebunden und trug eine Weihnachtskugel in der Hand. »Die Kinder sind dabei, den Baum zu schmücken. Er wird zauberhaft ...« Da bemerkte sie die Müdigkeit in seinen Augen. »Ist etwas?« Sie war ständig in Sorge um James, ständig in Sorge, daß jemand etwas vor ihr über ihn erfuhr. Aber Charlie schüttelte den Kopf.

»Ach, die Fahrt war lang und ermüdend.«

Erleichtert nickte sie und bot ihm Tee an.

»Ja, gern«, sagte er. »Wie geht's Audrey?«

»Wunderbar. Heute hat sie sich sogar nachmittags hingelegt, nachdem ich drohte, daß ich sie sonst bei dir verpetze.« Er folgte

Vi in die Küche, wo Audrey saß. Ein Blick in seine Augen sagte ihr, daß etwas passiert war.

»Was ist?« fragte sie.

»Nichts? Warum?«

»Du siehst müde aus.«

»Ich bin müde.« Er deutete im Hinsetzen auf seine Krücken. »Diese Dinger erleichtern einem das Leben nicht eben.« Beide wußten, daß es Monate dauern würde, bis er ohne sie auskommen konnte. Sein Ischiasnerv war in Mitleidenschaft gezogen worden – der Schmerz würde nicht ewig andauern, hatte es geheißen, doch die Heilung würde sich in die Länge ziehen. In gewisser Hinsicht war Audrey froh darüber. Sie wollte, daß Charles bei ihr blieb, bis das Baby auf der Welt war.

Dennoch sah sie ihn forschend an, als er seinen Tee trank. »Charles, du verschweigst mir etwas?« Sie fürchtete, daß er ihr wieder eine Geheimmission verschwieg, was angesichts seiner Verwundung allerdings unwahrscheinlich war.

Ihre Beharrlichkeit brachte ihn zum Lachen. »Du Mata Hari, du.« Er entschloß sich, es ihr zu sagen. Vi, die mit den Kindern beschäftigt war, würde es später erfahren. »Charlotte kam letzte Nacht ums Leben.«

Momentan schien Audrey wie betäubt. Ihr war die volle Bedeutung seiner Worte gar nicht klar. »Woher weißt du das?«

»Ich habe sie gestern besucht.«

»Warum?«

»Es ging um die Scheidung. Rundheraus gesagt, ich wollte Charlotte erpressen, damit sie in die Scheidung einwilligt. Zu diesem Zweck gab ich vor, ich hätte sie das ganze vergangene Jahr über beschatten lassen.« Jetzt war er alles andere als stolz auf diese Finte, doch wäre sie noch am Leben, wäre dies sein einziger Ausweg aus dieser Ehe gewesen.

»Und was sagte sie?« Audrey fragte es ganz leise, noch immer schockiert von der Nachricht.

»Charlotte war außer sich, aber gegen eine Scheidung hätte sie wohl nichts mehr einwenden können. Sie sagte, sie brauche Bedenkzeit, ein Bluff, wie man sich denken kann, und als ich heute wieder hinging, traf ich ihren Vater an. Er berichtete, daß

Charlotte ...« Audrey faßte nach seiner Hand. Sie vermutete zu Recht, daß er sich ganz elend fühlte, doch hatte er eigentlich keine andere Wahl gehabt. Erst rückblickend bekam die Sache ein ganz anderes Gesicht. Wer hatte wissen können, daß Charlotte in der Nacht darauf umkommen würde? »Der alte Beardsley war verzweifelt, und ich kam mir vor wie ein Schuft.«

Sie nickte besänftigend. »Charles ... du kannst nichts dafür. Bist du deswegen nach London gefahren?«

»Ja.« Er seufzte. »An Charlottes Ende läßt sich nichts ändern, und wie schrecklich es sich auch anhört, so ist es besser. Rascher. Ich möchte dich auf der Stelle heiraten.« Beide lächelten.

»Wäre das anständig?«

»Das fragst du noch? Unter den gegebenen Umständen wäre es lächerlich, wenn ich vorgeben würde, zu trauern. Ich war mit ihr nur kurz zusammen, und sie tat alles, um mich unglücklich zu machen. Ich schulde ihr nicht einen einzigen Tag der Trauer.« Dennoch empfand er so etwas wie Mitgefühl für sie oder zumindest für ihren Vater. Er sah Audrey tief in die Augen. »Möchtest du mich heiraten, Aud?«

»Du weißt, daß ich es möchte.«

»Wann?« Er wollte keinen Augenblick länger warten.

»Jetzt ... morgen ... nächste Woche, wann du möchtest.«

Sie warteten die Heimkehr von James ab und ließen sich am Tag nach Weihnachten trauen. Lord Hawthorne und James fungierten als Trauzeugen, Vi war Ehrendame. Molly spielte Blumenmädchen, und Alexandra und James junior stellten die Hochzeitsgesellschaft dar. Es war eine zauberhafte Hochzeit an einem frischen, kalten, sonnigen Tag. Audrey trug eines von Vis Kleidern, ein traumhaftes weißes Kleid aus einem musselinähnlichen Material. Es war eine Spur zu groß und kaschierte ihr Bäuchlein perfekt. In der Nacht lagen Audrey und Charles Seite an Seite und dachten an den weiten Weg, den sie zurückgelegt hatten, und an ihre Liebe.

Flüsternd lagen sie in der Dunkelheit, und nachdem sie sich geliebt hatten, legte Charles den Arm um sie. Sie sahen ins Mondlicht, dankbar, daß sie nicht den Bombenangriffen in London ausgesetzt waren.

»Ich möchte, daß du hierbleibst, bis das Kind kommt«, sagte Charles.

Besorgt sah sie ihn an.

»Bleibst du nicht auch?«

»Solange es geht. Aber früher oder später wird man mich wieder nach Kairo oder sonstwohin schicken.«

»Dann sag denen doch, daß man damit ein halbes Jahr warten soll.«

»Immer mit der Ruhe. Egal, was kommen mag, ich werde bei der Geburt bei dir sein.« Es war ein Versprechen, und er hoffte, es halten zu können. Er wollte nicht, daß sie noch einmal ohne ihn so viel durchstehen mußte. Wenn sie Glück hatten, würde das Kleine gegen Ende seines Krankenurlaubes kommen. Viel länger wollte er nicht in England bleiben. »Wie wollen wir ihn übrigens nennen?« fragte er in leichterem Ton.

»Wie wär's mit Edward, nach meinem Großvater?«

Das klang nicht übel, und er zog sie an sich. »Das könnte mir gefallen. Und wie wär's mit Anthony nach meinem Großvater? Edward Anthony Parker-Scott.«

»Edward Anthony Charles ...« setzte sie mit einem Lächeln hinzu und schlief in seinen Armen ein. Ein wundervolles Gefühl, verheiratet zu sein.

## 43

Nach Weihnachten plätscherten die Tage dahin, und Audrey fühlte sich wohler als seit Jahren. Sie unternahm ausgedehnte Spaziergänge über Land, und auch Charles schien sich gut zu erholen. Einmal wöchentlich mußte er sich im nächsten Militär-Krankenhaus melden, und man war mit seinen Fortschritten sehr zufrieden. Auch das Baby schien sich gut zu entwickeln, denn Audrey wurde mit jeder Woche dicker, so daß Charles sie im Frühling damit neckte, wie schwerfällig sie sich bewege. In keines ihrer Kleider paßte sie hinein, ein Grund für Charles, Audrey ein- oder zweimal nach London mitzunehmen, damit sie sich ein paar Sachen kaufen konnte, die weit genug waren. Bei diesen Gelegenheiten sahen sie in ihrem und in Violets Haus nach, ob alles in Ordnung war. Natürlich brachten sie für Molly und die anderen Kinder aus London immer etwas mit. Molly war ein reizendes kleines Mädchen geworden und voller Vorfreude auf das Kleine, das im Sommer kommen sollte.

»Wie wird sie kommen, Mami? Wird eine Fee sie im Garten fallen lassen?«

»Also das nun wieder nicht ... Daddy und ich müssen ins Krankenhaus, das Baby holen. Und außerdem könnte es ein Junge werden.« Sie selbst sprach von dem Kind stets als ›sie‹, Charlie hingegen war überzeugt, daß es ein Junge würde. »Ein Junge wäre auch sehr nett.«

»Hmmm ...« Molly schien unbeeindruckt. »Vielleicht. Muß Daddy zurück in den Krieg, wenn das Baby da ist?« Sie schien sich deshalb große Sorgen zu machen. Audrey nickte und zog sie an sich.

»Ja, mein Liebling, das wird er. So wie Onkel James.«

»Und du auch?«

Audrey schüttelte den Kopf. »Ich bleibe hier bei dir und dem Baby.« Diese Antwort schien für Molly eine Erleichterung zu bedeuten. Sie hatte die Abwesenheit ihrer Eltern zwar gut verkraftet, freute sich aber sehr, wenn diese zu Hause waren. Und Audrey spürte sehr deutlich, wie Alexandra und James der Vater fehlte. Charlie versuchte in die Bresche zu springen, spielte mit ihnen, unternahm mit dem kleinen James Ausfahrten und gab ihm sogar Fahrstunden im Chevrolet-Kombi. Aber nichts kam der Freude gleich, wenn James gelegentlich über ein Wochenende auf Urlaub kam.

Auch über die Osterfeiertage kam er nach Hause, und Vi organisierte ein allgemeines Ostereiersuchen. Sie hatte lustige Sprüche auf die Eier geklebt und Süßigkeiten an den auffallendsten Stellen hinterlegt. Audrey war inzwischen über den sechsten Monat hinaus, und Charles sprach im Scherz davon, sie als Hauptpreis zu verstecken. Sie sei das größte Ei von allen. Er spürte zu gern, wie das Kleine sich bewegte, wenn er die Hand auf ihren Leib legte.

»Bist du sicher, daß es keine Zwillinge gibt?«

»Charlie, das ist gar nicht lustig!« Aber auch Audrey mußte zugeben, daß sie sehr unförmig geworden war, und James zog beide auf, daß sie in diesem ›schockierenden Zustand‹ die Flitterwochen verbrächten. Sie waren alle sehr froh, daß Audrey und Charles doch endlich hatten heiraten können.

Es war eine friedvolle, glückliche Zeit, eine Atempause im Krieg. Audrey wurde traurig, als ihr Annabelle schrieb, ihr Mann sei im Pazifik gefallen. Sie setzte sich hin, um ihr einen langen, ernsten Brief zu schreiben, doch nur zwei Wochen später traf Annabelles nächster Brief ein. Sie hatte in San Diego einen Navy-Offizier geheiratet. Audrey war richtig schockiert, denn Annabelle hatte sich in eine Richtung entwickelt, die ihr selbst völlig fremd war. Sie wollte gar nicht daran denken, wie ihre Schwester sich mit den vielen Offizieren in San Franzisko aufführte. Es beunruhigte sie zutiefst, aber Charles riet ihr, sich damit abzufinden, da sie ohnehin nichts ändern konnte. Sie selbst mußte sich eingestehen, daß es viele Jahre her war, seit sie ein Gefühl der Zugehörigkeit zu ihr empfunden hatte. Ihr eigenes Leben spielte sich jetzt hier in England ab, und es kam ihr ziemlich überflüssig vor, auf ihrem halben Besitzrecht an den Häusern in San Franzisko und am Lake Tahoe festzuhalten, die Annabelle mit Audreys voller Billigung bewohnte. Ihr neuer Ehemann war bereits auf See, und Annabelle war mit ihren Kindern in das Haus in der California Street zurückgekehrt.

»Seltsam, wie sehr sich Menschen voneinander unterscheiden können, auch Menschen einer einzigen Familie«, sagte sie nachdenklich zu Charlie, als sie im Gras unter einem großen Baum lagen. Audreys Leib wölbte sich wie ein Hügel über ihr auf, was Charles nicht hinderte, ihr sanft über die kupferne Mähne zu streichen und sie zärtlich anzusehen. Nie war sie ihm schöner erschienen. Hand in Hand gingen sie zum Haus zurück. Als das Telefon läutete, nahm Charles ab, da Vi im Dorf Einkäufe machte. Audrey schnitt eben einen Apfel auf, Lord Hawthorne war mit Vi gefahren, und die Kinder erledigten mit dem Kindermädchen ihre Hausaufgaben.

»Ja? ... ja ... nein, hier Charles Parker-Scott. Kann ich ihr etwas ausrichten?« Ein langes Schweigen. »Sind Sie sicher?« fragte er mit eigenartigem Unterton. »Ein Irrtum ist ausgeschlossen? Wann wird man es genau wissen? Verstehe ... bitte, rufen Sie mich sofort an.« Er legte auf und blieb reglos stehen. Und als er sich zu Audrey umdrehte, standen Tränen in seinen Augen. Er hatte es ihr nicht sagen wollen, doch er konnte es nicht verbergen.

»Charlie, was ist ...« Sie wußte es ohnehin. Im Innersten ihres Herzens hatte sie es gewußt, als Charlie die ersten Worte gesprochen hatte. Es ging um James. »Was ist passiert?«

»Nach einem Angriff auf Köln wurde James' Maschine abgeschossen. Er wird vermißt. Man weiß nicht, ob er tot ist oder in Gefangenschaft geriet. Sollte man mehr erfahren, wird man uns verständigen. Einige der Maschinen werden erst zurückerwartet.«

»Steht fest, daß er nicht darunter ist?«

Er schüttelte den Kopf. »Man hat gesehen, wie seine Maschine zu Boden ging.«

»Mein Gott ...« Sie ließ sich auf einen Sessel sinken, ihren Leib umfassend.

»Ruhig Blut, Aud.« Er ging und holte ihr ein Glas Wasser, das sie mit zitternden Händen an die Lippen setzte. Beide dachten an Vi. Der zweite Anruf kam nach zwei Stunden, gerade als Vi zur Tür hereinkam, und sie lief wie immer an den Apparat, aber Charles kam ihr zuvor. »Bin schon dran, Vi.« Er drehte ihr den Rücken zu, wie er ihn Audrey beim ersten Anruf zugekehrt hatte. »Hier Parker-Scott.« In Audreys Ohren klang das plötzlich sehr britisch und viel zu offiziell. Sie wollte nicht, daß ihren Freunden etwas zustieß, und sie wußte nicht, was sie zu Vi sagen sollten ... es hätte Charles an James' Stelle sein können ... sie wollte nicht, daß einem von beiden etwas passierte. Sie mußte sich abwenden, damit Vi ihre Tränen nicht bemerkte. Charlie legte rasch auf und drehte sich mit grimmigem Blick um. Erst sah er Audrey an, dann Vi. »Setzen wir uns lieber.« Violet erstarrte.

»Was ist, Charles? Sag schon!« Sie fragte es mit bebender Stimme, während er sie zu einem Stuhl führte, ehe er zu sprechen anfing.

»Ich werde dir sagen, was ich weiß. James' Maschine wird vermißt. Seine Staffel überflog den besetzten Teil Frankreichs. Über James' weiteres Schicksal ist nichts bekannt. Man muß abwarten, ob er als Kriegsgefangener gemeldet wird oder nicht ...« ... oder bis zum Kriegsende, doch das sprach keiner aus. »Die Leute, die ihn niedergehen sahen, behaupten, daß er es geschafft haben könnte.« Violets Stöhnen ließ an körperliche Qualen denken. Sie zitterte am ganzen Leib.

»Ich verstehe. Wann ist es passiert?«

»Heute am frühen Morgen.«

»Müßte man inzwischen nicht schon mehr wissen?«

»Nicht unbedingt. Das kann Wochen, ja Monate dauern. Man muß abwarten ... und beten ...« Es würde schrecklich sein, es den Kindern beizubringen.

Vi sagte es ihnen selbst. James versuchte, sich wie ein Mann zu benehmen, aber er ging hinaus, um sich in Charles' Armen auszuweinen, während die Frauen mit Alexandra und Molly zusammensaßen. Vi hielt ihr Töchterchen auf dem Schoß, und Audrey hielt Molly, und sie sprachen von Gott ... wie gut er sei und wie lieb er ihren Daddy hätte. Molly sah mit riesiggroßen Augen in die Runde.

»Wird Onkel James nun meine andere Mami und meinen anderen Daddy treffen?« Sie wußte, daß sie eigentlich aus China stammte und andere Eltern hatte, und Audrey drückte sie an sich, vom Kummer überwältigt.

»Vielleicht, mein Schatz. Vielleicht kommt er aber wieder nach Hause.« Vielleicht aber auch nicht. Die Ungewißheit war das Schlimmste.

Nachdem die Kinder zu Bett gegangen waren, saß Violet da und starrte mit dem Ausdruck völliger Verzweiflung ins Feuer. Den Kindern zu eröffnen, daß ihr Vater vielleicht nicht mehr am Leben sei, war das Schwerste, was sie je unternommen hatte. Audrey griff nach ihrer Hand. Seite an Seite saßen sie vor dem Feuer, hielten einander an der Hand und sprachen von James.

»Ich glaube noch immer daran, daß er nach Hause kommt. Klingt das nicht schrecklich albern?« Beide ließen ihren Tränen freien Lauf, und Audrey gestand, daß sie sich auch an diese Hoffnung klammerte. »Vielleicht wird das ›Freie Frankreich‹ ihm helfen. Er spricht fließend Französisch ...« Sie redete nicht weiter, sondern stand auf und brachte Lord Hawthorne einen Brandy hinauf. Er hatte sich in sein Arbeitszimmer zurückgezogen, zu stolz, um mit den anderen zu weinen. Charles wußte, wie schwer ihn dieser Schlag getroffen haben mußte.

Es wurde Mitternacht, ehe sie alle zu Bett gingen. Die ganze Nacht warteten sie auf ein Schrillen des Telefons, auf Nachricht von James ... daß er zurückgekommen sei ... daß alles ein Irrtum sei ... doch in jener Nacht schwieg das Telefon.

## 44

Die letzten Tage der Schwangerschaft waren für Audrey die reinste Tortur. Charles war unterdessen fast vollständig hergestellt und ließ Anzeichen seiner alten Unruhe erkennen. Seit James vermißt wurde, war sein Drang, zurück an die Front zu gehen und etwas Nützliches zu tun, noch stärker geworden. Violet schien viel gereizter als zuvor, obwohl sie in stillen Augenblicken gestand, daß sie das Gefühl hatte, James sei noch am Leben, und die Hoffnung nie aufgeben würde, ehe ihr niemand mit Sicherheit sagen konnte, ihr Mann sei gefallen. Doch mit jedem vergehenden Tag schien es weniger wahrscheinlich, daß er den Absturz überlebt hatte.

Die Kinder gewöhnten sich allmählich an die Realität, nicht so gut vielleicht, wie es der Fall gewesen wäre, wenn Violet ihnen mit Sicherheit hätte sagen können, ihr Vater sei tot. Es war schwierig, so zu tun, als sei er nur vorübergehend aus ihrem Leben geschieden. James fehlte allen sehr, besonders Vi und den Kindern.

Audrey war mittlerweile so unförmig geworden, daß sie sich kaum noch rühren konnte, und um die Sache noch schlimmer zu machen, gab es im Juni eine Hitzewelle. Sie fühlte sich wie ein Gebirge auf Beinen und bekam in der Nacht kaum mehr Luft. Das Baby trat und drückte so heftig, daß sie sich kaum bewegen konnte. Sie hatte das Gefühl, von innen geschlagen zu werden, so zumindest erklärte sie Charlie ihre Empfindungen, und zwei Wochen nach dem errechneten Geburtstermin im Juli wartete sie noch immer. Der Arzt behauptete zwar, das wäre nicht weiter ungewöhnlich, und riet ihr zu langen Spaziergängen und zu viel Schlaf – beides war für sie nahezu unmöglich wegen ihres Umfangs. Doch Charles und Vi zwangen sie, hinauszugehen und sich regelmäßig Bewegung zu verschaffen. Siebzehn Tage nach dem Termin schleppten sie Audrey durch das sanft hügelige Gelände, und sie beklagte sich laut, während die beiden sie antrieben. Gemeinsam lachten sie über ihren enormen Umfang. Die bevorstehende Ankunft des Babys war das einzige Gegengewicht gegen die Sorgen um James' Schicksal.

»Hört ihr, ich denke nicht daran, auch nur noch einen einzigen Schritt zu gehen, verstanden? Sonst müßt ihr mich zurücktragen! Zuerst drängt ihr mir ein gewaltiges Mittagessen auf, dann treibt ihr mich auf eine Wanderung über fünfzig Meilen!« Sie lachten, und Audrey setzte sich auf einen Felsblock und weigerte sich weiterzugehen. »So, das wär's! Nach Hause müßt ihr mich mit einem Laster schaffen.« Sie sah zu Charles auf, der sie auslachte.

»Das müßte aber ein ordentlich großer Laster sein...« Das sagte er wie in Gedanken, und sie holte scherzhaft gegen ihn aus. Zu Hause angekommen, war sie total erschöpft, dazu kamen heftige Rückenschmerzen. Vi bot ihr eine Wärmflasche an, als sie sich darüber beklagte. Sodann erwähnte Audrey, sie habe das Gefühl, sie hätte die Grippe.

»Warum?« Vi sah sie argwöhnisch an.

»Den ganzen Tag schon habe ich ein flaues Gefühl im Magen... und mein Rücken macht mich noch wahnsinnig.«

»Wirklich?« Violet lächelte triumphierend und eröffnete Charles wenig später, ihrer Vermutung nach würde sein Sohn ziemlich bald seinen ersten Schrei ertönen lassen.

»Du glaubst... es ist soweit?« Er erschrak. »Hat es schon angefangen?«

»Nein, nein...« Vi lächelte beruhigend, doch ihre Augen lächelten nicht mit... ohne James nicht mehr... »Ich erkenne nur einige Warnsignale.«

»Wird auch Zeit.« Er schien erleichtert, erlebte aber einen

großen Schrecken, als Audrey sich am Abend daran machte, im Kinderzimmer herumzukramen, anstatt ins Bett zu gehen. Sie behauptete, sie hätte nicht alles, was sie brauchte, und ging erst um eins ins Bett, als er schon schlief. Doch sie hielt es im Bett nicht aus, stand wieder auf und schleppte sich durch den Raum. Die Rückenschmerzen waren schlimmer als den ganzen Tag über, dazu kamen kleine nagende Schmerzen an allen Ecken und Enden. Sie entschloß sich, ein warmes Bad zu nehmen, aber auch das half nichts, und dann, ganz plötzlich, als sie in der Wanne saß, überfiel sie eine heftige Wehe, die ihr den Atem nahm. Sie hatte erwartet, daß es, wie in den Büchern beschrieben, ganz leicht anfangen würde, aber diese Wehe war fast unerträglich. Kaum war die Wehe vergangen, fragte sie sich, ob sie sich den Schmerz nicht eingebildet hatte. Sie fühlte sich wieder besser, entspannte sich im Wasser und wollte eben aus der Wanne steigen, als sie wieder von einer Wehe erfaßt wurde. Sie mußte an den Armaturen Halt suchen, um nicht das Gleichgewicht zu verlieren. Danach trocknete sie sich rasch ab und wollte Charles Bescheid sagen, als das Fruchtwasser abging. Panik drohte sie zu überwältigen. Das alles hätte nicht so rasch gehen sollen. Es hätte sich planmäßig und ruhig steigern sollen bis zu dem Höhepunkt, der darin bestand, daß sie ein Kind in den Armen hielt. Doch was jetzt mit ihr passierte, jagte ihr Furcht ein, und sie versuchte, nicht an die panische Angst zu denken, die sie bei der Fehlgeburt erfaßt hatte.

Sie weckte Charles, als sie dazu imstande war. Es war vier Uhr vorbei, und er rekelte sich zuerst schlaftrunken, um sodann plötzlich erschrocken aufzufahren.

»Ich glaube, es ist soweit.« Freudig bewegt war sie nicht. Sie wirkte vielmehr total verängstigt und streckte eine Hand nach ihm aus. »Charlie ... ich fürchte mich ...«

»Keine Angst.« Er setzte sich auf und lächelte ihr zu. »Alles wird gut, mein Schatz. Ich ziehe mich rasch an. Du bleibst schön hier sitzen, und dann helfe ich dir beim Anziehen.« Aber noch ehe er eine Bewegung machen konnte, kam wieder eine Wehe, und Audrey klammerte sich an ihn, versuchte den Atem anzuhalten und gleichzeitig den Schmerz niederzukämpfen. Er war schockiert, als er sah, wie sie leiden mußte. »Wie lange geht das schon so?« Er wunderte sich, daß sie ihn nicht früher geweckt hatte.

»Solche Wehen waren noch nicht viele ... aber die sind ... O Gott ...« Er half ihr zurück ins Bett. Langsam begann er sich Sorgen zu machen ...

»Ich rufe den Arzt.«

»Laß mich nicht allein ...« Wieder kämpfte Audrey mit einer Wehe. Es war unglaublich. Sie hatte bereits Preßwehen, obwohl alles erst vor einer halben Stunde begonnen hatte.

»Laß mich nur rasch den Arzt anrufen. Ich bin gleich wieder da.« Auf dem Weg zum Telefon klopfte er bei Vi an, um ihr zu sagen, was los war. Der Arzt meldete sich verschlafen. Er würde sich mit ihnen im Krankenhaus treffen, sagte er. Er schien ganz ruhig, und Charlie beneidete ihn um seine Gelassenheit, als er zurück ins Zimmer lief. Audrey hielt Vis Hände umklammert, im Bett mit weit gespreizten Beinen sitzend, gegen die Wehen kämpfend. Charlie warf einen Blick auf sie und sagte dann zu Violet: »Wir müssen sie ins Krankenhaus schaffen.« Vi war da nicht so sicher, sie sagte aber nichts, als Charlie mit Hose, Hemd und Socken im Bad verschwand und dann korrekt angekleidet wieder auftauchte, um Audrey wegzubringen. Er schlüpfte rasch in seine Schuhe. »Ich starte schon mal den Wagen.« Aber Audrey schüttelte den Kopf und gestikulierte heftig, so daß er es nicht übers Herz brachte, sie allein zu lassen. Sie sah so verängstigt aus und litt so große Schmerzen. »Ich werde mich beeilen, das verspreche ich ...«

»Nein ... geh nicht ... ich kann nicht fahren ...«

Vi wollte ihn nicht beunruhigen. »Ich glaube, es ist vielleicht schon zu spät. Ruf den Arzt noch mal an und sag ihm, was los ist. Vielleicht könnte er herkommen.«

»Er soll Audrey zu Hause entbinden?« Charles war entsetzt. Was, wenn etwas schiefging? Er wollte, daß Audrey ins Krankenhaus kam, doch etwas in Vis Blick sagte ihm, er solle auf sie hören. Nur eine Stunde nach Einsetzen der Wehen fing Audrey zu schreien an. Dieser Schrei jagte Charles Entsetzen ein. Er lief zurück ans Telefon und erreichte den Arzt eben noch, als dieser aus dem Haus gehen wollte. Er war mit Vi einer Meinung und erklärte sich sofort bereit, nach Hawthorne House zu fahren. Es verging keine Viertelstunde bis zu seinem Eintreffen. Inzwischen glänzte Audreys Gesicht vor Schweiß, und sie umklammerte Charles' Hand, völlig außer Kontrolle, hysterisch vor Schmerzen, während der Kopf des Kindes nach unten drängte. Plötzlich fing sie an, sich wie in Krämpfen zu schütteln. Lautlos trat der Arzt ein, warf einen Blick auf sie, kam näher und sah ihr mit strengem Blick in die Augen. Als er sie ansprach, war sein Ton bestimmt, aber nicht schroff. »Hören Sie zu. Das Kind wird gleich dasein. Hören Sie! Holen Sie ganz tief Atem ...« Er beobachtete ihre Augen, in denen sich die Angst vor der kommenden Wehe spiegelte. »Jetzt! Atmen ... Atmen! Hecheln ... hecheln, wie ein Hund ... ja, genau!« Er schrie sie an, und Charles sah zu. Audrey befolgte die Anweisungen, und als die Wehe verebbte, wirkte sie zufrieden mit sich. Der Arzt riet ihr, wieder Atem zu holen und dann die Augen zu schließen. Als er unter seinen leicht auf ihrem Leib liegenden Händen den Beginn der nächsten Kontraktion spürte, gab er ihr dieselben Anweisungen. Sie hatte ihre Fassung wiedergewonnen, während Charles neben ihr stand und sie beobachtete. »Audrey, ich werde Sie jetzt untersuchen«, bereitete der Arzt sie vor und wies sie an, wieder zu hecheln. Charles bat er, ihre Schultern zu umfassen. Doch diesmal verlor sie unter dem Schmerz der Untersuchung wieder die Kontrolle. »Es dauert nicht mehr lange«, bemerkte der Arzt halblaut zu Charles. Einmal verlor sie noch die Fassung, und die letzten fünf Minuten tat sie nichts anderes als hecheln, pressen und schreien, doch dann rückte der Arzt noch näher, und am Ende ihres schrecklichsten Schreies knurrte er befriedigt und warf nur einen kurzen Blick zu Charles hin, dem die Tränen über die Wangen liefen. Der Kopf des Kindes wurde sichtbar, das Kleine stieß einen Klageton aus. Audrey starrte Charles verblüfft an, der überrascht den Blick auf das Baby zwischen ihren Beinen richtete.

»O Gott ... Liebling ... er ist da ... er ist wunderschön.« Charlie war überwältigt, als der Arzt die kräftigen kleinen Schultern drehte und das ganze Kind auf die Welt beförderte. Sekunden später lag das Kleine auf dem Bauch seiner Mutter und sah sie an. Die glücklichen Eltern weinten, und Charlie berührte ganz zart den Sohn, den er sich so lange gewünscht hatte. Und dann lachten und weinten sie, gemeinsam mit Vi. Etwas Schöneres hatte Vi niemals erlebt. Und das sagte sie dem Arzt, der sich mit erfreuter Miene aufrichtete.

»Eine neue Methode ... für eine uralte Kunst.« Er lächelte Audrey und ihrem Neugeborenen zu. »Mrs. Parker-Scott, Sie haben sich prachtvoll gehalten. Dr. Dick-Read wäre sehr stolz auf Sie.« Er wendete dessen Methode mit großem Erfolg an, und Audrey hatte nie strahlender ausgesehen, als in dem Augenblick, als Charlie ihr half, das Kind an die Brust zu legen.

Eine Stunde später lag sie gewaschen und frisiert in ihrem Bett, hielt das Kind im Arm, und Charlie saß neben ihr und betrachtete das Wunder, das geboren worden war. Der Kleine hatte weiches rötliches Haar wie Audrey und dazu große Augen, alles in allem sah er aber eher Charles ähnlich. Die Szene war so traulich und intim, daß Vi die drei allein ließ. Sie fand den Anblick fast unerträglich ... seit James ... fast schämte sie sich, weil sie so glücklich für ihre Freunde war. Es war sechs Uhr morgens, die Sonne war gerade für einen herrlichen blaugoldenen Julitag aufgegangen, und die Vögel fingen in den Baumkronen zu zwitschern an.

Vi trat vor die Küchentür und sah dem Arzt nach, der losfuhr. Da bemerkte sie einen anderen Wagen die Auffahrt entlangrollen, eine alte, zerbeulte Kiste, die sie nie zuvor gesehen hatte. Ein Mann saß am Steuer. Verwundert blickte sie genauer hin, da sie sich nicht denken konnte, wer ... und plötzlich drohte ihr Herz auszusetzen ... es war unmöglich ... konnte nicht sein ... Sie stieß einen Schrei aus, den Audrey und Charles hörten ... Charles lief eilig hinunter, um nachzusehen, was los war. Er sah die offene Küchentür, sah Vi draußen wie angewurzelt stehen, die Hand vor dem Mund, als James ausstieg und dastand und von ihrer Schönheit geblendet war ... die Frau, von der er drei Monate lang geträumt hatte, während er sich mit Hilfe der Résistance durch ganz Frankreich durchschlug ... Plötzlich stand sie vor ihm, während er in Tränen ausbrach und langsam auf sie zugehinkt kam. James hatte einen Arm verloren, doch das kümmerte keinen, Hauptsache, er war noch am Leben ... noch am Leben! Charlie drehte sich weg. Er lief zu Audrey zurück, und sie sah seinem gerührten und erstaunten Gesicht an, daß noch etwas passiert war. Sie saß aufrecht im Bett und fragte: »Was ist?«

Ihm fehlten die Worte, und er fing zu schluchzen an ... beide waren am gleichen Tag gekommen, nur Minuten voneinander getrennt, sein Sohn und sein ältester, bester Freund ... »James ist gekommen.« Da ließ Audrey sich in ihr Kissen zurücksinken, das Baby an sich gedrückt, und brach in Tränen aus. Ihre Gebete waren erhört worden, Vi hatte also die ganze Zeit über doch recht gehabt. James hatte es überlebt, und jetzt war er heimgekehrt.

»Gott sei Dank.« Sie faßte nach Charlies Hand. Da saßen sie nun, dankbar für das Glück, das ihnen zuteil geworden war.

Es verging einige Zeit, bis James hereinkam und sie besuchte, Worte konnten nicht ausdrücken, was sie empfanden. Es gab Lachen und Weinen, wenig später jubelten und schrien die Kinder und vergossen ebenfalls Tränen. James und Alexandra bestürmten ihn, Molly umtanzte ihn und bewunderte das Brüderchen, das endlich gekommen war. Es war ein Tag, den keiner von ihnen je vergessen würde. Charles und Audrey einigten sich überglücklich, ihrem Erstgeborenen noch einen zusätzlichen Namen zu geben. Er sollte James Edward Anthony Charles Parker-Scott heißen ... ein bildhübsches Baby.

## 45

Es dauerte noch einen ganzen Monat, bis Charlie sich völlig von seiner Verwundung erholt hatte. Dann aber meldete er sich sofort wieder beim Innenministerium. Seine Verletzung machte ihm zwar noch ab und an zu schaffen, doch nicht so sehr, daß er es zu Hause ausgehalten hätte. Er war jetzt lange genug in England, fast acht Monate, und er konnte es kaum erwarten, wieder aktiv zu werden, da man eine interessante neue Aufgabe für ihn hatte. Er sollte wieder nach Nordafrika gehen, diesmal nach Casablanca. Dort gab es für ihn einiges zu tun, und Audrey verspürte fast so etwas wie Neid, als er Abschied nahm ... und sie fühlte sich sehr einsam ohne ihn. Seine Tätigkeit war sehr wichtig, wie sie wußte, denn er hatte sich ihr anvertraut, ehe er ging. Er sollte wieder als Kriegsberichterstatter auftreten, in Wahrheit aber war er in geheimer Mission für die ›Operation Torch‹ tätig, wie das Unternehmen hieß. Es handelte sich um eine britisch-amerikanische Aktion, bei der es um die für kommenden Herbst geplante Landung der Alliierten in Nordafrika ging. Das Kräfteverhältnis im Mittelmeerraum sollte damit entscheidend verschoben werden. Es war genau das, was Charlie sich gewünscht hatte. Mit leuchtenden Augen hatte er Audrey dies alles erklärt. Für später war sogar seine Teilnahme an den Begegnungen mit Eisenhower vorgesehen. Aber vorerst war sein Ziel Casablanca, wo er vor der Landung Informationen sammeln sollte.

In Casablanca war die Situation ganz anders als in Ägypten, da die Stadt nicht unter der Oberhoheit der Alliierten stand. Auf dem Papier waren Casablanca, Algier und Oran in der Hand der Vichy-Regierung, doch fand dort in Wirklichkeit ein ständiges Kräftemessen statt. Anwesend waren ferner auch die Deutschen, wenn auch nicht offiziell, daneben das ›Freie Frankreich‹, die Briten und die Amerikaner. Und jeder verkaufte Informationen an jeden, alle klauten und schacherten mit Waren aller Art, von Maultieren angefangen bis zu Drogen. Es herrschten Verhältnisse, bei denen man auf alles gefaßt sein mußte. Das Beste daran war, daß die Deutschen im Osten alle Hände voll zu tun hatten und hier den Dingen ihren Lauf lassen mußten. Deswegen war die Wahrscheinlichkeit sehr groß, daß es mit der Landung klappen würde.

Trotz des leisen Anflugs von Neid sah Audrey ein, daß ihr Platz jetzt bei dem Baby zu Hause war, außerdem war es nur recht und billig, daß sie Vi entlastete und ihr damit mehr gemeinsame Zeit mit James verschaffte nach allem, was Vi für sie getan hatte. In nächster Zeit wurden die Rollen getauscht. Audrey übernahm meist alle vier Kinder, während James und Vi über Land fuhren, lange Spaziergänge machten und jeden Augenblick genossen, seitdem er praktisch von den Toten auferstanden war. Und Audrey las ihnen sämtliche Briefe von Charlie vor. Die

Berichte über Casablanca hörten sich faszinierend an, und aus seinen Schreiben ging hervor, daß er dort sehr zufrieden war.

Seinen Schilderungen nach schien die Stadt zu brodeln vor Menschen, vor Intrigen, Verwirrspielen und Dekadenz, und Audrey fühlte sich merkwürdigerweise an Schanghai erinnert. Das alles war so ganz anders als das geordnete Leben in Kairo, doch lag Casablanca viel näher. Wollte man Charles glauben, war es dreckig und sehr heiß. Allein seine Schilderung des Hotelzimmers rief bei Audrey eine Gänsehaut hervor. Aber das Wichtigste war, daß die Landung der alliierten Truppen in Nordafrika zu einem Gutteil von seiner Tätigkeit abhing. In seinen Briefen durfte er sich nicht offen darüber äußern, so daß Audrey vor Neugierde fast verging.

Sie wußte nur, daß das ›Freie Frankreich‹ sich dort feste Positionen geschaffen hatte, obwohl offiziell die Vichy-Regierung an der Macht war, ein Umstand, der niemanden zu kümmern schien. Die Vertreter der Regierungsgewalt waren entweder ständig betrunken oder trieben sich in Bordellen herum, ohne sich darum zu kümmern, was sich tagtäglich vor ihrer Nase abspielte. Niemand schien etwas daran zu finden, daß Italiener, Deutsche, Briten und Amerikaner sich offen zeigten. Charlie schrieb einige interessante Berichte von dort und schickte Audrey Fotos von Zigaretten verkaufenden Kindern, von Dirnen an Straßenecken, von lüstern grinsenden Soldaten. Es war ein Potpourri der Menschheit, das sich faszinierend ausnahm, wenn es einem gelang, Dreck und Korruption zu übersehen. Charles hatte auch in Oran, Rabat und Algier zu tun, doch Casablanca war die Achse, um die sich alles drehte.

Von September bis November durchpflügten die Landungstruppen das Mittelmeer. Die Deutschen wußten von ihrem Vorhandensein, waren sich jedoch über deren Ziel nicht im klaren. Ihre eigenen Truppen waren immer noch in Ägypten und Libyen gebunden.

Für alle war es eine Überraschung, als die Alliierten am siebten und achten November 1942 gleichzeitig erfolgreich in Casablanca, Oran und Algier landeten. Es gab ein paar kurze Gefechte zwischen den Briten und den Garnisonen der Vichy-Regierung, doch die Briten machten kurzen Prozeß, und die Truppen Eisenhowers stießen rasch nach. Und dann verlief das Leben in der Stadt wie zuvor, wenn nicht noch betriebsamer. Casablanca schäumte über vor Aktivität, vor Geheimnissen und Intrigen zwischen den verschiedenen dort zusammengedrängten Parteien und wurde zu einer Durchgangsstation für die Leute des ›Freien Frankreich‹ und zur Informationsschaltstelle der Résistance.

Im Januar trafen Churchill, Roosevelt und die Generäle Giraud und de Gaulle zu einer bejubelten Konferenz in Casablanca ein. Im Anschluß daran erhielt Eisenhower den Oberbefehl über die alliierte Streitmacht in Nordafrika. Kurz darauf fiel Tripolis in die Hand der Briten. Und von diesem Zeitpunkt an lieferte Charlie seine Berichte direkt an die Amerikaner. Das erklärte er Audrey ausführlich in einem Brief, und sie sprach mit Vi und James darüber. Von nun an war es ihr einziges Thema – Charlie und seine Mission in Nordafrika. James und Vi waren die einzigen, die Audrey einweihte.

»Die Ärmste ist so schrecklich einsam ohne ihn«, bemerkte Vi eines Nachts zu James. Sie wußte nur zu gut, wie schwierig das Alleinsein für sie selbst gewesen war, doch konnte Audrey wenigstens sicher sein, daß Charlie nicht in Gefahr war, jedenfalls für den Moment. Und aus seinen Briefen ging nicht hervor, daß ihm irgendwelche sehr gefährliche Missionen bevorstünden.

Um diese Zeit erwartete James seinen Einsatz in einer Dienststelle in London, und Vi spielte mit dem Gedanken, mit ihm zu gehen und die Kinder in Hawthorne House bei ihrem Schwiegervater zu lassen. Natürlich würde auch Audrey auf dem Land bleiben – mit Molly und Edward, wie sie das Baby nannten. Es wäre zu verwirrend gewesen, drei James im Haus zu haben.

»Womöglich bezichtigt mich noch jemand, ich hätte meine Windeln voll, und behauptet, er trinke ein Bier«, hatte James eines Tages im Spaß zu Audrey gesagt, und sie hatte dazu gelacht. Sein Sinn für Humor war ihm geblieben, und Vi war inzwischen wieder ganz die alte, wenn auch in ihren Augen noch hauchdünn der Schmerz lag. Sie hatte in der Zeit der Ungewißheit, während alle anderen James für tot hielten, sehr viel gelitten. Die Geschichte seiner Flucht durch Frankreich war ein Abenteuer für sich. Das Schlimmste daran war der Verlust seines Armes gewesen. Achtzehn Tage lang hatte er im Delirium in einer Scheune in der Provence gelegen. Allein der Gedanke daran ließ Audrey schaudern. Aber jetzt war alles wieder gut.

Im April schrieb Charlie, Rommel sei geschlagen und krank nach Deutschland zurückgekehrt, und Audrey dachte an das ›Interview‹ mit ihm, das nun schon so lange zurücklag. Die Erinnerung ließ wieder ihren Hunger, an alldem teilzuhaben, aufleben. Im Mai zogen Vi und James nach London und bezogen wieder ihr Haus. James konnte zu Hause wohnen und arbeitete tagsüber in seiner Dienststelle. Violet wollte sich jetzt nie mehr von ihm trennen. Nicht einmal für einen einzigen Tag, und Audrey hatte Verständnis dafür. Sie erwartete Charlies Kommen für ein paar Tage, doch kurz vor Edwards Geburtstag kam ein Telegramm, daß er nicht abkömmlich sei, wie er es ohnehin schon vorausgesehen hatte.

*Werde mein Bestes tun. Komme baldmöglichst. Tut mir leid. Halte die Festung. Ewige Liebe. Charlie.*

Langsam bekam Audrey diesen Zustand satt. Vor einigen Monaten schon hatte sie den Kleinen abgestillt, und sie hatte alle Kinder so oft fotografiert, daß sie sich nicht vorstellen konnte, hier auch nur ein weiteres Bild machen zu können. Bis auf Edward waren jetzt alle ziemlich selbständig. Molly hatte viele Freunde und war immer beschäftigt, Alexandra und James waren auf dem Weg, erwachsen zu werden, und der kleine Edward war mit dem Kindermädchen oder mit Lord Hawthorne ebenso glücklich wie mit seiner Mutter. Das alles deutete sie Vi und James eines Abends bei einem Besuch in London an. Wieder mußten sie im Luftschutzkeller Zuflucht suchen. Nichts hatte sich geändert.

»Ich habe das Gefühl, daß du etwas im Schilde führst.« James sah sie fragend an. »Habe ich recht?« Er hatte ihre Gedanken gelesen, ehe sie ihr selbst bewußt waren.

»Eigentlich habe ich nicht daran gedacht.« Eineinhalb Jahre waren seit ihrem Einsatz in Nordafrika vergangen, und es reizte sie, wieder hinzugehen, ob sie es sich nun eingestand oder nicht – in der Hauptsache, weil sie mit Charlie zusammensein wollte.

Sie wußte, daß James recht hatte. Es war genau das, was sie tun wollte. Gleich am nächsten Tag ging sie ins Innenministerium und legte ihre persönliche Situation dar. Es bedurfte keiner großen Überredungskünste ihrerseits, um wieder eingesetzt zu werden. Sie hatte schon einmal gute Arbeit geleistet. In Nordafrika hatte man für sie reichlich Verwendung. In einigen Tagen würde sie Bescheid bekommen, hieß es. So blieb sie bei James und Vi und wartete auf Nachricht. Und als dann der Anruf kam, stieß sie einen Freudenschrei aus und nahm noch am Abend den Zug aufs Land. Aber bei gründlicherer Überlegung war sie nicht mehr so sicher, ob sie richtig gehandelt hatte. Der Kleine brauchte sie noch, Molly ebenso ... und doch wünschte sie sich nichts so sehr, wie mit Charlie zusammenzusein. Nein, die Kinder waren in Sicherheit, sie waren zufrieden, wo sie waren, und sie konnte zurück, wann immer sie wollte. Audrey fühlte sich ziemlich hin- und hergerissen, als sie in dem einzigen Taxi des Ortes nach Hause fuhr. Im Haus traf sie Edward in Lord Hawthornes Armen glücklich krähend an, während Molly sich mit James stritt. Sie blickten auf, und sie lächelte ihnen zu, von der Frage bewegt, wie sie es Molly beibringen sollte.

An jenem Abend setzte sie sich an Mollys Bett und strich ihr über das seidige schwarze Haar und sagte ihr, daß sie fortgehen wolle. »Diesmal werde ich mich bemühen, nicht so lange auszubleiben.«

»Wurde Daddy wieder verwundet?« fragte Molly besorgt. Doch Audrey schüttelte beruhigend den Kopf.

»Nein, Liebling, es geht ihm gut. Ich habe nur das Gefühl, ich sollte bei ihm sein, damit er nicht so einsam ist.« Es war etwas, auf das sie keinen Einfluß hatte, und sie war gar nicht stolz darauf. Es war ein Teil von ihr, und es war Wirklichkeit ... dieselbe Erbmasse, die ihren Vater ans Ende der Welt geführt hatte. Vielleicht würde Edward eines Tages ähnliches bei sich entdecken und sich fragen, woher er es hatte. »Aber ich möchte gleichzeitig hier sein. Manchmal ist es wirklich schwierig, das Richtige zu tun.«

Molly nickte. Das konnte sie verstehen. Sie war begreiflicherweise nicht begeistert, daß ihre Mutter wieder fortstrebte, doch verstand sie, was sie ihr sagte. Auch die Mutter von James und Alexandra war fort, wenn auch nicht so weit. Aber sie hatten ja einander und Grampa, wie sie Lord Hawthorne nannten. »Wirst du mir schreiben?« Als Molly sie mit großen Augen ansah, spürte Audrey einen Stich in der Herzgegend. Noch elender fühlte sie sich, als am nächsten Tag der kleine Edward zu laufen anfing. Es war beinahe unmöglich, sich loszureißen, und sie spürte ihr Zaudern, als sie mit Lord Hawthorne spätabends am Kamin saß und mit ihm das letzte Glas Port trank. Alle würden ihr fehlen. Blieb sie aber, dann vermißte sie Charlie.

»Audrey, du mußt dorthin gehen, wohin dich dein Herz führt«, sagte Lord Hawthorne, der sie in gewisser Weise an ihren Großvater erinnerte, obwohl er weder so streng noch so schwierig war. Aber wie ihr Großvater war er ein kluger Mann mit einem liebevollen Herzen.

»Manchmal fällt einem eine Entscheidung so schwer. Ich möchte hier bei den Kindern bleiben und gleichzeitig bei Charles sein. Ich bin ratlos, was ich tun soll.«

»Ich werde an deiner Stelle auf die Kinder gut achtgeben.« Mit sanftem Lächeln sah er sie an, und sie wußte, daß er sein Wort halten würde.

»Das weiß ich, andernfalls würde ich es gar nicht in Erwägung ziehen ...« Und im Innersten ihres Herzens wußte sie, daß sie gehen mußte. Es war die schwerste Entscheidung, die sie je hatte treffen müssen, besonders, als sie ein paar Tage darauf beim Abschied ihr Söhnchen in den Armen hielt und es dann Lord Hawthorne übergab. Anschließend umarmte sie Molly ein letztes Mal. Sie hatte sich ausbedungen, daß man sie nicht zur Bahn begleitete. Das hätte sie nicht ertragen, und als sie im Wagen losfuhr, blickte sie sich um und sah, wie Molly über den Rasen lief, hinter James her. Ihr schwarzes Haar flog im Wind, und der kleine Edward versuchte auf unsicheren Beinchen Schritt zu halten, fröhlich krähend und lachend, als er umfiel. Sie winkten nur einmal, wandten sich dann ihren Spielen zu, und Audrey wußte, daß die Kinder auch ohne ihre Mutter nichts entbehrten.

## 46

Als Audrey und Vi sich trafen, um loszufahren, hatten sie nur einige Augenblicke Zeit, um ein paar Worte miteinander zu wechseln. Vor dem Eingangstor zur RAF-Basis stiegen sie aus und verabschiedeten sich mit einer Umarmung.

»Paß auf dich auf, Aud. Und komm wohlbehalten wieder.«

»Das werden wir beide. Gib auch du auf dich und James acht.« Die Freundinnen lächelten unter Tränen. »Du wirst mir sehr fehlen.« Sie hatten gemeinsam so viel durchgestanden, und Audrey kam sich gegenüber den Kindern wie eine Verräterin vor. Aber der Drang, in die Fremde zu gehen und mit ihrem Mann zusammenzusein, war unwiderstehlich.

»Du bist ein Prachtmädchen. Ich bewundere dich grenzenlos.«

»Warum das?« Audrey war verlegen und erstaunt.

»Weil du den Mut hast, auf und davon zu gehen, um mit Charles zusammenzusein. Es ist genau das richtige. Die Kinder kommen allein zurecht.« Genau das hatte Audrey hören wollen, und es verlieh ihr ein Gefühl der Freiheit, als sie Violet ein letztes Mal umarmte und ihr nachsah, wie sie davonfuhr.

Danach meldete sich Audrey als einsatzbereit und ging abends an Bord der Maschine. Unterwegs dachte sie an ihren Flug nach Kairo, als sie zu Charles geflogen war, ohne ihm vorher Bescheid zu geben. Auch diesmal erwartete er sie nicht, doch irgendwie hatte sie das Gefühl, daß er nichts dagegen haben würde.

Es war ein langer, strapaziöser Flug in einer zugigen Maschine, der mit einem sehr harten Aufsetzen auf der Piste endete. Fast ein ganzes Jahr hatte sie Charlie nicht gesehen, und allein der Gedanke an ihn bereitete Audrey Herzklopfen. Was würde er sagen, wenn er sie sah? Vielleicht würde er wütend sein, weil sie gekommen war. Schließlich waren sie verheiratet und hatten ein Kind. Beim Aussteigen umklammerte sie krampfhaft ihre Kamera, und wie damals in Kairo wurde sie in einem Jeep zum Hotel mitgenommen. Doch die Atmosphäre war hier ganz anders. Audrey wurde an Istanbul mit seinen Moscheen und Basaren, seinem Schmutz und den Gerüchen erinnert, denn in der Luft lag ein berauschender Duft. Es gab hier so viel zu sehen, daß sie instinktiv ihre Kamera einzustellen begann. Bei jedem Stopp schoß sie ein Dutzend Fotos, und plötzlich war sie wieder sehr froh, daß sie gekommen war. Sie gehörte hierher. Mit einem tiefen Atemzug sog sie die beißenden Düfte tief ein. Vor dem Hotel angekommen, fühlte sie sich wie ein neuer Mensch. Sie blickte um sich und betrat das Haus, um nach Charles zu fragen. Der Mann am Empfang sprach Französisch und wußte genau, wer Charlie war.

»*Oui, mademoiselle, il est là.*« Er war da. »*Dans la bar.*« Sie lächelte. Die Bar. Dort, wo sämtliche Transaktionen stattfanden. Mit Herzklopfen betrat sie den Raum und dachte an Dutzende andere Male ... an ihr Treffen in Venedig, die Fahrt nach Istanbul ... nach Schanghai und Peking ... als er Harbin verlassen hatte ... das Treffen in San Franzisko ... und dann wieder Antibes und London ... Kairo, als sie ihm das erste Mal nachgeflogen war. Sie waren um die Welt gefahren, hatten sie mit ihren Herzen und Händen umfangen, und jetzt stand sie direkt hinter ihm und strich ihm sanft mit dem Finger über den Nacken.

»Möchtest du noch einen Drink?«

Erschrocken fuhr Charles auf und drehte sich zu ihrem Entzücken wütend um. Dann riß er die Augen auf.

»Also ... das ist ...« Er war sprachlos. »Was machst du denn hier?« Ungehalten schien er nicht zu sein. In seinem Blick lag Wärme, am liebsten hätte er sie geküßt. Sie hatte ihm sehr gefehlt, aber er hätte nie gewagt, ihr vorzuschlagen, zu ihm zu kommen, da sie sich um das Kind kümmern mußte. Um so glücklicher war er, daß sie gekommen war.

»Ich dachte, ich müßte mal nachsehen, was du treibst ... da du nicht nach Hause kommen konntest ...«

Seine Antwort war von einem Lächeln begleitet. »Alles in Ordnung daheim?«

Audrey nickte, und er winkte den Kellner heran und bestellte eine Flasche Champagner.

»Zu Hause ist alles in bester Ordnung. Alle senden dir liebe Grüße.« Er zog ihr einen Stuhl zurecht, und sie setzte sich neben ihn, ohne den Blick von ihm zu wenden, und als der Kellner den Champagner servierte, beugte Charles sich zu ihr und küßte sie mit einer Leidenschaft, die er ein Jahr lang für sie aufgespart hatte.

Lächelnd hob er sein Glas. »Auf die Wanderlust, die dich zu mir führte ... immer schon ... und die dich hoffentlich immer zu mir führen wird ...« Mit zärtlichem Blick sah er sie an, als sie das Glas hob.

»Auf uns, Charlie.«

»Amen.« In seinen Augen tanzten Fünkchen, als er sich wieder zu ihr neigte und sie küßte.

# Der Preis
# des Glücks

Aus dem Amerikanischen
von Dr. Ingrid Rothmann

Für John, meine große Liebe,
und für unsere Kinder
Beatrix, Trevor, Todd, Nicholas, Samantha,
Victoria, Vanessa und Maxx
aus ganzem Herzen
und mit Liebe
für alles, was ihr seid
und tut
und was ihr mir bedeutet

Und zur Erinnerung an einen besonderen Menschen,
an Carola Haller und ihre Familie

d. s.

# I

Es war fast unmöglich, in die Lexington Avenue und zur Dreiundsechzigsten Straße zu gelangen. Der Wind heulte, und mit Ausnahme von sehr großen Autos waren alle unter Schneewächten begraben. Die Busse waren in der Nähe der Zweiundzwanzigsten Straße stehengeblieben, wo sie nun wie erfrorene Dinosaurier beisammenhockten. Nur hin und wieder löste sich einer aus der Herde und wagte sich stadtauswärts, holperte über die von den Schneepflügen freigeräumten Spuren, um einige wenige beherzte Passagiere aufzunehmen, die unter wildem Armeschwenken aus Hauseingängen stürzten, zur Bordsteinkante schlitterten, den aufgehäuften Schnee übersprangen und mit feuchten Augen und geröteten Gesichtern einstiegen. Bernie hatte Eiszapfen im Bart.

Ein Taxi zu bekommen war unmöglich gewesen. Nach fünfzehnminütiger Wartezeit hatte er aufgegeben und war von der Neunundsiebzigsten Straße aus in südliche Richtung gegangen. Bernie lief sehr oft ins Büro, da es nur achtzehn Blocks von Tür zu Tür waren. Doch als er heute von der Madison zur Park Avenue ging und dann nach rechts in die Lexington abbog, setzte ihm der schneidende Wind so zu, daß er schon nach vier Blocks aufgab. Ein freundlicher Portier erlaubte ihm, in der Lobby zu warten, während ein paar Unbeirrbare hofften, daß der Bus, der auf der Madison Avenue mehrere Stunden für eine kurze Strecke nordwärts gebraucht hatte, wendete und nun die Lexington entlang in südlicher Richtung fuhr und sie zur Arbeit brachte. Empfindlichere Naturen hatten bereits resigniert, als sie den ersten Schimmer des Schneesturms am Morgen sichteten, und sich entschlossen, gar nicht erst zur Arbeit zu fahren. Bernie war überzeugt, daß das Kaufhaus halb leer sein würde. Er selbst war nicht der Typ, der zu Hause bleiben, Daumen drehen oder Schnulzen im Fernsehen ansehen konnte. Nun war es aber keineswegs so, daß er ins Kaufhaus ging, weil er unbedingt mußte. Bernie ging an sechs Tagen in der Woche zur Arbeit, und auch sehr oft, wenn es wirklich nicht nötig war, so wie heute, nur weil er den Laden liebte. Er aß, träumte und atmete alles das, was von der ersten bis zur achten Etage des Kaufhauses Wolff passierte. Das laufende Jahr war nämlich besonders wichtig. Es war geplant, sieben neue Modetrends einzuführen, von denen vier von bedeutenden europäischen Modeschöpfern entworfen worden waren. Die gesamte Bekleidungsindustrie würde sich verändern, sowohl in der Herren- als auch in der Damenkonfektion. Daran dachte Bernie, während er die Schneewächten anstarrte, an denen sie stadteinwärts vorüberschlitterten, doch sah er dabei nicht mehr den Schnee, nicht die dahintaumelnden, auf den Bus zustrebenden Menschen, auch nicht das, was sie anhatten. Vor seinem geistigen Auge zog die neue Frühjahrskollektion vorüber, die er im November in Paris, Rom und Mailand gesehen hatte, von zauberhaften weiblichen Wesen präsentiert, die wie kostbare Puppen den Laufsteg entlanggeglitten waren und die Modelle perfekt zur Geltung brachten. Plötzlich war er froh, daß er sich auch heute auf den Weg gemacht hatte. Er wollte sich die Mannequins noch einmal genauer ansehen, die sie für die große Vorführung in der kommenden Woche einsetzen wollten. Nachdem er die Modelle ausgewählt hatte, wollte er sich noch einmal vergewissern, daß diese Mädchen auch genau seinen Vorstellungen entsprachen. Bernard Fine kümmerte sich gern selbst um alles, vom Umsatz der einzelnen Abteilungen angefangen bis zum Einkauf der Kleider, der Auswahl der Mädchen und der Gestaltung der Einladungskarten, die an die Kunden verschickt wurden. Für ihn gehörte das alles einfach dazu. Alles zählte. In seinen Augen waren diese Dinge nicht viel anders als bei US-Steel oder bei Kodak. Sie wollten ein Produkt verkaufen, vielmehr eine Vielzahl von Produkten, und seine Aufgabe war, die Produkte so eindrucksvoll wie möglich zu präsentieren.

Das Verrückte daran war, daß er jeden, der ihm vor fünfzehn Jahren, als er Football an der University of Michigan spielte, vorausgesagt hätte, daß er, Bernie Fine, sich dereinst den Kopf darüber zerbrechen würde, was für Unterwäsche ein Mannequin tragen sollte oder wie die Abendkleider am besten zur Geltung kämen, ausgelacht hätte ... oder aber er hätte ihm die Zähne eingeschlagen. Eigentlich kam es ihm selbst auch jetzt noch komisch vor, und ab und zu ließ er in seinem riesigen Büro in der achten Etage mit geistesabwesendem Lächeln die Erinnerung Revue passieren. Auf der Uni war er ziemlich sprunghaft gewesen, zumindest die ersten zwei Jahre, bis er sein Interesse für die russische Literatur entdeckt hatte. Die ganze erste Hälfte seines vorletzten Studienjahres war Dostojewski sein Lieblingsschriftsteller gewesen, mit dem es allenfalls noch Tolstoi aufnehmen konnte, dicht auf gefolgt von Sheila Borden, deren Ruhm an diese Größenordnung allerdings nicht heranreichte. Er hatte sie im Russischkurs kennengelernt, nachdem er zu der Erkenntnis gelangt war, daß man die russischen Klassiker nur richtig einschätzen konnte, wenn man nicht auf Übersetzungen angewiesen war. Deshalb belegte er bei Berlitz einen Crash-Kurs, in dessen Verlauf er mit einer Aussprache, die seinen Lehrer sehr beeindruckte, nach dem Postamt, der Toilette und der Bahnverbindung zu fragen lernte. Der Sprachkurs in Russisch hatte seine Seele erwärmt. Und Sheila Borden nicht minder. Sie hatte in der ersten Reihe gesessen, mit glatten schwarzen Haaren, die sie hüftlang trug –ganz romantisch, das war jedenfalls sein Eindruck. Sie hatte einen sehr geschmeidigen und dennoch kompakten Körper. Sheilas Ballettbegeisterung hatte sie in den Russischkurs geführt. Gleich zu Beginn ihrer Bekanntschaft hatte sie ihm erzählt, daß sie seit ihrem fünften Lebensjahr tanze und daß man von Ballett nichts verstünde, wenn man die Russen nicht verstünde. Sie war nervös, drahtig und großäugig, und ihr Körper war ein Gedicht an Ebenmäßigkeit und Grazie. Er war bezaubert, als er ihr am nächsten Tag beim Tanzen zusah.

Sie kam aus Hartford, Connecticut. Ihr Vater arbeitete in einer Bank, was in ihren Augen eine viel zu plebejische Tätigkeit war. Sie sehnte sich nach einem familiären Hintergrund, der mehr Mitgefühl aufkommen ließ –, eine Mutter im Rollstuhl ... einen tuberkulösen Vater, der kurz nach ihrer Geburt gestorben war ... Noch ein Jahr davor hätte Bernie sie ausgelacht, aber jetzt nicht mehr. Mit zwanzig nahm er sie sehr, sehr ernst. Sheila sei eine phantastische Tänzerin, erklärte er seiner Mutter, als er während der Ferien zu Hause war.

»Ist sie Jüdin?« fragte seine Mutter, als sie den Namen hörte. Sheila klang in ihren Ohren sehr irisch, und Borden war geradezu angsteinflößend. Es hätte ehedem Boardman sein können oder Berkowitz oder vieles andere, was zwar Sheilas Familie zu Feiglingen abgestempelt hätte, sie aber annehmbar machte. Bernie hatte sich über die Frage seiner Mutter geärgert – mit dieser Frage verfolgte sie ihn sein Leben lang, auch schon, als er sich noch nichts aus Mädchen gemacht hatte. Immer hatte sie ihn gefragt: »Ist er ... ist sie jüdisch ... wie lautete der Mädchenname seiner Mutter ...? Hatte er letztes Jahr Bar-Mitzwa..? Was war doch gleich sein Vater? Sie ist doch Jüdin, oder?« War denn nicht jedermann Jude? Der gesamte Bekanntenkreis der Fines jedenfalls war jüdisch. Seine Eltern wollten, daß er auf die Columbia ging oder sogar auf die New York University. Damit er täglich pendeln könne, sagte seine Mutter. Tatsächlich versuchte seine Mutter, ihn dazu zu zwingen. Doch man hatte ihn nur an der University of Michigan angenommen – das war die Rettung! Nichts wie ab ins Land der Freiheit, um sich mit Scharen blonder blauäugiger Mädchen zu verabreden, die nichts von »gefilte Fisch, von Kreplach oder Knisches« wußten und keine Ahnung hatten, wann Passah gefeiert wurde. Für ihn war es eine glückliche Wendung, denn bis dahin hatte er in Scarsdale Verabredungen mit Leuten gehabt, die seiner Mutter gefielen und die er satt hatte. Er sollte etwas Neues, anderes kennenlernen, vielleicht etwas, das im Grunde verboten war. Und alles das war Sheila. Überdies war sie so unglaublich schön mit ihren großen schwarzen Augen und der ebenholzschwarzen Haarflut. Sie eröffnete ihm den Zugang zu russischen Autoren, von denen er nie zuvor gehört hatte, und sie lasen sie alle – natürlich in Übersetzungen. Vergeblich versuchte er, während der Ferien mit seinen Eltern über diese Bücher zu diskutieren.

»Deine Großmutter war Russin. Wenn du gewollt hättest, dann hättest du von ihr Russisch lernen können.«

»Das war nicht dasselbe. Außerdem sprach sie immer nur Jiddisch ...« Er beließ es dabei, weil er Debatten mit seinen Eltern haßte. Seine Mutter stritt sich wegen jeder Kleinigkeit. Streit war die Energiequelle ihres Lebens, ihre größte Freude, ihr Lieblingssport. Sie stritt mit allen und besonders mit ihm.

»Sprich nicht so respektlos von den Toten!«

»Das war nicht respektlos. Ich sagte nur, Großmutter hätte immer Jiddisch gesprochen ...«

»Und sie sprach auch ein wunderschönes Russisch. Aber was soll dir das jetzt nützen? Du solltest technische Fächer belegen ... das ist es, was Männer heutzutage in diesem Land brauchen ... oder ein Wirtschaftsstudium ...« Sie wollte auch, daß er Arzt würde wie sein Vater oder zumindest Anwalt. Sein Vater war Hals-Nasen-Ohren-Arzt und galt als Kapazität auf seinem Gebiet. Aber Bernie hatte nie daran gedacht, in seine Fußstapfen zu treten, auch als Kind nicht. Er bewunderte seinen Vater sehr, doch er hätte nur sehr widerwillig den ärztlichen Beruf ergriffen. Ungeachtet der Träume seiner Mutter strebte er nach ganz anderen Dingen.

»Russisch? Wer spricht schon Russisch außer Kommunisten?« Sheila Borden ... sie lernte Russisch ... Bernie blickte seine Mutter verzweifelt an. Sie war attraktiv, war es immer gewesen. Nie hatte er sich für das Aussehen seiner Mutter schämen müssen, übrigens auch nicht für das seines Vaters, der ein großer, magerer Mann war, mit dunklen Augen, grauem Haar und meist abwesendem Blick. Da er seinen Beruf liebte, war er in Gedanken stets bei seinen Patienten. Bernie aber wußte, daß sein Vater immer für ihn da war, wenn er ihn brauchte. Seine Mutter färbte schon seit Jahren ihre Haare blond, »Herbstsonne« hieß der Farbton, und er stand ihr sehr gut. Ihre Augen waren grün wie die Bernies, und ihre Figur war tadellos erhalten. Sie kleidete sich mit dezenter Eleganz. Meist trug sie marineblaue Kostüme und schwarze Kleider, die sündhaft teuer waren und größtenteils von Lord & Taylor oder Saks stammten. Für Bernie aber sah sie einfach wie eine Mutter aus. »Ach, übrigens, warum studiert das Mädchen Russisch? Woher kommen ihre Eltern?«

»Aus Connecticut.«

»Wo in Connecticut?«

Am liebsten hätte er gefragt, ob sie einen Besuch vorhabe.

»Hartford. Ist das so wichtig?«

»Bernard, sei nicht vorlaut.« Sie schien gekränkt. Bernie faltete seine Serviette zusammen und schob den Stuhl zurück. Wenn er mit ihr aß, bekam er unweigerlich Magendrücken.

»Wohin gehst du? Du hast dich nicht entschuldigt.« Als ob er ein fünfjähriger Junge wäre! Manchmal haßte er diese Besuche im Elternhaus. Und er litt deswegen an Schuldgefühlen. Dann wurde er wütend auf seine Mutter, weil sie ihm diese Besuche vergällte und damit Verursacherin seiner Schuldgefühle war ...

»Ich muß noch ein wenig lernen, bevor ich zurückfahre.«

»Gottlob spielst du nicht mehr Football!« Immer sagte sie etwas, wogegen er protestieren wollte. Am liebsten hätte er sich umgedreht und ihr gesagt, daß er wieder ins Team zurückgekehrt sei ... oder daß er gemeinsam mit Sheila Ballettunterricht nähme, nur um sie ein wenig zu schockieren ...

»Das ist keine unwiderrufliche Entscheidung, Mom.«

Ruth Fine funkelte ihn an. »Sprich darüber mit deinem Vater.«

Lou wußte, was er zu tun hatte. Sie hatte mit ihm sehr ausführlich darüber gesprochen: »Falls Bernie wieder mit Football anfangen möchte, biete ihm einen neuen Wagen an ...« Hätte Bernie das geahnt, er hätte nicht nur voller Zorn den Wagen abgelehnt, sondern hätte sofort wieder mit Football angefangen. Er verabscheute es, geködert zu werden. Haßte manchmal die Gedankengänge seiner Mutter, ihre übertriebene Besorgtheit, die sie trotz der vernünftigeren Einstellung seines Vaters an den Tag legte. Ein Einzelkind zu sein war nicht einfach, darin gab Sheila ihm recht, als er wieder in Ann Arbor war. Die Ferien waren auch für sie belastend gewesen. Und sie hatten einander die ganze Zeit über nicht gesehen, obwohl Hartford nicht am Ende der Welt lag. Sheilas Eltern waren bei ihrer Geburt nicht mehr die Jüngsten gewesen und hätten sie auch jetzt noch am liebsten in einen Glasschrank gesperrt. Sie bangten um sie, wenn sie aus dem Haus ging, hatten Angst, sie könne sich verletzen, könne ausgeraubt oder vergewaltigt werden, auf dem Eis ausrutschen, die falschen Männer kennenlernen oder auf die falsche Schule geraten. Auch sie waren von der University of Michigan nicht begeistert gewesen, doch Sheila hatte nicht nachgegeben. Sie wußte genau, wie sie sich ihren Eltern gegenüber durchsetzen mußte. Und es war entsetzlich enervierend, sich von ihnen verzärteln zu lassen. Sie wußte daher genau, wie Bernie zumute war, und nach den Osterferien entwickelten sie einen Plan. Sie wollten sich im Sommer in Europa treffen und mindestens einen Monat zusammen herumzigeunern, ohne jemandem etwas davon zu sagen. Und sie hatten es geschafft.

Es war schiere Wonne, Venedig, Rom und Paris zum erstenmal zu sehen – gemeinsam zu sehen. Sheila war wahnsinnig verliebt, und als sie nackt an einem einsamen Strand auf Ischia lagen und ihr das rabenschwarze Haar über die Schultern fiel, hatte er gewußt, daß er noch nie jemanden gesehen hatte, der so schön wie Sheila war. Das ging so weit, daß er insgeheim daran dachte, ihr einen Heiratsantrag zu machen. Doch er schwieg zunächst lieber. Er träumte davon, sich mit ihr zu Weihnachten zu verloben. Heiraten würden sie dann nach seinem Abschluß im darauffolgenden Juni. Sie fuhren auch nach England und Irland und flogen von London aus gemeinsam zurück.

Wie gewöhnlich hatte sein Vater einen Operationstermin. Seine Mutter holte ihn ab, obwohl er ihr telegrafiert hatte, sie solle es nicht tun. In ihrem neuen beigefarbenen Ben-Zuckerman-Kostüm und der ihm zu Ehren frischgemachten Frisur sah sie viel jünger aus, als es ihren Jahren entsprach. Sie hieß ihn lebhaft winkend willkommen, aber seine liebevollen Gefühle verflüchtigten sich schlagartig, als er bemerkte, wie sie seine Begleiterin musterte.

»Wer ist das?«

»Mam, das ist Sheila Borden.«

Mrs. Fine schien einer Ohnmacht nahe.»Ihr habt die ganze Reise gemeinsam gemacht?« Sie hatten ihm Geld für sechs Wochen mitgegeben – als Geschenk zu seinem einundzwanzigsten Geburtstag. »Ihr seid zusammen gereist ... einfach so ... schamlos ...?« Als er das hörte, wäre er am liebsten gestorben. Sheilas Lächeln gab ihm zu verstehen, daß sie das alles keinen Deut kümmerte.

»Schon gut ... macht nichts, Bernie ... Ich muß ohnehin den

Bus nach Hartford erwischen ...« Sie schenkte ihm noch ein vertrauliches Lächeln, faßte nach ihrem Reisesack und verschwand buchstäblich, ohne sich zu verabschieden, während seine Mutter sich die Augen trocknete.

»Mom, bitte ...«

»Wie hast du uns nur so belügen können?«

»Ich habe euch nicht angelogen. Ich sagte, ich wolle mich mit Freunden treffen.« Bernies Gesicht war rot angelaufen, und er wünschte sich sehnlich, der Boden möge sich auftun und ihn verschlingen. Am liebsten hätte er seine Mutter nie im Leben wieder gesehen.

»So etwas nennst du Freunde treffen?«

Sofort dachte er an die vielen Male, die sie sich geliebt hatten ... an Stränden, in Parks, an Flußufern, in winzigen Hotels ... nichts, was seine Mutter sagte, konnte diese Erinnerung auslöschen. Er starrte sie angriffslustig an.

»Sie ist der beste Freund, den ich habe!« Er packte seinen Sack und ging allein aus dem Flughafengebäude. Er ließ seine Mutter einfach stehen, machte aber den Fehler, sich umzudrehen und einmal zu ihr hinzusehen. Und sie hatte dagestanden und hemmungslos geweint. Nein, das konnte er ihr nicht antun. Er ging zurück, entschuldigte sich und verachtete sich hinterher dafür.

Zu Semesterbeginn im Herbst hatte die Romanze weitergeblüht, und als Sheila diesmal zum Thanksgiving nach Hause fuhr, begleitete er sie nach Hartford, um ihre Familie kennenzulernen. Man war ihm höflich, aber kühl begegnet, merklich überrascht, weil Sheila etwas verschwiegen hatte. Auf dem Weg zurück zur Uni hatte Bernie sie deswegen gefragt.

»Waren sie ungehalten, weil ich Jude bin?« Er war neugierig, denn er wollte wissen, ob ihre Eltern diesbezüglich so unnachgiebig waren wie seine eigenen, was er für unwahrscheinlich hielt. Niemand konnte so stur wie Ruth Fine sein, jedenfalls seiner Meinung nach nicht.

»Nein.« Sheila lächelte zerstreut, als sie sich in einer der hintersten Sitzreihen der Maschine nach Michigan einen Joint anzündete.

»Nur erstaunt, denke ich. Ich hielt es nicht für erwähnenswert.« Das mochte er an ihr. Sheila nahm alles, was sich ihr in den Weg stellte, mit Gelassenheit und ließ sich durch nichts einschüchtern. Bernie nahm einen hastigen Zug von dem Joint, ehe Sheila ihn vorsichtig ausdrückte und den Rest in einen Umschlag in ihrer Tasche verstaute. »Sie fanden dich nett.«

»Hm, ich fand sie auch nett.« Das war gelogen. In Wahrheit waren sie ihm entsetzlich langweilig erschienen, und außerdem war er erstaunt, daß ihre Mutter über sowenig Stil verfügte. Gesprächsthemen waren das Wetter, die Nachrichten und sonst nichts. Es war wie ein Leben in einem Vakuum oder als ob man einem immerwährenden Live-Kommentar der Geschehnisse ausgesetzt war. Sheila war ganz anders als ihre Eltern, aber schließlich hatte sie dasselbe von ihm behauptet. Sie hatte seine Mutter nach der einzigen Begegnung als hysterisch bezeichnet, und er hatte ihr nicht widersprochen.

»Werden sie zur Abschlußfeier kommen?«

»Du hast vielleicht Humor.« Sie lachte. »Meine Mutter heult jetzt schon, wenn davon die Rede ist.«

Bernie hatte seine Heiratspläne nicht aufgegeben, aber immer noch nicht darüber gesprochen. Am Valentinstag überraschte er Sheila mit einem wunderhübschen kleinen Diamantring, den er von dem Geld, das seine Großeltern ihm hinterlassen hatten, gekauft hatte. Es war ein kleiner Solitär, nur zwei Karat, doch der Stein war lupenrein. Nachdem er ihn erstanden hatte, war er mit einem beklemmenden Gefühl nach Hause gegangen. Er hatte Sheila hochgehoben, sie heftig auf den Mund geküßt und ihr sodann das Schächtelchen achtlos auf den Schoß geworfen.

»Probier mal, ob die Größe stimmt, Kleines.« Sheila hatte es für einen Scherz gehalten und gelacht, bis sie das Etui öffnete, ihr der Mund vor Staunen offenblieb und sie in Tränen ausbrach. Dann hatte sie das Etui nach ihm geworfen und war wortlos hinausgegangen. Bernie war sprachlos vor Erstaunen und starrte ihr nach. Er verstand die Welt nicht mehr, bis sie spätabends zurückkam und mit ihm über die Sache sprach. Beide hatten ein eigenes Zimmer, doch meist übernachtete Sheila bei Bernie, da er komfortabler wohnte und zwei Schreibtische hatte. Sie starrte unverwandt auf den Ring im offenen Etui auf seinem Schreibtisch.

»Wie hast du so etwas tun können?«

Er begriff sie noch immer nicht. Glaubte sie, der Ring sei zu groß? »Was heißt ›so etwas‹? Ich möchte dich heiraten.« Mit liebevollem Blick streckte er die Arme nach ihr aus, doch sie drehte sich um und wich zurück.

»Ich dachte, du hättest begriffen . . . die ganze Zeit über dachte ich, alles sei ganz cool.«

»Was, zum Teufel, soll das wieder heißen?«

»Das heißt, daß ich dachte, wir hätten eine auf Gleichberechtigung beruhende Beziehung.«

»Das haben wir doch. Was hat das damit zu tun?«

»Wir brauchen keine Ehe . . . wir brauchen diesen ganzen traditionellen Humbug nicht.« Angewidert sah sie ihn an, und Bernie war schockiert.

»Wir brauchen nicht mehr als das, was wir jetzt haben . . . solange es eben dauert.« Noch nie hatte er sie so reden gehört, und er fragte sich, was mit ihr los war.

»Und wie lange wird das sein?«

»Heute . . . nächste Woche . . .« Achselzucken. »Wen kümmert es?« Was macht es schon aus? Eine Beziehung kann man nicht mit einem Diamantring festigen.«

»Dann entschuldige bitte.« Plötzlich war Bernie wütend. Er griff nach dem Etui, ließ es zuschnappen und warf es in eines seiner Schreibtischschubfächer. »Ich entschuldige mich dafür, daß ich etwas so durch und durch Spießiges getan habe. Vermutlich macht sich Scarsdale bei mir wieder bemerkbar.«

»Ich hatte keine Ahnung, daß du darum einen solchen Wirbel machen würdest.« Sie wirkte so ratlos, als könne sie sich seines Namens nicht mehr entsinnen. »Ich dachte, du hättest alles verstanden . . .« Sie setzte sich auf die Couch und starrte ihm nach, als er zum Fenster ging. Unvermittelt drehte er sich um und sah sie an.

»Nein. Weißt du was? Ich begreife gar nichts. Wir schlafen seit mehr als einem Jahr miteinander. Praktisch leben wir zusammen, letztes Jahr sind wir gemeinsam nach Europa gefahren. Was hast du denn geglaubt, was das alles bedeutet? Ist das nur eine belanglose Affäre?« Nicht für ihn. Er gehörte nicht zu diesem Typ Mann – auch nicht mit einundzwanzig.

»Spar dir diese altmodischen Phrasendreschereien.« Sheila stand auf und streckte sich, als fände sie das alles entsetzlich ermüdend. Ihm fiel auf, daß sie keinen Büstenhalter trug, was alles nur noch verschlimmerte, denn er spürte plötzlich, wie sein Begehren sich regte.

»Vielleicht kam das alles zu früh.« Bernie sah sie hoffnungsvoll an, von dem Gefühl verleitet, das sich zwischen seinen Beinen regte, und von dem, was er im Herzen spürte, und sofort verachtete er sich selbst wegen dieser Schwäche. »Vielleicht brauchen wir mehr Zeit.«

Sie schüttelte den Kopf. Sie gab ihm keinen Gutenachtkuß, als sie zur Tür ging. »Bernie, ich möchte niemals heiraten. Das ist nichts für mich. Ich möchte nach Kalifornien, sobald ich den Abschluß hinter mir habe. Dort möchte ich eine Weile rumhängen.« Auf einmal konnte er sie sich dort gut vorstellen ... in einer Kommune.

»Was verstehst du unter ›rumhängen‹? Das ist eine Sackgasse, weiter nichts.«

Lächelnd zog sie die Schultern hoch. »Bernie, im Moment möchte ich nichts anderes.« Ihre Blicke tauchten ineinander.

»Vielen Dank jedenfalls für den Ring.« Leise schloß sie die Tür, und er saß sehr lange im Dunkeln, in Gedanken versunken. Er liebte Sheila sehr oder bildete es sich zumindest ein. Aber noch nie hatte er diese Seite an ihr kennengelernt, diese totale Gleichgültigkeit den Gefühlen eines anderen gegenüber. Plötzlich erinnerte er sich, wie sie ihre Eltern behandelt hatte, als er bei ihnen zu Besuch gewesen war. Es war ihr vollkommen egal, wie sie empfanden. In ihren Augen war er verrückt, wenn er zu Hause anrief oder für seine Mutter ein Geschenk besorgte, ehe er nach Hause fuhr. Zum Geburtstag hatte er seiner Mutter Blumen geschickt, und Sheila hatte sich über ihn lustig gemacht. Das alles fiel ihm schlagartig wieder ein. Womöglich waren ihr alle Menschen gleichgültig – auch er. Sie amüsierte sich und tat, wozu sie Lust hatte. Und bis heute hatte sie auf ihn Lust gehabt, nicht aber auf den Verlobungsring. Als er zu Bett ging, lag ihm sein Herz wie ein Stein in der Brust, und er lag noch lange wach in der Dunkelheit und dachte an Sheila.

In den darauffolgenden Wochen hatte sich ihre Beziehung nicht gebessert. Sheila hatte sich einer Bewußtseinsbildungs-Gruppe angeschlossen, zur deren bevorzugten Diskussionsthemen ihr Verhältnis zu Bernie gehörte ... Wenn sie nach Hause kam, griff sie ihn fast ununterbrochen wegen seiner Wertvorstellungen, seiner Zielsetzungen und seiner Art, mit ihr zu reden, an.

»Sprich mit mir nicht wie mit einem Kind. Ich bin eine Frau, verdammt noch mal. Und vergiß ja nicht, daß deine Eier nur rein dekorativen Zwecken dienen, ja nicht mal das. Ich bin ebenso klug wie du, ich habe ebensoviel Mumm ... meine Zensuren sind ebensogut ... mir fehlt nur das Stückchen, das du zwischen den Beinen baumeln hast, und wer ist darauf schon neugierig?«

Er war entsetzt, um so mehr, als sie sogar das Ballett aufgab. Russisch lernte sie weiterhin, doch sie führte ständig Che Guevara im Munde und ging dazu über, Armeestiefel zu tragen und dazu Sachen aus einem Laden, der Militärkleidung verkaufte. Besonders hatten es ihr Männerunterhemden angetan, die man ohne Büstenhalter trug und mehr zeigten als verhüllten. Allmählich wurde es ihm immer peinlicher, sich mit ihr auf der Straße zu zeigen.

»Ist das dein Ernst?« fragte sie, als es darum ging, ob sie auf den Abschlußball gehen sollten. Beide waren sich einig, daß es ein kitschiger Unfug war, doch hatte Bernie zugegeben, daß er hingehen wollte. Es würde eine Erinnerung fürs ganze Leben sein, und schließlich hatte Sheila nachgegeben. Doch sie war bei ihm in ihrer Armeekluft aufgekreuzt, die sie bis zur Mitte offentrug. Darunter blitzte ein zerfetztes rotes T-Shirt hervor. Ihr Schuhwerk war zwar nicht echt militärisch, hätte es aber sein können. Es waren perfekte Kopien von Armeestiefeln mit Gold-Spray angesprüht. Auf Bernies fassungslosen Blick hin erklärte sie lachend, dies seien ihre neuen Partyschuhe. Er trug das weiße Dinner-Jackett, das er im Jahr zuvor für eine Hochzeit bekommen hatte. Sein Vater hatte es ihm bei Brooks Brothers gekauft, und es paßte ihm wie angegossen. Mit seinem brünetten Haar, den grünen Augen und den ersten Ansätzen der Sommerbräune sah er sehr gut aus. Sie aber sah lächerlich aus, und das sagte er ihr.

»Es ist eine Ungehörigkeit jenen gegenüber, denen der Ball etwas bedeutet. Wenn wir tatsächlich hingehen, sind wir es ihnen schuldig, uns entsprechend anzuziehen.«

»Ach, um Himmels willen.« Sie warf sich lässig auf seine Couch –, im Blick die totale Geringschätzung. »Du siehst aus wie der kleine Lord. Großer Gott, wenn ich meiner Gruppe davon erzähle ...!«

»Deine Gruppe kann mir den Buckel runterrutschen!« Es war das erste Mal, daß ihm deswegen die Nerven durchgingen. Erstaunt sah sie ihn an, als er näher kam und vor ihr stehenblieb. Sie lümmelte auf der Couch und ließ anmutig die langen Beine in der Armeehose und goldenen Stiefeln baumeln.

»Jetzt setz deinen Allerwertesten in Bewegung, lauf nach Hause und zieh dich um.«

»Verpiß dich.« Sie lächelte ungerührt zu ihm auf.

»Sheila, es ist mir ernst. In dieser Aufmachung wirst du nicht gehen.«

»Doch, ich gehe.«

»Nein, das wirst du nicht.«

»Dann gehen wir eben nicht.«

Er zögerte einen Sekundenbruchteil, ehe er zur Tür ging.

»Nein. Das trifft auf mich nicht zu. Du wirst nicht gehen. Ich gehe allein hin.«

»Na, dann viel Spaß.« Sie winkte ihm zu, und er ging, innerlich schäumend.

Er war allein auf den Ball gegangen und hatte einen lausigen Abend verbracht. Nicht ein einziges Mal hatte er getanzt und war nur geblieben, um seiner Sheila seine Entschlossenheit zu beweisen. Sie hatte ihm den Abend verdorben. Und sie verdarb ihm mit derselben Marotte auch seine Abschlußfeier, nur war diesmal ärger, weil seine Mutter im Publikum saß. Als sie auf die Bühne ging und ihr Diplom ausgehändigt bekam, drehte Sheila sich um und hielt eine kleine Rede, in der sie sagte, wie leer die Rituale des Establishments seien und wie unterdrückt die Frauen auf der ganzen Welt wären. Ihnen und sich selbst zuliebe lehnte sie den Chauvinismus der University of Michigan ab. Danach zerriß sie langsam ihr Diplom, während das Publikum sie wie gebannt anstarrte und Bernie am liebsten losgeheult hätte. Nachher war er nicht imstande, zu seiner Mutter ein Wort zu sagen. Und noch weniger konnte er an jenem Abend mit Sheila sprechen, als beide sich ans Packen machten. Er sagte ihr nicht, was er nach allem, was vorgefallen war, empfand. Er wagte nicht, überhaupt etwas zu sagen. So kam es, daß Schweigen herrschte, als Sheila ihre Sachen aus seinem Zimmer zusammensammelte. Bernies Eltern dinierten mit Bekannten im Hotel, und er wollte mit ihnen am darauffolgenden Tag festlich zu Mittag essen, ehe sie alle nach New York fuhren. Doch im Moment beobachtete er Sheilas Bewegungen mit verzweifelter Miene. Die vergangenen zwei Jahre waren ein Irrtum gewesen. Obwohl sie die letzten Wochen nur aus Gewohnheit und Bequemlichkeit zusammengeblieben waren, war er nicht imstande, die Trennung hinzunehmen. Trotz der geplanten Europareise mit seinen Eltern konnte er nicht glauben, daß alles zu Ende sein sollte. Sonderbar, wie leidenschaftlich Sheila im Bett sein konnte und wie kühl sie sonst war. Das hatte ihn seit dem ersten Tag ihrer Begegnung maßlos verwirrt. Er war nie imstande gewesen, objektiv zu bleiben. Sheila brach als erste das Schweigen.

»Morgen abend fliege ich nach Kalifornien.«

Er war wie betäubt. »Ich dachte, deine Eltern wollten dich zu Hause bei sich haben.«

Lächelnd warf sie ein paar einzelne Socken in ihren Reisesack.

»Ja, vermutlich.« Als sie wieder gleichmütig die Schultern hochzog, kämpfte er gegen das Verlangen an, sie zu ohrfeigen. Er war wirklich verliebt gewesen ... hatte sie heiraten wollen ... und sie richtete sich allein nach dem, wozu sie Lust verspürte. Sheila war die größte Egozentrikerin, die ihm je über den Weg gelaufen war.

»Ich stehe auf der Warteliste nach Los Angeles. Von dort fahre ich vermutlich per Anhalter nach San Franzisko.«

»Und dann?«

»Wer weiß?« Sie streckte ihm die Hände entgegen und blickte ihn an, als wären sie einander eben erst begegnet und seien nicht die Freunde und das Liebespaar, das sie waren. In den langen Monaten war Sheila das Wichtigste in seinem Leben gewesen, und jetzt kam er sich vor wie ein verdammter Narr. Zwei lange Jahre hatte er mit ihr vertan.

»Warum kommst du nicht nach San Franzisko, sobald du aus Europa zurück bist? Ich hätte nichts dagegen, dich dort zu sehen.« Sie hätte nichts dagegen? Nach zwei Jahren?

»Nein, ich glaube nicht, daß ich komme.« Zum erstenmal seit Stunden lächelte er, doch in seinem Blick lag noch immer der Schmerz. »Ich muß mich nach einem Job umsehen.« Er wußte, daß sie sich damit nicht belasten mußte. Ihre Eltern hatten ihr zum Abschluß zwanzigtausend Dollar geschenkt, die sie angenommen hatte, wie er wußte. Sie verfügte also über genug Geld, um sich einige Zeit in Kalifornien über Wasser halten zu können. Er selbst hatte sich nicht intensiv genug um eine Arbeit gekümmert, weil er nicht sicher war, was er eigentlich wollte. Um so dämlicher kam er sich jetzt vor. Am liebsten wäre ihm eine Anstellung als Lehrer für russische Literatur an einer kleinen Schule in New England gewesen. Er hatte sich mehrfach beworben und wartete auf Antworten.

»Bernie, ist es nicht blöde, sich vom Establishment vereinnahmen zu lassen, einen Job zu haben, den man haßt, für Geld, das man nicht braucht?«

»Du brauchst dir um Geld keine Sorgen zu machen, aber meine Eltern haben nicht die Absicht, mich für den Rest meines Lebens zu erhalten.«

»Meine auch nicht.« Sie spie ihm die Worte entgegen.

»Willst du dich an der Westküste nach einer Arbeit umsehen?«

»Mit der Zeit.«

»Und was hast du vor? In dieser Aufmachung Modell stehen?« Er deutete auf ihre abgeschnittenen Jeans und ihre unbeschreiblichen Stiefel. Das schien sie zu ärgern.

»Du wirst eines Tages wie deine Eltern sein.« Etwas Ärgeres konnte sie gar nicht sagen. Nachdem sie den Reißverschluß des Reisesackes zugezogen hatte, reichte sie ihm die Hand.

»Mach's gut, Bernie.«

Diese Situation ist lächerlich, dachte er bei sich, den Blick starr auf sie gerichtet. »Das ist es also? Nach fast zwei Jahren ein einfaches ›Mach's gut‹?« Es kümmerte ihn nicht, daß sie die Tränen in seinen Augen sah. »Nicht zu fassen ... wir wollten heiraten ... Kinder haben.«

Sie fand das gar nicht komisch. »Nein, das war nicht unsere Absicht, als es anfing.«

»Was dann, Sheila? Wollten wir nur zwei Jahre lang unseren Spaß im Bett haben? Ich habe dich geliebt, auch wenn das jetzt sehr unglaublich erscheint.«

Plötzlich konnte er sich nicht mehr vorstellen, was er in ihr gesehen hatte, und er wollte sich nicht eingestehen, daß seine Mutter recht gehabt hatte. Und doch war es so. Dieses eine Mal.

»Ich glaube, ich habe dich auch geliebt ...« Trotz ihrer zur Schau gestellten Gleichmütigkeit konnte sie nicht verhindern, daß ihre Unterlippe zuckte. Plötzlich ging sie zu ihm, und er umschlang sie in dem kahlen kleinen Zimmer, das für sie ein Heim gewesen war.

»Es tut mir leid, Bernie ... Alles hat sich wohl geändert ...« Nun weinten beide, und Bernie nickte.

»Ich weiß ... es ist nicht deine Schuld ...« Das sagte er mit heiserer Stimme, von der Frage bewegt, wessen Schuld es eigentlich war. Er küßte Sheila, und sie sah zu ihm auf.

»Komm nach San Franzisko, wenn es irgendwie geht.«

»Ich will's versuchen.« Er fuhr nie hin.

Sheila verbrachte die folgenden drei Jahre in einer Kommune unweit von Stinson Beach, und er verlor sie aus den Augen, bis einmal eine Weihnachtskarte mit einem Bild kam. Bernie hätte sie nie wiedererkannt. Sie hauste in einem alten, an der Küste geparkten Schulbus, zusammen mit neun Erwachsenen und sechs kleinen Kindern. Sie hatte zwei eigene, zwei Mädchen, wie es aussah. Als er die Karte bekam, war sie ihm schon gleichgültig, obwohl er ihr lange nachgetrauert hatte. Daß seine Eltern nicht viel Aufhebens von der Sache gemacht hatten, erfüllte ihn mit Dankbarkeit. Er war sehr erleichtert, daß seine Mutter kein Wort über Sheila verlor, und sie wiederum war erleichtert, daß Sheila von der Bildfläche verschwunden war.

Sheila war das erste Mädchen gewesen, das er geliebt hatte, und das Ende seiner Träume hatte ihn schwer getroffen. Aber Europa war sehr heilsam für ihn gewesen. Er hatte Scharen von

Mädchen in Paris, London, Südfrankreich, in der Schweiz und in Italien kennengelernt, und er registrierte erstaunt, daß das Reisen mit seinen Eltern ihm viel Vergnügen bereitete. Seine Eltern trafen sich mit Freunden und er ebenso.

Er war in Berlin mit drei Studienkollegen verabredet, und gemeinsam machten sie sich eine schöne Zeit, ehe sie wieder ins wirkliche Leben zurückkehrten. Zwei hatten vor, Jura zu studieren, einer wollte ein letztes Mal richtig ausflippen, ehe er im Herbst heiratete, weil er der Einberufung in die Armee entgehen wollte. Das war etwas, worüber Bernie sich keine Sorgen zu machen brauchte, so peinlich ihm das auch war. Er hatte als Kind an Asthma gelitten, und sein Vater hatte seine Krankengeschichte sorgfältig dokumentiert. Mit achtzehn war er bei der Musterung als untauglich eingestuft worden – eine Tatsache, die er seinen Freunden zwei Jahre lang verschwieg, die ihm aber jetzt in gewisser Hinsicht sehr zustatten kam. Diese eine Sorge wenigstens war er los. Leider bekam er auf seine Bewerbungen als Lehrer lauter Absagen, weil er seinen akademischen Abschluß noch nicht hatte. Aus diesem Grund wollte er an die Columbia, um dort noch Vorlesungen zu belegen. Die angeschriebenen Schulen hatten ihm geraten, sich in einem Jahr wieder zu melden, sobald er seinen akademischen Grad erworben habe. Doch dies schien ihm noch ein ganzes Lebensalter entfernt, und die Vorlesungen, für die er sich an der Columbia eingeschrieben hatte, waren alles andere als faszinierend.

Er wohnte zu Hause, obwohl seine Mutter ihn wahnsinnig machte. Dazu kam, daß alle seine Bekannten fort – entweder bei der Armee oder auf der Schule – waren, oder sie hatten irgendwo Jobs bekommen. Er kam sich vor wie der einzige zu Hause Gebliebene, und in seiner Verzweiflung bewarb er sich in der Vorweihnachtszeit um einen Aushilfsjob im Kaufhaus Wolff. Es störte ihn nicht, daß er in die Herrenabteilung gesteckt wurde und er Schuhe verkaufen mußte. Alles war besser, als zu Hause zu hocken, und außerdem hatte er den Laden immer schon gemocht. Es war eines jener großen eleganten Kaufhäuser, in denen es angenehm roch und wo man es mit gutgekleidetem Publikum zu tun hatte. Auch das Verkaufspersonal besaß einen gewissen

Stil, und sogar in der Vorweihnachtszeit war man hier um einen Hauch höflicher als anderswo. Wolff war einst jenes Haus gewesen, das die Stilrichtungen für jedermann festlegte, und das tat es auch jetzt noch bis zu einem gewissen Grad, obwohl ihm der Chic eines Hauses wie Bloomingdale, das nur drei Blocks entfernt war, fehlte.

Aber Bernie war fasziniert von der Arbeit, und er sagte dem Abteilungsleiter, was seiner Meinung nach notwendig war, um mit Bloomingdale Schritt halten zu können. Der Mann beschränkte sich auf ein Lächeln, Wolff hatte es nicht nötig, mit jemandem Schritt halten zu können. Zumindest war er dieser Meinung. Doch Paul Berman, der Chef des Kaufhauskonzerns, wurde neugierig, als ihm Bernies Vorschlag als Aktennotiz auf den Tisch kam. Der Abteilungsleiter entschuldigte sich überschwenglich bei seinem Chef, als er davon hörte, und versprach, Bernie sofort zu feuern, aber genau das wollte Berman nicht. Er wollte den Jungen mit den interessanten Ideen kennenlernen. Es kam zu einer Begegnung, und Paul Berman erkannte, daß Bernie ein vielversprechender junger Mann war.

Er ging einige Male mit ihm essen, weil ihn die Unbekümmertheit des jungen Mannes amüsierte. Doch der Junge hatte auch Grips. Berman lachte schallend, als er hörte, daß Bernie Lehrer für russische Literatur werden wollte und deshalb Abendkurse an der Columbia besuchte.

»Das halte ich für eine verdammte Zeitverschwendung.«

Bernie war schockiert, obwohl ihm der Mann gefiel. Der Enkel des Firmengründers war ein eher ruhiger, eleganter Typ und ein gewitzter Geschäftsmann, der sich für die Meinung anderer interessierte.

»Russische Literatur war mein Hauptfach«, erklärte Bernie respektvoll.

»Ach was, Sie hätten Wirtschaftsfächer belegen sollen.«

Bernie lächelte. »Das hört sich an, als spräche meine Mutter.«

»Was macht Ihr Vater?«

»Er ist Arzt. Ich habe die Medizin immer verabscheut. Allein bei dem Gedanken daran wird mir ganz übel.« Berman nickte verständnisvoll.

»Mein Schwager war Arzt. Mir war der Gedanke daran auch zuwider.« Stirnrunzelnd sah er Bernard Fine an. »Und was ist mit Ihnen? Was haben Sie wirklich mit sich vor?«

Bernie wollte aufrichtig sein. Er spürte, daß er Berman das schuldig war. Der Betrieb war ihm selbst immerhin so wichtig, daß er die Vorschläge gemacht hatte, die ihn schließlich hierhergeführt hatten. Ihm gefiel das Kaufhaus Wolff. Es war ein großartiger Laden. Aber das alles war nicht das Richtige für ihn, jedenfalls nicht auf Dauer.

»Ich möchte mein Studium abschließen und mich nächstes Jahr wieder um dieselben Stellen bewerben. Mit etwas Glück werde ich im darauffolgenden Jahr an einer Internatsschule unterrichten.« Sein hoffnungsvolles Lächeln ließ ihn sehr jung aussehen. Soviel Unschuld war irgendwie rührend, und Paul Berman empfand spontan Zuneigung zu diesem Jungen.

»Und was ist, wenn die Armee Sie einzieht?«

Bernie gestand ihm, daß er untauglich war.

»Junger Mann, Sie haben verfluchtes Glück. Diese Unannehmlichkeiten in Vietnam könnten eines schönen Tages verdammt ernst werden. Vergessen Sie nicht, wie es den Franzosen dort erging. Sie haben alles bis aufs Hemd verloren. Wenn wir nicht auf der Hut sind, wird's uns ebenso ergehen.« Bernie konnte nicht umhin, ihm recht zu geben.

»Warum lassen Sie die Abendkurse nicht sausen?«

»Und was soll ich statt dessen tun?«

»Ich mache Ihnen einen Vorschlag. Sie bleiben das ganze nächste Jahr bei uns. Wir bilden Sie in verschiedenen Bereichen aus, lassen Sie überall reinschnuppern, und wenn Sie bei uns bleiben wollen und bei uns anheuern, schicken wir sie auf ein Wirtschaftscollege. Sie würden so etwas wie eine bezahlte praktische Ausbildung genießen. Na, wie hört sich das an?«

Einen Vorschlag dieser Art hatte das Unternehmen noch niemandem gemacht, doch Berman hatte an dem Jungen mit den großen offenen grünen Augen und dem intelligenten Gesicht Gefallen gefunden. Er war kein hübsches Bübchen, sondern ein gutaussehender junger Mann, dessen Gesicht etwas Gescheites, Nettes und Anständiges ausstrahlte. Paul Berman fühlte sich angesprochen, und das sagte er Bernie auch, ehe dieser an jenem Tag sein Büro verließ. Bernie hatte um eine Bedenkzeit von ein, zwei Tagen gebeten, gestand aber, sich sehr geschmeichelt und geehrt zu fühlen. Es war eine große Entscheidung. Er war nicht sicher, ob er auf ein Wirtschaftscollege wollte, und es widerstrebte ihm, den Traum von der Internatsschule in der verschlafenen Kleinstadt aufzugeben – den Traum, begeistert lauschenden Schülern Dostojewski und Tolstoi nahezubringen. Vielleicht sollte es nur ein Traum bleiben. Einer, der schon jetzt an Bedeutung verlor.

An jenem Abend besprach er die ganze Sache mit seinen Eltern. Sogar sein Vater hatte sich beeindruckt gezeigt. Berman hatte Bernie eine große Chance geboten, falls Bernie in diesem Beruf weiterkommen wollte. Das Ausbildungsjahr im Kaufhaus würde ihm ausreichend Zeit geben festzustellen, ob er für das Unternehmen arbeiten wollte. Der Vorschlag hörte sich an, als könne es gar nicht schiefgehen, und sein Vater beglückwünschte ihn, während seine Mutter sich erkundigte, wie viele Kinder Berman hatte ... wie viele Söhne – wie groß die Konkurrenz war, mit anderen Worten – oder ob er Töchter habe ... man stelle sich vor, Bernie heiratete eine davon!

»Ruth, laß ihn in Ruhe!« Lou hatte sich unnachgiebig gezeigt, als sie an jenem Abend allein waren, und Ruth hatte sich mit Mühe gezügelt.

Bernie hatte Mr. Berman am darauffolgenden Tag mitgeteilt, er gehe sehr gern auf den Vorschlag ein, und Berman empfahl ihm daraufhin, sich bei mehreren Wirtschaftscolleges gleichzeitig zu bewerben. Er wählte Columbia und die New York City University, weil sie in der Stadt waren, und Wharton und Harvard, wegen ihres Rufes. Es würde lange dauern, bis er erfuhr, ob man ihn aufnähme, doch in der Zwischenzeit gab es viel zu tun.

Die Zeit des Praktikums verging wie im Flug, und schließlich bekam er den Bescheid von drei Wirtschaftscolleges, daß man ihn aufnehmen würde. Nur Wharton gab ihm einen abschlägigen Bescheid. Im nächsten Jahr könne er vielleicht mit einer Aufnahme rechnen, falls er warten wollte. Bernie entschied sich für die Columbia, und fing dort an, während er im Laden noch immer einige Stunden in der Woche arbeitete, weil er am Ball bleiben wollte und entdeckt hatte, daß er sich besonders für die Designer-Aspekte der Herrenbekleidung interessierte. Für seine erste Prüfungsarbeit verfaßte er eine Studie darüber. Er bekam nicht nur gute Zensuren, sondern machte auch einige Vorschläge, die sich in der Praxis bewährten, als Berman ihm einen Versuch in kleinem Maßstab erlaubte. Seine Studienfortschritte waren ausgezeichnet, und nach seinem Abschluß arbeitete er ein halbes Jahr für Berman persönlich, ehe er wieder in die Herrenkonfektionsabteilung ging und anschließend in die Damenabteilung. Er führte Änderungen ein, die im ganzen Haus positiv zu spüren waren. Keine fünf Jahre waren seit seinem Eintritt bei Wolff vergangen, und er war der aufgehende Stern des Unternehmens. Deshalb war es für ihn ein Schlag, als Paul Berman ihm an einem sonnigen Frühlingsnachmittag ankündigte, daß man ihn für zwei Jahre nach Chikago versetzen wolle.

»Aber warum?« Chikago klang für ihn nicht viel anders als Sibirien. Er wollte nicht fort. Er liebte New York, und er leistete im Laden ganze Arbeit.

»Erstens kennst du den Mittleren Westen. Zweitens ...« Berman zündete sich seufzend eine Zigarre an, »brauchen wir dich dort draußen. Der Laden läuft nicht so, wie wir möchten. Er braucht eine kleine Spritze, und die sollst du ihm verpassen.« Er lächelte seinem jungen Freund wohlwollend zu. Sie brachten einander große Hochachtung entgegen, doch in diesem Falle gedachte Bernie, ihm erbitterten Widerstand entgegenzusetzen. Er unterlag. Berman zeigte sich unnachgiebig, und zwei Monate später flog Bernie nach Chikago und wurde im nächsten Jahr Manager. Damit hatte er einen Aufgabenbereich übernommen, der ihn weitere zwei Jahre dort festnagelte, obwohl er Chikago haßte. Die Stadt wirkte bedrückend auf ihn, und das Klima setzte ihm zu.

Seine Eltern kamen sehr häufig zu Besuch. Es stand außer Frage, daß seine Position beträchtliches Ansehen mit sich brachte. Mit dreißig Geschäftsführer von Wolff, Chikago, zu sein war keine Kleinigkeit. Trotzdem wollte er unbedingt zurück nach New York, und seine Mutter gab eine Riesenparty für ihn, als er endlich wieder zurückkam. Er war einunddreißig, und Berman ließ ihn in seinen eigenen Gehaltsscheck den Betrag einsetzen. Dennoch war Berman nur schwer zu überzeugen, als Bernie mit dem Vorschlag kam, die Damenkonfektion niveaumäßig anzuheben. Er wollte ein Dutzend Haute-Couture-Kollektionen präsentieren und Wolff damit die alte Position als stil- und richtungsweisendes Haus mit Vorbildfunktion für das ganze Land zurückerobern.

»Ist dir klar, wie teuer diese Kleider sind?« Berman schien aufrichtig bekümmert, aber Bernie lächelte.

»Ja, aber für uns wird man es billiger machen. Schließlich sind die Modelle dann keine Couture mehr.«

»Aber verdammt nahe dran. Zumindest werden es die Preise sein. Wer soll denn diese Sachen hier kaufen?« Es waren Pläne, die für seinen Geschmack zu hochfliegend waren, aber gleichzeitig war sein Interesse geweckt.

»Paul, ich glaube, unsere Kundinnen werden sich auf das Angebot stürzen. Besonders in Städten wie Chikago, Boston und Washington und sogar in Los Angeles, wo nicht jedes New Yorker Kaufhaus eine Niederlassung hat. Wir werden Paris und Mailand in die Provinz bringen.«

»Und uns selbst an den Bettelstab, meinst du wohl.« Aber Berman widersprach nicht mehr. Nachdenklich ruhte sein Blick auf Bernie. Eine interessante Idee. Er wollte sofort mit der teuersten Ware einsteigen und Kleider für fünf-, sechs- oder siebentausend Dollar anbieten, im Grunde genommen waren sie auch nur Konfektion, wenn sie auch auf Couture-Entwürfen basierten.

»Wir brauchen uns kein großes Lager zuzulegen oder unnötig große Posten zu bestellen. Wir lassen einfach jeden Designer eine Modenschau zusammenstellen, und die Kundinnen können über uns direkt ordern. Das ist noch wirtschaftlicher.« Diese Idee brach Bermans Widerstand endgültig. Für ihn war damit dem Projekt jedes Risiko genommen.

»Ja, du hast es erfaßt, Bernard.«

»Aber zunächst kommen wir um einige Neuerungen nicht herum. Unsere Entwurf-Abteilung ist nicht europäisch genug.« Das Gespräch war stundenlang weitergegangen, als die Idee einmal geboren war, und nachdem sie grob skizziert hatten, wie die Sache laufen sollte, schüttelte Berman ihm die Hand. In den letzten Jahren war Bernard sehr erwachsen geworden. Er war jetzt reif und selbstsicher, und seine geschäftlichen Entscheidungen hatten Hand und Fuß. Er sehe sogar erwachsen aus, zog Berman ihn auf, auf den Bart deutend, den Bernard sich vor seiner Rückkehr nach New York hatte wachsen lassen. Er war einunddreißig und ein sehr gutaussehender Mann.

»Ich glaube, du hast dir da eine feine Sache ausgedacht.« Die zwei Männer tauschten ein Lächeln. Beide freuten sich, denn dem Unternehmen Wolff standen aufregende Zeiten bevor.

»Was nimmst du als erstes in Angriff?«

»Ich möchte mich noch diese Woche mit ein paar Architekten beraten. Die sollen Pläne zeichnen und dir vorlegen. Dann möchte ich unbedingt nach Paris. Mal sehen, was die Modezaren von unserer Idee halten.«

»Meinst du, sie werden sich zieren?«

Bernard runzelte die Stirn, ehe er entschieden den Kopf schüttelte.

»Das glaube ich nicht. Es steckt großes Geld für sie drin.«

Bernie sollte recht behalten. Geziert hatte sich keiner. Sie hatten vielmehr mit beiden Händen zugegriffen, und er konnte einundzwanzig Modeschöpfer vertraglich an sich binden. Bernard war mit der festen Absicht nach Paris gefahren, das Geschäft abzuschließen, und kehrte drei Wochen später in Siegerstimmung nach New York zurück. Das neue Programm sollte in neun Monaten über die Bühne gehen, eine Reihe glanzvoller Modenschauen im Juni, bei denen die Kundinnen ihre Herbstgarderobe ordern konnten, als säßen sie in Paris und ließen sich die Couture-Kollektionen vorführen. Bernie wollte das alles mit einer Party und einer tollen Bühnenshow einleiten, auf der einige Modelle eines jeden Modeschöpfers vorgestellt werden sollten. Diese Modelle sollten nicht verkäuflich sein, sondern nur den Appetit auf die folgenden Modenschauen anregen. Sämtliche Mannequins würden aus Paris kommen. Mit Anlaufen des Projektes waren zusätzlich auch drei amerikanische Modeschöpfer hinzugezogen worden. Alles in allem hatte Bernie sich für die nächsten Monate einen Haufen Arbeit aufgehalst, die sich für ihn aber bezahlt machte, weil er mit zweiunddreißig Stellvertreter des Geschäftsführers wurde.

Die Eröffnung der Modenschauen war das Tollste, was man bislang auf diesem Gebiet gesehen hatte. Die Modelle waren so hinreißend, daß das Publikum aus dem Staunen nicht herauskam und ständig applaudierte. Man spürte, daß hier Modegeschichte gemacht wurde, und zwar dank einer ungewöhnlichen Mischung aus gesunden Geschäftsprinzipien und ausgeprägter Verkaufspolitik. Dazu kam Bernards angeborenes Gespür für Mode. Das alles zusammen hob das Unternehmensimage und verlieh der Firma ein Ansehen, das ihr nicht nur in New York zur führenden Position verhalf. Bernie saß in der letzten Reihe und glaubte sich im siebenten Himmel, als die erste von bekannten Couturiers gestaltete Modenschau ablief und die Kundinnen mit Begeisterung reagierten. Kurz vorher hatte Paul Berman sich blicken lassen. Die allgemeine Stimmung war ausgezeichnet, so daß Bernie sich spürbar entspannte, während er die Mannequins beobachtete, die in Abendroben den Laufsteg entlangschwebten. Ein schlankes Mädchen hatte es ihm besonders angetan, ein schönes, katzenhaftes Wesen, blauäugig, mit Gesichtszügen, die wie gemeißelt waren. Fast sah es aus, als gleite sie über dem Boden dahin, und er ertappte sich dabei, daß er immer wieder auf ihren Auftritt wartete, während ein Modell nach dem anderen vorgeführt wurde. Enttäuschung erfaßte ihn, als die Vorführung zu Ende ging und es klar war, daß er sie nicht wiedersehen würde. Anstatt, wie beabsichtigt, sofort wieder in sein Büro zu gehen, blieb er noch ein paar Augenblicke und verschwand hinter den Kulissen, um der Abteilungsleiterin, einer Französin, die jahrelang für Dior gearbeitet hatte, zu gratulieren.

»Marianne, Sie haben sehr gute Arbeit geleistet«, lobte er sie lächelnd, und sie sah ihn mit begehrlichem Blick an. Sie war Ende Vierzig, makellos zurechtgemacht und todschick. Seit sie hier arbeitete, hatte sie ein Auge auf Bernie geworfen.

»Die Modelle haben sich gut gemacht, finden Sie nicht auch, Bernard?« Seinen Namen sprach Marianne mit französischer Betonung aus. Sie wirkte kühl und sexy zugleich. Wie Feuer und

Eis. Er aber spähte über ihre Schulter hin zu den vorübereilenden Mädchen in Jeans und Alltagskleidung. Verkäuferinnen liefen hin und her und schleppten Unmengen von Exklusivmodellen heran, damit die Kundinnen anprobieren und bestellen konnten. Alles lief wie am Schnürchen, und dann sah Bernard das blonde Mädchen mit dem Brautkleid aus dem Finale über dem Arm.

»Marianne, wer ist das Mädchen? Gehört dieses Mannequin zum Haus, oder wurde es nur für die Modenschau engagiert?« Marianne, die seinem Blick folgte, ließ sich von seinem unbefangenen Ton nicht täuschen. Sie spürte ihr Herz sinken, als sie das Mädchen sah. Eine bildschöne Person, keinen Tag älter als einundzwanzig.

»Sie arbeitet hin und wieder für uns – als freie Mitarbeiterin. Sie ist Französin.« Mehr brauchte sie nicht zu sagen. Das Mädchen kam direkt auf sie zu, das Brautkleid in die Höhe haltend, den Blick auf Bernard und dann auf Marianne gerichtet. Auf französisch fragte sie, was mit dem Kleid zu geschehen habe, als wage sie nicht, es irgendwo zu deponieren. Marianne sagte ihr, wem sie es übergeben sollte, während Bernie dastand und sie anstarrte. Die Abteilungsleiterin entsann sich ihrer Pflicht und stellte Bernie dem Mädchen vor und erwähnte beiläufig, daß das neue Firmenkonzept von ihm stammte. Sie brachte die beiden höchst widerwillig zusammen, konnte dieses Zusammentreffen aber auch nicht verhindern. Ihr entging Bernies Blick nicht, mit dem er das Mädchen ansah. Irgendwie fand sie das sogar amüsant, weil er sich stets so unzugänglich gab. Daß er Mädchen mochte, war offensichtlich, doch wenn man dem Gerede der Leute Glauben schenken durfte, ließ er sich nie auf tiefere Beziehungen ein. Anders als bei dem Sortiment, das er für Wolff zusammenstellte, zog er bei Frauen Quantität der Qualität vor ... »Volumen«, wie es im Handel hieß ... aber vielleicht war es diesmal anders ...

Sie hieß Isabelle Martin und war vierundzwanzig. In Südfrankreich aufgewachsen, war sie mit achtzehn nach Paris gegangen, um dort für Saint Laurent und später für Givenchy zu arbeiten – mit sensationellem Erfolg, so daß sie bald zur absoluten Spitze gehörte. Die Einladung in die Vereinigten Staaten war keine Überraschung, und ebensowenig überraschend war der Erfolg, den sie seit vier Jahren in New York hatte. Bernie fand es unglaublich, daß sie einander noch nicht begegnet waren.

»Die meiste Zeit arbeite ich nur als Fotomodell, Monsieur Fine.« Ihren Akzent fand er bezaubernd.

»Doch für Ihre Modenschau ...« Ihr Lächeln ließ ihn dahinschmelzen und weckte in ihm den Wunsch, ihr die Sterne vom Himmel zu holen. Und schlagartig setzte seine Erinnerung ein. Er kannte sie von den Titelseiten des ›Vogue‹, auf denen sie mehrmals erschienen war, und ebenso von ›Bazaar‹ und ›Women's Wear‹ ... in Wirklichkeit aber sah sie anders aus, noch schöner. Daß jemand zwischen der Modefotografie und dem Laufsteg pendelte, war ungewöhnlich, doch Isabelle war in beiden Sparten versiert und hatte bei der Modenschau großen Eindruck hinterlassen. Er gratulierte ihr überschwenglich.

»Sie waren großartig, Miß, hm ...« Sein Gedächtnis ließ ihn im Stich, was ihr ein Lächeln entlockte.

»Isabelle.« Allein bei ihrem Anblick glaubte er, den Verstand zu verlieren. An jenem Abend führte er sie ins ›La Caravelle‹ zum Essen aus und mußte die Beobachtung machen, daß sich im Restaurant alle nach ihr umdrehten. Und nachher tanzten sie im ›Raffles‹. Bernie wäre am liebsten gar nicht nach Hause gegangen. Er wollte sich nie mehr von ihr trennen, sie nie mehr aus den Augen lassen. Kein Mädchen, das er bis jetzt kennengelernt hatte, war so hinreißend wie Isabelle. Und der Panzer, den er um sich aufgerichtet hatte, nachdem Sheila aus seinem Leben verschwunden war, schmolz unter Isabelles Blicken. Ihr Haar war so blond, daß es fast weiß schimmerte, und was noch ungewöhnlicher war, es war ihre natürliche Farbe. Für ihn war Isabelle das schönste Geschöpf der Welt – ein Urteil, dem kaum jemand widersprochen hätte.

In jenem Jahr verlebten sie einen zauberhaften Sommer in East Hampton. Er hatte ein Häuschen gemietet, in dem Isabelle die Wochenenden mit ihm verbrachte. Gleich zu Beginn ihrer Zeit in New York hatte sie eine Beziehung mit einem bekannten Modefotografen angefangen, um ihn nach zwei Jahren wegen eines Immobilienmaklers zu verlassen. Doch als Bernie auf der Bildfläche erschien, verblaßten neben ihm alle anderen. Für ihn war es eine Zeit, der ein besonderer Zauber anhaftete, die Zeit, als er sie überallhin mitnahm, sich mit ihr brüstete, fotografiert wurde, bis in den Morgen tanzte. Das alles erweckte den Anschein von Jet-set-Gepflogenheiten, wie er belustigt feststellte, als er seine Mutter zum Lunch einlud und sie ihn mit ihrem allermütterlichsten Blick bedachte.

»Meinst du nicht auch, daß die Kleine für dich zu rasant ist?«

»Was soll denn das heißen?«

»Das heißt, daß sie nach Jet-set riecht und ich nicht finde, daß du in dieses Milieu paßt.«

»Heißt es nicht, daß der Prophet im eigenen Land nichts gilt? Sehr schmeichelhaft ist das allerdings nicht.« Er bewunderte das dunkelblaue Diorkostüm seiner Mutter, das er ihr von seiner letzten Auslandsreise mitgebracht hatte und das ihr besonders gut paßte. Doch er verspürte nicht den Wunsch, mit ihr über Isabelle zu diskutieren. Er hatte sie zu Hause nicht vorgestellt und hatte auch nicht die Absicht. Es waren zwei Welten, die nie zusammenpassen würden, obgleich sein Vater wie jeder andere Mann sie sehr gern kennengelernt hätte, wie Bernie wußte. Isabelle war eine reine Augenweide.

»Wie ist sie denn?« Wie immer ließ seine Mutter auch diesmal nicht locker.

»Mom, sie ist ein nettes Mädchen.«

Seine Mutter lächelte nachsichtig. »Na, das ist eine Beschreibung, die ihr nicht gerecht wird. Sie ist unbestritten eine Schönheit.« Isabelles Fotos waren allgegenwärtig, und Ruth Fine hatte allen ihren Freundinnen von ihr erzählt. Beim Friseur zeigte sie jedem das Mädchen ... »Nein, das auf der Titelseite ... sie ist mit meinem Sohn befreundet ...«

»Bist du verliebt in sie?« Sie scheute sich nie zu fragen, wenn sie etwas wissen wollte, aber Bernie verdarb es die Laune, als er diese Worte hörte. Er wollte nicht darüber sprechen, obwohl er verrückt nach Isabelle war, doch ihm war noch zu frisch im Gedächtnis, wie töricht er damals in Michigan gewesen war ... der Verlobungsring, den er Sheila am Valentinstag gegeben und den sie ihm praktisch an den Kopf geworfen hatte ... die Heiratspläne, die er geschmiedet hatte ... der Tag, an dem sie aus seinem Leben gegangen war und ihren Reisesack und sein Herz mitgenommen hatte. Nie wieder wollte er so etwas erleben, und er war deshalb sehr vorsichtig.

»Wir sind gute Freunde.« Mehr fiel Bernie nicht ein.

Seine Mutter starrte ihn an.

»Ich will hoffen, daß es mehr ist.« Ihre ängstliche Miene ließ darauf schließen, daß sie befürchtete, er sei homosexuell – das reizte ihn zum Lachen.

»Es ist mehr ..., aber eine Hochzeit ist nicht in Sicht. Zufrieden? Also, was willst du essen?« Er bestellte ein Steak, seine Mutter ein Seezungenfilet. Wie immer drängte sie ihn, von seiner Arbeit zu erzählen. Es hatte sich zwischen ihnen ein fast freundschaftliches Verhältnis entwickelt, da er seine Eltern wesentlich seltener sah als in seiner ersten New Yorker Zeit. Viel Zeit hatte er jetzt nicht mehr, besonders seitdem Isabelle in sein Leben getreten war.

Im Herbst nahm er Isabelle auf eine Geschäftsreise mit nach Europa, und wo immer sie sich zeigten, waren sie der Mittelpunkt. Sie waren unzertrennlich, und kurz vor Weihnachten zog sie zu ihm, so daß Bernie schließlich klein beigeben und sie nach Scarsdale bringen mußte, so sehr er sich auch davor fürchtete. Isabelle war sehr nett zu seinen Eltern, nett, aber zurückhaltend. Nachher gab sie ihm zu verstehen, daß ihr an häufigeren Begegnungen nicht lag.

»Unsere gemeinsame Zeit ist so knapp bemessen ...« Sie brachte das in gekonntem Schmollton vor, und er tat nichts lieber, als sich mit ihr der Liebe hinzugeben. Sie war die vollkommenste Frau, der er je begegnet war. Manchmal stand er nur da und betrachtete sie, wenn sie sich schminkte, ihr Haar trocknete, unter der Dusche stand oder mit ihrem Köfferchen zur Tür hereinkam. Sie erweckte den Wunsch in ihm, sie mitten in der Bewegung festzuhalten und sie einfach nur anzusehen.

Sogar seine Mutter benahm sich gemäßigter als sonst. In Isabelles Gegenwart kamen sich alle sehr klein vor, außer Bernie, der sich noch nie männlicher gefühlt hatte. Ihre sexuelle Erfahrung war bemerkenswert, und es war daher kein Wunder, daß ihre Beziehung mehr auf Leidenschaft als auf Liebe beruhte. Sie liebten sich an fast allen möglichen und unmöglichen Orten, in der Badewanne, unter der Dusche, auf dem Boden, auf den Hintersitzen seines Wagens während eines Sonntagsausflugs nach Connecticut. Einmal hätten sie es beinahe im Lift getrieben, kamen jedoch rechtzeitig zur Besinnung, da sie ihre Etage erreicht hatten und die Tür aufging. Es war, als wären sie für die Liebe geboren, als könnte er nie genug von ihr bekommen. Aus diesem Grund nahm er sie im Frühling wieder mit nach Frankreich, und im Sommer fuhren sie wieder nach East Hampton. Diesmal aber waren sie geselliger als im Jahr zuvor und gingen mehr aus. Eines Abends machte sie auf einer Party am Strand von Quogue die Bekanntschaft eines Filmproduzenten. Am nächsten Tag blieb sie für Bernie unauffindbar. Schließlich entdeckte er sie auf Deck einer in der Nähe ankernden Jacht in einer intimen Situation mit dem Hollywood-Produzenten. Bernie blieb wie angewurzelt stehen und starrte sie an, um sodann mit Tränen in den Augen den Rückzug anzutreten. Ihm war nun klar, was er lange Zeit nicht hatte wahrhaben wollen. Isabelle war nicht nur eine große Dame, ein bildhübsches Mädchen, sie war die Frau, die er liebte, und es schmerzte, sie zu verlieren.

Als sie nach stundenlanger Abwesenheit zurückkam, entschuldigte sie sich. Sie hätte sich mit dem Produzenten eingehend unterhalten: über ihre Ziele, die sie im Leben erreichen wollte, was ihre Beziehung zu Bernie bedeutete, was er ihr zu bieten hatte. Der Produzent war auf Anhieb von ihr fasziniert und hatte ihr das auch zu verstehen gegeben. Und als Isabelle zurückkam, sprach sie mit Bernie über ihre Gefühle.

»Ich kann nicht den Rest meines Lebens in einem Käfig verbringen, Bernard ... ich muß frei sein, ich muß fliegen können, wohin es mich zieht.« Das alles hatte er schon zu hören bekommen – von einer Frau in Armeestiefeln und mit Reisesack, jetzt von einer in Gucci-Kleid und Chanel-Schuhen, im Nebenzimmer ein geöffneter Louis-Vuitton-Koffer.

»Wenn ich recht verstanden habe, bedeutet für dich ein Leben mit mir ein Leben im Käfig?« In seinem Blick lag Kälte. Er hatte nicht die Absicht, ihr Verhältnis mit einem anderen zu tolerieren!

So einfach war das ... Ihm drängte sich die Frage auf, ob sie ihn schon vorher betrogen hatte und mit wem.

»Nein, mon amour, du bist ein wunderbarer Mensch. Aber ... so zu tun, als sei man verheiratet ... das geht nicht für immer ...«

Es waren acht Monate vergangen, seit sie zu ihm gezogen war, also kaum eine lange Zeit.

»Isabelle, ich habe unsere Beziehung wohl mißverstanden.«

Als sie nickte, sah sie fast noch schöner als sonst aus, und einen Augenblick haßte er sie. »Ja, das hast du, Bernard.« Und dann stieß sie ihm das Messer ins Herz. »Ich möchte eine Zeitlang nach Kalifornien.« Sie war ganz offen. »Dick sagt, er könne für mich Probeaufnahmen in einem Studio arrangieren ...« Ihr Akzent brachte sein Herz zum Schmelzen ... »und ich würde sehr gern einen Film mit ihm machen.«

»Ich verstehe.« Er zündete sich eine Zigarette an, obwohl er selten rauchte. »Davon hast du noch nie gesprochen.« An sich war alles ganz klar. Es wäre jammerschade gewesen, dieses Gesicht dem Filmpublikum vorzuenthalten. Titelseiten auf Zeitschriften waren zu wenig.

»Ich hielt es nicht für wichtig.«

»Oder wolltest du erst die Firma Wolff nach Möglichkeit ausnützen?« Eine solche Gemeinheit war ihm noch nie über die Lippen gekommen, und er schämte sich deswegen. Sie war nicht auf ihn angewiesen, und das war es, was er eigentlich bedauerte. »Isabelle, entschuldige ...« Er ging auf sie zu, während er sie durch den Rauchschleier anstarrte. »Überstürze nichts.« Er wollte sich aufs Bitten verlegen, doch Isabelle blieb hart. Ihr Entschluß stand fest.

»Nächste Woche fliege ich nach Los Angeles.«

Er nickte, ging wieder zurück ans Fenster und blickte aufs Meer. Dann wandte er sich ihr mit einem Lächeln voller Bitterkeit zu. »Der Westen muß etwas Magisches an sich haben. Alle Welt strebt dorthin.« Wieder dachte er an Sheila. Er hatte Isabelle von ihr erzählt. »Vielleicht sollte ich eines schönen Tages auch an die Westküste gehen.«

Isabelle lächelte. »Du gehörst nach New York, Bernard. Du bist so aufregend und vital wie das Leben in dieser Stadt.«

»Dir genügt das offenbar nicht.« Er sagte es in bekümmertem Ton.

In ihrem Blick lag Bedauern. »Es ist ja nicht, daß ... du ... wenn ich mich ernsthaft binden wollte ... wenn ich heiraten wollte ... würde ich mich für dich entscheiden.«

»Davon war nie die Rede.« Beide wußten, daß mit der Zeit sehr wohl die Rede darauf gekommen wäre. Bernie war ein Mensch mit Prinzipien, er bedauerte es fast, als er sie ansah. Er wäre gern leichtsinniger und lebenslustiger gewesen ... und vor allem mit der Macht ausgestattet, sie zum Film zu bringen.

»Bernard, ich kann mir einfach nicht vorstellen hierzubleiben.« Sie sah sich schon als Filmstar und ging mit dem Produzenten auf und davon, dem sie im richtigen Moment begegnet war, nämlich in dem Augenblick, in dem sie zum Film wollte. Drei Tage nach der Rückkehr aus East Hampton zog Isabelle aus. Sie packte ihre Sachen, ordentlicher als Sheila, und sie nahm all ihre wunderschönen Kleider mit, die sie Bernie verdankte. Sie packte sie in ihr Louis-Vuitton-Gepäck und hinterließ ihm keine Nachricht. Sie nahm sogar die dreitausend Dollar mit, die er in seiner Schreibtischschublade aufbewahrte. Isabelle bezeichnete sie als ›kleines Darlehen‹ und war überzeugt, er werde Verständnis zeigen. Die Probeaufnahmen wurden gemacht, und genau ein Jahr darauf kam ein Film mit ihr als Darstellerin heraus, zu einem Zeitpunkt, zu dem Bernie die ganze Sache längst überwunden hatte. Er hatte sich inzwischen eine gewisse Härte zugelegt. Es gab immer wieder Models und Sekretärinnen oder Karrierefrauen in seinem Leben. Frauen in Rom, in Mailand eine attraktive Stewardeß, eine Künstlerin, eine Dame der Gesellschaft ... unter ihnen aber keine, an der ihm sehr viel lag, und er fragte sich schon, ob es ihm jemals wieder möglich sein würde, sich zu verlieben. Wenn jemand von Isabelle sprach, kam er sich noch immer wie ein Idiot vor. Natürlich gab sie ihm das Geld niemals zurück, auch nicht die Piaget-Uhr, deren Fehlen er erst viel später entdeckt hatte. Nicht einmal eine Weihnachtskarte bekam er von ihr. Sie hatte ihn ausgenutzt und hatte ihn wegen eines anderen fallenlassen. Und vor ihm hatte es andere gegeben. Auch in Hollywood änderte sie ihre Lebensweise nicht, sie verließ den Produzenten, der ihr die erste Filmrolle verschafft hatte, weil sie einen einflußreicheren kennenlernte, der ihr bessere Rollen zuschanzen konnte. Kein Zweifel, Isabelle Martin würde es weit bringen ... Seine Eltern wußten, daß das Thema für ihn tabu war. Sie erwähnten Isabelle niemals wieder, nachdem eine unpassende Bemerkung gefallen war, auf die hin er das Haus in Scarsdale in blinder Wut verlassen hatte. Zwei Monate lang hatte er sich nicht blicken lassen, und seine Mutter war entsetzt über das, was sie erkannt hatte. Daraufhin war das Thema für immer abgeschlossen.

Eineinhalb Jahre nachdem Isabelle gegangen war, hatte er sein Leben wieder im Griff. In seinem Kalender standen mehr Adressen weiblicher Wesen, als er bewältigen konnte, das Geschäft blühte, das ganze Unternehmen wurde meisterhaft geführt, und als er an jenem Morgen erwachte und den Schneesturm gesehen hatte, entschloß er sich trotz des widrigen Wetters ins Büro zu gehen. Es gab immer viel zu tun, vor allem aber wollte er mit Paul Berman die Pläne für den Sommer besprechen, da er ein paar aufregende Neuerungen plante. Als er an der Lexington Avenue in Höhe der Dreiundsechzigsten Straße in seinem schweren englischen Mantel – auf dem Kopf eine russische Pelzmütze – ausstieg, legte er das Stück Weg zum Kaufhaus mit dem Wind entgegengeneigten Kopf zurück und spähte voller Stolz an der Fassade empor. Er war mit der Firma Wolff verheiratet, und das sollte ihm recht sein. Das Unternehmen war wie ein prächtiges altes Mädchen, und er selbst hatte Erfolg auf der ganzen Linie. Ich habe allen Grund, dankbar zu sein, dachte er, als er den Liftknopf für die achte Etage drückte und den Schnee von seinem Mantel schüttelte.

»Guten Morgen, Mr. Fine«, hörte er eine Stimme, und er lächelte. Er schloß kurz die Augen, ehe die Türen wieder aufglitten, in Gedanken bei der Arbeit, die an diesem Tag auf ihn wartete. Vor allem dachte er an all das, was er mit Paul Berman besprechen wollte. Keinesfalls war er auf das gefaßt, was Paul Berman ihm im Verlauf ihrer Unterredung zu sagen hatte.

## 2

»Lausiger Tag.« Paul Berman warf einen Blick aus dem Fenster auf das Schneetreiben. Er wußte, daß er auch die kommende Nacht in der Stadt verbringen mußte. Es gab keine Möglichkeit, nach Connecticut zu gelangen. Die Nacht zuvor hatte er im ›Pierre‹ verbracht, und er hatte seiner Frau hoch und heilig versprechen müssen, jeden Versuch zu unterlassen, bei dem Schneesturm nach Hause zu fahren.

»Ist überhaupt jemand im Laden?« Er war immer erstaunt, wie viel Geschäft sie auch unter schlechten Witterungsbedingungen machten. Die Leute fanden doch immer einen Weg, ihr Geld loszuwerden.

Bernie nickte ihm zu.

»Erstaunlicherweise sind ein paar Kunden da. Wir bieten an zwei Stellen gratis Tee, Kaffee und heiße Schokolade an. Eine nette Geste, wer auch immer sich das ausgedacht hat. Wer bei diesem Sauwetter einkauft, verdient eine Belohnung.«

»Eigentlich recht vernünftig, wenn man es bedenkt. In einem leeren Laden läßt sich gut einkaufen. Mir ist das auch das liebste.« Die Männer tauschten ein Lächeln. Seit zwölf Jahren waren sie nun befreundet, und Bernard verlor nie die Tatsache aus den Augen, daß Paul ihm zu seiner Karriere verholfen hatte. Er hatte ihn ermutigt, ein Wirtschaftsstudium zu wählen, und er hatte ihm bei Wolff alle Türen geöffnet. Mehr noch, er hatte an ihn geglaubt und ihm ein Vertrauensvotum zu einer Zeit gegeben, als niemand sich an Bernies Vorschläge herangewagt hätte. Er hatte Bernie seit Jahren zur Nummer eins herangezogen, das war ein offenes Geheimnis. Er bot Bernie eine Zigarre an, während dieser wartete, was Berman zu sagen hatte.

»Na, wie kommt dir das Haus in letzter Zeit vor?«

Es war der richtige Tag für ein Gespräch. Von Zeit zu Zeit setzten sie sich spontan zusammen, und diese Plaudereien endeten meist mit einem Ergebnis, das eine glänzende Idee für das Unternehmen beinhaltete. Die letzte Sitzung dieser Art hatte die Entscheidung gebracht, eine neue Abteilungsleiterin für die Da-

menkonfektion einzustellen. Die neue Kraft, die sie ›Saks‹ weggeschnappt hatten, hatte sich unterdessen ausgezeichnet bewährt.

»Hm, ich glaube, alles läuft wie geschmiert. Meinst du nicht
auch, Paul?«

Der Ältere nickte, ein wenig ratlos, wie er beginnen sollte. Irgendwie mußte er einen Anfang finden.

»Ja, das glaube ich auch. Deshalb haben der Vorstand und ich
das Gefühl, wir könnten uns einen etwas ungewöhnlichen Schritt
leisten.«

»Ach?« Hätte man Bernies Puls in diesem Moment gefühlt,
man hätte eine rasche Beschleunigung festgestellt. Paul Berman
brachte den Vorstand nur ins Gespräch, wenn es um etwas Ernstes ging.

»Wie du weißt, soll unsere Niederlassung in San Franzisko im
Juni eröffnet werden.« Bis dahin waren noch fünf Monate Zeit,
und der Bau machte gute Fortschritte. Paul und Bernie waren einige Male vor Ort gewesen und hatten gesehen, daß der Zeitplan eingehalten wurde, im Moment jedenfalls. »Leider ist es
uns noch nicht geglückt, einen Leiter für die Niederlassung zu
finden.«

Bernie atmete auf. Momentan hatte er befürchtet, es beträfe
ihn. Doch er wußte, welche Bedeutung Paul San Franzisko als
Markt beimaß. Dort war viel Geld zu Hause, die Frauen kauften Modellkleider wie Brezeln von einem Straßenhändler. Es war
höchste Zeit, daß Wolff sich ein Stück vom Kuchen sicherte. In
Los Angeles hatten sie sich bereits eingenistet, und firmenintern
herrschte die Auffassung, man sollte sich auch weiter nördlich
einen Standort schaffen.

»Ich bin immer noch der Meinung, Jane Wilson wäre ideal für
den Job, kann mir aber nicht vorstellen, daß sie von New York
wegginge.«

Paul Berman zog die Brauen zusammen. Es würde schwieriger werden, als er befürchtet hatte. »Ich glaube nicht, daß Jane
ideal ist. Ihr fehlt es an Durchsetzungsvermögen. Und eine neue
Filiale braucht einen, der Druck macht, einen, der die Situation
beherrscht, einen, der die Leute motiviert und neue Ideen hat.
Jane wäre dort sicher fehl am Platz.«

»Was uns wieder an den Ausgangspunkt bringt. Wie wäre es, wenn wir eine neue Kraft einstellen? Vielleicht könnten wir von der Konkurrenz jemanden abwerben?«

Jetzt war der Augenblick der Wahrheit gekommen. Es gab kein Entrinnen mehr. Paul sah ihn unverwandt an.

»Bernard, wir wollen dich dort haben.«

Ihre Blicke trafen sich, und Bernie wurde blaß. Das konnte nicht wahr sein. Aber diese Miene ... mein Gott ... Paul meinte es ernst. Dabei hatte Bernie seine Zeit abgeleistet. Drei Jahre in Chikago reichten. Oder nicht?

»Paul ... ich kann nicht ... ich könnte nie ... nach San Franzisko?« Es war für Bernie ein echter Schock. »Warum ich?«

»Weil du über alle Eigenschaften verfügst, von denen ich eben sprach, und weil wir dich dort brauchen. Und wenn wir noch so angestrengt suchten, wir fänden keinen Besseren. Die neue Niederlassung liegt uns sehr am Herzen. Das weißt du selbst. Der Markt in San Franzisko ist sehr groß, aber gleichzeitig ein sehr sensibler, hochklassig, hochmodisch und sehr gestylt, und wenn wir in der Eröffnungsphase Fehler machen, werden wir uns nie davon erholen, Bernie ...« Paul sah ihn flehend an, »du mußt uns aus der Verlegenheit helfen.« Unter seinem durchdringenden Blick ließ Bernie sich im Sessel zurückfallen.

»Aber ... San Franzisko? Und was wird aus meinem Job hier?« Er wollte aus New York nicht fort, er war glücklich hier, liebte seine Tätigkeit. Wenn man ihn jetzt versetzte, war es für ihn sehr hart, obwohl er Paul natürlich nicht enttäuschen wollte.

»Du kannst ja hin- und herfliegen. Und überdies kann ich hier für dich einspringen. Gebraucht wirst du im Westen.«

»Wie lange?«

»Ein Jahr. Zwei vielleicht. Vielleicht auch länger.«

Davor hatte Bernie Angst.

»Paul, das hieß es auch, als ich nach Chikago ging. Nur war ich damals jünger ... jetzt habe ich mir meine Sporen verdient. Ich möchte nicht wieder hinaus und Fronarbeit leisten. Ich war schon mal weg von hier. Ich weiß, wie es ist. Eine hübsche Stadt, aber verdammt provinziell.«

»Austoben kannst du dich in Los Angeles. Mach, was du

willst, um zu überleben. Aber, allen Ernstes ... ich würde dich nicht darum bitten, wenn wir eine andere Wahl hätten, aber wir haben niemanden sonst. Und ich muß sehr bald jemanden nach San Franzisko schicken, ehe etwas schiefgeht. Jemand muß die Endphase des Baues überwachen, die Werbekampagne in Gang setzen, die Öffentlichkeitsarbeit ankurbeln ...« Es folgte eine knappe Handbewegung. »Ich brauche dir nicht zu sagen, was dich erwartet – eine Riesenverantwortung. Es geht um einen brandneuen Laden, den feinsten, den wir haben, von New York mal abgesehen.« In gewisser Hinsicht war es für Bernie eine ehrenvolle Aufgabe, aber eine, die er nicht erfüllen wollte – ganz und gar nicht.

Mit einem stillen Seufzer stand er auf. Der Morgen war nun doch nicht so großartig verlaufen. Fast bedauerte er, gekommen zu sein, obwohl ihm die Neuigkeit auch dann nicht erspart geblieben wäre. Hatte Paul einmal einen Entschluß gefaßt, dann gab es kein Entrinnen, und es würde nicht einfach sein, ihm die Sache auszureden. »Ich muß mir alles durch den Kopf gehen lassen.«

»Tu das.« Wieder trafen sich ihre Blicke. Und Paul hatte Angst vor dem, was er diesmal in Bernies Augen sah.

»Wenn ich die feste Zusicherung hätte, daß es nur für ein Jahr wäre, dann könnte ich damit leben.« Er lächelte entschuldigend, doch Paul konnte ihm dieses Versprechen nicht geben. War die Filiale zur Übergabe nicht bereit, dann würde Bernard nicht so rasch wieder fortkönnen. Beide wußten, daß es länger dauern konnte, bis alles reibungslos lief. Es bedurfte in der Regel zwei, drei Jahre sorgfältiger Arbeit, um eine neue Filiale in Schwung zu bringen, und Bernie war nicht gewillt, sich für so lange zu verpflichten. San Franzisko stellte für ihn nicht die geringste Verlockung dar.

Paul Berman stand auf und sah ihn ernst an. »Also, überleg dir die Sache. Aber ich möchte, daß du dir über meine Einstellung dir gegenüber im klaren bist.« Er wollte nicht riskieren, Bernie zu verlieren, egal was der Vorstand sagte. »Ich möchte dich nicht verlieren, Bernard.« Man sah ihm an, daß er es aufrichtig meinte. Bernard lächelte.

»Und ich möchte dich nicht im Stich lassen.«

»Dann werden wir beide die richtige Entscheidung treffen, wie immer diese auch ausfallen mag.« Paul Berman streckte die Hand aus und drückte Bernies Rechte. »Also, überleg dir die Sache sehr gründlich.«

»Wird gemacht.« Anschließend saß Bernie allein bei geschlossener Tür in seinem Büro, starrte in das Schneetreiben und fühlte sich dabei, als hätte ihn ein Laster angefahren. Im Moment konnte er sich beim besten Willen nicht vorstellen, in San Franzisko zu leben. Er liebte das Leben in New York. In San Franzisko würde er erst Fuß fassen müssen, und die Aussicht, eine neue Niederlassung zu etablieren, lockte ihn nicht, mochte diese auch hochklassig und nobel geplant sein. San Franzisko war nicht New York. Trotz der Schneestürme, trotz des Schmutzes und der unerträglichen Julihitze liebte er diese Stadt. Die hübsche kleine Ansichtskartenstadt an der großen Bucht im Westen lockte ihn nicht. Sie hatte ihn nie gelockt. Mit verbittertem Lächeln dachte er an Sheila. Sie paßte dorthin, besser als er. Ironisch fragte er sich, ob er sich jetzt auch Armeestiefel zulegen mußte. Das ganze Problem bedrückte ihn sehr, so sehr, daß es ihm anzumerken war, als seine Mutter ihn nachmittags anrief.

»Bernard, was ist denn?«

»Nichts, Mom. Der Tag war sehr anstrengend.«

»Bist du krank?« Er schloß die Augen und zwang sich zu einem unbeschwerten Ton. »Nein, mir fehlt nichts. Wie geht es dir und Dad?«

»Wir sind ziemlich am Boden zerstört. Mrs. Goodman ist gestorben. Erinnerst du dich an sie? Sie hat Plätzchen für dich gebacken, als du noch ein kleiner Junge warst.« Schon damals war sie uralt gewesen, und das lag fast dreißig Jahre zurück. Daß sie gestorben war, stellte keine große Überraschung dar, doch seine Mutter liebte es, ihm solche Dinge zu berichten. Sie kam jedoch sofort wieder auf ihn zurück.

»Also, was ist los?«

»Nichts. Ich sagte schon, mir fehlt nichts.«

»Das hört sich aber nicht so an. Du klingst abgespannt und niedergeschlagen.«

»Es war ein anstrengender Tag.« Er wiederholte es zähneknirschend und dachte dabei: Man will mich wieder in die Verbannung schicken. Laut fuhr er fort: »Einerlei, bleibt es dabei, daß wir nächste Woche an deinem Geburtstag zum Dinner ausgehen? Wo möchtest du feiern?«

»Ich weiß es nicht. Dein Vater meinte, du solltest zu uns kommen.

Eine Lüge, wie er genau wußte. Sein Vater ging sehr gern aus, weil es nach seinem anstrengenden Beruf eine erholsame Ablenkung bedeutete. Seine Mutter war diejenige, die immer wollte, daß er nach Hause kam, als wolle sie ihm etwas beweisen.

»Wie wär's, mit dem ›21‹? Würde dir das gefallen? Oder lieber etwas Französisches? Côte Basque ... Grenouille ...?«

»Meinetwegen das ›21‹.« Sie gab sich resigniert.

»Großartig. Vielleicht kommt ihr vorher zu mir auf einen Drink, so um sieben? Wir könnten dann um acht essen.«

»Wirst du ein Mädchen mitbringen?« Das klang gequält, als brächte er dauernd Mädchen mit, obwohl sie seit Isabelle keine seiner weiblichen Bekannten kennengelernt hatte. Keine der Beziehungen hatte so lange gedauert, daß es sich gelohnt hätte.

»Warum sollte ich ein Mädchen mitbringen?«

»Warum nicht? Du machst uns nie mit deinen Freunden bekannt. Schämst du dich deiner Eltern?«

Fast hätte ihm diese Frage ein Aufstöhnen entlockt.

»Natürlich nicht, Mom. Hör zu, ich muß jetzt gehen. Wir sehen uns nächste Woche. Um sieben, bei mir.« Zwar wußte er, daß diese Wiederholung sie nicht davon abhalten würde, noch viermal anzurufen und zu fragen, ob es bei der Vereinbarung bliebe, ob er seine Absicht nicht geändert hätte, ob es mit der Reservierung geklappt hätte und ob er ein Mädchen mitbringen würde.

»Richte Dad von mir Grüße aus.«

»Ruf ihn mal an ... Du rufst kaum noch an ...« Sie hörte sich an wie eine Witzfigur aus einem Film. Lächelnd legte er auf, von der Frage erfüllt, ob er eines Tages auch so sein würde, falls er jemals Kinder haben würde ... eine Gefahr, die übrigens nicht bestand. Im Jahr zuvor hatte ein Mädchen ein paar Tage lang geglaubt, sie sei schwanger, und er hatte kurz erwogen, sie zu bitten, das Baby auszutragen, nur damit er wenigstens ein Kind hätte. Es hatte sich jedoch als Irrtum herausgestellt, und beide waren erleichtert, obwohl ihn der Gedanke an ein Kind zwei Tage fasziniert hatte, aber er war mit der Wende zufrieden. Sein Kinderwunsch war ohnehin nicht sehr ausgeprägt. Sein Beruf nahm ihn zu stark in Anspruch, und er empfand es als schändlich, ein Kind in die Welt zu setzen, das nicht der Liebe entsprang. In diesem Punkt hatte er sich seinen Idealismus bewahrt, und im Moment gab es keine Kandidatin, die ihm geeignet erschien.

Er saß da, starrte wieder aus dem Fenster und malte sich aus, wie es wohl wäre, wenn er sein gesellschaftliches Leben aufgeben und sich nicht mehr mit Mädchen treffen würde. Als er an jenem Abend, der so kalt und klar war wie eine eisige Kristallkugel, aus dem Büro ging, war er den Tränen nahe. Er versuchte erst gar nicht, einen Bus zu bekommen, denn der Wind hatte sich gelegt. Bernie lief direkt zur Madison Avenue und schlug dann sofort die Richtung zu seiner Wohnung ein, wobei er im Vorübergehen immer wieder Blicke in die Schaufenster warf. Es hatte aufgehört zu schneien. Man kam sich vor wie im Märchenland – ein paar Leute glitten auf Skiern vorüber, Kinder warfen Schneebälle. Die allabendliche Verkehrsspitze, die üblicherweise ein totales Chaos mit sich brachte, war ausgeblieben.

Als er zu Hause angekommen war und im Lift zu seiner Wohnung fuhr, konnte er wieder klar denken. New York verlassen zu müssen war gräßlich, ja unvorstellbar. Einen Ausweg sah er nicht, es sei denn, er kündigte, und das wollte er nicht. Es gab keine andere Lösung, das wurde ihm mit Herzklopfen klar. Kein Ausweg weit und breit.

## 3

»Du sollst wohin?« Seine Mutter starrte ihn über ihr Dessert hinweg an. Sie schien nicht begriffen zu haben und reagierte so, als habe er etwas ausgesprochen Lächerliches gesagt ... als wolle er einer Nudistenkolonie beitreten oder eine Geschlechtsumwandlung vornehmen lassen. »Will man dich feuern oder nur abschieben?« Nicht sehr taktvoll, aber typisch für sie.

»Weder noch, Mom. Ich soll die neue Filiale in San Franzisko übernehmen. Neben New York ist es unsere wichtigste Niederlassung.« Er fragte sich, warum er ihr die Sache zu erklären versuchte ... nun, vermutlich wollte er sie sich selbst plausibel machen. Nach zwei Tagen Bedenkzeit hatte er Paul Bescheid gegeben und war seither ziemlich niedergeschlagen, trotz der Gehaltserhöhung und obwohl Berman ihm in Erinnerung gerufen hatte, daß er eines Tages als oberster Boß des gesamten Unternehmens in Frage käme – vielleicht sogar schon kurz nach seiner Rückkehr nach New York. Er wußte, daß Paul Berman ihm dankbar war, und dennoch war das alles schwer zu verkraften, und Freude wollte sich bei ihm nicht einstellen. Er hatte sich entschlossen, seine Wohnung zu behalten, sie für ein, zwei Jahre weiterzuvermieten und sich in San Franzisko nur eine provisorische Bleibe zuzulegen. Paul hatte er bereits angekündigt, er wolle alles daransetzen, in einem Jahr wieder in New York zu sein. Versprochen hatte man ihm nichts, er wußte aber, daß man es versuchen würde, ihm diesen Wunsch zu erfüllen. Auch wenn es achtzehn Monate dauern würde, war es kein Beinbruch. Was aber darüber hinausging, war indiskutabel, doch das verschwieg er seiner Mutter.

»Warum ausgerechnet San Franzisko? Dort wimmelt es von Hippies. Geht man dort überhaupt korrekt gekleidet?«

Er lächelte. »Doch, ja. Sehr teuer sogar. Du mußt mal kommen und dir selbst alles ansehen.« Er sah seine Eltern lächelnd an.

»Wollt ihr zur Eröffnung kommen?«

Sie machte ein Gesicht, als habe er sie zu einer Beerdigung eingeladen. »Möglich. Wann soll die sein?«

»Im Juni.« Er wußte, daß sie um diese Zeit frei waren. Im Juli wollten sie nach Europa, aber vorher hatten sie massenhaft Zeit.

»Ich weiß es nicht. Mal sehen. Der Terminkalender deines Vaters ...« Sein Vater mußte immer als Vorwand für ihre Stimmungen herhalten, was ihm nicht sonderlich viel auszumachen schien, obwohl er im ›21‹ seinen Sohn besorgt musterte. Es war einer jener seltenen Augenblicke, da sein Vater völlig abschaltete und nicht in Gedanken bei seinem Beruf war.

»Ist es für dich tatsächlich ein Schritt nach oben, Sohn?«

»Ja, Dad.« Er war ganz offen. »Es ist ein ausgesprochen verantwortungsvoller Posten. Paul Berman und der Vorstand haben mich persönlich darum gebeten. Ich muß allerdings gestehen, daß ich lieber in New York bliebe.« Seine Worte waren von einem schuldbewußten Lächeln begleitet.

»Hast du hier eine feste Freundin?« Seine Mutter beugte sich weit über den Tisch, als stelle sie ihm eine ganz persönliche Frage. Bernie lachte.

»Nein, Mom, das ist es nicht. Es geht mir allein um New York. Ich liebe diese Stadt. Deswegen hoffe ich, daß ich spätestens in eineinhalb Jahren wieder zurück bin. Damit läßt sich leben. Es gibt sicher schlimmere Städte als San Franzisko.« Obwohl ihm im Moment keine einfallen wollte. Er trank sein Glas leer und entschloß sich, es philosophisch zu sehen. »Es hätte ja auch Cleveland sein können oder Miami oder Detroit ... nicht daß es dort so schlimm wäre, aber New York ist eben einmalig.« Wieder das wehmütige Lächeln.

»Angeblich wimmelt es in San Franzisko von Homosexuellen.« Das sagte seine Mutter in bedeutungsvollem Ton, wobei sie ihren Sohn mit schmerzlichem Blick ansah.

»Mom, ich kann auf mich aufpassen.« Dann sah er wieder beide Eltern an. »Ihr werdet mir fehlen.«

»Ja, kommst du denn nicht mehr zurück?« In ihren Augen schimmerten Tränen. Fast tat ihm seine Mutter leid, nur pflegte sie immer zu weinen, wenn es ihr in den Kram paßte, deshalb war er weniger bewegt, als es andernfalls der Fall gewesen wäre.

Er tätschelte beruhigend ihre Hand. »Ich werde oft zu Besuch kommen. Tatsache aber bleibt, daß ich dort wohnen werde. Ihr müßt auch oft kommen. Bei der Eröffnung möchte ich euch unbedingt dabei haben. Ihr werdet sehen, es wird ein piekfeiner Laden.«

Das sagte Bernie sich auch immer wieder, als er Anfang Februar seine Sachen packte, sich von seinen Freundinnen und Bekannten verabschiedete und sich ein letztes Mal mit Paul in New York zum Essen traf. Am Valentinstag, drei Wochen nachdem man ihm den Job angeboten hatte, saß er in der Maschine nach

San Franzisko und fragte sich, was er sich da angetan hatte und ob es nicht besser gewesen wäre, wenn er gekündigt hätte. Beim Start in New York setzte wieder ein Blizzard ein, während bei der Landung in San Franzisko um zwei Uhr nachmittags die Sonne schien, die Luft mild war und eine sanfte Brise wehte. Alles stand in Blüte, so daß man sich fühlte wie in New York im Mai oder Juni. Schlagartig stellte sich Zufriedenheit darüber ein, daß er hier war, eine Weile wenigstens. Zumindest war hier das Klima angenehm, ein Punkt, über den man sich freuen konnte. Und auch sein Zimmer im Huntington war sehr komfortabel. Viel wichtiger aber war es, daß die neue Niederlassung, obwohl noch im Bau, ganz ansehnlich war. Als er Paul am nächsten Tag anrief und ihm darüber berichtete, schien dieser sehr erleichtert. Alles lief nach Plan. Mit dem Bau ging es zügig weiter, die Inneneinrichtung wartete nur darauf, nach der Fertigstellung geliefert zu werden. Bernie traf Verabredungen mit Vertretern der Werbefirma, besprach mit der Abteilung für Öffentlichkeitsarbeit die Gestaltung der Anlaufphase und gab dem ›Chronicle‹ ein Interview. Alles entsprach exakt ihren Erwartungen. Bernie hatte alles im Griff.

Blieben nur noch die Eröffnung und die Suche nach einer Wohnung, keine geringfügigen Aufgaben, wobei ihm die Eröffnung größeres Kopfzerbrechen bereitete. Aus diesem Grund mietete er im Eiltempo ein möbliertes Appartement in einem modernen Hochhaus auf dem Nob Hill, das zwar den Charme der alten Häuser, die man hier überall sah, vermissen ließ, doch für seine Bedürfnisse ausreichend und vor allem nicht weit vom Kaufhaus entfernt war.

Die Eröffnung war ein glanzvolles Ereignis, genauso wie die Unternehmensleitung es geplant hatte. Schon vorher war die Berichterstattung in der Presse überaus positiv gewesen. Man hatte eigens für die Presseleute eine Party im voraus gegeben, auf der Mannequins in wunderschönen Kleidern erschienen und geschultes Bedienungspersonal Kaviar, Hors d'œuvres und Champagner servierte. Es gab Tanz und Unterhaltung und die Gelegenheit, den ganzen Laden ungestört und ohne Publikum zu durchstöbern. Hier war ein Kaufhaus geschaffen worden, das den Schick New Yorks und gleichzeitig die sportliche Lässigkeit der Westküste anbot.

Auch Paul Berman, der aus diesem Anlaß angereist kam, war begeistert. Die Scharen von Neugierigen, die zur Eröffnung herbeiströmten, mußten mittels Polizeikordons und eines Riesenaufgebots lächelnder PR-Leute in Zaum gehalten werden. Es sollte sich zeigen, daß der Aufwand sich gelohnt hatte, wie die Rekordverkaufszahlen am Ende der ersten Woche bewiesen. Sogar seine Mutter hatte Grund, auf Bernie sehr stolz zu sein. Sie hatte ihm versichert, die neue Filiale sei eines der schönsten Kaufhäuser, die sie je gesehen hatte. Jeder Verkäuferin, die sie in den nächsten fünf Tagen bediente, vertraute sie an, daß ihr Sohn der Filialleiter sei und er eines Tages nach New York zurückkehren und die gesamte Kaufhauskette leiten würde. Davon war sie überzeugt.

Von San Franzisko fuhren seine Eltern weiter nach Los Angeles, und Bernie registrierte erstaunt, wie einsam er sich fühlte, als sie und die übrigen Gäste aus New York wieder fort waren. Sämtliche Vorstandsmitglieder flogen am Tag nach der Eröffnung wieder nach Hause, und Paul hatte abends eine Maschine nach Detroit genommen. Plötzlich war Bernie ganz allein in der Stadt, in die man ihn verpflanzt hatte, ohne einen einzigen Freund, in einer Wohnung, die ihm steril und häßlich erschien, mit ihren Braun- und Beigetönen, die in seinen Augen viel zu matt für die sanfte Sonne Nordkaliforniens waren. Jetzt tat es ihm leid, daß er sich keine hübsche, kleine Wohnung im viktorianischen Stil gemietet hatte. Aber allzuviel machte das ohnehin nicht aus. Er war ständig im Geschäft, sieben Tage in der Woche, da in Kalifornien die Läden die ganze Woche über geöffnet waren. An den Wochenenden hätte er nicht ins Büro gemußt, doch er hatte nichts anderes zu tun, also fuhr er hin, und alle registrierten es genau. Bernie Fine schuftete wie ein Sklave, hieß es, und alle waren sich einig, daß er ein netter Mensch war ... Er forderte viel von den Mitarbeitern, aber noch mehr forderte er von sich, und mit einem Arbeitstier wie ihm ließ sich schwer diskutieren. Er schien über ein untrügliches Gefühl dafür zu verfügen, was für das Geschäft richtig war und welche Ware geordert werden sollte. Kein Mensch hätte es gewagt, seine Entscheidungen in Frage zu stellen. Er war risikofreudig und traf meist die richtige Wahl, wie die Verkaufszahlen belegten. Sein angeborenes Gespür dafür, was gut verkäuflich war und was nicht, kam ihm zugute – in dieser Stadt, die er kaum kannte. Ständig war alles in Bewegung, ständig mußte die Einkaufsabteilung neu ordern, da jene Posten, die in San Franzisko nicht gingen, sofort an andere Filialen weitergegeben wurden. Doch es klappte immer. Es klappte sogar hervorragend, und Bernie erfreute sich an seinem neuen Standort allgemeiner Beliebtheit. So nahm man es ihm auch nicht übel, daß er täglich stundenlang durch die Abteilungen streifte. Er wollte wissen, was die Menschen anhatten, was sie taten, wie sie einkauften, was ihnen gefiel. Er unterhielt sich mit Hausfrauen, mit jungen Mädchen, mit männlichen Kunden. Er interessierte sich sogar für Kinderbekleidung. Er wollte einfach alles wissen, und aus diesem Grund mußte er ständig an vorderster Front stehen. Häufig konfrontierte man ihn mit Problemen, die einen Anruf nötig machten, mit Posten, die retourniert werden mußten, und er tat, was in seinen Kräften stand, und war jedesmal über den Kontakt mit einem Kunden glücklich. Das Personal gewöhnte sich allmählich an seine Gegenwart. Er war überall und fiel auf mit seinem brünetten Haar, dem adrett gestutzten Bart, seinen warmen grünen Augen, stets mit einem gutgeschnittenen englischen Anzug gekleidet. Nie kam ein unfreundliches Wort über seine Lippen, und wenn er einen Wunsch äußerte, tat er es ganz ruhig und erklärte alles genau, so daß jedem klar wurde, was er wollte. Dies alles zusammen bewirkte, daß alle ungeheuren Respekt vor ihm hatten. Paul Berman, der in New York die Verkaufszahlen der kalifornischen Filiale überprüfte, wußte, daß er die richtige Wahl getroffen hatte, was ihn nicht verwunderte. Bernie war im Begriff, die Filiale in San Franzisko zum umsatzstärksten Haus der Kette aufzubauen. Er war der Mann, der einmal in seine Fußstapfen treten würde. Paul war seiner Sache sicher.

# 4

Der erste Monat war für alle hektisch, im Juli aber lief schon alles ganz glatt, und die ersten Herbstsachen kamen herein. Bernie hatte für den kommenden Monat einige Modenschauen geplant. Und außerdem mußte er Vorbereitungen für das größte gesellschaftliche Ereignis von San Franzisko treffen. Im Sommer wurde alljährlich die Opernsaison eröffnet, und bei diesem rauschenden Fest gab es viele Damen, die ein Kleid für fünf-, sieben-, ja sogar zehntausend Dollar kaufen würden.

Die Ständer mit den exquisiten Abendroben, die ein Vermögen wert waren, befanden sich bereits in einem abgeschlossenen Raum, vor dem ein Sicherheitsbeamter Posten bezog, damit die Kleider nicht kopiert, unerlaubt fotografiert oder, was eine Katastrophe gewesen wäre, nicht gestohlen wurden. Bernie war in Gedanken bei diesen Abendkleidern, als er Mitte Juli in eines der oberen Stockwerke fuhr. Er verließ den Lift in der Kinderabteilung, nur um sich zu überzeugen, daß alles in Ordnung war. Es hatte Schwierigkeiten mit den Schulartikeln gegeben, die in der Woche zuvor hätten geliefert werden müssen. Jetzt wollte er sehen, wie die Sache gelaufen war. Er traf den Abteilungsleiter an der Kasse, gab den Verkäuferinnen, die ihm zulächelten, ein paar Anweisungen und sah sich dann an den Kleiderständern um, ehe er systematisch die Abteilung durchging. Plötzlich befand er sich vor einem Ständer mit knallbunten Badeanzügen, die in der nächsten Woche in den Ausverkauf gehen sollten, und sah sich den großen blauen Augen eines kleinen Mädchens gegenüber. Die Kleine blickte ihn unverwandt ohne Lächeln, aber auch ohne Anzeichen von Furcht an. Sie schien ihn nur zu beobachten, als wolle sie sehen, was er als nächstes tun würde. Bernie sah lächelnd auf sie hinunter.

»Hallo, wie geht's?« Er wußte nicht, ob man ein Kind, das nicht älter als fünf sein konnte, so ansprechen konnte, und kam sich ein wenig komisch vor. Sein bester Satz – »Wie gefällt es dir in der Schule?« – schien völlig unangebracht. »Wie gefällt dir unser Laden?«

»Ach, der ist in Ordnung.« Sie zuckte mit den Achseln. Ihr Interesse war eindeutig auf ihn gerichtet.

»Ich hasse Bärte.«

»Das tut mir leid.« Sie war das niedlichste kleine Mädchen, das er je gesehen hatte, mit zwei langen blonden Zöpfen und rosa Zopfschleifchen, die zu ihrem rosa Kleidchen paßten. Mit einer Hand zog sie eine Puppe hinter sich her, ihrem Zustand nach zu urteilen, war das ihr Lieblingsspielzeug.

»Bärte kratzen.« Das stellte die Kleine ganz sachlich fest, und Bernie nickte ernsthaft, während er sich über den Bart strich, der ihm ziemlich weich vorkam. Doch er war an ihn gewöhnt und hatte ihn noch nie an der Wange einer Fünfjährigen gerieben. In San Franzisko hatte er noch gar keine Gelegenheit gehabt, ihn an irgendeiner Wange zu reiben. Sie war das hübscheste Mädchen, das ihm hier über den Weg gelaufen war. Bislang hatte er nur festgestellt, daß die Frauen von San Franzisko nicht seinem Geschmack entsprachen. Sie trugen ihr Haar lang und offen, hatten an den bloßen Füßen häßliche, wenn auch sichtlich bequeme Sandalen, und die eindeutig bevorzugte Kleidung waren T-Shirts und Jeans. Er vermißte hier den New Yorker Schick, die hohen Absätze, die Hüte ... die Accessoires, die modischen Frisuren, die Ohrringe, die einem Gesicht erst den richtigen Rahmen verliehen, die Pelze ... frivole Details, doch in seinen Augen waren sie ausschlaggebend. Hier sah man davon nichts.

»Ich heiße übrigens Bernie.« Er fand die Unterhaltung amüsant, deshalb reichte er ihr die Hand, die sie ernst ergriff, ohne den Blick von ihm zu wenden.

»Und ich Jane. Arbeitest du hier?«

»Ja.«

»Sind sie nett?«

»Sehr nett.« Er konnte ihr nicht sagen, daß ›sie‹ in diesem Fall er selbst war.

»Du hast Glück. Zu meiner Mami ist man bei der Arbeit nicht immer nett. Manchmal sind sie richtig gemein zu ihr.« Das alles brachte sie ganz ernst vor, und er mußte gegen ein Lächeln ankämpfen, während er sich immer mehr wunderte, wo ihre Mutter beschäftigt sein mochte. Zugleich fragte er sich, ob das Kind verlorengegangen war, ohne es zu wissen, was ihm als wahrscheinlichste Möglichkeit erschien. Er wollte ihr keine Angst machen, indem er davon sprach. »Manchmal läßt man sie nicht mal zu Hause bleiben, wenn ich krank bin.« Sie erzählte weiter, offensichtlich empört über die Rücksichtslosigkeit der Arbeitgeber ihrer Mutter, während sie unausgesetzt zu ihm aufblickte. Doch gleichzeitig war ihr eingefallen, daß ihre Mutter nicht bei ihr war, und ihre Augen wurden groß.

»Wo ist meine Mami?«

»Jane, das weiß ich nicht.« Er lächelte liebevoll und sah sich suchend um. Bis auf die Verkäuferinnen, die sich mit dem Abteilungsleiter unterhielten, war niemand zu sehen. Die Gruppe umstand die Registrierkasse, doch sonst war niemand da.

»Weißt du noch, wo du sie zum letztenmal gesehen hast?« Bei der Bemühung, sich zu erinnern, kniff Jane die Augen zusammen.

»Sie kaufte unten eine rosa Strumpfhose ...« Sie blickte ratlos zu ihm auf. »Ich wollte mir die Badesachen ansehen.« Sie ließ ihren Blick wandern. Überall hing Badezeug, ganz klar, sie war auf eigene Faust losgezogen, um sich alles anzusehen. »Nächste Woche fahren wir an die Küste ...« Sie sprach nicht weiter und sah ihn an. »Die Badeanzüge sind sehr hübsch.« Sie hatte neben einem Ständer mit winzigen Bikinis gestanden, als er sie zuerst bemerkte. Jetzt sah er, daß ihre Unterlippe zitterte. Er streckte die Hand nach ihr aus.

»Wir wollen versuchen, deine Mami zu finden.« Doch Jane schüttelte den Kopf und wich einen Schritt zurück.

»Ich darf mit niemandem mitgehen.«

Er deutete auf eine der Frauen, die sich unauffällig näherte. In den Augen des Kindes glänzten Tränen, die sie niederzukämpfen versuchte, ein Versuch, der ihm sehr tapfer vorkam.

»Wie wär's, wenn wir ins Restaurant gingen und dort ein Eis oder sonst was äßen, während diese Dame deine Mutter sucht?« Jane warf ihm argwöhnische Blicke zu, denen die Verkäuferin mit einem Lächeln begegnete. Bernie erklärte, daß Janes Mutter Strumpfhosen gekauft habe, während Jane sich selbständig machte. Leise setze er hinzu:

»Benutzen Sie einfach die interne Lautsprecheranlage.« Diese war zwar nur für den Fall eines Brandes, einer Bombendrohung oder für andere Notfälle vorgesehen, doch in dieser Situation war das die einfachste Lösung.

»Rufen Sie mein Büro an, und man wird die Sache übernehmen.« Wieder sah er Jane an, die ihre Puppe benutzte, um sich die Augen zu trocknen.

»Wie heißt deine Mami? Mit dem Familiennamen, meine ich.« Sie sah vertrauensvoll zu ihm auf, trotz ihrer Weigerung, mit ihm zu gehen. Ihre Mutter hatte ihr immer wieder eingebleut, sich keinem Fremden anzuvertrauen, und er respektierte es.

»So wie ich.« Fast lächelte Jane wieder.

»Und das wäre?«

»O'Reilly.« Diesmal grinste sie. »Das ist irisch. Und katholisch bin ich auch. Und du?« Sie schien fasziniert von ihm, und er war es gleichermaßen von ihr. Insgeheim lächelnd dachte er, daß dies vielleicht das weibliche Wesen war, auf das er gewartet hatte – vierunddreißig Jahre lang. Gewiß war sie das Netteste, was er seit langem kennengelernt hatte.

»Ich bin jüdisch«, erklärte er, als die Verkäuferin sich entfernte, um die Durchsage über die verborgenen Lautsprecher durchzugeben.

»Was ist denn das?« Die Kleine schien neugierig.

»Das bedeutet, daß wir statt Weihnachten Chanukka feiern.«

»Kommt der Weihnachtsmann trotzdem zu dir?« Diese schwierig zu beantwortende Frage schien ihr am Herzen zu liegen.

»Wir beschenken uns sieben Tage lang.« Er wich ihrer Frage mit einer eigenen Erklärung aus, und sie schien beeindruckt.

»Sieben Tage? Nicht schlecht.« Plötzlich wurde sie ernster und vergaß ihre Mutter ganz. »Glaubst du an Gott?«

Er nickte, überrascht von der tiefsinnigen Frage. Er selbst hatte lange keinen Gedanken mehr an Gott verschwendet, schämte sich aber, es zuzugeben. Offenbar war Jane ihm gesandt worden, damit er sich mit diesem Thema beschäftigte.

»Ja. Ich glaube an ihn.«

»Ich auch.« Sie nickte und sah ihn daraufhin wieder forschend an. »Glaubst du, daß meine Mami bald zurückkommt?« Wieder drohten Tränen zu fließen, doch sie hatte sich jetzt besser in der Gewalt.

»Aber sicher. Hättest du jetzt Interesse an einem Eis? Das Restaurant ist gleich dort drüben.« Er zeigte es ihr, und sie blickte, neugierig geworden, in die angedeutete Richtung. Ein Eis war zu verlockend. Wortlos faßte sie nach seiner Hand. Ihre Zöpfe wippten, als sie Hand in Hand losgingen. Bernie half ihr auf einen Hocker an der Bar und bestellte ein Bananensplit, das sie nicht auf der Karte hatten, ihm zuliebe aber gewiß zubereiten konnten, was auch der Fall war. Jane machte sich mit glückseligem Lächeln und besorgtem Blick darüber her. Sie hatte ihre Mutter keineswegs vergessen, war aber sehr beschäftigt, sich mit Bernie über ihre Wohnung, den Strand und die Schule zu unterhalten. Sie wünschte sich einen Hund, obwohl der Hausbesitzer ihr keinen erlauben wollte.

»Er ist richtig gemein«, sagte sie mit schokoladenverschmiertem Gesicht und vollem Mund.

»Und seine Frau auch ... die ist fett dazu ...« Sie schob sich unter Bernies beifälligem, ernsthaftem Nicken einen Löffel Nüsse, Eis und Sahne in den Mund, während er sich fragte ... wie er so lange ohne sie hatte auskommen können.

»Ihre Badeanzüge sind toll.« Sie nahm wieder einen Löffel voll.

»Welcher gefällt dir am besten?«

»Die kleinen mit unten und oben. Meine Mami sagt, ich brauche oben nichts, wenn ich nicht möchte ... aber ich möchte immer.«

Sie setzte eine betont brave Miene auf, während die Schokolade schon bis zur Nase reichte. »Mir gefällt der blaue und der rosa und der rote und orangefarbene ...« Jetzt verschwand wieder ein Stück Eis in ihrem Mund, gefolgt von der als Garnierung dienenden Kirsche mit Sahne. Plötzlich entstand Bewegung am Eingang, und eine junge Frau mit einer langen Lohe goldenen Haars, das wie ein Goldschleier wirkte, als sie durch den Raum flog, stürzte ins Restaurant.

»Jane!« Sie war eine sehr hübsche Person und Jane sehr ähnlich. Ihr Gesicht wies Tränenspuren auf, und in ihren Augen loderte es, während sie mit ihrer Tasche, drei Päckchen, Janes Jäckchen und einer zweiten Puppe kämpfte.»Wohin bist du verschwunden?«

Jane lief rot an und sah sie verlegen an. »Ich wollte nur ...«

»Mach das niemals wieder!« unterbrach ihre Mutter sie, packte sie am Arm und schüttelte sie heftig. Dann nahm sie das Kind rasch in die Arme und drückte sie, während sie die Tränen herunterschluckte, fest an sich. Sie mußte entsetzliche Ängste ausgestanden haben. Es dauerte ziemlich lange, bis sie Bernard bemerkte, der dastand und beide bewunderte. »Entschuldigen Sie.« Sie blickte ihn an, und sie gefiel ihm. Janes Mutter trug Sandalen, ein T-Shirt und Jeans. Doch sie war überdurchschnittlich hübsch, zierlich, zerbrechlich und blond. Dazu hatte sie so blaue Augen wie Jane.

»Ich muß mich für die Mühe entschuldigen, die wir verursacht haben.« Das ganze Kaufhauspersonal hatte sich an der Suche nach Mutter und Kind beteiligt, und das gesamte Hauptgeschoß befand sich inzwischen in heller Aufregung. Janes Mutter, die eine Entführung befürchtet hatte, hatte sich an eine Verkäuferin gewandt und außerdem den Stellvertreter des Abteilungsleiters und schließlich diesen selbst mobil gemacht. Alle taten ihr Bestes, und schließlich kam über die interne Lautsprecheranlage die Nachricht, die Kleine befinde sich im Restaurant.

»Ach, schon gut. Wir können hier ein wenig Aufregung gut gebrauchen. Und wir beide haben uns blendend verstanden.« Er und Jane wechselten einen tiefsinnigen Blick, und plötzlich piepste Jane mit einem spitzbübischen Grinsen:

»Du dürftest gar kein Fruchteis essen ... du würdest schrecklich aussehen. Deswegen mag ich Bärte nicht!« Beide lachten, und Janes Mutter machte ein entsetztes Gesicht.

»Jane!«

»Ist doch wahr!«

»Sie hat ganz recht«, gestand er gutgelaunt. Er hatte die Gesellschaft der Kleinen richtig genossen und ließ sie ungern ziehen. Als er ihr zulächelte, errötete die hübsche junge Frau.

»Ich entschuldige mich noch einmal.« Da fiel ihr ein, daß sie sich noch nicht vorgestellt hatte. »Ach, verzeihen Sie, ich bin Elizabeth O'Reilly.«

»Und Sie sind katholisch.« Er dachte an Janes Eröffnung. Auf das verdutzte Gesicht ihrer Mutter hin versuchte er, diese Bemerkung zu erklären. »Jetzt muß ich mich entschuldigen ... Jane und ich hatten ein ernstes Gespräch über dieses Thema.«

Jane nickte altklug und schob eine Maraschino-Kirsche in ihren Mund, während sie die beiden beobachtete. »Und er ist etwas anderes ...« Mit zusammengekniffenen Augen sah sie zu ihm auf. »Wie hieß das doch?«

»Ich bin jüdisch«, half er ihr, und Elizabeth O'Reilly lächelte. Sie war Janes Art gewöhnt, aber manchmal ...

»Und er hat siebenmal Weihnachten ...« Das schien sie ungemein zu beeindrucken, und wieder lachten die beiden Erwachsenen. »Ehrlich, das hat er wirklich. Hat er jedenfalls gesagt. Stimmt's?« Sie sah Bernie bestätigungsheischend an, und er grinste und nickte.

»Chanukka. Klingt eigentlich ganz verlockend.« Seit Jahren war er nicht mehr in der Synagoge gewesen. Seine Eltern waren reformiert, und er selbst war überhaupt nicht religiös. Doch er dachte an jemand anderen. Er fragte sich, wie katholisch Mrs. O'Reilly sein mochte, ob es einen Mr. O'Reilly gab oder nicht. Er hatte nicht daran gedacht, Jane zu fragen, und sie hatte nicht davon gesprochen.

»Ich kann Ihnen gar nicht genug danken.« Elizabeth sah Jane mit gespielt finsterer Miene an, die nun schon viel glücklicher dreinsah. Sie drückte die Puppe nicht mehr so krampfhaft an sich und genoß die letzten Löffel Eiskrem recht unbeschwert.

»Hier gibt es auch tolle Badeanzüge.«

Elizabeth schüttelte den Kopf und streckte Bernie noch einmal die Hand entgegen.

»Vielen Dank dafür, daß Sie die Kleine gefunden haben. Komm, Jane, wir gehen. Wir haben noch anderes zu erledigen.«

»Können wir uns die Badesachen nicht wenigstens ansehen?«

»Nein.« Ihre Mutter blieb fest und bedankte sich noch einmal bei Bernie. Jane verabschiedete sich mit einem Händedruck und bedankte sich ebenfalls sehr höflich, den Blick mit einem sonnigen Lächeln auf ihn gerichtet.

»Sie waren sehr nett, und das Eis war sehr gut. Danke vielmals.« Sie hatten den Zwischenfall offensichtlich genossen, und Bernie tat es richtig leid, daß sie ging. Er stand am Absatz der Rolltreppe und sah ihre Zopfschleifchen verschwinden. Er hatte das Gefühl, seine einzige Freundin verloren zu haben.

Er ging zurück zur Kasse und bedankte sich bei den Angestellten für ihre Mithilfe. Im Weggehen fiel sein Blick auf die kleinen Bikinis. Er zog drei in Größe sechs heraus. Orange, Rosa und Blau. Der Rote war in dieser Größe nicht mehr da – dazu zwei Sommerhütchen für die Sonne und einen kleinen Frotteemantel. Alles war wie für Jane gemacht. Er brachte die Sachen an die Kasse.

»Haben wir eine Elizabeth O'Reilly im Computer? Ich weiß nicht, ob sie ein Konto bei uns hat oder wie ihr Mann heißt.« Er hoffte, daß sie keinen hatte. Es wurde nachgeprüft, und das Ergebnis befriedigte ihn. Zwei Minuten später wurde ihm bestätigt, daß sie ein neues Konto habe und an der Vallejo Street in Pacific Heights wohne. »Großartig.« Er notierte sich Telefonnummer und Adresse und tat dabei so, als brauche er es für seine Unterlagen ... und nicht für sein leeres Adreßbuch ... Er wies das Personal an, die Badesachen an »Miß Jane ...« zu schicken und mit dem Betrag sein Konto zu belasten. Auf ein Billett, das er beilegte, schrieb er: »Vielen Dank für eine reizende Begegnung. Hoffentlich sehen wir uns bald wieder. Dein Freund Bernie Fine.« Mit leichtem Schritt und einem rätselhaften Lächeln eilte er zurück in sein Büro, überzeugt, daß alles sein Gutes hatte.

# 5

Die Badeanzüge kamen Mittwoch nachmittag an, und Liz rief ihn sofort am nächsten Tag an, um sich bei ihm für seine Großzügigkeit zu bedanken.

»Sie hätten das wirklich nicht tun sollen. Jane schwärmt noch immer von dem Bananeneis und wie gut sie sich unterhalten hat.« Elizabeth O'Reilly hatte eine ganz junge Stimme. Bernie sah vor seinem geistigen Auge ihr schimmerndes blondes Haar, während er mit ihr telefonierte.

»Ich fand sie sehr tapfer. Als ihr klar wurde, daß sie verlorengegangen war, war sie zwar sehr erschrocken, bewahrte aber die ganze Zeit über Haltung. Für eine Fünfjährige sehr ordentlich.«

Elizabeth lächelte. »Sie ist ein gutes Kind.«

Zu gern hätte er darauf gesagt »Wie ihre Mutter«, unterließ es aber. »Na, haben die Bikinis gepaßt?«

»Jedes einzelne Stück. Den ganzen letzten Abend stolzierte sie darin herum, und sie trägt jetzt einen unterm Kleid ... sie ist mit ein paar Freunden im Park. Heute hatte ich sehr viel zu tun ... jemand überläßt uns sein Haus in Stinson Beach, Jane ist also richtig ausgestattet.« Liz lachte. »Vielen Dank ...« Sie wußte nicht weiter, und auch er war um Worte verlegen. Plötzlich war ihm alles fremd, als spräche man hier eine andere Sprache. Es war wie ein Neuanfang.

»Könnte ich ... könnte ich Sie wohl wiedersehen?« Er kam sich wie ein Vollidiot vor, als er die Worte in die Muschel sprach ... wie ein schnaufender anonymer Anrufer. Um so erstaunter war er, als sie bejahte.

»Ja. Sehr gern.«

»Ach, Sie wollen?« Man merkte ihm sein Erstaunen an, und sie lachte.

»Ja, ich möchte. Möchten Sie einmal nachmittags hinaus nach Stinson Beach kommen?« Das klang so ungezwungen und natürlich, daß er Dankbarkeit empfand. Sie vermied es, ihm das Gefühl zu geben, als liefe er mit hängender Zunge hinter ihr her und sei ihr lästig. Es klang vielmehr, als wäre sie gar nicht erstaunt und freue sich, ihn zu sehen.

»Ja, sehr gern. Wie lange bleiben Sie dort draußen?«

»Zwei Wochen.«

Blitzschnell rechnete er nach. Es gab keinen Grund, warum er sich nicht einen Samstag frei machen sollte. Er war nicht verpflichtet, im Geschäft zu sein. Er hatte an den Wochenenden immer nur gearbeitet, weil er nichts anderes zu tun hatte.

»Wie wär's mit Samstag?« Bis dahin waren es nur zwei Tage, und der Gedanke daran ließ seine Handflächen feucht werden.

Sie machte eine Pause und überlegte, wen sie wann eingeladen hatte. Stinson Beach bot ihr immer die Gelegenheit, alle ihre

Freunde zu sehen und sie für einen Tag einzuladen. Samstag war noch frei. »Klingt gut ... großartig ...« Sie lächelte, während sie ihn vor sich sah. Ein gutaussehender Mann, der nett zu Jane gewesen war. Er wirkte nicht schwul, und einen Ehering hatte er auch nicht ... »Sie sind übrigens nicht verheiratet, oder?« Es schadete nie, wenn man fragte. Es hinterher herauszukriegen war immer ein kleiner Schock. Es war ihr schon passiert, aber diesmal nicht.

»Guter Gott, nein! Was für ein Gedanke!«

Aha. Also so einer. »Allergisch gegen die Ehe?«

»Nein, ich arbeite nur sehr intensiv.«

»Was hat das denn damit zu tun?« Sie war offen, direkt und plötzlich sehr aufgeregt und neugierig auf ihn. Sie selbst hatte ihre Gründe, nicht wieder zu heiraten. Ein gebranntes Kind scheut bekanntlich das Feuer, aber sie selbst hatte es wenigstens einmal versucht. Vielleicht hatte er das auch. »Sind Sie geschieden?«

Er lächelte verwundert. Warum fragte sie? »Nein, das bin ich nicht. Ja, ich mag Mädchen. Und ich habe in meinem Leben mit zwei Frauen zusammengelebt und fühle mich in meiner momentanen Situation sehr wohl. Ich hatte nie viel Zeit zu verschenken. Die letzten zehn Jahre habe ich mich ganz auf den Beruf konzentriert.«

»Das kann viel Leere mit sich bringen.« Das hörte sich an, als wüßte sie Bescheid, und er fragte sich, welchen Beruf sie hatte.

»Ich bin gut dran, weil ich Jane habe.«

»Ja, das sind Sie.« Er schwieg, als er an die Kleine dachte. Alle übrigen Fragen wollte er sich für Stinson Beach aufsparen, wenn er ihr Gesicht, ihre Augen und ihre Hände sehen konnte. Er hatte nie etwas davon gehalten, jemanden durchs Telefon kennenzulernen. »Dann sehe ich Sie beide also am Samstag. Kann ich etwas mitbringen? Ein Picknick? Wein? Etwas aus dem Kaufhaus?«

»Aber sicher. Ein Nerzmantel wäre wunderbar.«

Er lachte, und sie legten auf. Noch eine ganze Stunde nachher fühlte er sich wunderbar. Sie hatte eine ganz besondere Stimme ... Warm und herzlich, und man hatte das Gefühl, daß sie zufrieden war – keine Frau, die Männer haßte, zumindest machte sie nicht diesen Eindruck. Sie schien auch nicht zu jenen zu gehören, die sich ständig bestätigen wollen. Er freute sich wirklich auf den gemeinsamen Nachmittag in Stinson Beach. Freitag abend vor dem Nachhausefahren ging er in die Feinkostabteilung und kaufte zwei Tüten voller Lebensmittel, die er mitbringen wollte. Einen Teddybär aus Schokolade für Jane, eine Schachtel Schokotrüffel für Liz, zwei Sorten Brie, ein aus Frankreich eingeflogenes Baguette, eine winzige Dose Kaviar, eine andere mit Pastete, zwei Flaschen Wein, weiß und rot, und ein Döschen glasierte Maronen.

Die Tüten stellte er in den Wagen und fuhr nach Hause. Am nächsten Morgen um zehn duschte er und rasierte sich ... um dann Jeans und ein altes blaues Hemd anzuziehen, dazu ausgetretene Turnschuhe. Aus dem Dielenschrank holte er sich eine warme Jacke. Er hatte sich aus New York bequeme alte Sachen für die Bauphase mitgebracht, die sich jetzt als nützlich für den Strand erwiesen. Als er nach den zwei Einkaufstüten griff, läutete das Telefon. Erst wollte er nicht abheben, dann aber fiel ihm ein, daß es womöglich Elizabeth sein konnte, der etwas dazwischengekommen war oder die ihn bitten wollte, unterwegs etwas abzuholen, oder dergleichen. Deshalb hob er ab, mit Jacke und Tüten kämpfend.

»Ja?«

»So meldet man sich nicht am Telefon, Bernard.«

»Hallo, Mom. Wollte eben aus dem Haus.«

»Ins Geschäft?« Das übliche Verhör.

»Nein ... an den Strand. Ich besuche heute Freunde.«

»Kenne ich sie?« Im Klartext hieß das: Würde ich sie billigen?

»Glaube ich nicht, Mom. Alles in Ordnung?«

»Sehr gut.«

»Gut. Dann rufe ich abends an oder morgen vom Geschäft aus. Ich muß laufen.«

»Hm, das muß aber wichtig sein, wenn du nicht mal fünf Minuten für deine Mutter erübrigen kannst. Ist es ein Mädchen?« Nein. Eine Frau. Und natürlich auch noch Jane.

»Nein, nur ein paar Freunde.«

»Du hängst doch nicht mit diesen Burschen draußen herum,

Bernard.« Ach, herrjeh ... Am liebsten hätte er gesagt, daß er genau das vorhatte, nur um sie zu ärgern.

»Nein, tue ich nicht. Hör zu, wir sprechen uns bald.«

»Schon gut, schon gut ... und geh nicht ohne Hut in die Sonne.«

»Liebe Grüße an Dad.«

Er legte auf und lief aus der Wohnung, ehe sie noch einmal anrufen und ihm sagen konnte, er solle sich vor Haien in acht nehmen. Am liebsten warnte sie ihn vor irgendwelchen Gefahren, über die sie in der Zeitung gelesen hatte. So fürchtete sie einmal, er könnte dieselben verdorbenen Lebensmittel zu sich nehmen wie zwei Personen, die in Des Moines an Vergiftung gestorben waren ... er könnte krank werden ... Botulismus ... Legionärskrankheit ... Herzanfall ... Hämorrhoiden ... toxischer Schock. Es boten sich ungezählte Möglichkeiten. Es war zwar nett, wenn sich jemand um einen sorgte, aber nicht mit der Inbrunst seiner Mutter.

Bernie stellte die zwei Einkaufstüten hinten in den Wagen, stieg ein und fuhr zehn Minuten später über die Golden Gate Bridge Richtung Norden. Stinson Beach kannte er nicht und fand Gefallen an der gut angelegten, wenn auch kurvenreichen Straße, die auf Hügelrücken dahinführte und direkte Sicht auf die aus dem Wasser aufragenden Klippen bot. Es war ein Big Sur im kleinen, und er genoß die Fahrt sehr. Er durchfuhr die kleine Stadt und steuerte die angegebene Adresse an. Das Haus lag in einer privaten, *Seadrift* genannten Feriensiedlung, und er mußte dem Posten am Schlagbaum seinen Namen angeben. Von dem Posten abgesehen, machte die Siedlung keinen allzu luxuriösen Eindruck. Die Häuser waren Durchschnitt, die Menschen, die vorüberschlenderten, waren barfuß und in Shorts. Es war wie in einem jener Orte, die vornehmlich von Familien mit Kindern frequentiert werden. Wie Long Island oder Cape Code, erholsam und hübsch, wie Bernie fand, als er in die Zufahrt der angegebenen Hausnummer einbog. Vor der Tür standen ein Dreirad und ein ausgebleichtes Schaukelpferd, das aussah, als sei es jahrelang schutzlos den Elementen ausgesetzt gewesen. Bernard klingelte an einer alten, am Gartentor befestigten Schulglocke, ehe er das

Tor aufstieß. Und dann stand plötzlich Jane vor ihm – in einem der Bikinis, die er ihr geschickt hatte, dazu trug sie das Frottee- mäntelchen.

»Hallo, Bernie.« Strahlend sah sie zu ihm auf, während beide an das Bananeneis und an das Gespräch über Weihnachten und Gott dachten.

»Mein neuer Bikini ist prima.«

»Paßt dir auch großartig.« Er kam näher, und sie lächelte.

»Wir könnten dich als Kindermannequin im Laden gebrau- chen. Wo steckt deine Mutter? Sag bloß nicht, daß sie wieder ver- lorengegangen ist.« Er runzelte mißbilligend die Stirn, und Jane lachte ganz laut. Es war ein Lachen, das an sein Herz rührte. »Macht sie das öfter?«

Jane schüttelte den Kopf. »Nur in Läden ... manchmal ...«

»Was soll ich angeblich in Läden machen?« Elizabeth steckte den Kopf aus der Tür und sah Bernard an. »Ach, hallo. Wie war die Fahrt?«

»Sehr schön.« Er machte den Eindruck, als hätte er die Fahrt wirklich genossen, als sie ein warmes, ausdrucksvolles Lächeln tauschten.

»Das sagt nicht jeder, wenn er ankommt. Immerhin ist die Straße sehr kurvenreich.«

»Ich muß mich auf der Fahrt immer übergeben«, informierte Jane ihn mit spitzbübischem Grinsen. »Aber wenn wir da sind, gefällt es mir.«

»Sitzt du vorne bei offenen Fenstern?« Er schien aufrichtig be- sorgt.

»Ja.«

»Und nimmst du auch Tabletten, ehe du losfährst? Nein ... jede Wette, daß du dich mit Eiskrem vollschlägst ...« Da fiel ihm der Teddybär aus Schokolade ein. Er zog ihn aus der Tüte und gab ihn der Kleinen, ehe er alles andere Liz überreichte.

»Für beide ein paar Leckereien aus dem Laden.«

Elizabeth war überrascht und gerührt, und Jane stieß einen Freudenschrei aus, als sie den Teddy in Händen hielt. Er war noch größer als ihre Puppe, und sein Anblick machte ihr den Mund wäßrig.

»Kann ich ihn gleich essen, Mami? . . . Bitte? . . .« Sie richtete flehende Augen auf Liz, die mit einem Aufstöhnen protestieren wollte. »Bitte, Mami? . . .Bitte . . . nur ein Ohr . . .«

»Schon gut, ich gebe mich geschlagen. Aber nicht zu viel. Wir essen sehr bald.«

»Na gut.« Damit trollte sie sich mit dem Bär wie ein Hündchen mit dem Knochen, und Bernard lächelte Liz zu.

»Die Kleine ist ein Prachtkind.« Jemand wie Jane rief ihm in Erinnerung, daß es in seinem Leben leere Flecken gab. Kinder waren einer dieser Flecken.

»Sie ist verrückt nach Ihnen.« Liz lächelte.

»Na ja, Eis und Schokobären sind recht hilfreich. Sie kennt mich so wenig, daß ich der Würger von Boston mit einer Schokobärenquelle sein könnte.« Er folgte Elizabeth in die Küche, wo sie die Tüten leerten. Sie staunte nicht schlecht, als sie den Kaviar, die Pastete und alle anderen teuren Leckereien sah.

»Bernie, das hätten Sie nicht tun sollen! Meine Güte . . . sehen Sie nur . . .« Sie hielt die Schachtel mit den Schokotrüffeln in der Hand und tat mit einem schuldbewußten Blick genau das, was Jane auch getan hätte. Sie bot ihm die offene Schachtel an und ließ sodann ein Stück in ihrem Mund verschwinden, bevor sie die Augen vor Wonne schloß. »Hmm . . . ist das gut . . .« Das klang sehr sinnlich und gab ihm die Möglichkeit, sie wieder zu bewundern. Elizabeth war zart und anmutig und auf klare, saubere, sehr amerikanische Art schön. Das lange blonde Haar trug sie zu einem langen Pferdeschwanz zusammengefaßt, und ihre Augen waren so blau wie das verschossene Denim-Hemd, das sie trug. Weiße Shorts gaben ihre wohlgeformten Beine frei. Ihm fiel auf, daß sie ihre Zehennägel sorgfältig rot lackiert hatte, wenigstens ein kleines Zeichen für ein wenig Eitelkeit. Sie verzichtete auf Augen-Make-up und Lippenstift, und ihre Fingernägel waren kurz geschnitten. Sie war ein hübsches Mädchen, eigentlich mehr als hübsch, und doch sah man ihr an, daß sie nicht leichtsinnig war . . . und das gefiel ihm an ihr. Sie raubte einem nicht den Atem, dafür wärmte sie einem das Herz . . . tatsächlich wärmte sie nicht nur das, als sie sich bückte, um die zwei Weinflaschen einzuräumen, und sich dann mit einem Lächeln, das dem Janes sehr ähnlich war, zu ihm umwandte. »Bernard, Sie haben uns schrecklich verwöhnt ... ich weiß gar nicht, was ich dazu sagen soll!«

»Ach was, es ist schön, neue Freunde zu gewinnen ... hier habe ich nicht viele.«

»Seit wann sind Sie hier?«

»Seit fünf Monaten.«

»Sie kommen aus New York?«

Er nickte. »Ich habe mein Leben in New York verbracht, von drei Jahren in Chikago abgesehen, aber das ist lange her.«

Sie holte zwei Bier aus dem Kühlschrank und bot ihm eines an, sichtlich neugierig geworden. »Von dort komme ich her. Warum sind Sie nach Chikago gegangen?«

»Meine Feuerprobe. Ich ging hin, um eine Filiale zu übernehmen ...« Es war ihm anzumerken, daß er in Gedanken in jene Zeit zurückschweifte. »Und jetzt bin ich hier.« Noch immer erschien es ihm wie eine Verbannung, wenn auch ein wenig gemildert, als er sie ansah und ihr dann in das gemütliche Wohnzimmer des kleinen Hauses folgte, dessen Boden mit Strohmatten bedeckt war. Die Sitzmöbel waren mit ausgebleichtem Denim überzogen, auf Regalen sah man Treibholz und Muscheln. Das Haus hätte überall stehen können, in East Hampton, auf Fire Island, in Malibu ... es war ganz unauffällig, doch vom Panoramafenster aus bot sich die Aussicht auf den phantastischen Strand, auf das weite Meer und nach einer Seite hin auf San Franzisko, das sich auf den Hügeln zusammendrängte und in der Sonne glitzerte. Es war eine schöne Aussicht ... und mehr noch, Elizabeth war ein schönes Mädchen. Sie bot ihm einen bequemen Sessel an, ehe sie sich selbst auf der Couch niederließ, die Beine im Schneidersitz angezogen.

»Gefällt es Ihnen hier? In San Franzisko, meine ich.«

»Gelegentlich.« Er war aufrichtig. »Ich muß zugeben, daß ich noch nicht viel gesehen habe. Mein Beruf hat mich zu sehr in Anspruch genommen. Aber das Klima sagt mir zu. Als ich New York verließ, schneite es, und als ich hier fünf Stunden später ankam, war es Frühling. Immerhin ein Pluspunkt.«

»Aber?« Elizabeth lächelte einladend. Sie hatte eine nette Art, die in einem das Verlangen weckte, endlos mit ihr zu plaudern und ihr seine geheimsten Gedanken mitzuteilen. Mit plötzlicher Klarsicht erkannte er, daß sie eine nette Frau sein mußte, eine, mit der man gern befreundet war, und er war gar nicht sicher, ob das alles war, was er von ihr wollte. Sie hatte etwas an sich, das ihm ungemein ansprechend erschien, etwas, das auf subtile und nicht zu definierende Weise sexy war ... die Rundung ihrer Brust unter dem alten blauen Hemd, das sie trug, die Art, wie sie den Kopf neigte ... die Art, wie kleine Haarsträhnen sich sanft um ihr Gesicht ringelten. Er verspürte den Wunsch, sie zu berühren, ihre Hand zu halten ... die vollen Lippen zu küssen, als sie lächelte ... es fiel ihm sogar schwer, sich auf das zu konzentrieren, was sie sagte.

»Ohne Freunde muß es hier für Sie einsam sein. Im ersten Jahr war ich auch sehr ungern hier.«

»Sie sind dennoch geblieben?« Jetzt war seine Neugierde geweckt. Er wollte etwas von ihr erfahren, wollte alles wissen, was sie erlebt hatte.

»Ja. Eine Zeitlang hatte ich keine andere Wahl. Ich hatte damals keine Familie mehr, zu der ich hätte gehen können. Meine Eltern kamen bei einem Autounfall ums Leben ... ich war damals im ersten Semester an der Northwestern.« Ihr Blick umwölkte sich in der Erinnerung, und er zuckte innerlich zusammen.

»Ich glaube, das hat mich verwundbarer gemacht, und ich verliebte mich wahnsinnig in den Star des Stückes, in dem ich im vorletzten Uni-Jahr mitspielte.«

Die Erinnerung verdunkelte ihren Blick. Komisch, für gewöhnlich war sie nicht so mitteilsam, doch mit ihm sprach sie leicht. Sie beobachteten Jane durch das Panoramafenster. Die Kleine spielte draußen im Sand mit ihrer Puppe und winkte ihnen hin und wieder zu. Bernie hatte etwas an sich, das in ihr den Wunsch weckte, von Anfang an aufrichtig zu ihm zu sein. Sie hatte auch nichts zu verlieren. Wenn ihm nicht paßte, was er zu hören bekam, würde er nicht wieder anrufen, aber wenigstens würde alles zwischen ihnen klar sein, falls er wieder anrief. Das war schon etwas. Sie hatte die Spielchen satt, die im allgemeinen so gespielt wurden, und das »So-tun-als-ob« der Menschen, wenn sie einander kennenlernten. Ihr Stil war das nicht. Sie sah ihn mit großen, aufrichtigen blauen Augen an. »Ich war an der Northwestern ...natürlich studierte ich Schauspielerei.«

Die Erinnerung entlockte ihr ein Lächeln. »Und gleich nach dem Tod meiner Eltern waren wir im Sommertheater zusammen. Ich war wie betäubt, richtig wie ein Zombie, weil ich niemanden mehr auf der Welt hatte. Deswegen verliebte ich mich Hals über Kopf in ihn. Er war ein prachtvoller Mann, ein netter Kerl, das dachte ich jedenfalls, und ich wurde kurz vor Studienabschluß schwanger. Er sagte, daß er mich hier im Westen heiraten wolle. Jemand hatte ihm eine Rolle in Hollywood angeboten. Er kam also hierher, und ich folgte ihm. Ich wußte ja nicht wohin, und eine Abtreibung kam nicht in Frage. Deswegen fuhr ich Chandler nach, obwohl damals alles nicht mehr so rosig war. Er war von der Schwangerschaft nicht eben begeistert, um es mal vorsichtig zu formulieren. Ich aber war noch immer wahnsinnig verliebt in ihn und dachte, es würde sich alles zum Guten wenden.« Sie warf durch das Fenster Jane einen Blick zu, wie um sich zu vergewissern, daß es tatsächlich so gekommen war.

»Ich fuhr per Anhalter nach Los Angeles und traf mich wieder mit Chandler. Chandler Scott ... später stellte sich heraus, daß er in Wirklichkeit Charlie Schiavo hieß und seinen Namen geändert hatte ... na, jedenfalls, die Rolle hatte er nicht gekriegt ..., und er war auf der Jagd nach Starlets und Jobs, während ich als Kellnerin jobbte und mit jedem Tag umfangreicher wurde. Schließlich heirateten wir doch, drei Tage vor Janes Geburt. Ich dachte, der Friedensrichter würde in Ohnmacht fallen ... und dann verschwand Chandler. Er rief mich an und behauptete, er hätte eine Rolle an einer Bühne in Oregon ... da war die Kleine fünf Monate alt. Im nachhinein kam ich dahinter, daß er im Knast saß. Es sah aus, als hätte ihm die Heirat einen solchen Schrecken eingejagt, daß er sich aus dem Staub machen mußte. Später konnte ich mir ausrechnen, daß er die ganze Zeit über alle möglichen krummen Dinger gedreht hatte. Er saß wegen Hehlerei und landete dann wegen eines Einbruchs wieder hinter Gittern. Als Jane neun Monate alt war, kam er zurück und blieb ein paar Monate, und als sie ein Jahr war, verschwand er wieder. Als ich diesmal entdeckte, daß er im Gefängnis war, reichte ich die Scheidung ein, und das war's dann auch. Ich zog nach San Franzisko und habe nie wieder etwas von ihm gehört. Er war von Anfang bis zum Ende ein Tunichtgut, und doch bin ich in meinem ganzen Leben nie einem überzeugenderen Menschen begegnet. Würde ich ihm heute begegnen, würde ich wahrscheinlich nicht wieder auf ihn hereinfallen, aber er war so glatt ... ich weiß nicht ... Ist das nicht eine bedrückende Erkenntnis? Seit der Scheidung trage ich wieder meinen Mädchennamen ... mehr gibt es nicht zu sagen.« Sie schien ganz sachlich auf ihre Vergangenheit zurückzublicken, und das erstaunte ihn, denn jede andere Frau hätte allein bei dem Gedanken daran zu ihrem Taschentuch gegriffen. Doch sie hatte es überstanden, und zwar gut überstanden. Sie sah gesund und glücklich aus und hatte ein entzückendes Kind.

»Jetzt ist Jane meine Familie. Ich glaube, ich hatte alles in allem doch Glück.« Diese Worte machten, daß ihr sein Herz zuflog.

»Und was weiß Jane von allem?« Ihn interessierte, was Liz dem Kind gesagt hatte.

»Nichts. Sie glaubt, daß er tot ist. Ich sagte ihr, er sei ein schöner Schauspieler gewesen, wir hätten nach dem Studium geheiratet und wären hierhergezogen. Dann sei sie zur Welt gekommen, und er sei gestorben, als sie ein Jahr alt war. Alles andere weiß sie nicht, und da wir ihn ohnehin niemals wiedersehen werden, spielt es keine Rolle. Er treibt sich Gott weiß wo herum. Wahrscheinlich wird er noch für den Rest seines Lebens hinter Gittern landen, und außerdem interessiert er sich ohnehin nicht für uns. Er war nie an uns interessiert. Mir ist lieber, wenn sie ein paar Illusionen über ihre Herkunft hat ... bis auf weiteres jedenfalls.«

»Sicher haben Sie recht.« Er konnte ihr seine Bewunderung nicht versagen. Er bewunderte sie sogar sehr. Sie war ein tapferes Mädchen und hatte das Beste aus ihrer Lage gemacht. Das Kind schien darunter nicht gelitten zu haben, da Liz die Kleine über alles liebte. Dieses Mädchen war nicht von Tragik umwittert, sie hatte viel Mut und Herz und sah reizend aus. Liz hatte sich selbst ein ganz neues Leben geschaffen.

Kalifornien war dafür ein geeigneter Ort. Es war tatsächlich der geeignetste Ort, um ein neues Leben zu beginnen. Und das hatte sie getan.

»Ich unterrichte jetzt. Ich verwendete das Geld aus der Versicherung meiner Eltern zum Besuch einer Abendschule, bis ich die Lehrbefähigung hatte und hier unterrichten konnte. Ich liebe meine Arbeit. Ich unterrichte eine zweite Klasse, und meine Kinder sind großartig!« Sie lächelte glücklich. »Jane geht ebenfalls auf diese Schule, und mich kostet es weniger Schulgeld. Einer der Gründe, weshalb ich mich für den Lehrberuf entschied. Ich wollte, daß sie eine anständige Schule besucht, und ich wußte, daß ich mir eine Privatschule nur unter großen Schwierigkeiten leisten konnte. Es hat sich also gut gefügt.« Aus ihrem Mund klang das alles wie eine Erfolgsstory und nicht wie Mühsal und Plackerei, und sie hatte es ja auch geschafft. Wirklich bemerkenswert. Sie hatte dem Rachen der Niederlage einen Sieg entrissen, und er konnte sich gut vorstellen, wie es gekommen war. »Chandler Scott«, oder wie immer er wirklich hieß, klang nach einer männlichen Version von Isabelle, obwohl er ganz sicher weniger Profi war als diese und Isabelle noch nie im Knast gelandet war.

»Vor ein paar Jahren ließ ich mich mit jemandem ein, der ähnlich war.« Mit ihrem Geständnis hatte sie sich seine Aufrichtigkeit verdient. »Eine schöne Französin, ein Fotomodell und Mannequin, das mir bei einer Modenschau begegnete. Über ein Jahr hatte sie mich praktisch in der Hand, und mir blieb kein niedliches kleines Mädchen aus dieser Affäre.« Als er die spielende Jane beobachtete, lächelte er. Dann sah er wieder Liz an, die ihm gegenübersaß.

»Es endete damit, daß ich mir ausgenutzt vorkam und einige tausend Dollar und eine Uhr, ein Geschenk meiner Eltern, vermißte. Eine aalglatte Person. Ein Produzent bot ihr eine Filmkarriere an, und ich ertappte die beiden in flagranti auf seiner Jacht. Vermutlich gedeiht diese Sorte unter beiden Geschlechtern und in allen Nationalitäten. Aber eine Erfahrung wie diese bewirkt, daß man beim nächstenmal darauf achtet, mit wem man es zu tun hat. Die Sache liegt jetzt drei Jahre zurück, aber seither war ich mit niemandem mehr näher liiert.« Er machte eine Pause. »Menschen wie diese lassen einen im nachhinein an der eigenen Urteilsfähigkeit zweifeln. Man fragt sich, wie man ein solcher Idiot sein konnte.«

Sie lachte. »Das kann man wohl sagen! Zwei Jahre lang habe ich keine Verabredungen getroffen ... und noch jetzt bin ich sehr vorsichtig ... ich mag meine Arbeit, meine Freunde ... Alles andere« – sie zuckte mit den Achseln und vollführte eine wegwerfende Geste – »darauf kann ich verzichten.«

Bernie lächelte. Was er da hörte, fand er bedauerlich.

»Sollte ich jetzt gehen?«

Beide lachten, und sie stand auf, um nach der Quiche zu sehen, die sie vorbereitet hatte, und als sie das Backrohr öffnete, drang das Aroma bis ins Zimmer.

»Junge, Junge, das riecht aber gut!«

»Danke. Ich koche gern.« Sie machte den Salat so fachmännisch an wie sein Lieblingskellner im »21« in New York. Anschließend goß sie ihm eine Bloody Mary ein und klopfte ans Fenster, um Jane hereinzurufen. Die Kleine bekam ein Erdnußbutter- und ein Schinkensandwich und kam mit dem Teddybär, dem ein Ohr fehlte, an den Tisch.

»Kann er dich noch hören, Jane?«

»Was?« Bernies Frage hatte sie verwirrt.

»Ich meine den Bären ... ohne Ohr.«

»Ach.« Sie grinste verschmitzt. »Ja, er hört mich. Als nächstes beiße ich seine Nase ab.«

»Der Arme. Bis zum Abend wird er in einer schrecklichen Verfassung sein. Ich werde dir einen anderen bringen müssen.«

»Das würdest du wirklich tun?« rief Jane hellauf begeistert, als Liz das Essen brachte. Der Tisch war mit Strohsets, orangefarbenen Servietten, hübschem Geschirr und Besteck gedeckt. In der Mitte stand eine Vase mit leuchtend orangefarbenen Blumen.

»Wir sind sehr gern hier draußen«, erklärte Liz. »Es sind für uns wunderbare Ferien. Das Haus gehört einer Lehrerin an unserer Schule. Ihr Mann ist Architekt, sie haben es vor Jahren gekauft. Da die beiden Jahr für Jahr an die Ostküste nach Marthas Vineyard fahren, überlassen sie es uns. Das ist die schönste Zeit des Jahres, nicht wahr, Jane?« Die Kleine nickte und richtete lächelnd den Blick auf Bernie.

»Gefällt es dir auch?« fragte sie ihn.

»Sehr gut.«

»Hast du dich unterwegs auch übergeben?« Das Thema schien sie zu faszinieren, und sie brachte ihn damit zum Lachen. Ihre offene und ungekünstelte Art gefiel ihm ungemein. Sie war Liz in allem sehr ähnlich, auch äußerlich. Jane war eine Miniaturausgabe ihrer Mutter.

»Nein. Wenn man selbst fährt, ist man besser dran.«

»Das sagt Mami auch. Sie übergibt sich nie.«

»Jane ...« Liz' Blick sprach Bände, und Bernie beobachtete die beiden. Es wurde ein ungezwungener Nachmittag. Liz schlug nach dem Essen einen Spaziergang am Strand vor, und Jane lief voraus und hielt nach Muscheln Ausschau. Bernie konnte sich gut vorstellen, daß es für die beiden nicht immer einfach gewesen war. Allein mit einem Kind, das brachte Probleme mit sich, aber Liz war weit davon entfernt, sich zu beklagen. Sie war ein lebensbejahender Mensch, der sich nicht unterkriegen ließ. Bernie erzählte ihr von seiner Arbeit, wie sehr er an der Firma hing, aber auch, wie sehr er sich gewünscht hatte, Lehrer zu werden. Doch für ihn hatte der Traum anders geendet. Er erzählte ihr sogar von Sheila und wie ihm ihretwegen fast das Herz gebrochen war. Als er auf dem Rückweg auf sie hinuntersah, fiel ihm auf, daß sie viel kleiner war als er, und auch das gefiel ihm.

»Wissen Sie, ich habe das Gefühl, wir würden uns schon seit Jahren kennen, komisch, nicht?« Dieses Gefühl hatte er noch bei keinem Menschen erlebt.

Sie lächelte zu ihm auf. »Sie sind ein netter Mann. Das wußte ich schon in dem Augenblick, als ich Sie im Kaufhaus sah.«

»Nett, daß Sie das sagen.« Er freute sich, denn es lag ihm etwas an ihrem Urteil.

»Ich merkte es an der Art, wie Sie mit Jane sprachen, und sie redete auf der Heimfahrt in einem fort von Ihnen. Es hörte sich an, als wären Sie ihr bester Freund.«

»Das wäre ich sehr gern.« Er sah Liz in die Augen, und sie lächelte.

»Seht, was ich gefunden habe!« Jane kam angelaufen und warf sich zwischen sie. »Einen Silberdollar, ganz blank. Nicht gebrochen oder verbogen.«

»Laß mich sehen.« Er bückte sich und streckte ihr die flache Hand entgegen. Vorsichtig legte sie die runde weiße Muschel auf seine Handfläche und begutachtete sie.

»Du hast recht. Dein Silberdollar ist wunderschön.« Er gab ihr die Muschel ebenso vorsichtig zurück, und als er aufstand, begegnete er wieder dem Blick ihrer Mutter. »Ich glaube, ich muß zurück.« Nicht daß er zurück wollte.

»Möchten Sie nicht zum Abendessen bleiben? Es gibt Hamburger.« Liz mußte mit ihrem Budget sehr sparsam umgehen, doch sie kam immer damit aus. Anfangs war es hart gewesen, aber inzwischen hatte sie es gelernt. Sie schneiderte Janes Sachen meist selbst, hatte kochen gelernt, buk sogar ihr Brot selbst, und da sie Freunde wie diejenigen hatte, die ihr das Haus in Stinson Beach überließen, hatten sie alles, was sie brauchten. Sogar Bernie und seine Badesachen waren hilfreich ... Sie hatte geplant, Jane einen oder vielleicht zwei Bikinis zu kaufen. Und jetzt hatte sie dank Bernie mehr als genug.

»Ich habe eine bessere Idee.« Er hatte im Vorbeifahren das Restaurant bemerkt. »Wie wär's, wenn ich die Damen abends ausführe?« Da fiel ihm seine Aufmachung ein. »Wird man mich ins ›Sand Dollar‹ so reinlassen?« Er streckte die Arme aus, als die Damen ihn begutachteten, und Liz lachte.

»Sie sehen tadellos aus.«

»Na, wie wär's dann?«

»Komm, Mami, bitte ... können wir nicht gehen? ... Bitte?« fing Jane zu betteln an, und auch Liz gefiel die Idee. Sie nahm also gern an und schickte Jane auf ihr Zimmer, damit sie sich umzog, während sie Bernie ein Bier im Wohnzimmer anbot. Er lehnte ab.

»Ich trinke nicht viel«, gestand er.

Elizabeth war erleichtert. Nichts haßte sie mehr, als mit Männern auszugehen, die von ihr erwarteten, daß sie viel trank. Chandler hatte immer zuviel getrunken, und das hatte sie sehr gestört, doch damals hatte sie nicht gewagt, Einwände zu erheben. Jetzt besaß sie den Mut. »Komisch, wie verärgert manche Menschen sind, wenn man nicht trinkt.«

»Es macht ihnen angst, besonders wenn sie selbst zuviel trinken.« Das Zusammensein mit ihm war so unkompliziert, daß sie es gar nicht fassen konnte. Und sie verbrachten einen wunderbaren Abend im »Sand Dollar«, der die Atmosphäre eines alten Saloons hatte. Den ganzen Abend kamen und gingen die Gäste durch die Schwingtüren, stellten sich an die Bar oder vertilgten die gewaltigen Steak- oder Hummerportionen, die hier serviert wurden. Es sei das einzige Lokal in der Stadt, erklärte Liz, ein Glück, daß das Essen gut war. Sogar Jane zeigte Appetit und machte sich über ein kleines Steak her. Es kam nicht oft vor, daß sie so nobel essen gingen. Auf der Rückfahrt schlief die Kleine auf den Rücksitzen ein, und Bernie trug sie ins Haus und legte sie sacht aufs Bett. Sie schlief im winzigen Gästezimmer des Hauses, gleich neben Liz' Zimmer. Auf Zehenspitzen gingen sie zurück ins Wohnzimmer ...

»Ich glaube, ich bin im Begriff, mich in die Kleine zu verlieben.« Er sah Liz an, und sie lächelte.

»Das beruht auf Gegenseitigkeit. Wir haben einen herrlichen Tag verbracht.«

»Ich auch.« Langsam ging er an die Tür. Er wollte sie küssen, fürchtete aber, daß es zu früh war. Verschrecken wollte er sie nicht, dazu gefiel sie ihm zu gut. Bernie kam sich vor wie ein Schuljunge. »Wann sind Sie wieder in der Stadt?«

»In zwei Wochen. Aber warum kommen Sie nicht nächste Woche wieder? Die Fahrt ist nicht weit. Sie schaffen es in vierzig Minuten, wenn Ihnen die kurvenreiche Straße nichts ausmacht. Wir essen früh zu Abend, und Sie können dann noch nach Hause fahren. Wenn Sie wollen, können Sie sogar bleiben. Sie bekommen Janes Zimmer, und sie schläft bei mir.« Bernie hätte es vorgezogen, bei ihr zu schlafen, doch das wagte er nicht zu sagen, nicht einmal im Scherz. Es war zu früh, um so etwas vorzuschlagen, und er wollte nichts aufs Spiel setzen. Da Jane das Leben ihrer Mutter so sehr beherrschte, würde es ohnehin nicht einfach werden. Das Kind war immer dabei, das mußte er bedenken. Er wollte nichts tun, was Jane schaden würde.

»Ja, ich würde gern kommen, wenn ich zu einer vernünftigen Zeit aus dem Laden weg kann.«

»Wann gehen Sie gewöhnlich?« Sie unterhielten sich flüsternd im Wohnzimmer, damit sie Jane nicht weckten, und er lachte.

»Zwischen neun und zehn Uhr abends, aber so bin ich eben. Ich bin selbst schuld. Ich arbeite sieben Tage in der Woche«, gestand er, und sie lachte.

»Das ist doch kein Leben!«

»Etwas Besseres habe ich nicht zu tun.« Es war ein schreckliches Eingeständnis, das sich auch in seinen Ohren nicht gut anhörte. Von nun an würde er vielleicht etwas Besseres zu tun haben ... mit den beiden. »Ich werde mich ab nächster Woche zu bessern versuchen. Ich werde Sie anrufen.« Liz nickte, von der Hoffnung erfüllt, er werde es wirklich tun. Der Anfang war immer so schwierig, bis man Kontakt gefunden hatte und seine Hoffnungen und Träume offenbarte. Aber mit ihm war es einfacher. Es war der netteste Mann, den sie seit langer, langer Zeit kennengelernt hatte. Mit diesen Überlegungen begleitete sie ihn hinaus zu seinem Wagen.

Sie glaubte, noch nie so viele Sterne gesehen zu haben, als sie zum Himmel hochsah. Dann sah sie Bernie an, und er erwiderte ihren Blick. »Es war ein wunderbarer Tag, Liz.« Sie war so offen und so herzlich gewesen. Sie hatte ihm sogar ehrlich über ihre katastrophale Ehe mit Chandler Scott berichtet. Es tat ihm gut, wenn man solche Dinge von Anfang an wußte.

»Ich freue mich auf ein Wiedersehen.« Er ergriff ihre Hand, ehe er einstieg.

»Ich auch. Fahren Sie vorsichtig.«

Er lachte ihr aus dem offenen Fenster zu. »Ich werde mich bemühen, mich unterwegs nicht zu übergeben.«

Beide lachten, und er winkte ihr zu, als er in der Zufahrt zurücksetzte und dann davonfuhr, in Gedanken bei Liz und Jane, und wie sie beim Dinner geplaudert und gelacht hatten.

# 6

In der folgenden Woche schaffte Bernie es zweimal, zum Abendessen nach Stinson Beach zu fahren. Einmal kochte Liz, beim zweitenmal führte er sie wieder in den »Sand Dollar« aus, und schließlich kam er noch einmal am Samstag. Diesmal brachte er für Jane einen neuen Ball und ein paar Spielsachen – Wurfringe, mit denen sie am Strand spielten, und Förmchen und Schaufel für den Sand –, Dinge, über die Jane sich sehr freute. Liz schenkte er einen Badeanzug. Er war hellblau, fast genau der Ton ihrer Augen.

»O Gott, Bernie ... das muß aufhören.« Sie sagten längst du zueinander.

»Warum? Der Badeanzug war an einer Schaufensterpuppe, die dir so ähnlich war, daß ich ihn mitbringen mußte.« Er freute sich, denn er genoß es, sie zu verwöhnen, und er wußte, daß es noch nie zuvor jemand getan hatte, und aus diesem Grund machte es ihm noch mehr Vergnügen.

»Du darfst uns nicht soviel schenken.«

»Warum nicht?«

»Ach« ... ein trauriger Ausdruck huschte über ihr Gesicht, gleich darauf lächelte sie wieder. »Wir könnten uns daran gewöhnen, und was dann? Wir würden täglich an deine Tür im Kaufhaus trommeln und um Badeanzüge und Schoko-Teddys, um Kaviar und Pasteten betteln ...« Die Bilder, die sie heraufbeschwor, brachten ihn zum Lachen.

»Schon deswegen muß ich dafür sorgen, daß der Nachschub nicht abreißt, meinst du nicht?« Doch er wußte genau, was sie meinte. Es würde schwierig sein, wenn er wieder aus dem Leben der beiden verschwände, aber das konnte er sich gar nicht vorstellen. Im Gegenteil, er wollte nicht einmal daran denken. In der folgenden Woche kam er noch zweimal, und beim zweiten Mal hatte Liz sich einen Teenager aus der Nachbarschaft als Babysitter für Jane besorgt, so daß sie allein ausgehen konnten, in den »Sand Dollar« natürlich – ein anderes Lokal gab es nicht – aber beide mochten das Essen und die Atmosphäre.

»Ich finde es rührend, daß du immer uns beide ausführst.« Liz lächelte ihm zu.

»Ich bin noch nicht sicher, welche von euch beiden mir besser gefällt. Also trifft sich im Moment alles sehr gut.«

Liz lachte. Mit ihm fühlte sie sich so wohl, weil er ein so netter, unkomplizierter, lebensfroher Mensch war. Und das sagte sie ihm.

»Ein wahres Wunder.« Jetzt war es an ihm zu lächeln. »Mit einer Mutter wie der meinen hätte ich bis zum Erwachsenenalter mindestens ein paar verrückte Angewohnheiten und eine große Neurose bekommen müssen.«

»So übel kann sie nicht sein«, protestierte sie, was ihm ein Aufstöhnen entlockte.

»Du hast ja keine Ahnung. Wart's nur ab ... sollte sie jemals wieder herkommen, was ich sehr bezweifle, stelle ich sie dir vor. Im Juni gefiel es ihr gar nicht. Wenigstens hatte sie an der neuen Filiale nichts auszusetzen. Aber du kannst dir nicht vorstellen, wie schwierig sie ist.« In den letzten zwei Wochen war er den Anrufen seiner Mutter ausgewichen. Er hatte keine Lust, ihr zu erklären, wo er seine Zeit verbrachte. Sie brauchte nicht zu wissen, daß er so viel mit einer Frau zusammen war.

»Ich klappere alle Bars ab, Mom.« Was sie darauf zu sagen hatte, wußte er ohnehin schon. Daß er mit einer Frau namens »O'Reilly« ausging, hätte dem Faß den Boden ausgeschlagen. Doch das konnte er Liz noch nicht sagen. Er wollte sie nicht erschrecken.

»Wie lange sind deine Eltern schon verheiratet?«

»Achtunddreißig Jahre. Mein Vater hat sich einen Orden verdient.« Liz lachte auf. »Im Ernst. Du weißt nicht, wie sie ist.«

»Ich würde sie gern einmal kennenlernen.«

»Allmächtiger! Pst ...« Er warf einen Blick nach hinten, als erwarte er, seine Mutter dort mit einer Axt in der Hand stehen zu sehen. »Sag so was nicht, Liz. Es könnte gefährlich werden!« scherzte er, und sie lachte. Sie unterhielten sich die halbe Nacht.

Bei seinem zweiten Besuch hatte er sie geküßt, und Jane hatte sie seither dabei sogar ein- oder zweimal überrascht, doch die Romanze war nicht darüber hinaus gediehen. Jane machte ihn ein wenig nervös, und außerdem war es ihm viel lieber, Liz auf altmodische Weise den Hof zu machen. Für alles andere war noch genug Zeit, wenn sie wieder in der Stadt war und Jane nicht durch eine papierdünne Wand von ihnen getrennt im anschließenden Raum schlief.

Am letzten Samstag war er gekommen, um Liz beim Packen zu helfen. Ihre Freunde hatten ihr gesagt, sie könne noch einen Tag bleiben. Man merkte ihr und Jane an, wie ungern sie nach Hause fuhren. Für sie bedeutete es das Ende der Ferien, denn sie würden nicht mehr verreisen. Liz konnte sich größere Unternehmungen, ob mit oder ohne Jane, nicht leisten. Ihre Stimmung war so gedrückt, daß sich bei Bernie Mitgefühl regte.

»Hört zu, ihr beiden Damen. Warum fahren wir nicht zusammen irgendwohin? Vielleicht nach Carmel oder Lake Tahoe? Na, wie hört sich das an? Ich kenne diese Gegend überhaupt nicht, und ihr beide könnt mir alles zeigen. Ach, eigentlich könnten wir zwei Ausflüge machen.«

Liz und Jane stießen einen Freudenschrei aus, und am nächsten Tag bat er seine Sekretärin, für ihn eine Unterkunft reservieren zu lassen. Sie ergatterte eine Ferienwohnung in Lake Tahoe mit drei Schlafräumen für das übernächste Wochenende und den Labor Day. Als er Liz und Jane an jenem Abend davon berichtete, waren sie außer sich vor Freude. Jane warf ihm eine Kußhand zu, als sie von Liz zu Bett gebracht wurde, doch als Liz sich in ihrem winzigen Wohnzimmer zu ihm setzte, war ihre Miene ernst. Sie hatte eine Zweizimmerwohnung, in der Jane in dem einen Zimmer schlief, während Liz mit einer Klappcouch im Wohnzimmer vorliebnehmen mußte. Rasch wurde ihm klar, daß ihr Liebesleben hier keine wesentliche Steigerung erfahren würde.

Sie schien besorgt, als sie ihn schuldbewußt ansah.

»Bernie … mißversteh mich bitte nicht … aber ich glaube nicht, daß wir mit dir nach Lake Tahoe fahren sollten.«

Er sah sie an wie ein enttäuschtes Kind. »Warum nicht?«

»Weil das alles so wundervoll ist … gewiß hört sich das verrückt an … aber ich kann mir diese Ferien mit Jane nicht leisten. Und wenn ich nun zulasse, daß du uns einlädst … was werden wir nachher machen?«

»Nach was?« Aber er wußte, was sie meinte. Er verstand sie, ohne es zu wollen.

»Wenn du nach New York zurückgehst.« Ihre Stimme klang seidenweich. Sie hielt seine Hand fest, während sie auf der Couch saßen und plauderten. »Oder wenn du mich satt hast. Wir sind Erwachsene, und im Moment erscheint uns alles so wundervoll, aber wer weiß, was nächsten Monat passieren wird, oder gar nächstes Jahr ...?«

»Ich möchte, daß du mich heiratest.« Sie starrte ihn an, als er dies mit leiser und bestimmter Stimme sagte. Dennoch war sie nicht annähernd so erstaunt wie er.

Die Worte waren ihm ganz zwanglos über die Lippen gekommen, und jetzt waren sie ausgesprochen. Als er sie ansah, wußte er, daß er das Richtige getan hatte.

»Du ... wie bitte? Das kann nicht dein Ernst sein.« Liz sprang auf und fing an, unruhig in dem kleinen Raum auf und ab zu laufen.

»Du kennst mich doch gar nicht richtig.«

»Doch, das tue ich. Mein Leben lang bin ich mit Frauen ausgegangen, bei denen ich schon beim ersten Mal wußte, daß ich sie nie wiedersehen wollte, aber ich dachte mir immer: Was soll's? Versuch es halt, man kann nie wissen ... und zwei Monate später, es mögen auch drei oder sechs gewesen sein, warf ich das Handtuch und rief nie wieder an. Und jetzt habe ich dich gefunden, und ich wußte vom ersten Augenblick an, daß ich dich liebe. Als ich dich das zweite Mal sah, war mir klar, daß du die Richtige für mich bist, die wunderbarste Frau, die mir jemals begegnet ist. Und wenn ich ganz großes Glück habe, wirst du mich für den Rest meines Lebens zu deinen Füßen haben wollen ... was also soll ich jetzt tun? Ein halbes Jahr herumspielen und so tun, als müßte ich mir erst Klarheit verschaffen? Das ist nicht nötig. Ich liebe dich. Ich möchte dich heiraten.« Er strahlte sie an, da er sich plötzlich bewußt wurde, daß er nie etwas Schöneres erlebt hatte. »Liz, willst du meine Frau werden?«

Als sie lächelte, sah sie viel jünger aus als siebenundzwanzig.

»Du bist übergeschnappt. Weißt du das? Total übergeschnappt!« Aber auch sie war glücklich, denn sie war ebenso verliebt wie er. »Ich kann dich nicht nach nur drei Wochen heiraten. Was würden die Leute sagen? Was würde deine Mutter dazu sagen?« Sie sprach die magischen Worte aus, auf die er mit einem Aufstöhnen reagierte, doch er strahlte noch immer über das ganze Gesicht.

»Hör zu, solange du nicht Rachel Nußbaum heißt und deine Mutter vor der Heirat nicht Greenberg oder Schwartz hieß, ist der Nervenzusammenbruch ohnehin vorprogrammiert, also ist es doch egal.«

»Aber sie würde bestimmt in Ohnmacht fallen, wenn du ihr sagst, daß du mich erst seit drei Wochen kennst.«

Sie ging auf ihn zu, und er zog sie neben sich auf die Couch und faßte nach ihren Händen. »Ich liebe dich, Elizabeth O'Reilly. Mir ist es einerlei, ob du dem Papst den Ring küßt oder daß ich dich erst kurze Zeit kenne. Das Leben ist nicht lang genug, um es mit Spielereien zu vertun. Das habe ich nie getan und werde es nie tun. Wir wollen nicht vergeuden, was wir haben.« Und dann fiel ihm plötzlich etwas ein. »Weißt du was? Wir machen alles ganz formell. Wir wollen uns verloben. Heute haben wir den ersten August, da könnten wir zu Weihnachten heiraten. Bis dahin sind es noch fast fünf Monate. Wenn du mir dann erklärst, du hättest dich anders entschieden, werden wir unsere Pläne fallenlassen. Na, wie hört sich das an?«

Er war in Gedanken schon bei dem Ring, den er kaufen wollte ... fünf Karat ... sieben ... acht ... zehn ... was sie wollte. Er legte den Arm um ihre Schultern, und Liz lachte unter Tränen.

»Ist dir klar, daß wir noch nicht einmal miteinander geschlafen haben?«

»Ein Versäumnis meinerseits.« Er schien es auf die leichte Schulter zu nehmen. Dann sah er sie nachdenklich an.

»Eigentlich wollte ich ohnehin mit dir darüber sprechen. Glaubst du, du könntest in den nächsten Tagen einen Babysitter auftreiben? Nicht daß ich deine Tochter nicht ins Herz geschlossen hätte« – fast hatte er das Gefühl, die Kleine gehöre schon seit langem zu ihm –, »aber ich gebe mich bösen, lüsternen Träumen hin, die zum Inhalt haben, daß du auf ein paar Stunden zu mir in die Wohnung kommst . . .«

»Mal sehen, was sich machen läßt.« Noch immer lachte sie ihn an. Es war das Verrückteste, was ihr je passiert war. Aber Bernie war ein außergewöhnlicher Mann, und sie wußte, daß er zu ihr und Jane ein ganzes Leben lang wundervoll sein würde. Aber was noch wichtiger war – sie liebte ihn. Es war nur so verdammt schwer zu begreifen, daß das alles in nur drei Wochen passiert war, aber sie wußte, daß es richtig war.

Sie konnte es kaum erwarten, es Tracy zu erzählen, ihrer besten Freundin an der Schule, einer Aushilfslehrerin, die bald von einer Kreuzfahrt zurückkommen würde. Sie hatte Liz als einsame Frau zurückgelassen und würde sie bei der Rückkehr als Verlobte antreffen – verlobt mit dem Geschäftsführer von Wolff. Es war absolut verrückt. »Schon gut, schon gut, ich besorge einen Babysitter.« Er bedrängte sie.

»Soll das heißen, daß wir jetzt verlobt sind?« Er strahlte sie an.

»Ich schätze ja.« Liz konnte es noch immer nicht fassen, und er dachte mit zusammengekniffenen Augen nach.

»Wie wär's, wenn wir am neunundzwanzigsten Dezember heiraten, das ist ein Samstag.« Das wußte er, weil er im Geschäft weit voraus planen mußte. »Wir können mit Jane Weihnachten feiern und die Flitterwochen in Hawaii oder sonstwo verbringen.« Liz ließ sich von ihm glatt überfahren, und als sie lachte, beugte er sich über sie und küßte sie. Plötzlich sahen beide einer glücklichen Zukunft entgegen. Es war ein wahrgewordener Traum, und sie waren das vollkommene Paar, ein Paar, das ein kleines Mädchen, ihr Engel, und ein Eis zusammengeführt hatten.

Bernie küßte Liz, und sie spürte sein Herzklopfen, als er sie an sich drückte. Beide wußten mit absoluter Sicherheit, daß sie jemanden fürs Leben gefunden hatten.

## 7

Liz brauchte zwei Tage, um einen Babysitter zu finden, und als sie es Bernie am Telefon sagte, errötete sie dabei. Sie wußte genau, was er im Sinn hatte, und es machte sie verlegen, daß sie die Sache so nüchtern planten. Leider blieb ihnen nichts anderes übrig, da Jane im einzigen Schlafzimmer der Wohnung schlief. Die Babysitterin sollte um sieben Uhr kommen und war einverstanden, bis eins zu bleiben.

»Ich komme mir ein bißchen wie Aschenputtel vor, aber was macht das schon?« sagte Liz lächelnd.

»Mach dir darüber keine Gedanken.« Er hatte einen Fünfzigdollarschein in der Hand, den er der Babysitterin unauffällig zustecken wollte, wenn Liz zu Jane gehen und ihr einen Gutenachtkuß geben würde. »Zieh heute etwas Hübsches an.«

»Etwa einen Straps?« Sie war nervös wie eine Braut, und er lachte über ihre Frage.

»Klingt großartig, aber darüber solltest du ein Kleid tragen. Wir wollen auswärts essen.«

Liz staunte. Sie hatte sich vorgestellt, sie würden direkt in seine Wohnung gehen, und das »erste Mal« fast wie eine Operation hinter sich bringen. Diese ersten Male waren immer eine eher peinliche Angelegenheit, und sie war froh, statt dessen essen gehen zu können. Nachdem er sie abgeholt hatte, gingen sie ins »L'Étoile«. Er hatte dort einen Tisch für zwei Personen reservieren lassen, und Liz wurde merklich lockerer, als sie sich unterhielten wie immer. Bernie berichtete ihr, was sich im Geschäft tat, was für den Herbst an Veranstaltungen und Modenschauen geplant war. Die Eröffnung der Opernsaison stand noch bevor, und Bernie hatte alle Hände voll zu tun, seine luxuriöse Kollektion von Abendkleidern anzubieten. Sie war fasziniert von seiner Arbeit und fand, daß er durch und durch Geschäftsmann war und sich bei allem von den Prinzipien der Wirtschaftlichkeit leiten ließ. Dies und sein ungewöhnliches Gespür für neue Trends waren die Gründe, warum alles, was er anfaßte, zu Gold wurde, wie Paul Berman sagte. Und seit einiger Zeit litt Bernie auch nicht mehr darunter, daß man ihn nach San Franzisko geschickt hatte. Seiner Berechnung nach stand ihm noch allerhöchstens ein Jahr in Kalifornien bevor – Zeit genug, um zu heiraten und ein paar Monate allein zu verbringen, ehe sie nach New York gingen, wo Liz es mit seiner Mutter zu tun bekommen würde. Bis dahin war vielleicht schon ein Baby unterwegs ... und er mußte eine Schule für Jane ausfindig machen ... aber über das alles sprach er noch nicht. Er hatte sie zwar vorgewarnt, daß sie einmal nach New York ziehen würden, doch er wollte sie noch nicht mit Einzelheiten und den Konsequenzen dieses Umzugs belasten. Schließlich war bis dahin mindestens noch ein Jahr Zeit, und vorher mußten sie die Hochzeit hinter sich bringen.

»Wirst du ein richtiges Brautkleid tragen?« Er hätte es wundervoll gefunden. Erst vor zwei Tagen hatte er bei einer Vorführung ein Kleid gesehen, das an ihr wunderschön ausgesehen hätte, doch Liz errötete bei dem Gedanken.

»Dir ist es also ganz ernst?«

Bernie nickte und hielt unter dem Tisch ihre Hand. Sie saßen Seite an Seite auf der Sitzbank an der Wand. Er genoß das Gefühl, ihr Bein an seinem zu spüren. Sie trug ein hübsches weißes Seidenkleid, das ihre Sonnenbräune betonte. Das Haar hatte sie zu einem losen Knoten geschlungen. Er sah, daß sie Nagellack aufgetragen hatte – für sie war das ganz ungewöhnlich, und er war froh darüber, sagte ihr aber nicht warum, als er sich zu ihr beugte und sie sachte auf den Nacken küßte. »Ja, mir ist es ernst. Ich glaube, manchmal weiß man ganz genau, daß man das Richtige tut. Ich habe es eigentlich immer gewußt, ob etwas gut oder schlecht für mich war. Die einzigen Fehler, die ich machte, unterliefen mir, als ich nicht auf meine innere Stimme hörte. Wenn ich aber auf sie hörte, dann war es immer richtig.« Sie verstand ihn, und doch erschien es ihr fast unvernünftig, so überstürzt zu heiraten, obwohl sie wußte, daß es kein Fehler war und sie es nie bereuen würde.

»Ich hoffe, du wirst eines Tages so sicher sein, wie ich es jetzt bin, Liz.« Sein Blick lag liebevoll auf ihr, und ihr Herz flog ihm zu. Das Gefühl, ihren Schenkel ganz nahe zu spüren, war herrlich, und er fühlte, wie die Erregung in ihm wach wurde, wenn er daran dachte, daß er bald neben ihr liegen würde, doch noch war es zu früh. Er hatte den ganzen Abend bis zur Perfektion geplant.

»Weißt du, das Verrückte ist, daß ich ganz sicher bin ... ich kann es nur niemandem erklären.«

»Liz, ich glaube, das wirkliche Leben ist so. Immer wieder hört man von Menschen, die zehn Jahre zusammenleben und nicht glücklich sind – dann lernt einer der beiden einen anderen Menschen kennen und heiratet ihn nach fünf Tagen ... weil die erste Verbindung nie wirklich perfekt gewesen ist und der Betreffende erkannte, daß die zweite Beziehung genau richtig sein würde.«

»Ich weiß, das dachte ich selbst sehr oft. Aber nie hätte ich geglaubt, daß mir so etwas je passieren könnte.«

An diesem Abend aßen sie Ente, Salat und ein Soufflé. Danach gingen sie in die Bar und tranken Champagner, hörten dem Klavierspieler zu und plauderten wie immer. Sie tauschten Meinungen, Ideen und Hoffnungen und Träume aus. Es war der schönste Abend, den Liz seit sehr, sehr langer Zeit erlebt hatte. Das Zusammensein mit Bernie ließ sie alles Schlimme vergessen, das ihr widerfahren war – den Tod der Eltern, den Alptraum mit Chandler Scott und die langen einsamen Jahre seit Janes Geburt, in denen niemand ihr geholfen hatte oder für sie dagewesen war. Es war, als sei ihr ganzes bisheriges Leben nur eine Vorbereitung für diesen Mann gewesen, der jetzt so wunderbar zu ihr war. Daneben sank alles zur Bedeutungslosigkeit herab.

Als Bernie nach dem Champagner die Rechnung verlangte, gingen sie langsam Hand in Hand die Treppe hinauf, und sie wollte schon auf den Ausgang zustreben, als er behutsam ihren Arm nahm und sie durch die Hotelhalle geleitete. Sie dachte sich nichts dabei, bis sie vor den Aufzügen stehenblieben und er mit einem jungenhaften, kaum durch seinen Bart verhüllten Lächeln auf sie niedersah.

»Möchtest du auf einen Drink zu mir hinaufkommen?« Sie wußte, was er vorhatte, und sie wußte, daß er nicht hier wohnte, aber irgendwie kam es ihr romantisch vor und zugleich ein wenig abenteuerlich. Er hatte ihr die Frage im Flüsterton gestellt, und sie antwortete mit einem Lächeln.

»Wenn du mir versprichst, es deiner Mutter nicht zu sagen.«
Es war erst zehn Uhr, sie hatten noch drei Stunden Zeit. Der Lift
hielt im obersten Stockwerk, und Liz folgte Bernie wortlos zu einer Tür, die dem Lift direkt gegenüberlag. Er zog einen Schlüssel
aus der Tasche und ließ sie eintreten – es war die schönste Suite,
die sie je gesehen hatte, sei es im Kino oder im wirklichen Leben
oder auch im Traum. Alles war in Weiß und Gold gehalten, feine
Seidenstoffe, erlesene Antiquitäten und ein Kristallüster, der zu
ihren Häupten funkelte, ohne eingeschaltet zu sein, denn die Beleuchtung war gedämpft. Auf einem Tischchen, auf dem eine Kä-
seplatte, Obst und eine Champagnerflasche im Eiskübel standen,
brannten Kerzen.

Liz sah Bernie nur an, da ihr die Worte fehlten. Was Bernie
auch tat, er tat es mit viel Stil und Feingefühl.

»Mr. Fine, Sie sind erstaunlich ... wissen Sie das?«

»Ich dachte mir, es sollte alles stimmen, da es immerhin unser Honeymoon ist.« Besser hätte man es gar nicht machen können. Auch im anschließenden Zimmer war die Beleuchtung gedämpft. Er hatte die Suite selbst gemietet und in Augenschein genommen, ehe er Liz abholte, um sicherzugehen, daß alles perfekt
war. Das Zimmermädchen hatte er gebeten, das Bett zurechtzu-
machen, auf dem ein wunderschöner Morgenrock lag, mit Mara-
bubesatz, dazu rosa Satinpantöffelchen und ein rosa Satinnacht-
hemd. Liz sah es, als sie nach nebenan ging, und hielt den Atem
an. Die hübschen Sachen schienen auf einen Filmstar zu warten
und nicht auf die kleine unscheinbare Liz O'Reilly aus Chikago.

Das sagte sie ihm auch, als er sie in die Arme nahm.

»Ach, das bist du also?« meinte er. »Die kleine unscheinbare
Liz O'Reilly aus Chikago? Na ja, wer weiß ... sehr bald wirst du
die kleine Liz Fine aus San Franzisko sein.« Er küßte sie hungrig,
und seine Küsse wurden erwidert, als er sie sacht aufs Bett legte
und den Morgenrock beiseite schob. Es war ihre erste Gelegenheit, ihr Verlangen zu stillen. Drei Wochen unerfüllten Begehrens
brandeten über sie herein wie eine Woge. Ihre Kleidungsstücke
landeten in einem Durcheinander auf dem Boden, bedeckt vom
rosa marabubesetzten Morgenrock, als ihre Körper sich ineinander verschlangen. Liz' Lippen erforschten jeden Zoll seines Kör-

pers, während Bernie sie mit seinen Händen liebkoste. Sie machte all seine Träume wahr, und er steigerte ihre Lust bis zu den höchsten Gipfeln der Leidenschaft – und dann endlich erlebten sie den ersten gemeinsamen Höhepunkt, bis sie schließlich erschöpft und glücklich im halbdunklen Raum nebeneinander lagen. Liz hatte ihren Kopf an seine Schulter gelegt, und Bernie spielte mit dem langen blonden Haar.

»Du bist die schönste Frau, die ich je gesehen habe ... weißt du das?«

»Und du bist ein wunderbarer Mann, Bernie Fine ... innerlich und äußerlich.« Ihre Stimme war heiser, als sie ihm zärtlich in die Augen sah. Plötzlich schüttelte sie ein Lachkrampf, weil sie bemerkte, was er unter ihrem Kissen versteckt hatte. Es war ein schwarzer Spitzenstraps mit roter Rosette. Den hielt sie in die Höhe wie eine Trophäe und küßte Bernie, bevor sie ihn anzog und das Spiel von vorne begann. Es war die schönste Nacht, die beide je erlebt hatten. Lange nach ein Uhr saßen sie zusammen in der Badewanne, und er spielte mit ihren Brustspitzen.

»Wenn du wieder anfängst, komme ich nie mehr nach Hause.« Sie lächelte schläfrig, den Kopf an die Marmorwand gelehnt. Sie hatte die Babysitterin anrufen und ihr sagen wollen, daß sie später komme, aber Bernie hatte ihr gestanden, daß die Sache bereits arrangiert war. Liz errötete.

»Du hast sie bezahlt?« Die Vorstellung entlockte ihr ein Kichern.

»Ja, das habe ich.« Er schien überglücklich, und Liz küßte ihn.

»Ich liebe dich so sehr, Bernie Fine.« Er lächelte und wünschte sich mehr denn je, die ganze Nacht mit ihr verbringen zu können, doch er wußte, daß das nicht ging. Es tat ihm schon leid, daß er vorgeschlagen hatte, erst nach Weihnachten zu heiraten. So lange warten zu müssen schien ihm jetzt nahezu unmöglich, aber der Gedanke daran rief ihm etwas ins Gedächtnis, was er schon fast vergessen hatte.

»Wohin willst du?« Erstaunt blickte sie auf, als er, über und über mit Schaum bedeckt, aus der Wanne stieg. Bernie hatte einen kraftvollen Körper mit breiten Schultern und langen, wohlgeformten Beinen. Sein Körper war begehrenswert, und sie spürte wieder das Verlangen in sich aufsteigen, während sie ihm nachsah. Mit geschlossenen Augen lehnte Liz sich in der Wanne zurück und wartete. Bernie kam sehr schnell zurück und streichelte ihre Brüste, als er wieder im Wasser versank, und ehe er die Chance hatte, ihr zu geben, was er aus dem Nebenzimmer geholt hatte, wanderten seine Finger tiefer und machten sich von neuem daran, ihren wunderbaren Körper zu erkunden, während sein Mund ihre Lippen fand. Diesmal liebten sie sich in der Wanne, und die Geräusche ihrer Leidenschaft hallten in dem rosa Marmorbad wider.

»Pst«, flüsterte sie hinterher mit unterdrücktem Kichern. »Man wird uns hier rauswerfen.«

»Entweder das, oder man verkauft Tickets an Neugierige.« Seit Jahren war er nicht so glücklich gewesen, und er wollte, daß es so blieb. Für immer. Eine Frau wie sie hatte er noch nie kennengelernt. Beide hatten über längere Zeit enthaltsam gelebt, so daß sie jetzt ihren Hunger stillen konnten.

»Übrigens, ich habe etwas für dich geholt, ehe du mich überfallen hast.«

»Ich ... habe dich überfallen ... ha!« Doch sie warf einen Blick über die Schulter in die Richtung, in die er wies. Das Zusammensein mit ihm war immer wie Weihnachten, und sie war neugierig, womit er sie jetzt überraschen wollte ... Morgenröcke ... Strapse ... er hatte neben die Wanne eine Schuhschachtel gestellt, und als sie diese öffnete, sah sie darin ein Paar auffallende, straßbesetzte Goldslipper. Sie lachte, unsicher, ob das ernst gemeint war oder nicht.

»Sind das Erbstücke von Aschenputtel?«

Es waren übertrieben modische Schuhe, und sie wußte nicht recht, warum er sie ihr geschenkt hatte. Bernie beobachtete Liz höchst amüsiert. Die Slipper waren über und über mit großen Glasklunkern verziert, und von der einen Ristspange baumelte ein riesiger falscher Stein.

»O Gott!« entfuhr es ihr, als ihr klar wurde, was er getan hatte. Sie fuhr in der Wanne auf und starrte ihn an.

»Bernie, ... nein, das kannst du nicht tun!« Doch er hatte es getan, und sie hatte es durchschaut. Einen Verlobungsring mit großem Stein, auf den ersten Blick nicht von den falschen zu unterscheiden, war an den Schuh geheftet. Doch Liz hatte den Ring entdeckt, und Tränen stiegen ihr in die Augen, als sie den Slipper in die Hand nahm. Bernie stand auf und machte den Ring los, denn ihre Hände zitterten zu stark. Als er Liz den Ring über den Finger streifte, liefen ihr die Tränen über die Wangen. Der Stein hatte acht Karat, ein schlichter Stein im Smaragdschliff. Es war ein Ring, der ihm auf den ersten Blick gefallen hatte.

»O Bernie ...« Sie umschlang ihn, im Bad stehend, und er strich ihr übers Haar und küßte sie. Nachdem er sich und sie vom Seifenschaum befreit und abgetrocknet hatte, trug er sie zum Bett, und wieder liebten sie sich ... diesmal sanfter ... langsamer ... in zärtlichen wogenden Rhythmen, die wie ein wundervoller Tanz zu einer leisen romantischen Melodie zu sein schienen, dann hielten sie sich lange ganz fest in den Armen, bis Liz vor Wonne bebte und Bernie mit einem leisen Aufstöhnen seinen Höhepunkt genoß.

Erst um fünf Uhr morgens kam sie nach Hause, gepflegt und adrett, als käme sie von einer Sitzung des Lehrerkollegiums. Niemand hätte ihr angesehen, was sie erlebt hatte. Sie entschuldigte sich überschwenglich bei der Babysitterin, doch diese sagte, daß es ganz in Ordnung sei, und beide wußten, warum. Die Babysitterin hatte ohnehin seit Stunden geschlafen; sie schloß leise die Tür hinter sich, als sie ging. Liz saß allein in ihrem Wohnzimmer und blickte hinaus in den Sommernebel. Sie dachte mit unendlicher Zärtlichkeit an den Mann, den sie bald heiraten würde. Was für ein Glück, daß sie ihn gefunden hatte! Der riesige Diamant an ihrer Hand funkelte, und in ihren Augen standen Tränen. Liz rief Bernie an, kaum daß sie im Bett lag, und sie unterhielten sich noch eine Stunde im Flüsterton, voll des Bedauerns, weil sie nicht zusammensein konnten.

## 8

Nach dem Ausflug an den Lake Tahoe mit Jane, bei dem sie in getrennten Zimmern schliefen, sagte Liz immer wieder zu ihrer Tochter, daß es wunderschön wäre, wenn sie für immer mit Bernie zusammensein könnten. Bernie bestand darauf, daß Liz sich für die Eröffnung der Opernsaison, die ein glänzendes Ereignis zu werden versprach, ein Kleid im Kaufhaus aussuchte. Es war einer der Höhepunkte des gesellschaftlichen Lebens in San Franzisko, und sie würden eine Loge für sich haben. Bernie wußte, daß sie kein geeignetes Kleid in ihrem Schrank hatte, deswegen wollte er ihr ein Abendkleid schenken.

»Mein Schatz, es ist höchste Zeit, daß du die Vorteile wahrnimmst, die das Kaufhaus bietet. Es muß doch etwas Gutes haben, wenn man sieben Tage in der Woche schuftet.«

Obwohl er nichts umsonst bekam, war der Nachlaß für ihn doch beträchtlich. Und er freute sich, sie an diesem Vorteil teilhaben zu lassen.

Liz ging also in die Abteilung, probierte Dutzende von Modellen an und entschied sich schließlich für ein Abendkleid, das ein italienischer Modeschöpfer entworfen hatte, den Bernie sehr schätzte. Das Kleid war aus weichem kognakfarbenen Samt, bestickt mit Goldperlen und winzigen Steinchen, die aussahen wie Halbedelsteine. Auf den ersten Blick erschien es Liz viel zu auffallend und pompös, ähnlich den Slippern, die Bernie ihr mit dem Verlobungsring geschenkt hatte. Aber als sie es anhatte, sah sie, wie großartig es ihr stand. Mit dem tiefen Dekollete, den üppigen Ärmeln und dem langen, in einer kleinen Schleppe auslaufenden Rockteil, den man an einer kleinen Schlinge mit einem Finger hochraffen konnte, erinnerte es stark an die Gewänder der Renaissance-Zeit. Als sie in der Modellabteilung auf und ab schritt, kam sie sich vor wie eine Königin, und sie musterte sich amüsiert im Spiegel. Sie erschrak, als die Tür aufging und sie eine vertraute Stimme hinter sich hörte.

»Hast du etwas gefunden?« Seine Augen funkelten, als er sie in dem Kleid sah. Es war ihm schon aufgefallen, als es aus Italien eingetroffen war, da es in der Modellabteilung ziemlich Aufsehen erregt hatte und zu den teuersten Modellen des Sortiments gehörte. Das vergaß er aber vollkommen, als Liz auf ihn zukam. Bernie war wie elektrisiert, weil dieser kognakfarbene Traum geradezu für sie gemacht schien. Dank seines persönlichen Rabatts würde der Preis ihm nicht allzusehr weh tun. »Donnerwetter! In diesem Kleid sollte dich der Modeschöpfer sehen, Liz!« Auch die Verkäuferin lächelte.

Es war ein Vergnügen, eine Erscheinung wie Liz in einem Kleid zu sehen, das ihr auf den Leib geschneidert schien und ihre Schönheit, die goldene Bronzehaut, die Augen und die Figur so vorteilhaft betonte. Bernie küßte sie und spürte dabei das weiche Material unter den Händen. Die Tür schloß sich diskret hinter der Verkäuferin, die im Hinausgehen murmelte: »... muß etwas suchen ... vielleicht passende Schuhe ...« Sie verstand ihr Geschäft und galt als überaus gewandt und tüchtig.

»Gefällt es dir?« Liz' Augen sprühten Funken wie die Straßstickerei des Kleides, als sie sich graziös vor ihm drehte und ihr Lachen silberhell erklang. Sein Herz drohte vor Entzücken zu zerspringen, als er sie ansah. Er konnte kaum erwarten, sich mit ihr in der Oper zu zeigen.

»Ich bin begeistert. Es ist für dich wie geschaffen, Liz. Hast du außerdem noch etwas gesehen, das dir gefallen würde?« Als sie lachte, nahm ihre Sommerbräune einen rosigen Schimmer an. Ausnützen wollte sie ihn nicht. »Ich sollte mir wohl besser etwas anderes aussuchen. Man hat mir den Preiszettel nicht zeigen wollen ... aber ich habe das Gefühl, daß dieses Kleid leider viel zu teuer ist.« So wie sich der Stoff anfühlte, wußte sie, daß sie sich das Kleid nicht leisten konnte, doch es machte Spaß, sich zu kostümieren, so wie Jane es unter ähnlichen Umständen getan hätte. Zudem wußte sie, daß sie dank Bernie Rabatt bekommen würde. Aber dennoch ... Er lächelte ihr zu. Liz war ein erstaunliches Mädchen, und plötzlich mußte er an Isabelle Martin aus seiner fernen Vergangenheit denken und wie sehr sich die beiden unterschieden. Die eine hatte gar nicht genug bekommen können, während die andere gar nichts nehmen wollte. Er hatte wirklich Glück.

»Mrs. O'Reilly, Sie kaufen hier gar nichts. Dieses Kleid ist ein Geschenk Ihres zukünftigen Ehemannes ... und dazu kommt noch alles andere, was du siehst und was dir gefällt.«

»Bernie ... ich ...«

Er verschloß ihr die Lippen mit einem Kuß und ging nach einem letzten Blick über die Schulter zur Tür.

»Such dir dazu noch passende Schuhe aus, Liebling. Und komm hinauf in mein Büro, sobald du fertig bist. Wir wollen anschließend zusammen essen.« Er verschwand endgültig, als die Verkäuferin wiederkam, den Arm voller Kleider, die Liz ihrer Meinung nach noch probieren sollte. Liz aber weigerte sich. Sie wollte sich nur noch passende Schuhe aussuchen. Sie fand ein Paar kognakfarbene Satinschuhe, die mit ähnlichen Steinen bestickt waren wie das Kleid. Die Schuhe bildeten eine ideale Ergänzung. Liz betrat strahlend Bernies Büro, und als beide das Haus verließen, erzählte sie ganz glücklich von ihren Errungenschaften. Sie fand das Kleid hinreißend und war überwältigt, daß er sie so verwöhnte. Arm in Arm wanderten sie zu »Trader Vic« und gönnten sich ein ausgedehntes Mittagessen, das sich bis in den Nachmittag hinzog und bei dem viel gelacht und gescherzt wurde. Zu Bernies Bedauern mußte er sie kurz vor drei verlassen, und Liz wollte Jane bei einer Freundin abholen. Jane und Liz genossen ihre Freiheit, weil die Schule noch nicht wieder begonnen hatte – bis zum kommenden Montag blieben ihnen nur mehr ein paar Tage.

Im Moment aber stand die Opernpremiere im Vordergrund. Am Freitag nachmittag ging Liz zum Friseur und gönnte sich eine Maniküre. Um sechs schlüpfte sie in das zauberhafte neue Kleid. Vorsichtig zog sie den Reißverschluß zu und blieb einen Augenblick wie gebannt vor dem Spiegel stehen. Ihr Haar wurde von einem Goldnetz gebändigt, das sie bei einer ihrer Streifzüge bei Wolff gefunden hatte, und unter den schweren Samtfalten ihres Kleides lugten die Schuhspitzen hervor.

Da hörte sie wie aus der Ferne die Türklingel, und plötzlich stand Bernie in der Tür zum Schlafzimmer – Frack, weiße Fliege, gestärkte Hemdbrust und dazu die diamantbesetzten Manschettenknöpfe, die seinem Großvater gehört hatten.

»Mein Gott, Liz ...« Mehr brachte er nicht heraus, als er sie sah und sie ganz vorsichtig küßte, um ihr Make-up nicht zu gefährden. »Wundervoll siehst du aus«, flüsterte er, während Jane, die im Moment in Vergessenheit geraten war, von der Tür her zusah.

»Fertig?«

Liz nickte. Dabei fiel ihr Blick auf Jane, die alles andere als glücklich aussah. Einerseits freute sie sich, ihre Mutter so hübsch zurechtgemacht zu sehen, andererseits beunruhigte es sie, daß die beiden so vertraut miteinander umgingen. Das machte ihr seit den Tagen am Lake Tahoe große Sorgen. Liz wußte, daß sie mit Jane sehr bald über ihre Pläne reden mußte, sah dieser Aussprache aber mit Bangen entgegen. Wenn Jane sich gegen die Ehe stemmte, was dann? Liz wußte, daß die Kleine Bernie mochte, aber das genügte nicht. In gewisser Weise sah Jane Bernie als ihren Freund und nicht als den ihrer Mutter an.

»Gute Nacht, Schätzchen.« Liz bückte sich, um ihr einen Kuß zu geben. Mit zornigem Blick wandte Jane sich ab und würdigte Bernie diesmal keines Wortes. Liz, die ein ungutes Gefühl beschlich, sagte nichts zu diesem Benehmen, weil sie nicht wollte, daß dieser zauberhafte Abend getrübt würde.

Den Auftakt bildete ein Dinner im Museum of Modern Art, vor dem sie in einem gemieteten Rolls vorfuhren. Ein Schwarm von Fotografen empfing sie und bemühte sich, von ihnen und den anderen ebenso eleganten Gästen ein Foto zu schießen. Liz fühlte sich inmitten dieser luxuriösen und glitzernden Gesellschaft wie zu Hause und war stolz darauf, daß sie an Bernies Seite war, während die Blitzlichter um sie herum aufflammten. Sie wußte, daß sie fotografiert wurden, weil Bernie als Chef des nobelsten Kaufhauses der Stadt mittlerweile einen gewissen Bekanntheitsgrad hatte. Viele der eleganten weiblichen Gäste schienen ihn zu kennen. Im Museum, das von den Damen der Gesellschaft dekoriert worden war, schwebten Silber- und Goldballons in der Luft, und künstliche Bäume waren mit Gold angesprüht worden. Neben jedem Gedeck lag ein wunderhübsch verpacktes Geschenk, Rasierwasser für die Herren und ein edles Parfumfläschchen für die Damen, von Wolff natürlich, wie an der unverwechselbaren Verpackung zu erkennen war.

Dichtgedrängt strebten die Menschen der großen Halle zu, in der gespeist wurde. Liz sah lächelnd zu Bernie auf, als dieser ihren Arm drückte und schon wieder ein Fotograf eine Aufnahme schoß.

»Gefällt es dir?« Liz nickte, obwohl »gefallen« nicht das richtige Wort war. Sie war fasziniert von dem Gedränge, den eleganten Roben und den vielen Juwelen. Und über allem schwebte eine knisternde Erwartung. Alle Anwesenden wußten, daß sie an einem bedeutenden Ereignis teilhatten.

Bernie und Liz saßen an einem Tisch mit einem Ehepaar aus Texas, mit dem Kurator des Museums und seiner Frau, einer wichtigen Kundin von Wolff und ihrem fünften Ehemann sowie mit der Bürgermeisterin und deren Ehemann. Es war eine interessante Gesellschaft, bei der die Unterhaltung unbeschwert und leicht dahinplätscherte, während man aß und immer wieder Wein nachgeschenkt wurde. Man plauderte über den Sommer, über Kinder, über die in jüngster Zeit unternommenen Reisen und wann man Placido Domingo zum letzten Mal gehört hatte. Der Opernstar war eigens nach San Franzisko gekommen, um an diesem Abend mit Renata Scotto in »La Traviata« zu singen – das war für die wenigen echten Opernliebhaber unter den Gästen ein wahrer Leckerbissen. Opernbesuche in San Franzisko hatten mehr mit dem gesellschaftlichen Status und mit Mode zu tun als mit wirklicher Musikleidenschaft. Das wußte Bernie schon seit Monaten, doch es kümmerte ihn nicht. Er fand alles großartig und genoß es, mit Liz einem so glänzenden Ereignis beizuwohnen. Die Opernstars waren für ihn nur willkommenes Beiwerk, da er von Opern herzlich wenig verstand.

Doch als sie ein wenig später die hufeisenförmige Zufahrt überquerten und zum War Memorial Opera House gingen, bekam auch Bernie einen Vorgeschmack von der Bedeutung des Augenblicks. Wieder wurden sie von Fotografen empfangen, die von jedem, der das Opernhaus betrat, ein Foto schossen. Die neugierigen Zaungäste konnten nur mühsam mittels Absperrungen und Polizei zurückgehalten werden. Viele waren gekommen, um die Prominenz an diesem Abend zu bestaunen, und Bernie hatte plötzlich das Gefühl, an der Oscar-Verleihung teilzunehmen, nur starrte die Menge nicht Gregory Peck und Kirk Douglas an, sondern ihn. Ein berauschendes Gefühl, als er Liz vor dem Trubel abschirmend ins Gebäude und die breite Treppe hinauf zu ihrer Loge geleitete. Sie fanden ihre Plätze sofort, und er bemerkte um sich herum lauter bekannte Gesichter, zumindest kannte er viele Damen. Es waren samt und sonders Kundinnen von Wolff. Er war sehr erfreut, daß er seit Beginn des Abends so viele Abendroben entdeckt hatte, die aus dem Kaufhaus stammten. Doch Liz in ihrem Renaissance-Kleid, das Haar von einem Goldnetz zusammengehalten, war die weitaus Schönste. Er hätte sie am liebsten ungeachtet der vielen neugierigen Blicke geküßt. Sanft drückte er ihre Hand, als das Licht ausging. Den ganzen ersten Akt hindurch hielten sie sich an den Händen. Die beiden großen Opernstars garantierten eine glanzvolle Aufführung, so daß es in jeder Hinsicht ein atemberaubender Abend wurde. In der Pause folgten Bernie und Liz den anderen in die Bar, wo der Champagner in Strömen floß und die Fotografen wieder eifrig blitzten. Liz war inzwischen mindestens fünfzehnmal fotografiert worden, was ihr aber nichts auszumachen schien, obwohl sie scheu und zurückhaltend wirkte. Sie fühlte sich nur an Bernies Seite sicher. Alles an ihr erweckte in ihm den Wunsch, sie zu beschützen. Bernie reichte ihr ein Glas Champagner, und sie standen da und tranken und beobachteten die anderen Gäste, und plötzlich hörte er Liz kichern und sagen: »Komisch, nicht?«

Bernie grinste. Die Szene war so luxuriös und elegant, daß es überwältigend wirkte, und alle nahmen sich selbst so ernst. Man glaubte sich in eine andere Zeit zurückversetzt, als Anlässe wie dieser von viel größerer Bedeutung waren.

»Eine nette Unterbrechung der Alltagsroutine, findest du nicht?«

Wieder lächelte sie und nickte. Am nächsten Morgen würde sie wieder in Safeway sein und Lebensmittel für die ganze Woche für sich und Jane besorgen, und am Montag würde sie einfache Additionen auf eine Tafel schreiben.

»Es erscheint so unwirklich.«

»Ich glaube, das gehört zum Zauber der Oper.« Ihm gefiel es, daß die Eröffnung der Opernsaison in San Franzisko im großen Stil begangen wurde, und ganz besonders gefiel ihm, daß er daran teilhatte – und noch dazu mit einer so bezaubernden Frau wie Liz an seiner Seite. Es war eine Premiere für sie beide, und er wünschte sich ein Leben voller Premieren mit ihr. Ehe er noch etwas sagen konnte, wurde die Beleuchtung gedämpft, um sofort wieder aufzuflammen, ein diskretes Klingeln forderte die Zuschauer auf, auf ihre Plätze zu gehen.

»Wir müssen zurück.« Sie stellten ihre Gläser ab, bemerkten aber, daß die anderen Gäste sich nicht stören ließen. Als sie schließlich vom beharrlichen Klingeln gedrängt die Bar verließen, blieben die meisten Inhaber der Logenplätze in der Bar, plauderten, lachten und tranken weiter. Auch das gehörte in San Franzisko zur Tradition. Die Bar samt Klatsch und Intrigenspiel war in mancherlei Hinsicht viel wichtiger als die Musik.

Die Logen blieben während des zweiten Aktes halb leer, auch die ihre, und in der Bar herrschte Gedränge, als sie in der zweiten Pause wieder hingingen. Liz unterdrückte ein Gähnen und warf Bernie einen verlegenen Blick zu.

»Müde, mein Schatz?«

»Ein wenig ... es ist alles so überwältigend.« Beide wußten, daß es mehr war. Nachher gingen sie ins »Trader Vic«, um noch eine Kleinigkeit zu sich zu nehmen, und bekamen sogar einen Platz in der Captain's Cabin, da Bernie dort Stammgast war. Nach dem Essen wollten sie noch rasch auf dem Opernball in der City Hall vorbeischauen. Vermutlich würden sie erst um drei oder vier Uhr morgens nach Hause kommen, bei einem gesellschaftlichen Anlaß dieser Größenordnung, der wie der Kronjuwel eines Diadems alles andere überstrahlte, war das nur zu verständlich.

Ihr Wagen wartete bereits in der Auffahrt, und sie stiegen ein und fuhren zu »Trader Vic«. Auch dort war diesmal alles besser als sonst. Sie tranken Champagner und aßen Kaviar, Bongo-Bongo-Suppe und Pilz-Crêpes. Liz lachte entzückt auf, als sie den Spruch in ihrem Glücksplätzchen las.

»Er wird dich stets so lieben wie du ihn.«

»Das gefällt mir sehr.« Sie sah ihn strahlend an. Es war ein zauberhafter Abend. Placido Domingo und die Scotto waren samt Gefolge eben im Lokal eingetroffen und bekamen einen Ecktisch zugewiesen, was nicht ohne Wirbel und Aufsehen vor sich ging. Viele Fans baten um Autogramme, und beide Künstler schienen darüber sehr erfreut zu sein.

Es war eine bemerkenswerte Vorstellung gewesen.

»Danke für den schönen Abend, mein Liebling.«

»Noch ist er nicht vorüber.« Er streichelte zärtlich ihre Hand und schenkte ihr Champagner nach, wogegen Liz energisch protestierte.

»Wenn ich noch mehr davon trinke, mußt du mich hier hinaustragen.«

»Das schaffe ich schon.« Sanft legte er den Arm um sie und trank ihr mit einem liebevollen Blick zu. Es war schon nach eins, als sie »Trader Vic« verließen und zum Opernball fuhren, der nach allen vorangegangenen Ereignissen des Abends fast enttäuschend wirkte. Liz erkannte die Gesichter, die sie schon zuvor gesehen hatte, im Museum, in der Oper, in der Bar, bei »Trader Vic«, und alle schienen sich blendend zu unterhalten. Sogar die Presseleute nahmen die Sache lockerer und amüsierten sich. Inzwischen hatte man schon genügend Storys und Bildmaterial gesammelt. Trotzdem wurden Liz und Bernie noch einmal aufgenommen, als sie in einem anmutigen Walzer über die Tanzfläche glitten und Liz' Kleid im Licht funkelte.

Genau dieses Foto war es auch, das am nächsten Morgen die Berichterstattung beherrschte: Ein großes Bild von Liz in Bernies Armen auf der Tanzfläche der City Hall während des Opernballs. Man konnte darauf einige Einzelheiten des Kleides erkennen, mehr noch, man konnte sehen, daß Liz strahlend zu Bernie emporlächelte, der sie fest in den Armen hielt.

»Mami, ich glaube, du magst ihn wirklich!« Jane stützte nachdenklich das Kinn in beide Hände, und Liz kämpfte gegen gewaltige Kopfschmerzen, als sie beide am nächsten Morgen die Zeitung lasen. Um halb fünf erst war sie nach Hause gekommen, und als sich vor dem Einschlafen das Zimmer langsam um sie zu drehen schien, war ihr klargeworden, daß sie mit Bernie mindestens vier Flaschen Champagner geleert haben mußte. Es war der schönste Abend ihres Lebens gewesen, doch im Moment verursachte ihr allein der Gedanke an das prickelnde Getränk Übelkeit. Und vor allem war sie nicht in der Stimmung, sich mit ihrer Tochter in eine Diskussion einzulassen.

»Er ist ein besonders netter Mensch, und er mag dich sehr, Jane.« Diese Antwort erschien ihr im Moment am vernünftigsten, vor allem war es die einzige, die ihr einfallen wollte.

»Ich mag ihn auch.« Doch in Janes Augen war zu lesen, daß sie ihrer Sache nicht so sicher war wie noch vor kurzem. Im Laufe des Sommers hatten sich die Dinge kompliziert. Ganz instinktiv spürte sie, wie ernst diese Beziehung geworden war.

»Wieso gehst du so oft mit ihm aus?«

In Liz' Kopf dröhnte es unheilvoll. Schweigend starrte sie ihre Tochter über die Kaffeetasse hinweg an. Dann sagte sie:

»Weil ich ihn gern habe.« Zum Teufel, sie entschloß sich, die Wahrheit zu sagen. »Eigentlich liebe ich ihn.« Mutter und Tochter starrten sich lange an. Sie sagte Jane nichts, was diese nicht ohnehin schon wußte, doch war es das erste Mal, daß Jane diese Worte hörte, und es sah gar nicht so aus, als ob sie ihr gefielen.

»Ich liebe ihn.« Liz' Stimme geriet bei diesem Satz ins Schwanken, und sie haßte sich dafür.

»Ach? ... Na und?« Jane stand auf und wollte weggehen, doch der Blick ihrer Mutter hielt sie zurück.

»Was ist schlimm daran?«

»Wer sagt, daß etwas schlimm daran ist?«

»Du ... deine Reaktion. Er liebt dich auch, das weißt du.«

»Ach? Woher weißt du das?« Jane hatte Tränen in den Augen, und das Dröhnen in Liz' Kopf nahm zu.

»Ich weiß es, weil er es mir gesagt hat.« Sie stand auf und ging langsam auf ihr Kind zu. Sie war nicht sicher, ob sie ihr auch von ihren Hochzeitsplänen erzählen sollte. Irgendwann mußte Jane ja davon erfahren, und vielleicht war gerade jetzt der richtige Zeitpunkt dafür. Sie setzte sich auf die Couch und zog Jane zu sich auf den Schoß. Janes Körper war steif, sie setzte sich aber nicht zur Wehr.

»Er möchte uns heiraten.« Leise klang die Stimme ihrer Mutter durch den stillen Raum. Jetzt konnte Jane ihre Tränen nicht mehr zurückhalten. Sie hielt schluchzend die Hände vors Gesicht, drückte ihr Gesicht an ihre Mutter und schmiegte sich an sie. Auch Liz hatte Tränen in den Augen, als sie das kleine Mädchen in den Armen hielt, das einmal ihr Baby gewesen war und es immer bleiben würde.

»Ich liebe ihn, mein Schatz ...«

»Warum? ... Ich meine, warum müssen wir ihn heiraten? Nur wir zwei allein ... das war doch prima.«

»Wirklich? Hast du dir nie einen Daddy gewünscht?«

Das Schluchzen verstummte für einen Augenblick.

»Ja, manchmal. Aber ohne ist es auch ganz gut.« Sie hing noch immer der Illusion über den Vater nach, den sie nie gekannt hatte, und den »hübschen Schauspieler«, der gestorben war, als sie noch klein war.

»Aber vielleicht wird es mit einem Daddy viel besser. Hast du je daran gedacht?«

Jane schluchzte in Liz' Armen. »Du müßtest mit ihm in einem Bett schlafen, und ich könnte am Wochenende nicht mehr zu dir ins Bett.«

»Aber sicher könntest du das.« Beide wußten jedoch, daß alles anders werden würde. In gewisser Weise war es traurig, andererseits aber auch etwas Schönes. »Stell dir vor, was für tolle Sachen wir mit ihm unternehmen könnten ... an den Strand gehen, Auto fahren, segeln. Denk nur, was für ein netter Mann er ist, Baby.«

Jane nickte verständig. Das konnte sie nicht abstreiten. Sie war zu fair, als daß sie versucht hätte, Bernie herabzusetzen.

»Hm, ich glaube, ich mag ihn auch irgendwie ... auch mit Bart ...« Sie lächelte ihrer Mutter unter Tränen zu und fragte dann, was sie eigentlich wissen wollte. »Wirst du mich noch liebhaben, wenn du ihn hast?«

»Immer.« Tränen liefen Liz über die Wangen, und sie drückte Jane noch fester an sich. »Immer und immer und immer.«

## 9

Jane und Liz besorgten sich sämtliche Hochzeitsjournale, die sie auftreiben konnten, und als sie schließlich darangingen, bei Wolff ihre Garderobe für die Hochzeit auszusuchen, hatte Jane sich nicht nur mit der Neuigkeit abgefunden, sie fing sogar an, die Situation zu genießen. Eine ganze Stunde verbrachten sie in der Kinderabteilung auf der Suche nach dem richtigen Kleidchen, und schließlich fanden sie es. Es war aus weißem Samt mit einer rosa Schärpe und einer winzigen rosa Rose am Halsausschnitt, genau das, was Jane sich wünschte. Die Suche nach Liz' Kleid verlief ebenso erfolgreich. Und anschließend führte Bernie die beiden zum Lunch aus.

In der nächsten Woche erfuhr Berman in New York die große Neuigkeit. In der Firma sprach sich so etwas rasch herum, und Bernie war ein wichtiger Mann des Unternehmens. Berman rief ihn voll belustigter Neugierde an.

»Na, ich soll es wohl als letzter erfahren?« Man hörte das Lächeln aus der Frage heraus, und Bernie kam sich richtig albern vor.

»Eigentlich nicht.«

»Wie ich höre, hat Amor an der Westküste ein paar Pfeile verschossen. Sind es Gerüchte, oder ist es die Wahrheit?« Er freute sich für seinen langjährigen Freund und wünschte ihm das Beste. Wer immer die Glückliche war, er war sicher, daß Bernie eine gute Wahl getroffen hatte, und er hoffte, sie bald kennenzulernen.

»Es stimmt, aber eigentlich wollte ich es dir selbst sagen, Paul.«

»Dann heraus damit. Wer ist sie? Ich weiß nur, daß sie ein Brautkleid aus der dritten Etage ausgesucht hat.« Er lachte. Sie lebten in einer kleinen, von Gerüchten und Klatsch bewegten Welt.

»Sie heißt Liz und ist Lehrerin. Eigentlich stammt sie aus Chikago, hat an der Northwestern studiert, ist siebenundzwanzig und hat ein niedliches fünfjähriges Mädchen namens Jane. Unmittelbar nach Weihnachten wollen wir heiraten.«

»Das hört sich ja sehr vernünftig an. Wie heißt deine Zukünftige?

»O'Reilly.«

Paul lachte dröhnend. Er kannte Mrs. Fine von einigen Begegnungen her.

»Was hat deine Mutter gesagt?«

Jetzt lächelte auch Bernie. »Sie weiß es noch nicht.«

»Dann laß uns wissen, wann du es ihr sagst. Ich wette, ihre Überraschung macht sich akustisch bis hierher bemerkbar, oder ist sie am Ende in letzter Zeit toleranter geworden?«

»Nicht daß ich wüßte.«

Wieder lachte Berman. »Na, ich wünsche euch viel Glück. Werde ich Liz kennenlernen, wenn du kommst?«

Bernie mußte nach New York und anschließend nach Europa, aber Liz hatte nicht die Absicht, ihn zu begleiten. Sie mußte arbeiten und sich um Jane kümmern, außerdem waren sie auf der Suche nach einem Haus, das sie für das nächste Jahr mieten konnten. Ein Haus zu kaufen hatte keinen Sinn, da sie bald nach New York übersiedeln wollten.

»Ich glaube, sie hat hier einiges zu tun. Wir würden dich aber sehr gern bei der Hochzeit sehen.« Die Einladungen waren schon bestellt, bei Wolff natürlich. Es war eine kleine Hochzeit geplant, nicht mehr als fünfzig oder sechzig Gäste bei einem einfachen Lunch. Anschließend wollten sie nach Hawaii fahren. Tracy, Liz' Freundin und Kollegin, hatte versprochen, mit Jane im neuen Haus zu bleiben, damit sie unbesorgt verreisen konnten. Das war für sie eine große Erleichterung.

»Wann ist es soweit?« fragte Paul, und Bernie sagte es ihm.

»Na, ich werde sehen, ob ich es schaffe und kommen kann. Könnte mir denken, daß du es mit New York nicht mehr so eilig hast.« Diese Worte ließen Bernies Herz sinken.

»Das stimmt nicht unbedingt. Bei meinem nächsten Besuch möchte ich mich nach einer Schule für Jane in New York umsehen, und Liz wird dann im Frühjahr die endgültige Entscheidung treffen.« Er wollte Berman ein wenig unter Druck setzen, doch vom anderen Ende der Leitung kam nichts, und das veranlaßte Bernie zu einem Stirnrunzeln.

»Wir möchten Jane für nächsten Herbst einschreiben lassen.«

»Recht so ... Na, wir sehen uns also in einigen Wochen in New York. Und nochmals meinen Glückwunsch.« Nach dem Anruf saß Bernie da, den Blick ins Leere gerichtet, und abends sprach er sich darüber mit Liz aus. Er hatte Bedenken, was seine Versetzung betraf.

»Verflixt, wenn die mich hier drei Jahre schmoren lassen wie in Chikago ...«

»Kannst du nicht mit ihm reden, wenn du hinfährst?«

»Die Absicht habe ich.«

Doch als es soweit war und er Paul Berman in New York fragte, wollte dieser sich wegen eines Rückkehrdatums nicht festlegen.

»Du bist doch erst ein paar Monate drüben. Du mußt das Haus für uns richtig in Schwung bringen. Ich dachte, das hätten wir so ausgemacht.«

»Der Laden läuft wunderbar, und ich bin seit acht Monaten in San Franzisko.«

»Der Laden läuft nicht mal ganze fünf Monate. Gib noch ein Jahr dran. Du weißt, wie dringend wir dich brauchen. Der Stil des Unternehmens wird auf Jahre durch das festgelegt, was du jetzt leistest, und du bist der beste Mann, den wir haben.«

»Noch ein ganzes Jahr ... das ist verdammt lange.« Bernie kam es vor wie ein ganzes Leben.

»Laß uns in einem halben Jahr wieder darüber reden.« Paul wollte sich nicht festlegen. Und als Bernie sich von ihm verabschiedete, war er ziemlich deprimiert und ganz und gar nicht in Stimmung, sich mit seinen Eltern zu treffen. Er hatte sich mit ihnen im »Côte Basque« verabredet, da er keine Zeit hatte, nach Scarsdale zu fahren. Er wußte, wie begierig seine Mutter auf ein Wiedersehen wartete. Am Nachmittag hatte er ihr eine schicke Handtasche gekauft, und er hoffte sehr, daß sie ihr gefiel. Doch als er vom Hotel zum Restaurant ging, tat er es schweren Herzens. Es war einer jener schönen Oktoberabende, an denen das Wetter sich perfekt präsentierte, so wie in San Franzisko das ganze Jahr über. In New York aber waren diese seltenen Augenblicke immer eine Besonderheit.

Alles schien so voller Leben unter einem klaren Himmel, die Autos sausten vorüber, Hupen ertönten, und elegante Frauen in raffinierten Kostümen und kostbaren Mänteln entstiegen Taxis und Limousinen, unterwegs ins Theater ... zu Konzerten oder Dinnerpartys. Bernie dachte an all das, was ihm in den vergangenen acht Monaten gefehlt hatte, und er wünschte sich, Liz könnte bei ihm sein. Er schwor sich, sie nächstes Mal mitzunehmen. Mit ein wenig Glück konnte er seine Geschäftsreise im Frühjahr so planen, daß sie mit ihren Osterferien zusammenfiel.

Rasch durchschritt er die Drehtür im »Côte Basque« und genoß die erlesene Atmosphäre seines Lieblingsrestaurants.

Die Wandmalereien waren noch schöner, als er sie in Erinnerung hatte, und die Beleuchtung gedämpft, Frauen im »kleinen Schwarzen«, nur dezent mit Juwelen geschmückt, saßen in den Wandnischen, begutachteten die Vorübergehenden und plauderten mit ihren Begleitern, die in ihren einheitlich grauen Anzügen geradezu uniformiert wirkten. Und alle strahlten eine Aura von Geld und Macht aus. Nachdem er sich kurz umgesehen hatte, wechselte er ein Wort mit dem Maître d'hôtel. Seine Eltern waren bereits da und hatten an einem Tisch für vier Personen im rückwärtigen Teil Platz genommen. Kaum war er an ihren Tisch getreten, als seine Mutter die Arme mit schmerzlichem Blick nach ihm ausstreckte und wie eine Ertrinkende seinen Hals umfing.

Es war ein Begrüßungsstil, der ihm zutiefst peinlich war und der ihn wütend machte. Er freute sich plötzlich gar nicht mehr über das Wiedersehen.

»Hallo, Mom.«

»Ist das alles, was du nach acht Monaten zu sagen hast? Hallo, Mom?« Ruth Fine schien ernsthaft gekränkt, als sie ihren Mann auf einen Stuhl verwies, damit sie neben Bernie in der Nische Platz fand. Er hatte das Gefühl, daß alle Anwesenden ihn anstarrten, als sie ihn seiner Gefühllosigkeit wegen ausschalt.

»Mom, wir sind in einem Restaurant. Du kannst mir hier keine Szene machen.«

»Das nennst du eine Szene? Du hast deine Mutter seit acht Monaten nicht gesehen, sagst zur Begrüßung kaum ein Wort und nennst das eine Szene?« Am liebsten hätte er sich unter dem Tisch verkrochen. Alle Gäste im Umkreis von fünfzehn Metern konnten hören, was sie sagte.

»Wir haben uns im Juni gesehen.« Das sagte er absichtlich in gedämpftem Ton, doch hätte er wissen müssen, daß Widerspruch sinnlos war.

»Das war in San Franzisko.«

»Das zählt doch auch.«

»Nicht, wenn du so beschäftigt bist, daß du für mich kaum Zeit hast.« Es war zur Eröffnung der Filiale gewesen. Damals hatte er sich trotz seines Arbeitspensums freigenommen, um sich ihnen zu widmen, wenn sie es jetzt auch nicht zugeben wollte.

»Du siehst großartig aus.« Höchste Zeit, das Thema zu wechseln. Sein Vater bestellte einen Bourbon mit Eis für sich und einen Rob Roy für seine Mutter. Bernie bestellte einen Kir.

»Was für ein Drink ist das?« fragte ihn seine Mutter.

»Du kannst kosten. Ein sehr leichter Drink. Mom, du siehst wunderbar aus.« Er versuchte es von neuem, voller Bedauern darüber, daß die Gespräche zwischen ihm und seiner Mutter sich unweigerlich als schwierig erwiesen. Er konnte sich gar nicht entsinnen, wann er mit seinem Vater ein ernsthaftes Gespräch geführt hatte, und fand es fast verwunderlich, daß dieser seine medizinischen Fachblätter nicht mit ins »Côte Basque« gebracht hatte.

Die Drinks wurden gebracht. Bernie nahm einen tiefen Schluck Kir und reichte seiner Mutter das Glas, aber sie lehnte ab. Er überlegte, ob es besser war, vor oder nach dem Essen über Liz zu sprechen. Rückte er erst nachher damit heraus, würde sie ihn der Unaufrichtigkeit bezichtigen, weil er ihr nicht gleich alles offenbart hatte. Sagte er es vorher, würde sie vielleicht eine Szene machen und ihn noch mehr in Verlegenheit bringen. Nach dem Essen war sicherer, vorher war ehrlicher. Er nahm noch einen tiefen Schluck aus seinem Glas und entschied sich dafür, gleich seine große Beichte abzulegen.

»Mom, ich habe eine gute Nachricht für dich.« Er hörte selbst, wie unsicher seine Stimme klang, und spürte ihren Falkenblick auf sich. Seine Mutter fühlte, daß er ein wichtiges Thema anschneiden wollte.

»Du kommst zurück nach New York?« Ihre Worte durchfuhren ihn wie Messerstiche.

»Noch nicht. Aber lange wird es nicht mehr dauern. Nein, das, was ich meine, hat mehr Bedeutung.«

»Du bist befördert worden?«

Er hielt die Luft an. Dem Ratespiel mußte ein Ende bereitet werden.

»Ich werde heiraten.« Die Welt schien stehenzubleiben. Seiner Mutter war buchstäblich die Spucke weggeblieben, während sie ihn wortlos anstarrte. Ihm kam vor, es seien ganze fünf Minuten vergangen, bis sie ihre Sprache wiederfand. Wie immer äußerte sein Vater keinen Ton.

»Würdest du wohl so gut sein, dich näher zu erklären?«

Er hatte das Gefühl, er hätte ihnen eröffnet, daß man ihn wegen Drogenhandels anklagen würde. Tief in seinem Innern begann sich Ärger zu regen.

»Mom, sie ist ein wunderbares Mädchen. Du wirst sie sofort ins Herz schließen. Sie ist siebenundzwanzig und das schönste Mädchen, das du dir vorstellen kannst, von Beruf ist sie Lehrerin.« Ein Beweis, daß sie ganz gesund und normal war. Seine Zukünftige war kein Go-go-Girl, keine Bardame und keine Stripperin. »Und sie hat ein Töchterchen namens Jane.«

»Sie ist geschieden?«

»Ja, ist sie. Jane ist fünf.«

Seine Mutter suchte Bernies Blick, um herauszukriegen, wo der Haken lag. »Seit wann kennst du sie?«

»Seit ich in San Franzisko bin«, log er und fühlte sich wie ein Zehnjähriger. Er suchte die Fotos heraus, die er mitgebracht hatte, Bilder von Liz und Jane in Stinson Beach, die ihm sehr lieb waren. Er reichte die Bilder seiner Mutter, die sie an seinen Vater weitergab. Dieser bewunderte die hübsche junge Frau und das kleine Mädchen gebührend, während Ruth Fine ihren Sohn anstarrte und die Wahrheit wissen wollte.

»Warum hast du sie uns im Juni nicht vorgestellt?« Das konnte nur bedeuten, daß sie hinkte, einen gespaltenen Gaumen hatte oder aber einen Ehemann, mit dem sie noch zusammenlebte.

»Damals kannte ich sie eigentlich noch nicht.«

»Soll das heißen, daß du sie erst seit ein paar Wochen kennst und schon Heiratspläne schmiedest?« Sie machte es ihm unmöglich, ihr alles zu erzählen, doch als nächstes holte sie zum entscheidenden Schlag aus. Unumwunden stieß sie zum Kern der Sache vor, was vielleicht nicht das Schlechteste war.

»Ist sie Jüdin?«

»Nein.« Bernie dachte, daß sie auf der Stelle in Ohnmacht fallen würde, konnte dennoch ein Lächeln nicht unterdrücken, als er ihren Gesichtsausdruck bemerkte.

»Mach doch kein Gesicht. Es kann nicht jeder Jude sein.«

»Ach was, es gibt genug davon, also hättest du eine finden können. Was ist sie?« Nicht daß es eine Rolle gespielt hätte. Sie wollte nur noch unter Beweis stellen, wie sehr ihr Sohn sie quälte. Aber Bernie hatte nicht vor, sie zu schonen.

»Liz ist Katholikin. Sie heißt O'Reilly.«

»O mein Gott!« Mit geschlossenen Augen sank sie in ihrem Stuhl zusammen, und einen Augenblick lang dachte er schon, sie sei wirklich bewußtlos. Erschrocken wandte er sich an seinen Vater, der ihm mit einer gelassenen Handbewegung zu verstehen gab, daß alles nur Theater war. Gleich darauf schlug seine Mutter die Augen auf und sah ihren Mann an.

»Hast du gehört, was er sagte? Weißt du, was er vorhat? Er tötet mich. Und was macht ihm das aus? Nichts, es macht ihm gar nichts aus.« Sie fing zu weinen an und zog eine Schau ab, indem sie die Tasche aufmachte, ein Taschentuch hervorzog und dies an die Augen preßte, während die Leute vom Nebentisch zusahen und der Kellner in ihrer Nähe respektvoll wartete, unsicher, ob er eine Bestellung aufnehmen sollte oder nicht.

»Ich glaube, wir sollten bestellen.« Bernie sagte es ganz ruhig, worauf sie ihn anfuhr.

»Du . . . du kannst essen. Ich, ich bekäme einen Herzanfall bei Tisch.«

»Bestell doch eine Suppe«, schlug ihr Mann vor.

»Die könnte ich nicht hinunterbringen.«

Am liebsten hätte Bernie sie eigenhändig erwürgt.

»Mom, Liz ist ein wunderbares Mädchen. Du wirst sie sicher liebgewinnen.«

»Du bist also fest entschlossen?«

Er nickte.

»Wann soll die Hochzeit sein?«

»Am neunundzwanzigsten Dezember.« Er vermied die Formulierung »nach Weihnachten« mit Absicht. Sie fing trotzdem zu weinen an.

»Alles geplant, alles arrangiert ... das Datum ... das Mädchen ... und ich erfahre gar nichts. Wann hast du dich entschieden? Bist du deswegen nach Kalifornien gezogen?« Es nahm kein Ende. Der Abend würde sehr lang werden.

»Ich lernte sie erst in San Franzisko kennen.«

»Wie? Wer hat euch bekannt gemacht? Wer hat mir das angetan?« Als die Suppe gebracht wurde, trocknete sie sich wieder die Augen.

»Ich lernte sie im Kaufhaus kennen.«

»Wie? Im Lift? Auf der Rolltreppe?«

»Um Himmels willen, Mom, hör auf damit!«

Er schlug mit der Hand auf den Tisch, und seine Mutter fuhr auf – ebenso wie die Gäste an den Nachbartischen.

»Ich werde heiraten. Punktum. Ich bin fünfunddreißig. Ich bekomme eine wunderbare Frau. Und ehrlich gesagt, wäre es mir auch egal, wenn sie Buddhistin wäre. Sie ist eine gute Frau, ein guter Mensch und eine gute Mutter, mehr brauche ich nicht.« Er machte sich wütend über sein Essen her, während seine Mutter ihn aufmerksam betrachtete.

»Ist sie schwanger?«

»Nein.«

»Warum dann diese Eile? Warte doch eine Weile ab.«

»Ich habe fünfunddreißig Jahre gewartet. Das reicht.«

Sie seufzte mit bekümmertem Blick. »Kennst du ihre Eltern?«

»Nein. Sie sind tot.« Einen Moment schien Liz Ruth fast leid zu tun, doch hätte sie es nie zugegeben. Statt dessen saß sie da und litt stumm. Erst beim Kaffee fiel ihm das Geschenk ein, das er ihr mitgebracht hatte. Er reichte es ihr über den Tisch, und sie schüttelte den Kopf und wollte es nicht annehmen.

»Das ist kein Abend, an den ich erinnert werden möchte.«

»Nimm es trotzdem. Es wird dir gefallen.« Er hatte das Gefühl, als müsse er es ihr vor die Füße werfen. Zögernd nahm sie das Paket und stellte es auf den Sitz neben sich wie eine Zeitbombe, die vor Ablauf einer Stunde explodieren würde.

»Ich begreife nicht, wie du das tun kannst.«

»Es ist das Beste, was ich je getan habe.« Am heutigen Abend fand er es besonders bedrückend, daß seine Mutter so schwierig war. Es wäre so viel einfacher gewesen, wenn sie sich mit ihm gefreut hätte. Seufzend lehnte er sich gegen die Nischenwand, nachdem er einen Schluck Kaffee getrunken hatte.

»Wenn ich dich recht verstehe, kommst du nicht zur Hochzeit?«

Wieder fing sie zu weinen an und tupfte sich die Augen nicht mit dem Taschentuch, sondern mit der Serviette trocken. Sie sah ihren Mann an, als wäre Bernie gar nicht da.

»Nicht mal bei seiner Hochzeit will er uns dabeihaben.« Sie weinte lauter und heftiger. Bernie hatte das Gefühl, noch nie im Leben so erschöpft gewesen zu sein.

»Mom, das habe ich nicht gesagt. Ich nahm nur an ...«

»Nimm ja nichts an!« schleuderte sie ihm schrill entgegen, um sofort wieder in den alten Jammerton zu verfallen und ihrem Mann zu sagen:

»Ich kann gar nicht glauben, daß das alles wahr ist.«

Lou tätschelte ihr die Hand. Den Blick auf seinen Sohn gerichtet, sagte er:« Es ist für sie nicht einfach, aber sie wird sich daran gewöhnen.«

»Und was ist mit dir, Dad?« Bernie sah ihn unverwandt an. »Was sagst du dazu?« Es war sonderbar, aber irgendwie wollte er den Segen seines Vaters.

»Sie ist ein wunderschönes Mädchen. Hoffentlich macht sie dich glücklich.« Sein Vater lächelte ihm zu und fuhr fort, Ruths Hand zu tätscheln.

»Ich glaube, ich bringe deine Mutter jetzt nach Hause ... Es war für sie ein schwerer Abend.«

Ruth Fine verteilte finstere Blicke an beide und machte sich daran, das Päckchen auszupacken, das Bernie ihr gegeben hatte. Im nächsten Augenblick war die Schachtel offen und die Handtasche aus dem Seidenpapier gewickelt.

»Sehr hübsch.« Ihr Mangel an Begeisterung war unüberhörbar, als sie ihren Sohn ansah und ihm das Ausmaß des seelischen Schadens beizubringen versuchte. Hätte sie ihn gerichtlich belangen können, sie hätte es getan.

»Ich trage niemals Beige.« Nur jeden zweiten Tag, dachte Bernie, doch er hielt den Mund. Er wußte, bei der nächsten Begegnung würde sie die Tasche tragen.

»Tut mir leid, ich dachte, sie würde dir gefallen.«

Sie nickte, als wolle sie ihn besänftigen, und Bernie bestand darauf, die Rechnung zu bezahlen. Als sie aus dem Restaurant gingen, faßte sie nach seinem Arm.

»Wann kommst du wieder nach New York?«

»Erst im Frühjahr. Morgen fliege ich nach Europa. Von Paris aus geht es dann direkt wieder nach San Franzisko.« Nach allem, was sie ihm an diesem Abend angetan hatte, brachte er es nicht über sich, besonders herzlich zu sein.

»Und du kannst nicht mal einen Abend in New York unterbrechen?« Sie schien am Boden zerstört.

»Keine Zeit. Ich muß sofort weiter zu einer wichtigen Besprechung. Wir sehen uns bei der Hochzeit, falls du kommst.«

Darauf gab sie zunächst keine Antwort. Kurz vor der Drehtür sah sie ihn an. »Ich möchte, daß du am Thanksgivingday nach Hause kommst. Es ist der letzte gemeinsame Feiertag.« Mit diesen Worten ging sie durch die Drehtür und wartete auf Bernie.

»Mutter, ich trete keine Gefängnisstrafe an. Ich werde heiraten, deswegen ist es nicht der letzte Feiertag. Und ich hoffe sehr, nächstes Jahr wieder in New York zu sein. Dann können wir jedes Jahr Thanksgiving zusammen feiern.«

»Du und das Mädchen? Wie hieß sie doch gleich?« Bekümmert sah sie ihn an und tat, als litte sie an Gedächtnisschwäche, obwohl er wußte, daß sie jede kleinste Einzelheit von dem wußte, was er über das »Mädchen« gesagt hatte. Wahrscheinlich hätte sie auch die Fotos in allen Einzelheiten beschreiben können.

»Sie heißt Liz, und sie wird meine Frau. Versuch dir das zu merken.« Er küßte sie und winkte ein Taxi heran, da er den Abschied keine Sekunde hinauszögern wollte. Seine Eltern hatten das Auto in der Nähe der Praxis geparkt.

»Du kommst also nicht zum Thanksgiving?« Sie lehnte sich an das Taxi, und er schüttelte den Kopf und schob sie in den Wagen, als wolle er ihr helfen.

»Ich kann nicht. Wir sprechen uns, wenn ich aus Paris zurückkomme.«

»Ich muß mit dir über die Hochzeit reden.« Sie lehnte aus dem Fenster, und der Fahrer war nahe daran, sie barsch anzuherrschen.

»Es gibt nichts zu besprechen. Am neunundzwanzigsten in der Emanuel-Synagoge. Der Empfang ist in einem kleinen Hotel in Sausalito geplant.« Seine Mutter wollte ihn fragen, ob Liz zu den Hippies gehörte, hatte aber keine Zeit mehr, weil Lou dem Fahrer die Adresse seiner Praxis nannte.

»Ich habe nichts anzuziehen.«

»Geh ins Kaufhaus und kauf dir, was dir gefällt. Die Rechnung überlaß mir.«

Jetzt erst kam ihr schlagartig zu Bewußtsein, was er gesagt hatte. Sie wollten in der Synagoge heiraten.

»Sie ist einverstanden, sich in einer Synagoge trauen zu lassen?« Ruth Fine schien erstaunt. Nie hätte sie geglaubt, daß sich Katholiken zu so etwas bereit erklärten, aber Liz war ja geschieden, wie Bernie gesagt hat. Vielleicht war sie exkommuniziert worden oder dergleichen.

»Ja, sie ist mit einer Trauung in der Synagoge einverstanden. Liz wird dir gefallen, Mom.« Er faßte nach ihrer Hand, und seine Mutter lächelte ihm mit feuchten Augen zu.

»Mazeltov.« Damit zog sie sich endgültig ins Wageninnere zurück, und das Taxi brauste holpernd los. Bernie konnte erleichtert aufatmen – geschafft!


## 10

Thanksgiving verbrachten sie bei Liz in der Wohnung mit Jane und Liz' Freundin Tracy. Sie war eine liebenswerte Frau Anfang Vierzig, deren Kinder erwachsen und aus dem Haus waren. Der Sohn war in Yale und kam über die Feiertage nicht nach

Hause, die verheiratete Tochter lebte in Philadelphia. Tracy war seit vierzehn Jahren Witwe und gehörte zu jenen frohgemuten, starken Menschen, die, vom Unglück oft und hart getroffen, dennoch den Kopf nicht hängen lassen. Sie war begeisterte Hobbygärtnerin, kochte gern und hielt sich in ihrer winzigen Wohnung in Sausalito einen großen Labrador und mehrere Katzen. Sie und Liz hatten sich angefreundet, als Liz anfing zu unterrichten. Tracy hatte ihr während der ersten schwierigen Zeit, als Liz sich keinen Babysitter für Jane leisten konnte, oft geholfen. Manchmal hatte sie auf Jane aufgepaßt, damit Liz wenigstens einmal ins Kino oder in die Stadt gehen konnte. Niemand freute sich mehr über Liz' Glück als Tracy. Sie hatte sich bereit erklärt, bei der Hochzeit als Brautjungfer zu fungieren, und Bernie faßte sofort Zuneigung zu ihr, wie er erstaunt feststellte.

Die große und hagere Tracy, die prinzipiell Gesundheitsschuhe trug, stammte aus dem Staat Washington und war noch nie in New York gewesen. Sie war eine warmherzige Person und stand mit beiden Beinen im Leben. Sie mochte Bernie auf Anhieb, und ihrer Meinung nach hätte Liz gar nichts Besseres finden können, denn er war wie geschaffen für sie. So wie Tracys Mann für sie geschaffen war. Zwei Menschen, aus demselben Holz geschnitzt, aufeinander eingestimmt, zur Zweisamkeit geschaffen. Einen wie ihn hatte Tracy nie wieder gefunden, deshalb hatte sie schon seit langem die Suche aufgegeben und gab sich mit ihrem bescheidenen Leben in Sausalito zufrieden, mit ein paar guten Freunden und ihren Schülern. Sie sparte eisern, damit sie zu ihrem Enkelkind nach Philadelphia fahren konnte.

»Liz, könnten wir ihr nicht helfen?« fragte Bernie einmal spontan. Es war ihm unangenehm, einen kostspieligen Wagen zu fahren, teure Kleider zu kaufen, Liz einen Diamantring und Jane eine antike Puppe für vierhundert Dollar zum Geburtstag zu schenken, während Tracy buchstäblich jeden Penny sparte, um ihr Enkelkind, das sie noch nie gesehen hatte, besuchen zu können.

»Es ist nicht richtig, daß sie sich so einschränken muß.«

»Ich glaube nicht, daß sie von uns etwas annehmen würde.« Für Liz war es noch immer unglaublich, daß sie nun sorglos leben konnte, wenngleich sie sich standhaft weigerte, vor der Hochzeit Geld von Bernie zu nehmen. Dafür überhäufte er sie mit kostbaren Geschenken.

»Würde sie nicht wenigstens ein Darlehen annehmen?« Schließlich hatte er das Thema offen angeschnitten, nachdem am Thanksgivingday der Tisch abgeräumt worden war, weil es ihm keine Ruhe mehr ließ. Es war ein ruhiger Augenblick, da Liz gerade Jane zu Bett brachte.

Bernie und Tracy hatten es sich vor dem Kamin bequem gemacht.

»Tracy, ich weiß nicht, wie ich es anfangen soll.« In gewisser Hinsicht war es schwerer, als gegen seine Mutter anzukämpfen, da er wußte, daß Tracy sehr stolz war. Doch er mochte sie so gern, daß er wenigstens den Versuch wagte.

»Möchtest du mit mir ins Bett, Bernie? Ich wäre entzückt.« Sie verfügte über viel Humor und hatte noch immer das Gesicht eines jungen Mädchens, ein frisches Gesicht mit klarer Haut und blauen Augen, die nie altern würden. Es waren Augen, wie man sie bei alten Nonnen und bei gewissen Engländerinnen findet. Und wie diese hatte auch Tracy immer Gartenerde unter den Fingernägeln. Fast jedes Mal brachte sie Liz Blumen, Salat, Karotten oder Tomaten aus ihrem Garten mit.

»Nein, eigentlich dachte ich an etwas anderes.« Er atmete tief durch und begann hastig. Tracy war kurz darauf in Tränen aufgelöst, faßte nach seiner Hand. Sie hatte kraftvolle kühle Hände, die für zwei Kinder und einen Ehemann gesorgt hatten. Tracy gehörte zu jenem Frauentyp, den man sich als Mutter wünscht.

»Wenn es um etwas anderes ginge, ein Kleid, einen Wagen oder ein Haus, würde ich ablehnen ... aber ich wünsche mir sehnlichst, das Baby zu sehen ... und ich nehme es nur als Darlehen.« Sie bestand darauf, sich auf die Warteliste setzen zu lassen, damit das Ticket billiger wäre. Da er die Geduld verlor, kaufte er ihr schließlich selbst ein Business-Class-Flugticket nach Philadelphia. In der Vorweihnachtswoche brachten sie Tracy zum Flughafen. Es war ihr Geschenk für sie, und für Tracy bedeutete das unendlich viel. Sie versprach, am siebenundzwanzigsten wieder dazusein – zwei Tage vor der Hochzeit.

Weihnachten wurde für alle sehr hektisch. Bernie schaffte es, Jane ins Kaufhaus mitzunehmen, damit sie den Weihnachtsmann sehen konnte, und außerdem feierten sie auch Chanukkah. Daneben waren sie aber mit dem Umzug ins neue Haus so beschäftigt, daß ihnen alles doppelt anstrengend vorkam. Bernie zog am dreiundzwanzigsten ein und Jane am siebenundzwanzigsten. An diesem Abend kam auch Tracy zurück, die sie vom Flughafen abholten. Unter Tränen strahlte und umarmte sie alle drei und berichtete von ihrem Enkel.

»Zwei Zähne hat er schon, und das mit fünf Monaten! Das soll ihm einer nachmachen!« Sie platzte vor Stolz und mußte es sich gefallen lassen, auf der Rückfahrt kräftig geneckt zu werden. Liz und Bernie luden Tracy abends in ihr neues Haus ein, um der Freundin ihr neues Reich zu zeigen. Es war ein hübsches kleines Haus in viktorianischem Stil an der Buchanan Street, an einen Hang direkt neben einem Park, in den Liz Jane nach der Schule führen konnte, gebaut. Das Häuschen war genau das, was sie sich gewünscht hatten. Sie hatten es für ein Jahr gemietet. Bernie hoffte zwar, sie würden nicht so lange bleiben, doch die Firma würde im Falle seiner Versetzung nach New York den Mietvertrag ablösen.

»Und wann kommen deine Eltern, Bernie?«

»Morgen abend.« Er seufzte. »Mir ist zumute, als stünde uns Attila der Hunnenkönig ins Haus.« Tracy lachte. Sie würde Bernie ihr ganzes Leben lang dankbar sein, weil er ihr die Reise zu ihrer Tochter ermöglicht hatte und ihr Angebot, das Geld zurückzuzahlen, energisch zurückgewiesen hatte.

»Darf ich deine Mutter Großmutter nennen?« fragte Jane gähnend, als sie in ihrem neuen Schlafzimmer saßen. Es war ein gutes Gefühl, endlich unter einem Dach gemeinsam zu wohnen und nicht mehr hin und her zu pendeln.

»Aber sicher kannst du sie so nennen«, antwortete Bernie gelassen. Insgeheim betete er darum, daß seine Mutter es zulassen würde. Kurz darauf holte Tracy ihren Wagen aus der Garage und fuhr nach Sausalito, und Liz legte sich in ihr neues Bett im neuen Haus und schlang die Arme um Bernies Hals. Gemütlich an ihn gekuschelt, lag sie da, als sie ein leises Stimmchen neben dem Bett vernahmen und Bernie erschrocken auffuhr. Jane tippte ihm auf die Schulter.

»Ich fürchte mich.«

»Wovor?« Er bemühte sich, würdig auszusehen, während Liz sich unter der Decke vor Lachen krümmte.

»Ich glaube, unter meinem Bett liegt ein Ungeheuer.«

»Nein, bestimmt nicht. Ich habe das ganze Haus genau untersucht, bevor wir eingezogen sind. Ehrlich.« Er kämpfte um eine aufrichtige Miene, aber es war ihm unendlich peinlich, daß die Kleine ihn mit ihrer Mutter im Bett ertappt hatte.

»Dann ist es nachher hereingeschlichen ... Die Möbelpacker haben es mitgebracht.« Jane war sehr durcheinander, und Liz tauchte unter der Decke hervor, um ihre Tochter mit strengem Blick zurechtzuweisen.

»Jane O'Reilly, geh sofort wieder in dein Bett.« Die Kleine fing zu weinen an und klammerte sich an Bernie.

»Ich fürchte mich zu sehr.«

»Und wenn ich hinaufgehe und wir gemeinsam nach dem Ungeheuer suchen?« Bernie hatte Mitleid mit dem Kind.

»Du gehst als erster.« Plötzlich wanderte ihr Blick von ihm zu ihrer Mutter und wieder zurück.

»Wieso schläfst du in Mamis Bett, wenn ihr noch gar nicht verheiratet seid? Ist das nicht gegen das Gesetz?«

»Nein ... eigentlich nicht ... na ja, gewöhnlich macht man es nicht, aber manchmal ... ergibt es sich so, wie du siehst ...« Liz verbiß sich das Lachen, und Jane starrte ihn höchst interessiert an.

»Warum suchen wir nicht das Ungeheuer?« Er schwang die Beine aus dem Bett, heilfroh, daß er eine Pyjamahose anhatte.

»Darf ich zu euch ins Bett?« Sie sah von ihm zu ihrer Mutter, und Liz stöhnte. Sie kannte diese Szenen, und immer, wenn sie nachgegeben hatte, setzte es hinterher wochenlange Diskussionen.

»Ich bringe sie ins Bett.« Liz wollte aufstehen, doch er hielt sie zurück und sah sie bittend an.

»Nur dieses eine Mal ... das Haus ist ihr fremd ...«, machte Bernie sich für Jane stark, die ihn anstrahlte und ihre Hand in seine gleiten ließ. Sie hatten ein überbreites Doppelbett, in dem für alle Platz war, wenngleich damit Liz' Pläne für den Abend umgeworfen wurden.

»Ich geb's auf.« Sie warf sich in die Kissen, und Jane kletterte über Bernie wie über einen freundlichen Berg und drückte sich in den schmalen Zwischenraum zwischen ihnen.

»Das ist schön.« Sie grinste ihren Wohltäter an und dann ihre Mutter, und Bernie erzählte ihr lustige Geschichten aus seiner Kindheit. Als Liz einschlief, waren die beiden noch immer am Plaudern.

## 11

Die Maschine landete mit zwanzigminütiger Verspätung, da sie wegen schlechten Wetters in New York später gestartet war, doch Bernie stand am Flughafen bereit. Er hatte sich entschlossen, allein zu kommen, da er seine Eltern erst im Hotel unterbringen wollte. Später würde dann Liz dorthin zum Cocktail kommen. Zum Dinner wollten sie ins »L'Étoile«, das für sie mit glücklichen Erinnerungen behaftet war. Erinnerungen an die Nacht, die sie dort verbracht hatten und in der sie sich zum erstenmal liebten und er ihr den Verlobungsring schenkte. Er hatte dort ein ganz besonderes Dinner bestellt. Seine Eltern beabsichtigten, nach der Hochzeit nach Mexiko zu fliegen, und er und Liz wollten anschließend nach Hawaii. Es war also die einzige Möglichkeit, gemeinsam einen ruhigen Abend zu verbringen. Seine Mutter hatte eigentlich vorgehabt, schon eine Woche früher zu kommen, da aber im Kaufhaus Weihnachtsrummel herrschte, Ausverkäufe geplant werden mußten und der Umzug ins neue Haus bevorstand, hätte Bernie für sie keine Zeit gehabt. Er hatte sie daher gebeten, nicht zu kommen.

Er stand da und sah die ersten Passagiere von Bord gehen und erspähte plötzlich ein vertrautes Gesicht mit Pelzmütze und neuem Nerzmantel. Sie hatte die Louis-Vuitton-Reisetasche dabei, die er ihr im Vorjahr geschenkt hatte, und sein Vater trug einen pelzbesetzten Mantel. Als er sie in die Arme nahm, brachte seine Mutter doch tatsächlich ein Lächeln zustande.

»Hallo, Liebling.« Sie drückte sich kurz an ihn. In der Öffentlichkeit hatte er ein solches Benehmen erwartet. Er lächelte ihr zu und warf dann seinem Vater einen langen Blick zu.

»Hallo, Dad.« Sie begrüßten sich mit einem Händedruck, und Bernie wandte seine Aufmerksamkeit wieder seiner Mutter zu.

»Du siehst wunderbar aus, Mom.«

»Du auch.« Sie prüfte mit kritischem Blick sein Gesicht. »Na, ein bißchen abgespannt vielleicht. Der Urlaub auf Hawaii wird dir guttun.«

»Ich kann es kaum erwarten.« Sie hatten drei Wochen eingeplant. Liz hatte Urlaub von der Schule bekommen, und beide freuten sich schon riesig. Da bemerkte er, daß seine Mutter neugierig um sich blickte.

»Wo ist sie?«

»Liz ist nicht mitgekommen. Ich dachte, ihr wolltet es euch erst im Hotel gemütlich machen, und dann gehen wir zusammen mit Liz zum Dinner.« Es war jetzt vier. Bis sie im Hotel eintrafen, würde es fünf sein. Er hatte Liz gesagt, sie solle um sechs in die Bar kommen. Den Tisch hatte er für sieben Uhr bestellt, das war für seine Eltern wegen der Zeitverschiebung schon sehr spät – zehn Uhr, und sie waren bestimmt sehr müde. Außerdem würde der nächste Tag ohnehin sehr anstrengend werden. Die Trauung in der Synagoge, den Empfang im Alta-Mira-Hotel und dann der Flug nach Hawaii ... und seine Eltern flogen nach Acapulco.

»Warum ist sie nicht mitgekommen?« Seine Mutter schien Lust zu haben, sich zu ärgern, und Bernie lächelte, in der Hoffnung, sie davon abzubringen. Sie würde sich nie ändern, und doch glaubte er immer wieder, daß sie eines Tages anders reagieren würde. Es war, als hätte er erwartet, ein anderer Mensch hätte mit seinem Vater die Maschine verlassen.

»Mom, wir hatten so schrecklich viel zu tun. Das neue Haus und alles ...«

»Sie konnte nicht kommen, um ihre Schwiegermutter kennenzulernen?«

»Sie trifft sich mit uns im Hotel.«

Seine Mutter schenkte ihm ein tapferes Lächeln und hängte sich bei ihm ein, als sie das Gepäck abholen gingen. Sie schien diesmal leidlich guter Dinge zu sein. Es gab keine Berichte über Todesfälle in der Nachbarschaft, über Scheidungen in der Verwandtschaft, über irgendwelche Lebensmittel, die krank machten oder zahllose unschuldige Menschen ums Leben brachten. Und sie ertrug es gelassen, als einer ihrer Koffer nicht gleich auftauchte. Es war der letzte, der von dieser Maschine aufs Laufband kam, und Bernie ergriff ihn mit einem erleichterten Seufzer, um dann den Wagen zu holen und in die Stadt zu fahren. Unterwegs war die Hochzeit das Hauptthema, und seine Mutter sagte ihm, wie sehr ihr das Kleid gefiel, das sie sich vor einigen Wochen bei Wolff ausgesucht hatte. Es sei hellgrün und stehe ihr sehr gut, mehr wollte sie nicht verraten. Und dann plauderte sie mit seinem Vater, bis sie vor dem Hotel ankamen. Er setzte seine Eltern ab und versprach, in einer Stunde wiederzukommen.

»Ich bin bald wieder da«, beruhigte er sie wie verlassene Kinder und sprang in den Wagen, um nach Hause zu fahren, zu duschen, sich umzuziehen und Liz abzuholen. Als er ankam, stand Liz noch unter der Dusche. Jane war in ihrem Zimmer und spielte mit einer neuen Puppe. Sie wirkte in letzter Zeit ernst und nachdenklich, und er machte sich Sorgen, daß das neue Haus sie ängstigte. Sie hatte die vergangene Nacht wieder bei ihnen geschlafen, und er hatte Liz versprechen müssen, daß es nie wieder vorkommen würde.

»Hallo, wie geht's meiner Freundin?« Er blieb an der Tür stehen und sah auf sie hinunter. Mit einem kleinen sparsamen Lächeln blickte zu ihm auf, als er eintrat und sich neben ihr niederließ. Und plötzlich lachte sie ihn an.

»Du siehst aus wie Goldlöckchen.« Jane kicherte so schalkhaft, daß sie ihn damit zum Lachen brachte.

»Mit Bart? Was für komische Bücher liest du denn?«

»Ich meine, weil du zu groß bist für den Stuhl.« Er hatte sich auf eines ihrer kleinen Kinderstühlchen gesetzt.

»Ach so.« Er legte den Arm um sie. »Alles klar?«

»Ja.« Sie seufzte. »So ziemlich.«

»Was soll das heißen? Hast du noch immer Angst vor dem Ungeheuer unterm Bett? Wenn du willst, können wir nachsehen, aber es ist niemand da, das weißt du.«

»Natürlich.« Ihr Blick gab ihm zu verstehen, wie unpassend seine Bemerkung war. Nur Babys behaupteten, sie hätten Angst, oder Kinder, die über Nacht ins mütterliche Bett wollten.

»Na, was gibt es dann?«

Sie sah ihn direkt an. »Du nimmst mir meine Mami weg... und für so lange...« Plötzlich blitzten Tränen in ihren Augen, und in ihrem Blick lag Verzweiflung. Er war überwältigt von dem Gefühl, schuld an ihrem Kummer zu sein.

»Es ist... nun ja, es sind unsere Flitterwochen. Tante Tracy wird sich um dich kümmern.« Sehr überzeugend klang das nicht und war auch nicht angetan, Jane aus ihrer traurigen Stimmung zu reißen.

»Ich möchte nicht bei ihr bleiben.«

»Warum nicht?«

»Immer will sie, daß ich Gemüse esse.«

»Und wenn ich ihr sage, daß sie nicht darauf bestehen soll?«

»Sie tut es trotzdem. Sie ißt nur Grünzeug. Tote Tiere seien schlecht für Menschen, sagt sie.«

Er zuckte zusammen, als er an die toten Tiere dachte, die er im »L'Étoile« verspeisen würde und auf die er sich freute. »So würde ich das nicht sagen.«

»Sie erlaubt mir nie, Hot dogs oder Hamburger oder etwas von den Sachen, die ich gern habe...« Jane brach verzweifelt ab.

»Und wenn ich ihr sage, daß du essen darfst, was du möchtest?«

»Worum geht es denn?« Liz stand in der Tür, in ein Badetuch gehüllt, und blickte auf die beiden hinunter. Das blonde Haar fiel ihr offen auf die feuchten Schultern. Bernie sah mit Leidenschaft im Blick zu ihr auf.

»Ach, wir haben nur etwas besprochen.« Beide machten ein schuldbewußtes Gesicht.

»Hast du noch Hunger, Jane? In der Küche sind Äpfel und Bananen.« Liz hatte ihr das Abendessen samt riesigem Dessert schon gegeben.

»Nein, ich bin satt.« Wieder setzte Jane ein ernstes Gesicht auf, und Liz winkte Bernie.

»Wenn du dich nicht beeilst, kommen wir zu spät.« Kaum war die Badezimmertür geschlossen, flüsterte er ihr zu:«Sie ist ziemlich geknickt, weil wir für drei Wochen verreisen.«

»Hat sie das behauptet?« Liz schien überrascht, als er nickte.

»Zu mir hat sie nichts gesagt. Ich glaube, sie ist dahintergekommen, was für ein Softie du bist.« Lächelnd schlang sie die Arme um seinen Nacken. »Und sie hat recht.« Das Badetuch glitt zu Boden, und er stöhnte auf, als er ihren Körper an seinem spürte.

»Wenn du so etwas tust, werde ich nie fertig.« Langsam begann er, sich auszuziehen, mit der Absicht, unter die Dusche zu gehen, doch er konnte den Blick nicht von ihr wenden, und sein Interesse war unübersehbar, als er nackt vor ihr stand. Sie liebkoste ihn mit anhaltender Zärtlichkeit, und er drückte sie gegen den Handtuchstapel neben dem Waschbecken. Sekunden später küßte er sie leidenschaftlich, und sie streichelte ihn, während er die Hand ausstreckte und die Tür versperrte, um sogleich den Wasserhahn aufzudrehen. Der Raum füllte sich mit heißem Dampf, und als sie sich liebten, mußte Liz sich zwingen, nicht laut aufzustöhnen, wie sie es sonst immer tat. So schön war es für sie noch nie gewesen, aber sie genoß die Liebe mit ihm, und beide wirkten sehr glücklich, als er mit jungenhaftem Grinsen unter die Dusche ging.

»Das war aber nett ... Erster Gang ... oder Horsd'œuvres?« Verschmitzt sah sie zu ihm auf.

»Warte, bis du heute dein Dessert bekommst ...« Er drehte die Dusche auf und sang vor sich hin, während er sich einseifte, und sie kam zu ihm unter den Wasserstrahl, so daß er in Versuchung geriet, wieder von neuem anzufangen. Nur die Eile hielt ihn davon ab. Er wollte nicht zu spät kommen, damit seine Mutter bei der ersten Begegnung mit Liz keinen Grund zum Ärger hatte. Das wollte er um jeden Preis verhindern.

Sie gaben Jane einen Gutenachtkuß, erklärten dem Babysitter, wo alles zu finden war, und liefen hinaus zum Wagen.

Liz hatte ein Kleid an, das Bernie ihr gekauft hatte, ein schickes graues Flanellkleid mit weißem Satinkragen ... Dazu trug sie eine Perlenschnur, die er bei Chanel entdeckt hatte, und graue

Chanel-Schuhe mit schwarzer Satinkappe. Ihr goldblondes Haar hatte sie aufgesteckt, Verlobungsring, Perl- und Diamantohrringe und ein dezentes, aber makelloses Make-up vervollständigten die Erscheinung. Liz sah hinreißend und dabei zurückhaltend und sehr schön aus. Seine Mutter war sichtlich beeindruckt, als sie einander in der Hotelhalle begrüßten. Sie musterte Liz forschend, als hoffe sie, etwas Negatives zu entdecken, doch als sie in die Bar gingen und Liz den Arm seines Vaters nahm, flüsterte sie ihrem Sohn zu:

»Sieht sehr nett aus, das Mädchen!« Aus ihrem Mund war das das allerhöchste Lob.

»Unsinn«, flüsterte er zurück. »Sie ist ein Prachtstück.«

»Hübsches Haar«, gab seine Mutter zu. »Ist es echt?«

»Natürlich«, erwiderte Bernie das Flüstern, als sie sich an einen Tisch setzten und Drinks bestellten. Seine Eltern tranken das Übliche und er und Liz je ein Glas Weißwein. Er wußte, sie würde von ihrem nur nippen, ehe sie zum Dinner gingen.

»Also ...« Ruth Fine sah Liz an, als wolle sie ein Urteil verkünden, etwas Schreckliches mitteilen oder eine unangenehme Eröffnung machen.

»Wie habt ihr beiden euch kennengelernt?«

»Mom, das sagte ich dir doch schon«, unterbrach Bernie sie.

»Du sagtest, ihr hättet euch im Kaufhaus kennengelernt.«

Seine Mutter wußte noch alles, genau wie er vermutet hatte.

»Näher hast du das nie erklärt.«

Liz lachte nervös auf.

»Eigentlich hat meine Tochter ihn entdeckt. Sie ging verloren, und Bernie fand sie. Er spendierte ihr ein Eis, während man mich suchte.«

»Sie hatten die Kleine gar nicht selbst gesucht?« Fast hätte Liz laut aufgelacht, so treffend hatte Bernie seine Mutter beschrieben. Und er hatte Liz vorgewarnt, wie alles ablaufen würde. Die spanische Inquisition in Nerz, hatte er im Scherz gesagt und damit ins Schwarze getroffen. Doch sie war darauf vorbereitet.

»Doch, ich suchte sie verzweifelt, bis man mir sagte, daß sie im Restaurant sitzt, und dort traf ich Bernie. Das war's dann auch. Er schickte ihr Badesachen, und ich lud ihn an den Strand ein ...

er schenkte Jane einen Schokobären oder zwei« – sie und Bernie lächelten in der Erinnerung daran – »und so kam alles. Liebe auf den ersten Blick, schätze ich.« Sie sah Bernie glückstrahlend an, und Mrs. Fine lächelte ebenfalls. Vielleicht war Liz in Ordnung – vielleicht. Es war zu früh, um sich ein Urteil zu bilden. Natürlich blieb immer noch die Tatsache, daß sie keine Jüdin war.

»Und Sie erwarten, daß diese Beziehung von Dauer ist?« Sie sah Liz forschend an, während Bernie innerlich aufstöhnte wegen dieser unverblümten Feststellung.

»Doch, das glaube ich, Mrs. Fine.« Als Liz bemerkte, daß seine Mutter den riesigen Verlobungsring anstarrte, wurde sie plötzlich verlegen. Der Ring von Mrs. Fine war nicht halb so groß – etwas, das seine Mutter mit geübtem Auge wie ein Schätzmeister registriert hatte.

»Hat Ihnen mein Sohn den Ring geschenkt?«

»Ja.« Liz sagte es leise. Es war ihr noch immer peinlich, doch war der Ring so schön, und sie war ihm so dankbar.

»Sie sind ein Glücksmädchen.«

»Ja, das bin ich«, gab Liz ihr recht, während Bernie unter seinem Bart errötete.

»Ich bin der Glückliche.«

Seine Stimme war rauh, sein Blick sanft.

»Das will ich hoffen.« Seine Mutter starrte ihn eindringlich an, ehe sie den Blick wieder zu Liz wandern ließ, um die hochnotpeinliche Befragung fortzusetzen.

»Bernie sagt, Sie seien Lehrerin.«

Liz nickte. »Ja, ich unterrichte eine zweite Klasse.«

»Haben Sie die Absicht, auch weiterhin zu unterrichten?« Bernie hätte sie am liebsten gefragt, was sie das angehe, doch er kannte seine Mutter zu gut, um auch nur den Versuch zu wagen. Sie fragte Liz, die zukünftige Frau ihres einzigen Sohnes, in aller Selbstherrlichkeit aus. Liz, die so süß und blond und jung war, tat ihm plötzlich leid, so daß er nach ihrer Hand faßte und sie mit warmem Lächeln drückte. Sein Blick sagte ihr, wie sehr er sie liebte. Auch Lou sah Liz an. Ein liebes Mädchen, dachte er. Ruth aber war ihrer Sache nicht so sicher.

»Sie wollen weiterhin unterrichten?« Sie ließ nicht locker.

»Ja, das möchte ich. Der Unterricht dauert bis zwei Uhr. Wenn Bernie abends nach Hause kommt, bin ich da, und mit Jane kann ich den ganzen Nachmittag zusammen sein.«

Dagegen war nun wirklich nichts einzuwenden. Der Ober kam, um sie an ihren Tisch zu führen. Als sie Platz genommen hatten, stellte Ruth Fine noch die Frage, ob es sehr klug sei, vor der Hochzeit zusammenzuwohnen, und behauptete, Janes wegen hielte sie selbst es nicht für gut. Liz errötete. Bernie sagte seiner Mutter, daß sie erst seit zwei Tagen im neuen Haus waren, und das besänftigte sie ein wenig. Trotzdem bot an diesem Abend buchstäblich alles Grund zu einem kritischen Kommentar.

Es war wie immer. Ruth Fine machte Bemerkungen über alles, was ihr einfiel, und sie hielt nicht mit ihrer Meinung hinter dem Berg.

»Du lieber Gott, und sie wundert sich auch noch, warum ich so ungern mit ihr zusammen bin«, stöhnte Bernie, als er mit Liz allein war. Auch die Bemühungen seines Vaters, den Ablauf des Abends reibungslos zu gestalten, hatten ihn nicht sanfter gestimmt.

»Sie kann nichts dafür, mein Schatz, du bist ihr einziges Kind.«

»Das ist das vortrefflichste mir bekannte Argument, sich ein Dutzend Kinder anzuschaffen. Manchmal macht sie mich richtig wahnsinnig. Nein, nicht manchmal, sondern immer.« Er sah alles andere als fröhlich drein, und Liz lächelte.

»Sie wird sich beruhigen. Wenigstens hoffe ich es. Na, habe ich die Prüfung bestanden?«

»Glänzend.« Er streckte die Hand aus und strich ihr unter dem Kleid das Bein entlang.

»Mein Vater hat den ganzen Abend nur deine Beine angesehen. Jedesmal, wenn du dich bewegt hast, starrte er auf deine Beine.«

»Er ist reizend. Ein hochinteressanter Mensch. Er erklärte mir ein paar komplizierte Operationstechniken, so daß ich mir einbilde, sie richtig begriffen zu haben. Als du dich mit deiner Mutter unterhieltest, führte ich ein sehr nettes Gespräch mit ihm.«

»Er redet sehr gern von seiner Arbeit.« Bernie sah Liz zärtlich an. Über seine Mutter ärgerte er sich immer. Den ganzen Abend hatte sie die Nervensäge gespielt, aber das tat sie ohnehin immer. Sie quälte ihn mit Wonne. Und jetzt hatte sie Liz als neues Opfer und womöglich auch noch Jane – eine bedrückende Vorstellung. Vor dem Zubettgehen schenkte er sich einen Drink ein. Gemeinsam setzten sie sich vor den Kamin und sprachen von ihren Hochzeitsplänen. Er wollte sich am morgigen Tag bei einem Freund umziehen. Liz würde sich mit Jane zu Hause für die Feier vorbereiten, und Tracy würde kommen und mit den beiden zur Synagoge fahren. Bernie wollte seine Eltern in einer Limousine abholen. Bill Robbins, der mit Liz befreundete Architekt, dem das Haus in Stinson Beach gehörte, hatte sich bereit erklärt, die Rolle des Brautvaters zu übernehmen. Seine Frau, er und Liz waren seit Jahren befreundet, kamen aber nur selten zusammen. Bill war ein ernster Mensch, den Liz sehr schätzte und der ihr für diese Rolle bei der Hochzeit am geeignetsten erschienen war.

Bernie und Liz fühlten sich etwas benommen und sehr glücklich, während sie dasaßen, in die Flammen starrten und redeten.

»Mir ist ganz elend, wenn ich daran denke, Jane hier drei Wochen allein zu lassen«, gestand er Liz.

»Nicht doch.« Sie lehnte ihren Kopf an ihn. »Wir haben ein Recht darauf. Wir hatten ja kaum ein paar Augenblicke für uns allein.«

Natürlich war da etwas Wahres dran, aber er erinnerte sich noch deutlich an Janes traurige Miene, als sie erklärte, sie wolle nicht bei Tracy bleiben.

»Sie ist noch so klein ... erst fünf ... was weiß sie schon von Flitterwochen?«

Liz seufzte ... Auch ihr tat Jane leid. Sie hatte sie bis jetzt sehr selten allein gelassen. Aber diesmal hatte sie das Gefühl, sie müßte es sich selbst und Bernie zuliebe tun, und hatte sich damit abgefunden. Sie machte sich keine allzu großen Sorgen, es freute sie aber, daß Bernie an das Wohl ihrer Tochter dachte. Er würde einen wundervollen Vater abgeben.

»Weißt du, daß du ein wunderbarer Vater bist? Ein Mann mit butterweichem Herzen.« Das liebte sie so an ihm. Er war der gutherzigste Mensch der Welt, und als Jane in der Nacht wieder aufkreuzte, hob er sie so behutsam ins Bett, daß ihre Mutter nicht erwachte, und drückte sie fest an sich. Allmählich betrachtete er sie als seine Tochter. Es kam ihm selbst erstaunlich vor, wieviel Liebe er für sie empfand. Am nächsten Tag standen sie auf Zehenspitzen auf, putzten sich Seite an Seite die Zähne, machten das Frühstück für Liz und brachten es ihr auf einem Tablett, auf dem eine Vase mit einer Rose stand.

»Einen schönen Hochzeitstag!« stimmten sie an, und Liz sah mit verschlafenem Lächeln zu ihnen auf.

»Einen glücklichen Hochzeitstag ... ihr beide ... wann seid ihr aufgestanden?« Ihr Blick wanderte argwöhnisch von Bernie zu Jane. Sie vermutete eine Verschwörung, von der sie nichts wußte, aber keiner der beiden wollte gestehen. Da setzte sie sich auf und machte sich über das von ihnen zubereitete Frühstück her.

Nachher verschwand Bernie und fuhr zu seinem Freund, um sich umzuziehen. Die Trauung war für zwölf Uhr angesetzt, so daß sie noch jede Menge Zeit hatten und Liz Janes Haar mit dünnen weißen Seidenbändchen durchflechten konnte. Jane zog das schöne weiße Samtkleidchen an, das sie gemeinsam bei Wolff ausgesucht hatten, und Liz befestigte ein Krönchen aus Schleierkraut in ihrem Haar. Jane trug weiße Söckchen zu ihren schwarzen Lackschuhen und einen dunkelblauen Wollmantel, den Bernie ihr aus Paris mitgebracht hatte. Sie sah aus wie ein kleiner Engel, als sie in der Tür auf Liz wartete, die sie an der Hand nahm und mit ihr zu der wartenden Limousine ging, die Bernie bestellt hatte. Liz trug ein elegantes weißes Dior-Modell mit üppigen Ärmeln und einem Rocksaum, der die Knöchel frei ließ, damit man die ebenso eleganten Dior-Schuhe sehen konnte. Alles, was sie trug, war von der Farbe alten Elfenbeins, der Kopfschmuck eingeschlossen, der ihr Haar zurückhielt, das sie wie ein junges Mädchen offen trug. Sie sah phantastisch aus, und Tracy betrachtete sie mit Tränen in den Augen.

»Liz, du sollst immer so glücklich sein wie in diesem Augenblick.« Sie wischte sich die Tränen ab und sah zu Jane hinunter.

»Deine Mami sieht heute toll aus, findest du nicht?«

»Ja.« Janes Blick war voller Bewunderung. Liz war die hübscheste Frau, die sie je gesehen hatte.

»Du aber auch.« Tracy faßte nach dem durchflochtenen Haar, von der Erinnerung an die eigene Tochter bewegt. Dann fuhren sie zum Arguello Boulevard, wo sie vor der Synagoge ausstiegen. Alles war schön und feierlich, als sie hineingingen. Unter Herzklopfen und mit angehaltenem Atem hielt sie Janes Hand ganz fest in der ihren, und die Kleine blickte vertrauensvoll zu ihr auf. Sie tauschten ein Lächeln des Einverständnisses. Es war für beide ein großer Tag. Sie wurden schon von Bill Robbins erwartet. Sein dunkelblauer Anzug, der würdige graue Bart und gütige Blick ließen ihn wie einen Kirchenältesten aussehen. Die Gäste hatten bereits in den Bankreihen Platz genommen, als die Musik einsetzte, und schlagartig wurde Liz deutlich bewußt, was passierte. Bislang war alles wie ein Traum gewesen, und plötzlich wurde es Wirklichkeit. Und als sie den Mittelgang entlangblickte, sah sie Bernie, neben ihm Paul Berman und Bernies Eltern in der ersten Reihe. Doch sie sah eigentlich nur Bernie, bärtig, stattlich, würdig, der sie erwartete, während sie zum Traualtar schritt – in ein neues Leben.

## 12

Der Empfang im »Alta Mira« wurde ein glänzender Erfolg, und alle Gäste unterhielten sich prächtig. Man stand plaudernd auf der Terrasse und bewunderte die Aussicht. Es war zwar nicht so pompös wie in einem der großen Hotels, doch hatte dieses Restaurant mehr Atmosphäre. Liz hatte für dieses malerische Haus immer eine Vorliebe gehabt, und Bernie mußte ihr recht geben. Nicht einmal seine Mutter fand hier etwas auszusetzen. Den ersten Tanz tanzte Bernie mit ihr, und sein Vater mit Liz, dann wechselten sie die Partner, und nach einer Weile warb Paul Berman Liz ab, und Bernie tanzte mit Tracy. Anschließend forderte Bernie Jane auf, die entzückt war, daß sie in das Ritual einbezogen wurde.

»Na, wie gefällt es dir, Jane? Alles in Ordnung?«

»Ja.« Sie wirkte viel unbeschwerter, doch er hatte noch immer Gewissensbisse. Er nahm seine neuen Vaterpflichten sehr ernst, deswegen hatte Liz ihn am Abend zuvor weidlich geneckt. Sie machte sich ebenfalls Sorgen um Jane, zudem hatte sie sie in den vergangenen fünf Jahren äußerst selten allein gelassen, doch sie wußte, daß Jane bei Tracy gut aufgehoben war, und meinte, daß sie ein Recht auf Flitterwochen hatten.

»Ich bin Jude, was hast du also erwartet?« hatte er gesagt. »Das Schuldgefühl ist Teil meines Wesens.«

»Dann spar es dir für etwas anderes auf. Jane wird schon nichts passieren.« Nach dem Tanz führte er Jane ans Buffett und half ihr, den Teller zu beladen, um sie dann in der Obhut ihrer neuen Großmutter zu lassen. Er selbst wollte wieder mit seiner Frau tanzen.

»Hallo.« Jane blickte zu Ruth auf, die sie eingehend musterte. »Dein Hut gefällt mir. Was für ein Fell ist das?« Diese Frage verblüffte Ruth. Doch sie fand, daß Jane ein hübsches Kind war und zudem sehr artig, nach allem, was sie von ihr gesehen hatte.

»Das ist Nerz.«

»Paßt gut zu deinem Kleid ... und das Kleid hat die gleiche Farbe wie deine Augen. Wußtest du das?«

Ruth war fasziniert, daß die Kleine alle Details bemerkte, und unwillkürlich lächelte sie ihr zu.

»Du hast schöne blaue Augen.«

»Danke. Sie sind ähnlich wie die meiner Mutter. Mein Vater ist tot.« Das sagte sie ganz sachlich, den Mund halbvoll mit Roastbeef, und plötzlich empfand Ruth Mitleid mit ihr. Es mußte für Liz und die Kleine sehr schwer gewesen sein, ehe Bernie in ihr Leben getreten war. Jetzt sah sie Bernie im Licht des Retters, aber Liz sah das auch so, also schadete es nicht. Weder Liz noch Jane hätten ihr widersprochen – allenfalls Bernie.

»Das mit deinem Vater tut mir leid.« Etwas anderes fiel Ruth nicht ein.

»Mir auch. Aber jetzt habe ich einen neuen Daddy.« Sie sah voller Stolz zu Bernard, und Ruths Augen füllten sich mit Tränen. Dann sah Jane ganz unerwartet Ruth an.

»Du bist die einzige Großmutter, die ich habe.«

»Ach.« Es war ihr peinlich, daß das Kind ihre Tränen sah. Sie faßte nach der kleinen Hand.

»Das ist sehr nett. Du bist auch mein einziges Enkelkind.« Jane lächelte bewundernd und erwiderte den Händedruck.

»Schön, daß du so nett zu mir bist. Erst hatte ich ziemlich Angst vor dir.« Bernie hatte sie am Morgen sehr behutsam miteinander bekannt gemacht.

»Ich dachte, du würdest richtig alt oder verbiestert oder sonst was sein.«

Ruth war entsetzt. »Hat dir Bernie das gesagt?«

»Nein.« Jane schüttelte den Kopf. »Er sagte, du seist wunderbar.« Nun hatte Ruth Grund zum Strahlen. Die Kleine war ein wahrer Schatz. Ruth tätschelte Janes Hand und nahm von einem Tablett, das vorübergetragen wurde, ein Plätzchen und gab es Jane. Diese brach es in zwei Hälften und reichte ihr die eine Hälfte, die Ruth aß, ohne Janes Hand loszulassen. Als Liz sich umziehen ging, waren die beiden dicke Freundinnen. Und als Jane ihre Mutter verschwinden sah und ihr klar wurde, wie spät es war, fing sie leise zu weinen an. Bernie bemerkte das und war sofort an ihrer Seite.

»Was ist denn, mein Schatz?« Ruth tanzte ein letztes Mal mit ihrem Mann. Bernie bückte sich und legte einen Arm um Jane.

»Ich möchte nicht, daß du mit Mami fortgehst.« Das äußerte Jane in leisem Klageton, so daß ihm fast das Herz brach.

»Wir bleiben ja nicht lange fort.« Aber drei Wochen erschienen ihr als halbe Ewigkeit, und seiner Meinung nach hatte sie nicht ganz unrecht. Es war eine lange Zeit, die sie bei jemand anderem verbringen mußte. Als Tracy kam, weinte Jane noch heftiger, und gleich darauf war Ruth bei ihr. Jane klammerte sich an sie, als hätte sie sie schon immer gekannt.

»Allmächtiger, was ist denn das?« Bernie erklärte seiner Mutter, was los war, und Ruth machte ein mitfühlendes Gesicht.

»Warum nehmt ihr sie nicht mit?« flüsterte sie ihrem Sohn zu.

»Hm, ich glaube, Liz würde das für keine gute Idee halten ... es sind unsere Flitterwochen ...«

Erst sah seine Mutter ihn mißbilligend an, dann wanderte ihr Blick zu dem weinenden Kind.

»Könntest du dir das jemals verzeihen? Hättest du wirklich Ruhe, wenn du immer an sie denken müßtest?«

Bernie grinste.

»Mom, ich habe dich lieb.« Mit der Masche vom Schuldgefühl war buchstäblich alles durchsetzbar. Er machte sich auf die Suche nach Liz und teilte ihr seinen Entschluß mit.

»Du kannst sie nicht einfach mitnehmen. Wir haben für sie nichts gepackt. Wir haben nicht mal Platz für sie im Hotel«, wandte Liz überrascht ein.

»Den bekommen wir ... wenn nötig, wohnen wir woanders ...«

»Und wenn es kein anderes Zimmer gibt?«

»Dann wird sie bei uns schlafen.« Er grinste. »Und wir machen ein andermal Flitterwochen.«

»Bernard Fine ... was ist denn in dich gefahren?« Sie sagte es lächelnd, dankbar, daß sie einen Mann gefunden hatte, der ihr Kind so sehr liebte. Auch sie hatte Gewissensbisse gehabt, Jane zurückzulassen, und in gewisser Weise war jetzt alles leichter.

»Na schön. Aber was jetzt? Fahren wir nach Hause und suchen ein paar Sachen zusammen?«

»So rasch wie möglich.« Er warf einen Blick auf die Uhr, lief zur Rezeption, gab seiner Mutter hastig einen Kuß, wechselte einen Händedruck mit Paul Berman und mit seinem Vater und nahm Jane in die Arme, als Liz auftauchte und die Reiskörner rieselten. Jane machte ein verängstigtes Gesicht. Sie begriff nichts und hielt dies für den Abschied, doch er drückte sie fester an sich und flüsterte ihr ins Ohr:

»Du kommst mit uns. Mach die Augen zu, damit kein Reiskorn hineinkommt.« Jane kniff die Augen zusammen und lachte glücklich, während er sie mit einem Arm festhielt und mit der freien Hand Liz umfaßte. Gemeinsam liefen sie unter einem Regen von Blütenblättern und Reis zur Tür. Im nächsten Augenblick saßen sie im Wagen und fuhren zurück nach San Franzisko. Um Janes Sachen zu packen, brauchten sie nur zehn Minuten, so daß sie die Maschine rechtzeitig erreichten. In der ersten Klasse war noch ein Platz frei. Er buchte ihn für Jane und hoffte, sie würden im Hotel ebensolches Glück haben. Jane lächelte zufrieden, als sie an Bord gingen. Ein wundervoller Sieg! Sie durfte mit! Glücklich wippte sie auf Bernies Schoß auf und

ab und schlief dann friedlich in den Armen ihrer Mutter, als sie
dem Westen entgegenflogen. Sie hatten sozusagen alle drei geheiratet. Und Bernie beugte sich zu Liz und küßte sie sanft auf die
Lippen, als die Beleuchtung gedämpft wurde, damit die Filmvor-
stellung beginnen konnte.

»Ich liebe dich, Mrs. Fine.«

»Ich liebe dich«, hauchte sie tonlos, um das schlafende Kind
nicht zu wecken. Sie lehnte den Kopf an ihn und döste bis Hawaii. Die Nacht verbrachten sie in Waikiki, um am nächsten
Tag nach Kona auf der Insel Hawaii weiterzufliegen. Sie hatten im »Mauna Kea Resort Hotel« gebucht, und das Glück war
auf ihrer Seite. Sie bekamen zwei nebeneinanderliegende Zimmer, mußten aber die bestellte Suite aufgeben. Wenigstens mußten sie nicht ein Zimmer mit dem Kind teilen, wenngleich dies
auch nicht viel anders gewesen wäre. Denn im »Mauna Kea« lag
auch ein Ungeheuer unter Janes Bett, und sie verbrachte die meisten Nächte zwischen ihnen im großen Bett, während die Sonne
über den Palmen aufging. Es waren gemeinsame Flitterwochen
für alle drei, und eine Geschichte, die sie noch jahrelang erzählen würden, wie Bernie dachte, als er Liz ein wenig dümmlich
über Janes Kopf zulächelte. Manchmal lagen sie einfach da und
lachten über die komische Situation.

»Paris im Frühling, das schwöre ich!« Er hob die Schwurhand
wie ein guter Pfadfinder, und sie lachte ihn aus.

»Bis sie wieder zu jammern anfängt.«

»Nein, diesmal gelobe ich . . . keine Schuldgefühle.«

»Ha, daß ich nicht lache!« Doch ihr war es einerlei. Sie war
glücklich. Sie beugte sich über die schlafende Jane und küßte
Bernie. Schießlich war es ihr Leben, und sie teilten es mit Jane.
Es waren himmlische drei Wochen, und die drei kehrten braun,
glücklich und erholt von »ihren Flitterwochen« zurück. Jane
prahlte überall damit, daß sie die Hochzeitsreise ihrer Mutter
mitgemacht habe. Es war eine Reise, die ihnen allen für immer
in Erinnerung bleiben würde.

# 13

Nach Hawaii schienen die Monate zu verfliegen, da sie sehr beschäftigt waren. Bernie stellte den Zeitplan für sämtliche Sommer- und Herbstmodenschauen auf, suchte die neue Kollektion aus und hatte Besprechungen mit Leuten aus New York. Liz war mit dem Haus beschäftigt und zeigte sich unermüdlich im Kochen, Backen und Nähen. Es gab nichts, was sie nicht selbst machte. Auch wenn Gäste kamen, bereitete sie alles allein vor. Sie fing sogar an, Rosen in dem kleinen Gärtchen an der Buchanan Street zu züchten, und mit Tracys Hilfe wurde ein Gemüsegarten auf dem Flachdach angelegt. Das Leben war in dieser Zeit sehr erfüllt, so daß der April kam, ehe man es sich versah. Der Zeitpunkt der Geschäftsreise nach New York und anschließend nach Europa, so wie jedes Jahr, rückte näher. Da Liz weder New York noch Europa kannte, konnte Bernie es kaum erwarten, ihr alles zu zeigen. Fast war er versucht, Jane auch diesmal mitzunehmen, aber er hatte Liz versprochen, daß diese Reise eine echte Hochzeitsreise werden sollte. Er hatte den Reisetermin in die Schulferien gelegt. Liz und Jane hatten also frei. Sie wollten das Kind mit nach New York nehmen und zu den Großeltern Fine bringen. Das war eine wunderbare Lösung, denn Jane war darüber so entzückt, daß es sie kaum störte, die Europareise nicht mitmachen zu dürfen.

»Wir gehen sogar in die Radio City Music Hall!« verkündete sie laut in der Maschine nach New York. Es sollte ein wahrer Triumphzug werden. Sie würden das Museum of Natural History besuchen und die Dinosaurier sehen, von denen sie in der Schule gehört hatte, das Empire State Building und die Freiheitsstatue. Sie konnte es kaum erwarten und Ruth ebensowenig, wie Bernie den Telefonaten entnahm. In letzter Zeit verliefen diese Telefongespräche viel unbefangener. Liz rief Ruth oft an, nur um »Hallo« zu sagen und sie mit Neuigkeiten zu versorgen. Damit war dieser Druck von ihm genommen, zudem wollte seine Mutter hauptsächlich mit Jane sprechen. Es war erstaunlich, wieviel Zuneigung sie für das Kind entwickelte, und Jane war geradezu vernarrt in sie. Ihr gefiel es, eine Großmutter zu haben, und eines Tages hatte sie Bernie sehr ernst die Frage gestellt, ob sie seinen Namen in der Schule führen dürfe.

»Natürlich.« Er war geradezu überwältigt von ihrer Frage, die sie sehr ernst meinte. Und vom nächsten Tag an hieß sie in der Schule offiziell Jane Fine und kam strahlend nach Hause.

»Jetzt bin ich auch mit dir verheiratet«, hatte sie gesagt. Liz schien sich ebenfalls zu freuen, vor allem war sie erleichtert, während ihrer Abwesenheit Jane in guten Händen zu wissen. Ihre Wahl wäre eigentlich auf Tracy gefallen, doch diese kam mit Jane in letzter Zeit nicht besonders gut aus. Jane wurde langsam welterfahrener und raffinierter als ihre gemeinsame alte Freundin, was Tracy eher komisch fand. Doch sie nahm es dem Kind nicht übel und war glücklich, daß die drei eine glückliche Familie geworden waren.

In New York wartete »Großmama Ruth« am Flughafen.

»Na, wie geht es meinem kleinen Liebling?« Zum erstenmal in Bernies Leben spürte er bei diesen Worten nicht die Arme seiner Mutter um seinen Hals – ein Gefühl, das im Moment sehr merkwürdig war. Dann aber sah er Jane in die Arme seiner Mutter stürzen, und er hatte feuchte Augen, als er seinem Vater die Hand schüttelte und Liz seine Eltern mit einem Kuß begrüßte. Dann erst umarmte er seine Mutter. Zu fünft fuhren sie nach Scarsdale, und während der Fahrt sprach und plapperte alles durcheinander. Es war, als wären sie plötzlich eine große Familie und keine Gegner mehr. Bernie wurde klar, daß Liz durch ihre zauberhafte Art, mit Menschen umzugehen, dieses Wunder vollbracht hatte. Er bemerkte, wie sie seiner Mutter zulächelte und die beiden Frauen einen wissenden Blick über eine Äußerung Janes tauschten, dem wieder ein Lächeln folgte. Es war eine Erleichterung zu wissen, daß seine Eltern seine Frau akzeptiert hatten. Bernie hatte ursprünglich befürchtet, daß seine Mutter sich nie mit seiner Heirat abfinden würde, aber er hatte unterschätzt, was es für sie bedeutete, Großmutter zu sein.

»Jetzt heiße ich wie ihr«, verkündete Jane stolz im Wagen, um ganz ernst fortzufahren: »Das läßt sich viel einfacher buchstabieren. Den anderen Namen habe ich nie richtig hingekriegt.«

Sie lächelte mit Zahnlücken. Sie hatte in dieser Woche ihren ersten Zahn verloren und berichtete ihrer Großmutter, wieviel die Zahnfee ihr gebracht hatte.

»Fünfzig Cents?« Ruth zeigte sich beeindruckt. »Zu meiner Zeit waren es nur zehn Cents.«

»Ach, das war früher«, antwortete Jane geringschätzig. Sie gab ihrer Großmutter einen Kuß auf die Wange und flüsterte ihr zu: »Ich kauf' dir ein Eis, Großmama.«

»Wir beide werden eine Menge amüsanter Dinge unternehmen, während deine Mami und dein Daddy fort sind.« Jane nannte ihn jetzt auch Daddy, und er hatte Liz schon gefragt, ob er Jane formell adoptieren sollte.

»Das könntest du«, hatte sie erwidert. »Ihr Vater hat uns verlassen, und er hat keinen Anspruch auf das Sorgerecht. Aber ich sehe nicht ein, warum du dir diese Mühe machen solltest. Wenn sie deinen Namen führt, dann wird dies im Laufe der Jahre durch Gewohnheitsrecht legalisiert, und außerdem hat sie sich von selbst entschlossen, dich Daddy zu nennen.« Bernie hatte sich damit zufriedengegeben. Jane mit einer Gerichtsverhandlung zu belasten wäre bestimmt nicht unbedingt das richtige.

Es war das erste Mal seit Jahren, daß er bei seinen Eltern wohnte, und er mußte verwundert feststellen, wie wohl er sich hier mit Liz und Jane fühlte. Liz half seiner Mutter in der Küche und nach dem Essen beim Abräumen. Ihr Hausmädchen Hattie war krank, das einzige traurige Bulletin, das seine Mutter am Abend herauszugeben hatte. Da Hattie aber nur an entzündeten Fußballen litt, die operiert worden waren, reichte dies bei weitem nicht an die üblichen Schlaganfälle und Herzattacken heran. Die allgemeine Stimmung im Haus war ausgezeichnet. Nur war es ihm entsetzlich peinlich, als Liz sich ihm im Bett liebevoll näherte.

»Was ist, wenn meine Mutter hereinkommt?« flüsterte er im Dunkeln und brachte sie damit zum Kichern.

»Ich könnte aus dem Fenster klettern und im Garten warten, bis die Luft rein ist.«

»Klingt ja sehr gut . . .« Er drehte sich um und ließ seine Hand unter ihr Seidennachthemd gleiten. Lachend rangen sie miteinander, küßten und liebten sich. Sie flüsterten und kamen sich bei alldem wie ungezogene Kinder vor. Als sie sich nachher im Dunkeln unterhielten, sagte er ihr, was für eine Veränderung sie in der Familie bewirkt hatte.

»Du kannst dir nicht vorstellen, wie meine Mutter war, ehe du kamst. Ich schwöre dir, manchmal habe ich sie richtig gehaßt.« Es kam ihm wie ein Sakrileg vor, dies in ihrem eigenen Haus auszusprechen, doch gelegentlich war es tatsächlich der Fall gewesen.

»Ich glaube, daß eher Jane diejenige war, die diesen Zauber vollbracht hat.«

»Das wart ihr beide.« Als er sie im Mondschein sah, drohte sein Herz vor Liebe zu zerspringen.

»Du bist wirklich die bemerkenswerteste Frau, die mir je begegnet ist.«

»Besser als Isabelle?« zog sie ihn auf, und er kniff sie zärtlich in die Brust.

»Wenigstens hast du nicht meine Uhr mitgehen lassen . . . nur mein Herz . . .«

»Ist das alles?« Sie schmollte sehr reizvoll, was sein Begehren von neuem entfachte, als er seine Hand zwischen ihre Schenkel gleiten ließ.

»Ich hatte etwas anderes gemeint, Monsieur.« Sie sagte es spaßeshalber mit Akzent, und er fing wieder an, sie mit Zärtlichkeiten zu überschütten. Beide fühlten sich, als hätten die Flitterwochen eben begonnen. Und Jane kam diesmal nicht hereingeschlichen, und das war ein Glück, denn Liz' Nachthemd war irgendwo unter dem Bett verschwunden, und Bernie hatte seinen Pyjama überhaupt vergessen.

Beim Frühstück am nächsten Morgen sahen beide in ihren Morgenmänteln sehr respektabel aus. Während sie mit Jane Orangensaft auspreßte, ließ sich seine Mutter vernehmen:

»Heute haben wir leider keine Zeit, euch zum Flughafen zu bringen.« Liz und Ruth wechselten einen Verschwörerblick, und Jane schien der bevorstehende Abflug der Eltern kaltzulassen.

»Wir gehen in die Radio City Music Hall. Karten haben wir schon.«

»Es ist der erste Tag der Oster-Show!« Jane war so aufgeregt, daß sie ganz außer sich geriet, und Bernie warf Liz einen bedeutsamen Blick zu – ein kluger Schachzug seiner Mutter. Sie hatte es so eingerichtet, daß Jane sie nicht abfliegen sah. So würde sie auch keine Abschiedstränen vergießen können. Es war eine ideale Lösung, denn so mußten sie Jane und Großmama Lebwohl zuwinken, als diese den Zug bestiegen. Selbst das war für das Kind schon ein aufregendes Erlebnis. Großpapa wollte sie im »Plaza Hotel« abholen!

»Stell dir das vor!« hatte Jane ausgerufen. »Und wir werden in einer Droschke fahren, das ist eine Kutsche mit einem Pferd! Durch den Central Park.« Nur einen Moment, als sie sie zum Abschied umarmten, hatte Jane die Mundwinkel traurig verzogen, doch im nächsten Augenblick war sie fort und plapperte glückselig mit Ruth, während Bernie und Liz zurückfuhren und sich wieder der Liebe hingaben. Als sie aus dem Haus gingen, sperrten sie die Tür sorgfältig zu. Dann fuhren sie mit dem Taxi zum Flughafen und traten ihre Hochzeitsreise an.

»Na, bereit für Paris, Madame Fine?«

»Oui, Monsieur.« Sie kicherte, und dann lachten beide. New York hatte Liz noch immer nicht kennengelernt. Doch sie hatten sich entschlossen, auf der Rückfahrt noch drei Tage in New York Station zu machen. Das war auch für Jane besser, denn sie konnte dann noch ein paar Tage mit den beiden verbringen und würde die Zeit ihrer Abwesenheit schneller vergessen. Bernie konnte so auch besser seine Geschäftsinteressen wahrnehmen.

Sie flogen mit der Air France nach Paris und landeten am nächsten Morgen ganz früh und hellwach in Orly. Es war acht Uhr morgens Ortszeit, und zwei Stunden später waren sie im Ritz, nachdem sie ihr Gepäck geholt, den Zoll hinter sich gebracht hatten und in die Stadt gefahren waren. Die Firma hatte eine Limousine für ihn bestellt, und Liz war von dem Hotel geradezu überwältigt. Etwas so Schönes wie die Eingangshalle des Ritz mit dem eleganten Publikum, den Hotelpagen, die Pudel und Pekinesen ausführten, hatte sie noch nie gesehen, und die Läden an der Faubourg St. Honoré waren noch schicker, als sie es sich vorgestellt hatte. Es war alles wie in einem Traum. Bernie zeigte ihr

die Stadt – Fouquet, das Maxim, das Tour d'Argent, den Eiffel-
turm, den Arc de Triomphe, die Seinedampfer, die Galeries Lafa-
yette, den Louvre, den Jeu de Paume, sogar das Rodin-Museum.
Die eine Woche in Paris war die glücklichste ihres Lebens, und sie
wünschte sich, sie möge nie zu Ende gehen. Dann flogen sie nach
Rom und Mailand weiter, um sich die Modellkollektionen für
die kommende Saison anzusehen. Noch immer war es sein Auf-
gabengebiet, die wichtigen Kollektionen für Wolff zusammen-
zustellen, eine Aufgabe, die verantwortungsvoll und schwierig
war, wie Liz beeindruckt feststellte. Sie begleitete Bernie überall hin, machte Notizen, probierte einige Male Kleider an, damit
man sehen konnte, wie sie sich an einer »gewöhnlichen Sterb-
lichen« machten und nicht an jemandem, dessen Beruf es war,
Kleider vorzuführen. Sie sagte ihm, wie sie sich anfühlten, ob
sie sich angenehm trugen und wie sie ihrer Meinung nach noch
zu verbessern waren. Auf diese Weise lernte sie in den einzelnen Modezentren sehr viel über seine Arbeit. Bernie hingegen fiel
die Wirkung auf, die diese Modenschauen auf Liz ausübten. Sie
war plötzlich sehr modebewußt und kleidete sich schicker. Ihr
äußeres Erscheinungsbild wurde eleganter, zumal sie viel mehr
Sorgfalt bei der Auswahl ihrer Accessoires aufwendete. Sie hatte
schon ein gewisses natürliches Flair besessen, als sie sich kennengelernt hatten. Jetzt, da es ihre Mittel erlaubten, hatte sie rasch
bewiesen, wie gut sie sich zu kleiden verstand. Sie war nicht nur
schick; sie war plötzlich umwerfend elegant. Und sie war glücklicher als je zuvor, da sie mit Bernie reisen und täglich mit ihm
zusammenarbeiten konnte. Die Nachmittage im Hotel waren der
Liebe vorbehalten, am Abend gingen sie bis tief in die Nacht aus.
Natürlich stand auch ein Bummel auf der Via Veneto auf ihrem
Programm, und sie warfen die obligaten Münzen in die Fontana
di Trevi.

»Na, was wünschst du dir, Liebling?« Nie hatte er sie mehr
geliebt als in diesem Augenblick.

»Du wirst schon sehen.« Liz lächelte ihm zu.

»Ach? Was denn?« Doch er glaubte es zu wissen. Er wünschte
sich dasselbe, und sie bemühten sich sehr, daß der Wunsch wahr
wurde.

»Wird die Erfüllung eines Wunsches dich dick und rund werden lassen?« Ihm gefiel die Vorstellung, daß Liz ein Kind von ihm bekommen würde, andererseits hielt er es für verfrüht, sich darum Gedanken zu machen.

»Wenn ich dir sage, was ich mir wünsche, wird es nicht in Erfüllung gehen.« Sie drohte ihm scherzhaft mit dem Finger, und sie gingen zurück ins »Excelsior« und liebten sich wieder. Es war eine schöne Vorstellung, daß sie in diesen zweiten Flitterwochen möglicherweise ein Kind zeugen könnten. Doch während der letzten beiden Tage in London stellte es sich heraus, daß Liz nicht schwanger war, und sie war so enttäuscht, daß sie weinte, als sie mit Bernie darüber sprach.

»Mach dir nichts draus.« Tröstend legte er den Arm um sie. »Wir geben nicht auf. Und versuchen es weiter.« Das taten sie dann auch eine Stunde später, obwohl sie wußten, daß sie davon nicht schwanger werden würde, aber Spaß machte es trotzdem. Und es war nicht zu übersehen, wie glücklich sie waren, als sie nach den schönsten zwei Wochen ihres Lebens zurück nach New York flogen. Ebenso war nicht zu übersehen, daß sie nicht die einzigen waren, die diese Zeit genossen hatten. Jane brauchte zwei volle Stunden, um ihnen alles das zu berichten, was sie unternommen hatte. Es sah aus, als hätte Großmama Ruth das Kaufhaus Schwarz für Jane leergekauft.

»Wir werden einen Laster brauchen, um die Sachen nach Hause zu schaffen.« Bernie starrte ratlos die Puppen, die Spielzeuge, einen lebensgroßen Stoffhund, ein winziges Pferdchen, ein Puppenhaus und einen Mini-Herd an. Ruth war es zunächst ein wenig peinlich, dann aber äußerte sie energisch:

»Sie hatte hier keine Spielsachen. Ich hatte ja nur deine alten.« Das klang fast anklagend. Und das Einkaufen hatte Riesenspaß gemacht.

»Oh.« Lächelnd überreichte Bernie seiner Mutter die Schachtel von Bulgari. Er hatte ihr Ohrringe mitgebracht, aus alten Münzen geformt, umgeben von winzigen Diamanten in Sechseckform. Für Liz hatte er die gleichen gekauft, und sie war außer sich vor Freude.

Und Ruth freute sich nicht minder. Sie steckte sich die Ohrringe sofort an, umarmte sie beide und lief dann, um Lou das Geschenk zu zeigen, während Liz Jane an sich drückte. Sie hatte ihr sehr gefehlt, doch die Europareise war herrlich gewesen. Es hatte ihnen gutgetan, allein zu sein.

Die Tage, die sie noch in New York verbrachten, waren fast ebenso schön. Abendessen im Côte Basque und im »21« und »Grenouille«, Bernies Lieblingsrestaurants, mit deren Spezialitäten er Liz verwöhnte. Ihre Drinks nahmen sie im »Oak Room« im »Plaza Hotel« und im »Sherry Netherland«, abends hörten sie sich im »Carlyle« Bobby Short an, in den Liz sich sofort verliebte. Sie machte bei Bergdorf, Saks, Bendel und im legendären Bloomingdale Einkäufe, behauptete aber steif und fest, daß Wolff das schönste Kaufhaus sei. Bernie zeigte ihr die Stadt. Eines Tages stand sie lachend mit ihm an der Bar im »P. J. Clark« und beobachtete die Typen, die hier verkehrten.

»Es ist wunderbar mit dir, weißt du das? Bernie, du bringst in mein Leben so viel Schönes. Ich wußte gar nicht, daß man es so genießen kann. Vorher war ich so sehr damit beschäftigt, über die Runden zu kommen, daß es mir jetzt ganz unglaublich erscheint. Das Leben mit dir ist wie ein Riesengemälde ... wie die Chagall-Malereien im Lincoln Center.« Auch dorthin hatte er sie geführt. »Lauter Rot- und Grüntöne, sonniges Gelb und helles Blau ... und zuvor war alles irgendwie nur grau und weiß.« Bewundernd blickte sie zu ihm auf, und er beugte sich über sie, um sie zu küssen. Ihre Lippen schmeckten nach Pimm's Cup.

»Liz, ich liebe dich.«

»Ich liebe dich auch.« Sie flüsterte und hatte darauf so laut Schluckauf, daß der Mann vor ihnen sich nach ihr umdrehte. Liz sah zu Bernie auf und sagte: »Wie war doch gleich Ihr Name?«

»George. George Murphy. Ich bin verheiratet und habe sieben Kinder in der Bronx. Sollen wir in ein Hotel gehen?«

Der Mann, der an der Bar neben ihnen stand, starrte sie fassungslos an. Hier wimmelte es von Männern, die auf eine schnelle Nummer aus waren, sich aber meist hüteten, von Frau und Kindern zu sprechen.

»Warum gehen wir nicht nach Hause und machen noch eines?« schlug sie gutgelaunt vor.

»Großartige Idee.«

Auf der Third Avenue winkte er ein Taxi herbei, das sie auf schnellstem Weg nach Scarsdale brachte. Sie kamen noch vor Jane und Ruth zu Hause an, und Lou war noch im Krankenhaus. Es war schön, allein mit ihr zu Hause zu sein. Es war mit ihr überall schön, besonders im Bett, dachte er, als sie zwischen die kühlen Laken schlüpften. Nur ungern stand er wieder auf, als seine Mutter und Jane kamen, und noch viel widerstrebender verließ er New York und flog wieder nach Kalifornien. Er hatte mit Paul Berman ein Gespräch über seine Rückkehr geführt, ohne Erfolg.

»Komm, Paul, jetzt bin ich ein Jahr in Kalifornien. Eigentlich vierzehn Monate.«

»Der Laden ist aber erst seit zehn Monaten geöffnet. Warum diese Eile? Du hast eine reizende Frau, ein nettes Haus. San Franzisko ist für Jane kein schlechter Ort.«

»Wir möchten sie hier einschulen.«

Keine Schule hatte ihrem Antrag zugestimmt, solange nicht zweifelsfrei feststand, wann Jane nach New York ziehen würde.

»Wir können doch nicht jahrelang in San Franzisko in der Schwebe bleiben.«

»Jahrelang nicht . . . aber sagen wir noch ein Jahr. Wir haben niemanden, der für den Job auch nur annähernd so gut geeignet wäre.«

»Na schön.« Er seufzte. »Aber länger nicht. Steht das fest?«

»Schon gut, schon gut . . . man möchte meinen, wir hätten dich ins letzte Kaff strafversetzt. San Franzisko ist keine Strafkolonie.«

»Ich weiß. Aber ich gehöre nun mal hierher, und das weißt du auch.«

»Das kann ich nicht abstreiten, Bernard. Aber im Moment wirst du in San Franzisko gebraucht. Wir werden unser Bestes tun, dich in einem Jahr zurückzuholen.«

»Ich rechne ganz fest damit.«

Er verließ New York höchst ungern, mußte aber zugeben, daß die Rückkehr nach San Franzisko gar nicht so schlimm war. Ihr kleines Haus war hübscher, als er es in Erinnerung hatte, und das

Kaufhaus kam ihm am ersten Tag sehr ansprechend vor. Nicht so schön zwar wie das Stammhaus in New York, aber trotzdem ganz annehmbar. Was ihn am meisten störte, war der Umstand, daß er nicht den ganzen Tag mit Liz zusammensein konnte. Deswegen kreuzte er in der Cafeteria ihrer Schule zu Mittag auf, um am ersten Tag mit ihr zusammen ein Sandwich zu essen. In seinem dunkelgrauen englischen Anzug wirkte er sehr großstädtisch und stattlich. Liz trug einen Faltenrock und einen roten Pullover, den sie zusammen im Trois Quartiers gekauft hatten, dazu Schuhe aus Italien. Sie sah sehr jung und attraktiv aus. Jane war sehr stolz auf die beiden.

»Dort drüben, das ist mein Daddy mit meiner Mami.« Sie zeigte ihn einigen Freundinnen und ging dann zu ihm, um zu beweisen, daß er zu ihr gehörte.

»Hallo, Kleines«, sagte er und warf sie in die Luft, was er mit drei Freundinnen wiederholen mußte. Er war in der Cafeteria ein richtiger Hit, und auch Tracy kam, um ihn zu begrüßen. Sie umarmte ihn und eröffnete ihnen, daß ihre Tochter wieder schwanger war. Als sie den wehmütigen Blick in Liz' Augen bemerkte, drückte sie deren Hand. Liz fing an, sich Sorgen zu machen, daß etwas mit ihr nicht in Ordnung war. Aber Bernie gab zu bedenken, daß es möglicherweise seine Schuld sein könnte, da sie schon ein Kind hatte. Schließlich beschlossen sie, die Sache gelassener zu nehmen und sich nicht nervös machen zu lassen. Aber trotzdem beschäftigte sie dieses Problem sehr. Beide wünschten sich sehnsüchtig ein Kind.

Im Juni sorgte Bernie für eine Überraschung. Er hatte in Stinson Beach ein Haus für zwei Monate gemietet, und Liz war hellauf begeistert. Es war für sie ideal, sie hatten ein Schlafzimmer für sie beide, eines für Jane, ein Gästezimmer für Freunde und ein großes Wohnzimmer mit Eßecke, eine sonnige Küche und ein nicht einzusehendes Flachdach, auf dem sie nackt sonnenbaden konnten, wenn sie Lust hatten, was in Janes Gegenwart ohnehin nicht in Frage kam. Es war wunderschön, und Liz hätte gar nicht glücklicher sein können. Sie entschlossen sich, für die ganzen zwei Monate hinauszuziehen. Bernie würde täglich nach San Franzisko fahren. Aber sie waren keine zwei

Wochen draußen, als Liz an Grippe erkrankte. Sie brauchte zwei Wochen, bis sie wieder ganz in Ordnung war. Bernie fragte seinen Vater telefonisch um Rat, und Lou meinte, Liz könnte einen Nebenhöhlenkatarrh haben. Liz solle unbedingt zu einem Arzt gehen und sich Antibiotika verschreiben lassen. Den ganzen Tag über hatte sie einen schweren Kopf, und gegen Abend wurde ihr übel. Sie war erschöpft und niedergeschlagen und konnte sich nicht erinnern, sich jemals so elend gefühlt zu haben. Im zweiten Ferienmonat besserte sich ihr Zustand nur wenig, so daß sie kaum etwas vom Urlaub hatte, während Jane es mit vielen Freundinnen nicht lustiger hätte haben können. Allabendlich lief sie mit Bernie den Strand entlang, Liz aber konnte kaum ein paar Schritte gehen, ohne daß ihr übel wurde. Sie wollte nicht mal in die Stadt fahren und das Kleid für die Eröffnung der Opernsaison anprobieren. In diesem Jahr hatte sie sich für ein gewagtes schwarzes Modell von Galanos entschieden, das eine Schulter frei ließ und mit einem gefältelten Cape zu tragen war. Als sie dann gleich nach dem Labor Day zur Anprobe ging, erlebte sie einen Schock.

»Welche Größe ist das?« Sie war wie vor den Kopf geschlagen. Meist trug sie Größe achtunddreißig, doch dieses Kleid konnte sie nicht mal zumachen. Die Verkäuferin warf einen Blick auf das Etikett und setzte mit ihrer Äußerung Liz noch mehr in Erstaunen.

»Es ist Größe vierzig, Mrs. Fine.«

»Na, wie sieht es aus?« Bernie steckte den Kopf in die Kabine. Ein finsterer Blick seiner Frau traf ihn.

»Schrecklich.« Zugenommen konnte sie nicht haben. Seit Juli hatte sie ständig unter Übelkeit gelitten. Schließlich hatte sie sich doch einen Arzttermin geben lassen. In einer Woche war Schulbeginn, sie mußte rasch wieder auf die Beine kommen. Liz war so weit, daß sie sich sogar einer Roßkur unterworfen hatte und die Antibiotika, die ihr ihr Schwiegervater empfohlen hatte, nehmen wollte.

»Die müssen das falsch ausgezeichnet haben. Das hier ist höchstens sechsunddreißig. Ich begreife das nicht.« Sie hatte das Mustermodell bei der Bestellung anprobiert, und damals war es ihr viel zu groß gewesen. Das war Größe achtunddreißig gewesen, und was sie jetzt anhatte, war viel größer.

»Hast du in den Ferien zugenommen?« Er betrat die Probierkabine, um sich die Sache näher anzusehen. Liz hatte recht. Der Reißverschluß ließ sich nicht zuziehen. Gut fünf Zentimeter Haut blieben sichtbar. Er warf der Verkäuferin einen Blick zu. »Kann man etwas herauslassen?« Er wußte, wie teuer das Kleid war und daß es eine Sünde war, Änderungen vornehmen zu lassen. Da war es besser, eine andere Größe nachzubestellen, nur hatten sie zu wenig Zeit. Ließ sich das Kleid nicht ändern, mußte sie zur Eröffnung etwas anderes anziehen. Es kostete die Verkäuferin nur einen Blick, dann schüttelte sie den Kopf. Sie tastete Liz' Mitte ab und sah sie fragend an.

»Haben Sie am Strand zugenommen, Madame?« Es war eine Französin, die Bernie aus New York mitgebracht hatte. Sie arbeitete schon jahrelang für Wolff und war vorher bei Patou gewesen.

»Ich weiß es nicht, Marguerite.« Diese Verkäuferin hatte mit Liz schon viel zu tun gehabt. Sie hatte Liz bei allen Käufen beraten.

»Ich glaube eigentlich nicht.« Doch im Urlaub hatte sie nur legere alte Kleider getragen, Jogginganzüge, Sweatshirts, ganz weite alte Hemden. Sogar heute hatte sie ein formloses Baumwollkleid angezogen. Plötzlich warf sie Bernie einen Blick zu, der von einem Lächeln begleitet war. »O mein Gott!«

»Alles in Ordnung?« Er war besorgt, obwohl sie ihn strahlend anlächelte. Erst war sie blaß geworden, dann rot angelaufen, und jetzt fing sie zu lachen an. Sie schlang die Arme um seinen Nacken und küßte ihn, und er lächelte auch, als die Verkäuferin sich diskret aus der Kabine zurückzog. Sie arbeitete gern für Liz, weil diese immer freundlich war. Und das junge Paar war so verliebt. Die Nähe solcher Menschen war angenehm.

»Na, was ist los, Liz?« Verwirrt sah er sie an, weil sie noch immer glücklich lächelte, obwohl das Kleid nicht in Frage kam – oder vielleicht gerade deshalb?

»Ich glaube, die Antibiotika nehme ich doch nicht.«

»Warum nicht?«

»Ich denke, dein Vater hat sich geirrt.«

»Woher willst du das wissen?« fragte er lächelnd.

»Es wird Zeit, daß ich darauf komme.« Sie hatte kein Symptom erkannt – kein einziges!

»Ich glaube nicht, daß es eine Nebenhöhlenentzündung ist.« Sie ließ sich auf einem Stuhl nieder und sah mit strahlendem Lächeln zu ihm auf, und endlich begriff er. Erstaunt warf er einen Blick auf das Kleid und sah dann wieder Liz an.

»Bist du sicher?«

»Nein ... bis eben jetzt wäre ich gar nicht auf den Gedanken gekommen ... aber jetzt bin ich fast sicher ... ich habe im Urlaub am Strand einfach nicht darauf geachtet.« Plötzlich fiel ihr auch ein, daß eine Periode ausgeblieben war. Sie war seit vier Wochen überfällig. Die ständige Übelkeit hatte sie so mitgenommen, daß sie das gar nicht bemerkt hatte.

Am nächsten Tag lieferte der Arzt ihr die Bestätigung. Sie sei in der sechsten Woche schwanger, sagte er, und Liz lief eilig zu Bernie ins Geschäft, um ihm die Neuigkeit mitzuteilen. Sie traf ihn in seinem Büro an, wo er eben ein paar Berichte aus New York durchsah. Er blickte auf, als sie eintrat.

»Na?« Er hielt den Atem an, und sie ließ ihn die Flasche Champagner sehen, die sie hinter ihrem Rücken versteckt hatte.

»Herzlichen Glückwunsch, Dad.« Liz stellte die Flasche auf seinen Schreibtisch, und er schlang mit einem Freudenschrei die Arme um ihren Hals.

»Wir haben es geschafft! Haha ... du bist schwanger!« Es folgten Gelächter und Küsse, und Bernie hob Liz hoch. Seine Sekretärin wunderte sich schon, was sie trieben, denn sie kamen lange nicht aus seinem Büro, und als sie sich endlich blicken ließen, schien Mr. Fine hocherfreut und sehr zufrieden mit sich zu sein.


# 14

Seine übliche herbstliche Geschäftsreise nach New York unternahm Bernie allein. Anschließend mußte er nach Paris, und er fürchtete, daß eine solche Tour für Liz zu anstrengend war. Er wollte, daß sie sich ausruhte, die Füße hochlagerte, sich gesund ernährte und nichts mehr tat, sobald sie aus der Schule nach Hause kam. Und vor der Abreise bat er Jane, gut auf sie achtzugeben. Als sie Jane die Neuigkeit eröffnet hatten, war sie wie vor den Kopf geschlagen, doch nach einer Weile freute sie sich von Herzen.

»Es wird wie eine große Puppe«, erklärte ihr Bernie. Sie freute sich, daß er sich einen kleinen Jungen wünschte, und sagte, daß sie immer sein kleines Mädchen bleiben würde. Sie versprach, in seiner Abwesenheit auf Liz aufzupassen, und er rief beide sofort nach seiner Ankunft in New York an. Er war im »Regency« abgestiegen, weil er es dort nicht weit in die Firma hatte, und gleich am ersten Abend traf er sich zum Dinner mit seinen Eltern. Sie aßen im »Le Cirque«. Auf Bernies Gesicht lag ein Lächeln, als er auf ihren Tisch zukam.

Er gab seiner Mutter einen Kuß, setzte sich, bestellte einen Kir. Er hatte das Gefühl, von seiner Mutter argwöhnisch unter die Lupe genommen zu werden.

»Es ist etwas passiert.«

»Aber nein.«

»Man hat dich entlassen.«

Da lachte er laut und bestellte eine Flasche Dom Perignon, während seine Mutter ihn nicht aus den Augen ließ.

»Was ist passiert?«

»Etwas sehr Hübsches.«

Sie glaubte ihm kein Wort, starrte ihn an und bohrte weiter: »Kommst du zurück nach New York?«

»Noch nicht.«

Obwohl er sich das immer noch wünschte, beschäftigten ihn im Moment ganz andere Gedanken.

»Viel besser.«

»Ihr zieht irgendwohin um?« Ruths Argwohn ließ sich nicht beschwichtigen, doch sein Vater lächelte. Er ahnte, um was es ging, und die beiden Männer wechselten einen bedeutsamen Blick, als der Kellner den Champagner einschenkte und Bernie sein Glas erhob.

»Auf Großmama und Großpapa ... Mazeltov!«

»Wieso?« Ruth sah ihn zunächst verwirrt an, dann traf sie die

Erkenntnis wie ein Blitz. Sie sank auf ihrem Stuhl zusammen und starrte ihn groß an.

»Nein! Ist Liz ... sie ist ...?« Es war einer jener Augenblicke im Leben, bei denen ihr die Worte fehlten. Als er lächelnd nickte und nach ihrer Hand faßte, kamen ihr die Tränen.

»Wir bekommen ein Baby, Mom.« Er war so selig, daß er beinahe die Fassung verlor. Sein Vater gratulierte ihm, während seine Mutter unzusammenhängendes Zeug stammelte und alle am Champagner nippten.

»Ich kann mir einfach nicht vorstellen ... ist alles in Ordnung? ... Ernährt sie sich richtig? ... Wie fühlt sie sich? ... Ich muß sie sofort anrufen, wenn wir nach Hause kommen.« Da fiel ihr unvermittelt Jane ein, und sie sah Bernie besorgt an.

»Wie hat die Kleine es aufgenommen?«

»Im ersten Moment war sie erschrocken, glaube ich. Sie ist wohl nie auf den Gedanken gekommen, daß wir ihr so etwas antun könnten, aber wir haben ihr alles ganz genau erklärt und ihr immer wieder versichert, wieviel sie uns bedeutet. Liz wird ihr Bücher besorgen, damit sie eventuelle negative Gefühle besser bewältigt.«

Seine Mutter sah ihn strafend an: »Du redest auch schon wie einer von denen ... die Kalifornier sprechen ja kein Englisch mehr. Gib acht, damit du nicht so wie sie wirst und drüben bleibst.«

Das hatte ihr Sorgen bereitet, seitdem er weggegangen war, jetzt aber waren ihre Gedanken einzig und allein auf das kommende Enkelkind gerichtet. »Nimmt Liz Vitaminpräparate?« Ohne die Antwort ihres Sohnes abzuwarten, wandte sie sich an Lou. »Du solltest mit ihr sprechen, wenn ich sie heute anrufe. Erklär ihr, was sie essen soll und welche Vitamine nötig sind.«

»Ruth, sie hat doch sicher einen Frauenarzt. Der wird sie beraten.«

»Ach, was kann der schon wissen? Womöglich ist sie zu einem Hippie gegangen, der Gesundheitssandalen trägt, ihr Kräuter auf den Kopf streicht und ihr rät, sie solle nackt am Strand schlafen.« Kampflustig sah sie ihren Sohn an.

564

»Du solltest in New York wohnen, wenn das Kind geboren wird. Es sollte im New York Hospital zur Welt kommen, gesund und sicher. Dort gehört es hin, weil sich dein Vater um alles kümmern kann.«

»Ruth, an der Westküste gibt es sehr gute Krankenhäuser.« Die zwei Männer belächelten belustigt Ruths Aufregung.

»Sicher wird Bernie alles bestens arrangieren.« Was natürlich stimmte. Er war mit Liz bereits beim Arzt gewesen. Es war ein Frauenarzt, den Bernie sehr nett fand und der Liz von einer Freundin empfohlen worden war. Sie würden auch einen Lamaze-Kurs besuchen, da Liz sich für eine natürliche Geburt entschlossen hatte, bei der Bernie ihr beistehen und mit ihr zusammensein konnte. Der Gedanke daran machte ihn zwar nervös, doch er wollte sie nicht im Stich lassen und beabsichtigte, zur Stelle zu sein.

»Mom, alles entwickelt sich optimal. Vor meiner Abreise war ich mit ihr beim Arzt. Er scheint mir sehr kompetent, und außerdem kommt er aus New York.« Er wußte, daß sie das beruhigen würde, doch sie hörte es gar nicht. Sie war in Gedanken noch bei dem, was er zuvor gesagt hatte.

»Was heißt das, du warst mit ihr beim Arzt? Ich will hoffen, du bist im Wartezimmer geblieben.«

Bernie schenkte ihr Champagner ein und lächelte.

»Nein. So geht das heutzutage nicht mehr. Der Vater nimmt an allem teil.«

»Du wirst doch nicht bei der Entbindung dabeisein?« Sie war entsetzt, da sie die neuen Sitten für verwerflich hielt. In New York wurde so etwas auch schon praktiziert. Für sie war der Gedanke, daß ein Mann seiner Frau beim Gebären zusah, die schlimmste Vorstellung.

»Mom, ich habe die Absicht, Liz beizustehen.«

Sie schnitt eine Grimasse. »Das ist doch das Abscheulichste, was mir je zu Ohren kam.« Im halbblauten Verschwörerton fuhr sie fort: »Wenn du siehst, wie das Kind zur Welt kommt, wirst du nie wieder so für sie empfinden können wie früher. Mein Wort darauf. Ich kenne Geschichten, da würde dir übel werden … Außerdem«, sie richtete sich mit würdigem Schnauben auf, »eine anständige Frau würde das nie zulassen. Für einen Mann ist eine Geburt ein gräßliches Erlebnis.«

»Mom, es ist ein Wunder ... Es ist doch nichts Unanständiges, wenn man die Geburt seines eigenen Kindes miterlebt.«

Er war so stolz auf seine Frau und wollte sehen, wie das Kind zur Welt kam, wollte es mit ihr gemeinsam willkommen heißen. Sie hatten vor, sich zusammmen einen Film über eine Geburt anzusehen, damit sie erfuhren, was sie erwartete. Er wußte, daß auch Liz ein wenig nervös war, obwohl sie schon ein Kind geboren hatte, doch das lag schon sechs Jahre zurück. Beiden schien der Termin noch so fern. Ein halbes Jahr mußte noch vergehen, und sie konnten es kaum erwarten. Bis zum Ende des Dinners hatte Ruth nicht nur die gesamte Babyausstattung in allen Einzelheiten geplant und ihm die besten Kindergärten von Westchester aufgezählt, sie redete ihm auch zu, seinen Sohn Jurist werden zu lassen. Sie tranken viel Champagner, so daß sie alle ein wenig beschwipst waren, als sie das Restaurant verließen, doch es war das netteste Zusammensein gewesen, das er seit langem mit Ruth erlebt hatte. Er lud seine Eltern auch im Namen von Liz nach San Franzisko ein. Er selbst war gerade so angetrunken, daß die Aussicht, seine Eltern bei sich zu haben, ihn nicht mal erschreckte.

»Liz möchte, daß ihr über die Feiertage kommt.« Er sah beide an.

»Du etwa nicht?«

»Aber natürlich, Mom. Sie möchte, daß ihr bei uns wohnt.«

»Wo denn?«

»Jane kann indessen das Babyzimmer bewohnen.«

»Macht euch keine Mühe. Wir werden im ›Huntington‹ wohnen wie letztes Mal, damit wir euch nicht stören. Wann sollen wir kommen?«

»Ihre Weihnachtsferien beginnen am einundzwanzigsten Dezember, wenn ich nicht irre. Könnt ihr um diese Zeit kommen?«

»Sie wird doch nicht so lange arbeiten?«

Er lächelte. »Mein Leben lang hatte ich es mit eigensinnigen Frauenzimmern zu tun. Sie wird bis zu den Osterferien arbeiten und dann endgültig Urlaub nehmen. Ihre Freundin Tracy springt für sie ein. Das haben die beiden schon abgesprochen.«

»Total meschugge. Sie sollte um diese Zeit ihre Tage im Bett verbringen.«

Bernie zog die Schultern hoch. »Das wird sie nicht, und der Arzt sagt, sie könne bis zum Schluß arbeiten ... also, kommt ihr?«

Ihr Lächeln war von einem Augenzwinkern begleitet.

»Was glaubst du denn? Glaubst du, ich würde meinen einzigen Sohn nicht besuchen ... an dem gottverlassenen Ort, an dem er wohnt?«

Bernie mußte lachen.

»Na, so würde ich es nicht nennen, Mom.«

»New York ist es nicht.«

Als sie warteten, daß der Türsteher für sie ein Taxi heranwinkte, sah er die Autos vorbeirasen, die Menschen vorüberhasten, die kleinen Läden, an der Madison Avenue, die ganz nahe lagen. Ab und zu hatte er das Gefühl, seine Romanze mit New York würde nie ein Ende finden. San Franzisko war für ihn noch immer gleichbedeutend mit einem Exil.

»San Franzisko ist gar nicht so übel.« Noch immer mußte er sich das einreden, ungeachtet der Tatsache, daß er dort sehr glücklich mit Liz war, doch in New York wäre er noch glücklicher gewesen. Seine Mutter reagierte mit einem Achselzucken und einem bedauernden Blick.

»Sieh trotzdem zu, daß du bald nach Hause kommst. Besonders jetzt.« Alle dachten sie an Liz und das Kind. Seine Mutter tat so, als wäre es als spezielles Geschenk für sie gedacht.

»Gib acht auf dich.« Sie umarmte ihn fest, als endlich ein Taxi anhielt. In ihren Augen schimmerten Tränen.

»Mazeltov, euch beiden.« Sie ließ ihn los und trat zurück.

»Danke, Mom.« Er drückte ihre Hand und wechselte mit seinem Vater einen verständnisinnigen Blick. Dann winkten sie und waren fort, und er ging langsam zu seinem Hotel, in Gedanken bei seinen Eltern, bei Liz und bei Jane. Wie glücklich er doch war, egal wo er lebte. Vielleicht spielte das jetzt gar keine so große Rolle mehr ... In San Franzisko würde Liz es vermutlich leichter haben. Sie brauchte dort nicht zu befürchten, auf eisigem Untergrund auszurutschen, und mußte nicht gegen Schnee und Unwetter ankämpfen. Es trifft sich ganz gut, redete er sich ein ... Als er am nächsten Tag abflog, regnete es in Strömen. Dennoch sah die Stadt in seinen Augen schön aus. Sie war ganz in Grau gehüllt, und als sich die Maschine in die Lüfte erhob, dachte er wieder an seine Eltern. Für sie war es sicher nicht einfach, daß er so weit entfernt von ihnen lebte. Plötzlich brachte er für ihre Situation viel mehr Verständnis auf, weil er selbst bald ein Kind haben würde. Ihm würde es später auch nicht recht sein, wenn sein Sohn so weit entfernt von ihm lebte. Zufrieden lehnte er sich zurück, dachte an Liz und an das Baby ... Hoffentlich würde es ihr ähnlich sein ... ihm würde ein kleines Mädchen auch willkommen sein ... er nickte ein und verschlief den größeren Teil des Fluges.

Die Woche in Paris verging viel zu schnell, und anschließend ging es wie immer nach Rom und Mailand. Diesmal aber standen auch Dänemark und Berlin auf seinem Reiseplan, und zum Abschluß hatte er noch einige Besprechungen in London anberaumt. Es war eine sehr erfolgreiche Tour, die fast drei Wochen in Anspruch nahm. Als er Liz wiedersah, lachte er sie aus. Ihr Bauch schien in seiner Abwesenheit explodiert zu sein, keines ihrer Kleider paßte mehr. Wenn sie im Bett lag, sah sie aus, als hätte sie eine Wassermelone verschluckt.

»Was ist denn das?« fragte er lächelnd und deutete auf ihren Bauch, als sie sich zum erstenmal wieder liebten.

»Keine Ahnung.« Sie hob die Hände in einer Geste, die die Unwissenheit andeuten sollte. Sie lag nackt auf dem Bett, das Haar zu kleinen Zöpfen zusammengefaßt. Ihre Sachen waren über den Boden verstreut. Sie hatten keine Zeit verloren. Tracy sollte bald mit Jane von einem Ausflug nach Hause kommen.

Doch als Liz aufstand und durchs Zimmer ging, bemerkte sie, daß Bernie sie beobachtete. Es war ihr plötzlich peinlich, und sie zog sein Hemd an und bedeckte sich.

»Sieh mich nicht an ... ich bin so dick, daß ich mich selbst nicht mehr mag.«

»Dick? Bist du wahnsinnig? Du hast nie schöner ausgesehen. Du bist prachtvoll.« Er ging zu ihr und liebkoste zärtlich ihre Kehrseite, um dann seine Hand fasziniert über die Wassermelone gleiten zu lassen.

»Hast du eine Ahnung, was es ist?« fragte er neugierig.

Sie lächelte und zuckte mit den Achseln. »Es ist größer als Jane in diesem Stadium, aber das will nichts sagen.« Hoffnungsvoll setzte sie hinzu: »Vielleicht wird es ein Junge. Das wäre dir ohnehin lieber, nicht?«

Er legte den Kopf schräg und sah sie an.

»Ich glaube, mir ist es einerlei. Was kommt, soll mir recht sein. Wann gehen wir wieder zum Arzt?«

»Möchtest du wirklich mitkommen?« Ihre Frage erstaunte ihn nicht wenig.

»Was ist denn passiert?« Dann ging ihm ein Licht auf. »Hat meine liebe Mutter am Ende Weisheiten von sich gegeben?«

Sie errötete und zog wieder die Schultern hoch, in dem Bemühen, die Frage abzutun und gleichzeitig zu beantworten. Er zog sie an sich. »Für mich bist du schön. Und ich möchte alles mit dir zusammen erleben ... alles ... das Gute, das Schlechte, das Angsteinflößende, das Wunder. Wir beide haben dieses Kind gezeugt und werden alles gemeinsam durchstehen. Ist das in deinem Sinne?«

Ihre strahlenden Augen verrieten ihre Erleichterung.

»Bist du sicher, daß du dich nicht abgestoßen fühlst?« Sie schien so besorgt, und er lachte, als er an ihre Kapriolen im Bett von vorhin dachte. Er deutete auf das Bett und küßte sie zärtlich.

»Hat es so ausgesehen, als ob ich mich abgestoßen fühle?« Liz lachte und umarmte ihn. »Schon gut ... tut mir leid ...« Und in diesem Augenblick ertönte die Türklingel, und sie zogen sich in Windeseile an, um Tracy und Jane zu begrüßen. Bernie warf die Kleine in die Luft und zeigte ihr die Mitbringsel aus Frankreich. Es vergingen Stunden, bis Liz und Bernie wieder allein waren.

Sie kuschelte sich im Bett an ihn, und sie plauderten eine Weile über seine Arbeit, das Geschäft, die Reise und das Baby. Dieses Thema schien sie in erster Linie zu beschäftigen, Bernie platzte fast vor Stolz auf Liz. Er nahm sie in die Arme, und sie schliefen ein, während Liz vor Behagen fast schnurrte.

## 15

Bernies Eltern trafen am zweiten Tag der Weihnachtsferien ein, und Liz, die inzwischen fünfeinhalb Monate schwanger war, fuhr mit Jane zum Flughafen, um sie abzuholen. Ruth überbot sich mit Geschenken, von einer Babyausstattung von Bergdorf bis zu Gesundheitsbroschüren, die ihr Lou aus dem Krankenhaus hatte bringen müssen. Dazu hatte sie jede Menge Ratschläge parat, die noch von ihrer eigenen Großmutter stammten. Nach einem prüfenden Blick auf Liz' Silhouette, den sie sich in der Gepäckausgabe gestattete, verkündete sie, daß es sicher ein Junge würde, und alle waren entzückt.

Die Eltern blieben ein paar Tage und unternahmen dann mit Jane einen Ausflug nach Disneyland, damit Bernie und Liz ihren Hochzeitstag ungestört feiern konnten, und sie feierten drei Nächte hintereinander. An ihrem Hochzeitstag gingen sie ins »L'Étoile« und gaben sich anschließend zu Hause stundenlang der Liebe hin. Am Abend darauf besuchten sie eine firmeninterne Wohltätigkeitsveranstaltung, und zu Silvester gingen sie mit Freunden aus und landeten abermals in der Bar des »L'Étoile«. Für beide waren es wunderbare Tage, doch als Ruth und Lou zurückkamen, vertraute Ruth Bernie an, Liz sähe schrecklich aus. Blaß, erschöpft und abgespannt. Und den ganzen letzten Monat hatte sie über Schmerzen in den Hüften und im Rücken geklagt.

»Warum machst du mit ihr nicht ein paar Tage Urlaub?«

»Ja, das sollte ich wirklich tun.« Er war mit seiner Arbeit so beschäftigt, daß er keinen Gedanken daran verschwendet hatte, und im kommenden Jahr würde es für ihn ohnehin schwierig werden. Das Baby war genau zu dem Termin fällig, an dem er immer nach New York und Europa flog. Er würde die Reise bis nach der Geburt verschieben müssen, nicht zuletzt weil es um diese Zeit auch im Geschäft mehr zu tun gab. »Mal sehen, ob es sich machen läßt.« Seine Mutter hob mahnend den Zeigefinger. »Bernard, vergiß nicht, daß du eine große Verantwortung übernommen hast.«

Da lachte er. »Wessen Mutter bist du eigentlich? Ihre oder meine?« Manchmal empfand er Mitleid mit Liz, weil sie keine eigene Familie hatte, außer ihm und Jane und seinen Eltern in New York. So nervtötend Ruth ab und zu sein konnte, so war es doch beruhigend zu wissen, daß sich jemand um einen Sorgen machte.

»Spar dir deine superklugen Bemerkungen. Es täte Liz sicher sehr gut, vor der Entbindung auszuspannen.« Diesmal hörte er auf seine Mutter und fuhr mit Liz für ein paar Tage nach Hawaii. Sie nahmen Jane nicht mit, obwohl sie deswegen noch wochenlang schmollte. Bernie überraschte Liz mit einer Ladung leichter, tropengerechter Umstandskleider aus dem Geschäft und eröffnete ihr, daß er die Plätze bereits reserviert habe. Damit stellte er sie vor vollendete Tatsachen, und drei Tage später flogen sie ab. Als sie zurückkamen, war Liz braungebrannt und gesund und fühlte sich ganz so wie früher. Oder beinahe so – abgesehen von Sodbrennen, Schlaflosigkeit, Rückenschmerzen, geschwollenen Beinen und ständiger Müdigkeit – laut Aussage des Arztes ganz normale Zustände. Die Rücken- und Hüftschmerzen waren das schlimmste, doch auch das war normal.

»Ach Gott, Bernie, hin und wieder habe ich das Gefühl, mir geht es nie mehr so wie früher.« Sie hatte mehr als dreißig Pfund zugenommen, und vor ihr lagen noch zwei Monate, Bernie aber fand sie noch immer hübsch. Im Gesicht war sie runder geworden, was nicht schadete, da es sie jünger machte. Was aber das wichtigste war, sie kleidete sich immer adrett und elegant. Er war der Meinung, daß sie wundervoll aussah, wenngleich er spürte, daß sein Verlangen nach ihr abnahm. Insgeheim kam es ihm nicht mehr richtig vor, Liz zu bedrängen, obwohl sie sich manchmal deshalb beklagte. Er fürchtete, dem Kind zu schaden, besonders wenn sie, was sehr oft der Fall war, zu leidenschaftlich wurden. Mit der Zeit nahm aber auch bei Liz das Verlangen ab. Ende März war sie schon so schwerfällig, daß sie sich kaum rühren konnte. Sie war richtig erleichtert, daß sie nicht mehr arbeiten mußte, denn sie hätte es keinen einzigen Tag länger in einer Klasse ausgehalten, da sie sich nicht mehr zutraute, ihre Schützlinge zu bändigen.

Ihre Klasse ließ es sich nicht nehmen, eine Baby-Party für sie zu veranstalten, zu der jeder etwas Selbstgebasteltes mitbrachte. Liz bekam winzige Schuhe, Jäckchen, Mützchen, einen Aschenbecher, drei Zeichnungen, eine Wiege, die ein Vater gezimmert hatte, und ein winziges Paar Holzschuhe und dazu noch die vielen Geschenke ihrer Kolleginnen. Außerdem schleppte Bernie aus dem Laden alle paar Tage neue Sachen heran. Wenn man das zusammenzählte, was er brachte und was seine Mutter aus New York schickte, hätte man mindestens Vierlinge ausstatten können. Doch es machte Spaß, die vielen hübschen Dinge zu sehen, und Liz konnte den Geburtstermin kaum erwarten, da sie immer nervöser würde und in der Nacht kaum mehr Schlaf fand. Sie durchstreifte die Räume, setzte sich im Wohnzimmer hin und strickte, sah die Spätsendungen im Fernsehen oder ging ins Kinderzimmer und malte sich aus, wie es sein würde, wenn ihr Baby geboren war.

Dort hielt sie sich eines Nachmittags auf, während sie darauf wartete, daß Jane aus der Schule kam. Sie saß in dem Schaukelstuhl, den Bernie erst vor kurzem für sie frisch gestrichen hatte. Da läutete das Telefon. Liz erwog, es läuten zu lassen. Doch wenn Jane nicht zu Hause war, wagte sie das nicht. Man konnte nie wissen, ob nicht etwas passiert war. Es bestand immer die Gefahr, daß sie sich auf dem Heimweg verletzt hatte. Es hätte ja auch Bernie sein können, mit dem sie gern schwatzte. Ächzend stemmte sie sich aus dem Stuhl hoch und schleppte sich, ihren Rücken massierend, ins Wohnzimmer.

»Hallo!«

»Guten Tag.« Die Stimme kam ihr irgendwie bekannt vor, ohne daß sie sich ihrer Sache sicher war – vermutlich jemand, der ihr etwas verkaufen wollte.

»Ja?«

»Na, wie geht's?« Allein der Ton bewirkte, daß es sie kalt überlief.

»Wer spricht?« Liz war bemüht, ganz beiläufig zu klingen, obwohl sie schwer atmete und den Hörer krampfhaft umklammerte. Die Stimme hatte etwas Bedrohliches an sich, das sie nicht benennen konnte.

»Du erinnerst dich nicht mehr an mich?«

»Nein.« Sie wollte auflegen, in der Hoffnung, es handle sich um einen üblen Scherz, doch die Stimme hielt sie zurück.

»Liz, warte!« Das war ein Befehl. Die Stimme hatte plötzlich die Andeutung von Verbindlichkeit eingebüßt. Sie klang scharf und schneidend, und plötzlich wußte sie auch ... aber das war unmöglich ... es klang wohl nur so. Reglos stand sie da, den Hörer in der Hand, und sagte kein Wort.

»Ich möchte mit dir reden.«

»Ich weiß nicht, wer Sie sind.«

»Von wegen ...« Er lachte. Es war ein böses, rauhes Auflachen. Sein Lachen hatte sie nie gemocht. Sie wußte jetzt genau, wer der Anrufer war. Wie er sie gefunden hatte und warum er in Verbindung mit ihr trat, war ihr ein Rätsel. Sie war gar nicht sicher, ob sie es wissen wollte. »Wo ist meine Tochter?«

»Was geht dich das an?«

Es war Chandler Scott, der Mann, der Jane gezeugt hatte. Das war etwas völlig anderes, als Vater zu sein. Was er getan hatte, hatte mit Liz zu tun, aber nichts mit ihrem Kind. Der Mann, der Janes Vater war, hieß Bernie Fine, und Liz wollte mit Chandler nichts zu tun haben. Das sagte ihm ihr Ton, als sie antwortete.

»Was meinst du damit?«

»Du hast sie sechs Jahre lang nicht gesehen, Chan. Sie weiß gar nicht, wer du bist.« Oder daß du am Leben bist, doch das sprach sie nicht aus. »Wir wollen dich nicht sehen.«

»Wie ich hörte, hast du wieder geheiratet.« Liz blickte auf ihren Bauch und lächelte. »Jede Wette, daß dein Alter reichlich Kies hat.« Was er sagte, war widerwärtig und erregte ihren Zorn.

»Das geht dich nichts an!«

»Ich möchte wissen, wie es meiner Kleinen geht. Vor allem möchte ich sie mal sehen. Ich glaube, sie sollte wissen, daß sie einen richtigen Vater hat, der sich um sie kümmert.«

»Wirklich? Falls dein Interesse wirklich so groß ist, hättest du ihr dies schon längst zeigen können.«

»Woher hätte ich wissen sollen, wo du steckst? Du warst ja verschwunden.« Auf diesen Vorwurf hätte sie sehr viel zu sagen gehabt. Doch das alles lag so lange zurück, Jane war jetzt sieben

573

Jahre. »Wie hast du mich gefunden?« Sie stellte ihm die Frage mit Herzklopfen.

»Das war nicht weiter schwierig. Dein Name stand in einem alten Telefonbuch. Und deine frühere Vermieterin nannte mir deinen jetzigen Namen. Also, wie geht's Jane?«

Zähneknirschend stieß sie hervor: »Sehr gut.«

»Ich dachte mir, ich könnte dieser Tage vielleicht mal vorbeikommen und guten Tag sagen.« Er gab sich betont unbefangen.

»Spar dir deine Zeit. Ich werde nicht zulassen, daß du sie zu sehen bekommst.« Jane lebte in dem Glauben, daß er tot war, und Liz wünschte, es wäre tatsächlich der Fall.

»Du kannst sie mir nicht vorenthalten, Liz.« Seine Worte hatten einen unangenehmen Beigeschmack.

»Ach nein? Und warum nicht?«

»Versuch einem Richter zu erklären, warum du einem leiblichen Vater den Kontakt mit seiner Tochter nicht erlaubst.«

»Dann versuch du ihm klarzumachen, daß du sie vor sechs Jahren verlassen hast. Sicher wird er dir sein Mitgefühl nicht vorenthalten.« Die Türklingel läutete, und Liz' Herz begann noch heftiger zu pochen. Es war Jane, und Liz wollte vermeiden, daß sie von dem Gespräch etwas mitbekäme. »Chan, laß dich hier nicht blicken. Oder besser gesagt, hau ab und misch dich nicht in unsere Angelegenheiten.«

»Zu spät. Noch heute suche ich einen Anwalt auf.«

»Warum?«

»Ich möchte mein Kind sehen.«

Wieder klingelte es, und Liz rief hinaus, daß sie gleich aufmachen würde.

»Warum?« fragte sie unwillig.

»Weil es mein Recht ist.«

»Und was dann? Willst du dann wieder für sechs Jahre verschwinden? Warum läßt du Jane nicht in Ruhe?«

»Falls du das möchtest, wirst du dich ausführlich mit mir unterhalten müssen.« Also das war es. Eine Gaunerei. Er war auf Geld aus. Sie hätte es sich denken können.

»Wo bist du? Ich rufe zurück.« Er gab ihr eine Nummer in Marin, die sie sich notierte.

»Bis zum Abend möchte ich von dir hören.«

»Das wirst du, Dreckskerl«, murmelte sie zähneknirschend, als sie auflegte und verwirrt an die Tür ging, um Jane einzulassen. Die Kleine hatte mit ihrem Frühstücksbehälter gegen die Tür gehämmert, und ein großes Stück schwarzer Farbe war abgegangen. Liz schalt sie lautstark, und das brachte Jane zum Weinen. Türenschlagend verschwand sie in ihrem Zimmer. Liz lief ihr nach und ließ sich, selbst den Tränen nahe, auf dem Bett nieder.

»Es tut mir leid, Schätzchen. Ich hatte einen scheußlichen Nachmittag.«

»Ich hatte es auch nicht schön. Mein Gürtel ist weg.« Jane trug einen rosa Rock, zu dem ein weißer Gürtel gehörte, den sie heiß liebte. Bernie hatte ihn ihr mitgebracht, und sie hütete ihn wie einen Schatz – wie alles, was von ihm kam. Doch am allerliebsten hatte sie Bernie selbst.

»Daddy wird dir einen anderen bringen.«

Jane ließ sich besänftigen und von Liz in die Arme nehmen, zwar etwas zögernd und noch schnüffelnd. Es war für alle eine schwere Zeit. Liz war müde. Bernie war nervös und ging allabendlich mit der Angst zu Bett, daß Liz das Kind in der Nacht bekommen würde. Und Jane wußte nicht recht, ob der Neuankömmling ihre Position innerhalb der Familie verändern würde. Es war also nur natürlich, daß die Atmosphäre ständig gespannt war. Und das plötzliche Auftauchen Chandler Scotts machte die Sache nicht einfacher. Liz strich Jane das Haar aus dem Gesicht und gab ihr einen Teller Plätzchen, die sie gebacken hatte, und dazu ein Glas Milch. Und als Jane sich zu ihren Hausaufgaben setzte, ging Liz leise ins Wohnzimmer. Seufzend ließ sie sich beim Telefon nieder und wählte Bernies Durchwahlnummer. Er hob selbst ab, schien aber in großer Eile zu sein.

»Na, mein Liebling, bist du in Eile?« Sie war so verdammt müde und hatte die ganze Zeit über Schmerzen, besonders wenn sie sich aufregte wie eben jetzt über Chandler.

»Nein, nein, schon gut.« Ein schrecklicher Gedanke kam ihm. »Ist es soweit?«

»Nein.« Sie lachte. Bis zum errechneten Termin waren es noch zwei Wochen. Und es konnte noch länger dauern, hatte ihr der Arzt immer wieder gesagt.

»Alles in Ordnung?«

»Mir geht es gut … mehr oder weniger …« Sie wollte mit ihm sprechen, bevor er nach Hause kam, damit Jane nichts mitbekam. »Heute ist etwas höchst Unangenehmes passiert.«

»Hast du dich verletzt?« Langsam wurde er wie Großmama Ruth, und Liz lächelte matt.

»Nein, ein alter Freund rief an. Besser gesagt, ein alter Feind.«

Verwundert runzelte er die Stirn. Liz und Feinde? Sie hatte nie davon gesprochen. Jedenfalls konnte er sich nicht daran erinnern. »Wer war es?«

»Chandler Scott.« Es war ein Name, der beide elektrisierte. Bernie sagte zunächst gar nichts.

»Wenn ich mich nicht irre, ist das dein Exgatte«, ließ er dann verlauten.

»Wenn man ihn so nennen kann. Ich glaube, wir lebten alles in allem etwa vier Monate zusammen, als Verheiratete noch viel weniger.«

»Woher kommt er?«

»Vermutlich aus dem Knast.«

»Und wie, zum Teufel, hat er dich ausfindig gemacht?«

»Durch meine alte Vermieterin. Offenbar hat sie ihm meinen jetzigen Namen genannt und ihm gesagt, daß wir hier wohnen. Alles andere war ganz einfach.«

»Man möchte meinen, sie würde sich erst erkundigen, ehe sie eine Information weitergibt.«

»Ach, sicher hat sie keinerlei Verdacht geschöpft.« Liz rutschte unbehaglich auf der Couch hin und her. Im Moment war alles sehr mühsam. Sitzen, Stehen, Liegen. Sogar das Atemholen fiel ihr schwer. Das Baby war ziemlich groß und bewegte sich ständig.

»Was wollte er?«

»Er behauptete, er wolle Jane sehen.«

»Warum?« Bernie war entsetzt.

»Ehrlich gesagt, glaube ich gar nicht, daß er es möchte. Er meinte, er wolle mit uns darüber ›diskutieren‹. Und er sagte auch, daß er sich bei einem Anwalt über sein Besuchsrecht erkundigen würde, wenn wir nicht gesprächsbereit wären.«

»Klingt nach Erpressung.«

»Ja. Aber ich glaube, wir sollten mit ihm reden. Ich sagte, daß wir ihn heute abend zurückrufen würden. Er gab mir eine Nummer in Marin.«

»Ich werde mit ihm sprechen. Du hältst dich da besser raus.« Besorgt starrte er vor sich auf den Schreibtisch. Der Zeitpunkt hätte gar nicht ungünstiger sein können. Liz konnte keine zusätzlichen Sorgen gebrauchen.

»Ich glaube, wir sollten selbst einen Anwalt zu Rate ziehen. Womöglich hat dieser Kerl mittlerweile gar keine Rechte mehr.«

»Gute Idee, Liz. Ich gehe der Sache auf den Grund, ehe ich nach Hause komme.«

»Weißt du, an wen du dich wenden könntest?«

»Wir haben einen Rechtsberater in der Firma. Mal sehen, was er vorschlägt.« Er legte auf, und Liz ging zu Jane, um nachzusehen, ob sie mit ihren Hausaufgaben fertig war. Sie klappte eben ihre Bücher zu und sah Liz erwartungsvoll entgegen.

»Bringt mir Daddy einen neuen Gürtel mit?« Das klang sehr hoffnungsvoll.

»Ach, du liebe Güte ... ich habe vergessen, ihn darum zu bitten ... wir wollen ihn heute abend fragen.«

»Mami ...« Jane fing zu weinen an, und Liz hätte am liebsten selbst geheult. Plötzlich tauchten an allen Ecken und Enden Schwierigkeiten auf. Es fiel ihr schwer, sich überhaupt zu bewegen und einen Fuß vor den anderen zu setzen, und dabei wollte sie Jane die Veränderung leichter machen und nicht erschweren. Die Ärmste war völlig durcheinander wegen des Babys, das nun in ihr Leben treten würde. Sie kletterte ihrer Mutter auf den Schoß, von dem Wunsch beseelt, selbst noch ein Baby zu sein, und Liz hielt die weinende Jane im Arm. Nachher fühlten beide sich besser, unternahmen einen langen Spaziergang und kauften ein paar Zeitschriften. Jane wollte Blumen für Bernie kaufen, und sie suchte einen Strauß mit Iris und Narzissen aus. Langsam wanderten sie heimwärts.

»Glaubst du, das Baby kommt bald?« Jane sah ihre Mutter halb hoffnungsvoll und halb ängstlich an ... manchmal wünschte sie, es würde überhaupt nicht kommen. Zwar hatte der Kinderarzt Liz erklärt, in Janes Alter könne man dies gut verkraften. Jane würde sich sehr rasch umstellen, sobald das Baby da war, doch Liz hatte ihre Zweifel.

»Ich weiß es nicht, Schätzchen. Ich hoffe es. Langsam habe ich es satt, so dick zu sein.« Sie wechselten ein Lächeln, Hand in Hand dahinschlendernd.

»Ach, du siehst nicht mal so übel aus. Kathys Mutter sah gräßlich aus. Ihr Gesicht wurde dick wie bei einem Schwein« – Jane blies die Backen auf, und Liz lachte – »und sie bekam an den Beinen die blauen Streifen.«

»Krampfadern.« Sie selbst hatte Glück und litt nicht daran. »Muß schrecklich sein, ein Kind zu kriegen, hm?«

»Nein, das ist es nicht. Es ist schön. Weißt du, im nachhinein lohnt es sich. Man vergißt alle unangenehmen Sachen, und so schlimm ist es gar nicht. Wenn man mit dem Mann, den man liebt, ein Baby hat, dann ist es das Schönste auf der Welt.«

»Hast du meinen Daddy auch liebgehabt?« Jane schien deswegen besorgt. Merkwürdig, daß sie diese Frage ausgerechnet heute stellte, an dem Tag, an dem Chandler Scott nach langer Zeit angerufen hatte und Liz daran erinnert worden war, wie sehr sie ihn haßte. Doch das konnte sie Jane gerade jetzt nicht sagen, und sie bezweifelte, ob sie es ihr je sagen würde, denn es stand zu befürchten, daß Janes Selbstwertgefühl darunter litt.

»Ja. Sogar sehr.«

»Wie ist er gestorben?« Es war das erste Mal, daß Jane ihr diese Frage stellte, so daß Liz sich fragte, ob sie das Gespräch mit Bernie angehört hatte. Sie hoffte inständig, daß dies nicht der Fall war.

»Er kam bei einem Unfall ums Leben.«

»War es ein Autounfall?«

Diese Erklärung war so gut wie jede andere. »Ja. Er war auf der Stelle tot. Er hat nicht gelitten.« Sie vermutete ganz richtig, daß es für das Kind ein wichtiger Punkt war.

»Da bin ich aber froh. Es muß für dich sehr traurig gewesen sein.«

»Ja, sehr«, log Liz.

»Wie alt war ich damals?« Sie waren fast zu Hause angelangt, und Liz war so außer Atem, daß sie kaum sprechen konnte.

»Ein paar Monate, Schätzchen.« Sie stiegen die Stufen zur Haustür hinauf, und Liz sperrte auf. Drinnen setzte sie sich an den Küchentisch, während Jane die Blumen für Bernie in eine Vase tat. Sie sah mit glücklichem Lächeln zu ihrer Mutter hin.

»Ich bin froh, daß du geheiratet hast, jetzt habe ich wieder einen Daddy.«

»Ich bin auch froh.« Denn Bernie ist viel besser als der andere.

Jane brachte die Blumen ins Wohnzimmer, und Liz machte sich daran, das Essen zuzubereiten. Sie ließ es sich noch immer nicht nehmen, jeden Abend zu kochen, selbst das Brot zu backen und Janes und Bernies Lieblingsdesserts vorzubereiten. Sie wußte nicht, wie sie sich nach der Entbindung fühlen würde und wieviel Arbeit das Baby machte, deshalb war es für sie einfacher, die beiden jetzt zu verwöhnen. Das machte sie sich täglich zur Aufgabe, und Bernie freute sich aufs Nachhausekommen und auf die Leckerbissen, die sie für ihn parat hatte. Er selbst hatte zehn Pfund zugenommen und schob es scherzhaft auf die Schwangerschaft.

An jenem Abend kam er früh nach Hause, begrüßte beide überschwenglich und bedankte sich bei Jane für die Blumen. Seine Besorgnis ließ er sich erst anmerken, als er mit Liz allein war und Jane schon im Bett lag. Er hatte das Thema nicht besprechen wollen, aus Angst, Jane könnte mithören. Er schloß die Tür zum Schlafzimmer und die zu Janes Zimmer und schaltete den Fernsehapparat ein, damit die Kleine nicht verstehen konnte, was geredet wurde. Er sah Liz niedergeschlagen an.

»Peabody, unser Rechtsberater, empfahl mir einen Anwalt, einen gewissen Grossman, mit dem ich mich am Nachmittag beriet.« Der Mann schien Bernie vertrauenswürdig, weil er aus New York stammte und an der Columbia University studiert hatte. »Er sagt, es stehe nicht gut. Der Kerl hat Rechte.«

»Wie bitte?« Liz war richtig schockiert. Sie hatte sich mühsam auf das Fußende des Bettes gesetzt und rang um Atem. Es ging ihr richtig elend. »Nach all den Jahren? Wie ist das nur möglich?«

»Weil die Gesetze in diesem Staat sehr liberal sind – deswegen.« Nie hatte er mehr bedauert als jetzt, daß Berman ihn nicht schon nach New York versetzt hatte. »Hätte ich Jane adoptiert, dann hätte er nichts mehr zu bestellen. Aber ich habe es unterlassen. Das war ein Fehler. Ich wollte mich mit diesem ganzen juristischen Kram nicht abgeben, da sie ohnehin meinen Namen trägt.« Nach allem, was der Anwalt gesagt hatte, hätte er sich deswegen am liebsten die Haare gerauft.

»Und daß er sie verlassen hat, macht nichts aus ... daß er uns beide einfach sitzenließ?«

»Das könnte den Ausschlag zu unseren Gunsten geben, aber selbstverständlich ist das nicht. Es hängt alles vom Richter ab. Das Ganze wird zu einem ›Fall‹, und der Richter muß entscheiden, was es mit diesem ›Verlassen‹ auf sich hat. Gewinnen wir – großartig. Wenn nicht, können wir Berufung einlegen. Aber in der Zwischenzeit und noch ehe die Sache zur ersten Verhandlung kommt, was eine ganze Weile dauern kann, wird man ihm das zeitweilige Besuchsrecht einräumen, nur um ihm gegenüber ›fair‹ zu sein.«

»Aber dieser Mann ist ein Knastbruder, ein Gauner, ein Betrüger.« So erregt hatte er Liz noch nie erlebt. Es war ihr anzumerken, wie sie diesen Mann haßte, und sie hatte allen Grund dazu. Allmählich stauten sich auch in Bernie Haßgefühle auf. »Man riskiert es, ein Kind ohne weiteres dieser Gefahr auszusetzen?«

»Offenbar ja. Man geht davon aus, daß der natürliche Vater ein guter Mensch ist, solange nicht das Gegenteil bewiesen ist. Also wird man ihm erlauben, Jane zu besuchen. Als nächstes ziehen wir vor Gericht, um die Sache auszufechten, und dann gewinnen oder verlieren wir. In der Zwischenzeit aber müssen wir ihr erklären, wer er ist, warum er sie besucht und was wir dabei empfinden.« Liz war entsetzt, so entsetzt, wie Bernie nach dem Gespräch mit dem Anwalt gewesen war. Er entschloß sich, ihr alles zu sagen.

»Und Grossman sagt, wir könnten den Prozeß leicht verlieren. In diesem Staat neigt man dazu, zugunsten des Vaters zu entscheiden, und der Richter könne Sympathien für ihn entwickeln, auch wenn wir der Ansicht sind, daß es sich um einen Halunken handelt. Hier geht man davon aus, daß die Väter Rechte haben, es sei denn, sie mißhandeln ihre Kinder oder dergleichen. Und auch wenn dies vorkommen sollte, ist zwar vorgesehen, daß das Kind geschützt wird, daneben bleibt aber das Besuchsrecht erhalten. Ist das nicht entsetzlich?« Er war so wütend, daß er rückhaltlos alles gesagt hatte. Erst als Liz zu weinen anfing, wurde ihm sein unkluges Verhalten bewußt. Sie war nicht in der Verfassung, sich all diesen Möglichkeiten zu stellen. »Mein Liebling, es tut mir leid ... das alles hätte ich dir nicht sagen dürfen.«

»Ich muß wissen, ob es stimmt«, schluchzte sie. »Können wir denn nichts unternehmen, um ihn loszuwerden?«

»Ja und nein. Grossman war ganz offen zu mir. Es ist gegen das Gesetz, wenn wir den Kerl finanziell abfinden, doch hat man sich schon oft auf diese Weise geholfen. Und es steht zu vermuten, daß das alles ist, was er will. Nach all den Jahren ist es eher unwahrscheinlich, daß er sich mit Jane beschäftigen möchte. Meiner Ansicht nach will er ein paar Scheinchen, um sich über die Zeit hinwegzuretten, bis er wieder im Knast landet. Allerdings besteht dann die Gefahr, daß er immer aufkreuzt, wenn er knapp bei Kasse ist. Diese Lösung könnte sich als Faß ohne Boden erweisen.« Im Moment war er versucht, es wenigstens einmal mit Geld zu versuchen. Auf der Heimfahrt hatte er darüber nachgedacht. Er war gewillt, ihm zehntausend Dollar zu geben, falls er endgültig aus ihrem Leben verschwände. Er hätte ihm auch mehr gegeben, fürchtete aber, damit nur seinen Appetit anzuregen. Das sagte er auch Liz, und sie gab ihm recht.

»Sollen wir ihn anrufen?« Sie wollte die Sache rasch hinter sich bringen, denn die nun fast ständig spürbaren Stiche in ihrem Bauch machten sie fast wahnsinnig. Sie spürte, wie heftig ihr Herz schlug, als sie Bernie den Zettel gab, auf dem sie sich Chandlers Nummer notiert hatte.

»Ich möchte selbst mit ihm sprechen, weil ich es für besser halte, wenn du dich heraushältst. Wer weiß, vielleicht hat er es darauf abgesehen, dich aus dem Gleichgewicht zu bringen, und je weniger Gelegenheit wir ihm dazu bieten, desto leichter wird er sich abwimmeln lassen.« Das hörte sich sehr vernünftig an, und Liz war froh, Bernie alles überlassen zu können.

Die Verbindung kam zustande, und Bernard verlangte Chandler Scott, als abgehoben wurde. Dann hieß es warten – endlos, wie es schien. Als sich endlich eine Männerstimme meldete, hielt Bernie den Hörer so, daß auch Liz mithören konnte. Er wollte sich vergewissern, ob er den Richtigen erwischt hatte, und sie gab ihm mit einem Nicken zu verstehen, daß es Chandler Scott war. Von da an nahm Bernie die Sache in die Hand.

»Mr. Scott? Mein Name ist Fine.«

»So?« Chandler Scott begriff erst nach einer Sekunde der Ratlosigkeit. »Ach, richtig. Sie sind mit Liz verheiratet.«

»Ganz recht. Ich hörte, daß Sie heute angerufen haben. Es ging um ein Geschäft.« Grossman hatte ihm geraten, weder das Kind noch den Zweck des Geldes zu erwähnen für den Fall, daß Scott das Gespräch auf Band aufnahm. »Wir sind zu einem Entschluß gelangt.«

Scott war sofort im Bilde. Ihm imponierte ein Mann, der nicht lange fackelte, obwohl es ihm Spaß gemacht hätte, wieder mit Liz zu sprechen. »Was meinen Sie, sollen wir uns treffen und alles besprechen?« Er benutzte ähnliche Umschreibungen wie Bernard, wahrscheinlich aus Angst vor der Polizei. Worauf sie sich da einließen, war nicht abzusehen, dachte Liz.

»Das halte ich für überflüssig. Mein Klient hat mir den Preis genannt. Zehntausend für das ganze Paket. Nur ein einziges Mal, für Ihre früheren Leistungen. Ich glaube, man möchte Sie endgültig abfinden.« Die Bedeutung dieser Worte war allen dreien klar. Nun trat am anderen Ende längeres Schweigen ein.

»Müßte ich etwas unterschreiben?« Scott war auf der Hut.

»Das ist nicht nötig.« Bernie wäre es zwar lieber gewesen, aber Grossman hatte ihm gesagt, daß die Unterschrift nicht das Papier wert wäre, auf dem sie stünde.

Der Kerl kam ohne Umschweife zum Kern der Sache, was nach Bernies Meinung auf Gier schließen ließ. »Wie komme ich an das Zeug?« In einer braunen Papiertüte an der Bushaltestelle. Fast hätte Bernie laut aufgelacht, nur war das alles leider gar nicht komisch. Er wollte diesen Taugenichts möglichst schnell loswerden, vor allem Liz zuliebe, die so knapp vor der Entbindung keinen zusätzlichen Belastungen ausgesetzt werden sollte.

»Ich bringe es an einen Treffpunkt.«

»In bar?«

»Natürlich.« Dieser Schweinehund war nur hinter dem Geld her. An Jane lag ihm nicht das mindeste. Das war auch früher so gewesen, hatte Liz ihm gesagt.

»Wenn Sie wollen, treffen wir uns morgen.«

»Wo wohnen Sie?« Ihre Adresse stand nicht im Telefonbuch, und Bernie war sehr froh darüber. Sein Büro war als Treffpunkt ebensowenig zu empfehlen. Am liebsten war ihm eine Bar, ein Restaurant oder ein Hauseingang. Langsam kam Bernie sich vor wie in einem Gangsterfilm, während er angestrengt überlegte, wo er sich mit dem Kerl treffen konnte.

»Treffen wir uns bei ›Harry‹ an der Union Street. Um die Mittagszeit.« Bernies Bank lag in unmittelbarer Nähe. Er konnte das Geld abliefern und dann sofort nach Hause fahren und nach Liz sehen.

»Großartig.« Chandler Scott klang so begeistert, als hätte er jetzt keine Sorgen mehr. »Also, dann bis morgen.« Damit legte er auf.

»Er geht darauf ein.« Bernie wandte sich erleichtert an Liz.

»Glaubst du, das ist alles, was er möchte?«

»Im Moment schon. Ich glaube, für ihn sind zehntausend ein Haufen Geld. Im Moment ist er nicht fähig, darüber hinauszudenken. Wie Grossman ganz richtig sagt, ist das einzige Problem dabei die Möglichkeit, daß er es später wieder versucht. Doch dem wollen wir uns stellen, wenn es soweit ist.« Monatliche Zahlungen dieser Größenordnung konnte er sich nicht leisten. »Mit etwas Glück werden wir schon in New York sein, wenn er wieder pleite ist. Dort findet er uns niemals. Nächstes Mal werden wir deiner früheren Vermieterin vor einem Umzug unsere Adresse nicht verraten, oder nur unter der Bedingung, daß sie sie nicht weitergibt.« Liz nickte. Bernie hatte recht. Waren sie erst in New York, würde Chandler sie vermutlich nicht mehr ausfindig machen können. »In der Firma wollte ich mich nicht mit ihm treffen, weil ich ihm keinen Anhaltspunkt liefern wollte.«

Liz sah ihn voller Dankbarkeit an. »Es tut mir ja so leid, daß ich dich in all das hineinziehe, Liebling. Ich verspreche dir, daß ich alles zurückzahlen werde, sobald ich das Geld zusammengespart habe.«

»Mach dich nicht lächerlich.« Er legte den Arm um sie. »Die Sache ist nun mal passiert, und morgen werden wir sie ein für allemal aus der Welt schaffen.«

Liz' ernste Miene verriet, wie sehr sie unter der Situation litt, in die Chandler Scott sie gebracht hatte. Ein Beben durchlief sie, so daß sie voller Angst eine Hand nach Bernie ausstreckte. »Versprichst du mir etwas?«

»Was du willst.« Nie hatte er sie mehr geliebt als jetzt, in ihrem Zustand, der sie so hilflos erscheinen ließ.

»Wirst du Jane vor ihm beschützen, falls mir jemals etwas zustößt?« Sie sah ihn mit großen Augen an, und Bernie zog die Brauen zusammen.

»Sag nicht solche Sachen.« Er war noch jüdisch genug, um abergläubisch zu sein, wenn auch nicht so wie seine Mutter, aber es reichte. »Es wird dir nichts zustoßen.« Der Arzt hatte ihm gesagt, daß Frauen kurz vor der Entbindung manchmal an Angstzuständen, ja sogar unter Todesahnungen litten. Vielleicht war ihre Stimmung ein Anzeichen dafür, daß die Geburt knapp bevorstand.

»Versprichst du es mir? Ich will nicht, daß er in Janes Nähe kommt, niemals. Schwöre mir ...« Sie steigerte sich immer mehr in ihre Angst, und er versprach es ihr.

»Du weißt, daß ich sie liebhabe wie ein eigenes Kind. Mach dir also keine Sorgen.« Doch Liz hatte Alpträume, als sie in der Nacht in seinen Armen lag, und Bernie selbst war kaum imstande, seiner Nervosität Herr zu werden, als er mit einem Umschlag voller Hundertdollarscheine zu dem Treffen mit Scott ging. Liz hatte ihm gesagt, daß er nach einem großen, schlanken, blonden Mann Ausschau halten sollte und daß Scott wahrscheinlich nicht so aussehen würde, wie es unter den gegebenen Umständen zu erwarten war.

»Dem Aussehen nach würde man ihn eher mit einer Jacht in Verbindung bringen oder ihn gern der eigenen kleinen Schwester vorstellen.«

»Wie schrecklich. Womöglich gehe ich auf einen ganz harmlosen Menschen zu, übergebe ihm den Umschlag und handle mir einen Kinnbaken ein oder ... noch schlimmer, er nimmt den Umschlag und türmt.«

Als Bernie in der Bar stand, fühlte er sich wie ein russischer Spion bei einem Einsatz. Er musterte die Mittagsgäste aufmerksam und bemerkte Scott, kaum daß dieser die Schwelle überschritten hatte. Wie Liz gesagt hatte, sah er hübsch und flott in seinem Blazer und der grauen Hose aus. Erst auf den zweiten Blick zeigte sich, daß der Blazer billig war, die Hemdmanschetten ausgefranst und die Schuhe abgetreten. Seine äußere Aufmachung bedurfte zweifellos einer Auffrischung. Als er an die Bar ging, einen Scotch pur bestellte und mit dem Glas in der zitternden Hand die Leute beobachtete, sah er aus wie ein angejahrter Schuljunge, den das Glück im Stich gelassen hatte. Bernie hatte ihm von sich keine Beschreibung gegeben, war daher im Vorteil. Er war fast sicher, daß dies sein Mann war und spitzte die Ohren, als Scott sich mit dem Barkeeper unterhielt. Er sei eben aus Arizona zurückgekommen, erklärte Chandler Scott, und nach ein paar weiteren Minuten und der Hälfte seines Glases hörte Bernie das Eingeständnis, daß er dort hinter Gittern gesessen habe. Mit einem jungenhaften Lächeln zog Scott die Schultern hoch und fuhr fort:

»Der Teufel soll sie holen, wenn sie nicht mal einen kleinen Jux verstehen ... Ich bezahlte mit ungedeckten Schecks, und der Richter spielte verrückt. Schön, wieder in Kalifornien zu sein.« Seine Bemerkung warf ein betrübliches Licht auf die Gesetzgebung dieses Staates, und wieder regte sich in Bernie Bedauern darüber, daß sie noch nicht wieder in New York waren. Endlich entschloß er sich, den Mann anzusprechen.

»Mr. Scott?« Er sprach ganz leise und glitt diskret auf den Hocker neben Chandler, der sichtlich nervös seinen zweiten Drink in die Hand nahm. Aus der Nähe sah Bernie, daß Chandler Scotts Augen blau waren wie die von Jane. Da jedoch Liz auch blaue Augen hatte, ließ sich schwer feststellen, wessen Augen Jane geerbt hatte. Er sah gut aus, wirkte aber älter als neunundzwanzig. Eine Strähne seines dichten blonden Haares fiel ihm schräg in die Stirn. Bernie konnte verstehen, daß

Liz auf ihn hereingefallen war. Der Kerl verfügte über eine unschuldige, jungenhafte Art, die es ihm sehr erleichterte, die Leute auszunehmen und sie zu überzeugen, daß es sich lohnte, in seine Luftgeschäfte zu investieren. Seit seinem achtzehnten Lebensjahr hatte er von Betrügereien gelebt und sich trotz häufiger Gefängnisaufenthalte nicht wesentlich geändert. Noch immer trug er das naive Aussehen eines Jungen aus dem Mittleren Westen zur Schau. Man merkte ihm an, daß er von seinem Country-Klub-Auftreten, das er sich einst zugelegt hatte, noch zehrte, ohne verbergen zu können, daß sein Glück ihn verlassen hatte. Er sah Bernie mit gierigem Blick an, als dieser ihn ansprach.

»Ja?« Sein Lächeln erreichte nur die Lippen, seine Augen blieben eiskalt, während sein Blick Bernie abschätzte.

»Mein Name ist Fine.« Mehr brauchte er nicht zu sagen.

»Na großartig.« Chandler strahlte. »Ist für mich was dabei?«

Bernie nickte, ließ sich aber mit der Übergabe des Umschlags Zeit, während Chandler Scotts Blick jede Einzelheit von Bernies Kleidung registrierte. »Ja.« Der Blick fiel auf Bernies Uhr. Es war nicht die Patek Philippe, auch nicht seine Rolex. Er hatte mit Absicht eine Uhr gewählt, die sein Vater ihm vor Jahren geschenkt hatte, als er noch studierte, aber auch sie war kein Billigmodell, und Scott bemerkte es. Das Gefühl vertiefte sich, daß er diesmal ins Schwarze getroffen hatte.

»Sieht mir ganz danach aus, als hätte die kleine Liz sich diesmal einen netten Ehemann geangelt.«

Bernie ersparte sich eine Bemerkung. Wortlos zog er den Umschlag aus seiner Brusttasche. »Ich glaube, das ist es, was Sie wollen. Sie können nachzählen. Es ist alles da.«

Den Bruchteil eines Augenblicks sah Chandler Scott Bernie an. »Woher soll ich wissen, ob es echt ist?«

»Wie bitte?« Bernie war außer sich. »Woher sollte ich mir Ihrer Meinung nach Falschgeld beschaffen?«

»So was soll vorkommen.«

»Dann gehen Sie damit zur Bank und lassen Sie die Scheine prüfen. Ich warte inzwischen hier.« Bernie ließ sich nicht aus der Ruhe bringen, und Scott machte nicht den Eindruck, als würde er irgendwohin gehen, als er die Hundertdollarscheine im Umschlag aufblätterte. Zehntausend Dollar. »Ehe Sie gehen, möchte ich Ihnen eines sagen: Lassen Sie sich nie wieder blicken. Nächstes Mal springt kein lausiger Cent für Sie heraus. Ist das klar?«

Sein Blick bohrte sich in den Chandlers. Der nette blonde Mann lächelte. »Verstanden.« Er trank aus, setzte das Glas ab, steckte den Umschlag in seine Jacke und sah Bernie ein letztes Mal an. »Grüßen Sie Liz. Tut mir leid, daß ich sie nicht gesehen habe.« Am liebsten hätte Bernie ihm einen Tritt versetzt, er blieb aber reglos sitzen. Interessant, daß der Bursche Jane nicht ein einziges Mal erwähnt hatte. Er hatte sie für zehntausend Dollar verkauft und verließ, nachdem er dem Barkeeper lässig zugewinkt hatte, das Lokal und verschwand um die Ecke. Bernie blieb indessen zornbebend an der Bar sitzen. Nicht einmal auf seinen Drink hatte er noch Lust. Er wollte heim zu Liz und sich vergewissern, daß es ihr gutging. Die vage Befürchtung, der Kerl würde auftauchen und Liz erschrecken oder aber versuchen, Jane trotz ihrer Abmachung zu sehen, ließ ihn nicht los. Andererseits hielt er es für unwahrscheinlich, daß Chandler Scott etwas an dem Kind lag.

Nach einer Weile ging auch Bernie, stieg in seinen Wagen und fuhr nach Hause. Er ließ das Auto vor der Garage stehen und lief eilig die Stufen hinauf. Die Begegnung hatte ihn ziemlich erschüttert, warum, das hätte er gar nicht sagen können. Er wußte nur, daß er Liz rasch sehen mußte. Während er mit dem Schlüssel kämpfte, dachte er schon, daß niemand zu Hause sei. Da fiel sein Blick in die Küche, und er sah Liz, die sich eine Haarsträhne aus den Augen strich. Sie war eben dabei, für ihn und Jane etwas zu backen.

»Hallo, du.« Sein Lächeln kam zögernd. Er war so erleichtert, sie zu sehen, daß er fast geweint hätte. Liz ließ sich schwerfällig auf einem Küchenstuhl nieder und erwiderte sein Lächeln. Sie sah aus wie eine Märchenprinzessin, von ihrem großen Bauch abgesehen. »Na, mein Schatz.« Er ging zu ihr und berührte sacht ihr Gesicht. Sie ließ den Kopf gegen seine Schulter sinken. Den ganzen Morgen über war sie in Angst und Sorge gewesen. Dazu kam ihr Schuldbewußtsein, weil sie ihm Umstände und Unkosten bereitete.

»Ist alles glatt gegangen?«

»Perfekt. Und er sah genauso aus, wie du ihn mir beschrieben hast. Ich schätze, daß er das Geld sehr dringend braucht.«

»Wenn das stimmt, dann wird er bald wieder hinter Gittern landen. Der Kerl hat mehr Betrügereien und linke Touren auf dem Kerbholz, als man sich vorstellen kann.«

»Und wozu braucht er das Geld?«

»Zum Überleben, denke ich. Eine andere Art, sich das fürs Leben Nötige zu verdienen, kennt er gar nicht. Ich war immer der Meinung, wenn er all diese Energien in ehrliche Arbeit stecken würde, könnte er längst der Boß von General Motors sein.« Bernie reagierte mit einem ironischen Lächeln. »Hat er nach Jane gefragt?«

»Nein, mit keinem Wort hat er sie erwähnt. Er nahm das Geld und machte sich davon.«

»Gut. Hoffentlich läßt er sich niemals wieder blicken.« Mit einem erleichterten Aufatmen sah sie Bernie an. Liz war sehr dankbar, daß es ihn gab, besonders nach den schweren Zeiten, die sie durchgemacht hatte, ehe sie ihn traf, und sie vergaß keinen Augenblick, wie gut es das Schicksal mit ihr gemeint hatte.

»Das hoffe ich auch, Liz.« Insgeheim war er nicht so überzeugt, Chandler Scott nie mehr wiederzusehen. Der Bursche war zu gerissen. Doch das sagte er Liz nicht, da sie genug andere Sorgen hatte. Er aber dachte jetzt ernstlich daran, Jane zu adoptieren, wollte Liz aber vor der Entbindung nicht mit seinem Plan belasten. Sie war die meiste Zeit über sehr matt und fühlte sich gar nicht wohl. »Denk jetzt nicht mehr daran. Es ist vorbei und abgeschlossen. Wie geht's unserem kleinen Kameraden?« Er strich über ihren Bauch, der so groß war wie bei einer Buddha-Figur, und sie lachte.

»Er teilt kräftige Tritte aus. Ich habe das Gefühl, er könnte jeden Augenblick kommen.« Das Baby war sehr schwer und lag schon so tief, daß sie kaum mehr gehen konnte. Bernie hätte nicht mehr gewagt, sich ihr zu nähern. Man konnte spüren, wie der Kopf des Kindes gegen den Muttermund drückte, und Liz klagte über einen ständigen Druck auf die Blase. In der Nacht hatte sie einige heftige Schmerzattacken, und er drängte sie, den Arzt anzurufen, der sich jedoch nicht allzu beeindruckt zeigte. Wieder im Bett, konnten sie keinen Schlaf finden.

Die nächsten drei Wochen vergingen im Schneckentempo. Zehn Tage nach dem errechneten Termin war Liz so erschöpft, daß sie sich hinsetzte und losheulte, als Jane ihr Abendbrot nicht essen wollte.

»Schon gut, mein Schatz.« Bernie hatte angeboten, etwas zusammen zu unternehmen, doch Jane war erkältet, und Liz war zu müde. Sie wollte sich nicht mehr hübsch anziehen und zurechtmachen und litt ständig unter Schmerzen. Bernie las Jane an jenem Abend eine Geschichte vor und brachte sie am nächsten Tag selbst zur Schule, so daß sie nicht auf die Fahrgemeinschaft angewiesen waren. Er hatte kaum sein Büro betreten, als seine Sekretärin sich über die Sprechanlage meldete. Er war eben dabei, die aus New York eingetroffenen Verkaufszahlen für März durchzusehen, die sensationell waren.

»Ja?«

»Mrs. Fine auf vier.«

»Danke, Irene.« Er nahm ab, den Blick noch immer auf seine Unterlagen gerichtet, von der Frage bewegt, warum sie anrief. »Was gibt es, Liebling?« Zu Hause vergessen hatte er nichts. War womöglich Janes Erkältung schlimmer geworden, so daß er sie jetzt von der Schule abholen sollte? »Alles klar?«

Liz lachte herzlich, was eine gewaltige Verbesserung ihrer Stimmung seit heute morgen signalisierte. Sie war gereizt und mißlaunig gewesen und hatte auf seinen Vorschlag, auswärts zu Abend zu essen, ablehnend reagiert. Doch er hatte Verständnis dafür, daß sie sich lausig fühlte und nervös war, und regte sich nicht weiter auf, wenn sie ihre Laune an ihm ausließ. »Alles ist bestens.« Das klang aufgeregt und glücklich.

»Na, du klingst ja sehr munter. Ist etwas Besonderes passiert?«

»Möglich.«

»Was heißt das?« Er fuhr blitzartig seine Antenne aus.

»Das Fruchtwasser ist abgegangen.«

»Hallelujah! Ich komme sofort.«

»Nicht nötig, ansonsten rührt sich nämlich nichts, nur ein paar kleine Krämpfe.« Dennoch war sie siegessicher, und er hielt es nun nicht mehr aus. Darauf hatten sie neuneinhalb Monate gewartet, und er wollte bei ihr sein.

»Hast du den Arzt schon angerufen?«

»Ja. Wir sollen ihn verständigen, wenn die Sache in Bewegung kommt.«

»Und wie lange wird es seiner Meinung nach dauern?«

»Du weißt, was wir im Kurs gehört haben. Es kann in einer halben Stunde losgehen oder aber auch erst morgen früh. Ich glaube, es wird nicht lange dauern.«

»Bin gleich bei dir draußen. Brauchst du etwas?«

Sie lächelte. »Nur dich, mein Schatz … es tut mir leid, daß ich in den letzten Wochen so ungenießbar war … ich fühlte mich so elend.« Dabei hatte sie ihm gar nicht gesagt, wie schlimm ihre Kreuz- und Hüftschmerzen waren.

»Ich weiß. Aber keine Angst, Liebling, das ist jetzt bald vorbei.«

»Ich kann es kaum erwarten, das Baby zu sehen.« Aber plötzlich bekam Liz Angst, und als er zu Hause eintraf, war sie voller Anspannung. Bernie massierte ihr den Rücken und versuchte, sie mit harmlosem Geplauder abzulenken, während sie duschte. Und die Dusche war es, die alles in Gang zu setzen schien. Nachher ließ sie sich mit ernstem Blick nieder und zuckte zusammen, als die ersten starken Wehen kamen. Er ließ sie richtig atmen und stoppte die Abstände zwischen den Wehen mit seiner Uhr. »Mußt du das Ding mit dir herumtragen?« Liz wurde wieder angriffslustig, doch beide hatten im Kurs gelernt, warum das so war. Vermutlich befand sie sich schon in der Eröffnungsphase. »Warum mußt du die Uhr tragen? Ich finde sie richtig kitschig.« Insgeheim lächelte er, weil er wußte, daß die Sache Fortschritte machte – ihre Gereiztheit war ein Anzeichen dafür.

Er rief Tracy in der Schule an und bat sie, Jane den Nachmittag über zu sich zu nehmen. Tracy war ganz aufgeregt, als sie hörte, bei Liz hätten die Wehen eingesetzt. Um ein Uhr kamen die Wehen stark und in immer geringeren Abständen, so daß Liz dazwischen kaum mehr Atem holen konnte. Es war höchste Zeit loszufahren. Im Krankenhaus wurden sie bereits vom Arzt erwartet. Bernie schob Liz im Rollstuhl, gefolgt von einer Schwester. Bei jeder Wehe gab Liz ihm das Zeichen anzuhalten. Und plötzlich winkte sie verzweifelt. Sie war nicht mehr imstande zu atmen, als eine Wehe die andere jagte. Als man ihr im Wehenzimmer aus dem Rollstuhl ins Bett half und Bernie ihr beim Ausziehen zur Hand ging, fing sie zu schreien an.

»Schon gut ... schon gut ...« Seine Angst war verflogen. Er konnte sich gar nicht mehr vorstellen, anderswo zu sein als bei ihr und dem Kind, das geboren wurde. Auch bei der nächsten Wehe stieß sie einen schrecklichen Schrei aus und einen noch lauteren, als der Arzt sie untersuchte. Bernie hielt ihre Hände und sagte ihr, wie sie atmen sollte, doch sie konnte sich nur schwer konzentrieren und stand im Begriff, die Beherrschung zu verlieren. Der Arzt aber schien hoch zufrieden.

»Liz, Sie machen das fabelhaft«, lobte er sie. Er war ein gütiger Mann mit grauem Haar und blauen Augen. Wie Liz, so hatte auch Bernie sofort Vertrauen zu ihm gefaßt. Er strahlte Wärme und Erfahrung aus, aber Liz hörte seine Worte gar nicht. Sie hielt Bernies Arm umklammert und schrie bei jeder Wehe. »Acht Zentimeter erweitert ... wir brauchen noch zwei Zentimeter ... dann können Sie pressen.«

»Ich will nicht pressen ... ich will nach Hause ...« Bernie lächelte dem Arzt zu und beschwor Liz, tief durchzuatmen. Liz machte ihre Sache besser, als der Arzt erwartet hatte. Um vier Uhr lag sie im Kreißsaal und preßte. Seit Einsetzen der Wehen waren unterdessen acht Stunden vergangen, aber für Bernie verging die Zeit wie im Flug. Er redete Liz gut zu und beruhigte sie immer wieder, doch für sie, die von Schmerzen durchtobt wurde, war es eine Ewigkeit.

»Ich kann nicht mehr!« Sie schrie es plötzlich heraus und weigerte sich zu atmen. Eilig legte man ihre Beine auf die Stützen, und der Arzt kündigte an, daß er einen Dammschnitt machen wolle. »Ist mir egal, was Sie machen ... Holen Sie das Baby heraus ...« Sie schluchzte wie ein Kind, und Bernie spürte, wie ihm die Kehle eng wurde. Es war unerträglich, mitansehen zu müssen, wie sie sich vor Schmerzen wand. Das Atmen schien ihr überhaupt keine Erleichterung zu verschaffen, doch der Arzt schien unbesorgt.

»Können Sie ihr nichts geben?« flüsterte Bernie ihm zu. Der Arzt schüttelte den Kopf, während die Schwestern in Bewegung gerieten und zwei Frauen in grünen OP-Kitteln ein Kinderbettchen mit Heizlampe hereinschoben. Schlagartig wurde alles Realität. Das Bettchen war für ihr Baby bestimmt. Das Baby würde jetzt auf die Welt kommen. Er beugte sich zu Liz' Ohr und ermutigte sie, zu atmen und zu pressen, wenn der Arzt es wollte.

»Ich kann nicht ... kann nicht ... es tut so weh ...« Mehr hielt sie einfach nicht mehr aus, Bernie war wie betäubt, als er auf die Uhr sah und feststellte, daß es sechs Uhr vorbei war. Seit mehr als zwei Stunden hatte sie Preßwehen.

»Kommen Sie ...« Der Arzt ließ nicht locker. »Fester pressen ... los ... noch einmal! Jetzt! Sehr schön ... wieder pressen ... der Kopf ist schon zu sehen ... er kommt ... los!« Und plötzlich war neben Liz' Schmerzensschrei noch ein Schrei, ein leiserer, zu hören, und Bernie starrte fassungslos hin, als der Kopf des Kindes zwischen ihren Beinen erschien, von den Händen des Arztes gehalten. Bernie stützte Liz' Schultern, damit sie zusehen und pressen konnte, und plötzlich war er da. Ihr Sohn. Liz weinte und lachte, und Bernie küßte sie und weinte mit ihr. Es war ein Fest des Lebens, und wie man ihr versprochen hatte, waren die Schmerzen so gut wie vergessen. Der Arzt schnitt die Nabelschnur durch, nachdem auch die Plazenta abgegangen war, und er reichte Bernie seinen Sohn, während Liz zitternd und lächelnd auf dem Entbindungsbett lag und zusah. Die Schwester beruhigte sie, daß das Zittern eine normale Reaktion sei. Sie wurde gewaschen, während Bernie den Kopf des Neugeborenen an ihre Wange hielt. Zärtlich küßte sie die seidige Wange ihres Babys.

»Wie soll er heißen?« fragte der Arzt lächelnd den strahlenden Bernie, während Liz voller Staunen das Baby abtastete.

Zwischen den glücklichen Eltern wurde ein Blick gewechselt, und Liz sprach den Namen ihres Sohnes zum ersten Mal aus. »Alexander Arthur Fine.«

»Arthur hieß mein Großvater«, erklärte Bernie. Der zweite Vorname wollte ihnen nicht so recht zusagen, aber Bernie hatte seiner Mutter versprochen, ihn so zu nennen. »Alexander A. Fine«, wiederholte er und küßte seine Frau, die das Kind in den

Armen hielt. Ihre Tränen vermischten sich mit ihren Küssen, und das Baby schlief selig, während Bernie die beiden umfangen hielt.

## 16

Die Ankunft Alexander Arthur Fines verursachte eine Aufregung, wie Bernie sie in der jüngeren Geschichte seiner Familie nie erlebt hatte. Seine Eltern kamen zu Besuch und schleppten Einkaufstüten voller Geschenke für Jane, Liz und das Baby herbei. Großmama Ruth achtete dabei sehr sorgfältig darauf, Jane nicht zu vernachlässigen. Bernie und Liz waren ihr sehr dankbar, daß sie so viel Aufhebens um die Kleine machte.

»Weißt du, immer wenn ich glaube, ich kann sie nicht mehr ertragen, tut meine Mutter etwas sehr Liebes, kaum zu glauben, daß es dieselbe ist, die mich fast in den Wahnsinn treibt.«

Liz lächelte. Seit dem gemeinsamen Erlebnis von Alexanders Geburt standen sie einander noch näher. Es war ein Ereignis, an das sie mit ehrfürchtigem Schweigen zurückdachten. »Vielleicht wird Jane eines Tages auch so von mir sprechen.«

»Das glaube ich nie und nimmer.«

»Ich wünschte, ich könnte da so sicher sein.« Liz lachte. »Ich bin nicht überzeugt, daß ich so viel anders bin . . . eine Mutter ist eine Mutter . . .«

»Keine Angst, ich werde es nicht zulassen . . .« Er tätschelte die Kehrseite des Kleinen, der an der Brust seiner Mutter eingeschlafen war, nachdem sie ihn gestillt hatte. »Keine Angst, Kleines, sollte sie je Flausen im Kopf haben, werde ich sie ihr an deiner Stelle austreiben.« Und er beugte sich nieder und küßte Liz, die bequem in ihrem Bett saß, um die Schultern ein eisblaues Bettjäckchen, ein Geschenk von Ruth.

»Deine Mutter verwöhnt mich nach allen Regeln der Kunst.«

»Das soll sie ruhig tun. Du bist ihre einzige Tochter.« Sie hatte Liz den Ring gegeben, den Lou ihr vor sechsunddreißig Jahren nach Bernies Geburt geschenkt hatte, einen von kleinen, lupenreinen Diamanten umgebenen Smaragd.

Seine Eltern blieben drei Wochen und wohnten wieder im »Huntington«. Ruth half Liz mit dem Baby, während Jane in der Schule war, und die Nachmittage widmete sie Jane, führte sie aus und unternahm allerhand kleine Streifzüge mit ihr. Für Liz war es eine große Hilfe, denn sie hatte sonst niemanden und wollte auch nicht, daß Bernie jemanden einstellte. Sie wollte sich selbst um das Baby kümmern, und Haushalt und Kocherei hatte sie ohnehin immer allein bewältigt. »Ich könnte es nicht ertragen, wenn jemand anderer es für mich täte.« Darin blieb sie so eisern, daß er sie nicht weiter bedrängte. Aber ihm fiel auf, daß sie nicht wieder richtig zu Kräften kam. Dasselbe stellte auch seine Mutter vor dem Abflug nach New York fest.

»Ich glaube, Liz sollte das Baby nicht mehr stillen. Es kostet sie zuviel Kraft. Sie ist sehr erschöpft.«

Der Arzt hatte auch schon mit Liz darüber gesprochen, doch sie zeigte sich unbeeindruckt, auch als Bernie ihr sagte, sie würde sich seiner Meinung nach rascher erholen, wenn sie das Stillen aufgäbe.

»Du redest wie deine Mutter.« Sie warf ihm vom Bett aus einen unmutigen Blick zu. Nach vier Wochen verbrachte sie die meiste Zeit noch immer im Bett. »Für das Baby ist das Stillen das Allerwichtigste. Es bekommt damit die nötige Widerstandskraft …« Sie betete das Credo der Still-Befürworter herunter, aber Bernie war nicht überzeugt. Seine Mutter hatte ihm angst gemacht. Er fürchtete, Liz' Mattigkeit sei nicht normal.

»Sei doch nicht so kalifornisch.«

»Kümmere dich um deine Angelegenheiten.« Sie lachte ihn aus und wollte nichts mehr davon hören. Sorgen machte ihr einzig und allein die Tatsache, daß ihre Hüften noch immer schmerzten.

Im Mai, nachdem seine Eltern abgereist waren, fuhr er nach New York und Europa. Liz war zu erschöpft, um ihn zu begleiten, und sie dachte nicht daran, das Kleine zu entwöhnen. Als Bernie zurückkam und sie unverändert erschöpft vorfand, regte er sich sehr auf, aber noch mehr, als ihr Zustand sich auch im Sommer in Stinson Beach nicht ändern wollte. Er hatte manchmal den Eindruck, daß ihr das Laufen Mühe machte. Liz wollte es jedoch weder vor ihm noch vor dem Arzt zugeben.

»Liz, ich glaube, du solltest noch einmal zur Untersuchung.« Jetzt drängte er sie unentwegt. Alexander war vier Monate alt und ein lebhaftes Baby, das von seinem Vater die grünen Augen und von der Mutter die goldenen Locken geerbt hatte. Liz aber sah auch nach zwei Wochen am Meer bleich und ausgezehrt aus, und als sie sich dann auch noch weigerte, mit ihm zur Eröffnung der Opernsaison zu gehen, war dies für ihn ein Alarmzeichen. Sie behauptete, es mache ihr zuviel Mühe, ein Kleid auszusuchen, und außerdem habe sie ohnehin keine Zeit. Im September war Schulanfang. Wie erschöpft sie wirklich war, wurde ihm erst richtig klar, als er hörte, daß sie mit Tracy vereinbarte, daß sie sie teilweise vertreten sollte, bis Liz sich besser fühlte.

»Sag mal, was soll das alles? Du willst nicht in die Stadt, kein Kleid aussuchen, du hast keine Lust, mich nach Europa zu begleiten« – auch das hatte sie abgelehnt, obwohl er wußte, wie sehr es ihr seinerzeit in Paris gefallen hatte – »und jetzt willst du nur stundenweise unterrichten. Was ist los mit dir?« Er bekam es mit der Angst zu tun und rief am Abend seinen Vater an. »Dad, was könnte dahinterstecken?«

»Ich weiß es nicht. War sie beim Arzt?«

»Sie will nicht hingehen. Sie behauptet, ihr Zustand sei normal, und stillende Mütter fühlten sich immer schlapp. Immerhin ist der Kleine fünf Monate alt, und sie will ihn noch immer nicht entwöhnen.«

»Das wird sie aber müssen. Womöglich ist sie anämisch.« Das war eine ungefährliche Krankheit, und Bernie war nach diesem Gespräch sehr erleichtert. Er bestand allerdings darauf, daß Liz zum Arzt ging, und vermutete insgeheim, daß sie schon wieder schwanger war.

Unwillig erklärte sie sich bereit, sich für die darauffolgende Woche einen Termin geben zu lassen, aber der Frauenarzt konnte bei ihr nichts Ungewöhnliches entdecken. Jedenfalls war sie nicht wieder schwanger. Er überwies sie für ein paar Tests an einen Internisten. EKG, Blutproben, Röntgenuntersuchungen und was immer der Internist für angebracht hielt. Um drei Uhr nachmittags hatte sie den Termin. Bernie war sehr erleichtert, daß sie sich endlich zu einer gründlichen Untersuchung entschlossen hatte.

Er mußte in wenigen Wochen nach Europa und wollte vorher wissen, was ihr fehlte. Konnten die Ärzte in San Franzisko nichts feststellen, dann wollte er Liz nach New York mitnehmen und sie bei seinem Vater lassen. Sicher hatte dieser einen Kollegen an der Hand, der die Ursache für ihre Schwäche herausfand.

Der Internist, der sie untersuchte, schien der Ansicht zu sein, daß sie gesund war. Er machte ein paar ganz simple Untersuchungen. Der Blutdruck war in Ordnung, das EKG sah gut aus, die Blutwerte waren normal. Nun begann er mit komplizierteren Untersuchungen. Als er sie abhörte, glaubte er, bei ihr eine leichte Rippenfellentzündung entdeckt zu haben.

»Das war es vermutlich, was Ihnen so zugesetzt hat.« Der Arzt lächelte. Er war ein Hüne nordischen Typs mit großen Händen und lauter Stimme. Liz faßte sofort Vertrauen zu ihm. Er überwies sie an ein Labor zu einer Röntgenaufnahme. Um halb sechs kam sie nach Hause und gab Bernie, der Jane die Wartezeit mit dem Vorlesen einer Geschichte vertrieben hatte, einen Kuß. Liz hatte die Kinder den Nachmittag über in der Obhut einer Babysitterin gelassen, was sie nur selten tat.

»Siehst du ... mir fehlt nichts ... ich hab's ja gewußt.«

»Und wieso dann die ständige Müdigkeit?«

»Rippenfellentzündung. Er schickte mich zu einer Röntgenaufnahme, nur um festzustellen, daß ich nicht an einer geheimnisvollen Krankheit leide. Abgesehen davon fehlt mir nichts.«

»Du bist zu erschöpft, um mit nach Europa zu kommen.« Bernie war nicht überzeugt. »Wie heißt übrigens der Arzt?«

»Warum?« Seine Frage trug ihm einen mißtrauischen Blick von Liz ein. Was hatte er vor? Was erwartete er von ihr?

»Mein Vater soll Erkundigungen über ihn einholen.«

»Ach, um Himmels willen ...« Das Baby brüllte und mußte gestillt werden, und Liz lief ins Kinderzimmer, während Bernie den Scheck für die Babysitterin ausschrieb. Alexander war rund, blond und mit seinen grünen Augen sehr hübsch. Er krähte fröhlich, als sie zu ihm kam, und schmiegte sich voller Behagen an ihre Brust, die er mit einer Hand bearbeitete, während sie ihn an sich drückte. Als sie ihn später schlafen legte und auf Zehenspitzen aus dem Zimmer schlich, stand Bernie da und erwartete sie schon. Lächelnd blickte sie auf und strich ihm über die Wange. »Mach dir keine Sorgen, Liebling«, flüsterte sie ihm zu. »Alles ist in Ordnung.«

Er nahm sie in die Arme und hielt sie fest. »So soll es auch sein.« Jane spielte in ihrem Zimmer, das Baby schlief, und er musterte seine Frau, die so erschreckend bleich war und ständig dunkle Ringe unter den Augen hatte. Außerdem war Liz viel zu dünn. Er wollte glauben, daß alles in Ordnung war, aber die nagende Angst in seinem Innern sagte ihm, daß irgend etwas nicht stimmte. Bernie hielt Liz lange fest. Dann ging sie in die Küche und bereitete das Abendessen zu, und er spielte mit Jane. In der Nacht, als Liz schlief, sah er von Sorge erfüllt auf sie nieder. Um vier Uhr, als das Baby wach wurde, weckte Bernie sie nicht, sondern machte ein Fläschchen zurecht, das der Kleine zugefüttert bekam.

Alexander gab sich damit zufrieden und nuckelte in Bernies Armen zufrieden an der Flasche. – Schließlich wechselte Bernie noch die Windel und legte dann das Kind wieder hin. Er hatte sich zu einem wahren Experten auf diesem Gebiet gemausert. Am Morgen war es Bernie, der ans Telefon ging, als es klingelte, denn Liz schlief noch.

»Hallo?«

»Mrs. Fine, bitte.« Der Ton war nicht unhöflich, aber kurz angebunden. Bernie ging und weckte Liz.

»Für dich, Liz.«

»Wer denn?« Verschlafen blinzelte sie ihn an. Es war neun Uhr an einem Samstag morgen.

»Ich weiß es nicht. Das sagte er nicht.« Bernie vermutete, daß es der Arzt war. Er war bemüht, Liz seine Angst nicht merken zu lassen.

»Ein Mann? Für mich?«

Der Anrufer nannte seinen Namen und bat sie, um zehn Uhr ins Krankenhaus zu kommen. Es war Dr. Johanssen.

»Stimmt etwas nicht?« fragte sie, den Blick auf ihren Mann gerichtet.

Der Arzt ließ sich mit der Antwort zu lange Zeit. Es konnte doch nicht sein ... Sie war müde, aber nicht so müde ... Unwillkürlich warf sie Bernie einen Blick zu und hätte sich ohrfeigen können dafür.

»Hat es nicht Zeit?« Aber Bernie schüttelte verneinend den Kopf.

»Mrs. Fine, ich glaube nicht. Ich möchte Sie bitten, gemeinsam mit Ihrem Mann zu kommen.« Das klang viel zu ruhig, so ruhig, daß es ihr Angst einjagte. Sie legte auf und spielte Bernie zuliebe die Sache herunter.

»Herrjeh, er tut so, als hätte ich Syphilis.«

»Was ist es denn?«

»Das hat er nicht gesagt. Er meinte nur, wir sollten in einer Stunde bei ihm sein.«

»Gut, wir werden hingehen.« Er hatte entsetzliche Angst, tat jedoch so, als sei er unbesorgt. Während Liz sich anzog, rief er Tracy an, die versprach, in einer halben Stunde zu kommen. Sie stecke zwar mitten in der Gartenarbeit und sähe schrecklich aus, freue sich aber, ein, zwei Stunden auf die Kinder aufzupassen. Sie war ebenso voller Sorge wie er, stellte aber keine Fragen, als sie ankam.

Unterwegs zum Krankenhaus, wo sie sich mit dem Arzt treffen sollten, wurde kaum ein Wort gesprochen. Dr. Johanssen erwartete sie schon. Die beiden Röntgenaufnahmen hingen an der Leuchtwand, als Liz und Bernie eintraten, und er begrüßte sie mit einem Lächeln, doch irgendwie wirkte das Lächeln nicht richtig fröhlich. Plötzlich wollte Liz, der vor Angst die Kehle eng wurde, die Flucht ergreifen, um nicht hören zu müssen, was er zu sagen hatte.

Bernie stellte sich vor, und Dr. Johanssen bat beide, Platz zu nehmen. Nach fast unmerklichem Zögern kam er ohne Umschweife zur Sache. Es war etwas Ernstes. Liz erstarrte vor Entsetzen.

»Mrs. Fine, als ich Sie gestern untersuchte, dachte ich, Sie hätten eine Rippenfellentzündung, womöglich eine sehr schwache. Heute möchte ich mit Ihnen darüber sprechen.« Er vollführte mit seinem Stuhl eine Drehung und wies mit der Spitze seines Stiftes auf zwei Flecken an ihrer Lunge. »Diese beiden Punkte gefallen mir nicht.« Er war ganz offen.

»Was haben sie zu bedeuten?« Sie erstickte fast an ihrer Angst.

»Das weiß ich nicht mit Sicherheit. Aber ich möchte jedem Symptom nachgehen, das Sie gestern erwähnten. Da wären die Hüftschmerzen.«

»Was haben die mit meiner Lunge zu tun?«

»Eine spezielle Untersuchung könnte uns darüber Aufschluß geben.« Er erklärte ihnen das Verfahren. Im Krankenhaus war bereits alles Nötige veranlaßt worden. Es war ein einfacher Test, bei dem ihr radioaktive Isotopen injiziert wurden, die krankhafte Veränderungen sichtbar machten.

»Was könnte es Ihrer Meinung nach sein?« Liz, konfus und einer Panik nahe, war gar nicht sicher, ob sie die Wahrheit wissen wollte. Doch sie mußte danach fragen.

»Ich weiß es nicht sicher. Die Flecken auf der Lunge könnten auf ein Problem irgendwo im Körper hinweisen.«

Sie konnte kaum einen klaren Gedanken fassen. Geistesabwesend hielt sie Bernies Hand umklammert. Es drängte ihn, seinen Vater anzurufen, aber er konnte sie jetzt unmöglich allein lassen. Er war bei ihr, als sie die Injektion bekam. Sie war grau vor Angst, die Schmerzen hielten sich jedoch in Grenzen. Das Schlimmste war, dazusitzen und darauf zu warten, daß der Arzt seine Diagnose mit ihnen besprach.

Und seine Erkenntnisse hätten nicht betrüblicher sein können. Es sah danach aus, daß Liz an Osteosarkom oder Knochenkrebs litt, der bereits Metastasen bis in die Lunge gebildet hatte. Damit waren die Rücken- und Hüftschmerzen des vergangenen Jahres ebenso erklärt wie ihre häufige Atemnot. Dies alles hatte sie ihrer Schwangerschaft zugeschrieben. Statt dessen hatte sie Krebs. Eine Gewebsprobe würde endgültige Klarheit bringen, erklärten die Ärzte, während Liz und Bernie Hand in Hand dasaßen und ihren Tränen freien Lauf ließen. Sie trug noch immer den grünen Krankenhauskittel, als Bernie sie in die Arme nahm und mit dem Gefühl tiefster Verzweiflung festhielt.

## 17

»Das kümmert mich einen Dreck! Ich werde es nicht tun!«
Liz war der Hysterie nahe.

»Hör mir zu!« Er schüttelte sie, und beide weinten. »Du
kommst mit mir nach New York ...« Er kämpfte um Fassung
... sie mußten jetzt vernünftig sein ... Krebs bedeutete nicht unbedingt das Ende ... was wußte dieser Kerl schon .... Der Arzt
selbst hatte sie an vier Spezialisten weiterempfohlen. An einen
Knochenspezialisten, einen Chirurgen, einen Lungenfacharzt
und einen Onkologen. Er riet zur Entnahme einer Gewebe-
probe, zu einer anschließenden Operation und dann zu Bestrahlung oder Chemotherapie, das würde davon abhängen, was die
anderen Ärzte für besser hielten. Er gab zu, auf diesem Gebiet
zu wenig bewandert zu sein.

»Eine Chemotherapie lasse ich nicht über mich ergehen. Das
ist schrecklich. Die Haare fallen einem aus, ich werde sterben
... ich werde sterben ...« Sie schluchzte in seinen Armen, und
er hatte das Gefühl, als kehre sich ihm das Innerste nach außen.
Beide mußten ihre Ruhe wiederfinden. Sie mußten.

»Du wirst nicht sterben! Wir werden gegen die Sache ankämpfen. Jetzt beruhige dich, verdammt noch mal, und hör mir zu!
Wir nehmen die Kinder mit nach New York, und du kannst dort
die besten Ärzte konsultieren.«

»Und was werden die mit mir machen? Ich will keine Chemotherapie!«

»Hör dir erst an, was sie zu sagen haben. Kein Mensch hat
behauptet, daß du dich unbedingt einer Chemotherapie unterziehen mußt. Dieser Arzt hier weiß nicht mit Sicherheit, was dir
helfen wird. Nach dem, was wir bis jetzt wissen, könntest du
auch Arthritis haben, auch wenn er annimmt, daß es Krebs ist.«
Es wäre zu schön gewesen, wenn er daran hätte glauben können.

Doch der Lungenfacharzt und der Knochenspezialist sagten
etwas anderes. Ebenso der Chirurg. Sie bestanden auf einer Ge-
webeprobe. Und nachdem Bernie seinen Vater überredet hatte,
diese Ärzte anzurufen, riet auch er dazu. Die Ärzte in New York

würden diese Untersuchung ohnehin verlangen. Und die Biopsie bewies ihnen, daß Johanssen sich nicht geirrt hatte. Es war Knochenkrebs. Aber das war noch nicht das Ärgste. Die Beschaffenheit der entnommenen Zellen sowie die Verbreitung der Metastasen in beiden Lungen ließen eine Operation als zwecklos erscheinen. Man riet vielmehr zu kurzer und intensiver Bestrahlung und anschließender Chemotherapie. Liz hatte das Gefühl, in einen Alptraum gestürzt zu sein, aus dem es kein Erwachen gab. Zu Jane hatten sie nichts gesagt. Sie erklärten ihr nur, daß Liz sich von der Geburt noch nicht so richtig erholt hätte und ein paar Tests machen lassen müsse. Sie waren ratlos, wie man ihr die schreckliche Nachricht beibringen sollte.

Nachdem sie das Ergebnis der Biopsie erfahren hatten, saß Bernie noch spät abends am Krankenhausbett bei Liz, die Pflaster über beiden Brüsten hatte, wo die Proben entnommen worden waren. Jetzt blieb ihr nichts übrig, als das Baby abzustillen. Der Kleine brüllte zu Hause, und sie lag im Krankenhaus, weinte sich in Bernies Armen aus und versuchte ihm klarzumachen, was sie empfand – die Gewissensbisse, die Reue und die Angst.

»Ich habe das Gefühl, ich vergifte ihn, wenn ich ihn weiterhin stille ... ist das nicht entsetzlich? Wenn man bedenkt, was ich ihm die ganze Zeit über eingeflößt habe ...«

Bernie sagte ihr, was beide ohnehin wußten. »Krebs ist nicht ansteckend.«

»Woher willst du das wissen? Woher willst du wissen, ob ich es nicht irgendwo auf der Straße aufgefangen habe ... irgendeinen irren verdammten Keim, der dahergeflogen kam ... direkt in mich ... im Krankenhaus, als das Kind kam ...« Sie putzte sich die Nase und sah ihn an, und keiner von ihnen konnte glauben, daß die Lage wirklich so ernst war. Das war etwas, das anderen zustieß, aber nicht Menschen wie ihnen, die ein siebenjähriges Kind und ein Baby zu Hause hatten.

Während dieser Zeit rief Bernie seinen Vater fünfmal am Tag an. In New York war alles für Liz vorbereitet. Am nächsten Morgen, ehe er Liz vom Krankenhaus abholte, sprach er mit Lou.

»Sie kommt dran, sobald ihr eintrefft.« Sein Vater sagte es ernst, und Ruth weinte neben ihm.

»Großartig.« Bernie versuchte sich selbst vorzumachen, daß er in New York positive Neuigkeiten erhalten würde, während er unter großen Ängsten litt. »Sind es die besten Ärzte?«

»Ja.« Sein Vater sagte es ganz ruhig. Sein Herz fühlte mit seinem einzigen Sohn und der Frau, die dieser liebte. »Bernie ... es wird nicht einfach sein ... gestern sprach ich selbst mit Johanssen. Es sieht aus, als seien die Metastasen schon weit verbreitet.« Es war ein Wort, das er haßte. »Hat sie Schmerzen?«

»Nein. Sie leidet nur unter großer Müdigkeit.«

»Richte ihr liebe Grüße von uns aus.« Das brauchte sie. Und dazu ihre Gebete. Als er den Hörer auflegte, entdeckte Bernie Jane in der Tür zum Schlafzimmer.

»Was ist mit Mami?«

»Sie ... sie ist erschöpft, mein Liebling. Das sagten wir dir schon gestern. Das Baby hat sie viel Kraft gekostet.« Er lächelte, während er an einem Kloß in der Kehle würgte. Dennoch brachte er es fertig, den Arm um die Kleine zu legen. »Sie wird sich wieder völlig erholen.«

»Man geht doch nicht ins Krankenhaus, nur weil man müde ist.«

»Manchmal schon.« Er rang sich ein unbekümmertes Lächeln ab und gab ihr einen Kuß auf die Nasenspitze. »Mami kommt heute nach Hause.« Er holte tief Luft. Es wurde Zeit, sie vorzubereiten. »Und nächste Woche besuchen wir alle Großmama und Großpapa in New York. Das wird sicher ein Spaß.«

»Muß Mami wieder ins Krankenhaus?« Jane wußte bereits zuviel. Sie hatte gelauscht. Das ahnte er, wollte sich der Situation aber nicht stellen.

»Vielleicht. Nur ein, zwei Tage.«

»Warum?« Um ihre Lippen zuckte es, und ihre Augen füllten sich mit Tränen. »Was hat sie denn?« Es war ein jämmerliches Wehklagen, als wüßte sie in ihrem Inneren, wie schlimm es um ihre Mami stand.

»Wir müssen sehr, sehr lieb zu ihr sein«, sagte Bernie unter Tränen, während er die Kleine festhielt. Tränen fielen in seinen Bart. »Sehr, sehr lieb ...«

»Ich habe sie sehr lieb.«

»Ich weiß. Ich habe sie auch lieb.« Sie sah, daß er weinte, und wischte ihm die Augen mit ihren kleinen Händen trocken. Er hatte das Gefühl, Schmetterlinge streiften seinen Bart.

»Du bist ein wunderbarer Daddy.« Es waren Worte, die seine Tränen von neuem fließen ließen. Lange, lange hielt er Jane an sich gedrückt. Es tat ihnen beiden gut, und am Nachmittag, als er Liz holte, teilte er mit Jane ein besonderes Geheimnis. Das Geheimnis von Liebe und Tapferkeit. Jane wartete im Wagen mit einem Strauß rosa Röschen, und Liz hielt sie auf der Heimfahrt umschlungen, während Jane und Bernie ihr berichteten, was für komische Dinge Alexander den ganzen Tag gemacht hatte. Es war, als wüßten beide, daß Liz Hilfe brauchte, daß sie alle sie mit ihrer Liebe, ihren Scherzen und komischen Geschichten am Leben erhalten müßten. Es war ein Band, das sie noch fester miteinander verband, zugleich aber auch eine Last, die ihnen angst machte.

Liz lief ins Kinderzimmer, und Alexander erwachte und stieß einen Schrei des Entzückens aus, als er sie sah. Er strampelte heftig und wollte hochgehoben werden, doch als Liz ihn in die Arme nahm, zuckte sie zusammen, weil er in seinem Ungestüm die Stellen traf, an denen die Gewebeproben entnommen worden waren.

»Wirst du ihn noch stillen, Mami?« Jane stand in der Tür und beobachtete sie mit großen, ängstlichen Augen.

»Nein.« Liz schüttelte traurig den Kopf. Sie hatte zwar noch Milch, wagte aber nicht mehr, das Baby zu nähren, auch wenn es angeblich ungefährlich war. »Er ist schon zu groß. Nicht wahr, Alex?« Sie versuchte, gegen die Tränen anzukämpfen, die sich doch nicht zurückhalten ließen. Sie drehte Jane den Rücken zu, um ihre Fassung wiederzuerlangen. Leise ging Jane zurück in ihr Zimmer. Dort setzte sie sich mit ihrer Puppe hin und starrte aus dem Fenster.

Bernie war indessen in der Küche und half Tracy bei der Zubereitung des Abendessens. Die Tür war geschlossen, und das Wasser lief. Er weinte in ein Küchentuch, während Tracy ihm hin und wieder tröstend auf die Schulter klopfte. Sie hatte selbst geweint, als sie von Liz' Krankheit erfuhr, doch jetzt hatte sie das Gefühl, sie müsse Kraft für Bernie und die Kinder haben.

603

»Möchtest du einen Drink?« Er schüttelte den Kopf, und sie
berührte wieder seine Schulter, als er tief Atem holend aufblickte.

»Was können wir für sie tun?« Er kam sich völlig hilflos vor,
da er nicht einmal seinen Tränen Einhalt gebieten konnte.

»Alles, was nur möglich ist«, gab Tracy zurück. »Und vielleicht geschieht ein Wunder. Manchmal gibt es so etwas.« Der
Onkologe hatte es ähnlich formuliert, vielleicht weil er nicht viel
mehr bieten konnte. Er hatte mit ihnen von Gott, von Wundern
und von der Chemotherapie gesprochen, doch Liz weigerte sich
standhaft, sich behandeln zu lassen.

»Sie lehnt die Chemotherapie rundweg ab.« Trotz seiner Verzweiflung war ihm klar, daß er sich zusammennehmen und den
Schock überwinden mußte. Der Schlag, der sie getroffen hatte,
war unmenschlich.

»Kann man es ihr verdenken, daß sie nicht will?« Tracy, die
den Salat anrichtete, warf ihm einen fragenden Blick zu.

»Nein ... aber in manchen Fällen hilft die Behandlung ...
eine Zeitlang wenigstens.« Johanssen hatte gesagt, daß man damit einen vorübergehenden Stillstand der Krankheit erreichen
wollte. Eine längere Atempause. Fünfzig Jahre vielleicht, oder
zehn, oder zwanzig ... oder fünf ... oder zwei ... oder ein Jahr.

»Wann wollt ihr nach New York?«

»Ende der Woche. Mein Vater hat alles arrangiert. Und ich
habe Paul Berman, meinem Chef, gesagt, daß ich nicht nach Europa fliege. Gottlob zeigte er sich sehr verständnisvoll. Alle waren wunderbar.« Seit zwei Tagen war er nicht mehr im Büro gewesen, und er wußte nicht, wann er wieder arbeiten würde. Seine
Mitarbeiter aber hatten versprochen, ihn nach besten Kräften zu
vertreten.

»Vielleicht wird man in New York zu einer anderen Behandlung raten«, meinte Tracy voller Optimismus.

Das war aber nicht der Fall. Die Ärzte sagten dasselbe: Chemotherapie, Gebete und Wunder. Bernie saß im Krankenhaus an
Liz' Bett, und wenn er sie ansah, hatte er den Eindruck, sie sei
schon zusammengeschrumpft. Die dunklen Ringe unter den Augen waren noch dunkler geworden, sie nahm ständig ab. Das alles war unfaßbar – wie ein böser Zauber, mit dem das Schicksal

sie belegt hatte. Bernie faßte nach ihrer Hand. Beide hatten Angst und machten kein Hehl daraus. Er verbarg auch seine Tränen nicht. Sie saßen da, hielten einander an den Händen und weinten, während sie über ihre Empfindungen sprachen. Das Zusammensein bot einen gewissen Trost.

»Wie ein böser Traum, nicht?« Mit einer Kopfbewegung warf Liz ihre Haarflut über die Schulter, um sich gleich darauf in Erinnerung zu rufen, daß sie bald kein Haar mehr haben würde.

Als sie wieder in San Franzisko ankamen, hatte sie sich mit der Chemotherapie abgefunden. Bernie erwog, bei Wolff zu kündigen und wieder nach New York zu ziehen, falls man ihn nicht endlich versetzte. Er wollte unbedingt erreichen, daß Liz sich in New York einer Behandlung unterziehen konnte. Doch sein Vater eröffnete ihm, daß dies nichts bringen würde. Die Ärzte verstünden ihre Sache in San Franzisko ebenso gut, und für Liz war die vertraute Umgebung besser. Tatsächlich boten sich hier viele Vorteile. Sie brauchte sich nicht den Kopf wegen eines Umzuges zu zerbrechen, auch nicht wegen eines neuen Hauses oder einer neuen Schule für Jane. Für beide war es im Moment wichtiger und besser, sich an das zu klammern, was sie hatten ... an ihr Haus ... an ihre Freunde ... sogar an ihren Beruf. Auch darüber hatte Liz mit Bernie gesprochen. Sie wollte weiter unterrichten. Und die Ärzte hatten nichts dagegen einzuwenden. Zunächst sollte sie einmal wöchentlich zur Chemotherapie – einen Monat lang –, danach einmal alle zwei Wochen, schließlich einmal alle drei Wochen. Der erste Monat würde schrecklich werden, bei den nachfolgenden Behandlungen würde es ihr nur einen oder zwei Tage schlechtgehen, und Tracy konnte sie fallweise vertreten. Die Schulleitung hatte keine Einwände erhoben. Liz und Bernie waren der Meinung, sie würde sich besser fühlen, wenn sie nicht daheim saß und Trübsal blies.

»Möchtest du mit mir nach Europa, sobald du dich wieder besser fühlst?« Liz lächelte. Bernie war so gut zu ihr. Und das Verrückte war, daß sie sich im Moment gar nicht schlecht fühlte. Sie war immer nur sehr müde – und dem Tod geweiht.

»Es tut mir so leid, daß ich dir das alles antue ... daß du all dies durchmachen mußt ...«

Bernie lächelte unter Tränen. »Jetzt bist du wirklich meine Frau.« Er lachte unter Tränen. »Du klingst schon ganz wie eine Jüdin.«

## 18

»Großmama Ruth?« In dem dunklen Raum klang das Stimmchen kleinlaut und verzagt. Ruth hielt Janes Hand fest. Sie hatte eben für ihre Mami gebetet. Bernie verbrachte die Nacht im Krankenhaus, und Hattie, Ruths alte Haushälterin, half mit dem Baby. »Glaubst du, Mami wird wieder gesund?« Janes Augen wurden wieder feucht, und sie drückte verzweifelt Ruths Hand. »Gott wird sie doch nicht zu sich nehmen, oder?« Die Kleine verschluckte sich fast vor Schluchzen. Ruth stand über sie gebeugt da und hielt sie fest. Ihre eigenen Tränen fielen auf das Kissen neben Janes Kopf. Das alles war nicht recht, es war unfair... mit ihren vierundsechzig Jahren wäre Ruth gern an Liz' Stelle gegangen... Liz, die so jung, so schön, so verliebt in Bernie war... und zwei Kinder hatte, die sie so dringend brauchten.

»Wir müssen den lieben Gott bitten, daß er sie bei uns läßt.«

Jane nickte, voller Hoffnung, daß es helfen würde. Dann sah sie wieder Ruth an. »Kann ich morgen mit dir in die Synagoge?« Sie wußte, daß Samstag ihr wöchentlicher Feiertag war, doch Ruth ging nur einmal im Jahr in die Synagoge, an Yom Kippur. Diesmal wollte sie eine Ausnahme machen.

»Großpapa und ich werden dich mitnehmen.« Und am nächsten Tag gingen sie zu dritt in die Westchester-Reform-Synagoge in Scarsdale. Alex blieb mit Hattie zu Hause, und als Bernie abends heimkam, berichtete Jane ihm ganz ernst, daß sie mit den Großeltern gebetet hatte. Es trieb ihm die Tränen in die Augen, wie übrigens alles in letzter Zeit. Alles war so innig, so traurig und so gefühlvoll. Er nahm das Baby in die Arme, das Liz so stark ähnelte, daß es Bernie kaum ertragen konnte.

Und doch kam ihm alles viel weniger tragisch vor, als sie wieder bei ihnen war, denn zwei Tage darauf kam sie aus dem Krankenhaus, und sofort waren die matten Witze wieder da, die kehlige Stimme, die er so liebte, das Lachen, ihr Sinn für Humor. Nichts kam ihm mehr schrecklich vor, und Liz ließ nicht zu, daß er ins Grübeln geriet. Sie hatte Angst vor der Chemotherapie, war aber entschlossen, keinen Gedanken daran zu verschwenden, bevor es nicht unbedingt nötig war.

Einmal gingen sie in New York zum Dinner aus. In einer gemieteten Limousine fuhren sie ins »La Grenouille«, aber sie hatten das Essen noch nicht zur Hälfte hinter sich, als Bernie seiner Frau anmerkte, daß sie total erschöpft war – so sehr, daß Ruth ihn drängte, Liz nach Hause zu bringen. Unterwegs wurde nicht viel gesprochen. Erst im Bett entschuldigte sie sich und fing ganz langsam und sacht an, ihn zu streicheln. Beklommen zog er sie an sich, von seiner Sehnsucht nach ihr getrieben, andererseits von der Befürchtung zurückgehalten, ihr zu schaden.

»Schon gut ... die Ärzte haben es erlaubt ...«, flüsterte sie, und er war entsetzt über sich, als er sie unbeherrscht und leidenschaftlich liebte, doch er war so ausgehungert nach ihr. Er wollte sie mit aller Macht zu sich zurückziehen, als entglitte sie ihm allmählich. Nachher weinte er und umarmte sie fest. Er haßte sich für das, was er getan hatte. Er wollte tapfer, stark und männlich sein und fühlte sich statt dessen wie ein kleiner Junge, als er an ihre Brust geschmiegt dalag, weil er sie so sehr brauchte. Wie Jane wollte er sich an sie klammern, sie zum Bleiben bewegen, um ein Wunder beten. Vielleicht würde die Chemotherapie dieses Wunder bewirken.

Großmama nahm Jane zu Wolff mit, ehe sie abflogen, und kaufte ihr einen überdimensionalen Teddybären und eine Puppe und ließ sie für Alexander etwas aussuchen. Jane wählte einen großen Clown, der auf Rädern rollte und Musik machte und der den Kleinen hellauf begeisterte, als er ihn sah.

Der letzte gemeinsame Abend verlief in herzlicher, gemütlicher und sehr bewegender Atmosphäre. Liz ließ es sich nicht nehmen, Ruth beim Kochen zu helfen. Sie schien in besserer Verfassung als seit langem. Sie war zwar nicht so lustig wie sonst, wirkte aber viel kräftiger. Und nachher berührte sie Ruths Hand und sah ihr in die Augen.

»Danke für alles.«

Ruth schüttelte den Kopf und konnte nur mit Mühe die Tränen zurückhalten. Nach einem langen Leben, in dem sie über viele Bagatellen Tränen vergossen hatte, konnte sie doch damit nicht aufhören, wenn es um etwas wirklich Wichtiges ging. Aber diesmal mußte sie sich zügeln. »Liz, bedank dich nicht bei mir. Tu nur all das, was du tun mußt.«

»Ja, das werde ich.« Liz schien in den letzten Wochen älter geworden zu sein, irgendwie reifer. »Ich habe jetzt ein viel besseres Gefühl, und Bernie auch, glaube ich. Es wird nicht leicht sein, aber wir werden es schaffen.« Ruth nickte. Sie war nicht imstande, etwas zu erwidern.

Am nächsten Tag brachten sie und Lou die Familie zum Flughafen, Bernie trug das Baby, und Liz hielt Jane an der Hand. Sie gingen ohne Hilfe an Bord, während die älteren Fines um Fassung kämpften. Kaum aber hatte die Maschine abgehoben, ließ Ruth sich schluchzend in die Arme ihres Mannes sinken. Unfaßbar, wie tapfer Liz und Bernie waren, unfaßbar auch, welch böses Schicksal diese beiden Menschen befallen hatte, die sie so liebte. Auf einmal ging es nicht um den Enkel der Rosengardens ... oder um Mr. Fishbeins Vater ... nein, ihre eigene Schwiegertochter ... und Alex und Jane ... und Bernie waren vom Schicksal betroffen. Es war so schlimm, so unfair und hart, und während sie sich in den Armen ihres Mannes ausweinte, glaubte sie, ihr Herz müsse brechen. Sie konnte es nicht ertragen.

»Komm, Ruth. Wir wollen nach Hause.« Liebevoll nahm Lou sie an der Hand, und sie gingen zurück zum Wagen. Als sie ihn ansah, wurde ihr klar, daß eines Tages die Reihe an ihnen sein würde.

»Lou, ich liebe dich. Ich liebe dich über alles ...« Wieder fing sie zu weinen an, und er strich ihr über die Wange, ehe er die Tür für sie öffnete. Es war für sie alle schrecklich, doch Liz und Bernie waren am schlimmsten dran.

In San Franzisko wurden sie von Tracy erwartet, die sie mit ihrem Wagen abholte. Sie fuhr mit ihnen in die Stadt, lachte und plauderte und hielt das Baby an sich gedrückt.

»Schön, euch wieder da zu haben.« Sie lächelte ihren Freunden zu, erkannte aber mit einem Blick, daß Liz am Ende ihrer Kräfte war. Am nächsten Tag sollte sie im Krankenhaus mit der Chemotherapie beginnen.

Als Liz am Abend im Bett lag, drehte sie sich zu Bernie um, den Kopf auf die Hand gestützt, und sah ihn an. »Ich wünschte, ich wäre wieder normal.« Das sagte sie wie ein Teenager, der sich die Pickel wegwünscht.

»Ich auch.« Er lächelte. »Und das wirst du eines schönen Tages auch wieder sein.« Beide erhofften sich sehr viel von der Chemotherapie. »Und wenn die nicht hilft, dann bleibt uns immer noch Christian Science.«

»Mach dich nur lustig darüber«, entgegnete sie ganz ernst. »Eine der Lehrerinnen an unserer Schule ist Anhängerin von Christian Science, und manchmal hilft es wirklich ...« Ihr nachdenklicher Ton verriet, daß sie darüber schon nachgedacht hatte.

»Na, versuchen wir es erst mal mit der Behandlung.« Schließlich war Bernie Jude und Arztsohn.

»Glaubst du, es wird wirklich so schrecklich?« Liz schien sehr ängstlich, und er wurde daran erinnert, wieviel Furcht und Schmerzen sie schon ausgestanden hatte, als Alexander geboren worden war. Aber diesmal war es anders. Diesmal war es so ... endgültig.

»Na ja, ein Hochgenuß wird es nicht sein.« Belügen wollte er sie nicht. »Es hat geheißen, daß man dir Valium oder ähnliches geben wird, damit es erträglich ist. Und ich werde bei dir sein.«

Sie beugte sich über ihn und gab ihm einen Kuß auf die Wange.

»Du gehörst zur aussterbenden Spezies der fabelhaften Ehemänner, weißt du das?«

»Ach? ...« Er drehte sich um und ließ eine Hand unter ihr Bettjäckchen gleiten. In letzter Zeit fror Liz ständig und ging mit seinen Socken zu Bett. Und diesmal liebte er sie sehr behutsam, von dem Gefühl beseelt, ihr etwas von seiner Kraft und Gesundheit geben zu müssen, ein Geschenk von ihm, und sie lächelte schläfrig. »Ich wünschte, ich könnte wieder schwanger werden ...«

»Vielleicht wirst du es eines Tages.« Doch das war zuviel verlangt. Er hätte sich damit begnügt, Liz zu behalten, anstatt sich noch ein Kind zu wünschen. Alexander war ihnen jetzt um so wertvoller. Ehe sie am nächsten Morgen ins Krankenhaus fuhr, nahm Liz den Kleinen lange in die Arme. Sie hatte das Frühstück für Jane selbst hergerichtet und ihr dann ihr Lieblingslunchpaket für die Schule mitgegeben. In gewisser Hinsicht machte sie alles noch schwieriger, weil sie ihre Familie so verwöhnte. Um so mehr würde sie ihnen fehlen, wenn das Schrecklichste eintraf.

Bernie brachte Liz ins Krankenhaus, wo man sie in der Aufnahme in einen Rollstuhl setzte. Eine Lernschwester schob sie die Rampe hinauf, während Bernie neben ihr ging und Liz' Hand hielt. Sie wurden von Dr. Johanssen schon erwartet. Liz entkleidete sich und zog ein Krankenhausnachthemd an. Draußen sah die Welt so sonnig und hell aus.

»Ich wünschte, ich müßte das alles nicht durchmachen«, seufzte Liz beklommen.

»Ich auch.« Als sie sich hinlegte, hatte er das Gefühl, sie käme auf den elektrischen Stuhl. Er hielt sie an der Hand, als eine Schwester erschien, die Asbesthandschuhe trug. Das Zeug, das verwendet wurde, strahlte so stark, daß es der Schwester die Hände verbrannt hätte. Und dieses Zeug wollte man nun bei der Frau, die er liebte, innerlich anwenden. Der Gedanke war unerträglich. Zunächst aber bekam Liz intravenös Valium, und als die Behandlung begann, dämmerte sie im Halbschlaf dahin. Dr. Johanssen blieb bei ihr und überwachte die Behandlung. Nachher schlief sie friedlich, doch um Mitternacht mußte sie sich übergeben und litt unter Übelkeit. Die folgenden fünf Tage waren ein Alptraum.

Der Rest des Monats war ähnlich schlimm, und Thanksgiving war diesmal kein Festtag für die Familie Fine. Erst kurz vor Weihnachten fühlte Liz sich wieder halbwegs menschlich, doch die Haare waren ihr ausgegangen, und sie war spindeldürr. Immerhin war sie wieder zu Hause und mußte sich dem Alptraum Chemotherapie nur mehr alle drei Wochen stellen. Der Arzt behauptete, daß die Übelkeit nur ein, zwei Tage anhalten würde. Nach den Weihnachtsferien würde sie wieder unterrichten können. Sobald Liz wieder zu Hause war, schien Jane wie ausgewechselt, und Alexander fing zu krabbeln an.

Die letzten zwei Monate hatten von allen Beteiligten ihren Tribut gefordert. Jane weinte viel in der Schule, wie sie von der Lehrerin erfuhren, Bernie herrschte seine Mitarbeiter an und befand sich in einem ständigen Spannungszustand. Er engagierte Babysitterinnen, die den Tag über aushelfen sollten, doch dabei gab es ständig Pannen. Eine blieb mit dem Baby zu lange weg, eine andere kam erst gar nicht, so daß er das Kind zu einer geschäftlichen Besprechung mitnehmen mußte. Niemand kochte für ihn und Jane, und von Alexander abgesehen schien auch keiner von beiden etwas essen zu wollen. Doch als Weihnachten nahte und Liz sich besser fühlte, normalisierte sich allmählich alles.

»Meine Eltern möchten rüberkommen.« Sie saßen im Bett, als er ihr das sagte und sie ansah. Liz hatte ein Handtuch um den Kopf gewickelt, um ihre Krankheit zu verdecken. Sie seufzte und lächelte matt. »Fühlst du dich danach?« Sie fühlte sich natürlich nicht danach, aber sie wollte seine Eltern sehen und wußte, wieviel es für Jane bedeutete und auch für Bernie, obwohl er es nicht zugeben wollte. Sie dachte an die Zeit vor einem Jahr, als die Großeltern Jane nach Disneyland ausgeführt und Bernie und ihr Gelegenheit gegeben hatten, den ersten Hochzeitstag zu feiern. Damals war sie schwanger gewesen ... und ihr ganzes Sein war auf Leben ausgerichtet gewesen, nicht auf den Tod.

Als sie davon sprach, lag Zorn in seinem Blick. »Das ist es jetzt auch«, protestierte er.

»Nicht so eindeutig.«

»Unsinn!« All sein hilfloser Zorn richtete sich gegen Liz, ohne daß er sich hätte zügeln können. »Was glaubst du, wozu die Chemotherapie gut ist, oder gibst du dich auf? Herrgott, nie hätte ich gedacht, daß du ein Drückeberger bist.« Mit Tränen in den Augen lief er ins Bad und knallte die Tür hinter sich zu. Es dauerte zwanzig Minuten, bis er wieder zu ihr ging. Sie lag ruhig im Bett und wartete auf ihn. Verlegen setzte er sich neben sie und nahm ihre Hand. »Tut mir leid – ich habe mich wie ein Idiot benommen.«

»Ach, das hast du nicht. Und ich liebe dich. Ich weiß, daß es für dich auch schwer ist.« Unwillkürlich faßte sie nach dem Tuch um ihren Kopf. Sie kam sich so häßlich vor und haßte sich deswegen. Dieser runde und unförmige Kopf ... wie ein Monster. »Es ist schrecklich für uns alle. Wenn ich schon sterben muß, dann hätte mich ein Laster überfahren sollen, oder ich hätte in der Badewanne ertrinken sollen.« Sie versuchte ein Lächeln, doch keiner der beiden fand es komisch. Plötzlich standen Tränen in ihren Augen. »Wie ich diese Kahlheit hasse.« Aber mehr als das haßte sie den Gedanken, sterben zu müssen.

Als er nach dem Tuch fassen wollte, wich sie aus. »Ich liebe dich mit oder ohne Haar.« Auch er hatte Tränen in den Augen.

»Nicht, Bernie ...«

»Es gibt keinen Teil an dir, den ich nicht liebe oder den ich häßlich finde.« Das hatte er entdeckt, als sie ihren gemeinsamen Sohn geboren hatte. Seine Mutter hatte nicht recht behalten. Er war weder schockiert gewesen, noch hatte er es abstoßend gefunden. Er war vielmehr gerührt gewesen, und seine Liebe war noch stärker geworden – wie jetzt. »Äußerlichkeiten sind nicht wichtig. Dann bist du eben kahl. Das werde ich eines Tages auch sein. Ich versuche es jetzt auszugleichen.« Lächelnd strich er sich über den Bart.

»Ich liebe dich.«

»Ich dich auch ... und das hat mit Leben zu tun.« Sie tauschten ein Lächeln. Beide fühlten sich wieder besser. Es bedeutete ständig Kampf, den Kopf über Wasser zu halten. »Also, was soll ich meinen Eltern sagen?«

»Sag ihnen, daß sie kommen sollen. Sie können ja wieder im ›Huntington‹ wohnen.«

»Meine Mutter meinte, Jane würde gern wieder mit ihnen etwas unternehmen. Was meinst du?«

»Ich glaube nicht, daß sie es möchte. Sag ihnen, sie sollen nicht gekränkt sein.« Jane klammerte sich an Liz und fing manchmal schon zu weinen an, wenn ihre Mutter den Raum verließ.

»Sie wird Verständnis haben.« Seine Mutter, die sein Leben lang nur Schuldgefühle in ihm geweckt hatte, trug plötzlich einen Heiligenschein. Mehrmals in der Woche sprach er mit ihr, und sie zeigte für ihn so tiefes Verständnis, wie er es bei ihr noch nie gefunden hatte. Anstatt ihn zu quälen, war sie nun für ihn eine Quelle des Trostes.

Und das war sie auch, als sie kurz vor Weihnachten kamen und für beide Kinder Berge von Geschenken mitbrachten. Ruth rührte Liz zu Tränen, da sie ihr etwas schenkte, was sich diese sehnlichst wünschte. Eigentlich brachte sie ein halbes Dutzend davon mit. Sie schloß die Tür des Zimmers und überreichte Liz zwei riesige Hutschachteln.

»Was ist denn das?« Liz hatte sich ausgeruht, und wie immer waren Tränen über ihre Wangen gerollt. Sie wischte sie fort, als sie sich aufsetzte. Ruth war ein bißchen nervös, weil sie nicht wußte, wie Liz über ihr Mitbringsel denken würde.

»Ich habe für dich ein Geschenk mitgebracht.«

»Einen Hut?«

Ruth schüttelte den Kopf. »Nein, etwas anderes. Hoffentlich bist du nicht gekränkt.« Sie hatte versucht, etwas zu finden, das dem goldenen Haar entsprach, und es war nicht einfach gewesen. Als sie die Deckel von den Schachteln hob, sah Liz vor sich eine Fülle von Perücken mit verschiedenen Frisuren, alle in der vertrauten Farbe. Sie fing zu lachen und zu weinen an, beides gleichzeitig. Ruth sah sie zweifelnd an. »Du bist mir nicht böse?«

»Wie könnte ich?« Dankbar streckte sie ihrer Schwiegermutter die Arme entgegen und nahm dann die Perücken aus der Schachtel. Sämtliche Frisuren waren vertreten, von einem kurzen Jungenhaarschnitt bis zu einer langen Lockenpracht. Es waren sehr kunstvolle, echt wirkende Perücken, und Liz war so gerührt, daß sie kaum Worte fand. »Ich wollte immer schon eine, hatte aber Hemmungen, in einen Laden zu gehen.«

»Das dachte ich mir ... und ich dachte mir auch, so wäre es lustiger.« Lustig ... was war schon lustig, wenn man sein Haar verloren hatte? ... Aber Ruth hatte ihr die Sache sehr erleichtert.

Liz ging zum Spiegel und nahm langsam das Tuch ab, während Ruth diskret den Blick abwandte. Sie war so jung und so schön. Es war nicht fair. Nichts war mehr fair. Erst als Liz eine der blonden Perücken aufgesetzt hatte und sich im Spiegel begutachtete, sah Ruth wieder zu ihr hin. Liz hatte eine Pagenkopffrisur gewählt, die ihr perfekt paßte.

»Das sieht ja wunderbar aus!« Ruth klatschte vor Begeisterung in die Hände. »Gefällst du dir?«

Liz nickte, und in ihren Augen tanzten Fünkchen, als sie sich im Spiegel sah. Endlich sah sie wieder anständig ... besser noch als anständig – vielleicht sogar hübsch. Tatsächlich fühlte sie sich großartig – endlich wieder wie eine richtige Frau. Plötzlich lachte sie auf, so gesund und jung fühlte sie sich. Ruth reichte ihr eine andere Perücke. »Du mußt wissen, daß meine Großmutter kahl war. Alle orthodoxen Frauen rasieren ihre Köpfe. Aus dir wird noch eine gute jüdische Ehefrau, du wirst schon sehen.« Sie faßte Liz liebevoll am Arm. »Du sollst wissen ... wie lieb wir dich haben ...« Hätte Liebe sie heilen können, dann hätte sich die gewünschte Verlangsamung des Krankheitsverlaufes längst eingestellt. Ruth hatte entsetzt festgestellt, daß Liz stark abgenommen hatte, daß ihr Gesicht schmal geworden war, daß die Augen tief in den Höhlen lagen, und doch wollte sie nach Weihnachten wieder unterrichten.

Nachdem Liz alle anderen Perücken probiert hatte, wählte sie für ihren ersten Auftritt den Pagenkopf. Sie setzte die Perücke auf und zog eine frische Bluse an. Die Frisur verlangte nach einer raffinierten Aufmachung. So zurechtgemacht betrat sie ganz unbefangen das Wohnzimmer, wo Bernie sie fassungslos anstarrte. Er war wie vom Donner gerührt.

»Woher hast du denn das?« Sein Lächeln zeigte ihr, daß sie ihm gefiel.

»Von Großmama Ruth. Was dachtest denn du?« fragte sie.

»Großartig siehst du aus.« Das meinte er aufrichtig.

»Warte, bis du die anderen siehst.« Es war ein Geschenk, das ihre Lebensgeister geweckt hatte und für das Bernie seiner Mutter sehr dankbar war, besonders in dem Moment, als Jane in den Raum stürmte und verdutzt innehielt.

»Du hast dein Haar wieder!« Entzückt schlug sie die Hände zusammen. Liz sah lächelnd ihre Schwiegermutter an.

»Nicht ganz, Schätzchen. Großmama hat mir neues Haar aus New York mitgebracht.« Dazu lachte sie, und Jane kicherte.

»Wirklich? Kann ich mal sehen?« Liz nickte und ließ sie die Schachteln sehen. Jane probierte sofort eine Perücke selbst an, doch an ihr sahen sie eher komisch aus. Liz mußte herzlich lachen, und plötzlich war ihnen allen zumute wie auf einer Party.

An jenem Abend gingen sie gemeinsam aus, und es war wie ein Gottesgeschenk, daß Liz sich während der Feiertage besser fühlte. Sie schafften es, noch zweimal auszugehen, und Liz fuhr sogar in die Stadt, um sich mit Jane und Bernie den Weihnachtsbaum bei Wolff anzusehen. Ruth tat so, als mißbillige sie es, obwohl Liz wußte, daß dies nicht der Fall war. Sie hatten auch Chanukkah gefeiert, und freitags wurden vor dem Abendessen die Kerzen angezündet. Und als die feierliche Stimme ihres Schwiegervaters die Gebete anstimmte, empfanden es alle als richtig. Mit geschlossenen Augen betete Liz zu Gott um Genesung.

## 19

Ihr zweiter Hochzeitstag gestaltete sich ganz anders als der erste. Tracy lud Jane und Alexander über Nacht zu sich ein, und Bernies Eltern gingen allein auswärts essen. Liz und Bernie verbrachten einen ruhigen Abend. Eigentlich hatte er sie ausführen wollen, doch sie hatte gestanden, daß sie zu müde war. Er begnügte sich damit, eine Flasche Champagner zu entkorken, und schenkte ihr ein Glas ein. Sie nippte kaum daran, während sie vor dem Kamin saßen und plauderten.

Es war, als hätten sie ein stilles Gelübde abgelegt, nicht über ihre Krankheit zu sprechen. Sie wollte an diesem Abend nicht daran denken, auch nicht an die Chemotherapie, die ihr in einer Woche wieder bevorstand. Es war ohnehin schon schwer genug, und sie sehnte sich danach, wie alle anderen zu sein, über ihren Job zu jammern, über die Kinder zu lachen, ein Abendessen für Freunde zu planen und sich Sorgen zu machen, ob man in der Schneiderei den Reißverschluß in Ordnung bringen würde. Sie saßen Hand in Hand da und starrten in die Flammen, vorsichtig bemüht, schwierigen Themen auszuweichen ... es war sogar sehr schmerzlich, von ihren zwei Jahre zurückliegenden Flitterwochen zu sprechen, obwohl Bernie ihr ins Gedächtnis rief, wie niedlich Jane damals am Strand gewesen war. Sie war noch so klein gewesen. Und jetzt war sie fast acht. Bernie wunderte sich sehr, als Liz plötzlich von Chandler Scott sprach.

»Du wirst immer an dein Versprechen denken, ja?«

»Was für ein Versprechen war das?« Er schenkte ihr Champagner nach, obwohl er wußte, daß sie ihn nicht trinken würde.

»Ich möchte nicht, daß dieser Kerl Jane jemals besucht. Versprichst du das?«

»Das habe ich schon versprochen, oder?«

»Genau das meine ich.« Sie schien sich Sorgen zu machen, und er küßte sie auf die Wange und glättete mit sanften Fingern die Furchen auf ihrer Stirn.

»Ich auch.« In letzter Zeit hatte er sehr oft ernsthaft an eine Adoption gedacht, befürchtete aber, Liz wäre nicht imstande, das Verfahren durchzustehen. Deswegen entschloß er sich, die Sache zu verschieben, bis es ihr besserging.

An jenem Abend liebten sie sich nicht, denn Liz schlief in seinen Armen vor dem Kamin ein. Er trug sie ins Bett und lag dann da und sah auf sie hinunter. Sein Herz drohte zu zerspringen, als er an die vor ihnen liegenden Monate dachte. Sie beteten noch immer, die Krankheit möge zu einem Stillstand kommen.

Am fünften Januar wollten Bernies Eltern zurück nach New York fliegen. Ruth machte den Vorschlag, länger zu bleiben, Liz aber sagte, sie wolle ohnehin wieder unterrichten, wenn auch nur an drei Vormittagen in der Woche, aber damit wäre sie bestimmt sehr beschäftigt. Unmittelbar nach den Feiertagen hatte sie ihre Chemotherapie hinter sich gebracht, und diesmal war es ihr dabei gutgegangen. Das war für alle eine Erleichterung. Liz konnte es jetzt kaum erwarten, wieder in die Schule zu gehen.

»Bist du sicher, daß sie sich nicht übernimmt?« fragte die Mutter Bernie, als sie ihn am Tag vor der Abreise im Kaufhaus besuchte.

»Sie möchte etwas tun.« Sehr begeistert war Bernie nicht, doch Tracy hatte gemeint, es würde ihr guttun. Vielleicht war etwas dran. Zumindest konnte es ihr nicht schaden, und falls es zu anstrengend wurde, mußte sie es ohnehin aufgeben. Aber Liz war beharrlich geblieben.

»Was sagt der Arzt dazu?«

»Er sagt, es könne ihr nicht schaden.«

»Sie sollte sich mehr schonen.« Bernie nickte. Aber immer,

wenn er Liz zur Ruhe riet, sah sie ihn mit flammendem Blick an, von dem Bewußtsein getrieben, daß ihre Zeit knapp bemessen war. Sie wollte möglichst viel tun und nicht ihr Leben verschlafen.

»Mom, wir müssen sie tun lassen, was sie tun möchte. Das mußte ich ihr versprechen.« In letzter Zeit hatte sie ihm etliche Versprechen entlockt. Als er seine Mutter hinunterbegleitete, sprachen beide kein Wort. Es gab nicht viel zu sagen, und beide hatten Angst, ihre Gedanken auszusprechen. Alles war so schrecklich, so unglaublich schmerzlich.

»Liebling, ich weiß nicht, was ich sagen soll.« Mit Tränen in den Augen blickte Ruth zu ihrem einzigen Sohn auf, inmitten des Gedränges im Eingang zum Kaufhaus.

»Ich weiß, Mom ... ich weiß ...« Auch seine Augen waren feucht, und seine Mutter nickte, als sie die Tränen nicht mehr zurückhalten konnte. Ein paar Neugierige drehten sich nach ihnen um, von der Frage bewegt, welches Drama sich hier abspielen mochte, aber sie hasteten sofort wieder weiter. Ruth blickte ihn unverwandt an.

»Es tut mir so leid ...«

Er nickte nur und war nicht imstande, ihr zu antworten, berührte ihren Arm und ging dann stumm und mit gebeugtem Kopf wieder hinauf. Sein Leben hatte sich schlagartig in einen Alptraum verwandelt, der sich nicht verflüchtigte, was man auch unternahm, um ihm ein Ende zu bereiten.

Abends war es noch schlimmer, als er seine Eltern zurück ins Hotel brachte, nachdem Liz für sie gekocht hatte. Am nächsten Morgen wollten sie abreisen, und Liz hatte darauf bestanden, noch einmal die Gastgeberin zu spielen. Das Abendessen war köstlich gewesen wie immer, doch es war schrecklich, mitansehen zu müssen, wie sie sich mit allem abmühte, was ihr zuvor so mühelos von der Hand gegangen war. Jetzt war für sie nichts mehr mühelos, nicht einmal das Atemholen.

Er gab seiner Mutter im Hotel einen Kuß. Seine Eltern wollten am nächsten Tag allein zum Flughafen fahren. Als Bernie mit seinem Vater einen Händedruck wechselte, trafen sich ihre Blicke, und plötzlich hielt Bernie es nicht mehr aus. Er sah sich als kleinen Jungen, der diesen Mann geliebt hatte … sah sich, wie er ihn im weißen Ärztekittel bewundert hatte … sah sich mit ihm im Sommer in Neuengland angeln gehen … Das alles überkam ihn ganz plötzlich, und er fühlte sich wie ein Fünfjähriger. Sein Vater, der dies spürte, umarmte ihn, und Bernie brach in Tränen aus. Ruth mußte sich abwenden, weil sie sein Unglück nicht mehr mit ansehen konnte.

Lou begleitete Bernie hinaus. Lange standen sie in der kühlen Nachtluft, und sein Vater hielt ihn umfangen.

»Schon gut, Sohn, Tränen sind manchmal notwendig …« Dabei liefen ihm selbst die Tränen übers Gesicht und fielen auf die Schultern seines Sohnes.

Niemand konnte Bernie helfen. Und schließlich gab Bernie Lou und Ruth, die ihnen gefolgt war, einen Abschiedskuß, und er dankte ihnen. Als er nach Hause kam, war Liz schon im Bett und wartete auf ihn. Sie trug eine der neuen Perücken. Sie trug jetzt ständig eine, und manchmal zog Bernie sie deshalb auf, insgeheim enttäuscht, daß er nicht selbst auf den Gedanken gekommen war, ihr Perücken zu kaufen. Liz fühlte sich sehr wohl mit ihnen. Natürlich nicht so wie mit ihrem eigenen Haar, doch sie halfen ihr ein wenig, ihre Selbstachtung zu retten, und sorgten für ständigen Gesprächsstoff zwischen ihr und Jane. »Nein, Mami, die andere gefällt mir viel besser … die lange … ja, die ist hübsch.« Jane lächelte. »Mit lockigem Haar siehst du komisch aus.« Aber wenigstens ängstigte sie sich nicht mehr.

»Na, wie war es mit deinen Eltern, mein Schatz?« Sie empfing Bernie mit einem fragenden Blick. »Die Fahrt zum Hotel hat lange gedauert.«

»Wir haben noch ein wenig geplaudert.« Er lächelte, um eine schuldbewußte Miene bemüht, damit ihr verborgen blieb, wie bedrückt er war. »Du kennst ja meine Mutter. Sie kann sich von ihrem Jungen nicht trennen.« Er drückte ihre Hand und ging, um sich auszuziehen. Augenblicke später lag er neben ihr im Bett. Doch Liz war bereits eingeschlafen. Er lauschte den angestrengten Atemzügen neben sich. Vor einem Vierteljahr hatte man entdeckt, daß sie Krebs hatte. Sie kämpfte sehr tapfer gegen die Krankheit an, und die Ärzte waren der Meinung, daß die Chemotherapie gut anschlug. Bernie aber war der Meinung, daß es ihr immer schlechter ging. Mit jedem Tag wurden ihre Augen größer und sanken tiefer in die Höhlen zurück, ihr Gesicht wurde spitzer, und sie verlor immer mehr an Gewicht. Ihre Atemschwierigkeiten wurden immer ärger. Aber er wollte sie bei sich behalten, so lange es ging, wollte tun, was nötig war, gleichgültig, wie schwer es ihr fiel. Sie mußte kämpfen – er beschwor sie, sich nicht aufzugeben ... er wollte nicht zulassen, daß sie ihn verließ.

In jener Nacht schlief er unruhig und träumte, sie wolle eine Reise antreten, von der er sie abzuhalten versuchte.

Die Arbeit in der Schule schien Liz irgendwie zu beleben. Sie liebte »ihre« Kinder, wie sie sie nannte, über alles. In diesem Jahr hatte sie nur den Leseunterricht übernommen. Tracy unterrichtete in der Klasse Rechnen, und eine andere Vertretung übernahm die restlichen Fächer. Die Direktion der Schule hatte sich bei der Reduzierung von Liz' Stundenplan überraschend flexibel gezeigt. Man schätzte sie sehr und hatte mit Fassungslosigkeit reagiert, als sie der Schulleitung offen und ohne Dramatik eröffnete, wie es um sie stand. Die traurige Neuigkeit hatte rasch die Runde gemacht, aber man sprach darüber nur im Flüsterton. Liz wollte nicht, daß Jane von ihrem tatsächlichen Zustand erfuhr, und sie hoffte inständig, daß keines der Kinder etwa darüber Bescheid wußte. Im Lehrerkollegium war ihre Krankheit kein Geheimnis, die Schüler aber brauchten noch nichts davon zu wissen. Sie war sich darüber im klaren, daß sie kommendes Jahr nicht mehr dasein würde. Das Treppensteigen machte ihr jetzt schon Mühe, sie war aber entschlossen, das laufende Schuljahr um jeden Preis zu beenden, das hatte sie dem Rektor versprochen. Im März konnte sie ihre Krankheit nicht mehr verheimlichen, das wurde Liz klar, als eine ihrer kleinen Schülerinnen mit Tränen in den Augen und Spuren eines Kampfes an der Kleidung zu ihr kam.

»Na, Nancy, was gibt es?« Das Mädchen hatte vier Brüder und galt als ziemlich rauflustig. Liz strich ihr die Bluse glatt und lächelte ihr liebevoll zu. Nancy war ein Jahr jünger als Jane, die jetzt in die dritte Klasse ging. »Hast du dich mit jemandem geprügelt?«

Das Kind nickte, ohne den Blick von ihr zu wenden. »Ich gab Billy Hitchcock eins auf die Nase.«

Liz lachte. Jeder Tag, den sie mit ihren Schülern verbrachte, war voller Leben. »Und warum?«

Die Kleine zögerte zunächst, um sodann mit kampflustig gerecktem Kinn zu erklären: »Er behauptete, Sie würden sterben ... und ich sagte, er sei ein dummer Lügner!« Wieder fing sie zu weinen an und wischte sich mit den Fäusten über die Augen, wobei sich Tränen und Schmutz vermischten und auf ihren Wangen zwei große Streifen zurückblieben. »Es stimmt doch nicht, Mrs. Fine, oder?«

»Komm, wir wollen uns darüber unterhalten.« Sie zog im leeren Klassenzimmer einen Stuhl heran. Es war Mittagspause, und Liz hatte die Zeit benutzt, um ein paar Unterlagen durchzusehen. Jetzt setzte sie das kleine Mädchen neben sich und hielt es an der Hand. Es war der Augenblick gekommen, den sie so gerne noch hinausgezögert hätte. »Du weißt sicher, daß wir alle einmal sterben müssen, oder?« Die kleine Hand hielt die ihre so fest, als wolle Nancy sichergehen, daß Liz sie nie verlassen würde. Nancy hatte ihr im Jahr zuvor das erste Geschenk für Alexander gegeben, einen winzigen selbstgestrickten blauen Schal mit unzähligen Löchern, Knötchen und fallengelassenen Maschen, und Liz hatte sich hellauf begeistert gezeigt.

Nancy nickte, abermals den Tränen nahe. »Unser Hund starb voriges Jahr, aber der war richtig alt. Mein Daddy sagte, als Mensch wäre er hundertneunzehn Jahre gewesen. Aber so alt sind Sie nicht.« Sie schien von Zweifeln befallen. »Oder?«

Liz lachte. »Nicht ganz. Ich bin dreißig. Das ist nicht sehr alt ... aber manchmal ... manchmal kommt alles anders. Wir alle müssen zu verschiedenen Zeiten heim zu Gott ... manche Menschen müssen gehen, solange sie noch Babys sind. Und nach langer, langer Zeit, wenn du uralt bist und zu Gott gehen sollst, werde ich dort auf dich warten.« Sie spürte einen Kloß in ihrem Hals und kämpfte gegen ihre Tränen an. Sie wollte nicht weinen, und das war gar nicht einfach. Sie wollte auch auf niemanden warten. Sie wollte hier sein – mit Bernie, Alexander und Jane.

Nancy verstand sie. Hemmungslos weinend schlang sie ihre

Arme um Liz' Nacken. »Ich will nicht, daß Sie fortgehen ... ich will nicht ...« Nancys Mutter trank, und ihr Vater war viel unterwegs. Seit dem Kindergarten hatte sie zu Liz große Zuneigung entwickelt. Und jetzt sollte sie sie verlieren. Das war nicht fair. Nichts war mehr fair. Liz tröstete sie mit Süßigkeiten und versuchte ihr zu erklären, wie die Chemotherapie wirkte und was sie von der Behandlung erwartete.

»Die Möglichkeit einer Besserung besteht immer, Nancy. Vielleicht bleibe ich euch dadurch viel länger erhalten. Bei manchen Menschen hat die Behandlung das Leben um Jahre verlängert.« Und bei manchen nicht, dachte sie bei sich. Sie sah die Symptome ganz genau. Und sie verabscheute es mittlerweile, in den Spiegel zu sehen. »Bis zu den Ferien werde ich noch hier sein, und das ist noch sehr lange. Also mach dir keine Sorgen, ja?«

Die kleine Nancy Farrell nickte und ging hinaus, um über Liz' Worte nachzudenken, eine Handvoll Schokoplätzchen in der Hand.

Als Liz nachmittags mit Jane heimfuhr, fühlte sie sich wie ausgelaugt, und Jane starrte wortlos aus dem Fenster. Fast sah es so aus, als sei sie wütend auf ihre Mutter, und knapp vor dem Ziel drehte sie mit einem Ruck den Kopf und sah sie anklagend an.

»Du wirst sterben, nicht wahr, Mami?«

Liz war schockiert über die Abruptheit und Heftigkeit dieser Worte. Sie wußte auch sofort, wer diesen Angriff verursacht hatte: Nancy Farrell. »Sterben müssen alle.« Aber Jane ließ sich nicht so einfach beschwichtigen wie Nancy. Für sie stand mehr auf dem Spiel.

»Du weißt, was ich meine ... dieses Zeug ... die Chemotherapie ... die hilft nicht.« Sie sprach es aus, als sei es ein unanständiges Wort.

»Es hilft ein bißchen.« Aber nicht genug. Das wußten sie alle. Und sie fühlte sich sehr schlecht, manchmal glaubte sie, die Therapie töte sie rascher.

»Nein, es hilft nicht.« Mit einem Blick gab sie Liz zu verstehen, daß sie der Meinung war, daß Liz sich zu wenig um Gesundung bemühte.

Liz seufzte, als sie vor dem Haus anhielt. Sie fuhr noch immer den alten Ford, den sie vor der Ehe gehabt hatte, und parkte ihn am Straßenrand, da Bernie die Garage für seinen BMW brauchte. »Liebling, es ist für uns alle sehr schwierig. Und ich bemühe mich wirklich, daß ich gesund werde.«

»Warum klappt es denn nicht?« Die blauen Augen in dem Kindergesicht füllten sich mit Tränen, und plötzlich sank Jane auf dem Sitz neben ihrer Mutter zusammen. »Warum geht es dir noch nicht besser? ... Warum nicht? ...« Mit angsterfülltem Blick sah sie auf. »Nancy Farrell sagt, daß du sterben wirst ...«

»Ich weiß, Liebling, ich weiß.« Jetzt ließen sich auch bei Liz die Tränen nicht zurückhalten. Und Jane hörte, wie mühsam sie Atem holte. »Ich weiß nicht, was ich sagen soll. Eines Tages muß jeder sterben, und bei mir wird es vielleicht noch einige Zeit dauern. Aber es kann auch anders kommen. Und das kann jedem passieren. Jemand könnte eine Bombe werfen, während wir hier sitzen.«

Schluchzend sah Jane ihre Mutter an. »Das wäre mir lieber ... ich möchte zusammen mit dir sterben ...«

Liz drückte sie so fest an sich, daß es schmerzte. »Nein, das wirst du nicht ... Sag so etwas niemals wieder ... Du hast ein langes Leben vor dir ...« Liz war aber auch erst dreißig.

»Warum mußte uns das passieren?« Jane sprach die Frage aus, die sie alle sich stellten. Es gab darauf keine Antwort.

»Ich weiß es nicht ...« Ihre Stimme war kaum mehr als ein Flüstern, als sie im Wagen saßen, einander umfangen hielten und verzweifelt einen Ausweg suchten.

## 20

Im April mußte Bernie sich entscheiden, ob er nach Europa fliegen würde oder nicht. Er hatte immer gehofft, Liz würde mitkommen können, doch inzwischen war klar, daß sie zu schwach war. Sie hatte nicht mehr die Kraft, überhaupt irgendwohin zu gehen. Jeder Besuch bei Tracy in Sausalito war ein größeres Wagnis. Liz unterrichtete immer noch, aber nur zweimal wöchentlich.

Bernie rief Paul Berman an, um ihm seine Entscheidung mitzuteilen. »Paul, ich lasse dich sehr ungern im Stich, aber ich möchte jetzt nicht weg.«

»Das kann ich gut verstehen.« Paul sagte es voller Mitgefühl. Die Tragödie ging ihm sehr nahe, und es tat ihm jedesmal weh, wenn er mit Bernie sprach. »Dann müssen wir diesmal eben jemand anderen rüberschicken.« Es war das zweite Mal, daß Bernie seine Europareise absagte, doch die Unternehmensleitung zeigte sich sehr verständnisvoll. Trotz allem, was er durchmachen mußte, leistete er in der Filiale in San Franzisko ganze Arbeit, wie Paul zu erwähnen nicht vergaß. »Bernard, ich weiß gar nicht, wie du das schaffst. Wenn du mal Urlaub brauchst, dann laß es uns wissen.«

»Mach' ich. Vielleicht in ein paar Monaten, aber nicht jetzt.« Wenn es mit Liz zu Ende ging, wollte er nicht arbeiten müssen – falls es überhaupt so rasch gehen würde … Ab und zu ging es ihr ein paar Tage lang gut, oder sie hatte merklich bessere Laune, plötzlich aber war sie wieder niedergeschlagen und matt. Wenn Bernie dann in Panik geriet, strengte Liz sich besonders an, um ihm ihren Zustand zu verheimlichen. Das alles war eine Folter, weil er nie im voraus wußte, wie sie auf die Behandlung ansprach, ob der Krankheitsverlauf sich verlangsamte und sie ihnen noch lange Zeit erhalten blieb oder ob es nur mehr ein paar Wochen oder Monate dauern würde. Auch die Ärzte konnten es ihm nicht sagen.

»Wie steht es mit einer Rückkehr nach New York? Unter den gegebenen Umständen würde ich dich nicht drängen, in San Franzisko zu bleiben, Bernard.« Bernie war seit Jahren für Paul wie ein Sohn, deswegen wollte er ihm gegenüber fair sein. Wenn seine Frau nicht mehr lange zu leben hatte, konnte man ihn nicht zwingen, in Kalifornien zu bleiben. Doch Bernie setzte ihn mit seiner Antwort in Erstaunen. Er war von Anfang an offen zu ihm gewesen und hatte ihm nicht verschwiegen, daß Liz Krebs hatte. Das war für alle ein großer Schock gewesen. Nicht zu fassen, daß die blonde Schönheit, mit der Paul erst vor zwei Jahren auf ihrer Hochzeit getanzt hatte, nicht mehr lange zu leben hatte.

»Ehrlich gesagt, Paul, denke ich im Moment an keinen Ortswechsel. Es wäre großartig, wenn du jemanden an der Hand hättest, der die Zusammenstellung der Kollektion für mich übernimmt und zweimal im Jahr nach Europa fährt. Momentan möchten wir nicht weg von hier. Liz ist hier zu Hause, und ich möchte sie nicht aus der gewohnten Umgebung herausreißen. Das wäre nicht gut, glaube ich.« Sie hatten lange darüber nachgedacht und waren gemeinsam zu diesem Entschluß gelangt. Liz hatte ihm rundheraus gesagt, daß sie nicht von San Franzisko fortwolle. Sie wollte seinen Eltern nicht zur Last fallen und ihm auch nicht, und sie wollte auch nicht, daß Jane sich an eine neue Schule und an neue Freunde gewöhnen mußte. Für Liz selbst war es ein Trost, ihren alten Freunden, besonders Tracy, nahe zu sein. Es war für sie sogar tröstlich, daß sie Bill und Marjorie Robbins häufiger sah.

»Dafür habe ich vollstes Verständnis.« Bernie war nun genau drei Jahre in Kalifornien, doppelt so lange, wie er beabsichtigt hatte, doch das spielte keine Rolle mehr.

»Im Moment kann ich nicht fort, Paul.«

»Geht in Ordnung. Wenn du deine Absicht änderst, laß es mich wissen, damit ich jemanden suchen kann, der das Haus in San Franzisko übernimmt. Du fehlst uns in New York. Bestünde die Möglichkeit« – er warf einen Blick in seinen Kalender –, »daß du nächste Woche zur Vorstandssitzung kommst?«

Bernie runzelte die Stirn. »Da muß ich erst mit Liz sprechen.« Es stand zwar keine Behandlung bevor, aber er ließ sie dennoch nur ungern allein. »Wir werden sehen. Wann soll das sein?« Paul nannte ihm das Datum, und Bernie notierte es sich.

»Es würde dich nicht mehr als drei Tage kosten. Du könntest Montag fliegen und Mittwoch wieder zu Hause sein, allenfalls Donnerstag, falls du so lange wegbleiben kannst. Wie du dich auch immer entscheidest, ich habe vollstes Verständnis für deine Lage.«

»Danke, Paul.« Wie immer benahm Paul Berman sich großartig. Auch er verzweifelte aber letztlich daran, daß er ihm nicht helfen konnte. Am Abend fragte Bernie Liz, was sie davon halte, wenn er für ein paar Tage nach New York fliege. Er fragte sie sogar, ob sie mitkommen wollte, doch sie schüttelte mit mattem Lächeln den Kopf.

»Ich kann nicht, mein Schatz. In der Schule gibt es zuviel zu tun.« Doch das war nicht der Grund, wie beide wußten. In zwei Wochen stand Alexanders Geburtstag bevor, und sie würde dann Bernies Mutter ohnehin sehen. Lou konnte die Praxis zwar nicht wieder im Stich lassen, aber Ruth hatte versprochen zu kommen. Sie wollte sich das große Ereignis nicht entgehen lassen, und vor allem wollte sie Liz sehen.

Als Bernie aus New York zurückkam, sah er dasselbe, was seine Mutter sah, als sie eintraf. Er sah, wie rasend schnell Liz sich veränderte. In den wenigen Tagen hatte er genug Distanz gewonnen, um sich darüber klarzuwerden, wie schlecht es um sie stand. Am Abend seiner Heimkehr schloß er sich im Bad ein und weinte in ein großes weißes Handtuch. Er hatte Angst, daß sie ihn hören konnte, doch er war nicht mehr in der Lage, sich zu beherrschen. Liz war bleich und schwach und hatte noch mehr abgenommen. Er flehte sie an, mehr zu essen, und brachte ihr alle erdenklichen Leckerbissen mit nach Hause, von Erdbeertörtchen bis zu Räucherlachs – alles aus der Feinkostabteilung des Kaufhauses. Es war zwecklos. Liz litt an Appetitlosigkeit und wog kaum mehr neunzig Pfund, als Alexanders Geburtstag heranrückte. Ruth war entsetzt, als sie Liz sah, mußte aber so tun, als hätte sie nichts bemerkt. Die schmalen Schultern fühlten sich sehr zerbrechlich an, als sie sich bei der Begrüßung umarmten, und Bernie mußte ein Elektrowägelchen holen, um sie zur Gepäckabholung zu bringen, da sie so weit nie hätte gehen können und einen Rollstuhl ablehnte.

Auf der Fahrt nach Hause plauderten sie über alles mögliche, nur nicht über das, was wirklich wichtig war. Ruth hatte das Gefühl, es würde verzweifelt Wasser getreten. Sie hatte für Alexander ein großes gefedertes Schaukelpferd mitgebracht und für Jane wieder eine Puppe, und sie konnte das Wiedersehen mit den Kindern kaum erwarten. Liz aber machte ihr große Sorgen. Um so erstaunter war sie, als sie sie bei der Zubereitung des Abendessens beobachtete. Liz kochte immer noch selbst und erledigte alle im Hause anfallenden Arbeiten, und das alles neben ihrer Lehrertätigkeit. Sie war die bemerkenswerteste Frau, die Ruth je gesehen hatte. Es brach ihr fast das Herz, wenn sie den täglichen Kampf beobachtete, den Liz führte, um am Leben zu bleiben. Ruth war noch da, als Liz zur nächsten Behandlung mußte, und sie paßte auf die Kinder auf, während Bernie über Nacht bei Liz im Krankenhaus blieb. Er schlief neben ihr auf einem Notbett, das man hereingerollt hatte.

Der kleine Alexander sah aus wie Bernie als Kind. Er war ein pausbäckiger, fröhlicher kleiner Junge. Es war unglaublich, daß er erst ein Jahr war und nun von dieser Tragödie betroffen wurde. Als Ruth ihn zu Bett brachte, ging sie weinend aus dem Zimmer, weil sie daran denken mußte, daß er seine Mutter nie richtig kennenlernen würde.

»Na, wann besuchst du uns wieder in New York?« fragte Ruth Jane, als sie sich zu einem Gesellschaftsspiel hinsetzten. Janes Lächeln kam sehr zögernd. Sie liebte Großmama Ruth, konnte sich aber nicht vorstellen, länger bei ihr zu bleiben. »Erst wenn es Mami bessergeht«, hatte bis jetzt ihre Standardantwort gelautet, doch diesmal sagte sie statt dessen: »Ich weiß es nicht, Großmama. In den Ferien gehen wir nach Stinson Beach. Mami möchte sich dort ausruhen. Der Unterricht strengt sie sehr an.« Beide wußten, daß das langsame Sterben sie anstrengte, doch das war so schrecklich, daß es lieber unausgesprochen blieb.

Bernie hatte das Haus in Stinson Beach wieder gemietet, mit der Absicht, in diesem Jahr drei Monate an der Küste zu verbringen. Liz sollte dort möglichst wieder zu Kräften kommen. Der Arzt hatte angedeutet, daß sie den Vertrag mit der Schule nicht mehr verlängern sollte, weil es für sie zuviel wurde. Liz widersprach nicht und sagte zu Bernie, daß sie den Aufenthalt am Strand für eine gute Idee hielt. Sie würde mehr Zeit für ihn und die Kinder haben. Und Bernie gab ihr recht. Alle konnten es kaum erwarten, an die Küste zu kommen, als ließe sich damit das Rad der Zeit zurückdrehen. Im Krankenhaus beobachtete Bernie die schlafende Liz, berührte ihr Gesicht und hielt liebevoll ihre Hand, als sie sich bewegte und zu ihm aufsah. Einen Augenblick lang drohte sein Herz auszusetzen, weil sie aussah, als würde sie jeden Augenblick sterben.

»Ist etwas?« Erstaunt hob sie den Kopf, und er lächelte beruhigend, mit Mühe die Tränen zurückhaltend.

»Geht's dir einigermaßen, Liebling?«

»Mir geht es gut.« Sie ließ den Kopf wieder auf das Kissen zurücksinken. Die bei der Chemotherapie eingesetzten Mittel waren so stark, daß die Behandlung zu einem Herzanfall führen konnte. Das hatte man ihnen von Anfang an gesagt, doch sie hatten keine andere Wahl gehabt, Liz mußte es riskieren.

Sie schlief wieder ein, und Bernie ging auf den Gang und rief zu Hause an. Vom Zimmer aus wollte er nicht telefonieren, aus Angst, daß sie davon wieder aufwachen würde. Eine Schwester saß unterdessen an ihrem Bett. Bernie hatte sich an die Krankenhausatmosphäre gewöhnt – so sehr, daß sie ihm fast normal vorkam. Es schockierte ihn nicht mehr wie früher. Und er wünschte sich, sie hätten einen Stock tiefer sein können wie im Vorjahr, bei der Geburt ihres Babys ... und nicht hier, unter den Sterbenden.

»Hallo, Mom. Wie geht's?«

»Alles in Ordnung, mein Lieber.« Sie betrachtete Jane. »Deine Tochter schlägt mich dauernd beim Mensch-ärgere-dich-nicht. Und Alexander ist eben eingeschlafen. Die ganze Flasche hat er leergetrunken und mich angelächelt. Er ist noch in meinen Armen eingeschlafen. Er hat sich nicht gerührt, als ich ihn hinlegte.« Alles klang so normal, nur hätte Liz ihm das alles erzählen sollen und nicht seine Mutter. Er hätte von einer Besprechung in der Firma kommen sollen, und sie hätte ihm sagen sollen, daß zu Hause alles in Ordnung war. Statt dessen lag Liz im Krankenhaus und wurde von chemischen Substanzen vergiftet, und seine Mutter kümmerte sich um die Kinder. »Wie fühlt sich Liz?« Das fragte Ruth halblaut, damit Jane sie nicht hören konnte, aber die Kleine spitzte die Ohren, so sehr, daß sie aus Versehen eine von Ruths Figuren auf dem Brett verschob. Später zog Ruth sie damit auf und behauptete, sie mogle, obwohl sie wußte, warum es passiert war. Jane brauchte einen Hauch Heiterkeit und Frohsinn im Leben, denn sie erlebte eine Zeit, in der sie davon nicht viel abbekam. Und dabei war sie erst acht. Das Kind war von tiefer Traurigkeit umgeben, die knapp unter der Oberfläche des Alltags zu spüren war. Es war fast unmöglich, Jane aufzuheitern.

»Liz geht es gut. Sie schläft jetzt. Wir kommen morgen um die Mittagszeit nach Hause.«

»Wir werden dasein. Bernie, brauchst du etwas? Bist du hungrig?« Seine Mutter so fürsorglich zu erleben erschien ihm sehr sonderbar. In Scarsdale hatte sie alles Hattie überlassen. Aber es waren ungewöhnliche Zeiten, für alle, für Liz und Bernie im besonderen.

»Ach, mir geht es tadellos. Gib Jane von mir einen Kuß. Wir sehen uns dann morgen.«

»Gute Nacht, Liebling. Grüße Liz schön, wenn sie aufwacht.«

»Geht es Mami gut?« Jane wandte sich mit verängstigtem Blick an Ruth, die zu ihr kam und sie umarmte.

»Ja, es geht ihr gut, und sie läßt dich grüßen. Morgen kommt sie wieder nach Hause.« Wären die Grüße tatsächlich von Liz und nicht von Bernie gekommen, wäre es schöner gewesen.

Am Morgen erwachte Liz unter Schmerzen. Sie hatte mit einemmal das Gefühl, sämtliche Rippen auf einer Seite würden brechen. Es war ein plötzlicher intensiver Schmerz, wie sie ihn nie zuvor erlebt hatte, und sie beschrieb ihn Dr. Johanssen, der den Onkologen und den Knochenspezialisten verständigte. Ehe man sie entließ, wurden eine Röntgenaufnahme und ein Knochen-Scan gemacht.

Die Nachricht, die sie wenige Stunden danach bekamen, war deprimierend. Die Chemotherapie war so gut wie wirkungslos. Die Metastasenbildung war fortgeschritten. Man ließ Liz zwar nach Hause gehen, doch Dr. Johanssen teilte Bernie mit, daß dies der Anfang vom Ende sei. Von nun an würden die Schmerzen immer schlimmer werden. Man würde zwar alles tun, um sie zu lindern, aber am Ende würde nichts mehr helfen. Der Arzt eröffnete ihm dies in einem kleinen Sprechzimmer, das von dem Gang abzweigte, an dem auch Liz' Zimmer lag, und Bernie schlug mit der Faust auf den Schreibtisch des Arztes.

»Was, zum Teufel, heißt das, Sie können ihr nur wenig helfen? Was soll das heißen, verdammt noch mal?« Der Arzt hatte vollstes Verständnis. Bernie hatte allen Grund, mit dem Schicksal zu hadern, das Liz getroffen hatte, und auch mit den Ärzten, die ihr nicht helfen konnten. »Was macht ihr Ärzte eigentlich den ganzen langen Tag? Holt ihr nur Splitter aus den Füßen der Leute, oder schneidet ihr Furunkel auf? Meine Frau geht an Krebs zugrunde, und Sie sagen mir einfach so, daß Sie gegen die Schmerzen nicht viel unternehmen können?« Er fing hemmungslos zu schluchzen an, während er Johanssen gegenüber saß und ihn anstarrte. »Was sollen wir tun ... o Gott ... jemand muß ihr helfen ...« Jetzt war alles aus. Er wußte es. Und man sagte ihm, daß man für sie kaum etwas tun könne. Liz würde unter entsetzlichen Qualen sterben. Das war zu schrecklich. Es war ein gräßliches Zerrbild all dessen, was er für die Wirklichkeit gehalten hatte. Am liebsten hätte er jemanden geschüttelt, um die Zusicherung zu erzwingen, daß man das Schicksal abwenden und Liz helfen konnte zu überleben. Er wünschte sich, daß jemand ihm sagte, daß alles nur ein entsetzlicher Irrtum gewesen war und sie gar nicht an Krebs litt.

Den Kopf auf den Schreibtisch gelegt, ließ Bernie seinen Tränen freien Lauf, und Dr. Johanssen, dem er unendlich leid tat und der sich seiner Hilflosigkeit schämte, wartete geduldig. Nach einer Weile stand er auf und holte ihm ein Glas Wasser. Er reichte es Bernie, sah ihn an und schüttelte den Kopf. »Ich weiß, wie schrecklich es ist, und es tut mir sehr leid. Mr. Fine. Wir werden alles in unseren Kräften Stehende tun. Ich wollte Ihnen nur zu verstehen geben, daß auch uns Grenzen gesetzt sind.«

»Was heißt das?« Bernies Blick war der eines waidwunden Tiers. Er hatte das Gefühl, das Herz würde ihm aus dem Leib gerissen.

»Wir werden mit Tabletten anfangen. Und schließlich werden wir zu Injektionen übergehen – Morphium. Sie wird immer stärkere Dosierungen bekommen, weil wir die Schmerzen möglichst gering halten wollen.«

»Kann ich ihr selbst die Spritzen geben?« Er wollte alles tun, um ihr das Leben zu erleichtern.

»Wenn Sie möchten. Vielleicht werden Sie eine Pflegerin engagieren. Ich weiß, daß Sie zwei Kinder haben.«

Bernie dachte an die Urlaubspläne. »Was meinen Sie ... können wir nach Stinson Beach, oder sollen wir lieber näher an der Stadt bleiben?«

»Es wird keinesfalls schaden, wenn Sie an die Küste gehen. Ein Tapetenwechsel kann Ihrer Frau und Ihnen nur guttun, besonders Liz. Bis in die Stadt ist es nur eine halbe Stunde. Ich fahre manchmal selbst hinaus. Tut der Seele gut.«

Bernie nickte verbittert und stellte das Glas ab, das ihm der Arzt gegeben hatte. »Sie ist sehr gern draußen.«

»Dann bringen Sie sie rasch nach Stinson Beach.«

»Und wie steht es mit der Schule?« Plötzlich mußten sie ihr gesamtes Leben neu überdenken. Und es war erst Frühling. Bis zu den Ferien waren es noch zwei Wochen. »Soll sie jetzt schon mit dem Unterricht aufhören?«

»Das soll Liz selbst entscheiden. Schaden kann es ihr nicht, falls Sie das befürchten sollten. Aber wenn sie zu große Schmerzen hat, wird sie ohnehin nicht weitermachen können. Sie soll selbst bestimmen, wie es weitergehen soll.« Er stand auf, und Bernie seufzte tief.

»Was werden Sie Liz sagen? Sagen Sie ihr, daß die Knochen angegriffen sind?«

»Das ist nicht nötig, denke ich. Sie merkt selbst an den Schmerzen das Fortschreiten der Krankheit. Wir brauchen sie mit diesen Schreckensmeldungen nicht zusätzlich zu entmutigen« – er sah Bernie fragend an, »es sei denn, Sie sind der Ansicht, daß wir mit ihr darüber sprechen sollten.«

Bernie schüttelte den Kopf, insgeheim von der Frage bewegt, wie viele schlechte Nachrichten sie noch ertragen konnte oder ob sie die Sache insgesamt falsch angepackt hatten. Vielleicht wäre es besser, wenn er sie nach Mexiko zu einem Heilpraktiker brachte oder wenn sie sich makrobiotisch ernährte oder nach Lourdes pilgerte oder sich an Christian Science wandte. Immer wieder hörte man von Menschen, deren Krebs durch ausgefallene Diäten, durch Hypnose oder durch Glauben geheilt worden war. Er wußte aber auch, daß Liz mit diesen Dingen nichts im Sinn hatte. Sie wollte sich nicht verrückt machen lassen und auf der ganzen Welt nach Heilung suchen. Sie wollte zu Hause bei Mann und Kindern bleiben und an der Schule unterrichten, an der sie seit Jahren tätig war. Sie bemühte sich, ein Leben zu führen, das dem Normalzustand weitgehend angepaßt war.

»Na, Liebling, alles in Ordnung?« Angezogen erwartete sie ihn im Zimmer. Sie trug eine neue Perücke, die seine Mutter ihr gebracht hatte. Und diese sah so echt aus, daß er sich selbst fast hätte täuschen lassen. Bis auf die dunklen Ringe unter den Augen und ihre Magerkeit sah sie sehr hübsch aus. Liz trug ein hellblaues Hemdblusenkleid und passende Espandrillos. Das blonde Perückenhaar fiel ihr ähnlich wie ihr eigenes über die Schultern.

»Was hat man dir gesagt?« fragte sie besorgt. Sie wußte genau, daß sich ihre Krankheit verschlimmert hatte. Die Rippen schmerzten sehr stark. Es war ein schneidender Schmerz, den sie nie zuvor empfunden hatte.

»Nicht viel. Die Behandlung scheint zu wirken.« Liz sah den Arzt an. »Warum tut mir dann mein Brustkorb so weh?«

»Haben Sie das Baby oft auf den Arm genommen?« Er lächelte, und sie nickte. Sie schleppte Alexander viel herum. Da er noch nicht laufen konnte, wollte er ständig getragen werden.

»Ja.«

»Und wieviel wiegt der Kleine?«

Die Frage zauberte ein Lächeln auf ihre Züge. »Der Kinderarzt will ihn auf Diät setzen. Er wiegt sechsundzwanzig Pfund.«

»Na, ist damit Ihre Frage beantwortet?« Sie war es nicht, doch es war ein tapferer Versuch, für den Bernie sehr dankbar war.

Die Schwester schob die Patientin im Rollstuhl in die Eingangshalle, und Liz verließ das Krankenhaus Arm in Arm mit Bernie. Sie ging sehr langsam, und Bernie fiel auf, daß sie beim Einsteigen ins Auto zusammenzuckte.

»Sind die Schmerzen so stark?« Erst zögerte sie, nickte dann aber. Sie konnte kaum sprechen. »Meinst du, die Lamaze-Atmung würde helfen?« Das war ein glänzender Einfall, und sie versuchten es auf der Heimfahrt. Liz behauptete, die Atemmethode bringe ihr Erleichterung. Sie hatte die Tabletten dabei, die ihr der Arzt verschrieben hatte.

»Ich möchte sie nicht nehmen, ehe es nicht unbedingt nötig ist.«

»Spiel nicht die Heldin.«

»Mr. Fine, Sie sind der Held.« Sie beugte sich zu ihm hinüber und küßte ihn liebevoll.

»Liz, ich liebe dich.«

»Du bist der beste Mann der Welt ... es tut mir so leid, daß ich dir solchen Kummer bereite ...« Es war für alle sehr schwer, und das wußte sie. Sie verabscheute sich oft selbst, weil sie eine solche Belastung für ihre Umwelt darstellte, und manchmal wurde sie richtig zornig auf all die Menschen, die am Leben bleiben durften.

Bernie brachte sie nach Hause und half ihr die Stufen hinauf. Sie wurden bereits von seiner Mutter und Jane erwartet, die ein ängstliches Gesicht zog, weil es schon spät war. Als sie nach Hause kamen, war es schon vier Uhr, und Jane hatte die Großmama stundenlang mit Fragen gelöchert.

»Sie kommt doch immer mittags nach Hause, Großmama. Ich weiß, daß etwas passiert sein muß.« Sie hatte Ruth dazu gebracht anzurufen, doch inzwischen war Liz schon unterwegs, und als die Haustür aufging, warf Ruth Jane einen triumphierenden Blick zu.

»Siehst du!« Aber Ruth und Jane bemerkten sofort, daß Liz viel schwächer aussah als zuvor und Schmerzen zu haben schien, wenngleich sie das nicht zugab.

Trotz allem weigerte sie sich, ihre Unterrichtstätigkeit ganz aufzugeben. Sie war entschlossen, bis zu den Ferien weiterzumachen, und Bernie ließ sich mit ihr darüber auf keine Debatten ein, obwohl Ruth protestierte und ihm Vorwürfe machte, als sie an ihrem letzten Tag in San Franzisko zu ihm ins Büro kam.

»Sie hat nicht mehr die Kraft für die Schule. Kannst du das nicht sehen?«

»Verdammt, Mom, der Arzt sagte, es könne ihr nicht schaden!« brüllte er sie unvermittelt an.

»Es wird sie umbringen!«

Und plötzlich richtete sich seine ohnmächtige Wut gegen seine Mutter.

»Nein, das wird es nicht! Umbringen wird sie vielmehr dieser verdammte Krebs! Ja, das ist es, was sie töten wird, diese scheußliche Krankheit, die ihren ganzen Körper zerfrißt ... die wird sie töten. Es ist völlig egal, ob sie zu Hause sitzt und auf den Tod wartet oder in die Schule geht, ob sie eine chemische Behandlung

über sich ergehen läßt oder nicht oder nach Lourdes pilgert ...
der Krebs wird sie töten.« Die Tränen strömten, als sei ein Damm
gebrochen, so daß er nicht weitersprechen konnte. Aufgeregt lief
er im Raum auf und ab. Schließlich blieb er mit dem Rücken zu
seiner Mutter stehen und starrte aus dem Fenster, ohne etwas
wahrzunehmen. »Es tut mir leid.« Es war die Stimme eines gebrochenen Menschen, und Ruth zerriß es fast das Herz, als sie
es hörte. Langsam ging sie zu ihm und legte die Hände auf seine
Schultern.

»Es tut mir leid ... so leid, mein Sohn ... das alles sollte gar
nicht passieren dürfen!« Er wünschte diese Erfahrung niemandem.
Niemandem. Dann drehte er sich langsam um. »Ich muß
immer daran denken, was aus dem Baby und aus Jane werden
soll ... Was werden wir ohne Liz tun?« Wieder kamen ihm die
Tränen. Er hatte das Gefühl, monatelang nichts anderes getan
zu haben, als zu weinen. Vor einem halben Jahr hatte man die
Krankheit entdeckt – ein halbes Jahr war vergangen, seitdem sie
in den Abgrund geglitten waren und beteten, daß irgendwoher
eine Rettung käme.

»Soll ich noch eine Weile bleiben? Es wäre möglich. Dein Vater hat vollstes Verständnis. Er hat es schon von sich aus vorgeschlagen, als ich ihn gestern anrief. Oder ich könnte die Kinder
mitnehmen, das wäre aber vielleicht nicht gut für sie oder für
Liz.« Ruth hatte sich zu einer so besonnenen und vernünftigen
Person entwickelt, daß Bernie sich nicht genug wundern konnte.
Verschwunden war die Frau, die ihn sein Leben lang mit Berichten über Mrs. Silbermanns Gallensteine verfolgt hatte, die Frau,
die mit einem gespielten Herzanfall reagierte, wenn er mit einem
Mädchen ausging, das nicht aus einem jüdischen Haus stammte.
Mit einem Lächeln dachte er an den Abend im »Côte Basque«,
als er ihr eröffnet hatte, daß er eine Katholikin namens Elizabeth
O'Reilly heiraten wolle.

»Weißt du noch, als ich dir zum erstenmal von Liz erzählte,
Mom?« Beide lächelten. Das lag nun zweieinhalb Jahre zurück,
und es erschien ihnen wie ein ganzes Menschenleben.

»Ja. Ich hoffe sehr, du vergißt mein Benehmen an diesem
Abend.« Die Erinnerung daran entlockte ihm jedoch nur noch

ein Lächeln. »Wie wär's, wenn ich hierbliebe und euch Kindern helfe?« Er war siebenunddreißig und fühlte sich weiß Gott nicht mehr wie ein Kind – eher wie ein Hundertjähriger.

»Mom, ich weiß dein Angebot zu schätzen, ich glaube aber, daß es für Liz sehr wichtig ist, nach Möglichkeit ein ganz normales Leben zu führen. Gleich zu Ferienbeginn richten wir uns im Haus an der Küste ein, und ich werde pendeln. Sechs Wochen nehme ich mir frei, ab Mitte Juli, und wenn es sein muß, bekomme ich auch noch mehr Urlaub. Paul Berman hat sich sehr verständnisvoll gezeigt.«

»Na schön.« Sie nickte geistesabwesend. »Aber wenn ihr mich braucht, komme ich mit der nächsten Maschine. Ist das klar?«

»Ja, Gnädigste.« Er salutierte und umarmte sie. »Jetzt geh und kauf schön ein. Wenn dir Zeit bleibt, könntest du für Liz etwas Nettes besorgen. Sie trägt jetzt große Kindergrößen.«

Es war von Liz praktisch nichts mehr übrig. Sie war von hundertzwanzig Pfund auf fünfundachtzig abgemagert. »Über etwas Neues würde sie sich sehr freuen. Sie hat nicht mehr die Energie, sich selbst etwas auszusuchen.« Für Jane auch nicht mehr, aber er selbst schleppte kartonweise Kindersachen nach Hause. Die Abteilungsleiterin hatte Jane besonders ins Herz geschlossen und hatte Alexander schon mit Geschenken überschüttet, als dieser noch gar nicht geboren war. Im Moment kam Bernie die Aufmerksamkeit, die man den Kindern erwies, sehr zustatten. Er selbst war durch Liz' Krankheit so abgelenkt, daß er befürchtete, keinem der beiden gerecht zu werden. Er hatte das Gefühl, daß er Alexander nicht mehr angesehen hatte, seit dieser sechs Monate alt geworden war, und Jane fuhr er immer häufiger an, nur weil sie da war, obwohl er sie nach wie vor sehr liebte. Beide kamen sich dabei so hilflos vor. Es waren schwere Zeiten für alle. Bernie bedauerte schon, daß er nicht Tracys Vorschlag gefolgt war und die Hilfe eines Psychiaters in Anspruch genommen hatte, aber Liz hätte diesen Vorschlag bestimmt energisch zurückgewiesen.

Der schlimmste Augenblick kam am nächsten Tag, als Ruth sich vor dem Abflug verabschiedete. Es war am Morgen, ehe Liz zur Schule fuhr. Tracy hatte Jane wie jeden Tag schon abgeholt, und Bernie war bereits in die Stadt gefahren. Liz wartete auf den Babysitter, damit sie selbst losfahren konnte, und Alexander machte sein Morgenschläfchen. Liz ging an die Tür, und einen Augenblick standen die beiden Frauen sich schweigend gegenüber, in dem Bewußtsein des endgültigen Abschieds. Als sich ihre Blicke trafen, erkannten beide die Wahrheit. Dann umarmte Liz ihre Schwiegermutter.

»Danke, daß du gekommen bist . . .«

»Ich wollte mich verabschieden, Liz, ich werde für dich beten.«

»Danke.« Mehr konnte sie nicht sagen, als sie mit Tränen in den Augen Ruth ansah. »Großmama, gib auf die Kinder acht . . .« Es war nur ein Flüstern . . .« Und gib auf Bernie acht.«

»Das verspreche ich. Gib du auf dich selbst acht. Tu alles, was man dir sagt.« Sie umfaßte die schmalen Schultern und nahm plötzlich wahr, daß Liz das Kleid trug, das sie ihr am Tag zuvor gebracht hatte. »Wir haben dich lieb, Liz . . . sehr lieb . . .«

»Ich habe dich auch lieb.« Sie standen umschlungen da, dann löste sich Ruth aus der Umarmung und wandte sich nach einem letzten Winken um. Liz blieb im Eingang stehen und sah dem Taxi nach. Ruth winkte, so lange Liz zu sehen war.


## 21

Liz schaffte es tatsächlich, bis zum Ferienbeginn in der Schule durchzuhalten – eine Leistung, die Bernie und dem Arzt unglaublich erschien. Sie mußte jetzt jeden Nachmittag Demerol nehmen, und Jane beklagte sich, daß ihre Mutter die ganze Zeit schlief. Es waren Vorwürfe, die ihrer Hilflosigkeit entsprangen. In Wahrheit beklagte sie das langsame Sterben ihrer Mutter.

Am letzten Schultag zog Liz eines der neuen Kleider an, die Ruth ihr geschenkt hatte. Ruth rief sehr oft an, plauderte mit ihr und erheiterte sie mit Histörchen über die Leute in Scarsdale.

Am letzten Tag brachte Liz Jane selbst zur Schule, und Jane war selig. Ihre Mutter sah so schön wie früher aus und wirkte auch einigermaßen fit, nur war sie dünner und ihre Augen größer. Am nächsten Tag wollten sie nach Stinson Beach in die lange herbeigesehnten Ferien fahren. Jane betrat in einem rosa Kleid und schwarzen Lackschuhen – Sachen, die sie mit Großmama Ruth für diese Gelegenheit ausgesucht hatte – das Klassenzimmer. Ehe die Kinder in die Ferien entlassen wurden, gab es eine kleine Party mit Kuchen, Plätzchen und Milch.

Als Liz ihre Klasse betrat, schloß sie leise die Tür und drehte sich zu ihren Schülern um. Alle waren sie da, einundzwanzig kleine, saubere, leuchtende Gesichter, strahlende Augen, in denen sich erwartungsvolles Lächeln spiegelte. Liz wußte, daß sie geliebt wurde. Ebenso sicher wußte sie, daß sie die Schüler liebte. Und jetzt mußte sie ihnen Lebewohl sagen. Sie war nicht imstande, sie einfach zu verlassen und ohne eine Erklärung zu verschwinden. Entschlossen drehte sie sich um und zeichnete mit rosa Kreide ein großes Herz auf die Tafel. Alles lachte.

»Allen einen schönen Valentinstag!« Sie sah heute sehr glücklich aus und war es auch, denn sie hatte etwas vollbracht, das ihr viel bedeutete. Es war ihr Geschenk an die Kinder, an sich selbst und Jane.

»Heute ist nicht Valentinstag!« verkündete Bill Hitchcock. »Es ist Weihnachten!« Dieser Sprücheklopfer! Liz lachte.

»Unsinn. Heute ist mein Valentinstag für euch. Heute sage ich euch, wie lieb ich euch habe.« Sie spürte, wie ihr die Kehle eng wurde, und kämpfte gegen die Tränen an. »Seid bitte ganz still. Ich habe ein kleines Valentinsgeschenk für alle . . . und dann feiern wir eine Party . . . vor der anderen Party!«

Damit war die Neugierde der Kinder geweckt, die sich in Anbetracht des Umstandes, daß es der letzte Schultag war, geradezu musterhaft still verhielten. Sie rief sie der Reihe nach auf und überreichte jedem ein Geschenk, eine Kleinigkeit, die dem Betreffenden sagte, was sie an ihm besonders schätzte, seine Fähigkeiten, seine besten Eigenschaften und was er geleistet hatte, auch wenn er nur den Spielplatz schön gefegt hatte. Und sie erinnerte alle an den gemeinsam erlebten Spaß, und jedes Geschenk war mit Ausschnitten, Bildern und komischen Sprüchen bedeckt, die jedem Kind etwas bedeuteten. Die Kinder saßen da, ein wenig verlegen, und hielten die Valentinsandenken wie ein seltenes

Kleinod fest. Es hatte Wochen gedauert und Liz' letzte Kraft gekostet, sie zu basteln.

Sodann zauberte sie zwei Tabletts mit herzförmigen Napfkuchen und dazu ein Tablett mit hübsch dekorierten Plätzchen hervor. Das hatte sie für alle gemacht und nicht einmal Jane etwas davon verraten. Sie hatte behauptet, es sei für die allgemeine Party. Für diese hatte sie natürlich auch etwas fabriziert, aber das hier war etwas Besonderes. Es war für »ihre« Klasse.

»Und als letztes möchte ich euch sagen, wie sehr ich euch liebhabe und wie stolz ich bin, daß ihr das ganze Jahr über so fabelhaft gelernt habt ... ich weiß, wie gut ihr euch in der dritten Klasse bei Mrs. Rice bewähren werdet.«

»Werden Sie nicht mehr dasein, Mrs. Fine?« ließ sich ein Piepsstimmchen aus der letzten Reihe vernehmen. Ein kleiner schwarzhaariger und dunkeläugiger Junge sah sie betrübt an, das Valentinsandenken in einer Hand, den Kuchen, der so hübsch war, daß keiner ihn essen wollte, in der anderen.

»Nein, Charlie, ich werde nicht mehr dasein. Ich werde für eine Weile fortgehen.« Jetzt kamen die Tränen. »Ihr werdet mir alle sehr fehlen. Aber eines Tages werde ich euch wiedersehen ... jeden von euch. Denkt daran ...« Sie atmete tief durch und ließ ihren Tränen freien Lauf. »Und wenn ihr meine Jane seht, dann gebt ihr von mir einen Kuß.« Aus der ersten Reihe ertönte lautes Schluchzen. Es war Nancy Farrell, die aufstand, nach vorne lief und Liz die Arme um den Nacken schlang.

»Bitte, gehen Sie nicht fort, Mrs. Fine ... Wir haben Sie so lieb ...«

»Nancy, es geht nicht anders. Wirklich nicht ... ich muß ...« Und dann kamen sie, einer nach dem anderen, und sie gab jedem Kind einen Kuß und drückte alle an sich. »Ich liebe euch. Jeden von euch.« Da ertönte die Schulglocke, und sie holte tief Luft und sah sie an. »Ich glaube, es ist Zeit, daß wir auf die Party gehen.« Aber die richtige Unbeschwertheit wollte sich nicht einstellen, und Billy Hitchcock fragte, ob sie sie wenigstens noch besuchen würde. »Wenn ich es schaffe, Billy.« Er nickte, und sie gingen ordentlich in einer Reihe hinaus in die Halle, ordentlicher als das ganze Jahr über, die Süßigkeiten und Andenken in kleinen Tüten.

Alle sahen Liz an, und sie lächelte. Sie würde für immer Teil von ihnen sein. Als sie dastand und ihre Schar betrachtete, kam Tracy vorüber. Sie spürte, was los war. Vor allem aber wußte sie, daß der letzte Tag in der Schule für Liz sehr schwer sein würde.

»Na, wie ist es gelaufen?« fragte sie im Flüsterton.

»Gut, denke ich.« Liz putzte sich die Nase und wischte über ihre Augen.

»Hast du es ihnen gesagt?« Ihre Freundin umfaßte liebevoll ihre Schultern.

»Mehr oder weniger. Ich sagte, daß ich fortgehe. Aber ich glaube, es war deutlich genug. Manche haben es verstanden.«

»Ich finde, daß du sehr tapfer bist. Dieser Abschied ist besser, als einfach aus ihrem Leben zu verschwinden.«

»Das hätte ich nicht fertiggebracht.« Das konnte sie niemandem antun. Deswegen hatte sie es zu schätzen gewußt, daß Ruth auf dem Weg zum Flughafen noch einmal bei ihr vorbeigeschaut hatte. Die Zeit des endgültigen Abschiednehmens war gekommen, und sie wollte nicht darauf verzichten. Auch der Abschied von den Kollegen war nicht einfach. Sie war völlig niedergeschlagen, als sie mit Jane am späteren Vormittag nach Hause fuhr. Jane war so still, daß Liz es mit der Angst zu tun bekam. Womöglich hatte sie von ihrer Valentinsparty gehört und war nun böse auf sie. Jane wollte die Wahrheit noch immer nicht akzeptieren.

»Mami?« So ernst hatte Liz ihre Tochter noch nie gesehen, als sie vor dem Haus den Zündschlüssel herauszog.

»Ja, mein Liebes?«

»Es geht dir noch immer nicht besser, nicht wahr?«

»Vielleicht ein bißchen besser.« Liz wollte so tun, als ob – Jane zuliebe, doch beide wußten, daß sie log.

»Gibt es denn keine spezielle Medizin, die dir hilft?« Schließlich war Liz ja auch ein ganz spezieller Mensch. Jane war acht und stand im Begriff, die Mutter zu verlieren, die sie liebte. Wieso konnte niemand ihr helfen?

»Ich fühle mich ganz gut.« Jane nickte, doch die Tränen liefen ihr über die Wangen, als Liz heiser flüsterte: »Es tut mir so leid, daß ich dich verlassen muß. Aber ich werde immer in dei-

ner Nähe sein und dich behüten, dich und Daddy und Alex.«
Jane warf sich in die Arme ihrer Mutter, und es dauerte lange,
bis sie ausstiegen und Arm in Arm ins Haus gingen. Jane wirkte
fast erwachsener als ihre Mutter.

Am Nachmittag kam Tracy, die Jane auf ein Eis und einen Spaziergang im Park ausführen wollte, und Jane ging mit leichterem
Schritt, als Liz sie seit Monaten gesehen hatte, aus dem Hause.
Sie selbst fühlte sich besser und dem Kind näher. Leichter war es
nicht, doch es war irgendwie besser.

Als sie allein war, setzte sie sich mit vier Bogen Papier hin und
schrieb an jeden einen Brief, keinen langen, doch sie schrieb all
ihren Lieben, wie sehr sie an sie dachte und wieviel sie ihr bedeuteten und wie leid es ihr täte, sie zu verlassen. Ein Brief für
Bernie, für Ruth, für Jane und Alexander. Für ihn fiel es ihr am
schwersten, weil er sie nie richtig kennenlernen würde.

Sie steckte die Briefe in die Bibel, die sie in einer der Kommo-
denladen aufbewahrte, und fühlte sich nachher sehr erleichtert,
weil sie dieses lange geplante Vorhaben ausgeführt hatte. Als Bernie an jenem Abend nach Hause kam, packten sie für Stinson
Beach und fuhren am nächsten Morgen in Hochstimmung los.


## 22

Drei Wochen später hatte sie einen Termin für die nächste
Chemotherapie. Am Tag zuvor eröffnete sie Bernie, daß sie diese
Behandlung auslassen wolle. Zunächst war er am Boden zerstört,
dann aber rief er Johanssen an und bat ihn um Rat.

»Sie sagt, daß sie hier draußen glücklich ist und in Ruhe hierbleiben möchte. Heißt das, daß sie aufgibt?« Bernie hatte mit
dem Anruf gewartet, bis Liz mit Jane spazierengegangen war.
Sie gingen immer ans Wasser, setzten sich in den Sand und beobachteten die Brandung. Manchmal schleppte Jane das Baby
mit. Liz hatte im Urlaub keine Hilfe haben wollen. Sie kochte
noch immer selbst und versorgte Alexander, so gut es ging. Und
schließlich war Bernie da, der ihr zur Hand ging, und Jane tat
nichts lieber, als ihr mit Alexander zu helfen.

»Könnte sein«, antwortete der Arzt. »Aber ich kann nicht behaupten, daß es einen Sinn hätte, sie zu zwingen und die Behandlung fortzuführen. Es kann ihr nicht schaden, wenn sie diesen Termin ausläßt. Warum verschieben wir die Behandlung nicht auf nächste Woche?«

Nachmittags gestand Bernie Liz, daß er mit dem Arzt gesprochen hatte, und sie schalt ihn aus, lachte aber dabei. »Auf deine alten Tage wirst du ein Heimlichtuer, weißt du das?« Sie beugte sich zu ihm und küßte ihn. Er dachte an die vielen glücklichen Aufenthalte hier und an das erste Mal, als er sie hier besucht hatte.

»Daddy, weißt du noch, wie du mir die Badesachen geschickt hast? Die habe ich immer noch!« Jane liebte die Sachen über alles und wollte sich nicht von ihnen trennen, obwohl sie längst aus ihnen herausgewachsen war. Die Kleine war bald neun. Alexander war vierzehn Monate, und an dem Tag, an dem Liz die Chemotherapie ausließ, fing er zu laufen an. Er krabbelte den Strand entlang, richtete sich auf und kam dann unsicher und fröhlich krähend auf Liz zu, während alle lachten. Liz sah Bernie triumphierend an.

»Siehst du, wie gut es war, daß wir nicht in die Stadt gefahren sind!« Sie war nicht abgeneigt, den Termin in der kommenden Woche wahrzunehmen. »Vielleicht«, sagte sie. Sie hatte nun die meiste Zeit über Schmerzen, kam aber mit ihren Tabletten aus. Zu Spritzen wollte sie noch keine Zuflucht nehmen. Sie fürchtete, daß die stärkeren Mittel – zu früh eingenommen – im Ernstfall nicht mehr wirken würden. Sie war Bernie gegenüber in dieser Beziehung ganz offen.

An dem Abend des Tages, an dem das Baby laufen lernte, fragte er sie, ob sie Bill und Marjorie Robbins einladen sollten. Er rief die beiden an, doch sie waren ausgegangen. Deshalb telefonierte sie mit Tracy, nur so zum Plaudern. Sie unterhielten sich lange und lachten viel. Und als Liz auflegte, lächelte sie. Sie hing sehr an Tracy.

Am Samstag abend gab es zum Dinner das Lieblingssteak der Familie. Das Grillen übernahm Bernie, und Liz machte die Folienkartoffeln, Spargel und Sauce hollandaise und als Dessert Eis mit heißer Himbeersoße. Alexander stürzte sich kopfüber ins

Dessert und verschmierte es übers ganze Gesicht, was alle zum Lachen brachte. Er hatte seine Sauce nicht heiß bekommen, damit er sich nicht verbrannte, und Jane erinnerte Bernie an das Bananeneis, zu dem er sie eingeladen hatte, als sie bei Wolff verlorengegangen war. Es war die Zeit des Erinnerns für alle ... Hawaii ... die Flitterwochen zu dritt ... die Hochzeit ... der erste Sommer in Stinson Beach ... die erste Parisreise ... Liz redete den ganzen Abend.

Am nächsten Morgen hatte sie solche Schmerzen, daß sie nicht aufstehen konnte. Bernie bat Johanssen, zu kommen und nach ihr zu sehen. Bemerkenswerterweise tat er es, und Bernie war ihm dankbar. Der Arzt gab Liz eine Morphiuminjektion, und sie schlief lächelnd ein, um am Spätnachmittag zu erwachen. Tracy war gekommen, um Bernie mit den Kindern zu helfen. Sie lief mit ihnen den Strand entlang, Alexander in einem Sitz, den sie auf dem Rücken trug und den sie sich eigens für diese Gelegenheit besorgt hatte.

Der Arzt hatte Morphium für Liz dagelassen, und Tracy wußte, wie die Spritzen zu geben waren. Es war ein wahrer Segen, sie im Haus zu haben. Zum Abendessen wachte Liz gar nicht auf. Die Kinder aßen schweigend und gingen zu Bett. Um Mitternacht rief Liz plötzlich nach Bernie.

»Liebling? ... Wo ist Jane?« Er hatte gelesen und war erstaunt, wie munter Liz wirkte. Sie sah tatsächlich aus, als wäre sie den ganzen Tag wohlauf gewesen und hätte keine Schmerzen gehabt. Es war eine Erleichterung, sie so fröhlich zu sehen. Sie kam ihm auch nicht mehr so dünn wie vorher vor, und er fragte sich schon, ob dies der Anfang einer Verlangsamung des Krankheitsverlaufes war. In Wahrheit war es der Anfang von etwas anderem, doch das wußte er nicht.

»Jane ist im Bett, mein Schatz. Möchtest du etwas essen?« Sie sah so wohl aus, daß er dachte, sie müsse Hunger haben, weil sie eine Mahlzeit ausgelassen hatte, doch sie schüttelte lächelnd den Kopf.

»Ich möchte Jane sehen.«

»Jetzt?«

Liz nickte und machte dabei ein sehr ernstes Gesicht. Bernie, der sich ein wenig albern vorkam, zog seinen Bademantel an und schlich auf Zehenspitzen durchs Wohnzimmer und an der auf der Couch schlafenden Tracy vorüber. Sie hatte sich entschlossen zu bleiben, für den Fall, daß Liz in der Nacht eine Spritze brauchte oder Bernie am Morgen bei den Kindern Hilfe benötigte.

Jane bewegte sich, als er ihr erst einen Kuß aufs Haar drückte und dann auf die Wange. Sie machte ein Auge auf und blinzelte Bernie an. »Hallo, Daddy«, raunte sie verschlafen, bevor sie sich sofort ruckartig aufsetzte. »Geht es Mami gut?«

»Ja, sehr gut. Du fehlst ihr. Möchtest du kommen und ihr einen Kuß geben?« Jane freute sich, daß sie zu einer so wichtigen Angelegenheit gerufen wurde. Sie stand auf und folgte ihrem Vater ins Schlafzimmer. Liz war hellwach und wartete schon.

»Hallo, Baby.« Sie sprach mit sonderbar klarer Stimme, und in ihren Augen schimmerte es, als Jane sich über sie beugte und sie küßte. Nie war ihre Mutter ihr schöner erschienen und vor allem gesünder.

»Mami! Geht's dir besser?«

»Viel besser.« Sie hatte nicht einmal mehr Schmerzen. Im Moment tat ihr gar nichts weh. »Ich wollte dir nur sagen, daß ich dich liebhabe.«

»Kann ich zu dir ins Bett?« Jane fragte das mit hoffnungsvoller Miene, und Liz schlug lächelnd die Decke zurück.

»Sicher.« Erst jetzt sah man, wie entsetzlich dünn sie war. Nur im Gesicht sah sie aus, als wäre sie wieder bei Kräften – zumindest im Moment.

Sie flüsterten und wisperten eine Weile, bis Jane einschlief, nachdem sie noch einmal die Augen geöffnet und Liz zugelächelt hatte, die ihr sagte, wie sehr sie sie liebte. Dann schlief sie in den Armen ihrer Mutter ein, und Bernie trug sie leise in ihr eigenes Bett zurück. Als er wiederkam, war Liz aufgestanden. Er suchte im Bad nach ihr, da war sie nicht, und dann hörte er sie in dem neben ihrem Schlafzimmer gelegenen Raum. Er traf sie über Alexanders Bettchen gebeugt an und beobachtete, wie sie liebevoll über die blonden Locken des Kleinen strich. »Gute Nacht, du Süßer . . .« Er war ein so wunderhübsches Baby. Auf Zehenspitzen schlich sie unter Bernies Blicken in ihr Zimmer zurück.

»Du solltest versuchen zu schlafen, Liebes, sonst bist du morgen zu erschöpft.« Aber Liz sah munter und lebendig aus, sie schmiegte sich in seine Arme, und sie unterhielten sich im Flüsterton. Bernie hielt sie fest, streichelte ihre Brust, und sie schnurrte vor Behagen und sagte ihm, wie sehr sie ihn liebte. Es war, als strecke sie die Hände nach allem aus und klammere sich ein letztes Mal an das Leben, bevor sie sich selbst von allem löste. Als die Sonne aufging, schlief sie ein. Fast die ganze Nacht hatte sie sich mit Bernie unterhalten, und er nickte mit ihr gemeinsam ein. Er hielt sie fest an sich gedrückt und fühlte ihre Wärme neben sich. Noch einmal schlug sie die Augen auf und sah, daß er schlief. Da lächelte sie und schloß die Augen. Und als Bernie am nächsten Morgen aufwachte, war sie nicht mehr. Sie war in aller Stille gestorben, im Schlaf – in seinen Armen. Sie hatte noch allen Lebewohl gesagt, bevor sie sie verlassen hatte. Lange, lange stand er da und betrachtete sie traurig. Kaum zu glauben, daß sie nicht nur schlief. Zunächst hatte er sie geschüttelt . . . nach ihrer Hand gefaßt . . . und dann in ihr Gesicht . . . und da hatte er es gewußt, und ein lautes Schluchzen entrang sich seiner Brust. Er versperrte die Schlafzimmertür von innen, damit niemand herein konnte. Dafür öffnete er die Schiebetüren, die auf den Strand hinausführten. Er trat hinaus, schloß die Türen und lief – weit, weit weg. Er spürte sie neben sich . . . laufen . . . laufen . . . und laufen.

Als er zurückkam, ging er in die Küche. Tracy war eben dabei, den Kindern das Frühstück zu geben. Er sah sie an, und sie fing zu schwatzen an, und plötzlich merkte sie, was los war, hielt inne und sah ihn fragend an. Er nickte und sah auf Jane hinunter, setzte sich neben sie und nahm sie in die Arme, um ihr das Schlimmste zu sagen, was sie je von ihm oder jemandem anderen hören würde.

»Mami ist weggegangen, Liebling.«

»Weg? Wohin? . . . Wieder ins Krankenhaus? . . .« Sie rückte ein Stück von ihm ab, damit sie ihm ins Gesicht sehen konnte, und dann holte sie tief Luft, als sie begriff. Sie fing in seinen Armen zu weinen an. Es war ein Morgen, den sie ihr Leben lang nie vergessen würden.

## 23

Nach dem Frühstück brachte Tracy die Kinder nach Hause, und zu Mittag kamen bereits die Leute von dem Bestattungsinstitut. Bernie saß allein im Haus und wartete. Die Schlafzimmertür war noch immer versperrt. Schließlich ging er von außen durch die Schiebetüren und setzte sich zu Liz, hielt ihre Hand und wartete, daß die Leute kämen. Es war das letzte Mal mit ihr allein, das letzte Mal, daß sie im Bett lag, das letzte Mal überhaupt ... Es hat keinen Sinn, sich zu quälen, sagte er sich ständig vor. Sie war von ihm gegangen. Doch als er auf sie niedersah und ihre Finger küßte, hatte er nicht das Gefühl, daß sie tatsächlich fort war. Sie war Teil seines Lebens und seiner Seele. Und er wußte, daß es immer so sein würde. Er hörte den Wagen des Bestattungsinstituts vorfahren, sperrte die Tür auf und empfing die Leute. Wie man Liz zudeckte und aus dem Haus schaffte, konnte er nicht mitansehen. Unterdessen besprach er im Wohnzimmer mit einem Angestellten alle Einzelheiten. Er sagte ihm, daß er gegen Abend in der Stadt sein würde. Er mußte noch das Haus aufräumen und abschließen. Der Mann nickte und gab Bernie seine Karte. Man würde ihm nach Möglichkeit alles abnehmen und erleichtern. Erleichtern! Was war leicht, wenn man seine Frau verlor, die Frau, die man liebte, die Mutter seiner Kinder?

Tracy hatte an seiner Stelle Dr. Johanssen angerufen, während Bernie die Hauseigentümer benachrichtigte. Er hatte vor, das Haus noch am Nachmittag aufzugeben, da er nicht mehr zurückkommen wollte. Es wäre für ihn zu schmerzlich gewesen. Und plötzlich mußte er sich um so viele Einzelheiten kümmern, von denen keine einzige wirklich wichtig war. Der Mann vom Bestattungsunternehmen tat so, als sei es von Bedeutung, ob der Sarg aus Mahagoni, aus Metall oder Pinienholz war, in Rosa, Blau oder Grün ausgeschlagen. Wen kümmerte das schon! Sie war nicht mehr hier ... drei Jahre nur, und alles war vorüber ... er hatte Liz verloren. Sein Herz lag ihm wie ein Stein in der Brust, als er Janes Sachen in eine Tasche warf und Alexanders Sachen in eine andere ... und das Schubfach aufzog, in dem er die

Perücken fand. Und plötzlich setzte er sich hin und fing zu weinen an. Es schien ihm, als ob er nie wieder aufhören konnte zu weinen. Er blickte zum Himmel empor und aufs Meer und rief: »Warum, o Gott? Warum?!« Niemand gab ihm Antwort. Das Bett war jetzt leer. Sie war fort. Sie war in der vorangegangenen Nacht aus seinem Leben verschwunden, nachdem sie ihn geküßt hatte und ihm für das gemeinsame Leben und das gemeinsame Kind gedankt hatte. Er hatte sie trotz aller seiner Bemühungen nicht zurückhalten können.

Als er mit dem Packen fertig war, rief er seine Eltern an. Mittlerweile war es zwei Uhr, und seine Mutter hob ab. In New York war es höllisch heiß, nicht einmal die Klimaanlage brachte Erleichterung. Sie war mit Bekannten in der Stadt verabredet und dachte nun, diese würden anrufen, um zu sagen, daß sie sie erst später abholten.

»Hallo?«

»Hallo, Mom.« Er war so niedergeschlagen, daß er kaum noch die Energie aufbrachte, mit ihr zu sprechen.

»Liebling, ist etwas passiert?«

»Ich...«, er nickte, ja, dann nein, und dann kamen wieder die Tränen. »Du sollst wissen...« Er brachte die Worte nicht über die Lippen. Er war wieder fünf Jahre alt, und seine Welt war untergegangen... »Liz... Mutter...« Er schluchzte wie ein Kind, und sie fing ebenfalls zu weinen an. »Sie ist gestorben... letzte Nacht...« Er konnte nicht weitersprechen, und Ruth gab dem neben ihr stehenden Lou ein Zeichen.

»Wir kommen sofort.« Sie warf einen Blick auf die Uhr, auf ihren Mann und auf ihr Dinnerkleid. Tränen strömten über ihre Wangen – in Gedanken bei dem Mädchen, das er geliebt hatte, die Mutter ihres Enkelkindes. Es war unvorstellbar, daß Liz nun tot sein sollte, und es war nicht recht. Es drängte sie, Bernie in die Arme zu nehmen. »Wir kommen mit der nächsten Maschine.« Sie gestikulierte heftig, doch Lou verstand sofort, und schließlich ließ Ruth es zu, daß er ihr den Hörer aus der Hand nahm.

»Mein Sohn, wir fühlen mit dir. Wir kommen, sobald es sich machen läßt.«

»Gut... gut... ich...« Er wußte nicht, was man sagte, was

man tat … er wollte weinen und schreien, mit den Füßen um sich treten und Liz zurückholen. Aber sie würde nie wieder zu ihm zurückkommen. Niemals. »Ich kann nicht …« Und doch konnte er. Er mußte. Er mußte jetzt an seine beiden Kinder denken. Er war allein. Sie waren alles, was ihm geblieben war.

»Wo bist du, Bernard?« Lou war in größter Sorge um seinen Sohn.

»Noch in Stinson Beach.« Bernie atmete tief durch. Er hielt es nicht mehr in dem Haus aus, in dem ihm der liebste Mensch gestorben war. Er konnte es kaum erwarten wegzukommen und war froh, daß das Gepäck schon im Wagen war. »Es ist hier passiert.

»Bist du allein?«

»Ja … ich habe Tracy mit den Kindern nach Hause geschickt. Man hat … Liz vor einer Weile geholt.« Er schluckte. »Man hat sie mit einem Bahrtuch zugedeckt … auch das Gesicht, den Kopf …« Der Gedanke daran bereitete ihm Übelkeit. »Ich muß jetzt losfahren und mich um alles kümmern.«

»Wir werden versuchen, abends bei dir zu sein.«

»Ich möchte bei ihr bleiben, dort wo sie aufgebahrt ist.« So wie er mit ihr im Krankenhaus geblieben war. Er wollte sie bis zur Beerdigung nicht verlassen.

»In Ordnung. Wir kommen so bald wie möglich.«

»Danke, Dad.«

Wieder klang er wie ein kleiner Junge, und seinem Vater brach beinahe das Herz, als er auflegte und sich zu Ruth umdrehte, die lautlos vor sich hin schluchzte. Er nahm sie in die Arme, während auch ihm die Tränen über die Wangen rannen. Er weinte um seinen Jungen, der eine Tragödie durchlebte. Liz war eine so liebe Frau gewesen. Sie alle hatten sie ins Herz geschlossen.

Sie sagten die Dinnerverabredung mit ihren Freunden ab und schafften es, die Neunuhrmaschine zu erreichen. Um Mitternacht Ortszeit trafen sie in San Franzisko ein. Das war für sie drei Uhr morgens, doch Ruth hatte während des Fluges ein wenig gedöst und wollte sofort zu der Adresse fahren, die Bernie ihnen angegeben hatte.

Er saß in der Leichenhalle des Bestattungsinstituts neben dem geschlossenen Sarg seiner Frau. Er hätte es nicht ertragen, sie ansehen zu müssen. So wie es war, war es schlimm genug. Er war allein in der leeren Halle. Alle anderen Trauernden waren schon vor Stunden nach Hause gegangen. Nur zwei ernste Männer in Schwarz waren da, um den Fines die Tür zu öffnen, als sie um ein Uhr morgens eintrafen. Ihr Gepäck hatten sie unterwegs im Hotel abgeliefert. Ruth trug ein schlichtes schwarzes Kostüm mit schwarzer Bluse und dazu schwarze Schuhe. Der Vater war im dunkelgrauen Anzug mit schwarzer Krawatte gekommen. Bernie, ebenfalls in grauem Anzug mit schwarzer Krawatte, wirkte älter als siebenunddreißig. Er war zuvor nach Hause zu den Kindern gefahren und dann erst hierhergekommen. Jetzt bat er seine Mutter, im Haus zu bleiben, damit jemand da war, wenn die Kinder am Morgen erwachten. Sein Vater wollte die Nacht mit ihm am Sarg verbringen.

Sie sprachen nur wenig. Am Morgen fuhr Bernie nach Hause, um zu duschen und sich umzuziehen, während sein Vater sich ins Hotel bringen ließ. Ruth machte das Frühstück, während Tracy Anrufe erledigte. Sie wußte bereits, daß Paul Berman um elf ankommen würde, um an der um die Mittagszeit stattfindenden Beerdigung teilzunehmen. Jüdischer Tradition folgend, sollte Liz noch am gleichen Tag beerdigt werden.

Ruth hatte für Jane ein weißes Kleidchen ausgewählt. Alexander würde mit einer Babysitterin, die Liz schon einige Male beschäftigt hatte, zu Hause bleiben. Er begriff noch nicht, was um ihn herum vor sich ging und lief auf wackligen Beinchen um den Tisch und rief: »Mama, Mama«, und Bernie bekam wieder einen Weinkrampf. Ruth, die ihren Sohn zu beruhigen versuchte, riet ihm, sich eine Weile hinzulegen, doch er setzte sich zu Jane an den Tisch.

»Na, mein Schatz, wie geht's dir?« Aber wie konnte es ihr unter diesen Umständen schon gehen? Doch er mußte mit ihr sprechen. Er fühlte sich jedenfalls elend, und das wußte sie. Alle waren traurig. Mit einem Achselzucken schob sie ihre kleine Hand in die seine. Wenigstens stellten sie sich nicht mehr dauernd die Frage, warum das Schicksal gerade sie so hart getroffen hatte. Es war passiert, und sie mußten damit leben. Liz war nicht mehr.

Und sie wollte, daß sie weiterlebten. Davon war er überzeugt. Aber wie? Das war die alles beherrschende Frage.

Er ging ins Schlafzimmer, um die Bibel zu holen, in der Liz hin und wieder gelesen hatte. Er erwog, den dreiundzwanzigsten Psalm bei der Beerdigung vorlesen zu lassen. Als er das Buch aus dem Schubfach nahm, merkte er, daß es dicker als gewöhnlich war, und gleich darauf fielen die vier Briefe heraus. Bernie bückte sich nach ihnen und sah sofort, was es war. Wieder mußte er weinen, als er den an ihn gerichteten Brief las, und er rief Jane, damit sie den für sie bestimmten lesen konnte. Dann übergab er seiner Mutter das ihr zugedachte Schreiben. Den an Alexander gerichteten Brief würde er erst sehr viel später weitergeben. Bernie wollte ihn aufbewahren, bis Alexander alt genug war, um ihn zu verstehen.

Es war ein Tag ununterbrochenen Schmerzes und ständiger Erinnerungen. Bei der Beerdigung stand Paul Berman neben Bernie, der Jane an der Hand hielt. Lou hielt Ruths Arm, und alle weinten, als Freunde, Nachbarn und Kollegen sich um sie versammelten. Liz würde ihnen allen fehlen, sagte die Rektorin der Schule, und Bernie war gerührt, daß auch so viele seiner Mitarbeiter von Wolff gekommen waren. Viele Menschen hatten Liz geliebt und würden sie vermissen ... am meisten aber er und die Kinder, die sie hinterlassen hatte. »Eines Tages werden wir uns wiedersehen«, hatte sie allen versprochen. Sie hatte es ihren Schülern am letzten Schultag gesagt ... es ihnen versprochen ... an dem Tag, den sie Valentinstag genannt hatte. Bernie hoffte, sie würde recht behalten, denn er wollte sie wiedersehen ... er wünschte es sich verzweifelt ... aber zunächst mußte er zwei Kinder großziehen ... Er drückte Janes Hand, während sie dastanden, den Worten des dreiundzwanzigsten Psalmes lauschten, und er sich wünschte, Liz wäre bei ihnen, sie wäre geblieben ... tränenblind und von Sehnsucht nach ihr verzehrt. Doch Elizabeth O'Reilly war nicht mehr. Sie war für immer von ihnen gegangen.

# 24

Bernies Vater mußte zurück nach New York, Ruth aber blieb drei Wochen und bestand darauf, die Kinder für eine gewisse Zeit mitzunehmen, wenn sie nach Hause fuhr. Mittlerweile war es fast August geworden, und sie hatten sonst nichts vor. Bernie mußte wieder arbeiten, und Ruth war insgeheim der Meinung, daß ihm die Beschäftigung guttun würde. Das Haus in Stinson Beach hatten sie ohnehin aufgegeben, die Kindern hatten also nichts anderes zu tun, als mit einer Babysitterin im Haus zu bleiben, während er im Büro war.

»Du mußt dein Leben wieder in den Griff bekommen, Bernard.« Sie war wunderbar gewesen, langsam aber gerieten sie wieder öfter aneinander. Er war voller Zorn auf das Leben und auf das Schicksal, das ihm zugedacht worden war, und diesen Zorn versuchte er an anderen auszulassen, und seine Mutter war das nächste Ziel.

»Was, zum Teufel, soll das heißen?« Die Kinder waren im Bett, und sie hatte ein Taxi bestellt, das sie ins Hotel bringen sollte. Sie wohnte noch immer im »Huntington«. Sie wußte, daß er täglich eine gewisse Zeit des Alleinseins brauchte, und bei ihr war es ähnlich. Es war für sie eine echte Erleichterung, ins Hotel zurückzufahren, nachdem die Kinder zu Bett gebracht worden waren.

Jetzt aber funkelte er sie wütend an. Er war in Kampfstimmung, und sie wollte sich nicht mit ihm anlegen.

»Du willst wissen, was es heißt? Meiner Meinung nach solltest du aus diesem Haus ausziehen. Es wäre der ideale Zeitpunkt für eine Rückkehr nach New York. Falls das noch nicht möglich ist, dann sieh wenigstens zu, daß du aus dem Haus herauskommst. Hier ist für euch alles voller Erinnerungen. Jane kriecht jeden Tag in den Wandschrank ihrer Mutter und riecht ihr Parfum. Jedesmal, wenn du ein Schubfach aufziehst, liegt ein Hut, eine Tasche oder eine Perücke da. Das kannst du dir auf die Dauer nicht antun. Also zieh hier aus.«

»Wir bleiben.« Es sah aus, als wolle er mit dem Fuß aufstampfen. Doch seiner Mutter war es ernst.

»Bernard, du bist ein Dummkopf. Du quälst die Kinder und dich.« Sie versuchten, sich an Liz festzuklammern, und das war eine zusätzliche Belastung.

»Das ist lächerlich. Das ist unser Haus, und wir ziehen nicht um.«

»Du hast es nur gemietet. Was ist denn schon so Wundervolles an diesem Haus?«

Wundervoll war, daß Liz hier gelebt hatte, und er war noch nicht bereit, dies alles hinter sich zu lassen, egal was die Leute sagten oder wie selbstzerstörerisch es sein mochte. Er wollte nicht, daß jemand die Sachen von Liz anfaßte oder daß auch nur ihre Nähmaschine weggerückt wurde. Ihr Kochgeschirr stand am gewohnten Platz. Tracy hatte seinerzeit bei dem Tod ihres Mannes genauso empfunden, wie sie Ruth vor ein paar Tagen bei einem Besuch klarzumachen versuchte. Zwei Jahre hatten vergehen müssen, ehe sie imstande gewesen war, die Sachen ihres Mannes wegzugeben. Ruth regte sich über diese Haltung sehr auf, die allen nur schadete. Und sie hatte recht. Aber Bernie zeigte sich unnachgiebig. »Dann gib mir wenigstens für ein paar Wochen die Kinder mit nach New York. Bis für Jane wieder die Schule anfängt.«

»Ich will es mir überlegen.«

Und das tat er. Er ließ die Kinder gehen. Ende der Woche flogen sie ab, noch immer in sich gekehrt und geschockt. Bernie arbeitete fortan bis neun oder zehn Uhr abends. Zu Hause pflegte er sich dann ins Wohnzimmer zu setzen und vor sich hin zu starren – in Gedanken bei Liz. Ans Telefon ging er nur selten. Manchmal rief er seine Mutter an.

»Du mußt dich nach einem Kindermädchen umsehen, Bernard.« Ruth wollte sein Leben neu organisieren, und er wollte in Ruhe gelassen werden. Hätte er gern getrunken, er wäre längst Alkoholiker geworden, so aber dachte er nicht mal an die Möglichkeit, diesen Ausweg wahrzunehmen. Er saß einfach da, tat nichts, war wie erstarrt und schleppte sich um drei Uhr morgens ins Bett. Er haßte das gemeinsame Bett, weil Liz nicht mehr darin lag. Er schaffte es kaum ins Büro und saß auch dort nur herum. Er befand sich in einem richtigen Schockzustand. Tracy

650

erkannte die Symptome als erste, aber niemand konnte ihm helfen. Sie sagte ihm, er solle anrufen, wann immer ihm danach zumute sei, doch er meldete sich nicht. Sie erinnerte ihn zu stark an Liz. Und jetzt stand er vor dem Wandschrank wie Jane und roch ihr Parfum.

»Ich kümmere mich selbst um die Kinder.« Das sagte er seiner Mutter ständig, und sie gab ihm stets darauf zurück, daß er verrückt sei.

»Willst du deinen Beruf aufgeben?« Sie hoffte, ihn mit Sarkasmus aus seiner Starre hervorzulocken. Es war nicht ungefährlich, ihn sich selbst zu überlassen, Lou aber war der Meinung, er würde früher oder später wieder zur Vernunft kommen. Viel größere Sorgen machte er sich um Jane, die an Alpträumen litt und in drei Wochen fünf Pfund abgenommen hatte. Bernie hatte in Kalifornien zwölf Pfund abgenommen. Nur Alexander gedieh prächtig, wenngleich er ein erstauntes Gesicht machte, wenn jemand Liz' Namen nannte, als frage er sich, wo sie war und wann sie zurückkam. Jetzt erhielt er keine Antwort auf sein ›Mami . . . Mami . . .‹ mehr.

»Mom, ich brauche meinen Beruf nicht aufzugeben, wenn ich mich um die Kinder kümmere.« Er war richtig unvernünftig und genoß es auch noch.

»Ach? Wirst du Alexander mit ins Büro nehmen?«

Daran hatte er nicht gedacht. Er hatte an Jane gedacht.»Ich kann ja die Frau nehmen, die auch Liz hatte, wenn sie in der Schule war. Und Tracy würde auch immer aushelfen.«

»Und abends wirst du kochen, die Betten machen und staubsaugen? Bernard, mach dich nicht lächerlich. Du brauchst eine Hilfe. Das ist keine Schande. Du mußt ein Mädchen einstellen. Soll ich kommen und dir beim Aussuchen helfen?«

»Nein, nein.« Er schien verärgert. »Ich kümmere mich selbst darum.« Er war ständig gereizt. Wütend auf alles und alle, ab und zu sogar auf Liz, weil sie ihn verlassen hatte. Das war nicht fair. Sie hatte ihm so viel versprochen. Sie hatte alles für ihn getan. Für alle. Sie hatte gekocht, gebacken, genäht, sie hatte alle geliebt, sie hatte sogar bis zum Schluß gearbeitet. Wie ersetzt man eine solche Frau durch eine Hausangestellte oder ein Au-pair-Mädchen? Diese Vorstellung war ihm alles andere als sympathisch, als er am nächsten Tag verschiedene Arbeitsvermittlungsfirmen anrief und erklärte, was er benötigte.

»Sind Sie geschieden?« fragte ihn eine Frau mit blecherner Stimme. Sieben Zimmer, keine Haustiere, zwei Kinder, keine Frau.

»Nein, ich bin nicht geschieden.« Ich bin Kidnapper und brauche Hilfe für zwei Kinder. Mist. »Die Kinder haben . . .« Er stand im Begriff zu sagen . . . keine Mutter, doch es war schrecklich, so von Liz zu sprechen. »Ich bin alleinstehend. Das ist alles. Ich habe zwei Kinder. Sechzehn Monate und fast neun. Das heißt, schon neun. Junge und Mädchen. Die Neunjährige geht zur Schule.«

»Versteht sich. Schläft sie im Haus oder außerhalb?«

»Im Haus. Für ein Internat ist sie zu klein.«

»Nicht das Kind. Das Kindermädchen.«

»Ach so . . . na, ich weiß nicht . . . Das habe ich mir noch nicht überlegt. Ich denke, sie könnte so um acht kommen und nach dem Abendessen gehen.«

»Haben Sie ein Zimmer für ein Au-pair-Mädchen?« Er überlegte. Das Mädchen könnte im Babyzimmer schlafen, wenn es ihr nichts ausmachte.

»Ja, ich denke schon.«

»Wir werden unser Bestes tun.« Doch ihr Bestes war nicht sonderlich gut. Die Agentur schickte eine Handvoll Kandidatinnen zu Wolff, und Bernie war entsetzt über die Auswahl, die man ihm präsentierte. Die meisten hatten keine Erfahrung mit Kindern oder hielten sich illegal im Land auf, andere waren absolut interesselos – eine richtige Katastrophe. Schließlich entschied er sich für eine unscheinbare Norwegerin. Sie hatte sechs Geschwister, sah vertrauenerweckend aus und wollte nach eigener Aussage ein Jahr oder länger im Land bleiben. Sie behauptete, sie könne kochen, und sie begleitete ihn zum Flughafen, als er die Kinder abholte. Jane sah nicht sehr begeistert aus, während Alexander sie neugierig musterte und lächelnd in die Hände klatschte. Leider ließ sie den Kleinen frei herumlaufen, während Bernie das Gepäck holte und das Wägelchen für den Kleinen aufklappte.

Jane fing Alexander auf halbem Weg zur Tür ein. Sie bedachte das Mädchen mit einem wütenden Blick, und Bernie wurde wütend.

»Anna, bitte, lassen Sie das Kind nicht aus den Augen.«

»Klar.« Sie lächelte einem Jungen mit Rucksack und langem blonden Haar zu.

»Wo hast du die her?« flüsterte Jane Bernie zu.

»Einerlei. Wenigstens bekommen wir etwas zu essen.« Dann erst schenkte er Jane ein Lächeln. Bei der Ankunft hatte sie sich ihm in die Arme geworfen und den vor Entzücken krähenden Alexander fast zwischen ihnen zerquetscht. Bernie hatte den Kleinen hoch in die Luft geschleudert und dann dasselbe mit Jane gemacht. »Ihr beide habt mir gefehlt.« Ruth hatte ihm von den Alpträumen erzählt. In diesen Träumen ging es immer um Liz. »Du ganz besonders.«

»Du mir auch.« Sie sah noch immer sehr traurig aus. Ihm aber merkte man auch an, was er durchgemacht hatte. »Großmama war so nett zu mir.«

»Sie hat dich sehr lieb.« Beide lächelten und suchten einen Träger, der ihnen mit dem Gepäck half. Wenig später war alles im Wagen verstaut, und sie fuhren in die Stadt. Jane saß vorne neben Bernie. Alexander und das Mädchen saßen hinten. Sie steckte in abgetragenen Jeans und einem dunkelroten Hemd und hatte langes, zottiges blondes Haar. Jane, die unterwegs mit ihr plauderte, schien nicht sehr angetan. Anna antwortete meist einsilbig oder mit einem Brummlaut und zeigte kein übergroßes Interesse, sich mit den Kindern anzufreunden. Zu Hause angekommen, zeigte es sich, daß das Abendessen, das sie ihnen hinstellte, aus Frühstücksflocken und französischem Toast bestand, der zu wenig braun war. In seiner Verzweiflung ließ Bernie eine Pizza kommen, auf die sich das Mädchen stürzte, ehe die anderen zulangen konnten. Und plötzlich brüllte Jane sie wutentbrannt an. »Woher hast du diese Bluse?« Jane starrte Anna an, als sähe sie einen Geist vor sich.

»Was? Diese da?« Anna lief rot an. Sie hatte ihr rotes Hemd gegen eine hübsche grüne Seidenbluse eingetauscht, die nun von Schweißrändern geziert wurde, die vorher nicht dagewesen waren. Sie deutete zum Schlafzimmer hin, und nun war es an Bernie, wütend zu werden. Sie hatte sich eine von Liz' Blusen angeeignet.

»Unterstehen Sie sich ja nicht, wieder etwas von den Sachen meiner Frau zu nehmen«, stieß er zähneknirschend hervor, was sie lediglich zu einem Achselzucken veranlaßte.

»Was macht es schon aus? Sie kommt ja doch nicht wieder.« Jane stand vom Tisch auf und ging hinaus. Bernie folgte ihr und entschuldigte sich bei ihr.

»Es tut mir leid, mein Schatz. Als sie sich vorstellte, kam sie mir viel netter vor. Sie sah sauber und jung aus, und ich glaubte, ein junges Mädchen wäre für euch netter als irgendein alter Drachen.« Jane lächelte traurig. Das Leben war für sie alle so schwierig geworden. Und dies war erst der erste Abend zu Hause. Für sie würde es nie wieder richtig schön werden, das wußte sie ganz instinktiv.

»Sollen wir ihr eine Probezeit von einigen Tagen einräumen und sie rauswerfen, wenn sie uns nicht gefällt?« Jane nickte, sie war erleichtert, daß ihr nichts aufgezwungen wurde. Schwierig war es für alle. Und Anna trieb sie in den nächsten Tagen fast in den Wahnsinn. Sie nahm sich ständig Liz' Kleider und ab und zu auch Sachen von Bernie. So tauchte sie in seiner liebsten Kaschmirjacke auf und borgte sich einmal sogar Socken von ihm. Sie wusch sich nicht, das Haus roch schrecklich, und wenn Jane nachmittags von der Schule kam, traf sie Alexander in schmutzigen Hosen, losen Windeln und Unterhemd an. Seine Füße waren schmutzig, das Gesicht mit Essensresten verschmiert, während Anna mit ihrem Freund telefonierte oder Rockmusik auf der Stereoanlage hörte. Das Essen war ungenießbar, die Unordnung im Haus unbeschreiblich, und Jane mußte sich fast die ganze Zeit über allein um Alexander kümmern. Kaum von der Schule zu Hause, badete sie ihn und zog ihn um, ehe Bernie kam. Sie fütterte ihn, brachte ihn zu Bett und lief zu ihm, wenn er weinte. Die Wäsche wurde nicht gemacht, die Betten nicht frisch überzogen, die Kindersachen blieben schmutzig liegen. Anna machte sie verrückt. Es dauerte keine zehn Tage, und sie warfen sie hinaus. Bernie kündigte es ihr am Samstag abend an, als die Steaks in einem großen, unsauberen Kochtopf verschmorten und sie telefonierend auf dem Küchenboden hockte, während Alexander in der Wanne saß. Jane fand ihn dort vor, schlüpfrig wie ein Fisch. Er versuchte eben über den Wannenrand zu klettern, und sie rettete ihn aus dieser Situation. Er hätte ertrinken können, ein Gedanke, der alle mit Entsetzen erfüllte, nur Anna nicht. Bernie sagte ihr, daß sie auf der Stelle ihre Sachen packen und aus dem Haus gehen sollte, und das tat sie auch. Sie verschwand ohne Entschuldigung in Bernies roter Kaschmirjacke – seinem Lieblingsstück.

»So, das wär's.« Er stellte den Topf mit den verschmorten Steaks in die Spüle und ließ heißes Wasser darüberrinnen. »Könnte ich dich heute abend für eine Pizza interessieren?« Pizza hatten sie in letzter Zeit oft gegessen. Sie entschlossen sich, Tracy einzuladen.

Als Tracy kam, half sie Jane, das Baby zu Bett zu bringen. Zu dritt machten sie die Küche sauber. Es war fast so wie in alten Zeiten, nur fehlte ihnen ein sehr wichtiger Mensch, und das spürten alle. Damit nicht genug, eröffnete Tracy ihnen, daß sie nach Philadelphia zu ziehen gedachte. Jane war am Boden zerstört. Es war, als stünde sie im Begriff, ihre zweite Mutter zu verlieren, und sie war noch wochenlang, nachdem sie Tracy zum Flughafen gebracht hatten, sehr niedergeschlagen.

Das nächste Kindermädchen war nicht viel besser. Sie war Schweizerin und ausgebildete Säuglingsschwester, was Bernie beim Vorstellungsgespräch sehr beeindruckte. Was sie ihm aber verschwieg, war der Umstand, daß sie ihre Ausbildung bei der preußischen Armee bekommen haben mußte. Sie war starr, unbeugsam und unfreundlich. Das Haus war makellos, die Portionen bei den Mahlzeiten winzig, die Regeln eisern und zahlreich, und zudem schlug sie Alexander sehr oft. Der Arme weinte ständig, und Jane kam nach der Schule immer widerwilliger nach Hause. Milch und Plätzchen standen auf der Verbotsliste, ebenso alle anderen Leckereien. Bei Tisch durfte nicht gesprochen werden, wenn der Vater nicht anwesend war. Fernsehen war eine Sünde und Musik ein Vergehen gegen Gott. Bernie gelangte zu der Einsicht, daß er es mit einer Irren zu tun hatte. Als Jane an einem Samstag nachmittag, zwei Wochen nachdem die Person ins Haus gekommen war, einmal lachen mußte, bekam sie dafür von dieser Person zwei saftige Ohrfeigen. Jane war so fassungslos, daß sie zunächst gar nicht weinte. Aber Bernie bebte vor Zorn, als er sich erhob und der Schweizerin mit ausgestrecktem Arm die Tür wies. »Hinaus, Miß Strauss. Auf der Stelle!« Er nahm ihr den Kleinen ab, legte den Arm tröstend um Jane, und eine Stunde darauf schlug die Haustür lautstark zu.

Die nächste Zeit war sehr entmutigend. Bernie hatte das Gefühl, er habe schon die halbe Stadt bei den Vorstellungsgesprächen Revue passieren lassen. Er traute niemandem mehr über den Weg. Als erstes verschaffte er sich eine Putzfrau, aber auch das half nicht viel. Sein großes Problem waren Jane und Alexander. Er brauchte jemanden, der sich intensiv um sie kümmerte. Allmählich kamen sie ihm sehr unglücklich und bedrückt vor, er wußte, daß er ohne Hilfe verloren war. Er war sehr nervös, weil er täglich nach Hause rasen mußte, um sich um die Kinder zu kümmern. Vorübergehend hatte er tagsüber eine Babysitterin, die aber nur bis fünf bleiben konnte. Seine Mutter hatte recht. Es war sehr schwierig, ganztägig zu arbeiten und sich dann abends um Kinder, Haus, Wäsche, Einkauf, Kochen, Bügeln und den Garten zu kümmern.

Sechs Wochen nach Schulbeginn sollte sich das Blatt zu ihren Gunsten wenden. Die Agentur rief ihn wieder an, und er hörte sich das übliche Märchen an. Mary Poppins war aufgetaucht und wartete nur auf ihn. Wollte man der Agentur glauben, war sie wie geschaffen für den Job.

»Mr. Fine, Mrs. Pippin ist für Sie geradezu ideal.« Gelangweilt hatte er den Namen notiert. »Sie ist sechzig, Britin und war in ihrer letzten Stellung zehn Jahre bei zwei Kindern, einem Jungen und einem Mädchen. Und« – die Mitarbeiterin der Agentur klang siegessicher – »die hatten auch keine Mutter.«

»Ist das etwas, worauf man besonders stolz sein kann?« Das ging niemanden etwas an, verdammt noch mal.

»Es bedeutet nur, daß sie mit einer Situation dieser Art fertig wird.«

»Wunderbar. Und wo ist der Haken?«

Es gibt keinen. Bernie war kein einfacher Kunde gewesen. Man ärgerte sich in der Agentur über den Argwohn, den er allen Bewerberinnen entgegenbrachte. Die Frau machte sich doch tatsächlich eine Notiz, daß man ihm niemanden mehr schicken sollte, falls ihm Mrs. Pippin auch nicht paßte.

An einem Donnerstag abend um sechs klingelte Mrs. Pippin an der Haustür. Bernie war eben nach Hause gekommen und hatte Jacke und Krawatte abgelegt. Er hielt Alexander in den Armen, und Jane half, das Abendessen vorzubereiten. Es waren Hamburger geplant, zum drittenmal hintereinander, dazu Kartoffelchips und Brötchen und Salat. Doch er hatte seit dem Wochenende keine Zeit zum Einkaufen gehabt.

Bernie öffnete und sah auf eine winzige Frau mit kurzem weißem Haar und hellblauen Augen hinunter. Sie trug einen Marine-Hut und feste schwarze Schuhe, die wie Golfschuhe aussahen. Die Frau von der Vermittlung hatte recht gehabt. Sie sah wirklich aus wie Mary Poppins. Sie hatte sogar einen fest zusammengerollten schwarzen Schirm bei sich.

»Mr. Fine?«

»Ja.«

»Ich komme von der Vermittlung. Ich bin Mary Pippin.« Ihr schottischer Akzent entlockte Bernie ein Grinsen. Es war ein Witz. Nicht Mary Poppins, sondern Mary Pippin.

»Hallo.« Lächelnd trat er zurück und bat sie mit einer Handbewegung ins Wohnzimmer, als Jane eben aus der Küche kam, einen Hamburger in der Hand. Sie war neugierig, wen man diesmal geschickt hatte. Die Frau war kaum größer als Jane. Sie lächelte Jane zu und fragte, was sie gekocht habe.

»Wie lieb von dir, dich um deinen Dad und dein Brüderchen zu kümmern. Ich bin selbst keine sehr gute Köchin, mußt du wissen.« Sie schmunzelte, und Bernie faßte fast augenblicklich Zuneigung zu ihr. Plötzlich wußte er auch, was für Schuhe sie trug. Es waren keine Golfschuhe. Es waren echt schottische, von besonders derber Machart. Sie war Schottin durch und durch. Ihr Rock war aus Tweed, die Bluse weiß und gestärkt, und als sie den Hut abnahm, sah er, daß sie ihn mit einer Haarnadel festgesteckt hatte.

»Das ist Jane«, erklärte Bernie, als die Kleine wieder in der Küche verschwand. »Sie ist neun. Und Alexander ist jetzt fast achtzehn Monate.« Er setzte ihn auf den Boden, als sie sich niederließen, und der Kleine lief mit Höchstgeschwindigkeit seiner Schwester in die Küche nach. Bernie lächelte Mrs. Pippin zu. »Er ist den ganzen Tag auf den Beinen und wacht jede Nacht auf. Jane ebenso.« Er sprach halblaut weiter. »Sie hat Alpträume. Und ich brauche jemanden, der mir hilft. Wir sind jetzt ganz allein.« Dieser Teil der Anfangsgespräche war ihm verhaßt, denn gewöhnlich starrten ihn die Kandidatinnen stumpfsinnig an, aber diese Frau nickte verständnisvoll und mitfühlend. »Ich brauche jemanden, der sich den ganzen Tag um Alexander kümmert, jemanden, der da ist, wenn Jane aus der Schule kommt, der mit ihnen etwas unternimmt, den Kindern Freundin ist...« Es war das erste Mal, daß er das sagte, aber irgendwie schien sie eine solche Frau zu sein... »der für uns kocht, die Kleidung in Ordnung hält, einkauft, wenn ich keine Zeit habe.«

»Mr. Fine« – sie lächelte sanft – »Sie brauchen eine Nanny.« Sie schien ihn völlig zu verstehen.

»Ja, genau.« Er dachte flüchtig an die schlampige Norwegerin, die sich immer aus Liz' Garderobe bedient hatte, und warf einen Blick auf Mrs. Pippins gestärktes Krägelchen. Er wollte aufrichtig sein. »Hinter uns oder vielmehr hinter den Kindern liegen schwere Zeiten.« Er warf einen Blick zur Küche hin. »Meine Frau war fast ein ganzes Jahr krank, ehe...« Er konnte das Wort nicht über die Lippen bringen, auch jetzt noch nicht. »Und jetzt ist sie seit drei Monaten nicht mehr bei uns. Die Kinder konnten sich nur schwer daran gewöhnen.« Und ich auch, doch das ließ er unausgesprochen, und ihre Augen sagten ihm, daß sie es ohnehin wußte. Und plötzlich war ihm, als könne er aufatmen und sich auf die Couch legen und sie alles tun lassen. Etwas an ihr erweckte in ihm den Eindruck, daß sie perfekt war. »Die Aufgabe ist nicht einfach, aber auch nicht unmöglich.« Er verschwieg ihr nicht, daß sie zwei Vorgängerinnen hatte, und erzählte ihr von den vielen Vorstellungsgesprächen. Er beschrieb ihr ganz genau, was er wollte. Wunderbarerweise schien sie das völlig normal zu finden.

»Es hört sich wunderbar an. Wann könnte ich anfangen?« Sie strahlte ihn an, und Bernie konnte seinen Ohren nicht trauen.

»Sofort, wenn Sie wollen. Ach, eines habe ich vergessen ... Sie müßten bei dem Baby schlafen, ist das ein Problem?«

»Aber gar nicht. Mir ist das sogar sehr lieb.«

»Mit der Zeit werden wir vielleicht umziehen, im Moment aber ist nichts dergleichen geplant.« Er war diesbezüglich unsicher, und sie nickte. »Eigentlich ...« Er hatte soviel im Kopf, daß er ganz durcheinander war. Er wollte ganz aufrichtig sein. »Eines schönen Tages werde ich vielleicht nach New York zurückgehen, aber im Moment weiß ich auch darüber nichts Genaues.«

»Mr. Fine«, sie lächelte weise – »Ich verstehe. Im Moment wissen Sie nicht aus noch ein und die Kinder auch nicht, aber das ist ganz normal. Sie alle haben plötzlich die Stütze des Lebens verloren. Sie brauchen Zeit, um darüber hinwegzukommen, und jemanden, der Ihnen hilft, ein normales Leben zu führen. Es wäre mir eine große Freude, wenn ich dieser Mensch sein dürfte, ich wäre glücklich, wenn Sie die Kinder meiner Obhut überließen. Und ob Sie in ein anderes Haus umziehen, in eine Wohnung, nach New York oder Kenia, ist gar kein Problem. Ich bin Witwe, kinderlos, und meine Heimat ist die Familie, für die ich arbeite. Ich gehe, wohin Sie gehen, falls Sie mich brauchen können.« Sie lächelte, als spräche sie mit einem Kind, und er wäre am liebsten in Jubel ausgebrochen.

»Das hört sich ja wundervoll an, Mrs. Poppins ... ich meine Mrs. Pippin ... Entschuldigung ...«

»Keine Ursache.« Sie lachte mit ihm und ging ihm in die Küche nach. Trotz ihrer Zierlichkeit ging von ihr etwas Kraftvolles aus, und was am erstaunlichsten war, die Kinder mochten sie sofort. Jane lud sie zum Dinner ein, und als Mrs. Pippin die Einladung annahm, legte sie noch einen Hamburger in die Pfanne. Alexander saß auf ihrem Schoß, bis er in die Badewanne mußte, und anschließend besprach Mrs. Pippin die finanzielle Seite mit Bernie. Sie war nicht einmal sehr anspruchsvoll, wie sich zeigte. Und sie war genau das, was er brauchte.

Sie versprach, am nächsten Tag mit ihren Sachen wiederzukommen. Sie hatte ihre vorige Familie im Juni verlassen. Die

Kinder waren erwachsen und brauchten sie nicht mehr. Danach hatte sie Ferien in Japan gemacht und war auf der Rückreise durch San Franzisko gekommen. Eigentlich befand sie sich auf dem Weg nach Boston, hatte sich aber entschieden, bei der Agentur nachzufragen, weil sie die Stadt bezaubernd fand, und voilà.

Nachdem sie zurück in ihr Hotel gefahren war und Jane Alex zu Bett brachte, rief Bernie seine Mutter an.

»Ich habe sie gefunden.« Er klang glücklicher als seit Monaten. Tatsächlich lächelte er. Beinahe konnte man es hören, und vor allem hörte man etwas anderes heraus. Nämlich Erleichterung.

»Wen hast du gefunden?« Ruth hatte schon halb geschlafen. In Scarsdale war es elf Uhr abends.

»Mary Poppins ... nein, Mary Pippin.«

»Bernie« – sie hörte sich energischer und viel wacher an – »hast du getrunken?« Ein mißbilligender Blick traf ihren Mann, der noch wach gewesen war und neben ihr seine medizinischen Fachzeitschriften gelesen hatte. Er schien unbesorgt. Bernie hatte unter diesen Umständen ein Recht darauf zu trinken. Wer hätte es nicht getan?

»Nein, ich habe eine Kinderschwester, ein Kindermädchen gefunden. Eine schottische Nanny, einfach phantastisch.«

»Wer ist sie?« Bei seiner Mutter regte sich sofort Mißtrauen, und er berichtete ihr sämtliche Einzelheiten. »Ja, sie könnte in Ordnung sein. Hast du ihre Zeugnisse überprüft?«

»Das mache ich morgen.« Doch ihre Referenzen waren genauso, wie sie sie beschrieben hatte. Die Familie in Boston überschlug sich geradezu in Lobeshymnen über ihre geliebte ›Nanny‹. Sie hatten ins Zeugnis geschrieben, daß jeder, der sie beschäftigte, großes Glück hatte. Als sie am nächsten Tag ihre Stelle antrat, merkte er selbst, was er an ihr hatte. Sie räumte das Haus auf, sortierte die Wäsche, las Alexander vor, entdeckte einen hübschen Anzug, den sie ihm anzog, und präsentierte ihn seinem Vater, als dieser nach Hause kam, sauber und gekämmt. Jane trug ein rosa Kleid, im Haar rosa Schleifen und ein Lächeln zum Dinner, und plötzlich spürte er einen Kloß in der Kehle, weil er daran denken mußte, wie er sie zum ersten Mal gesehen hatte.

Im Kaufhaus umherirrend, mit langen Zöpfen und rosa Schleifen, ähnlich denen, die Mrs. Pippin ihr für den Abend ins Haar geflochten hatte.

Das Essen war keine Offenbarung, doch es war anständig und einfach. Der Tisch war nett gedeckt, und nachher spielte sie mit beiden Kindern im Kinderzimmer ein Spiel. Um acht Uhr war das Haus wieder aufgeräumt, der Tisch für das Frühstück gedeckt. Beide Kinder waren im Bett, zufrieden, sauber und satt. Als Bernie beiden gute Nacht sagte und Mrs. Pippin dankte, wünschte er, Liz hätte sie sehen können.


## 25

Es war am Tag nach Halloween. Bernie kam nach Hause, setzte sich auf die Couch, sah die Post durch und blickte erstaunt auf, als Mrs. Pippin aus der Küche auftauchte, sich Mehl von den Händen wischte und ihm eine Nachricht aushändigte.

»Vorhin hat jemand für Sie angerufen, Mr. Fine.« Sie lächelte. Es war ein Vergnügen, zu ihr nach Hause zu kommen, und die Kinder hingen sehr an ihr. »Es war ein Herr. Hoffentlich habe ich den Namen richtig verstanden.«

»Aber sicher. Vielen Dank.« Er nahm das Stück Papier und warf einen Blick darauf, als sie schon im Weggehen war. Der Name bedeutete ihm zunächst gar nichts, und als er in die Küche ging, um für sich einen Drink zu machen, fragte er Mrs. Pippin aus. Sie briet Fisch zum Abendessen, und Jane half ihr, während Alexander auf dem Boden mit einem Stapel bunter Schächtelchen spielte. Es war eine Szene, wie auch Liz sie bei der Arbeit um sich geschaffen hätte, und es griff ihm ans Herz, die Kinder so zu sehen. Noch immer bewirkte auch die kleinste Ursache, daß ihm schlagartig sein Verlust bewußt wurde. »War das der Vor- oder Familienname des Mannes, Mrs. Pippin?«

»Leider konnte ich den Vornamen nicht aufschreiben, obwohl er ihn nannte.« Ihre Aufmerksamkeit galt dem Fisch, der in der Pfanne brutzelte. »Der Familienname war Scott.« Noch immer war Bernie ratlos. »Der Vorname lautete Chandler.«

Als sie das sagte, stockte sein Herzschlag, und er ging zurück ins Wohnzimmer, um sich die Nummer anzusehen. Dann überlegte er lange, ohne bei Tisch etwas zu sagen. Es war ein Ortsanschluß. Chandler war zurückgekommen und wollte wieder Geld. Bernie erwog, die Nachricht einfach zu ignorieren, doch um zehn Uhr an diesem Abend läutete das Telefon, und er nahm mit einer bösen Vorahnung den Hörer ab. Er hatte sich nicht geirrt. Es war Chandler Scott.

»Hallo.« In seinem Tonfall lag dieselbe falsche Munterkeit wie beim letzten Mal. Bernie ließ sich nicht täuschen.

»Ich dachte, ich hätte mich beim letzten Mal klar ausgedrückt.« Bernies Ton ließ jeden Anflug von Freundlichkeit vermissen.

»Ach, ich bin nur auf der Durchreise, mein Freund.«

»Dann lassen Sie sich nicht aufhalten.«

Chandler lachte, als hätte Bernie etwas sehr, sehr Komisches gesagt.

»Wie geht's Liz?« Bernie wollte ihm nicht sagen, was passiert war. Es ging den Mann nichts an.

»Gut.«

»Und wie geht's meinem Kind?«

»Jane ist nicht Ihr Kind. Sie ist jetzt mein Kind.« Das war ein Fehler, und Bernie hörte, wie dem anderen der Kamm schwoll.

»Das habe ich anders in Erinnerung.«

»Wirklich? Und wie steht es mit der Erinnerung an die zehntausend Dollar?« Bernies Ton war hart, doch Chandlers Redeweise blieb schleimig.

»Meine Erinnerung ist intakt, aber meine Investitionen erwiesen sich als Pleiten.«

»Das tut mir leid.« Also war er tatsächlich gekommen, um Geld zu fordern.

»Mir auch. Ich dachte mir, wir sollten uns vielleicht noch mal kurz unterhalten über meine Tochter.« Bernies Miene verhärtete sich. Er wußte, was er Liz versprochen hatte. Er wollte den Burschen loswerden, und nichts konnte er weniger gebrauchen, als daß er immer wieder aufkreuzte. Seit er ihm das Geld gegeben hatte, waren insgesamt eineinhalb Jahre vergangen.

»Scott, ich dachte, ich hätte Ihnen beim letzten Mal klargemacht, daß es sich um eine einmalige Sache handelt.«

»Mag sein, mein Freund, mag ja sein.« Sein Ton hatte etwas an sich, das in Bernie den Wunsch weckte, ihm die Visage zu polieren. »Aber vielleicht müssen wir die Sache noch einmal überdenken.«

»Das glaube ich nicht.«

»Wollen Sie mir weismachen, das Töpfchen sei leer?« Widerwärtig – diese Redeweise. Er hörte sich genau so an, wie er war. Ein schmieriger, kleiner Gauner.

»Ich sagte schon, daß ich nicht mehr mitmache. Kapiert?«

»Wie steht's dann mit einem kleinen Besuch bei meiner Tochter?« Er pokerte hoch.

»Sie hat kein Interesse.«

»Das wird sich ändern, wenn ich Sie vor Gericht bringe. Wie alt ist sie jetzt? Sieben? Acht?« Er war sich nicht sicher.

»Was macht das schon aus?« Sie war neun, und der Kerl wußte es nicht einmal.

»Warum fragen Sie nicht Liz, was sie davon hält?«

Das war Erpressung im wahrsten Sinne des Wortes, und Bernie hatte es satt bis oben hin. Sollte der Kerl wissen, daß Liz nicht mehr lebte. »Liz hält gar nichts davon, Scott. Sie ist im Juli gestorben.« Nun trat langes, langes Schweigen ein.

»Das tut mir leid.« Wenigstens das klang ehrlich.

»Ist damit unser Gespräch beendet?« Plötzlich war Bernie froh, daß er es ihm gesagt hatte. Vielleicht würde dieser Bastard sich endlich trollen, aber er hatte sich gründlich in ihm geirrt.

»Nicht ganz. Das Kind lebt noch. Woran ist Liz übrigens gestorben?«

»Krebs.«

»Hm, schlimm. Na ja, Jane bleibt mein Kind, ob mit oder ohne Liz, und ich kann mir vorstellen, daß Sie mich schleunigst loswerden möchten. Für einen bestimmten Preis komme ich diesem Wunsch sehr gern nach.«

»Für wie lange? Ein weiteres Jahr? Nein, Scott, das ist mir die Sache nicht wert. Diesmal steige ich nicht ein.«

»Zu schade. Ich schätze, ich muß vor Gericht gehen und mir das Besuchsrecht amtlich bestätigen lassen.«

Bernie dachte daran, was er Liz versprochen hatte, und entschloß sich zu einem Bluff. »Tun Sie das, Scott. Tun Sie, was Ihnen beliebt. Ich habe kein Interesse.«

»Für weitere zehntausend verdrücke ich mich. Hören Sie, ich komme Ihnen entgegen. Wie steht's mit achttausend?«

Allein der Gedanke an ihn verursachte bei Bernie Gänsehaut. »Verpiß dich.« Er knallte den Hörer auf. Am liebsten hätte er dem Kerl einen Tritt versetzt. Doch drei Tage später war es Chandler, der ihm einen versetzte. Mit der Post kam die Benachrichtigung von einem Anwalt an der Market Street, daß Chandler Scott, Vater von Jane Scott, Exgatte von Elizabeth O'Reilly Scott Fine, sein Besuchsrecht bei seiner Tochter beanspruchte. Bernies Hand zitterte, als er das las. Er wurde vorgeladen, am siebzehnten November vor Gericht zu erscheinen, glücklicherweise ohne Kind. Sein Herz schlug ihm bis zum Hals. Er rief sofort im Büro Bill Grossmans an.

»Was soll ich machen?« Bernie war verzweifelt. Grossman hatte den Anruf sofort entgegengenommen. Er konnte sich noch gut an sein erstes Gespräch mit Bernie in dieser Sache erinnern.

»Sieht aus, als müßten Sie vor Gericht.«

»Hat er denn Rechte?«

»Haben Sie das Kind adoptiert?«

Sein Herz sackte ab. Immer war etwas los gewesen, das Baby, Liz' Krankheit, die letzten neun Monate, dann die Zeit des Umgewöhnens ... »Nein ... das habe ich nicht ... Verdammt, ich wollte es immer tun, aber es gab eigentlich keinen konkreten Grund für eine Adoption. Da wir ihn einmal mit Geld abgefunden haben, dachte ich, wir hätten eine Zeitlang vor ihm Ruhe.«

»Sie haben ihm Geld gegeben?« Der Anwalt schien besorgt.

»Ja. Vor eineinhalb Jahren – zehntausend Dollar, damit er verschwindet.« Es war zwanzig Monate her. Er wußte es genau, da es knapp vor Liz' Entbindung gewesen war.

»Kann er es beweisen?«

»Nein, ich weiß noch, daß Sie mir damals sagten, es sei ungesetzlich.« Grossman hatte zu bedenken gegeben, es würde bewertet wie das Kaufen von Kindern auf dem schwarzen Markt. Man konnte ein Kind nicht von jemandem kaufen oder es jemandem verkaufen, und Chandler Scott hatte Jane an Bernie um zehntausend Dollar verhökert. »Ich bezahlte in bar und gab ihm das Geld in einem Umschlag.«

»Tja, da kann man nichts machen.« Grossman klang nachdenklich. »Das Problem besteht darin, daß die Leute es früher oder später wieder versuchen, wenn man sich einmal darauf eingelassen hat. Will er jetzt wieder Geld?«

»So hat es angefangen. Vor ein paar Tagen rief er mich an, verlangte wieder zehntausend und versprach zu verschwinden. Tatsächlich ging er auf achttausend herunter.«

»Allmächtiger.« Grossman sagte es verärgert. »Ein reizender Mensch.«

»Ich dachte, er würde das Interesse verlieren, wenn ich ihm sage, daß meine Frau tot ist. Ich rechnete damit, daß er glauben würde, ich ließe mich auf nichts ein.«

Grossman schwieg. »Ich wußte nicht, daß Ihre Frau inzwischen verstarb. Das bedaure ich sehr.«

»Ja, im Juli.« Bernie sagte es leise, in Gedanken bei Liz und dem Versprechen, das er ihr hatte geben müssen. Sie hatte ihn beschworen, Jane um jeden Preis von Chandler Scott fernzuhalten. Vielleicht hätte er ihm das Geld einfach geben sollen. Vielleicht hätte er nicht bluffen sollen.

»Hat sie eine testamentarische Verfügung in bezug auf das Kind hinterlassen?« Sie hatten über ein Testament gesprochen, doch hatte Liz nichts besessen, nur die Sachen, die Bernie ihr gekauft hatte. Sie hatte alles ihm und den Kindern hinterlassen.

»Nein, sie hatte ja kein Vermögen.«

»Und das Fürsorgerecht? Hat sie es Ihnen übertragen?«

»Natürlich.« Bernie sagte es mit einem Anflug von Kränkung. Wem sonst hätte sie ihre Kinder anvertrauen sollen?

»Hat sie es schriftlich niedergelegt?«

»Nein, das hat sie nicht.«

Bill Grossman seufzte insgeheim. Bernie hatte sich ein großes Problem geschaffen. »Da Ihre Frau tot ist, hat er das Gesetz auf seiner Seite. Er ist der leibliche Vater des Kindes.«

»Im Ernst?« Ihm drohte das Blut in den Adern zu stocken.

»Ja.«

»Der Bursche ist ein Gauner, ein Knastbruder. Wahrscheinlich kommt er direkt aus dem Gefängnis.«

»Das macht gar nichts. In Kalifornien sind die Behörden der Ansicht, daß ein leiblicher Vater auf jeden Fall Rechte hat, mag er sein, wie er will. Sogar Mörder haben ein Recht, ihre Kinder zu sehen.«

»Was jetzt?«

»Man wird ihm möglicherweise zeitweiliges Besuchsrecht einräumen, und es wird ein Verfahren geben.« Daß Bernie dabei Gefahr lief, das Fürsorgerecht zu verlieren, verschwieg er ihm. »Hatte er jemals eine Beziehung zu dem Kind?«

»Niemals. Jane weiß gar nicht, daß er noch am Leben ist. Nach Aussage meiner Frau hat er die Kleine zum letzten Mal gesehen, als sie ein paar Monate alt war. Seine Ansprüche sind unbegründet.«

»Nein, so ist es nicht. Machen Sie sich nichts vor. Er ist der leibliche Vater . . . Wie war der Verlauf der Ehe?«

»Die Ehe existierte praktisch nur auf dem Papier. Ein paar Tage vor der Geburt des Kindes wurde geheiratet, und danach verschwand er, glaube ich. Knapp vor Janes erstem Geburtstag kam er für ein, zwei Monate zurück und verschwand dann wieder, diesmal für immer. Liz reichte die Scheidung ein, weil er sie verlassen hatte . . . Es erfolgte kein Einspruch von seiner Seite, wahrscheinlich erfuhr er nicht einmal gleich davon, da man ja nicht wußte, wo er steckte . . . bis zu seinem Auftauchen vor einem Jahr.«

»Ein Jammer, daß Sie das Kind nicht adoptierten, ehe er aufkreuzte.«

»Das ist lächerlich!«

»Ich gebe Ihnen recht, das heißt aber noch lange nicht, daß es der Richter auch so sieht. Glauben Sie, sein Interesse an dem Kind ist echt?«

»Glauben Sie das, wenn er sie für zehntausend Dollar verkaufte und es vor drei Tagen noch einmal für achttausend getan hätte? Er ist offenbar der Meinung, sie ist so eine Art Sparkasse für ihn. Als ich mich damals wegen des Geldes mit ihm traf, hat er mit keinem Wort nach Jane gefragt. Was halten Sie davon?«

»Ich glaube, daß er ein gerissener Gauner ist, der Ihnen die Daumenschrauben ansetzen möchte. Vermutlich hören Sie noch von ihm, ehe wir am siebzehnten vor Gericht gehen.« Grossman sollte recht behalten. Drei Tage vor dem Termin meldete Scott sich wieder und bot Bernie an zu verschwinden. Diesmal aber war der Preis höher. Er verlangte fünfzigtausend.

»Sind Sie verrückt?«

»Ich habe ein paar Erkundigungen über Sie eingezogen, Freundchen.«

»Ich bin nicht Ihr Freund, Sie Schweinehund.«

»Soviel ich weiß, sind Sie ein schwerreicher New Yorker Jude und leiten ein nobles Kaufhaus. Wahrscheinlich sind Sie sogar der Eigentümer.«

»Wohl kaum.«

»So oder so, Freund. Das ist eben diesmal mein Preis. Fünfzigtausend Mäuse, oder Sie können die Sache vergessen.«

»Ich sage zehntausend und nicht einen Cent mehr.« Bernie wäre bis zwanzigtausend gegangen, hielt aber damit zurück. Das kostete Scott nur einen Lacher.

»Fünfzig oder gar nichts.« Es war widerwärtig, dieses Feilschen um ein Kind.

»Scott, dieses Spiel mache ich nicht mit.«

»Sie werden müssen. Da Liz tot ist, wird das Gericht mir geben, was ich möchte. Wenn ich will, bekomme ich sogar das Sorgerecht ... Hm, wenn ich es mir recht überlege, ist der Preis eben auf hunderttausend hinaufgeschnellt.« Bernie blieb fast das Herz stehen. Kaum hatte Scott aufgelegt, rief Bernie Grossman an.

»Weiß er denn überhaupt, was er da redet? Ist das möglich?«

»Möglich schon.«

»Mein Gott ...« Er war entsetzt. Was, wenn er Jane an ihn verlor? Und er hatte Liz doch versprochen ... Außerdem war Jane inzwischen für ihn wie sein eigen Fleisch und Blut.

»Vor dem Gesetz haben Sie keinerlei Rechte an dem Kind. Auch wenn Ihre Frau Sie testamentarisch zum Vormund bestimmt hätte, dann wären die Rechte des leiblichen Vaters nicht erloschen. Wenn Ihnen jetzt der Beweis gelingt, daß er als Vormund ungeeignet ist, dann kommen Sie damit vielleicht durch, es sei denn, der Richter ist ein totaler Idiot. Wenn aber beide Prozeßgegner Banker, Anwälte oder Geschäftsleute wären, dann würde der leibliche Vater gewinnen. In diesem Fall kann er Sie nur für eine Weile in Angst und Schrecken versetzen und dem Kind einen scheußlichen Alptraum bereiten.«

»Um ihr das zu ersparen, fordert er hunderttausend Dollar«, äußerte Bernie voller Verbitterung.

»Haben Sie das Gespräch aufgezeichnet?«

»Natürlich nicht. Was glauben Sie denn? Soll ich meine Telefonate mitschneiden? Ich bin doch kein Drogendealer, ich leite ein Kaufhaus.« Seine Nerven machten nicht mehr mit. Es war eine ungeheuerliche Situation. »Also, was soll ich jetzt tun?«

»Wenn Sie ihm die hunderttausend nicht geben wollen – und ich rate Ihnen ab, sonst steht er nächste Woche wieder da und will noch mehr –, dann gehen wir vor Gericht und beweisen, daß er als Vater unfähig ist. Man wird ihm möglicherweise vorübergehendes Besuchsrecht nach dem ersten Gerichtstermin einräumen, aber das ist keine große Sache.«

»Für Sie nicht. Aber das Kind kennt ihn ja nicht mal. Jane weiß gar nicht, daß er am Leben ist. Ihre Mutter ließ sie in dem Glauben, er sei vor Jahren gestorben. Jane hat im vergangenen Jahr genug Schocks erlitten. Seit dem Tod ihrer Mutter leidet sie an Alpträumen.«

»Wenn ein Psychiater dies bestätigt, wird damit vielleicht sein Ansuchen um ständiges Besuchsrecht beeinflußt.«

»Und der Antrag auf vorübergehendes Besuchsrecht?«

»Dem wird auf jeden Fall stattgegeben. Die Gerichte stehen auf dem Standpunkt, nicht mal Attila der Hunnenkönig könnte bei gelegentlichen Zusammenkünften Schaden anrichten.«

»Und wie wird das gerechtfertigt?«

»Das ist gar nicht nötig. Das Gericht sitzt am längeren Hebel. Mr. Scott hat Sie und sich selbst der Gnade des Gerichtes ausgeliefert.« Und auch Jane. Er hatte Jane dem Gericht ausgeliefert. Allein bei dem Gedanken wurde ihm übel. Er wußte, daß Liz verzweifelt wäre. Es hätte sie ins Grab gebracht. Und die Ironie, die in diesem Satz lag, entlockte ihm kein Lächeln. Die ganze Situation war zu ungeheuerlich.

Der Tag des Gerichtstermins dämmerte dunkel und grau herauf, die perfekte Entsprechung seiner Stimmung. Jane wurde von der Fahrgemeinschaft in die Schule gebracht, und Mrs. Pippin hatte mit Alexander zu tun, als Bernie zum Gericht fuhr. Er hatte niemandem gesagt, was los war, da er noch immer hoffte, daß die Sache günstig für ihn ausgehen würde. Neben Grossman im Gerichtssaal der City Hall stehend, betete er darum, die ganze Situation möge sich in Wohlgefallen auflösen. Auf der anderen Seite des Saales sah er Chandler Scott an der Wand lehnen, in einem anderen Blazer, einem eleganteren, und in neuen Gucci-Schuhen. Sein Haar war ordentlich geschnitten. Wer es nicht besser wußte, hätte ihn für einen anständigen Menschen gehalten.

Bernie zeigte ihn Bill, der einen beiläufigen Blick in Chandler Scotts Richtung warf. »Sieht tadellos aus.« Er flüsterte es Bernie zu.

»Das hatte ich befürchtet.«

Grossman sagte, daß die Anhörung des Falles zwanzig Minuten dauern würde, und als der Richter sie aufrief, erklärte Grossman, daß das Kind seinen leiblichen Vater nicht kenne und durch den Tod der Mutter vor kurzem einen schweren Schock erlitten habe. Es sei daher günstiger, von einem vorübergehenden Besuchsrecht abzusehen, bis die ganze Sache endgültig geregelt sei. Der Beklagte sei der Ansicht, daß gewisse Punkte zu beachten seien, die die endgültige Entscheidung des Gerichtes wesentlich beeinflussen könnten.

»Da bin ich sicher«, ließ sich der Richter vernehmen und lächelte beiden Vätern und beiden Anwälten zu. Mit Fällen wie diesem hatte er tagtäglich zu tun, und er ließ sich nicht von Emotionen beeinflussen. Zum Glück bekam er die von seinen Entscheidungen betroffenen Kinder fast nie zu Gesicht. »Es wäre aber nicht fair, Mr. Scott das Recht zu verweigern, seine Tochter zu sehen.« Sein wohlwollendes Lächeln fiel auf Scott und dann, eher mitfühlend, auf Grossman. »Sicher ist es betrüblich für Ihren Klienten, Mr. Grossman, und wir werden natürlich mit Interesse alle Punkte anhören, wenn die Sache zur Hauptverhandlung gelangt. In der Zwischenzeit gewährt das Gericht Mr. Scott einen Besuch wöchentlich.« Bernie glaubte sich einer Ohnmacht nahe und flüsterte Grossman ins Ohr, Scott sei wegen Betruges mehrfach verurteilt worden.

»Das kann ich jetzt nicht vorbringen«, flüsterte Grossman zurück. Bernie hätte am liebsten losgeheult. Er wünschte, er hätte dem Kerl gleich nach dem Anruf die zehntausend Dollar gegeben. Oder sogar die fünfzigtausend nach dem zweiten. Die hunderttausend Dollar, die er zuletzt gefordert hatte, waren ein Wahnsinn, da sie seine finanziellen Möglichkeiten bei weitem überstiegen.

Grossman fragte mit lauter Stimme den Richter. »Wo werden diese Besuche stattfinden?«

»Wo Mr. Scott es wünscht. Das Kind ist...« Der Richter suchte in seinen Unterlagen, um sich dann mit verständnisvollem Lächeln an beide Parteien zu wenden. »Hm... sie ist neun ... Ich wüßte nicht, warum sie mit ihrem Vater nicht ausgehen könnte. Mr. Scott wird sie zu Hause abholen und dort wieder abliefern. Ich schlage vor, an Samstagen von neun Uhr morgens bis sieben Uhr abends. Erscheint dies beiden Parteien als vernünftig?«

»Nein!« flüsterte Bernie Grossman in lautem Bühnengeflüster zu.

Sofort kam Grossmans geflüsterte Entgegnung: »Sie haben keine andere Wahl. Und wenn Sie jetzt auf den Richter eingehen, wird er Sie später vielleicht besser behandeln.« Und Jane? Wie wurde sie behandelt?

Bernie war empört, als sie hinaus in den Wandelgang gingen. »Was soll dieser Unfug?«

»Nicht so laut!« Grossman ermahnte ihn in gedämpftem Ton und mit unbewegter Miene, als Chandler Scott mit seinem Anwalt vorüberging. Er hatte sich einen der zwielichtigsten Anwälte der Stadt genommen, sagte Grossman später. Er war überzeugt, er würde versuchen, Bernie die Prozeßkosten aufzuhalsen. Doch im Moment ließ er diesen Punkt lieber unerwähnt. Sie hatten genug andere Sorgen. »Im Moment müssen Sie sich damit abfinden.«

»Warum? Es ist eine falsche Entscheidung. Warum muß ich etwas zulassen, von dem ich weiß, daß es meiner Tochter schadet?« Das sagte er ganz spontan und ohne Überlegung. Grossman schüttelte den Kopf.

»Sie ist nicht Ihre Tochter, sondern seine, und das ist der springende Punkt.«

»Das Schlimme daran ist, daß der Kerl nur Geld möchte. Nur verlangt er jetzt so viel, daß ich ihn nicht bezahlen kann.«

»Sie hätten sich diese Erpressung so und so nie leisten können. Solche Typen schrauben die Forderungen immer höher. Sie sind besser dran, wenn Sie die Sache vor Gericht ausfechten. Der nächste Termin ist am vierzehnten Dezember. Sie müssen also einen Monat die Besuche dulden, ehe ein endgültiges Urteil ausgesprochen wird. Glauben Sie wirklich, daß er von seinem Besuchsrecht Gebrauch macht?«

»Könnte sein.« Bernie hoffte auf das Gegenteil. »Und wenn er sie entführt?« Es war ein Gedanke, der ihm auf der Seele lastete, seitdem Scott wieder aufgetaucht war. Es war seine Variante des Verfolgungswahns. Grossman beeilte sich, seine Befürchtungen zu zerstreuen.

»Lächerlich. Der Mann ist gierig, aber nicht verrückt. Er wäre wahnsinnig, sie bei einem Besuch zu entführen.«

»Wenn aber doch? Was dann?« Er wollte den Gedanken zu Ende verfolgen, nur um zu wissen, welche Mittel ihm dann zur Verfügung stünden.

»So etwas gibt es nur im Film.«

»Hoffentlich behalten Sie recht.« Bernie sah Grossman mit zusammengekniffenen Augen an. »Ich sage Ihnen gleich jetzt, daß ich ihn umbringen werde, wenn er ihr etwas antun sollte.«

# 26

Bernie blieb nicht viel Zeit, da die Besuche mit dem kommenden Samstag beginnen sollten. Nach dem Gerichtstermin führte er Jane zum Dinner aus und atmete tief durch, ehe er alles gestand. Er hatte sie ins ›Hippo‹ geführt, eines ihrer Lieblingslokale, doch er war so wortkarg, daß sie ihn nur anzuschauen brauchte, um festzustellen, daß etwas nicht stimmte. Sie wußte nur nicht was. Vielleicht stand der Umzug nach New York bevor, oder es drohte irgendeine neue Katastrophe. Als er mit sorgenvollem Blick nach ihrer Hand faßte, war sie sich dessen sicher.

»Kleines, ich muß dir etwas sagen.« Ihr Herz fing an zu rasen. Am liebsten wäre sie weggelaufen. Ihr entsetztes Gesicht brach ihm fast das Herz. Er bezweifelte, ob sie je wieder so unbeschwert sein würde wie früher, obwohl sie dank Mrs. Pippin in letzter Zeit viel gelöster geworden war. Sie weinte nicht mehr so häufig und brachte es manchmal sogar fertig zu lachen. »So schlimm ist es nicht, mein Schatz. Mach kein solches Gesicht.«

Ihr erschrockener Blick war auf ihn gerichtet. »Ich dachte, du würdest jetzt sagen ...« Sie konnte die Worte nicht aussprechen.

»Was sagen?«

»Daß du Krebs hättest.« Das sagte sie so leise und traurig, daß ihm die Tränen kamen. Er schüttelte den Kopf. Es war das Schlimmste, was beide sich vorstellen konnten.

»Nein, das ist es nicht. Es geht um etwas ganz anderes. Also ... du weißt doch, daß deine Mami schon mal verheiratet war?« Es war merkwürdig, ihr das zu sagen, doch er mußte von vorne beginnen.

»Ja. Sie sagte, sie sei mit einem gutaussehenden Schauspieler verheiratet gewesen, der starb, als ich noch klein war.«

»Ja, so ähnlich.« Er wußte nicht genau, was Liz ihr erzählt hatte.

»Und sie sagte, sie hätte ihn sehr lieb gehabt.« Janes unschuldiger Blick machte ihm das Herz schwer.

»Ach?«

»Das sagte sie mir.«

»Na schön. Mir hat sie das etwas anders erzählt, aber das spielt jetzt keine Rolle.« Plötzlich fragte er sich, ob er im Begriff war, sie gegen einen Menschen einzunehmen, den Liz aufrichtig geliebt hatte. Vielleicht hatte sie Scott wirklich geliebt und nicht den Mut gehabt, es ihrem zweiten Mann einzugestehen. Doch da fiel ihm ein, wie ernst es ihr mit dem Versprechen gewesen war, das er ihr hatte geben müssen. »Mir sagte sie, daß jener Mann, dein eigentlicher Vater, kurz nach deiner Geburt verschwand und sie sehr enttäuschte. Ich glaube, er hat dann etwas Dummes gemacht, Geld gestohlen oder so, und er mußte ins Gefängnis.«

Jane schien schockiert.

»Mein Vater?«

»Hm ... ja ... Na, jedenfalls war er eine Zeitlang verschwunden, kam dann zurück, als du neun Monate warst, und verschwand wieder, als du ein Jahr alt warst. Nachher hat deine Mutter ihn nie wieder gesehen. Ende der Geschichte.«

»Weil er starb?« Die Sache hatte sie verwirrt.

Bernie schüttelte den Kopf, da der Kellner ihre Teller abräumte. Jane nippte nachdenklich an ihrem Soda.

»Nein, er ist nicht tot. Darum geht es ja. Er verschwand einfach, und deine Mutter hat sich von ihm scheiden lassen. Und nach ein paar Jahren bin ich aufgetaucht, und wir heirateten.« Er lächelte und drückte ihre Hand ein wenig fester, worauf sie auch lächelte.

»Von da an hatten wir Glück ... das sagte Mami immer.« Und es war klar, daß sie die Meinung ihrer Mutter in diesem Punkt wie auch in allen anderen teilte. Inzwischen idealisierte sie Liz mehr als zu deren Lebzeiten. Aber die Tatsache, daß ihr Vater noch am Leben sein sollte, machte ihr angst.

»Ja, und ich hatte auch großes Glück. Na, jedenfalls verschwand dieser Mr. Chandler Scott und tauchte vor zwei Wochen wieder auf ... hier in San Franzisko.«

»Und warum hat er mich nie angerufen?«

»Ich weiß es nicht.« Er entschloß sich zur Offenheit. »Vor etwa einem Jahr rief er schon einmal an, weil er Geld von deiner Mami wollte. Und als wir es ihm gaben, ging er wieder. Aber nun ist er zurückgekommen. Da ich der Ansicht war, wir sollten ihm nicht noch mehr Geld geben, weigerte ich mich.« Das war natürlich stark vereinfacht, stimmte aber im Prinzip. Er verschwieg ihr, daß sie ihn abgefunden hatten, damit er auf ein Treffen mit Jane verzichtete und daß Liz ihn verabscheut hatte. Jane sollte sich selbst ein Bild machen, wenn sie ihn kennenlernte. Er befürchtete ein wenig, daß sie ihn nett finden würde.

»Wollte er mich sehen?« Sie war neugierig auf den hübschen Schauspieler.

»Jetzt möchte er dich sehen.«

»Kann er mal zum Abendessen kommen?« Für sie war das ganz einfach, aber Bernie schüttelte den Kopf. Die Kleine sah ihn erstaunt an.

»So einfach geht das nicht. Er und ich, wir waren heute vor Gericht.«

»Warum?« Ihre Verwunderung wuchs, und die Angst regte sich wieder. Gericht hörte sich so unheilvoll an.

»Ich ging vor Gericht, weil ich glaube, daß er kein netter Mensch ist, und weil ich dich vor ihm beschützen möchte. Das ist ein Wunsch deiner Mutter.« Er hatte es Liz versprochen und hatte sein Bestes getan, dieses Versprechen zu halten.

»Glaubst du, daß er böse zu mir ist?«

Bernie wollte ihr keine Angst einjagen, schließlich würde sie in zwei Tagen für zehn Stunden mit ihm zusammensein müssen. »Nein, aber meiner Meinung nach will er eigentlich nur Geld. Und wir wissen wirklich nicht viel von ihm.«

Sie sah ihm tief in die Augen. »Warum hat Mami mir gesagt, daß er tot ist?«

»Ich glaube, sie hielt es für das Einfachste, einfacher jedenfalls, als wenn du ständig daran gedacht hättest, wo er steckt oder warum er fortgegangen ist.«

Jane nickte. Das hörte sich vernünftig an, aber ihre Enttäuschung konnte sie nicht verhehlen.

»Ich glaube nicht, daß Mami mich jemals angelogen hat.«

»Das glaube ich auch nicht ... bis auf dieses eine Mal. Sie war der Meinung, daß es besser für dich war.«

Jane nickte, um Verständnis bemüht.

»Und was haben die bei Gericht gesagt?« Ihre Neugierde war wach.

»Daß wir nächsten Monat wieder einen Termin haben, daß er dich aber in der Zwischenzeit sehen kann. Jeden Samstag von neun Uhr morgens bis zum Abendessen.«

»Aber ich kenne ihn doch gar nicht! Was soll ich den ganzen Tag mit ihm reden?«

Bernie entlockte diese Sorge ein Lächeln. »Dir wird schon etwas einfallen.« Das war das geringste Problem.

»Und wenn ich ihn nicht mag? So nett kann er nicht gewesen sein, wenn er Mami allein gelassen hat.«

»Das dachte ich mir auch.« Er entschied sich wieder, offen zu sein. »Und als ich ihn traf, gefiel er mir gar nicht.«

»Du hast ihn getroffen?« Ihr Staunen wuchs. »Wann denn?«

»Damals, als er Geld von deiner Mami wollte. Das war kurz vor Alexanders Geburt, und sie hat mich zu ihm geschickt, damit ich ihm das Geld gebe.«

»Sie wollte ihn nicht sehen?«

Als Bernie den Kopf schüttelte, wußte Jane genug.

»Nein, das wollte sie nicht.«

»Vielleicht hatte sie ihn nicht sehr lieb.«

»Vielleicht.« In dieses Thema wollte er sich nicht vertiefen.

»War er wirklich im Gefängnis?« Das schien ihr am meisten angst zu machen. Bernie nickte. »Und wenn ich nicht mit ihm zusammensein möchte?«

Jetzt kam das Schwerste. »Liebling, leider mußt du das.«

»Warum?« In ihren Augen standen Tränen. »Ich kenne ihn gar nicht. Und wenn ich ihn nicht mag?«

»Dann mußt du eben die Zeit irgendwie hinter dich bringen. Es sind ja nur vier Treffen, bis wir wieder den Gerichtstermin haben.«

»Viermal?« Tränen rollten über ihre Wangen.

»Jeden Samstag.« Bernie hatte das Gefühl, seine einzige Tochter verkauft zu haben, und er haßte Chandler Scott und dessen Anwalt und vor allem den Richter, weil sie alle daran schuld waren – besonders Grossman, der ihm so kühl geraten hatte, die Sache vorerst auf sich beruhen zu lassen. Chandler Scott würde ihm am Samstag das Kind schon nicht wegnehmen.

»Daddy, ich will nicht.« Sie heulte los, und er gestand ihr die ganze häßliche Wahrheit.

»Du mußt.« Er gab ihr sein Taschentuch, setzte sich auf die Sitzbank neben sie und legte ihr den Arm um die Schultern. Jane lehnte den Kopf an ihn und weinte noch heftiger. Für sie war jetzt alles ohnehin so schwer. Da war es nicht richtig, ihr noch mehr Kummer zu bereiten. Bernies Wut und Haß waren grenzenlos. »Du mußt es so sehen: Es sind nur vier Tage. Zu Thanksgiving kommen die Großeltern aus New York. Da haben wir genug Zeit, um zu überlegen.« Er hatte die Europareise wieder abgesagt, weil er im Haus noch keine Hilfe gehabt hatte, und Berman hatte ihn nicht gedrängt. Und seine Eltern hatte er seit Monaten nicht mehr gesehen – seit August, als seine Mutter die Kinder mitgenommen hatte. Und Mrs. Pippin hatte versprochen, am Thanksgivingday Truthahn zu machen. Sie hatte sich als wahrer Engel entpuppt, der zu sein sie versprochen hatte, und Bernie war begeistert von ihr. Er hoffte nur, daß seine Mutter sich mit ihr vertrug. Sie waren etwa gleich alt und so verschieden wie Tag und Nacht. Ruth kleidete sich sehr kostspielig und modisch, war überaus gepflegt, ein wenig gefallsüchtig, und wenn sie es darauf anlegte, sehr, sehr schwierig. Mrs. Pippin war sauber und schlicht und so wenig eitel, wie eine Frau nur sein konnte, dafür aber anständig, warmherzig und tüchtig, wunderbar zu seinen Kindern und sehr britisch. Eine interessante Kombination.

Er bezahlte beim Ober und ging mit Jane zum Wagen. Als sie nach Hause kamen, war Mrs. Pippin noch wach, um Jane Gesellschaft zu leisten, während sie badete, ihr vorzulesen und sie ins Bett zu bringen. Und als Jane zur Tür hereinkam, lief sie als erstes zu ›Nanny‹, wie sie von allen genannt wurde, schlang ihr die Arme um den Nacken und jammerte im Tragödienton: »Nanny, ich habe noch einen Vater.« Bernie lächelte, weil das so ungeheuer dramatisch klang, und Nanny schnüffelte diskret, als sie Jane ins Badezimmer brachte.

## 27

Der »andere Vater«, wie Jane ihn bezeichnete, tauchte fast pünktlich am Samstag morgen auf. Es war der Tag vor Thanksgiving. Alle saßen sie im Wohnzimmer und warteten. Bernie, Jane, Mrs. Pippin und Alexander.

Die Uhr auf dem Kaminsims im Wohnzimmer tickte erbarmungslos, während alle schwiegen und Bernie schon hoffte, daß sich Chandler Scott die Sache anders überlegt hatte. Aber so viel Glück hatten sie nicht. Es läutete an der Tür, und Jane richtete sich auf, als Bernie öffnen ging. Sie wollte noch immer nicht mit Scott ausgehen und war sehr aufgeregt, als sie an Nanny geschmiegt mit Alexander spielte und dabei ein Auge auf den Mann hatte, der im Eingang stand und mit Bernie sprach. Sie konnte ihn nicht richtig sehen. Aber sie konnte ihn hören. Er hatte eine laute Stimme und klang nett, vielleicht weil er Schauspieler war – zumindest früher.

Dann sah sie Bernie beiseite treten, und der Mann kam ins Wohnzimmer und sah von ihr zu Alexander, fast so, als wüßte er nicht, wer wer war, dann musterte er Nanny und noch einmal Jane.

»Hallo, ich bin dein Dad.« Peinlich, so etwas zu sagen. Doch alles war peinlich. Er gab ihr nicht die Hand, ging nicht auf sie zu, und Jane war nicht sicher, ob ihr seine Augen gefielen. Sie waren von derselben Farbe wie ihre, doch sie sahen sich unstet im Raum um. Er schien sich für ihren richtigen Daddy, wie sie Bernie nannte, mehr zu interessieren als für sie. Er sah Bernies goldene Rolex und schien den ganzen Raum abzuschätzen, die adrette Frau in der blauen Uniform und mit den blauen, derben Sportschuhen, die mit dem Baby auf dem Schoß dasaß und ihn beobachtete.

»Bist du fertig?«

Jane erschrak, und Bernie trat vor.

»Warum plaudert ihr nicht ein bißchen miteinander und lernt euch kennen, ehe ihr ausgeht?« Scott gefiel der Vorschlag nicht, das war ihm anzusehen. Er blickte auf seine Uhr, um gleich darauf Bernie verärgert anzusehen.

»Ich glaube, dazu haben wir keine Zeit.« Warum nicht? Wohin wollte er? Bernie gefiel das Ganze nicht, wollte das aber nicht zu erkennen geben und Jane nicht noch ängstlicher machen, als sie ohnehin schon war.

»Sicher können Sie ein paar Minuten erübrigen. Möchten Sie eine Tasse Kaffee?« Bernie haßte sich dafür, daß er so liebenswürdig war, aber er war es nur Jane zuliebe. Scott lehnte ab. Jane, die auf der Armlehne von Nannys Sessel saß, registrierte jede Einzelheit. Er trug einen Rollkragenpulli, Jeans und eine braune Lederjacke ... er war hübsch ... aber nicht so, daß er ihr gefallen hätte. Er wirkte irgendwie geleckt und falsch, nicht warm und vertrauenerweckend wie Daddy. Und ohne Bart, wie Bernie ihn trug, wirkte er zu jung und unscheinbar.

»Wie heißt der kleine Bursche?« Chandler sah ohne viel Interesse auf das Baby, und Nanny sagte ihm, daß sein Name Alexander sei. Sie beobachtete die Miene des Mannes, vor allem seine Augen. Was sie sah, gefiel ihr nicht, und Bernie ebenfalls nicht. Sein Blick war unruhig, sein Interesse für Jane war gleich Null.

»Zu schade – das mit Liz«, sagte er zu Jane, und sie verschluckte sich beinahe. »Du bist ihr sehr ähnlich.«

»Danke«, erwiderte Jane wohlerzogen. Dann stand Chandler auf und sah wieder auf die Uhr.

»Also dann bis später, Leute.« Er gab Jane nicht die Hand und sagte auch nicht, was er mit ihr unternehmen wollte. Er ging einfach zur Tür und wartete, daß seine Tochter ihm folgte wie ein Hündchen. Bernie lächelte ihr aufmunternd zu und umarmte sie, ehe sie ging, ein rosa Jäckchen an sich drückend, das zu ihrem Kleid paßte. Sie sah aus, wie für eine Party zurechtgemacht.

»Es ist gar nicht so schlimm«, flüsterte er ihr zu. »Es ist ja nur für ein paar Stunden.«

»Leb wohl, Daddy.« Sie hing an seinem Hals. »Leb wohl, Nanny ... Alex.« Sie winkte beiden und warf dem Baby ein Handküßchen zu, als sie zur Tür ging. Plötzlich sah sie wieder aus wie ein ganz kleines Mädchen, und Bernie wurde an jenes erste Mal erinnert, als er sie kennenlernte. Tief in seinem Inneren regte sich der Wunsch, hinauszulaufen und sie aufzuhalten, doch er tat es nicht. Statt dessen beobachtete er die beiden vom Fenster aus. Chandler Scott sagte etwas, als sie in einen klapprigen alten Wagen stiegen. Eine böse Vorahnung befiel Bernie, und er notierte die Zulassungsnummer des Autos, als Jane schüchtern einstieg und die Tür zuschlug. Im nächsten Moment fuhren sie los, und als Bernie sich umdrehte, sah er, daß Mrs. Pippin ihn mit gerunzelter Stirn beobachtete.

»Mr. Fine, mit dem Mann stimmt was nicht. Er gefällt mir gar nicht.«

»Mir auch nicht, da muß ich Ihnen recht geben. Aber das Gericht berücksichtigt bei seinen Entschlüssen den Charakter eines Mannes nicht, einen ganzen Monat lang jedenfalls. Hoffentlich passiert ihr nichts, ich würde diesen Dreckskerl umbringen …«
Er dachte den Gedanken nicht zu Ende, und Nanny ging in die Küche, um sich eine Tasse Tee zu holen. Es war fast Zeit für Alexanders Vormittagsschlaf, und sie hatte viel Arbeit vor sich, doch den ganzen Tag sorgte sie sich um Jane, und Bernie erging es ähnlich. Er werkelte im Haus herum und hatte Schreibarbeiten und anderes zu erledigen, aber er konnte sich auf nichts konzentrieren. Den ganzen Tag hielt er sich im Haus auf – für den Fall, daß sie anrief. Und ab sechs saß er ungeduldig im Wohnzimmer und wartete. In einer Stunde sollte sie kommen, und er konnte es kaum erwarten, Jane wieder zu Hause zu haben.

Nanny brachte ihm den Kleinen, ehe er ins Bett mußte, doch Bernie harte nicht einmal für ihn genug Geduld, so daß Nanny Alexander kopfschüttelnd in sein Zimmer verfrachtete. Sie sagte nichts, aber sie hatte schon den ganzen Tag ein schreckliches Gefühl in der Magengrube. Sie dachte nur mit Unbehagen an den Mann, der Jane abgeholt hatte – irgendwie ahnte sie, daß etwas Grauenvolles passieren würde. Aber sie traute sich nicht, mit Bernie darüber zu sprechen, da sie merkte, wie nervös und ungeduldig er war.


## 28

»Rein in die Karre«, war alles, was Chandler Scott sagte, als Jane die Eingangsstufen herunterkam, und einen Augenblick lang war sie versucht, wieder ins Haus zu laufen. Sie wollte nicht mit ihm gehen, und sie konnte sich nicht vorstellen, was ihre Mutter an ihm gemocht haben konnte. Der Mann hatte einen gemeinen Blick und schmutzige Fingernägel, und seine Art, mit ihr zu reden, machte ihr angst. Kaum hatte er die Wagentür geöffnet, forderte er sie wieder barsch auf, sich in den Wagen zu setzen. Mit einem letzten Blick zum Fenster und zu Bernie hin stieg sie ein.

Sofort schoß der Wagen los, so daß Jane sich an der Tür festhalten mußte, um nicht vom Sitz zu fallen, während er Kurven schnitt und in südlicher Richtung zum Highway fuhr.

»Wohin fahren wir?«

»Wir verabschieden eine Freundin am Flughafen.« Er hatte alles genau geplant und dachte nicht daran, mit dem Kind darüber zu diskutieren. Es ging sie einen Dreck an.

Jane wollte ihn bitten, nicht so schnell zu fahren, hatte aber Angst, irgend etwas zu sagen, und er sprach kein einziges Wort mit ihr. Auf dem Parkplatz des Flughafens angekommen, nahm er eine kleine Tragetasche vom Rücksitz und packte Jane am Arm, um sie zum Flughafengebäude zu zerren. Er machte sich gar nicht die Mühe, den Wagen abzuschließen.

»Wohin gehen wir?« Jetzt konnte Jane die Tränen nicht mehr zurückhalten. Der Mann war ihr unheimlich, sie wollte nach Hause. Jetzt gleich – nicht erst am Abend.

»Ich sagte schon, Kleine, wir wollen zum Flughafen.«

»Wohin will deine Freundin?«

»Du bist meine Freundin.« Scott drehte sich zu ihr um und sah sie an. »Und wir fliegen nach San Diego.«

»Den Tag über?« Sie wußte, daß es dort einen Zoo gab, aber ihr Daddy hatte gesagt, sie würden um sieben wieder zu Hause sein. Jane kam sich vor, als sei sie bei einem Fremden, vor dem ihre Eltern sie gewarnt hatten. Von so einem Menschen durfte man sich nicht ansprechen lassen, und jetzt war sie mit ihm, allein, auf dem Weg nach San Diego.

»Ja, abends sind wir wieder zurück.«

»Sollte ich nicht meinen Daddy anrufen und es ihm sagen?« Scott lachte über ihre Naivität.

»Nein, Süße. Ich bin jetzt dein Daddy. Und du brauchst ihn nicht anzurufen. Ich werde ihn anrufen, wenn wir angekommen sind. Glaube mir, Baby, ich spreche mit ihm.«

Alles an ihm war unheimlich. Er hielt ihren Arm mit festem Griff und trieb sie zur Eile an, als sie die zum Terminal-Gebäude führende Straße überquerten. Plötzlich wollte sie fortlaufen, aber sein Griff war unerbittlich, und sie spürte, daß er sie nicht loslassen würde.

»Was machen wir in San Diego, Mr. . . . Daddy?« Ihm schien daran zu liegen, daß sie ihn so nannte. Vielleicht war er dann netter zu ihr.

»Freunde besuchen.«

»Ach.« Sie wunderte sich, daß er dies nicht an einem anderen Tag tun konnte, dann aber sagte sie sich, daß es dumm wäre, den schönen Tag nicht zu genießen. Am Abend würde sie etwas Aufregendes zu erzählen haben. Aber als sie zum Sicherheits-Check kamen, packte er sie noch fester. Mit angespannter Miene ermahnte er sie, sich zu beeilen. Plötzlich kam Jane eine Idee. Sie wollte sagen, daß sie dringend zur Toilette mußte. Dort war vielleicht ein Telefon, von dem aus sie Bernie anrufen konnte. Sie hatte das komische Gefühl, ihn würde es sehr interessieren, daß sie mit ihrem »anderen Daddy« nach San Diego flog. Als sie die Tür mit dem bekannten Symbol sah, machte sie sich von Chandler Scott los und rannte drauf zu, aber er holte sie mit ein paar ausgreifenden Schritten ein.

»Nein, nein, kommt nicht in Frage.«

»Aber ich muß mal.« Jetzt standen Tränen in ihren Augen. Sie wußte jetzt, daß er etwas Schlimmes vorhatte. Er wollte sie nicht aus den Augen lassen. Nicht mal auf die Toilette wollte er sie gehen lassen.

»Das kannst du in der Maschine erledigen.«

»Ich glaube, ich sollte Daddy anrufen und ihm sagen, wohin wir fliegen.«

Er lachte nur. »Keine Angst, ich sagte schon, daß ich ihm Bescheid gebe . . .« Sie hatte den Eindruck, daß er sich verstohlen umsah, während er sie keinen Augenblick losließ, und plötzlich näherte sich ihnen eine Frau mit gefärbtem blonden Haar und dunkler Sonnenbrille. Sie trug enge Jeans, einen dunkelroten Parka, eine Baseballmütze und Cowboystiefel. Ihr Gesicht kam Jane irgendwie hart vor.

»Hast du die Tickets?« Das fragte er ohne die Spur eines Lächelns, und sie nickte. Wortlos übergab sie Chandler die Tickets. Seite an Seite verfielen sie in Gleichschritt. Jane, die sich fragte, was da los war, hatten sie zwischen sich genommen.

»Ist sie das?« fragte sie schließlich. Scott nickte nur, und in

Jane stieg das Entsetzen hoch. Sie blieben am Foto-Automaten stehen, ließen sich für einen Dollar vier Aufnahmen machen, und zu Janes großer Verwunderung zog Chandler Scott einen Paß heraus und klebte eines der Fotos hinein. Es war ein gefälschter Paß, der einer näheren Inspektion nicht standgehalten hätte, aber er wußte, daß Kinderpässe selten genau kontrolliert wurden. Am Gate versuchte sie, sich zur Wehr zu setzen und Widerstand zu leisten, doch Chandler Scott umfaßte ihren Arm so fest, daß sie fast aufschrie. Und er sagte ihr genau, was er tun würde, wenn sie sich weiter widerspenstig zeigte.

»Wenn du einen Ton sagst oder wieder zu türmen versuchst, werden dein Daddy, wie du ihn nennst, und dein Brüderchen um fünf Uhr tot sein. Verstanden, Goldkindchen?«

Mit einem bösartigen Lächeln sprach er leise auf sie ein, während die Frau sich eine Zigarette anzündete und ständig wachsam um sich blickte. Sie schien sehr nervös zu sein.

»Wohin bringt ihr mich?« Nach allem, was er ihr jetzt gesagt hatte, fürchtete sie sich, laut zu sprechen. Das Leben von Vater und Bruder lag in ihrer Hand, und sie hätte nichts getan, um sie zu gefährden. Angsterfüllt fragte sie sich, ob die beiden sie auch umbringen wollten. Falls ja, würde sie zu ihrer Mami kommen, tröstete sie sich. Da war sie ganz sicher, und damit war alles ein bißchen weniger schrecklich.

»Wir machen einen kleinen Ausflug.«

»Kann ich im Flugzeug auf die Toilette?«

»Vielleicht.« Er sah sie gleichgültig an, und wieder wunderte sie sich, daß ihre Mutter mit diesem Mann einmal verheiratet gewesen sein konnte. Er sah so böse und verkommen aus, daß sie nichts Hübsches an ihm entdecken konnte.

»Was immer du tust, Herzchen«, stieß er zähneknirschend hervor, »du wirst ohne uns keinen Schritt machen. Du, meine liebste Tochter, bist unsere kleine Goldmine.« Jane begriff noch immer nicht, was da im Gange war. Sie war überzeugt, daß die beiden sie töten würden. Als Scott seiner Freundin eine Beschreibung von Bernies goldener Rolex lieferte, äußerte Jane hoffnungsvoll:

»Vielleicht gibt er dir die Uhr, wenn du mich zurückbringst.« Die beiden lachten nur und zerrten sie zu der wartenden Ma-

schine. Den Stewardessen schien nichts Ungewöhnliches aufzu-
fallen, und Jane hätte nicht gewagt, sich bemerkbar zu machen,
nachdem er die Drohung gegen Bernie und Alexander ausgesto-
ßen hatte. Scott und die Frau gaben ihr keine Antworten mehr
und bestellten Bier, sobald die Maschine gestartet war. Jane bekam eine Coke, aber sie war weder hungrig noch durstig. Reglos
saß sie auf ihrem Sitz und dachte daran, wohin man sie mit dem
gefälschten Paß bringen würde und ob sie Bernie, Alexander und
Mrs. Pippin je wiedersehen würde. Im Moment kam es ihr sehr
unwahrscheinlich vor.

## 29

Es war acht Uhr vorbei, als Bernie schließlich Grossman
anrief. Eine Stunde lang hatte er sich einzureden versucht, daß
Scott und Jane sich nur verspätet hatten. Vielleicht hatte er auf
der Rückfahrt eine Panne mit seiner alten Kiste, vielleicht ... aber
bis acht hätte er anrufen müssen. Plötzlich wurde Bernie klar,
daß etwas Schreckliches passiert war.

Grossman war zu Hause. Er hatte Freunde zum Dinner eingeladen, und Bernie entschuldigte sich wegen der Störung.

»Schon gut. Wie ist es heute gelaufen?« Er hoffte, daß es keine
Schwierigkeiten gegeben hatte. Es war einfacher für alle Beteiligten, wenn man sich mit dem Unvermeidlichen abfand, und seine
Erfahrung sagte ihm, daß Chandler Scott sich nicht leicht abwimmeln lassen würde.

»Bill, deswegen rufe ich an. Jane sollte schon seit über einer
Stunde hiersein, aber sie ist noch nicht da. Ich mache mir Gedanken. Nein, ich bin in größter Sorge.« Grossman hielt das für
übertrieben und glaubte außerdem, daß Bernie Scott als schlim-
meren Gauner hinstellte, als er tatsächlich war.

»Vielleicht hatte er eine Reifenpanne«, meinte er.

»Dann hätte er anrufen können. Und wann hatten Sie Ihre
letzte Reifenpanne?«

»Mit sechzehn, als ich den Mercedes meines Vaters geklaut
habe.«

»Also. Was kann passiert sein? Was sollen wir tun?«

»Als erstes müssen Sie sich beruhigen. Wahrscheinlich versucht er, ihr zu imponieren. Die beiden werden um neun auftauchen, nach einer Doppelvorstellung im Kino und zehn Eistüten.«

Grossman war noch immer davon überzeugt, daß alles ganz harmlos war, und wollte sich von Bernie nicht verrückt machen lassen.

»Beruhigen Sie sich«, beschwor er seinen Klienten noch einmal. Bernie sah auf die Uhr. »Ich gebe ihm noch eine Stunde.«

»Und was dann? Wollen Sie mit Ihrer Flinte die Straßen absuchen?«

»Bill, ich finde das längst nicht so lustig wie Sie. Er ist mit meiner kleinen Jane unterwegs.«

»Ich weiß, ich weiß, tut mir leid. Aber sie ist seine Tochter. Und er müßte ein Verrückter sein, wenn er ihr etwas antut – besonders beim ersten Mal. Der Mann mag ein Widerling sein, aber ich halte ihn nicht für einen Dummkopf.«

»Hoffentlich haben Sie recht.«

»Hören Sie, Bernie, am besten warten Sie bis neun und rufen mich dann wieder an. Wir werden sehen, was wir unternehmen müssen.«

Bernie rief fünf vor neun wieder an und war nicht gewillt, sich wieder vertrösten zu lassen. »Jetzt rufe ich die Polizei an.«

»Und was wollen Sie denen sagen?«

»Erstens habe ich mir die Zulassungsnummer von Scotts Wagen notiert, zweitens werde ich ihnen sagen, daß ich befürchte, mein Kind sei entführt worden.«

»Bernie, hören Sie auf mich und behalten Sie einen klaren Kopf, auch wenn es Ihnen schwerfällt. Erstens ist Jane nicht Ihre Tochter, sie ist seine – so sieht es auch das Gesetz, und zweitens, falls er sie mitgenommen hat, woran ich ehrlich gesagt zweifle, dann gilt das als Kindeswegnahme und nicht als Kidnapping.«

»Wo liegt da der Unterschied?« Bernie verstand nichts mehr.

»Kindeswegnahme ist nur ein Vergehen und bedeutet, daß ein Elternteil sein Kind irgendwohin mitgenommen hat.«

»In diesem Fall ist es nicht ein ›Mitnehmen‹, sondern Kidnapping. Der Bursche ist ein gemeiner Verbrecher. O Gott, er würdigte sie nicht eines Wortes, als er sie holte. Er hat sich nur im Haus umgesehen und ist wieder hinausmarschiert, mit der festen Überzeugung, daß Jane ihm nachlaufen würde wie ein Hund. Dann fuhr er in seiner altersschwachen Kiste los, und Gott allein weiß, wo sie jetzt stecken.« Allein der Gedanke machte ihn wahnsinnig, und er hatte das Gefühl, Liz verraten und sein Versprechen gebrochen zu haben. Sie hatte ihn angefleht, Jane nicht Chandlers Obhut zu überlassen, und genau das hatte er getan. Um zehn Uhr rief Bernie die Polizei an. Man zeigte sich mitfühlend, aber nicht sonderlich besorgt. Wie Bill so war auch die Polizei der Meinung, daß Chandler noch auftauchen würde. »Vielleicht hat er ein paar über den Durst getrunken«, hieß es. Doch um elf, als Bernie einer Panik nahe war, zeigte sich die Polizei bereit, zu ihm zu kommen und alles zu Protokoll zu nehmen. Inzwischen war es auch mit Grossmans Ruhe vorbei.

»Noch immer nichts gehört?« Die Polizei war noch im Haus.

»Nein. Glauben Sie mir jetzt?«

»O Gott, hoffentlich haben Sie sich geirrt.« Er hatte der Polizei Janes Kleidung beschrieben, während Nanny in Morgenrock und Pantoffeln ruhig im Wohnzimmer saß. Sie sah sehr adrett aus, Bernie war sehr froh, daß er nicht allein war, als die Polizei eine halbe Stunde später feststellte, daß die Zulassungsnummer, die Bernie notiert hatte, zu einem gestohlenen Wagen gehörte. Jetzt war die Sache ganz ernst – für Bernie wenigstens. Für die Polizei aber war es genau das, was Grossman vorausgesehen hatte. Kindeswegnahme, nicht mehr – ein Vergehen und kein Verbrechen. Daß der Mann ein ellenlanges Vorstrafenregister hatte, kümmerte sie nicht. Der gestohlene Wagen war ihnen wichtiger, und sie gaben einen Funkspruch durch, der nur das Auto betraf, wegen Jane unternahmen sie nichts.

Mit dieser Neuigkeit rief er um Mitternacht Grossman an. Kaum hatte er aufgelegt, schrillte das Telefon. Endlich rief Chandler an!

»Hallo, Kumpel.« Bernie bekam fast einen hysterischen Anfall, als er seine Stimme hörte. Die Polizei war wieder fort, er war allein. Und Scott hatte seine Tochter in der Gewalt.

»Wo, zum Teufel, sind Sie?«

»Jane und mir geht es gut.«

»Ich fragte, wo Sie sind.«

»Außerhalb der Stadt, ein kleiner Ausflug. Es geht ihr gut, stimmt's, Schätzchen?« Scott faßte Jane grob unters Kinn. Vor Kälte zitternd, stand sie neben ihm in der Telefonzelle. Sie hatte nur eine Jacke mit, und es war November.

»Was heißt außerhalb der Stadt?«

»Ich wollte Ihnen Zeit geben, das Geld zusammenzubringen.«

»Welches Geld?«

»Die fünfhunderttausend, die Sie mir geben werden, damit ich die Kleine wieder bei Ihnen abliefere. Richtig, Schätzchen?« Er blickte auf sie nieder, ohne sie wirklich anzusehen.

»Jane dachte sogar, Sie würden mir vielleicht die tolle Uhr spendieren, die Sie heute getragen haben, und ich finde die Idee fabelhaft. Für meine Freundin hier könnten Sie auch noch eine lockermachen.«

»Welche Freundin?« Bernie überlegte fieberhaft, was er tun konnte, aber ihm fiel nichts ein.

»Egal. Reden wir lieber vom Geld. Wann können Sie es zusammenhaben?«

»Sie meinen das tatsächlich ernst?« Bernies Herz klopfte wie verrückt.

»Sehr ernst.«

»Niemals ... Mein Gott, wissen Sie, was Sie von mir verlangen? Ein ganzes Vermögen. Soviel Geld habe ich nicht!« In seinen Augen standen Tränen. Er hatte nicht nur Liz verloren, er hatte auch Jane verloren – möglicherweise für immer. Gott allein mochte wissen, wo sie steckte und was man ihr antun würde.

»Sehen Sie zu, daß Sie es auftreiben, Fine, oder Sie sehen Jane niemals wieder. Ich habe Zeit. Ich kann mir vorstellen, daß Sie die Kleine zurückhaben möchten.«

»Sie sind ein verdammter Schweinehund!«

»Und Sie ein reicher Schweinehund.«

»Wo kann ich Sie finden?«

»Ich rufe Sie morgen an. Hände weg vom Telefon und ja kein Anruf bei der Polizei, sonst bringe ich Jane um.« Jane stand da und starrte Scott mit entsetzten Augen an, als er das sagte, doch er bemerkte es nicht, da er sich auf das Gespräch mit Bernie konzentrieren mußte.

»Woher soll ich wissen, daß Sie sie nicht schon ermordet haben?« Der Gedanke entsetzte Bernie. Es war mehr, als er ertragen konnte. Er hatte das Gefühl, eine Hand drücke ihm bei diesen Worten das Herz ab.

Chandler Scott hielt Jane den Hörer vors Gesicht.

»Hier, sprich mit deinem Alten.« Sie war klug genug, um nicht zu verraten, wo sie war. Das wußte sie selbst nicht genau. Sie hatte die Waffen gesehen und wußte, daß es den beiden ernst war.

»Hallo, Daddy.« Ihre Stimme klang verzagt, und sie fing sofort zu weinen an. »Ich habe dich lieb ... mir geht es gut ...«

»Ich hole dich nach Hause, mein Schatz ... egal, was es kostet ... das verspreche ich dir ...« Aber Chandler Scott ließ ihr nicht die Zeit zu einer Antwort, sondern riß ihr den Hörer aus der Hand und hängte ein.

Bernie wählte mit zitternden Fingern Grossmans Nummer. Inzwischen war es halb eins.

»Er ist mit ihr weg.«

»Ich weiß. Wo ist er?«

»Das wollte er nicht sagen. Und er verlangt eine halbe Million.« Bernie war so atemlos, als wäre er gelaufen. Nun trat längeres Schweigen ein.

»Er hat sie gekidnappt?« Grossman war wie vor den Kopf geschlagen.

»Ja, Sie Idiot. Habe ich Ihnen das nicht von Anfang an gesagt ... tut mir leid. Was soll ich jetzt tun? Soviel Geld habe ich nicht.« Er kannte nur einen Menschen, der ihm möglicherweise helfen konnte. Aber der hatte das Geld bestimmt nicht in bar, doch er mußte es versuchen.

»Ich werde die Polizei verständigen.«

»Schon geschehen.«

»Jetzt hat sich die Situation aber geändert.« Aber auch das stimmte nicht. Die Polizei zeigte sich nicht mehr beeindruckt als eine Stunde zuvor. Für sie war dieser Fall eine Privatangelegenheit zwischen zwei Männern, die sich um ein Kind stritten, das jeder für sich beanspruchte. Die Polizei wollte sich heraushalten. Und das mit dem Geld war wahrscheinlich nicht so ernst gemeint.

Die ganze Nacht über saß Nanny mit Bernie zusammen, schenkte ihm Tee ein und schließlich Brandy. Den brauchte er. Er war weiß wie ein Laken. Zwischen zwei Anrufen sah sie ihm direkt in die Augen und sagte ihm, wie einem verängstigten Kind: »Wir kriegen sie wieder.«

»Woher wissen Sie das?«

»Weil Sie ein intelligenter Mensch sind und das Recht auf Ihrer Seite haben.«

»Nanny, ich wünschte, ich wäre dessen so sicher.« Sie tätschelte ihm beruhigend die Hand, und er wählte Paul Bermans Nummer in New York, dort war es fast fünf Uhr morgens, und Berman antwortete ihm, daß er nicht soviel Geld hatte. Er war entsetzt über das, was geschehen war, aber er hatte keine halbe Million zur Verfügung. Er würde Wertpapiere verkaufen müssen, die ihm und seiner Frau gemeinsam gehörten. Er brauchte also das Einverständnis seiner Frau. Zudem würde er bei einem Verkauf ein Vermögen verlieren, weil die Aktien im Moment im Keller waren, und es würde eine Weile dauern, bis er das Geld hatte. Bernie war klar, daß dies nicht die Lösung sein konnte.

»Hast du die Polizei benachrichtigt?«

»Denen ist die Sache einerlei. Offenbar ist ›Kindeswegnahme‹, wie es genannt wird, in Kalifornien keine große Sache. Der leibliche Vater kann praktisch nichts Unrechtes tun.«

»Den sollte man umlegen.«

»Das werde ich tun, wenn ich ihn gefunden habe.«

»Laß mich wissen, wenn ich dir trotzdem helfen kann.«

»Danke, Paul.« Er legte auf.

Danach rief er wieder Grossman an. »Ich bekomme das Geld nicht zusammen. Was nun?«

»Ich hätte da eine Idee. Ich kenne einen Detektiv, mit dem ich schon öfter zusammengearbeitet habe.«

»Könnten wir ihn jetzt anrufen?«

Sein Zögern dauerte nur eine Sekunde. Im Grunde war Grossman ein anständiger Kerl, nur viel zu vertrauensselig.

»Ich werde mit ihm Kontakt aufnehmen.« Fünf Minuten später rief Grossman zurück und kündigte an, daß er zusammen mit dem Detektiv in einer halben Stunde bei Bernie sein würde.

Es war drei Uhr morgens, als die Gruppe sich in Bernies Wohnzimmer zusammenfand. Bill Grossman, Bernie und der Detektiv, ein bulliger, durchschnittlich aussehender Mann Ende Dreißig, eine Frau, die er mitgebracht hatte, und schließlich Nanny in Morgenrock und Pantoffeln. Sie machte Kaffee für alle. Bernie trank noch einen Brandy. Die anderen mußten nüchtern bleiben, wenn sie Jane finden wollten.

Der Detektiv hieß Jack Winters, und seine Begleiterin war seine Frau Gertie. Beide waren ehemalige Drogenfahnder. Nach jahrelanger Untergrundarbeit für die Polizei von San Franzisko hatten sie sich selbständig gemacht. Bill Grossman schwor, daß sie sehr erfolgreich seien.

Bernie erzählte ihnen alles, was er wußte – von Chandler Scotts Vergangenheit, von seiner Beziehung zu Liz, von seinen Haftstrafen und seinem Verhalten Jane gegenüber. Dann nannte er ihnen die Zulassungsnummer des gestohlenen Fahrzeugs, lehnte sich zurück und starrte voller Angst auf die beiden.

»Können Sie Jane finden?«

»Vielleicht.« Der Detektiv, der einen hängenden Schnurrbart hatte, benahm sich, als wäre er nicht gerade mit Intelligenz gesegnet, aber seine Augen blitzten hellwach. Seine Frau schien ähnlich veranlagt zu sein. Sie wirkte unscheinbar, war aber alles andere als dumm. »Ich vermute, daß er nach Mexiko abgehauen ist.«

»Warum?« Sein Blick bohrte sich in den Bernies.

»Nur so ein Gefühl. Lassen Sie mir ein paar Stunden Zeit, dann werde ich ein paar Nachforschungen anstellen. Fotos haben Sie wohl keine von ihm?« Bernie schüttelte den Kopf. Er glaubte auch nicht, daß Liz welche gehabt hatte, und wenn, hatte er sie nie zu Gesicht bekommen.

»Was soll ich ihm sagen, wenn er anruft?«

»Daß Sie dabei sind, das Geld zusammenzubringen. Sie müssen ihn in Atem halten und Zeit gewinnen … lassen Sie ihn warten … und lassen Sie sich Ihre Angst nicht anmerken, sonst könnte er glauben, daß Sie das Geld nie aufbringen.«

Bernies Gesichtsausdruck wurde immer besorgter. »Ich habe ihm schon gesagt, daß ich es nicht habe.«

»Das ist ganz in Ordnung. Er hat es Ihnen nicht geglaubt.« Sie versprachen, sich gegen Abend zu melden, und rieten ihm, Ruhe zu bewahren.

Ihn beschäftigte nur noch eine Frage, und er fürchtete sich, sie zu stellen, aber er mußte sich Klarheit verschaffen.

»Glauben Sie ... ist es möglich ... meinen Sie, er könnte ihr etwas antun?« stammelte Bernie – das Wort ›töten‹ brachte er nicht über die Lippen.

Gertie sah ihn mit weisem Blick an, als sie leise auf ihn einredete. Sie war eine Frau, die viel gesehen hatte, das spürte er.

»Das wollen wir nicht hoffen. Wir werden tun, was in unseren Kräften steht, um ihn zu finden, bevor er etwas unternimmt. Vertrauen Sie uns.«

Das tat er, es blieb ihm ohnehin nichts anderes übrig. Zwölf Stunden später waren sie wieder da. Für Bernie war die Wartezeit entsetzlich lang gewesen. Er war auf und ab gelaufen, hatte noch mehr Kaffee und Brandy getrunken, und schließlich war er um zehn Uhr morgens ins Bett gefallen. Nanny war überhaupt nicht zu Bett gegangen und hatte sich den ganzen Tag über um Alexander gekümmert. Sie fütterte ihn gerade, als es an der Haustür klingelte und die Detektive wiederkamen. Bernie war erstaunt, denn sie hatten eine Fülle interessanter Informationen gesammelt. Sie hatten sich eine vollständige Aufstellung von Scotts Gaunereien und Vorstrafen verschafft. Er hatte in sieben Staaten Haftstrafen abgesessen, immer wegen Diebstahls oder Einbruchs und verschiedener Betrügereien. Er war auch wegen Scheckbetrugs festgenommen worden, doch diese Anklage war fallengelassen worden. Möglicherweise hatte er Schadenersatz geleistet, aber das war nicht sicher und spielte auch keine Rolle.

»Interessant ist daran, daß dieser Mann alles nur um des Geldes willen tut. Keine Drogen, kein Sex, keine Laster ... nur Geld. Man könnte sagen, es ist sein Hobby.«

Bernie sah den Detektiv bekümmert an.

»Eine halbe Million würde ich nicht als Hobby bezeichnen.« Winters nickte. »Das ist sein größter Coup.«

Sie hatten sich bei seinem Bewährungshelfer erkundigt, da dieser zufällig ein alter Freund von Jack war, und hatten sofort Glück gehabt, und das, obwohl es Sonntag war. Jetzt wußten sie, wo Scott gewohnt hatte. Er war am Tag zuvor ausgezogen und hatte verlauten lassen, daß er nach Mexiko fahren wolle. Der gestohlene Wagen wurde auf dem Flughafenparkplatz entdeckt. Drei gefälschte Tickets für den Flug nach San Diego waren ausgestellt worden, das bedeutete, daß die drei inzwischen längst außer Landes waren. Die Stewardeß, mit der Gertie zwischen zwei Flügen sprechen konnte, glaubte sich an ein kleines Mädchen zu erinnern, war aber ihrer Sache nicht sicher.

»Ich bin sicher, daß sie in Mexiko sind. Und sie werden Jane nicht freigeben, ehe Sie das Geld nicht beisammen haben. Ehrlich gesagt, seitdem ich das Vorstrafenregister dieses Typs gesehen habe, ist mir viel wohler. Kein einziger Fall von Gewaltanwendung. Das ist zumindest eine positive Nachricht. Wenn wir Glück haben, wird er ihr nichts antun.«

»Aber wie finden wir den Kerl?«

»Wir fangen gleich mit der Suche an. Wenn Sie wollen, können wir schon heute losfahren. Wir sollten in San Diego beginnen. Vielleicht findet sich dort eine Spur. Vielleicht haben sie wieder einen Wagen gestohlen oder einen gemietet, den sie nicht zurückgeben. Scott ist nämlich nicht so professionell, wie es den Anschein hat. Ich denke, daß der Kerl weiß, daß ihm nicht viel passieren kann. Man wird ihn hier nicht unter Anklage stellen. Ein leiblicher Vater, der sein Kind zu sich holt – in den Augen des Gesetzes ist das Kleinkram.« Bernie wurde wütend, als er das hörte, aber er hatte ja selbst schon die Erfahrung gemacht, daß es stimmte. Deshalb war er so dankbar, daß die Winters ihm halfen, Jane zu finden, und er wollte alles tun, um sie dabei zu unterstützen.

»Ich möchte, daß Sie sofort anfangen.« Das Paar nickte. Sie hatten für diesen Fall bereits Vorkehrungen getroffen.

»Was soll ich sagen, falls er anruft?« Er hatte sich bis jetzt noch nicht wieder gemeldet.

»Sagen Sie ihm, daß Sie dabei sind, das Geld zusammenzukratzen, aber daß es unter Umständen ein, zwei Wochen dauern könnte. Wir brauchen Zeit, um uns umzusehen. Zwei Wochen müßten reichen. Bis dahin müßten wir ihn aufgestöbert haben.« Es war eine optimistische Prognose, aber schließlich hatten sie eine ziemlich genaue Beschreibung seiner Freundin, die ebenfalls vorbestraft war und noch Bewährung hatte. Sie hatte mit Scott in dem Hotel gewohnt, aus dem sie am Samstag ausgezogen waren.

»Glauben Sie wirklich, Sie finden ihn in zwei Wochen?«

»Wir werden unser Bestes tun.« Er glaubte ihnen.

»Wann fahren Sie los?«

»So um zehn Uhr abends. Wir müssen noch einiges erledigen.« Sie bearbeiteten im Moment drei andere Fälle, dieser aber war der größte. Die anderen würden ihre Mitarbeiter übernehmen müssen.

Bernie kam auf ihr Honorar zu sprechen, das ziemlich hoch war, aber er wollte nicht feilschen. Und ihm blieb gar nichts anderes übrig, als sich einverstanden zu erklären.

»In Ordnung. Wie kann ich mit Ihnen Kontakt aufnehmen, wenn er mich anruft?«

Sie gaben ihm die Nummer, unter der sie bis zur Abfahrt zu erreichen waren. Zwanzig Minuten nachdem sie gegangen waren, rief Chandler an.

»Na, wie geht's, alter Freund?«

»Gut. Ich bemühe mich, das Geld aufzutreiben.«

»Freut mich zu hören. Wann werden Sie es haben?« Plötzlich kam Bernie ein Gedanke.

»In einer oder zwei Wochen. Ich muß es mir in New York holen.«

»Mist, Mann«, stieß Scott wütend hervor, und Bernie hörte, wie er sich mit seiner Freundin beriet. Dann war er wieder in der Leitung. Sie hatten die Geschichte geschluckt.

»Na schön. Zwei Wochen. Keinen Tag länger. Ich rufe Sie in zwei Wochen von heute an gerechnet an. Seien Sie zur Stelle, oder ich bringe die Kleine um.« Damit legte er auf, ohne ihm die Gelegenheit zu geben, mit Jane ein paar Worte zu wechseln. Trotz seiner Verzweiflung zwang er sich, Winters' Nummer zu wählen.

»Warum haben Sie gesagt, daß Sie nach New York müßten?«
fragte Winters überrascht.

»Weil ich mit Ihnen mitfahren möchte.« Kurzes Schweigen am
anderen Ende.

»Sind Sie sicher? Es könnte hart auf hart kommen. Und er
würde Sie erkennen, wenn Sie in seiner Nähe auftauchen.«

»Ich möchte in Janes Nähe sein, falls sie mich braucht, wenn
Sie eingreifen. Sie hat nur noch mich. Und ich hielte es sowieso
nicht aus, hier zu sitzen und zu warten.« Bernie merkte nicht,
daß Nanny in der Tür stand, zuhörte und dann still verschwand.
Sie begrüßte seinen Entschluß, nach Mexiko zu fahren und sich
an der Suche zu beteiligen.

»Kann ich mitkommen? An Ihrem Honorar würde sich natürlich nichts ändern.«

»Deswegen mache ich mir keine Sorgen. Ich denke vielmehr
an Sie. Wäre es nicht besser, wenn Sie versuchen würden, hier
ein ganz normales Leben zu führen?«

»Mit der Normalität ist es seit gestern, sieben Uhr abends, vorbei. Sie wird sich erst wieder einstellen, wenn ich meine Tochter
gefunden habe.«

»Wir holen Sie in einer Stunde ab. Wenig Gepäck, bitte.«

»Bis dann.« Als er auflegte, fühlte Bernie sich schon viel besser.
Er rief Grossman an, der ihm versicherte, am nächsten Morgen
das Gericht über die Sache in Kenntnis zu setzen, und danach
sprach er mit Paul Berman in New York und mit seinem Assi-
stenten im Geschäft. Zuletzt telefonierte er mit seiner Mutter.

»Mom, schlechte Nachrichten.« Seine Stimme bebte vor Nervosität, aber er mußte ihr sagen, was los war. Thanksgiving war
verdorben, vielleicht sogar Weihnachten und Neujahr ... und
der Rest seines Lebens.

»Ist dem Baby etwas passiert?« Ruths Herz drohte stillzuste-
hen.

»Nein. Es geht um Jane.« Nach einem tiefen Atemzug faßte er
sich ein Herz.

»Für Erklärungen habe ich jetzt nicht viel Zeit. Aber der Ex-
mann von Liz ist vor einiger Zeit aufgetaucht, ein richtiger Gauner, der die letzten zehn Jahre oft im Gefängnis war. Na, jeden-

falls hat er versucht, Geld von mir zu erpressen. Da ich nicht zahlen wollte, hat er Jane entführt. Er will fünfhunderttausend Dollar von mir.«

»O mein Gott.« Das hörte sich an, als sei sie einer Ohnmacht nahe. »Mein Gott ... Bernie ...« Sie konnte es nicht glauben. Was für ein Mensch mochte das sein, der so etwas tat? Ein Geistesgestörter?

»Weißt du, wie es ihr geht?«

»Ich glaube, sie ist wohlauf. Aber die Polizei will nichts unternehmen, weil er der leibliche Vater ist und es sich nur um ein Vergehen handelt und nicht um ein Verbrechen wie Kidnapping. Für die Polizei eine Bagatelle.«

»O Bernie ...« Ruth fing zu weinen an.

»Nicht, Mom, bitte, ich halte das nicht aus. Ich rufe an, weil ich nach Mexiko fliege und mich mit zwei Detektiven auf die Suche nach Jane mache. Die glauben, sie könnte dort sein ... Thanksgiving ist natürlich ins Wasser gefallen.«

»Das ist doch jetzt egal, du mußt Jane finden. Mein Gott ...« Zum erstenmal im Leben glaubte sie wirklich, sie stehe vor einem Herzanfall, und Lou war auf irgendeiner Sitzung.

»Ich werde dich anrufen, wenn ich etwas Neues weiß. Der Detektiv meint, wir könnten sie in zwei Wochen finden ...« Für ihn hörte es sich hoffnungsvoll an, für sie wie ein Alptraum, und sie schluchzte.

»Großer Gott ... Bernie ...«

»Ich muß Schluß machen, Mom. Ich habe dich lieb.« Er packte das Allernötigste in eine Reisetasche, zog Hemd, einen Pullover, Jeans, Parka und Wanderschuhe an. Und als er sich bückte und nach seinem Aktenkoffer fassen wollte, sah er Nanny Pippin mit dem Baby in den Armen im Eingang stehen. Er sagte ihr, was er vorhatte, versprach, so oft wie möglich anzurufen, und bat sie, gut auf das Baby achtzugeben. Plötzlich war er sehr besorgt, nach allem, was Jane zugestoßen war, Nanny aber versicherte ihm, daß der Kleine gut aufgehoben war.

»Bringen Sie bloß Jane bald zurück.« Das klang wie ein Befehl, und er lächelte über ihren schottischen Akzent, als er seinen Sohn küßte.

»Seien Sie vorsichtig, Mr. Fine. Wir brauchen Sie heil und gesund.«

Wortlos umarmte er sie und ging zur Tür, ohne sich noch einmal umzusehen. Zu viele Menschen hatten ihn schon verlassen ... Jane und Liz ... und als Winters draußen in einem alten Lieferwagen, den einer seiner Mitarbeiter fuhr, hupte, lief er die Stufen hinunter.

## 30

Auf der Fahrt zum Flughafen konnte Bernie nicht umhin zu überlegen, wie sonderbar sein Leben sich gestaltet hatte. Ein knappes Jahr zuvor war alles noch in normalen Bahnen verlaufen. Eine Frau, die er liebte, ein Baby, und das Kind, das Liz in die Ehe mitgebracht hatte. Und jetzt war Liz nicht mehr, Jane war entführt worden und würde nur gegen Lösegeld freikommen, und er stand im Begriff, mit zwei ihm vollkommen fremden Menschen, die er bezahlte, daß sie Jane fanden, durch ganz Mexiko zu fahren. Als er aus dem Fenster sah, überwältigten ihn die Gedanken an Jane. Er befürchtete, Chandler Scott und seine Komplizin könnten ihr etwas antun. Diese Sorge hatte ihn die ganze Nacht über verfolgt. Auf dem Flughafen sprach er mit Gertie darüber, aber sie war sich sicher, daß Scotts Interesse allein dem Geld galt, und Bernie ließ sich gern überzeugen.

Vom Flughafen aus rief er Grossman an und versprach, ihn über ihre Fortschritte auf dem laufenden zu halten.

Die Nacht wurde sehr lang. Um halb zwölf landeten sie in San Diego und mieteten einen großen Wagen mit Allradantrieb. Winters hatte ihn von San Franzisko aus vorbestellt, so daß sie direkt vom Flughafen aus losfahren konnten. Sie verloren keine Zeit damit, in einem Hotel anzuhalten, und überquerten bei Tijuana die Grenze. Rosarito und Descanso lagen bald hinter ihnen, und nach einer Stunde hatten sie Ensenada erreicht. Winters mutmaßte, daß Scott diese Route gefahren war. Der Grenzposten in Tijuana hatte sich für fünfzig Dollar an das Pärchen mit dem Kind erinnert.

Es war mittlerweile ein Uhr vorbei, aber die Bars waren noch voller Leben. In Ensenada verwandten sie eine ganze Stunde darauf, ein Dutzend Kneipen abzuklappern, wobei jeder sich ein paar Lokale vornahm, ein Bier bestellte und dann Scotts Bild herumzeigte. Gertie wurde fündig. Ein Barkeeper konnte sich an das Kind erinnern. Ein ganz blondes Mädchen, sagte er, ein Kind, das sich vor den beiden Erwachsenen zu fürchten schien. Scotts Freundin hatte sich nach der Fähre von Cabo Haro nach Guaymas erkundigt.

Gertie lief mit dieser Information zum Wagen zurück, und sie fuhren die Strecke, die der Barkeeper ihr beschrieben hatte, südwärts durch San Vicente, San Telmo, Rosario und dann östlich über die Baja nach El Marmol. Das waren an die zweihundert Meilen, und die Fahrt dauerte fünf Stunden über die Landstraßen. Um sieben Uhr morgens tankten sie in El Marmol, und um acht hielten sie an der Ostküste der Baja an, um zu frühstücken. Bis Santa Rosalia fuhren sie noch zweihundert Meilen. Es war eine lange, ermüdende Strecke, bevor sie dort kurz vor drei eintrafen. Jetzt mußten sie zwei Stunden auf die Fähre nach Guaymas warten. Aber sie erfuhren wieder Neuigkeiten. Der Fährmann, der ihnen half, den Wagen zu verladen, erinnerte sich an Scott, die Frau und das Kind, das zwischen ihnen saß.

»Jack, was halten Sie davon?« Er und Bernie waren an Deck, Gertie stand in einiger Entfernung.

»So weit, so gut, aber erwarten Sie ja nicht, daß es so weitergeht. In der Regel geht es nicht immer so glatt. Aber wenigstens hat sich zu Anfang alles gut angelassen.«

»Na, vielleicht haben wir Glück, und es bleibt so.« Bernie wollte es gern glauben, während Jack Winters wußte, daß das wenig wahrscheinlich war. Von Santa Rosalia nach Empalme waren es hundert Meilen, und zweihundertfünfzig von Empalme nach Espiritu Santo, wo Scott von der Fähre gefahren war, wenn der Mann auf dem Schiff sich richtig erinnerte. In Espiritu Santo erfuhren sie von Dockarbeitern, daß er nach Mazatlan gefahren war, das weitere zweihundertfünfzig Meilen entfernt lag. Und dort verlor sich die Spur. Am Mittwoch wußten sie nicht mehr als in San Franzisko. Es dauerte eine Woche, ehe sie mit mühsamer Kleinarbeit und Nachforschungen in fast jeder Bar, jedem Lokal, Laden und Hotel in Mazatlan entdeckten, daß die Spur weiter nach Guadalajara führte.

Von Mazatlan nach Guadalajara waren es noch einmal dreihundertvierundzwanzig Meilen, und es hatte acht Tage Arbeit bedurft, um herauszufinden, daß Scott dorthin gefahren war.

In Guadalajara erfuhren sie, daß er in einem winzigen Hotel namens Rosalba in einer Seitenstraße gewohnt hatte, das war aber auch das einzige, was sie in Erfahrung bringen konnten. Jack hatte das Gefühl, daß sich die Entführer ins Landesinnere abgesetzt hatten, vielleicht hatten sie einen der kleinen Orte auf dem Weg nach Aguascalientes angepeilt. Es kostete sie weitere zwei Tage, ihre Fährte wiederaufzugreifen, und inzwischen war es Freitag, und Bernies Zeit war abgelaufen. Er mußte in zwei Tagen in San Franzisko sein, um Scotts Anruf entgegenzunehmen.

»Was machen wir jetzt?« Es stand fest, daß Bernie von Guadalajara zurückfliegen würde, falls sie Jane bis dahin nicht gefunden hatten. Die Winters sollten in Mexiko bleiben, und er würde sie auf dem laufenden halten. Täglich rief Bernie Grossman und Nanny an. Zu Hause war alles in Ordnung, aber Alex fehlte Bernie sehr. Doch am Freitag dachte er nur an Jane und den Halunken, der sie als Geisel festhielt.

»Ich glaube, Sie sollten morgen nach Hause fahren.« Winters dachte laut, während sie beide im Hotel ein Bier tranken. »Es wäre vermutlich das beste, wenn Sie dem Kerl sagen würden, daß Sie das Geld haben.« Er kniff die Augen zusammen, während er einen Plan austüftelte, aber Bernie gefiel das nicht.

»Eine halbe Million? Und was mache ich, wenn ich das Geld übergeben soll? Ihm sagen, daß es nur ein Scherz war?«

»Machen Sie einen Treffpunkt aus, über alles andere werden wir uns nachher den Kopf zerbrechen. Wenn er Sie nach Mexiko dirigiert, könnten wir einen Anhaltspunkt bekommen. Sie können ihm ja sagen, daß Sie ein, zwei Tage für die Fahrt brauchen. Mit etwas Glück haben wir ihn inzwischen gefaßt.« Winters überlegte ohne Unterlaß, aber Bernie ebenfalls.

»Glauben Sie nicht, daß die inzwischen wieder in den Staaten sein könnten?«

»Ganz ausgeschlossen.« Winters war seiner Sache sicher.

»Der hat doch viel zuviel Schiß vor den Bullen. Er ist ja nicht dumm. Die Sache mit dem Kind ist für ihn nicht so schlimm, aber bei seinen Vorstrafen bringt ihn der Autodiebstahl sofort wieder hinter Gitter, weil er ja noch Bewährung hat.«

»Merkwürdig, nicht?« Bernie warf ihm einen Blick zu, aus dem Bitterkeit sprach. »Er entführt ein Kind, bedroht es, fügt ihm vielleicht noch einen Schaden zu, an dem es für den Rest seines Lebens leiden muß, und der Polizei geht es in erster Linie um eine klapprige alte Karre. Hübsch, unser System, finden Sie nicht? Am liebsten möchte ich den Kerl dafür baumeln sehen!«

»Das werden Sie nicht.« Winters nahm es philosophisch. Er hatte auf diesem Gebiet schon sehr viel gesehen, auch Ärgeres. Es reichte jedenfalls, daß er kein Kind wollte, und seine Frau teilte diese Ansicht. Sie hatten nicht einmal mehr einen Hund, nachdem man ihren letzten gestohlen und vergiftet hatte und ihnen der Kadaver vor die Tür gelegt worden war – von einem Typen, den sie einmal gefaßt hatten.

Am nächsten Tag gab es keine neuen Erkenntnisse, so daß Bernie am Freitag abend nach San Franzisko flog. Um neun Uhr kam er an und beeilte sich, nach Hause zu kommen, weil er plötzlich große Sehnsucht nach dem Baby hatte. Alexander war das einzige, was ihm geblieben war. Jetzt war ihm nicht nur Liz genommen worden, auch Jane war fort, und er fragte sich, ob er jemals wieder ihre Stimme im Flur hören würde, wenn sie ihm entgegenlief und »Hallo, Daddy« rief. Diese Vorstellung war zuviel für ihn. Nachdem er sein Gepäck abgestellt hatte, ging er leise ins Wohnzimmer, setzte sich und weinte lautlos vor sich hin, die Hände vors Gesicht geschlagen. Jane auch noch zu verlieren, das war zu viel, und noch dazu auf diese Weise. Er hatte das Gefühl, Liz enttäuscht zu haben, und zwar genau in dem Punkt, der ihr am wichtigsten gewesen war.

»Mr. Fine?« Nanny hatte ihn gehört. Sie hatte Alexander in seinem Bettchen gelassen und sich auf die Suche nach seinem Vater gemacht. Leise betrat sie das dunkle Wohnzimmer. Sie wußte, daß die hinter ihm liegenden zwei Wochen schlimm gewesen waren ... eigentlich die letzten Monate. Er war ein anständiger Mensch, den sie aus ganzem Herzen bedauerte. Nur ihr Glaube an Gott ließ sie unerschütterlich sicher sein, daß man Jane finden und sie nach Hause bringen würde, und das versuchte sie ihm zu sagen. Zunächst gab er keine Antwort. »Sie wird wieder nach Hause kommen. Gott wird uns helfen, sie zu finden.« Aber Bernie dachte an die viele Jahre zurückliegende Entführung des Lindbergh-Babys und an den Schmerz, den diese Menschen erlebt hatten.

»Und wenn wir sie nie finden?« Das sagte er wie ein Kind, überzeugt, daß alles verloren war, aber Nanny wollte das nicht glauben. Langsam hob er den Kopf und sah sie an. Das Licht hinter ihr im Flur ließ nur ihre Silhouette erkennen.

»Nanny, das könnte ich nicht ertragen.«

»Dank der Gnade Gottes werden Sie es nicht ertragen müssen.« Sie kam zu ihm, klopfte ihm auf die Schulter und machte Licht. Es vergingen nur ein paar Minuten, und vor ihm standen eine große Tasse Tee und ein Sandwich.

»Sie sollten heute früh zu Bett gehen. Am Morgen kann man besser nachdenken, Mr. Fine.« Aber was gab es noch zu überlegen? Sollte er so tun, als besäße er die halbe Million? Seine Angst ließ ihn nicht einschlafen, so daß er sich die ganze Nacht über hin und her wälzte und sich den Kopf zermarterte.

Am Morgen kam Bill Grossman zu ihm. Bernie berichtete ihm, wo sie gewesen waren, was sie gefunden hatten und daß sich die Spur in Guadalajara verloren hatte. Winters rief an, nur um sich zu melden – es gab nichts Neues. Nur Gertie hatte eine Idee gehabt und einen Vorschlag gemacht.

»Sie meint, wir sollten es in Puerto Vallarta versuchen.« Sie waren schon einmal darauf zu sprechen gekommen, waren jedoch zu der Ansicht gelangt, Chandler Scott würde dort zu sehr auffallen und sich daher entscheiden, weiter ins Landesinnere zu kommen. »Vielleicht hat sie recht. Vielleicht besitzt er die Frechheit, so etwas auszuprobieren. Wir wissen, daß er das gute Leben liebt. Könnte ja sein, daß er mal eine Jacht genießen möchte.« Bernie hielt das für ziemlich unwahrscheinlich.

»Versuchen kann man es ja.« Er blieb den ganzen Tag zu Hause, denn er hatte große Angst, Scotts Anruf zu verpassen, falls sich dieser früher als besprochen meldete. Und Grossman leistete ihm bis zum Spätnachmittag Gesellschaft. Er hatte ihm bereits gesagt, daß das Gericht Mr. Scotts unbedachtes Vorgehen sehr bedauert habe.

»Bedauert?« hatte Bernie ausgerufen. »Bedauert? Haben denn alle ihren gottverdammten Verstand verloren? Mein Kind befindet sich weiß Gott wo, dank der Dummheit des Gerichtes, das die Sache bedauert? Wie bewegend.« Grossman wußte, wie erregt er war, und zwar zu Recht. Er erzählte ihm nicht, daß die Sozialarbeiterin, die den Fall übernommen hatte, der Meinung war, Mr. Scott habe wahrscheinlich die verlorene Zeit gutmachen und seine Tochter richtig kennenlernen wollen. Wäre Grossman so unbedacht gewesen, ihm das zu sagen, wäre Bernie wohl ins Sozialamt gestürzt und hätte die Frau umgebracht – oder sie zumindest angeschrien. Er war mit den Nerven ziemlich am Ende, als das Telefon läutete. Bernie war sicher, daß Scott sich meldete, und holte erst tief Luft, ehe er abhob.

»Ja?« Es war nicht Scott. Es war Winters. »Wir haben etwas für Sie. Hat er schon angerufen?« Es war wie beim Räuber-und-Gendarm-Spiel, nur war Bernie sein Herz ... sein Kind gestohlen worden.

»Nein, ich warte noch immer. Was ist los?«

»Ich bin nicht ganz sicher ... aber vielleicht haben wir ihn gefunden. Gertie hatte recht. Er wurde in Puerto Vallarta gesehen.«

»Ist Jane bei ihm?« O Gott ... bitte, lieber Gott ... laß nicht zu, daß die ihr was angetan haben ... Er hatte immer häufiger an jene Eltern denken müssen, die ihre Kinder nach einer Entführung nie wieder zu Gesicht bekommen hatten. Alljährlich Tausende ... es waren erschreckende Zahlen, so um die hunderttausend ...

»Ich bin mir nicht sicher. Er hat viel, sehr viel Zeit in einer Kneipe mit Namen Garlos O'Brien verbracht. Wie jedermann in Vallarta. Es ist die beliebteste Bar in der Stadt.« Scott war ein Dummkopf, daß er sich dort blicken ließ. Aber kein Mensch schien sich an das Kind oder an die Frau erinnern zu können. Wahrscheinlich hatte er die beiden im Hotel zurückgelassen.

»Versuchen Sie, etwas aus ihm herauszubekommen, wenn er anruft. Vielleicht können Sie das Gespräch hinziehen ... auf die freundliche Tour.« Allein bei dem Gedanken bekam Bernie feuchte Hände.

»Ich werde es versuchen.«

»Treffen Sie eine Verabredung mit ihm. Tun Sie so, als hätten Sie das Geld.«

»Mach' ich.«

Bernie war ein nervöses Wrack, als er auflegte und Grossman die Lage erklärte. Es vergingen keine fünf Minuten, und das Telefon läutete wieder. Diesmal war es Scott. Eine sehr schlechte Fernverbindung.

»Na, wie geht's, Kumpel?« Er klang glücklich und entspannt, und Bernie wünschte, er hätte ihm die Hände um die Kehle legen und zudrücken können.

»Gut. Ich habe für Sie eine gute Nachricht.« Er bemühte sich, beherrscht und sorglos zu klingen, und mußte gleichzeitig das Knacken in der Leitung übertönen.

»Welche Nachricht?«

»Eine, die eine halbe Million wert ist.« Bernie spielte seine Rolle überzeugend. »Wie geht es Jane?«

»Eine tolle Nachricht.« Scott klang erfreut, wenn auch nicht so sehr, wie Bernie gehofft hatte.

»Ich fragte, wie es Jane geht?« Er umklammerte krampfhaft den Hörer, von Grossman unausgesetzt beobachtet.

»Gut. Aber ich habe trotzdem eine schlechte Information für Sie.« Bernies Herzschlag drohte auszusetzen.

»Der Preis ist gestiegen. Sie ist ein so niedliches kleines Dingelchen, viel mehr wert, als ich ursprünglich dachte.«

»Ach, wirklich?«

»Tja, ich glaube, jetzt ist sie eine Million wert, was meinen Sie?« Allmächtiger!

»Das wird nicht einfach sein.« Bernie kritzelte den Betrag auf einen Zettel, damit Grossman es sehen konnte. Vielleicht konnten sie damit auf Zeit spielen. »Ich muß erst wieder zurück zu meinen Quellen.«

»Die halbe Million haben Sie schon?«

»Ja«, log er.

»Warum einigen wir uns nicht auf Raten?«

»Bekomme ich Jane nach der ersten Zahlung zurück?«
Scott lachte ihn aus. »Wo denken Sie hin!« Dreckskerl. Noch
nie hatte Bernie jemanden so gehaßt und aus so gutem Grund.

»Sie bekommen Jane, wenn wir die ganze Million haben.«

»Sehr gut, dann bekommen Sie keine Raten.«

Scotts Stimme verhärtete sich. »Ich gebe Ihnen eine Woche
Zeit, die andere Hälfte aufzutreiben, Fine. Und wenn Sie es nicht
schaffen . . .« Er war die personifizierte Geldgier. Aber sie hatten
eine Woche Zeit gewonnen, um Jane zu finden. In Puerto Vallarta, mit etwas Glück.

»Ich möchte Jane sprechen.« Bernies Ton hatte sich dem von
Scott angeglichen.

»Sie ist nicht da.«

»Wo ist sie?«

»In Sicherheit, keine Angst.«

»Scott, eines möchte ich Ihnen klarmachen. Wenn Sie Jane
auch nur ein Haar krümmen, bringe ich Sie um. Verstanden? Und
Sie kriegen keinen Cent, wenn ich nicht mit eigenen Augen sehe,
daß sie am Leben und wohlauf ist.«

»Geht in Ordnung.« Scott lachte. »Sie ist sogar braun geworden.«

Also doch Puerto Vallarta.

»Wo ist sie?«

»Einerlei. Sie kann Ihnen alles sagen, wenn sie wieder zu
Hause ist. Ich rufe Sie in einer Woche an. Sorgen Sie dafür, daß
das Geld da ist, Fine.«

»Ja, und Sie sorgen dafür, daß Sie Jane bei sich haben.«

»Das nenne ich einen Handel.« Er lachte. »Für eine Million.«
Und mit diesen Worten legte er auf. Atemlos lehnte Bernie sich
zurück. Seine Stirn war schweißnaß, und als er Grossman ansah,
bemerkte er, daß der Anwalt bebte.

»Ein reizender Mensch.« Grossman wurde übel.

»Nicht wahr?« In Bernies Tonfall lag Bitterkeit. Er hatte das
Gefühl, nie über dieses Trauma hinwegzukommen, auch wenn er
Jane wohlbehalten wiederbekommen sollte.

Eine halbe Stunde später klingelte wieder das Telefon. Es war
Winters. Er machte nicht viel Worte. »Wir haben ihn.«

»O Gott, ist das Ihr Ernst? Eben habe ich mit ihm gesprochen.« Bernies Hand, die den Hörer hielt, zitterte, und seine Stimme klang unsicher.

»Ich meine damit, daß wir wissen, wo er ist. Eine Kellnerin im Carlos O'Brien hat für Jane Babysitter gespielt. Ich mußte ihr tausend Dollar für diese Information zahlen, es hat sich aber gelohnt. Sie sagt, daß das Kind wohlauf ist. Die Kleine sagte ihr, daß Scott nicht ihr richtiger Dad sei, daß er ›es mal war‹, daß er mal mit ihrer Mutter verheiratet gewesen sei und daß er ihr gesagt habe, wenn sie wegliefe oder versuche, Hilfe zu holen, würde er ihren richtigen Daddy und das Baby töten. Offenbar war es seine Freundin leid, jeden Abend aufpassen zu müssen, während Scott sich amüsierte, deshalb heuerte er diese Kellnerin an.«

»Um Himmels willen, wie konnte er Jane so etwas erzählen?«

»Das ist nicht ungewöhnlich. Meist wird den Kindern eingeredet, die Eltern seien tot oder wollten sie nicht mehr sehen. Erstaunlich, was Kinder alles glauben, wenn sie sich fürchten.«

»Warum ist die Kellnerin nicht zur Polizei gegangen?«

»Sie sagte, sie wolle da nicht hineingezogen werden, denn man wüßte ja nie, ob Kinder die Wahrheit sagen. Und außerdem hat er sie bezahlt. Nun, wir haben ihr eben mehr gegeben. Vielleicht hat er auch mit ihr geschlafen, wenn ich auch bezweifle, ob das bei ihr sehr zu Buche schlägt.« Sie hatte sich Winters für eine schnelle Nummer angeboten, für hundert Dollar, er hatte die Gelegenheit nicht wahrgenommen, sich auf Spesenrechnung zu amüsieren. Lächelnd hatte Winters seiner Frau davon berichtet, die aber die Sache weniger amüsant fand als er.

»Was hat er am Telefon gesagt?« Winters befürchtete, daß Scott nach dem Telefongespräch irgend etwas unternehmen und es schwierig werden würde, ihm unbemerkt zu folgen.

»Jetzt will er eine Million. Er läßt mir eine Woche Zeit, das Geld zusammenzubekommen.«

»Großartig. Das heißt, daß er in seiner Wachsamkeit zunächst mal nachlassen wird. Ich möchte mir das Kind heute nacht holen. Ist Ihnen das recht? Für weitere tausend Dollar wird das Mädchen aus der Bar mir helfen. Sie soll heute auf Jane aufpassen.

Diese Gelegenheit möchte ich nützen.« Bernie drehte sich das Herz im Leibe um. Bitte, lieber Gott, behüte Jane. »Von hier aus kriegen wir heute keinen Flug mehr, wir wollen aber so schnell wie möglich nach Mazatlan fahren und von dort aus am Morgen nach Hause fliegen.«

Es hörte sich an, als spräche ein echter Profi . . . und das war er auch. Aber Bernie wäre lieber selbst zur Stelle gewesen. Er wußte, wie furchterregend das alles für Jane sein mußte. Und Jack und Gertie waren für sie nur Fremde. Die beiden waren aber ohne ihn viel beweglicher.

»Mit etwas Glück ist Jane morgen zu Hause.«

»Halten Sie mich auf dem laufenden.«

»Um Mitternacht hören Sie von uns.« Das würden die schlimmsten Stunden seines Lebens. Grossman ging um sieben nach Hause und bat ihn, ohne Rücksicht auf die Zeit anzurufen, wenn sich etwas Neues ergeben sollte. Bernie dachte auch daran, seine Mutter zu benachrichtigen, entschied sich aber zu warten, bis er ihr mehr zu sagen hatte. Es dauerte nicht so lange, wie Winters geglaubt hatte.

Kurz nach zehn kam ein R-Gespräch aus Valle de Banderas in Jalisco.

»Übernehmen Sie die Kosten?« fragte die Vermittlung, und er bejahte, ohne zu zögern. Nanny Pippin war zu Bett gegangen, und er befand sich allein in der Küche. Eben hatte er sich frischen Kaffee gekocht.

»Jack?«

»Wir haben sie. Sie ist wohlauf. Jetzt schläft sie im Wagen bei Gertie . . . total erschöpft, die Ärmste. Tut mir leid, das sagen zu müssen, aber wir haben ihr einen Riesenschrecken eingejagt. Das Mädchen hat uns ins Zimmer gelassen, und wir schnappten uns Jane. Das Mädchen wird Scott sagen, daß die Bullen das Kind geholt haben. Wahrscheinlich werden Sie eine Zeitlang nichts von ihm hören. Na ja, wir haben jedenfalls Reservierungen für neun Uhr in einer Maschine von Mazatlan aus. Die Nacht über sind wir im Holiday Inn. Jetzt rührt Jane niemand mehr an.« Bernie wußte, daß die beiden bewaffnet waren. Tränen liefen ihm über die Wangen, während er noch den Hörer in der Hand hielt.

»Danke«, stammelte er. Mehr brachte er nicht heraus. Dann legte er auf und setzte sich an den Küchentisch. Er legte den Kopf auf die Arme und schluchzte vor Erleichterung, vor Reue und Erschöpfung. Sein Kind würde nach Hause kommen ... wenn nur Liz mit Jane kommen würde ...

## 31

Die Maschine landete um elf Uhr Ortszeit. Bernie wartete mit Nanny, Grossman und Alexander auf dem Flughafen. Jane ging an Gerties Hand von Bord, und Bernie lief ihr entgegen, nahm sie in die Arme und hielt sie an sich gedrückt, während er ohne Hemmungen weinte. Und in diesem Augenblick war auch Nanny nicht mehr imstande, Haltung zu bewahren. Aus ihren blauen Augen liefen die Tränen, und sie küßte das Kind. Sogar von Bill Grossman bekam Jane einen Kuß.

»Ach, Kleines ... es tut mir ja so leid ...« Bernie brachte kaum ein Wort heraus, und Jane hörte nicht auf zu weinen und zu lachen, als sie ihn, Alexander und Nanny umarmte.

»Sie haben gesagt, wenn ich etwas verraten oder versuchen würde wegzulaufen ...« Wieder fing sie zu weinen an und fand die Worte nicht, aber er wußte ohnehin alles von Winters. »... sie sagten, sie hätten einen Verfolger auf dich angesetzt.«

»Das war eine Lüge wie alles andere, was sie dir erzählt haben.«

»Er ist ein schrecklicher Mensch. Ich weiß gar nicht, warum Mami ihn geheiratet hat. Und hübsch ist er gar nicht, er ist garstig, und seine Freundin war gräßlich ...« Gertie vertraute Bernie an, daß nichts, was Jane ihr erzählt hatte, darauf hindeutete, daß ihr jemand zu nahe getreten sei. Die beiden waren einzig am Geld interessiert und hatten womöglich total durchgedreht, als sie nach ihrer Rückkehr aus der Bar herausfanden, daß Jane verschwunden war.

Zu Hause angekommen, sah Jane sich um, als befände sie sich im siebenten Himmel. Genau sechzehn Tage waren vergangen, seitdem sie das Haus verlassen und für alle der Alptraum begonnen hatte. Vierzigtausend Dollar hatte die Suche gekostet. Bernies Eltern hatten Aktien verkauft, damit sie sich am Honorar für Winters beteiligen konnten, aber die Rettung war jeden einzelnen Cent wert. Als Jane mit Großmama Ruth sprechen wollte, konnte diese nur schluchzen und mußte den Hörer an Lou weitergeben. Sie war die ganze Zeit überzeugt gewesen, man würde das Kind töten. Auch sie hatte ständig an den Fall Lindbergh denken müssen. Damals war sie eine junge Frau gewesen, doch dieses Ereignis war ihr fürs ganze Leben im Gedächtnis geblieben.

Bernie hielt Jane an jenem Tag stundenlang in den Armen. Er meldete der Polizei, daß Jane gefunden worden sei, aber dort fand das niemand weiter aufregend. Auch das Gericht wurde davon in Kenntnis gesetzt. Man sagte ihm, daß man sich freue, und Bernie verspürte Bitterkeit gegen jedermann, außer gegen Jack Winters, von dem er sich Leibwächter vermitteln ließ. Jane und Alexander durften ohne bewaffnete Begleitung nicht mehr aus dem Haus, außerdem wollte Bernie einen Leibwächter im Haus haben, wenn er selbst nicht da war. Dann rief er Paul Berman an und sagte ihm, daß er am nächsten Tag wieder im Büro sein würde. Obwohl er sich nur zwei Wochen freigenommen hatte, erschien ihm diese Zeit wie ein ganzes Menschenleben.

»Ist Jane gesund?« Berman war entsetzt über das, was passiert war. Diese armen Menschen hatten einen Alptraum nach dem anderen durchmachen müssen. Erst der Tod von Liz und jetzt dies. Berman hatte tiefstes Mitgefühl mit Bernie, und er war bereits auf der Suche nach einem Topmanager, der ihn in Kalifornien ersetzen konnte. Sogar Berman war klar, daß es unfair gewesen wäre, Bernie noch länger in Kalifornien festzunageln. Der Ärmste hatte genug durchgemacht. Gleichzeitig wußte er, daß es Monate, ja vielleicht ein Jahr dauern würde, bis ein Ersatz für ihn gefunden war. Aber die Suche hatte zumindest begonnen.

»Jane geht es gut.«

»Bernie, wir alle haben für sie gebetet.«

»Danke, Paul.«

Er legte auf, voller Dankbarkeit, daß Jane wieder zu Hause war. Wieder mußte er an die Eltern denken, die ihre Kinder nie mehr wiedersahen, Väter und Mütter, die ihr Leben lang von der Frage gequält wurden, ob ihre Kinder noch am Leben waren. Eltern, die Fotos von Fünfjährigen wie Kostbarkeiten hüteten, obwohl ihre Kinder inzwischen zwanzig oder dreißig waren und sich oft gar nicht mehr an ihre Eltern erinnern konnten. Für Bernie war Kindesentführung fast so schlimm wie ein Mord.

Während des Abendessens läutete das Telefon. Nanny hatte Steaks mit Spargel und Sauce hollandaise gemacht, weil es Janes Lieblingsgericht war. Als Dessert gab es einen großen Schokoladenkuchen, mit dem Alexander liebäugelte, als Bernie aufstand und an den Apparat ging. Den ganzen Nachmittag und Abend über hatte das Telefon geläutet, Anrufe von Leuten, die ihnen zum glücklichen Ausgang gratulieren wollten und erleichtert waren, daß die Zeit der Angst vorüber war. Sogar Tracy hatte aus Philadelphia angerufen, und Nanny hatte ihr berichtet, was sich zugetragen hatte.

»Hallo?« sagte Bernie mit einem Lächeln, das Jane galt. Sie hatten den ganzen Tag mit den Blicken aneinandergehangen, und sie war kurz vor dem Essen auf seinem Schoß sitzend eingeschlafen.

In der Leitung knackte und knisterte es, dann meldete sich eine leider allzu vertraute Stimme. Bernie konnte seinen Ohren nicht trauen. Rasch schaltete er die Tonbandanlage ein, die Grossman ihm am Vortag gebracht hatte. Die Forderung über eine Million hatte er ebenfalls aufgenommen.

»Na, haben Sie Ihr Baby glücklich zurück?« Scotts Enttäuschung und Wut waren unüberhörbar.

»Wie ich hörte, hat die Polizei Ihnen aus der Patsche geholfen.« Das Mädchen hatte Scott wie verabredet die Geschichte aufgetischt, Bernie empfand große Erleichterung.

»Ich habe Ihnen nichts mehr zu sagen.«

»Sicher werden Sie vor Gericht einiges vorzubringen haben.« Ein Scherz. Scott würde nicht wagen, wieder vor Gericht zu gehen.

»Scott, deswegen brauche ich mir keine Sorgen zu machen, und falls Sie Jane je wieder anfassen, lasse ich Sie verhaften. Verhaften lassen könnte ich Sie überdies jetzt schon.«

»Und weswegen? Ich habe mich nur eines Vergehens schuldig gemacht und würde allerhöchstens für eine Nacht hinter Gittern landen.«

»Ich bin nicht sicher, ob Kindesentführung mit Erpressung vor Gericht Billigung fände.«

»Dann versuchen Sie mir etwas nachzuweisen, Fine. Schriftlich haben Sie von mir nichts, und wenn Sie so dämlich waren, unser Gespräch aufzunehmen, wird es Ihnen nichts nützen. Tonbandaufnahmen gelten nicht als Beweise.« Der Bursche wußte genau, was er tat. »Wir sind miteinander noch nicht fertig, Fine.« In diesem Augenblick legte Bernie auf und schaltete das Tonbandgerät ab. Nach dem Essen rief er Grossman an, und dieser bestätigte ihm, was Chandler Scott behauptet hatte. Bandaufnahmen waren vor Gericht als Beweise nicht zulässig.

»Warum haben Sie mir dann das Gerät gegeben?« In diesem Fall war das Gesetz eindeutig nicht auf seiner Seite. Man hatte von allem Anfang an keinen Finger gerührt, um ihm zu helfen.

»Auch wenn die Aufnahmen nicht beweiskräftig sind, kann man sie dem Familiengericht vorspielen, damit die endlich merken, was da läuft.« Aber als Bill die Aufnahmen dem Familienrichter vorspielte, war dieser alles andere als verständnisvoll und erklärte, Scott hätte sich wahrscheinlich einen Scherz erlaubt oder unter entsetzlichem Druck gestanden, weil er seine Tochter so lange nicht gesehen hatte und erfahren mußte, daß seine Exfrau gestorben war.

»Sind die übergeschnappt, oder erlaubt man sich mit mir einen dummen Witz?« Bernie hatte den Richter fassungslos angestarrt. »Der Mensch ist ein Verbrecher. Er hat Jane entführt, eine Million Lösegeld gefordert und das Mädchen sechzehn Tage in Mexiko als Geisel festgehalten. Und nach alldem ist das Gericht der Meinung, daß er nur unter Druck gestanden hat?« Bernie konnte es nicht fassen. Erst zeigte sich die Polizei ungerührt, als Scott Jane einfach mitgenommen hatte, und jetzt zeigte sich das Gericht ebenso unbeeindruckt von der Lösegeldforderung.

Aber das Ärgste sollte in der darauffolgenden Woche kommen, als ein Gerichtsbescheid eintraf, in dem stand, daß Scott einen Antrag auf Übertragung des Sorgerechts gestellt habe.

»Eine Vorladung wegen des Sorgerechtsantrags?« Fast hätte Bernie das Kabel aus der Wand gerissen, als Bill ihm am Telefon davon erzählte.

»Sorgerecht wofür?«

»Für seine Tochter. Er behauptet, der einzige Grund dafür, daß er mit ihr nach Mexiko gefahren ist, sei seine übergroße Liebe zu ihr. Er möchte sie bei sich haben, weil sie zu ihm gehört.«

»Wo denn? Im Gefängnis? Nimmt man Kinder in San Quentin auf? Dort gehört dieser Galgenvogel hin.« Bernie bekam im Büro fast einen hysterischen Anfall. Genau in diesem Augenblick hielt Jane sich im Park mit Nanny Pippin, dem Baby und einem schwarzen Leibwächter auf, der zehn Jahre zuvor bei den Redskins als Stürmer gespielt hatte, knapp zwei Meter maß und weit über hundert Kilo wog. Bernie sandte ein Stoßgebet zum Himmel, Scott möge nur ein einziges Mal das Mißfallen dieses Hünen erregen.

»Beruhigen Sie sich. Noch hat er das Sorgerecht nicht. Er hat erst den Antrag gestellt.«

»Warum? Warum tut er mir das alles an?«

»Möchten Sie wissen, warum?« Es war der schlimmste Fall, mit dem Grossman je zu tun gehabt hatte, und sein Haß auf Scott konnte es langsam mit dem Bernies aufnehmen, aber das brachte sie auch nicht weiter. Man mußte den Fall ganz rational sehen.

»Er tut das alles, weil er Ihnen Jane verkaufen wird, wenn er, Gott behüte, das Sorgerecht oder auch nur das Besuchsrecht zugesprochen bekommt. Wenn er es nicht mit einer Entführung schafft, versucht er es auf legalem Weg. Das Gesetz ist auf seiner Seite, er ist ihr leiblicher Vater. Sie aber haben Geld, und das ist es, was er eigentlich haben möchte.«

»Dann geben wir es ihm eben. Warum der Umweg über das Gericht und alle möglichen Schikanen? Wenn er Geld will, dann bieten wir es ihm.« Für Bernie war das alles ganz einfach. Scott mußte ihn nicht erst quälen, um an sein Ziel zu gelangen.

»So einfach ist das nicht. Es ist ungesetzlich, daß Sie ihm Geld anbieten.«

»Ach, ich verstehe«, brüllte Bernie außer sich. »Aber das Gesetz findet nichts dabei, wenn er das Kind entführt und eine Million verlangt. Aber wenn ich versuche, den Gauner mit Geld abzufinden, ist es illegal.« Er schlug mit der Faust auf den Schreibtisch und warf den Apparat zu Boden, hielt aber den Hörer noch immer in der Hand. »Was ist denn los mit unseren Gesetzen?«

»Immer mit der Ruhe, Bernie!« versuchte Grossman ihn zu beschwichtigen, vergeblich, wie es sich zeigte.

»Kommen Sie mir nicht damit! Er will das Sorgerecht für mein Kind, und ich soll ruhig bleiben? Vor drei Wochen hat er sie entführt, und ich bin in ganz Mexiko herumgerast, dachte, sie sei tot, und jetzt soll ich Ruhe bewahren? Sind Sie auch schon übergeschnappt?« Er war aufgestanden und brüllte mit höchster Lautstärke. Dann knallte er den Hörer hin, ließ sich auf den Schreibtischstuhl fallen und fing zu weinen an. Alles *ihre* gottverdammte Schuld. Wäre sie nicht gestorben, dann wäre das alles nicht passiert, und diese Gedanken bewirkten, daß er um so heftiger weinte. Er war ohne Liz so einsam, daß ihm jeder Atemzug weh tat, daß ihm sogar das Zusammensein mit den Kindern als schmerzlich empfand. Nichts war mehr so wie früher ... nichts ... das Haus nicht ... die Kinder nicht ... auch nicht das Essen ... oder wie die Wäsche zusammengelegt war ... nichts war mehr wie gewohnt und würde auch nie wieder so sein. Noch nie im Leben war er sich so einsam vorgekommen. So saß er an seinem Schreibtisch und weinte stille Tränen. Und zum erstenmal wurde ihm richtig klar, daß Liz nie mehr zurückkommen würde. Niemals wieder.

## 32

Der neue Gerichtstermin war auf den einundzwanzigsten Dezember festgesetzt. Der Fall besaß besondere Dringlichkeit, da es sich um einen Sorgerechtsantrag handelte. Offenbar hatte man die Sache mit dem Autodiebstahl unterdessen nicht weiter verfolgt, deshalb gab es auch keinen Verstoß gegen die Bewährung. Die Eigner des Wagens wollten keine Anzeige erstatten, da es sich laut Jack Winters um Drogenhändler handelte. Deshalb konnte Chandler Scott problemlos ins Land zurückkehren.

Als er mit seinem Anwalt den Gerichtssaal betrat, wirkte er anständig und dezent. Bernie trat im dunkelblauen Anzug und weißem Hemd, begleitet von Bill Grossman, vor Gericht. Der schwarze Leibwächter war indessen zu Hause bei Nanny Pippin und den Kindern. Erst am Morgen hatte sich Bernie das Lachen nicht verbeißen können, als er das Bild sah, das sie boten. Nanny so winzig, weiß und britisch mit blitzenden blauen Augen und derben Schuhen, und er wirkte so riesig, schwarz und bedrohlich, bis er lächelte und seine Zähne aufblitzen ließ und Alexander in die Luft warf und mit Jane Seilspringen spielte. Einmal hatte er sogar Nanny unter dem Gelächter der anderen in die Luft geworfen. Die Gründe für die Notwendigkeit seiner Anwesenheit waren zwar unglücklich, aber er war ein wahrer Segen. Er hieß Robert Blake, und Bernie war froh, daß er ihn hatte.

Beim Betreten des Gerichtssaales dachte Bernie nur an Chandler Scott und daran, wie sehr er ihn haßte. Den Vorsitz führte derselbe Richter wie beim letzten Mal, der Familienrichter. Ein verschlafen aussehender weißhaariger Mann mit freundlichem Lächeln, der sich in dem Glauben wiegte, jeder liebe jeden oder könne zumindest mühelos dazu gebracht werden. Der Richter rügte Scott, weil dieser das Zusammensein mit seiner Tochter über Gebühr ausgedehnt hatte. Grossman mußte Bernie am Arm festhalten, damit dieser ruhig sitzen blieb. Dann wandte sich der Richter an Bernie und bat ihn, Verständnis dafür zu haben, daß ein leiblicher Vater beim Zusammensein mit seinem Kind von Gefühlen übermannt worden war. Diesmal war Grossman nicht imstande, ihn zu bändigen.

»Euer Ehren, seine Gefühle haben neun Jahre überhaupt keine Rolle gespielt. Und sein stärkster Impuls war, von mir für die Rückgabe meiner Tochter eine Million Dollar zu verlangen ...«

Der Richter bedachte Bernie mit einem wohlwollenden Lächeln.

»Sicher war das nur als Scherz gemeint, Mr. Fine. Nehmen Sie wieder Platz.« Bernie hätte am liebsten losgeheult, als die Verhandlung fortschritt. Am Abend zuvor hatte er seine Mutter angerufen, und Ruth war felsenfest davon überzeugt gewesen, daß man ihn allein deswegen benachteiligte, weil er Jude war. Bernie wußte, daß das Unsinn war. Man machte ihm Schwierigkeiten, weil er nicht Janes leiblicher Vater war – als ob das etwas ausgemacht hätte. Chandler Scotts einzige Heldentat bestand darin, mit Janes Mutter geschlafen und sie geschwängert zu haben. Darauf beschränkte sich sein einziger Beitrag zu Janes Leben und Wohlergehen, während Bernie ihr für die halbe Zeit ihres Lebens alles bedeutet hatte. Grossman tat sein Bestes, um dies dem Gericht klarzumachen.

»Mein Klient ist der Überzeugung, daß Mr. Scott weder seelisch noch finanziell in der Lage ist, zu diesem Zeitpunkt die Verantwortung für ein Kind zu übernehmen. Vielleicht zu einem späteren Zeitpunkt, Euer Ehren...« Bernie schnellte vor, wurde aber von Bill mit einem Blick zur Vernunft gebracht.

»Mr. Scott ist mit dem Gesetz mehrfach in Konflikt geraten und geht seit Jahren keiner geregelten Arbeit nach, wie unsere Ermittlungen ergaben. Im Moment lebt er in einem Heim für Obdachlose in East Oakland.« Scott zuckte zusammen.

»Stimmt das, Mr. Scott?« Der Richter lächelte ihm zu, erpicht auf eine Aussage, die Scott zu einem guten Vater stempeln würde, und Scott war versessen darauf, sie ihm zu liefern.

»Nicht ganz, Euer Ehren. Ich bezog meine Einkünfte aus einem Fonds, den mir meine Familie vor einiger Zeit hinterließ.« Wieder beschwor er die Country-Klub-Atmosphäre herauf, aber Grossman stellte dies sofort in Frage.

»Können Sie das beweisen, Mr. Scott?« warf er ein.

»Nun ja, das Geld... ist natürlich mittlerweile aufgebraucht, leider. Aber ich fange noch diese Woche bei der Atlas Bank zu arbeiten an.«

»Was... mit diesem Vorstrafenregister?« flüsterte Bernie Grossman zu.

»Einerlei... wir zwingen ihn, Beweise vorzulegen.«

»Und gestern habe ich eine Wohnung in der Stadt gemietet.« Sein triumphierender Blick galt Bernie und Grossman.

»Natürlich habe ich nicht soviel Geld wie Mr. Fine, aber ich hoffe, daß Jane das nicht stört.«

Plötzlich sah Bernie Grossman voller Entsetzen an und beugte sich zu ihm, um ihm zuzuflüstern: »Wovon redet er da?«

Wieder nickte der Richter und betrachtete Chandler mit Wohl-
wollen.

»Es geht hier nicht um materielle Werte. Ich bin natürlich sicher, Sie werden Mr. Fine das Besuchsrecht bei Jane einräumen.«

Bernie warf Grossman einen entsetzten Blick zu und flüsterte:
»Was redet der Kerl da? Was heißt ›Besuchsrecht‹? Ist er nicht
bei Trost?«

Grossman wartete einen Augenblick und fragte dann den
Richter nach dessen Absichten, und dieser bat Bill einen Augenblick um Geduld, um seine Überlegung allen Beteiligten zu
erklären:

»Es ist für mich keine Frage, daß Mr. Fine seine Stieftochter
liebt, darum geht es hier nicht, doch die Tatsache bleibt bestehen, daß ein leiblicher Vater zu seinem Kind gehört, wenn die
Mutter nicht mehr lebt. Nach dem unglücklichen Tod von Mrs.
Fine muß Jane bei ihrem Vater leben. Das Gericht hat Verständnis, daß dies für Mr. Fine eine schmerzliche Entscheidung ist, und
wird sich aufgeschlossen zeigen, wenn wir sehen, wie diese neuen
Umstände sich bewähren.« Er lächelte Scott wieder zu, während
Bernie zitternd dasaß. Er hatte versagt. Er hatte Liz im Stich gelassen, jetzt würde er Jane verlieren. Er hatte das Gefühl, er wäre
verurteilt worden, seinen Arm zu verlieren, und das wäre in der
Tat nicht so schlimm gewesen, er hätte alle Gliedmaßen zur Verfügung gestellt, aber kein Opfer konnte ihm noch nützen. Der
Richter sah die Kontrahenten an, auch deren Anwälte, und tat
seine Entscheidung kund: »Hiermit wird Chandler Scott das Sorgerecht zugesprochen – unter der Voraussetzung, daß er Bernard
Fine das Besuchsrecht in zufriedenstellendem Ausmaß zugesteht,
etwa wöchentlich zweimal«, schlug er vor, während Bernie aufsprang.

»Das Kind muß Mr. Scott in achtundvierzig Stunden übergeben werden, zu Hause, um zwölf Uhr mittag, am dreiundzwanzigsten Dezember. Ich glaube sicher, daß das kleine Malheur in
Mexiko nur ein Anzeichen dafür ist, wie sehr es Mr. Scott darum
geht, mit seiner Tochter ein normales Leben anzufangen. Das Gericht würde es gern sehen, wenn er diese Gelegenheit möglichst
rasch ergriffe.« Zum erstenmal in seinem Leben war Bernie ei-

ner Ohnmacht nahe, als der Richter mit seinem Hammer auf den Tisch klopfte. Er war leichenblaß und starrte auf die Tischfläche vor sich. Der Raum begann sich um ihn zu drehen, und er hatte das Gefühl, als wäre Liz noch einmal gestorben. Fast konnte er ihre Stimme hören »... Bernie, du mußt mir versprechen, daß er nicht in Janes Nähe kommt ...«

»Sind Sie in Ordnung?« fragte Grossman erschrocken. Über Bernie gebeugt, bedeutete er dem Gerichtsdiener, er solle ein Glas Wasser bringen. Bernie bekam einen aufgeweichten Pappbecher mit lauwarmem Wasser in die Hand gedrückt. Ein Schluck genügte, um ihn zur Besinnung zu bringen. Schweigend stand er auf und folgte Grossman aus dem Gerichtssaal.

»Kann ich Berufung einlegen? Gibt es noch eine rechtliche Handhabe für uns?« Seine Erschütterung hätte nicht größer sein können.

»Sie können einen erneuten Termin beantragen, müssen das Kind aber in der Zwischenzeit aufgeben.« Das sagte Grossman ganz sachlich, in dem Bestreben, die Emotionen zu entschärfen – ein nahezu unmögliches Unterfangen. Bernie starrte ihn mit unverhohlenem Haß an. Es war Haß auf Scott, auf den Richter und das System, und Grossman war nicht sicher, ob Bernie nicht auch ihn verabscheute. Es wäre ihm nicht zu verübeln gewesen. Die Entscheidung war ein Hohn, und doch waren ihnen im Moment die Hände gebunden.

»Und was ist, wenn ich Jane dem Kerl am dreiundzwanzigsten nicht übergebe?« fragte Bernie halblaut auf dem Korridor.

»Dann wird man Sie früher oder später ins Gefängnis stecken. Dann wird Chandler Scott Ihnen aber mit einem Sheriff auf den Pelz rücken müssen.«

»Gut.« Bernie kniff die Lippen zusammen und sah seinen Anwalt an. »Und Sie machen sich schon mal bereit, mich gegen Kaution herauszuholen, weil ich ihm Jane nicht geben werde. Und wenn er kommt, mache ich ihm ein großzügiges Angebot. Er will mir das Kind verkaufen? Großartig. Nennen Sie den Preis, ich kaufe.«

»Bernie, alles wäre einfacher, wenn Sie ihm Jane übergeben und dann versuchen würden, mit ihm ins Geschäft zu kommen. Das Gericht wird einen schlechten Eindruck bekommen, falls ...«

»Zum Teufel mit dem Gericht«, schleuderte Bernie ihm entgegen. »Und zum Teufel mit Ihnen. Keiner von euch Juristen ist tatsächlich an meinem Kind interessiert. Ihr wollt euch nur gegenseitig beruhigen und das verdammte Boot nicht zum Kentern bringen. Aber hier ist nicht die Rede von einem Boot, hier ist die Rede von meiner Tochter. Und was für sie gut ist und was nicht, das weiß ich. Eines schönen Tages wird dieser Schweinehund mein Kind töten, und dann werdet ihr mir alle versichern, wie leid es euch tut. Ich habe vorausgesehen, daß er sie entführen würde, und ihr habt mich für verrückt erklärt. Aber ich hatte recht. Und diesmal sage ich, daß ich sie ihm am Donnerstag nicht übergebe. Grossman, wenn Ihnen das nicht paßt, dann legen Sie meinetwegen den ganzen Fall nieder.« Bernie tat Grossman aufrichtig leid. Es war eine verfahrene Situation.

»Ich habe nur versucht, Ihnen klarzumachen, wie das Gericht diese Situation sieht.«

»Das Gericht hat den Kopf in den Sand gesteckt und zeigt keine Gefühle. Das Gericht, wie Sie es nennen, ist ein dickes altes Männchen, das dort oben thront und als Anwalt keinen Erfolg hatte. Deshalb macht er jetzt den Menschen das Leben zur Hölle und kommt sich wichtig vor. Er hat nicht mal beachtet, daß Scott Jane entführt hat, und es wäre ihm wahrscheinlich einerlei, wenn er sie vergewaltigt hätte.«

»Da wäre ich nicht so sicher, Bernie.« Er mußte das System verteidigen, für das er arbeitete und an das er glaubte, aber in manchem hatte Bernie natürlich recht. Das war sehr betrüblich.

»Sie sind nicht sicher, Bill? Na, ich um so mehr.« Bernie war richtig in Rage geraten, als er, gefolgt von Bill, zu den Aufzügen ging ... Schweigend fuhren sie hinunter, und Bernie warf ihm beim Hinausgehen einen wütenden Blick zu.

»Ich möchte, daß Ihnen eines klar ist: Wenn der Kerl am Donnerstag kommt, werde ich ihm Jane nicht geben. Blake und ich werden am Eingang Posten beziehen, und ich werde ihm sagen, daß er abhauen soll, und danach frage ich ihn rundheraus, wie hoch sein Preis ist. Ich mache dieses Spiel nicht länger mit. Und diesmal muß er mir sein Leben verpfänden, wenn er das Geld bekommt. Nicht wie beim letzten Mal. Und wenn ich hinter Gittern lande, erwarte ich, daß Sie mich gegen Kaution freibekommen oder mir einen anderen Anwalt besorgen. Haben Sie verstanden?« Grossman nickte stumm, und Bernie ging ohne ein weiteres Wort davon.

Am Abend rief er seine Eltern an, und Ruth weinte am Telefon. Bernie dachte daran, daß sie seit einem Jahr kein glückliches Gespräch mehr geführt hatten. Erst hatte es die schmerzlichen und in gedämpftem Ton geführten Telefonate über Liz' Krankheit gegeben – und jetzt diese Katastrophe mit Chandler Scott. Er sagte seiner Mutter, was er vorhatte und daß er vielleicht im Gefängnis landen würde, und sie schluchzte haltlos, halb wegen des Enkelkindes, das sie vielleicht nie mehr wiedersehen würde, halb wegen ihres Sohnes, dem eine Haft drohte. Seine Eltern hatten am Freitag kommen wollen, aber Bernie hielt es für besser, daß sie warteten. Im Moment war sein Leben zu verworren. Doch als er auflegte, widersprach ihm Mrs. Pippin.

»Lassen Sie doch die Großmutter kommen, Mr. Fine. Die Kinder sollen sie sehen, und ich möchte sie kennenlernen. Das wird allen guttun.«

»Und wenn ich ins Gefängnis komme?«

Zuerst kicherte sie, dann zog sie gleichgültig die Schultern hoch. »Dann werde ich den Truthahn eben selbst tranchieren müssen.« Er liebte ihren rollenden Akzent und ihren trockenen Humor. Es gab offenbar nichts, dem sie auswich, sei es Überschwemmung, Seuche oder Hungersnot. Als er am Abend Jane zu Bett brachte, merkte er, wie groß ihre Angst davor war, daß er sie wieder Scott auslieferte. Er hatte versucht, dies der Sozialarbeiterin am Familiengericht zu erklären, die aber hatte ihm nicht glauben wollen. Nach einem fünf oder zehn Minuten dauernden Gespräch mit Jane war sie zu der Meinung gelangt, das Kind sei eben »schüchtern« dem leiblichen Vater gegenüber. In Wahrheit hatte sie panische Angst vor ihm, und die Alpträume, an denen sie in jeder Nacht litt, waren die schlimmsten, die sie jemals gehabt hatte. Um vier Uhr morgens traf er in Janes Zimmer mit Mrs. Pippin zusammen, als die Kleine angstgepeinigt aufschrie. Er nahm sie schließlich zu sich ins Bett. Er hielt ihre Hand fest und merkte, daß sie im Schlaf immer wieder zusammenzuckte. Nur Alexander schien unbekümmert von der Tragödie, die seit seiner Geburt über sie hereingebrochen war. Er war ein fröhliches, sonniges Kind und fing schon zu sprechen an. Das war das einzige, was Bernie ein wenig aufheiterte. Am Donnerstag morgen führte er wieder ein Gespräch mit Jack Winters.

»Die Wohnung existiert wirklich«, sagte Jack. »Er ist mit seiner Freundin vor ein paar Tagen eingezogen. Den Job bei der Atlas Bank konnte ich nicht verifizieren. Es hieß dort, man habe ihn im Rahmen eines Programmes angestellt, mit dem man Ex-häftlingen eine Chance geben möchte. Ich glaube, eine richtige Arbeit ist es nicht, und angefangen hat er auch noch nicht. Ich halte die ganze Sache für einen Werbegag, um zu beweisen, wie liberal diese Bank ist. Aber wir ermitteln weiter und halten Sie auf dem laufenden.«

Bernie gefiel nicht, daß Scott mit einer Freundin zusammenwohnte. Er war überzeugt, daß sie wieder mit Jane verschwänden, wenn sich ihnen die Möglichkeit bot. Aber Blake würde dafür sorgen, daß es nicht dazu käme. Bob hatte an jenem Morgen in der Küche gesessen, in Hemdsärmeln und mit einer großen .38er in einem Schulterholster, auf den Alexander unter Nannys mißbilligendem Stirnrunzeln ständig zeigte und »Bumm« rief. Aber Bernie wollte, daß Blake ständig bewaffnet war, und er wollte, daß auch Scott es sah, wenn er zu Mittag kam und sie sich weigerten, ihm Jane auszuliefern. Bernie spielte mit ihm kein Gesellschaftsspiel mehr. Jetzt war es ganz ernst.

Und wie beim ersten Mal, so ließ Scott sich auch diesmal Zeit, um Jane abzuholen, die sich in ihrem Zimmer versteckt hatte. Nanny war bei ihr.

Um ein Uhr war Scott auch noch nicht da, auch nicht um zwei. Bill Grossman, der die Spannung nicht aushielt, rief an, um zu fragen, was los sei, doch Bernie konnte ihm nichts Neues sagen. Um halb drei kam Jane auf Zehenspitzen aus ihrem Zimmer, aber Bernie und Bob Blake saßen noch immer im Wohnzimmer und warteten, während die Uhr tickte.

»Der läßt sich nicht blicken«, sagte Bernie zu Grossman, als dieser wieder anrief. Er konnte sich keinen Reim auf dieses Verhalten machen.

»Er kann es doch nicht vergessen haben.«

»Vielleicht hat er sich vollaufen lassen. Schließlich steht Weihnachten kurz bevor ... möglich, daß er an einer Firmenfeier teilgenommen hat.« Um fünf fing Nanny an, das Abendessen zuzubereiten, und Bernie überlegte, ob er Bob nach Hause schicken sollte, doch Bob bestand darauf zu bleiben, bis man mehr wußte. Womöglich tauchte Scott zehn Minuten, nachdem Bob das Haus verlassen hatte, auf. Und Bernie war einverstanden und mixte für sich und Bob einen Drink, während Jane das Fernsehgerät einschaltete, um zu sehen, ob es einen Trickfilm oder eine lustige Show gäbe, es gab aber nur Nachrichten. Und dann sahen sie ihn plötzlich.

Sein Bild erschien auf dem Bildschirm. Erst in Zeitlupe, dann in einem Standbild, in dem von Menschen wimmelnden Schalterraum der Atlas Bank. Er hatte eine Pistole in der Hand. Dann lief der Film weiter. Scott wirkte auf dem Bildschirm groß und blond und sehr hübsch. Er lächelte jemandem zu, als er abdrückte und mit drei Schüssen eine Lampe neben jemandem zerschmetterte. Wieder lachte er. Jane war so entsetzt, daß sie weder schreien noch Bernie rufen konnte. Sie deutete nur hin, als Bernie und Bob mit den Drinks in der Hand hereinkamen, und Bernie konnte seinen Augen nicht trauen. Es war Chandler Scott, der am hellichten Tag die Atlas Bank überfiel.

»Der Gangster, der zum Zeitpunkt der Aufnahme noch nicht identifiziert war, betrat die Atlas Bank an der Sutter und Mason Street heute morgen kurz nach elf, in Begleitung einer Frau mit Strumpfmaske. Sie schoben der Angestellten am Schalter einen Zettel zu und verlangten eine halbe Million Dollar.« Das schien für ihn die magische Zahl zu sein.

»Als die Kassiererin sagte, es sei nicht soviel in der Kasse, verlangte er das ganze Geld, das sie hatte.« Die Stimme des Kommentators sprach monoton weiter, während der in der Bank aufgenommene Film gezeigt wurde. Plötzlich fing Scott zu schießen an. Als schließlich die Polizei die Bank umstellte, da die Kassiererin es geschafft hatte, einen Alarmknopf zu drücken, hielten er und seine Begleiterin alle Anwesenden als Geiseln fest. »Von den Geiseln wurde niemand verletzt«, fuhr der Sprecher fort, »es kam zu einer kleinen, harmlosen Schießerei, die der Bankräuber und seine Komplizin begonnen hatten. Er drängte zur Eile und behauptete, daß er zu Mittag eine Verabredung hätte. Doch zu Mittag war bereits klar, daß die Gangster die Bank nicht verlassen konnten, ohne sich aufzugeben oder eine Geisel zu verletzen. Sie versuchten, sich den Weg schließlich freizuschießen, wobei beide getötet wurden, noch ehe sie den Gehsteigrand erreichten. Bei dem großen blonden Mann handelt es sich um den mehrfach wegen Betruges vorbestraften Chandler Anthony Scott, alias Charlie Antonio Schiavo, und bei der Frau um Anne Stewart.« Jane starrte auf den Bildschirm.

»Daddy, das ist die Frau, die mit uns in Mexiko war... Sie hieß Annie!« Scott und die Frau wurden gezeigt. Beide lagen mit dem Gesicht nach unten auf dem Gehsteig in einer Blutlache. Dann sah man, wie ein Krankenwagen die Leichen abholte und die Geiseln aus der Bank stürzten.

»Daddy, er ist tot.« Sie starrte Bernie mit großen Augen an, der zuerst sie und dann Robert Blake ansah. Alle standen sie unter Schockeinwirkung und fragten sich, ob es sich nicht um einen anderen Chandler Scott handelte, doch das war unmöglich. Unglaublich, daß jetzt alles vorüber sein sollte. Er nahm Jane in die Arme und hielt sie fest, während er Bob ein Zeichen gab, das Fernsehgerät abzuschalten.

»Liebling, es tut mir ja so leid, daß du das alles mitmachen mußtest, aber jetzt ist alles vorüber.«

»Er war ein schrecklicher Mensch«, sagte sie sehr traurig, sie wirkte so klein. Dann sah sie wieder Bernie an. »Ich bin froh, daß Mami das alles nicht erlebt hat. Sie hätte sich entsetzlich aufgeregt.«

Bernie lächelte über ihre Ausdrucksweise.

»Das hätte sie wohl. Aber jetzt ist alles vorüber... alles.« Es war so überraschend, daß er es nicht fassen konnte und die Wahrheit nur langsam begriff. Scott war aus ihrem Leben verschwunden. Endgültig.

Ein wenig später riefen sie die Großeltern in New York an und baten sie, mit der nächsten Maschine, die sie bekommen konnten, zu kommen. Bernie erklärte ihnen alles, ehe Jane etwas sagen konnte, doch die genauen Einzelheiten berichtete sie ihrer Großmutter selbst.

»Er lag da in einer großen Blutlache ... ehrlich ... auf dem Gehsteig ... es war richtig gruselig.« Man sah ihr an, wie erleichtert sie war. Plötzlich sah sie wieder aus wie ein ganz normales kleines Mädchen. Das alles erzählte Bernie auch Grossman, und Nanny lud Bob Blake zum Abendessen ein, doch er hatte es eilig, nach Hause zu seiner Frau zu kommen. Sie waren zu einer Weihnachtsfeier eingeladen. Bernie, Jane, Nanny und Alexander setzten sich zu Tisch. Jane musterte Bernie und dachte an die Kerzen, die sie mit Großpapa an den Freitagabenden entzündet hatte, ehe ihre Mutter gestorben war. Sie wollte es wieder tun, und plötzlich hatten sie auch Zeit für alles. Sie durften sich auf ein ganzes Leben freuen. Gemeinsam.

»Daddy, können wir morgen die Kerzen anzünden?«

»Was für Kerzen?« Er hatte ihr eine Portion Fleisch auf den Teller gelegt, und plötzlich begriff er, was sie meinte, und empfand Schuldbewußtsein, weil er die Traditionen, mit denen er aufgewachsen war, nicht mehr beachtet hatte.

»Aber sicher, mein Schatz.« Er gab ihr einen Kuß, und Nanny lächelte. Alexander patschte mit den Fingern im Kartoffelpüree herum. Das Leben war fast wieder normal. Vielleicht würde es eines Tages wieder ganz normal sein.


# 33

Bernie schauderte es bei dem Gedanken, wieder in den Gerichtssaal zu müssen, aber es ging um etwas, das ihm viel bedeutete. Und seine Eltern waren eigens an die Westküste geflogen, um dabeisein zu können. Grossman hatte den Richter gebeten, daß alles in seinem Dienstzimmer abgewickelt werde. Sie waren wegen Janes Adoption ins Rathaus gekommen.

Die Papiere waren unterschriftsbereit, und der Richter, den

Jane nie zuvor zu Gesicht bekommen hatte, lächelte ihr zu und sah dann die Familie an, die sie begleitete, Bernie und seine Eltern und Nanny in ihrer besten blauen Schwesterntracht mit weißem Kragen. Sie nahm nie einen Tag frei und trug nie etwas anderes als die tadellos gestärkte Schwesterntracht, die sie sich aus England kommen ließ. Sie hatte Alexander in einem blauen Samtanzügelchen mitgenommen. Der Kleine plapperte munter vor sich hin, während er sämtliche Bücher des Richters von den niedrigeren Regalfächern nahm und sie aufstapelte, so daß er daraufsteigen und die nächsten herunterholen konnte. Bernie nahm ihn in den Arm und hielt ihn fest, während der Richter die Anwesenden ernst ansah und erklärte, warum sie gekommen waren.

Den Blick auf Jane gerichtet, sagte er: »Wie ich höre, möchtest du adoptiert werden, und Mr. Fine möchte dich adoptieren.«

»Er ist mein Vater«, sagte sie leise, worauf der Richter ein wenig verwirrt dreinsah und dann den Blick wieder auf seine Unterlagen richtete. Bernie hätte einen anderen Richter für diese Formalitäten vorgezogen, da er ihn von dem Fiasko im Dezember her in schlechter Erinnerung hatte, als er Chandler Scott das Sorgerecht gewährt hatte, doch davon sprach jetzt niemand mehr.

»Nun gut, wir wollen sehen.« Er ging die Adoptionspapiere durch und bat Bernie um die Unterschrift, sodann Grossman als Zeugen. Bernie bat seine Eltern, ebenfalls als Zeugen zu unterschreiben.

»Kann ich auch unterschreiben?« fragte Jane, die an allem teilnehmen wollte. Der Richter zögerte. Eine ähnliche Bitte war noch nie geäußert worden.

»Hm ... notwendig ist es nicht ... aber ... Jane ... wenn du möchtest, dann kannst du auch unterschreiben.«

Da lächelte sie Bernie und dann wieder den Richter an.

»Wenn es möglich ist, dann möchte ich es.«

Er nickte und schob ihr eines der Dokumente hin, und sie sah ihn ernst an und schrieb ihren Namen. Dann blickte der Richter alle an.

»Dank der mir vom Staate Kalifornien übertragenen Vollmacht erkläre ich hiermit, daß Jane Elizabeth Fine die rechtmäßige Tochter von Bernard Fine ist, adoptiert heute, am achtundzwanzigsten Januar.« Er klopfte mit einem Hämmerchen auf den Tisch, stand lächelnd auf und schüttelte Bernie die Hand, ungeachtet der schrecklichen Sache, die er ihm angetan hatte. Anschließend nahm Bernie Jane in die Arme, so wie damals, als sie noch viel kleiner gewesen war, und er küßte sie und stellte sie wieder auf die Füße.

»Daddy, ich habe dich lieb«, flüsterte sie.

»Ich dich auch.« Er lächelte und wünschte sich, Liz hätte dabeisein können. Und ebenso wünschte er, daß er dies schon vor langer Zeit getan hätte. Er hätte ihnen allen viel Kummer erspart. Chandler Scott hätte keine wie immer gearteten Ansprüche stellen können. Aber es war zu spät, sich deswegen den Kopf zu zerbrechen. Jetzt war alles vorüber. Für sie alle hatte ein neues Leben begonnen. Jane war jetzt wirklich seine Tochter. Großmama Ruth küßte sie unter Tränen, und Lou schüttelte Bernie die Hand.

»Herzlichen Glückwunsch, Sohn.« Es war, als hätte er wieder geheiratet, und gemeinsam gingen sie zu ›Trader Vic's‹ essen, mit Ausnahme von Nanny und Alexander. Während alle ihr Essen bestellten, faßte Bernie mit einem Lächeln nach Janes Hand und streifte ihr wortlos einen Ring über den Finger. Es war ein schlichter Goldreif mit einer einzelnen Perle. Sie starrte den Ring mit großen Augen an, um dann wieder ihren Blick Bernie zuzuwenden.

»Daddy, er ist wunderschön.« Irgendwie kam sie sich vor wie verlobt. Jetzt wußte sie, daß niemand sie Bernie wieder wegnehmen konnte. Niemand. Niemals wieder.

»Du bist wunderbar, Schätzchen. Und du bist ein sehr, sehr tapferes Mädchen.« Beide dachten an die Tage in Mexiko, doch das lag nun hinter ihnen. In Gedanken bei Liz, tauschten sie einen Blick, und Bernie lächelte dabei, weil er im Innersten seines Herzens spürte, daß Jane Elizabeth Fine jetzt wirklich seine Tochter war.

## 34

Zum erstenmal seit zwei Jahren übernahm Bernie wieder
die Auswahl der Kollektionen, obwohl es für ihn sehr schmerzlich war, ohne Liz Paris und Rom zu besuchen. Er erinnerte sich
zu deutlich an das erste Mal, als er Liz mit nach Europa genommen hatte. Wie hatte sie sich über die Kleider gefreut, die
sie kaufte, wie hatte sie die Museen genossen, die Mittagessen
bei ›Fouquet‹ und die Diners bei ›Lipp‹ und im ›Maxim's‹. Jetzt
war alles anders, obwohl er in seinem Metier sofort wieder Tritt
faßte. Er hatte das Gefühl, sehr, sehr lange auf einem Abstellgleis
gestanden zu haben. Nachdem er die Prêt-á-Porter-Kollektionen
gesehen und mit seinem bevorzugten Couturier verhandelt hatte,
fühlte er sich wieder viel lebendiger. Er wußte genau, was in diesem Jahr für Wolff richtig war, und als er auf dem Rückflug in
New York Station machte, setzte er sich mit Paul Berman zu einem ausgedehnten Essen im ›Le Veau d'or‹ zusammen, und sie
besprachen Bernies Pläne. Paul wußte zu schätzen, daß Bernie
alles wieder im Griff hatte, und freute sich, ihn bald wieder in
New York bei sich zu haben. Es hatte sich zwar noch niemand
gefunden, der an seiner Stelle das Haus in San Franzisko übernehmen konnte, doch war zu hoffen, daß Bernie zum Jahresende
wieder in New York sein würde.

»Wie würde das zu deinen Plänen passen, Bernard?«

»Gut, denke ich.« Die Rückkehr nach New York war ihm
nicht mehr so wichtig wie früher. Seine alte Wohnung hatte er
vor kurzem verkauft, da sie ihm ohnehin zu klein gewesen wäre.
Und der Mieter, den er jahrelang gehabt hatte, wollte sie erwerben.

»Ich werde mir wegen Janes Schule etwas einfallen lassen müs-
sen, ehe wir zurückkommen, aber das hat ja noch etwas Zeit.«
Er hatte es nicht mehr eilig. Es gab nichts mehr, weswegen er eine
Rückkehr hätte überstürzen müssen. Er hatte nur Nanny und die
Kinder mitzubringen.

»Sobald wir Ersatz für dich haben, sage ich dir Bescheid.« Es
war wirklich nicht einfach, jemanden zu finden, der für die Auf-

gabe in San Franzisko geeignet war. Bislang hatte er Gespräche mit zwei weiblichen Bewerbern und einem Mann geführt, doch bei allen dreien hatte er feststellen müssen, daß ihre Qualifikationen sehr begrenzt waren. Keiner hatte es mit Bernards Erfahrung und mit seinen Fähigkeiten aufnehmen können. Und Berman wollte unbedingt vermeiden, daß aus dem Haus ein öder Provinzladen wurde. Unter Bernies Händen war es hinter dem New Yorker Stammhaus der größte Geldbringer geworden, ein Umstand, der Paul Berman sehr gefiel – noch viel mehr hatte es den Vorstandsmitgliedern behagt.

Vor seinem Rückflug besuchte Bernie kurz seine Eltern, und Ruth machte den Vorschlag, daß er ihr die Kinder über den Sommer überlassen sollte.

»Du wirst keine Zeit haben, dich den ganzen Tag mit ihnen abzugeben, und in der Stadt haben sie um diese Jahreszeit nun wirklich nichts verloren.« Ohne daß er es hätte sagen müssen, hatte sie gewußt, daß er keine Ferien mehr in Stinson Beach plante. Es wäre für ihn zu schmerzlich gewesen, andererseits wußte er nun nicht, wo er Urlaub machen sollte. Er war mit Liz dort gewesen, seit er nach Kalifornien gezogen war, und ohne sie konnte er sich auch keinen anderen Ort vorstellen.

»Wenn ich zurück bin, will ich es mir durch den Kopf gehen lassen.«

»Vielleicht möchte Jane diesmal in ein Ferienlager.« Jane war eigentlich schon alt genug, aber Bernie wollte sie auf keinen Fall allein in die Ferien schicken. Sie hatten zuviel durchgemacht. Seit Liz' Tod war noch kein ganzes Jahr vergangen. Und am schockierendsten fand er, daß seine Mutter ihm in eindringlichem Ton erzählte, daß Mrs. Rosenthals Tochter, die sich kürzlich hatte scheiden lassen, in Los Angeles lebte, so als erwarte sie, er würde sich bemühen, sie kennenzulernen.

»Warum schaust du nicht mal bei ihr vorbei?« Er hatte sie angestarrt, als hätte sie von ihm verlangt, in Unterwäsche auf die Straße zu gehen. Gleichzeitig war er ziemlich verärgert. Sie hatte kein Recht, sich in sein Leben einzumischen und ihm Frauen zuzuspielen.

»Und warum sollte ich das?«

»Weil sie ein sehr nettes Mädchen ist.«

»Na und?« Die Welt war voller Mädchen, von denen keine einzige so nett wie Liz war, und er wollte sie nicht kennenlernen.

»Bernie . . .« Nach einem tiefen Atemholen faßte sie Mut und sagte alles, was sie auf dem Herzen hatte. Sie hatte schon bei ihrem letzten Besuch in San Franzisko mit ihm darüber sprechen wollen. »Du mußt hin und wieder mal ausgehen.«

»Das mache ich ohnehin.«

»Das meine ich nicht. Ich meine mit Mädchen.« Am liebsten hätte er ihr gesagt, sie solle sich um ihre eigenen verdammten Angelegenheiten kümmern. Er würde nicht dulden, daß sie in offenen Wunden herumstocherte.

»Ich bin neunundachtdreißig. Ich interessiere mich nicht für Mädchen.«

»Du weißt, was ich meine, Liebling.« Sie bohrte unentwegt, und er wollte nichts mehr davon hören. Liz' Kleider hingen wie früher im großen Einbauschrank, nur das Parfum wurde immer weniger spürbar. Zuweilen öffnete er den Schrank, um an Liz denken zu können, und dann überwältigte ihn immer der schwache Duft . . . er rief Fluten von Erinnerungen wach, und es kam auch vor, daß Bernie nachts in seinem Bett lag und weinte.

»Du bist noch jung. Höchste Zeit, daß du an dich denkst.« Nein, hätte er am liebsten geschrien. Nein! Er wollte an Liz denken! Tat er es nicht, würde er sie für immer verlieren. Und er war noch nicht bereit, sie loszulassen. Er würde es nie sein. Er würde ihre Garderobe für immer in seinem Schrank aufbewahren. Er hatte die gemeinsamen Kinder und seine Erinnerungen. Mehr wollte er nicht. Und das wußte auch Ruth.

»Ich möchte das nicht mit dir besprechen.«

»Du mußt langsam anfangen, darüber nachzudenken.« Das sagte sie sanft und liebevoll, und doch war er wütend, weil sie ihn bemitleidete und drängte.

»Wenn ich nicht will, brauche ich an gar nichts zu denken«, fuhr er sie an.

»Und was soll ich Mrs. Rosenthal sagen? Ich habe ihr so gut wie versprochen, daß du ihre Tochter anrufst, sobald du wieder an der Westküste bist.«

»Dann sag ihr, daß ich die Nummer nicht finden konnte.«

»Mach dich ja nicht lustig über mich ... die Ärmste kennt doch niemanden.«

»Warum ist sie dann nach Los Angeles gezogen?«

»Sie wußte nicht, wo sie sonst hätte hingehen sollen.«

»Und was hat ihr an New York nicht gepaßt?«

»Sie wollte in Hollywood Karriere machen ... du mußt wissen, daß sie ein bildhübsches Mädchen ist. Sie hat als Mannequin bei Ohrbach gearbeitet. Weißt du ...«

»Nein, Mutter!« Das sagte er lauter als nötig, und es tat ihm auch gebührend leid, daß er so abweisend war, aber er war zu solchen Dingen einfach nicht bereit. Bernie konnte sich gar nicht vorstellen, daß er es je wieder sein würde. Er wollte mit niemandem ausgehen. Niemals wieder.

In San Franzisko wurde Alexanders zweiter Geburtstag gefeiert, als sie ankamen. Nanny hatte eine kleine Party arrangiert, zu der sie alle Freunde des Kleinen aus dem Park einlud. Sie hatte selbst einen Kuchen gebacken, über den er sich mit Wonne hermachte und den Großteil über Gesicht und Hände verteilte, allerdings auch eine ansehnliche Menge in den Mund stopfte, als er in Bernies Kamera lächelte. Aber Bernie empfand wieder Trauer, bei dem Gedanken, daß Liz dasein und Alexander hätte sehen sollen ... und plötzlich überwältigten ihn die Erinnerungen an den nur zwei Jahre zurückliegenden Tag, als sie ihren Sohn geboren hatte. Er war dabeigewesen und hatte miterlebt, wie ihnen Leben geschenkt wurde, und dann hatte er mitangesehen, wie Leben genommen wurde. Das alles zu verstehen war sehr schwer, und als er Alexander abends einen Gutenachtkuß gab und dann in sein Zimmer ging, fühlte er sich noch einsamer als je zuvor. Und unwillkürlich ging er an Liz' Schrank. Es war fast wie ein körperlicher Schlag, als er die Augen schloß und wieder ihren Geruch einatmete.

Da er am Wochenende nicht wußte, was er sonst hätte unternehmen sollen, machte er mit den Kindern einen Ausflug. Jane saß im Wagen neben ihm, während Nanny hinten geduldig auf das Geplapper von Alexander einging. Sie fuhren in eine andere Richtung als sonst bei ihren Ausflügen. Meist trieben sie sich um

Marin herum oder besuchten Paradise Cove in Tiburon, oder aber sie wanderten in Belvedere herum oder fuhren nach Sausalito und aßen Eis. Diesmal aber fuhr Bernie nach Norden ins Weinland, wo alles üppig grünte und wunderschön war. Nanny fing an, ihnen von ihrer Kindheit auf einer schottischen Farm zu erzählen.

»Dort sah es fast so aus wie diese Gegend hier«, bemerkte sie, als sie an einer riesigen Meierei vorüberkamen. Bernie fuhr unter majestätischen Bäumen dahin, und Jane lächelte jedesmal, wenn sie Pferde, Schafe oder Kühe sichtete, während Alexander beim Anblick der Tiere entzückt aufschrie, hindeutete und die passenden Geräusche von ›Muhh‹ bis ›Baah‹ von sich gab und damit alle, sogar Bernie, zum Lachen brachte. Die Gegend sah wirklich aus wie das Paradies.

»Hier ist es hübsch, nicht wahr, Daddy?« fragte Jane – sie wollte bei allem seine Meinung hören. Chandler Scott und der Kummer, den dieser ihnen beschert hatte, hatten sie einander noch nähergebracht.

»Es gefällt mir hier sehr gut.«

Manchmal wirkte Jane älter, als sie es den Jahren nach war, und wenn sich ihre Blicke trafen, lächelte er ihr zu.

Die Weinkellereien wirkten solide, die kleinen Häuser im viktorianischen Stil, an denen sie vorüberfuhren, glänzten in altmodischem Charme. Und plötzlich fragte er sich, ob sich in dieser Gegend nicht ein geeigneter Ferienort für den bevorstehenden Sommer finden ließe. Es war hier so anders als in Stinson Beach, so daß sie sicher unbefangen Ferienfreuden genießen würden. Er sah Jane lächelnd an.

»Was hältst du davon, wenn wir mal ein Wochenende hier verbringen und uns genauer umsehen würden?« Er beriet sich fast so mit seiner Tochter, wie er es mit Liz getan hätte.

Diese Aussicht begeisterte Jane, und Nanny lachte vor Vergnügen, als Alexander ausrief:

»Mehr ... noch mehr Kuh! ... Muuuh!« Sie fuhren gerade an einer ganzen Herde vorüber.

Am nächsten Wochenende kamen sie wieder und bezogen Quartier in einem Hotel in Yountville. Es war wie für sie geschaffen. Das Wetter war angenehm warm, es fehlte der Küstennebel, der Stinson zuweilen einhüllte, das Gras war grün, die Bäume hoch, die Weingärten schön, und an ihrem zweiten Tag hatten sie in Oakville das ideale Sommerhaus gefunden. Es war ein geradezu hinreißendes viktorianisches Haus, vom Highway auf einer schmalen, kurvenreichen Landstraße zu erreichen. Das Haus war von einer Familie, die vorübergehend nach Frankreich gezogen war, renoviert worden. Es wurde für einige Monate möbliert vermietet, bis die Familie sich endgültig entschieden hatte, ob sie ins Napa Valley zurückkehren würde.

Der Besitzer der Frühstückspension, in der sie wohnten, zeigte es ihnen, und Jane klatschte begeistert in die Hände, während Nanny erklärte, es sei der ideale Ort, um eine Kuh zu halten.

»Könnten war auch Hühner halten, Daddy? Und eine Ziege?« Jane war außer sich vor Entzücken, und Bernie lachte befreit.

»Moment mal, wir wollen keinen Bauernhof betreiben, wir suchen nur ein Sommerhaus.« Es war für sie genau richtig. Bevor sie am Abend die Rückkehr in die Stadt antraten, sprach er noch bei dem Makler vor, der die Vermittlung übernommen hatte. Der Preis erschien Bernie als gerechtfertigt. Er konnte das Haus vom ersten Juni bis zum Labor Day haben. Bernie war mit allem einverstanden, unterschrieb den Mietvertrag, schrieb einen Scheck aus – und sie hatten ein Sommerhaus. Er hatte die Kinder nicht zu seiner Mutter schicken wollen, weil er die Ferien lieber mit ihnen gemeinsam verbringen wollte. Und er konnte von Napa aus genauso ins Büro fahren wie von Stinson aus. Die Fahrt war nur unwesentlich länger.

»Ich glaube, damit wäre die Frage, ob Ferienlager oder nicht, beantwortet«, meinte er lachend zu Jane.

»Ja, sehr gut.« Sie schien sich zu freuen. »Ich wollte ohnehin nicht ins Lager. Glaubst du, die Großeltern kommen uns hier draußen besuchen?« Platz genug hatten sie. Jeder hatte ein eigenes Zimmer, und dazu gab es noch ein Gästezimmer.

»Sicher werden sie kommen.« Ruth aber hielt das ganze Projekt von Anfang an für einen Fehler. Das Haus lag weitab von der Küste in einer Gegend, wo es wahrscheinlich viel zu heiß war. Zweifellos wimmelte es dort von Klapperschlangen, und überdies hätten es die Kinder bei ihr in Scarsdale viel besser, behauptete sie.

»Aber, Mom, die Kinder sind außer sich vor Begeisterung. Und das Haus ist wirklich zauberhaft.«

»Und dein Beruf?«

»Ich werde pendeln. Es ist nur eine Stunde Fahrzeit.«

»Umstände, nichts als Umstände. Genau das, was du brauchst. Wann wirst du endlich Vernunft annehmen?« Ruth hätte ihn zu gern gebeten, er solle Evelyne Rosenthal anrufen, entschied sich aber, lieber eine Weile zu warten. Die arme Evelyne war in Los Angeles so einsam, daß sie erwog, wieder nach New York zurückzugehen. Und dabei hätte sie so gut zu Bernie gepaßt! Vielleicht war sie nicht so ideal wie Liz, aber nett. Und gut für die Kinder. Und da sie ihre Gedanken von dem Thema nicht losreißen konnte, sagte sie dummerweise doch etwas zu Bernie.

»Weißt du, heute sprach ich mit Linda Rosenthal. Ihre Tochter ist noch immer in Los Angeles.«

Er konnte es nicht fassen, daß sie imstande war, ihn immer noch mit diesem Thema zu belästigen. Nachdem sie getan hatte, als sei sie Liz sehr zugetan ... das erbitterte ihn besonders. Wie konnte sie nur.

»Ich sagte schon, daß ich nicht interessiert bin.« Seine Kehle war wie zugeschnürt, und jeder Gedanke an andere Frauen schmerzte ihn.

»Warum nicht? Sie ist ganz reizend. Sie ist ...«

Aufgebracht schnitt er ihr das Wort ab.

»Ich muß aufhören zu telefonieren.«

Bei Bernie war dies ein heikles Thema, und wie immer empfand Ruth Mitleid mit ihm.

»Es tut mir leid, ich dachte nur ...«

»Laß das lieber.«

»Hm, die Zeit ist wohl noch nicht reif.« Ihr Seufzen machte ihn nur noch wütender.

»Die Zeit wird nie mehr reif sein, Mom. Ich werde nie wieder jemanden wie Liz finden.« Plötzlich standen Tränen in seinen Augen, und auch die Augen seiner Mutter brannten, während sie in Scarsdale ihm zuhörte.

»So kannst du doch nicht denken.« Ihre Stimme klang sanft und traurig, als ihr die Tränen langsam über die Wangen liefen. Er tat ihr so leid, weil sie wußte, daß er mit seinem Schmerz leben mußte, und das wiederum bereitete ihr Kummer.

»Doch, ich kann so denken. Sie war alles, was ich wollte. Ich werde nie wieder jemanden wie Liz finden.« Das sagte er so leise, daß es nahezu unhörbar war.

»Du wirst vielleicht eine andere finden, die du auch liebst, aber eben anders.« Sie versuchte es mit großem Taktgefühl, da sie wußte, wie empfindlich er war. Trotzdem war sie der Meinung, daß es langsam Zeit würde, daß er sich wieder fing, während er diese Meinung nicht teilte.

»Versuch wenigstens, hin und wieder auszugehen.« Mrs. Pippin hatte ihr anvertraut, daß er die ganze Zeit zu Hause mit den Kindern verbrachte, und das war nicht gut.

»Mom, das interessiert mich nicht. Ich bin lieber zu Hause bei den Kindern.«

»Die werden eines Tages erwachsen sein. So wie du herangewachsen bist.« Beide lächelten, aber sie hatte immer noch Lou, und einen Augenblick lang empfand Ruth Schuldbewußtsein.

»Da müssen noch viele Jahre vergehen. Darüber zerbreche ich mir jetzt nicht den Kopf.« Im Moment wollte sie ihn nicht noch mehr drängen. Statt dessen sprachen sie von dem Haus, das er in Napa gemietet hatte.

»Jane möchte, daß du uns im Sommer besuchst, Mom.«

»Schön und gut ... ich komme.«

Und als sie dann eintraf, war sie ebenso begeistert. Es war genau der Ort, an dem man sich herrlich gehenlassen und faulenzen konnte, wo man im Gras spazierengehen, sich im Baumschatten in der Hängematte aalen und in den Himmel schauen konnte. An der hinteren Grenze des Grundstücks plätscherte sogar ein Bächlein vorüber, über dessen Steine man gehen und sich die Füße kühlen konnte wie in Bernies Kindheit in den Catskills. In gewisser Weise erinnerte ihn Napa daran, und auch Ruth dachte daran. Sie sah den im Gras spielenden Kindern zu und bemerkte Bernies Miene, der die Kinder ebenfalls beobachtete. Sie hatte seinetwegen ein besseres Gefühl als seit langem. Und als sie wieder Abschied nahm, mußte sie zugeben, daß es wirklich der ideale Ort war. Bernie sah glücklicher aus als seit langem und die Kinder auch. Ruth flog nach Los Angeles, um sich mit Lou bei einem Ärztekongreß in Hollywood zu treffen. Von dort aus wollten sie mit Bekannten nach Hawaii. Sie erinnerte Bernie noch einmal an Evelyne Rosenthal, die noch immer in Los Angeles lebte, und diesmal lachte er sie nur aus. Er war in viel besserer Stimmung, wenn auch an Frauen noch immer nicht interessiert. Aber wenigstens fuhr er sie deswegen nicht wütend an.

»Mom, du gibst wohl nie auf, wie?«

Sie hatte ihn angelächelt.

»Schon gut, schon gut.« Am Flughafen gab sie ihm einen Kuß und warf ihm einen letzten Blick zu. Bernie war noch immer ihr großer, gutaussehender Sohn, mit mehr Grau im Haar als im Jahr zuvor und mit tieferen Falten um die Augen. Man sah ihm seinen Kummer immer noch an. Liz war jetzt ein Jahr tot, und er trauerte noch immer. Aber wenigstens war die Wut nicht mehr da. Die Wut darüber, daß sie ihn verlassen hatte. Er war nur so entsetzlich einsam ohne sie. Er hatte nicht nur die Geliebte und Ehefrau verloren, er hatte auch seinen besten Freund verloren.

»Gib acht auf dich, mein Schatz«, flüsterte seine Mutter.

»Das gilt ebenso für dich, Mom.« Er umarmte sie und winkte, als sie an Bord ging. In den letzten ein, zwei Jahren waren sie einander nähergekommen, aber um welchen Preis! Unfaßbar, was alles passiert war. Auf der Fahrt zurück nach Napa dachte er an alles ... an Liz ... er konnte es noch immer nicht fassen, daß sie nicht mehr da war ... daß sie nicht nur weggegangen und eines Tages wieder zurück sein würde. Für immer fort – das war unbegreiflich. Und er war in Gedanken noch immer bei Liz, als er vor dem Haus in Oakville ankam und den Wagen abstellte. Nanny war noch aufgeblieben und erwartete ihn. Es war schon zehn Uhr vorbei, und das Haus war ruhig und still. Jane war im Bett bei der Lektüre von Black Beauty eingeschlafen.

»Mr. Fine, ich glaube, bei Alexander braut sich etwas zusammen.«

Bernies Augen verengten sich. Sofort meldete sich Besorgnis bei ihm.

»Was ist los mit ihm?« Der Kleine war ja erst zwei, praktisch noch ein Baby, besonders in Bernies Augen. Alexander würde für ihn immer ein Baby bleiben.

Nanny gestand mit schuldbewußter Miene:

»Ich glaube, ich habe ihn zu lange im Pool gelassen. Vor dem Zubettgehen jammerte er wegen seines Ohres. Ich habe ihm warmes Öl eingeträufelt, das hat leider nicht viel geholfen. Wenn es bis morgen nicht besser wird, müssen wir vielleicht in die Stadt zum Arzt.«

»Machen Sie sich keine Sorgen.« Er lächelte ihr zu. Sie war so unglaublich gewissenhaft, und er dankte seinem Glücksstern, daß er sie gefunden hatte. Nur mit Schaudern dachte er an die sadistische Schweizer Kinderschwester oder an die schlampige Norwegerin zurück, die sich an Liz' Sachen vergriffen hatte.

»Das kommt sicher wieder in Ordnung, Nanny, gehen Sie ruhig zu Bett.«

»Möchten Sie vor dem Schlafengehen noch warme Milch?«

Er schüttelte den Kopf. »Nein danke.«

Ihr war seit Wochen aufgefallen, daß er sehr lange aufblieb, keinen Schlaf fand und unruhig auf und ab lief. Vor einigen Tagen hatte sich Liz' Todestag gejährt, und sie wußte, daß er sehr traurig war. Jane litt wenigstens nicht mehr an Alpträumen. Doch in dieser Nacht war es Alexander, der um vier Uhr heulend aufwachte. Bernie war eben erst zu Bett gegangen. Rasch schlüpfte er in seinen Schlafrock und lief ins Kinderzimmer, wo bereits Nanny vergeblich bemüht war, den Kleinen zu trösten und in den Schlaf zu wiegen.

»Ist es das Ohr?« Sie nickte und sang dem Kind laut etwas vor.

»Soll ich einen Arzt rufen?«

Sie schüttelte den Kopf.

»Ich glaube, Sie müssen ihn ins Krankenhaus bringen. Wir können ihn nicht länger leiden lassen. Der arme Kleine.« Sie drückte ihm einen Kuß auf Stirn, Wange und Köpfchen, und er klammerte sich verzweifelt an sie, als Bernie auf dem Teppich niederkniete und Alexander ansah, bei dessen Anblick ihm warm ums Herz wurde und der ihn gleichzeitig quälte, weil er seiner Mutter so ähnlich war.

»Na, bist du krank, Kleiner?« Alexander nickte seinem Daddy zu und hörte zu weinen auf, aber nicht für lange.

»Komm zu Dad.« Er streckte ihm die Arme entgegen, und der Kleine kam zu ihm. Er hatte hohes Fieber und ertrug auch nicht die leiseste Berührung auf der rechten Kopfseite. Da wußte Bernie, daß Nanny recht hatte. Er mußte mit dem Kind ins Krankenhaus. Sein Kinderarzt hatte ihm die Adresse gegeben, für den Fall eines Unfalls oder einer Krankheit. Er gab Alexander zurück an Nanny, zog sich eilig an und suchte die Visitenkarte in seinem Schubfach. Dr. M. Jones, stand da – und die Telefonnummer. Er rief die Vermittlung an und ließ sich mit dem Nachtdienst verbinden, dem er erklärte, was mit dem Kind los war. Er bat, Dr. Jones zu rufen, doch die Vermittlung war plötzlich wieder da und erklärte, Dr. Jones befände sich wegen eines Notfalls bereits im Krankenhaus.

»Könnte er uns dort empfangen? Mein Sohn hat große Schmerzen.« Er hatte schon lange Probleme mit den Ohren gehabt, Penicillin hatte oft geholfen. Dies und jede Menge Liebe von Jane, Daddy und Nanny.

»Ich sehe nach.« Die Vermittlung war sofort wieder da.

»Ja, das paßt wunderbar.« Er bekam nun Anweisungen, wie er das Krankenhaus auf schnellstem Weg erreichen konnte. Dann setzte er Alexander behutsam in den Wagen. Nanny blieb zu Hause bei Jane. Sie war verzweifelt, als sie Alex mit einer Decke zudeckte und dem kläglich weinenden Baby den Lieblingsteddy reichte. Sie ließ ihn nur ungern allein fahren.

»Mr. Fine, es gefällt mir nicht, daß Sie allein fahren.« In der Nacht, wenn sie müde war, hörte man ihren harten schottischen Akzent, in den Bernie ganz verliebt war, stärker.

»Aber ich kann Jane nicht allein lassen. Sie fürchtet sich sonst zu Tode, wenn sie aufwacht.« Seit der Entführung war sie ängstlicher, wie beide genau wußten.

»Ich weiß, Nanny. Alexander kommt wieder in Ordnung. Wir werden uns beeilen.« Inzwischen war es halb fünf geworden, und er beeilte sich, ins Krankenhaus zu kommen. Von Oakville bis nach Napa war es ziemlich weit, und Alexander weinte noch immer, als Bernie ihn in die Klinik trug und ihn behutsam auf den

Tisch in der Notaufnahme setzte. Das Licht war so hell, daß es in den Augen schmerzte, und Bernie setzte sich zu seinem Sohn auf den Tisch und nahm ihn auf den Schoß. Er schirmte seine Augen ab, als eine große, dunkelhaarige junge Frau in Jeans und Rollkragenpulli hereinkam. Sie war fast so groß wie Bernie und hatte ein freundliches Lächeln auf den Lippen. Ihr Haar war so schwarz, daß es einen Blauschimmer hatte. Fast wie eine Indianerin, dachte er nach einem müden Blick. Doch ihre Augen waren blau, wie die von Jane und ... Liz ... Er verdrängte diesen Gedanken und sagte, daß er auf Dr. Jones warte. Er wußte nicht, wer die Frau war, und nahm an, daß sie eine Angestellte der Verwaltung sei.

»Ich bin Dr. Jones.« Wieder lächelte sie. Ihre Stimme klang warm und tief, und als sie einen Händedruck wechselten, spürte er, daß sie kühle, kraftvolle Hände hatte. Trotz ihrer Größe und ihres spürbaren Engagements hatte sie etwas sehr Herzliches und Sanftes an sich. Und ihre Art, sich zu geben, wirkte mütterlich und sexy gleichzeitig. Sie nahm ihm Alexander ganz vorsichtig ab und untersuchte das Ohr, das ihn quälte, während sie sich die ganze Zeit über mit dem Kleinen unterhielt, ihm Geschichtchen erzählte, mit ihm plauderte und hin und wieder einen Blick zu Bernie hin warf, um ihn zu beruhigen.

»Tja, leider ist sein Ohr sehr entzündet, und das andere ist auch ein wenig getötet.« Sie schaute ihm in den Hals, sah bei den Mandeln nach und tastete das Bäuchlein ab, um sicherzustellen, daß es dort keine Probleme gab. Dann verabreichte sie ihm eine Penicillinspritze. Zuerst schrie Alexander, aber nicht lange, und dann blies sie für ihn einen Luftballon auf und bot ihm mit Bernies Erlaubnis einen Lutscher an, womit sie trotz seines geschwächten Zustandes einen großen Erfolg erzielte. Alexander saß aufrecht auf Bernies Schoß und blickte sie nachdenklich an. Und sie lächelte ihm zu und schrieb dann für Bernie ein Rezept aus, das er abholen sollte. Zur Sicherheit verschrieb sie noch Antibiotika und gab Bernie zwei kleine Tabletten mit, die er dem Kleinen zerdrückt geben sollte, falls die Schmerzen nicht nachlassen sollten. Aber nach einem Blick auf Alex' bebende Unterlippe sagte sie: »Warum geben wir ihm eigentlich nicht gleich eine? Welchen Sinn hat es, daß er sich quält?« Sie verschwand und kam mit einem Löffel wieder, auf dem die zerdrückte Tablette lag. Das dunkle Haar schwang bei jeder Bewegung um ihre Schultern, und die Medizin war hinuntergeschluckt, ehe Alex es sich versah. Sie ließ alles wie ein Spiel erscheinen, und der Kleine kuschelte sich seufzend an seinen Vater, lutschte am Lolly, und gleich darauf war er eingeschlafen, während Bernie noch einige Formulare ausfüllte. Bernie lächelte und warf dann der jungen Ärztin einen anerkennenden Blick zu. Ihre freundlichen Augen verrieten, daß sie warmherzig und fürsorglich war.

»Danke.« Bernie strich dem Kleinen übers Haar und sah dann wieder Dr. Jones an.

»Sie können wirklich gut mit Kindern umgehen.« Das war für ihn ungemein wichtig, denn seine Kinder bedeuteten ihm alles.

»Vor einer Stunde wurde ich wegen eines anderen Falles von Ohrenschmerzen hierhergerufen.« Sie erwiderte sein Lächeln, denn sie fand es nett, daß zur Abwechslung mal der Vater kam, anstatt der erschöpften und geplagten Mutter, die niemanden hatte, der ihr half. Es war nett zu sehen, daß ein Mann einsprang. Das sagte sie aber nicht. Vielleicht war er geschieden oder hatte keine andere Wahl.

»Leben Sie in Oakville?« Er hatte seine Urlaubsadresse angegeben.

»Nein, wir wohnen eigentlich in der Stadt. Wir sind nur für den Sommer hergezogen.« Sie nickte und lächelte, als sie ihren Teil des Formulars seiner Versicherung wegen ausfüllte.

»Aber Sie sind aus New York?«

Er grinste.

»Woher wissen Sie das?«

»Ich bin auch aus dem Osten. Boston. Aber den Akzent eines New Yorkers erkenne ich immer noch.«

Und er hörte bei ihr die Bostonerin heraus.

»Wie lange sind Sie schon hier?«

»Mehr als drei Jahre?«

Sie nickte.

»Ich bin hierhergekommen, weil ich in Stanford Medizin studiert habe, und ich bin gleich hiergeblieben – das ist jetzt vierzehn Jahre her.« Sie war sechsunddreißig, ihr Ruf war gut, und Bernie gefiel ihr Stil. Sie wirkte intelligent und freundlich, und in ihren Augen lag ein Funkeln, das auf Humor schließen ließ. Nachdenklich sah sie ihn an. Sie mochte ihn.

»Ein hübscher Ort. Es läßt sich hier gut leben. In Napa, meine ich. Na ja« – sie legte die Formulare beiseite und blickte auf den schlafenden Alex nieder – »kommen Sie doch in zwei Tagen in meine Praxis nach Saint Helena. Das ist für Sie nicht so weit.« Ihr Blick umfaßte die antiseptische Umgebung der Notaufnahme. Außer in Notfällen behandelte sie Kinder hier nicht gern.

»Gut zu wissen, daß Sie in der Nähe sind. Bei Kindern weiß man ja nie, wann man einen Arzt braucht.«

»Wieviel haben Sie denn?« Vielleicht war das der Grund, warum die Frau nicht mitgekommen war, dachte sie bei sich. Vielleicht hatten sie zehn Kinder, so daß sie zu Hause bleiben mußte. Irgendwie fand sie die Vorstellung amüsant. Sie hatte einen Patienten mit acht Kindern, die sie alle prächtig fand.

»Ich habe zwei«, sagte Bernie. »Alexander und eine neunjährige Tochter ... Jane.«

Sie lächelte. Er war ein netter Mann. Und in seinen Augen leuchtete es auf, wenn die Rede auf seine Kinder kam. Aber sonst wirkte sein Blick irgendwie traurig wie der eines Bernhardiners. Sie schalt sich sofort. Er war ein gutaussehender Mann. Ihr gefiel die Art, wie er sich bewegte ... der Bart ... Beruhige dich, sagte sie sich, während sie ihm die letzten Anweisungen mit auf den Weg gab, und er mit Alex auf dem Arm ging.

Als sie sich selbst für den Nachhauseweg bereit machte, sagte sie schmunzelnd zur Schwester. »Diese späten Fälle darf ich nicht mehr übernehmen. Um diese Zeit gefallen mir die Väter.« Beide lachten.

Sie hatte natürlich nur einen Witz gemacht. Wenn es um ihre Patienten und deren Eltern ging, nahm sie alles sehr ernst. Sie winkte den Schwestern zu und ging zu ihrem Wagen. Es war der kleine Austin Healy, den sie seit der Studentenzeit hatte. Mit offenem Verdeck fuhr sie zurück nach Saint Helena und ließ ihr Haar im Wind fliegen.

Als sie den langsamer fahrenden Bernie überholte, winkte sie ihm zu, und Bernie winkte zurück. Sie hatte etwas an sich, das ihm gefiel. Er war nicht sicher, was es war. In Oakville fuhr er in seine Zufahrt ein, als die Sonne über den Bergen aufging, und er fühlte sich glücklicher als seit langem.

## 35

Zwei Tage darauf fuhr Bernie mit Alexander zu Dr. Jones. Diesmal in die Praxis, die in einem kleinen, sonnigen viktorianischen Haus am Stadtrand gelegen war. Sie betrieb die Praxis zusammen mit einem anderen Arzt und hatte oberhalb der Praxisräume ihre Wohnung. Wieder war Bernie beeindruckt von der Art, wie sie mit dem Kind umging, vielleicht noch mehr als beim erstenmal. Heute trug sie über den Jeans einen gestärkten weißen Mantel, doch ihre Art, sich zu geben, war lässig, ihre Berührung sanft und ihr Blick warm, als sie mit Alexander und seinem Vater scherzte.

»Ja, seine Ohren haben sich sichtlich gebessert.« Sie lächelte erst Bernie, dann seinem Sohn zu.

»Aber du hältst dich jetzt einige Zeit vom Pool fern, Freundchen.« Bei diesen Worten fuhr sie Alexander übers Haar, und in diesem Augenblick sah sie mehr wie eine Mutter als wie eine Ärztin aus, und in Bernies Herz wurde etwas angerührt, das er ganz schnell wieder verdrängte.

»Möchten Sie ihn noch mal untersuchen?« Sie schüttelte den Kopf, und fast tat es ihm leid, daß sie nicht ja gesagt hatte. Er ärgerte sich über sich selbst. Sie war nett und intelligent, das war alles, und sie hatte die Sache mit dem Kind gut hingekriegt. Falls Alex noch einmal in die Praxis mußte, dann konnte Nanny ihn begleiten. Das war sicherer. Er ertappte sich, wie er das schimmernde schwarze Haar anstarrte, und wieder ärgerte er sich. Ihre blauen Augen erinnerten ihn so sehr an Liz...

»Ich glaube nicht, daß ich ihn mir noch mal ansehen muß. Aber ich brauche noch ein paar Informationen für meine Unterlagen. Wie alt ist er genau?« Sie lächelte Bernie zu, und er versuchte, gleichmütig zu bleiben, als hätte er seine Gedanken anderswo. Sie waren so blau ... wie ihre ... er zwang seine Gedanken zurück in die Realität.

»Zwei Jahre und zwei Monate.«

»Ist der allgemeine Gesundheitszustand in Ordnung?«

»Ja, sehr gut.«

»Impfungen auf dem laufenden?«

»Ja.«

»Welchen Kinderarzt haben Sie in der Stadt?« Er nannte ihr den Namen. Es war viel einfacher, über diese Dinge zu reden. Er brauchte sie nicht mal anzusehen, wenn er nicht wollte.

»So, und jetzt die Namen der anderen Familienmitglieder?« Wieder lächelte sie, während sie sich alles aufschrieb, dann sah sie ihn wieder an.

»Sie sind Mr. Bernhard Fine?« Sie glaubte sich von der ersten Konsultation her an den Namen zu erinnern, und jetzt war es an ihm, beinahe zu lächeln.

»Richtig. Und seine Schwester heißt Jane und ist neun.«

»Ich weiß.« Wieder lächelte sie. Dann sah sie ihn erwartungsvoll an. »Und?«

»Das wär's dann schon.« Er hätte mit Liz gern noch ein oder zwei Kinder gehabt, doch war dazu keine Zeit gewesen.

»Der Name Ihrer Frau?« Etwas in seinem Blick deutete auf heftigen Schmerz, und sie dachte unwillkürlich sofort an eine häßliche Scheidung.

Aber er schüttelte nur den Kopf. Ihre Frage hatte ihn wie ein unerwarteter und schmerzhafter Schlag getroffen.

»Hm ... nein ... sie ist nicht ...«

Die Ärztin machte ein erstauntes Gesicht. Er hatte sonderbar auf ihre Frage reagiert, und seinen Blick konnte sie nicht deuten.

»... nicht was?«

»Nicht mehr am Leben.« Die Worte waren kaum hörbar, und plötzlich wurde ihr klar, welchen Schmerz sie ihm zugefügt hatte. Es tat ihr unendlich leid. Der Schmerz über den Tod eines Menschen war etwas, gegen das sie nie unempfindlich geworden war.

»Das tut mir so leid ...« Sie sprach nicht weiter und sah das Kind an. Wie schrecklich es für alle gewesen sein mußte, besonders für das Mädchen. Alexander war noch zu klein, um es zu begreifen. Und der Vater schien sich noch immer nicht von dem Schock erholt zu haben.

»Es tut mir leid, daß ich danach gefragt habe.«

»Schon gut. Sie konnten es nicht wissen.«

»Wann ist es passiert?« Es konnte noch nicht so lange her sein, da Alexander erst zwei Jahre alt war. Ihr Herz schmolz dahin, als sie Bernies Blick begegnete, und ihr die Tränen kamen.

»Vergangenen Juli.« Mehr zu sagen war für ihn zu schmerzlich, und sie fuhr fort, ihre Karteikarte auszufüllen, aber das Herz lag ihr schwer in der Brust. Als die beiden gegangen waren, wollte ihr die Sache nicht aus dem Kopf gehen. Man hatte ihm angesehen, wie schwer es ihm fiel, darüber zu sprechen. Der Arme. Den ganzen Tag über mußte sie an ihn denken, und sie war nicht wenig erstaunt, als sie ihm ein paar Tage später im Supermarkt begegnete. Der kleine Alexander saß wie immer im Einkaufswagen, Jane war auch dabei. Sie plapperte unentwegt, und Alex deutete auf etwas und schrie in voller Lautstärke:

»Gummi, Dad, Gummi!«

Dr. Jones stieß fast mit der kleinen Gruppe zusammen. Sie stutzte und lächelte. Die Fines sahen nicht annähernd so traurig aus, wie sie sich vorgestellt hatte. Tatsächlich wirkten sie ausgesprochen glücklich.

»Na, wie geht's denn unserem kleinen Freund?« Sie sah Alex fragend an und entdeckte Freude in Bernies Blick, als sie zu ihm aufschaute.

»Viel besser. Er hat auf die Antibiotika gut angesprochen.«

»Er nimmt sie doch noch immer, oder?« Sie konnte sich nicht mehr erinnern, für wie lange sie das Präparat verschrieben hatte.

»Ja. Aber er ist schon wieder ganz auf dem Damm.« Bernie lächelte ihr zu. Er wirkte etwas abgehetzt. Er trug Shorts, und sie fand, daß er gut darin aussah. Sie versuchte es zu übersehen, nahm es unwillkürlich aber doch wahr. Er war ein ausgesprochen attraktiver Mann. Und Bernie dachte dasselbe von ihr. Megan Jones trug Jeans, eine Sportbluse und rote Espandrillos. Ihr Haar schimmerte frischgewaschen. Da sie ihren Ärztekittel nicht trug, konnte Jane natürlich nicht wissen, wer sie war. Bernie machte die beiden miteinander bekannt, und Jane reichte ihr widerstrebend die Hand, als hätte sie Angst, zu freundlich zu sein. Mißtrauisch beäugte sie die Frau und erwähnte sie erst wieder, als sie im Wagen waren.

»Wer war denn das?«

»Die Ärztin, zu der ich Alex unlängst in der Nacht gebracht habe.« Das sagte er ganz beiläufig, hatte aber das Gefühl, erst fünf Jahre alt zu sein und von seiner Mutter ausgefragt zu werden. Er mußte lachen, weil die Situation so viel Ähnlichkeit hatte. Es waren dieselben Fragen, die Ruth ihm immer gestellt hatte.

»Und warum hast du ihn ausgerechnet zu ihr gebracht?« Die Betonung sagte ihm genau, was sie sich dachte, und er fragte sich sofort, warum sie Dr. Jones nicht mochte. Nie wäre er auf den Gedanken gekommen, daß Jane eifersüchtig war.

»Doktor Wallaby hat mir die Adresse gegeben, ehe wir in die Ferien fuhren, nur für den Fall, daß etwas passiert. Ich war sehr froh, daß ich sie hatte. Und ich fand es sehr nett, daß sie Alex mitten in der Nacht im Krankenhaus behandelt hat. Eigentlich war sie schon fort, wegen eines anderen Falles.« Ihm fiel plötzlich ein, daß sie in Stanford studiert hatte.

Jane gab kaum mehr als ein Brummen von sich und entgegnete nichts.

Doch als es nach ein paar Wochen wieder zu einer zufälligen Begegnung kam, ignorierte Jane Dr. Jones und begrüßte sie nicht einmal. Auf dem Weg zum Wagen schalt Bernie sie deswegen aus.

»Weißt du, daß du eben sehr ungezogen warst?«

»Ach, was ist schon so toll an ihr?«

»Toll ist, daß sie Ärztin ist und du sie vielleicht mal brauchen wirst. Außerdem hat sie dir nichts getan. Du hast also keinen Grund, so unfreundlich zu sein.« Er war froh, daß wenigstens Alex sie gut leiden konnte. Im Supermarkt hatte er sie mit freudigem Krähen begrüßt und sie sofort mit einem sonnigen ›Hallo‹ bedacht. Er konnte sich an sie erinnern, und sie machte viel Getue um ihn und hatte auch einen Lutscher in der Tasche bereit. Jane hatte den angebotenen Lolly abgelehnt, was Megan großzügig übersah. Sie ließ sich überhaupt nichts anmerken.

»Schätzchen, sei bitte nicht so unhöflich zu ihr.« Jane war in letzter Zeit so schrecklich empfindlich. Er wußte nicht, ob es ihr

Alter war, das ihr zu schaffen machte, oder ob sie noch immer unter dem Verlust der Mutter litt. Nanny sagte, wahrscheinlich träfe beides zu, und er argwöhnte, daß sie recht hatte wie immer. Nanny Pippin war die Stütze ihres Lebens, und Bernie hielt große Stücke auf ihre Meinung.

Megan begegnete er erst auf einer Party wieder, zu deren Besuch er sich am Labor Day überreden ließ. Seit fast zwei Jahren war er auf keiner Party mehr gewesen – nicht mehr, seitdem Liz erkrankt war, und schon gar nicht nach ihrem Tod. Doch der Makler, der ihm das Haus verschafft hatte, ließ nicht locker und wollte ihn unbedingt bei dem Grillfest dabeihaben, das an jenem Abend veranstaltet wurde. Es wäre sehr unhöflich gewesen, nicht hinzugehen, wenn er auch nur kurz bleiben wollte. Bernie fühlte sich wie ein totaler Außenseiter, da er keine Menschenseele kannte und sofort merkte, daß er zu korrekt gekleidet war. Alle waren in T-Shirts und Jeans, in Shorts und trägerlosen Tops gekommen. In seiner weißen Hose und dem hellblauen Hemd fühlte er sich völlig fehl am Platz. In dieser Aufmachung hätte er besser nach Beverly Hills oder Capri gepaßt als ins Napa Valley, und es war ihm richtig peinlich, als sein Gastgeber ihn fragte, wohin er anschließend gehen wolle, als er ihm ein Bier brachte.

Bernie tat die Frage lachend und mit einem Achselzucken ab.

»Ich glaube, ich habe zu lange in der Modebranche gearbeitet.« Der Makler nahm ihn anschließend beiseite und fragte ihn, ob er interessiert sei, das Haus noch länger zu halten. Die Hausbesitzer wollten doch länger in Frankreich bleiben als ursprünglich geplant und hätten es sehr gern gesehen, wenn er das Haus behalten hätte.

»Ehrlich gesagt, die Idee könnte mir gefallen, Frank.« Der Makler freute sich über seine Bereitwilligkeit und schlug vor, daß er es auf monatlicher Kündigungsbasis behalten sollte, wobei er ihm versicherte, das Tal sei im Herbst noch viel schöner. »Auch im Winter ist es hier nicht schlecht. Sie könnten ja immer herkommen, wenn Sie Zeit haben, und was die Miete betrifft, so kann man nicht sagen, daß sie überhöht ist.« Sein geschäftlicher Spürsinn verließ ihn keine Sekunde, und Bernie lächelte, in Gedanken schon im Aufbruch begriffen.

»Ja, ich glaube, diese Lösung käme uns allen sehr gelegen.«

»Na, hat Frank Ihnen womöglich einen Weinkeller ange-dreht?« fragte da eine Stimme, die ihm nicht unbekannt vorkam. Ihr Lachen hatte etwas Klingendes an sich, so wie Silberglöck-chen, und Bernie drehte sich um und sah das schimmernde, schwarze Haar und die blauen Augen, die ihn bei jeder Begeg-nung verwirrten. Es war Megan Jones, die sehr, sehr hübsch aussah. Jetzt erst fiel ihm richtig auf, wie braungebrannt sie war. Ihre Haut war ganz dunkel und bildete einen aparten Kon-trast zu den hellen blauen Augen. Sie trug an jenem Abend einen weißen, üppig weiten Rock, dazu weiße Espandrillos und ein hellrotes Top. Sie sah nicht nur hübsch aus, sie war schön, was ihm irgendwie unbehaglich war. Man konnte sie leichter in Jeans und Ärztekittel betrachten. So aber wirkte sie viel zu zugäng-lich, und ihre seidigen glatten Schultern zogen seinen Blick auf sich. Er mußte sich zwingen, ihr in die blauen Augen zu sehen, und das fiel ihm nicht viel leichter.

Ihre Augen weckten immer wieder die Erinnerung an Liz, und doch waren sie anders. Kühner, älter, weiser. Diese Frau war ein völlig anderer Typ. Man ahnte in ihr ein Mitgefühl, das sie älter erscheinen ließ, als sie den Jahren nach war, für ihren Beruf eine sehr nützliche Eigenschaft. Er versuchte den Blick von ihr loszureißen, stellte aber erstaunt fest, daß er es nicht schaffte.

»Frank hat mich nur überredet, meinen Mietvertrag zu verlän-gern.« Das sagte er ganz leise, und ihr fiel auf, daß seine Augen nicht mitlächelten, wenn sein Mund es tat. Sie waren still und ru-hig und gaben jedem zu verstehen, er möge Distanz halten. Sein Kummer war noch zu frisch, als daß er ihn mit jemandem ge-teilt hätte. Das alles spürte sie, während sie ihn beobachtete und an seine Kinder dachte.

»Heißt das, daß Sie hier bleiben wollen?« Sie schien interes-siert, während sie an einem Glas Weißwein nippte.

»Nur an Wochenenden, schätze ich. Den Kindern gefällt es hier sehr. Und Frank sagt, im Herbst sei das Tal sehr schön.«

»Da hat er recht. Deswegen bin ich hier hängengeblieben. Es ist in Kalifornien die einzige Gegend, in der es annähernd herbst-lich wird. Das Laub verfärbt sich, wie bei uns im Osten, das ganze Tal wird rot und gelb. Einfach herrlich!« Bernie versuchte, sich auf das zu konzentrieren, was sie sagte, doch er sah ständig nur ihre bloßen Schultern und ihre blauen Augen, und ihm war, als erwidere sie seinen Blick und wolle ihm mehr damit sagen. Das weckte seine Neugier – aber genaugenommen war er seit der ersten Begegnung neugierig auf sie gewesen.

»Und warum sind Sie sonst noch geblieben?«

Sie reagierte mit einem Achselzucken, und ihr glattes bronzefarbenes Fleisch lockte, als er nach dem zweiten Bier griff und stirnrunzelnd abzuleugnen versuchte, daß er sie anziehend fand.

»Ich weiß es nicht. Ich konnte mir einfach nicht mehr vorstellen, zurück nach Boston zu gehen und für den Rest meines Lebens ernst und würdig zu sein.« Die spitzbübische Ader, die er in ihr vermutete, ließ ihre Augen funkeln, und er lauschte wieder ihrem silberhellen Lachen.

»Ich kann mir vorstellen, daß es in Boston wirklich ernst zugeht, sogar sehr.« Er sah so verdammt gut aus, wie er dastand und mit ihr plauderte, und sie entschied sich, eine persönliche Frage zu riskieren, trotz allem, was sie von ihm wußte.

»Und warum sind Sie in San Franzisko und nicht in New York?«

»Eine Laune des Schicksals. Meine Firma hat mich an die Westküste geschickt, weil hier jemand die neue Niederlassung leiten sollte.« Er lächelte nachdenklich, und dann verdunkelte sich sein Blick, als er daran dachte, warum er länger geblieben war ... weil Liz todkrank gewesen war. »Und dann bin ich hier hängengeblieben.«

Ihre Blicke trafen aufeinander. Sie konnte ihn sehr gut verstehen.

»Und Sie wollen bleiben?«

Er schüttelte den Kopf und lächelte.

»Nein, ich glaube nicht, daß ich noch viel länger bleibe. Irgendwann nächstes Jahr werde ich wahrscheinlich nach New York zurückgehen.« Sofort huschte Bedauern über ihr Gesicht, und unwillkürlich freute er sich. Plötzlich fand er es gut, daß er auf die Party gegangen war.

»Und was halten die Kinder von Ihren Plänen?«

»Das weiß ich nicht.« Er machte ein ernstes Gesicht. »Für Jane
wird es sicher schwer sein. Sie hat immer hier gelebt. Es wird
ihr schwerfallen, auf eine neue Schule zu gehen und sich neue
Freundinnen suchen zu müssen.«

»Sie wird sich rasch umgewöhnen.« Megan sah ihn forschend an, von dem Wunsch beseelt, mehr zu erfahren. Er war
ein Mensch, der in einem den Wunsch weckte, zu wissen, woher er kam und wohin er strebte. Er war ein Mann, wie man ihn
nur selten traf, warmherzig, kraftvoll und realistisch, aber un-
nahbar. Und seit seinem letzten Besuch in ihrer Praxis wußte
sie warum. Sie hätte ihn gern aus der Reserve gelockt, um richtig mit ihm sprechen zu können, wußte aber nicht, wie sie es
anfangen sollte.

»Bei welcher Firma sind Sie eigentlich?«

»Bei Wolff.« Das sagte er bescheiden, als sei es eine ganz un-
bedeutende Firma, und sie lachte ihn mit großen Augen an. Kein
Wunder, daß er so aussah. Er verfügte über den unfehlbaren Stil
eines Mannes, der täglich mit Mode zu tun hatte, doch auf jene
sehr maskuline und lockere Weise, wie sie sie liebte. Tatsächlich
war einiges an ihm, was sie sehr mochte.

In ihrem Lächeln, das sie Bernie schenkte, lag Wärme.

»Ein herrliches Kaufhaus. Alle paar Monate fahre ich hin,
stelle mich auf die Rolltreppe und staune mit offenem Mund.
Wenn man hier im Tal lebt, dann verschwendet man nicht viel
Gedanken an die schönen Dinge.«

»Ich habe mir den Sommer über den Kopf oft zerbrochen.«
Er machte einen interessierten und nachdenklichen Eindruck.
»Schon immer habe ich mir einen Laden in einem Ort wie die-
sem gewünscht. Ein kleines, einfaches, ländliches Geschäft, in
dem man alles bekommt, von Reitstiefeln angefangen bis zur
Abendkleidung, aber nur wirklich gute Ware von allerfeinster
Qualität. Die Leute hier in der Gegend haben keine Zeit, hun-
dert Meilen wegen eines hübschen Kleides zu fahren. Ein großes
Warenhaus würde nicht herpassen, aber etwas Kleines, Einfa-
ches und wirklich Gutes wäre toll ... meinen Sie nicht auch?«
Er hatte sich richtig hineingesteigert, und sie konnte es nach-
empfinden. Beiden erschien es als großartige Idee.

744

»Aber nur das Beste und davon alles in kleinen Mengen. Man könnte eines der viktorianischen Häuser umbauen und in einen Laden verwandeln.« Je länger er darüber nachdachte, desto besser gefiel ihm die Idee, und dann lachte er. »Träume sind Schäume. Ich glaube, wenn man Kaufmann ist, dann beeinflußt dies das Denken, wo immer man ist.«

Er lachte, und sie lächelte ihm zu. Ihr gefiel der Ausdruck seiner Augen, wenn er davon sprach.

»Und warum verwirklichen Sie diesen Traum nicht? Wir haben hier wirklich keine Einkaufsmöglichkeit, bis auf ein paar miserable Läden, die nicht der Rede wert sind. Dabei gibt es hier viele zahlungskräftige Leute, besonders im Sommer. Dank der florierenden Weinbaubetriebe gibt es hier aber das ganze Jahr über Geld.«

Er kniff die Augen zusammen und schüttelte den Kopf. Die Sache wollte ihm nicht aus dem Kopf, doch es war zwecklos, darüber nachzudenken.

»Ich wüßte nicht, wann ich die Zeit für ein solches Projekt finden sollte. Dazu kommt, daß ich wirklich sehr bald zurück nach New York gehen werde. Aber träumen darf man ja noch.«

Er hatte sehr lange Zeit keine Träume mehr gehabt. Von nichts geträumt. Von niemandem. Das spürte sie genau. Sie genoß es, mit ihm zu plaudern, und seine Idee gefiel ihr. Aber noch viel mehr gefiel er ihr. Er war ein ungewöhnlicher Mann. Voller Wärme, Kraft und Ehrlichkeit. Er besaß die Sanftheit der ganz Starken, und das mochte sie.

Er bemerkte den Piepser, den sie an die Innenseite ihres Gürtels gehängt hatte, und fragte sie danach. Von einer Modeboutique zu sprechen erschien ihm banal, obwohl es sie mehr interessierte, als ihm klar war.

»Viermal wöchentlich habe ich Nachtdienst, und Praxisstunden sechsmal. Das hält mich auf Trab, wenn ich nicht eben jemanden wegen Schlafmangels angähne.« Beide lachten. Bernie war beeindruckt von ihrer Gewissenhaftigkeit, die sie sogar den Piepser auf eine Party mitnehmen ließ. Ihm fiel auch auf, daß sie nach einem Glas Wein jedes weitere abgelehnt hatte.

»Sie müssen wissen, daß hier nicht nur schicke Boutiquen fehlen, wir leiden hier oben auch unter Ärztemangel.« Sie lächelte. »Mein Partner und ich, wir sind die einzigen Kinderärzte im Umkreis von zwanzig Meilen. Das klingt vielleicht nicht nach viel, aber manchmal kann es sehr lebhaft zugehen, so wie damals, als Sie ins Krankenhaus kamen. Damals war Alex mein dritter Patient in dieser Nacht. Bei dem ersten Fall habe ich einen Hausbesuch gemacht, der zweite verließ das Krankenhaus, kurz bevor Sie kamen. Ein ruhiges Leben kann man das nicht nennen.« Und doch schien sie nicht unglücklich darüber. Sie wirkte zufrieden und ausgeglichen und liebte ihren Beruf über alles. Das merkte man an ihrer lebhaften Art, wenn sie davon sprach. Und ihm hatte gefallen, wie sie mit Alexander umgegangen war.

»Was hat Sie bewogen, Ärztin zu werden?« Ihm selbst imponierten Ärzte zwar, doch hatte er nie Neigung für diesen Beruf erkennen lassen, dem sie offenbar mit Feuereifer anhing. Bernie hatte von Kindesbeinen an gewußt, daß er nicht in die Fußstapfen seines Vaters treten wollte.

»Mein Vater ist Arzt«, erklärte sie. »Geburtshelfer und Gynäkologe, ein Fach, das mich nicht interessierte. Um so mehr interessierte mich die Kinderheilkunde. Mein Bruder ist Psychiater. Meine Mutter wollte im Krieg Krankenschwester werden, brachte es aber nur bis zur Rotkreuzhelferin. Vermutlich sind wir alle mit dem Mediziner-Bazillus infiziert. Es ist uns wohl angeboren.« Beide lachten. Sie und ihr Bruder hatten in Harvard studiert, ein Umstand, über den sie selten sprach. Sie hatte zuerst das Radcliffe College besucht, um dann in Stanford Medizin zu studieren und als zweitbeste ihr Diplom zu machen, eine Tatsache, die jetzt keine große Rolle mehr spielte. Sie war mit alltäglichen Fällen beschäftigt, kurierte Ohrenentzündungen, gab Injektionen, schiente gebrochene Knochen, heilte Husten und war einfach für die Kinder da, die sie liebte und um die sie sich kümmerte.

»Mein Vater ist auch Arzt.« Bernie fand es nett, daß sie etwas gemeinsam hatten. »Hals-Nasen-Ohren-Arzt. Mir kam dieser Beruf nie sehr verlockend vor. Ich wollte eigentlich Lehrer werden und an einer Schule in Neuengland russische Literatur unterrichten.« Wie albern sich das jetzt anhörte. Die Zeit seiner Begeisterung für russische Literatur schien tausend Jahre zurückzuliegen, und die Erinnerung daran brachte ihn zum Lachen. »Zuweilen regt sich in mir der Verdacht, daß Wolff mich vor einem Schicksal bewahrt hat, das schlimmer als der Tod ist. Ich wollte an einer kleinen Schule in einem verschlafenen Städtchen unterrichten – so hatte ich es mir jedenfalls vorgestellt-, aber Gott sei Dank bot sich nirgends eine Anstellung, denn ansonsten wäre ich vermutlich inzwischen zum Alkoholiker geworden.« Beide lachten. »Oder ich hätte mich glatt aufgehängt. Es ist verdammt viel besser, als in einer Kleinstadt zu versauern.«

Die Beschreibung, die er von Wolff lieferte, brachte sie wieder zum Lachen. »So sehen Sie also sich und Ihren Beruf?«

»Mehr oder weniger.« Ihre Blicke trafen aufeinander, und er spürte eine plötzliche unerklärliche Zuneigung.

Sie plauderten über seinen Laden, als ihr Piepser sich meldete. Sie entschuldigte sich und ging ans Telefon, um gleich darauf zurückzukommen und zu sagen, daß sie sofort ins Krankenhaus müsse.

»Hoffentlich nichts Schlimmes.« Bernie war besorgt, was ihr ein Lächeln entlockte. Diese Notfälle waren für sie alltäglich – sie liebte ihr abwechslungsreiches Leben.

»Nur eine Beule am Kopf, aber für alle Fälle möchte ich mir das Kind ansehen.« Sie war vorsichtig, vernünftig und als Ärztin so gut, wie er vermutet hatte.

»Bernard, es war sehr nett, Sie wiederzusehen.« Sie streckte ihm die Hand entgegen, die sich kühl und fest anfühlte, und zum ersten Mal fiel ihm das Parfüm auf, das sie benutzte, als sie einen Schritt auf ihn zutrat. Es war ein Duft, der sexy und feminin war wie sie selbst, aber nicht zu aufdringlich.

»Besuchen Sie mich doch in meinem Büro, wenn Sie nächstes Mal in der Stadt sind. Ich werde Ihnen französisches Brot verkaufen, nur um Ihnen zu beweisen, daß ich wirklich weiß, wo es ist.«

Sie lachte. »Ich bin der Meinung, Sie sollten Ihren Traumladen hier in Napa aufmachen.«

»Das würde ich sehr gern tun.« Doch es war nur ein Traum. Seine Zeit in Kalifornien war fast vorbei. Wieder trafen sich ihre

Blicke, und als sie sich bei den Gastgebern verabschiedete, bedauerte sie, daß sie gehen mußte. Er hörte das Aufheulen ihres Wagenmotors und sah sie im nächsten Augenblick mit wehendem Haar davonfahren. Wenig später verabschiedete sich auch Bernie und ging nach Hause, in Gedanken bei Megan. Er fragte sich, ob er sie je wiedersehen würde, und fand es erstaunlich, wie sehr sie ihm gefiel und wie hübsch sie ausgesehen hatte.

## 36

Einen Monat später, an einem verregneten Samstag, machte Bernie für Nanny ein paar Besorgungen und stieß vor dem Haushaltswarengeschäft mit Megan zusammen. Zu ihrem langen gelben Regenmantel trug sie rote Gummistiefel und über dem dunklen Haar ein hellrotes Kopftuch. Sie erschrak bei dem Zusammenstoß mit Bernie, der wie sie mit Päckchen beladen war, begrüßte ihn aber mit einem herzlichen Lächeln. Sie hatte seit ihrer letzten Begegnung oft an ihn gedacht und machte aus ihrer Freude über das Wiedersehen keinen Hehl.

»Ach, hallo. Wie geht's?« Ihre Augen leuchteten auf wie blaue Saphire, und sein Blick ruhte wohlgefällig auf ihr.

»Viel zu tun . . . sonst ist alles in Ordnung . . . und Sie?«

»Auch viel zu tun.« Was ihrer guten Laune keinen Abbruch zu tun schien.

»Wie geht's den Kindern?« Es war eine Frage, die sie jedem stellte, doch es war ihr anzumerken, daß sie echtem Interesse entsprang.

»Sehr gut.« Als er ihr zulächelte, fühlte er sich selbst wieder wie ein Kind und genoß dieses Gefühl.

Sie standen im strömenden Regen da, er in seinem alten Tweedhut, einem englischen Regenmantel, der schon bessere Tage gesehen hatte, über seinen Jeans, und plötzlich kniff er im Regen die Augen zusammen.

»Darf ich Sie zu einer Tasse Kaffee einladen, oder haben Sie es sehr eilig?« Er dachte an den Piepser und die Kopfbeule, zu der sic von der Party am Labor Day gerufen worden war.

»Für heute bin ich fertig und würde gern Kaffee trinken gehen.«

Sie deutete auf ein Café, das ein Stück weiter lag, und er lief ihr nach, von der Frage bewegt, warum er sie eigentlich eingeladen hatte. Immer, wenn sie zusammentrafen, merkte er, daß er sie mochte, und ärgerte sich, weil er sie anziehend fand. Das war seiner Meinung nach nicht recht. Es war nicht richtig, daß er sich von ihr angezogen fühlte.

Nachdem sie einen Tisch gefunden und sich gesetzt hatten, trat die übliche peinliche Pause ein. Sie bestellte eine heiße Schokolade, er einen Capuccino, und dann lehnte er sich zurück und sah sie an. Wirklich ungewöhnlich, wie schön sie war, obwohl sie überhaupt nicht zurechtgemacht war. Sie gehörte zu jenen Frauen, die auf den ersten Blick eher unscheinbar wirken. Erst später merkte man, daß mehr an ihnen ist, daß sie ebenmäßige Züge haben, daß ihre Augen bemerkenswert sind, ihre Haut makellos ist und daß dies alles zusammen sie zu etwas Besonderem macht. Und doch war dies alles nicht so auffallend, daß man es auf den ersten Blick bemerkt hätte.

»Was sehen Sie?« Sie merkte, daß er sie anstarrte, und hatte das Gefühl, sie sähe schrecklich aus, aber er legte lächelnd den Kopf schräg.

»Ich dachte eben, wie hübsch Sie doch in dem Regenmantel und Stiefeln und mit dem Kopftuch aussehen.« Er wirkte aufrichtig angetan, und sie errötete heftig und lachte dann.

»Sie müssen blind oder angetrunken sein. Vom Kindergarten an war ich immer die größte meines Jahrgangs. Mein Bruder sagte immer, ich hätte Beine wie Laternenpfähle und Zähne wie Klaviertasten.« Und Haar wie Seide ... und Augen wie helle Saphire und ... Bernie verdrängte diese Gedanken und zwang sich, etwas ganz Gewöhnliches zu sagen.

»Ich glaube, Brüder sagen wohl immer Dinge dieser Art, meinen Sie nicht? Aus eigener Erfahrung weiß ich es nicht, da ich ein Einzelkind war, aber mir scheint, die Rolle eines Bruders im Leben besteht darin, seine Schwester nach besten Kräften zu ärgern.« Die Erinnerungen, die damit geweckt wurden, brachten sie zum Lachen.

»Mein Bruder war ein wahrer Meister darin. Aber ich liebe ihn über alles. Er hat sechs Kinder.« In ihrem Lächeln lag Nachdenklichkeit. Auch Bernie lachte. Wieder eine Katholikin. Seine Mutter wäre erschüttert. Und plötzlich fand er die Vorstellung amüsant. Sie war zwar nicht Mrs. Rosenthals Tochter und nicht Mannequin bei Ohrbach, aber sie war Ärztin. Das wiederum hätte seiner Mutter imponiert und seinem Vater ebenso. Falls das überhaupt von Bedeutung war. Dann ermahnte er sich und rief sich in Erinnerung, daß es nur um heiße Schokolade und Kaffee an einem verregneten Nachmittag in Napa ging.

»Ist Ihr Bruder katholisch?«

Sie schüttelte den Kopf und lachte über die Frage.

»Nein. Er gehört der Episkopalkirche an. Er liebt Kinder über alles. Seine Frau sagt, sie möchte ein Dutzend.« Megan machte ein Gesicht, als beneide sie ihren Bruder und dessen Frau.

»Ich fand große Familien immer wunderbar«, sagte er, als sie ihre Getränke bekamen. Auf ihrer Tasse schwamm Schlagsahne, und sein Kaffee hatte eine Haube schäumender Milch und war mit geriebenen Nüssen bestreut. Er trank einen Schluck und sah sie an, von der Frage bewegt, wer sie war, woher sie kam und ob sie eigene Kinder hatte. Er wußte ja nur ganz wenig von ihr.

»Sind Sie verheiratet, Megan?« Er hatte eigentlich nicht den Eindruck, doch war ihm klar, daß er nicht einmal das mit Sicherheit wußte.

»Dafür ist bei mir leider nicht viel Spielraum ... bei nächtlichen Hausbesuchen und einem Achtzehn-Stunden-Tag.«

Daß sie ihren Beruf über alles liebte, war klar, damit war aber nicht geklärt, warum sie noch ledig war. Und plötzlich entschloß sie sich, ganz offen zu sein. Wie Liz vor langer Zeit, so sah auch Megan in ihm einen Menschen, zu dem man aufrichtig sein und ganz offen sprechen konnte.

»Ich war vor langer Zeit verlobt. Er war auch Mediziner.« Sie schenkte Bernard ein Lächeln, und die Offenheit, die er darin las, traf ihn unvorbereitet wie ein physischer Schlag.

»Nachdem er seine Krankenhausausbildung hinter sich hatte, wurde er nach Vietnam geschickt. Dort kam er um, kurz bevor ich mit meiner Krankenhauszeit anfing.«

»Wie schrecklich für Sie.« Das meinte er ehrlich. Besser als jeder andere konnte er sich vorstellen, was sie durchgemacht haben mußte. Aber für sie lag das schon lange zurück. Marc fehlte ihr zwar immer noch, doch war es nicht mehr so wie zu Anfang. Es war nicht mehr derselbe scharfe Schmerz, mit dem Bernie leben mußte, denn seit Liz' Tod war kaum mehr als ein Jahr vergangen. Aber er hatte jetzt das Gefühl, sie verstehe ihn besser, und er empfand eine Verwandtschaft mit ihr, die zuvor nicht dagewesen war.

»Ja, es war schrecklich. Wir waren schon vier Jahre verlobt, und er hatte abgewartet, bis ich mit dem Studium fertig wurde. Er war auch in Harvard, als ich dort die vorklinischen Semester machte. Na ja«, sie wich kurz seinem Blick aus und sah ihn dann wieder an. – »Es war ehrlich gesagt ein Schlag. Ich wollte ein Jahr aussetzen und meine Klinikzeit verschieben, aber meine Eltern redeten es mir aus. Ich erwog sogar, das Studium ganz aufzugeben oder in die Forschung zu gehen. Ja, ich war ziemlich lange total aus der Bahn geworfen. Aber die Arbeit an der Klinik brachte mich wieder ins richtige Lot, und anschließend kam ich dann hierher.« Sie lächelte unmerklich, als wolle sie ihm zu verstehen geben, daß man jeden Verlust, und sei er noch so schmerzlich, überwinden könne.

»Kaum zu glauben, aber seit seinem Tod sind schon zehn Jahre vergangen. Seit damals habe ich für niemanden mehr richtig Zeit gehabt.« Sie errötete und lachte dann. »Das heißt nicht, daß ich keine Verabredungen gehabt hätte. Aber etwas Ernstes war es nie. Erstaunlich, nicht?« Die Tatsache, daß zehn Jahre vergangen waren, erschien ihr bemerkenswert. Marcs wegen war sie nach Stanford gegangen und war dann im Westen geblieben, weil sie ihm dadurch näher zu sein glaubte. Und jetzt konnte sie sich ein Leben in Boston nicht mehr vorstellen.

»Zuweilen bedaure ich, daß ich unverheiratet bin und keine Kinder habe.« Sie trank einen Schluck Schokolade, und Bernie sah sie voller Bewunderung an. »Dafür ist es fast schon zu spät, aber schließlich habe ich meine kleinen Patienten, die kann ich bemuttern und verhätscheln.« Trotz ihres Lächelns war Bernie nicht überzeugt, daß dies ausreichte.

»Das ist nicht dasselbe.« Er sagte es ganz leise, neugierig geworden, von all dem, was er in ihr sah.

»Nein, natürlich ist es nicht dasselbe, aber auf eigene Weise doch sehr befriedigend. Und der Richtige ist eben nie wieder gekommen. Die meisten Männer haben Schwierigkeiten, sich mit einer Frau abzufinden, die einen Beruf hat, der sie voll ausfüllt. Es hat also keinen Sinn, Tränen über etwas zu vergießen, das es nicht gibt. Man muß das Beste aus seinem Leben machen.«

Er nickte. Das versuchte er auch – ohne Liz, aber es war für ihn noch immer so verdammt schwer, und er hatte jetzt endlich jemanden gefunden, dem er das sagen konnte.

»Mit Liz, meiner Frau, geht es mir ebenso ... ich habe das Gefühl, es wird nie wieder eine wie sie geben.« Dabei sah er sie so aufrichtig an, daß sie spontan Sehnsucht nach ihm fühlte.

»Nein, vermutlich nicht. Aber es könnte eine andere geben, wenn Sie sich nicht dagegen sperren.«

Er schüttelte den Kopf, in dem Gefühl, eine Freundin gefunden zu haben.

»Das tue ich aber.« Sie war der erste Mensch, dem er das eingestehen konnte, und es war eine Erleichterung, es auszusprechen.

»Mir ging es ebenso. Aber mit der Zeit ändern sich die Empfindungen in diesem Punkt.«

»Warum haben Sie dann nicht einen anderen geheiratet?« Seine Worte trafen sie wie ein Fausthieb. Sie sah ihn mit ernstem Blick an.

»Ich glaube, ich wollte es nie.« Sie war völlig aufrichtig. »Ich war der Meinung, Marc und ich seien ein ideales Paar. Und ich fand nie wieder einen Partner wie ihn. Aber wissen Sie was? Es könnte sein, daß ich mich geirrt habe.« Das hatte sie noch nie zugegeben, am allerwenigsten ihrer Familie gegenüber. »Ich wollte immer jemanden, der genauso ist wie er. Und vielleicht wäre ein anderer für mich ebensogut gewesen, wenn nicht besser. Vielleicht hätte der Richtige nicht Kinderarzt sein müssen wie ich. Vielleicht hätte ich einen Anwalt oder Schreiner oder Lehrer heiraten sollen und wäre ebenso glücklich geworden und hätte mittlerweile ein halbes Dutzend Kinder.« Sie sah Bernie fragend an, und er antwortete ihr mit tiefer und sanfter Stimme.

»Sie wissen vermutlich, daß es nicht zu spät ist.«

Lächelnd lehnte sie sich zurück. Jetzt fühlte sie sich entspannter und lockerer. Vor allem aber war sie glücklich, daß sie mit ihm sprechen konnte.

»Inzwischen bin ich zu festgefahren in meinen Gewohnheiten – eine alte Jungfer durch und durch.«

»Und darauf auch noch stolz«, meinte er lachend und glaubte ihr keinen Moment. »Was Sie sagen, hilft mir sehr. Meine Mutter drängt mich, wieder unter Menschen zu gehen, aber ich bin dazu noch nicht bereit.« Das war als Entschuldigung gedacht für das, was er wollte und zugleich auch wieder nicht wollte, weil er nicht begriff, was er empfand, als er sie ansah und alte Erinnerungen wach wurden, Erinnerungen, die ihn verwirrten.

»Bernard, lassen Sie sich bloß nicht von irgend jemandem einreden, was Sie tun müssen. Sie selbst werden am besten wissen, wann der Zeitpunkt gekommen ist. Und es wird für die Kinder einfacher sein, wenn Sie wissen, was Sie wollen. Wie lange ist es jetzt her?« Sie meinte, wann Liz gestorben war, und er konnte die Frage nun schon gelassener beantworten.

»Knapp über ein Jahr.«

»Lassen Sie sich Zeit.«

Ihre Blicke trafen sich, und er sah sie forschend an.

»Und was dann? Was passiert dann, wenn man nie wieder dasselbe findet?«

»Man kommt soweit, daß man auf andere Weise liebt.« Sie streckte die Hand aus und berührte seine Hand. Sie war die uneigennützigste Person, der er seit langem begegnet war.

»Sie haben ein Recht darauf.«

»Und Sie? Warum hatten Sie nicht auch das Recht darauf?«

»Vielleicht, weil ich es nicht wollte ... vielleicht, weil ich nicht den Mut hatte, es wieder zu versuchen.« Es waren weise Worte, und dann sprachen sie über andere Dinge. Über Boston, New York, das Haus, das er gemietet hatte, über den Kollegen, mit dem sie die Praxis teilte.

Er erzählte ihr sogar von Nanny Pippin, und gemeinsam lachten sie über die Abenteuer, die sie bestanden hatten. Es war ein bezaubernder Nachmittag, und er bedauerte sehr, als sie sagte, daß sie gehen mußte. Sie fuhr nach Calistoga, wo sie eingeladen war, und er war plötzlich neugierig, wen sie besuchte, Frau oder Mann, Freundschaft oder Romanze. Als er ihr nachsah, wie sie davonfuhr, und ihr nachwinkte, dachte er an das, was sie gesagt hatte.

»Vielleicht weil ich nicht den Mut hatte, es wieder zu versuchen ...« Als er nach Hause fuhr, wo Nanny und die Kinder ihn erwarteten, fragte er sich, ob er je wieder er selbst sein würde.

## 37

Bernie hatte den Kopf voll mit anderen Dingen, als seine Sekretärin in der folgenden Woche zu ihm kam und ihm sagte, eine Dame wolle ihn sprechen.

»Eine Dame?« Er war erstaunt, weil er sich beim besten Willen nicht vorstellen konnte, wer das sein sollte. »Was für eine Dame?«

»Ich weiß es nicht.« Seine Sekretärin war nicht weniger verwundert. Im allgemeinen waren bei ihm weibliche Besucher eher selten, wenn es sich nicht um jemanden von der Presse handelte, um eine Vertreterin der Junior League, die seine Unterstützung für eine Modenschau erbitten wollte, oder aber Paul Berman schickte jemanden aus New York. Doch in allen diesen Fällen waren es fixe Termine, und diese Besucherin hatte keinen Termin bei ihm. Dafür war sie attraktiv. Seiner Sekretärin war das sofort aufgefallen. Aber sie wußte nicht, wer die Besucherin war. Es fehlte ihr das stereotype Erscheinungsbild der Junior-League-Damen mit blonden Haarsträhnchen, Goldohrringen und Schuhen mit Goldriemchen. Auch war sie nicht der Typ biedere Matrone, die Wohltätigkeitsveranstaltungen plante, ebensowenig der haifischartige Typ der New Yorker Einkäuferinnen oder Journalistinnen. Sie wirkte gesund und sauber und war irgendwie sehr gut zurechtgemacht, obwohl sie in ihrem marineblauen Kostüm mit der beigefarbenen Seidenbluse weder sehr aufregend noch übermäßig modisch gekleidet war. Dazu trug sie Perlenohrringe und dunkelblaue Schuhe mit hohen Absätzen. Sie hatte sehr schöne Beine und war sehr groß. Fast so groß wie Bernie. Verblüfft starrte er seine Sekretärin an, weil sie ihm nichts Genaueres sagen konnte.

»Haben Sie sie nach dem Namen gefragt?« Seine Sekretärin war nicht auf den Kopf gefallen, doch diesmal mußte sie passen.

»Sie sagte nur, sie sei gekommen, um Brot zu kaufen ... und ich sagte ihr, sie sei in die falsche Abteilung geraten. Hier seien nur Büros, doch sie bestand darauf, daß ich es Ihnen sage, Mr. Fine ...« Plötzlich lachte er laut auf und schnellte aus seinem Stuhl hoch, um, verfolgt vom Blick seiner Sekretärin, zur Tür zu laufen. Er öffnete und sah sich Meg gegenüber. Megan Jones war sehr schick und wirkte gar nicht wie eine Ärztin. Kein weißer Kittel und keine Jeans, und sie lächelte spitzbübisch, als er sie angrinste.

»Sie haben meiner Sekretärin einen Riesenschreck eingejagt«, sagte er halblaut. »Was treiben Sie hier? ... Ich weiß ... ich weiß ... Sie wollen Brot kaufen.« Seine Sekretärin verschwand leise durch die andere Tür, und Bernie bat Megan in sein Büro. Sie folgte ihm und blickte sich um. Tatsächlich verfügte er über alle äußeren Anzeichen eines bedeutenden Mannes, und sie war gebührend beeindruckt, als sie sich in einem der großen Ledersessel niederließ und Bernie zulächelte, der sich auf die Schreibtischkante setzte. Er schien sich über ihr Kommen sehr zu freuen.

»Also, was führt Sie wirklich hierher, Frau Doktor? ... Vom Brot abgesehen, natürlich.«

»Eine alte Freundin aus der Studentenzeit. Sie gab das Studium auf, heiratete und bekam Kinder. Jetzt kam vor kurzem Nummer fünf, und ich habe versprochen, sie zu besuchen. Außerdem muß ich mir ein paar neue Sachen kaufen. Über die Feiertage möchte ich nach Hause, und meine Mutter wird bittere Tränen vergießen, wenn sie mich in meiner ländlichen Aufmachung sieht. Ich darf nicht vergessen, daß man sich in Boston ganz anders anzieht.« Sie lächelte verlegen. »Ich muß zumindest am Anfang anständig aussehen. Am dritten Tag greife ich ohnehin meist wieder zu Jeans. Aber diesmal werde ich mich zusammennehmen.« Ihr Blick glitt an ihrem blauen Kostüm hinunter, um dann wieder zu Bernie zurückzuwandern. »Heute habe ich schon ein wenig geübt. Na, wie sehe ich aus?« Einen Augenblick wirkte sie unsicher, und er fand das rührend, weil sie sonst eine so fähige und tüchtige Person war.

»Sie sehen reizend aus, sehr schick und sehr hübsch.«

»Ohne meine Jeans komme ich mir nackt vor.«

»Und ohne weißen Kittel ... irgendwie sehe ich Sie immer im weißen Ärztemantel oder in Ihrem Regenmantel vor mir.« Sie lächelte. Sie selbst sah sich auch nicht anders. Sie aber hatte Bernie stets in dem offenen blauen Hemd und in der weißen Hose in Erinnerung, die er auf der Party am Labor Day getragen hatte. Damals hatte er so gut ausgesehen, doch sie mußte zugeben, daß er in seinem korrekten Anzug auch sehr beeindruckend wirkte. Fast beängstigend ... aber nicht sehr, da sie ihn schon zu gut kannte.

»Soll ich Sie im Haus herumführen?« Die Berge von Papier auf dem Schreibtisch sagten ihr, daß er sehr beschäftigt war. Stören wollte sie nicht, aber es war sehr nett, ihn wenigstens für ein paar Minuten zu sehen.

»Ich komme auch allein zurecht. Ich wollte Sie nur kurz begrüßen.«

»Das freut mich.« Bernie wollte sie noch nicht gehen lassen. »Wann wollen Sie Ihre Freundin besuchen?«

»Ich habe mich für vier angekündigt, sobald ich meine Einkäufe erledigt habe.«

»Wie wär's nachher mit einem Drink?« Er machte ein hoffnungsvolles Gesicht. Manchmal fühlte er sich in ihrer Gegenwart wie ein kleiner Junge. Er wollte ihr Freund sein ... und eigentlich wollte er noch mehr ... doch er unternahm nichts ... er wußte gar nicht, was er von ihr wollte, außer Freundschaft. Aber darüber brauchte er sich jetzt nicht den Kopf zu zerbrechen. Beide genossen diese Freundschaft, und auch sie wollte gar nicht mehr. Megan Jones schien sich über seine Einladung zu freuen.

»Ja, gern. Ich brauche nicht vor elf zu Hause zu sein. Bis dahin vertritt mich Patrick.«

»Und anschließend haben Sie Dienst?« Bernie war entsetzt. »Wann schlafen Sie eigentlich?«

»Niemals.« Der Schalk blitzte in ihren Augen. »Heute war ich bis fünf Uhr morgens auf, wegen eines fünf Monate alten Babys, das an Krupp-Husten leidet. Mit der Zeit gewöhnt man sich daran.«

Bernie stöhnte auf. »Das könnte mir nie passieren. Deswegen arbeite ich lieber für Wolff und bin kein Arzt geworden, wie meine Mutter es sich gewünscht hätte. Aber Sie«, er lächelte Megan zu, »Sie sind der Wunschtraum jeder jüdischen Mutter. Wären Sie meine Schwester, meine Mutter wäre selig.«

Sie lachte. »Und meine Mutter bat mich flehentlich, nicht Medizin zu studieren. Sie lag mir ständig in den Ohren, daß ich Krankenschwester oder Lehrerin oder Sekretärin werden sollte. Irgendeinen netten Beruf, bei dem ich einen Mann zum Heiraten kennenlernen würde.«

Die Schilderung entlockte Bernie ein Lächeln.

»Ich möchte wetten, daß sie jetzt vor Stolz platzt.«

Megan tat seine Bemerkung mit einem lässigen Achselzucken ab.

»Ja, hin und wieder schon. Gottlob hat sie dank meines Bruders Enkel, sonst würde sie mich total in den Wahnsinn treiben.« Sie warf einen Blick auf die Uhr und sagte dann: »Ich muß jetzt gehen. Wo wollen wir uns treffen?«

»Im ›L'Étoile‹ um sechs?« Das sagte er ohne Überlegung und fragte sich sofort, was er da vorgeschlagen hatte. Sie war die erste Frau, die er seit Liz dorthin ausführte, von seiner Mutter abgesehen – aber was soll's? Es war eine wunderbare Atmosphäre für ein paar Drinks, und ihr gebührte nur das Beste. Megan Jones hatte Klasse, und das reizte ihn. Sie war nicht eines der Mädchen, denen man dutzendfach begegnete, und das wußte er. Sie war eine gescheite Frau, ein guter Freund und eine hervorragende Ärztin.

»Also, bis später.« Sie lächelte ihm von der Tür aus zu, und der ganze Tag erschien ihm schöner, weil sie dagewesen war. Um halb sechs ging er aus dem Büro und ließ sich Zeit, ins ›L'Étoile‹ zu kommen. Er war in guter Stimmung und brachte Meg eine Stange französisches Brot mit, dazu eine Flasche ihres Lieblingsparfums. Megan erschrak, als er ihr die Sachen über den Tisch zuschob.

»Du lieber Himmel, was soll das?« Aber sie schien sich sehr zu freuen, und der melancholische Ausdruck ihrer Augen, der ihm gesagt hatte, daß ihr Tag nicht wie erhofft verlaufen war, verflog.

»Ist etwas schiefgelaufen?« fragte er schließlich, als sie an ihren Kirs nippten. Sie hatten entdeckt, daß sie beide diesen Drink sehr mochten. Megan hatte ein Jahr in der Provence verbracht und sprach ein fehlerfreies Französisch, was ihn sehr beeindruckte.

»Ich weiß nicht ...« Seufzend lehnte sie sich zurück. Sie war ihm gegenüber immer aufrichtig gewesen, und er hörte sich gern ihr Bekenntnis an.

»Als ich heute das Baby sah, da ging etwas in mir vor.« Er wartete geduldig auf ihre Erklärung.

»Es war das erste Mal, daß ich jenen beängstigenden Schmerz spürte, von dem Frauen sprechen ... der Schmerz, der einen zu der Frage drängt, ob man in seinem Leben das Richtige getan hat.« Nach einem weiteren Schluck sah sie ihn an, und es lag so etwas wie Trauer in ihrem Blick. »Es wäre doch schrecklich, nie Kinder zu haben, meinen Sie nicht? Dieses Gefühl hatte ich vorher nie. Aber vielleicht war ich nur müde, nach der langen Nacht mit dem kranken Kind.«

»Ich glaube nicht, daß das der Grund war. Meine Kinder sind das Beste, was mir im ganzen Leben widerfahren ist. Und Sie sind klug genug, um sich über das Familienleben im klaren zu sein. Sie wissen, was Ihnen fehlt, im Unterschied zu den meisten anderen Frauen.«

»Und was nun? Soll ich losgehen und ein Baby entführen ... oder mich von meinem Metzger am Markt von Napa schwängern lassen?« Ihr Lächeln konnte nicht darüber hinwegtäuschen, daß sie ein wenig bedrückt war. Bernie erwiderte das Lächeln mit einem Anflug von Mitgefühl.

»Ich vermute, daß es da geeignetere Kandidaten gäbe.« Es wäre ihm unglaublich erschienen, wenn es anders gewesen wäre. Sie errötete andeutungsweise in dem gedämpften Licht des Raumes. Aus dem Hintergrund war leise Klaviermusik zu hören.

»Schon möglich, aber ich halte nichts davon, ein Kind ohne Vater aufzuziehen. Ich bin nicht mal sicher, ob ich überhaupt wirklich ein Kind möchte. Aber heute«, ihre Stimme klang verträumt, und in ihren Blick trat etwas Entrücktes, »... als ich das Baby hochnahm ... was für ein Wunder Kinder doch sind.« Dabei blickte sie zu ihm auf und zog dann die Schultern hoch. »Albern, wenn man die Sache so verklärt sieht, nicht? Ich führe immerhin auch ohne Kinder ein wunderbares Leben.«

»Es könnte vielleicht noch besser sein.« Das sagte er mehr zu sich als zu ihr.

»Vielleicht.« Gespräche dieser Art weckten unweigerlich Erinnerungen an Marc, und die schmerzten noch immer, auch nach all den Jahren. Einen wie ihn hatte es nicht mehr gegeben.

»Denken Sie doch an die unzähligen Windeln, die ich nicht wechseln muß. Ich darf statt dessen herumlaufen, mein Stethoskop schwenken und die Babys anderer Leute niedlich finden.« Er selbst hätte sich ein Leben ohne Jane und Alexander nicht mehr vorstellen können, und das wollte er ihr sagen.

»Ich war Mitte Dreißig, als Alexander geboren wurde, und er ist das Beste, was mir je passiert ist.«

Dieses Eingeständnis rührte Megan zu einem Lächeln.

»Und wie alt war Ihre Frau?«

»Fast neunundzwanzig. Aber ich glaube, sie hätte auch noch ein Kind bekommen, wenn sie zehn Jahre älter gewesen wäre. Sie wollte einfach mehr Kinder.« Ein Jammer, daß es nicht mehr geworden waren. Ein Jammer, daß sie hatte sterben müssen. Ein Jammer, daß auch Marc hatte sterben müssen. Doch so war es nun einmal. Es war die Wirklichkeit. Und Bernie und Megan hatten sie überlebt.

»In meiner Praxis habe ich es sehr häufig mit älteren Müttern zu tun. In meinen Augen sind sie ungeheuer tapfer. Das Schöne bei einer Mutterschaft in vorgerückten Jahren ist der Umstand, daß man getan hat, was man tun wollte, daß man die Freiheit genossen hat, daß man sich ausleben und im Beruf bewähren konnte. Manchmal glaube ich, ältere Mütter sind dadurch auf die Mutterrolle besser vorbereitet.«

»Ach?« Er lächelte, weil er sich plötzlich wie seine eigene Mutter fühlte. »Dann nichts wie los ... schaffen Sie sich doch ein Kind an.«

Sie lachte schallend. »Ich werde meinen Eltern von Ihren weisen Ratschlägen berichten.«

»Sagen Sie ihnen auch, daß Sie meinen Segen haben.«

»Mach' ich.« Sie lächelten einander zu, und sie lehnte sich bequem zurück und lauschte den gedämpften Pianotönen.

»Wie sind Ihre Eltern?« Er war neugierig und wollte unbedingt mehr über Megan erfahren. Er wußte, daß sie wegen ihres Kinderwunsches ins Grübeln geraten war, daß sie Radcliffe und Stanford absolviert hatte, daß ihr Verlobter in Vietnam gefallen war, daß sie aus Boston stammte und in Napa lebte, aber mehr wußte er nicht, nur, daß sie eine tolle Frau war und ihm gefiel. Sehr sogar. Vielleicht zu sehr, nur wollte er es sich nicht eingestehen. Er tat so, als mochte er sie nur ein bißchen.

»Meine Eltern?« Die Frage schien sie zu überraschen, und er nickte.

»Nett, glaube ich. Mein Vater arbeitet zuviel, und meine Mutter himmelt ihn an. Mein Bruder hält beide für verrückt. Er selbst möchte reich werden und will nicht nächtelang aufbleiben, um Kindern ins Leben zu verhelfen, deswegen ist er Psychiater und nicht Geburtshelfer geworden. Ich glaube aber, daß er seine Arbeit sehr ernst nimmt« – einem nachdenklichen Blick folgte ein Lächeln- »so ernst wie sonst nichts. Mein Bruder ist total verrückt, klein und blond, genau wie unsere Mutter.«

Die Vorstellung fand Bernie sehr komisch.

»Und Sie sehen eher wie Ihr Vater aus?«

»Genau.« Sie schien es nicht zu bedauern. »Mein Bruder bezeichnet mich als Riesin. Ich nenne ihn Zwerg, was der auslösende Faktor für tausend Kämpfe in unserer Kindheit war.«

Bernie brachte diese Schilderung zum Lachen.

»Wir sind in einem hübschen Haus in Beacon Hill aufgewachsen, das meinem Großvater und einigen Verwandten meiner Mutter gehörte. Sie sind ziemlich hochgestochen. Ich glaube nicht, daß sie meinen Vater je richtig akzeptierten. Für sie ist ein Arzt nicht gut genug, was ihn aber nicht stört, da er seine Arbeit liebt und er anerkannt wird. Als Studentin war ich in den Ferien bei einigen Entbindungen dabei, die er leitete, und ich sah, daß er dank seines Könnens einer Anzahl von Neugeborenen das Leben rettete, die es sonst nicht geschafft hätten. Fast hätte auch ich Geburtshilfe als Fach gewählt, aber dann entschied ich mich doch für die Kinderheilkunde.«

»Und warum wollten Sie nicht in Boston bleiben?«

»Möchten Sie eine ehrliche Antwort?« Sie seufzte. »Der familiäre Druck wurde mir zu stark. Ich wollte nicht in Dads Fußstapfen treten. Ich wollte nicht Frauenärztin werden, wollte auch keine Hausfrau mit Leib und Seele werden wie meine Mutter, die sich nur um Mann und Kinder kümmert. Ihrer Meinung nach hätte ich das Medizinstudium allein Marc überlassen sollen und mich damit zufriedengeben, meinem Ehemann das Leben zu erleichtern. Daran ist ja auch nichts auszusetzen, doch ich wollte mehr. Und dieses sanfte, episkopalisch gefärbte, puritanische Drängen hätte ich auf die Dauer nicht ertragen. Man hätte von mir erwartet, daß ich eine gute Partie mache, in einem Haus lebe, das unserem ähnelt, und Teegesellschaften für Freundinnen gebe wie meine Mutter.« Allein der Gedanke daran schien ihr angst zu machen, was ihrer Miene anzumerken war. »Das ist nichts für mich. Ich brauchte mehr Freiraum, neue Menschen und meine Jeans. Ein Leben, wie es meine Eltern führen, kann einen sehr einengen.«

»Davon bin ich überzeugt. Der Druck unterscheidet sich nicht wesentlich von jenem, dem ich in Scarsdale ausgesetzt war. Ob jüdisch, katholisch oder Episkopalkirche, es läuft alles auf dasselbe hinaus. So sind die Leute eben, und sie erwarten, daß man auch so wird. Manche können es, manche nicht. Ich konnte es nicht. Wenn ich es gekonnt hätte, wäre ich jetzt ein jüdischer Arzt, mit einem netten jüdischen Mädchen verheiratet, das sich in diesem Augenblick die Nägel maniküren läßt.«

Megan lachte. »Meine beste Studienfreundin kam aus einer jüdischen Familie. Sie praktiziert jetzt als Psychiaterin in Los Angeles und verdient ein Vermögen damit, aber ich gehe jede Wette ein, daß sie sich noch nie ihre Nägel maniküren ließ.«

»Dann ist sie eine Ausnahme, glauben Sie mir.«

»War Ihre Frau auch Jüdin?« Auch Megan war neugierig. Er schüttelte den Kopf. Die Erwähnung von Liz machte ihm nicht mehr zu schaffen, wie sein Lächeln zu erkennen gab.

»Nein. Sie hieß Elizabeth O'Reilly.« Er mußte lachen, als ihm eine scheinbar tausend Jahre zurückliegende Szene einfiel. »Als ich meiner Mutter das sagte, bekam sie fast einen Herzanfall.«

Megan lachte darüber, und er berichtete ihr die Geschichte in allen Einzelheiten.

»Meine Eltern reagierten ähnlich, als mein Bruder ihnen seine Zukünftige vorstellte. Sie kann es an Verrücktheiten mit ihm aufnehmen und ist Französin. Meine Mutter war fest überzeugt, französisch bedeutete, sie hätte für freizügige Fotos posiert.« Jetzt mußten beide lachen, und es folgten Geschichten über die Schrullen ihrer Eltern, bis Bernie auf die Uhr sah und feststellte, daß es acht Uhr war. Er wußte, daß sie um elf in Napa sein mußte.

»Möchten Sie hier etwas essen?« Er war davon ausgegangen, daß sie zusammen dinieren würden – zumindest hatte er es gehofft –, und es war ihm einerlei, wo sie essen gehen würden. Er wollte nur mit ihr zusammensein. »Wollen Sie chinesisch essen oder irgendwie exotisch?«

In ihrem Blick lag Zögern, da sie die Zeit überschlug.

»Mein Dienst beginnt um elf ... das heißt, daß ich hier um halb zehn losfahren muß –« Sie lächelte hilflos. »Wären Sie sehr enttäuscht, wenn wir zusammen irgendwohin auf einen Hamburger gingen? Das geht schneller. Patrick dreht durch, wenn ich mich verspäte und ein Hausbesuch droht. Seine Frau ist im achten Monat, und er steht Todesängste aus, daß bei ihr die Wehen einsetzen, während ich irgendwo festgenagelt bin. Deswegen muß ich sehr pünktlich nach Hause kommen.« Nicht, daß sie unbedingt nach Hause wollte. Lieber hätte sie stundenlang mit Bernie geplaudert.

»Ich habe nichts gegen Hamburger. Und ich kenne sogar ein amüsantes Lokal«, er winkte den Kellner heran, der sofort kam, als Bernie seine Brieftasche hervorzog –, »das nicht weit ist, falls Ihnen ein gemischtes Publikum nichts ausmacht.« Dort sah man alles, von Dockarbeitern bis zu Debütantinnen. Ihm gefiel die Atmosphäre, und er glaubte, daß es ihr auch gefallen würde. Und er sollte recht behalten. Megan war begeistert, kaum daß sie das Lokal betreten hatten. Es war eine Kneipe für Hafenarbeiter, die sich ›Olive Oyl‹ nannte und in der sie Hamburger und Apfelkuchen verspeisten. Um halb zehn trennte sich Megan mit Bedauern von Bernie und fuhr nach Napa zurück. Da sie Angst hatte, sich zu verspäten, begleitete er sie nach dem Essen rasch zu ihrem Austin Healy.

»Werden Sie es gut nach Hause schaffen?« Er machte sich Sorgen, denn es war schon spät für eine relativ lange Autofahrt, sie aber lächelte.

»So ungern ich meine Größe ins Spiel bringe, aber ich bin ein großes Mädchen.« Da lachte er. Sie war empfindlich, was ihre Körpergröße betraf. »Es war ein wunderbarer Abend.«

»Ja, das war es.« Er meinte es ehrlich. So gut unterhalten hatte er sich schon lange nicht mehr. Das Zusammensein mit ihr war sehr angenehm, da er mit ihr über seine geheimsten Gedanken sprechen konnte und ihr gern zuhörte.

»Wann kommen Sie wieder nach Napa?« Megan sah ihn an.

»Das wird dauern. Nächste Woche muß ich nach Europa fliegen, und Nanny fährt mit den Kindern während meiner Abwesenheit nicht hin. In knapp drei Wochen werde ich wieder zurücksein und Sie sofort anrufen. Vielleicht können wir wieder einmal zusammen essen.« Lächelnd sah er sie an, als ihm etwas einfiel. »Wann fahren Sie nach Hause?«

»Zu den Weihnachtsfeiertagen.«

»Wir auch. Nach New York. Aber Thanksgiving wollen wir diesmal in Napa feiern.« Er wollte an diesem Tag nicht in der Stadt sein und an das erinnert werden, was nicht mehr war. »Ich rufe Sie an.«

»Geben Sie schön acht auf sich und arbeiten Sie nicht zu viel.« Er ging bis zum Wagen mit ihr und lächelte über ihre Worte.

»Jawohl, Frau Doktor. Dasselbe gilt für Sie, und fahren Sie nicht zu schnell.«

Sie winkte, und er sah auf die Uhr, als sie losfuhr. Genau neun Uhr fünfunddreißig. Um Viertel nach elf rief er sie von zu Hause aus an. Sie sagte, sie sei eben zur Tür hereingekommen und habe den Mantel aufgehängt.

»Ich wollte mich nur vergewissern, ob Sie gut nach Hause gekommen sind. Sie fahren zu schnell«, schalt er sie.

»Sie machen sich zu viele Gedanken.«

»Das ist Vererbung.« Er lachte, und in diesem Fall stimmte es. Er hatte sich sein Leben lang Sorgen gemacht, aber das führte auch dazu, daß er in allem so gut war. Er war ein Perfektionist, in allem, was er anfaßte, und diese Eigenschaft hatte bei Wolff zu hervorragenden Resultaten geführt.

»Bernie, heute ist es in Napa wunderschön. Die Luft ist frisch und klar, und die Sterne funkeln.« Die Stadt lag unter einer Nebeldecke, doch er war gern in San Franzisko, obwohl er auch gern mit Megan zusammengewesen wäre. Der Abend war zu rasch zu Ende gegangen.

»Ach übrigens, was sind Ihre Ziele in Europa?« Sie war neugierig auf sein Leben, da es so anders war als das, was sie machte.

»Paris, London, Mailand, Rom. Diese Reise unternehme ich zweimal im Jahr für das Unternehmen. Und anschließend muß ich in New York unterbrechen, weil firmeninterne Besprechungen folgen.«

»Hört sich ja sehr interessant an.«

»Ist es auch. Manchmal.« Mit Liz war es schön gewesen. Auch vorher. In letzter Zeit nicht mehr. Wie alles andere, was er tat, so führte ihm auch dies seine Einsamkeit vor Augen.

»Bernie, der Abend war wunderbar. Vielen Dank.«

Er lachte, in Gedanken bei ihrem Essen im Hafenlokal ›Olive Oyl‹.

»Das ›Maxim‹ war es nicht.«

»Mir hat es gefallen.«

Und dann ertönte ihr Summer, und sie mußte auflegen.

Später hörte Bernie noch immer ihre Stimme in den Ohren. Nur um sich einen klaren Kopf zu verschaffen, ging er an den Einbauschrank, blieb davor stehen und atmete tief den Duft von Liz’ Parfum ein, das hier noch schwebte. Man mußte sich jetzt mehr anstrengen, um es zu spüren.

Und als er die Tür schloß, tat er es mit einem Anflug von Schuldbewußtsein. An jenem Abend dachte er nicht an Liz, sondern an Megan. Und plötzlich war es ihr Parfum, nach dem er sich sehnte.

## 38

Bernie blieb länger als geplant in New York. Es war für die Firma ein sehr wichtiges Jahr, da große modische Veränderungen zu erwarten waren. Deswegen wollte Bernie auf dem laufenden bleiben. Als er schließlich nach San Franzisko abflog, konnte er mit dem Stand der Dinge sehr zufrieden sein. Und das Tuch, das er für Megan bei Hermès gekauft hatte, fiel ihm erst wieder ein, als er mit den Kindern und Nanny nach Napa fuhr. Ganz unvermittelt fiel ihm ein, daß er es in den Koffer gesteckt hatte, und er machte sich auf die Suche. Als er es gefunden hatte, entschied er sich, es ihr persönlich zu übergeben. Er fuhr in die Stadt und hielt vor dem Haus an, in dem sie wohnte und ihre Praxis hatte. Ihr Partner sagte, sie sei nicht da, deswegen ließ Bernie die kleine braune Schachtel zurück und legte die Nachricht bei:

»Für Megan aus Paris. Alles Liebe, Bernie.«

Am Abend rief sie ihn an, um sich zu bedanken, und er freute sich, daß es ihr so gut gefiel. Das Tuch war in Blau, Rot und Gold gehalten und hatte ihn an sie erinnert, als sie rote Stiefel, Jeans und einen gelben Regenmantel trug.

»Als ich nach Hause kam, fand ich es auf dem Schreibtisch vor. Patrick muß es hingelegt haben. Bernie, es ist wunderschön, ich bin ganz begeistert.«

»Das freut mich. Wir eröffnen im März eine Hermès-Boutique.«

»Das finde ich toll! Mir gefallen die Sachen sehr gut.«

»Die gefallen jedem, und das ist gut für uns.« Er erzählte ihr von den Abschlüssen, die er getätigt hatte, und sie war sehr beeindruckt.

»Und ich habe nur drei Ohrenentzündungen diagnostiziert, sieben Infektionen, eine Bronchitis im Anfangsstadium und eine Blinddarmentzündung, ganz zu schweigen von unzähligen Schnitten, Beulen, Splittern und einem Daumenbruch.« Das klang ein wenig frustriert, was er nicht verstehen konnte.

»Das hört sich für mich sehr wichtig an. Von meiner italienischen Koffer-Boutique oder einer französischen Schuh-

Kollektion hängt kein Menschenleben ab. Was Sie tun, ist viel wichtiger.«

»Ja, vermutlich.« Dennoch wirkte sie niedergeschlagen. Die Frau ihres Praxispartners hatte vor einigen Tagen ihr Baby, ein Mädchen, bekommen, und wieder verspürte sie jenen sonderbaren Schmerz. Doch das sagte sie Bernie nicht. Er hätte womöglich den Eindruck bekommen, sie habe eine Neurose, was anderer Leute Kinder betraf.

»Wissen Sie schon, wann Sie endgültig nach New York ziehen?«

»Noch nicht. Wir hatten gar keine Zeit, das zu besprechen. Im Moment ist im Geschäft sehr viel los. Na, wenigstens wird es nicht langweilig. Hätten Sie Lust, morgen mit mir zu Mittag zu essen?« Er wollte sich mit ihr im Café in Saint Helena treffen.

»Leider geht das nicht. Patricks Frau hat diese Woche entbunden, und ich muß ihn vertreten. Ich könnte aber bei Ihnen vorbeischauen, wenn ich ins Krankenhaus fahre. Oder würde Jane das zu unwillig aufnehmen?« Sie war ganz offen, denn sie hatte Janes Ablehnung bei der letzten Begegnung gespürt und wollte eine Wiederholung der Situation vermeiden.

»Ich wüßte nicht warum.« Bernie verstand nicht, was Megan meinte, zumindest nicht so genau.

»Hm, ich glaube nicht, daß sie weibliche Besucher sehr gern sieht.« Sie meinte Besuche bei Bernie, sprach es aber nicht aus.

»Sie hat keinen Grund, Sie abzulehnen.«

Megan war nicht sicher, ob Bernie begriff, was diese Ablehnung bedeutete. Jane wollte die Erinnerung an ihre Mutter wahren, und das war nur zu verständlich. Megan war bestrebt, Janes Seelenlage nicht unnötig zu erschüttern.

»Ich möchte niemanden grundlos aufregen.«

»Sie werden mich aufregen, wenn Sie nicht vorbeikommen. Außerdem ist es höchste Zeit, daß Sie Nanny Pippin kennenlernen. Sie ist unser bestes Stück. Um welche Zeit können Sie kommen?«

»So um neun herum. Ist Ihnen das recht, oder ist es zu früh?«

»Ideal. Wir sitzen um diese Zeit beim Frühstück.«

»Also dann, bis morgen.«

Bernie dachte mit Herzklopfen an ein Wiedersehen. Er redete sich ein, seine Aufregung komme daher, weil sie eine so interessante Frau war, und er zwang sich, nicht an das schimmernde schwarze Haar zu denken oder an das Gefühl in seiner Magengrube, wenn er sich Megan Jones vorstellte.

Megan kam am nächsten Morgen um Viertel nach neun, nachdem er das Set aufgelegt und noch ein weiteres Gedeck für den Gast bereitgestellt hatte. Jane hatte daneben gestanden und ihn fragend angesehen.

»Für wen soll denn das sein?«

»Für Dr. Jones.« Er versuchte ganz ruhig und sachlich zu wirken, während er so tat, als blättere er die New York Times durch. Aber Nanny beobachtete ihn. Und Jane auch – wie ein Luchs.

»Wer ist denn krank?« wollte Jane wissen.

»Niemand. Sie wollte nur zum Kaffee vorbeikommen.«

»Warum das? Wer hat sie gerufen?«

Bernie drehte sich zu Jane um.

»Schätzchen, warum regst du dich auf? Sie ist eine nette Frau. Trink schön deinen Saft aus.«

»Ich hab' keinen Saft.« Sie aßen Erdbeeren, und er blickte zerstreut auf und grinste.

»Na, trink ihn trotzdem.«

Da grinste auch Jane, aber ihr Mißtrauen war geweckt. Sie wollte nicht, daß jemand in ihr Leben trat. Sie hatten jetzt alles, was sie brauchten, sie, Dad, Alex und Nanny Pip. Alex war es, der angefangen hatte, sie Pip zu rufen, und der Name hatte eingeschlagen. Nanny Pippin war für den Kleinen zu lang gewesen.

Und dann kam Megan mit einem großen Strauß gelber Blumen und einem sonnigen Lächeln für alle. Bernie stellte sie Nanny Pip vor, die ihr mit strahlendem Lächeln fast die Hand ausriß. Es war klar, daß sie begeistert von ihr war.

»Eine Ärztin, wie wundervoll! Und Mr. Fine sagte, Sie seien so lieb zu Alex gewesen, als er die Sache an dem Ohr hatte.«

Megan plauderte liebenswürdig mit Nanny, und diese ließ klar erkennen, daß sie sie billigte, als Ärztin und als Frau. Das zeigte sie, indem sie sie mit Aufmerksamkeit überhäufte. Sie goß ihr

Kaffee ein, legte ihr Gebäck, Eier, Speck und Würste auf und bot ihr Erdbeeren an, während Jane die Besucherin mit kaum verhüllter Abneigung anstarrte. Sie war wütend, daß sie gekommen war und noch wütender, weil sie mit Bernie befreundet war.

»Ich weiß gar nicht, warum Daddy Sie gebeten hat zu kommen«, sagte sie laut, als Megan die Köstlichkeiten gelobt und sie angelächelt hatte. »Hier ist niemand krank.«

Bernie war entsetzt über diese Unhöflichkeit und Nanny ebenso, aber Megan lächelte nur freundlich und zeigte sich von den Worten des Kindes unbeeindruckt.

»Ach, weißt du, ich möchte meine Patienten auch mal kennenlernen, wenn sie gesund sind. Hin und wieder ist es einfacher, sie zu behandeln, wenn man sie gesund gesehen hat«, erklärte sie geduldig, ungeachtet Janes finsterer Blicke.

»Wir haben in San Franzisko sowieso noch einen Arzt.«

»Jane!« Ein einziges Wort im Warnton. Bernie ärgerte sich maßlos über sie. Er sah Megan um Entschuldigung bittend an, während Alexander zu Meg tapste und sie neugierig anstarrte.

»Schoß«, verkündete er. »Will Schoß sitzen.« Seine Sprechweise hörte sich noch immer wie eine Fremdsprache an, doch Megan verstand ihn glänzend und hob ihn auf ihre Knie. Sie reichte ihm eine Erdbeere, die er ganz in den Mund schob. Liebevoll beobachtet von der lächelnden Megan.

Bernie, der die beiden ansah, fiel auf, daß sie das Tuch trug, das er am Tag zuvor bei ihr abgegeben hatte. Es freute ihn, es an ihr zu sehen, doch fast gleichzeitig fiel es Jane auf. Sie hatte das Schächtelchen auf seinem Schreibtisch entdeckt und ihn gefragt, was es enthalte. Er hatte gesagt, es sei ein Tuch für eine Bekannte, und Jane konnte sich jetzt ausrechnen, für wen. Sie konnte sich noch an die Hermès-Tücher erinnern, die er Liz mitgebracht hatte. Diesmal hatte er auch eines für Nanny Pippin mitgebracht. Ein schönes in Blau, Weiß und Gold, das zu ihrer Schwesterntracht, dem dunkelblauen Mantel und den Sportschuhen paßte und vor allem zu dem Hut, der sie aussehen ließ wie Mary Poppins.

»Woher haben Sie das Tuch?« Jane benahm sich, als hätte Megan es geklaut, so daß die hübsche junge Frau zusammenzuckte.

Sie fing sich aber rasch. Fast hätte Jane gewonnen, zu guter Letzt aber ging der Punkt noch an Megan.

»Ach ... das Tuch ... ja, das habe ich von einem Freund bekommen, es ist schon lange her. Als ich in Frankreich lebte.« Sie wußte sofort, was zu tun war, und Bernie war ihr sehr dankbar. Es war, als hätten sie sich zu einer Verschwörung zusammengetan, ohne es jemals beabsichtigt zu haben, doch nun waren sie plötzlich Partner.

»Tatsächlich?« Jane schien erstaunt. »Sie waren in Frankreich?« Sie war der Meinung gewesen, Bernie sei der einzige Mensch auf der Welt, dem Hermès ein Begriff war.

»Ja.« Megan klang ganz überzeugend und ruhig. »Ich war ein Jahr in der Provence. Und du ... warst du mit deinem Daddy schon in Paris, Jane?« fragte sie unschuldig, und Bernie mußte ein Lächeln verbergen. Megan konnte großartig mit Kindern umgehen. Alex schmiegte sich mit zufriedenen leisen Geräuschen an sie und half ihr nun, nachdem er alle ihre Erdbeeren gegessen hatte, mit den Eiern und vertilgte sogar ein Stück Speck.

»Nein, ich war nicht in Paris. Noch nicht. Aber ich war schon in New York.« Jane kam sich mit einemmal sehr wichtig vor.

»Finde ich ja toll. Und was gefällt dir dort am besten?«

»Die Radio City Music Hall!« Ohne es zu wollen, hatte sie sich in ein Gespräch ziehen lassen. Doch schon sah sie Megan mißtrauisch an. Ihr war eben eingefallen, daß sie keine Sympathie für sie entwickeln wollte, und sie weigerte sich, das Gespräch fortzuführen. Jane beschränkte sich auf einsilbige Antworten, bis Megan sich verabschiedete.

Bernie fühlte sich bemüßigt, sich für Janes Benehmen zu entschuldigen, als er Megan zum Wagen begleitete.

»Ich fühle mich ganz jämmerlich. So ungehobelt ist sie sonst nicht. Es muß wohl eine Art Eifersucht sein.« Er war ganz außer sich, und Megan schüttelte nur lächelnd den Kopf. Er war in Dingen, die sie nur zu gut verstehen konnte, völlig unwissend, nämlich, wenn es um Herzweh und die Konflikte der kindlichen Seele ging.

»Machen Sie sich bloß keine Sorgen. Das ist völlig normal. Jane hat nur mehr Sie und Alex. Und sie verteidigt ihr Terrain.«

Ihre Stimme klang sanft, sie wollte ihm Schmerz ersparen, indem sie nicht zu unverblümt war. Seine Psyche war noch zu zerbrechlich, wie sie wußte. »Sie verteidigt die Erinnerung an ihre Mutter. Es fällt ihr schwer, sich mit einer Frau in Ihrer Nähe abzufinden, auch wenn alles ganz harmlos ist.« Sie lächelte. »Bringen Sie bloß keine Blondinen mit viel Sex-Appeal nach Hause, sonst vergiftet sie die.«

Beide lachten, als er ihr die Wagentür aufhielt.

»Ich werde mich daran halten. Aber Sie haben sie wunderbar im Griff, Megan.«

»Sie dürfen nicht vergessen, daß dies mehr oder weniger zu meinem Beruf gehört. Sie verkaufen Brot, ich kenne mich bei Kindern aus. Manchmal.« Wieder lachte er und beugte sich zu ihr, von dem plötzlichen Wunsch erfaßt, sie zu küssen. Ebenso schnell ging er wieder auf Distanz, erschrocken über seine Reaktion.

»Ich werde versuchen, daran zu denken. Hoffentlich sehe ich Sie bald wieder.« Und dann fiel ihm ein, was er sie eigentlich hatte fragen wollen. Thanksgiving war schon in zwei Wochen, und bis dahin würde sie nicht mehr herkommen. »Möchten Sie zum Thanksgiving zu uns kommen?« Er hatte lange darüber nachgedacht, ob er sie einladen sollte, eigentlich während des ganzen Heimflugs von New York hierher.

Nachdenklich sah sie ihn an. »Glauben Sie, Jane ist dafür schon bereit? Sie dürfen ihr nicht zu viel zumuten.«

»Was soll ich denn tun? Den Rest meines Lebens allein in meinem Zimmer sitzen?« Er klang wie ein enttäuschtes Kind. »Ich habe ein Recht auf Freunde, meinen Sie nicht?«

»Ja, aber Sie müssen ihr auch die Chance geben, zu Atem zu kommen. Wir wär's, wenn ich nur zum Nachtisch käme? Das wäre doch ein anständiger Kompromiß, oder?«

»Haben Sie noch etwas anderes vor?« Er wollte wissen, mit wem sie sich sonst noch traf. Sie war immer so eingespannt in ihre Arbeit, und er hätte gern gewußt, was für Bekannte sie hatte. Kaum zu glauben, daß ihre Arbeit sie so in Trab hielt, und doch schien es so zu sein.

»Ich habe Jessica, Patricks Frau, versprochen, ihr zu helfen. Sie haben Verwandtenbesuch aus der Stadt, und sie kann Hilfe bei den Vorbereitungen gebrauchen. Aber ich könnte ihr ja zuerst an die Hand gehen und dann herkommen, oder?«

»Und was haben Sie sonst noch vor? Wollen Sie unterwegs jemanden mit Erste Hilfe retten?« Er konnte über sie nicht genug staunen. Ständig tat sie irgend etwas für andere. Kaum etwas für sich.

»So schlimm ist es doch gar nicht.« Sie schien verwundert, denn sie dachte nie darüber nach. So war sie einfach, und das gehörte zu den Dingen, die ihm an ihr am besten gefielen.

»Mir scheint, Sie tun immer nur für andere etwas und nie für sich selbst«, murmelte Bernie besorgt.

»Vermutlich gibt mir das etwas. Ich brauche nicht viel.« Zumindest war es bislang so gewesen. Aber in letzter Zeit war sie selbst im Zweifel. Es gab Dinge, die ihr auf einmal fehlten. Das wußte sie, wenn Alexander zu ihr aufblickte und auf ihren Schoß wollte, und auch, wenn Jane sie wütend anfunkelte, plötzlich hatte sie es satt, immer nur in Ohren und Hälse sehen zu müssen und Reflexe zu überprüfen.

»Wir sehen uns am Thanksgivingtag. Zum Nachtisch, wenn schon sonst nicht.« Aber er war noch immer enttäuscht, daß sie nur auf einen Sprung kommen wollte, und schob die Schuld insgeheim auf Jane, so daß er seinen Ärger zeigte, als er wieder hineinging. Noch ärgerlicher wurde er, als sie ihrer Abneigung gegen Megan Luft machte.

»Mensch, ist die aber häßlich, nicht wahr, Daddy?« Sie sah ihn durchdringend an, was ihr einen sehr unwilligen Blick eintrug.

»Jane, das finde ich gar nicht. Im Gegenteil, sie ist eine sehr gutaussehende junge Frau.« Er würde nicht zulassen, daß sie so über Megan sprach.

»Jung? Daß ich nicht lache! Die ist doch mindestens hundert Jahre alt.«

»Warum haßt du sie so sehr?«

»Weil sie blöd ist.«

»Nein.« Er schüttelte den Kopf. »Sie ist nicht blöd. Sie ist sehr gescheit. Man wird nicht Ärztin, wenn man blöd ist.«

»Ach was, ich kann sie trotzdem nicht ausstehen.« Plötzlich

funkelten Tränen in ihren Augen, und ein Teller entglitt ihren Händen und zerbrach, als sie Nanny Pip beim Abräumen des Tisches half.

Bernie ging ruhig zu ihr.

»Schätzchen, sie ist doch nur eine Bekannte, mehr ist nicht dahinter.« Megan hatte recht, Jane hatte Angst, daß eine Frau in sein Leben treten würde. Das konnte er jetzt deutlich erkennen. »Ich habe dich sehr, sehr lieb.«

»Dann laß nicht zu, daß sie wiederkommt.« Jetzt heulte sie, und Alexander starrte sie an, erschrocken, aber fasziniert und ahnungslos, wovon die Rede war.

»Warum nicht?«

»Wir brauchen sie hier nicht, darum.« Sie lief hinaus und knallte die Tür hinter sich zu. Nanny Pip sah Bernie wortlos an und hob abwehrend die Hand, als er Jane folgen wollte.

»Mr. Fine, lassen Sie Jane eine Weile in Ruhe. Sie wird sich beruhigen. Sie muß lernen, daß es nicht immer so weitergeht...« Sie lächelte ihm mütterlich zu. »Das hoffe ich jedenfalls Ihretwegen – und auch Jane zuliebe. Die Ärztin hat mir sehr gut gefallen.« Sie betonte das Wort ›sehr‹.

»Mir auch.« Bernie war dankbar für die Ermutigung. »Sie ist eine sehr nette Frau und eine gute Freundin. Ich wünschte, Jane hätte sich nicht so schlecht benommen.«

»Sie hat Angst, Sie zu verlieren.« Genau das hatte auch Megan gesagt.

»Das wird nie der Fall sein.«

»Das müssen Sie ihr deutlich sagen. Sehr oft. Und ansonsten wird sie sich daran gewöhnen müssen. Sie müssen langsam vorgehen ... sie wird sich schon beruhigen.« Langsam vorgehen? Wieso? Er wollte gar nicht vorgehen. Weder mit Megan noch mit einer anderen. Er sah Nanny ernst an.

»Nanny Pip, es ist ja nicht, was Sie denken. Ich wollte, daß Jane das begreift.«

»Na, da wäre ich an Ihrer Stelle nicht so sicher.« Nanny sah ihn direkt an. »Sie haben ein Recht auf mehr, als was das Leben Ihnen jetzt bietet. Es wäre nicht gesund, wenn Sie bis ans Ende Ihrer Tage so leben.« Sie wußte genau, daß er keusch lebte, und

sie kannte auch den Schrank voller Kleider, den er oft öffnete und
so tat, als suchte er etwas. Sie war der Meinung, es sei höchste
Zeit, die Sachen loszuwerden, gleichzeitig aber wußte sie, daß er
dazu noch nicht bereit war.

## 39

Megan hielt Wort und kam nach dem Thanksgiving-
Dinner und brachte eine selbstgemachte Fleischpastete mit, die
Nanny überschwenglich lobte, während Jane behauptete, sie
hätte genug gegessen. Als Bernie ein Stück nahm, staunte er, wie
gut sie war.

»Einfach köstlich«, lobte er spontan, und Megan freute sich
über das Kompliment. Sie trug ein rotes Kleid, das sie damals
bei Wolff gekauft hatte, als sie mit ihm essen gegangen war.

»Tatsächlich bin ich die lausigste Köchin der Welt. Ich kann
kaum ein Ei kochen, und mein Kaffee schmeckt unbeschreiblich.
Mein Bruder fleht mich jedesmal an, ja nie seine Küche zu betreten.«

»Das scheint mir aber ein komischer Vogel zu sein.«

»Nun, in diesem Fall hat er recht.« Jane grinste unwillkürlich,
und Alex machte sich wieder an Megan heran und kletterte auf
ihren Schoß, diesmal, ohne um Erlaubnis zu fragen. Als sie ihm
von der Pastete ein Stückchen gab, spuckte er den Bissen aus.
»Seht ihr, Alexander weiß Bescheid. Habe ich recht?« Er nickte
feierlich, und alle lachten.

»Meine Mami war eine prima Köchin, stimmt's, Dad?« Der
Vergleich wirkte halb ungezogen und halb traurig, so wie Jane
ihn vorbrachte.

»Ja, das war sie, Liebling.«

»Sie hat immer viel gebacken.« Jane dachte an die herzförmigen Plätzchen am letzten Schultag und hielt mit Mühe die Tränen
zurück, als sie Megan ganz unglücklich ansah.

»Das bewundere ich restlos. Einfach fabelhaft, wenn man all
diese Dinge kann.«

Jane nickte.

»Und hübsch war sie auch.« Ihrem unbeschreiblich traurigen Blick sah man an, daß es eher eine Erinnerung als ein Vergleich war. Bernie schmerzte es, das alles zu hören, doch er wußte, daß Jane so etwas sagen mußte.

»Sie war blond und dünn und klein.«

Megan lächelte Bernie zu. Daß er sich zu ihr hingezogen fühlte, weil sie seiner verstorbenen Frau ähnelte, war also nicht der Fall. Sie war fast das genaue Gegenteil, und irgendwie war ihr deswegen wohler zumute. Wie oft kam es vor, daß ein völlig identischer Ersatz für den verlorenen Partner gesucht wurde, und dann entstanden Schwierigkeiten. Ständig im Schatten eines Toten zu stehen war unmöglich. Sie sah Jane sehr verständnisvoll an.

»Du wirst es nicht glauben, aber meine Mutter ist zierlich und blond und sehr klein. Mein Bruder auch.«

Jane lachte laut. »Ehrlich?«

»Ehrlich. Meine Mutter ist nur so groß.« Sie deutete auf ihre Schulter.

»Ich bin wie mein Vater.« Doch das war nicht weiter schlimm. Beide waren gutaussehende Menschen.

»Ist Ihr Bruder auch so klein wie Ihre Mutter?« Jane war fasziniert, und Bernie lächelte. Vielleicht konnte er hoffen, daß Jane sich schließlich doch beruhigen würde.

»Ja, das ist er. Ich nenne ihn immer Zwerg.«

»Jede Wette, daß er Sie deswegen haßt.« Jane kicherte verhalten, und Megan lächelte.

»Ja, das tut er wohl. Vielleicht ist er Psychiater geworden, um damit besser fertig zu werden.« Darüber lachten alle, und Nanny brachte Tee. Die Frauen tauschten ein verständnisinniges Lächeln. Danach mußte Alexander in die Badewanne, und Megan half Bernie und Jane, den Tisch abzuräumen. Sie trugen Geschirr in die Küche und spülten. Als Nanny wiederkam, war alles fertig. Sie war nahe daran zu sagen, daß es nett sei, eine Frau im Haus zu haben, besann sich aber eines Besseren und beschränkte sich darauf, allen für die Hilfe zu danken, was viel diplomatischer war. Megan blieb noch eine Stunde und plauderte mit allen vor dem Kamin, bis sich ihr Piepser meldete. Sie ließ Jane den Antwortdienst anrufen, und sie durfte mithören, als Megan den

Anruf entgegennahm. Jemand hatte sich an einem Truthahnknochen verschluckt. Man hatte den Knochen zwar herausbekommen, doch nun war die Kehle des Kindes aufgerieben. Und ein kleines Mädchen hatte sich am Tranchiermesser geschnitten und mußte genäht werden.

»Huuuuch.« Jane schnitt ein Gesicht.

»Das klingt ja schrecklich.«

»Ja, hin und wieder ist es wirklich schlimm. Aber dieser Fall scheint mir nicht so arg. Es ist kein Finger oder sonst was abgeschnitten.« Sie lächelte Bernie über Janes Kopf hinweg zu. »Sieht aus, als müßte ich gehen.«

»Werden Sie wiederkommen?« Er hoffte es, sie aber wollte Janes wegen Vorsicht walten lassen.

»Nachher wird es zu spät sein. Man wird nie so schnell fertig, wie man zunächst glaubt. Sie werden doch nicht wollen, daß ich noch um zehn Uhr an Ihre Tür poltere!« Bernie hätte nichts dagegen gehabt. Allen tat es leid, als sie ging, sogar Jane, und Alex, der nach dem Bad noch kam, um ihr Adieu zu sagen, weinte, als Jane ihm sagte, sie sei gegangen. Das rief Bernie in Erinnerung, was den Kindern fehlte, und er fragte sich, ob Nanny Pip recht hatte. Vielleicht sollte er sein Leben doch ändern. Im Moment konnte er es sich noch nicht vorstellen. Als einzige Veränderung konnte er sich einen Umzug nach New York vorstellen, obwohl er daran eigentlich immer weniger dachte, denn in letzter Zeit hatte er sich in Kalifornien fast heimisch gefühlt.

Zu den Weihnachtsfeiertagen fuhren sie nach New York, ohne daß es noch zu einem Treffen mit Megan gekommen wäre. Sie hatten keine Zeit mehr, ins Napa Valley zu fahren, da Bernie zuviel zu tun hatte und die Kinder in der Stadt einiges vorhatten. Nanny besuchte mit ihnen das Nußknacker-Ballett und die Kinder-Show in der Symphonie. Natürlich sahen sie sich auch den Weihnachtsmann bei Wolff an. Alex war begeistert, während Jane nicht mehr an ihn glaubte, aber Alex zuliebe mitging.

Vor dem Abflug rief Bernie Megan noch einmal an.

»Alles Gute für die Feiertage«, wünschte er ihr mit Nachdruck. Sie verdiente wirklich alles Gute, nach allem, was sie das Jahr über Gutes getan hatte.

»Ihnen auch. Liebe Grüße an Jane.« Sie hatte Jane einen warmen Wollschal und eine Mütze für den Flug nach New York geschickt, doch die Sachen waren noch nicht angekommen, als Bernie mit ihr sprach. Alex hatte sie eine drollige Weihnachtsmann-Puppe zugedacht.

»Es tut mir sehr leid, daß wir Sie vor den Feiertagen nicht mehr sehen werden.« Es tat ihm noch mehr leid, als sie ahnte. In den letzten Wochen hatte er sehr oft an sie gedacht.

»Vielleicht sehen wir uns in New York«, meinte sie darauf nachdenklich.

»Ich dachte, Sie würden in Boston Ihre Familie besuchen.«

»Tue ich auch. Aber mein verrückter Bruder und meine Schwägerin fahren nach New York, und sie wollen mich unbedingt mitnehmen. Eine unserer vornehmen Kusinen heiratet mit großem Pomp im ›Colony Klub‹. Ich bin nicht sicher, ob ich ein solches Ereignis heil überlebe, aber sie bestehen darauf, daß ich mitkomme, und ich habe versprochen, daß ich es mir überlege.«

Sie hatte zugestimmt, damit in New York ein Treffen mit Bernie möglich wurde, aber jetzt kam es ihr albern vor, dies einzugestehen. Bernie jedoch fand die Aussicht, sie wiederzusehen, sehr aufregend.

»Werden Sie mich wissen lassen, wann Sie kommen?«

»Natürlich. Ich stelle erst mal fest, wie die Hochzeit geplant ist, und sobald ich Bescheid weiß, rufe ich an.« Er gab ihr die Nummer in Scarsdale und hoffte inständig, daß sie sich meldete.

Als er an jenem Abend nach Hause kam, fand er den riesigen Karton mit Geschenken, den sie geschickt hatte. Mütze und Schal für Jane, die Puppe für Alex, eine Pringle-Jacke für Nanny Pip, die genau ihrem Geschmack entsprach, und ein schönes ledergebundenes Buch für ihn. Er sah auf den ersten Blick, daß es ein altes Buch, ja eine Rarität war, und in Megans Begleitschreiben stand, daß es aus dem Besitz ihres Großvaters stamme und ihr in schweren Zeiten sehr geholfen habe. Sie hoffte, es würde ihm ähnlich gute Dienste leisten. Sie wünschte ihm alles Gute für das kommende Jahr, und den Kindern wünschte sie fröhliche Weihnachten. Als er ihre Zeilen las, meldete sich wieder Sehnsucht nach ihr. Er bedauerte, daß sie das Fest nicht zusammen verbringen konnten und daß das Leben sich zuweilen so kompliziert gestaltete. Weihnachten würde für ihn sehr einsam. Das Fest erinnerte ihn an Liz und an ihren Hochzeitstag. Während des Fluges an die Ostküste war Bernie deshalb sehr wortkarg. Zu einsilbig, dachte Nanny bei sich. Er war in Gedanken in der Vergangenheit bei Liz. Das erkannte sie an seinem kummervollen Gesichtsausdruck. Die Bindung an Liz war noch immer sehr stark. Auch Megan verbrachte ihren Flug damit, ihre Gedanken in die Vergangenheit schweifen zu lassen. Sie verglich insgeheim Bernard mit ihrem Verlobten. Es waren zwei völlig verschiedene Typen, die ihr beide Respekt abforderten. Doch im Moment war es Bernie, der ihr fehlte, und sie rief ihn nach der Ankunft an, nur um mit ihm zu plaudern. Seine Mutter war wie vor den Kopf geschlagen, als er einen Anruf erhielt, kaum daß sie eingetroffen waren. Ruth musterte ihren Sohn besorgt. Megan hatte sich als Dr. Jones gemeldet, und Ruth blieb neugierig in der Nähe, bis er sie nervös mit einer Handbewegung verscheuchte. Sie glaubte, jemand sei krank, und fast hätte Bernie laut gelacht, als er den Hörer nahm. Nachher wollte er seiner Mutter alles erklären. Aber erst hatte er es sehr eilig, mit Megan zu sprechen, denn er verging fast vor Sehnsucht.

»Megan?« Sein Gesicht leuchtete auf wie ein Weihnachtsbaum.

»Wie war der Flug?«

»Ganz gut.« Auch sie war glücklich, als sie seine Stimme hörte, wenngleich es ihr ein wenig peinlich war, daß sie es war, die sich gemeldet hatte. Andererseits fand sie nichts dabei. Bei ihrer Ankunft in Boston hatte sie sich so einsam gefühlt, daß sie ihn unbedingt sprechen mußte.

»Anfangs ist es immer irgendwie sonderbar, wenn man nach Hause kommt. Es ist, als hätten die Eltern vergessen, daß man erwachsen ist, und sie fangen an, einen herumzukommandieren, als wäre man ein Kind. Daran gewöhne ich mich nie.«

Bernie lachte, da er es ähnlich empfand. Und er wußte noch, wie sonderbar er und Liz sich in seinem alten Zimmer vorgekommen waren – wie Vierzehnjährige, für die Sex verboten ist. Er selbst hätte es vorgezogen, im Hotel zu bleiben, aber mit den

Kindern kam das nicht in Frage. Sie waren ja gekommen, um die Feiertage mit den Großeltern zu verbringen. Und in Gesellschaft der Kinder konnte – anders als im Hotel – viel weniger das Gefühl der Einsamkeit aufkommen. Doch er wußte genau, was Megan meinte.

»Ich weiß genau, wie Sie sich fühlen. Es ist, als täte man einen Schritt zurück und liefere den Beweis, daß sie immer recht gehabt hätten. Man ist vierzehn und ist zurückgekommen, um es diesmal so zu machen, wie die Eltern es wollen ... nur tut man es nicht. Und schließlich bekommen alle eine wahnsinnige Wut auf einen.«

Sie lachte. In Boston war es bereits soweit. Ihr Vater war eine Stunde nach der Ankunft zu einer Entbindung gerufen worden, und sie hatte nicht mitkommen wollen, weil sie müde war, worauf er offensichtlich verärgert reagierte, während ihre Mutter sie schalt, daß sie keine warmen Stiefel mitgebracht hatte und die Sachen im Koffer falsch zusammengelegt waren. Wenig später war sie getadelt worden, weil sie in ihrem Zimmer ein Chaos hinterlassen hatte. Nach so vielen Jahren Selbständigkeit war das Zusammenleben mit der Familie schwierig geworden.

»Mein Bruder versprach, mich heute zu retten. Er und seine Frau geben eine Dinnerparty.«

»Wird die nach Bostoner Sitte eher gesetzt verlaufen oder total verrückt?«

»Wahrscheinlich beides, wie ich meinen Bruder kenne. Vermutlich läßt er sich vollaufen, und jemand wird sich seiner Kleidung entledigen, vermutlich ein Psychoanalytiker, ein Jungianer, den er dann handgreiflich bremsen muß.«

»Na, dann geben Sie acht, daß er Sie nicht bremsen muß.« Es fiel ihm schwer, sich Megan in diesem Milieu vorzustellen. Plötzlich überfiel ihn das Gefühl der Einsamkeit, weil ihm klar wurde, wie sehr sie ihm fehlte. Er schwankte, ob er es ihr sagen sollte. Irgendwie wäre es ihm ungehörig erschienen, obwohl er genau spürte, daß an ihrer Beziehung sehr viel mehr war und daß es noch gründlicher gegenseitiger Erkundung bedurfte.

»Kommen Sie zu der Hochzeit nach New York?« Er rechnete fest damit, sagte es aber nicht.

»Sieht ganz so aus. Ich weiß zwar nicht, was meine Eltern dazu sagen werden, weil ich doch bei ihnen zu Besuch bin, aber ich werde mal darüber sprechen und sehen, wie sie reagieren.«

»Na, hoffentlich erlauben Sie Ihnen die Fahrt.« Das klang wie aus dem Mund eines schüchternen Teenagers, was beide zum Lachen reizte. Wieder dieses Teenager-Syndrom.

»Sie sehen, was ich meine!«

»Hören Sie, kommen Sie einfach nur für einen Abend. Wäre doch nett, wenn wir uns hier mal treffen könnten.«

Sie widersprach nicht, von dem Wunsch beseelt, ihn wiederzusehen. Seit Wochen schon dachte sie immer intensiver an ihn und hatte es bedauert, daß es zu keinem Wiedersehen gekommen war, bevor sie beide an die Ostküste flogen, doch beide hatten Berufe mit großer Verantwortung und entsprechend viel Arbeit. Vielleicht war ein Treffen in New York gar keine schlechte Idee.

»Ich will sehen, was sich machen läßt. Sicher wäre es sehr amüsant.« Da fiel ihr etwas Besseres ein, und sie hörte sich an wie ein begeistertes Kind, als sie mit dem Vorschlag herausrückte.

»Möchten Sie mit mir zu der Hochzeit gehen?« Je länger sie darüber nachdachte, desto besser gefiel ihr die Idee. »Haben Sie ein Dinner-Jackett dabei?«

»Nein, aber ich kenne einen großen Laden, in dem es welche gibt.« Beide lachten. «Sind Sie sicher, daß es nicht als unpassend angesehen wird ... ich kenne das Brautpaar ja gar nicht.« Eine Hochzeit im ›Colony Klub‹ erschien ihm als sehr noble, steife Angelegenheit, und allein der Gedanke daran wirkte einschüchternd, doch Megan lachte nur.

»Alle werden so betrunken sein, daß es niemanden kümmert, wer Sie sind. Wir können uns ja rechtzeitig empfehlen und allein weiterfeiern ... zum Beispiel im ›Carlyle‹, wo Bobby Scott auftritt.« Dazu sagte er nichts, denn dies gehörte in New York zu seinen bevorzugten Lokalen. Er kannte Bobby aus seiner New Yorker Zeit und hatte den Weg des Sängers seit Jahren verfolgt.

»Ja, das wäre wunderbar«, sagte er mit belegter Stimme, Megans Bild vor Augen, von dem Gefühl erfüllt, wieder ganz jung zu sein. Es war, als beginne für ihn das Leben, und nicht, als hätte er nie eine Tragödie erlebt.

»Bitte, versuchen Sie nach New York zu kommen, Meg.«

»Ja, das werde ich.« Zwischen ihnen herrschte nun eine gewisse drängende Spannung, die ihr fast angst machte, und doch wollte sie Bernie in New York wiedersehen. Sie wollte nicht warten, bis sie beide wieder in Napa waren. »Ich werde mein Bestes tun. Streichen Sie den sechsundzwanzigsten in Ihrem Kalender rot an. Ich komme ziemlich früh und wohne im ›Carlyle‹. Mein verrückter Bruder pflegt immer dort abzusteigen.«

»Ich hole mir noch diese Woche ein Dinner-Jackett aus dem Kaufhaus.« Alles hörte sich wie ein Riesenspaß an, von der Hochzeit abgesehen, der er mit Beklemmung entgegensah. Das Ereignis lag nur drei Tage vor seinem eigenen Hochzeitstag mit Liz. Sie hätten in diesem Jahr den vierten Hochzeitstag gefeiert. Aber daran durfte er jetzt nicht denken. Er konnte nicht Jahr für Jahr Jubiläen feiern, die keine Bedeutung mehr hatten. Plötzlich hatte er das Verlangen, die Hand nach Megan auszustrecken, wie um seine Erinnerungen zu verdrängen. Sie merkte, daß er besorgt klang. Es war, als würde sie ihn viel besser kennen, als es tatsächlich der Fall war. Sonderbar, was für eine enge Art der Kommunikation zwischen ihnen existierte – ein Umstand, der beiden aufgefallen war.

»Alles in Ordnung?« Ihre Stimme klang sanft, und er nickte mit mattem Lächeln.

»Mir geht es gut. Hin und wieder überfallen mich Gespenster ... besonders um diese Jahreszeit.«

»So etwas ist für jeden schwer.« Auch sie hatte das durchgemacht, doch alles lag schon so lange zurück, und um diese Jahreszeit hatte es meist einen Mann in ihrem Leben gegeben. Oder sie hatte Dienst im Krankenhaus gemacht und war mit kranken Kindern beschäftigt gewesen. So oder so, sie litt weniger als er. Sie konnte nur hoffen, daß seine Familie nett zu ihm sein würde. Sie wußte, wie schwierig sich die Feiertage für ihn und die Kinder gestalten konnten, besonders für seine Tochter.

»Wie geht es Jane?«

»Ach, die ist selig, daß sie hier sein kann. Sie und meine Mutter sind die besten Freundinnen. Sie haben immer so viele Pläne, daß sie drei Wochen damit füllen könnten, und Nanny bleibt hier bei ihnen, wenn ich abfliege. Ich muß am dreißigsten zu einer Sitzung in San Franzisko sein, Jane aber hat erst am zehnten Schule, deswegen bleiben ihnen zwei Wochen länger Zeit. Darauf freuen sie sich sehr.« Megan fragte sich, ob er in dieser Zeit einsam sein würde.

»Werden Sie mal nach Napa kommen, während Sie allein sind?«

»Möglich.« Nun trat Schweigen ein, während beide ihren Gedanken nachhingen und gleichzeitig davor zurückschreckten. Sie versprach, ihn Ende der Woche anzurufen und ihm von ihren Plänen zu berichten. Aber so lange hielt es Bernie nicht aus. Nur zwei Tage, nachdem sie in New York eingetroffen waren. Es war der Weihnachtstag, und Megs Vater beantwortete den Anruf mit dröhnender Stimme. Er rief Megan mit der Aufforderung, sich zu beeilen, ans Telefon. Ganz atemlos kam sie angelaufen, und Bernie lächelte, als er ihre Stimme hörte.

»Fröhliche Weihnachten, Meg.« Unwillkürlich nannte er sie beim Spitznamen, und sie freute sich darüber. So war sie seit ihrer Kindheit mit Ausnahme von ihrer besten Freundin von niemandem genannt worden, und es wurde ihr warm ums Herz.

»Auch Ihnen frohe Weihnachten.« Sie war glücklich, seine Stimme zu hören, doch aus dem Hintergrund ertönte Lärm, und jemand rief ihren Namen.

»Störe ich?« fragte Bernie.

»Wir wollten eben zur Kirche fahren. Kann ich zurückrufen?« Und als sie anrief, meldete sie sich bei seiner Mutter wieder als Doktor Jones. Bernie führte mit ihr ein nettes, längeres Gespräch, und als er auflegte, musterte Ruth ihn voller Neugierde. Die Kinder spielten unter der Aufsicht von Nanny Pip in ihrem Zimmer mit den Weihnachtsgeschenken. Den Großteil der Geschenke hatten sie aus Anlaß des Chanukkah-Festes bekommen, doch hatte Großmama Ruth Weihnachten nicht ganz übergehen wollen, damit sie nicht enttäuscht waren. Deshalb kam nun der Weihnachtsmann auch in ihr Haus, was Bernie belustigte. Hätte er als Kind Weihnachten feiern wollen, wären seine Eltern entsetzt gewesen. Doch bei den Enkelkindern war alles erlaubt. Im Laufe der Jahre waren seine Eltern tolerant geworden.

»Wer war denn das?« Seine Mutter bemühte sich vergeblich um einen naiven Gesichtsausdruck, nachdem er das Gespräch mit Meg beendet hatte.

»Nur eine Bekannte.« Das Spiel war ihm vertraut, wenngleich er es sehr lange nicht mehr mit ihr gespielt hatte, und es amüsierte ihn insgeheim.

»Jemand, den ich kenne?«

»Glaube ich nicht, Mom.«

»Wie heißt sie doch gleich?« Das war immer der Punkt, an dem er explodiert war, doch mittlerweile war er schon so abgeklärt, daß es ihn nicht mehr berührte. Er hatte nichts zu verbergen, auch nicht vor ihr.

»Sie heißt Megan Jones.«

Der Blick seiner Mutter war halb erfreut, daß jemand angerufen hatte, halb verärgert, weil die Anruferin nicht Rachel Schwartz hieß. »Ach, wieder so eine.« Aber insgeheim freute sie sich. Er bekam Anrufe von einer Frau. Er war wieder voller Leben. Und in seinen Augen lag ein Ausdruck, der sie Hoffnung schöpfen ließ. Das sagte sie auch Lou, als er abends heimkam, doch der behauptete, er könne bei Bernie keine Veränderung erkennen. Das konnte er nie. Aber Ruth konnte es sehen, so auch jetzt.

»Wie kommt es, daß du nie jüdische Mädchen kennenlernst?« Das war Frage und Anklage zugleich, und diesmal sah er sie an und grinste.

»Vermutlich, weil ich nicht mehr in die Synagoge gehe.« Sie nickte und fragte sich, ob er mit Gott haderte, weil Liz tot war, aber das wollte sie ihn lieber nicht fragen, was eine sehr kluge Entscheidung war.

»Welcher Konfession gehört sie an?« Zwischen ihren Fragen lagen längere Pausen, und Bernie mußte ein Lächeln verbergen.

»Sie ist Angehörige der Episkopalkirche.« Bernie dachte an die lange zurückliegende Szene im ›Côte Basque‹.

»Oh.« Ein einsilbiger Laut, mehr lakonische Feststellung einer Tatsache als Ausdruck eines Gefühls. »Angehörige der Episkopalkirche. Ist es ernst?«

Sein Kopfschütteln kam allzu rasch, und sie fragte sich warum.

»Nein, ist es nicht, sie ist nur eine Bekannte.«

»Sie ruft aber oft an.«

Zweimal insgesamt. Und sie wußte, daß auch er sie angerufen hatte, sagte aber nichts.

»Ist sie nett? Versteht sie sich mit den Kindern?« Diesmal eine doppelläufige Frage. Bernie entschloß sich, Meg in ein günstiges Licht zu rücken, damit ihr die Achtung seiner Mutter sicher war.

»Sie ist Kinderärztin, falls das überhaupt von Bedeutung ist.« Natürlich war es das, wie er wußte. Der Jackpot für Megan Jones! Er lächelte verstohlen, als er die Miene seiner Mutter beobachtete.

»Eine Ärztin? ... Natürlich ... Dr. Jones ... warum hast du mir das nicht gleich gesagt?«

»Du hast mich nicht danach gefragt.« Dieselben alten Antworten im selben alten Spiel. Wie ein Lied, das sie einander jahrelang vorgesungen hatten. Inzwischen fast ein Schlummerlied.

»Wie hieß sie doch gleich?« Jetzt wußte er, daß sie seinen Vater veranlassen würde, Erkundigungen über Megan einzuholen.

»Megan Jones. Sie hat in Harvard angefangen, dann in Stanford weitergemacht und ihr Praktikum an der UC absolviert. Dad braucht nicht nachzuschlagen. Seine Augen sind nicht mehr wie früher.«

»Sei nicht so frech.« Sie tat, als sei sie verärgert, in Wahrheit war sie beeindruckt. Lieber wäre ihr zwar gewesen, Bernie wäre der Arzt gewesen, und seine Bekannte hätte bei Wolff gearbeitet, aber was soll's? Man konnte im Leben nicht alles haben. Das war inzwischen ihnen allen klar.

»Wie sieht sie denn aus?«

»Sie hat Warzen und Pferdezähne.«

Diesmal lachte seine Mutter. Nach fast vierzig Jahren lachte sie endlich mit ihm über eine solche Angelegenheit.

»Werde ich sie einmal kennenlernen, diese Schönheit mit Warzen und Pferdezähnen und den sagenhaften akademischen Würden?«

»Schon möglich, wenn sie herkommt.«

»Ist es etwas Ernstes?« Sie kniff die Augen zusammen, als sie diese Frage erneut stellte, und er wich aus. Es war ganz nett, sich spielerisch mit diesen Dingen zu befassen, aber er war noch nicht bereit, ernsthaft damit umzugehen. Im Moment waren er und Meg nur Freunde, egal wie oft sie ihn oder er sie anrief.

»Nein.«

Im Laufe der Jahre hatte Ruth eines gelernt. Sie wußte, wann es Zeit war, klein beizugeben, und als sie seine Miene sah, erkannte sie, daß es soweit war. Als Megan wieder anrief, um ihm zu sagen, wann sie am nächsten Tag im ›Carlyle‹ sein würde, sagte seine Mutter keinen Ton.

Megan kam, um mit ihm zur Hochzeitsfeier zu gehen. Er hatte sein Dinner-Jackett bereits nach Hause gebracht und gesehen, daß es ihm tadellos paßte. Seine Mutter war überrascht, als sie ihn am nächsten Tag ausgehen sah. Noch verblüffter war sie über die langgestreckte Limousine, die vor dem Haus auf ihn wartete.

»Ist das ihr Wagen?« Ihre Augen waren groß, ihr Ton gedämpft. Was für eine Ärztin das sein mochte? Nach vierzig Jahren und einer gutgehenden Praxis an der Park Avenue in New York konnte Lou sich eine solche Limousine nicht leisten. Nicht daß Ruth sich eine gewünscht hätte, aber ... Bernie lächelte. »Nein, Mom, es ist mein Wagen. Ich habe ihn gemietet.«

»Ach so.« Damit war die Luft ein wenig raus. Trotzdem war Ruth sehr stolz auf Bernie und beobachtete ihn hinter dem Vorhang hervor, als er einstieg und der Wagen losfuhr. Seufzend trat sie ins Wohnzimmer, um jetzt erst zu bemerken, daß Nanny Pippin sie beobachtete.

»Ich wollte nur ... nur sehen, ob alles in Ordnung ist ... heute ist es glatt draußen.« Als ob es einer Entschuldigung bedurft hätte.

»Er ist ein guter Mensch, Mrs. Fine.« Das hörte sich an, als sei auch Nanny Pippin stolz auf ihn, und ihre Worte rührten an Ruths Herz.

Ruth Fine blickte um sich, wie um festzustellen, ob sie belauscht wurden. Dann näherte sie sich vorsichtig Nanny Pippin. In letzten Jahr hatte sich zwischen ihnen eine Andeutung von Freundschaft entwickelt, von Ruths Seite von Achtung getragen, bei Nanny von Zuneigung. Ruth konnte sich ausrechnen, daß Nanny über alle Vorgänge in Bernies Leben Bescheid wußte.

»Wie ist die Ärztin?« Das fragte sie so leise, daß Nanny sie kaum verstand.

»Sie ist eine gute Frau und sehr intelligent«, antwortete sie mit einem Lächeln.

»Ist sie schön?«

»Eine hübsche Person.« Die beiden würden ein schönes Paar abgeben, doch Nanny wollte Ruth nicht zuviel Hoffnungen machen. Es lag kein Grund zu der Annahme vor, zwischen beiden würde sich ernsthaft etwas entwickeln, obwohl sie es gern gesehen hätte. Megan wäre geradezu ideal für ihn.

»Sie ist ein gutes Mädchen, Mrs. Fine. Vielleicht entwickelt sich eines Tages eine Beziehung zwischen ihnen.« Aber mehr wollte sie nicht sagen, und Ruth nickte nur, in Gedanken bei ihrem einzigen Sohn, der in einer Mietlimousine in die Stadt fuhr. Was für ein hübscher Junge ... und ein guter Mensch ... Nanny hatte recht. Sie wischte sich eine verstohlene Träne ab, als sie die Lichter im Wohnzimmer löschte. Während sie sich zum Zubettgehen zurechtmachte, war sie in Gedanken noch immer bei Bernie und wünschte ihm alles Gute.

## 40

Die Fahrt in die Stadt dauerte wegen des Schnees länger als sonst. Bernie, der auf dem Rücksitz saß, dachte voller Vorfreude an Megan. Er hatte das Gefühl, seit dem letzten Zusammensein in Napa sei eine Ewigkeit vergangen. Um so mehr freute er sich auf das Wiedersehen, ganz besonders in dieser Umgebung. Es war neu und anders und aufregend. Ihm gefiel das stille, einfache Leben, das sie führte, die verantwortungsvolle Arbeit, die sie mit Liebe und Hingabe tat. Doch da war noch mehr, ihre Familie in Boston, ihr verrückter Bruder, von dem sie so liebevolle Beschreibungen lieferte, die vornehmen Verwandten, von denen sie voll distanzierter Ironie sprach, wie beispielsweise die Kusine, deren Hochzeit bevorstand. Am wichtigsten aber war das, was er für sie empfand. Achtung und Bewunderung und wachsende Zuneigung. Mehr noch, es existierte eine körperliche Anziehungskraft zwischen ihnen, die er nicht mehr leugnen konnte, trotz des Schuldbewußtseins, das er deswegen empfand. Denn dieses Schuldbewußtsein war noch immer vorhanden und wurde mit jedem Tag stärker. Während der Wagen die wegen der Glatteisgefahr mit Salz bestreute Madison Avenue entlangfuhr, ehe er an der Sechsundsiebzigsten Straße in östlicher Richtung abbog, war er in Gedanken ständig bei Megan. Vor dem Hotel stieg er aus und betrat die elegante Lobby, um nach Dr. Jones zu fragen. Der Empfangschef, ganz korrekt im Cut mit weißer Nelke im Knopfloch sah im Register nach und nickte ernst.

»Dr. Jones hat Zimmer vierhundertzwölf.«

Bernie fuhr mit dem Lift in die vierte Etage und wandte sich dann gemäß der Anweisung nach rechts. Mit angehaltenem Atem drückte er den Klingelknopf. Plötzlich konnte er es nicht erwarten, sie zu sehen, und als sie in einem dunkelblauen Abendkleid aus glänzendem Satin die Tür öffnete, raubte ihm ihr Anblick den Atem – ihr schimmerndes schwarzes Haar und die leuchtenden blauen Augen! Sie trug ein wunderschönes Saphirhalsband und dazu passenden Ohrschmuck. Der Schmuck stammte von ihrer Großmutter, doch waren es nicht die Juwelen, die ihm die Sprache verschlugen, es waren vielmehr ihr Gesicht und ihre Augen. Ganz spontan streckte er die Arme aus und umarmte sie. Es war eine Umarmung, die beiden wie ein Heimkommen erschien. Unglaublich, wie sehr sie sich in dieser kurzen Zeit gefehlt hatten, aber sie konnten kaum ein paar Worte wechseln, als auch schon ihr Bruder hereingepoltert kam, ein zweideutiges französisches Lied auf den Lippen. Er war genauso, wie Megan ihn beschrieben hatte. Samuel Jones sah aus wie ein hübscher blonder Jockey von aristokratischer Herkunft. Die zierliche Eleganz hatte er von der Mutter. Alles an ihm war winzig, abgesehen von seinem Mund, der Stimme, seinem Humor, und, wenn man seinen Prahlereien Glauben schenken wollte, seinem Sexualtrieb. Er riß Bernie bei der Begrüßung fast den Arm aus, warnte ihn, je das Ergebnis der Kochkunst seiner Schwester auszuprobieren oder mit ihr zu tanzen, und schenkte ihm einen doppelten Scotch ein, während Bernie versuchte, zu Atem zu kommen. Einen Augenblick später erschien Megs Schwägerin in einem grünen wehenden Gewand, mit roten Haaren, mit Gekicher und französischem Geplapper und einer Unmenge großer Smaragde. Das Zusammensein mit diesen Menschen erweckte in Bernie das Gefühl, daß er in einen Wirbelwind geraten war. Erst als er mit Megan in der Limousine saß und zur Kirche fuhr, konnte er sich in aller Ruhe zurücklehnen und sie ansehen. Sam und seine Frau fuhren im eigenen Wagen.

»Megan, Sie sehen absolut umwerfend aus.«

»Sie auch.« Das Dinner-Jackett und die schwarze Fliege standen ihm blendend. Und nie hätte man sie sich in Jeans und Regenmantel vorstellen können. Bernie entschloß sich, ihr ganz offen zu sagen, was er empfand.

»Sie haben mir sehr gefehlt. Diesmal bin ich mir hier richtig verloren vorgekommen. Ständig wünsche ich mir, in Napa zu sein und mit Ihnen zu plaudern oder irgendwo spazierenzugehen ... oder im ›Olive Oyl‹ zu sitzen und einen Hamburger zu essen.«

»Statt diesem Pomp?« neckte sie ihn und deutete lächelnd auf ihre elegante Aufmachung und den Wagen.

»Ich glaube, ich ziehe das einfache Leben in Napa vor.« Der Gedanke daran ließ ihn lächeln. »Vielleicht taten Sie recht daran, Boston zu verlassen.« Fast tat es ihm leid, daß er wieder nach New York gehen würde. Die Stadt lockte ihn längst nicht mehr so wie früher. Im Moment wollte er nichts wie zurück nach Kalifornien, wo das Klima mild war und die Menschen liebenswürdiger und wo er Meg in Jeans und Ärztekittel sehen würde. Auf sehr komische Weise regte sich bei ihm Heimweh nach der Westküste.

»Ich komme mir hier auch fehl am Platze vor.« Sie verstand ihn sehr gut und konnte es kaum erwarten, in vier Tagen wieder in Kalifornien zu sein. Silvester wollte sie in Napa verbringen und Patrick vertreten, der an Weihnachten den Dienst übernommen hatte. Beide waren sich einig, daß sie einen dritten Mann für ihre Praxis brauchten. Doch das alles war an diesem Abend weit weg, und Bernie hielt Megan an der Hand, als sie vor der Saint

James' Church ausstiegen. Nie hatte sie reizvoller ausgesehen, und er war stolz, ihr Begleiter sein zu dürfen. Sie hatte etwas Königliches an sich, eine unaufdringliche Eleganz und Würde. Sie machte den Eindruck eines Menschen, auf den Verlaß war. Während der Trauung stand er neben ihr und platzte fast vor Stolz auf sie. Anschließend lernte er ihre Verwandten kennen und plauderte mit ihrem Bruder und dessen Frau, um erstaunt festzustellen, daß ihm beide gefielen. Er ertappte sich bei dem Gedanken, wie sehr Megan sich von Liz unterschied. Sie besaß eine starke Bindung an ihre Familie, die sie über alles liebte, anders als die arme Liz, die ganz allein auf der Welt gestanden hatte und für die Jane, Alexander und er die einzigen Menschen gewesen waren.

Er tanzte mit Megs Schwägerin, und, was noch wichtiger war, er tanzte mit Meg. Er tanzte mit ihr bis zwei Uhr morgens, und nachher saßen sie in ›Bemelans Bar‹ im ›Carlyle‹ bis halb fünf, sprachen mit anderen, machten einander Geständnisse und machten auch Entdeckungen. Es war fast sechs Uhr morgens, als er wieder in Scarsdale ankam. Und später trafen sie sich zum Lunch. Er hatte seit neun Uhr Besprechungen in der Firma gehabt und war noch erschöpft von der Nacht. Gleichzeitig aber fühlte er sich in Hochstimmung und war glücklich.

Als er Megan zum Lunch im ›21‹ abholte, sah sie in einem hellroten Mantel besonders hübsch aus. Im ›21‹ trafen sie zufällig ihren Bruder, der angeblich seine Frau an der Bar abholen wollte und behauptete, einen schrecklichen Kater zu haben. Seine Hand ruhte auf der Kehrseite seiner Frau, als er die Speisekarte studierte, und Bernie konnte nicht umhin, herzlich über ihn zu lachen. Er war jungenhaft, schockierend und unmöglich, einundvierzig Jahre alt und gleichzeitig wie ein Neunjähriger, wie Megan behauptete, und dazu ein hübscher Bursche. Schließlich gingen er und Marie-Ange hinauf und ließen Megan und Bernie allein. Samuel hatte Megan schon gesagt, daß er hoffte, sie könnte sich Bernie angeln. Er hielt ihn nämlich für großartig und für genau das, was sie brauchte: Stil, Intelligenz und Potenz, wie er sich ausdrückte, aber er hatte dabei das Beste vergessen. Ein Herz, das riesengroß war. Und das war es, was Megan so an Bernie liebte. Beim Lunch im ›21‹ sah sie ihn fast unentwegt an, und sie sprachen von Napa Valley. Beide konnten es kaum erwarten, wieder dort zu sein.

»Bernie, warum machen Sie dort nicht ein Geschäft auf?« Die Idee erschien ihr noch immer sehr verlockend, und in seinen Augen leuchtete es auf, als sie davon sprachen.

»Wie könnte ich das? Das ist ein Projekt, das man nicht nebenbei betreiben kann.«

»Doch, das könnten Sie, wenn Sie sich die richtigen Mitarbeiter sichern. Sie könnten die Boutique von San Franzisko, ja sogar von New York aus betreiben, wenn sie richtig eingeführt ist.«

Bernie schüttelte den Kopf. Sie hatte ja keine Ahnung, wieviel Mühe dahintersteckte, wenn man ein Vorhaben dieser Art realisieren wollte. »Das glaube ich nicht.«

»Warum versuchen Sie es nicht trotzdem?« Sie hatte ihm schon einige Male Mut gemacht, und er spürte, wie in ihm der Funke des Interesses wieder aufflammte.

»Ich will mir die Sache durch den Kopf gehen lassen.« Viel aufregender fand er die Pläne, die sie für Silvester geschmiedet hatten. Sie wollten den Abend zusammen verbringen, obwohl sie Dienst hatte. Das machte ihm nichts aus, und er hatte versprochen, am dreißigsten, nachdem seine Besprechungen erledigt waren, nach Oakville zu kommen. Das erleichterte ihm jetzt den Abschied. Nach dem Essen mußte Megan ihre Sachen im ›Carlyle‹ packen und zurück nach Boston fliegen. Und er hatte eine Besprechung mit Paul Berman. Die noch verbleibenden Tage mit seinen Eltern und den Kindern vergingen wie im Flug. Zwei Tage später saß er in der Maschine nach San Franzisko und freute sich auf das Wiedersehen mit Megan. Er konnte es kaum erwarten, am nächsten Abend nach Oakville zu fahren. Sie war am Tag zuvor aus Boston eingetroffen, doch als er sie anrief, war sie mit einem Kind, das einen entzündeten Blinddarm hatte, in der Notaufnahme. Erst als er wieder allein daheim war, merkte er, wie leer das Haus, sein Leben und sein Herz ohne sie waren. Er war nicht sicher, ob sie oder ob Liz ihm fehlten, und er litt unter seiner Gefühlsverwirrung. Als das Telefon um elf Uhr abends schrillte, war das für ihn eine große Erleichterung. Er war im Schlafzimmer und packte gerade seine Sachen für Napa zusammen.

Es war Megan, und er war so froh, ihre Stimme zu hören, daß er fast geheult hätte, was er natürlich nicht tat.

»Alles in Ordnung, Bernie?« Das fragte sie ihn sehr oft, und es rührte ihn zutiefst.

»Jetzt schon.« Er war ganz offen.

»Das Haus ist so leer ohne Jane und Alex ... und Liz ... und dich ...« er zwang sich, nur an Megan zu denken, ungeachtet seines Schuldbewußtseins.

Sie erzählte ihm von den medizinischen Fachzeitschriften auf ihrem Schreibtisch, und er lächelte unwillkürlich in Erinnerung an seinen Vater. Er berichtete ihr von den Besprechungen, die ihn am nächsten Tag erwarteten, und Megan fing wieder mit dem Plan an, in Napa ein Geschäft zu eröffnen. Sie habe eine Freundin, die einen solchen Laden perfekt managen könne.

»Sie heißt Phillippa Winterturn. Eine Frau, die Ihnen auf den ersten Blick gefallen wird.« Megans Eifer und ihre Begeisterung waren umwerfend. Immer steckte sie voller Ideen.

»Du lieber Gott, Meg, was für ein Name.«

Megan lachte. »Ich weiß. Der Name paßt einmalig zu ihr. Sie ist vorzeitig ergraut, hat grüne Augen und mehr Stil als alle meine Bekannten zusammen. Heute bin ich zufällig in Yountville mit ihr zusammengestoßen. Bernie, sie wäre ideal. Sie hat für Women's Wear gearbeitet und für Bendel in New York. Sie ist einfach sagenhaft und momentan frei. Wenn Sie wollen, mache ich Sie mit ihr bekannt.« Sie wollte unbedingt, daß er seine Idee in die Tat umsetzte, denn sie spürte, daß ihm das viel bedeuten würde.

»Schon gut, ich werde mir die Sache überlegen.« Doch im Moment hatte er andere Dinge im Kopf. Unter anderem den nächsten Abend.

Sie waren übereingekommen, am nächsten Abend bei ihm zu essen. Sie wollte die Einkäufe besorgen, gekocht sollte gemeinsam werden, und mit etwas Glück würde sie vor Mitternacht keinen Hausbesuch machen müssen. Und als er den Hörer auflegte, stand er da und starrte Liz' Schrank an, doch diesmal ging er nicht an die Schranktür. Er öffnete ihn nicht, und er sah nicht hinein. Zoll um Zoll entfernte er sich von Liz. Er wußte, daß es notwendig war, auch wenn es schmerzte.

## 41

Am nächsten Abend traf er um sechs in Napa ein und zog sich rasch um, weil er seine Bürosachen loswerden wollte. Eine lässige Flanellhose, dazu ein kariertes Sporthemd und darüber eine dicke Wolljacke. Mehr brauchte er nicht, als er losfuhr, um sie abzuholen. Vor ihrer Praxis angekommen, spürte er, daß sein Herz vor Erregung zu zerspringen drohte. Sie öffnete, und ohne zu überlegen, nahm er sie in die Arme.

»Bitte, achten Sie auf Ihr Benehmen, Doktor Jones«, zog ihr Partner sie auf, der die Szene beobachtet hatte. Er wußte, daß Megan in letzter Zeit sehr glücklich war, und jetzt kannte er den Grund. Er vermutete auch, daß die beiden sich in New York getroffen hatten, obwohl sie nichts davon erzählt hatte.

Zu dritt gingen sie aus der Praxis, und Bernie schleppte die Lebensmittel ins Auto, während sie ihm berichtete, wie es bei ihr den Tag über gelaufen war. Sie hatte einundvierzig Patienten behandelt, Grund für Bernie, sie zu necken, daß sie zu wenig arbeite.

Sie fuhren zu ihm nach Hause, machten Steak und einen schönen bunten Salat, und als sie mit den Steaks fertig waren, meldete sich ihr Piepser, und Megan sah Bernie um Entschuldigung bittend an.

»Tut mir leid, ich ahnte, daß es so kommen würde.«

»Ich auch. Aber denken Sie daran, ich bin ein guter Freund, also nehme ich nichts krumm.« Er setzte Kaffee auf, während sie ans Telefon ging. Gleich darauf war sie wieder da, Sorge im Blick.

»Einer meiner Patienten im Teenageralter hat sich vollaufen lassen und sich im Bad eingesperrt.« Seufzend setzte sie sich und nahm dankbar die Kaffeetasse, die er ihr reichte.

»Sollte man nicht lieber die Feuerwehr einschalten?«

»Ist bereits geschehen. Aber der Bursche ist in Ohnmacht gefallen und mit dem Kopf aufgeschlagen. Ich muß schauen, ob er eine Gehirnerschütterung hat. Vielleicht hat er auch die Nase gebrochen.«

»Allmächtiger!« Er lächelte.

»Wie wär's, wenn ich heute Chauffeur spielen würde?« Er wollte nicht, daß sie am Silvesterabend am Steuer saß, und sie war gerührt über seine Besorgnis.

»Bernie, das wäre reizend.«

»Trinken Sie aus, während ich das Geschirr in die Küche bringe.« Das tat sie, und wenig später fuhren sie los. Ihr Ziel war das Städtchen Napa.

»Hier drinnen ist es richtig nett und gemütlich«, murmelte sie ganz beglückt. Unterwegs genossen sie die festliche Stimmung, die in der Luft lag, obwohl sie arbeiten mußte.

»Ich bin immer froh, daß das Dach des Austin undicht ist. Es ist darin immer so kalt und zugig, daß ich in der Nacht auf den Fahrten von und zum Krankenhaus wach bleibe. Andernfalls hätte ich schon oft mit den Bäumen am Straßenrand Bekanntschaft gemacht.«

Es war eine Vorstellung, die ihm nicht behagte, deswegen war er froh, daß er am Steuer saß. Es waren an diesem Abend doch etliche Betrunkene unterwegs. Anschließend wollten sie wieder zu ihm und dort den Nachtisch essen und Kaffee trinken. Wenn Megan Dienst hatte, verzichtete sie auf Champagner.

»Dr. Jones ... Dr. Jones in die Notaufnahme ...« Sie wurde zu einem Notfall gerufen, kaum daß sie im Krankenhaus angekommen war, und Bernie ließ sich im Warteraum mit einem Stapel Zeitschriften nieder. Megan versprach, sich zu beeilen, und war auch genau eine halbe Stunde später wieder da.

»Fertig?« fragte er, und sie nickte. In ihrem weißen Kittel wirkte sie sehr professionell. Während sie hinausgingen, zog sie den Kittel aus und trug ihn über dem Arm.

»Ein leichter Fall. Der Arme war nicht bei Bewußtsein, aber gottlob war sein Nasenbein in Ordnung, und eine Gehirnerschütterung war auch nicht festzustellen. Dafür war seine Beule gewaltig. Und morgen wird er sich jämmerlich fühlen. Ehe seine Eltern ihn fanden, muß er etliche Gläschen Rum gekippt haben.«

»Auweh. Das ist mir nur einmal passiert – auf dem College. Ich mischte Rum und Tequila. Als ich erwachte, glaubte ich, ich hätte einen Gehirntumor.«

Sie lachte. »Mir ist dasselbe in Harvard mit Margaritas passiert. Jemand gab eine mexikanische Party, und plötzlich konnte ich mich nicht mehr rühren. Es war im zweiten Studienjahr, und mein Ruf hat sich nie wieder ganz erholt. Offenbar habe ich alles mögliche angestellt – mit Ausnahme lauten Bellens auf der Straße im Evakostüm.« Die Erinnerung brachte sie zum Lachen, und Bernie stimmte mit ein.

»Wenn ich an diese Dinge zurückdenke, komme ich mir vor wie ein Hundertjähriger.« Sie wechselten einen Blick, aus dem menschliche Wärme und Zuneigung sprach.

»Das Nette daran ist, daß man es Ihnen nicht ansieht.« Megan sah aus wie allerhöchstens dreißig und keinesfalls wie sechsunddreißig. Bernie fand es unglaublich, daß er bald vierzig sein würde. Manchmal fragte er sich wirklich, wohin die Zeit verflogen war.

Eineinhalb Stunden nachdem sie das Haus verlassen hatte, waren sie wieder zurück, und er ging ins Wohnzimmer, um im Kamin Feuer zu machen, während sie Wasser für Kaffee aufsetzte. Er lächelte, als er sie in der Küche hantieren sah. Eine sonderbare Art, Silvester zu verbringen, aber beide waren glücklich dabei. Als sie sich mit gekreuzten Beinen vor dem Kamin niederließ, zufrieden und glücklich, brachte er ihr eine dampfendheiße Tasse Kaffee.

»Ich bin so froh, daß Sie übers Wochenende hergekommen sind. Ich mußte Sie sehen«, sagte sie und sah ihn an.

Das war nett gesagt und entsprach genau seinen Gefühlen.

»Mit ging es ganz ähnlich. Ich fühlte mich im Haus in der Stadt so verdammt einsam. Silvester verbringt man viel lieber mit jemandem, den man mag.« Er wählte die Worte mit Bedacht, und sie verstand.

»Ich dachte daran, die ganze Woche hierzubleiben, solange die Kinder in New York sind. Das Hin- und Herfahren stört mich nicht.«

Bei diesen Worten erhellte sich ihre Miene. »Das hört sich wunderbar an.« Sie war sichtlich angetan von seinen Plänen, als sich wieder ihr Piepser meldete. Diesmal ging es um eine Fünfjährige mit erhöhter Temperatur, und Megan brauchte nicht loszufahren. Sie begnügte sich damit, allgemeine Anweisungen zu geben, und sagte, daß sie das Kind am Morgen untersuchen wollte. Man solle sie anrufen, falls die Temperatur auf über achtunddreißig anstiege.

»Wie schaffen Sie das nur Nacht für Nacht? Es muß sehr anstrengend sein.« Er wußte, wie viel die Arbeit ihr bedeutete.

»Sie geben so viel von sich, Meg.« Das beeindruckte ihn immer wieder.

»Ich habe es sonst niemandem anderen zu geben, warum also nicht meinen Patienten?«

Bei diesen Worten sah sie gar nicht traurig aus. Es war ein Thema, das sie schon oft besprochen hatten. In gewisser Weise war sie mit ihrer Praxis verheiratet ... Doch als sie ihn ansah, geschah etwas Sonderbares. Bernie war nicht mehr imstande, die Grenzen, die er sich selbst gesteckt hatte, einzuhalten. Die Umarmung zur Begrüßung hatte Türen aufgestoßen, die er nicht mehr schließen konnte. Als wäre es das Natürlichste der Welt, nahm er sie in die Arme und küßte sie. Er küßte sie sehr, sehr vorsichtig, als müsse er sich erst ins Gedächtnis zurückrufen, wie das vor sich ging. Während er die Lippen nicht von ihr löste, fand er immer mehr Gefallen daran. Schließlich hielt er inne.

»Bernie?« ... Ihr war nicht bewußt, was sie taten und warum. Sie wußte nur eines sicher – daß sie ihn liebte.

»Soll ich jetzt sagen, es täte mir leid?« Er suchte ihren Blick, las aber nur Zärtlichkeit darin. Da küßte er sie wieder, ohne ihre Antwort abzuwarten.

»Was soll dir leid tun?« Megan war wie betäubt und ließ sich wieder küssen und schmiegte sich an ihn. Er konnte kein Ende finden. Viel zu lange hatte er sie begehrt, ohne es zu wissen, und jetzt war sein Verlangen so groß, daß er es nicht mehr beherrschen konnte. Plötzlich machte er sich von ihr los und stand auf. Es war ihm peinlich, daß sie die Auswölbung in seiner Hose sah. Er hatte eine gewaltige unkontrollierbare Erektion.

»Tut mir leid, Meg.« Mit einem tiefen Atemzug trat er ans Fenster und versuchte, sich Liz ins Gedächtnis zu rufen. Als es nicht glückte, geriet er in Panik. Mit dem Blick eines verlorenen Kindes drehte er sich zu Meg um, die dicht hinter ihm stand.

»Schon gut, Bernie ... niemand tut dir etwas zuleide.« Und als sie das sagte, nahm er sie wieder in die Arme und fing zu weinen an. Er hielt sie fest, als brauche er ihre Wärme. Dann sah er ihr in die Augen, und aus seiner Miene sprachen Ernst und Kraft.

»Meg, ich weiß nicht, was ich sonst noch empfinde ... aber ich weiß, daß ich dich liebe.«

»Ich dich auch ... und ich bin dein Freund ...« Er wußte, daß es so war. Mit beiden Händen umfaßte er ihre Brüste, strich dann über ihren flachen Bauch unter ihren Jeans und tastete sie sanft ab, während sie leise aufstöhnend die Augen schloß. Sie protestierte nicht, als er sie zur Couch trug, und dort lagen sie vor dem Feuer und entdeckten den Körper des anderen. Ihre Haut war hell, ihr Fleisch von zartem Weiß, wie Mondstrahlen, ihre Brüste klein und fest, und als er ihre Brustspitzen berührte, wurden sie hart. Sie öffnete seine Hose und streichelte ihn, und er schnellte geradezu vor, schob den Rest ihrer Kleidung fort, während er sich an sie drückte und dann in sie eindrang. Sie stöhnte laut vor Begierde, und plötzlich schrien beide vor Verzweiflung, vor Schmerz, Leidenschaft und Freude, und sie klammerte sich an ihn, als sie zum Höhepunkt kam, während er das Gefühl hatte, sein ganzes Leben fände ein Ende, als sie den Himmel erreichten und gemeinsam wieder zur Erde fielen.

Lange Zeit lagen sie wortlos nebeneinander. Er hielt die Augen geschlossen, während sie ihn sanft streichelte und ins Feuer starrte, erfüllt von ihrer Liebe.

»Danke.« Seine Worte kamen im Flüsterton. Er wußte, wieviel sie ihm gegeben und wie verzweifelt er es gebraucht hatte. Mehr als er geahnt hatte. Er brauchte ihre Liebe, ihre Wärme und Hilfe. Er löste sich von Liz immer mehr, und das war fast so schmerzlich wie damals, als sie gestorben war, schmerzlicher sogar, weil es für immer war.

»Sag das nicht ... ich liebe dich.«

Er schlug die Augen auf, und als er ihr Gesicht sah, glaubte er ihr.

»Nie hätte ich gedacht, daß ich das je wieder hören würde.« Er war so erleichtert wie noch nie zuvor. Er empfand Erleichterung, Frieden und Sicherheit, nur weil er mit ihr zusammen war. »Ich liebe dich«, flüsterte er auch. Sie lächelte und hielt ihn umfangen wie ein verlorenes Kind. Und Bernie schlief in ihren Armen ein.


## 42

Beide erwachten am nächsten Tag ganz steif, und Megan war halb erfroren. Als sie einander beklommen musterten, stellten sie fest, daß es nichts zu befürchten gab, und waren glücklich. Es war der Neujahrstag, und Bernie neckte Megan weidlich wegen des ungewöhnlichen Silvesterabends. Doch sie lachte nur.

Er ging, um Kaffee zu kochen, und sie folgte ihm, in einen seiner alten Bademäntel gehüllt, in die Küche. Ihr langes, dichtes schwarzes Haar war ganz durcheinander, dennoch sah sie wunderbar aus, als sie sich setzte und die Ellbogen auf die Frühstückstheke stützte.

»Weißt du, daß du ein schöner Mann bist?« So sexy war noch kein Mann gewesen, mit dem sie geschlafen hatte. Noch nie hatte sie empfunden, was sie für ihn empfand. Gleichzeitig wußte sie, daß es für sie gefährlich werden konnte – es hieß, ein gebrochenes Herz herauszufordern. Er war über den Tod seiner Frau noch nicht hinweg und wollte in wenigen Monaten nach New York ziehen. Das hatte er ihr selbst gesagt. Und sie war alt genug, um zu wissen, daß es zuweilen die Aufrichtigen und Offenen waren, die einem den größten Schmerz zufügten.

»Woran denkst du? Sie machen ein so schrecklich ernstes Gesicht, schöne Frau.«

»Ich denke daran, wie leid es mir tun wird, wenn du nach New York übersiedelst.« Auch sie wollte aufrichtig sein. Sie mußte es. Sie hatte im Laufe der Jahre ihre eigenen Tragödien überstanden und trug Narben, die nicht wegzuleugnen waren.

»Komisch, die Aussicht auf die Rückkehr freut mich gar nicht mehr so sehr. Zuerst wollte ich allerhöchstens zwei Jahre bleiben –« Er zuckte mit den Achseln und schob ihr eine Kaffeetasse hin, ganz schwarz, so wie sie immer ihren Kaffee trank.

»Und jetzt wünschte ich, ich müßte nicht zurück. Am besten, wir denken jetzt nicht daran.«

»So oder so, es wird nicht ohne Schmerz abgehen.« In ihrem
Lächeln spiegelte sich philosophische Abgeklärtheit. »Aber ich
könnte mir denken, daß es die Sache wert ist.«

»Hübsch gesagt.« Bernie hätte ihretwegen auch jeden Preis ge-
zahlt. Es setzte ihn immer wieder in Erstaunen, wie sehr er sie
liebte.

»Als du damals in der Nacht mit Alexander ins Krankenhaus
kamst, fand ich dich fabelhaft, und ich habe noch zur Schwester
gesagt ... ja, egal, jedenfalls dachte ich, du wärest verheiratet.
Auf der Heimfahrt hielt ich mir dann selbst eine Standpauke,
damit ich gegenüber den Vätern meiner Patienten kühlen Kopf
und ein kühles Herz bewahre.«

Bernie lachte, und Megan beteuerte: »Ehrlich, so war es.«

»Worte, nichts als Worte. Von kühl konnte letzte Nacht wohl
keine Rede sein.«

Sie errötete, und er setzte sich neben sie, von dem Wunsch beseelt, noch mehr von ihr zu haben, als er haben konnte ... er
wollte sie für immer haben. Im Moment lebten sie wie in einem
Märchenland der Liebe. Doch je länger er sie ansah, desto mehr
wollte er. Sacht schob er den Bademantel auseinander, den sie
nur Augenblicke vorher sorgfältig gegürtet hatte und der zu Boden glitt, als er Megan in sein Zimmer führte. Diesmal liebten sie
sich auf seinem Bett und dann noch einmal, ehe sie unter die Dusche ging und darauf bestand, sich anzuziehen, da sie mit Patrick
die Visite im Krankenhaus machen mußte.

»Ich komme mit.« Aus seinem Blick sprach mehr Glück als
seit zwei Jahren, und sie drehte sich noch naß von der Dusche zu
ihm um.

»Möchtest du wirklich wieder mitkommen?« Nichts war ihr
lieber, als ihn bei sich zu haben und ihr Leben mit ihm zu teilen,
aber sie wußte auch, wie gefährlich das sein konnte. Früher oder
später würde er sie verlassen müssen.

»Meg, ich muß in deiner Nähe sein.« Er machte kein Hehl daraus. Es war, als könne er nicht ertragen, noch einen Menschen
zu verlieren, und sei es auch nur für eine Stunde.

»Gut, wenn du es möchtest.«

Das ganze Wochenende über waren sie zusammen. Sie aßen

und schliefen zusammen und liebten sich drei-, viermal am Tag. Er war wie ein Mann, der nach Liebe, Sex und Zuneigung ausgehungert war und nun von ihr nicht genug bekommen konnte, weil er die versäumte Zeit nachholen mußte. Und die ganze folgende Woche kam er Tag für Tag ziemlich früh aus der Stadt zurück, besuchte sie in ihrer Praxis, brachte ihr kleine und größere Geschenke und Köstlichkeiten. Es war wie seinerzeit in den Anfängen seiner Beziehung zu Liz. Dennoch wußten beide, daß es nicht von Dauer sein konnte. Eines Tages mußte er nach New York ziehen, und es würde aus und vorbei sein. Nur würde es bis dahin noch eine Weile dauern, weil Paul Berman für ihn noch keinen Ersatz gefunden hatte. Und während ihrer letzten gemeinsamen Nacht vor der Rückkehr der Kinder entkorkte er eine Flasche Champagner, und Megan bereitete das Abendessen zu. Patrick hatte Notdienst, so daß sie sich bis zum Morgen ungestört ihrer Leidenschaft hingeben konnten.

Den Tag über nahm Bernie sich frei, damit er mit Megan zusammensein konnte. Da die Kinder aber schon um sechs kommen sollten, müßte er schon um vier in die Stadt fahren.

»Ich lasse dich nicht gern allein.« Zehn Tage waren sie unzertrennlich gewesen, und er fand es unerträglich, daß er sie jetzt verlassen mußte. Waren die Kinder wieder da, würde alles anders sein, vor allem Janes wegen. Sie war schon zu groß und beobachtete zu scharf, um sich durch Ausflüchte hinters Licht führen zu lassen. Sie würden nicht offen zusammensein können, ohne Jane zu verunsichern und die Eigentumsrechte zu verletzen, an die sie glaubte. Stets würden sie Versteck spielen müssen, wenn sie sich lieben wollten, es sei denn, er übernachtete bei Megan und schlich sich frühmorgens heimlich in sein Haus, bevor die Kinder erwachten.

»Meg, du wirst mir schrecklich fehlen.« Er war den Tränen nahe, und Meg küßte ihn.

»Ich laufe nicht weg. Ich bin zur Stelle und warte auf dich.« Er hörte es mit Rührung. Er hatte einen Bereich ihrer Seele berührt, der lange, lange leer gewesen war. Meg wußte, wie sehr sie ihn liebte, vielleicht sogar mehr, als sie ihm sagen konnte, und sie wußte, daß sie ihn mit offenen Armen aufnehmen mußte. Sie hatte kein Recht, sich an ihn zu klammern, und sie hatte sich fest vorgenommen, es nicht zu tun.

»Ich werde übers Wochenende kommen, mein Liebes.« Daß sich manches ändern würde, wußten beide, und er versprach, abends, sobald die Kinder im Bett waren, anzurufen. Aber als er auf dem Flughafen Jane und Alex erwartete, hatte er das Gefühl, er habe etwas sehr Kostbares verloren. Er verspürte den Drang, zu Megan zu laufen und sich zu vergewissern, ob sie noch da war. Doch erst als er mit Nanny Pip und den Kindern wieder zu Hause war, traf ihn dieses Gefühl mit voller Wucht, und es brachte ihn fast um.

Es passierte, als er sich auf die Suche nach einem Karton machte, von dem Jane behauptete, er müsse irgendwo sein, eine Schachtel mit alten Fotos der Großeltern. Jane wollte sie in ein Album kleben und es ihnen schenken. Bernie öffnete Liz' Schrank, und plötzlich war ihm, als stünde sie da und rüge ihn für das, was er mit Meg getan hatte. Von dem Gefühl überwältigt, Liz hintergangen zu haben, knallte er den Schrank zu und verließ atemlos den Raum, ohne die Fotos, die Jane haben wollte, gesucht zu haben. Der Schrank samt Inhalt war ihm unerträglich geworden.

»Ich finde die Bilder nicht.« Sein Gesicht war unter dem Bart blaß geworden. Was hatte er getan? Was hatte er Liz angetan? Hatte er sie vergessen? Er hatte gesündigt. Schrecklich gesündigt. Und er war überzeugt, daß Gott ihn strafen würde. Er hatte Liz betrogen.

»Aber du hast die Bilder«, beharrte Jane. »Großmama hat es mir gesagt.«

»Nein. Ich habe sie nicht«, rief er laut und ging in die Küche. Man merkte ihm an, daß ihn irgendwas beschäftigte. »Großmama weiß nicht, wovon sie spricht.«

»Was ist denn los?« Die total verwirrte Jane konnte sich seine Reaktion nicht erklären.

»Ach, gar nichts.«

»Doch, es ist etwas. Fühlst du dich nicht wohl, Daddy?« Er drehte sich zu ihr um, und sie sah nun, daß er den Tränen nahe war. Da lief sie zu ihm und schlang die Arme um ihn.

»Tut mir leid, Kleines«, stieß er hervor. »Ihr habt mir so gefehlt, daß ich vor Sehnsucht fast verrückt wurde.« Er war nicht sicher, ob die Entschuldigung ihr oder Liz galt, aber als die Kinder im Bett waren, rief er trotzdem Megan an. Sein Verlangen nach ihr war so überwältigend, daß er auf der Stelle bei ihr sein wollte. Er hatte das Gefühl, es ohne sie keine Sekunde länger aushalten zu können.

»Ist bei dir alles in Ordnung?« Ihr war sein verzweifelter Ton nicht entgangen, und sie war sofort im Bilde.

Daß die Rückkehr ins Haus, in dem er mit Liz gelebt hatte, schmerzlich sein würde, war nur zu verständlich, besonders wenn man bedachte, in welcher Verfassung er sich befand. Seine Schuldgefühle drohten ihn zu überwältigen.

»Mir geht es tadellos.« Es hörte sich aber keineswegs so an.

»Wenn es anders wäre, dann wäre es nur zu verständlich.« Seufzend mußte er sich eingestehen, daß sie ihn zu gut kannte. In gewisser Weise eine Erleichterung, in anderer Hinsicht wieder ärgerlich. Die Gefühlsverwirrung, die ihm zu schaffen machte, war ihm peinlich, ebenso seine Schuldgefühle, doch das war die Realität, der er sich stellen mußte.

»Du klingst ganz wie meine Mutter.«

»Ach.« Meg lachte, hütete sich, ihn weiter zu drängen.

»Schon gut, schon gut.« Bernie entschloß sich, ihr reinen Wein einzuschenken. Letztendlich würden sie einander dadurch noch näherkommen.

»Ich fühle mich so verdammt schuldig. Ich habe Liz' Schranktür geöffnet und hatte das Gefühl, sie wäre da...« Er wußte nicht, was er sonst hätte sagen sollen, aber Megan verstand auch so.

»Du hast ihre Sachen noch?«

Auch das war peinlich. »Ja. Vermutlich...«

»Schon gut, du brauchst dich nicht zu entschuldigen. Es ist dein Leben. Du hast ein Recht auf die Erinnerung.« Sie war der erste Mensch, der das zu ihm sagte, und er liebte sie deswegen um so mehr.

»Ich liebe dich. Du bist das Beste, was mir seit langem passiert ist, und ich kann nur hoffen, daß ich dich nicht verrückt mache.«

»Das tust du. Aber nicht so, wie du glaubst.« Sie errötete. »Auf angenehme Weise.«

Er lächelte. Wieder war er glücklich – ein Gefühl, das er schon lange nicht gehabt hatte.

»Wie schaffen wir es, dieses Wochenende zusammenzukommen?« Sie entwickelten einen Plan. Bernie würde freitags die Nacht mit ihr verbringen und ganz zeitig am nächsten Morgen nach Hause fahren. Und es klappte. Es klappte auch samstags. Auch am folgenden Mittwoch fuhr er zu ihr. Zu Jane sagte er, er hätte geschäftlich in Los Angeles zu tun.

Das behauptete er von nun an jede Woche, und einmal blieb er sogar zwei Nächte aus. Nur Nanny Pip kannte die Wahrheit. Er wollte, daß sie wußte, wo er war, für den Fall, daß mit den Kindern was los war. Bei wem er war, sagte er ihr nicht. Er gab ihr nur die Telefonnummer mit der Weisung, sie solle nur im äußersten Notfall anrufen. Die Sache war ihm höchst unangenehm. Aber Nanny sagte kein Wort und schien auch nicht schockiert – im Gegenteil, sie tat, als sei es die natürlichste Sache der Welt. Er vermutete, daß sie wußte, wen er besuchte. Und immer verabschiedete sie sich von ihm mit einem Lächeln und einem leichten Klaps auf die Schulter.

An den Wochenenden fuhren sie gemeinsam nach Napa, und Megan kam zu ihnen zu Besuch. Sie brachte Jane bei, wie man ein Nest für einen vom Baum gefallenen jungen Vogel baut, und half ihr dabei, das Vogelbein zu schienen, als sie entdeckten, daß es gebrochen war. Sie nahm Alexander auf Besorgungen mit, und er krähte vor Vergnügen, wenn er sie kommen sah.

Janes Verschlossenheit geriet ins Wanken. »Wie kommt es, daß du sie so magst, Daddy?« fragte sie eines Tages, als sie das Geschirr in die Spüle taten.

»Weil sie eine nette Frau ist. Sie ist intelligent, freundlich und liebevoll. Eine Kombination, wie man sie nicht oft findet.« Er hatte sie gefunden. Zweimal sogar. Also war er doch ein Glückspilz. Und das Glück würde ihm treu bleiben, so lange, bis er wieder von Kalifornien nach New York ziehen mußte. In letzter Zeit stellte er diese Entscheidung immer häufiger in Frage.

»Liebst du sie?«

Er hielt den Atem an, ratlos, was er sagen sollte. Eigentlich wollte er ehrlich sein, wollte Jane andererseits aber auch nicht überfordern.

»Vielleicht.«

Jane war wie vom Donner gerührt.

»Wirklich? So sehr wie Mami?« Zorn und Fassungslosigkeit hielten einander die Waage.

»Nein. Noch nicht. So lange kenne ich sie noch nicht.« Jane nickte bedächtig. Also war es doch ernst. Aber so sehr sie sich auch bemühte, sie konnte Megan nicht mehr hassen. Megan war viel zu nett und zu lieb zu ihr und Alex, und als Bernie im April wieder nach Europa mußte, fragte Jane, ob sie die Wochenenden bei Megan verbringen durften. Das war ein gewaltiger Durchbruch. Bernie wurden vor Dankbarkeit und Erleichterung die Augen feucht.

»Möchtest du die Kinder wirklich bei dir haben?« Er hatte Jane versprochen, Megan wenigstens zu fragen.

»Ich könnte Nanny mitschicken.«

»Ja, riesig gern sogar.« Ihr Haus war zwar winzig, aber wenn sie auf der Couch schlief, was sie unbedingt wollte, dann konnte sie Nanny ihr Zimmer überlassen und den Kindern das Arbeitszimmer. Jane und Alex waren begeistert. Gleich nach Schulschluß an einem Freitag fuhren sie hin. Und Bernie kam rechtzeitig zu Alexanders Geburtstag zurück, es war sein dritter. Sie feierten gemeinsam, und anschließend unternahm Bernie einen langen Spaziergang mit Megan.

»Ist in New York etwas passiert?« Sie schien besorgt. »Du bist gar so still.«

»Berman glaubt, er hätte so gut wie sicher Ersatz für mich gefunden. Eine Frau, die er von einer anderen Firma abwerben möchte. Es geht nur noch um die Höhe ihres Gehalts. Zweikämpfe dieser Art besteht er fast immer siegreich. Meg, was soll ich tun?« In seinem Blick lag soviel Schmerz, daß es sie zutiefst rührte. »Ich möchte dich nicht verlassen.« Als er in Europa war, hatte sie ihm sehr gefehlt, mehr, als er es für möglich gehalten hätte.

»Wir werden uns der Situation stellen, wenn es soweit ist.«
Und an jenem Abend liebten sie sich, als würde es kein Morgen
geben. Zwei Wochen darauf kam er extra aus der Stadt, um ihr
die Neuigkeit zu überbringen. Berman hatte den Kampf verloren.
Die Frau hatte mit ihrem alten Unternehmen einen Vertrag unterschrieben, der ihr fast doppelt soviel einbrachte. Es war eine
Erleichterung. Bernie spürte, daß das Schicksal es gut mit ihm
meinte.

»Gott sei Dank!« rief er und machte seiner Freude Luft. Er
hatte Champagner mitgebracht, und sie gingen zur Feier des Tages in die ›Auberge du Soleil‹ und verbrachten dort einen wunderbaren Abend. Um acht Uhr am nächsten Morgen wollte er zurück in die Stadt, doch Megan bestand darauf, daß er sich vorher
unbedingt etwas mit ihr ansehen müsse. Sie fuhr in ihrem Austin
Healy voraus zu einem wunderhübschen viktorianischen Haus,
das sich ein wenig abseits des Highway zwischen die Weingärten
schmiegte.

»Sehr schön. Wem gehört es?« Bernie sah das Haus mit nüchternen Augen, so wie man die Ehefrau eines anderen ansieht,
voller Bewunderung, aber ohne Besitzverlangen. Megan lächelte
ihn an, als habe sie einen Trumpf im Ärmel.

»Es gehört zum Besitz der alten Mrs. Moses, die starb, als du
in Europa warst. Sie wurde einundneunzig. Das Haus ist in tadellosem Zustand.«

»Möchtest du es kaufen?« Seine Neugierde war erwacht. Megan schien sich ja sehr eingehend informiert zu haben.

»Nein. Ich habe eine viel bessere Idee.«

»Und die wäre?« Er sah heimlich auf die Uhr, da er dringend
zu einer geschäftlichen Besprechung mußte.

»Wie wär's, wenn du hier deinen Traumladen aufmachst? Ich
wollte nichts sagen, bis du sicher wußtest, ob du nach New York
mußt oder nicht. Aber auch wenn du nur noch ein paar Monate
bleibst, Bernie, könnte es sich als tolle Investition erweisen.« In
ihrer Erregung wirkte sie fast rührend mädchenhaft. So sehr es
Bernie bedauerte, er wußte, daß er es nicht tun konnte, weil er
keine Ahnung hatte, wie lange er noch in Kalifornien bleiben
würde.

»Meg . . . das geht nicht.«

»Warum nicht? Ich möchte dich wenigstens mit Phillippa bekannt machen.«

Phillippa Winterturn hatte den lustigsten Namen und das aparteste Gesicht, das Bernie je gesehen hatte. Sie war eine hübsche weißhaarige Person Anfang Fünfzig und hatte in ihrem Leben schon viel geleistet – ein Geschäft in Palm Beach und eine ganze Ladenkette auf Long Island geleitet, sie hatte für Womens' Wear Daily und für Vogue gearbeitet und Kinderkleider entworfen. Sie hatte in den letzten dreißig Jahren in allen Bereichen der Modebranche mitgemischt und besaß sogar ein Diplom von Parsons.

Als Megan den beiden zuhörte, tat sie es mit unterdrücktem Lächeln. Es machte ihr nicht einmal etwas aus, als sie fortmußte, um einem Achtjährigen eine gebrochene Hand einzugipsen. Als sie wiederkam, waren die beiden noch immer in ihr Gespräch vertieft. Und nach dem Lunch entdeckte sie ein Funkeln in Bernies Augen. Phillippa wußte genau, was sie wollte, und sie wollte nichts lieber, als mit ihm gemeinsam etwas aufzuziehen. Das nötige Kapital besaß sie zwar nicht, aber Bernie war sicher, daß er es aufbringen konnte. Er dachte dabei an ein Darlehen von einer Bank und an einen Zuschuß von seinen Eltern.

Schwierig daran war nur der Umstand, daß eine Diskussion darüber wenig Sinn hatte, solange er nicht wußte, wann er nach New York übersiedeln mußte. Aber die Idee wollte ihm nicht mehr aus dem Kopf. Er fuhr einige Male an dem Haus vorbei, das Megan ihm gezeigt hatte, und es reizte ihn immer mehr, aber es hatte keinen Sinn, in Kalifornien etwas zu kaufen, es sei denn, als reine Kapitalanlage.

Jedesmal, wenn Paul anrief, war Bernie irgendwie befangen und zurückhaltend. Plötzlich wurde er auch wieder von alten Geistern heimgesucht. Liz kam ihm in jüngster Zeit viel zu oft in den Sinn, und das machte ihn reizbar im Umgang mit Megan. Den ganzen Sommer verbrachte Bernie im Kaufhaus in San Franzisko, körperlich jedenfalls, während Herz, Verstand und Seele anderswo waren. In Napa bei Megan und bei dem Haus, das ihm so gut gefiel, sowie bei dem Laden, den er gern aufgemacht hätte. Schuldbewußt registrierte er seine gemischten Gefühle, und Megan schien zu spüren, was in ihm vorging. Sie blieb ruhig, gelassen und hilfreich und stellte ihm keine Fragen. Dafür war er ihr dankbar. Eine wirklich bemerkenswerte Frau. Doch er machte sich deswegen auch Sorgen.

Sieben Monate lang hatten sie von geborgter Zeit gelebt und mußten sich früher oder später den Tatsachen stellen. Und das behagte ihm nicht. Er war sehr gern mit Megan zusammen, unternahm lange Spaziergänge mit ihr, plauderte mit ihr bis spät in die Nacht, ja, er begleitete sie sogar ins Krankenhaus, wenn sie in der Nacht gerufen wurde. Dazu kam, daß sie wundervoll mit den Kindern umgehen konnte. Alexander war vernarrt in sie, und Jane ließ Anzeichen von Zuneigung erkennen, ganz zu schweigen von Nanny Pippin. Megan war für Bernie die ideale Frau ... nur war da noch immer die Erinnerung an Liz, mit der er fertig werden mußte. Er war stets bemüht, die beiden nicht zu vergleichen – sie waren auch zu verschieden –, und immer, wenn Jane es versuchte, gebot Megan Einhalt.

»Deine Mami war etwas ganz, ganz Besonderes«, pflegte Megan zu sagen. Das blieb unwidersprochen, und Jane empfand es als tröstlich, das aus Megans Mund zu hören. Sie kannte die Kinder schon sehr gut und Bernie noch besser.

Plötzlich mochte er nicht mehr in der Stadt wohnen, weil er das Haus bedrückend fand. Die Erinnerungen, die es erfüllten, waren keine glücklichen mehr, da er jetzt nur mehr die kranke und sterbende Liz vor sich sah – die Liz, die verzweifelt versucht hatte, sich ans Leben zu klammern, die sich in die Schule geschleppt hatte, für die Familie bis zuletzt gekocht hatte und von Stunde zu Stunde schwächer geworden war. An dies alles wollte Bernie nicht mehr erinnert werden. Zwei Jahre war es her, daß Liz die Ihren verlassen hatte, und er befaßte sich inzwischen lieber mit anderen Dingen, denn es fiel ihm schwer, an sie zu denken, ohne ihr Sterben vor Augen zu haben.

Im August kamen seine Eltern zu Besuch. Bernie war mit den Kindern den Sommer über in Napa, wo sie sich so heimisch fühlten wie im Jahr zuvor. Seine Eltern ließen es sich nicht nehmen, mit Jane eine kleine Reise zu machen. Als sie Jane wieder zurückbrachten, stellte er ihnen Megan vor. Nach der Beschreibung, die er Ruth einmal von ihr geliefert hatte, war sofort klar, wer sie war. Seine Mutter, die sie mit wissendem Blick unter die Lupe nahm, konnte keinen Makel entdecken – im Gegenteil, sie empfand sogar spontan Sympathie für Megan. Etwas anderes wäre auch nicht zu erwarten gewesen, auch nicht bei seiner Mutter.

»Sie also sind die Ärztin.« Fast klang Stolz aus Ruths Worten, und in Megans Augen schimmerten Tränen, als sie ihr einen Kuß gab. Als sie am nächsten Tag ihre Praxisstunden hinter sich hatte, spielte sie für seine Eltern Fremdenführerin in Napa, da Bernie keine Zeit hatte. Bernies Vater konnte zu seinem Leidwesen nur ein paar Tage bleiben. Er mußte zu einem Ärztekongreß in San Diego. Ruth bot Bernie an, indessen die Kinder zu betreuen, doch galt ihre Sorge in erster Linie ihrem Sohn. Sie spürte, daß er trotz seiner Beziehung zu Megan noch immer um Liz trauerte. Als sie mit Megan im ›Saint George‹ in Saint Helena saß, sprach sie darüber ganz offen, denn Ruth spürte, daß sie dieser jungen Frau, die ihr so gut gefiel, Vertrauen schenken konnte.

»Er ist so verändert.« Das sagte sie bekümmert und von der Angst geplagt, er würde nie wieder so wie früher sein. Gewiß, in mancher Hinsicht hatte er gewonnen, war empfindsamer und reifer geworden, doch hatte er nach Liz' Tod seine frühere Lebensfreude verloren.

»Mrs. Fine, alles braucht seine Zeit.« Trotz der Zeit, die vergangen war, hatte der Heilungsprozeß eben erst eingesetzt. Jetzt waren es vor allem die Entscheidungen, die auf ihm lasteten. Die Entscheidungen, die so schmerzlich waren. Megan oder die Erinnerung an Liz, San Franzisko oder New York, ein eigenes Geschäft oder seine Loyalität Wolff und Paul Berman gegenüber. Bernie fühlte sich zerrissen, und Megan spürte dies genau.

»Zur Zeit kommt er mir so ruhig vor.« Ruth sprach mit ihr wie mit einer alten Freundin, und Megan hörte lächelnd zu. Es war das Lächeln, das wehe Finger, schmerzende Ohren und Bauchweh milderte und das jetzt auch Ruth tröstete. Sie hatte das sichere Gefühl, daß ihr Sohn mit dieser Frau glücklich sein würde.

»Es ist für ihn eine schwierige Zeit. Ich glaube, er versucht sich darüber klarzuwerden, ob er sich überhaupt von ihr lösen will oder nicht. Das ist für jeden Menschen ein angsteinflößendes Gefühl.«

»Sich wovon lösen will?« Ruth begriff nicht.

»Von der Erinnerung an seine Frau, von dem Trugschluß, daß sie wieder zurückkommt. Jane muß etwas Ähnliches durchmachen. Solange sie mich ablehnt, kann sie so tun, als käme ihre Mutter eines Tages wieder.«

»Das ist aber nicht gesund«, sagte Ruth mit gefurchter Stirn.

»Aber normal.« Bernies Traum von einem eigenen Geschäft in Napa Valley ließ sie unerwähnt. Damit hätte sie Ruth Fine nur noch mehr aufgeregt.

»Ich glaube, Bernie steht im Begriff, Entscheidungen zu treffen, die ihm nicht leichtfallen. Wenn er sie getroffen hat, wird er sich wesentlich besser fühlen.«

»Das will ich hoffen.« Ruth sparte sich die Frage, ob eine dieser Entscheidungen eine Ehe mit Megan betraf. Sie plauderten über dies und jenes, und als Megan Ruth nach dem Essen vor dem Haus absetzte und ihr nachwinkte, war Ruth viel wohler zumute.

»Das Mädchen gefällt mir«, eröffnete sie Bernie am Abend. »Sie ist intelligent, empfindsam und sehr nett.« Sie holte kurz Atem. »Und sie liebt dich.« Nach Bernies Erinnerung war es das erste Mal, daß seine Mutter den Eindruck machte, als hätte sie Angst, ihn zu verärgern, und das entlockte ihm ein Lächeln.

»Sie ist eine großartige Frau.« Er konnte nicht umhin, ihr recht zu geben.

»Warum unternimmst du in der Sache nichts?«

Nun trat längeres Schweigen ein, während er dem Blick seiner Mutter eisern standhielt. Dann machte er sich mit einem Seufzer Luft.

»Sie kann ihre Praxis nicht nach New York verlegen, und meine Firma wird mich nicht für ewig hier behalten.« Er wirkte so zerrissen, wie er sich fühlte. Sofort regte sich Mitleid bei seiner Mutter.

»Bernard, ein Unternehmen kann man nicht heiraten.« Sie sprach gegen die eigenen Interessen, jedoch für die Interessen ihres Sohnes, weil es sich lohnte, wie sie fand.

»Daran habe ich schon gedacht.«

»Und?«

Wieder ein Aufseufzen. »Ich verdanke Paul Berman sehr viel.«
Einen Augenblick sah Ruth richtig wütend aus.

»Nicht genug, um dein Leben ihm zuliebe aufzugeben oder
dein Glück oder gar das Glück deiner Kinder! Wenn ich es recht
bedenke, verdankt er dir mehr als umgekehrt, nach allem, was
du für die hiesige Niederlassung getan hast.«

»So einfach ist das alles nicht, Mutter.« Bernie wirkte so niedergeschlagen, daß ihr fast das Herz brach.

»Vielleicht sollte es aber sein. Du mußt dir alles genau überlegen.«

»Das werde ich.« Schließlich rang er sich ein Lächeln ab und
gab ihr einen Kuß. »Danke«, flüsterte er.

Drei Tage darauf flog sie zu Lou nach San Diego, und Bernie
tat es aufrichtig leid, daß sie abreiste. Im Laufe der Jahre war sie
eine echte Freundin geworden. Auch Megan tat es leid.

»Bernie, sie ist eine wunderbare Frau.« Er schenkte der Frau,
die er so verzweifelt liebte, ein spitzbübisches Lächeln. Sie waren
an diesem Nachmittag zum erstenmal wieder allein, seit seine
Mutter abgeflogen war, und es tat gut, wieder neben Meg zu
liegen.

»Dasselbe hat sie von dir gesagt.«

»Ich habe große Hochachtung vor ihr. Und sie liebt dich über
alles.«

Er lächelte. Wie erleichtert war er, daß die beiden füreinander
Sympathie empfanden! Und Megan war glücklich, daß sie mit
ihm zusammensein konnte. Sie wurde seiner Gesellschaft niemals
müde, und sie verbrachten soviel Zeit miteinander wie nur möglich, sie redeten, umarmten und liebten sich. Es kam vor, daß sie
die ganze Nacht über aufblieben, nur um die Nähe des anderen
genießen zu können.

»Ich habe das Gefühl, als hätte ich dich seit Wochen nicht
mehr gesehen«, flüsterte er, an ihren Hals geschmiegt. Er hatte
sich nach ihrem Körper, nach dem Gefühl ihrer Haut an der seinen, wenn sie Seite an Seite dalagen, gesehnt ... da hörten sie
von weitem das Telefon läuten.

Es setzte ihn immer wieder in Erstaunen, wie ausgehungert sie nach Liebe waren. Das Verlangen hatte in den acht Monaten ihrer Beziehung nicht nachgelassen, und sie waren noch immer ganz atemlos, als sie sich losmachte und nach dem Hörer griff, da sie Dienst hatte. Bernie rückte näher und liebkoste ihre Brust. Er wollte nicht, daß sie ihn allein ließ.

»Baby, ich muß . . . «

»Nur dies eine Mal . . . wenn sie dich nicht finden, rufen sie ohnehin Patrick an.«

»Vielleicht ist er nirgends aufzutreiben.« Ihr Pflichtbewußtsein wurde durch ihre Liebe nicht beeinträchtigt. Megan hatte sich schon aufgesetzt, und nach dem vierten Klingelton griff sie nach dem Hörer, während Bernies Liebe sie noch umgab. Er war ihr nachgerückt und versuchte sie festzuhalten.

»Hier Dr. Jones.« Das war ihre Berufsstimme, dann folgte Stille wie immer.

»Wo? . . . Wann? . . . Wie viele? . . . Wie oft? Sofort auf die Intensivstation . . . und rufen Sie Dr. Fortgang.« Schon griff sie nach ihren Jeans, die Liebe war vergessen. Diesmal schien sie in größter Sorge. »Und einen Anästhesisten. Einen guten. Ich komme sofort.« Sie legte auf und drehte sich zu ihm um. Es war keine Zeit, um den heißen Brei herumzureden. Sie mußte es ihm sagen.

»Was war das?«

O Gott . . . es war das Schlimmste, das sie je einem Menschen hatte antun müssen . . . »Liebling . . . Bernie . . . « Sie fing zu weinen an und haßte sich wegen ihrer Tränen. Er wußte sofort, daß jemandem, der ihm nahestand, etwas Schreckliches zugestoßen sein mußte. »Es ist Jane.«

Bei diesen Worten glaubte er einen Schlag zu erhalten.

»Sie war auf ihrem Rad unterwegs und wurde von einem Auto angefahren.« Megan zog sich an, während sie sprach, und er stand da und hörte nicht auf, sie anzustarren. Da streckte sie die Hände aus und berührte sein Gesicht. Bernie sah aus, als hätte er kein Wort begriffen. Doch er hatte sie verstanden, er konnte es nur nicht fassen. Er konnte nicht glauben, daß Gott so grausam sein konnte. Nicht zweimal in einem Menschenleben.

»Was ist passiert? Verdammt, Megan, sag schon!« Er schrie sie an. Sie mußte fort, schleunigst, um sich im Krankenhaus um Jane zu kümmern.

»Ich weiß es noch nicht. Sie hat eine Kopfverletzung, und man will einen orthopädischen Chirurgen beiziehen ...«

»Was ist gebrochen?«

Sie mußte es ihm ganz rasch sagen. Die Zeit raste.

»Bein, Arm und Hüfte, und es könnten daneben noch Verletzungen an der Wirbelsäule vorliegen. Das konnte man noch nicht feststellen.«

»Mein Gott ...« Er schlug die Hände vors Gesicht, doch Megan reichte ihm seine Jeans und holte seine Schuhe.

»Du darfst dich jetzt nicht gehenlassen. Das bringt nichts. Wir müssen zu ihr. Vielleicht ist es gar nicht so schlimm, wie es sich anhört.« Doch es hörte sich sogar für sie als Medizinerin schlimm an. Es bestand die Möglichkeit, daß Jane nie wieder würde gehen können ... Und falls die Kopfverletzung einen Gehirnschaden nach sich zog, dann würden die Folgen katastrophal sein.

Er faßte nach ihrem Arm. »Aber es könnte auch schlimmer sein, nicht wahr? Sie könnte sterben oder zum Krüppel werden und ihr ganzes Leben lang nur dahinvegetieren.«

»Nein ... das glaube ich nicht ... komm ...«

Als sie den Wagen startete und auf den Highway zuraste, starrte er geradeaus. Sie versuchte krampfhaft, ihn zum Reden zu bewegen.

»Bernie, sag etwas.«

»Weißt du, warum es passiert ist?« Er sah aus, als wäre sein Ende nahe, und genauso fühlte er sich auch.

»Warum?« Sie fragte das, weil ihr nichts anderes einfallen wollte. Sie raste mit über neunzig Meilen dahin und betete darum, daß die Polizei kommen und sie eskortieren würde. Die Schwester in der Notaufnahme hatte ihr gesagt, wie es um Janes Blutdruck stand. Das Kind war dem Tod nahe, und sämtliche lebenstettenden Apparate standen bereit.

»Es passierte, weil wir zusammen im Bett waren. Gott wollte mich strafen.«

Sie spürte Tränen in den Augen und trat aufs Gas.

»Wir lieben uns, und Gott will uns nicht dafür strafen.«

»Doch, das will er. Ich hatte kein Recht, Liz zu betrügen ... und ...«

Er fing an, hemmungslos zu schluchzen. Seine Worte hatten Megan bis ins Innerste getroffen. Trotzdem redete sie auf der Fahrt ununterbrochen auf ihn ein, damit er nicht total den Verstand verlor.

Als sie auf den Parkplatz fuhren, sagte sie: »Ich springe sofort hinaus, und du parkst den Wagen und kommst nach. Sobald ich weiß, was los ist, sage ich dir Bescheid. Das verspreche ich.« Der Wagen blieb stehen, und sie sah Bernie an. »Bete für Jane. Bete für sie. Ich liebe dich.« Und fort war sie und kam nach zwanzig Minuten in einem grünen Kittel und Papierhüllen über den Schuhen ins Wartezimmer.

»Jetzt operiert der Orthopäde. Er versucht festzustellen, wie groß der Schaden ist. Aus San Franzisko werden zwei Kinderchirurgen per Helikopter eingeflogen.« Sie hatte die beiden kommen lassen, und er wußte sofort, was das bedeutete.

»Sie wird es nicht schaffen, nicht wahr, Meg?« Seine Stimme klang wie die eines Halbtoten. Er hatte Nanny angerufen und ihr über Janes Zustand Bericht erstattet. Sie hatte ihn kaum verstehen können, weil er seine Worte unter Tränen stammelnd hervorstieß. Energisch befahl sie ihm, sich zusammenzunehmen, und sagte ihm noch, daß sie am Telefon auf Nachricht warte. Sie wollte Alexander nicht erschrecken, indem sie mit ihm ins Krankenhaus kam. Der Kleine sollte es am besten gar nicht erfahren.

»Ist sie ...?« drängte Bernie Megan, und sie las in seinen Augen, wie schuldig er sich fühlte. Wieder wollte sie ihm sagen, daß es nicht seine Schuld war, daß er nicht dafür gestraft würde, weil er Liz betrogen hatte, doch war es nicht der richtige Ort. Sie wollte es ihm später ausreden.

»Sie wird es schaffen, wenn wir großes Glück haben, wird sie wieder gehen können. Das mußt du dir jetzt vor Augen halten.« Was aber, wenn nicht? Dieser Gedanke quälte ihn auch noch, als Megan wieder verschwand. Und er sank wie eine Gliederpuppe auf einem Sessel zusammen, als eine Schwester ihm ein Glas Wasser brachte. Er wollte es nicht. Es erinnerte ihn an Dr. Johanssen, als dieser ihm eröffnete, daß Liz Krebs hatte.

Zwanzig Minuten später landeten die Helikopter, und die beiden Chirurgen näherten sich im Laufschritt. Alles war vorbereitet, der hiesige Orthopäde und Megan assistierten. Für alle Fälle hatten sie einen Neurochirurgen hinzugezogen, aber die Kopfverletzung war nicht so ernst, wie man zunächst befürchtet hatte. Viel schlimmer stand es um Janes Hüfte und den unteren Wirbelsäulenbereich. Das war die echte Gefahr. Die Brüche an Arm und Bein waren glatt. Und in gewisser Hinsicht hatte Jane sogar Glück gehabt. Wäre der Bruch in ihrem Rückgrat zwei Millimeter tiefer gewesen, dann wäre sie für immer von der Hüfte abwärts gelähmt geblieben.

Die Operation dauerte vier Stunden, und Bernie war der Hysterie nahe, als Megan wieder zu ihm kam. Endlich war alles überstanden. Sie hielt ihn in den Armen, während er wieder Tränen vergoß, diesmal vor Erleichterung.

»Es geht ihr gut ... wirklich ...« Und am nächsten Nachmittag stand fest, daß Jane wieder würde gehen können. Nach einer gewissen Zeit und Behandlung würde sie laufen und spielen und gehen und tanzen können. Bernie war unendlich dankbar für diese gute Nachricht. Er blickte auf die schlafende Jane nieder. Beim nächsten Erwachen lächelte sie ihm zu und sah dann Megan an.

»Na, wie geht's dir?« fragte Megan leise.

»Es tut sehr weh«, klagte Jane.

»Das dauert noch. Aber du wirst bald wieder draußen spielen können.«

Jane lächelte müde und sah Megan an, als rechne sie auf deren Hilfe. Bernie streckte beide Hände aus, eine nach Megan, die andere nach Jane.

Den Anruf bei seinen Eltern erledigten sie gemeinsam. Natürlich war es auch für Ruth und Lou ein Schock. Doch Megan lieferte Bernies Vater die medizinischen Einzelheiten, so daß dieser sich rasch beruhigte.

»Sie hatte großes Glück«, sagte er voll banger Erleichterung, und Megan gab ihm recht.

»Sie haben alles Menschenmögliche für Jane getan, da bin ich ganz sicher.«

»Danke, Sir.« Es war ein Kompliment, das sie zu schätzen wußte. Nachher gingen sie und Bernie einen Hamburger essen, um zu besprechen, wie es in den nächsten Monaten und Wochen weitergehen sollte. Jane würde mindestens sechs Wochen im Krankenhaus bleiben müssen und anschließend monatelang an den Rollstuhl gefesselt sein. Es war ausgeschlossen, daß sie die Treppen des Hauses in San Franzisko bewältigte, auch nicht mit Nannys Hilfe. Sie würden in Napa bleiben müssen, eine Idee, die ihm aus bestimmten Gründen nicht unangenehm war.

»Warum bleibt ihr nicht hier? Da braucht ihr euch über die Treppen nicht den Kopf zu zerbrechen. Zur Schule kann sie ohnehin nicht, aber du könntest ihr eine Hauslehrerin besorgen.« Megan sah ihn nachdenklich an, und er lächelte. Plötzlich war ihm manches klar, und dann ganz plötzlich, als er sie anblickte, fiel ihm ein, was er gesagt hatte, als es passiert war.

»Megan, ich möchte mich bei dir entschuldigen.« Er sah sie über den Tisch hinweg zärtlich an.

»Ich fühlte mich so schuldig ... seit langem schon. Und ich habe mich geirrt, das weiß ich jetzt.«

»Schon gut«, flüsterte sie. Sie konnte ihn gut verstehen.

»Zuweilen fühle ich mich schuldig, weil ich dich so sehr liebe ... als dürfe ich es nicht ... als müßte ich Liz noch immer treu sein ... aber sie ist fort ... und ich liebe dich.«

»Ich weiß. Und ich weiß auch, daß du dich schuldig fühlst, das brauchst du aber nicht, und eines Tages hat es bestimmt ein Ende damit.«

Doch das Sonderbare an der Sache war, daß er plötzlich spürte, daß dieses Gefühl ihn verlassen hatte, irgendwann während der letzten ein, zwei Tage. Plötzlich empfand er kein Schuldgefühl mehr, weil er Megan liebte. Egal, wie lange er Liz' Kleider im Schrank aufbewahrt hatte und wie sehr er sie geliebt hatte ... Liz gab es nicht mehr.

# 43

Die polizeilichen Ermittlungen, in deren Verlauf die Fahrerin des Wagens sich sogar einem Alkoholtest unterziehen mußte, ergaben, daß Jane die Schuldige war. Vorwürfe waren unangebracht, da sie genug gestraft war. Sie würde wochenlang im Krankenhaus liegen und sich von der Operation erholen müssen. Daran würden sich Monate im Rollstuhl und eine langwierige Behandlung anschließen.

Die Frau, die Jane angefahren hatte, behauptete, sie würde sich von dem Schrecken nie mehr erholen.

»Warum können wir nicht nach San Franzisko?« Jane war enttäuscht, weil sie die Schule versäumen würde und ihre Freundinnen nicht besuchen konnte. Alexander war schon im Kindergarten angemeldet, doch jetzt hingen alle Pläne in der Luft.

»Schätzchen, du schaffst die Stufen nicht. Und Nanny kommt mit einem Rollstuhl nicht zurecht. Hier kannst du wenigstens aus dem Haus, wenn du willst. Wir werden dir eine Hauslehrerin besorgen.« Janes Enttäuschung hätte nicht größer sein können. Der ganze Sommer sei für sie ruiniert, klagte sie. Doch der Unfall hätte beinahe ihr ganzes Leben ruiniert, und Bernie war überglücklich, daß alles wenigstens so ausgegangen war.

»Wird Großmama Ruth uns besuchen?«

»Sie sagte, daß sie kommen würde, wenn du es möchtest.« Im Moment war alles in Schwebe.

Diese Aussicht zauberte endlich ein kleines Lächeln auf Janes Gesicht. Megan verbrachte die meisten freien Stunden bei ihr, und sie nutzten die Zeit zu langen nachdenklichen Gesprächen. Dabei kamen sie sich viel näher als je zuvor. Der Widerstand schien Jane zu demselben Zeitpunkt abhanden gekommen zu sein, als Bernie sein Schuldgefühl losgeworden war. Er war nun ausgeglichener als seit langem. Um so mehr erschütterte ihn der Anruf am nächsten Tag. Der Anrufer war Paul Berman.

»Meinen Glückwunsch, Bernie.« Es folgte eine bedeutungsvolle Pause, und Bernie hielt den Atem an. Er ahnte, daß nun etwas Welterschütterndes folgen würde.

»Ich habe dir etwas Wichtiges zu sagen. Eigentlich sind es drei Neuigkeiten.« Paul verlor keine Zeit.

»Ich gehe in einem Monat in den Ruhestand, und der Vorstand hat dich zu meinem Nachfolger ernannt. Und wir haben es eben geschafft, Joan Madison von Saks zu engagieren, die dich in San Franzisko ablösen soll. In zwei Wochen wird sie zur Stelle sein. Kannst du bis dahin in San Franzisko deine Zelte abbrechen?« Bernies Herzschlag drohte auszusetzen. Zwei Wochen? Vierzehn Tage, um Megan Adieu zu sagen? Wie sollte er das fertigbringen? Und Jane würde sich noch monatelang nicht rühren können, doch das war jetzt nicht der Punkt. Er hatte etwas ganz anderes auf dem Herzen, und das mußte er Paul sagen. Es hatte keinen Sinn, damit länger hinterm Berg zu halten.

»Paul ...« Er spürte eine solche Enge in der Brust, daß er schon einen Herzanfall befürchtete. Dies hätte allerdings alles erleichtert. Doch das war auch keine Lösung. Nur jetzt nicht den Weg des geringsten Widerstands gehen! Nein, er wußte genau, was er wollte. »Ich hätte es dir schon längst sagen müssen. Hätte ich geahnt, daß du an Ruhestand denkst, hätte ich es auch getan. Ich kann den Job nicht annehmen.«

»Nicht annehmen? Was heißt das? Du hast zwanzig Jahre deines Lebens darauf verwendet, dich auf die Aufgabe vorzubereiten.«

»Das weiß ich. Aber als Liz starb, hat sich für mich manches geändert. Ich möchte nicht mehr fort von hier.« Oder fort von Megan ... oder von meinem Traum ...

Berman bekam es plötzlich mit der Angst zu tun.

»Hat man dir von anderer Seite einen führenden Job angeboten? Hat dich Neiman Marcus ... oder I. Magnin abgeworben?« Er konnte sich zwar nicht vorstellen, daß Bernie desertieren und für ein anderes Unternehmen tätig werden würde, aber vielleicht hatte man ihm ein großartiges Angebot gemacht. Bernie beeilte sich, Pauls Befürchtungen zu zerstreuen.

»Paul, das würde ich dir nie antun. Du kennst meine Loyalität dem Unternehmen und dir gegenüber. Nein, es geht um etliche andere Entscheidungen, die ich für mein Leben getroffen habe. Es gibt da bestimmte Dinge, die ich hier machen möchte und anderswo nicht machen könnte.«

»Ich kann mir nicht vorstellen, was das sein könnte, um Himmels willen. New York ist der Lebensnerv unserer Branche.«

»Paul, ich möchte ein eigenes Geschäft eröffnen.« Nun trat am anderen Ende betroffenes Schweigen ein. Bernie lächelte.

»Was für ein Geschäft?«

»Einen Laden. Einen kleinen Laden, eine Boutique für ganz besondere Dinge in Napa Valley.« Kaum waren diese Worte ausgesprochen, als er sich plötzlich wie ein freier Mensch fühlte. Die Spannung der letzten Monate schien von ihm zu weichen.

»Für euer Unternehmen keine Konkurrenz. Ich stelle mir da etwas ganz Besonderes vor.«

»Hast du schon etwas Konkretes unternommen?«

»Nein, erst mußte ich mich entscheiden, ob ich bei Wolff bleibe oder nicht.«

»Warum machst du nicht beides?« Berman war verzweifelt, das merkte Bernie genau.

»Mach dein Geschäft auf und nimm dir jemanden, der es führt, dann kannst du nach New York kommen und in unserem Unternehmen den Platz einnehmen, den du dir redlich erarbeitet hast.«

»Paul, davon habe ich jahrelang geträumt, aber jetzt ist es für mich nicht mehr das Wahre. Ich muß hierbleiben. Es ist die richtige Entscheidung, das weiß ich.«

»Hm... für den Vorstand wird das ein schwerer Schlag sein.«

»Tut mir leid, Paul. Ich wollte dich nicht in Verlegenheit bringen oder dir Unannehmlichkeiten bereiten.« Er lächelte wieder. »Sieht aus, als könntest du dich noch nicht aufs Altenteil zurückziehen. Du bist ohnehin zu jung, um dich auf die faule Haut zu legen.«

»Mein Körper würde dir heftig widersprechen, besonders heute morgen.«

»Tut mir aufrichtig leid, Paul.« Das war ehrlich gemeint, aber gleichzeitig war Bernie sehr glücklich. Noch lange nachdem das Gespräch beendet war, saß er in friedvoller Stille in seinem Büro. Seine Nachfolgerin würde in zwei Wochen eintreffen. Nach jahrelanger Tätigkeit für Wolff würde er in vierzehn Tagen ein freier Mensch sein... frei, um sein eigenes Geschäft aufzubauen...

aber erst galt es, anderes zu erledigen. Zu Mittag verließ er eilig das Büro.

Grabesstille herrschte im Haus, als er den Schlüssel umdrehte. Die Stille, die ihn empfing, war so schmerzlich wie nach Liz' Tod. Noch immer erwartete er unwillkürlich, daß sie da war, daß sie lächelnd aus der Küche kam, das lange blonde Haar zurückwarf und ihre Hände an der Schürze abwischte. Doch da war niemand. Nichts. Zwei Jahre lang nichts. Alles war längst vorbei, auch die Träume, die mit ihr gestorben waren. Jetzt war es Zeit für neue Träume, für ein neues Leben. Während ihm das Herz bis zum Hals schlug, schleppte er Umzugskartons in die Diele und dann weiter ins Schlafzimmer. Er ließ sich kurz auf dem Bett nieder und stand dann entschlossen auf. Er mußte es tun, ehe wieder die Erinnerungen kamen, ehe er den Duft der fernen Vergangenheit zu tief einatmete.

Er nahm die Kleider gar nicht von den Bügeln, sondern hob ganze Armladungen von den Stangen, wie das Personal in den Probierkabinen, und stopfte alles in die Kartons, zusammen mit Schuhen, Pullovern und Handtaschen. Nur das traumhafte cognacfarbene Abendkleid und das Brautkleid behielt er. Vielleicht würde Jane die Kleider einmal haben wollen. Eine Stunde später standen sechs riesige Kartons in der Diele. Eine weitere halbe Stunde benötigte er, um die Kartons in seinen Wagen zu schaffen. Dann betrat er ein letztes Mal das Haus. Er wollte es loswerden, denn ohne Liz war nichts darin, woran ihm gelegen hätte. Es übte keinen Zauber mehr auf ihn aus. Mit Liz war der Zauber ihres ganzen gemeinsamen Lebens dahin. Vorsichtig schloß er die Schranktür. Im Schrank hingen nur mehr die zwei besonderen Kleider in ihren Plastikhüllen von Wolff. Sonst war er leer. Jetzt brauchte Liz keine Kleider mehr. Sie ruhte in Frieden in seinem Herzen, wo er sie immer finden konnte. Mit einem letzten Blick umfaßte er das schweigende Haus, ging zur Tür und trat hinaus in die Sonne.

Die Fahrt zu dem Laden, in dem Liz Janes abgelegte Sachen verkauft hatte, war kurz. Liz hatte nie etwas verschwendet, denn es gab immer jemanden, der Verwendung für die Sachen hatte, die man selbst nicht mehr brauchte. Die Frau im Laden war freundlich und gesprächig. Sie bestand darauf, Bernie eine Empfangsbestätigung für seine »großzügige Spende« zu geben, doch er wollte sie gar nicht. Mit einem traurigen Lächeln ging er wieder zu seinem Wagen und fuhr zurück ins Büro.

Als er mit der Rolltreppe in den vierten Stock fuhr, sah er das Kaufhaus mit anderen Augen. Irgendwie ging Wolff ihn nichts mehr an. Das Unternehmen gehörte anderen. Es gehörte Paul Berman und dem Vorstand in New York. Bernie wußte, daß der Abschied schmerzlich sein würde, doch er war dazu bereit.


# 44

Bernie ging früher als sonst aus dem Büro, weil er noch viel zu erledigen hatte. Er war in Hochstimmung, als er unterwegs einmal innehielt und dann die Richtung zur Golden Gate Bridge einschlug. Um sechs Uhr hatte er einen Termin bei der Maklerin, und er mußte wie verrückt fahren, um pünktlich zu sein. Dennoch kam er mit zwanzigminütiger Verspätung an, da der Verkehr in San Rafael ihn aufgehalten hatte. Zum Glück hatte die Maklerin gewartet. Ebenso wartete das Haus, das Megan ihm vor Monaten gezeigt hatte. Der Preis war sogar heruntergegangen, und in der Zwischenzeit war auch das Nachlaßverfahren abgeschlossen worden.

»Werden Sie mit Ihrer Familie dort wohnen?« fragte die Maklerin, als sie die vorläufigen Dokumente ausfüllte. Bernie schrieb als Anzahlung einen Scheck aus, den Rest der Kaufsumme mußte er noch auftreiben.

»Eigentlich nicht.« Er mußte sich noch die Bewilligung zur gewerblichen Nutzung des Gebäudes verschaffen. Im Moment war er nicht bereit, der Maklerin viele Erklärungen abzugeben.

»Wenn man nur etwas Arbeit hineinsteckt, ließe es sich wunderbar vermieten.«

»Ja, das glaube ich auch.« Er lächelte. Um sieben Uhr war das Geschäft perfekt. Bernie ging zu einer öffentlichen Telefonzelle und rief Megans Nummer in der Hoffnung an, daß sie und nicht Patrick Dienst hatte.

Als sich gleich darauf eine andere Stimme meldete, verlangte er Dr. Jones. Die sachlich klingende Stimme am anderen Ende teilte ihm mit, Dr. Jones sei in der Notaufnahme. Er möge seinen Namen, den Namen seines Kindes und die Art der Erkrankung angeben. Geistesgegenwärtig behauptete er Mr. Smith zu sein, dessen kleiner Junge namens George, neun Jahre, sich den Arm gebrochen hätte.

»Könnte ich nicht einfach in die Notaufnahme kommen? Der Kleine hat große Schmerzen.« Er kam sich ganz schlecht vor, weil er zu diesem üblen Trick griff, doch geschah es zu einem guten Zweck. Die Stimme am Telefon versprach, Dr. Jones von seinem Kommen in Kenntnis zu setzen.

»Vielen Dank«, sagte Bernie darauf. Gutgelaunt lief er zu seinem Wagen, um schnurstracks ins Krankenhaus zu fahren. Als er die Notaufnahme betrat, sah er sie mit dem Rücken zur Tür am Schreibtisch stehen. Es war ein Anblick, der ihn mit unbeschreiblicher Freude erfüllte. Das schimmernde schwarze Haar, die große, schlanke Gestalt – den ganzen Tag hatte er es kaum erwarten können, sie zu sehen. Er trat hinter sie und gab ihr einen liebevollen Klaps, so daß Megan erschrocken zusammenfuhr. Gleich darauf lächelte sie, vergeblich bemüht, eine vorwurfsvolle Miene zustande zu bringen.

»Hallo ... ich warte auf einen Patienten.«

»Ich könnte mir schon denken, wer das ist.«

»Nein, kannst du nicht. Er ist neu. Ich kenne ihn selbst noch nicht.«

Da beugte sich Bernie zu ihr hin und flüsterte ihr ins Ohr: »Mr. Smith?«

»Ja ... woher ...?« Und dann lief sie rot an. »Bernie! Wolltest du mich reinlegen?« Sie war sehr überrascht, aber nicht wirklich verärgert. Es war das erste Mal, daß er zu einem solchen Mittel gegriffen hatte.

»Du meinst den kleinen George mit dem Armbruch?«

»Bernie!« Sie drohte ihm mit erhobenem Zeigefinger, und er zog sie in eine Untersuchungskabine, während sie ihn aussehalt. »Das macht man nicht. Denke an den kleinen Jungen, der rief ›Der Wolf ist da!‹«

»Ja, das war die Firma Wolff, für die ich nicht mehr tätig bin.«

»Wie bitte?« Megan, die von dieser Eröffnung total überrumpelt wurde, starrte ihn fassungslos an. »Was war das eben?«

»Heute habe ich gekündigt.« In seinem Lächeln lag große Erleichterung, und er wirkte jungenhafter, als es der angebliche George hätte sein können.

»Warum denn? Ist was passiert?«

»Ja.« Er lachte. »Paul Berman bot mir seinen Job an. Er möchte sich zurückziehen.«

»Ist das dein Ernst? Warum hast du nicht angenommen? Dein Leben lang hast du darauf hingearbeitet.«

»Das sagte er auch.« Bernie suchte etwas in seiner Tasche, sichtlich erleichtert und sehr glücklich, während Megan ihn noch immer erstaunt anstarrte.

»Warum? Warum hast du nicht ...«

Er sah ihr in die Augen.

»Ich sagte ihm, ich hätte die Absicht, ein eigenes Geschäft aufzumachen. Im Napa Valley.«

Sie sah jetzt wenn möglich noch erstaunter drein, während er sie voller Stolz anstrahlte.

»Bernie Fine, bist du noch bei Sinnen oder total verrückt?«

»Beides, aber davon später. Erst möchte ich dir etwas zeigen.« Er hatte es sehr sorgfältig und mit Bedacht ausgesucht, nachdem er aus dem Büro gegangen war. Jetzt übergab er ihr ein kleines, in Geschenkpapier gehülltes Schächtelchen, das sie argwöhnisch betrachtete.

»Was ist denn das?«

»Eine winzige schwarze Spinne. Gib beim Öffnen gut acht.« Er lachte wie ein kleiner Junge, und Megans Finger zitterten, als sie mit der Verpackung kämpfte und schließlich das schwarze Samtetui eines international renommierten Juweliers in der Hand hielt.

»Bernie, was soll das?«

Er stand ganz dicht bei ihr und berührte sanft ihr seidiges schwarzes Haar.

»Das, meine Liebe, ist der Beginn eines ganzen Lebens«, sagte er so leise, daß nur sie es hören konnte. Er öffnete das Etui für sie, und ihr blieb der Mund vor Staunen offenstehen, als sie den Smaragdring sah, dessen Stein von winzigen Diamanten umgeben war. Es war ein schöner Ring und ein schöner Stein. Der Smaragd war ihm für Megan genau passend erschienen. Der Ring war ganz anders als der, den er Liz geschenkt hatte. Es sollte jetzt ein ganz neues Leben beginnen. Er war bereit dafür. Und als er sie anblickte, sah er, daß ihr Tränen übers Gesicht liefen. Sie weinte, als er ihr den Ring überstreifte und sie dann küßte.

»Ich liebe dich, Meg, möchtest du mich heiraten?«

»Was machst du da ...? Kündigst einfach ... machst Anträge ... willst einen Laden aufmachen ... solche Entscheidungen trifft man nicht an einem Nachmittag. Das ist heller Wahnsinn.«

»Ich treffe diese Entscheidungen schon seit Monaten, und das weißt du. Es hat nur sehr lange gedauert, bis ich wirklich den ersten Schritt tat, und jetzt ist es soweit.«

In ihrem Blick lag Freude, aber auch ein wenig Angst. Bernie war ein Mann, der es wert war, daß man auf ihn wartete, aber einfach war es nicht gewesen.

»Und was ist mit Jane?«

»Was soll mit ihr sein?« Bernie schien erstaunt.

»Meinst du nicht, wir sollten sie vorher fragen?«

Plötzlich wurde auch er von einer gewissen Beklemmung erfaßt. »Sie wird sich unseren Wünschen fügen müssen«, sagte er tapfer.

»Hm, ich halte es für besser, sie erst zu fragen, ehe wir sie vor vollendete Tatsache stellen«, gab Megan zu bedenken, und nach einer Diskussion von zehn Minuten war Bernie einverstanden, in den ersten Stock hinaufzugehen und mit Jane zu sprechen, obwohl er fürchtete, daß sie dazu noch nicht bereit war.

»Hallo.« Seine Mundwinkel zuckten nervös, als er sie anlächelte, so daß Jane sofort spürte, daß etwas los war. Und die Tränen an Megans Wimpern entgingen ihr ebensowenig.

»Ist etwas passiert?« fragte Jane besorgt, und Megan schüttelte den Kopf.

»Unsinn. Wir wollten nur deinen Rat in einer bestimmten Angelegenheit.« Damit Jane den Ring nicht sofort sehen konnte, hatte Megan die Linke in die Tasche ihres Ärztekittels gesteckt.

»Um was geht es?« Janes Neugierde war geweckt, und sie kam sich plötzlich sehr wichtig vor. Und sie war wichtig. Für beide.

Megan warf Bernie einen Blick zu. Er ging näher und faßte nach Janes Hand.

»Liebling, Megan und ich möchten heiraten, und wir wollen wissen, was du davon hältst.«

In dem langen, bedeutungsvollen Schweigen, das nun eintrat, hielt Bernie den Atem an, und Jane sah von einem zum anderen, ehe sie sich lächelnd wieder ins Kissen zurücksinken ließ.

»Und da fragt ihr mich zuerst?« Beide nickten, und Jane grinste. Das war einsame Spitze! »Oh. Das ist ja wirklich toll!« So weit war nicht mal ihre Mutter gegangen, doch das sagte sie Bernie lieber nicht.

»Also, was sagst du dazu?«

»Tja ... ich glaube, das geht in Ordnung ...« Sie lächelte Megan zu. »Nein, ich glaube ... es wäre richtig nett.«

Jetzt lächelten alle drei, und Jane kicherte.

»Wirst du ihr einen Ring schenken, Daddy?«

»Habe ich eben getan.« Er holte Megans Hand aus der Kitteltasche.

»Sie wollte erst ihr Jawort geben, wenn feststeht, daß du nichts dagegen hast.«

Jane warf Megan einen Blick zu, in dem zu lesen war, daß sie deswegen lebenslang Freundinnen sein würden.

»Wird es eine große Hochzeit geben?« erkundigte sich Jane, und Megan lachte.

»Das haben wir uns noch nicht überlegt. Heute hat sich so viel Neues ergeben.«

»Das kann man wohl sagen.« Bernie sagte Jane, daß er nicht mehr für Wolff arbeiten würde, und dann eröffnete er ihnen, daß er das Haus gekauft hatte, in dem er den Laden einrichten wollte. Beide starrten ihn erstaunt an.

»Das willst du wirklich tun, Daddy? Ein Geschäft aufmachen? Und wir sollen nach Napa ziehen?«

»Ja, ganz sicher.« Er schenkte seinen beiden Damen ein Lächeln und setzte sich auf einen für Besucher vorgesehenen Stuhl. »Mit ist unterwegs sogar ein Name für den Laden eingefallen.«

Megan und Jane warteten gespannt.

»Ich dachte an euch beide und an Alexander und all die guten Dinge, die mir in letzter Zeit widerfahren sind ... die schönen Augenblicke in meinem Leben, und dann fiel mir der Name ein.« Megan faßte nach seiner Hand, und er spürte den Stein an ihrem Ring. Voller Freude lächelte er ihr und dann seiner Tochter zu.

»Der Laden soll ›Schöne Dinge‹ heißen. Na, was haltet ihr davon?«

»Ich finde es großartig.« Megan war selig, und Jane stieß einen Entzückungsschrei aus. Jetzt machte es ihr nichts mehr aus, daß sie im Krankenhaus liegen mußte. Um sie herum passierte so viel Schönes.

»Meg, darf ich Brautjungfer sein? Oder Blumenmädchen oder sonst was?« In Megans Augen standen Tränen, als sie nickte. Bernie beugte sich zu ihr und gab seiner Braut einen Kuß.

»Megan Jones, ich liebe dich.«

»Und ich liebe euch alle drei«, flüsterte Megan, die alle in Gedanken einbezog, als ihr Blick vom Vater zur Tochter wanderte. »Und ›Schöne Dinge‹ ist ein wundervoller Name ... Schöne Dinge ...« Es war die genaue Entsprechung dessen, was er erlebt hatte, seit er ihr begegnet war.

# Inhalt

# DANIELLE STEEL

## im Goldmann-Taschenbuch

**Abschied von St. Petersburg**
Roman · Taschenbuch Nr. 41351

**Alle Liebe dieser Erde**
Roman · Taschenbuch Nr. 06671

**Das Haus hinter dem Wind**
Roman · Taschenbuch Nr. 09412

**Das Haus von San Gregorio**
Roman · Taschenbuch Nr. 06802

**Der Preis des Glücks**
Roman · Taschenbuch Nr. 09921

**Der Ring aus Stein**
Roman · Taschenbuch Nr. 06402

**Die Liebe eines Sommers**
Roman · Taschenbuch Nr. 06700

**Doch die Liebe bleibt**
Roman · Taschenbuch Nr. 06412

**Es zählt nur die Liebe**
Roman · Taschenbuch Nr. 08826

**Brigitte Jakobs**
Danielle Steel-Fanclub
81664 München

*Liebe Leserin, lieber Leser,*

Sie haben soeben die letzte Seite dieses Romans beendet, und ich bin sicher,
Sie haben die Lektüre dieses Buches ebenso genossen wie ich. Ist es nicht hinreißend, wie es
Danielle Steel gelingt, Themen aufzugreifen, die uns alle angehen und berühren, und wie
uns ihre Personen jedesmal aufs neue ans Herz wachsen? Immer wieder ist es mir so
ergangen, daß ich gerne mehr über die Autorin, ihre Arbeit und ihr Leben erfahren hätte.

———————— ❧ ————————

Aus diesem Grunde möchte ich Sie einladen, sich dem Fanclub, den ich für alle begeisterten
Leserinnen und Leser ins Leben gerufen habe, anzuschließen.
Sie erfahren dann regelmäßig alle Neuigkeiten über die Autorin, über ihre neuesten Romane,
ihre schönsten Romanverfilmungen und vieles mehr.
Als Willkommensgruß im Danielle Steel-Fanclub darf ich Ihnen bereits heute
ein kleines Überraschungsgeschenk ankündigen.
Selbstverständlich gehen Sie hierbei keinerlei Abnahmeverpflichtung ein!

Ich freue mich sehr darauf, von Ihnen zu hören, und grüße Sie herzlich,

Ihre

*Brigitte Jakobs*

- - - - - - - - - - - - - - - - - - - - - - - - - - - - - - - - - - - - - - - - - - - - - -

Ja, ich möchte Mitglied im Danielle Steel-Fanclub werden.
Bitte halten Sie mich auf dem laufenden über alle interessanten
Neuigkeiten rund um Danielle Steel und ihre Bücher.

Name_____

Vorname_____

Alter_____

Straße_____

PLZ_____Ort_____

**DANIELLE STEEL FAN-CLUB**

Bitte senden Sie diesen Coupon an:
DANIELLE STEEL-FANCLUB, Frau Brigitte Jakobs, 81664 München